BASTEI
LÜBBE

DIE ABENTEURER IM TASCHENBUCH-PROGRAMM:

13 765 Auf den Spuren von Atlantis
13 912 Das Tor nach Atlantis
14 203 Gefahr aus der Vergangenheit
14 228 Der Heilige Gral
14 325 Die schwarze Pyramide

DIE ABENTEURER

HUBERT H. SIMON
und andere

Die schwarze Pyramide

BASTEI LÜBBE

BASTEI LÜBBE TASCHENBUCH
Band 14 325

Erste Auflage: April 2000

Lektorat: Michael Schönenbröcher
Titelbild: Sanjulian / Agentur Ortega, Barcelona
Umschlaggestaltung: QuadroGrafik, Bensberg
Satz: QuadroPrintService, Bensberg
Druck und Verarbeitung: 49831
Société Nouvelle Firmin-Didot
27650 Mesnil-sur-l'Estrée, Frankreich
Printed in France
ISBN 3-404-14325-6

Sie finden uns im Internet unter
http://www.luebbe.de

Der Preis dieses Bandes versteht sich einschließlich der gesetzlichen Mehrwertsteuer

Inhalt

ERSTES BUCH

STURM AUF OAKE DÙN

von Hubert H. Simon

Unschlüssig drehte Jessica Neville den Luftpostbrief zwischen den Fingern. Der Umschlag trug keinen Absender, der Poststempel war verwischt und kaum leserlich. *Corpus Christi* entzifferte sie mühsam – das war, wenn sie sich recht entsann, eine Stadt im Süden der USA, nahe der mexikanischen Grenze.

Der Brief war an sie adressiert und nicht, wie die übrige Post, noch an den verblichenen Sir Franklin.

»Corpus Christi ...«, murmelte Jessica gedankenverloren. Nach Texas bestanden keine Geschäftsverbindungen. Franklin hatte zwar vor einigen Jahren Immobilienkäufe in den Staaten in Erwägung gezogen, seine Ideen aber nie in die Tat umgesetzt.

Ein plötzliches Gefühl der Beklemmung, die Ahnung einer nahen Gefahr ließ sie innehalten. Ihr Blick wanderte über den Schreibtisch in den Garten hinaus. Nebelschwaden hingen träge zwischen den Bäumen. Während der Nacht war ein heftiger Wolkenbruch niedergegangen, und der Morgenhimmel spannte sich trist und grau über Liverpool.

Jessicas Gemütsverfassung war nicht weniger bedrückend. Seit Franklins Beisetzung hatte sie das Haus selten verlassen; sie dachte nicht daran, den Gaffern auf der Straße Stoff für immer neue Gerüchte zu bieten. Alle, die Anteilnahme heuchelten, jagten im Grunde nur einer Sensation nach. Zuviel war im Zusammenhang mit dem Tod ihres Mannes unbeantwortet geblieben, auch die Beamten der Mordkommission hatten keine befriedigenden Antworten gefunden. Ihre Mutmaßungen waren ohnehin eine einzige Unverschämtheit gewesen.

»Ich habe meinen Mann nicht umgebracht!« hatte Jessica Inspektor Hennessy angeschrien. »Wieso hätte ich das tun sollen?«

»Genau das möchte ich von Ihnen wissen«, war seine Reaktion auf ihren Gefühlsausbruch gewesen. Noch heute schossen ihr Tränen in die Augen, wenn sie daran dachte.

Inzwischen waren die Ermittlungen weitgehend abgeschlossen. *Der Tod wurde durch die Einnahme eines schnell wirkenden Giftes herbeigeführt,* hieß es darin lapidar. *Fremdverschulden kann mit an Sicherheit grenzender Wahrscheinlichkeit ausgeschlossen werden. Vielmehr legen die Umstände, die zum Auffinden der Leiche führten, die Vermutung eines Suizids nahe. Sir Franklin Nevilles mögliche Verstrickung in kriminelle Machenschaften wird Gegenstand zusätzlicher Untersuchungen sein.*

Die Lage der Leiche und die Tatsache, daß der Tote den Giftkelch fest umklammert hielt, waren für die Beurteilung ausschlaggebend. Auf das gerichtsmedizinische Gutachten wird verwiesen ...

Inspektor Hennessy hatte sich bei Jessica für seinen Übereifer entschuldigt. Aber das brachte ihr Franklin nicht zurück.

Sie seufzte ergeben. Ihre Tränen waren längst versiegt. Woran sie heute noch zu zerbrechen glaubte, das würde in einigen Jahren nurmehr ein dumpfer Schmerz sein. Das Leben ging weiter, so war der Lauf der Welt.

Der Brief war zu Boden gefallen. Jessica Neville hob ihn auf und öffnete den Umschlag.

Nur ein gefalteter Zettel lag darin. Er trug, von Hand geschrieben, ein Datum: *February 20th.* Und eine Zahl: *100.000.* Mehr nicht.

Impulsiv wollte sie den Zettel zusammenknüllen und in den Papierkorb werfen, doch im letzten Moment hielt sie inne. Der 20. Februar war heute – und die Zahl war vermutlich nicht nur von einem Witzbold hingekritzelt worden.

Jessica Neville stutzte. Sie glaubte nicht an Zufälle, und ein Betrag von einhunderttausend Pfund war ihr erst vor wenigen Tagen aufgefallen, als sie sich erstmals intensiv mit den Kontoauszügen des Maklerbüros befaßt hatte. Franklin hatte sie höchst selten mit geschäftlichen Dingen konfrontiert und alle Arbeit und den damit verbundenen Ärger von ihr ferngehalten.

Die Bankbelege der letzten Jahre wurden noch im Büro aufbewahrt. Sir Franklins Witwe blätterte den ersten Ordner durch. Drüben, in den angrenzenden Ausstellungsräumen, hörte sie Stimmen; ein Kunde hatte das Geschäft betreten.

Ohne lange suchen zu müssen, fand sie die Barabhebung von einhunderttausend Pfund. Getätigt am 24. September 1992. Franklin hatte den Auszug abgezeichnet und hinter den Betrag ein stilisiertes Gesicht gemalt, so wie Kinder es zu tun pflegen: Punkt, Punkt, Komma, Strich und ein Oval drumherum. Hastig blätterte Jessica weiter. Unter dem 10. Januar fand sie eine zweite Barabhebung, diesmal nur über fünfundvierzigtausend Pfund, ebenfalls mit dem stilisierten Gesicht versehen. Hinter dem Auszug war ein Zettel abgeheftet – genau wie der, den sie soeben mit der Post erhalten hatte.

Jessica stand da wie vom Blitz gerührt. Hatte Franklin jemandem Geld gezahlt? Wofür? Er hatte nie darüber geredet. War er erpreßt worden? Womöglich hatte er sich geweigert, immer mehr zu zahlen. Hatte er deshalb sterben müssen?

Jessica spürte, daß ihr die Knie weich wurden; sie mußte sich auf dem Schreibtisch abstützen. Vielleicht sollte sie dem Inspektor die Auszüge übergeben ...

Hinter ihr fiel die Tür ins Schloß; das leise Geräusch schreckte sie jäh aus ihren Gedanken auf. Aber nicht Edgar, der Verkäufer, hatte das Büro betreten. Der Mann, der sie mit geradezu unverschämtem Blick taxierte, war ihr fremd.

»Was wollen Sie?« herrschte Jessica ihn an, schroffer als beabsichtigt.

Er war nicht allzu groß, schätzungsweise einsachtzig, und unter seinem Sakko zeichneten sich kräftige Muskeln ab. Abgesehen von dem schmalen schwarzen Kinnbart war er eher der Allerweltstyp, dem man auf der Straße in dutzendfacher Ausfertigung begegnet. Nur das fanatische Funkeln in seinen Augen erschreckte Jessica.

»Ich warte auf eine Antwort!« schnaubte sie, leicht verunsichert. Eine herrische Handbewegung schnitt ihr das Wort ab.

»Sie sind Franklins Witwe?« fragte der Unbekannte. Seine Stimme klang rauh, auf gewisse Weise frostig. Er stammte nicht aus Liverpool, war nicht einmal Engländer, sondern dem Dialekt nach in den Staaten aufgewachsen. »Sie haben den Brief erhalten?« fuhr er fort, ohne eine Antwort abzuwarten.

»Nein«, erwiderte Jessica Neville verwirrt, obwohl eine jähe Ahnung ihren Magen rebellieren ließ. »Welchen Brief?«

Der Fremde kam langsam auf sie zu. Jeden Schritt kostete er aus. »Einhunderttausend Pfund in bar«, sagte er.

»Bleiben Sie stehen!« Jessicas Stimme klang längst nicht so selbstsicher, wie sie es sich gewünscht hätte. Vergeblich suchte sie nach einem Fluchtweg, doch hinter ihr war nur der Aktenschrank. »Falls Sie glauben, ich hätte eine solche Summe ...«

Der Mann hatte sie fast erreicht. Unvermittelt packte er zu. Wie Schraubstöcke schlossen sich seine Finger um ihre Handgelenke, und sein Gesicht war plötzlich ganz nahe vor ihr – so nah, daß sie den starren Blick seiner grünen Augen kaum ertragen konnte.

Ihr Herz hämmerte rasend gegen die Rippen. Von einer Woge der Panik überschwemmt, trat sie zu, doch der Fremde blockte den Tritt ab. Ruckartig zerrte er sie an sich; Jessica hatte das Gefühl, daß er ihr alle Knochen brechen würde, wenn sie nicht nachgab. Der Ordner mit den Kontoauszügen fiel zu Boden, gleichzeitig küßte der Kerl sie. Jessica hätte ihn dafür umbringen können, hätte er ihr nur ein klein wenig Bewegungsfreiheit gelassen. Hart drückte er sie gegen den Aktenschrank.

Diese Unverschämtheit war nicht zu überbieten. Jessicas Zorn wuchs ins Grenzenlose. Sie fühlte sich zutiefst angewidert, zugleich aber auf unverständliche Wiese fasziniert. Wie lange war sie nicht mehr so heftig geküßt worden, daß das Blut in ihren Adern zu wallen begann?

Als der Fremde sie nur Sekunden später aus seinem Griff entließ und sich nach den Kontoauszügen bückte, stand sie heftig atmend da und starrte ihn an wie einen Geist, von dem niemand weiß, ob er wirklich ist oder nur in der eigenen Einbildung existiert. Sie fühlte sogar Enttäuschung in sich aufsteigen, einen Zwiespalt der Gefühle, den sie so niemals für möglich gehalten hätte.

»Wer sind Sie?« stieß sie keuchend hervor und wischte sich mit dem Handrücken über die Lippen. Die eigene Reaktion war ihr unverständlich. Warum schrie sie nicht hysterisch um Hilfe? Nur weil sie plötzlich glaubte, der Fremde könnte ihr mehr über Franklins Tod verraten?

Er antwortete nicht, hielt ihr vielmehr einen der Kontoauszüge hin, auf dem das stilisierte Gesicht aufgemalt war. »Das ist die Macht, Jessica. Nur wenige Auserwählte haben daran teil.«

Sie starrte ihn ungläubig an und dachte gleichzeitig an die Polizei. Inspektor Hennessy mußte sich den Burschen vorknöpfen ...

»An Ihrer Stelle würde ich das nicht tun!« sagte der Fremde drohend.

Jessica war viel zu verblüfft, als daß sie zu einer Reaktion fähig gewesen wäre. Konnte ihr Gegenüber Gedanken lesen? Das sicher nicht, aber er war zumindest ein hervorragender Beobachter.

»Als Franklins Witwe sind Sie bestimmt nicht daran interessiert, sein Andenken in den Schmutz zu ziehen«, fuhr er ungerührt fort. Seine Fingerspitzen glitten sanft über ihre Wangen – eine Geste, die sie elektrisierte, aber gleichzeitig abschreckte. Zu deutlich war die unverhohlene Drohung.

»Mein Mann hat nie unmoralisch oder gegen das Gesetz gehandelt!« protestierte sie, doch klang ihre Stimme viel zu schwach. So recht, stellte sie erschrocken fest, war sie nicht davon überzeugt. Tief in ihr keimte bereits das Mißtrauen.

»Hat Franklin das behauptet?« Jedes Wort war wie ein Dolchstoß.

»Ich weiß es.«

»Dann sind Sie falsch informiert, Jessica.« Die Hand, eben sanft über ihr Kinn gleitend, packte wieder hart zu. Jessica Neville stieß einen spitzen Schmerzensschrei aus, doch ihr blieb keine andere Wahl, als dem unbarmherzigen Druck zu folgen. Schwer sank sie in den Sessel hinter dem Schreibtisch.

Die Tür zum Büro wurde aufgerissen; Edgar stürmte herein. Wie immer hatte er sein Haar mit zuviel Pomade in Form gezwungen, und der dunkle Anzug und die Fliege dazu ließen ihn selbst beinahe wie ein nostalgisches Ausstellungsstück erscheinen. Mit blitzschnellem Rundblick erfaßte er die Situation. Der Kunde, der vor wenigen Minuten den Laden betreten hatte, blätterte scheinbar gedankenverloren in einem Möbelprospekt. Sir Franklins Witwe suchte auf dem mit Papieren aller Art belagerten großen Schreibtisch nach weiteren Unterlagen.

»Verzeihung, Mrs. Neville. Ich dachte ...«

»Was gibt es, Edgar?«

»Ich – ich war der Meinung, ich hätte einen Schrei gehört.«

Der Fremde ließ den Prospekt sinken und wandte sich

dem Verkäufer zu. Seine Rechte glitt unter das Sakko. Jessica hatte schon vorhin bemerkt, daß der Stoff sich ausbeulte. Vielleicht eine Waffe?

Sie ertastete den schweren gußeisernen Locher. Falls Edgar schnell genug reagierte ... »Sie haben sich geirrt, Edgar«, sagte sie beinahe gegen ihren Willen. »Mister – äh ...«

»Miller«, sagte der Fremde mit verbindlichem Lächeln.

»... Mr. Miller und ich haben uns lediglich angeregt unterhalten. Danke, Edgar, aber ich brauche Sie nicht.«

»Natürlich. Ich verstehe.« Der Verkäufer bedachte den Kunden noch mit einem forschenden Seitenblick, danach zog er sich zurück.

Miller wartete, bis die Tür ins Schloß fiel. Unter dem Sakko brachte er keine Waffe zum Vorschein, sondern ein silbernes Etui, dem er eine dicke Zigarre entnahm. »Sie begreifen schnell, Mrs. Neville«, sagte er zufrieden. »Das erleichtert unsere künftige Zusammenarbeit beträchtlich.«

»Heißen Sie wirklich Miller?«

Er steckte die Zigarre an und blickte gedankenverloren dem sich kräuselnden Rauch nach.

»Was sind schon Namen? Sie begleiten uns für die lächerliche kurze Spanne unseres Lebens und geraten irgendwann in Vergessenheit. Allein unsere Taten zählen.«

»Sie meinen das Geld, das Franklin Ihnen gegeben hat? Wieviel war es?«

Miller – Jessica wußte jetzt wenigstens, daß er so nicht hieß – zuckte mit den Schultern. »Zu wenig für unsere Sache«, sagte er. »Nicht mehr als ein Tropfen auf den heißen Stein.«

Das war eindeutig. Wieder tastete Jessica Neville nach dem Locher. Der Fremde hatte ein Gefühlschaos in ihr entfacht. Auf eigentümliche Weise fühlte sie sich zu ihm hingezogen, aber zugleich wäre sie bereit gewesen, ihm den Schädel einzuschlagen und sich auf Notwehr zu berufen.

»Sie wollen mich erpressen, wie Sie Franklin erpreßt haben?« Sie stieß ein heiseres Lachen aus. »Hunderttausend Pfund, fünfzigtausend...?«

»Und noch einiges mehr«, bestätigte Miller bereitwillig.

Ihre Finger verkrampften sich um den gußeisernen Locher. Bleich traten die Knöchel unter der Haut hervor.

»Womit haben Sie Franklin erpreßt? Ich denke nicht daran...«

»Ihr Mann, Jessica, gab uns das Geld freiwillig; nie mehr, als er wirklich entbehren konnte. Sie haben dennoch ein angenehmes Leben geführt. Ist es nicht so?«

»Niemand schlachtet die Kuh, die er melkt«, bemerkte Jessica zynisch. »Ich denke jedenfalls nicht daran, Ihnen nur ein einziges Pfund in den Rachen zu werfen. Die Geldquelle ist versiegt, Mister – aus und vorbei.«

Seine Linke zuckte vor, schloß sich um ihre Finger und zwang sie, den Locher fallen zu lassen. Es war ein kurzer, stummer Zweikampf, in dem Jessica nicht die Spur einer Chance hatte. Mit verzerrter Miene starrte sie den Mann an.

»Ich dachte mir, daß Sie so reagieren würden«, sagte er unbewegt. Ein kurzer, wie beiläufig anmutender Blick auf seine Armbanduhr folgte. »Rufen Sie Bell an!«

»Wen?«

»Ihre Schwägerin. Machen Sie schon!«

»Woher –?« Jessica biß sich auf die Zunge. Miller hob das Telefon hoch und hielt es ihr hin. »Rufen Sie an!« verlangte er.

Jessica kannte die Nummer auswendig. Franklins jüngere Schwester wohnte in Oxford. Isabel hob schon beim ersten Klingeln ab, als hätte sie auf den Anruf gewartet.

»Sagen Sie endlich, was Sie verlangen!« sprudelte sie hervor. »Ich bin bereit, alles zu tun ...«

»Bell«, unterbrach Jessica. »Ich bin es. Was ist los bei dir?«

Isabel erkannte die Stimme. Für einen Moment herrschte atemlose Stille, dann, hektischer als zuvor: »Geh aus der Leitung! Bitte!«

»Nicht bevor ich weiß, was gespielt wird.«

»Marlene ist fort – vom Spielplatz entführt!« Marlene war Isabels gerade fünf Jahre alte Tochter, ein Mädchen mit langen blonden Haaren und einem Puppengesicht.

»Ich bin überzeugt, das klärt sich auf.« Jessica brach der Schweiß aus allen Poren. Aus zusammengekniffenen Augen starrte sie ihr Gegenüber an. »Vielleicht ist Marlene bei einem Nachbarskind.«

»Das dachte ich auch – bis vor ein paar Minuten. Da war ein Mann am Telefon. Er hat Marlene entführt. Ich soll die Polizei aus dem Spiel lassen, sonst bringt er sie um. Er wird wieder anrufen, hat er gesagt. Verstehst du jetzt, weshalb du aus der Leitung sollst?«

Miller blies ihr den Zigarrenrauch ins Gesicht. Seine Geste dazu war eindeutig.

»Bell«, sagte Jessica betont, »das klärt sich bestimmt auf. Verliere bitte nicht die Nerven. Du mußt abwarten ...« Ein fernes Knacken in der Leitung verriet, daß ihre Schwägerin aufgelegt hatte. Miller drückte ebenfalls auf die Gabel.

»Was soll das?« herrschte Jessica ihn an. »Glauben Sie, mich auf diese Art erpressen zu können?«

Der Mann nickte bedächtig.

»Sie sind ein Schwein!«

»Schade, daß Franklin Sie nie einweihen durfte. In nicht mehr ferner Zukunft werden Hunger und Haß und Kriege der Vergangenheit angehören, aber um das zu erreichen, brauchen wir Geld.«

Nacheinander zog Jessica Neville mehrere Schubladen auf. »Sie wollen die Welt verbessern?« keuchte sie ungläubig. »Warum fangen Sie nicht bei sich selbst an? Ich werde Ihnen einen Scheck ausstellen, aber dann verschwinden Sie! Sollte ich Sie jemals wiedersehen, rufe ich die Polizei. Ich hoffe, ich habe mich unmißverständlich ausgedrückt.«

»Wir *werden* uns wiedersehen, Mrs. Neville, und Sie werden mir wieder Geld geben. Andernfalls würden Sie alles verlieren.«

Miller meinte es ernst. Das spürte sie. Was er sagte, war keine leere Drohung. Mit einer ruckartigen Bewegung griff sie nach dem Kugelschreiber.

»Kein Scheck!« wehrte der Fremde ab. »Halten Sie mich wirklich für so dumm? Wir beide fahren gemeinsam zur Bank, und Sie heben die Summe in bar ab. Ihnen bleibt keine andere Wahl.«

Jessica Neville legte das Scheckheft in den Schub zurück und schloß ab. Um ihre Mundwinkel zuckte es verhalten.

»Wenn ich Ihnen das Geld gebe, erfahre ich dann, weshalb Franklin sterben mußte?«

»Wie Sie schon erwähnten: Niemand schlachtet die Kuh, die Milch gibt. – Ich weiß es nicht, Jessica. Noch nicht.«

Nebel hing über dem Hochmoor, als hätte der Tod sein bleiches Laken ausgebreitet. Die Sicht reichte keinen Steinwurf weit, aber inmitten der Düsternis wirkten knorrige Bäume wie wilde Krieger einer fremden Welt. Die träge dahintreibenden Dunstschleier erweckten sie zu unheimlichem Leben.

Kein Vogel sang sein Lied in den Abendhimmel. Es war, als hätte das Moor den Atem angehalten angesichts des bevorstehenden Blutvergießens.

Düster rot, zu einer riesigen Scheibe angeschwollen, versank die Sonne hinter dem Horizont.

Ian lauschte in die beginnende Nacht hinaus. Erklang da nicht ein verhaltenes Keuchen? Das Knacken eines zerbrechenden Astes; das Schaben eines Schwertes, das langsam aus der Scheide gezogen wurde?

Die Schatten narrten ihn. Mit beiden Händen umklammerte er das Heft seines geflammten Bidenhänders. Längst war die Klinge schartig, doch sie hatte ihm während der zurückliegenden Monate gute Dienste geleistet und ihm mehr als einmal das Leben gerettet.

Er kauerte in vorderster Reihe, wartete darauf, daß das Abschlachten endlich ein Ende fand. Aber er wartete mit der Waffe in der Hand, und die Widersinnigkeit seines Handelns war ihm nie bewußt geworden.

Das trockene Splittern eines Astes erschreckte ihn. Nur den Bruchteil eines Herzschlags später wuchs ein Schatten über ihm auf. Sich herumwälzen und den Bidenhänder hochreißen war eine einzige instinktive Bewegung. Um Haaresbreite entging er der Streitaxt des Gegners. Tief grub sie sich in den Boden, während sein Schwert Fleisch und Knochen durchtrennte und der Angreifer mit einem gurgelnden Aufschrei zusammenbrach.

Plötzlich waren sie überall. Mit ungestümer Wildheit griffen sie an.

Zwei weitere Krieger brachte der Bidenhänder vom Leben zum Tod, bevor das Klirren der Waffen sich mit dem rollenden Donner des losbrechenden Gewitters vermischte. Grelle Blitze spalteten das Firmament, und endlich kühlte der herniederprasselnde Regen die dampfenden Leiber.

Ian kämpfte wie ein Berserker bis zur Erschöpfung. Inzwischen schmerzte jeder Atemzug, vor seinen Augen tanzten bunte Schlieren einen sinnverwirrenden Reigen. Längst handhabte er den Bidenhänder mehr wie einen Dreschflegel – der Kampf war wieder ein Abschlachten geworden, kaum mehr.

Dudelsackklänge hallten gespenstisch über das Moor und vermischten sich mit dem Röcheln der Sterbenden.

Stahl klirrte auf Stahl; die Klinge eines Gegners hinterließ eine blutende Fleischwunde. Ian spürte, wie es warm über seine Hand rann. Er wich zurück, doch irgend etwas umklammerte seine Knöchel; er strauchelte, und im Fallen spürte er einen schneidend scharfen Luftzug. Das Schwert eines Angreifers verfehlte ihn nur um wenige Fingerbreit.

Der Aufprall auf einem kantigen Wurzelstock raubte ihm den Atem. Hilflos mit den Armen rudernd, den Mund zu einem lautlosen Schrei aufgerissen, rutschte er zur Seite.

In dem Moment spaltete ein gewaltiger Blitz das Firmament. Flüssiges Feuer schien aus der Höhe herabzuregnen und verwandelte die Nacht vorübergehend in hellen Tag.

»Du?« stammelte Ian. Aus weit aufgerissenen Augen starrte er seinen Gegner hilflos an.

Auch der Angreifer schien mitten in der Bewegung zu erstarren. Sein markantes Gesicht verzog sich zu einem triumphierenden Grinsen, während er gleichzeitig, mit einer knappen Bewegung, das rote, strähnige Haar in den Nacken schüttelte. Die Klinge in seiner Hand zielte auf Ians Brust. Ohne zu zögern stieß er zu ...

Das Donnergrollen war ohrenbetäubend, wie eine Explosion in allernächster Nähe. Der vorangegangene Blitz hatte trotz der schweren Brokatvorhänge das Schlafzimmer mit greller Lichtflut überschwemmt.

Sir Ian Sutherland, Earl of Oake Dùn, fuhr wie von der Tarantel gestochen hoch. Steif aufgerichtet saß er im Bett und blinzelte aus tränenden Augen in die Runde.

Draußen tobte ein Unwetter wie seit langem nicht mehr. Einzelne Blitze waren kaum voneinander zu unterscheiden, und der Donner erinnerte an anhaltend schweres Geschützfeuer.

Ian schluckte krampfhaft. Ein beklemmendes Gefühl der Leere und der Benommenheit wühlte in seinem

Inneren. Mit der rechten Hand fuhr er sich langsam über die Kehle, aber erst am Ende der Bewegung zuckte er betroffen zusammen.

Er hatte schlecht geträumt – wie so oft in den vergangenen Wochen, nur war der Traum diesmal besonders intensiv gewesen.

Erneut loderte flackernde Helligkeit durch die Vorhänge. Noch einmal glaubte Sir Ian, ein Schwert über sich zu sehen und dahinter ein Gesicht, das ihm vertraut erschien, aber zugleich unsagbar fremd.

»Verschwinde!« stöhnte Sutherland und schüttelte benommen den Kopf. Er schwang sich aus dem Bett und streifte den seidenen Morgenmantel über. Kurz nach fünf Uhr morgens würde er ohnehin keinen Schlaf mehr finden.

Ein schmetterndes, berstendes Krachen ließ ihn zusammenzucken – ein Blitz hatte in unmittelbarer Nähe eingeschlagen.

Hastig zog er den Vorhang auf. Der Himmel im Osten schien zu glühen. Blutrot hingen die Wolken über dem Land, aber von der aufgehenden Sonne war herzlich wenig zu sehen.

Drüben, bei den Gesindehäusern, brannte Licht. Ein Schatten huschte über den Hof: der Statur nach Ronald Brendan. Vermutlich hatte der Verwalter in den Ställen nach dem Rechten gesehen.

Erste Regentropfen fielen. Im Nu wurde ein wahrer Wolkenbruch daraus. Immer noch tobte das Gewitter, aber das Donnergrollen schien leiser zu werden, und ein Blitz löste nicht mehr den anderen ab.

Minutenlang verharrte Sir Ian am Fenster. Er starrte hinaus in die schier undurchdringlich scheinende Regenwand, und seine Gedanken schweiften ab und versuchten vergeblich, Ordnung in die Geschehnisse der letzten Wochen zu bringen. Schlaglichtern gleich reihten sie sich aneinander. Einzelne Puzzleteile paßten inzwischen zusammen, andere schienen zu einem gänzlich fremden Bild zu gehören. Sutherland fühlte sich zunehmend in der unguten Situation eines Jägers, der blindwütig eine Schrotladung ins Dickicht schießt. So war kein Wild zu erlegen.

Er lief Gefahr, sich zu verzetteln. Aber blieb ihm eine andere Wahl?

Hardrock dröhnte aus dem Lautsprecher. Nervenzerfetzend schrill, doch gerade deshalb ein unübertrefflicher Muntermacher.

Hin und wieder stieß Henry Craig unartikulierte Laute aus, die er Gesang nannte; sie waren so schrill wie das Kreischen im Getriebe des klapperigen alten Ford. Dieses metallische Geräusch erklang immer dann, wenn er den Schalthebel als Quirl mißbrauchte, um den nächsten Gang einzulegen.

»Ich mag dich, Kathleen!« Henry lachte heiser. Eben noch hatten seine Hände auf dem Lenkrad den Takt zur Musik geschlagen, bis ihm eingefallen war, daß es Interessanteres gab. Seine Linke tastete sich in Regionen vor, die seit der vergangenen Nacht nicht mehr verboten waren. Kathleens Bemühungen, wenigstens auf dem Beifahrersitz Schlaf zu finden, endeten abrupt.

»Hast du immer noch nicht genug?« seufzte sie müde.

»Seit heute nacht sind wir verlobt.« Henry lachte leise. »Vergiß das nicht.«

Wie hätte sie jemals die letzten Stunden vergessen können? Die romantische Lodge am Loch Loyal, Henrys zärtliches Drängen ... Nur das mit dem ›Verlobt sein‹, behagte ihr nicht. Ihre Eltern würden aus allen Wolken fallen.

»Laß die Hände am Steuer!« schimpfte sie. »Und fahr nicht so schnell!«

Henry warf ihr einen Kußmund zu. Der alte Ford klapperte auf der Küstenstraße nach Osten. Die A 836 war zwar gut ausgebaut, doch das Wasser stand inzwischen fast einen halben Inch hoch auf der Fahrbahn. Der Wolkenbruch nahm kein Ende. Seit sie die Lodge verlassen hatten, schüttete es wie aus Kübeln.

»Ungefähr so muß die Sintflut angefangen haben«, murmelte Kathleen.

»Was sagst du?« Henry mußte schreien, denn da war plötzlich ein schleifendes, krachendes Geräusch, das seinen Ursprung irgendwo unter der Motorhaube hatte.

Mitten in der Bewegung fraß sich der Scheibenwischer fest. Zugleich verstummte das Krachen.

Henry Craig stieß eine deftige Verwünschung aus. Bevor er richtig begriff, war die Sicht gleich Null. Spontan stieg er aufs Bremspedal, aber der Ford glitt unbeeindruckt weiter. Erst nach einigen hundert Metern brach er aus und stellte sich quer. Verzweifelt versuchte Henry gegenzulenken, während Kathleen neben ihm gellend aufschrie.

Ein Schatten schoß aus der Regenwand heran, eine große, dunkle Limousine. Für Sekundenbruchteile starrte Kathleen in die grellen Scheinwerferkegel, dann löschte ein berstendes Krachen und Splittern jede andere Wahrnehmung ab.

Mit unwiderstehlicher Gewalt wurde Kathleen nach vorne gerissen, der Gurt schnitt in ihr Fleisch ein – gleich darauf stand die Welt kopf.

Ein zweiter, nicht mehr so harter Aufprall folgte. Über ihr zerriß Blech wie dünnes Papier, aber immer noch hatte sie das Gefühl, herumgewirbelt zu werden, begleitet von einem anhaltenden Bersten und Kreischen.

Als der Ford endlich auf der Seite liegen blieb, schwanden Kathleen die Sinne.

Der Morgen des 21. Februar blieb grau und trostlos, und Eleonore Paddingtons Miene verhieß zusätzlich sieben Wochen Regenwetter.

»Das ist erst der Anfang«, schimpfte sie, während sie das Frühstück auftrug. »Ich spüre das Wetter in meinen Knochen; dieses Gliederreißen ist ...«, sie suchte nach einem passenden Wort, » ... es ist grausam.«

Bedächtig schüttelte Ian Sutherland den Kopf. »Grausam«, sagte er, »erscheint mir in dem Zusammenhang als ein denkbar ungeeigneter Ausdruck.«

Die Köchin, eine füllige, resolute Dame Anfang der Sechzig, stemmte die Fäuste in die Hüfte. »Mit Verlaub, Sir Ian, dieses Ziehen und Reißen in den Knochen wünsche ich niemandem. Es ist, als würde ein Heer von Ameisen durch die Adern marschieren ...«

»Dann sind Sie ein medizinisches Wunder, Mrs. Paddington.« Sutherland gab sich Mühe, seine Belustigung zu verbergen. Andernfalls konnte es durchaus sein, daß die Köchin eigenmächtig den Speiseplan für Mittag änderte und ihm nur aufgewärmte Reste von gestern vorsetzte. Daß Eleonore Paddington die Arme vor der Brust verschränkte, galt allgemein als ernstzunehmendes Warnzeichen.

»Eines Tages werde ich die mir längst zustehende Kur antreten, Sir Ian«, erwiderte sie vorwurfsvoll. »Nur aus Rücksicht auf Ihre Gesundheit habe ich bislang davon abgesehen.«

»Mir geht es gut, Mrs. Paddington«, erklärte der Earl lächelnd.

»Noch ...« Ihr Blick sprach Bände. Indes dachte sie nicht daran, ihre Arbeit einer Jüngeren zu überlassen, schon gar nicht für die Dauer von mindestens vier Wochen. Sie fürchtete den Moment, in dem sich herausstellte, daß sie keineswegs unentbehrlich war.

»Hat Mr. Connor verlauten lassen, daß er heute morgen kein Frühstück wünscht?« Mit mißbilligendem Blick streifte die Köchin den leeren Platz.

»Ich weiß nicht.« Sutherland zuckte mit den Schultern.

»Sagen Sie ihm, Sir, daß er mich in der Vorratskammer findet, falls er wider Erwarten Hunger verspürt.«

»Warum sagen Sie mir das nicht selbst, Mrs. Paddington?« Der Butler und Computerspezialist hatte soeben den Salon betreten und zumindest den letzten Satz noch mitbekommen.

Die Köchin musterte ihn eindringlich.

»Mit Verlaub, Mr. Connor, Sie haben sich schmutzig gemacht.«

Der Butler wischte einige imaginäre Stäubchen von seinen Schultern.

»Sie sehen aus, als hätten Sie sich in Mehl gewälzt.« Eleonore Paddington übertrieb hoffnungslos.

»Das ist höchstens Putz.« Connor kratzte sich am Kinn. »Ich war im Westturm. Das Dach dort ist undicht, es regnet hinein.«

»Schlimm?« fragte Sutherland.

»Vorerst genügen ein paar Eimer, um das Wasser aufzufangen. Aber sobald das Wetter besser wird, müssen wir von außen nachsehen.« Er wandte sich um.

»Wo wollen Sie hin?« rief der Earl hinter ihm her.

»Ich werde mich umziehen, Sir.«

»Unsinn. Nehmen Sie Platz, Connor! Ein bißchen Staub hat noch niemanden umgebracht.«

Der Highlander setzte sich Sutherland gegenüber. Als er sich den Tee einschenkte, bemerkte er, daß der Earl ihn eindringlich musterte. Sutherland wirkte nachdenklich.

»Gibt es Probleme, Sir?«

Erst als Connor die Frage wiederholte, zuckte Ian kurz zusammen. Langsam tupfte er sich mit der Serviette die Lippen ab. »Es ist nichts von Bedeutung, Connor. Ich mußte nur eben an einen Traum denken.« Er faltete die

Serviette zusammen und legte sie auf den Teller. Sonderlich Appetit hatte er an diesem Morgen nicht. Entweder war ihm das anhaltende Mistwetter auf den Magen geschlagen, oder tatsächlich der seltsame Traum, an den er sich nur noch nebulös erinnerte. Zögernd begann er, sich eine Pfeife zu stopfen.

Erneut wetterleuchtete es. Das Gewitter kehrte zurück. Dumpfer, langanhaltender Donner begleitete das Flackern der Blitze.

»Sieht nicht so aus, als würde der heutige Tag besonders gemütlich werden«, stellte Connor fest.

»Das Ozonloch ist daran schuld«, orakelte die Köchin, die Sutherlands Gedeck abräumte. »Das sage ich schon seit Jahren ...«

»Ich weiß, Mrs. Paddington.« Sir Ian nickte bedächtig. »Sie waren stets die einsame Ruferin in der Wüste.«

»So ist es!« bestätigte die Köchin. Mit der Geschicklichkeit eines Serviermädchens balancierte sie das edle Porzellan.

Sekunden später peitschte ein ohrenbetäubender Knall durch den Salon. Als wäre in allernächster Nähe ein schweres Geschütz abgefeuert worden. Die Scheiben klirrten und drohten zu zerspringen.

Gleißende Helligkeit durchflutete den Raum. Unerträglich grell.

Eleonore Paddingtons gequälter Aufschrei vermischte sich mit dem verhallenden Donner. Auf dem Parkettboden zerbarst das Porzellan, das sie eben noch so überaus vorsichtig behandelt hatte.

Dunkelheit lastete plötzlich über dem Salon. Die elektrische Beleuchtung war ausgefallen, und die Düsternis des wolkenverhangenen Morgens reichte gerade aus, schemenhafte Umrisse erkennen zu lassen.

»Der Blitz hat eingeschlagen«, stieß die Köchin tonlos hervor. »Was ist mit dem Licht?«

»Vermutlich ein Kurzschluß«, antwortete Connor. »Allerdings frage ich mich, weshalb das Notstromaggregat nicht anspringt. Ich werde nachsehen.« Im Schein der winzigen Flamme seines Feuerzeugs erhob er sich und hastete quer durch den Raum.

Kurz darauf brannte ein gutes Dutzend Kerzen. Eleonore Paddington kauerte auf dem Boden und suchte die Porzellansplitter zusammen.

Ein unheimliches Knistern und Knacken erfüllte die Luft, untermalt von einem dumpfen Hämmern in ihrem Schädel und dem Rasseln ihrer keuchenden Atemzüge. Würgende Übelkeit stieg in ihr hoch.

Die Welt stand kopf.

Erinnerungsfetzen erschreckten Kathleen McDowell: der Regen ... Henrys forsche Fahrweise ... die Scheinwerfer des entgegenkommenden Autos ...

»Henry!« Stockend stieß sie den Namen hervor. Kathleen schmeckte Blut, und die Lippen zu bewegen und sich zu artikulieren, fiel ihr schwer.

Der Ford hatte sich überschlagen und lag jetzt auf der Seite. Die verzerrte Perspektive ebenso wie die Schmerzen, die ihren Körper durchfluteten, entlockten der jungen Frau ein gequältes Stöhnen. Ohne den Gurt, der sie noch immer im Sitz hielt, hätte sie den Unfall vermutlich nicht überlebt. Nur eine Handbreit vor ihr hing das zerfetzte, verbeulte Dach; die Seitenholme waren abgerissen und ragten wie Dolche in den Innenraum.

Kathleen glaubte Stimmen zu hören, war sich dessen aber nicht sicher. Ebensogut konnte es sein, daß das Dröhnen unter der Schädeldecke sie narrte.

»Henry, sag endlich was!« keuchte sie.

Er antwortete nicht. Und die entsetzliche Befürchtung, er könnte tot sein, schnürte ihr die Kehle ab. *Mein Gott, mach, daß es nicht stimmt!* schoß es Kathleen durch den Sinn. *Nicht nach dieser Nacht!*

Von irgendwoher fiel ein schwacher Lichtschimmer in das herrschende Chaos. Bleich standen zwei Scheinwerferfinger in der Düsternis des regenschweren Morgens. Kathleen konnte den Kopf nicht weit genug zur Seite drehen, um das andere Auto zu sehen, aber immerhin hatte die dunkle Limousine angehalten ...

Eine Erschütterung durchlief das Fahrzeugwrack, ein Schwall eisigen Wassers schlug über der Frau zusammen. Die Nässe kühlte ihr brennendes Gesicht und weckte neue Lebensgeister.

Sie hörte die Stimmen deutlicher. Zwei Männer schienen es zu sein. Kathleen verstand nicht, was sie sagten.

Der Ford begann zu schaukeln und neigte sich knirschend zur Seite. Unendlich langsam kippte er auf die Räder zurück. Kathleen wurde tiefer in den Sitz hineingepreßt; stechende Schmerzen, die feurig ihr Rückgrat hinaufrasten, trieben ihr Tränen in die Augen. Mit aller Kraft kämpfte sie gegen die Übelkeit an, die erneut von ihr Besitz ergreifen wollte.

Nach endlos langen Sekunden erschien ein bärtiges Gesicht hinter den Resten der zersplitterten Frontscheibe.

»Sind Sie verletzt, Señorita?«

Sie erwiderte irgend etwas, was sie selbst nicht verstand – ein gequältes Murmeln, in dem Furcht und Hoffnung sich mischten. Ziemlich schnell verschwand der Mann wieder aus ihrem Blickfeld, gleich darauf barst dröhnend neben ihr die zerknitterte Türfüllung. Ein Schraubenschlüssel bohrte sich durch das Blech, wurde verkantet und als Hebel eingesetzt. Endlich sprang die Tür auf.

Kathleen roch ein schweres Parfüm, als der Mann sich über sie beugte und ihren Gurt löste. Seine zupackenden Hände schob sie sanft, aber doch bestimmt zur Seite.

»Ich glaube, ich schaffe das allein.« Sie schluckte krampfhaft. »Helfen Sie Henry!«

Ihr Freund war noch immer bewußtlos. In sich zusammengesunken hing er halb über dem Lenkrad, ein dünner Blutfaden rann über seine Schläfe.

Taumelnd zog Kathleen sich aus dem Wrack. Ihre Knie fühlten sie an wie Plumpudding, doch mit zusammengebissenen Zähnen schaffte sie die ersten Schritte, ohne sofort der Länge nach hinzuschlagen.

Der Ford hatte nicht nur die Straßenböschung umgepflügt, sondern auch etliche Meter der angrenzenden Wiese. Die Spur führte nur wenige Schritte an einer Baumgruppe vorbei. Kathleen erschauderte angesichts der Erkenntnis, wie knapp sie dem Tod wirklich entronnen war.

Am Straßenrand stand ein dunkler Rolls Royce. Von einer langgezogenen Delle abgesehen, schien seine rechte vordere Seite nicht sonderlich schwer beschädigt zu sein. Nicht einmal der Scheinwerfer war zersplittert.

»Sie haben uns von der Straße abgedrängt«, stieß Kathleen McDowell abgehackt hervor. »Ich hoffe, das ist Ihnen bewußt.«

Der Bärtige nickte knapp. Sein Gesicht wirkte kantig; unter der hohen Stirn wölbten sich dichte Augenbrauen, und der schmale Kinnbart verlieh ihm einen Ausdruck kompromißloser Härte. Er trug einen dunklen Nadelstreifenanzug, der wegen des anhaltenden Regens jede Form verloren hatte und wie ein aufgeweichter Sack an ihm hing.

Kathleen wurde sich schlagartig bewußt, daß sie selbst keinen besseren Anblick bot. Der kalte Regen ließ sie frösteln – oder machte sich erst jetzt der Unfallschock bemerkbar?

Der zweite Mann hantierte auf der Fahrerseite, hatte ebenfalls einen starken Hebel angesetzt, um die Tür aufzusprengen. Einige Worte wurden gewechselt. Kathleen verstand nicht, glaubte lediglich zu spüren, daß die Männer über sie redeten. Die Sprache mochte Spanisch sein – deshalb hatte der Bärtige sie wohl mit *Señorita* angeredet.

»Sie sollten die Polizei und einen Rettungsdienst rufen«, bat Kathleen. »An der Abzweigung nach Helmsdale gibt es ein Telefon.«

Ihr Gegenüber reagierte nicht. Wahrscheinlich hatte er keine Ahnung, wo Helmsdale lag.

»An der A 897«, erklärte Kathleen. »Die Einmündung liegt höchstens eineinhalb Kilometer hinter uns.«

»La tenemos que sacrificar«, sagte der Bärtige. Ein wahrhaft diabolisches Grinsen umspielte plötzlich seine Mundwinkel. Der andere hielt flüchtig inne und nickte.

Kathleen fühlte sich unter dem Blick des Mannes unbehaglich. Er streifte ihr schulterlanges rotes Haar, glitt über ihren Körper abwärts und verharrte schließlich auf ihren Brüsten. Die dünne Bluse, die sie im geheizten Auto getragen hatte, klebte inzwischen unangenehm auf der Haut und verdeckte eigentlich fast gar nichts. Schlagartig wurde Kathleen sich ihrer Blöße bewußt. Sie überkreuzte die Unterarme vor der Brust.

»No, Señorita«, wehrte der Bärtige ab. »Die Götter lieben schöne Frauen.« Seine Hände schlossen sich schmerzhaft um ihre Gelenke und zogen ihre Arme zur Seite.

»Was soll das?« schnaubte Kathleen. »Sie tun mir weh!«

Der Mann achtete nicht darauf. Er lächelte abschätzend, aber gerade dieses Lächeln versetzte Kathleen in Panikstimmung.

»Hören Sie«, keuchte das Mädchen, »kümmern Sie sich um meinen Freund, und dann ...«

Blitzschnell zog er sie an sich, seine Rechte ließ los, verkrallte sich um den Kragen ihrer Bluse und zerrte heftig daran. Der Stoff zerriß.

Kathleen schrie auf. Jäh wußte sie, warum die Kerle Henry noch nicht aus dem Auto geholt hatten.

»Nein!« Sie war wie betäubt. »Tun Sie das nicht!« Vergeblich versuchte sie, den Bärtigen von sich zu stoßen, aber er umklammerte ihre beiden Gelenke mit einer Hand. Unbarmherzig hart. Mit zwei Fingern der anderen Hand fuhr er die Rundung ihrer Brust nach.

»Sacrificaremos el Corazon«, sagte er.

Kathleen verstand ihn nicht, doch sein Tonfall versetzte sie endgültig in Panik. Sie schaffte es nicht, sich loszureißen, geschweige denn, ihm ihr Knie in den Unterleib zu stoßen. Nie hätte sie geglaubt, daß sie jemals in eine solche Situation geraten würde. Es war wie ein Alptraum.

»Henry!« krächzte sie. »Hilf mir!« Aber vielleicht war ihr Verlobter gar nicht bewußtlos, sondern tot.

Der Bärtige schlug ihr mit dem Handrücken ins Gesicht. Kathleen verstummte gurgelnd. Sein Gesicht hatte sich zur Grimasse verzerrt; er duldete keinen Widerspruch, verstand offensichtlich nicht einmal, warum sie sich wehrte.

Er stieß sie zu Boden, und bevor sie sich herumwälzen und wieder aufraffen konnte, blitzte in seiner Rechten ein zweischneidiger Dolch. Eine solche Waffe hatte Kathleen nie zuvor gesehen; die Klinge war halbmondförmig gebogen, der Griff mit grünen Edelsteinen besetzt. Todesangst schnürte ihr die Kehle zu. Angesichts der Waffe ließ sie es geschehen, daß er ihr den letzten Fetzen Stoff vom Körper riß. Aus weit geöffneten Augen starrte sie ihn ungläubig an. Sie fror, doch diesmal war es eher eine innere Kälte.

In dem Moment, in dem der Kerl sich wieder über sie beugte, trat Kathleen zu. Mit aller Kraft. Ihre Füße krachten in das bärtige Gesicht und schleuderten den Mann zurück. Mit den Armen rudernd, kämpfte er um sein Gleichgewicht, während Kathleen sich aufraffte und blindlings davon hetzte.

Ihr Herz hämmerte rasend gegen die Rippen, jeder Atemzug brannte wie Feuer. Sie hielt nicht einen flüchtigen Moment inne, um sich umzuwenden. Unvermittelt tauchte sie hinein in ein Buschdickicht. Die Äste zerkratzten ihr die Haut, aber sie achtete nicht darauf.

Immer weiter entfernte sie sich von der Straße. Nur im freien Gelände, eingehüllt von dichten Nebelschwaden, hatte sie eine Chance, dem Verfolger zu entkommen.

Die Schmerzen wurden schier unerträglich; Kathleen blutete aus unzähligen kleinen Wunden, und die nasse Kälte des Februarmorgens fraß sich unaufhaltsam in ihre Eingeweide vor. Ihre Bewegungen waren mechanisch, wie die einer Puppe, die mit einem Uhrwerk aufgezogen wurde. Keuchend taumelte sie weiter, hatte die Richtung längst verloren.

Das Gelände wurde hügelig. Kathleen strauchelte, sie stürzte und rollte ohne Halt zu finden einen Abhang hinab; die Welt bestand für sie nur mehr aus einem wirren Konglomerat düsterer Schatten. Am Fuß des Hügels blieb sie keuchend liegen, immer noch gepeinigt von dem Gefühl, in einen endlos tiefen Schacht zu stürzen. Alles in ihr hatte sich verkrampft. Sie starrte hinauf in den Himmel, wo hinter schnell treibenden schwarzen Wolkenbänken Blitze flackerten.

Erst nach einer Weile begriff sie, daß der Verfolger ihre Spur verloren hatte. Andernfalls wäre er längst wieder über sie hergefallen. Ihre Anspannung und ihre Furcht entluden sich in einem hemmungslosen Schluchzen.

Seit einer halben Stunde war Oake Dùn ohne elektrischen Strom. Inzwischen war klar geworden, daß tatsächlich ein Blitzschlag die Hauptleitung lahmgelegt hatte, und es erschien im nachhinein fast wie ein Wunder, daß der Schaden nicht größer war.

Der Blitz hatte in den Nordturm eingeschlagen. Ein faustgroßes Loch in den Zinnen zeugte davon; unmittelbar unterhalb der Stelle sah es aus, als hätte ein mächtiger Meißel die Mauersteine eingekerbt. Über zwei Stockwerke hinweg war Gestein zersplittert und Mörtel herausgebrochen, und die Äste einer unmittelbar angrenzenden alten Eiche wiesen Brandspuren auf.

In Höhe des Erdgeschosses schien der Blitz ins Innere des Turmes übergesprungen zu sein. Jedenfalls war die an den Generatorenraum angrenzende Kammer mit Putzbrocken und Gesteinssplittern übersät.

Die Überspannung hatte nahezu sämtliche Apparaturen lahmgelegt und außerdem die Verbindung zum Notstromaggregat unterbrochen.

Es stank nach Ozon und verschmortem Isolationsmaterial.

»Die Reparaturen werden einige Stunden in Anspruch nehmen«, erklärte Keswick, der Haustechniker. »Ich glaube nicht, daß ich es vor dem Mittag schaffen kann – eher später.«

»Brauchen Sie Hilfe?« Sutherland griff nach dem Telefon, das inzwischen im Batteriebetrieb funktionierte, aber Keswick winkte ab. »Wir sind bestens ausgerüstet, Sir. Ich würde sagen, wir hatten noch Glück im Unglück.«

»Dann sehen Sie zu, daß Sie alles wieder hinbekommen.« Sutherland nickte bedächtig. »Ist sonst etwas?« fügte er hinzu, als Keswick zögerte.

»Sie wissen, Sir«, der Haustechniker fuhr sich verlegen mit der Hand übers Kinn, »eigentlich hätte ich heute meinen freien Tag. Ich wollte mich mit Susan treffen ...«

»Verschieben Sie die Verabredung! Das dürfte nicht allzu schwer ...«

Keswick schüttelte den Kopf. »Heute ist Susans Geburtstag. Wir sind schon für Mittags verabredet. Ich weiß«, er legte eine flüchtige Pause ein, »meine Arbeit geht vor, aber ...«

»Laden Sie Ihre Freundin ein«, erwiderte Sutherland, »dann läßt sich das Angenehme mit dem Nützlichen verbinden. Mrs. Paddington soll Ihnen beiden eine Geburtstagstorte zaubern, und sobald alles wieder seinen gewohnten Gang geht, plündern wir den Weinkeller. Was halten Sie davon?«

Keswicks Augen waren größer geworden, je länger Sir Ian geredet hatte. Anschließend nickte er eifrig. »Das ... das ist phantastisch, Sir«, stieß er hervor. »Ich weiß gar nicht, wie ich Ihnen danken soll.«

»Machen Sie Ihre Arbeit, Keswick, mehr verlange ich nicht. Außerdem können Sie mir bei der Gelegenheit endlich Ihre Susan vorstellen. Wie lange kennen Sie sich inzwischen? Wenn ich mich recht entsinne, ziemlich genau ein halbes Jahr.«

»Sechs Monate und acht Tage, Sir.«

Sutherland lächelte wissend. Diese exakte Zeitrechnung anfänglicher Verliebtheit würde spätestens nach einigen Jahren dem Alltagstrott weichen. Das war immer so, und Keswick bildete bestimmt keine Ausnahme.

Sir Ian verließ den Raum, als der Techniker telefonierte. Er wußte, daß Keswick anschließend alles daransetzen würde, den Schaden möglichst schnell zu beheben. Das Leben auf Oake Dùn war zwar auch ohne elektrischen Strom vorstellbar, ohne daß deswegen ein Rückfall ins Mittelalter erfolgte, aber technische Errungenschaften wie die hochmoderne Computeranlage oder die eigene Funkstation besaßen dann bestenfalls noch Schrottwert.

Zumindest das Gewitter schien sich ausgetobt zu

haben, wenngleich nach wie vor schwere Regenwolken den Himmel verhängten. Die Stimmung erinnerte an einen tristen Novembertag, grau und ohne Aussicht auf Wetterbesserung – ein Tag, an dem man keinen Hund vor die Tür jagt. Ein schneidender Westwind heulte über die nahen Klippen und peitschte feine Wasserschleier heran.

Sutherland war auf dem Weg zur Küche, um der Köchin Bescheid zu sagen, daß für den Nachmittag eine Geburtstagstorte benötigt wurde, als die Hunde anschlugen. Ihr Bellen hörte er ohnehin nur, weil jemand die Fenster im ersten Stock geöffnet hatte. Der Wind vertrieb die stickige Atmosphäre aus dem Treppenhaus, wehte aber auch Nässe herein. Kopfschüttelnd blickte Sir Ian auf eine alte Rüstung, von der die kondensierende Feuchtigkeit bereits abtropfte und allmählich eine ansehnliche Lache bildete. Wahrscheinlich hatte Betty Neacail die Fenster aufgerissen. Das Stubenmädchen konnte von Glück reden, daß Mortimer nicht auf Oake Dùn weilte – er hätte ihr für diese Nachlässigkeit gehörig den Kopf gewaschen. Sutherland hingegen überging allen Ärger mit einem Schulterzucken und schickte sich an, die Fenster zu schließen. Später blieb immer noch Zeit, Miss Neacail auf ihren Fehler hinzuweisen.

Aus dem Erdgeschoß hallte ein dumpfes Pochen herauf. Dröhnend krachte der schmiedeeiserne Klopfer gegen die Eingangspforte. Obwohl ein Erker ihm die Sicht auf das Portal versperrte, beugte Sutherland sich nach vorne. Er erwartete niemanden, bestenfalls Mortimer, der seinen Vater besucht hatte und eigentlich heute zurückkommen wollte. Aber so sicher konnte man sich dessen nie sein; seine Worte waren eine Absichtserklärung gewesen, kein Versprechen. Ganz zu schweigen davon, daß Mortimer selbst schon ein ansehnliches Alter erreicht hatte, würde sein Vater bald Methusalem Konkurrenz machen.

»Gute Ware hält sich eben«, pflegte der Diener hin und wieder zu behaupten, wenn die Rede auf seine familiären Bande kam. Dabei verhehlte er nicht, daß es zwischen seinem Vater und ihm gelegentlich Differenzen über ihre Art der Weltanschauung gab. Offenbar sah der Alte in Mortimer heute wie vor sechzig Jahren den jugendlichen Revolutionär, der bestehende Ordnungen viel zu stürmisch umstoßen wollte. Ausgerechnet Mortimer, das Musterbeispiel konservativer Erziehung ...

Ein Schatten löste sich aus dem Schutz der trutzigen Mauern. Sutherland kannte den Mann nicht, der offenbar zu Fuß nach Oake Dùn gekommen war, denn ein Fahrzeug stand nicht in der Einfahrt. Obwohl er völlig durchnäßt war, wirkte der Fremde elegant, machte aber zugleich nicht den Eindruck eines Vertreters. Suchend ließ er seinen Blick über die Fassade des Schlosses wandern, und er hob überrascht die Hand, als er Sir Ian entdeckte.

»Hallo!« rief er gegen das Heulen des Sturmes. »Ich fürchtete schon, niemanden anzutreffen. Ich brauche Hilfe.«

Der Earl of Oake Dùn bedeutete ihm, am Eingang zu warten. Nur ein paar Minuten später standen sie sich in der Halle gegenüber. Draußen war es nach wie vor ungemütlich.

»Kimberley«, stellte der Fremde sich vor, und rings um ihn bildete sich eine größer werdende Lache. »Denis Kimberley. Verzeihen Sie, wenn ich Sie unangemeldet überfalle, aber mein Wagen streikt. Ich habe es gerade noch bis zum Hohlweg geschafft ...«

»Wollen Sie telefonieren?«

Mit der flachen Hand wischte Kimberley sich das Wasser aus dem Gesicht. Doch solange ihm das Haar triefend in die Stirn hing, war das vergebliche Mühe. »Ich bereite Ihnen Ungelegenheiten«, stellte er selbstkritisch fest. »Das tut mir leid.« Er warf einen Blick auf seine

Armbanduhr, ein teueres Stück, deren Wert Sutherland nicht unter zwanzigtausend Pfund schätzte. »Ich bin in Eile, weil ich eine geschäftliche Verabredung in Durness einhalten muß. Falls Sie mir an Stelle des Telefons ein Auto und einen Chauffeur zur Verfügung stellen könnten ...«

»Momentan haben wir selbst Probleme«, erwiderte Sir Ian. »Ein Blitzschlag hat die Stromversorgung lahmgelegt, deshalb kann ich keinen Mann entbehren.« Nachdenklich kaute er auf seiner Unterlippe. »Was für einen Wagen fahren Sie?«

»Rolls«, sagte Kimberley. »Allerdings bin ich eine technische Niete. Von Motoren verstehe ich herzlich wenig.« Unbehaglich trat er von einem Fuß auf den anderen. »Die Nässe ist unangenehm.«

Sutherland nickte zögernd. »Falls Sie sich abtrocknen wollen, Mr. Kimberley, stelle ich Ihnen eines unserer Bäder zur Verfügung. Und Miss Neacail wird ihren Anzug in Ordnung bringen.«

»Wenn das möglich wäre ...«

»Inzwischen wird sich Mr. Crieff um Ihren Wagen kümmern. Rennie ist Fachmann, er hat bisher jeden Motor zum Laufen gebracht.«

»Bei der Gelegenheit sollten Sie wissen, daß zwei Geschäftsfreunde im Auto warten.« Kimberley starrte unbehaglich auf die Lache zu seinen Füßen, gleich darauf wanderte sein Blick weiter. Nichts schien ihm zu entgehen. Als am oberen Ende der Treppe Schritte erklangen, hob er ruckartig den Kopf. Das Aufblitzen in seinen Augen entging Sutherland keineswegs.

Betty Neacail kam die Stufen herab. Der kurze Rock, den sie trug, ließ ihre Beine unendlich lang erscheinen. Und das Wippen in ihrer Bluse hätte Mortimer in diesem Moment auf die Palme gebracht. Es wäre nicht das erste Mal gewesen, daß er Betty ihrer unschicklichen Fleischbeschau wegen lautstark heruntergeputzt hätte. Sutherland, der in früheren Jahren selbst kein Kostverächter gewesen war, wußte längst, daß Miss Neacail den greisen Diener provozierte. Die beiden hatten ein Verhältnis zueinander wie Hund und Katze.

»Kommen Sie her, Miss Neacail!«

»Sir?« Sanft fuhr sie sich mit der Zunge über die Lippen. Sie hatte einen goldglänzenden Lippenstift aufgetragen und auch ihre Lider golden gefärbt. Die schwarzen Konturen machten ihr Gesicht zum unübersehbaren Blickfang.

»Führen Sie Mr. Kimberley ins Gästebad. Und bügeln Sie seinen Anzug auf. Wie lange, denken Sie, werden Sie dazu benötigen?«

Das Stubenmädchen schob einen Kaugummi von einer Seite des Mundes zur anderen. »Dreißig Minuten, schätze ich«, erwiderte sie.

»Mr. Kimberley –?«

»Das ist schon in Ordnung. Wenn Ihr Monteur inzwischen den Rolls in Gang bringt ...«

Betty Neacail führte ihn durch die Halle in den angrenzenden Korridor. »Sie können alles im Bad benutzen, Sir, auch den Morgenmantel. Reichen Sie mir Ihre Kleidung einfach zur Tür heraus.«

Sinnend blickte Sutherland der nassen Spur nach, die Kimberley hinterließ. Dann schickte er sich an, Rennie Crieff zu suchen.

Kathleen McDowell wartete auf eine wohltuende Ohnmacht, als wäre ihr das eigene Schicksal völlig gleichgültig. Ihr selbst erschien es fast, als hätte ihr Geist sich längst vom Körper getrennt, als sei sie nur eine unbeteiligte Zuschauerin in einem unbegreiflichen Spiel. Für sie war dieses zitternde, zusammengekauerte Bündel

Mensch wie eine Fremde, deren Anblick keine Gefühle hervorrief, nur eine grenzenlose Leere.

Aber dann dachte sie wieder an Henry. Womöglich hatten die Kerle ihn hilflos liegen gelassen.

Ihre Finger verkrallten sich in der Grasnarbe. Sie war an allem schuld. Henry hatte auch den Vormittag in der Lodge verbringen wollen, aber ihr war es wichtiger gewesen, wieder nach Hause zu kommen ...

Sie wälzte sich auf die Seite und wischte sich mit dreckverschmierten Händen die Tränen aus den Augen. Haltlos torkelte sie weiter – bis ihr endlich klar wurde, daß sie in die Irre lief.

Verwirrt hielt sie inne, drehte sich einmal um sich selbst. Dunstschwaden hingen zwischen den Hügeln, die an winzige Inseln inmitten eines aufgewühlten Ozeans erinnerten. Die Sonne des frühen Morgens war kaum zu ahnen – ein verwaschener fahler Fleck zwischen den Wolken, mehr nicht. Kathleen erkannte, daß sie nach Süden gelaufen war, tiefer in die Highlands hinein und fort von der Straße.

Die Sonne im Rücken, stolperte sie weiter. Zwei, vielleicht drei Kilometer mochte sie inzwischen zurückgelegt haben.

Irgendwann hörte sie das Rattern eines Motorrads. Sie schrie und winkte, aber die Straße lag noch im Nebel verborgen, und das Motorengeräusch verlor sich rasch in der Ferne.

Kurz darauf sah sie das dunkle Band der Straße wieder vor sich. Kathleen hatte keine Ahnung, wo sie sich befand – irgendwo zwischen der Abzweigung zur Melvich Bay und der A 897.

Monoton patschten ihre nackten Füße über den Asphalt. Sie lief jetzt gleichmäßig und ohne darüber nachzudenken, die Bewegung war ihr inzwischen in Fleisch und Blut übergegangen. In diesem Zustand wäre es ihr fast unmöglich gewesen, innezuhalten. Nicht, bevor sie die Telefonzelle in der Nähe der Abzweigung erreicht hatte.

»Henry«, keuchte sie. Und wieder: »Henry.« Bei jedem Schritt. Alles andere war bedeutungslos.

Wenig später schreckte sie auf. Das Dröhnen eines Motors fraß sich in ihre Wahrnehmung. Ein Auto folgte ihr. Waren die beiden Kerle zurückgekommen?

Mit einem Aufschrei warf Kathleen sich zur Seite. Sie stieß gegen einen Begrenzungspfahl, stürzte und rutschte haltlos die kurze Böschung hinunter. Ehe sie sich aufraffen konnte, hörte sie eine Autotür schlagen.

»Miss! Laufen Sie nicht davon, Miss! Ich will Ihnen doch nur helfen.«

Das war nicht die Stimme des Fremden. Im Gegenteil. Der Highland-Dialekt war unüberhörbar.

Ein junger Mann folgte ihr, hastete ohne zu zögern die Böschung herab und fing sie auf, als die Beine ihr endgültig den Dienst versagten.

»Wer sind Sie? Was ist mit Ihnen geschehen?«

Kathleen stammelte etwas von einem Unfall, aber alles brach gleichzeitig aus ihr hervor, ein fürchterliches Durcheinander.

Sanft strich eine Hand über ihr Haar. »Beruhigen Sie sich, Miss, und dann erzählen Sie, was geschehen ist. Sie müssen halb erfroren sein. Kommen Sie, im Auto ist es warm, ich gebe Ihnen eine Decke.«

Sie stolperte neben ihm her. Später erinnerte sie sich nur verschwommen daran. Der junge Mann half ihr auf den Rücksitz seines Autos und hüllte sie in eine flauschige Decke. Vergeblich versuchte er von ihr zu erfahren, was geschehen war. Kathleen setzte mehrmals zu einer Antwort an, doch immer unterbrach sie sich tränenerstickt.

»Henry, ist das Ihr Freund?« wollte der junge Mann wissen. »Er hatte einen Unfall?«

Sie nickte heftig. »Zurück! Fahren Sie zurück! Wir müssen ihm helfen!«

»Weit?«

»Nein, nein ... ich glaube – zwei Kilometer.«

»Ich heiße George Orway«, sagte der Mann, der inzwischen wieder hinter dem Steuer saß.

»Fahren Sie, George! Bitte!«

Er hatte sich zu ihr umgewandt und kaute nachdenklich auf seiner Unterlippe. »Sind Sie sicher, Miss? Ich meine ... ich komme von Dounreay, und ich hätte einen Unfall bemerken müssen.«

»Bitte, George, Sie können mir glauben ... Machen Sie schnell!«

Er bedachte Kathleen mit einem letzten forschenden Blick, dann zuckte er mit den Schultern und ließ den Motor an. Auf der Straße wendete er und fuhr langsam in die Richtung zurück, aus der er gekommen war. Die Scheinwerferkegel geisterten durch den allmählich aufsteigenden Nebel.

»Falls wir nichts finden, wohin soll ich Sie bringen?« Georges Blick pendelte zwischen der Straße und dem Innenspiegel hin und her. Er sah, daß das Mädchen sich auf der Rückbank aufgerichtet hatte. Mit einer Hand hielt sie die Decke krampfhaft zusammen, mit der anderen wischte sie wieder über ihr Gesicht. Stumm starrte sie nach draußen.

George glaubte nicht an die Geschichte mit dem Unfall. Er begann zu bereuen, daß er überhaupt angehalten hatte. Kathleen – falls das wirklich ihr Name war – machte auf ihn einen überaus verwirrten Eindruck. Je länger er darüber nachdachte, desto mehr gelangte er zu der Erkenntnis, daß sie möglicherweise aus einem Heim ausgerissen war. Er tat gut daran, sie bei der nächsten Polizeiwache abzuliefern, wollte er nicht selbst in den Verdacht krimineller Handlungen geraten. Die Phantasie solcher Mädchen vollführte mitunter seltsame Kapriolen, und ihr Zustand ... Nein, dem Verdacht, ihr Gewalt angetan zu haben, wollte er sich gewiß nicht aussetzen.

Beinahe hätte er die Spur übersehen, die von der Straße aus in die angrenzende Wiese führte. Die Grasnarbe war aufgewühlt ...

»Halten Sie an!« ächzte Kathleen hinter ihm.

Erst mehr als fünfzig Meter hinter der Stelle kam das Auto zum Stillstand. Er legte den Rückwärtsgang ein und ließ den Wagen zurückrollen.

»Hier war es!« stieß Kathleen aufgeregt hervor. »Hier hat uns der Rolls gerammt.«

Vielleicht hatte sie ja doch die Wahrheit gesagt. George stieg aus. Mitten auf der Straße lagen Splitter. Scheinwerferglas. Und abseits in der Wiese, zwischen den Nebelschwaden nur als Silhouette zu erkennen, stand ein Fahrzeug.

Er wandte sich nach hinten: »Wollen Sie aussteigen, Miss?«

»Sehen Sie die Limousine in der Nähe?« lautete die zaghafte Gegenfrage.

Er schüttelte den Kopf. »Vielleicht war ihr Freund verletzt, und sie haben ihn ins Krankenhaus gebracht.«

Als sie ausstieg, hüllte Kathleen sich noch fester in die flauschige Decke. Um ihre Mundwinkel zuckte es verhalten. Sie folgte George mit einigen Schritten Abstand.

Der Ford war schrottreif. Daß Kathleen ohne nennenswerte Blessuren davongekommen war, grenzte schier an ein Wunder. Eine inzwischen angetrocknete Blutspur auf dem Armaturenbrett und quer über den Fahrersitz verriet, daß Henry doch schwerer verletzt worden war.

»Ihr Freund befindet sich längst in der nächsten Klinik«, vermutete Orway.

»Ich weiß nicht«, erwiderte Kathleen. Was hatte sie falsch gemacht? Wäre es besser gewesen, nicht davonzulaufen? Am liebsten hätte sie losgeheult, aber ihre Tränen waren versiegt.

»Hier klebt ebenfalls Blut«, stellte Orway fest. Er kniete im Gras und blickte suchend um sich.

Die Spur führte allerdings nicht zur Straße hinüber, sondern um das Auto herum und entfernte sich in Richtung auf die nahen Büsche. Kathleen entsann sich dunkel, daß sie ebenfalls auf diese Seite geflohen war.

Sollte Henry ...? Nein, er war ihr gewiß nicht gefolgt. Die Kerle hatten ihn dort hinüber gezerrt. Das Herz hämmerte ihr plötzlich bis zum Hals.

»Da liegt jemand«, sagte Orway, keineswegs mehr überrascht. »Kommen Sie, wir müssen ihm helfen!«

Drüben, zwischen den Büschen, lag tatsächlich eine verkrümmte Gestalt. George Orway verhielt jedoch urplötzlich seine Schritte. Ein Laut des Entsetzens drang über seine Lippen. Kathleen hinter ihm sah, wie er sich verkrampfte, wie er regelrecht zusammenzuckte, aber dann ging er doch weiter, zaghaft, als müsse er jeden Fußbreit Boden erst sondieren.

»Bleiben Sie zurück!« raunte er. »Das ist nichts für ...«

Aber Kathleen hatte schon genug gesehen, und nichts und niemand auf der Welt hätte sie in dem Moment zurückhalten können. Einen gellenden Aufschrei ausstoßend, stürmte sie los, rempelte Orway heftig an und entwand sich seinen zupackenden Händen. »Henry!« brüllte sie mit sich überschlagender Stimme. »Mein Gott ... Henry ...« Dann sackte sie gurgelnd in sich zusammen.

Zwischen den Büschen lag die entsetzlich zugerichtete Leiche ihres Freundes. Eine tiefe Wunde zog sich über den nackten Oberkörper vom Halsansatz bis zum Brustbein.

Der Anblick war grauenvoll. Eine unsichtbare Hand drückte George Orway die Kehle ab, er keuchte, rang nach Atem, und gleich darauf warf er sich herum und übergab sich. Den Anblick des Toten würde er wohl sein Leben lang nicht mehr vergessen können. Bislang hatte er geglaubt, daß es so etwas nur in miesen Krimis und Horrorstories gab.

In seinem Schädel dröhnte ein gigantisches Hammerwerk. Weg von hier! war der einzige klare Gedanke, den er fassen konnte. Doch die Beine versagten ihm den Dienst. Falls die Mörder noch in der Nähe waren, hatten sie auch mit ihm leichtes Spiel.

Sie waren unmenschliche Bestien, die man am besten für immer hinter Gitter brachte. Sie hatten dem Toten das Herz aus der Brust herausgeschnitten.

Kathleen starrte den Toten an und schrie hysterisch. Am liebsten hätte Orway sie ins Auto gestoßen und wäre mit Vollgas davongebraust. Aber das würde ihm nicht helfen, den grauenvollen Anblick zu vergessen.

Mit der flachen Hand schlug er Kathleen ins Gesicht. Mehrmals, bis sie endlich verstummte.

»Ihren Freund ... machen Sie nicht wieder lebendig«, herrschte er sie an. »Wir müssen die Polizei verständigen.«

Ian Sutherlands Ahnen hatten Oake Dùn auf einem zum Atlantik hin steil abfallenden Felsen errichtet. Die einzige Zufahrt landseits war ein schmaler, geschotterter Weg, der auf den letzten zweihundert Metern wie durch eine steile Schlucht führte. Nahezu senkrecht ragten die spärlich bewachsenen Felsen zu beiden Seiten auf. Die Erosion hatte in langen Jahrtausenden diese ansteigende Schlucht geschaffen, die aussah, als hätte eine gigantische Streitaxt sie in den Felsen eingekerbt. Vielleicht deshalb kannte man in einigen der kleinen Ortschaften in der Nähe noch heute Legenden aus einer Zeit, als das Felsplateau bewaldet gewesen war. Es waren Geschichten, wie es sie auch anderswo gab – Erzählungen über einen Drachen, der das Land terrorisierte, bis ein tapferer Recke ihn im Kampf besiegte und dabei mit seinem Schwert den Fels spaltete.

Die Wälder hatten wirklich existiert – ein dichter Bestand knorriger Eichen war für Oake Dùn namensgebend gewesen. Alles andere basierte auf Aberglaube und Dichtung, untrennbar miteinander verbunden, ohne Anspruch auf ein Körnchen Wahrheit. Schon in früher Jugend hatte Sir Ian Sutherland Chroniken über die Geschichte des Küstengebiets gesammelt, war aber nur sehr spärlich fündig geworden, was Oake Dùn anbetraf.

Daran dachte Rennie Crieff, als er im Dauerlauf den Weg entlangeilte. Inzwischen hatte es wieder einmal zu regnen aufgehört, die Wolkendecke war sogar aufgerissen, und ein klein wenig blauer Himmel blinzelte verheißungsvoll durch das eintönige Grau. Nur der Wind war geblieben, der heulend aus Nordosten heranstrich und die See tosend gegen die Klippen schleuderte. Salzgeschmack lag in der Luft, aber Rennie glaubte auch den beklemmenden Dunst von Altöl zu schmecken. Wahrscheinlich hatte mal wieder einer der weit draußen vorbeifahrenden Frachter die Tanks ausgespült. Manchmal erschienen Rennie die Menschen wie eine Horde blind voranstürmender Lemminge, die den eigenen Untergang suchten. Er selbst war einer dieser Lemminge, und er konnte sich, sogar wenn er es gewollt hätte, nicht aus der Masse lösen.

Der Rolls Royce war mitten zwischen den Felsen verreckt, und das auch noch so unglücklich, daß kein anderes Fahrzeug passieren konnte. Dem aufgewühlten Schotter nach zu schließen, hatte der Fahrer versucht, mit Bleifuß den Rest der Steigung zu nehmen – ein ebenso sinnloser wie dummer Versuch. Man quälte keinen Rolls auf solche Weise.

Die Motorhaube war geöffnet, aber die beiden Männer, die im Wagen saßen, hatten ihre Versuche, den Schaden zu beheben, längst wieder aufgegeben. Oder sie waren einfach wasserscheu. Von einer überhängenden Felsnase sprudelten unaufhörlich schwache Rinnsale herab.

Rennie schlug den Kragen seines Overalls hoch. Er fröstelte.

»Hi«, sagte er, als er neben der Limousine stehenblieb, in der Linken seinen Werkzeugkasten, die Rechte lässig in der Hosentasche vergraben. »Was hat das Baby für Bauchschmerzen?«

»Baby?« Die beiden Männer stiegen gleichzeitig aus. »Der Wagen tut's nicht mehr, das ist alles.«

»Hm.« Rennie kratzte sich nachdenklich die Schläfe, wie es wohl jeder Monteur zu tun pflegt, der mit wenig hilfreichen Angaben konfrontiert wird. Die Männer waren Anfang bis Mitte vierzig, zeitlos elegant gekleidet und nicht gerade die Typen, die sich mit Motoren auskannten. Abgesehen davon hatten sie erst vor kurzem einen Unfall gebaut. Der Blechschaden vorne rechts war noch nicht alt.

»Bitte starten Sie!« sagte Crieff.

Ein trockenes Kratzen, mehr nicht, war das Ergebnis des Versuchs.

»Von einem Augenblick zum anderen war Schluß«, erklärte der Mann auf der Beifahrerseite.

Rennie überprüfte die Benzinleitungen. »Sie waren auf dem Weg nach Oake Dùn, Gentlemen?«

»Nicht direkt.«

Rennie Crieff wischte sich die Hände am Overall ab. »An der Spritzufuhr kann es nicht liegen. – Erneut starten, bitte.«

Das Geräusch klang unverändert. Rennie warf einen kurzen Blick über die Schulter zurück und bedachte den Mann hinter sich mit einem auffordernden Nicken, das soviel bedeutete wie »Ich höre Ihnen schon zu. Reden Sie ruhig weiter.«

»Wir hatten einen Unfall nahe der Abzweigung. Dabei fiel der Name Sutherland, und da Sir Ian ein alter Freund ist ... Ich frage mich, wie jemand diese Einsamkeit erstrebenswert finden kann. Hat Ian viele Bedienstete um sich?«

»Ein paar«, erwiderte Crieff, der wenig Lust zu einer tiefschürfenden Unterhaltung verspürte – nicht, solange sich der Defekt an der Limousine hartnäckig seinem Zugriff entzog.

»Fünf, sechs – was verstehen Sie unter ein paar?«

»Zehn, aber momentan sind nicht alle da.« Rennie richtete sich ächzend auf. Aus den Augenwinkeln heraus bemerkte er, daß der Mann hinter dem Lenkrad ausstieg. »Wieso fragen Sie danach?« Er stutzte. Der Kerl hinter ihm grinste plötzlich, dann ging alles so schnell, daß Rennie Crieff kaum Zeit fand, abwehrend die Arme hochzureißen.

Ein schwerer Schraubenschlüssel, groß genug, ihm den Schädel zu zertrümmern, sauste auf ihn herab. Rennie schrie auf und wich zur Seite aus, aber die Motorhaube behinderte ihn, und deshalb streifte der mörderische Schlag noch seine Schulter. Der Schmerz raubte ihm den Atem, zugleich explodierte ein Feuerwerk vor seinen Augen. Mit dem anderen Arm stieß er den Gegner von sich – zu schwach, als daß er wirklich eine Chance bekommen hätte. Der zweite Schlag mit dem Schraubenschlüssel traf seine Schläfe. Rennie Crieff glaubte noch das Splittern seiner Knochen zu hören, dann, schlagartig, erloschen alle seine Wahrnehmungen. Wie ein nasser Sack sank er in sich zusammen.

»Ist er tot?« fragte der Mann auf der Fahrerseite. Er hatte sich nach vorne gebeugt und tastete im Motorraum nach einem versteckt angebrachten kleinen Schalter. Ein schwacher Fingerdruck genügte, die lahmgelegte Elektronik des Fahrzeugs wieder zu aktivieren.

»Ich habe nicht fest zugeschlagen«, erwiderte der andere. »Sein Schädel dürfte hart genug sein, das auszuhalten.«

Gemeinsam banden sie Rennie die Arme auf den Rücken und knebelten ihn, danach wuchteten sie den in tiefer Bewußtlosigkeit liegenden Monteur in den Kofferraum.

Ohne zu mucken sprang der Motor an. Die Limousine ließ den Hohlweg hinter sich und bog auf die Besucherparkplätze vor der Ostmauer von Oake Dùn ein.

Grelle Blinklichter zerfetzten die letzten Nebelschwaden. Mit einer Handvoll Baken und Lampen war die Straße im Bereich der Unfallstelle halbseitig gesperrt worden – eigentlich eine unnötige Arbeit, bedachte man den ohnehin spärlichen Verkehr, aber eben Vorschrift.

In der angrenzenden Wiese suchten zwei Polizeibeamte nach verwertbaren Spuren. Mehr Leute standen Inspektor Kirkendbright momentan nicht zur Verfügung; er war ohnehin schon froh, daß er die beiden über Funk erreicht hatte.

Seit dreißig Jahren machte er in dieser nördlichsten Region Schottlands Dienst, und genau dreißig Jahre lang hatte sich innerhalb seines Zuständigkeitsbereichs kein solches Kapitalverbrechen ereignet. Daß er ausgerechnet wenige Wochen vor seinem wohlverdienten Ruhestand mit einem blutigen Mord konfrontiert wurde, empfand er als Zumutung des Schicksals.

Nachdenklich musterte er das mit Grassoden und Dreck verschmierte Autowrack. Der Ford hatte sich, nachdem er von der Fahrbahn abgekommen war, mehrfach überschlagen.

»Ein Rolls Royce hat den Wagen gestreift, sagten Sie?« wandte er sich an die junge Frau, die totenbleich neben dem Fahrzeug stand und dumpf vor sich hin starrte. Da sie völlig aufgelöst gewesen war, hatte er ihr zuallererst einen doppelten Whisky eingeflößt, der tatsächlich beruhigend wirkte. Der Arzt würde ihr später ein Beruhigungsmittel spritzen, falls das dann noch nötig war.

»Zweifeln Sie unsere Aussage an?« fragte George Orway ungehalten. So gut es eben ging, hatte er versucht, die junge Frau zu trösten.

»Natürlich nicht«, murmelte Sergeant Gaidhlig und bedachte seinen Vorgesetzten mit einem forschenden Blick.

»Wo haben Sie die Leiche gefunden?« fragte Colin Kirkendbright in dem Moment.

Orway deutete zu der Buschreihe hinüber.

»Hm.« Der Inspektor kniff die Brauen zusammen. »Falls Sie, Miss McDowell, lieber beim Auto bleiben ... Sergeant, kümmern Sie sich um die junge Lady!«

Gaidhlig nickte. »Ist schon klar, Chief.«

»Sie haben das Mädchen also auf der Straße aufgelesen. Gänzlich unbekleidet.« Kirkendbright musterte Orway schräg von der Seite, während sie durch das Gras stapften. »Glauben Sie, es liegt ein Sexualverbrechen vor? Der Tote wollte sie vergewaltigen ...«

»Wer?«

»Als er noch lebte, natürlich. Und Miss McDowell hat ihm ein Messer zwischen die Rippen gestoßen. Notwehr, das würde die Sache vereinfachen.«

»Wenn es bloß das wäre, Inspektor ...«

Sie erreichten den Toten. Krähen flatterten krächzend auf. »Verdammtes Viehzeug«, schnaubte Kirkendbright, dann schluckte er krampfhaft. »So haben Sie ihn gefunden?« Eine rein rhetorische Frage, denn er achtete nicht darauf, ob Orway überhaupt antwortete.

Der Anblick war Gift für Menschen mit schwachen Nerven. Sogar er hatte jäh das Gefühl, daß sich alles um ihn herum zu drehen begann. Für ein paar Sekunden schloß er die Augen, dann war er darüber hinweg. Der Mord war das Werk eines Wahnsinnigen. Jack the Ripper schien von den Toten auferstanden zu sein. Und, verdammt, eine solche Tat blieb meist kein Einzelfall. Mit seiner Handvoll Polizisten, das wußte er jetzt schon, würde er hoffnungslos überfordert sein.

»Haben Sie irgendwelche Beobachtungen gemacht, Mr. Orway? Ist Ihnen eine dunkle Limousine aufgefallen, und erinnern Sie sich an das Kennzeichen? – Wo wollen Sie hin?« Kirkendbright hielt Orway am Arm zurück. Mit einer weitschweifigen Bewegung deutete er in die Runde. »Hier wurde schon so viel niedergetrampelt, daß ich kaum noch hoffe, brauchbare Spuren zu finden.«

»Ich ...«, druckste Orway und schluckte krampfhaft. »Ich muß mich übergeben.«

Der Inspektor blickte ihn sorgenvoll an.

»Gehen Sie ein paar Meter weiter weg. Aber passen Sie auf.«

Beide Hände vor dem Mund, nickte Orway. Er verdrehte bereits die Augen. Torkelnd schlug er einen Bogen hinüber zum Ende der Buschreihe. Auch Kirkendbright wäre am liebsten davongelaufen, doch das hätte das abrupte Ende seiner Karriere bedeutet.

»Inspektor!« Orways Stimme klang aufgeregt. »Sehen Sie sich das an!«

Er hatte, mehr durch Zufall, eine Feuerstelle entdeckt. Dreißig Meter von der Leiche entfernt. Jemand hatte Äste und Zweige von den Büschen abgebrochen, zu einem kleinen Scheiterhaufen aufgeschichtet und in Brand gesteckt. Vermutlich war das nasse Holz zuvor mit Benzin übergossen worden.

Kirkendbright ließ sich in die Hocke nieder. Das

Häufchen Asche war noch nicht erkaltet, im Inneren fanden sich sogar schwelende Aststücke.

Der Inspektor zerrieb die Asche zwischen den Fingern und roch daran. Wie er schon vermutet hatte, war ein flüchtiger Benzingeruch wahrnehmbar. Das bedeutete, daß wirklich noch nicht sehr viel Zeit vergangen sein konnte.

Das Stückchen Ast, mit dem er in der Glut herumstocherte, stieß plötzlich auf Widerstand. Kirkendbright kniff fragend die Brauen zusammen, als er einen halb faustgroßen, verkohlten Klumpen von der Asche freilegte.

Die Erkenntnis traf ihn wie ein Blitz und ließ ihn zugleich an seinem Verstand zweifeln. Das war verkohltes Fleisch! Der Mörder hatte Henry Craig das Herz aus der Brust geschnitten und es hier, nur wenige Meter vom Tatort entfernt, auf einem in aller Eile aufgeschichteten Scheiterhaufen verbrannt. Was war das Motiv für eine solche Tat? Gegen diesen Psychopathen war Jack the Ripper ja ein Waisenknabe gewesen.

Inspektor Kirkendbright fühlte, wie ihm die Knie weich wurden. Nur mit Mühe schaffte er es, sich umzuwenden und die Polizisten zu rufen. Die Stimme versagte ihm fast den Dienst.

In diesen Augenblicken schwor er sich, daß er den Mörder zur Strecke bringen würde, und sollte es auch das letzte sein, was er in diesem Leben tat.

Betty Neacail grinste amüsiert. Obwohl dieser Mr. Kimberley eine stattliche Erscheinung war – schatzungsweise einsachtzig groß, schlank und muskulös – und sein schmaler schwarzer Kinnbart auf Frauen wie ein Magnet wirkte, gab er sich doch recht prüde. Um ihr seinen nassen Anzug und das Hemd zu reichen, hatte er die Badezimmertür nur einen winzigen Spalt weit geöffnet.

Betty hatte Lust zu einer spöttischen Bemerkung verspürt, sich aber im letzten Moment auf die Zunge gebissen.

Das Hemd war reine Seide, und der Anzug stammte, dem eingenähten Etikett nach zu schließen, aus der Kollektion eines mittelamerikanischen Modedesigners.

Kimberley ist Mexikaner, obwohl sein Name nicht gerade typisch spanisch klingt, dachte Betty Neacail. Sie hatte schon immer ein Faible für südländische Señores verspürt.

Vielleicht war er einer der Rinderbarone mit den ganz großen Haziendas. Der Traum von einem Leben in Reichtum und Luxus hatte sie zu Sir Ian geführt, aber es war ein Traum geblieben, und nun ertappte sie sich dabei, daß sie wieder unerfüllbaren Mädchenphantasien nachhing.

»Mexiko«, murmelte sie gedankenverloren, während sie die Bügelfalte der Anzughose mindestens zum dritten Mal überprüfte. Dabei war ihre Vorstellungswelt mehr von amerikanischen Klischee-Western geprägt als von der Realität, wie sie in Reiseführern oder Büchern treffend wiedergegeben wurde.

Das Bügeleisen, mit dem Betty Neacail hantierte, war weder schwer, noch besonders groß, eben für den Gebrauch auf Reisen gedacht, aber ein integrierter Akku versorgte es mit Energie. Andernfalls hätte sie momentan keine Möglichkeit gehabt, Kimberleys Kleidung in Ordnung zu bringen.

Das Sakko war inzwischen nur mehr klamm. Betty zog das zusammengefaltete Einstecktuch heraus – ein Zündholzbriefchen fiel zu Boden. Sie hob es auf und überflog die aufgedruckte Werbung. Eine Bank in Liverpool versprach individuellen Service bei allen Geldproblemen.

Auch die Innentaschen hatte Kimberley nicht geleert.

Betty Neacail griff zu – und zuckte gleich darauf so heftig zurück, als hätte sie sich die Finger verbrannt. In der Hand hielt sie ein Bündel Geldscheine, zusammengerollt und mit einem einfachen Gummi umwickelt. Es waren Hunderternoten, schätzungsweise fünftausend Pfund.

»Okay«, murmelte sie im Selbstgespräch. »Er hat also Geld. Aber das ist schon alles, was du über ihn weißt.« Seltsam genug – außer dem Geld und dem Zündholzbriefchen befanden sich weder Paß, noch Portemonnaie, noch persönliche Dinge in den Taschen. Nicht, daß sie neugierig gewesen wäre, aber es hatte sie einfach interessiert, mehr über den Mann zu erfahren, der so unverhofft in Oake Dùn hereingeschneit war.

Sie deponierte Geld und Streichhölzer wieder in den Taschen, hängte das Hemd und den Anzug auf Bügel und ging zum Bad zurück. »Mr. Kimberley!« Sie klopfte. »Falls Ihre Unterwäsche ebenfalls feucht ist ...«

Von draußen erklang lautes Hupen. Betty zuckte heftig zusammen, als unvermittelt die Tür vor ihr aufgerissen wurde. Eine kräftige Hand umklammerte ihren Arm und zerrte sie ins Badezimmer. Vor Überraschung brachte sie nicht einen Laut über die Lippen. Gleich darauf preßte sich eine Hand auf ihren Mund und hinderte sie fast am Atmen.

»Ein Schrei, und du bist tot!« zischte Kimberley neben ihrem Ohr. »Wir gehen jetzt gemeinsam nach draußen und lassen meine Freunde herein. Versuche nicht, dich loszureißen!«

Sie nickte knapp, wagte kaum, den Kopf zu bewegen, aus Furcht, Kimberley könnte die Geste falsch deuten. Immerhin spürte sie jetzt kalten Stahl an der Kehle, während er den Griff lockerte. Das Messer war riesig, eine Machete, mit der sich mühelos armdicke Lianen kappen ließen. Eigentlich konnte er es nur unter der Kleidung hereingeschmuggelt haben.

»Los doch, beweg dich!« Unsanft stieß er sie vorwärts.

Betty Neacail zitterte wie Espenlaub. Sie versuchte, die Klinge zu ignorieren, aber sie schaffte es nicht. Kalter Schweiß brach ihr aus allen Poren.

Was wollte Kimberley? Eine Geiselnahme? Kein Mensch scherte sich um eine Betty Neacail. Oder wollte er Sutherland? Betty wußte um Sir Ians Kontakte zur UNO und hohen Regierungsstellen. Während des letzten halben Jahres hatte es häufig Grund zur Aufregung gegeben.

»Sir, ich ...«

»Maul halten!« Kimberley riß die Tür auf und stieß sie in den Korridor hinaus. Aus den Augenwinkeln heraus erhaschte Betty einen Blick in einen der Spiegel – er zeigte ihr den vermeintlichen Mexikaner in einem Kostüm, das ihr unter anderen Umständen ein amüsiertes Schmunzeln entlockt hätte. Kimberley trug einen hautengen schwarzen Overall, das Oberteil zur Kapuze ausgebildet, die wie eine Taucherkappe straff den Schädel bedeckte und nur das Gesicht und einen Teil der Stirn frei ließ. Ohne den tödlichen Stahl an ihrer Kehle hätte sie an einen Scherz geglaubt.

Nach wie vor brannten die Kerzenleuchter und verbreiteten ihren flackernden Schein. Bislang hatte der Haustechniker die Stromversorgung noch nicht wiederhergestellt. Betty spürte, daß die Klinge allmählich ihren Hals aufscheuerte. Kimberley ließ ihr kaum Bewegungsfreiheit.

Ungehindert erreichten sie die Eingangshalle. Das Zimmermädchen empfand das Geräusch ihrer Schritte zunehmend lauter. Überall in Oake Dùn mußte es zu hören sein. Und das Rauschen des Blutes hinter ihren Schläfen schwoll zum Stakkato an.

Sie taumelte. Der Boden schien sich unter ihren Füßen aufzubäumen. Im selben Moment krallten sich

Kimberleys Finger in ihren Oberarm. »Geh weiter!« befahl er. »Schneller!«

Eine der Türen, die in die Halle führten, wurde geöffnet. Mrs. Paddington trat rückwärts hindurch, in beiden Händen große Schüsseln aus Porzellan balancierend. Erst als sie sich umwandte, gewahrte sie Betty und Mr. Kimberley, und offensichtlich erschien ihr die Situation eindeutig: Betty eng an den gutaussehenden Fremden geschmiegt ...

»Da soll doch gleich ...! Haben Sie kein Schamgefühl?« Sie riß Mund und Augen auf, als sie das riesige Messer an Bettys Kehle bemerkte, und beide Schüsseln klirrten zu Boden. Ihr dampfender Inhalt, der zweifellos für den Mittag gedacht gewesen war, ergoß sich über den Marmor und die Teppiche.

»Gehen Sie zum Eingang!« herrschte Kimberley sie an. »Machen Sie auf! Na los, Bewegung, oder das Mädchen stirbt.«

Auf Eleonore Paddingtons Stirn erschien eine steile Unmutsfalte. Die Mundpartie nach vorne gewölbt, erinnerte sie in dem Moment an eine wütende Bulldogge. Vorübergehend wußte sie nicht, wohin mit den Händen, dann stemmte sie sich die Fäuste in die Hüfte. »Wir sollten miteinander reden«, stellte sie unumwunden fest. »In aller Ruhe und ohne dieses Mordinstrument.«

Der Griff der Machete krachte gegen Bettys Kinn. »Sag der Matrone, daß sie keine dummen Reden schwingen soll«, raunte Kimberley.

»Tun Sie, was er verlangt!« keuchte das Stubenmädchen. »Er bringt mich sonst um.« Ein unterdrückter Aufschrei folgte. Betty Neacail spürte, daß etwas warm in ihren Ausschnitt rann.

Die Köchin riß abwehrend die Arme hoch. »Ich mach auf, Mister! Bleiben Sie um Himmels willen friedlich. Beruhigen Sie sich.«

Rückwärts gehend, den Blick nicht von den beiden wendend, setzte sie sich in Bewegung. Ihre Lippen zitterten merklich – vielleicht murmelte sie ein stummes Gebet, vielleicht aber auch eine wüste Beschimpfung, die sie nicht laut auszusprechen wagte. Sie stieß gegen die Pforte, tastete hastig hinter sich und löste die Verriegelung.

Augenblicklich wurde die Tür von außen aufgestoßen. Eleonore Paddington taumelte nach vorn. Ehe sie es sich versah, zerrte einer der hereinstürmenden Männer ihr die Arme auf den Rücken. Kimberley zischte einige Worte in einer Sprache, die sie nicht kannte. Der Kerl band ihr daraufhin die Arme so fest auf den Rücken, daß ihr Blutfluß stockte.

»Wie viele Leute sind im Haus?«

Die Köchin biß die Zähne zusammen. Sie dachte nicht daran, zu antworten.

»Wie du willst.« Ein diabolisches Grinsen erschien auf Kimberleys Gesicht. Die Spitze seiner Machete tastete über Mrs. Paddingtons Lippen, wanderte über ihr Doppelkinn hinab zu ihrer Kehle. »Dich brauchen wir am allerwenigsten«, stellte er zynisch fest. »Wenn du nicht reden willst ...«

Die Köchin spürte, wie der Schreck ihr Blut in den Adern gerinnen ließ. Vermutlich war sie bereits bleich wie eine frisch gekalkte Wand. Trotzdem starrte sie ihr Gegenüber zornig an.

»Dreißig Mann sind im Haus«, stieß sie trotzig hervor. »Die Polizei des Verteidigungsministeriums hat ihre Jahrestagung in der Bibliothek.«

Kimberley starrte die Frau entgeistert an, als hätte sie ihm soeben erklärt, daß es am Äquator schneit, aber sofort verzog sich sein Mund zu einem verächtlichen Grinsen. Bedauernd schüttelte er den Kopf und hob die Machete zum Schlag ...

Von draußen waren plötzlich Stimmen zu hören. Kimberley fuhr herum, mit einer flüchtigen Kopfbewegung dirigierte er seine Kumpane zur noch halb offenstehenden Tür.

Schritte näherten sich, verharrten. Jemand redete über dringende Reparaturarbeiten.

»Vorsicht, Sir Ian!« rief Eleonore Paddington lauthals. Im nächsten Moment sackte sie gurgelnd in sich zusammen, weil ihr Gegenüber ihr das Griffstück der Machete an die Schläfe gerammt hatte.

»Sie Mistkerl ...« Betty Neacail wollte der alten Dame beistehen, doch ein zweiter wuchtiger Hieb fegte auch sie von den Beinen. Die Wirkung war kaum anders, als wäre sie gegen eine Wand geprallt.

Connor, der knapp zwei Schritte vor dem Earl ging, hatte inzwischen das Portal erreicht. Alles geschah viel zu schnell, als daß er Zeit gefunden hätte, auf Mrs. Paddingtons warnenden Aufschrei zu reagieren. Er wich lediglich instinktiv mit einer blitzschnellen Seitwärtsdrehung aus. Die blitzende Klinge, die sich andernfalls zwischen seine Rippen gebohrt hätte, verfehlte ihn um knapp zwei Handbreit; Connor packte zu, bekam das Handgelenk des Angreifers zu fassen und zerrte den Kerl zu sich heran. Dumpf krachte sein Knie in die Magengrube des Mannes.

Ein zweiter Tritt ging ins Leere. Sein Gegner schnellte sich fast aus dem Stand heraus zu einem Salto rückwärts hoch. Connor war gezwungen, ihn loszulassen, und schon zuckte die Klinge haarscharf vor seinen Augen vorbei.

Den kraftvoll geführten Kreuzhieben hatte der Butler und Computerspezialist nur seine Geschicklichkeit entgegenzusetzen. Er mußte zurückweichen, in den Schloßhof hinaus. Mit der Geschmeidigkeit eines Stehaufmännchens schaffte er das Kunststück, der Klinge jedesmal um ein paar Zentimeter auszuweichen. Es war ein Spiel mit dem Feuer, das den Gegner wütend machte – und unvorsichtig.

Connors Fußtritt kam überraschend. Für den Bruchteil eines Augenblicks hing der Highlander beinahe waagerecht in der Luft, und seine Absätze bohrten sich in die Magengrube des Angreifers. Der Kerl heulte auf. Obwohl er sich vornüber krümmte, griff er sofort wieder an. Die Klinge dröhnte auf den Pflasterbelag, aber Connor hatte sich herumgerollt und setzte zur Beinschere an. Der Angreifer wurde davon völlig überrumpelt, er versuchte nicht einmal, sich abzufangen. Allerdings steckte er den harten Aufprall ohne mit der Wimper zu zucken weg.

Connor war zwar schneller wieder auf den Beinen, doch sein Versuch, dem Kerl die Waffe aus der Hand zu treten, scheiterte. Im Liegen wechselte er das Haumesser mehrfach von einer Hand in die andere und hackte blindwütig in die Luft, aber als er sich hochschnellte, schoß der Highlander mit der Rechten eine harte Gerade ab.

Aus den Augenwinkeln heraus gewahrte Connor, daß Sir Ian einen ebenso verzweifelten Kampf ausfocht.

Der Earl of Oake Dùn war zumindest nicht gänzlich waffenlos. Am Fuß des Nordturms hatte er zwischen ausgebrochenen Mauersplittern ein Stück des defekten Blitzableiters gefunden. Der gut einen Meter lange, fingerdicke Stab versetzte Sir Ian in die Lage, die Hiebe seines Gegners zu parieren.

Hart klirrte die Machete auf das Eisen, das Sutherland anfangs an beiden Enden hielt. Ziemlich schnell wechselte er jedoch die Taktik und stach, den Stab wie ein Florett führend und den linken Arm abgewinkelt, auf seinen Widersacher ein. Trotzdem geriet er bei der Geschmeidigkeit seines jüngeren Gegners zunehmend in Bedrängnis. Die Schußwunde am Oberschenkel machte ihm wieder zu schaffen; sie war zwar verheilt, doch die ungewohnte Belastung jagte stechende Schmerzen durchs Bein.

Er fragte nicht, wer die Angreifer in den Tarnanzügen waren. Auf gewisse Weise war er schon seit einigen Wochen gewarnt, daß Oake Dùn zur Zielscheibe zwielichtiger Gestalten werden könnte. Aber was hatte er dagegen unternommen? Zu wenig, wenn er es recht bedachte. Er hatte nach Vogel-Strauß-Manier den Kopf in den Sand gesteckt und auf die exponierte Lage von Oake Dùn und die vorhandenen Sicherheitsvorrichtungen vertraut. Die Quittung für seine Nachlässigkeit erhielt er jetzt.

Verbissen parierte er die Hiebe, die hart und schnell auf ihn herabprasselten. Er wurde zunehmend in die Defensive gedrängt, mußte zurückweichen und suchte vergeblich nach einer Schwäche des Gegners.

Das Stück Blitzableiter wog schwerer in der Hand als ein Degen. Sutherlands Bewegungen wurden kantig und ließen sehr schnell die Gewandtheit eines geübten Fechters vermissen. Verbissen drangen sie aufeinander ein und kamen sich fast auf Tuchfühlung nahe, während das mächtige Haumesser über die Eisenstange schrammte.

Sutherland glaubte zu wissen, was die Kerle wollten: den Kristallsplitter aus der Maske des Maya-Herrschers Pacal von Palenque. Der blutige Raub der Jade-Maske aus dem Nationalmuseum von Mexiko City hatte ihn sofort in Alarmstimmung versetzt, aber seither waren einige Wochen verstrichen, und ereignisloses Warten macht träge und unvorsichtig.

Die Klinge des Gegners ritzte sein Hemd. Nur ein paar Zentimeter mehr, und der kalte Stahl hätte sich zwischen seine Rippen gebohrt. Sutherland spürte ein siedendheißes Aufwallen. Er hatte sich ablenken lassen – von Gedanken, für die jetzt wirklich nicht die Zeit war. Seine nächste Unvorsichtigkeit konnte tödlich sein.

Er wirbelte die Eisenstange herum, packte sie wieder mit beiden Händen und stieß zu. Das Klirren der Waffen steigerte sich zum hektischen Stakkato, doch der Sturm, der unvermindert heftig über das Plateau hinwegfegte, übertönte das Klirren. Weder in den Stallungen, noch drüben bei den Gesindehäusern regte sich etwas. Sutherland brauchte nicht darauf zu hoffen, daß Ronald Brendan oder der Stallbursche aufmerksam wurden.

Und Rennie Crieff? Er selbst hatte ihn den Angreifern ans Messer geliefert. Die dunkle Limousine auf dem Parkplatz verriet ihm genug. Nur die Frage, wie viele Angreifer Oake Dùn überfallen hatten, blieb offen.

Sutherland brachte einen ersten Körpertreffer an. Schräg von unten herauf geführt, krachte die Eisenstange gegen den Brustkorb des Angreifers und bohrte sich unter seine Achsel. Dann ging alles wahnsinnig schnell. Wohl nur in einer Reflexbewegung schlang der Kerl den Arm um das meterlange Stück Blitzableiter; er unterstützte Sutherlands Vorwärtsbewegung mit einem heftigen Ruck, stieß die Stange aber sofort wieder zurück. Der Earl of Oake Dùn spürte einen heftigen Schlag gegen den Brustkorb, der ihm den Atem raubte. Tränen schossen ihm in die Augen, er versuchte nachzufassen, aber da wurde ihm bereits das Eisen entrissen. Ein zweiter Hieb ließ ihn taumeln, ein Fußtritt warf ihn endgültig zu Boden.

Im Nu war der Gegner über ihm, die Spitze der Machete senkte sich auf Sir Ians Kehlkopf.

»Schluß jetzt, oder ich töte ihn!« brüllte er.

Connor ließ seine zum Schlag erhobene Faust sinken. Resignierend fielen seine Schultern nach unten. Ihm war klar, daß Sir Ians Leben nur an einem seidenen Faden hing.

»Alles in Ordnung«, versuchte er zu beschwichtigen und breitete in einer besänftigenden Geste die Arme aus.

»Sir Ian, bitte ...«

Er sah die Faust mit der Machete heransausen, aber er konnte nicht ausweichen. Dumpf krachte der geschnitzte Griff gegen seine Schläfe.

Edgar, geschniegelt wie immer, stand unter der Tür. Seine Miene drückte Verlegenheit aus. »Verzeihung, Mrs. Neville«, stammelte er, als er den ungehaltenen Blick seiner Chefin auf sich gerichtet fühlte. »Mir ist klar, daß Sie nicht gestört werden wollten, aber der Herr«, er sagte das mit eigentümlicher Betonung, »ließ sich nicht abwimmeln.«

»Schon gut«, erklang hinter ihm eine markante Stimme. »Das genügt als Entschuldigung.« Ein breitschultriger, kräftiger Mann, dessen kantiger Schädel bereits einen deutlichen Glatzenansatz erkennen ließ, zwängte sich an ihm vorbei. Er hatte sein freundlichstes Lächeln aufgesetzt, das den besonders grimmigen Blick seiner braunen Augen jedoch nicht überspielen konnte.

»Inspektor Hennessy«, entfuhr es Jessica Neville überrascht. »Was bringt Sie noch zu mir?«

»Das leidige Thema.« Er deutete eine knappe Verbeugung an, bevor er sich wieder dem wartenden Verkäufer zuwandte: »Es ist gut. Sie können gehen.« Seine Handbewegung dazu wirkte ungefähr so, als versuche er, ein lästiges Insekt zu verscheuchen. Edgar, der schon seit Jahren für *Neville-Antiques* arbeitete, reckte indigniert das Kinn und zog wortlos hinter sich die Tür ins Schloß.

Jessica Neville, überaus attraktiv und zudem wohlhabend, lehnte sich in ihrem Schreibtischsessel zurück. »Ich dachte, die Ermittlungsakte sei abgeschlossen«, sagte sie.

»Ehrlich gesagt, der Meinung war ich auch.« Ohne dazu aufgefordert worden zu sein, ließ Hennessy sich in einen der Sessel sinken, die zu der kleinen Konferenzecke gehörten. »Mitunter ergeben sich jedoch nachträglich überraschende Aspekte.«

»Ich verstehe nicht, was Sie meinen.«

»Wirklich nicht?« Lauernd beobachtete er sie – wie eine Schlange das Kaninchen. Jessica Neville zeigte sich verärgert, doch das konnte nicht darüber hinwegtäuschen, daß tief in ihren Augen ein wildes Aufflackern lag.

Zögernd, als müsse sie über seine Worte nachdenken, schüttelte sie den Kopf.

Hennessy beugte sich nach vorne, stützte die Ellenbogen auf dem kleinen Tischchen ab und verschränkte die Hände.

»Sehen Sie, Mrs. Neville, jeder von uns spielt sein Spiel – der eine besser, der andere eben schlechter. Und häufig sind es die kleinen Dinge, an denen wir die Meßlatte anlegen müssen.«

Sie war verunsichert, das spürte er. Er hatte sie in der Hand. Ein paar Sekunden noch, dann war sie reif.

»Ich verstehe leider nicht, worauf Sie hinauswollen, Inspektor.«

»Einhunderttausend Pfund«, sagte er betont. »In bar. Das ist eine beachtliche Summe.«

Ihre Augen wurden größer. Sie starrte ihn an, als könne sie nicht glauben, was sie eben gehört hatte. Auf ihrer Stirn erschien eine steile Unmutsfalte.

»Haben Sie das Geld dem Mörder Ihres Mannes ausbezahlt? Sein Judaslohn?«

Vorübergehend war es so still in dem Büro, daß man eine Nadel hätte fallen hören.

»Muß ich mir eine derartige Unverschämtheit wirklich bieten lassen?« fauchte Jessica Neville endlich. Ihre Stimme klang mit einmal schrill und drohte umzukippen. »Reicht es Ihnen nicht, daß ich Franklin verloren habe, müssen Sie außerdem in meinem Privatleben herumspionieren?«

»Weshalb regen Sie sich auf, Mrs. Neville? Ich habe lediglich eine klare Frage gestellt.«

»Sie verdächtigen mich noch immer. Welche Art von Ehrgeiz ist es, der Sie nicht zur Ruhe kommen läßt?«

»Beantworten Sie bitte nur meine Frage.«

»Ich denke nicht daran.« Jessica Neville funkelte den Inspektor wütend an. »Ich werde mich bei Ihrem Vorgesetzten beschweren.«

»Das steht Ihnen selbstverständlich frei.« Hennessy stemmte sich aus dem Sessel hoch. Gedankenverloren kratzte er sich an der Schläfe, während er zögernd zum Schreibtisch schlurfte. Seine Finger schlossen sich um die Mundwinkel. »Was wollte ich bloß ...?«

»Sich verabschieden«, mutmaßte Mrs. Neville.

»Nein, das war es nicht.« Hennessy schüttelte den Kopf und begann, in den Taschen seines Trenchcoats zu kramen. Endlich brachte er ein zusammengefaltetes Schriftstück zum Vorschein. Er breitete es auf der Schreibtischplatte aus und streifte die Falten mit dem Handrücken glatt. »Eine richterliche Anordnung«, sagte er und zog die Brauen hoch. »Sollten Sie weiterhin auf Ihrer ablehnenden Haltung bestehen, bin ich gezwungen, Sie vorläufig festzunehmen.«

Jessica Neville sackte regelrecht in sich zusammen. »Ich habe meinen Mann nicht umgebracht!« stieß sie trotzig hervor. »Ich habe nicht das Geringste mit seinem Tod zu tun.«

»Dann erklären Sie mir doch die Sache mit dem Geld.«

Wie sollte sie das tun? Dem Inspektor einfach sagen, daß sie erpreßt wurde und nicht einmal wußte, womit?

»Falls Sie unschuldig sind, haben Sie nichts zu befürchten.« Aufmunternd nickte er ihr zu. Aber er stand unverrückbar wie ein Fels vor ihr, und es gab kein Vorbeikommen. Er würde nicht zögern, sie in Untersuchungshaft zu nehmen.

»Langsam!« mahnte er, als Jessica endlich entschlossen eine Schublade aufzog und hineingriff. Hatte er Angst, daß sie darin eine Waffe versteckte? Jessica lachte heiser. Es klang gekünstelt und nervös. Sie kramte zwischen einigen Papieren und warf gleich darauf den Zettel, den sie mit der Post erhalten hatte, auf den Tisch. Auch der Umschlag war noch da.

»Und?« fragte Hennessy. »Was wollen Sie damit beweisen?«

Mrs. Neville war am Ende ihrer Beherrschung angelangt. Für einen Moment vergrub sie das Gesicht in den Händen, dann begann sie stockend zu erzählen.

»Die Notiz kam gestern mit der Post. Wenig später erschien ein Mann, den ich nie vorher gesehen hatte. Er nannte sich Miller, aber das ist nicht sein richtiger Name. Er wollte Geld – genau einhunderttausend Pfund.«

»Ihr Mann hat ihm schon früher Geld gegeben«, wandte der Inspektor ein und bewies damit, daß er über weit mehr Informationen verfügte, als er bisher zugegeben hatte. »Zuletzt ebenfalls hunderttausend am 24. September und knapp die Hälfte davon am 10. Januar. Falls Sie wünschen, daß ich Ihnen auch frühere Beträge aufliste ... Allesamt Barabhebungen, die einzigen in dieser Größenordnung.«

Jessica Neville starrte ihn entgeistert an. »Sie wissen alles?« brachte sie tonlos hervor. »Aber ... warum ...?«

»Erzählen Sie weiter!«

»Ich weiß nicht, ob Franklin diesem Miller oder anderen Personen das Geld gab. Ich hatte bisher überhaupt keine Ahnung von derartigen Transaktionen. Das müssen Sie mir glauben.«

»Sie pflegen also tätige Nächstenliebe.« Hennessy kratzte sich ausgiebig das Kinn. »Ohne Spendenquittung?«

»Sie werden zynisch, Inspektor.«

»Ich finde es nur seltsam, daß Ihr Gatte erpreßt wurde und Sie nach seinem Tod weiter zahlen, als hätte sich nichts verändert. Womit wurde Sir Franklin erpreßt?«

»Ich weiß es nicht.«

»Sie ... wissen es nicht?« Das war selbst für Hennessy starker Tobak.

»Miller sprach von Macht und von Auserwählten und davon, daß ich Franklins Andenken in den Schmutz ziehen würde.«

»Der Verstorbene war in kriminelle Geschäfte verwickelt?«

»Nein!«

»Erkennen Sie nicht, wie wenig Sie eigentlich wissen, Mrs. Neville? Was Sie eben sagten, das klang nach Drogenhandel, vielleicht auch nach Sektenunwesen. Aber beides wäre für Sie kein Grund, gutes Geld dem schlechten hinterherzuwerfen.«

»Das dachte ich auch. Dann hat Miller mich aufgefordert, meine Schwägerin in Oxford anzurufen. – Was hätten Sie getan, wenn Sie am Telefon erfahren, daß eben ihre fünfjährige Nichte entführt wurde?«

»Ich hätte die Polizei verständigt.«

»Ich habe bezahlt.«

»Das Kind ist wieder da?«

»Unversehrt.«

Hennessy nickte knapp. »Ich werde Ihre Angaben überprüfen lassen.«

Jetzt, da sie alles gesagt hatte, was sie wußte, wirkte Jessica Neville erleichtert. Das Frage- und Antwort-Spiel ging noch eine Weile weiter. Der Inspektor erfuhr, daß Miller mit einem schwarzen Rolls Royce vorgefahren war – eine Angabe, die ihm von der Bank bereits bestätigt worden war. Leider hatte niemand das Kennzeichen notiert.

Sein Riecher brachte Hennessy auf die richtige Spur.

Zwei Stunden nach der tiefschürfenden Unterhaltung mit Mrs. Neville flatterte ein Fernschreiben aus Oxford auf seinen Schreibtisch. Eine ortsansässige Verleihfirma hatte am Spätabend des 19. Februar einen Rolls ausgeliehen – an einen gewissen Jonathan Miller. Der Mann hatte einen puertoricanischen Paß vorgelegt. Für Hennessy stand fest, daß die Papiere falsch waren. Er schrieb den Rolls Royce zur Fahndung aus.

Vorübergehend verspürte Sir Ian Sutherland entsetzliche Todesangst. Das Funkeln in den Augen seines Gegners und die Entschlossenheit in seinem Gesicht ließen ihn das Schlimmste befürchten. Aber dann wurde er von rauhen Fäusten wieder auf die Beine gestellt und gefesselt. Die Klebebänder schnürten ihm das Blut in den Adern ab.

Drei Männer hatten Oake Dùn überfallen. Auf denkbar banale Art und Weise. Sie hatten gar nicht erst versucht, die steilen Klippen vom Atlantik aus zu überwinden, waren auch nicht über die Zinnen geklettert, sondern schlicht und einfach mit einer unverdächtigen Nobelkarosse vorgefahren.

Wie Pennäler haben wir uns übertölpeln lassen, dachte Sutherland bitter. Und das, obwohl er gewarnt gewesen war.

Die Kerle stießen ihn in den kleinen Salon, der an die Eingangshalle angrenzte. Eleonore Paddington kauerte bereits in einem der wuchtigen Sessel. Ihre Augen sprühten vor Zorn.

Betty Neacail lag bewußtlos am Boden. Und Rennie Crieff fehlte. Hatten die Männer in den Tarnanzügen ihn womöglich getötet?

Mehr konnte Sutherland auf Anhieb nicht erkennen. Ein Tritt in die Kniekehlen ließ ihn stürzen. Mit der Stirn krachte er gegen ein Tischbein, aber noch ehe er sich stöhnend herumwälzen konnte, traf ihn eine Schuhspitze in die Seite.

»Wo ist er?« herrschte Kimberley ihn an.

»Wer?« ächzte Sutherland.

Der Mann mit dem kantigen Gesicht und dem schmalen Kinnbart ließ sich neben ihm in die Hocke nieder. »Du weißt, wovon ich rede«, sagte er schneidend scharf. »Oder braucht dein Gedächtnis einen Anstoß? So etwas kann sehr unangenehm werden.«

Das glaubte Ian ihm unbesehen. Trotzdem schüttelte er den Kopf. »Keine Ahnung!« stieß er hervor.

Kimberley grinste breit. »Überleg dir schon mal, wen von deinen Leuten du am ehesten entbehren kannst.«

»Das wagen Sie nicht!«

Kimberley schnippte mit den Fingern. »Du glaubst mir nicht? Es ist mein Fehler, daß ich zu weichherzig aussehe. Aber wenn du meinst – fangen wir mit einer einfachen Übung an. Zum Aufwärmen sozusagen.« Grinsend kratzte er mit der Machete die Trauerränder an seinen Fingernägeln aus, dann, völlig unerwartet, warf er die Waffe aus dem Handgelenk.

Sir Ian sah die Klinge sich überschlagen. Zwei Handbreit neben seinem Kopf bohrte sie sich in den Parkettboden. Ebenso hätte sie ihm den Schädel spalten können.

»Du kennst Ericson«, sagte Kimberley. »Tom Ericson. Aus purer Dankbarkeit möchte ich ihm die Hand schütteln.«

Sutherland entwickelte einen Hang zur Ironie: »Abgesehen davon, daß Sie auf mich keinen besonders dankbaren Eindruck machen, wird das schlecht möglich sein.«

»Ich weiß. Ericson und zwei Ihrer Mitarbeiter halten sich in Australien auf.«

»Sie sind gut informiert, Mister.«

Ein breites Lachen erschien um Kimberleys Mundwinkel. »Man tut, was man kann. Ohne Ihren Archäologen hätten wir vielleicht noch Jahrzehnte auf die Totenmaske des Pacal von Palenque verzichten müssen.« Ruckartig riß er die Machete aus dem Holz und prüfte die Schärfe der Klinge an seinen Wangen. Das schabende Geräusch war nicht zu überhören. »Nur leider«, seufzte er, »Ericson ist kein ehrlicher Mensch. Er hat etwas behalten, das ihm nicht gehört.«

»Das sollten Sie ihm selbst sagen.«

»Weshalb so abweisend?« Kimberleys Pupillen verengten sich. »Wo ist der Kristallsplitter? Ohne ihn hat die Maske nicht den geringsten Wert.«

»Was werden Sie tun, falls ich es Ihnen verschweige? Uns alle töten?«

»Das wäre zu einfach.« Wie ein Wurfmesser schleuderte Kimberley die Machete. Diesmal hatte er besser gezielt. Die Klinge bohrte sich zwischen Sutherlands Ober-

schenkeln in den Boden. Kimberley lachte, als der Earl heftig zusammenzuckte.

Die beiden anderen Kerle hatten den Salon schon vor einer Weile verlassen. Jetzt stießen sie Keswick herein. »Wir haben ihn im Heizraum gefunden«, erklärten sie auf Spanisch. »Er war ziemlich beschäftigt, und wir mußten ihn erst überreden, uns zu begleiten.« Was sie als Heizraum bezeichneten, war der Generatorenraum. Keswick hatte den durch den Blitzschlag entstandenen Überspannungsschaden inzwischen provisorisch behoben.

Sein Gesicht war verschwollen, eine Augenbraue aufgeplatzt, aber die heftig blutende Wunde sah vermutlich schlimmer aus, als sie in Wirklichkeit war.

»Lassen Sie ihn in Frieden!« schnaubte Sutherland. »Keswick ist Techniker, er weiß nichts von all dem.«

»Das wollen wir eben herausfinden.« Der Bärtige wirbelte herum. Abermals zuckte die Machete hoch, und diesmal bohrte sie sich zwischen Keswicks Rippen. Er stieß ein ersticktes Gurgeln aus und versuchte vergeblich, zurückzuweichen.

»Wo ist der Kristallsplitter?« herrschte Kimberley ihn an.

Keswick verdrehte die Augen. »Ich ... ich weiß nicht, wovon Sie reden«, keuchte er.

Kimberley verstärkte den Druck der Machete. Langsam färbte sich das Hemd des Technikers rot, während er kaum noch zu atmen wagte. Weit quollen seine Augen aus den Höhlen hervor und fixierten die Waffe vor seiner Brust.

»Wie viele Leute befinden sich noch im Schloß?«

Gequält wanderte Keswicks Blick in die Runde. »Rennie«, stieß er hervor. »Er ist unser Chauffeur ...«

Kimberley winkte ab. »Weiter!« befahl er.

»Niemand sonst. Mr. Leroy ist mit den beiden Wissenschaftlern im Ausland unterwegs ...«

»Ist das alles? Wer beaufsichtigt die Stallungen?«

Keswick schwieg. Doch als die Machete tiefer zwischen seine Rippen eindrang, sprudelten die Namen aus ihr heraus: »Ein Stallbursche und die beiden Verwalter, Ronald und Flora Brendan.«

»Nicht mehr Leute?«

»N-nein, momentan nicht. Die Tierhaltung wurde reduziert ...« Der Techniker sank ermattet zur Seite, als sein Gegenüber die Machete zurückzog. Der Blutfleck auf seinem Hemd war bereits handtellergroß.

»Schafft die anderen herbei!« herrschte Kimberley seine Kumpane an. »Alle sollen mit uns feiern, daß wir den Sternensplitter endlich bekommen.«

Betty Neacail war inzwischen aus ihrer Ohnmacht aufgewacht und war dem Wortwechsel mit offensichtlichem Schrecken gefolgt. »Wenn Sie gefunden haben, wonach

Sie suchen, gehen Sie dann und lassen uns in Frieden?« fragte sie zaghaft und ziemlich naiv.

»Natürlich«, versprach Kimberley. »Euch wird das höchste Glück zuteil werden, das einem Menschen widerfahren kann ...«

In dem Moment meldete sich das Telefon. Nach dem siebten oder achten Summton – der Anrufer erwies sich als überaus hartnäckig – hob Kimberley ab. »Oake Dùn«, meldete er sich. »Wen? Keswick? – Mit wem spreche ich überhaupt? Susan. – Nein, bedauere. Im Augenblick ist er unabkömmlich. Das Gewitter, ja ...« Mit einem Ruck riß er die Leitung aus der Wand und schleuderte den Apparat in die nächste Ecke. »So ist es besser«, stellte er fest. »Wir wollen doch ungestört sein.«

Betty Neacail fühlte seinen Blick auf sich ruhen. Seine Antwort hatte sie keineswegs beruhigt, eher im Gegenteil. Obwohl sie nicht zu sagen vermocht hätte, was ihr daran mißfiel. Es war nur so ein dumpfes Gefühl von Unheil, eine düstere Ahnung ...

Sutherland wußte, was der Fremde meinte, und ein Blick zu Connor hinüber bestätigte seine Vermutung, daß der Butler ebenfalls verstanden hatte.

Wenn Keswick den Sternensplitter in Händen hielt, würde er keine Zeugen am Leben lassen. Allerdings hatte er nicht vor, sie *nur* zu töten.

Sir Ian war froh, daß außer Connor und ihm niemand begriff, was ihnen bevorstand.

Schon die erste flüchtige Laboruntersuchung bestätigte Inspektor Kirkendbrights Vermutung – mit dem Ergebnis, daß er sich schlagartig um zwanzig Jahre älter fühlte. Er klebte förmlich an seinem Stuhl und wäre nicht in der Lage gewesen, aufzustehen und das enge, muffige Büro zu verlassen. Die gewohnte nüchterne Umgebung aus Akten und Straßenkarten drohte ihn schier zu erdrücken, und sobald er den Blick hob, sah er das verzerrte Gesicht des ermordeten jungen Mannes vor sich.

Sergeant Gaidhlig stand wie angewurzelt vor dem Schreibtisch. Seine Stimme zitterte.

»Die Autopsie hat ergeben, daß Henry Craig noch lebte, als ihm ...«

»Hören Sie auf, Serge!« wehrte der Inspektor ab. Dumpf brütend starrte er vor sich hin. Die Fotos vom Leichenfundort, die ausgebreitet vor ihm gelegen hatten, hatte er hastig zusammengerafft und umgedreht. »Wenn ich nur daran denke, daß in unserem Bezirk eine menschliche Bestie frei herumläuft ...« Ruckartig hob er den Kopf. Er war blaß, als hätte er mindestens seit zwei Nächten nicht geschlafen; unter seinen Augen hingen dicke, schwere Tränensäcke, und die Lippen hatte er fest zusammengepreßt, ein schmaler, blutleerer Strich in seinem kantigen Gesicht.

»Alle Reparaturwerkstätten wurden benachrichtigt«, sagte der Sergeant.

»Wollen Sie wirklich nur dasitzen und abwarten? Der Mörder wird uns kaum den Gefallen tun und mit dem beschädigten Rolls vorfahren. Wissen Sie, was ich glaube?«

»Nein, Sir.«

»Ich glaube, daß die dunkle Limousine inzwischen irgendwo in den Highlands steht, oder sie liegt auf dem Grund eines der vielen Seen. Dann bringt uns nur ein Zufall weiter.«

»Wir durchkämmen das Gebiet zwischen Reay und Strathy Melvich, wir drehen jeden Stein um, wenn es sein muß ...«

»Mit fünf Mann?«

»Verstärkung ...«

Kirkendbright schüttelte den Kopf. »Nicht vor nächster Woche, wurde mir mitgeteilt.«

Es klopfte. Ehe der Inspektor »Herein!« rufen konnte, wurde die Tür aufgerissen. Ein junger Beamter stürmte das Büro. Aufgeregt schwenkte er ein Fernschreiben. »Sir, ich ... das wird Sie interessieren!«

Kirkendbright schluckte eine unwillige Bemerkung unausgesprochen hinunter. »Zeigen Sie her!« sagte er lediglich, doch da lag das Papier schon vor ihm auf dem Tisch.

»Liverpool?« murmelte der Inspektor. Ein überraschter Pfiff folgte. Zweimal überflog er den Text, bevor er ihn an den Sergeant weiterreichte.

»Das könnte unser Mann sein«, platzte Gaidhlig heraus.

»Ein Mr. Miller.« Kirkendbright verzog die Mundwinkel zu einer geringschätzigen Grimasse. »Einen dümmeren Allerweltsnamen konnte der Kerl nicht finden? Erpressung, Kidnapping, Mord – da kommt eine ziemliche Latte zusammen.« Er stutzte. »Sagte diese –?«

»Kathleen«, half der Sergeant spontan aus.

»Sagte Miss McDowell nicht, daß die Kerle auch spanisch gesprochen hätten?«

»Sie sagt, sie wäre der Meinung gewesen ...«

Kirkendbright winkte ab. »Corpus Christi, steht hier. Wo in Dreiteufelsnamen liegt das?«

»Texas, Sir«, wandte der junge Beamte ein, der das Fernschreiben vorgelegt hatte und allem Anschein nach auf eine Weisung wartete.

Der Inspektor nickte zufrieden. »Geben Sie den Kollegen in Liverpool durch, daß wir hier einen Psychopathen haben, auf den alle Fakten zutreffen. – Und dann setzen Sie sich mit den Behörden in Texas in Verbindung. Das übliche Blabla; ich will über ähnliche Vorfälle informiert werden, sie wissen schon.«

Der Beamte salutierte knapp.

»Es eilt!« rief Kirkendbright hinter ihm her. »Ich brauche alle Auskünfte möglichst gestern.« Er blickte den Sergeant durchdringend an. »Wann ebbt der verdammte Sturm endlich ab? Es wird Zeit, daß der Hubschrauber aufsteigen kann. Wir müssen den Rolls finden.«

Mittlerweile waren nicht nur alle der auf Oake Dùn Anwesenden im kleinen Salon versammelt – Flora und Ronald Brendan und der Stallbursche waren widerstandslos überwältigt worden –, auch Kimberley hatte Verstärkung erhalten. Zwei weitere Männer waren aufgetaucht, normal gekleidet und nicht in Tarnanzügen, und sie sprachen nahezu akzentfreies Oxford-Englisch.

»Bislang hielt ich Pacal von Palenque und seine Totenmaske für ein lokales Problem«, stellte Sutherland unumwunden fest. »Daß Sie mit Engländern zusammenarbeiten ...« Er ließ den Satz bewußt offen, und Kimberley ging prompt darauf ein. Ohnehin würde keiner seiner Gefangenen Gelegenheit erhalten, aus der Schule zu plaudern.

»Nicht nur mit Engländern«, erwiderte er spöttisch. »Die Maske ist ein Heiligtum, deren Macht alle falschen Religionen hinwegfegen wird. Pacal war ein Prophet, ein Wissender, der den Göttern gleichkam.« Das alles klang wie einstudiert, ein Text, den Kimberley herunterspulte, ohne darüber nachzudenken.

»Sie sind nicht der erste, der der Menschheit das Heil aufzwingen will«, wehrte Sutherland ab. »Und nach Ihnen werden wieder andere kommen ...« Kimberleys heftiger Fußtritt trieb ihm das Wasser in die Augen. Krampfhaft unterdrückte er einen Schmerzensschrei.

»Ihre Leute haben die Maske entehrt!« brüllte Kimberley unbeherrscht los. »Geben Sie mir den Sternensplitter, den Ericson herausgebrochen hat!«

»Ich kann es nicht.«

Der Kerl zerrte ihn hoch und schlug zu. Und als der Earl sich nach vorne krümmte, rammte er ihm den Ellenbogen in den Nacken. Ian sackte in die Knie.

»Den Sternensplitter!« herrschte Kimberley ihn an.

Sutherland schüttelte stumm den Kopf.

Der Bärtige blickte in die Runde. »Fangt an!« befahl er seinen Männern.

Sie hausten wie die Vandalen. Kostbare Vasen und edles Porzellan zersplitterten am Boden, der Inhalt herausgerissener Schubladen und alles, was sich in den Regalen befand, türmte sich Minuten später zu einem wüsten Abfallhaufen.

Abermals zerrte Kimberley Sutherland hoch. »Das war erst der Anfang!« schnaubte er aufgebracht. »Du hast die Wahl.«

Sir Ian schwieg. Er wartete darauf, abermals niedergeschlagen zu werden, doch diesmal hatte der Bärtige anderes mit ihm vor.

»Boris«, brüllte er, »du kommst mit mir! Ihr anderen paßt auf die Leute auf. Die Köchin soll uns was Vernünftiges zu essen machen.«

Schroff stieß er Sutherland vor sich her.

Der Regen prasselte gegen die Scheiben, und selbst die auf Hochtouren laufenden Wischerblätter schafften es nicht, der Sintflut Herr zu werden. Susan Hendricks verwünschte die vom Atlantik heranpeitschenden Sturmböen. Vor zwanzig Minuten war der Himmel aufgerissen und hatte die Sonne und ein strahlendes Blau erkennen lassen, doch inzwischen tobte das Unwetter schlimmer als vorher.

Bleich tasteten die Scheinwerfer des Austin Mini durch die peitschenden Regenschleier. Der Asphalt spiegelte, und jedes entgegenkommende Auto zwang Susan, die

Augen zusammenzukneifen. Zum Glück herrschte denkbar geringer Verkehr.

In Geburtstagsstimmung war sie längst nicht mehr. Sie hatte Keswick noch einmal anrufen wollen, weil Freunde sich inzwischen gemeldet und ebenfalls eine Einladung ausgesprochen hatten, aber die Verbindung war mitten im Wort zusammengebrochen. Seither war die Leitung nach Oake Dùn tot.

Die einsame Gestalt am Straßenrand bemerkte Susan fast zu spät. Zum Glück fuhr sie nicht sehr schnell. Ihr Fuß krachte aufs Bremspedal, trotzdem schlitterte der Mini nahezu unbeeindruckt weiter. Im allerletzten Moment löste sie die Bremse und riß das Lenkrad herum. Der Wagen brach zur Straßenmitte hin aus und verfehlte die einsame, gebeugte Gestalt höchstens um zwei Handbreit.

Susan hatte den Motor abgewürgt. Als der Mini endlich stand, war es ihr, als sei eine Ewigkeit vergangen. Ihr war übel, und in einem jähen Aufwallen von Panik schlug sie die Hände vors Gesicht.

Ein verhaltenes Klopfen schreckte sie auf.

»Miss«, erklang eine heisere Stimme. »Sie dürfen nicht mitten auf der Straße stehenbleiben.«

Eine Hand wischte die Wasserschlieren von der Scheibe der Beifahrertür. Gleich darauf erschien ein Gesicht am Glas. Besonders viel konnte Susan nicht erkennen, weil das Fenster sofort beschlug.

Scheinwerfer tanzten ihr entgegen, ein schrilles Hupkonzert hob an. Sekundenbruchteile später war das entgegenkommende Fahrzeug vorbei.

Susan drehte den Zündschlüssel. Der Motor spuckte zwar, doch würgte sie ihn sofort wieder ab. Erst beim dritten Versuch schaffte sie es. Der Mann draußen stand inzwischen vor dem Auto und versuchte, sie mit seltsamen Verrenkungen einzuwinken. Susan hatte den

Eindruck einer triefend nassen Vogelscheuche. Langsam rollte der Mini aufs Bankett.

Susan Hendricks rutschte auf den Beifahrersitz und öffnete die Tür. Der Mann, vor Nässe triefend, hätte leicht ihr Großvater sein können, wenn nicht sogar der Vater ihres Großvaters. Er trug einen altmodischen Anorak und hatte sich die Kapuze tief in die Stirn gezogen. Trotzdem mußte er längst bis auf die Haut durchnäßt sein. Er bot ein jämmerliches Bild.

Susan wußte nicht recht, was sie sagen sollte. »Tut mir leid, falls ich Sie erschreckt habe«, stammelte sie. »Ich wollte nicht ... der Regen ...«

»Schon gut.« Der Alte wischte sich mit dem Ärmel übers Gesicht. »Mir ist nichts passiert.«

Sie nickte erleichtert. »Wollen Sie ein Stück mitfahren?«

»Danke, ich habe es nicht mehr weit ...«

»Es macht mir nichts aus. Und kümmern Sie sich nicht darum, daß der Sitz naß wird, das macht nichts.«

Sein Blick nahm einen verklärten Ausdruck an. »Hätten Sie mir das vor sechzig Jahren angeboten ...«

»Das wäre wohl schlecht möglich gewesen.« Susan mußte unwillkürlich lachen. Der Alte gefiel ihr. Aber dann schlug er die Tür zu und hob grüßend die Hand. »Jeder wie er will«, murmelte sie im Selbstgespräch. Sie zwängte sich wieder hinters Lenkrad und legte den Gurt an, fuhr aber nicht sofort los, sondern wartete einige Augenblicke. Im Rückspiegel sah sie, daß der Alte gemächlich sein Fahrrad aufhob. Er schien es trotz des schlechten Wetters nicht sonderlich eilig zu haben – wozu auch, durchnäßt war er ohnehin schon.

Gemächlich schob er das Rad weiter, quetschte sich zwischen dem Auto und einem Leitpfahl hindurch. »Warum fährt er nicht?« murmelte Susan im Selbstgespräch. Erst bei genauerem Hinsehen entdeckte sie den

Plattfuß; am Hinterrad walkte sich bereits der Reifen von der Felge.

Langsam ließ sie den Mini anrollen. »Mister, so kommen Sie nicht weit. Ich fahre Sie nach Hause.«

Er reagierte nicht. Monoton setzte er einen Fuß vor den anderen. Erst als Susan endlich Gas geben wollte, hob er den Kopf. Er wirkte erschöpft und müde, Regen und Schweiß vermischten sich in seinem Gesicht.

»Muß ich Sie wirklich anbetteln? Steigen Sie ein!«

Wie Didi Thurau wirkte er nicht gerade mit seinem schweren Drahtesel – ein gebeugter alter Mann, der zwischen Pflicht und Vergnügen schwankte. Dann zog er sein Rad herum und schob es in den Graben. Ächzend ließ er sich in den Mini sinken.

»Hoffentlich komme ich hier wieder raus«, murmelte er, eigentlich mehr im Selbstgespräch, aber immer noch laut genug, daß Susan ihn verstehen konnte.

Sie lächelte amüsiert. »Wenn nicht, helfe ich Ihnen dabei. Eine Sardinenbüchse ist kleiner. – Wohin wollen Sie?«

»Fahren Sie geradeaus.«

»Und dann?«

»Ich sage Ihnen, wo Sie halten sollen.«

Besonders großes Vertrauen in Susans Fahrkünste schien er nicht zu haben. Krampfhaft stützte er sich mit beiden Händen am Armaturenbrett ab.

Eine Weile schwiegen sie nebeneinander her. Nur seine gepreßten, ungleichmäßigen Atemzüge waren zu hören. Abgesehen davon, daß der Mann nicht mehr der Jüngste war, hatte er sich ziemlich verausgabt.

»Bei dem Mistwetter jagt man keinen Hund vor die Tür«, sagte Susan Hendricks endlich.

»Ich habe keinen Hund.«

Sie musterte ihn unauffällig. »Ein heißes Bad und ein Tee mit Rum werden Ihnen guttun.«

»Später.« Er nickte knapp. »Bitte lassen Sie mich bei der Parkbucht aussteigen! Den Rest schaffe ich zu Fuß.«

»Aber ... hier ist weit und breit kein Haus.« Susan stutzte. »Sie wollen nach Oake Dùn?« fragte sie verblüfft, als ihr klar wurde, daß hinter der Parkbucht der Weg zu Sir Ian Sutherlands Anwesen abzweigte.

»Fahren Sie meinetwegen keinen Umweg.«

»Ich will ebenfalls nach Oake Dùn.«

»Oh«, entfuhr es dem Alten. »Werden Sie erwartet?«

Eigentlich ging es ihn nichts an. Andererseits, was spielte das für eine Rolle? »Ich bin mit Keswick Calrouse befreundet, einem Angestellten von Sir Ian«, erklärte sie.

Zum ersten Mal huschte ein Aufleuchten über sein ansonsten griesgrämiges Gesicht. »Ich wußte nicht, daß Keswick eine Freundin hat«, stellte er nachdenklich fest.

»Sie kennen ihn?«

Endlich ließ der Alte das Armaturenbrett los. Mit stolzgeschwellter Brust wandte er sich der Fahrerin zu. »Ich bin Mortimer«, sagte er, als sei damit alles erklärt.

Susan bog von der Straße ab. Bis zu den Klippen waren es noch mehr als vier Kilometer. Den Namen, überlegte sie, hatte Keswick irgendwann erwähnt. Mortimer war so etwas wie das Faktotum auf Oake Dùn.

Der Sturm hatte einen Baum entwurzelt und halb auf die Fahrbahn geworfen. Das Hindernis lag hinter einer unübersichtlichen Kurve, Susan schaffte es gerade noch, auszuweichen. Mortimer stöhnte entsetzt, anschließend hielt er sich wieder krampfhaft fest.

»Wir haben Besuch«, murmelte der greise Diener überrascht, als Susan auf das Hochplateau einbog und er den Rolls Royce vor dem Haus sah. »Davon weiß ich überhaupt nichts.«

Susan parkte neben der Limousine. »Warten Sie, ich helfe Ihnen beim Aussteigen«, wandte sie sich an Mortimer.

»Unsinn«, wehrte er ab. »Ich bin noch lange nicht so gebrechlich, wie Sie glauben.« Aber schon die Suche nach dem Türgriff gestaltete sich langwieriger. Mortimer zog und zerrte an allem, was irgendwie nach einem Griff aussah, und als die Tür endlich aufschwang, faßte er ächzend mit beiden Händen nach oben ans Dach. Ein Bein brachte er ins Freie, danach saß er fest, eingeklemmt zwischen Türholm und Sitz.

»Seit wann fahren Sie diese Sardinenbüchse?« schnaubte er, ärgerlich auf sich selbst und die besonderen Umstände.

»Seit beinahe zwei Jahren«, antwortete Susan, unschlüssig, ob sie ihm beistehen oder abwarten sollte.

»Dann kennen wenigstens Sie sich damit aus.« Das mit dem Dach war nicht die richtige Methode. Mit beiden Händen hängte Mortimer sich an die Tür, und Susan sah sie schon aus den Angeln brechen. Er brummelte Unverständliches vor sich hin. Das einzige Wort, das Susan mehrmals heraushörte, hieß ›Schuhlöffel‹.

Helfend griff sie Mortimer unter die Arme, und endlich stand er schwankend neben dem Auto.

»Das war nicht nötig, Miss«, brummte er. »Ich hätte es genausogut allein geschafft.«

»Ich weiß.« Sie mußte sich ein Grinsen verkneifen. Mortimer verfügte über eine gehörige Portion Starrsinn, außerdem zwängte er sich schon zwischen den beiden Autos hindurch und beachtete sie gar nicht mehr. Hatte er vergessen, daß sie eingeladen war?

»Mr. Mortimer!«

Er hielt inne, wandte sich flüchtig zu ihr um. »Sie wünschen, Miss?« fragte er gedehnt.

»Wenn Sie einen Augenblick warten, bis ich abgesperrt habe, dann begleite ich Sie.«

»Ich verstehe nicht ganz.«

»Keswick ...«, erinnerte Susan.

»Ach ja«, entsann Mortimer sich. »Sie sind seine ... Schwester?«

»Freundin«, seufzte sie.

Interessiert schaute Mortimer zu, wie Susan an jeder Tür den Verriegelungsknopf eindrückte. »Zu meiner Zeit war vieles romantischer«, nörgelte er. »Heute ist die Jugend frühreif. Keswick ist bestimmt erst dreißig.«

»Neunundzwanzig, um genau zu sein«, erwiderte Susan und schloß den Kofferraum ab.

»Das ist unnötig, Miss«, wehrte Mortimer endlich ab. »Auf Oake Dùn ist noch nie etwas weggekommen.«

Sie stutzte. Unmittelbar neben ihr erklang ein dumpfes Pochen. Aber da war nichts, nur der Rolls Royce ...

Das Geräusch wiederholte sich, und diesmal konnte sie es lokalisieren. Es kam aus dem Kofferraum. »Mortimer!« rief sie. »Mit dem Auto stimmt etwas nicht.«

Mortimer schickte einen prüfenden Blick zum Himmel. »Warum gehen Sie nicht ins Haus, bevor der nächste Regenguß Sie durchweicht?«

Das Pochen wurde hektischer. Susan zögerte. Womöglich hatte der Fahrer ein Tier eingesperrt. Aber dann siegte ihre Neugierde über alle Bedenken, und als sie überrascht registrierte, daß der Deckel nicht abgeschlossen war, ließ sie ihn vorsichtig aufschwingen.

Im ersten Schreck versagte ihre Stimme, sie brachte nur ein heiseres Ächzen über die Lippen.

Der Mann vor ihr mochte ungefähr so alt sein wie Keswick. Aus weit aufgerissenen Augen starrte er sie an. Jemand hatte ihn geknebelt und außerdem Arme und Beine hinter dem Rücken zusammengebunden. Susan konnte sich gut vorstellen, daß diese Haltung alles andere als bequem war.

»Mortimer!« rief sie, aber der Hausdiener hatte inzwischen das Portal erreicht und schien sie gar nicht mehr zu hören. Oder nicht mehr hören zu wollen. Sie fragte sich, ob sie ihm hinterher eilen oder erst den Gefesselten befreien sollte. Vielleicht gab es einen guten Grund, den Mann so zu behandeln, möglicherweise war er ein Verbrecher, der an die Polizei ausgeliefert wurde.

Während Susan noch zögerte, versuchte der Gefesselte, sich herumzuwälzen. Als er es nicht schaffte, hob er ruckartig den Oberkörper an und stieß eine Reihe unartikulierter Laute aus. Susan verstand, daß sie ihn befreien sollte.

»Ich weiß nicht«, sagte sie. »Womöglich mache ich einen Fehler.« Nach allem, was sie über Sir Ian gehört hatte, war er absolut integer und über jeden Verdacht erhaben. Er war weder Menschenhändler, noch beteiligte er sich an krummen Geschäften.

Wieder versuchte der Gefangene, sich zu artikulieren. Die Laute, die er hervorbrachte, klangen gequält und drängend zugleich.

»Nein«, wehrte Susan ab. »Ich kann es nicht tun.«

Ihr Gegenüber war einem Erstickungsanfall nahe. Hektisch bewegte er den Kopf, und sein Blick schien sie förmlich zu durchbohren. Er wollte, daß sie wenigstens den Knebel löste, der ihn am Sprechen hinderte.

Susans Blick pendelte zwischen dem Schloß und dem Gefesselten hin und her. Eigentlich konnte herzlich wenig geschehen, wenn sie ihm den Knebel abnahm. Entschlossen begann sie, mit spitzen Nägeln das zusammengedrehte Tuch aufzuknoten, das den Mann am Sprechen hinderte.

Er ächzte dumpf, als der Knebel fiel, und bewegte den Mund ruckartig nach allen Seiten, als müsse er erst die Beweglichkeit des Kiefers wiederherstellen. Gleich darauf sprudelte es aus ihm hervor: »Binden Sie mich los, schnell! Wir müssen hier weg, bevor die Kerle uns bemerken! Sie haben Oake Dùn überfallen, und ich weiß nicht, was geschehen ist ...«

Abgesehen vom Raunen des böig auftretenden Windes herrschte rings um Oake Dùn Feiertagsruhe. Mortimer klingelte, aber niemand kam, um ihm aufzumachen. Also klingelte er noch einmal.

Wie hieß es doch so schön: *Wenn die Katze aus dem Haus ist, tanzen die Mäuse auf dem Tisch.* Ohne eine feste Hand machte das Personal heutzutage, was es wollte. Wiederholt hatte er versucht, Sir Ian dieses Problem taktvoll nahezubringen, war aber nur auf Ablehnung gestoßen. Dabei war es untragbar, daß in einem herrschaftlichen Haus auf zweimaliges Klingeln hin niemand öffnete. Das schadete dem guten Ruf nicht nur, das brachte ihn um.

Ein drittes Mal den Finger auf den Klingelknopf zu legen, widerstrebte dem Diener. Die Klingel empfand er ohnehin als Stilbruch, sie hatte ihre Daseinsberechtigung allenfalls für Vertreter und Klinkenputzer. Mit Wonne hob er den zum Glück noch vorhandenen nostalgischen Türklopfer und ließ ihn schwungvoll gegen das Eichenholz krachen. Das Dröhnen mußte weithin zu hören sein.

Unmittelbar darauf wurde ihm geöffnet. Mortimer hatte sich inzwischen eine geharnischte Schimpftirade zurechtgelegt, doch dann schluckte er nur verwirrt.

»Sie wünschen, Sir?« fragte der Mann, der in dem schmalen Spalt zwischen Tür und Mauerwerk stand und den Durchgang versperrte. »Wen darf ich melden?«

Mortimer hatte plötzlich einen ausgedörrten Gaumen. Er schluckte noch einmal krampfhaft. »Mich«, ächzte er mit belegter Stimme.

»Pardon –?« sagte sein Gegenüber.

Mortimer kannte ihn nicht. Er war sicher, ihn nie zuvor gesehen zu haben – zumindest nicht während der letzten Tage. Immerhin, gestand er sich ein, war sein Gedächtnis nicht mehr so perfekt in Form wie früher.

»Ich habe mich wohl ...« *Geirrt,* hatte er noch hinzufügen wollen, biß sich jedoch kurz zuvor auf die Zunge. Suchend blickte er in die Runde. Die trutzigen Mauern mit ihren Zinnen, der Innenhof – *das war Oake Dùn.* Außerdem hatte er auf den Weg aufgepaßt; na ja, eigentlich mehr auf die junge Frau hinter dem Lenkrad, deren Fahrkünste ihm nicht ganz geheuer gewesen waren.

»Wer hat Sie eingestellt und wieso?« platzte er heraus. »Ich verstehe das nicht.«

Sein Gegenüber war vielleicht ein wenig schlanker als er, aber seine Kleidung wäre nicht einmal für den Hausmeister einer Schule passend gewesen. Er trug das bunt bedruckte Hemd offen, ohne Krawatte, von einer eleganten Fliege ganz zu schweigen, und die weit geschnittene Flanellhose mochte der Jahreszeit angepaßt sein, nicht dem Dienstverhältnis.

Weiter kam Mortimer in seinen Überlegungen nicht. Der Bursche, der ihm so unverschämt den Zugang verwehrte, spähte zu den Autos hinüber. »Hal! Edgar!« rief er nach hinten in die Halle. »Da hantiert eine am Rolls. Schnappt sie euch!«

»Was hat das zu be...?«

Fünf Finger verkrallten sich in Mortimers Anorak und zerrten ihn nach vorne. Er taumelte, breitete haltsuchend die Arme aus und fiel prompt seinem Gegenüber in die Arme. Gleich darauf ließ ihn ein heftiger Stoß rückwärts gegen die Wand torkeln. Der Aufprall trieb Mortimer die Luft aus den Lungen. Vorübergehend wurde ihm schwummerig. Als er wieder klar sehen konnte, kauerte er in sitzender Haltung am Boden, die Beine ausgestreckt, und der Fremde stand drohend über ihm.

»Wer schickt euch? Heraus mit der Sprache!«

»Ich wohne hier«, protestierte Mortimer. »Hat Sir Ian Sie eingestellt? Wer gibt Ihnen überhaupt das Recht, mich derart unfreundlich zu empfangen?«

Von draußen erklang wüstes Schimpfen. Die junge Frau wurde recht unsanft hereingezerrt; hinter ihr folgte der gefesselte Rennie Crieff.

»Mr. Mortimer«, keuchte Susan, »bitte sagen Sie Ihren Angestellten, daß ich nicht vorhatte, den Gefangenen zu befreien.«

Mortimer betrachtete seine Schuhspitzen. Er dachte daran, daß ein wenig Schuhcreme dem nassen Leder nicht schaden würde. Ruckartig hob er dann den Kopf. »Ich fürchte, Miss«, erwiderte er, »Sie unterliegen einem bedauerlichen Irrtum. Mir sind die Herren unbekannt. Ich glaube fast, sie befinden sich in ...« Es sah aus, als schrecke er davor zurück, seine Gedanken laut auszusprechen: » ... in übler Absicht auf Oake Dùn.«

Zwei kräftige Fäuste packten Mortimer von neuem und stellten ihn auf die Beine.

»Wo ist der Sternensplitter?« wurde er gefragt.

»Hä?« machte er.

»Trottel«, fauchte der Fremde und stieß ihn vor sich her in den Salon.

»Susan!« erklang ein Aufschrei aus dem Hintergrund des Raumes.

»Keswick!« rief das Mädchen. »Was um alles in der Welt ist bei euch los?«

»Ich weiß es nicht, Schatz. Jedenfalls keine besonders gelungene Geburtstagsparty.«

Oake Dùn war ein trutziges Bollwerk, Schloß und zugleich Festung, mit Wehrtürmen und Mauern, an denen sich in früheren Jahrhunderten Angreifer die Köpfe eingerannt hatten. Heute zählte das alles nicht mehr. Selbst die exponierte Lage zum Atlantik hin und die durch die Schlucht führende, leicht zu verteidigende Zufahrt waren nur noch Relikte der Vergangenheit.

Oake Dùn war keineswegs uneinnehmbar. Die Belagerung hatte begonnen. Ein Nervenkrieg stand bevor, das spürte Sir Ian überdeutlich.

Kimberley schlug mit seiner Machete das dicke Glas einer Vitrine ein und holte nacheinander die Ausstellungsstücke heraus. Er betrachtete sie mißtrauisch und warf sie anschließend achtlos hinter sich. Die Tonfiguren, Pferdeköpfchen aus dem ersten Jahrhundert nach Christi (Sutherland hatte sie selbst am Ufer des Flusses Psekups gefunden), vom materiellen Wert gering einzuschätzen, doch ideell unbezahlbar, zerbarsten. Jedes dumpfe Klirren tat Sir Ian auf der Seele weh. In ohnmächtigem Zorn sah er zu, wie langsam, Stück für Stück, sein Lebenswerk in Scherben fiel.

»Das ist erst der Anfang.« Kimberley lachte spöttisch. »In dem Moment, wenn ich den Sternensplitter habe, höre ich damit auf.«

Ian blieb stumm. Nur die Tatsache, daß seine Hände nach wie vor auf den Rücken gefesselt waren, hinderte ihn daran, Kimberley an die Kehle zu gehen. Und wenn es das Letzte gewesen wäre, was er in seinem Leben tat.

Der Mann schien seine geheimsten Gedanken zu erraten. »Ich weiß, daß du weich wirst, Sutherland. Du kannst nicht lange zusehen, wie alles draufgeht.« Mit einer weit ausholenden Bewegung räumte er die letzten Exponate aus der Vitrine und schleuderte sie zu Boden. »Macht Spaß«, bekundete er höhnisch. »Mir sicherlich mehr als dir.« Er zerrte den Earl of Oake Dùn weiter den Korridor entlang. Vor ihnen führte eine Treppe hinauf in den ersten Stock. Durch hohe Sprossenfenster fiel gedämpfte Helligkeit herein und warf fahle Schatten.

Unmittelbar am Treppenaufgang blickte eine goldene Standfigur den beiden Männern entgegen – die Darstellung einer Göttin mit eng anliegendem Gewand, schützend ausgebreiteten Armen und einem stilisierten

Skorpion auf dem Kopf. Die Figur war nicht größer als einen Meter, bildete mit ihrem vergoldeten Äußeren aber einen außerordentlichen Blickfang.

»Ägyptisch?« fragte Kimberley wie beiläufig. Er erwartete jedoch keine Antwort, denn er schlug sofort mit der Machete zu. Die Figur verlor erst beide Arme und danach den Kopf. »Eine Holzkopie«, spottete Kimberley. »Ist nicht schade darum. Im Nationalmuseum von Mexiko City waren die Exponate wenigstens echt.«

Sutherland starrte ihn inzwischen unverhohlen feindselig an. »Sie haben den Mord in Mexiko City auf dem Gewissen?« stieß er hastig hervor.

Kimberley überhörte die Bemerkung geflissentlich. »Der Sternensplitter ist für dich nicht wertvoller als ein einfacher Kieselstein«, sagte er in einem Tonfall, als müsse er einem Erstkläßler das Einmaleins beibringen. »Warum willst du alles dafür aufs Spiel setzen?«

Wer den Begriff Sternensplitter erstmals gebraucht hatte, vermochte Sir Ian momentan gar nicht zu sagen. Tom hatte nicht nur den dreieckigen Kristallsplitter aus Lima mitgebracht, sondern auch den Namen.* Unter dem Einfluß des winzigen Bruchstücks war der angesehene Don Aldarez zum Mörder geworden.

»Der Kristall ist ein Werkzeug des Bösen«, sagte er langsam und bedächtig, als hoffe er, Kimberley auf die Weise von seinem Vorhaben abbringen zu können.

»SIE waren niemals böse«, stieß der Mann jäh hervor. »Und endlich künden die Zeichen von IHRER Wiederkehr; SIE werden erneuern, was Menschenhand der Erde angetan hat und ein Reich des Friedens schaffen ...«

» ... mit Feuer und Schwert, und Blut wird in Strömen fließen«, fiel Sutherland ihm schroff ins Wort. »Die Götter der Maya und ihre Blutopfer passen nicht mehr in unsere

* siehe Band 14 203, Buch 3 ›Der Fluch der Maske‹

Zeit, und Verrückte, die ein neues und schöneres Reich versprochen haben, kennt die Geschichte zur Genüge. Leid und Tränen wurden daraus.«

»Halt's Maul!« herrschte Kimberley ihn an, aufs höchste erregt. Für einen Moment sah es so aus, als wolle er sich auf Sutherland stürzen und ihn ein für allemal zum Schweigen bringen, aber dann drosch er dem Earl nur den Knauf seiner Waffe zwischen die Schulterblätter und trieb ihn die Treppe hinauf. »Wo ist der Kristall?« brüllte Kimberley. »Rede endlich!«

»Kiss my backside«, erwiderte Sutherland wenig herrschaftlich.

Kimberley zerrte ihn brutal hoch und stieß ihn weiter die Treppe hinauf. »Du wirst mir den Kristall geben«, keuchte er, »oder du wirst dir wünschen, deine Mutter hätte dich nie geboren.« Sein Ellenbogen krachte in Sutherlands Nacken. Erneut schlug der Earl schwer auf die mit Teppichen belegten Stufen auf, und diesmal biß er sich die Lippen blutig. Ein wütender Fußtritt zwang ihn, sich wieder aufzurichten.

Er dachte an Professor McMurphy von der Old University in Edinburgh. McMurphy hatte den Kristall untersucht, von einem unglaublichen Härtegrad von mindestens dreizehn gesprochen und darüber hinaus von einer immens hohen Atomdichte. Vorbehaltlich der Richtigkeit der Untersuchungsergebnisse hatte er die Möglichkeit eingeräumt, der Splitter sei außerirdischer Herkunft, vielleicht irgendwann mit einem Meteoriten zur Erde gelangt. Insofern traf die Bezeichnung als Sternensplitter den Nagel auf den Kopf.

Verbissen zerrte Sutherland an den Fesseln, aber noch schaffte er es nicht, die Arme freizubekommen. Er spürte lediglich, daß sich die Klebebänder gelockert hatten. Falls das Überraschungsmoment auf seiner Seite war, würde er Kimberley vielleicht überwältigen können.

Am Ende der Treppe schloß ein neuer Korridor an. Die rustikalen Lampen mit den an Stearinkerzen erinnernden Glühbirnen flackerten stärker als für gewöhnlich, offenbar hatte Keswick die Stromversorgung wirklich nur provisorisch wieder zusammengeflickt.

Sie erreichten die Bibliothek im Hauptturm des Westflügels. Von hier aus waren Teile des Schlosses ebensogut zu überblicken wie der nahe Atlantik. Sturmgepeitscht donnerte das Meer gegen die Klippen, aufgewühlt wie Sutherlands Gemütszustand.

»Schade um das alles«, stellte Kimberley zynisch fest. »Ich bin sicher, das alte Papier brennt wie Zunder.« Wie um zu beweisen, daß er es ernst meinte, zog er das erstbeste Buch aus den Regalreihen, schlug es auf und ließ es achtlos fallen. Beim nächsten, einer kostbaren Handschrift aus dem 18. Jahrhundert, riß er wahllos Seiten heraus. Rasend vor Zorn verstärkte Sutherland seine Anstrengungen, die Fesseln abzustreifen. Kimberley grinste ihn herausfordernd an. »Den Sternensplitter!« verlangte er.

»Hier ist er nicht!« stieß Sutherland hervor. »Vergreifen Sie sich nicht an Büchern! Das ist barbarisch!«

»Wo?« drängte Kimberley.

»Welche Garantie habe ich, daß Sie dann wirklich abziehen?«

»Keine! Also – wo ist der Splitter?«

»Ich habe ihn an ein Labor weitergereicht«, sagte Sutherland. »Zur Altersanalyse und Feststellung besonderer Eigenschaften.«

Das überhebliche Lächeln auf Kimberleys Gesicht gefror. »Das glaube ich nicht«, stieß er scharf hervor. Wie schon zuvor die Vitrine, räumte er nun mit einer einzigen Bewegung das Regal aus und griff mit beiden Händen in die nächste Reihe. »Willst du mitansehen, wie alles vor die Hunde geht?«

Den Schädel gesenkt wie ein Stier vor einem roten Tuch, stürmte Sutherland los. Kimberley wurde von dem Angriff völlig überrascht. Erst als Sutherlands Aufprall ihm die Luft aus den Lungen trieb und sie gemeinsam zu Boden stürzten, zuckten seine Fäuste vor. Sir Ian wurde auf den Rücken gewirbelt, ein stechender Schmerz raste durch seine Schultern, und schon kniete Kimberley über ihm und drückte ihm die Machete an die Kehle. »Noch ein solcher Versuch«, zischte er, »und du bist ein toter Mann. Den Splitter bekomme ich auch ohne dich.«

Sutherland riskierte mitunter viel, doch er war nicht lebensmüde. Er wußte, wann er sich geschlagen geben mußte. Einen zweiten Versuch durfte er nicht wagen.

»Steh auf!« herrschte Kimberley ihn an. In seinem Blick funkelte mühsam verhaltene Mordlust.

Ian hatte Schwierigkeiten, wieder auf die Beine zu kommen. Taumelnd stieß er gegen das Regal und stemmte sich daran hoch.

»Du zwingst mich zu unangenehmen Maßnahmen«, seufzte sein Gegenüber. Seine Stimmungen wechselten schnell – entweder war er ein verdammt guter Schauspieler oder ein Fall für den Psychiater.

Kimberley grinste wieder herausfordernd, und diesmal lag Zufriedenheit in seinem Blick. »Du hast den Splitter noch«, stellt er fest. »Sonst hättest du nicht versucht, mich anzugreifen.«

Von irgendwo aus der Tiefe des Gebäudes hallten laute Rufe heran. Jemand brüllte Kimberleys Namen.

»Was gibt's, verdammt?« rief er in Richtung auf die offenstehende Tür.

»Wir haben Zuwachs bekommen.« Der Kerl, der sich Edgar nannte, hastete den Korridor entlang und blieb am Eingang zur Bibliothek stehen. »Ein Greis, der hier Hausdiener ist, und eine junge Frau, die nicht zum Personal gehört.« Er betonte das Wort *›nicht‹* besonders.

»Na also«, sagte Kimberley zufrieden. »Sieht so aus, als hätte das Warten sich gelohnt.«

Susan Hendricks setzte sich mit Händen und Füßen zur Wehr, als die Kerle sie zu dem ovalen Tisch schleppten, doch es half ihr herzlich wenig. Sie wurde rücklings auf die schwere Platte gezerrt und festgebunden.

»Laßt sie los, verdammt!« brüllte Keswick. »Susan hat euch nichts getan. Sie weiß nichts, weil sie nicht zum Personal gehört.«

»Eben drum«, antwortete Hal grinsend, ein etwas untersetzter, zur Schwerfälligkeit neigender hellhäutiger Typ. »Paß gut auf, was wir mit deiner Freundin machen. Vielleicht fällt dir dann endlich ein, was wir wissen wollen.«

»Ich habe keine Ahnung!« Keswicks Stimme wurde schrill und überschlug sich. Krächzend verstummte er.

»Sutherland!« drängte Kimberley. »Wir warten nicht länger. Das Leben des Mädchens gegen den Sternensplitter.« Mit einer Hand stützte er Susans Kopf, mit der anderen hielt er ihr einen halb gefüllten Weinkelch an den Mund. »Trink!« herrschte er sie an. »Anschließend wirst du den Weg in Freuden gehen, der dir vorbestimmt ist.«

Susan Hendricks hatte ihren verzweifelten Kampf gegen die Fesseln aufgegeben. Dennoch hielt sie die Lippen krampfhaft aufeinandergepreßt – bis einer der Kerle ihr die Nase zuhielt und sie gezwungen war, durch den Mund zu atmen. Sie schmeckte den Wein auf der Zunge. Prustend und spuckend schluckte sie, hustete krampfhaft und schluckte von neuem. Ein Großteil des Weins floß über ihr Gesicht und verteilte sich auf dem Tisch.

Eine ungewöhnliche Zeremonie hatte begonnen. Kimberley hielt einen halbmondförmig gebogenen, kunstvoll verzierten Dolch in der Hand. Zumindest Ian Sutherland und Connor identifizieren die Waffe als antiken Opferdolch. Aber auch Connors verzweifelte Versuche, seine Fesseln zu lösen, waren nicht von Erfolg gekrönt.

Susan hatte die Augen geschlossen. Ihre Brust hob und senkte sich unter hektischen Atemzügen.

»Nein!« brüllte Keswick. »Tun Sie's nicht!«

Der Dolch verharrte wenige Zentimeter über Susans Brustkorb. »Wo ist der Sternensplitter?« fragte Kimberley eindringlich.

»Ich weiß nicht, wovon ihr redet«, gestand Keswick Calrouse.

»Dann stirbt das Mädchen als erste.« Der Dolch zerfetzte ihre Kleidung.

»Aber ich weiß es! Ich werde Ihnen den Kristall geben!« Jedes Wort, das Mortimer sagte, klang in der Stille, in der sekundenlang der Tod fast greifbar gewesen war, wie ein Peitschenknall. Mortimer war sowohl Sir Ian als auch Connor zuvorgekommen. Beide hätten höchstens noch ein paar Sekunden gewartet und dann der quälenden Zeremonie ebenfalls ein Ende bereitet. Sutherland hatte hoch gepokert und verloren, aber ein Menschenleben war ihm wichtiger als jedes noch so wertvolle Artefakt.

»Wo ist der Splitter?« wollte Kimberley wissen.

»Im Untergeschoß, im Tresorraum«, sagte Mortimer. Er zögerte eine Weile, als müsse er sich erst darüber klar werden, daß dem wirklich so war. »Ich führe Sie hin«, fügte er gleich darauf hinzu und, an Sutherland gewandt: »Es tut mir leid, Sir, aber ich konnte nicht anders handeln.«

»Sie brauchen sich nichts vorzuwerfen«, wehrte der Earl ab. »Jeder von uns tut, was er tun muß und was sein Gewissen ihm vorschreibt.«

Mehrere blitzschnelle Schnitte mit dem Opferdolch durchtrennten Susans Fesseln. Danach befreite Kimberley auch Mortimer. Daß der greise Hausdiener die Situation ausnutzen könnte, kam ihm gar nicht in den Sinn.

»Sie brauchen die Kombination für den Tresorraum«, bemerkte Sutherland.

Kimberley schaute Mortimer fragend an. Der Diener wirkte überrascht wie jemand, der bei einem gravierenden Fehler ertappt wurde. »Ich kenne nur die beiden ersten Zahlen«, murmelte er betreten.

Zu viert verließen sie kurz darauf den Salon: Kimberley, Mortimer, Boris und Sir Ian.

Der Tresorraum lag unter dem Ostteil des Gebäudes. Allein für den Einbau der mehrere Tonnen schweren Tür war es nötig gewesen, die Außenwand zwischen den beiden Osttürmen bis auf die Fundamente abzutragen. Von all den erforderlichen Arbeiten sah man heute nichts mehr.

Halogenlicht erfüllte die unterirdischen Korridore. Kimberley zwängte sich an Mortimer vorbei, aber der greise Diener klopfte ihm jovial auf die Schulter.

»Bleiben Sie hinter mir!«

»Was ich mache, braucht dich nicht zu kümmern«, schnaubte der Bärtige.

»Mortimer meint, daß Sie sich vor den Sicherheitseinrichtungen in acht nehmen sollen«, erklärte Sutherland.

Kimberley bedachte ihn dafür mit einem verblüfften Blick. »Was soll das heißen?« herrschte er den Diener an.

»Wie ich schon sagte«, antwortete Sir Ian an Mortimers Stelle. »Sicherheitseinrichtungen.«

»Ich habe *ihn* gefragt«, brauste Kimberley auf. »Gibt es hier Fallen ...?«

»Ja, ja«, murmelte der Diener gedankenverloren. »Oake Dùn ist kein Pub, den jeder aufsuchen kann, wie es ihm beliebt.«

»Quatsch nicht so viel! Geh weiter!«

Nach ein paar Schritten blieb Mortimer erneut stehen und drückte beide Handflächen gegen die Wand …

»Was ist los?« schnaubte Kimberley.

Kopfnickend deutete der Diener den Gang entlang. »Da vorne ...«, murmelte er.

»Was ist da? Verdammt, rede in ganzen Sätzen!« Seine Rechte schoß vor und verkrallte sich in Mortimers Hemd. Heftig schüttelte er den greisen Diener. Offenbar hatte er es sich einfacher vorgestellt, den Sternensplitter zurückzuholen. Je mehr Zeit verging, desto nervöser wurde er.

»Sir, würden Sie mich bitte loslassen!« Mortimers Stimme klang so ruhig und unbewegt, als gelte es eine unangenehme gesellschaftliche Verpflichtung abzusagen. »Ich bin nicht Ihr Bediensteter, Sir.«

Eine Verwünschung auf den Lippen, stieß Kimberley den Diener vorwärts.

Die Lichtschranke, zehn Meter entfernt, war über den verborgenen Kontakt abgeschaltet worden. Andererseits hätten zwei stählerne Absperrgitter den Gang auf beiden Seiten abgeriegelt. Kimberley und sein Kumpan merkten nichts davon.

Gleich darauf standen sie vor der massiven Stahltür, die jedem Banktresor Ehre gemacht hätte.

»Da drinnen?« fragte Boris mißtrauisch.

»Sir Ian bewahrt alles Wertvolle im Tresor auf«, erwiderte Mortimer. »Schuhkartons sind verpönt.«

»Aufmachen!« kommandierte Kimberley, ohne auf die letzte Bemerkung einzugehen.

Mortimer verschränkte die Hände und machte Fingerübungen. In irgendeinem Tresorknacker-Krimi hatte er das wohl gesehen und erinnerte sich ausgerechnet jetzt daran. »Absolute Ruhe!« mahnte er. Danach begann er mit spitzen Fingern, das Zahlenkombina-tionsschloß zu drehen. Viermal nach rechts bis zur achtzehn, anschließend dreimal links auf die Dreiundachtzig ... »Nein«, murmelte er verwirrt. »Die Siebenundachtzig ...« Im Nu war die Kombination überdreht.

»Geh weg da!« schnaubte Kimberley. Er wandte sich an Sutherland: »Mach du, aber keine Tricks!«

Ein dumpfes Rumoren durchlief den Korridor. Die Beleuchtung flackerte. Doch als Sutherland mit der Kombination begann, war alles wieder in Ordnung. Bis auf die Durchblutungsstörungen in seinen Handgelenken, die von den Fesseln stammten, und bis zu dem Moment, als der Sperrmechanismus leise klickend ausrastete.

Ein Prasseln und Knistern erklang aus dem nahen Generatorenraum, gefolgt von einer dumpfen Explosion. Schlagartig erlosch das Licht; die Finsternis innerhalb der Kellerräume war schier undurchdringlich.

Schlurfende Schritte entfernten sich eilig. Sie waren schwerlich zu überhören.

»Stehenbleiben!« brüllte Kimberley. In seiner Hand flackerte ein Feuerzeug auf.

»Sutherland ist noch da«, sagte Boris.

»Quatsch nicht, hol den Alten zurück!« Und an Ian gewandt, brauste der Bärtige auf: »Mach weiter! Keine Müdigkeit vorschützen.«

Der Auszug für den Schlüssel klemmte trotz der richtig eingestellten Kombination. »Der Stromausfall blockiert das Schloß«, erklärte Sir Ian. »Wir müssen erst den Generator wieder in Schwung bringen. Der einzige, der das kann, ist Keswick. Wenn nicht ...« Er ließ offen, was er noch sagen wollte. Zweifellos war der erneute Ausfall des Generators eine Folge des Blitzschlags und der vorangegangenen ungenügenden Reparatur. Vielleicht ein Wink des Schicksals.

»Wenn er es nicht innerhalb von sechzig Minuten schafft«, schnaubte Kimberley, »stirbt der erste von euch.«

»Tea-time ist vorbei«, erinnerte einer der Geiselnehmer, die offensichtlich nicht auf eine mehrere Stunden dauernde Belagerung eingestellt gewesen waren. »Ich brauche was Vernünftiges zwischen die Zähne.« Der Mann, den die anderen Cliff nannten, war in Mrs. Paddingtons Augen der Vernünftigste von allen, da er wenigstens ab und zu menschliche Züge erkennen ließ.

»Ein paar Sandwiches gegen die Zusage, daß ihr bald verschwindet«, schlug die Köchin vor.

Er winkte heftig ab. »Ein saftiges Steak oder etwas ähnlich Handfestes.«

»Ich habe nichts ... Handfestes«, schnauzte Eleonore Paddington zurück.

»Das wird sich herausstellen.« Cliff dirigierte sie in die Küche. Aber erst in der angrenzenden Speisekammer fand er, wonach sein Magen verlangte: mehrere tiefgefrorene Schweineschnitzel. »In die Pfanne damit!«

Die Köchin benutzte die Mikrowelle. Sie schaffte es gerade, drei der Schnitzel aufzutauen, bevor der Strom ausfiel. »Gehen Sie auswärts essen«, forderte sie den Mann auf. »Vorerst wird das wohl nichts mehr.«

»Was ist *damit*?« Cliff deutete auf den altertümlichen Eisenofen, der lediglich als zusätzliche Abstellfläche benutzt wurde.

»Ein Beistellherd, na und?«

»Schüren Sie den Ofen an. Falls Sie kein Holz zur Verfügung haben, nehmen wir das Mobiliar.«

»Ich bin Köchin und nicht Heizerin«, prustete Mrs. Paddington. Aus einem der vielen Schübe kramte sie einen wuchtigen Fleischklopfer hervor, doch ihr unliebsamer Gast fiel ihr in den Arm.

»Lassen Sie die Dummheit! So etwas kann sehr schnell ins Auge gehen.«

»Wie soll ich die Schnitzel klopfen, wenn –?«

»Kümmern Sie sich um den Ofen, den Rest mache ich.

Aber sehen Sie sich vor! Ich reagiere allergisch, wenn jemand versucht, mich reinzulegen.«

Eleonore Paddington setzte ihre unschuldigste Miene auf. »Dann sagen Sie Mr. Connor, daß er Holz holen soll. Oder machen Sie es selbst.«

Zwanzig Minuten später prasselte das Feuer im Herd. Betty Neacail hatte die Holzscheite geholt, war aber von einem der Kerle begleitet worden. Damit hatte sich die Hoffnung der Köchin zerschlagen, daß Betty Gelegenheit finden würde, über das separate Telefon der Brendans Hilfe herbeizurufen. All ihre Vorstellungen von Partisanenwiderstand zerplatzten wie bunt schillernde Seifenblasen.

»Was halten Sie von einer guten Champignonsoße zu den Schnitzeln, Mr. Cliff? Vorausgesetzt natürlich, Sie schenken uns reinen Wein ein, was Mr. Kimberley mit uns vorhat.«

»Nichts.« Er zuckte mit den Schultern. »Wir werden so schnell verschwinden, wie wir gekommen sind.«

Eleonore Paddington glaubte ihm nicht. Unauffällig zwinkerte sie dem Stubenmädchen zu. »Passen Sie auf das Fleisch auf, Betty!« Sie sagte Betty, was ihr sonst nie über die Lippen gekommen wäre. Das Stubenmädchen stutzte, begriff dann aber, daß die Köchin etwas vorhatte. Dem Zwinkern nach zu schließen sollte sie den Kerl ablenken.

Der bullernde Ofen verbreitete eine ziemliche Hitze. Scheinbar unbewußt knöpfte Betty die oberen Knöpfe ihrer Bluse auf. Daß sie darunter nichts trug außer blanker Haut, war eine Marotte von ihr. Selbst im kältesten Winter verzichtete sie auf Unterhemd und BH. Cliff Werweißwienoch war Manns genug, die ihm sozusagen auf einem silbernen Tablett dargebotenen weiblichen Reize nicht zu ignorieren. Außerdem rutschte Bettys Minirock höher, je länger sie mit den Pfannen hantierte.

Cliff achtete kaum noch auf die Köchin, deren körperliche Fülle selbst einen Rubens abgeschreckt hätte. Wie zufällig streifte seine Hand Bettys Schulter und wanderte tiefer. Das Stubenmädchen duldete seine forschen Finger für ein paar Sekunden – so lange jedenfalls, wie Eleonore Paddington benötigte, in fliegender Hast das Röhrchen mit den Tabletten zu öffnen und den gesamten Inhalt in die Soße zu kippen. Im nächsten Moment rührte sie wieder heftig um.

Betty Neacails anschließender Versuch, die vorwitzige Hand zur Seite zu schieben, erwies sich als vergeblich. »Ich bin keine solche«, murrte sie, »also Finger weg!« Mit der Linken wollte sie zuschlagen, doch der Kerl fiel ihr in den Arm. Sein Grinsen verriet mehr, als Worte je vermocht hätten.

»Sobald wir den Sternensplitter haben, ist der Spaß ohnehin vorbei«, sagte er und zog sie mit sich, hinaus in die Empfangshalle. Unter der Tür entsann er sich, daß er die Köchin nicht allein lassen durfte. Er rief einen seiner Kumpane.

»Komm schon!« herrschte er Betty an, und als sie weit genug von den anderen entfernt waren, fügte er verschwörerisch hinzu: »Kimberley hat nicht vor, euch am Leben zu lassen.«

Ihre Augen weiteten sich in ungläubigem Erstaunen, dann nickte sie krampfhaft. Sie hatte das geahnt, den Gedanken aber bisher entsetzt weit von sich geschoben.

»Er will euch töten und eure Herzen opfern«, fuhr Cliff in verschwörerischem Tonfall fort. »Sobald er den Kristall hat, werdet ihr sterben – keine Minute eher.«

Diesmal brauchte Betty nicht Theater zu spielen: Ihr Brustkorb hob und senkte sich im Rhythmus ihrer gequälten Atemzüge.

»Vielleicht kann ich dir helfen zu fliehen. Wenn du nett zu mir bist ... »

In einer Mischung aus Trotz, Zorn und dem prickelnden Kribbeln der Gewißheit, Verbotenes zu tun, starrte sie ihn an. Der Kerl, ein stoppelbärtiger, schlanker Typ, gefiel ihr; sein Problem war nur, daß er auf der falschen Seite stand. Und das war gleichzeitig auch ihr Problem. Ihr Spiel mit dem Feuer hatte sie ein wenig zu perfekt gespielt, nun war sie drauf und dran, sich die Finger zu verbrennen. Der Mut vor der eigenen Courage ließ sie plötzlich frösteln.

Cliff hatte sie auf die nach oben führende breite Treppe gedrängt. In dem Trakt lagen die Schlafräume, aber das konnte er nicht wissen. Sogar der Treppenabsatz war als Ausstellungsfläche genutzt. Zwei niedrige Säulen, irgendeinem altgriechischen Baustil nachempfunden, trugen antike Amphoren. Sir Ian selbst hatte sie vor vielen Jahren bei einem Tauchgang in der Ägäis geborgen.

»Du starrst die Krüge an, als wären sie etwas Besonderes«, sagte Cliff in diesem Moment. Daß er genauso brutal sein konnte wie seine Kumpane, spürte Betty, als sich seine Hände schmerzhaft um ihre Arme schlossen. »Was ist damit?« herrschte er sie an.

»Nichts«, erwiderte das Stubenmädchen. »Wirklich nicht.«

»Dann ist es auch nicht schade darum.« Mit einem Tritt stieß der Mann eine der Säulen um; die Amphore zerbarst in Hunderte von Scherben. Grinsend schob er Betty zurück und griff nach der zweiten Amphore.

»Warum tun Sie das?« schnaubte das Mädchen. »Müssen Männer immer zerstören?« Mit beiden Händen griff sie nach ihrer Bluse und zerrte den Stoff zur Seite. Keck wippten ihre Brüste dem Kerl entgegen, und für einen Moment hielt er überrascht inne, und ein seltsamer Glanz ließ seine Augen leuchten. Grinsend wandte er sich wieder dem Stubenmädchen zu. Den Tonkrug ließ er trotzdem fallen.

»Hoffentlich dauert der Stromausfall recht lange. Bis alles wieder funktioniert, werden wir uns amüsieren.«

»Aber dann ...?« Betty Neacail wich einen Schritt zurück. »Ich will nicht sterben ... ich ...« Das Licht flammte wieder auf. Keswick hatte es also geschafft, zumindest das Notstromaggregat wieder anzuwerfen. Damit stand die Entscheidung unmittelbar bevor. Betty zitterte wie Espenlaub. Die eigene Hilflosigkeit wurde ihr erst jetzt richtig bewußt. Sie warf sich herum und floh. Doch sie kam nicht weit. Cliff holte sie schon nach wenigen Schritten ein und zerrte sie mit sich die Treppe hinab. »Wir beide sind noch nicht miteinander fertig«, stieß er hervor.

Der Tresorraum war quadratisch, mit einer Seitenlänge von ungefähr sechs Metern. Kimberley schritt als erster durch die geöffnete, einen halben Meter dicke Stahltür.

Der Raum, dessen Beleuchtung sich automatisch eingeschaltet hatte, war vollgestopft mit Schränken und Regalen und überfüllt mit Artefakten ungezählter Kulturen, eine Schatzkammer der Geschichte. Langsam schweifte Kimberleys Blick in die Runde.

Auf der gegenüberliegenden Seite standen zwei mannshohe Panzerschränke, wie sie um die Jahrhundertwende modern gewesen waren. Sie ließen sich mit einem einfachen, absperrbaren Hebelgriff öffnen. Ansonsten bestimmten Regale das Bild, teilweise offen, aber auch mit geschlossenen Fächern, und allein die sichtbaren Artefakte besaßen einen Wert von mehreren Millionen US-Dollar. Vieles war aus Gold oder mit Edelsteinen verziert.

»Wo ist der Sternensplitter?« Kimberley ging weiter und wandte sich erst in der Mitte des Raumes um. Hal und Edgar hielten Sutherland und Mortimer in Schach.

»Versprechen Sie mir, daß meinen Angestellten kein Haar gekrümmt wird?« fragte Sir Ian.

Kimberley blickte ihn erstaunt an. »Du scheinst deine Situation gründlich zu verkennen«, bemerkte er spöttisch. »Wer bist du eigentlich, daß du Forderungen stellen willst?« Seine Finger schlossen sich um die vergoldete Statuette einer ägyptischen Gottheit; er fixierte die tierköpfige Figur unwillig und rammte sie mit Wucht gegen einen der Stahlschränke. Die Figur zersprang in zwei Teile. Kimberleys Mienenspiel wechselte rasend schnell; als er sich wieder Sutherland zuwandte, wirkte er wie versteinert. »Meine Männer warten nur darauf, das Gleiche mit allem zu machen, was hier herumliegt. «

»Ich gebe den Sternensplitter nur im Tausch gegen das Leben meiner Leute.«

»Und dein Leben?« Kimberley lachte spöttisch. »Ist dir das nichts wert?«

Er kniff die Brauen zusammen. Da lag eine Maske, aus matten grünen Steinplättchen zusammengesetzt und bestenfalls die Totenmaske eines Kleinkindes, denn sie war nicht größer als eine Hand. Ruckartig drehte er sie um, tastete mit den Fingerspitzen über die Innenseite zwischen den Augen. »Hier saß der Sternensplitter in Pacals Totenmaske, und genau an jener Stelle wird er wieder seinen Platz finden. Das hier«, er hielt das Artefakt ins Licht, »ist billiger Plunder.«

Mit einer kurzen, aber harten Bewegung schlug er die Maske gegen die Frontscheibe einer Vitrine. Nicht nur das Glas splitterte, auch die Maske löste sich in ihre Bestandteile auf.

In der Vitrine waren Kelche und Becher aufgereiht. Kimberley nahm einen davon heraus, einen Kelch mit tiefer Trinkschale, einem gerundeten Mittelteil und sanft auslaufendem Fuß. Wunderschöne bildhafte Verzierungen bedeckten die Außenseite.

»Mister«, sagte Mortimer in diesem Moment, »nur Narrenhände vergreifen sich an solchen Kunstwerken.«

Kimberley stellte den Kelch ruckartig zurück. »Wo ist der Kristallsplitter?« herrschte er den greisen Diener an.

»Tut mir leid, Sir.« Mortimer warf Sutherland einen um Verzeihung heischenden Blick zu. »Ich weiß, wieviel Ihnen all diese Dinge hier bedeuten. Aber wiegt der Kristall auch nur eine zerstörte Figur auf?«

»Der Sternensplitter ist unsere Lebensversicherung«, sagte Sutherland gepreßt. Er hatte auf Zeit gespielt und auf eine günstige Gelegenheit gewartet, aber er hatte Mortimers Unwissenheit nicht einkalkuliert. Der Hausdiener wußte manches, doch die Zusammenhänge kannte er nicht. Vielleicht war es ein Fehler gewesen, ihn nicht in alles einzuweihen. Aber wer vertraute in der Hinsicht schon einem senilen alten Mann?

»Der Sternensplitter verändert die menschliche Psyche«, fuhr Sir Ian fort. »Don Aldarez wurde seinetwegen zum Mörder, und genauso wird es jedem ergehen, der keine Sicherheitsvorkehrungen trifft. Unser Freund hier«, mit einer knappen Kopfbewegung deutete er auf Kimberley, »will die blutige Macht eines alten Götterkultes zu neuem Leben erwecken. Dafür braucht er den Splitter, und wir werden seine ersten Opfer sein. – Wissen Sie, Mortimer, wie Mayas und vor allem Azteken ihre Götter wohlgesonnen stimmten? Sie opferten Menschen und rissen ihnen bei lebendigem Leibe das Herz aus der Brust.«

Mortimer war aschfahl geworden. Er taumelte, tastete über die Regale und suchte vergeblich nach einem festen Halt. Seine Lippen bewegten sich in unverständlichem Stammeln. Langsam rutschte er an einer Vitrine entlang zu Boden.

Kimberley klatschte demonstrativ Beifall. »Bravo!« rief er spöttisch. »Das war überaus anschaulich.« Er gab seinen Kumpanen einen Wink, daß sie Sutherland festhalten sollten. Danach baute er sich vor Mortimer auf und stellte ihn wieder auf die Beine. »Du gibst mir jetzt den Sternensplitter«, sagte er ruhig und betont langsam.

»Aber«, Mortimer schüttelte heftig den Kopf, »was geschieht –?«

Diesmal verlor Kimberley die Geduld. Er schüttelte den greisen Diener, als wolle er ihn auf die Weise umbringen. »Gib mir den Sternensplitter!« brüllte er los. »Oder du wirst es verdammt noch mal bereuen.«

Sutherland hatte keine Möglichkeit, einzugreifen. Abgesehen davon, daß einer der Kerle ihn unnachgiebig festhielt, drückte der andere ihm die messerscharfe Schneide seiner Machete an die Kehle. Hilflos mußte er mitansehen, wie Mortimer auf eines der Regale deutete. Mehrere jeweils vier oder fünf Inches hohe metallene Röhren standen da in Reih und Glied.

»Halte mich nicht zum Narren!« brüllte Kimberley.

Mortimer versuchte eine schwache Abwehrbewegung. »Die rechte Kapsel ist die richtige«, stammelte er. »Wir bewahren den Splitter darin auf.«

Kimberley bedachte Sir Ian mit einem forschenden Blick. »Das war's dann wohl«, sagte er triumphierend, griff nach dem Behälter und versuchte den Deckel abzuheben.

»Sie müssen ihn aufschrauben«, kommentierte Mortimer schwer atmend.

Der Behälter bestand aus Blei, zur Abschirmung möglicher Strahlungen. Innen steckte ein Röhrchen aus undurchsichtigem Glas. Es war mit einem einfachen Korken verschlossen. Kimberley warf den Korken achtlos zur Seite und schüttelte den Sternensplitter heraus.

Seine Augen weiteten sich in ungläubigem Erstaunen, als lediglich Sand auf seine Handfläche rieselte. Entgeistert starrte er Sutherland an.

»Das ist Kristallstaub«, sagte Sir Ian. Er hatte begriffen, daß Mortimer ein gefährliches Spiel spielte – in dem Moment, in dem Kimberley den Behälter aus dem Regal genommen hatte. Eine andere Röhre fehlte; zweifellos hatte Mortimer sie an sich gebracht, als er sich an den Regalen festgehalten hatte. In dem Moment war Sutherland bereit, seinem greisen Diener für alles Abbitte zu leisten.

Kimberley zerquetschte das Röhrchen in der Hand. Blut tropfte auf den Boden.

»Du hast den Sternensplitter zerstört?« kreischte er. »Du ...« In dem Moment bemerkte er, daß Mortimer nicht mehr neben ihm stand. Auch die beiden anderen Kerle hatten sich vorübergehend ablenken lassen.

»Ich bringe ihn um.« Kimberley begriff endgültig, daß er hereingelegt worden war, und die Tatsache, daß ausgerechnet der Hausdiener das geschafft hatte, machte alles nur noch schlimmer. Er hätte Mortimer nicht einmal zugetraut, daß er bis drei zählen konnte. »Wo ist er hin?«

In einer hilflosen Geste breitete Sutherland die Arme aus. Dabei gab es nur einen Weg, den Mortimer genommen haben konnte: in die erst kürzlich entdeckten Katakomben unter Oake Dún. Der Kristallstaub, den Kimberley jetzt achtlos verstreute, stammte von einem anderen Splitter, der in einer Statuette des Maya-Gottes Xipe Totec verborgen gewesen war. Wahrscheinlich war dieser Kristall Ursache eines seltsamen Spuks gewesen, denn die Erscheinungen waren schlagartig verweht, als Sir Ian Figur und Kristall mit Schwerthieben zerschmettert hatte.*

»Bringt ihn zurück!« befahl Kimberley seinen Männern. »Tot oder lebendig!«

In dem Moment, in dem die Machete sich von seiner

* siehe Band 14 203, Buch 9 ›Rätsel der Vergangenheit‹

Kehle löste, sah Sir Ian endlich seine Chance gekommen. Sein Ellenbogen krachte dumpf in die Magengrube des Waffenträgers; mit beiden Händen entriß er dem Mann die Klinge und fuhr herum. Der andere Kerl, der eben noch hinter ihm gestanden und ihn festgehalten hatte, wich entsetzt zurück, konnte aber nicht mehr verhindern, daß die Spitze der Machete seinen Tarnanzug quer über den Oberkörper aufschlitzte und eine tiefe Fleischwunde hinterließ. Sutherland wollte nachsetzen, doch in dem Moment riß ihn ein beinahe mörderischer Hieb von den Beinen.

»Nichts«, sagte Gudrun Heber und drehte die Telefonkarte zwischen den Fingern, als sei das bunt bedruckte Stück Plastik schuld daran, daß sie keine Verbindung bekam. »Ich verstehe das nicht. Die Leitung ist immer noch tot.«

»Versuch's noch mal«, drängte Pierre Leroy. »Kennst du die Nummer von Brendans Anschluß?«

Gudrun wählte von neuem. Die Skepsis stand ihr ins Gesicht geschrieben, doch gleich darauf schürzte sie die Lippen und nickte zufrieden. Diesmal kam der Ruf an, sie hörte das Freizeichen.

Vor zweieinhalb Stunden waren Tom, Pierre und sie nach einem endlos lang anmutenden und zermürbenden Flug rund um den Globus in London gelandet. Obwohl sie via Aberdeen sofort Anschluß nach Wick im Nordosten Schottlands bekommen hatten, war ihnen noch Zeit geblieben, Sir Ian von ihrer Ankunft zu verständigen. Die Leitung war schon da tot gewesen. Im Gegensatz dazu war es ein Kinderspiel gewesen, von Australien aus Anschluß zu bekommen. Gestern hatten sie in Oake Dùn angerufen und den Earl über Toms Traumreise und seine glückliche Rückkehr informiert.

»Und?« fragte Ericson ungeduldig.

»Niemand hebt ab.«

»Laß es durchklingeln«, sagte Leroy.

Nach einer Weile brach das Rufzeichen von selbst ab. »Ich verstehe das nicht«, murmelte die Anthropologin.

»Wir nehmen einen Mietwagen und fahren los«, schlug Ericson vor. »Was bringt es, wenn wir noch mehr Zeit vertrödeln?«

»Ganz deiner Meinung«, erwiderte Pierre. »Überzeugen wir uns davon, daß Oake Dùn noch steht.«

»Damit solltest du nicht spaßen«, sagte Gudrun.

Pierre schenkte ihr ein Lächeln. »Das war kein Spaß, Mademoiselle«, behauptete er.

Dreißig Minuten später fuhren sie auf der A 882 Richtung Thurso. Bis vor kurzem schien es heftig geregnet zu haben, auf der Straße standen ausgedehnte Pfützen. Inzwischen hatte sich das Wetter allerdings beruhigt. Im Westen zeigten sich noch die verwehenden Reste eines kräftigen Abendrots.

Geredet wurde nicht viel. Wozu auch? Während des Fluges von Australien nach London war dafür ausreichend Zeit gewesen. Obwohl verständlicherweise Tom den allergrößten Teil der Unterhaltung bestritten hatte.

Von Thurso aus versuchten sie erneut zu telefonieren. Die Leitung nach Oake Dùn war tot, und am Privatanschluß der Brendans nahm niemand ab.

Das Kribbeln unter der Haut und im Magen, das Gudrun seit geraumer Zeit verspürte, wurde stärker. Viel zu lange war sie von Oake Dùn fortgewesen. Sie sehnte sich nach der Museumsatmosphäre und den Artefakten, die Sir Ian im Laufe von Jahrzehnten zusammengetragen hatte.

Gudrun dachte auch an den Gral. Die Jagd nach dem Kelch hatte Pierre und sie durch halb Großbritannien geführt. Obwohl Professor McMurphy das Alter des

Bechers um das Jahr 1530 datiert und damit alle Hoffnungen zunichte gemacht hatte, es handele sich tatsächlich um den Heiligen Gral, den Kelch des Lebens, in dem Christi Blut am Kreuz aufgefangen worden war, sehnte sie sich mit jeder Faser ihres Körpers danach, den Kelch endlich wieder in die Hand nehmen zu können. Ein Verlangen, das über rein wissenschaftliches Interesse hinausging. Sie wußte nicht, daß Pierre ähnlich empfand.

Hinter Thurso fuhren sie in die beginnende Nacht.

Manchmal hatte Mortimer das Gefühl, nicht mehr Mortimer zu sein. In letzter Zeit häuften sich diese ›Anfälle‹. Dann tat er Dinge, an die er früher nicht einmal zu denken gewagt hätte, und das Schlimme daran war, er empfand sogar ein kindliches Vergnügen dabei.

Sir Ian hatte erst vor kurzem von beginnender Verkalkung gesprochen, ohne jedoch zu ahnen, daß Mortimer zufällig Zeuge seiner Unterhaltung mit Dr. Morrison geworden war. Verkalkung? Pah! Er entsann sich nicht, sich jemals so wohl gefühlt zu haben. Älterwerden war weiß Gott keine Krankheit, und er gehörte noch lange nicht zum alten Eisen.

Mortimers Hand verkrampfte sich um die kleine bleiummantelte Röhre, in deren Inneren der Sternensplitter verwahrt wurde. Falls Sir Ian ihn eines Tages aufs Altenteil schickte – gewisse Äußerungen dieses Inhalts waren schon gefallen –, konnte er seinen Lebensunterhalt durchaus mit kleinen Gaukeleien und Taschenspielertricks aufbessern. Kimberley hatte jedenfalls nicht kapiert, daß er wie beiläufig ins Regal gegriffen und das Wichtigste herausgenommen hatte.

Mortimer schlurfte weiter. Nein – immer noch hob er entgegen seiner sonstigen Gewohnheit die Füße und verursachte kaum Geräusche.

Die Nähe der Treppe war verlockend, nur würden die Kerle ihn schneller einholen, als ihm lieb sein konnte. Sein Verschwinden mußte jeden Augenblick auffallen.

Wenn er es recht bedachte, gab es nur einen Ort in Oake Dùn, an dem er sich sicher fühlen durfte. Mortimer hastete weiter. *Ihr braucht mich!* hämmerte es in seinen Gedanken. *Ohne mich wären alle aufgeschmissen.*

Er erreichte die Gewölbe der ehemaligen Verliese und Folterkammern. Nur einer der aus Quadersteinen gemauerten Räume war in ursprünglichem Zustand verblieben. Kichernd tastete der Hausdiener über rauhe Mauerfugen, bis er endlich den Mechanismus auslöste, der den Geheimgang öffnete. Ein enger, niedriger Stollen führte von hier aus weiter. Die Finsternis erschreckte ihn heute mehr als beim ersten Mal, doch nahm er all seinen Mut zusammen und drang weiter vor. Hinter ihm glitt die Geheimtür in die Ausgangsstellung zurück.

Er saß in der Falle. Der Drang, aus der Finsternis auszubrechen und zurückzuhasten, wurde schier übermächtig. Es kostete ihn unsagbare Überwindung, sich ruhig zu verhalten.

Mortimer lauschte in die Dunkelheit. Waren da nicht Schritte hinter ihm, das Klirren eines Schwertes? Zaghaft, beinahe widerwillig wandte er sich um und starrte in die undurchdringliche Schwärze, die vor seinen Augen zu flimmern begann. Da war das Geräusch wieder, diesmal unmittelbar neben ihm. Mortimers Rechte zuckte zwar vor, ertastete aber lediglich rauhes Gestein. Waren wirklich nur Spannungen im Fels für die wachsende Unruhe verantwortlich? Er zweifelte daran.

Eng drückte er sich an die Wand. Daß er unruhig mit dem Röhrchen spielte und den Deckel abschraubte, wurde ihm erst bewußt, als er zwei Teile zwischen den Fingern hielt. Ein sanfter Schimmer strahlte von dem Sternensplitter aus.

Von draußen erklangen Stimmen. Kimberley und seine Kumpane durchsuchten den Raum, aber sie fanden den Geheimgang nicht. In seiner Phantasie stellte Mortimer sich vor, wie ein Heer von Clankriegern über die Kerle herfiel und sie niedermetzelte. Es waren blutrünstige Gedanken, doch irgendwie fühlte er sich dabei wohler.

Ein sanfter Hauch streifte ihn, wie Spinnweben, die sein Gesicht berührten. Mortimer zuckte jäh zusammen. Er fröstelte. Aber die Kälte ließ sich nicht vertreiben, sie steckte in ihm, seit die nasse Kleidung am Körper getrocknet war.

Das Kribbeln im Gesicht wurde stärker, es konzentrierte sich zwischen den Augen, und dann platzte er lauthals heraus. Sein Niesen hallte wie ein Donnerschlag durch die Stille.

»Anhalten!« rief Tom Ericson, als der Leihwagen mit aufgeblendeten Scheinwerfern in die enge Schlucht dröhnte. »Das Fernlicht aus!«

Gudrun blickte ihn überrascht an. »Wir haben nur noch ein paar Meter. Warum soll ich ausgerechnet hier stehenbleiben?«

»Tom hat recht«, ließ Pierre sich aus dem Fond vernehmen. »Ich versuche mir auch schon die ganze Zeit über klar zu werden, warum niemand ans Telefon geht.«

»Vielleicht hat Sir Ian die Rechnung nicht bezahlt.« Gudrun verspürte wenig Interesse, über Wenn und Aber zu diskutieren.

» ... und er sitzt mit den Brendans beim Bridge und spielt um das nötige Kleingeld«, vollendete Tom spöttisch. »Pierre und ich gehen jedenfalls die letzten Meter zu Fuß. Wenn du nicht willst, kannst du beim Wagen bleiben.«

»Damit keiner das teure Stück klaut«, fügte Leroy hinzu.

Gemeinsam stiegen sie aus. Bis Oake Dùn war es nur ein kurzer Fußmarsch bergauf. Alles schien ruhig. Hinter einigen Fenstern im Schloß brannte Licht, lediglich bei den Gesindehäusern herrschte Finsternis.

»Zumindest steht noch alles«, bemerkte Gudrun, die die Vorsicht ihrer Begleiter für übertrieben hielt.

»Weiß jemand, wem die beiden Autos gehören?« wollte Pierre wissen. Weder die dunkle Rolls-Royce-Limousine noch der Austin Mini waren ihm bekannt.

»Sir Ian hat Besuch«, kommentierte die Anthropologin. Sie wollte weitergehen, aber Tom hielt sie zurück.

»Wir waren lange fort«, raunte er ihr zu, »nun kommt es auf einige Minuten mehr oder weniger nicht mehr an.«

Ein klagendes Winseln hallte aus Richtung der Stallungen herüber. Es klang, als hätten die Hunde seit geraumer Zeit nichts zu fressen bekommen.

»Vielleicht hast du recht«, gestand Gudrun zögernd.

Die Nacht hatte Pierre Leroy verschluckt. Für Sekundenbruchteile sahen sie ihn im Lichtkreis eines der großen ebenerdigen Fenster auftauchen, danach verschmolz er wieder mit der Dunkelheit.

»Es gibt wirklich Ärger«, stieß er hervor, als er nach einer Weile unverhofft aus der entgegengesetzten Richtung zurückkam. »Bis auf Sir Ian, Mortimer und Elwood sind alle im Salon versammelt. Aber gewiß nicht, um Bridge zu spielen.«

»Sondern?«

Pierre räusperte sich. »Die beiden Kerle, die bei ihnen sind, machen auf mich nicht den besten Eindruck. Ich kann mich täuschen, aber zumindest einer von ihnen wirkt wie ein südländischer Typ.«

»Mexikaner?« fragte Gudrun schnell.

»Also denken wir dasselbe«, stellte Tom fest. »Sie sind gekommen, um den Sternensplitter aus der Totenmaske des Pacal von Palenque zurückzuholen.«

»Zwei befinden sich im kleinen Salon«, wiederholte Leroy. »Vermutlich haben die anderen Sutherland gezwungen, den Tresor zu öffnen. Ich tippe auf vier oder fünf Kerle.«

»Wie kommen wir hinein?«

»Indem wir klettern.« Pierre grinste zufrieden. »Ein Fenster im Westturm ist gekippt. Hinaufkommen ist kein Problem.«

Gudrun war da gänzlich anderer Meinung – zumindest als sie kurz darauf vor der Mauer standen. Hier ragte weder ein Spalier in die Höhe, noch rankte Efeu an der Wand empor. Prüfend tastete die Anthropologin über die rauhen Mauerfugen, bevor sie den Kopf schüttelte. Im fahlen Sternenschein wirkte die Wand wie aus einem Guß.

Leroy bewies ihr das Gegenteil. Mit der Geschicklichkeit eines geübten Freikletterers fand er an den winzigsten Unebenheiten ausreichenden Halt. Innerhalb kürzester Zeit überwand er das Erdgeschoß und turnte in den ersten Stock hinauf. Auf dem schmalen Fenstersims kauernd, hantierte er eine Weile an dem gekippten Flügel, bis das Fenster endlich aufschwang. Lautlos verschwand Pierre im Inneren.

»Und jetzt?« raunte Gudrun. »Ich schaffe es bestimmt nicht da hoch.«

Endlos lange Minuten vergingen, bis Pierre Leroy endlich wieder in der Fensteröffnung erschien. Einen leisen Zischlaut ausstoßend, machte er auf sich aufmerksam, bevor er etwas nach unten warf, was auf den ersten Blick wie ein unregelmäßiger heller Strick aussah.

»Aneinandergeknotete Bettlaken«, stieß Gudrun Heber ungläubig hervor.

Tom kletterte vor ihr nach oben. Die Laken hielten der Belastung stand.

»Nun du«, erklang es gleich darauf von oben. »Wir ziehen dich hoch.«

Es ging leichter als erwartet. Gudrun ergriff die ihr helfend entgegengestreckten Hände und schwang sich über den Fenstersims nach innen.

Die Tür knarrte ein wenig, als Pierre sie öffnete. Doch niemand außer den drei Abenteurern schien sich in diesem Teil des Schlosses aufzuhalten.

»Wenn sie wirklich beim Tresor sind, müssen wir zuerst dorthin«, flüsterte Tom Ericson. »Andernfalls haben wir die Kerle im Rücken.«

»Nicht die Treppe«, wehrte Leroy ab, als Tom auf den breiten Abgang zusteuerte. »Wir nehmen den Geheimgang von Sir Ians Arbeitszimmer aus.«

Betty Neacail war sich gar nicht mehr so sicher, daß sie wirklich das Richtige versucht hatte. Der stoppelbärtige Kerl starrte sie inzwischen so unverhohlen gierig an, daß sie unwillkürlich fröstelte. Noch immer glaubte sie, seine schweißnassen Hände auf der Haut zu spüren, und ihre anfängliche mädchenhafte Faszination war quälender Ernüchterung gewichen.

Nach dem Wiederanlaufen des Notstromaggregats hatte er sie in den Salon zurückgezerrt. Aber eigentlich hatte sich nichts geändert. Cliff und der andere, der sich Boris nannte, waren weiterhin dafür verantwortlich, daß ihre Geiseln keine Dummheiten begingen, während Kimberley und die beiden übrigen Halunken dem Sternensplitter nachjagten. Ein hochtrabender Name für einen scharfkantigen Kristall – soviel hatte Betty inzwischen mitbekommen. Mehr wußte sie nicht. Aber bei all den Schätzen, die Sir Ian in Oake Dùn angehäuft hatte, war ein Überfall längst vorprogrammiert gewesen.

Cliff kaute sein Schnitzel und grinste Betty triumphierend an. Daß sie plötzlich vor ihrer eigenen Courage zurückschreckte, interessierte ihn nicht. Sie hatte mit dem

Feuer gespielt und sich die Finger verbrannt. Und sie glaubte nicht mehr, daß er sie am Leben lassen würde. Keiner würde als Zeuge übrigbleiben.

Auch der andere Kerl langte kräftig zu, als wäre er kurz vor dem Verhungern gewesen. Kein Wunder bei Eleonore Paddingtons Kochkünsten. Und diesmal hatte sie sich besonders angestrengt, vor allem, was die Zutaten anbetraf.

Betty wechselte einen flüchtigen Blick mit der Köchin. Ein feines Lächeln umspielte Mrs. Paddingtons Mundwinkel.

»Abräumen!« kommandierte Cliff. Sein Stuhl stürzte polternd um, als er sich ruckartig erhob. »Nun zu uns beiden, mein Täubchen ...« Er wischte sich mit dem Handrücken über den Mund und zerrte Betty hoch. »Was man anfängt, soll man auch zu Ende bringen.«

Sein Griff war stahlhart, als er das Stubenmädchen quer durch den kleinen Salon dirigierte und die Treppe hinauf ins obere Stockwerk. »Wir müssen uns beeilen«, keuchte er. »Sobald Kimberley den Kristall hat, ist es aus.« Er hielt sie eng an sich gepreßt, seine Hand fuhr unmißverständlich über ihren Hals.

Heftig trat er die Tür zu einem der Gästezimmer auf und stieß Betty aufs Bett. Vergeblich versuchte sie sich herumzuwälzen. Er war schneller und drückte sie mit seinem Gewicht in die Kissen. Stoff zerriß unter seinen gierigen Händen.

Betty ballte die Hände zu Fäusten und trommelte gegen seine Brust.

»Du bist eine Wildkatze«, keuchte er. »Ich mag Wildkatzen.« Im nächsten Moment hielt er ihre Handgelenke umklammert und drückte ihre Arme nach hinten. Sein Mund suchte den ihren, aber bevor er sie küssen konnte, gähnte er herzhaft. Gleich darauf noch einmal.

Er verdrehte die Augen, blinzelte und massierte sich mit den Fingerspitzen die Nasenwurzel.

Bettys Herz hämmerte wie rasend gegen die Rippen. Mrs. Paddingtons Schlaftabletten zeigten bereits Wirkung. Erst vor kurzem, entsann sie sich, hatte die Köchin davon gesprochen, daß sie starke Tabletten brauchte, um überhaupt einschlafen zu können.

Schlaftrunken schüttelte Cliff den Kopf. Er schien zu begreifen, daß die plötzliche Müdigkeit nicht normal war. »Du«, keuchte er, »du hast mir was ins Essen gegeben.« Sein Griff um ihr Handgelenk verstärkte sich, als wolle er ihr die Knochen brechen.

»Red keinen Unsinn!« Betty Neacail wand sich in seinem Griff, aber dann schaffte sie es, die Beine anzuziehen und mit den Knien zuzustoßen. Mit aller Kraft, deren sie fähig war.

Der Kerl heulte auf und torkelte zur Seite, doch er war schneller wieder auf den Beinen, als Betty gehofft hatte. Sie schaffte es nicht, vor ihm die Tür zu erreichen.

»Das wirst du büßen!« Wieder schüttelte er den Kopf, um die lähmende Benommenheit zu vertreiben, die von ihm Besitz ergriffen hatte. Seine Bewegungen wirkten langsamer als zuvor, eckiger. Trotzdem beging Betty nicht erneut den Fehler, ihn zu unterschätzen.

Langsam wich sie zurück. Hinter ihr war das große Fenster – und eine Ritterrüstung. Falls es ihr gelang, das Schwert an sich zu bringen, konnte sie den Kerl auf Distanz halten.

Cliff stürmte los, als sie es fast geschafft hatte. Seine Arme schlossen sich um ihre Taille und drückten unbarmherzig zu. Betty spürte, daß ihr die Luft wegblieb. Sie versuchte gar nicht, sich zur Wehr zu setzen, sondern tastete verzweifelt hinter sich.

»Das machst du ... kein zweites Mal«, stieß Cliff abgehackt hervor. »Du nicht.«

Bettys Hand glitt über die Rüstung und schloß sich um den Schwertknauf. Zum Glück war es keine der ganz großen Waffen, die sie mit einer Hand kaum hätte halten können. Ruckartig zerrte sie das Schwert nach vorne. Das metallische Klirren warnte den Kerl, doch seine abwehrende Bewegung kam zu spät. Schwungvoll rammte das Stubenmädchen ihm den Schwertknauf in die Seite.

Sein Griff lockerte sich, und als Betty erneut das Knie hochriß, kam sie endgültig frei. Mit beiden Händen hielt sie das Schwert vor sich, als wolle sie den Mann aufspießen. Ihre Stimme vibrierte: »Das Spiel ist aus. Du kannst mir nichts mehr tun.«

Er versuchte einen Ausfall. Sofort riß Betty das Schwert herum, aber als sie Widerstand spürte, zuckte sie erschrocken herum. Cliffs rechte Hand umklammerte die Klinge, die linke zuckte auf ihr Gesicht zu. Betty Neacail schrie gellend auf. Instinktiv stieß sie das Schwert nach vorne.

Ein Gurgeln beantwortete ihre Attacke. Das Heft der Waffe wurde ihr aus der Hand gerissen. Dann splitterte Glas.

Sekundenlang stand Betty wie versteinert, bis sie endlich begriff, daß der Angreifer verschwunden war. Ihr Angriff hatte ihn überrascht taumeln lassen. Vielleicht war ihm die Klinge auch wirklich zwischen die Rippen gefahren. Jedenfalls war er rücklings aus dem Fenster gestürzt.

Unfähig zu irgendeiner Regung starrte Betty Neacail durch den leeren Fensterrahmen in den Hof hinab. Dort unten, nur als Schemen zu erkennen, lag der Kerl in unnatürlich verrenkter Haltung. Er war tot.

Betty stolperte zur Tür und sperrte ab, und dann warf sie sich aufs Bett und verkrallte sich in den Kissen.

Knapp eine Stunde lang war der Polizeihubschrauber in der Luft gewesen, bevor die hereinbrechende Dämmerung der weiteren Suche nach dem dunklen Rolls Royce ein Ende gesetzt hatte. Natürlich war der Pilot nicht fündig geworden, obwohl er das Gebiet zwischen Sandside House im Norden bis zum Loch na Seilge und weiter westlich Richtung Bfinn Ruadh abgesucht hatte. Aber das hügelige Gelände mit den vielen Wasserläufen und Seen war einfach zu unübersichtlich. Inspektor Kirkendbright hatte von Anfang an eine Fehlanzeige erwartet. Mehr versprach er sich da schon von seinem Amtshilfeersuchen nach Texas, wenngleich bisher noch keine Antwort der US-Behörden vorlag.

Ein Jonathan Miller mit puertoricanischer Staatsangehörigkeit hatte nie existiert. Der Paß des Mannes, der den Rolls Royce in Oxford angemietet hatte, war falsch gewesen, das wußte er inzwischen über die Fahndungscomputer von Interpol. Aber schon vorher hätte Colin Kirkendbright eine Jahrespension darauf verwettet. Er hatte eine gute Spürnase stets für wichtiger gehalten als hochgezüchtete, teuere Technik.

An diesem Abend blieb er im Büro. Schon aus Furcht, daß ihm zu Hause die Decke auf den Kopf fallen würde. Seine Frau war vor zwei Tagen zu den Kindern gefahren, und nichts war trostloser als eine kalte Wohnung, in der niemand wartete.

Gedankenverloren stand Kirkendbright vor der großen Wandkarte. Mit einer blutroten Stecknadel hatte er den Tatort markiert und mit Bleistift das inzwischen abgesuchte Gebiet schraffiert. Daneben hingen die Fotos – wahrhaft kein erbaulicher Anblick. Aber eine stete Mahnung. Gerichtsmedizin und Spurensicherung waren noch mit dem Toten befaßt – trotz heftigen Widerstands seiner Eltern.

Ein verhaltenes Husten schreckte Kirkendbright aus

seinen Gedanken auf. Sergeant Gaidhlig hatte unbemerkt das Büro betreten. »Was gibt es?« Der Inspektor fuhr auf dem Absatz herum.

»Die Nachforschungen in Corpus Christi ...« Gaidhlig wedelte mit einem Schriftstück.

»Und? Mann, lassen Sie sich nicht jedes Wort aus der Nase ziehen.«

»Kein ähnlicher Fall, Sir.«

Kirkendbright atmete tief durch. Das hatte er nicht erwartet. Verwirrt blickte er den Sergeant an, der ihm das Schriftstück hinhielt. »Was soll ich damit?«

»Lesen Sie, Sir!«

»Mir genügt Ihr Wort, Sergeant. Obwohl – ich hatte gehofft, einen Anhaltspunkt zu finden.«

»Gerade deshalb ...«

Der Inspektor stutzte, schließlich nahm er das Fernschreiben entgegen. Seine Augen wurden größer, als er den Text überflog.

»Das ist interessant, Sir«, bemerkte Sergeant Gaidhlig.

Kirkendbright las unwillkürlich laut: » ... Menschenopfer nahmen bei den Azteken ungeheure Ausmaße an, aber auch bei den Maya der klassischen Zeit waren sie ein wesentlicher Bestandteil des Opferzeremoniells. Um die Vielzahl der Götter wohlgesonnen zu stimmen, waren regelmäßige Kulthandlungen erforderlich, die gleichwohl Gebete als auch Opfer umfaßten. Als vorherrschend, wenn auch nicht als einzige Form des Menschenopfers, kann das Herzopfer bezeichnet werden. Dem Opfer wurde bei lebendigem Leibe das Herz aus der Brust gerissen und als höchstes Gut, das der Mensch zu geben vermochte, den Göttern zur Nahrung gereicht ...« Kirkendbright verzichtete auf den Rest des Textes, der ohnehin nur noch aus Floskeln und Mutmaßungen bestand. »Maya und Azteken«, schnaubte er. »Soll ich daraus schließen, daß jemand einen alten Götterkult wiederbeleben will? Ich habe herzlich wenig Ahnung von geschichtlichen Ereignissen und den Zusammenhängen. Mein Schulwissen auf dem Gebiet erschöpft sich darin, daß Cortés von 1519 bis 1521 das Aztekenreich erobert hat und später bis Honduras vorgedrungen ist.«

Gaidhlig stieß einen anerkennenden Pfiff aus, schlug sich aber sofort mit der flachen Hand auf den Mund. Kirkendbright winkte jovial ab.

»Noch etwas, Sergeant?«

»Falls Sie jemanden suchen, der uns mehr über die Sitten und Gebräuche mittelamerikanischer Ureinwohner erzählen kann ...«

»Natürlich. Heraus mit der Sprache.«

»Sir Ian Sutherland wäre zweifellos der richtige Mann dafür.«

»Sutherland«, überlegte Kirkendbright. »Sutherland ...« Endlich nickte er verstehend. »Sie meinen diese private Organisation, die sich mit Dingen wie Kornfeldkreisen beschäftigt?«

»Vor allem mit Archäologie, Inspektor. Ich schlage vor, Sie rufen Sutherland an.«

Kirkendbright warf einen flüchtigen Blick auf seine Armbanduhr. »Oake Dùn«, murmelte er. »Das ist nicht allzu weit, und ein persönliches Gespräch ist immer einem Telefonat vorzuziehen. Wir nehmen meinen Wagen, Sergeant.«

»Der Alte kann sich nicht einfach in Luft aufgelöst haben.« Kimberley fluchte unbeherrscht.

»Er muß hier in diesem Raum sein«, bekräftigte Hal. »Mir war, als hätte ich ihn noch durch die Tür verschwinden sehen.«

»Aber hier ist niemand, verdammt.«

Sie hatten jeden Winkel der einstigen Folterkammer

abgesucht und sogar die beiden eisernen Jungfrauen geöffnet. Aber in den mit schweren Eisendornen gespickten Hohlräumen hätte sich ohnehin kein Mensch verbergen können.

»Vielleicht führt ein Geheimgang weiter«, gab Hal zu bedenken. »In alten Schlössern soll so etwas gang und gäbe sein.«

Kimberley hielt für einen Moment inne. Ein wahrhaft dämonisches Grinsen huschte über sein Gesicht. »Das Schloß steht auf gewachsenem Fels«, stellte er fest. »Ich glaube nicht, daß ein Gang besonders weit reicht. Wir räuchern ihn aus. Ed, schaff die Reservekanister her!«

Er trat wieder auf den Gang hinaus, der einige Dutzend Meter schnurgerade nach beiden Richtungen verlief. Falls Mortimer sich nicht in Luft aufgelöst hatte, konnte er wirklich nur in der Folterkammer verschwunden sein.

Ein dumpfes Klirren, unterbrochen von einem gequälten Aufschrei, ließ ihn herumfahren. Entgeistert riß Kimberley die Augen auf. Hal war nicht mehr allein – zwei, allerhöchstens drei Schritte vor ihm stand eine Frau, durchscheinend im einen Moment, als hätten Nebelschleier sich zur menschlichen Gestalt verdichtet, durchaus real im nächsten Augenblick.

Die Frau schien jung zu sein, kaum älter als Mitte Zwanzig. Eine wallende rote Lockenpracht fiel ihr bis auf die Schultern. Gekleidet war sie in eine leichte Rüstung mit Brustpanzer, Arm- und Beinschutz. Der runde Schild an ihrem linken Unterarm war von Waffenhieben zernarbt, aber auch das Schwert, das sie zum Schlag hochriß, wirkte schartig.

Hal stand wie versteinert und starrte der Frau entgegen. Erst im allerletzten Moment wich er der herabsausenden Klinge aus. Gleichzeitig zerrte er seine Machete aus dem Gürtel.

Die Frau kommt von einem Maskenball, schoß es Kimberley durch den Sinn. Weshalb sonst sollte sie in einem solchen Aufzug herumlaufen, als wäre das finsterste Mittelalter soeben zu neuem Leben erwacht?

Aber gleich darauf zuckte Hals Machete vor, drang tief in den Leib der Kriegerin ein und stach durch sie hindurch, ohne sie zu verletzen. Nicht ein Tropfen Blut floß.

»Ein Geist!« keuchte Hal.

»Unsinn!« Kimberley stürmte vor. Seine Machete zuckte schräg von oben herab auf die Kriegerin zu, streifte sie aber nur und prallte klirrend auf die Streckbank. Obwohl der Schlag ihm die Arme bis hinauf in die Schultern prellte, setzte Kimberley sofort nach. Diesmal parierte die rothaarige Frau, und die beiden Waffen schlugen dumpf aufeinander. Das Schwert war inzwischen ebenso materiell wie die Machete.

»Sie manifestiert sich«, brüllte Hal.

»Dann können wir sie auch besiegen.« Kimberley drosch mit der Machete drauflos wie ein Besessener. Doch jeden seiner Hiebe schien die rothaarige Frau im voraus zu ahnen. Er schaffte es nicht, ihre Deckung zu durchbrechen, und selbst Hal, der sie von der Seite angriff, vermochte daran nichts zu ändern. Schritt für Schritt trieb sie die beiden Männer in die Enge. Kimberley stieß gegen eine der eisernen Jungfrauen, für ihn gab es kein weiteres Zurückweichen mehr.

Der nächste Hieb ließ seine Machete splittern. Der ausgezackte Stumpf taugte nicht mehr für den Kampf, er schleuderte ihn der rothaarigen Frau entgegen ...

»Nur noch der eine Fünf-Liter-Kanister ...« Edgar kehrte mit dem Benzin zurück.

Im selben Moment, in dem er die Kriegerin sah und verstummte, begann die Frauengestalt zu verblassen. Zwei oder drei Sekunden, länger dauerte es nicht, bis sie verschwand. Als hätte sie nie existiert.

»Was ... was war das?« wollte Ed wissen.

»Ein Schloßgeist«, bemerkte Kimberley, vergeblich bemüht, seiner Stimme einen festen Klang zu verleihen. »Kipp das Benzin aus, und dann raus hier!«

Der Mann schüttete den Treibstoff auf den Boden. Den geleerten Kanister ließ er einfach fallen.

Sie zogen sich zurück. Vom Gang her warf Kimberley ein brennendes Zündholz. Die schwache Flamme erlosch, bevor sie das Benzin berührte. Kimberley steckte die ganze Schachtel in Brand. Diesmal wurde die Folterkammer von einer heftigen Verpuffung erschüttert. In Sekundenschnelle loderten die Flammen lichterloh.

Das dumpfe Dröhnen schlug ihnen entgegen, unmittelbar bevor sie das Ende des Geheimgangs erreichten. Tom Ericson stürmte als erster ins Freie. Nur wenige Schritte entfernt loderten Flammen in den Gang, kroch heller Rauch über den Boden.

»Stehenbleiben!« Tom wirbelte seinen 45er hoch. Breitbeinig stand er da, in Combat-Stellung, den Zeigefinger am Abzug. Durch den dichter werdenden Rauch hindurch stürmten drei Gestalten auf ihn zu. Er drückte ab, als der vorderste der Angreifer ihn mit einer Machete aufspießen wollte.

Wie von der Faust eines Riesen getroffen, wurde der Kerl zurückgewirbelt. Tom wollte ihn nicht töten. Er hatte nur auf die Beine gezielt, doch die Wirkung des aus allernächster Nähe abgefeuerten Geschosses war gewaltig.

»Stehenbleiben!« brüllte er noch einmal. »Die Waffen weg!«

Die beiden anderen dachten nicht daran, dem Befehl Folge zu leisten. In wilden Zick-Zack-Sprüngen hetzten sie davon. Tom jagte ihnen zwei Schüsse hinterher, die aber lediglich als Querschläger durch den Korridor surrten, dann hastete er ebenfalls weiter.

Als er die Treppe erreichte, sah er die Kerle bereits oben im Erdgeschoß verschwinden. Es war nicht seine Art, Menschen in den Rücken zu schießen. Trotzdem hatte er unwillkürlich den Revolver gehoben, ließ ihn aber sofort unverrichteter Dinge wieder sinken.

Schreie wurden laut. Auf spanisch gebrüllte Befehle. Tom wurde klar, daß die Angreifer nicht mit Feuerwaffen gekommen waren, sondern lediglich über ihre Macheten verfügten. Warum – er wußte es nicht, aber es spielte momentan auch keine Rolle. Sie stellten sich nicht zum Kampf, sondern flohen vor ihm in die Nacht hinaus.

Bis er das Portal erreichte, heulte draußen schon ein Motor auf. Mit sengenden Reifen wurde der Rolls Royce gewendet. Tom sah die Limousine in der Dunkelheit verschwinden. Zwei Kugeln jagte er dem Fahrzeug hinterher. Vergeblich.

Zugleich fiel ihm ein, daß der Hohlweg blockiert war. Gudrun hatte den Mietwagen stehengelassen.

Tom hastete weiter, stieß im Laufen die Hülsen aus der Trommel und lud neue Patronen nach.

Wieder kam er zu spät. Die Kerle hatten den Rolls verlassen, den Mietwagen aufgebrochen und offenbar die Zündung kurzgeschlossen. Mit aufheulendem Motor fuhren sie rückwärts den Hohlweg hinab.

Tom zielte auf die Frontscheibe des Wagens, doch die jähe Lichtflut der aufflammenden Scheinwerfer blendete ihn. Der Schuß ging fehl.

Blech kreischte, als die Kerle in halsbrecherischem Manöver auf der engen Fahrbahn wendeten und an den Felsen entlangschrammten.

Tom Ericson konnte ihnen nicht mehr folgen.

Gudrun Heber verließ den Geheimgang unmittelbar hinter Tom. Sie sah ihn die Waffe hochreißen und schießen, und sie sah die beiden Männer fliehen, aber mehr noch erschreckten sie die lodernden Flammen, die aus der ehemaligen Folterkammer in den Korridor leckten. Benzingeruch hing erstickend in der Luft.

»Den Feuerlöscher! Schnell! Im Funkraum!« stieß Pierre Leroy hinter ihr hervor.

Sie fragte nicht, sondern hastete weiter. Die Tür zu der hochmodernen Computeranlage und der Funkstation stand offen. Nur für Sekundenbruchteile fürchtete sie, auf weitere Gegner zu stoßen, aber niemand trat ihr entgegen. Sie zerrte den schweren Löscher von der Wand und rannte zurück. Leroy war verschwunden. Wahrscheinlich hatte er sich in Richtung Tresor gewandt. »Pierre!« rief sie. Ihre Stimme übertönte das Prasseln des Feuers, doch sie erhielt keine Antwort.

Eine Rüstung stand unmittelbar hinter der Tür; von Flammen und Rauch umlodert erschien sie wie ein Wesen aus einer anderen Welt – aus der Hölle, um genau zu sein. Eine hölzerne Truhe daneben hatte bereits Feuer gefangen. Mit kurzen, gezielten Löschstößen ging Gudrun gegen die Flammen vor.

Der Rauch und das Löschpulver trieben ihr die Tränen in die Augen. Sie hustete gequält, aber sie drang weiter in den Raum vor. Ohne das ausgeschüttete Benzin hätten die Flammen nur sehr wenig Nahrung gefunden. Innerhalb weniger Minuten schaffte die Anthropologin es, auch die letzte Glut unter einer Pulverschicht zu ersticken.

Schwer atmend ließ sie den Feuerlöscher sinken. Hier unten gab es weder eine Klimaanlage noch einen Lüftungsabzug; die restlichen Benzindämpfe vermischten sich mit dem Qualm und dem feinen Löschpulver zu einer erstickenden Atmosphäre.

Gudrun vernahm ein gedämpftes Husten.

»Wer ist da?« Sie fuhr auf dem Absatz herum, bereit, ihr Leben so teuer wie möglich zu verkaufen. Aber sie war nach wie vor allein.

Das Husten wiederholte sich. Diesmal konnte sie es annähernd lokalisieren. Es hatte seinen Ursprung hinter der rauhen Wand.

Der Geheimgang! Sir Ian hatte seinen Mitarbeitern den unter Oake Dùn verlaufenden Stollen zwar gezeigt, aber die Erforschung auf einen späteren Zeitpunkt verschoben. Aus irgendeinem Grund schien er plötzlich vor der Vergangenheit seines Clans zurückzuschrecken.

Mit zitternden Fingern tastete Gudrun nach dem Öffnungsmechanismus. Gleich darauf torkelte ihr ein zitterndes, hustendes Bündel Mensch entgegen.

»Mortimer!« stieß sie überrascht hervor.

Er wäre gestürzt, hätte sie ihn nicht im letzten Moment aufgefangen. Gequält rang er nach Atem, sein Gesicht war aschfahl, und sein Blick huschte wirr hin und her, bis er endlich an ihr hängenblieb.

»Wer ... sind Sie?« stieß der Diener keuchend hervor, von einem neuerlichen Hustenanfall geschüttelt.

»Erkennen Sie mich nicht, Mortimer?« Sie schleppte ihn zu der Streckbank, und er klammerte sich daran fest, als herrsche Windstärke zehn. »Ich bin Gudrun – Miss Heber.«

»Heber ...« Er nickte sinnend. »Sie waren lange fort.«

»Wir sind gerade noch rechtzeitig zurückgekommen.«

Zitternd hielt er ihr seine Hand entgegen. »Nehmen Sie das. Ich habe es vor den Halunken gerettet.«

Eine bleiummantelte Röhre lag auf seiner Handfläche. Gudrun wußte sofort, daß der Behälter den Sternensplitter barg.

»Das haben Sie phantastisch gemacht, Mortimer«, sagte sie lobend.

In den Augen des greisen Hausdieners blitzte es freudig auf. »Ich mache immer alles gut«, behauptete er.

»Diesmal stimmt das wirklich«, erklang es von der Tür her. »Mortimer, das hätte ich Ihnen niemals zugetraut.« Sir Ian und Pierre Leroy waren erschienen. Sutherland stand zwar ein wenig wacklig auf den Beinen, aber ansonsten schien er in Ordnung zu sein. »Kommen Sie!« stieß er gepreßt hervor. »Die Luft hier unten ist nicht die beste.«

Auf der Treppe kam ihnen Tom Ericson entgegen. »Ich konnte sie nicht mehr aufhalten«, platzte er heraus. »Aber zumindest haben wir den Kerl, den ich angeschossen habe.«

»Du irrst dich«, erwiderte Leroy. »Er ist tot.«

»Tot?« Ericson starrte den Franzosen entgeistert an. »Ich habe auf seine Beine gezielt.«

»Ein glatter Oberschenkeldurchschuß, das ist richtig. Trotzdem lebt er nicht mehr. Wie es aussieht, hat er eine Giftkapsel zerbissen.«

»Die Männer wollten den Sternensplitter?«

»Darüber reden wir später.« Sutherland winkte ab. »Ich bin froh, Sie alle drei wohlbehalten wiederzusehen. Wie ich hörte, stand es ja eine Zeitlang gar nicht gut um Sie, Dr. Ericson.«

Tom winkte ab. »Halb so schlimm. Mein Körper hat keinen Schaden genommen, während ich ... abwesend war. Ein Gutes hatte mein Koma immerhin«, sagte er. »Wir wissen jetzt, daß die Bundeslade in Aksum nichts weiter ist als eine Kopie. Die Falkenwesen auf dem Deckel weisen sie als Fälschung aus; beim Original sind an dieser Stelle Kerubinen angebracht.«

»Daß die Bundeslade falsch ist, war mir inzwischen schon klar; Professor McMurphy hat die Materialprobe aus Aksum untersucht.« Er schüttelte den Kopf. »Es ist einfach unglaublich. Erst ein falscher Gral, nun die falsche Lade. Kann das noch Zufall sein ...?«

Oben auf dem Treppenabsatz wurde es lebendig. Eleonore Paddington, Betty Neacail und die anderen stürmten heran.

»Ich kündige!« schnaubte die füllige Köchin. »Oake Dùn ist ein Irrenhaus.«

Aber sie meinte beides nicht ernst. Zumindest nicht ersteres.

Sergeant Gaidhlig saß am Steuer des Pkw. Inspektor Kirkendbright hatte endlich ein wenig Ruhe gefunden und döste auf dem Beifahrersitz vor sich hin. Ab und zu schreckte er jedoch auf und blinzelte in die Nacht hinaus.

»Wann sind wir da?« lautete seine stereotype Frage.

»Bald«, antwortete der Sergeant ebenso monoton.

Endlich bog er von der A 836 auf die Zufahrt nach Oake Dùn ein. Der Wagen dröhnte über die holperige Schotterpiste. Kirkendbright schimpfte verhalten.

Hinter einer unübersichtlichen Kurve stachen ihnen Scheinwerfer entgegen. Gaidhlig rammte das Bremspedal fast bis aufs Bodenblech durch, der Wagen schlingerte und rutschte gefährlich nahe an einer Böschung vorbei.

Staub und Steine prasselten gegen das Blech. Das mit wahnwitzigem Tempo entgegenkommende Fahrzeug hatte sie aufgewirbelt.

»Wohl verrückt geworden!« ächzte Kirkendbright. »Den Kerl sollte man anzeigen und ihm den Führerschein entziehen.« Bis er sich umwandte, sah er nur noch die Rücklichter des Fahrzeugs verschwinden.

»Ein Rolls Royce war es jedenfalls nicht«, beschwichtigte der Sergeant. Für einen Augenblick hatte er den Eindruck gehabt, daß das andere Fahrzeug seinen Wagen rammen wollte – aber wirklich nur für einen Augenblick.

Minuten später bremste Gaidhlig zum zweitenmal. Diesmal, weil die Durchfahrt versperrt war. Eine dunkle

Limousine stand mit offenen Türen quer. Die Frage, ob es sich um das gesuchte Fahrzeug handelte, erübrigte sich.

Inspektor Kirkendbright nickte anerkennend. »Ich denke, Sir Ian Sutherland ist uns mehr als nur eine Auskunft schuldig.«

Da der Zündschlüssel des Rolls fehlte, gingen die beiden Beamten zu Fuß weiter. Gaidhlig leuchtete den Weg mit einer Taschenlampe aus.

In Oake Dùn herrschte Aufregung. Mindestens ein halbes Dutzend Leute standen vor dem Schloß. Sie umringten einen Toten. Der Mann war aus einem zersplitterten Fenster im ersten Stock gestürzt und hatte sich das Genick gebrochen. Ein blutiges Schwert lag neben ihm.

Inspektor Kirkendbright hatte das untrügliche Gefühl, in ein Wespennest hineingestochen zu haben. Nacheinander verhörte er alle Anwesenden. Mitternacht war längst vorüber, als er aus vielen kleinen Puzzleteilen endlich ein halbwegs klares Bild gewann.

Das Protokoll, das er zu schreiben hatte, würde ellenlang werden, aber hoffentlich auch das letzte vor seiner Pensionierung.

ENDE
DES ERSTEN BUCHES

ZWEITES BUCH

DER TYRANN VON GUATEMALA

von Marten Veit

Es waren keine plötzlichen Geräusche, die Manolo Garcia alarmierten, es war vielmehr das Verstummen der Grillen- und Zykadenkonzerte in einer bestimmten Richtung, hinter den blühenden Hibiskussträuchern, wo die Papayapflanzung begann.

Manolo blieb reglos auf der Veranda sitzen und lauschte angestrengt in die Dunkelheit, den alten Karabiner mit dem geschwärzten Lauf in den schwitzenden Händen. Die nächtliche Geräuschkulisse von Abertausenden Insekten, Fröschen und Nachtvögeln, die von allen Seiten auf ihn eindrang, machte es schwer, die genaue Richtung zu bestimmen, in der sich die kaum wahrnehmbare Veränderung ergeben hatte, und deshalb saß auch Manolo und nicht Emilio, der der beste Schütze war, auf der Veranda. Manolo hatte das feinste Gehör.

Trotzdem war das Verstummen der Kerbtiere das einzige Warnzeichen, das er registrierte, kein Rascheln im Laub, kein Knistern von Fußtritten auf dünnen Zweigen oder heruntergefallenen Blättern, keine gedämpften Atemzüge. Aber damit hatte er rechnen müssen. Die Angreifer verstanden ihr Handwerk. Ein abgebranntes und zwei niedergerissene Häuser der *campesinos* in seiner Nachbarschaft zeugten von ihrer Geschicklichkeit und Brutalität. Doch heute nacht würden sie sich selbst die Finger verbrennen. Manolo war fest entschlossen, seinen Besitz zu verteidigen, selbst wenn es dabei Tote gab. Er hatte den Kampf nicht begonnen, aber er war auch nicht bereit, das Land, auf dem er aufgewachsen war und auf dem er in Frieden sterben wollte, sobald seine Zeit gekommen war, widerstandslos Don Sebastians gedungenen Desperados zu überlassen.

Der Himmel war bedeckt, die Dunkelheit fast vollkommen. Es hatte die letzten beiden Tage geregnet, der Boden hatte sich mit Wasser vollgesogen, die Luft war feuchtigkeitsgesättigt. Manolo schwitzte in seiner dunklen Kleidung, die nur sein Gesicht und die Hände freiließ, aber es war besser zu schwitzen, als sich von Myriaden blutrünstiger Moskitos auffressen zu lassen. Gesicht, Hände und Handgelenke hatte sich der guatemaltekische Obstbauer mit Tabaksaft eingeschmiert. Ein paar Moskitos ließen sich in ihrer Gier trotzdem nicht von einer Landung auf seiner Haut abhalten, aber es war erträglich.

Die Lücke in der massiven Geräuschwand wanderte ein wenig nach links. Das laute und sonore Quaken einer großen Warzenkröte verstummte wie abgeschnitten. Ein Nachtvogel stieß einen kurzen Warnruf aus.

Manolo Garcia ließ den Lauf seines Gewehrs zentimeterweise in die gleiche Richtung wandern. Erst jetzt bewegte er den rechten Fuß zweimal ruckartig nach vorn. Die Schnur, die er sich um den Knöchel geschlungen hatte und die unter der Türschwelle ins Haus führte, straffte sich. Nun würden Emilio und Gustavo ihre Positionen an den Fenstern einnehmen, falls sie nicht sowieso schon dort standen. Beide waren bewaffnet, Emilio mit einer fünfundzwanzigschüssigen Kleinkaliber-Winchester, Gustavo mit einer doppelläufigen Schrotflinte, die mit Sauposten geladen war. Consuela, Manolos Frau, hatte die alte Vorderladerpistole mit dem Zwillingslauf, aber sie würde die Waffe nur einsetzen, um sich und ihren Sohn Paco zu verteidigen, wenn es den Angreifern gelingen sollte, das Haus zu stürmen. Und Paco selbst ...

Der dreizehnjährige Sohn Manolos stand mit einem Sportbogen am Hinterfenster. Manolo hatte versucht, es ihm auszureden, aber der Junge hatte hartnäckig darauf bestanden, seinen Eltern und ihren Freunden im Kampf beizustehen, und zum ersten Mal in seinem Leben hatte er sich den väterlichen Befehlen kategorisch widersetzt. Schließlich hatte Manolo nachgegeben; Paco wegzuschicken, wäre womöglich noch gefährlicher gewesen, denn der Junge hätte garantiert versucht, auf eigene Faust zum elterlichen Haus zurückzukehren, und dabei bestand die Gefahr, daß er Don Sebastians Männern – und vielleicht sogar *el diabolo* persönlich, was der Himmel verhüten mochte! – in die Hände fiel.

Bei dem Gedanken an seinen Sohn verspürte Manolo gleichzeitig Stolz und Angst in sich aufsteigen. Paco war klug, mutig und geschickt, und er konnte mit seinem Bogen bestimmt ebenso gut umgehen wie seine Mayavorfahren zur Blütezeit ihrer Kultur, aber was hatten die Bögen der Indianer gegen die Feuerwaffen der weißen Invasoren ausrichten können? Und die Feuerwaffen von heute waren mit den einschüssigen und ungenauen Musketen der spanischen Konquistadoren nicht zu vergleichen. Manolo betete, daß der Junge nicht gezwungen sein würde, seine Waffe gegen einen Menschen einzusetzen. Er war viel zu jung, um zu töten, und erst recht zu jung, um selbst getötet zu werden.

Eine Weile geschah nichts mehr, und Manolo war fast schon überzeugt, sich getäuscht zu haben, doch dann hörte er das verräterische Rascheln. Seine auf die Dunkelheit eingestellten Augen nahmen eine schemenhafte Bewegung war, kaum dreißig Meter von seiner Position entfernt. Irgend jemand schlich auf das Haus zu, aber das konnte nur ein Vorposten sein. Die Angreifer kamen nie allein, sie waren zumindest zu fünft. Jedenfalls hatten das die Überlebenden früherer Anschläge berichtet.

Offensichtlich hatten sie ihn auf der Veranda nicht entdeckt, sonst hätten sie längst schon geschossen oder das Haus von der anderen Seite her angegriffen. Garcia richtete den Lauf seiner Waffe auf den kaum wahrnehmbaren Schemen, der immer wieder völlig mit der Dunkelheit verschmolz, sobald er sich nicht bewegte. Mit dem an seinem Knöchel befestigten Seil gab er eine Reihe vorher sorgfältig ausgearbeiteter Signale durch, die den Freunden im Haus die Anzahl der Angreifer und die Richtung angaben, aus der sie sich näherten.

Die Zeit streckte sich zu einer kleinen Ewigkeit. Manolos Zeigefinger hatte sich um den Abzugshahn gekrümmt. Nur ein klein wenig mehr Druck, und der Schuß würde sich lösen. Und dann entdeckte er zwei andere Schatten, rechts und links des ersten, die geduckt heranhuschten. Diesmal konnte er sogar leise die dumpfen Fußtritte auf dem schweren Boden hören. Der Angriff hatte begonnen.

Mit einem lauten Schrei gab Manolo das vereinbarte Signal. Fast im selben Augenblick flammten die aus einer großen Autobatterie gespeisten Scheinwerfer auf, und noch bevor Manolo von der plötzlichen Helligkeit geblendet werden konnte, drückte er ab.

Nach der langen Stille klang der Schuß ohrenbetäubend laut, gefolgt von einer Reihe weiterer Schüsse, die allesamt von den Verteidigern abgegeben worden waren.

Manolo hörte einen unterdrückten Schrei und sah einen der Angreifer zusammenzucken und zu Boden stürzen. Es war nicht der, auf den er gezielt hatte. Sein Gegner hatte sich zu Boden geworfen und rollte geschmeidig zweimal um die eigene Achse, bis er hinter einem Busch verschwunden war. Auch Manolos zweiter Schuß ging fehl.

Eine Kugel durchschlug irgendwo neben ihm die Holzwand, ohne ihm gefährlich zu werden. Gegen das blendende Licht, das das Mündungsfeuer seines Gewehrs überstrahlte, konnten ihn die gedungenen Attentäter unmöglich ausmachen. Mechanisch setzte er eine Kugel nach der anderen in das Gebüsch, hinter dem der erste Angreifer in Deckung gegangen war, und als er seine Waffe leergeschossen hatte, ließ er sich auf den Bretterboden der Veranda sinken und lud nach.

Die Schüsse der Verteidiger brachen schlagartig ab, und einen Moment lang herrschte trügerische Ruhe, die nur von einem qualvollen Stöhnen aus der Richtung des Gemüsegartens unterbrochen wurde. Aus seiner Position auf dem Verandaboden konnte Manolo nicht erkennen, wer da stöhnte, der Mann, auf den er gezielt hatte, oder der andere, den Emilio oder Gustavo getroffen hatten, oder auch beide. Dann peitschte ein einzelner Knall auf, und einer der Scheinwerfer erlosch in einer Explosion umherwirbelnder Glassplitter. Kurz darauf, unmittelbar vor einem zweiten Schuß, erlosch auch der zweite. Gustavo hatte ihn vorsorglich abgeschaltet.

Wieder senkte sich die Finsternis wie ein alles absorbierender Schwamm über das Haus. Nach der kurzen Helligkeit schien sie noch undurchdringlicher. Das Konzert der Nachttiere war verstummt, und das Stöhnen des oder der Verwundeten klang übermäßig laut. Irgendwo in der Nähe stieß ein aus dem Schlaf gerissener Vogel einen kurzen Ruf aus, der wie eine Mischung aus Frage und Entrüstung klang. Aus der Ferne drang, gerade noch hörbar, das Kreischen einer Familie Brüllaffen herüber. Nur die Moskitos zeigten sich von dem plötzlichen Ausbruch von Lärm und Gewalt völlig unbeeindruckt und umkreisten weiterhin erbarmungslos Manolos ungeschützte Körperpartien.

Der Obstbauer erhob sich vorsichtig, legte den Lauf des Karabiners behutsam, um keine verräterischen Geräusche zu verursachen, auf das Geländer der Veranda, und visierte in die Richtung, aus der das Stöhnen kam. Der Schußwechsel hatte nicht langer als eine halbe Minute gedauert, das Nachladen des Karabiners eine weitere halbe Minute. Manolo Garcia war überzeugt davon, daß das Gefecht damit noch nicht vorüber war. Nur würden die Angreifer diesmal andere Mittel einsetzen. Bei Carlos, dem letzten Opfer dieses Vertreibungskrieges, hatten sie sogar zwei Handgranaten geworfen.

Das leise Sirren einer Bogensehne aus dem Haus und ein erstickter Aufschrei ließen ihn zusammenzucken, und beinahe hätte er versehentlich den Abzug des Gewehrs durchgezogen. Paco hatte geschossen und offensichtlich auch getroffen. Doch das Gefühl der Bitterkeit fiel schlagartig von Manolo ab und machte Triumph und überwältigendem Stolz Platz. Wenigstens zwei der Desperados waren zumindest verwundet und vermutlich kampfunfähig, und wenn sie nicht gerade mit einer kleinen Armee angerückt waren, konnten sie es sich kaum leisten, das Haus von mehreren Seiten gleichzeitig anzugreifen.

Ein plötzliches vorwurfsvolles Quaken einer Warzenkröte versetzte Manolo einen irrationalen Stich der Wut und des Hasses auf das Tier. Wie auch immer der nächtliche Kampf – und die weiteren, die unvermeidlich folgen würden – ausging, die Kröte würde ihr Territorium behalten. Welches Recht hatte sie, ihr Leben in Frieden zu leben, das Manolo und seine Familie ...? Er schüttelte den Kopf und verdrängte den Gedanken. Genausogut war es möglich, daß die Kröte morgen schon von einem Schlangenmagen verdaut wurde und er und seine Familie noch lebten.

Sein Kopf ruckte herum, als ein schwacher Lichtschein im dichten Dschungel jenseits des Gemüsegartens aufflackerte und eine gelbliche Flamme in hohem Bogen auf die Veranda zuflog. Der Brandsatz schlug gut fünf Meter vor ihm auf den Boden und setzte eine Fläche von mehreren Quadratmetern in Brand. Zwei brennende Spritzer erreichten das Geländer, erloschen jedoch in Sekundenschnelle wieder. Eine zweite Benzin-Petroleumbombe folgte der ersten, war jedoch wiederum zu kurz gezielt. Aber jetzt war die Position des Werfers klar. Aus dem Haus klang das trockene Peitschen des Kleinkalibergewehrs auf, untermalt von dem Brüllen der Schrotflinte.

Emilio deckte die Stelle, von der aus die Brandsätze geworfen worden waren, mit gezielten Schüssen methodisch ein.

Das brennende Benzin-Petroleumgemisch erhellte die Szenerie und entriß zwei der Angreifer der Dunkelheit. Einer lag reglos auf der Erde, ein zweiter robbte mühsam aus dem Lichtkreis und auf die schützende Dschungelwand zu. Manolo mußte sich zusammenreißen, dem Verwundeten nicht noch eine Kugel hinterherzuschicken. Auch er wurde jetzt von dem Licht des Feuers erfaßt, allerdings bot er den Banditen, die durch die tanzenden Flammen blicken mußten, nur ein undeutliches Ziel. Trotzdem schlugen zwei Kugeln ganz in seiner Nähe ein. Er ließ sich zu Boden fallen und ging hinter einer vorsorglich plazierten Holztruhe in Deckung.

Den Mann, der plötzlich aus einer anderen Richtung auf das Haus zugestürmt kam, bemerkte er erst im letzten Augenblick. Sofort riß er den Karabiner herum. Die dritte Kugel traf den Mann mitten in die Brust, als er gerade mit dem Molotow-Cocktail zum Wurf ausholte. Er verharrte, als sei er gegen eine unsichtbare Wand gerannt, und blieb stocksteif stehen. Der Brandsatz löste sich aus seiner Hand und stieg fast senkrecht mindestens zehn Meter hoch in die Luft.

Manolo beobachtete mit grausiger Faszination, wie das flackernde Licht einen Augenblick lang reglos in der Luft stehenblieb, dann wie in Zeitlupe wieder zurücksank und kurz vor den Füßen des Mannes auf den Boden fiel. Die erwartete Flammenhölle blieb aus. Die Lunte, ein in den Flaschenhals gestopfter Stofflappen, brannte gelblich und bläulich. Wenn sie den Flaschenhals weit genug erhitzte, daß er zersprang, würde sich das explosive Gemisch trotzdem noch entzünden und ...

Aber es kam nicht mehr dazu. Nach einer endlos dauernden Zeit, in der Manolo wie erstarrt mit dem Gewehr in der Hand als lebende Zielscheibe neben der Holztruhe hockte, kippte der Mann endlich vornüber und begrub den Brandsatz unter seinem Körper. Das Flackern erlosch.

Erst jetzt kam wieder Leben in Manolo, und er kehrte hinter seine Deckung zurück. Schon wurden die Flammen der beiden explodierten Benzinbomben kleiner, und auch das Schießen hatte aufgehört. Wieder kehrte Ruhe ein und zog sich in die Länge.

Rund zehn Minuten, nachdem auch das letzte Flämmchen erloschen war, schaltete Gustavo auf ein Zeichen Manolos für ein paar Sekunden den verbliebenen Scheinwerfer ein, doch der erwartete Schuß auf die Lichtquelle blieb aus. Manolo konnte die beiden Toten sehen, jedoch keinen weiteren Angreifer. Er zwang sich mühsam zur Geduld und unterdrückte das allmählich übermächtig werdende Verlangen nach einem kräftigen Schluck *agua diente* und einem tiefen Zug aus einer filterlosen *piel roja*. Die vermeintliche Ruhe mußte nichts besagen. Es konnte genauso gut die Ruhe vor dem Sturm sein.

Nach einer halben Stunde wurde der Scheinwerfer wieder eingeschaltet, diesmal für eine ganze Minute, und eine Stunde später erneut für mindestens fünf Minuten. Weder enthüllte er etwas Neues, noch fiel ein weiterer Schuß. Anscheinend hatten die gedungenen Mörder ihren Plan endgültig aufgegeben. Zumindest für diese Nacht.

Schließlich wagte es Manolo, seinen Platz zu verlassen und in das Haus zurückzukehren. Stumm aber inbrünstig umarmte er zuerst seine Frau und seinen Sohn und dann seine beiden Freunde. Emilio übernahm seinen Posten auf der Veranda, und endlich konnte Manolo eine *piel roja* rauchen und ein Glas des hochprozentigen *agua diente* trinken. Fast verschüttete er den scharfen Anisschnaps, als ein wenig der Spannung von ihm abfiel und er haltlos zu zittern begann. Er hatte nicht das Gefühl, Unrecht begangen zu haben, schließlich hatte er nur das Leben und den Besitz seiner Familie verteidigt, aber das änderte nichts daran, daß er mindestens einen Menschen getötet hatte. Das erste Gefühl von wildem Stolz und grenzenloser Erleichterung wurde zu Niedergeschlagenheit und Erschütterung, und unbemerkt von den anderen weinte Manolo Garcia im Schutz der Dunkelheit lautlos in den tröstenden Armen seiner Frau.

»Sie *muß* hier irgendwo sein!« behauptete Gudrun Heber zum wiederholten Mal. »Ich würde diese Gegend selbst im Schlaf wiederfinden!«

»Ich habe ja nie daran gezweifelt«, gab Tom Ericson beschwichtigend zurück. »Ich habe lediglich vorgeschlagen, es etwas weiter südlich zu versuchen.«

Er wischte sich den Schweiß aus der Stirn. Vor rund zwei Stunden hatten sie die Statue erreicht, die die Grenze des ›Verbotenen Landes‹ markierte, eine menschliche Gestalt mit einem Jaguarkopf, dessen Maul weit aufgerissen war. Von dort bis zum Standpunkt der Stele konnten es maximal fünfhundert Meter sein. Und wieder waren alle Geräusche des Waldes verstummt, als sie die unsichtbare Grenze des Gebietes überschritten hatten, das für die Maya tabu war.

Es war das zweite Mal, daß sie den Urwald im Norden Yukatans durchstreiften, und beide waren sie nervös. Beim erstenmal hatten sie nach der Statue mit dem goldenen Kopf gesucht, der Gudrun mehrfach in einer Art Vision erschienen war. Sie hatten den goldenen Kopf und damit auch den Weg zum *Tor nach Atlantis* gefunden, aber ihre Expedition war nicht reibungslos vonstatten gegangen. Ein Mensch hatte dabei das Leben verloren, und Jack

Warden, Toms ehemaliger Schulfreund, war mit dem Goldkopf verschwunden.

Doch es waren nicht diese unangenehmen Erinnerungen, die ihnen Unbehagen bereiteten, es war die Furcht vor den Maya. Sie hatten eine heilige Kultstätte des alten Indianervolks entweiht und dazu beigetragen, daß die Statue im Morast versunken und der Kopf gestohlen worden war. Und die Maya hatten das nicht so einfach hingenommen. Sie hatten die beiden Wissenschaftler gejagt, und Tom und Gudrun waren ihnen nur durch eine halsbrecherische Flucht knapp entkommen.

Zwar war seitdem viel Zeit vergangen, aber das hieß nicht, daß die Eingeborenen diesen Ort nicht auch weiterhin im Auge behielten. Um kein Risiko einzugehen, waren Tom und Gudrun diesmal direkt mit einem gecharterten Hubschrauber von Merida aus hierher geflogen. Aber der Pilot hatte rund einen Kilometer entfernt niedergehen müssen, noch vor der verbotenen Zone. Selbst wenn die Maya dieses Gebiet als tabu betrachteten und normalerweise mieden, würden sie in einem solchen Fall vielleicht doch eine Ausnahme machen.

»Hier!« rief Gudrun plötzlich. »Komm her, Tom!«

Instinktiv legte Tom die Hand auf seinen alten Trommelrevolver Kaliber 45. Aber Gudruns Stimme klang eher aufgeregt als erschrocken. Er eilte zu ihr und blickte auf die Stelle, auf die sie deutete.

Direkt vor ihren Füßen wurde der Boden schwammig. Noch ein paar Schritte, und sie würde in dem Morast versinken, der sich unter einer dünnen grünen Pflanzendecke verbarg. »Paß auf, Gudrun!« warnte er und griff nach ihrem Arm.

»Ich habe es nicht vergessen«, gab Gudrun zurück. »Das sieht genau wie die Stelle aus, an der die Statue versunken ist.« Sie erschauderte. »Und dieser große, bullige Kerl«, fügte sie leise hinzu.

Tom überflog die mit kniehohem Gras und Farn bewachsene Lichtung. Gudrun hatte recht. Die Vegetation hatte die Spuren längst wieder überwuchert, aber wenn man wußte, was sich hier ereignet hatte, und genau hinsah, konnte man noch undeutliche Überreste der Grabung entdecken. Und vor ihnen erhoben sich die beiden Hügel, die nur von diesem Punkt aus betrachtet so aussahen, als wäre der eine das Spiegelbild des anderen.

»Gut«, brach Ericson schließlich das Schweigen. »Wir haben die Stellen gefunden, an der die Skulptur mit dem Jaguarkopf und die Goldstatue gestanden haben. Die Stele befand sich etwa auf halber Strecke. Es müßte doch mit dem Teufel zugehen, wenn wir sie nicht ebenfalls finden.«

Und der Teufel schien tatsächlich seine Hände im Spiel zu haben, denn die unscheinbare Stele mit der lateinischen Inschrift schien wie vom Erdboden verschluckt zu sein. Doch dann, nach einer guten Stunde, stolperte Tom beinahe über ein Loch im Boden.

Er ließ sich in die Hocke nieder und musterte die Vertiefung und das aufgeworfene Erdreich an ihren Rändern. Hier war vor nicht allzu langer Zeit gegraben worden, aber das ließ sich erst aus nächster Nähe erkennen. Der tropische Pflanzenwuchs hatte den Eingriff bereits wieder nahezu unkenntlich gemacht.

»Du kannst aufhören zu suchen, Gudrun«, sagte Tom niedergeschlagen. »Wir sind zu spät gekommen.«

Gudrun, die ihrer fast schon pathologischen Schlangenphobie zum Trotz durch Büsche und Sträucher gekrochen war, kam zu ihm herüber. Sie betrachtete die Stelle nur kurz und nickte dann. »Du hast recht«, stimmte sie zu. »Und jetzt?«

Tom hob ratlos die Schultern. »Ich habe nicht die geringste Ahnung«, gestand er. »Alles, was uns bleibt, ist, uns im archäologischen Institut von Mexiko zu erkundigen. Die archäologischen Fakultäten der Universitäten abklappern. Die aktuellen Fachmagazine wälzen. Der Fund dieser Stele müßte zumindest unter Historikern einiges Aufsehen erregen.«

Und das war eher untertrieben. Die Stele trug eine aus drei Begriffen bestehende Inschrift in lateinischen Buchstaben: *Lapsit exillis, Gérard de Villers* und *Tecplantlaca*, und das Tatzenkreuz der Templer. Bei ihrem ersten Besuch waren die beiden Wissenschaftler noch skeptisch gewesen, ob die Stele tatsächlich von den Templern aufgestellt worden war, fast zweihundert Jahre bevor Kolumbus Amerika mit seinen Karavellen erreicht hatte, aber in der Zwischenzeit wußten sie es besser. Tom hatte sich selbst während einer Art geistiger Zeitreise in verschiedenen Körpern unter den Templern aufgehalten und war dabeigewesen, als ihre Flotte am Vorabend der Zerschlagung des Ordens von La Rochelle aus in See gestochen war, mit der Bundeslade an Bord und mit Kurs auf Amerika! Und die Männer hatten ihr Ziel bereits gekannt!

»Es wäre einfacher, Sir Ian zu informieren«, schlug Gudrun vor. »Connor kann die Arbeit sehr viel schneller als wir erledigen, wenn er sich mit seinem Computer in die Datenbänke archäologischer Institute einschaltet.«

»Und was sollen wir in der Zwischenzeit tun?« fragte Tom säuerlich, immer noch in der Hocke. »Däumchen drehen?«

Gudrun unterdrückte ihren aufkommenden Ärger. Ihre Beziehung zu Thomas Ericson war nie unproblematisch gewesen, aber früher waren ihre Auseinandersetzungen ganz anders verlaufen. Sticheleien, mehr oder minder gut gelungene Witze, manchmal auch hitzige Wortgefechte, aber immer von Kameradschaft und gegenseitiger Sympathie geprägt. Doch seit einiger Zeit war der Tonfall anders geworden, härter und aggressiver, besonders nach Toms Rückkehr von seiner Zeitreise.

Manchmal hatte Gudrun das Gefühl, daß Tom dort irgend etwas widerfahren war, das ihr Verhältnis grundlegend verändert hatte. Aber er sprach nie darüber. Nun, vielleicht war es auch einfach nur der Eindruck dieses überwältigenden Erlebnisses gewesen, und er benötigte lediglich Zeit, diese Erfahrung zu verarbeiten.

»Wir könnten vor Ort recherchieren«, erklärte sie vernünftig. »Es wimmelt in dieser Gegend von alten Mayastädten und Archäologen, die sie untersuchen. Vielleicht finden wir ein paar Wissenschaftler, die Informationen aus erster Hand haben.«

»Informationen aus erster Hand ...«, murmelte Tom. Er erhob sich und massierte nachdenklich seinen Nasenrücken mit Daumen und Zeigefinger. »Augenzeugen ...«

Plötzlich hellte sich sein Gesicht auf. Er ergriff Gudrun an den Oberarmen und rüttelte sie. »Eine wunderbare Idee!« rief er. »Genau das machen wir!«

Gudrun blickte ihn verständnislos an, lächelte aber erleichtert. Was an dieser Idee wunderbar sein sollte, war ihr zwar schleierhaft, es schien ihr einfach das Naheliegendste und Selbstverständlichste zu sein, aber wenn es Tom aufmunterte, sollte es ihr recht sein.

»Dann laß uns gehen«, sagte sie munter. »Merida ist zwar nicht unbedingt meine Traumstadt, aber auch nicht zu verachten, und vielleicht finden wir ja sogar die Zeit, für ein paar Stunden ans Meer zu fahren.«

Tom hatte bereits kehrt gemacht und marschierte zügig zurück nach Norden, wo ihr Hubschrauber wartete. Doch dann blieb er noch einmal stehen, drehte sich um und grinste, als hätte er gerade einen besonders lustigen Streich ausgeheckt.

»Wir fliegen nicht zurück nach Merida«, erklärte er aufgekratzt. »Jedenfalls nicht sofort. Wir machen einen Zwischenstopp in Mani!«

Jean-Claude Riviere erwachte mit dem Morgengrauen. Wie stets durchbrach er übergangslos die Barriere zwischen Bewußtsein und Unterbewußtsein und war schlagartig hellwach. Trotzdem blieb er reglos mit geschlossenen Augen liegen und lauschte auf eventuelle Geräusche in seiner Umgebung. Doch in seinem spartanisch eingerichteten Zimmer war es still, und auch außerhalb des Mannschaftshauses herrschte die Ruhe vor dem Tagesanbruch.

Nach etwa zehn Sekunden öffnete Riviere die Augen, bevor er sich ruckartig aufsetzte. Dieses morgendliche Aufwachen lief stets wie ein strenges Ritual nach immer demselben Muster ab. Riviere hatte es sich während seiner vierzigjährigen Zeit als aktiver Söldner angeeignet, und obwohl er seit einigen Jahren quasi im Ruhestand lebte, hielt er trotzdem weiter daran fest. Alte Gewohnheiten entwickeln irgendwann ein Eigenleben, und darüber hinaus war es ein Test für seine Selbstbeherrschung und Spannkraft. Riviere wußte, daß er körperlich und geistig rapide abbauen würde, sobald er einmal anfing, seine Selbstdisziplin zu vernachlässigen. In seinem Alter zählte jeder Tag.

Er glitt mit geschmeidigen Bewegungen nackt aus seinem harten Bett, ließ sich mit untergeschlagenen Beinen auf der Bastmatte vor dem Fenster nieder, nahm seine Meditationsstellung ein, wie er es vor mehr als dreißig Jahren von einem taoistischen Söldner in Burma gelernt hatte, und begann mit den Atemübungen. Sein Gesicht blieb reglos, wie aus Stein gemeißelt, sein Blick starr, und die Hände auf seinen Oberschenkeln zeigten nicht das leiseste Zucken. Aber trotzdem spürte der Ex-Söldner ein leichtes Ziehen im Nacken und in der Nierengegend. Die Jahre ließen sich nicht verleugnen.

Nach einer knappen Viertelstunde stand er wieder auf und führte einige Dehnübungen durch. Dann schlüpfte er in eine formlose weiße Leinenhose, die er mit einer Kordel über seiner schmalen Hüfte verknotete, und in leichte Sportschuhe. Er öffnete die Tür, die direkt auf den Vorplatz des langgestreckten Mannschaftshauses hinausging, und warf automatisch einen Blick nach links und rechts, bevor er über die drei Stufen auf den festgestampften Lehmboden trat und sofort in einen langsamen Laufschritt verfiel.

Am anderen Ende des Gebäudes kringelte sich ein dünner Rauchfaden aus dem Blechschornstein in den grauen, wolkenverhangenen Himmel, und aus dem mit feinmaschigem Fliegendraht geschützten Fenster fiel Licht. Der Mannschaftskoch bereitete das Frühstück für die Belegschaft vor. Die Fensterflügel standen offen, und Riviere sah den Mann, der die Ellbogen auf die Fensterbank gestützt hatte und eine Zigarette rauchte, aus den Augenwinkeln. Er wich blitzschnell in die Küche zurück, als Riviere vor dem Fenster vorbeilief. Der Ex-Söldner schenkte ihm keinen zweiten Blick. Er war es gewohnt, daß die Männer seine Gegenwart mieden wie der Teufel das Weihwasser, ganz besonders am Morgen, und es war ihm nur recht so.

Kurz darauf hatte er das Haupthaus der Hazienda passiert, lief über den sorgfältig gepflegten Kiesweg, der durch das Eingangstor führte, und wandte sich dann nach links. Mit raumgreifenden Schritten trabte er durch das taufeuchte Gras der Weide auf den nahen Wald zu, ein sehniger, schlanker, fast hager wirkender Mann mit zu einem Bürstenschnitt kurzgeschorenem grauen Haar, der größer wirkte, als er es mit seinen gut 1,90 Metern ohnehin schon war. Sein nackter, von zahlreichen Narben überzogener Brustkorb hob und senkte sich in tiefen, regelmäßigen Atemzügen. Die langen, schmalen Muskeln seiner locker in Bauchhöhe gehaltenen Arme streckten und zogen sich zusammen, während sie sich im

Rhythmus seiner gleitenden Schritte bewegten. Ein zufälliger Beobachter hätte ihn vielleicht für einen erstaunlich gut durchtrainierten Mittfünfziger gehalten. Jean-Claude Riviere, der früher einmal einen deutschen Namen getragen hatte, war zehn Jahre älter.

Sein Atem hatte sich nicht merklich beschleunigt, als er den Wald erreichte und in dem satten Grün untertauchte. Eine Weile folgte Riviere einem breiten Pfad, verließ ihn dann aber und schien direkt in das verfilzte Dickicht hineinzuspringen. Er kannte den Weg genau. Es war ein fast vollständig überwucherter Wildwechsel, der jetzt, nachdem die Männer der ständig wachsenden Hazienda das Wild erlegt oder vertrieben hatten, vom Dschungel zurückerobert wurde. Riviere benutzte ihn seit fast einem Jahr für seinen morgendlichen Hindernislauf.

Allmählich wurde sein Atem schneller, und Schweiß begann auf seiner Brust und seinem Nacken zu glänzen. Er sprang über Schlammlöcher, setzte über Gestrüpp und umgestürzte Baumstämme hinweg und schlug Haken, wenn der Pfad unvermittelt in scharfen Knicken die Richtung wechselte. Oft schien es, als gäbe es kein Durchkommen mehr, aber immer tat sich im letzten Moment doch noch ein schmale Lücke auf, die im Dämmerlicht kaum zu erkennen war, gerade breit genug, daß sich der schlanke Mann hindurchschnellen konnte. Und dann wich das Unterholz plötzlich zurück und machte einer langgezogenen Waldlichtung Platz.

Riviere verlangsamte seine Schritte und trabte an einem überraschend klaren Bach entlang. Die Kronen der Bäume, die den Wasserlauf auf beiden Seiten säumten, berührten sich und bildeten einen dunkelgrünen Tunnel, doch an einigen Stellen schaute der Himmel durch das Laubdach, und fahle Lichtfinger stießen bis zum Waldboden vor. Irgendwo im Dickicht stieß ein Tapir ein erschrecktes Quieken aus und floh.

Nach zweihundert Metern erweiterte sich der Bach und bildete einen kleinen See, etwa sieben Meter breit und fünfundzwanzig Meter lang. Riviere kehrte zum Schrittempo zurück und näherte sich einem jungen Baum, der einen armdicken Ast waagerecht über die Wasserfläche streckte. Der Ex-Söldner baute sich davor auf, warf einen kurzen Blick nach oben und schnellte sich empor. Seine Hände packten mit sicherem Griff zu, obwohl an seiner linken Hand der kleine Finger und das erste Glied des Ringfingers fehlten. Einen Augenblick lang ließ er sich entspannt baumeln, dann begann er mit den Klimmzügen.

Zehn Klimmzüge, bei denen die verräterische Tätowierung unter seiner linken Achselhöhle sichtbar wurde, ein paar Sekunden Pause, dann zehnmal langsam die ausgestreckten Beine gehoben, bis sie in der Hüfte mit dem hängenden Körper einen rechten Winkel bildeten. Danach fallen lassen und zwanzig langsame Liegestütze auf den Fäusten. Eine Minute Pause, tief und ruhig atmen, und das Ganze noch einmal von vorn. Danach drei Minuten Pause, und dann der dritte Durchgang.

Bei den letzten Übungen spürte Riviere, wie seine Muskeln zu zittern begannen, ein warmes, nicht unangenehmes Gefühl durch seine Arme, die Beine und den Bauch strömte. Langsam ging er auf dem weichen Waldboden umher, bis sich sein Puls und sein Atem wieder etwas beruhigt hatten. Dann zog er die Hose aus, stieg bis zu den Knien in den Bach, bespritzte seinen Oberkörper mit Wasser und warf sich in den natürlichen kleinen Stausee.

Er schwamm zwanzig Runden, mit gleichmäßigen Zügen, bevor er das Wasser wieder verließ. Schließlich trocknete er sich mit seiner Leinenhose ab, streifte sie erneut über und machte sich auf den Rückweg, diesmal in einem gemächlichen Trab.

Als er den Wald verließ und das Weideland betrat, riß der bewölkte Himmel gerade auf, und ein schräger Lichtstrahl der aufgehenden Sonne fiel auf das prächtige Haupthaus der Hazienda von Don Sebastian Cristóbal de Gomorro y los Tordesillas-Avendaño, der sich anschickte, mit Rivieres Hilfe den Norden Guatemalas zu erobern, sein Land zu vergrößern und die ansässigen Bauern – wenn nötig, mit Waffengewalt – zu vertreiben.

Riviere wußte nur zu gut, daß es Don Sebastian nicht allein darum ging, das von den Bauern gerodete Land in Weideflächen für seine Rinder umzuwandeln, aber die Motive des Großgrundbesitzers spielten für ihn keine Rolle. Wenn es nach ihm ging, hätte der Nachfahre der spanischen Eroberer hier auch Sojabohnen anbauen oder ein riesiges mittelamerikanisches Disneyland errichten können. Rivieres Beruf war weder die Viehzucht, noch der Ackerbau oder der Handel. Sein Handwerk war der Kampf und das Töten. Eigentlich hatte er ein Alter erreicht, in dem sich die meisten Menschen zur Ruhe setzten und die Früchte ihrer Arbeit genießen. Aber wie so viele hochqualifizierte Spezialisten, deren Arbeit zu ihrem Lebensinhalt geworden war, konnte er einfach nicht untätig bleiben. Auch wenn diese Aufgabe nicht mehr als ein Nebenjob für ihn war. Auch wenn diese harmlosen Chillifresser keine ernstzunehmende Herausforderung für ihn darstellten.

»Ich hätte nicht gedacht, diesen Ort noch einmal wiederzusehen«, stellte Gudrun fest, als sie sich den weißgetünchten Häusern näherten. Der Pilot hatte sie am Rande des Städtchens abgesetzt und versprochen, dort auf sie zu warten. Er wollte den Hubschrauber, um den sich eine Traube aus Kindern und Schaulustigen gebildet hatte, nicht unbeaufsichtigt lassen, aber nach der großzügigen Prämie, die ihm die beiden Wissenschaftler zusätzlich zu der vereinbarten Bezahlung gegeben hatten, würde er auch notfalls die Nacht in der engen Kabine verbringen.

In Mani hatten sie damals Jack Warden getroffen, genauer gesagt in dem schäbigen Hotel mit dem passenden Namen *Tierra caliente*, Heißes Land.

»Ich auch nicht«, erwiderte Tom. Er blickte sich wachsam um. Schon bei ihrem ersten Besuch waren sie bei der bloßen Erwähnung der goldenen Statue auf Ablehnung und Mißtrauen gestoßen. Es stand zu befürchten, daß man ihnen diesmal sogar mit offener Feindseligkeit begegnen würde, wenn man sie wiedererkannte, und zumindest Tom trug fast dieselbe Kleidung wie damals, die abgewetzte, alte braune Lederjacke, derbe Stiefel und den fleckigen Hut. Nur die Khakihose und das karierte Flanellhemd waren neu. Gudrun hatte sich dagegen vollständig neu ausstaffiert, aber trotz der praktischen Jeanskleidung mit den vielen Taschen, die sie auf solchen Reisen bevorzugte, würden die Leute sie in Toms Begleitung wiedererkennen. Deshalb hatten sie auch beschlossen, sich noch vor der Stadt zu trennen.

Mani besaß ein Gebäude, das man mit etwas gutem Willen als Postamt bezeichnen konnte und von dem aus Ferngespräche über den Atlantik möglich waren. Gudrun würde versuchen, von dort aus Oake Dùn zu erreichen, den Sitz des *Analytic Institute for Mysteries* im Norden Schottlands, kurz A.I.M. genannt. Wenn irgend jemand auf die Schnelle herausfinden konnte, ob in der Fachwelt etwas von einer Templerstele in Yukatan bekannt geworden war, dann war es Connor. Der Schotte war nicht nur der persönliche Butler von Sir Ian Sutherland, dem Hausherrn auf Oake Dùn und Leiter von A.I.M., sondern darüber hinaus ein fähiger Computerexperte, vor dem keine Datenbank sicher war. Erst recht nicht die öffentlich zugänglichen von Universitäten und Forschungsinstituten.

»Warte im Postamt auf mich«, schärfte Tom ihr ein. Er sah auf seine Uhr; es war kurz vor zwei. »Wenn ich nicht bis spätestens vier Uhr bei dir bin, kehrst du zum Helikopter zurück. Und wenn ich *dort* bis sechs nicht auftauche, dann fliegt ihr nach Merida zurück und du wartest im Hotel auf mich.«

»Willst du es mir nicht lieber aufschreiben?« erkundigte sich Gudrun, bevor sie sich die anzügliche Bemerkung verkneifen konnte. »Du hast es mir in der letzten Viertelstunde erst dreimal erklärt. Wie soll ich mich in ein paar Stunden noch darin erinnern?«

Doch entgegen ihrer Befürchtung blieb eine gereizte Erwiderung Toms aus. »Du machst das schon«, sagte er nur, als hätte er ihren Einwand ernst genommen, und tätschelte ihr geistesabwesend die Wange. Ohne ein weiteres Wort wandte er sich ab und ging.

Gudrun starrte ihm verdattert hinterher. Sie kannte ihn lange genug, um zu wissen, daß er alles um sich herum vergessen konnte, sobald er einer aufregenden Sache auf der Spur war – das ging ihr selbst nicht anders –, aber die Suche nach der Bundeslade entwickelte sich bei ihm zu einer Besessenheit. Er benötigte dringend einen Aufpasser, bevor er irgendeinen Blödsinn anstellen konnte, und sie wußte schon, wer dieser Aufpasser sein würde.

Gudrun seufzte und machte sich auf den Weg zur Poststation. Sie konnte nur hoffen, daß man dort nicht Siesta bis zum Abend hielt, bevor man schloß. Aber zu ihrer Überraschung stand die Tür offen, auch wenn es zehn Minuten dauerte, bis sie die gelangweilte Mestizin fand, die Dienst tat. Vor einem Raub schien man sich hier nicht zu fürchten, wahrscheinlich gab es ohnehin nichts zu stehlen, das einen Dieb während der brütenden Mittagshitze vor die Tür hätte locken können.

Die Verbindung nach Oake Dùn kam reibungsloser zustande, als sie befürchtet hatte. Connor selbst war am Apparat und erklärte sich bereit, sich sofort an die Arbeit zu machen. Bevor Gudrun die Verbindung unterbrach, erkundigte sie sich noch nach Elwood, dem geheimnisvollen Mann in Schwarz, der die Israelin Valerie von einem der rätselhaften Symbionten Kars befreit hatte, aber sowohl von Elwood als auch von Valerie fehlte jede Spur.

Gudrun vereinbarte mit Connor, ihn zu jeder vollen Stunde einmal anzurufen. Sie zahlte die Gebühren für das Ferngespräch in Landeswährung und nahm nach kurzem Zögern auf einer harten Holzbank Platz. Ein vorsintflutlicher, dreiflügliger Ventilator, der an einer langen Welle von der hohen Decke herabhing, drehte sich langsam und eiernd um die eigene Achse und erzeugte die Ahnung von einem Lufthauch. Bei jeder Umdrehung gab er ein leises Quietschen von sich. Um sich abzulenken, zog Gudrun einen zerfledderten Reiseführer über Mexiko aus der Tasche und begann darin zu lesen. Es gab so viele sehenswerte Städte und Landschaften in diesem Land. Warum nur mußte sie ausgerechnet in einem derart langweiligen Kaff herumhängen?

Um drei Uhr meldete sie sich wieder bei Connor, aber der Schotte vertröstete sie auf die nächste Stunde. Auch um vier Uhr hatte er noch keine Hinweise auf eine kürzlich in Yukatan gefundene Templerstele entdeckt.

Nach kurzem Überlegen beschloß Gudrun, eine weitere Stunde zu warten. Sie ignorierte die neugierigen Blicke der Mestizin hinter dem Postschalter, besorgte sich in einem Laden in der Nähe eine bemerkenswerte gut gekühlte Flasche Cola und nahm damit wieder auf der harten Holzbank Platz.

Auch der dritte Anruf brachte nichts Neues. Connor versprach jedoch, sich weiterhin zu bemühen und eventuelle Ergebnisse an ihr Hotel in Merida durchzufaxen.

Schließlich kehrte Gudrun zum Helikopter zurück. Der Pilot hatte nichts von Tom gehört, und als sich die Sonne dem Horizont entgegenneigte, begann Gudrun, unruhig zu werden.

Wenn ich bis sechs nicht zurück bin, fliegst du nach Merida und wartest dort im Hotel auf mich, hörte sie Toms Stimme in ihrem Kopf. Eigentlich war es ein vernünftiger Rat, aber irgendwie widerstrebte es ihr, ihn die Arbeit machen zu lassen, während sie selbst auf der von Palmen gesäumten Terrasse des Hotels saß und entspannt einen eisgekühlten Fruchtsaft trank.

»Können Sie auch bei Dunkelheit fliegen?« erkundigte sie sich bei dem Piloten, der bei ihrer Rückkehr schnell eine alte, zerknitterte *Hustler*-Ausgabe unter dem Pilotensitz hatte verschwinden lassen.

»Kein Problem, Señora«, erwiderte der Mexikaner. »Ich habe eine Nachtfluglizenz. Aber wenn wir nicht bis Mitternacht zurück sind, muß ich Ihnen die Gebühr für einen weiteren Tag berechnen.« Er breitete in einer bedauernden Geste die Arme aus, aber Gudrun konnte die Geldgier in seinen Augen sehen. »Wenn es nur nach mir ginge, aber mein Boß ...«

»Das geht schon in Ordnung«, unterbrach ihn die Deutsche ungeduldig. Nicht zum ersten Mal fragte sie sich, wie groß das Vermögen des Earl of Oake Dùn eigentlich war. Bisher hatte er sich wegen der Ausgaben noch nie beklagt, aber sein Finanzpolster konnte auch nicht unerschöpflich sein. Was trieb ihn nur dazu an, derartige Summen für die Erforschung mysteriöser Phänomene und Artefakte zu verschleudern? War es wirklich nur der sprichwörtliche Spleen eines kauzigen britischen Adligen? Oder steckte mehr dahinter?

Es war nicht so sehr das Pflichtgefühl, das Gudrun dazu brachte, entgegen ihrer Absprache nach Mani zurückzukehren und nach Tom zu suchen, es lag mehr daran, daß sie keine Lust hatte, sich dem typischen Rollenverhalten zu fügen, das da lautete: Wenn es brenzlig wird, holen die Männer die Kastanien aus dem Feuer, und die Frauen gehen in Deckung.

Gudrun spürte instinktiv, daß Tom in Schwierigkeiten steckte, und bisher hatte sie sich stets auf ihre Intuition verlassen können.

Jean-Claude Riviere hatte sein Frühstück im Mannschaftsspeisesaal eingenommen. Der kleine Tisch, an dem er saß, stand etwas abseits nahe des Eingangs, und wie immer hatte sich niemand zu ihm gesetzt. Riviere war das egal; er hatte nie darauf bestanden, allein zu essen, aber er legte auch keinen gesteigerten Wert auf Gesellschaft. Mit den meisten Männer, die für Don Sebastian arbeiteten, den Viehtreibern, Handwerkern oder Gärtnern, hatte er ohnehin nur sehr wenig zu tun, auch wenn er in seiner Eigenschaft als Sicherheitschef der Hazienda hin und wieder Übungen mit ihnen durchführte. Aber wer würde es schon wagen, das Anwesen zu überfallen? Es kam höchstens zu vereinzelten Fällen von Viehdiebstahl. Die eigentliche Eingreiftruppe, die er leitete, stand offiziell gar nicht in den Diensten des Hazienderos. Zwar war es ein offenes Geheimnis, daß Don Sebastian Cristóbal de Gomorro y los Tordesillas-Avendaño nebenbei ein knappes Dutzend Pistoleros beschäftigte, aber von den regulären Angestellten wußte niemand genaueres, und niemand hätte es gewagt, gezielte Fragen zu stellen.

Nachdem Riviere seine zweite Tasse Kaffee getrunken und die erste *National* des Tages im Ascher ausgedrückt hatte, eine französische Zigarette, die nur für den Export bestimmt war und in Frankreich selbst kaum verkauft wurde, verließ er die Mannschaftskantine und ging zu dem ein paar hundert Meter nördlich der Hazienda gelegenen einfachen Holzhaus, das direkt am Waldrand lag und in dem seine Männer wohnten. Sollten tatsächlich einmal Polizisten der Hazienda einen überraschenden Besuch abstatten, die nicht von Don Sebastian geschmiert wurden, würden die Männer schnell in dem dichten Dschungel untertauchen können.

Schon als Riviere das Haus betrat, wußte er, daß bei dem gestrigen Einsatz etwas schiefgelaufen war. Statt von seinem Unterführer Diego begrüßt zu werden, wartete Phil Biehl auf ihn, ein in seinem Heimatland steckbrieflich gesuchter Amerikaner, und Biehl war unübersehbar nervös.

»Ich höre«, sagte Riviere knapp und blieb vor Phil stehen.

Der Amerikaner schluckte. »Wir haben zwei Mann verloren und zwei Verwundete, einer davon schwer. Dieser Garcia war nicht allein. Er hat uns erwartet. Irgend jemand muß ihm einen Tip gegeben haben.«

»Was ist mit ihm?«

Biehl zwang sich, nicht den Kopf zu senken, wagte es aber nicht, seinem Boß in die Augen zu sehen. »Er lebt«, erwiderte er. »Auch sein Haus steht noch. Wie gesagt, er muß ...«

Riviere schnitt ihm mit einer kurzen Handbewegung das Wort ab. »Wer ist gefallen, wer ist verwundet?« fragte er in einem sanften Tonfall, der Biehl eine Gänsehaut über den Rücken jagte.

»Diego und ...«, krächzte der Amerikaner und brach ab. Er räusperte sich und begann noch einmal von neuem. »Diego und José sind tot. Domingo hat einen Pfeil im Oberschenkel. Francisco hat eine Schrotlandung in den Rücken abbekommen und einen glatten Durchschuß neben dem rechten Schulterblatt. Das Rückgrat scheint nicht verletzt zu sein, aber die Lunge ist zumindest gestreift worden. Er hat ein bißchen Blut gespuckt. Jetzt ist er bewußtlos. Es sieht nicht gut für ihn aus.«

Riviere nickte bloß. Seinem Gesicht war keine Regung anzumerken, und das machte Phil Biehl mehr Angst, als wenn der Boß ihn angeschrien hätte. Insgeheim war er froh, daß Diego, der den Überfall geleitet hatte, tot war. Riviere hätte sich Diego vorgeknöpft – ohne Gewalt anzuwenden, das hatte er nicht nötig –, aber wenn Diego ihm keine befriedigende Erklärung für sein Versagen hätte liefern können, wäre er tags darauf verschwunden gewesen. Und Biehl hatte keine Ahnung, was mit den Männern geschah, die Riviere ›entließ‹. Er wollte es auch gar nicht wissen.

Der Ex-Söldner ging wortlos an ihm vorbei, betrat die Küche und kletterte die steile Treppe unter der geöffneten Falltür hinunter, über der normalerweise ein schwerer Vorratsschrank stand.

Der kleine Kellerraum maß knapp drei mal drei Meter. Die Decke war so tief, daß Riviere gebückt gehen mußte, um sich nicht den Kopf zu stoßen. Die Luft war feucht und roch leicht modrig.

Die Verwundeten lagen auf zwei einfachen Pritschen. Francisco bewegte sich nicht, nur seine Brust hob und senkte sich kaum merklich unter flachen, unregel-mäßigen, röchelnden Atemzügen. Sein Gesicht war eingefallen und bleich, die Nase ragte seltsam spitz hervor. Biehl hatte recht gehabt. Es sah nicht gut für ihn aus. Riviere räumte ihm eine Überlebenschance von eins zu drei ein. In einem gut ausgerüsteten Krankenhaus würde man ihn zweifellos retten können, aber dort würde man auch lästige Fragen stellen. *Eine* Schußverletzung könnte man mit einem Unfall erklären, aber *zwei* Schußverletzungen aus *zwei* verschiedenen Waffen? Nun, die Männer hatten gewußt, worauf sie sich einließen. Jeder trug das gleiche

Risiko. Und eine der wichtigsten Regeln lautete: Keine Ärzte nach einer Schießerei.

Domingo war bei Bewußtsein. Aus seinem rechten Oberschenkel, auf halbem Weg zwischen Knie und Hüftgelenk, ragte der Schaft eines Fiberglaspfeils hervor, ungefähr zwanzig Zentimeter über der Wunde abgeschnitten. Die Augen des Kubaners glänzten fiebrig. Er betrachtete Riviere mit einer Mischung aus Angst und Hoffnung. Hoffnung, weil er wußte, daß der Boß keinen seiner verwundeten Leute bestrafte und statt dessen versuchen würde, ihm zu helfen. Er hatte Erfahrung genug gesammelt, um jeden Sanitäter zu ersetzen und es sogar mit einem Feldarzt aufzunehmen. Angst, weil Domingo wußte, daß Riviere ihn nicht gerade mit Samthandschuhen anfassen würde. Der Boß quälte seine Männer nicht absichtlich, aber er nahm auch keine Rücksicht.

»Wieso habt ihr ihm den Pfeil noch nicht entfernt?« wandte sich Riviere an Biehl, der ihm in das Kellerversteck gefolgt war. Vom Rest der Männer war nichts zu sehen. Sie würden irgendwo in ihren Unterkünften hocken und unbehaglich auf den Morgenappell warten. »Er gehört zu einem Sportbogen. Diese Pfeilspitzen haben keine Widerhaken.«

Es fiel Biehl nicht leicht, dem Boß zu widersprechen. »Offensichtlich doch. Anscheinend hat der Schütze an dem Pfeil herumgebastelt.«

Riviere verzichtete auf eine Antwort. Er zog einen Schemel an die Pritsche heran, setzte sich und untersuchte die Einschußwunde sachkundig. Der Winkel des Schaftes sagte ihm, daß die Pfeilspitze den Knochen getroffen und keine Arterie oder andere größeren Blutgefäße verletzt hatte. »Hast du starke Schmerzen?« erkundigte er sich bei Domingo. »Oder überhaupt kein Gefühl mehr in dem Bein?«

Domingo versuchte ein Lächeln und schüttelte den

Kopf. »Ich spüre das Bein«, sagte er, »und die Schmerzen sind erträglich.« Seine Stimme klang belegt. Immer wieder wanderten seine Augen kurz zu seinem Oberschenkel und kehrten dann an die niedrige Decke zurück. Seine Kameraden hatten das rechte Hosenbein abgeschnitten und die Wunde desinfiziert. Das Bein abzubinden war unnötig gewesen. Domingo hatte nicht viel Blut verloren, aber die Gefahr einer Infektion wuchs mit jeder Minute, die der Pfeil nicht entfernt wurde.

»Gib mir die Zange«, befahl Riviere und streckte die Hand aus, ohne aufzusehen. Biehl reichte ihm das Werkzeug und holte unaufgefordert eine Schüssel mit heißem Wasser und sauberes Verbandszeug. Er hätte den Keller gern verlassen, aber nach Diegos Tod war er der zweite Mann nach Riviere, und der Boß erwartete von seinen Unterführern, daß sie ihm bei seinen Operationen assistierten. Ein Werkzeugkasten und eine gut sortierte Tasche mit chirurgischen Instrumenten und Medikamenten, die so manchen Landarzt neidisch gemacht hätte, standen bereits in Reichweite.

Es war besonders der Werkzeugkasten, der Biehl Unbehagen bereitete. Er hatte von seinen Kameraden gehört, daß Riviere, bevor der Amerikaner zu seiner Truppe gestoßen war, eigenhändig eine Amputation ohne Narkose an einem seiner Leute durchgeführt hatte. Die Operation war erfolgreich verlaufen und hatte dem Mann, der sonst vermutlich am Wundbrand gestorben wäre, das Leben gerettet, aber die Männer, die dabei gewesen waren, senkten noch heute unwillkürlich die Stimmen, wenn sie davon erzählten.

Riviere ergriff die Zange und packte damit den Pfeilschaft. »Bleib ruhig liegen«, sagte er zu Domingo. »Und du, Biehl, hältst sein Bein fest.«

Langsam und vorsichtig begann er, den Pfeil zu drehen. Ein Zittern lief durch den Körper des Kubaners, und er stöhnte unterdrückt, blieb davon abgesehen aber ruhig liegen. Er hatte die Hände so fest um die Ränder der Pritsche gekrallt, daß sich seine Fingerknöchel weiß vor dem olivgrünen Stoff abhoben.

Der Pfeil setzte der Drehbewegung einen spürbaren Widerstand entgegen. Die Spitze war also tatsächlich nicht rund, sondern abgeflacht, aber die Fläche konnte nicht allzu groß sein, denn als Riviere etwas weiter drehte, folgte der Pfeilschaft ruckhaft der Bewegung.

Riviere zog die Zange zurück und warf Domingo einen kurzen Blick zu. Der Mann hielt sich recht gut. Zwar war sein Gesicht kalkweiß geworden, seine Augenlider flackerten hektisch und aus seiner Stirn quollen in atemberaubenden Tempo dicke Schweißperlen, aber er blieb nach wie vor ruhig.

Da der Pfeil direkt auf dem Knochen saß, konnte Riviere ihn nicht durch das Gewebe stoßen und auf der anderen Seite herausziehen. Er hatte zwei Möglichkeiten, entweder die Wunde um den Schaft herum weiter aufschneiden, das Fleisch auseinanderdrücken und den Pfeil vorsichtig herausziehen, oder ihn mit einem kräftigen Ruck entfernen. Im ersten Fall würde der Wundkanal glatter werden, aber auch deutlich größer, da er tief schneiden müßte, um bis zum Knochen zu gelangen, und die Prozedur würde einiges an Zeit erfordern. Riviere entschied sich für die zweite Möglichkeit.

Er nickte Biehl kurz zu, und der Amerikaner stützte sich mit seinem vollen Gewicht auf den Oberschenkel des Verwundeten. Riviere packte den Pfeilschaft erneut mit der Rohrzange und konzentrierte sich. Dann schlug er mit der flachen linken Hand kräftig auf Domingos gesunden linken Oberschenkel, und im gleichen Augenblick, als das Bein des Kubaners reflexartig zuckte, riß er mit einem kräftigen Ruck an dem Pfeil. Er löste sich mit einem widerlich schmatzenden Geräusch aus dem Bein des Kubaners, der einen röchelnden Schrei ausstieß, mit dem Oberkörper von dem Feldbett auffuhr und dann kraftlos zurückfiel.

Riviere betrachtete nachdenklich die blutige Pfeilspitze. Sie war mit einem Gewinde auf dem Fiberglasstab aufgeschraubt. Der Schütze mußte sie gelöst haben, bevor er sie bearbeitet hatte. Wahrscheinlich hatte er sie erhitzt und dann vorsichtig platt geklopft und zwei kleine stumpfe Widerhaken geformt, ohne das Gewinde zu beschädigen. Warum sollte ein Sportschütze so etwas tun? Entweder, um die Pfeile für die Jagd zu benutzen, oder um sie gegen Menschen einzusetzen, und zwar gegen Rivieres Männer. Das aber bedeutete, daß der Schütze, wenn er nicht gerade Schmied oder sonst ein Fachmann in Metallbearbeitung war, sich schon vor Tagen an den Spitzen zu schaffen gemacht hatte, denn die Bearbeitung erforderte einiges an Übung und Geschick. Also mußte er bereits frühzeitig von dem geplanten Überfall erfahren haben, oder aber die Bauern begannen sich zu organisieren und eine gemeinsame Verteidigungsstrategie aufzubauen.

Beide Möglichkeiten waren genauso problematisch. Im ersten Fall mußte es einen gut informierten Spitzel auf der Hazienda geben, der ihnen in Zukunft das Überraschungsmoment zunichte machen würde, und im zweiten Fall mußten sie mit einer effektiveren Gegenwehr rechnen.

Über das scharfgeschnittene Gesicht des Ex-Söldners huschte der Anflug eines Lächelns und ließ seinen linken Mundwinkel kaum merklich zucken. Hatte er die Indios vielleicht unterschätzt? Er hoffte auf die zweite Möglichkeit. Ein etwas schlagkräftigerer Gegner würde seine Aufgabe reizvoller machen. Allmählich kam er zu der Überzeugung, daß das Versagen seiner Männer nicht allein auf Unfähigkeit beruhte, sondern mehr auf einer durchaus verständlichen Sorglosigkeit und Überheblichkeit, für die er selbst eine Mitverantwortung trug. Bisher war die Vertreibung der Bauern *zu* leicht vonstatten gegangen. Von dem gestrigen Einsatz abgesehen hatten sie erst einen Toten und zwei Verwundete zu beklagen gehabt, seit er die Einsätze leitete.

Er schüttelte den Gedanken ab. Damit würde er sich später beschäftigen. Zuerst mußte er sich um die Verletzten kümmern.

Riviere desinfizierte Domingos Wunde, vernähte sie mit sieben Stichen und verband sie dann. Nachdem der Pfeil entfernt worden war, ertrug der Kubaner den Rest der Prozedur mit stoischer Ruhe. Riviere notierte in Gedanken, daß Domingo sich vielleicht in näherer Zukunft als Kandidat für den Posten seines Stellvertreters eignen könnte. Phil Biehl war nur eine Notlösung. Dem Amerikaner mangelte es an Disziplin und der Bereitschaft, seine persönlichen Belange denen der Truppe unterzuordnen. Er würde seine Kameraden ohne zu zögen verraten, wenn er glaubte, dadurch einen Vorteil erringen und den Konsequenzen entgenen zu können.

Die Verarztung von Francisco erwies sich als weitaus schwieriger als die von Domingo, obwohl der Guatemalteke nur einmal kurz das Bewußtsein wiedererlangte. Trotzdem setzte er der Behandlung mehr Widerstand entgegen als sein Kamerad.

Der Durchschuß mit dem Eintrittsloch neben dem rechten Schulterblatt und der Austrittsöffnung zwischen der zweiten und dritten Rippe unterhalb des Schlüsselbeins war sauber und glatt. Es mußte ein kleinkalibriges Stahlmantelgeschoß gewesen sein, das die Wirbelsäule nur knapp verfehlt, dafür aber den oberen Bereich des rechten Lungenflügels durchschlagen hatte. Trotzdem war die Wunde noch relativ harmlos.

Außerdem war der Mann noch von insgesamt fünf

Schrotkugeln getroffen worden. Drei hatten keinen größeren Schaden angerichtet und ließen sich problemlos entfernen. Eine vierte steckte in der Leber, aber es gelang Riviere, auch sie herauszuholen. Die fünfte dagegen saß zu tief in der Lunge. Riviere, der sie vorsichtig mit einer Sonde ertastet hatte, machte gar nicht erst den Versuch, sie zu entfernen. Das einzige, was Francisco noch helfen konnte, waren seine körpereigenen Widerstandskräfte. Wenn er die nächste Woche überlebte, konnte man ihn vielleicht irgendwann außer Landes und zu einem Arzt schaffen, der keine überflüssigen Fragen stellte. Aber das war eher unwahrscheinlich.

Rund zwei Stunden, nachdem er das Kellerversteck betreten hatte, kehrte Riviere zum Mannschaftshaus zurück, wusch sich gründlich, wechselte die Kleidung, trank einen Kaffee und rauchte die zweite Zigarette des Tages. Dann machte er sich auf den Weg, um Don Sebastian Cristóbal de Gomorro y los Tordesillas-Avendaño Bericht zu erstatten. Er wußte, daß der Großgrundbesitzer alles andere als begeistert sein würde, und es war für ihn eine Selbstverständlichkeit, daß er die alleinige Verantwortung für den fehlgeschlagenen Überfall übernahm.

Aber vielleicht hatte der Vorfall auch sein Gutes. Vielleicht würde der Haziendero jetzt bereit sein, etwas härter durchzugreifen. Bisher hatte Jean-Claude Riviere noch keine Möglichkeit gehabt, seine Fähigkeiten richtig auszuspielen. Die kleinen Geplänkel waren recht unterhaltsam gewesen.

Aber es war langsam an der Zeit, ernst zu machen.

Gudruns Vorschlag, Informationen aus erster Hand einzuholen, hatte bei Tom eine imaginäre Glühbirne aufleuchten lassen. Aber im Gegensatz zu seiner Kollegin hatte er dabei nicht an Archäologen gedacht, sondern an diesen hageren, schmierigen Galgenvogel, einen der beiden Männer, die sie bei ihrer ersten Expedition in Yukatan verfolgt hatten, um ihnen die goldene Statue abzujagen. Der bullige Kerl war im Sumpf versunken, dem zweiten hatte Tom die Waffe aus der Hand geschossen. Der Kerl war geflohen, und sie hatten ihn nie wieder gesehen.

Abgesehen von den Maya, die die Gegend bewachten und – wie sie am eigenen Leib erfahren hatte – nicht gerade gut auf sie zu sprechen waren, blieben somit nur noch Jack Warden und dieser andere Mann – wie hieß er noch? Trenton oder so ähnlich – als direkte Zeugen. Jack aber hatte sich gleich nach dem Diebstahl mit dem Kopf der Statue abgesetzt. Blieb also nur noch dieser Trenton, oder wie auch immer er tatsächlich hieß. Falls er überlebt hatte und sich noch in der Gegend herumtrieb.

Toms erster Weg führte ihn zum *Tierra caliente*, wo ihn die dicke Wirtin, die ihn sofort wiedererkannte, unfreundlich empfing, sich aber nach einer großzügigen ›Entschädigung für all den Ärger‹ in amerikanischen Dollars zu der Information herabließ, daß Will Thornten, wie der Galgenvogel richtig hieß, in einer heruntergekommenen Hütte am Stadtrand hauste.

Dort traf Tom ihn nicht an, aber ein barfüßiger Junge mit listigen Augen gab ihm – nachdem ein paar Pesos den Besitzer gewechselt hatten – den Tip, es einmal im *Gato negro* zu versuchen, einer schäbigen Kaschemme, in der selbstgebrannter Mais- und Zuckerrohrschnaps ausgeschenkt wurde.

Auch dort wurde Tom nicht fündig, obwohl man ihm versicherte, daß Señor Thornten täglich hier verkehrte. Vielleicht wäre er ja gerade am anderen Ende der Stadt, wo er mit ein paar Freunden Karten zu spielen pflegte, und gegen ein kleines Entgelt würde man ihm auch den Weg beschreiben ...

So lief Tom Ericson kreuz und quer durch die Stadt, verteilte hier ein paar Pesos, dort ein paar Dollars, und kam seinem Ziel doch nicht näher. Ihm war klar, daß die Leute ihn rupften wie eine Weihnachtsgans, aber ihm blieb nichts anderes übrig, als ihr Spiel mitzuspielen. Er konnte nur hoffen, daß sich Will Thornten nicht mittlerweile aus dem Staub gemacht hatte.

Erst als die Schatten länger wurden, bemerkte er, wie spät es bereits geworden war. Gudrun mußte längst beim Hubschrauber auf ihn warten. Er beschloß, einen letzten Versuch im *Gato negro* zu unternehmen.

Der Schuppen hatte sich in der Zwischenzeit merklich gefüllt, aber Tom fand trotzdem einen Platz an der schmuddeligen Theke. Die Luft war stickig und verräuchert. Es roch durchdringend nach schalem Bier, billigem Schnaps und Schweiß. Gelächter und Stimmengewirr wogten wie eine dichte Wolke durch den Raum. Er bestellte ein ›Gringo-Bier‹ und wurde auf angenehme Weise mit einem Heineken überrascht. Er wischte den Flaschenhals sorgfältig ab, verzichtete vorsichtshalber auf ein Glas und trank direkt aus der Flasche. Kaum hatte er sie an die Lippen gesetzt, tippte ihm jemand von hinten auf die Schulter.

»Ja?« fragte er, ohne sich umzudrehen.

»Señor, Sie suchen Señor Thornten?« fragte eine Stimme in verschwörerischem Tonfall dicht hinter ihm.

»Ja«, erwiderte Tom einsilbig. Das mußte in der Zwischenzeit die ganze Stadt wissen.

»Ich kann Sie zu ihm führen«, flüsterte die Stimme hinter ihm weiter. »Nur zwanzig Dollar.«

»Kein Interesse«, gab Tom zurück und setzte die Flasche wieder an die Lippen. Es wurde Zeit, die Taktik zu wechseln.

»Fünfzehn Dollar?« versuchte die unsichtbare Stimme zu handeln.

Tom ignorierte den Mann.

»Na gut, zehn Dollar. Das ist mein letztes Angebot.«

Endlich drehte sich Tom herum. Hinter ihm stand ein junger Mann in einem schreiend bunten Hawaiihemd mit einer Baseballmütze auf dem Kopf. Anscheinend hatte er etwas zuviel *Magnum* gesehen. Tom musterte ihn ausdruckslos. »Wo?« fragte er betont desinteressiert.

»Erst das Geld«, gab der junge Mann zurück.

Tom schüttelte den Kopf und drehte sich wieder um. »Keine Ware, kein Geld«, sagte er in Richtung der Theke.

Eine Weile blieb der andere still, und Tom befürchtete schon, der Mexikaner hätte es sich anders überlegt, aber dann meldete sich die Stimme wieder. »Okay, Señor, halbe-halbe. Fünf Dollar jetzt, fünf Dollar nach Lieferung.«

Tom grinste vor sich hin, zog eine Zehndollarnote aus der Tasche, riß sie in der Mitte durch und behielt die Hälfte mit der Seriennummer. Die andere Hälfte hielt er zwischen Mittel- und Zeigefinger in Schulterhöhe hoch. Sofort wurde sie ihm aus der Hand gerissen. Höchstens drei Sekunden später sagte der Mexikaner hinter ihm vorwurfsvoll: »Das ist nichts wert, Señor!«

Tom trank sein Bier aus, bevor er sich zu einer Antwort bequemte. »Noch nicht.«

»Sie haben gewonnen, Señor«, seufzte der andere resigniert. »Ich werde Ihnen Señor Thornten zeigen.«

Ericson stand auf und wollte zur Tür gehen, aber der junge Bursche hielt ihn an der Schulter fest und schüttelte den Kopf. »Nein Señor«, sagte er. »Da entlang.« Er deutete auf einen Tisch am anderen Ende der Bar und ging voraus. Tom folgte ihm und schlängelte sich zwischen den Kneipengästen hindurch, die ohne Probleme ihr Geld als Komparsen in einen Italo-Western hätten verdienen können.

An dem Tisch, zu dem ihn der Bursche mit dem

Hawaiihemd geführt hatte, saßen drei Männer: ein Indio, ein Mexikaner und ein Mann europäischer Herkunft. Sie waren ein trauriger Haufen, und Will Thornten wirkte besonders heruntergekommen. Tom hätte ihn ohne Hilfe tatsächlich nicht mehr wiedererkannt, so sehr hatte sich der Mann verändert. Er hielt die andere Hälfte der Zehndollarnote hoch und spürte, wie sie ihm aus den Fingern gezupft wurde. Gleich darauf war der junge Mexikaner verschwunden.

Die drei Männer hockten wortlos an ihrem Tisch und stierten trübsinnig in fast leere Gläser. Thornten hielt eine Zigarette in der rechten Hand, und als er sie an die Lippen hob, erkannte Tom, daß die Finger verkrümmt und steif waren. Er verspürte eine kurze Anwandlung von Schuldbewußtsein, die er jedoch gleich wieder abschüttelte. Der Mann hatte versucht, ihn umzubringen. Seine verkrüppelte Hand hatte er sich selbst zuzuschreiben. Er sollte dankbar sein, daß er überhaupt noch am Leben war. Auch wenn sein Leben jetzt ziemlich trostlos aussah.

Tom warf einen schnellen Blick um sich, entdeckte einen freien Stuhl, zog ihn zu dem Tisch hinüber und setzte sich. Der Indio blickte kurz auf und widmete sich dann wieder seinem abgestandenen Bier.

»Buenas tardes, Señores«, sagte Tom freundlich. »Darf ich Ihnen eine Runde spendieren?« Er nahm seinen Hut ab und legte ihn auf den Tisch.

Jetzt ruckten alle drei Köpfe hoch. Die Männer musterten ihn mit einer Mischung aus Hoffnung und Mißtrauen. Tom konzentrierte sich einzig und allein auf Will Thornten, die rechte Hand in der Nähe seiner offenen Jacke, unter der er den Revolver in einem Schulterholster trug.

»Si, pues claro«, sagte der Mexikaner schnell. Ja, selbstverständlich.

Tom lächelte in Thorntens Richtung. »Für mich ein Heineken. Und ihr bestellt euch, was ihr wollt.«

Er achtete nicht darauf, was der Mexikaner über den ständig gleichbleibenden Lärmpegel in Richtung der Theke rief, sondern achtete nur auf Thornten.

Das Gesicht des Galgenvogels war eingefallen, schmutzig und bärtig. Seine Augen, die ihn irritiert anstarrten, wirkten glasig. Seine Kleidung war zerschlissen und hätte dringend einer Reinigung bedurft. In seinem Gesicht arbeitete es.

»Der Amerikaner!« stieß er schließlich hervor. »Jacks Freund ... verdammt!« Er zuckte zurück, aber Tom griff mit der linken Hand über den Tisch nach seinem Arm und hielt ihn fest.

»Ganz ruhig, Thornten«, sagte er eindringlich, die Rechte nach wie vor in der Nähe der Waffe. »Ich will keinen Ärger machen. Vergessen wir, was gewesen war. Ich will bloß ein paar Informationen.«

»Informationen ...«, murmelte Thornten. Er musterte den Archäologen wachsam. »Was für Informationen?«

Einen Moment lang hatte Tom den Eindruck, daß der andere verschlagen grinste, aber dann bemerkte er das Zittern seiner Hände.

»Du erinnerst dich bestimmt an die Statue«, fuhr er fort. Da er keine Ahnung hatte, wieviel die anderen von der Geschichte wußten, verzichtete er darauf, Einzelheiten zu erwähnen. »Ganz in der Nähe stand eine Stele aus Sandstein. Nicht sonderlich beeindruckend. Ich habe sie fotografiert. Bestimmt erinnerst du dich daran. Schließlich waren wir sozusagen zusammen unterwegs.«

Thornten zog seinen Arm unter Toms Hand weg. »Ich erinnere mich tatsächlich«, sagte er schleppend. »Was willst du wissen?«

»Was weißt du von der Stele?«

»Nun, erstens einmal, daß sie nicht von den Maya

stammt«, erwiderte Thornten lauernd. Diesmal war Tom sich sicher, daß der andere grinste. Auch das gierige Funkeln in seinen Augen entging ihm nicht. In diesem Augenblick erschien die Bedienung und stellte die Getränke vor ihnen ab, eine Flasche Heineken, drei große Krüge Bier und drei randvolle Gläser mit einer klaren braunen Flüssigkeit.

Thornten erhob das Glas, und seine Gefährten schlossen sich ihm an. »Auf den großzügigen Spender«, sagte er, führte das Glas an die Lippen und trank es in einem Zug halb leer. Er verzog das Gesicht, kniff die Augen zusammen, stieß zischend die Luft aus, setzte das Glas wieder ab und schüttelte sich. »Das tut gut«, krächzte er und trank ein paar Schlucke Bier hinterher.

»Was sonst?« hakte Tom nach.

Thornten bohrte sich mit dem kleinen Finger der gesunden Hand im Ohr und betrachtete ihn dann gebannt, als wäre er damit auf eine Goldader gestoßen. Was er zutage gefördert hatte, kam zumindest der Farbe von Gold nahe. Er wischte sich den Finger an der Hose ab.

»Sie ist nicht mehr da«, verkündete er schließlich.

»Und?« fragte Tom, als sein Gegenüber schwieg.

»Jemand hat sie ausgebuddelt«, sagte Thornten. Mit der linken Hand fischte er eine zerknitterte Zigarette aus der Brusttasche seines schmierigen Hemdes hervor. Er riß ein Streichholz auf der Tischplatte an, entzündete die Kippe und blies eine Rauchwolke durch die Nase aus.

»So schlau war ich auch schon«, knurrte Tom. »Und wer hat sie ausgebuddelt?«

Thornten nahm einen weiteren Schluck von seinem Bier und beugte sich dann weit über den Tisch. »Wieviel ist dir die Information wert?« fragte er flüsternd.

Tom verzog angewidert das Gesicht. Mein Gott, wann hatte sich der Mann zum letzten Mal die Zähne geputzt?

»Kommt darauf an«, erwiderte er ausweichend.

»Genau«, bestätigte Thornten. Er sprach so leise, daß Tom Mühe hatte, ihn zu verstehen. »Kommt darauf an, ob du einen oder drei Männer bezahlen willst.« Er deutete mit einer kaum wahrnehmbaren Kopfbewegung in Richtung seiner Freunde, die wohl doch keine so guten Freunde waren. »Es wäre auf jeden Fall billiger für dich, wenn wir das Gespräch allein weiterführen.«

Tom musterte die anderen beiden unauffällig aus den Augenwinkeln heraus. Sie warfen ihnen hin und wieder einen flüchtigen Blick zu, kümmerten sich aber in erster Linie um ihre Getränke. Anscheinend kamen sie gar nicht auf den Gedanken, daß sie hintergangen werden sollten. Wieso auch? So abgebrannt, wie Will Thornten offensichtlich war, konnten sie schließlich nicht ahnen, daß er noch einen wertvollen Besitz besaß: Informationen, auf die dieser Gringo scharf war.

»Ich würde das Geschäft gern schnell hinter mich bringen«, sagte Tom.

»Ganz meiner Meinung«, stimmte Thornten zu. »Wir können ...« Plötzlich krümmte er sich zusammen, drückte sich die Hände gegen den Bauch und verzerrte das Gesicht. Aus seinen zusammengepreßten Lippen entwich ein pfeifender Laut.

Der Indio sprang auf und eilte zu ihm.

»Que tienes, amigo?« erkundigte er sich besorgt. Thornten machte eine beschwichtigende Geste und richtete sich wieder auf. »No tengo nada, gracias, compadre«, stieß er hervor. »Esta bien. No hay problema.«

Tom hatte die Zähne zusammengebissen. Das fehlte ihm gerade noch, daß der Kerl jetzt schlapp machte. Wahrscheinlich hatte er ein Magengeschwür. Kein Wunder bei diesem Lebenswandel. Er erschauderte, als der andere den Rest des Schnapses in einem Zug herunterkippte.

»Ich habe etwas mit meinem alten Kumpel unter vier Augen zu besprechen«, sagte Thornten zu seinen Kumpanen, jetzt wieder auf Englisch, damit auch Tom ihn verstand. »Wir sind gleich zurück. Ich bin sicher, mein Freund hat nichts dagegen, wenn ihr euch noch ein *cerveza* bestellt, nicht wahr?«

»Sicher«, erwiderte Tom bereitwillig. »Und wenn ihr wollt, auch noch einen Schnaps.« Wenn die anderen beschäftigt waren, würden sie ihnen nicht in die Quere kommen.

Thornten ging voraus. Er winkte dem Wirt kurz zu, der ihm nur einen flüchtigen Blick zuwarf und sich dann wieder seiner Arbeit widmete. Direkt neben dem Tresen gab es eine Hintertür, die Tom erst jetzt entdeckte. Er beobachtete mißtrauisch, wie Thornten die Tür aufstieß, und sah sich wachsam um. Niemand folgte ihnen.

Sie betraten einen mit Unrat übersäten Hinterhof. Überquellende, rostige alte Ölfässer, die als Mülleimer dienten und anscheinend seit einer Ewigkeit nicht mehr geleert worden waren. Zerbrochene Flaschen, zerbeulte Konservendosen mit scharfkantigen Deckeln, zerrissene Pappkartons und zerfledderte Zeitungen. Ein von Fliegen umschwirrter, stinkender Katzenkadaver. Der Hinterhof paßte gut zu der Kaschemme.

Tom entfernte sich ein paar Schritte von der Tür, um den Rücken frei zu haben. Die Sonne war bereits untergegangen, aber noch war es hell genug, um Einzelheiten erkennen zu können. Der Hof war etwa zehn Meter lang und fünf Meter breit. Die Längsseite gegenüber der Kneipe wurde von einem fensterlosen Gebäude begrenzt, auf der linken Schmalseite erstreckte sich eine hohe Ziegelsteinmauer. Auf der rechten Seite befand sich ein löchriger Bretterzaun mit einer Holztür, die einen Spalt weit offen stand. Trotz der Tonnen und des herumliegenden Mülls konnte Tom keine Verstecke erkennen, hinter denen sich ein Mensch verbergen konnte. Was nichts daran änderte, daß er wachsam blieb. Seine Hand lag jetzt auf dem Kolben seiner Waffe unter der Jacke. Einer menschlichen Ratte wie Thornten konnte man nicht trauen.

»Also«, sagte er. »Du weißt, wer die Stele hat?«

Thornten nickte. »Ich weiß, wie er heißt, und ich weiß sogar, wo er wohnt. Und eins verrate ich dir jetzt schon mal gratis: es ist *kein* Wissenschaftler.«

Tom nickte langsam. Das hatte er befürchtet. Also waren Gudruns beziehungsweise Connors Nachforschungen mit Sicherheit ergebnislos geblieben.

»Kommen wir zum Geschäft. Wieviel willst du haben?«

»Wieviel hast du bei dir?« fragte Thornten zurück. »Ich nehme nur Bargeld.«

»Das werde ich dir kaum verraten«, erwiderte Tom mit einem sparsamen Grinsen. »Aber für eine simple Information dürfte es reichen.«

»Ich will fünftausend Dollar«, sagte Thornten. Er starrte den Archäologen an, als wollte er ihn hypnotisieren.

Tom schüttelte den Kopf, obwohl er wußte, daß er die Summe notfalls bezahlen würde. Aber Thornten konnte nicht ahnen, *wieviel* ihm die Auskunft wirklich wert war, die ihn vielleicht wieder auf die Spur der Bundeslade bringen konnte.

»Tausend«, sagte er. »Das ist ein großzügiges Angebot. Wenn du darüber Bescheid weißt, dann wissen es garantiert auch andere. Und ich glaube nicht, daß alle anderen ebenso ...«

In diesem Augenblick krümmte sich Thornten wieder mit schmerzverzerrtem Gesicht zusammen. Er verdrehte die Augen, sank in die Knie und stieß ein jämmerliches Stöhnen aus.

»Die Tour zieht bei mir nicht«, sagte Tom hart, aber innerlich verspürte er Mitleid mit dem Mann. Noch vor einem halben Jahr hatte der Bursche kerngesund und munter ausgesehen. Wahrscheinlich hatte Tom seiner verbrecherischen Karriere ein Ende gesetzt, als er ihm die Hand zerschossen hatte. Sicher, es war Notwehr gewesen, aber ...

»Mein Magen, mein verdammter Magen«, stöhnte Thornten. »Ich brauche das Geld für einen Arzt, bevor sich die Geschwüre durchfressen.«

Tom wollte einen Schritt auf ihn zu machen, doch da spürte er einen spitzen Gegenstand in seiner Seite.

»Keine Bewegung, Amigo«, sagte eine heisere Stimme in sein Ohr, »oder ich spieße deine Niere auf, und ich kann dir versichern, das tut verdammt weh.«

Tom erstarrte und sah mit ohnmächtiger Wut zu, wie sich Thornten plötzlich geschmeidig erhob und ihn breit angrinste. Er hätte sich ohrfeigen können. Sie hatten ihn wie einen blutigen Anfänger hereingelegt.

»Nicht schlecht, was, Eierkopf?« fragte Thornten feixend. »Du mußt zugeben, die Vorstellung war oskarreif. Oh, es geht mir wirklich dreckig, und daran bist du schuld«, er hielt die verkrüppelte rechte Hand hoch, »aber nicht *so* dreckig.«

»Schön«, sagte Tom mit mühsamer Beherrschung. »Du hast gewonnen. Nimm dir mein Geld, es ist mehr, als du wahrscheinlich glaubst, aber dann sag mir wenigstens, wer die Stele hat. Was nützt dir die Information schon?«

»Paß auf, Pablo, er hat einen Revolver unter der Jacke«, sagte Thornten zu dem Indio, der sich an Tom vorbeigeschoben hatte. Er hielt ein Army-Messer in der Hand, dessen Spitze beidseitig geschliffen war. Der Mexikaner stand weiterhin hinter Tom und drückte ihm die spitze Klinge in die Nierengegend.

»Zieh die linke Jackenseite mit der rechten Hand auf und den Revolver mit Daumen und Zeigefinger der anderen Hand aus dem Holster«, befahl Thornten. Er bückte sich, ohne ihn aus den Augen zu lassen, und zog eine Eisenstange unter einem zerdrückten Karton hervor. »Und versuch nicht, den Helden zu spielen. Wir wollen nur dein Geld. Ich werde dich hiermit nur ein bißchen betäuben. Wenn wir dich hätten umbringen wollen, hätte Guillermo längst schon zugestochen.«

Tom war nicht überzeugt, daß Thornten die Wahrheit sagte. Vielleicht wollten sie nur verhindern, daß er eine Blutspur hinterließ oder beim Versuch der Gegenwehr die Aufmerksamkeit der anderen Gäste des *Gato negro* erregte. Und wenn sie ihn am Leben ließen, würden sie mit polizeilichen Ermittlungen rechnen müssen und wären gezwungen, unterzutauchen. Andererseits, wer würde einem Fremden glauben, wenn die Aussagen von drei Ortsansässigen gegen die eines Gringos standen? Vielleicht würden sie ihn tatsächlich nur niederschlagen, ausrauben und dann verschwinden.

Toms Gedanken rasten. Langsam zog er wie verlangt den Revolver mit der linken Hand aus dem Holster unter der linken Achselhöhle, wobei er sich fast die Arme verrenkte. Er mußte Zeit gewinnen. Thornten hatte die Eisenstange mit der linken Hand halb erhoben, schien aber noch nicht zuschlagen zu wollen. Er streckte vorsichtig die verunstaltete rechte Hand nach Toms Waffe aus. Irgendwann würde doch bestimmt jemand vom Personal der Kneipe auf den Hinterhof kommen, um ...

Er war mit seinen Überlegungen gerade bis zu diesem Punkt gekommen und hielt den Revolver Thornten mit zwei Fingern am Kolben entgegen, als drei Dinge fast gleichzeitig passierten. Auf der linken Seite des Hofes zerschellte eine Flasche an der Mauer, die Brettertür auf der rechten Seite flog auf, und eine Gestalt, unter deren Hut dunkle, wehende Haaren hervorflatterten, rannte auf die vier Männer zu und stieß einen ohrenbetäubend gellenden Schrei aus.

Gudrun war Toms Odyssee durch Mani erspart geblieben. Sie hatte gerade die ersten Häuser erreicht, als ein etwa zehnjähriger barfüßiger Junge neben ihr auftauchte und sie am Ärmel zupfte.

»Du suchen deinen Freund, Señorita?« fragte er in gebrochenem Englisch. »Americano mit Indi-Hut?«

»Ja, allerdings«, bestätigte Gudrun. »Weißt du, wo er ist?«

»Si, Señorita«, sagte der Junge grinsend und streckte die Hand aus. Es war der gleiche Bursche, der bereits Tom ein paar Pesos abgeluchst hatte.

Gudrun verdrehte die Augen, drückte dem Jungen aber bereitwillig einige Scheine in die Hand. »Wo steckt er?« wollte sie wissen.

Der Junge betrachtete die Pesos in seiner Hand und dann wieder die Anthropologin. »Nicht genug«, sagte er. »Mehr. Besser Dollar.«

Ein sanftes Lächeln huschte über Gudruns Gesicht. Die Dreistigkeit des Jungen amüsierte sie, aber sie war nicht bereit, sich wie eine unerfahrene Touristin übers Ohr hauen zu lassen. Mit einer blitzschnellen Bewegung, die den Jungen vollkommen überraschte, riß sie ihm das Geld wieder aus der Hand.

»Dein Pech, Amigo«, sagte sie freundlich. Sie deutete auf eine Gruppe von Kindern, die den Handel mit unverkennbarem Vergnügen beobachteten. »Ich werde mich bei denen da erkundigen.«

»No, no, Señorita!« rief der Junge schnell und stellte sich ihr in den Weg. »Ist genug Geld. Du mir geben, ich dir zeigen.«

»Weißt du was, du kleiner Halsabschneider?« fragte Gudrun, immer noch lächelnd. »Wir machen es genau anders herum. Du führst mich zu Tom, und *danach* bekommst du dein Geld.«

Der Junge blickte sie enttäuscht an, aber dann nickte er.

Die Gringo-Frau war offensichtlich schlauer als ihr Freund, der sein Geld in der ganzen Stadt verteilt hatte. Er geleitete sie zu einer schäbigen Kneipe, über deren Eingang ein schiefes Holzbrett mit der grauenhaften Zeichnung eines schwarzen Katers hing. *Gato negro* stand in unregelmäßigen, verblassenden Lettern darunter.

»Gringo da drin«, behauptete der Junge und streckte wieder die Hand aus.

Gudrun musterte die Bar unbehaglich. Sie machte den Eindruck einer Kaschemme, die dem menschlichen Treibgut und Bodensatz dieses Städtchens als Treffpunkt diente. Neben dem Eingang lehnte eine junge Frau mit verhärmten Gesicht an der Wand, die bestimmt einmal sehr hübsch gewesen war. Sie trug ein enges, kurzes Kleid mit tiefem Ausschnitt, offensichtlich eine Prostituierte, und warf Gudrun einen feindseligen Blick zu, als hätte sie eine Konkurrentin erspäht.

»El dinero, Señorita!« rief der Junge ungeduldig.

Die Deutsche zählte die Hälfte der Scheine ab und drückte sie ihm in die Hand. »Den Rest bekommst du, wenn ich meinen Freund gefunden habe«, sagte sie, bevor der Bursche protestieren konnte. »Warte hier auf mich. Ich bleibe bestimmt nicht lange da drin.«

Mit einem ergebenen Gesichtsausdruck ließ der Junge das Geld in seiner Hosentasche verschwinden. Gudrun atmete einmal tief durch, schickte ein stummes Stoßgebet zum Himmel und betrat die Kneipe.

Die dicke, rauchgeschwängerte Luft schlug ihr wie eine massive Wand entgegen. Das laute Stimmengewirr wurde sofort leiser, als sich alle Köpfe wie auf ein Kommando zu ihr umdrehten. Irgendwo stieß ein Mann einen lauten, anerkennenden Pfiff aus.

Gudrun schluckte, bemühte sich aber, sich ihre Unsicherheit nicht anmerken zu lassen. Der Geruch, der hier herrschte, war eine abenteuerliche Mischung aus schwitzenden, ungewaschenen Körpern, verschüttetem Bier, säuerlichem Maisschnaps und kaltem Zigarettenrauch.

Sie überflog den Raum mit schnellen Blicken. Er war nicht sonderlich groß, aber ziemlich voll. Alle Plätze am Tresen und alle Tische waren besetzt ... Nein, einer war frei.

Gudrun schob sich durch die Menge darauf zu. Sie biß die Zähne zusammen, als sie eine Hand auf ihrem Hintern spürte.

»Eh, chiquita, te quierres un hombre?« rief ein hagerer Kerl mit lauter Stimme. »Soy muy macho, verdad!« Brüllendes Gelächter erhob sich.

»Ola, belleza!« schrie eine andere Stimme. »Tengo fuego en mi –« Den Rest konnte Gudrun nicht verstehen, aber sie konnte sich denken, *worin* der Kerl angeblich Feuer hatte.

Sie hatte den leeren Tisch erreicht und erkannte auf Anhieb Toms Hut. Außerdem standen drei volle Bier-, drei volle Schnapsgläser und eine leere Flasche Heineken auf dem Tisch. Wer immer hier gesessen hatte, war ziemlich überraschend aufgebrochen. Und da der Tisch immer noch frei war, würden ...

»Kann ich Ihnen helfen, Señorita?« fragte eine Stimme hinter ihr.

Gudrun drehte sich um und erblickte einen jungen Mann in einem bunten Hawaiihemd. Auf seinem Kopf saß eine Baseballmütze. Im Gegensatz zu der Mehrzahl der Kneipengäste machte er einen recht gepflegten und einigermaßen intelligenten Eindruck.

»Ja. Ich suche meinen ...«, sie zögerte kurz, » ... Verlobten. Er muß hier gewesen sein. Das da ist sein Hut. Wissen Sie, wohin er gegangen ist?«

Ihr entging nicht, daß die Augen des Mannes ganz kurz zu einem Punkt neben dem Tresen im hinteren

Bereich der Kneipe wanderten, bevor sie sich wieder auf die Deutsche richteten. Er schüttelte den Kopf. »Er hat die Bar vor etwa einer Viertelstunde in Begleitung von zwei anderen Männern verlassen«, sagte er und deutete auf die Eingangstür. »Ich weiß nicht, wohin er wollte. Aber bestimmt kommt er bald wieder. Sonst hätte er seinen Hut ja nicht hiergelassen.«

Freiwillig hätte Tom seinen Hut nie unbeaufsichtigt liegenlassen, wenn er wirklich vorgehabt hatte, die Kneipe zu verlassen, dachte Gudrun, *dazu hängt er viel zu sehr an dem alten Stück. Hier ist etwas faul ... oberfaul.* Sie ergriff den speckigen, abgewetzten Hut und tat so, als würde sie ihn betrachten, spähte aber über ihn hinweg unauffällig in die Richtung, in die der junge Mann kurz geblickt hatte. Da war eine schmale Tür ...

»Wollen Sie hier auf ihn warten?« erkundigte sich der Mann in dem Hawaiihemd. »Ich könnte Ihnen Gesellschaft leisten, bis er wiederkommt, und aufpassen, daß man Sie nicht belästigt.«

Und sobald es ganz dunkel geworden ist, bietest du mir an, mich irgendwohin zu begleiten, und gehst mir in einer dunklen Gasse an die Wäsche, erwiderte Gudrun in Gedanken. Laut sagte sie: »Ich weiß Ihre Freundlichkeit zu schätzen, aber ich muß wieder gehen. Sagen Sie meinem Verlobten, daß ich seinen Hut mitgenommen habe. Er weiß, wo er mich findet.«

Sie drehte sich um, ohne eine Antwort abzuwarten, und verließ die Kneipe, so schnell sie konnte. Es war wie ein Spießrutenlaufen. Aber sie achtete weder auf die Pfiffe, die anzüglichen Bemerkungen oder eindeutigen Angebote. Ihre Gedanken drehten sich nur um Tom. Er steckte in Schwierigkeiten, das war so sicher wie das Amen in der Kirche.

Der barfüßige Junge wartete vor der Kneipe auf sie. Gudrun zog ihn ein Stück zur Seite, drückte ihm den Rest des Geldes in die Hand und fragte: »Wann ist Tom ... der Gringo in das *Gato negro* gegangen?«

Wenn der Junge vorgehabt hatte, wieder mit ihr um den Preis für diese Information zu feilschen, dann ließ er den Vorsatz nach einem Blick in ihr Gesicht jedenfalls gleich wieder fallen. Die Gringo-Frau sah aus, als würde sie ihn auf der Stelle in der Luft zerreißen, wenn er nicht sofort den Mund aufmachte.

»Ungefähr halbe Stunde«, sagte er eingeschüchtert.

»Und er ist nicht mehr herausgekommen?«

Der Junge rief einem kleinen Mädchen, das mit ein paar anderen Kindern in der Nähe stand und die Fremde aus neugierigen, großen Kulleraugen beobachtete, etwas zu und erhielt eine Antwort, die er Gudrun nicht erst zu übersetzen brauchte. Sie setzte sich Toms Hut auf und rannte los, als sie das Mädchen »No« sagen hörte.

Rechts von der Kneipe erstreckte sich ein Bretterzaun von der hinteren Gebäudekante bis zum nächsten Haus. Die Bretter waren morsch und wiesen größere Lücken auf. Gudrun stürzte darauf zu und spähte durch einen Spalt hindurch. Im schwindenden Tageslicht konnte sie auf dem schmutzigen Hinterhof vier Männer erkennen, und einer davon war Tom. Ein Mexikaner in schäbiger grauer Kleidung, die früher vermutlich einmal weiß gewesen war, stand hinter ihm und drückte ihm irgend etwas in den Rücken, das Gudrun nicht erkennen konnte. Dafür sah sie das riesige Messer, das der zweite Mann, ein Indio, in der Hand hielt. Und der dritte, der vor Tom stand, hatte eine Stange umklammert. Tom selbst zog gerade mit seltsam verrenkten Armen seinen alten Revolver unter der Jacke hervor. Wahrscheinlich hatte man ihm befohlen, es auf diese umständliche Art zu tun, weil er die Waffe so unmöglich vernünftig in den Griff bekommen konnte.

Gudrun sah sich hastig um, suchte nach irgendeinem

Gegenstand, den sie als Waffe benutzen konnte. Ohne auch nur einen Sekundenbruchteil darüber nachzudenken, war ihr klar, daß sie Tom zu Hilfe kommen mußte. Sie registrierte am Rande, daß ihr die Kinder gefolgt waren, aber respektvoll Abstand hielten. Auch ein paar Erwachsene standen im Hintergrund, machten aber keine Anstalten, näherzukommen. In ihrer Verzweiflung griff Gudrun nach dem erstbesten Gegenstand, der ihr ins Auge fiel, einer großen Flasche ohne Etikett.

Wieder spähte sie durch die Zaunlücke. Tom hatte seinen Revolver unter der Jacke hervorgezogen und hielt ihn dem hageren Mann mit der Stange entgegen. Gudrun trat einen Schritt von dem Bretterzaun zurück. Da war eine Tür, die schief in ihren Angeln hing und einen Spalt offenstand. Sie eilte darauf zu und wollte sie gerade aufstoßen, als ihr eine Idee durch den Kopf zuckte.

Ein Ablenkungsmanöver! Es hatte keinen Sinn, sich mit der Flasche auf die Ganoven zu stürzen. Bevor sie sie erreichte, könnten sie Tom niederschlagen und sich ihr zuwenden, und ohne Toms Hilfe hatte sie nicht die geringste Chance. Sie zog die Gaspistole aus ihrer Tasche, die sie sich erst kürzlich zugelegt hatte und die einer Beretta 7.65 täuschend echt nachempfunden war, schleuderte die Flasche mit aller Kraft über den Zaun, wartete, bis sie sie an der gegenüberliegenden Wand zersplittern hörte, warf sich gegen die Holztür und stürmte mit einem gellenden Schrei auf den Hof.

Die Köpfe aller vier Männer ruckten nach links, als das Splittern an der Wand aufklang, und dann wieder nach rechts, als die Holztür aufflog und der gellende Schrei ertönte. Tom spürte, wie der Druck in seiner Nierengegend verschwand, und ließ sich zu Boden fallen. Der 45er Single Action entglitt seinen Fingern.

Noch bevor er den Boden berührt hatte, griff er nach den Beinen des Mexikaners, bekam dessen linken Fußknöchel zu fassen und riß ihn zur Seite. Er sah, wie der Mann nach rechts wegkippte, mit rudernden Armen auf dem rechten Bein seitwärts hüpfte, um den drohenden Sturz abzufangen, und aus seinem Blickfeld verschwand.

Von seinem Schwung getragen, rollte Tom auf die Schulterblätter. Er knickte in der Hüfte ab und zog die Beine an, als Thornten die Eisenstange über den Kopf hob, und trat zu. Seine Füße stießen mit voller Wucht gegen Thorntens Oberschenkel knapp unterhalb der Leistengegend und rissen ihm die Beine vom Boden. Thornten kippte vornüber, hing einen Sekundenbruchteil lang wie schwerelos schräg in der Luft und ließ im Versuch, seinen Sturz mit den Händen abzufangen, die Eisenstange fallen. Sie plumpste direkt neben Tom in den Staub. Er griff sofort zu und schwang sie mit aller Kraft in einem Halbkreis knapp über den Boden in die Richtung, in der er aus den Augenwinkeln eine schnelle Bewegung wahrnahm.

Sie traf gegen einen nachgebenden Widerstand und erzeugte ein knirschendes Geräusch, dem ein markerschütterndes Heulen folgte.

Tom blieb keine Zeit nachzusehen, wo er seinen Gegner getroffen hatte. Er hatte die Bewegung so blitzschnell ausgeführt, daß der Schlag gleichzeitig mit Thorntens Aufprall auf dem Boden erfolgt war. Der schmächtige Mann landete genau auf der Eisenstange und prellte sie Tom aus den Händen. Der erblickte seinen Revolver dicht vor sich, ergriff ihn mit beiden Handen, riß ihn hoch, spannte den Hahn und ließ ihn, auf dem Bauch liegend, in die Richtung schwenken, in der er den dritten Mann vermutete. Aber noch bevor er sein Ziel anvisieren konnte, sah er, daß sein Helfer seine Pistole auf den Kopf des Mexikaners abfeuerte, der gerade wieder auf die Beine gekommen war und mit einem Klappmesser ausholte. Doch keine Kugel, sondern eine Gaswolke löste sich aus der Waffe.

Tom sprang auf und fuhr herum. Der Indio saß drei Meter von ihm entfernt auf dem Hintern im Dreck und umklammerte mit beiden Händen wimmernd sein rechtes Bein. Es war kurz oberhalb des Fußknöchels gebrochen. Das Army-Messer steckte mit der Spitze direkt neben ihm im Lehmboden, aber er beachtete es nicht.

Thornten lag auf dem Bauch zu Toms Füßen und hatte den Kopf in den Nacken gelegt. Der Aufprall hatte ihm die Luft aus den Lungen geprellt, und sein Mund bewegte sich wie der eines Karpfens auf dem Trockenen. Hinter seinem Rücken hörte Tom, wie der Mexikaner vor sich hin stöhnte: »Madre de dios, mis ojos, mis ojos! O madonna, mis ojos, mis ojos!«

»Das war buchstäblich in letzter Sekunde«, keuchte Tom atemlos und drehte sich zu Gudrun um. »Du hast mir vermutlich gerade das Leben gerettet.«

Gudrun kniete vor dem Mexikaner im Staub, die Gaspistole kraftlos in der Hand. Der Mann hatte beide Hände gegen das Gesicht gepreßt. Gudruns Gesicht war totenblaß. Sie zitterte am ganzen Körper.

Der eigentliche Kampf hatte höchstens fünf Sekunden gedauert. Alles war unwahrscheinlich schnell gegangen. Tom entdeckte ein Gesicht, das ihn mit schreckgeweiteten Augen durch die einen Spalt offen stehende Hintertür der Kneipe anstarrte, und reflexartig richtete er den Revolver darauf. Das Gesicht zuckte wie ein Springteufel zurück, und die Tür wurde zugezogen.

»Laß uns von hier verschwinden«, flüsterte Gudrun tonlos, während der Indio auf der einen Seite kläglich und monoton wimmerte und der Mexikaner auf der anderen Seite unablässig die Muttergottes anflehte. Das Reizgas mußte wie Höllenfeuer in seinen Augen brennen.

»Gleich, Gudrun«, stieß Tom heiser hervor. »Wir verschwinden in einer Minute. Zuvor muß ich noch etwas erledigen.«

Er zerrte Thorntens am Kragen in die Höhe und hielt ihm den Lauf seines 45ers vors Gesicht.

»Den Namen!« knurrte er. »Sag mir den Namen, oder ich garantiere für nichts!«

»Don Sebastian Cristóbal de Gomorro y los Tordesillas-Avendaño«, sprudelte Thornten hervor. »Er –«

»Ich wollte nur *einen* Namen hören«, unterbrach ihn Tom kalt.

»Aber so heißt er!« schrie Thornten verzweifelt. »Das ist doch nicht meine Schuld! Don Sebastian Cristóbal de Gomorro y los Tordesillas-Avendaño! Seine Hazienda liegt irgendwo in der Provinz Petén! Er hat die Stele vor zwei Monaten von einem Hehler gekauft! Das ist alles, was ich weiß! Ich schwöre es! Beim Leben meiner Mutter!«

Und Ericson glaubte ihm. Nicht, weil er beim Leben seiner Mutter geschworen hatte, sondern weil seine Angst echt war. Diese Verzweiflung konnte man einfach nicht spielen.

»Eins bin ich dir noch schuldig«, sagte er und zog drei Hundertdollarscheine hervor. Er ließ sie neben Thornten auf den Boden fallen. »Es wäre klüger gewesen, du hättest mein erstes Angebot angenommen. Du kannst dir überlegen, ob du das Geld mit deinen Freunden teilen willst. Aber ich würde dir raten, es zu behalten und sofort von hier zu verschwinden. Ich glaube kaum, daß man nach dieser Sache hier noch gut auf dich zu sprechen ist.«

Er drehte sich um und ergriff Gudrun am Arm.

»Komm«, sagte er. »Wir müssen den Hubschrauber erreichen, bevor die Polizei aufkreuzt. Ich möchte mich nicht darauf verlassen, daß die Zeugen zu unseren Gunsten aussagen.«

Gudrun nickte nur und ließ sich widerstandslos von ihm fortziehen.

Vor dem Hinterhof hatten sich mehrere Leute eingefunden, die sofort vor ihnen zurückwichen, als hätten sie die Pest, als die beiden Wissenschaftler in ihre Richtung liefen.

Als sie die letzten Häuser Manis hinter sich gelassen hatten, blieb Tom kurz stehen, nahm Gudrun in die Arme und küßte sie. »Danke, Gudrun«, sagte er leise. »Du hast mir das Leben gerettet. Das werde ich dir nie vergessen.«

Gudrun schmiegte sich an ihn. Seine Berührungen und seine Worte taten ihr gut. Sie ergriff seine Hand und drückte sie. Dann liefen sie weiter.

Vielleicht, dachte Gudrun, *hat diese Episode zumindest eine gute Seite.* Die Spannung, die wie ein harter Knoten zwischen ihnen gelegen hatte, war verschwunden. Sie waren sich nähergekommen. Und das lag nicht nur daran, daß sie ein gemeinsam durchstandenes, gefährliches Erlebnis verband. Davon hatte es schon einige gegeben. Es war auch nicht so sehr das, *was* Tom gesagt und getan hatte, es war, *wie* er es gesagt und *wie* er sie umarmt und geküßt hatte.

Jetzt wird alles gut werden, sagte sie sich. Von jetzt an wird es nur noch Freundschaft und Zuneigung zwischen uns geben. Und wer weiß, vielleicht noch etwas mehr? Vielleicht auch Zärtlichkeit?

Zu diesem Zeitpunkt konnte Gudrun unmöglich ahnen, wie überaus gründlich sie sich irrte.

Der Hubschrauber startete mit dem letzten Rest des Tageslichts und brachte sie zurück nach Merida.

Don Sebastian Cristóbal de Gomorro y los Tordesillas-Avendaño saß in einem Sessel vor dem aus Naturstein gemauerten großen Kamin im Salon seines Herrenhauses und hörte sich wortlos an, wie Jean-Claude Riviere Bericht erstattete. Seine Miene wirkte verkniffen, als er von dem Fehlschlag, den beiden Toten und den Verwundeten erfuhr, aber er unterbrach den Ex-Söldner nicht.

Riviere stand, während er redete. Es lag nicht daran, daß sein Auftraggeber das von ihm erwartete, sondern an der jahrzehntelangen Gewohnheit. Er war sich bewußt, daß es keinen Grund gab, beim Rapport zu stehen, aber er sah auch keinen Grund, sein Verhalten zu verändern. Erst als er geendet hatte, setzte er sich unaufgefordert in einen der bequemen Ledersessel.

»Die beiden Toten, die vor dem Haus dieses Manolo Garcia zurückgeblieben sind, tragen weder Ausweispapiere noch sonst etwas bei sich, das sie mit uns in Verbindung bringen könnte?« erkundigte sich der Großgrundbesitzer wachsam. Er war ein breitschultriger, hochgewachsener Mann in den Fünfzigern. Wer es nicht besser wußte, hätte ihn wahrscheinlich älter als Riviere geschätzt. Sein dunkles Haar, das bereits ergraute und an den Schläfen silbrig wurde, war noch kräftig und voll. Der buschige Schnurrbart und die buschigen Augenbrauen waren ebenfalls silbergrau geworden und verliehen ihm ein väterliches und würdevolles, aber dennoch energisches Aussehen. Nur die hellblauen Augen, die so gar nicht zu seinen iberischen Gesichtszügen passen wollten, zerstörten den Eindruck des gutmütigen, nachsichtigen Patriarchen. In ihnen funkelten der gnadenlose Wille zur Macht und unterschwellige Grausamkeit.

Riviere zog einen Umschlag aus der Tasche und reichte ihn seinem Arbeitgeber. »Ihre Papiere«, sagte er. »Ausweise, Bankverbindungen, die Anschrift ihrer nächsten Angehörigen und ihr letzter Wille.« Er ignorierte die steile Unmutsfalte, die auf Don Sebastians Stirn erschien.

Es war nicht nötig, ihn darauf aufmerksam zu machen, daß er den Angehörigen der Toten den ausstehenden Sold und eventuelle Ersparnisse zu schicken hatte. Wie er das tat, blieb ihm überlassen – natürlich sollte keine Spur auf die Hazienda führen –, aber Riviere hatte ihm, als er seine Dienste getreten war, klar gemacht, daß *seine* Männer *immer* den ihnen zustehenden Lohn bekamen, und wenn sie starben, dann ihre Angehörigen, falls sie das so wollten.

Don Sebastian öffnete den Umschlag, warf einen kurzen Blick hinein und legte ihn dann auf den Tisch vor sich. Er paffte an seiner Zigarre. »Ich werde die erforderlichen Schritte unternehmen«, versprach er, ohne zu bemerken, daß er sich anhörte, als würde *er* einen Befehl seines Vorgesetzten bestätigen. »Was gedenken Sie im Fall Garcia zu unternehmen?«

»Vorläufig noch nichts«, erwiderte Riviere. »Wie wir wissen, war er auf den Überfall vorbereitet. Er wird auf der Polizeistation in Dolores Bericht erstatten, und wahrscheinlich werden zwei Polizisten seine Farm besuchen, ein Protokoll aufnehmen und ein oder zwei Tage bleiben. In dieser Zeit können wir nichts unternehmen.«

»Ein Wort von mir«, sagte Don Sebastian, »und die Polizisten verschwinden sofort wieder. Und selbst wenn dieser Garcia sich Verstärkung geholt hat, dürfte er für *Sie* doch wohl kein Problem darstellen.«

»Wenn Sie darauf bestehen, sind er, seine Familie und seine Freunde heute abend tot.« Riviere verzog keine Miene, und Don Sebastian wußte, daß das kein leeres Versprechen war. »Dieses Vorgehen würde allerdings Ihrer bisherigen Strategie widersprechen. Wir sollten im Gegenteil zwei Ihrer Männer als bewaffneten Schutz zu ihm schicken.«

Der Großgrundbesitzer biß mit unterdrücktem Zorn auf seine dicke Zigarre. Er wußte, daß Riviere recht hatte;

er selbst hatte darauf bestanden, nach außen als Wohltäter und Beschützer der Kleinbauern aufzutreten, der ihnen anbot, ihr von Banditen heimgesuchtes Land großzügig aufzukaufen. Natürlich wußten oder ahnten die Bauern zumindest, daß diese Banditen in Wirklichkeit in seinen Diensten standen, ebenso wie der Großteil der Polizisten im Umkreis von fünfzig Kilometern, aber der Schein mußte gewahrt bleiben. Es gab immer noch den einen oder anderen ehrlichen Beamten oder Lokalpolitiker in der Gegend. Und Don Sebastian wollte mit allen Mitteln verhindern, daß zu viele Fremde auf seinem Land herumschnüffelten.

»Was schlagen Sie vor?« erkundigte er sich.

»Wir nehmen uns Campoña vor«, sagte Riviere ruhig.

»Aber, aber ...« begann Don Sebastian verblüfft, »Campoña steht auf meiner Seite! Er hat sein Land längst schon an mich abgetreten. Und er arbeitet für mich und beliefert uns mit Mais!«

»Eben darum. Deshalb wird Sie auch niemand verdächtigen, wenn es Campoña trifft, nicht einmal die störrischen Bauern. Jedenfalls nicht, wenn er keine Gelegenheit mehr erhält, den Mund aufzumachen. Irgendwann müssen Sie ihn sowieso loswerden. Sein Tod wird die anderen noch mehr verunsichern, besonders, wenn einer Ihrer eigenen Leute dabei ums Leben kommt. Wenn sie glauben, daß es neben Ihren Männern tatsächlich noch andere Banditen gibt, werden sie um so bereitwilliger verkaufen. Und sollten einige doch *Sie* dahinter vermuten, wird ihre Angst noch größer werden. Denn womit müssen sie rechnen, wenn Sie schon Ihre eigenen Verbündeten ausschalten?«

Don Sebastian blickte Riviere aus schmalen Augen an. Es war nicht so sehr der Vorschlag des Ex-Söldners, der ihn erstaunte, als vielmehr dessen ungewöhnliche Gesprächigkeit. Riviere sagte selten mehr als drei Sätze am

Stück. Aber sein Vorschlag hatte etwas für sich. Abgesehen davon, daß er den Verdacht von ihm ablenkte, lieferte er ihm auch noch einen Vorwand, seine Männer – seine regulären Angestellten – als bewaffnete Patrouillen durch das ganze Umland ausschwärmen zu lassen. Dabei würde sein Killertrupp gar nicht weiter auffallen. Außerdem konnte man die Bauern weiter verunsichern, indem man einem von ihnen den Überfall auf Campoña in die Schuhe schob. Und hatte man erst einmal einen Sündenbock gefunden, konnte man ihn entweder ganz offiziell verhaften lassen oder ihn in einem »ehrlichen« Kampf erledigen. So oder so, er würde auf jeden Fall nur gewinnen.

»Wie stellen Sie sich das weitere Vorgehen im einzelnen vor?« fragte er lauernd.

»Schicken Sie einen Ihrer Männer zu ihm. Bewaffnet. Geben Sie ihm den Auftrag, Campoña vorsorglich zu beschützen. Nehmen Sie einen guten. Es muß echt wirken.«

»Aber wenn ich einen wirklich guten Mann auswähle, besteht die Gefahr –«

»Ich werde mich persönlich darum kümmern«, fiel ihm Riviere ungerührt ins Wort.

Don Sebastian nickte langsam. Er sog zweimal kräftig an seiner Zigarre, stieß große blaue Qualmwolken aus und musterte den Ex-Söldner verstohlen durch die Schwaden hindurch. Der Mann war ihm unheimlich, und er war froh, daß er auf seiner Seite stand. Nicht zum ersten Mal fragte er sich, wieviel Riviere über seine weitergehenden Pläne wirklich wußte. Vermutlich mehr, als ihm lieb war. Doch Riviere war nicht der Typ, der daraus Kapital schlug. Es ging ihm nicht um Geld und Macht. Er hatte nicht ein einziges Mal versucht, um einen höheren Sold zu feilschen.

»Und wann wollen Sie die ... Arbeit erledigen?« erkundigte er sich.

»Am besten noch heute abend«, gab Riviere zurück. »Bevor sich die Gemüter wieder beruhigt haben.«

Don Sebastian nickte. »In Ordnung«, sagte er. »Sie geben mir Bescheid, wenn ...«

Ein Klopfen an der Tür unterbrach ihn. »Ja«, knurrte er unwillig.

Die Tür wurde geöffnet, und eine junge schlanke Indiofrau, die ein silbernes Tablett trug, trat ein. »Ich bringe Ihren Kaffee, *patron*«, sagte sie unterwürfig. Als sie Riviere bemerkte, versteifte sie sich und senkte den Blick. Sie machte einen Bogen um seinen Sessel und stellte das Tablett mit Kaffee und Gebäck auf dem Tisch ab, ohne ihn anzusehen. »Wünschen Sie sonst noch etwas, *patron*?« fragte sie.

»Nein, das ist alles, Isabella.« Don Sebastian machte eine nachlässige Handbewegung. »Laß uns allein.«

»Ja, *patron*.« Sie zog sich schnell zurück, wobei sie wiederum einen großen Bogen um Riviere machte und es vermied, ihn anzusehen.

Der Haziendero wartete ungeduldig, bis sie die Tür leise hinter sich zugezogen hatte. Dann besprach er die Einzelheiten des geplantes Überfalls auf Campoña mit Riviere, das heißt, Riviere erläuterte ihm in knappen Worten, wie er vorgehen wollte, und Don Sebastian gab sein Einverständnis. Er war sich dessen nicht bewußt, aber er hatte noch nie irgendeinen Einwand gegen die Strategie des Ex-Söldners vorgebracht. Und das lag nicht nur daran, daß er die Kompetenz des anderen in diesen Dingen anerkannte. Vermutlich hätte er es nicht einmal gewagt, ihn zu kritisieren, selbst wenn er anderer Meinung gewesen wäre.

Nachdem Riviere gegangen war, widmete sich der Großgrundbesitzer dem Kaffee und dem noch warmen Gebäck, das Isabella für ihn frisch zubereitet hatte, aber er hatte die Tasse noch nicht halb ausgetrunken, als das

Telefon klingelte. Don Sebastian, der in Gedanken noch mit diesem verdammten Garcia beschäftigt war, nahm ärgerlich den Hörer ab und brummte: »Ja?«

»Sie werden Besuch bekommen«, meldete sich eine Stimme ohne jede Begrüßung oder Vorrede. »Ein Mann und eine Frau, Wissenschaftler. Es wäre unklug, sie abzuweisen, aber seien Sie vorsichtig.«

Don Sebastian kannte die Stimme, auch wenn er ihren Besitzer nie gesehen hatte und nicht einmal wußte, wie er hieß.

»Was sind das für Leute, und was wollen sie von mir?« fragte er wachsam.

»Der Mann heißt Thomas Ericson, ist Archäologe und Amerikaner«, erklärte der Unbekannte. Seiner Stimme nach zu urteilen, mußte er Lateinamerikaner sein, ein Mann im mittleren Alter, der daran gewöhnt war, Anweisungen zu geben. »Die Frau ist Deutsche und Anthropologin. Sie heißt Gudrun Heber. Beide arbeiten für eine private Forschungsorganisation in Schottland, die sich A.I.M. nennt. Sie wollen Sie wegen einer dieser Stelen sprechen, die sich in Ihrem Besitz befinden. Genaugenommen wegen der, die Sie vor rund zwei Monaten in Yukatan gekauft haben.«

»Wissen sie von den anderen Stelen?« fragte Don Sebastian atemlos.

»Nein. Aber sie werden Ihnen bestimmt eine Menge Fragen stellen. Zum Beispiel, warum Sie sich als Laie so sehr für eine unscheinbare Sandsteinsäule ohne künstlerischen Wert interessieren.«

»Ich brauche sie ja nicht zu empfangen. Schließlich ist dieses Land mein Privatbesitz. Außerdem haben wir hier Schwierigkeiten mit Banditen.« Ein hämisches Grinsen huschte über sein Gesicht. »Erst gestern gab es einen brutalen Überfall auf einen harmlosen kleinen Farmer. Ich könnte ihnen sagen ...«

»Sie könnten sich eine Menge Schwierigkeiten ersparen, wenn Sie die beiden Wissenschaftler empfangen«, unterbrach ihn die Stimme mit einer Respektlosigkeit, die eine Zornesader auf seiner Stirn anschwellen ließ. »Diese Organisation, für die sie arbeiten, verfügt über nicht unerhebliche finanzielle Mittel und internationale politische Verbindungen. Sie würden nur ihr Mißtrauen wecken, wenn Sie sie abweisen. Machen Sie sich statt dessen ihre Erfahrung und ihr Wissen zunutze. Vielleicht kommen Sie Ihrem Ziel dadurch sogar schneller näher, als Sie geglaubt haben.«

»Aber ...«, begann Don Sebastian, doch da war die Verbindung bereits unterbrochen.

Er starrte den Telefonhörer wütend an. Wer waren nur diese Leute, die es wagten, derart mit *ihm* umzuspringen? Vermutlich irgend jemand aus seinem Kundenkreis. Und was wollten sie eigentlich von ihm? Sie schienen genau über seine illegalen Aktivitäten, den Handel mit Mayakunstschätzen und -artefakten, Bescheid zu wissen, aber sie hatten nie versucht, ihn damit unter Druck zu setzen. Im Gegenteil, er verdankte ihnen so manchen wertvollen Tip. Zum Beispiel den über die Yukatan-Stele. Trotzdem hätte er lieber auf diese fragwürdige Hilfe verzichtet.

Seine Bemühungen, den Unbekannten auf die Schliche zu kommen, waren fruchtlos geblieben, obwohl er eine Menge an Zeit und Geld investiert hatte. Es störte ihn nicht einmal so sehr, daß irgend jemand, den er nicht kannte, über seine bisherigen Unternehmungen informiert war, aber offensichtlich wußten die Unbekannten auch, daß er einer ganz großen Sache auf der Spur war, von der eigentlich nur er selbst wissen konnte, denn die einzigen Mitwisser, die er gehabt hatte, waren tot, bei einem bedauerlichen Unfall ums Leben gekommen. Und wenn Don Sebastian Cristóbal de Gomorro y los

Tordesillas-Avendaño irgend etwas haßte, dann, in einer Situation zu stecken, die er nicht völlig im Griff hatte.

Er hatte den Hörer kaum auf die Gabel gelegt, als das Telefon schon wieder klingelte. »Hören Sie«, sagte er in die Sprechmuschel, »könnten wir uns nicht einmal irgendwo treffen? Ich glaube, es wäre an der Zeit, daß wir uns persönlich kennenlernen.«

Einen Moment lang herrschte bis auf ein leises Knistern und Rauschen Stille in der Leitung, dann meldete sich eine andere Männerstimme auf Englisch. »Hallo? Spreche ich mit Don Sebastian Cristóbal de Gomorro y ... verdammt ...« – eine kurze Pause – » ... y los Tordesillas-Avendaño?«

Der Haziendero runzelte verwirrt die Stirn. »Am Apparat«, sagte er kurz, ebenfalls auf Englisch. »Wer spricht da?«

»Mein Name ist Thomas Ericson«, erwiderte die Stimme. »Ich bin Archäologe und würde Sie gerne in einer Angelegenheit besuchen, die ich nicht am Telefon besprechen möchte.«

Tom und Gudrun brannte die Zeit unter den Nägeln. Sie befürchteten, jeden Augenblick von der Polizei verhaftet oder zumindest zu einem Verhör geladen zu werden, um die Vorfälle in Mani zu klären. Aber entweder hielten sowohl Thornten und seine Spießgesellen als auch die Zeugen des Kampfes dicht – vermutlich, um nicht selbst Unannehmlichkeiten mit der Polizei zu bekommen –, oder aber die Mühlen der mexikanischen Bürokratie mahlten ziemlich langsam. Die beiden Abenteurer hatten nicht die geringste Lust, so lange zu warten, bis sie herausgefunden hatten, welche der beiden Möglichkeiten zutraf.

Nachdem sie am vergangenen Abend wieder in

Merida eingetroffen waren, hatten sie sich sofort in ihr Hotel zurückgezogen. Tom war einen Augenblick lang vor Gudruns Zimmertür stehengeblieben, hatte dann aber beschlossen, sie nicht zu fragen, ob er hereinkommen durfte. Wenn Gudrun ihn bei sich haben wollte, sollte sie die Entscheidung treffen.

Gudrun war es ähnlich ergangen. Auch sie hatte einen Moment lang gezögert und überlegt, ob sie ihn zu sich hereinbitten sollte. Aber die Erinnerung an den Kampf im Hinterhof des *Gato negro* war noch zu frisch gewesen, und sie wollte erst die Eindrücke verarbeiten und sich über ihre Gefühle klar werden, bevor sie aus einer momentanen Laune heraus etwas tat, das sie hinterher vielleicht bereute. Also war jeder auf sein Zimmer gegangen und hatte die Nacht dort allein verbracht.

Sie räumten ihre Zimmer bereits am frühen Morgen und verließen das Hotel noch vor dem Frühstück. In einem Café aßen sie eine Kleinigkeit und warteten ungeduldig darauf, daß das Postamt öffnete. Als es soweit war, telefonierte Gudrun mit Oake Dùn und unterrichtete Sir Ian Sutherland über ihre bisherigen Erlebnisse und die weiteren Pläne, während Tom sich mit der Landwirtschaftskammer in Guatemala City in Verbindung setzte, um Don Sebastian Cristóbal de Gomorro y los Tordesillas-Avendaños Adresse ausfindig zu machen.

Nach anfänglichen Schwierigkeiten – und nachdem Sir Ian seine Verbindungen hatte spielen lassen – wurde Tom fündig. Gudrun zeichnete die Lage seiner Hazienda auf einer Karte ein und notierte die Telefonnummer, die Tom ihr durchgab.

»Die Ranch liegt mitten im Urwald!« stöhnte sie. »Ich frage mich, wie man da Rinder halten soll.« Sie blickte sich immer wieder nervös um, und jedesmal, wenn sie eine Uniform erblickte, zuckte sie zusammen.

»Wahrscheinlich roden sie den Wald großflächig, um

Weideland zu gewinnen«, vermutete Tom. »Wie im Amazonasgebiet. Und nach ein paar Jahren ist der Boden ausgelaugt und tot.« Er zuckte die Schultern. »So bedauerlich das auch sein mag, im Augenblick haben wir andere Probleme.« Er hatte seine Nickelbrille aufgesetzt und betrachtete die großformatige Karte. »Es gibt so gut wie keine Straßen in der Gegend. Wir werden ein Geländefahrzeug brauchen, um die Hazienda zu erreichen. Am besten erkundigen wir uns direkt bei diesem Don Sebastian Sowieso, wie wir zu ihm kommen. Schließlich haben wir seine Telefonnummer.«

»Hältst du das wirklich für eine so gute Idee?« fragte Gudrun zweifelnd. »Vergiß nicht, der Kerl hat die Stele von irgendeinem zwielichtigen Hehler gekauft. Vielleicht läßt er sie schnell verschwinden und streitet alles ab, wenn wir uns vorher ankündigen.«

»Möglich«, gab Tom zu. Er nahm die Lesebrille ab und massierte seinen Nasenrücken. »Aber wenn wir unangemeldet auf seiner Hazienda auftauchen, wird er erst recht nicht begeistert sein. Wenn er etwas zu verbergen hat, wird er uns gar nicht erst auf sein Land lassen.« Plötzlich grinste er jungenhaft. »Oder hast du etwa vor, daß wir uns heimlich durch den Urwald schlagen, bei Nacht und Nebel in sein Haus einsteigen und seine versteckten Schätze durchwühlen?«

»Gott bewahre!« Gudrun schüttelte heftig den Kopf. »Laß uns zur Abwechslung mal wie zivilisierte Menschen vorgehen. Eine Rambo-Nummer pro Abenteuer reicht mir aus. Ruf ihn an.«

Sie zwängte sich zusammen mit Tom in die enge Telefonzelle. »Besetzt«, meldete Tom nach seinem ersten Versuch. Er drückte die Gabel herunter und versuchte es ein zweites Mal mit dem gleichen Ergebnis.

Gudrun beobachtete währenddessen unruhig die Umgebung. Sie hatte zwei Polizisten entdeckt, die ruhig durch die Menge schlenderten und in ihre Richtung kamen, den beiden Fremden in der Telefonkabine aber nur einen gleichgültigen Blick schenkten und weitergingen. Die Anthropologin blickte ihnen hinterher, bis sie aus ihrem Blickfeld verschwunden waren. Erst dann atmete sie erleichtert auf.

»Immer noch besetzt«, knurrte Tom gerade. »Oder aber die Leitungen sind hoffnungslos überlastet.« Doch schon der nächste Versuch brachte Erfolg.

Daß der in einen unauffällig grauen Anzug gekleidete Mann in der Nachbarkabine gerade ein paar Sekunden vorher den Telefonhörer aufgelegt hatte, war Gudrun entgangen. Doch selbst wenn sie es bemerkt hätte, hätte sie nicht einen Gedanken daran verschwendet. Wie groß ist schon die Wahrscheinlichkeit, in einem fremden Land in einer Telefonkabine zu stehen und einen Unbekannten anzurufen, während ein anderer von der Nachbarkabine aus zufällig zur gleichen Zeit denselben Unbekannten anruft? Wahrscheinlich ungefähr so groß wie die Chance auf einen Sechser im Lotto.

Nur daß es eben kein Zufall war. Als der Mann die Kabine verließ, die beiden Fremden in der Zelle neben sich kurz musterte und dann schmunzelnd den Kopf schüttelte, lächelte Gudrun nur arglos zurück und konzentrierte sich auf das Gespräch, das Tom mit dem Haziendero führte.

Den Mann im grauen Anzug hatte sie schon wieder vergessen.

Es war später Nachmittag, als der kleine Hochdecker, von Norden her kommend, die prächtige Hazienda von Don Sebastian Cristóbal de Gomorro y los Tordesillas-Avendaño überflog, einen weiten Kreis drehte und dann die planierte Landepiste ansteuerte.

Gudrun blickte zum Seitenfenster hinaus. Die Gegend war dicht bewaldet, aber in der Nähe der Hazienda wurde das dunkle satte Grün von größeren und helleren Weideflächen unterbrochen. Hier und da konnte sie Rinderherden entdecken, die aus der Höhe wie Kinderspielzeug aussahen. Je weiter sie sich von der Hazienda entfernten, desto spärlicher wurden die Weiden, aber überall waren graue Flächen zu sehen, wo der Wald erst kürzlich gerodet und die Reste der ursprünglichen Vegetation abgebrannt worden waren. Offensichtlich stand das Rinderimperium des Großgrundbesitzers erst am Anfang seiner Expansion.

Das große Haupthaus der Hazienda machte einen rustikalen und zugleich modernen Eindruck. Rechts und links davon bildeten zwei langgestreckte Gebäude zusammen mit dem herrschaftlichen Haus ein U. Auf einem Korral standen ein paar Pferde, andere grasten auf der angrenzenden Weide. Als der viersitzige Hochdecker auf der planierten Piste vor der Hazienda zum Landeanflug ansetzte, konnte Gudrun eine Gruppe von vier oder fünf Menschen erkennen, die am Ende der Landebahn warteten. Wahrscheinlich das Empfangskomitee.

Das kleine Flugzeug setzte auf und rollte holpernd auf der Piste aus. Der Pilot wendete es, bevor er den Motor abstellte und die Tür öffnete.

Tom sprang als erster hinaus, nahm Gudrun das Gepäck ab und half ihr beim Aussteigen. Erst dann drehten sich beide zu ihrem Empfangskommitee um.

Der Mann, der auf sie zuschritt, mußte der Eigentümer der Hazienda sein, eine beeindruckende, breitschultrige, hochgewachsene Gestalt, die einem Hollywoodfilm entsprungen zu sein schien. Über einem weißen Hemd mit einer schwarzen Fadenkrawatte trug er eine bestickte Weste mit goldenen Knöpfen und wiederum darüber eine dunkle Jacke aus leichtem Stoff. Die Beine der gleichfarbigen Hose fielen über die Schäfte hellbrauner, verzierter, spitzer Lederstiefel mit hohen Absätzen. Sein breitkrempiger Hut beschattete ein dunkles, zerfurchtes und ausdrucksstarkes Gesicht, das von einem buschigen Schnurrbart und irritierend blauen Augen beherrscht wurde.

Als er die beiden Wissenschaftler erreicht hatte, nahm er den Hut ab und streckte Gudrun die Hand entgegen. »Willkommen auf meiner Hazienda, Señorita Heber«, sagte er mit vollendeter lateinamerikanischer Höflichkeit, verbeugte sich und berührte ihren Handrücken leicht mit den Lippen. Sein Schnurrbart kitzelte auf ihrer Haut. »Es ist mir eine Ehre, eine so schöne und charmante Frau auf meinem Land begrüßen zu dürfen. Bitte, verfügen Sie über mich.«

»Ich danke Ihnen, Señor de Gomorro y los Tordesillas-Avendaño«, erwiderte Gudrun, gegen ihren Willen von seinem altväterlichen Auftreten beeindruckt. »Zu meinem Bedauern muß ich gestehen, daß ich nicht weiß, ob das die korrekte Ansprache ist.«

Der Haziendero entblößte lächelnd eine Reihe kräftiger und ein wenig gelblicher Zähne. »Für gewöhnlich nennt man mich Don Sebastian«, erklärte er jovial. »Aber, bitte, tun Sie sich keinen Zwang an.«

»Dann also Don Sebastian.« Gudrun lächelte. »Ich hoffe, unser überraschender Besuch bereitet Ihnen keine Unannehmlichkeiten.«

»Aber ich bitte Sie, Señorita Heber. Es ist mir ganz im Gegenteil ein Vergnügen. Wann habe ich schon einmal die Gelegenheit ...«

Tom verfolgte das gespreizte Wortgeplänkel mit einer gewissen Verunsicherung. Er kam sich fast überflüssig vor, während er dastand und darauf wartete, daß der Großgrundbesitzer auch ihn zur Kenntnis nahm. Doch dann fiel sein Blick auf die drei anderen Männer, die etwas im Hintergrund standen.

Zwei von ihnen betrachtete er nur flüchtig. Es schienen Gutemalteken zu sein, ihrer Kleidung und der Haltung nach Dienstpersonal; wahrscheinlich waren sie nur mitgekommen, um das Gepäck der Neuankömmlinge zu tragen. Der dritte aber erweckte sofort seine Aufmerksamkeit. Es war ein hagerer Mann unbestimmbaren Alters mit einem scharfgeschittenen Gesicht und kurzgeschorenen grauen Haaren. Er trug verblichene aber saubere Jeans, ein enges T-Shirt, unter dem sich ein muskulöser Oberkörper abzeichnete, und eine Pistolentasche am Gürtel. Seine Haltung wirkte irgendwie militärisch und wachsam, und eine fast körperlich spürbare gefährliche Ausstrahlung ging von ihm aus. Tom registrierte, daß der Blick des anderen einen Moment lang auf der Stelle seiner Jacke ruhte, unter der er den Revolver trug. Instinktiv spannte er die Muskeln des rechten Arms an, und unbewußt schlossen sich seine Finger und öffneten sich wieder. Er entdeckte ein kaum merkliches spöttisches Zucken im linken Mundwinkel des Mannes und kam sich plötzlich durchschaut vor. *Gefahr!* rief drängend eine lautlose Stimme in seinem Kopf.

»Señor Ericson ...«

Sein Kopf fuhr herum. Don Sebastian stand vor ihm und streckte ihm die Hand entgegen. Tom ergriff sie verwirrt. Der Griff des Hazienderos war fest.

»Entschuldigen Sie, daß ich Sie habe warten lassen. Aber die Schönheit Ihrer Begleiterin ...« – er betonte das Wort *Begleiterin* wie eine Frage – » ... läßt auch einen alten Mann wie mich nicht kalt. Willkommen auf meiner Hazienda. Seien Sie mein Gast.«

»Danke, Señor de ... äh ... Don Sebastian«, erwiderte Tom. Er riß sich zusammen. »Es war sehr freundlich von Ihnen, uns so kurzfristig zu empfangen. Wir wollen Ihre Gastfreundschaft nicht über Gebühr strapazieren.«

»Aber, ich bitte Sie, Señor Ericson. *Sie* machen *mir* mit

Ihrer Anwesenheit eine Freude. Anscheinend haben wir das gleiche Interessengebiet, die Kultur der vorkolumbianischen Indianer Mittelamerikas. Leider bin ich nur ein einfacher Laie ...«

Er unterbrach sich kurz, als er den neugierigen Blick des Piloten bemerkte, der aus der offenen Einstiegsluke seines Flugzeugs herausschaute, und machte eine herrische Geste.

»Wenn alles Gepäck Ihrer Passagiere ausgeladen ist, können Sie zurückfliegen«, sagte er auf Spanisch. Tom verstand zwar die Worte nicht, aber der Tonfall war eindeutig. Don Sebastian hatte dem Piloten einen Befehl erteilt, der keinen Widerspruch duldete, als handelte es sich bei dem Mann um einen seiner Lakaien. Der Pilot zog sich wortlos zurück und schlug die Einstiegsluke hinter sich zu. Kurz darauf sprang der Motor an, der Propeller kam auf Touren, und das Flugzeug rollte los. Es beschleunigte stetig, hüpfte über die unebene Landebahn und legte sich, kaum daß es abgehoben hatte, in eine scharfe Kurve. Der Mexikaner, der es flog, war unverkennbar verärgert.

»Als Experten können Sie mir bestimmt einiges zu meiner bescheidenen Sammlung erklären«, fuhr Don Sebastian an Gudrun und Tom gewandt freundlich fort, als wäre nichts geschehen. »Bitte folgen Sie mir. Ich werde Ihnen Ihre Zimmer zeigen. Für Ihr Gepäck wird gesorgt.«

Auf ein Fingerschnippen eilten die beiden Männer aus dem Hintergrund vor und ergriffen die Reisetaschen. Unauffällig und bescheiden folgten sie ihrem Gebieter, dem hageren grauhaarigen Mann und den beiden Gringos, die sich auf den Weg zum Herrenhaus begeben hatten.

»Sie haben mir am Telefon erzählt, daß Sie Schwierigkeiten mit Banditen in dieser Gegend hätten«, sagte Tom. Er deutete auf den Hageren, der neben ihm ging. »Gehört dieser Mann zu Ihrem Schutzpersonal?«

Don Sebastian nickte. »Darf ich vorstellen? Das ist Jean-Claude Riviere, einer meiner fähigsten Mitarbeiter. Er wird auch für Ihren Schutz zuständig sein. Auf der Hazienda selbst besteht keinerlei Gefahr für Sie, aber wenn Sie vorhaben, einen größeren Ausflug in das Umland zu machen, wird er persönlich – oder ein Mann, den er für Sie auswählt – für Ihre Sicherheit sorgen.«

Mit anderen Worten, dachte Tom, *werden wir immer einen Schnüffler auf den Fersen haben, der seinen Boß über alles unterrichtet, was wir entdecken könnten.*

Gudrun war die Veränderung im Tonfall Don Sebastians nicht entgangen. Ihr und Tom gegenüber gab er sich höflich und verbindlich, dem Piloten und seinen Untergebenen gegenüber barsch und herrisch, und was diesen Riviere betraf ... Vorsichtig? Respektvoll? Auf jeden Fall nahm der Mann eine Sonderstellung ein.

Er war ihr schon aufgefallen, als sich Tom mit Don Sebastian unterhalten hatte, aber da war sie durch das Gespräch abgelenkt gewesen. Jetzt richtete sie ihre Aufmerksamkeit wieder auf ihn, und ihre Blicke trafen sich.

Es kam Gudrun so vor, als hätte ihr ein Unsichtbarer einen schmerzlosen aber lähmenden Schlag verpaßt. Plötzlich spürte sie ihre Gliedmaßen kaum noch, und in ihrem Kopf breitete sich ein seltsam taubes Gefühl aus.

Die Augen des Mannes schienen sie festzuhalten, so wie der Blick einer Schlange ein Kaninchen erstarren läßt, und in Sekundenschnelle zu entkleiden. Aber es lag keine Lüsternheit in ihnen, sie kam sich nicht *körperlich* nackt vor, sondern *seelisch* entblößt. Und es waren äußerst seltsame Augen; sie hatten einen weichen braunen Farbton mit goldenen Einsprengseln. Augen, die eigentlich warm und freundlich hätten aussehen müssen, aber auf eine unerklärliche Weise waren sie eiskalt, intelligent und wahnsinnig zugleich. Nein, wahnsinnig war nicht das richtige Wort, andersartig, fremd, uralt, älter, als es menschliche Augen jemals sein sollten, wissend und von einer abgrundtiefen und doch leidenschaftslosen Bösartigkeit.

Gudrun wußte nicht, wie lange sie im Bann dieser Augen gestanden hatte, unfähig, den Blick abzuwenden, als sie plötzlich strauchelte, stolperte und eine Hand ihren Oberarm umklammerte.

» ... Gudrun, was ist los?« drang Toms Stimme zu ihr.

»Was?« murmelte sie und schüttelte verwirrt den Kopf.

»Schläfst du mit offenen Augen?« fragte Tom. Er musterte sie besorgt und gab ihren Am wieder frei.

»Nein, ich ... ich war gerade in Gedanken ...« Sie schüttelte sich erneut, und die Lähmung fiel so plötzlich von ihr ab, wie sie gekommen war. Zurück blieb ein Gefühl der Verwirrung, der Scham und ... ja, der Erregung.

»Ich glaube, Señorita Heber ist von der Reise erschöpft«, meldete sich Don Sebastian zu Wort. »Ein wenig Ruhe, und es wird Ihnen wieder besser gehen.« Seine Stimme klang fürsorglich, aber Gudrun konnte auch eine Spur von Verunsicherung aus ihr heraushören. Sie bemerkte, daß er einen kurzen Blick in Rivieres Richtung abschoß. Hatte er bemerkt, was zwischen ihnen vorgefallen war? Kannte er diesen hypnotischen Blick, den sein Sicherheitschef besaß?

»Sie benutzen eine Beretta 7.65?« erkundigte sich Tom bei Riviere.

Gudrun, die ihn weiterhin verstohlen beobachte, aber vermied, seinen Augen zu begegnen, bemerkte, wie sich seine Brauen leicht hoben.

»Am Griff erkannt?« fragte er.

Es war das erste Mal, daß er überhaupt irgend etwas gesagt hatte. Seine Stimme klang ein wenig heiser.

»Nur eine Vermutung«, gab Tom zurück. Er grinste befriedigt. »Ich habe ein paar Mal mit einer geschossen. Eine schöne Waffe. Auch James Bond schwört auf sie. Meine Kollegin besitzt eine Gaspistole, die diesem Modell nachempfunden ist.«

Sieh an, dachte Gudrun zusammenhangslos. *Obwohl er sich immer über meine Filmleidenschaft lustig gemacht hat, muß er früher auch ein paarmal im Kino gewesen sein.*

»Sie scheinen ein schwereres Kaliber zu bevorzugen«, erwiderte Riviere. »Dürfte ich Ihre Waffe einmal sehen?«

Sein Englisch war perfekt, was für einen Franzosen ungewöhnlich war.

Nach Gudruns Stolpern war die Gruppe stehengeblieben. Tom zögerte einen Moment, dann schlug er die Jacke zur Seite und zog seinen Revolver aus dem Holster. Widerstrebend reichte er ihn Riviere mit dem Kolben voran.

Der hagere Mann ergriff die Waffe, musterte sie mit Kennermiene und wog sie in der Hand. »Ein schönes Stück«, sagte er. »Hervorragend gepflegt. Tadelloser Zustand. Mindestens hundert Jahre alt.«

»Mehr als hundertzwanzig Jahre«, bestätigte Tom stolz. Er ließ den Revolver nicht eine Sekunde lang aus den Augen. Die Waffe war für ihn mehr als nur ein Gebrauchsgegenstand. Er hing mit einer Inbrunst an ihr, die Gudrun manchmal regelrecht neurotisch vorkam und ihr mehrfach Anlaß für die eine oder andere spitze Bemerkung geliefert hatte. Zum Beispiel über John Wayne oder Siegmund Freud ...

»Schießt sie genauso gut, wie sie aussieht?« erkundigte sich Riviere.

»Kommt ganz darauf an, wer sie bedient«, antwortete Tom herausfordernd.

»Dürfte ich es einmal ausprobieren?«

Wieder zögerte Tom für einen Moment. Dann stahl

sich ein Grinsen über sein Gesicht. »Wenn Don Sebastian keine Einwände hat.« Er verschwieg, daß der Revolver ein wenig nach rechts verzog.

Der Haziendero schüttelte den Kopf. »Nur zu«, sagte er. Er beobachtete die beiden Männer mit unverkennbarem Interesse.

Gudrun verfolgte den Wortwechsel verblüfft. Tom und Riviere kamen ihr auf einmal wie zwei Jungen in den Körpern von Erwachsenen vor.

»Der Zaunpfosten da drüben.« Riviere deutete mit dem Revolverlauf auf einen gut schulterhohen Holzpfosten in knapp fünfzehn Metern Entfernung. Tom nickte nur.

Er sah gespannt zu, wie Riviere den Revolver in Schulterhöhe hob, so daß der Lauf in den Himmel zeigte, den Hahn langsam mit dem Daumen zurückzog, und den 45er dabei sinken ließ. Im gleichen Augenblick, als die Bewegung zum Stillstand gekommen war, drückte er ab.

Trotz des beachtlichen Rückstoßes ruckte der Revolver nur leicht in Rivieres Hand hoch. Die Kugel schlug etwas rechts hinter dem Zaunpfosten in den Boden und ließ dunkle Erdklumpen aufspritzen.

Riviere stand seelenruhig da und betrachtete die Einschlagstelle. Dann hob er den Revolver erneut und schoß wieder.

Holzsplitter stoben davon, als die Kugel etwa zehn Zentimeter unterhalb des oberen Pfostenendes eine Furche in die rechte Seite riß. Die zweite Kugel, nur ein paar Sekunden später abgefeuert, riß in gleicher Höhe eine Furche in die linke Seite. Die dritte traf genau in die Mitte und ließ das zehn Zentimeter lange, armdicke Teilstück davonfliegen. Das Echo der lauten Explosionen rollte noch über die Rinderweide, als Riviere den Revolver mit aufreizender Lässigkeit zweimal um den Finger wirbeln ließ und ihn Tom zurückreichte.

»Wirklich eine bemerkenswerte Waffe«, sagte er anerkennend.

Tom nahm den 45er verdattert entgegen und starrte den grauhaarigen Mann ungläubig an. Dann wurden seine Lippen schmal. Er öffnete die Ladeklappe, ließ den Hahn in der ersten Stellung einrasten, drückte den Ausstoßerhebel herunter, drehte die Trommel jeweils um eine Kammer weiter, stieß die leeren Patronenhülsen aus, kramte eine Schachtel aus seiner Lederjacke hervor, öffnete sie und lud nach. Das alles geschah mit der verblüffenden Schnelligkeit eines Waffennarren, der seinen Revolver besser als seine Hosentaschen kennt.

»Okay, jetzt bin ich dran«, knurrte er.

Jetzt wird's albern, dachte Gudrun. Der Eindruck, den sie vorher gehabt hatte, verstärkte sich. Zwei Jungen, die sich gegenseitig darin zu übertrumpfen versuchten, wer länger die Luft anhalten konnte, wessen Vater den schnelleren Wagen fuhr, oder wer den längeren ... Sie schüttelte den Gedanken ab. Rivieres Anwesenheit machte die Situation alles andere als belustigend. Er und Tom fochten einen Kampf aus, der todernst war und ihr weiteres Verhältnis bestimmen würde. Der Verlierer würde den anderen als ihm überlegen anerkennen. Zumindest, wenn der Verlierer Tom war. Denn Gudrun war sich plötzlich hundertprozentig sicher, daß Riviere im Gegensatz zu Tom nicht nur genau wußte, welches Spiel sie hier spielten, sondern daß er es ganz bewußt inszeniert hatte, um die Fronten von Anfang an zu klären.

Sie behielt Riviere im Auge, als Tom sein Ziel anvisierte und abdrückte. Gleich der erste Schuß traf. Riviere verzog keine Miene. Auch der zweite Schuß war ein Treffer, allerdings war er etwas zu tief angesetzt. Noch immer zeigte sich auf Rivieres Gesicht keine Regung. Selbst seine Augenlider zuckten kaum, wenn die dröhnenden Schüsse aufpeitschten.

Tom brauchte insgesamt fünf Kugeln, um den Pfosten um eine weitere Handbreit kürzer zu machen. Erst beim letzten Schuß zuckte Rivieres linker Mundwinkel leicht. Tom ließ den rauchenden Revolver sinken, und Gudruns Blick wanderte zu ihm zurück.

Das Gesicht des Archäologen war gerötet, aber es wirkte nicht so sehr wütend, sondern vielmehr verletzt, als ihm Riviere zunickte. Beschämt.

Gudrun verspürte tief in sich einen schmerzhaften Stich. Er hat uns beide gedemütigt! erkannte sie mit plötzlicher Klarheit. Jeden auf seine Weise! Er kennt uns nicht einmal, wir sind ihm gerade erst begegnet, und schon hat er uns unsere Grenzen aufgezeigt! Was ist das nur für ein Mann?

Don Sebastians vergnügtes Lachen klang wie Hohn in ihren Ohren. »Lassen Sie uns gehen«, sagte er. »Bestimmt wollen Sie sich frisch machen und ein wenig ausruhen, bevor Sie sich meine Hazienda ansehen. Für alles andere ist auch später noch Zeit genug. Sie haben doch keine Eile, nicht wahr? Ich bin sicher, Señor Riviere wird sich später gerne noch einmal mit Ihnen beschäftigen.«

Er lächelte sie freundlich an, aber sie empfand seine Worte eher wie eine Drohung.

Sie machten sich wieder auf den Weg. Tom hielt seinen Revolver nach wie vor in der Hand. Die Röte war aus seinem Gesicht gewichen, und er schritt forsch aus, aber Gudrun kannte ihn gut genug, um die verräterischen Anzeichen seiner Körpersprache zu entdecken: die Art, wie er die Schultern kaum merklich hängen ließ, den Revolver kraftlos in der Hand hielt, den Blick starr vor sich auf den Boden gerichtet hatte.

Nur ein albernes, kindisches Kräftemessen, dachte sie, *aber er schleicht dahin wie ein geprügelter Hund. Und was ist mit dir?* flüsterte eine höhnische Stimme in ihrem Kopf. *Glaubst du etwa, du siehst aus wie die Jungfrau von Orleans?*

Gudrun biß die Zähne zusammen, hob die Schultern und reckte das Kinn vor.

Ich muß dringend mit Tom reden, dachte sie. *Ich fürchte, er erkennt gar nicht, was hier mit uns geschieht.*

»Und Sie haben die Männer noch nie zuvor gesehen?« erkundigte sich der Polizist zum wiederholten Mal.

Manolo Garcia schüttelte müde den Kopf. Es hatte keinen Sinn, dem Polizisten aus Dolores zu sagen, daß die beiden Toten vermutlich in Don Sebastians Auftrag gehandelt hatten. Er hatte nicht den geringsten Beweis für diese Behauptung.

»Nein, Señor«, erwiderte er geduldig. »Ich kenne sie nicht, und auch meine Freunde haben sie noch nie zuvor gesehen.«

»Und wie kommt es dann, daß Sie so gut auf den Überfall vorbereitet waren?« ließ der Polizist nicht locker.

»Das war reines Glück«, behauptete Manolo. »Die Überfälle in letzter Zeit haben alle in derselben Gegend stattgefunden. Die meisten meiner Nachbarn sind vertrieben worden oder haben ihr Land an Don Sebastian verkauft. Irgendwann mußte es ja auch mich treffen. Deshalb habe ich mir zwei Freunde zur Unterstützung geholt. Sie verstecken sich schon seit drei Tagen in meinem Haus.« Daß er einen Tip aus Don Sebastians engerem Umfeld bekommen hatte, verschwieg er wohlweislich. Er wußte genau, was mit Isabella geschehen würde, wenn Don Sebastian oder – schlimmer noch – dieser Riviere ihr auf die Schliche kamen.

Der Polizist musterte ihn scharf. Bis auf einen Kollegen waren die anderen Beamten nach einer flüchtigen Besichtigung der Kampfspuren mit den beiden Toten schon wieder abgezogen. Diese Nacht würden er und sein Kamerad im Haus des Bauern verbringen, aber danach würde Garcia wieder auf sich allein gestellt sein.

»Wollen Sie damit sagen, daß es den Banditen nicht nur darum geht, zu stehlen und zu plündern, sondern darum, die Menschen von ihrem Land zu vertreiben?«

»Ist das nicht offensichtlich?« stieß Manolo zornig hervor. Seine Frau, die ein paar Meter im Hintergrund stand, warf ihm einen flehenden Blick zu, aber Garcia beachtete sie nicht. Seine Wut siegte über die Vorsicht.

»Was gibt es denn bei armen Bauern wie uns schon zu stehlen? Unsere Ernte? Wie sollten die Banditen die denn losschlagen wollen? Das bißchen Vieh, das einige von uns halten? Das lohnt doch die Mühe gar nicht! Und Geld? Wenn wir die Ernte verkauft haben, geben wir fast alles sofort wieder aus, für Werkzeuge oder Kleidung oder andere Dinge, die wir dringend brauchen. Keiner von uns hat genug Geld, das einen solchen Angriff lohnen würde.«

Das Gesicht des Polizisten verhärtete sich. »Ist Ihnen klar, was Sie damit andeuten? Es gibt nur einen Mann in der Gegend, der ein Interesse daran haben könnte, Sie zu vertreiben, aber der ist über jeden Zweifel erhaben. Hat er Ihnen und Ihren Nachbarn nicht schon mehrfach angeboten, Ihnen das Land abzukaufen? Hat er Ihnen nicht vorgeschlagen, in seine Dienste zu treten, und Ihnen dafür Schutz garantiert?«

Wie Manolo vermied er, den Namen Don Sebastian auszusprechen, aber das war auch nicht nötig.

»Ich habe niemanden beschuldigt«, gab Manolo zurück. Sein Zorn verrauchte schon wieder und machte Resignation Platz. »Aber alles, was ich besitze, ist dieses Land, das ich von meinem Vater geerbt habe und das später einmal meinem Sohn gehören soll. Das Land und meine Freiheit. Und meinen Stolz, Señor. Wenn ich mein Land verliere, verliere ich auch meine Freiheit und meinen Stolz. Wieviel sind die Freiheit und der Stolz eines

Mannes wert, Señor? Wieviel Quetzal? Die lächerliche Summe, die man mir angeboten hat?«

»Wieviel ist das *Leben* eines Mannes wert, Garcia?« fragte der Polizist leise. Trotz seiner grimmigen Miene lag Mitgefühl in seinen Augen. »Was kann sich Ihre Familie von Ihrem Stolz und Ihrer Freiheit kaufen, wenn Sie tot sind?«

Das verstehst du nicht, dachte Manolo. *Für dich macht es letztendlich keinen Unterschied, an wen du deine Dienste verkaufst, wessen Befehle du befolgst, solange du dieselbe Arbeit tust. Aber ich bin mein eigener Herr. Ich bin vielleicht ärmer als du, aber ich nehme von niemandem Befehle entgegen. Und das ist der kostbarste Besitz, den ich meinem Sohn vererben kann.*

Der Polizist starrte ihn noch eine Weile an, und als er keine Antwort erhielt, zuckte er die Achseln und schob seinen Notizblock in die Brusttasche.

»Wie ich gehört habe, wollen heute einige Bauern zu Don Sebastian gehen und eine Petition vorbringen.« Es war nur ein scheinbarer Themenwechsel, aber er ermöglichte es ihm, den Namen des Mannes, über den sie die ganze Zeit geredet hatten, endlich auszusprechen. »Wollen Sie sich ihnen nicht anschließen? Solange mein Kollege und ich hier sind, hat Ihre Familie nichts zu befürchten.«

Manolo schüttelte den Kopf. »Sie werden nichts erreichen, Señor«, sagte er bitter. »Wenn sie nicht kapitulieren, werden sie nichts erreichen.«

»Es war eine Machtdemonstration, um uns einzuschüchtern, Tom«, sagte Gudrun eindringlich. Sie hatte ihr Reisegepäck in ihrem Zimmer verstaut, sich frisch gemacht und saß jetzt in einem Korbsessel in Toms Zimmer.

Der Amerikaner lag auf seinem Bett, die Hände im Nacken verschränkt, und starrte an die holzvertäfelte Decke. Die Zimmer, die ihnen Don Sebastian zugewiesen hatte, waren groß, hell, sauber und komfortabel eingerichtet. Eine gut verborgene Klimaanlage sorgte für eine angenehme Temperatur.

»Ich weiß«, sagte er nachdenklich. »Er hat mich herausgefordert, und ich bin ihm blindlings in die Falle getappt. Er hat mich einfach überrumpelt.«

Er schwieg einen Augenblick lang. Sein Gesicht wirkte ruhig, aber es war eine erzwungene, keine entspannte Ruhe. »Was mir zu denken gibt«, fuhr er schließlich fort, »ist nicht so sehr die Tatsache, *daß* er mich geschlagen hat, sondern *wie* er es getan hat. Er schien sich absolut sicher zu sein. Ich verstehe nicht, woher er diese Gewißheit genommen hat. Keine zwei Waffen desselben Typs sind vollkommen gleich, und je älter sie sind, desto stärker unterscheiden sie sich voneinander. Ich kenne diesen Revolver seit Jahren. Riviere hat ihn dagegen zum ersten Mal in der Hand gehabt. Es ist mir einfach unerklärlich, wieso er so gut damit umgehen konnte.«

Normalerweise hätte Gudrun keine Gelegenheit ausgelassen, ihn wegen seines Revolvers aufzuziehen, aber sie wußte, daß es hier um mehr als nur um ein reines Zielschießen gegangen war, und zu ihrer Erleichterung schien das auch Tom klar zu sein.

»Es ist sein Beruf«, erklärte sie. »Don Sebastian hat ihn als seinen Sicherheitschef vorgestellt. Vermutlich ist er Ex-Soldat oder Söldner. Dem Namen nach müßte er Franzose sein. Vielleicht auch Belgier.«

»Ich tippe auf einen Söldner«, meinte Tom. »Hast du ihn dir angesehen? Der Mann hat Narben am ganzen Körper. Und ich wette, unter seinem Hemd und seiner Hose sind noch mehr. Er muß eine ganze Menge erlebt haben. Vielleicht die Indochina-Kriege, Nordafrika, die

Einsätze, an denen die französische Fremdenlegion beteiligt war.« Er hob den Kopf und sah Gudrun an. »Das erklärt, warum er gut mit Waffen umgehen kann. Aber woher nimmt ein Söldner wie er diese phantastische Menschenkenntnis?«

Gudrun hob ratlos die Schultern. »Ich weiß es nicht. Aber niemand behauptet, daß ein Fremdenlegionär automatisch dumm sein muß. Vielleicht hat er einen psychischen Knacks, vielleicht hat er keine Moral, vielleicht ist er grausam, zynisch und brutal, ein legaler Killer. Er kann alle möglichen negativen Eigenschaften haben, aber daß heißt nicht automatisch, daß er darüber hinaus nicht auch intelligent sein kann. Vielleicht war er Führungsoffizier und hat gelernt, mit Menschen umzugehen. Oder er war bei einer Einheit für psychologische Kriegsführung, falls es so etwas bei der Fremdenlegion überhaupt gibt. Und er hat seine Fähigkeiten und sein Wissen eingesetzt, um uns an unseren Schwachstellen zu treffen.«

»Mag sein«, räumte Tom sein, »auch wenn ich das für ungewöhnlich halte. Allerdings ...« Er stockte und setzte sich plötzlich kerzengerade auf. »Er hat *uns* getroffen?« fragte er überrascht. »Was meinst du mit *uns*? Du hast doch nicht einmal mit ihm gesprochen! Oder war er vorhin bei dir im Zimmer?« Bei den letzten Worten wurde seine Stimme schneidend.

Gegen ihren Willen mußte Gudrun lächeln, als sie Toms Mißtrauen und Eifersucht bemerkte, wurde aber sofort wieder ernst. »Nein, nein«, sagte sie schnell. »Er war nicht bei mir. Aber an der Landepiste, bevor ihr auf diesen Pfosten geschossen habt ...«

»Was war da?« bohrte Tom nach, als sie nicht weitersprach.

Gudrun schien mit sich zu kämpfen. »Er hat ... er hat ... mich angesehen«, stieß sie schließlich hervor.

»Er hat dich angesehen?« wiederholte Tom hoffnungslos verwirrt. Sein Gesicht war ein einziges Fragezeichen. »Na und?«

»Ich weiß, es klingt absolut lächerlich«, beeilte sich Gudrun, einer bissigen Bemerkung seinerseits zuvorzukommen. »Aber er hat so eine seltsame Art ... er hat mich regelrecht hypnotisiert.« Ihre Stimme klang trotzig. »Ich möchte jetzt keinen dummen Spruch von dir hören. Ich habe so etwas noch nie erlebt, ich hätte es nicht für möglich gehalten ...«

Ihr gingen die Worte aus. Doch zu ihrer Überraschung und Erleichterung reagierte Tom ganz anders, als sie es insgeheim befürchtet hatte. Er setzte sich auf die Bettkante, beugte sich vor und ergriff ihre Hände. »Schon gut, schon gut«, beruhigte er sie. »Er ist mir auch unheimlich. Aber daß ein einziger Blick von ihm ausreichen soll, um dich derart aus dem Konzept zu bringen ... Verstehe das bitte nicht falsch, aber ich habe bisher geglaubt, du wärst immun gegen Männer.«

Gudruns Augen blitzten zornig auf, doch sie kam nicht mehr dazu, etwas darauf zu erwidern, als es an der Tür klopfte. »Herein!« rief Tom. Gleich darauf sah sie ihn erstarren und fuhr herum.

Aber es war nicht Riviere, es war eine junge Frau indianischer Abstammung, die in der offenen Tür stand. Gudrun musterte sie verblüfft. Ihr war völlig schleierhaft, warum Tom so heftig auf ihren Anblick reagiert hatte.

Die Frau mochte Anfang Zwanzig sein und trug ein schlichtes dunkles Kleid wie ein Dienstmädchen. Sie war unübersehbar bemerkenswert hübsch, darüber konnte auch das streng zurückgekämmte schwarze Haar nicht hinwegtäuschen, das in ihrem Nacken zu einem Knoten zusammengebunden war. In ihren zartgliedrigen Händen trug sie ein silbernes Tablett, mit dem sie sich Tom und Gudrun näherte. Sie hielt es ihnen entgegen.

»Ein Brief«, sagte Gudrun verwundert. Sie nahm das

Blatt Papier und überflog die Zeilen. Sie waren in einer schweren, etwas ungelenken Handschrift geschrieben.

›*Ich wurde kurzfristig durch unvorhersehbare Ereignisse verhindert*«, las Gudrun laut vor. »*Sollten Sie irgendwelche Wünsche haben, so richten Sie sich bitte an Isabella. Sie versteht Englisch, auch wenn sie es nicht gut spricht. Ich stehe Ihnen bald wieder zur Verfügung. Betrachten Sie mein Haus als das Ihre. Don Sebastian Cristóbal de Gomorro y los Tordesillas-Avendaño.*‹

Die Unterschrift war stark verschnörkelt und kaum zu entziffern, aber es war klar, von wem der Brief kam.

Sie ließ das Blatt sinken. »Vielleicht sollten wir die Gelegenheit nutzen, um ...«, begann sie und brach ab, als sie aufblickte. »Tom?«

Der Archäologe starrte mit offenem Mund an ihr vorbei. Der Anblick des Indiomädchens hatte ihn wie ein Schlag getroffen.

Tabiha! schoß es ihm durch den Kopf. Einen Moment lang hatte er das Gefühl, als würde sein Geist von seinem Körper getrennt und durch die Zeiten zurückgewirbelt, weit zurück in das Jerusalem des Jahres 1127, wo die Gründer des späteren Templerordens unter dem Fundament des zerstörten salomonischen Tempels nach der Bundeslade gruben. Tabiha, die junge zierliche Dienerin, die seine Geliebte geworden und schon seit Jahrhunderten tot war.

» ... Tom?« drang eine undeutliche Stimme an sein Ohr. *Nicht jetzt,* dachte er, *geh weg!* Doch dann spürte er, wie sich zwei Hände auf seine Schultern legten und ihn schüttelten. Er drehte den Kopf in Richtung des Störenfrieds und blinzelte. Plötzlich klärte sich sein Blick, und er erkannte Gudruns Gesicht dicht vor sich. Ihr Mund bewegte sich, aber ihre Worte erreichten sein Gehirn mit Verspätung, wie bei einem Film, dessen Bild- und Tonspuren nicht ganz synchron liefen.

»Tom, komm zu dir!« verstand er.

»Ja, ja, schon gut«, gab er unwillig zurück. Sein Blick wanderte wieder zu dem Indiomädchen, und er begriff mit einem Gefühl der Ernüchterung und des Verlustes, daß das nicht Tabiha war. Sie sah ihr nicht einmal sonderlich ähnlich.

Er hatte sich vom ersten Eindruck täuschen lassen. Das Indiomädchen hatte die gleiche Größe und die gleiche zierliche Gestalt wie Tabiha, das gleiche pechschwarze Haar – sogar auf eine ähnliche Art frisiert – und einen dunklen Teint. Aber damit hörten die Ähnlichkeiten auch schon auf. Im Gegensatz zu Tabiha waren ihre Augen pechschwarz wie ihr Haar, die Gesichtszüge eindeutig indianisch.

Und doch, irgend etwas an ihrer Haltung, ihrem Auftreten, der Art, wie sie die Augen schüchtern niedergeschlagen hatte ...

»Sie heißt Isabella«, beantwortete Gudrun in diesem Augenblick seine unausgesprochene Frage, »und du solltest aufhören, sie wie einen Marsmenschen anzustarren.«

Tom gab sich einen Ruck. »Entschuldigen Sie bitte«, sagte er. »Ich wollte nicht unhöflich sein. Sie haben mich nur an jemanden erinnert.«

Isabella hob den Kopf und sah ihn an. Sie wirkte keineswegs verärgert, eigentlich nicht einmal sonderlich verlegen, eher ein wenig neugierig und geschmeichelt.

Zwischen denen hat's gefunkt, begriff Gudrun auf einmal, und die Erkenntnis rief einen unangenehmen Anflug von Eifersucht in ihr hervor.

»Don Sebastian hat uns eine Nachricht hinterlassen«, sagte sie schnell und las den Brief noch einmal vor. »Was, schlägst du vor, sollen wir in der Zwischenzeit tun?« fragte sie dann.

»Ich würde gern etwas trinken«, meinte Tom. »Wer weiß, wann Don Sebastian zurückkommt.«

»Ja, bitte«, sagte Isabella, als hätte sie nur darauf gewartet. »Sie ... kommen, Salon. Bitte folgen.« Ihre Stimme klang sanft und mädchenhaft. Sie machte eine einladende Geste und lächelte.

Tom und Gudrun blickten sich an, dann zuckten sie gleichzeitig die Achseln und standen auf.

Isabella führte sie über einen langen Flur, von dem zahllose Türen abzweigten, in einen atemberaubend großen Salon. Sie deutete auf eine Ledersitzgruppe vor einem riesigen, aus Naturstein gemauerten Kamin, über dem ein schwarzer Stierkopf mit gewaltigen, gebogenen Hörnern hing. »Bitte, setzen«, sagte sie. »Sie wünschen?«

»Ein großes Glas kaltes Wasser gegen den Durst«, bat Tom. »Und dann vielleicht einen Kaffee.«

»Ich schließe mich an«, meinte Gudrun.

»Gut. Wasser, Kaffee«, bestätigte Isabella. Sie lächelte ihnen zu, bevor sie ging, um das Gewünschte zu holen, aber Gudrun registrierte, daß ihr Blick ein wenig länger als nötig an Tom hängenblieb.

Sie unterdrückte das wieder aufkeimende Gefühl der Eifersucht und sah sich im Salon um.

Der Raum maß gut und gerne hundertfünfzig Quadratmeter, und die Decke, in die dunkle Holzbalken eingelassen waren, war mindestens vier Meter hoch. Im hinteren Teil des Salons wurde sie von einer freischwebenden Wendeltreppe durchbrochen. Eine große Fensterfront an der westlichen Längsseite ließ die Strahlen der tiefstehenden Sonne hereinfallen. An den weiß gekalkten Wänden hingen Bilder, indianische Masken, Waffen und Schmuckstücke. Hier und da standen Blumenkübel mit blühenden Pflanzen und einige kleinere Mayastatuen. Die Weiträumigkeit des Salons verhinderte, daß er überladen wirkte.

»Ich frage mich, wie viele dieser Statuen und anderen Maya-Artefakte Don Sebastian über dubiose Kanäle bekommen hat«, flüsterte Gudrun. »So wie die Templerstele. Und ich frage mich auch, ob die hiesigen Behörden etwas davon wissen. Jedenfalls gibt er sich keine Mühe, seine Schätze zu verstecken.«

»Und ich frage mich, was das für ein Lärm ist«, erwiderte Tom. Er hatte einen Finger erhoben und blickte in Richtung der großen, aus kostbaren Edelhölzern geschnitzten Eingangstür.

Jetzt hörte Gudrun es auch, ein leises Raunen und Murmeln, das nur gedämpft durch die dicken Mauern drang. Vor dem Haus mußte der Geräuschpegel beachtlich sein.

Sie blickte sich um. Außer ihnen befand sich niemand im Salon. Durch die Fenster der Westfront war nur Weideland zu sehen. Die Geräuschquelle schien sich vor der Stirnseite des Hauses zu befinden, die nach Süden zeigte.

Tom war bereits aufgestanden und ging auf die zweiflüglige Eingangstür zu. Gudrun folgte ihm auf Zehenspitzen, als würden sie etwas Verbotenes tun. Als Tom einen der Türflügel einen Spalt weit geöffnet hatte und sie über seine Schulter ins Freie spähte, konnte sie nur mit Mühe einen überraschten Ausruf vermeiden.

Auf dem Kiesweg, der von der ausladenden Veranda durch ein großes Tor nach Norden führte, hatte sich eine Menschenmenge versammelt. Don Sebastian stand breitbeinig am Fuß der Verandatreppe, die Hände in die Hüften gestemmt. Mehrere bewaffnete Reiter flankierten die in einfache weiße Baumwollhemden und Baumwollhosen gekleideten Menschen. Eine Atmosphäre drohender Spannung, wie vor einem nahenden Gewitter, lag in der Luft.

Tom und Gudrun waren derart von der Szenerie gefangen, daß sie Isabella nicht bemerkten, die sie vom Durchgang zu den Wirtschaftsräumen aus mit einem grimmigen und gleichzeitig befriedigten Gesichtsausdruck beobachtete.

José Costa fühlte sich in Rivieres Begleitung mehr als nur unbehaglich. Es hatte seinen Grund, warum die Bauern in der Umgebung den hageren Mann *el diabolo* nannten, und manchmal, wenn Don Sebastians Männer unter sich waren und sich unbeobachtet fühlten, benutzten auch sie diesen Namen.

Wieso und wovor er Campoña beschützen sollte, war José ein Rätsel. Es wußte doch jeder, daß es in Wirklichkeit gar keine Banditen in der näheren Umgebung gab, jedenfalls keine, die die Bauern überfielen. Und Campoña hatte sich längst an Don Sebastian verkauft, also drohte ihm keine Gefahr. Oder war es tatsächlich möglich, daß die anderen Bauern sich für seinen Verrat an ihm rächen wollten und er ihn deshalb beschützen sollte? Aber warum hatte der *patron* dann nicht einen von *el diabolos* Männern zu seinem Schutz abgestellt?

José war verwirrt und unsicher, aber er wagte es nicht, Riviere eine entsprechende Frage zu stellen. Sie ritten in gemächlichem Trab dahin. Nach den letzten Regentagen war der Himmel endlich aufgeklart, aber die Luft war immer noch feucht. Dumpf schlugen die Hufe ihrer Pferde auf den schweren Boden.

Sie erreichten Campoñas Haus etwa zur gleichen Zeit, als der Zug der Bauern vor Don Sebastians Hazienda eintraf, doch davon wußten beide nichts. Die Nachricht vom Überfall auf Manolos Farm hatte sich mit der üblichen Geschwindigkeit ausgebreitet, jedoch zu einer sehr untypischen Reaktion geführt. Die *campesinos* wollten einen letzten verzweifelten Versuch unternehmen. Ein paar von ihnen würden Don Sebastian ihr Land abtreten und sich mit den anderen zusammentun, wenn der Haziendero den verbleibenden Bauern dafür garantierte, ihren Grund und Boden nicht anzutasten und ihnen Schutz vor weiteren Überfällen zu gewähren.

Riviere inspizierte Campoñas Haus, das in einem weitaus besseren Zustand als die seiner Nachbarn war, und gab Campoña und José Anweisungen, wo sie sich postieren sollten. Die beiden befolgten seine Befehle ohne Widerrede. Als Riviere davonritt, ahnte keiner von beiden, daß sie ihn nie mehr wiedersehen würden.

Juan Gonzales' kleine Farm lag kaum zwei Kilometer weiter östlich. Riviere brauchte keine zehn Minuten, um sie zu erreichen. Er wollte sich nicht nur vergewissern, daß Juan zu Hause war und später melden konnte, wann die Schüsse erfolgt waren, sondern sich auch seine Ration Kokain abholen, denn Gonzales hatte eine kleine versteckte Plantage angelegt und es tatsächlich geschafft, sein Geheimnis bisher selbst vor Don Sebastian zu verbergen.

Riviere fand den Kokainbauern in einem Schaukelstuhl vor seiner verfallenden Hütte vor. Juan sprang auf, als er den Reiter erkannte, stürzte in seine wurmstichige Behausung und kehrte kurz darauf mit einem Päckchen zurück.

»Hier, Señor«, sagte er eifrig und reichte es Riviere. »Nur die ganz jungen Triebe, beste Ware, extra für Sie gepflückt.«

Riviere nahm die wöchentliche Lieferung ohne Dank entgegen und verstaute sie in der Satteltasche.

»Hast du irgend etwas Ungewöhnliches in der Gegend bemerkt?« fragte er knapp.

»Nein, Señor, natürlich nicht«, versicherte Gonzales schnell. »Ich habe Sie nicht gesehen.«

»Idiot. Natürlich hast du mich nicht gesehen«, sagte Riviere ruhig, ohne den Tonfall zu ändern, aber trotzdem duckte sich Juan ängstlich. »Ich rede von Banditen.«

»Banditen? Oh, nein, Señor, keine Banditen. Keine Banditen in der Nähe. Bestimmt nicht!« Die Hände des Bauern zitterten.

Also hat er erst kürzlich eine größere Menge Kokain verkauft, dachte Riviere. *Und jetzt scheißt er sich vor Angst fast in die Hose. Um so besser.*

»Hör zu, Juan«, sagte er im Plauderton. »Ich möchte, daß du für mich die Augen und die Ohren offenhältst. Und wenn du irgend etwas Ungewöhnliches bemerkst, dann schwingst du dich auf dein altes Muli und reitest zur Hazienda. Hast du das verstanden?«

»Si, Señor, natürlich, Señor. Sie können sich ganz auf mich verlassen, Señor.« Er wagte nicht zu fragen, was Riviere damit meinte. Wenn der Ex-Söldner von ihm verlangt hätte, jeden Morgen bei Sonnenaufgang eine halbe Stunde lang auf dem Kopf zu stehen und dabei das Ave Maria zu singen, dann hätte er es auch getan, selbst wenn man ihm versichert hätte, daß Riviere außer Landes war. Bei *el diabolo* konnte man nie vorsichtig genug sein.

Riviere schnalzte mit der Zunge und ritt ohne ein weiteres Wort davon. Als er das Ende des Waldpfades erreicht hatte und Campoñas Maisfelder vor sich erblickte, stieg er aus dem Sattel, ließ das Pferd grasen und öffnete das Päckchen. Er nahm ein paar Blätter und begann, sie langsam und sorgfältig zu einem Brei zu zerkauen. Der bittere Saft ließ seinen Mund und seine Kehle taub werden.

Seit er vor einem Jahr Juans Plantage entdeckt hatte, kaute er die Kokainblätter. Am Anfang hatte er die Dosis immer weiter erhöht, doch irgendwann hatte er eine klare Grenze gezogen und sich bis heute daran gehalten. Er wußte, daß er jederzeit wieder damit würde aufhören können, wie schwer es ihm auch fallen würde.

Vor fast zwanzig Jahren hatte ihm eine Splittergranate in Kambodscha eine fürchterliche Wunde in den Rücken gerissen, und die Sanitäter hatten ihn abgeschrieben. Anfangs hatten sie ihm Morphium gespritzt, um seine Schmerzen zu lindern, und als er wider Erwarten nach fünf Tagen immer noch gelebt hatte, waren sie auf Heroin umgestiegen. Was spielte es schon für eine Rolle, wenn ein Sterbender süchtig wurde?

Aber Riviere war nicht gestorben. Er hatte mit einer Zähigkeit um sein verpfuschtes Leben gekämpft, die auch dem abgebrühtesten Söldner Respekt abgenötigt hatte, und als er nach einem Monat wieder in der Lage gewesen war, die Krankenstation aus eigener Kraft zu verlassen, süchtig wie eine ganze Horde von Großstadtfixern, war er ohne ein Wort der Erklärung allein im Dschungel verschwunden und erst zehn Tage später wieder aufgetaucht, ausgezehrt und spindeldürr, aber er hatte die Sucht besiegt. Seither wußte er, wozu ein unbeugsamer Wille in der Lage war.

Die Dunkelheit senkte sich über das Land, und überall im Gestrüpp und im Wald begannen die Nachttiere, auf Beutejagd zu gehen. Die Insekten stimmten ihr ewig gleichbleibendes Konzert an. Moskitos sammelten sich zu dichten Schwärmen und tanzten um Rivieres Kopf herum, aber kaum eine der blutgierigen Mücken ließ sich auf seiner Haut nieder.

Riviere wartete, bis auch der letzte Schimmer Tageslicht erloschen war, dann nahm er sein Pferd am Zügel und führte es bis kurz vor Campoñas Haus. Er band es an einem Baumstamm fest und schlich die letzten hundert Meter gebückt weiter.

Es war an der Zeit, Campoña, dessen Frau und Costa zu erschießen.

Don Sebastian war verärgert.

Als er von dem Zug der Bauern erfahren hatte, war es schon zu spät gewesen, sie aufzuhalten, ohne ein Blutbad anzurichten. Zudem war Riviere unterwegs zu Campoñas Haus und würde erst in ungefähr drei Stunden zurückkommen. Also mußte er sich selbst um die Bauern kümmern.

Natürlich fürchteten ihn die Leute. Keiner von ihnen würde es wagen, die Hand gegen ihn zu erheben. Jedenfalls nicht auf seinem Land, nicht inmitten seiner Männer. Aber es mußten mindestens dreißig *campesinos* sein, die sich vor seinem Haus eingefunden hatten. Zwar konnte er keine Waffen erkennen, doch es war nicht auszuschließen, daß irgendeiner eine Pistole unter der weiten Kleidung verbarg. Und in der Masse waren die Menschen unberechenbar, besonders wenn sie zornig waren. Vielleicht würde es ja doch einer wagen ...

Aber Don Sebastian war nicht der Mann, der Problemen auswich. Er hatte sein Leben lang hart gearbeitet und rücksichtslos gekämpft, um die ehemals bescheidene Hazienda seines Vaters zu dem zu machen, was sie heute war. Sein Stolz verbot es ihm, vor den armseligen Bauern zurückzuweichen.

Aber er war wütend, daß es ausgerechnet heute zu dieser Konfrontation kommen mußte, ausgerechnet an dem Tag, an dem sich unliebsame Zeugen in seinem Haus aufhielten. Er erinnerte sich noch gut an die Worte des geheimnisvollen Anrufers. *Seien Sie vorsichtig. Diese Organisation, für die sie arbeiten, verfügt über internationale politische Verbindungen.* Er konnte nur hoffen, daß er die Bauern los wurde, bevor seine Gäste auf die Geschehnisse aufmerksam wurden.

»Was wollt ihr von mir?« rief er laut, als der Zug der Bauern in respektvollem Abstand zum Stehen gekommen war. Einige seiner Reiter flankierten die Menge auf ihren

Pferden. Sie hielten Gewehre in der Hand, machten aber trotzdem einen nervösen Eindruck. »Wie könnt ihr es wagen, ohne Erlaubnis mein Land zu betreten?«

Ein älterer Mann schob sich aus der Menge hervor. Es war Pablo Mendoza. Don Sebastian kannte ihn gut. Mendoza war so etwas wie der Sprecher der Bauern. Er besaß das größte Stück Land in der Umgebung und nannte eine bescheidene Rinderherde sein eigen. Bisher hatte der Haziendero noch keine direkten Probleme mit ihm gehabt, weil zwischen Mendozas Grundstück und den Grenzen seiner Hazienda ein Gürtel kleinerer Bauernhöfe lag, aber sobald er diesen Gürtel durchstoßen hatte, würde der Ärger beginnen.

»Wir wollen mit Ihnen reden, Don Sebastian«, erwiderte Mendoza.

»Ihr alle?« donnerte der Großgrundbesitzer. »Oder nur du, Mendoza?«

»Ich spreche für uns alle«, gab Mendoza zurück. Er hielt seinen Hut in den Händen vor der Brust, aber er wirkte nicht unterwürfig.

»Warum kommst du dann nicht allein?« fragte Don Sebastian schneidend. »Fürchtest du dich vor mir?«

»Wir alle fürchten Sie, Don Sebastian«, sagte Mendoza schlicht, »aber das ist nicht der Grund, warum wir gemeinsam gekommen sind. Alle sollen Ihre Antwort auf unsere Bitte und unser Angebot mit eigenen Ohren hören.«

»So, ihr habt also eine Bitte und ein Angebot.« Don Sebastians Stimme klang herablassend und zornig zugleich. »Dann verschwende meine kostbare Zeit nicht länger und rede!«

»Sicher haben Sie von dem Überfall auf Manolo Garcias Farm gehört«, begann Mendoza mit kräftiger Stimme. »Manolo konnte die Banditen zurückschlagen und sogar zwei von ihnen töten. Aber die Bauern haben trotzdem Angst. Jeder könnte als nächster überfallen werden, und nicht jeder wird so viel Glück wie Manolo haben. Wir sind Bauern, keine Kämpfer. Wir können uns nicht selbst verteidigen. Deshalb bitten wir um Ihren Schutz.«

Er schwieg einen Augenblick, und in der Menge erhob sich zustimmendes Raunen. Mendoza hob die Arme und brachte die Bauern zum Schweigen.

»Aber wir wollen nichts geschenkt. Wir sind bereit, für diesen Schutz zu zahlen. Wir alle wissen, daß Sie Ihre Hazienda vergrößern wollen. Deshalb haben einige von uns beschlossen, Ihnen ihr Land zu verkaufen, wenn Sie dem Rest von uns dafür unseren Besitz garantieren und uns Ihren Schutz zusichern.« Er deutete auf die Reiter, die die Bauern umringten. »Ihre Männer haben Gewehre und können kämpfen. Und wir sind bereit, sie bei ihrem Kampf gegen die Banditen –«

»Halt!« fiel ihm Don Sebastian lautstark ins Wort. »Habe ich wirklich richtig gehört? Ihr gestattet mir, euch ein paar armselige Bauernhöfe abzukaufen, und dafür soll ich alle anderen schützen?« Sein Gesicht lief dunkelrot an, und der Zorn war nicht einmal gespielt. »Ihr verlangt von mir Geld *und* Schutz? Wollt ihr mich beleidigen?«

Seine Stimme überschlug sich, und die Menschenmenge duckte sich. Nur Pablo Mendoza stand weiterhin unerschütterlich mit hoch erhobenem Haupt da.

»Das Geld, das Sie uns für unser Land angeboten haben, ist zum Leben zu wenig und zum Sterben zuviel!« rief er tapfer. »Niemand kann davon eine neue Existenz gründen. Deshalb werden wir alle dichter zusammenrücken und das Wenige, das uns bleibt, miteinander teilen. Wir wollen in Frieden mit Ihnen leben, Don Sebastian, aber ...«

»Du drohst mir?« brüllte Don Sebastian. »Du wagst es

tatsächlich, mir auf *meinem* Land zu drohen? Verschwinde, auf der Stelle! Ihr alle, geht, verlaßt mein Land!«

Tatsächlich begannen die Menschen zurückzuweichen, aber wieder war es Pablo Mendoza, der sie zurückhielt.

»Ich habe Ihnen nicht gedroht, Don Sebastian. Ich bin nur ein einfacher kleiner Viehzüchter, und ...«

Was er sagen wollte, ging in dem Tumult unter, der losbrach, als die Reiter auf ein Zeichen Don Sebastians ihre Pferde näher an die Bauern herantrieben und sie zurückdrängten.

Aus der Eingangstür heraus beobachteten Tom und Gudrun mit wachsender Sorge und Empörung das Geschehen. Sie hatten nur hier und da einen Wortfetzen verstanden, aber die Situation war auch so eindeutig. Was auch immer die Bauern gewollt hatten, sie waren friedlich geblieben, und Don Sebastians Reaktion war – milde ausgedrückt – vollkommen überzogen und unangemessen.

»Er scheint sich für den lieben Gott zu halten«, flüsterte Gudrun atemlos. Ohne es zu merken, hatte sie die Hände in Toms Schultern verkrallt, und auch Tom registrierte nur am Rande, daß sich ihre Finger schmerzhaft in sein Fleisch bohrten. Mit widerwilliger Faszination sah er zu, wie einer der Reiter auf den Wortführer der Bauern zupreschte und mit dem Kolben des Gewehrs ausholte.

Mendoza sah ihn kommen, aber er wich nicht zurück, hob nur abwehrend die Hände. Tom hörte ihn irgend etwas rufen, das er nicht verstand, dann fuhr der Gewehrkolben nieder.

Der alte Mann konnte den ersten Schlag mit den Unterarmen abblocken, doch der zweite Hieb traf ihn am Kopf und streckte ihn zu Boden. Ein junger Bursche, fast noch ein Kind, löste sich aus der Menge und stürzte auf ihn zu, aber die anderen wichen bereits zurück. Der

Junge warf sich schützend über ihn und schrie gellend um Hilfe.

Gudrun spürte, wie sich Toms Körper versteifte und seine rechte Hand reflexartig unter seine Jacke fuhr. Sie riß ihn an den Schultern zurück und zischte ihm ins Ohr: »Bist du verrückt, Tom? Wir können nichts für diese Leute tun! Du machst alles höchstens noch schlimmer, wenn du dich da einmischst!«

Tom zog die Hand zurück. Er hatte den Revolver ohnehin in seinem Zimmer liegengelassen. »Das ist unmenschlich!« keuchte er. Sein Atem ging heftig, seine Augen flackerten. Er starrte Gudrun in ohnmächtiger Wut an. »Die bringen den alten Mann noch um! Wir können doch nicht einfach zusehen ...«

Er drehte sich wieder um. Der junge Bursche hatte aufgehört zu schreien und half dem Alten gerade auf. Tom stieß mit einem erleichterten Pfeifen die Luft aus. Der Mann hatte offensichtlich nur eine Platzwunde davongetragen. Von seiner Stirn lief ein Blutfaden herab und tropfte auf sein weißes Hemd, wo er einen dunklen Fleck hinterließ, aber er schüttelte die Hand des Jungen ab und stand ein wenig schwankend ohne Hilfe da.

Die anderen Bauern waren weiter zurückgedrängt worden und starrten verängstigt zu ihrem Wortführer hinüber. Einer tat einen Schritt nach vorn, doch ein anderer hielt ihn von hinten fest. Mendoza hob die Arme und schien etwas sagen zu wollen, ließ sie dann jedoch wieder sinken und schüttelte nur resigniert den Kopf. Langsam drehte er sich um und kehrte zu den anderen zurück.

Don Sebastian stand nach wie vor am Fuß der Treppenstufen, den Kopf stolz erhoben, als hätte er einen grandiosen Sieg errungen. Er sah reglos zu, wie die Bauern den Alten umringten und dann mit hängenden Köpfen davonzogen.

»Das ist also unser Gastgeber, der Mann, in dessen

Haus wir diese Nacht verbringen werden«, murmelte Tom bitter. »Ich glaube, wir sollten lieber schleunigst von hier verschwinden.«

»Ja«, sagte Gudrun leise. »Wir werden verschwinden. Wir werden keine Minute länger als nötig hier bleiben. Aber erst, wenn wir die Stele gesehen haben und wissen, warum sich dieser Bastard dafür interessiert.«

»Die Stele ...« Tom schüttelte den Kopf. »Du hast recht. Aber ich hätte nicht schlecht Lust, diesem Drecksack gehörig in den Arsch zu treten.«

Gudrun ergriff Tom am Arm und zog ihn zu der Sitzgruppe zurück. Sie lächelte grimmig. »Wer weiß?« sagte sie. »Vielleicht haben wir ja tatsächlich irgendwann später dazu die Gelegenheit.«

Sie ließen die Eingangstür einen Spalt offen stehen. Don Sebastian sollte ruhig wissen, daß sie Zeugen des Vorfalls geworden waren.

Aber auch sie waren heimlich beobachtet worden. Als Isabella mit einer Karaffe eisgekühlten Wassers und einer Kanne Kaffee in den Salon zurückkehrte, spielte ein leises Lächeln um ihre Lippen.

Von seiner Position aus konnte Riviere die Vorderseite des Hauses überblicken. Die meisten Fenster waren verdunkelt, nur in der Küche brannte Licht. Maria Campoña bereitete das Abendessen für ihren Mann und José Costa zu. Der Herd war nicht in Rivieres Blickfeld, aber immer, wenn sich die Frau etwas zurückbeugte, erschien ihr Kopf kurz in dem Fenster. Das würde reichen.

Riviere hatte den Schalldämpfer auf den Lauf seines Gewehrs geschraubt und ließ die Waffe hin und her gleiten. Er wußte genau, wo sich Campoña und Costa befanden, auch wenn er sie nicht sehen konnte, schließlich hatte er sie selbst dort postiert. Und sollten sie doch woanders stecken, würde sich das spätestens dann ändern, wenn der Tanz begann.

Nachdem er die Trockenübungen ein paarmal durchgeführt hatte, legte er auf das Küchenfenster an. Er mußte nicht lange warten. Als Marias Kopf kurz in sein Blickfeld kam, drückte er ab. Es gab nur ein leises *Plopp*, und fast gleichzeitig zersplitterte das Glas. Maria kippte um.

Kurz darauf ertönte Campoñas Schrei, genau an der Stelle, an der er stecken mußte. Riviere hatte das Gewehr bereits herumgeschwenkt und gab drei schnelle Schüsse in Brusthöhe auf die Holzwand ab, exakt in einer Linie, jeweils in zwanzig Zentimetern Abstand. Er zielte bereits auf das Fenster weiter links, hinter dem Costa spätestens jetzt in Stellung gehen würde.

Riviere gab ihm fünf Sekunden lang Zeit. Länger durfte er nicht warten, damit der Trottel nicht anfing, blindlings in die Dunkelheit zu feuern. Er schoß erneut dreimal, ließ das Gewehr fallen und hastete geduckt auf das Haus zu, die Beretta in der Hand. Er stieß die Tür mit dem Fuß auf, rollte sich hinein und sicherte schnell nach rechts und nach links. Kein Überlebender.

Der ehemalige Fremdenlegionär hielt sich nicht länger in dem Haus auf. Er tauchte in der Dunkelheit unter, nahm sein Gewehr wieder auf, lief zu seinem Pferd, stieg in den Sattel und ritt los.

Ein paar hundert Meter von Campoñas Haus entfernt warteten zwei seiner Männer an der vereinbarten Stelle. Er übergab ihnen das Gewehr, nickte ihnen knapp zu und ritt dann weiter. Es gab keinen Grund, ein Wort zu verlieren. Sie hatten ihr Vorgehen bereits abgesprochen, bevor er mit Costa aufgebrochen war.

Normalerweise wurden die polizeilichen Ermittlungen nach einem Mord in dieser Gegend recht schlampig durchgeführt, besonders wenn es sich bei den Opfern um Bauern handelte, die Don Sebastian in die Quere gekommen waren. Aber jedermann wußte, daß Campoña für den Haziendero arbeitete, und deshalb würde man *diesen* Mordfall viel gründlicher untersuchen. Und aus diesem Grund durfte kein Verdacht auf Don Sebastian oder Jean-Claude Riviere fallen.

Rivieres Männer würden warten, bis ihr Boß auf die Hazienda zurückgekehrt war, dann Campoñas Haus gründlich verwüsten und schließlich in einer wilden Schießerei, bei der auch Campoñas und Costas Waffen mehrfach abgefeuert werden würden, einen Höllenlärm veranstalten, den die Bauern in der Nachbarschaft nicht überhören konnten. Alle würden aussagen können, daß der Überfall zu einem Zeitpunkt stattgefunden hatte, als Riviere längst wieder auf der Hazienda weilte.

»Ja, das ist sie, eindeutig.«

Tom kniete vor der Stele und untersuchte sie gründlich. Als er sie damals in Yukatan zum ersten Mal gesehen hatte, war ihm dazu nicht die Zeit geblieben. Zwar hatte er mehrere Fotos geschossen, aber es war etwas ganz anderes, ob man ein Fundstück auf Bildern oder in natura untersuchte.

Bei der Auswertung der Bilder waren sie auf eine Markierung auf der Rückseite der Sandsteinstele gestoßen, deren Sinn ihnen rätselhaft geblieben war. Zudem war die Einkerbung durch die Verwitterung fast unkenntlich gewesen. Jetzt aber hatten Tom und Gudrun sie rekonstruieren können.

Es handelte sich um eine Art Andreaskreuz, wie es auch von den Maya benutzt worden war. Dieses Andreaskreuz hatte jedoch sechs schräge Querbalken von unterschiedlicher Länge. Tom hatte es detail- und maßstabsgetreu in sein Notizbuch übertragen. Wahrscheinlich hätten sie mit dem Zeichen trotzdem nichts anfangen können, hätte Don Sebastian ihnen nicht eine weitere Stele gezeigt, die neben anderen Artefakten ebenfalls in einem Kellerraum unterhalb des Hauses lag.

Es war eine fast identische Kopie der Yukatanstele, nur gab es einen Unterschied in der Markierung auf der Rückseite. Auch diese Einkerbung stellte ein Andreaskreuz dar, aber es hatte nur einen Schrägbalken, der zudem kürzer als bei der ersten Stele war.

»Meine Männer haben sie vor Jahren bei Rodungsarbeiten an der Nordgrenze meines Landes entdeckt«, hatte Don Sebastian berichtet. »Sie hat mich sofort fasziniert. Wie ich Ihnen bereits erzählt habe, sind meine Vorfahren in der Mitte des siebzehnten Jahrhunderts in diese Gegend gekommen, in die sich damals die letzten Maya, die sich nicht zivilisieren lassen wollten, zurückgezogen hatten. Vielleicht hat einer meiner Vorfahren selbst diese Stele aufgestellt. Jedenfalls muß sie aus der Zeit stammen, in der meine Familie hier ansässig geworden ist und das Land urbar gemacht hat. Seit ich sie entdeckt habe, bin ich auf der Suche nach weiteren Stelen gewesen. Und dann habe ich kürzlich von der in Yukatan erfahren. Da konnte ich einfach nicht widerstehen.«

Tom und Gudrun wußten über diesen traurigen Abschnitt der Kolonisierung Mittelamerikas Bescheid. Vor Antritt ihrer Reise hatten sie ihr Wissen noch einmal aufgefrischt. Ein Gruppe der Maya hatte den erbarmungslosen ›Zivilisierungs‹- und Christianisierungsversuchen der Spanier hundertfünfzig Jahre lang erfolgreich getrotzt, bis auch sie schließlich besiegt worden war. Und anscheinend hatte Don Sebastian vor, diese gewalttätige Familientradition fortzuführen.

Den Vorfall mit den Bauern vor seinem Haus hatte er mit der lapidaren Feststellung abgetan, daß die Leute widerrechtlich seinen Grund und Boden betreten und ihn bedroht hätten.

Tom und Gudrun hatten auf eine Erwiderung verzichtet. Aber sie waren fest entschlossen, Sir Ian davon zu berichten. Vielleicht konnte der Earl of Oake Dùn über seine diplomatischen Kontakte erreichen, daß eine Untersuchungskommission der UNO dieser Gegend einen Besuch abstattete und den Großgrundbesitzer einmal genauer unter die Lupe nahm.

»Und was interessiert Sie so sehr an dieser Stele?« erkundigte sich Don Sebastian. »Wissen Sie irgend etwas darüber, das für Wissenschaftler von Interesse ist?«

Die Frage hatte beiläufig klingen sollen, aber der lauernde Unterton in seiner Stimme war unverkennbar.

»Lassen Sie uns oben weiterreden«, schlug Tom vor. »Wenn Sie nichts dagegen haben, werden wir die beiden Stelen morgen genauer untersuchen. Für heute haben wir genug gesehen.«

Im Salon erwartete sie eine unangenehme Überraschung. Jean-Claude Riviere saß in einem Sessel vor dem Kamin, in dem jetzt ein Feuer flackerte.

Verrückt, dachte Gudrun. *Auf der einen Seite saugt die Klimaanlage die Hitze aus diesem Raum, auf der anderen Seite sorgt der Kamin für Nachschub.*

Sie ließen sich auf der Sitzgruppe nieder, wobei Gudrun den Sessel wählte, der so weit wie möglich von Riviere entfernt stand. Sie starrte wortlos ins Feuer und überließ Tom das Reden.

Natürlich erwähnte er die Templer und die Bundeslade mit keinem Wort. Statt dessen tischte er Don Sebastian eine Geschichte von einer kleinen Gruppe verschollener spanischer Konquistadoren auf, die auf der Suche nach legendären Mayaschätzen angeblich in dieser Gegend verschwunden waren. Bei der Erwähnung kostbarer Schätze begannen Don Sebastians Augen begehrlich zu funkeln.

»Wahrscheinlich stellen die Stelen eine Wegmarkierung dar, die zu diesem Schatz führt«, log Tom das Blaue vom Himmel herunter. Ersetzte man jedoch das Wort Schatz durch Bundeslade, war es keine Lüge mehr. »Allerdings müßten wir wissen, wo genau die Stele gestanden hat, am besten auch, wie sie ausgerichtet gewesen war. Vielleicht können wir dann die Richtung bestimmen.«

»Ich werde Sie morgen von den Männern, die sie gefunden haben, an die Stelle bringen lassen«, versprach der Haziendero. Seine Stimme klang eine Spur zu eifrig.

»Wenn es sich wirklich um Wegmarkierungen handelt, müßte es noch mehr dieser Stelen geben«, fuhr Tom fort. »Es ergibt keinen Sinn, nur zwei aufzustellen, die fünfhundert Kilometer Luftlinie auseinanderliegen. Wenn wir nur eine weitere finden würden, könnten wir vielleicht den Code dieser Andreaskreuze knacken, falls sie so etwas wie Entfernungs- und Richtungsangaben darstellen.«

Einen Moment lang breitete sich Schweigen aus, und Gudrun sah auf. Ihr Blick fiel auf Don Sebastian. Sie hatte ganz deutlich den Eindruck, als kämpfte er mit sich, als läge ihm irgend etwas auf der Zunge, doch da klopfte es an der Tür.

Don Sebastians Kopf ruckte herum.

»Herein!« rief er laut, nicht etwa verärgert über die Störung, sondern so, als ob er nur darauf gewartet hatte.

Die Tür öffnete sich und einer seiner Bediensteten trat ein. Der Mann machte einen aufgeregten Eindruck und stieß einen schnellen Wortschwall aus.

Auf ein Nicken Don Sebastians rief er einen Namen, und ein anderer Mann in abgerissener Kleidung schob sich durch die Tür. Er war außer Atem und zitterte. Wie der erste stieß auch er einen hastigen Wortschwall hervor und gestikulierte dabei hektisch mit den Armen.

»Was ist passiert?« fragte Tom wachsam, als der Mann geendet hatte.

Don Sebastian war aufgesprungen.

»Ein Überfall!« rief er und warf die Arme in die Luft. »Ein Überfall auf meinen alten Freund Campoña! Gerade erst vor einer Stunde. Juan ist so schnell zu uns gekommen, wie sein Muli laufen konnte. Er hat Schüsse gehört, eine Menge Schüsse. Sie kamen von Campoñas Farm. Und ich habe gerade erst heute einen meiner besten Männer zu seinem Schutz abgestellt! Hoffen wir, daß ihm nichts passiert ist!«

Er wirbelte zu Riviere herum.

»Reiten Sie zu ihm«, befahl er drängend. »Nehmen sie so viele Männer, wie Sie brauchen, und sehen Sie nach meinem Freund Campoña. Schnell!«

Riviere stand langsam auf, beinahe unwillig, und Gudrun registrierte zweierlei:

Don Sebastians Reaktion wirkte zu theatralisch, um glaubhaft zu sein. Er war nicht der Typ, den eine solche Nachricht derart aus dem Häuschen bringen würde.

Und Riviere schien ungehalten zu sein, geradezu wütend. Aber nicht über die Nachricht, sondern über Don Sebastian. Nur für einen Sekundenbruchteil war seine beherrschte Miene aufgebrochen, und er hatte dem Haziendero einen Blick zugeworfen, in dem kalte Verachtung lag. »Ich werde sofort losreiten, Don Sebastian«, versprach er.

»Ich komme mit«, sagte Tom.

Gudrun starrte ihn fassungslos an.

»Ich halte das für keine gute Idee«, sagte Riviere langsam.

»Wieso nicht?« fragte Don Sebastian schnell. »Bei Ihnen ist er in guten Händen.«

Wieder der kurze verächtliche Blick Rivieres und ein kaum wahrnehmbares Aufflackern von Wut.

»Wie Sie wollen«, erwiderte er dann ruhig.

»Ich hole nur meinen Revolver.« Tom wartete keine

Antwort ab und stürzte aus dem Zimmer. Als er eine Minute später wiederkam, trat ihm Gudrun in den Weg und hielt ihn auf.

»Tu's nicht, Tom«, sagte sie leise. »Da ist etwas faul.«

»Natürlich«, gab Tom genauso leise zurück. Riviere hatte den Salon bereits verlassen, und Don Sebastian stand in der offenen Tür. »Die haben irgendein krummes Ding vor. Vielleicht wollen sie dem Alten, der die Bauern angeführt hat, auf die Pelle rücken. Aber dabei ich werde nicht noch einmal tatenlos zusehen. Oder aber sie inszenieren nur einen Überfall, bei dem sie dann als die Beschützer der Bauern eingreifen. Auf jeden Fall sollte ein unabhängiger Beobachter dabeisein.«

Gudrun wollte noch etwas sagen, aber dann sah sie ein, daß sie ihn nicht würde aufhalten können. Sie kannte diesen Gesichtsausdruck zur Genüge, den Tom immer dann aufsetzte, wenn er wild entschlossen war, sich durch keinerlei vernünftige Argumente von einem waghalsigen Unternehmen abbringen zu lassen.

Er nahm ihr Gesicht in beide Hände, drückte ihr einen Kuß auf die Stirn, lächelte sie an und sagte etwas, das sie unter anderen Umständen zum Lachen gebracht hätte:

»Mach dir keine Sorgen um mich, ich bin bald wieder da. Vertrau mir, ich weiß, was ich tue.«

Dann ließ er sie los, drehte sich um und eilte davon.

Gudrun sah ihm eine Weile wie betäubt nach, bevor sie zu ihrem Sessel zurückkehrte und ihr Glas Sherry in einem Zug leertrank.

Hier lief irgendein übles, abgekartetes Spiel, das sie noch nicht durchschaute, aber es war bereits viel zu spät, um jetzt noch daraus auszusteigen.

Sie steckten längst schon mittendrin.

ENDE
DES ZWEITEN BUCHES

DRITTES BUCH

DER RINDERBARON

von Marten Veit

Es war dunkel, und das schwache Licht der Sterne und des Mondes reichte gerade aus, daß sie den gewundenen Weg zwischen Bäumen und Sträuchern als schwarzes Band erkennen konnten.

Den Pferden schien die Dunkelheit weniger auszumachen. Sie preschten dahin, als könnten sie im Infrarotbereich sehen. Die Reiter mußten sich blindlings auf ihre Tiere verlassen, und sie taten es mit der Selbstverständlichkeit von Männern, die von Kindesbeinen an mit Pferden aufgewachsen sind.

Auch Thomas Ericson war mit Pferden vertraut, aber es war das erste Mal, daß er mitten in der Nacht zusammen mit einer Gruppe ihm größtenteils unbekannter Männer durch die Wald- und Buschinseln auf den Weiden einer guatemaltekischen Hazienda galoppierte. Er hatte sich tief über den Hals seines Pferdes gebeugt, um herunterhängenden Zweigen auszuweichen, die ihm ein paarmal beinahe den Hut vom Kopf gepeitscht hatten.

Vor einer knappen Viertelstunde waren sie vom Haupthaus des Don Sebastian Cristóbal de Gomorro y los Tordesillas-Avendaño aufgebrochen, acht Männer, angeführt von Jean-Claude Riviere. Er war ein undurchsichtiger hagerer Mann, der Tom und seiner Begleiterin, der deutschen Anthropologin Gudrun Heber, Rätsel aufgab. Irgend etwas ging auf der Hazienda vor sich, und Tom war fest entschlossen, es herauszufinden. Schließlich würden er und Gudrun die nächsten Tage hier verbringen müssen, um einem der geheimnisvollsten Artefakte der Menschheit auf die Spur zu kommen: der legendären Bundeslade der Israeliten, die allem Anschein nach von den Templern irgendwo in den Urwäldern von Nordguatemala versteckt worden war.

Nach einer Weile drosselten die Reiter ihr Tempo und ritten im Schritt weiter. Sie hielten Gewehre in den Händen und folgten wortlos ihrem Anführer. Es schien nicht mehr weit bis zu ihrem Ziel zu sein, der Farm von Campoña. Tom dirigierte sein Pferd näher an seinen Nebenmann heran, einen etwa vierzig Jahre alten Amerikaner namens Phil Biehl, der nicht gerade einen vertrauenerweckenden Eindruck machte.

»Was wissen Sie über diesen Campoña?« erkundigte er sich leise.

Bisher hatte er nur erfahren, daß Campoña ein Bauer war, den der Großgrundbesitzer Don Sebastian als seinen Freund bezeichnet hatte. Anscheinend war er – wie so viele andere Bauern auch, die allerdings alles andere als Freunde des Hazienderos waren – von Banditen überfallen worden, und Don Sebastian hatte ihm unverzüglich seine Männer zu Hilfe geschickt. Tom hatte darauf bestanden, sie zu begleiten.

In der Dunkelheit konnte er undeutlich erkennen, wie Biehl die Achseln zuckte. »Ich kenne ihn nur flüchtig«, erwiderte der Amerikaner ebenso leise. »Ein Bauer, dessen Familie seit Generationen hier lebt. Don Sebastian hat ihm den größten Teil seines Landes, das ohnehin noch nicht gerodet war, abgekauft. Campoña baut hauptsächlich Mais an. Bisher mußte er ihn über größere Entfernungen zu seinen Absatzmärkten transportieren. Jetzt verkauft er ihn direkt an Don Sebastian und spart sich so die Transportkosten. Kein Wunder, daß der Boß sauer ist, wenn sein Hauptlieferant für Mais ausfällt.«

»Und Don Sebastian ist mit diesem Campoña befreundet?« hakte Tom nach.

Ein verächtliches Zischen von Biehl. »Don Sebastian würde sich nie dazu herablassen, freundschaftliche Beziehungen zu den *campesinos* hier aufzubauen. Er lebt in einer ganz anderen Welt ...« Er verstummte und sah sich schnell um, als hätte er schon zuviel gesagt. »Campoña arbeitet für ihn«, fuhr er schließlich fort. »Dafür genießt er gewisse Privilegien. Sonst würden wir nicht mitten in der Nacht losreiten, um seinen Arsch aus dem Feuer zu holen. Oder das, was noch davon übrig ist.«

Obwohl sich Tom Ericson noch keinen halben Tag auf Don Sebastians Besitz aufhielt, hatte er schon einiges von den Spannungen mitbekommen, die zwischen dem Haziendero und den einfachen Bauern an den Grenzen der Rinderfarm herrschten. Anscheinend betrieb der Rinderbaron eine rücksichtslose Expansion und setzte die Bauern unter Druck, um an ihr Land zu kommen. Über die Methoden, die er dabei anwandte, konnte Tom nur spekulieren, aber es gehörte nicht viel Phantasie dazu, sich auszumalen, daß mehr als sanfter Druck auf die Menschen ausgeübt wurde.

Am späten Nachmittag dieses Tages waren Tom und Gudrun Zeugen geworden, wie Don Sebastian mit den einfachen *campesinos* umsprang. Die Bauern waren zu seinem Herrenhaus marschiert, um ihm ein Angebot zu unterbreiten und ihn um Schutz gegen die sich häufenden Überfälle von umherziehenden Banditen zu bitten. Der Großgrundbesitzer hatte ihre Bitte und ihr Angebot abgelehnt und sie nicht nur mit selbstherrlicher Arroganz, sondern auch mit erschreckender Gewalttätigkeit von seinem Grund und Boden vertrieben. Daraufhin hatten die beiden Wissenschaftler beschlossen, Don Sebastians fragwürdige Gastfreundschaft nicht länger als unbedingt nötig in Anspruch zu nehmen und die Hazienda so schnell wie möglich zu verlassen. Aber noch standen sie ganz am Anfang ihrer Nachforschungen.

Als sie einen weiteren Streifen Grasland überquert hatten und sich einer Waldzunge näherten, brachte Jean-Claude Riviere, der an der Spitze des kleinen Trupps ritt, sein Pferd zum Stehen und glitt aus dem Sattel. Die anderen folgten seinem Beispiel und führten ihre Tiere am Zügel bis zu den ersten Bäumen.

»Suarez, du bleibst bei den Pferden«, befahl Riviere

halblaut auf Spanisch. »Ihr anderen kommt mit mir. Verhaltet euch ruhig.«

Toms Spanischkenntnisse waren seit seiner Studienzeit etwas eingerostet, aber es gehörte nicht viel dazu, die Worte von Don Sebastians Sicherheitschef zu verstehen.

»Sie bleiben bei mir«, wandte sich Riviere auf Englisch an den Archäologen. »Ich bin für Ihre Sicherheit verantwortlich. Also befolgen Sie meine Anweisungen. Sollte es zum Kampf kommen, bleiben Sie in Deckung.«

Du kannst mich mal, dachte Tom, nickte aber stumm. Er war nicht mitgekommen, um sich bei der erstbesten Gefahr zu verkriechen, sondern um mit eigenen Augen zu sehen, was hier gespielt wurde.

Von Riviere abgesehen, der nur seine Beretta in der Pistolentasche und ein großes Messer in einer Lederscheide am Gürtel trug, hielten die Männer Gewehre in den Händen. Tom hatte seinen alten 45er Single Action gezogen und folgte Riviere.

Sie durchquerten das Wäldchen im Laufschritt. Mit widerwilliger Bewunderung registrierte Ericson die geschmeidige Lautlosigkeit, mit der sich Riviere bewegte. Er konnte ihn in der Finsternis nur als undeutlichen Schemen erkennen, und wenn er überhaupt irgendwelche Geräusche verursachte, wurden sie von den Fußtritten der anderen Männer und der Hintergrundkulisse der Nachtinsekten übertönt.

Nach einigen Minuten wichen die Bäume vor ihnen zurück und machten einem langgezogenen Maisfeld Platz. Das Mondlicht schimmerte auf den in einer schwachen Brise leise raschelnden Blättern der Maisstauden. Riviere ging kurz vor der Grenze der diffusen Helligkeit in die Hocke, winkte seine Leute heran und erteilte flüsternd Anweisungen. Phil Biehl schlich sich mit drei Männern im Schutz der Bäume nach links, Riviere mit Tom und einem weiteren Mann nach rechts.

Als sie rund dreihundert Meter zurückgelegt hatten, öffnete sich eine Schneise im Maisfeld, und an ihrem Ende konnte Tom ein Haus erkennen. Riviere kauerte hinter einem Busch und beobachtete das Haus eine endlos erscheinende Zeit lang reglos. Tom hatte Mühe, sich ebenso unauffällig zu verhalten. Das schrille Sirren zahlloser Moskitos dröhnte unnatürlich laut in seinen Ohren, und immer wieder spürte er ein schwaches Kitzeln in seinem Gesicht und auf seinem Hals, wo sich die blutrünstigen Insekten niedergelassen hatten, um ihre spitzen Saugrüssel in seine Haut zu bohren. Obwohl er sich mit den Händen unablässig über die ungeschützten Körperpartien fuhr, begannen mehrere Stellen an seinem Hals und in seinem Gesicht zu jucken. Er war erleichtert, als Riviere sich endlich wieder regte.

»Anscheinend sind die Angreifer nicht mehr da«, flüsterte der hagere Mann. »Wir werden trotzdem vorsichtig bleiben und uns anschleichen. Sie, Ericson, bilden die Nachhut. Und auch, wenn Sie irgendwo irgend etwas hören, Sie schießen erst, wenn ich es sage. Ich möchte nicht, daß Sie versehentlich einen unser eigenen Leute umlegen.«

Tom knirschte mit den Zähnen, verzichtete aber auf eine Antwort. Im Grunde wußte er, daß Riviere mit seiner Anordnung Recht hatte; es war nur die Art des anderen, die ihm zu schaffen machte. Riviere gab ihm unmißverständlich zu verstehen, daß Tom für ihn eher ein Hindernis als eine Hilfe darstellte.

Sie huschten geduckt die Schneise in dem Maisfeld entlang und verharrten immer wieder für ein paar Sekunden im Schatten einiger überhängender Stauden. Das Haus vor ihnen lag still und verlassen da, kein Lichtschimmer drang aus den Fenstern oder der Tür, die, wie Tom jetzt bemerkte, schief in ihren Angeln hing. Die mit Fliegendraht bespannten Fensterläden standen offen, die Scheiben dahinter, die sich nach innen öffneten, waren teilweise zersplittert. Von einer Ecke des Hauses stieg ein dünner Rauchfaden auf. Trotz des Zwielichtes konnte Tom erkennen, daß das Holz dort noch dunkler als der Rest der Außenfassade wirkte. Entweder hatten die Banditen versucht, das Haus abzubrennen, oder im Laufe des Kampfes hatte sich versehentlich ein Feuer entzündet, das zum Glück wieder erloschen war. Tom tippte auf die zweite Möglichkeit. Aus welchem Grund sollten die Banditen das Haus abfackeln wollen? Es mußte im Gegenteil in ihrem Interesse liegen, daß das Haus wieder von anderen Bauern bewohnt wurde, damit sie dort erneut auf Beutezug gehen konnten.

Nur einen Steinwurf von der Veranda entfernt, direkt am Rande des Maisfeldes, hielten sie zum letzten Mal an. Tom spannte sich unwillkürlich an und hob automatisch den rechten Arm mit dem Revolver, als er eine Bewegung an der linken Seite des Hauses erkannte. Im gleichen Augenblick legte Riviere ihm die Hand auf den Unterarm und drückte ihn nach unten, ohne sich auch nur umzusehen. Er sagte kein Wort, aber Tom spürte seine Mißbilligung auch so deutlich, und wieder wuchs seine Abneigung. Mit Riviere zusammen zu sein, bedeutete ständig auf seine Unzulässigkeiten hingewiesen zu werden, und die Beiläufigkeit, mit der das geschah, war demütigend. Das erstreckte sich selbst auf Nebensächlichkeiten wie die Tatsache, daß Riviere die Moskitoschwärme nicht das geringste auszumachen schienen, oder daß sich seine Handfläche trotz der schwülen Hitze knochentrocken anfühlte, während sich auf Toms gesamtem Körper ein dünner schmieriger Schweißfilm gebildet hatte.

Der Archäologe unterdrückte seinen Ärger, ließ den Arm sinken und konzentrierte sich auf die Bewegung an der linken Ecke des Hauses. Eine dunkle Gestalt schob sich an der Holzfront entlang über die Veranda und verharrte auf halbem Weg kurz vor der offenstehenden Tür. Er hielt ein kurzläufiges Gewehr in den Händen und machte damit eine knappe winkende Geste in Richtung der Schneise durch das Maisfeld. Tom tippte auf Biehl, und er fragte sich, wie der Amerikaner sie in der Dunkelheit unter den Maisstauden sehen konnte. Sein Respekt und der Eindruck, es hier mit Vollprofis im Dschungelkampf zu tun zu haben, zumindest was Riviere und Biehl betraf, wuchs.

Riviere erwiderte die Geste ebenso knapp, öffnete die Pistolentasche, zog die Beretta hervor und wandte sich zu seinen Begleitern um. »Ich untersuche das Haus«, wisperte er, ohne einen der beiden direkt anzusprechen. »Ihr gebt mir gegebenenfalls Feuerschutz.« Er wartete keine Erwiderung ab und lief los.

Tom zögerte nur eine Sekunde, dann huschte ein Grinsen über sein Gesicht, und er folgte Riviere. Ihm war klar, daß das ganz und gar nicht im Sinne des anderen war, aber Riviere würde nichts dagegen unternehmen können, ohne sich selbst oder Tom in Gefahr zu bringen. Der Franzose erreichte die Veranda, eilte die drei Stufen hinauf und drückte sich mit dem Rücken rechts neben die Tür. Die Holzbohlen quietschten und knarrten leise. Zwei Sekunden später war Tom hinter ihm. Es erstaunte ihn kein bißchen, daß die Dielen unter seinen Schritten mindestens doppelt so laut geknarrt hatten.

Riviere drehte sich zu ihm um und starrte ihn ausdruckslos an. Tom starrte herausfordernd zurück und deutete mit dem Kopf auf die offene Tür. Biehl stand gebückt auf der anderen Seite und zielte mit dem Gewehr auf die dunkle Öffnung.

Hinterher war Tom nicht mehr sicher, ob er sich vielleicht getäuscht hatte, aber in diesem Augenblick glaubte er, ein flüchtiges Lächeln auf Rivieres Gesicht zu entdecken, das gleich darauf wieder verschwunden war. Der Franzose nickte kurz, gab Biehl ein Zeichen, sah Tom an, deutete mit dem Daumen erst auf sich, dann nach rechts, und warf sich gleich darauf durch die offene Tür. Tom folgte ihm eine Sekunde später, betete, daß er Rivieres Geste richtig interpretiert hatte, und wandte sich nach links.

Im Haus war es stockfinster. Trotzdem ließ er den Revolver hin und her wandern und tastete sich langsam vorwärts. Seine Füße berührten unsichtbare Gegenstände auf dem Boden. Ein unangenehmer, süßlicher Geruch stieg in seine Nase. Hinter ihm war Riviere kaum zu hören. Tom war sich bewußt, daß er im Gegensatz zu ihm einen Höllenlärm veranstaltete. Sollten sich tatsächlich noch Banditen im Haus aufhalten, würde es ihn mit Garantie zuerst erwischen.

Vorsichtig arbeitete er sich weiter, alle Nerven bis zum Zerreißen angespannt. Jetzt entdeckte er vor sich einen Lichtschimmer, in dem sich ein Türrahmen abzeichnete. Der Raum dahinter wurde vom Mondlicht, das durch zwei Fenster sickerte, spärlich erleuchtet. Tom ließ sich auf die Knie nieder, bevor er sich hineinschob.

Dem Geruch nach schien es sich um eine Küche zu handeln. Aber neben den würzigen Düften nach einer erst kürzlich zubereiteten pikanten Mahlzeit lag noch ein anderer Geruch schwer in der Luft, den Tom kannte: Blut. Gleich darauf ertasteten die Finger seiner linken Hand etwas Klebriges, Schmieriges, und ruckartig zog er die Hand zurück und wischte sie an seiner Hose ab.

Er zuckte ein zweites Mal zusammen, als er Riviere mit lauter Stimme gelassen rufen hörte: »Okay, Biehl! Du kannst reinkommen. Alles sauber.«

Er hat sich nicht einmal erkundigt, ob auch bei mir alles klar ist, dachte Tom wie betäubt. *Soll ich das als Beleidigung oder als Kompliment auffassen?* Er schüttelte den Gedanken unwillig ab, zog sein Zippo-Feuerzeug hervor und schnippte es an. In der bläulich flackernden Flamme erkannte er eine Frauenleiche auf dem Boden, der mit Scherben und allerlei Haushaltsgegenständen übersät war. Die Frau wies einen Einschuß in der linken Schläfe auf. Sie lag mit dem Kopf direkt an der Wand, so daß er den Ausschuß auf der anderen Seite nicht sehen konnte, und er war froh darüber.

Sie fanden eine intakte Petroleumlampe und mehrere Kerzen, mit denen sie das Haus ausreichend ausleuchten konnten, um den Schauplatz des Verbrechens zu untersuchen.

Das Haus war durchwühlt und verwüstet worden. Geld oder Wertgegenstände fehlten. Die Zerstörungen erweckten den Eindruck von übermäßigem und sinnlosem Vandalismus. Wer immer hier gewütet hatte, schien Spaß an der Sache gehabt zu haben.

Es gab drei Tote, zwei Männer und eine Frau. Tom überließ die Untersuchung weitestgehend Riviere und Biehl und beschränkte sich auf die Rolle des Beobachters. Die beiden Männer gingen mit der Kompetenz von kriminalistischen Sachverständigen vor, und da sie sich laut unterhielten, erfuhr er alles, was auch sie wußten.

Demnach war die Frau gleich zu Beginn des Überfalls getötet worden, denn sie wäre kaum während einer Schießerei in der Küche geblieben. Außerdem verrieten der Schußkanal in ihrem Kopf und die Höhe der Einschußstelle in der Wand, daß sie im Stehen getroffen worden war.

Die beiden Männer hatten Zeit gehabt, auf den Überfall zu reagieren. Sie lagen an strategisch günstigen Verteidigungspositionen. Das Fensterglas war größtenteils nach außen gefallen, also hatten sie die Scheiben entweder zerschlagen oder von innen zerschossen. Die Anzahl der Patronenhülsen, die um sie herum lagen, zeigte, daß sie nicht nur kurzfristig das Feuer erwidert, sondern lange genug durchgehalten hatten, um nachzuladen. Im Hintergrund des Raumes war ein Tisch umgekippt und hatte Bierflaschen, einen vollen Aschenbecher und Spielkarten in der Gegend verstreut. Also schienen die Männer zwar auf einen Überfall vorbereitet gewesen zu sein, waren letztendlich aber doch beim Kartenspielen davon überrascht worden. Bei dem einem handelte es sich um Campoña, bei dem anderen um José Costa, einen Angestellten von Don Sebastian, den er erst an diesem Tag zu Campoñas Schutz abgestellt hatte.

Und noch etwas anderes stellte Tom fest. Während Riviere und Biehl mit völliger Gelassenheit vorgingen, wirkten die anderen Männer ein wenig bedrückt und nervös. Obwohl jeder von ihnen eine Waffe trug, waren sie alles andere als geübte Kämpfer. Und José Costa war einer von ihnen gewesen.

Eine gründliche Suche vor dem Haus – sofern die Dunkelheit das zuließ – förderte eine Menge Spuren zutage. Allerdings ließ sich daraus nicht erkennen, um wie viele Angreifer es sich gehandelt hatte. Auch fanden sie im Licht ihrer Taschenlampen und Laternen keine Toten oder Blutspuren. Anscheinend hatte es unter den Angreifern trotz der Gegenwehr von Campoña und Costa keine Opfer gegeben. Tom war ein bißchen unwohl bei dem Gedanken, daß sie die Spuren zertrampelten, bevor die Polizei den Tatort besichtigen konnte, aber für Riviere schien ihr Vorgehen eine Selbstverständlichkeit zu sein. Wahrscheinlich würde sich die Polizei ohnehin mit ihren Aussagen, für die es in diesem Fall sogar einen unabhängigen Zeugen gab, zufriedengeben. Ein Lokalfürst wie Don Sebastian war in diesem Teil der Welt so etwas wie seine eigene Polizei.

Die Untersuchung ließ Tom einigermaßen verunsichert zurück. Sein ursprünglicher Verdacht, daß die Nachricht von dem Überfall getürkt gewesen war und Don Sebastian nur freie Hand für irgendeine Schweinerei hatte geben sollen, hatte sich nicht bewahrheitet. Andererseits aber kam der Mord an einer ihm ergebenen Bauernfamilie und einem seiner eigenen Leute in dieser Situation einfach ein wenig *zu* gelegen, so daß jetzt auch der Haziendero zu den Opfern der Banditen zählte, die sonst immer nur die anderen Bauern heimgesucht hatten. Und mit Tom hatte er einen neutralen Zeugen, der beschwören konnte, daß sowohl der Großgrundbesitzer als auch Riviere zum Zeitpunkt des Überfalls auf der Hazienda gewesen waren. Allerdings hatte er nicht damit rechnen können, daß Tom sich Riviere anschließen würde, und Riviere hatte sogar versucht, ihn davon abzubringen. Oder gehörte das alles ebenfalls zu einem geschickt eingefädelten Plan?

Aber würde Don Sebastian tatsächlich so weit gehen, seine eigenen Leute umzubringen, nur um seine Glaubwürdigkeit zu erhöhen? Konnte Riviere Tom wirklich derart manipulieren?

Langsam wirst du paranoid, hielt sich Ericson in Gedanken vor. Don Sebastian *ist* ein selbstherrlicher Tyrann, und Riviere *ist* ein ausgekochtes Schlitzohr, aber dies alles hatte sich einfach nicht so genau planen lassen.

Rund zwei Stunden, nachdem sie bei Campoñas Haus eingetroffen waren, machten sie sich auf den Rückweg. Sie hatten gerade das Ende des Maisfeldes und den Beginn des Waldstreifens erreicht, als Tom bemerkte, wie Riviere für einen Augenblick verharrte, bevor er weiterging. Gleich nach der ersten Biegung des Pfades blieb er stehen.

»Ihr geht weiter zu den Pferden und reitet zurück zur Hazienda«, befahl er den Männern. »Biehl, du bleibst bei mir.«

»Was ist los?« erkundigte sich Tom. Er konnte Rivieres

Gesicht in der Dunkelheit nicht erkennen, als sich der Mann ihm zuwandte und sagte: »Irgend jemand steckt am Waldrand zwischen den Büschen. Ich werde ihn mir schnappen.«

»Das möchte ich sehen«, erwiderte Tom.

Riviere starrte ihn eine Weile wortlos an. Dann zuckte er die Achseln. »Wie Sie wollen. Aber bleiben Sie auf dem Pfad. Ich möchte nicht, daß Sie den Kerl verscheuchen, wenn Sie durch die Büsche trampeln.«

Tom erwiderte nichts. Zum Glück verbarg die Dunkelheit seinen verärgerten Gesichtsausdruck, aber er wußte, daß Riviere recht hatte. Nachdem die anderen Männer verschwunden waren, folgte er Riviere und Biehl den Weg zurück und kauerte sich nieder, als sich die beiden Männer ins Unterholz schlichen.

Sie bewegten sich wirklich unwahrscheinlich leise. Bereits nach wenigen Sekunden waren sie aus seinem Blickfeld verschwunden, und kurz darauf konnte er nicht einmal mehr das Rascheln im Laub hören.

Tom hockte reglos auf dem Pfad und lauschte in die beinahe undurchdringliche Finsternis. Das lauteste Geräusch war das Zirpen der Grillen und das nervtötende Summen der Moskitos, die sich jetzt wieder in Schwärmen auf ihn stürzten, und Tom verfluchte sich dafür, daß er sich wie eine Klette an Riviere angehängt hatte. Und dann kam ihm plötzlich ein erschreckender Gedanke.

Was, wenn es gar keinen heimlichen Beobachter gab? Was, wenn Riviere ihn einfach nur allein im Dschungel zurückließ, um ungestört irgend etwas anderes zu erledigen, wobei er keinen Zeugen gebrauchen konnte? Und was, wenn Riviere vorhatte, ihn endgültig aus dem Weg zu räumen? Wenn er ihm einfach die Kehle durchschnitt und den Mord den Banditen in die Schuhe schob?

Trotz der schwülen Hitze begann Tom auf einmal zu

frösteln, und er zog seinen Revolver aus dem Holster. Im selben Moment hörte er irgendwo im Wald ein leises Rascheln, gefolgt von einem unterdrückten Aufschrei, und dann schimmerte Licht durch das Gestrüpp.

Tom sprang auf und hastete den Weg zurück, bis sich das Maisfeld vor ihm erstreckte. Das Licht und der Schrei waren von rechts gekommen, also wandte er sich in diese Richtung. Kurz darauf hatte er Riviere und Biehl erreicht.

Sie hatten einen jungen Mann aus dem Gebüsch gezerrt und auf den Boden geworfen. Biehl leuchtete ihm mit einer Taschenlampe ins Gesicht, während Riviere vor ihm kniete und ihm ein Messer an die Kehle drückte.

Der junge Mann trug die einfache formlose Baumwollkleidung der Bauern. Er hatte die Augen weit aufgerissen und stieß einen abgehackten Wortschwall hervor. Toms Spanischkenntnisse reichten aus, um zumindest die Quintessenz seiner Worte zu verstehen.

» ... Eusebio Chapoque ... habe nichts damit zu tun ... unsere Farm in der Nähe ... Schüsse gehört ... nachgesehen ... erst nach Ihnen angekommen ... keine Banditen gesehen ... unbewaffnet, nur eine Machete ...«

»Und du bist ganz allein durch den Dschungel gekrochen?« knurrte Riviere. Die Spitze seines Messers drückte etwas fester gegen die Kehle des jungen Mannes.

»Si, si, Señor, ich schwöre! Mein Vater wollte nicht ... heimlich weggeschlichen ... bitte ... Wahrheit ...«

Seine Stimme versagte, als die Spitze des Messers die Haut durchstieß und ein dünner Blutfaden seinen Hals hinunterrann.

Tom trat entschlossen einen Schritt vor, packte Rivieres Handgelenk und riß das Messer zurück. »Hören Sie auf, Riviere!« sagte er scharf. »Sehen Sie nicht ...«

Riviere wirbelte unwahrscheinlich schnell herum, sprang auf, und sein Messer zuckte vor. Die Spitze verharrte nur wenige Zentimeter vor Toms Brust. Tom fand nicht einmal die Zeit, den Revolver, den er hatte sinken lassen, zu heben.

»Ericson!« zischte Riviere heiser. »Rühren Sie mich nicht an! Tun Sie das nie wieder, wenn Sie nicht mit mir kämpfen wollen!«

Tom schluckte krampfhaft. Wenn es Riviere darauf angelegt hätte, wäre er jetzt schon tot. Aber noch mehr war er über seine Gedankenlosigkeit verbittert. Dies war kein Mondscheinspaziergang, und Riviere war alles andere als ein Pfadfinder. Er hätte mit dieser Reaktion rechnen *müssen*.

»Gut«, sagte Riviere, übergangslos wieder die Ruhe in Person. Er ließ das Messer sinken, schob es in die Scheide zurück und kehrte Tom den Rücken zu, als wäre nichts geschehen. »Wir nehmen ihn mit«, fuhr er an Biehl gewandt fort. »Auf der Hazienda können wir uns in Ruhe unterhalten.« Dann drehte er sich um und verschwand wortlos in der Dunkelheit.

Phil Biehl zog Eusebio unsanft auf die Füße. Bevor er seine Taschenlampe ausschaltete, bemerkte Tom den unwilligen Gesichtsausdruck, mit dem sein Landsmann Riviere hinterherstarrte.

Sieh an, dachte er, als er den Revolver wieder im Schulterholster verstaute. *Biehl scheint auch kein großer Fan von Riviere zu sein. Gut zu wissen.*

Vielleicht konnte er irgendwann einmal darauf zurückgreifen.

Es ging auf Mitternacht zu, als Tom endlich zur Hazienda zurückkehrte.

Gudrun saß auf der großen Veranda des Herrenhauses. Hier, in sicherer Entfernung vom Waldrand und offenen Wasserquellen, hielt sich die Belästigung durch Moskitos in Grenzen. Die wenigen Mücken, die den Weg über die

Weiden gefunden hatten, wurden vom Licht zweier Petroleumlampen auf dem Tisch angezogen und verbrannten in der Hitze.

Don Sebastian hatte Gudrun eine Weile Gesellschaft geleistet, sich dann aber in sein Arbeitszimmer zurückgezogen. Die Anthropologin war dankbar dafür. Sie mochte den Großgrundbesitzer nicht und wollte mit ihren Gedanken allein sein. In letzter Zeit hatte sie selten die Gelegenheit gefunden, in Ruhe über alles nachzudenken, was sie und Tom seit ihrem Beitritt zu der privaten Forschungsorganisation A.I.M., dem *Analytic Institut for Mysteries*, erlebt hatten.

Es war eine Menge geschehen, das ihr einst so geordnetes Weltbild gründlich ins Wanken gebracht hatte. Sie hatten mehr gefährliche Abenteuer überstanden, als sie ein normaler Mensch jemals erleben würde, und wissenschaftliche Erkenntnisse gesammelt, die als sensationell zu bezeichnen fast noch untertrieben war. Aber trotzdem kreisten ihre Gedanken um eher persönliche Dinge.

Sie machte sich Sorgen um Tom. Das lag nicht einmal so sehr an den Banditen, die hier angeblich ständig ihr Unwesen trieben, sondern mehr daran, daß Tom zusammen mit diesem Jean-Claude Riviere unterwegs war.

Vor ein paar Minuten waren fünf Reiter zurückgekommen. Einer der Männer hatte das Haus durch eine Seitentür betreten, wahrscheinlich, um dem Großgrundbesitzer Bericht zu erstatten. Gudrun wußte nicht, wie viele Reiter mit Tom aufgebrochen waren, aber er befand sich immer noch zusammen mit Riviere irgendwo da draußen.

Riviere war gefährlich, viel gefährlicher als Don Sebastian, für den er arbeitete. Das sagte ihr nicht nur ihre weibliche Intuition, sondern auch ihre Menschenkenntnis. Tom hatte diese Gefährlichkeit ebenfalls erkannt, und wahrscheinlich war das mehr als alles andere der Grund dafür gewesen, daß er darauf bestanden hatte, den hageren, undurchsichtigen Mann zu begleiten, so paradox das auch klingen mochte. Aber Gudrun kannte Tom inzwischen gut genug, um zu wissen, daß ihn Herausforderungen geradezu magisch anzogen. Und Riviere stellte eine Herausforderung für ihn da. Gleich zu Beginn ihrer kurzen Bekanntschaft hatte er ihn auf einem Gebiet in seine Schranken verwiesen, in dem sich der Archäologe für überlegen gehalten hatte: Er hatte den alten 45er Single Action besser beherrscht als Tom, der die Waffe in- und auswendig kannte.

Auf den ersten Blick war das ein lächerlich unbedeutendes Spielchen gewesen. Kein vernünftiger Mensch machte sein Selbstwertgefühl an seiner Geschicklichkeit im Umgang mit einer Waffe fest – und Tom war intelligent und selbstkritisch genug, um sich dessen bewußt zu sein. Aber es lag nicht daran, *was* Riviere getan hatte, sondern *wie* er vorgegangen war. Wie er nach kürzester Zeit einen Punkt gefunden hatte, an dem Tom verletzlich war, und wie er konsequent und geschickt den Finger auf eben diesen Punkt gelegt hatte.

Wahrscheinlich hätte Gudrun dem Vorfall nicht so viel Bedeutung beigemessen, wenn Riviere bei ihr nicht kurz zuvor etwas ähnliches bewirkt hätte.

Er hatte sie nur angesehen. Das erschien noch lächerlicher als das Wettschießen mit Toms altem Revolver, aber das Resultat war für Gudrun mindestens ebenso verheerend gewesen. Ohne es zu wissen, hatte Tom das Problem kurz darauf auf den Punkt gebracht, als er etwas gesagt hatte, das zwar so nicht stimmte, in dem aber trotzdem ein Körnchen Wahrheit enthalten war: *Ich hatte gedacht, du wärst immun gegen Männer.*

Gudrun wußte, daß dieser Eindruck seit ihrer Bekanntschaft mit Tom zwangsläufig entstanden sein mußte, nicht erst seit ihrer gemeinsamen Expedition in die Südsee. Nachdem sie das *Auge der Göttin Khom* gefunden hatten, waren sie von einer Aufregung in die nächste gestolpert und hatten kaum noch Zeit für ein Privatleben gefunden, aber schon davor hatte Tom sie nie zusammen mit einem Mann gesehen, jedenfalls nicht in der Art, die auf eine zärtliche oder leidenschaftliche Beziehung schließen ließ.

Dabei war Gudrun weder prüde noch frigide. Sie hatte ihre sexuellen Erfahrungen gemacht und sie genossen, wenn auch vielleicht nicht so ausgiebig wie viele ihrer Freundinnen. Aber ihre letzten beiden Beziehungen waren Enttäuschungen gewesen – nicht in erotischer, sondern in menschlicher Hinsicht. Beides waren Beziehungen gewesen, von denen sie mehr erwartet hatte, eine langfristige Bindung, vielleicht sogar eine gemeinsame Zukunft, und beide Male hatten ihre Partner sie sitzen lassen; der eine, weil er irrtümlich glaubte, sie geschwängert zu haben, der andere, weil er sich für eine andere Frau entschieden hatte.

Diese Erlebnisse hatten Gudrun verunsichert und vorsichtig werden lassen. Sie war nicht der Typ für flüchtige erotische Abenteuer und hatte eine gewisse Zeit vergehen lassen wollen, bevor sie sich wieder band, und wahrscheinlich hatte sie sich etwas *zuviel* Zeit gelassen und sich zu tief in ihre Arbeit vergraben. Dann hatte sie Tom Ericson kennengelernt. Tom hatte ihr gleich gefallen, aber er war meistens von einer Traube junger hübscher Studentinnen umgeben, und er genoß die Aufmerksamkeit, die die Frauen ihm entgegenbrachten. Gudrun war sich nie sicher gewesen, wieviel von dem manchmal oberflächlichen Machogehabe, das durch seinen unbestreitbaren Charme durchschimmerte, lediglich gespielt war. Sie waren sich auf einer kollegialen Ebene näher gekommen, aber Gudrun hatte stets dafür gesorgt, daß eine gewisse Distanz bewahrt blieb, solange sie nicht wußte, wie ernst Toms Interesse an ihr war.

Seit beide ihre Anstellungen bei Yale gekündigt und A.I.M. beigetreten waren, hätte sich eigentlich die Gelegenheit ergeben müssen, ihr Verhältnis zu vertiefen oder wenigstens zu klären. Aber irgendwie war immer wieder etwas dazwischen gekommen. Gudrun fühlte sich von Tom angezogen, und sie wußte, daß es ihm nicht anders erging. Und ihr war ebenfalls klar, daß die unterschwellige erotische Spannung, die zwischen ihnen herrschte, irgendwann ein Ventil finden mußte, wenn sie sich nicht ganz anders entladen sollte. In letzter Zeit hatte sie schon das Gefühl gehabt, daß es zu spät gewesen wäre. Die üblichen freundschaftlichen Reibereien zwischen ihnen hatten eine gewisse Schärfe angenommen und drohten manchmal ihr Verhältnis zu vergiften, statt es aufzulockern.

Erst gestern hatte sich daran etwas grundlegend verändert. Gudrun hatte Tom aus einer gefährlichen Situation herausgehauen und ihm damit wahrscheinlich das Leben gerettet. Es hatte einen kurzen aber intensiven Gefühlsaustausch zwischen ihnen gegeben, einen Augenblick von Zärtlichkeit und Vertrauen, etwas, worauf sie aufbauen konnten. Und dann war Jean-Claude Riviere erschienen.

Es war kein Wort zwischen ihnen gefallen, nur ein Blick. Aber ein langer und durchdringender Blick, der Gudrun paralysiert hatte. Sie hatte das Gefühl gehabt, von Riviere durchschaut zu werden, als könnte er im Gegensatz zu Tom, der mehr als ein halbes Jahr dazu Zeit gehabt hatte, mühelos und in Sekundenschnelle ihre sorgfältig aufgebaute Fassade der selbstsicheren, beherrschten Frau zerstören und dahinter ihre geheimsten Ängste und intimsten Wünsche und Bedürfnisse erkennen. Und dieses Gefühl – sie mußte sich zwingen, es vor sich selbst zuzugeben – hatte sie gegen ihren Willen erregt.

Riviere stellte eine Gefahr dar, nicht nur für Tom, sondern auch für sie. Wenn sie sich gemeinsam dieser Bedrohung stellten, würde ihr Verhältnis davon nur profitieren können. Aber Riviere konnte auch als Hindernis zwischen ihnen stehen.

Und es gab noch etwas, das zwischen ihnen stand: Isabella, die junge Indiofrau, die für Don Sebastian arbeitete. Gudrun wußte nicht, ob sie die Episode überbewertete, aber Tom hatte auf ihren Anblick reagiert, als sei ihm unvermittelt seine unvergessene Jugendliebe oder die Frau seiner Träume erschienen.

Meine – unsere – persönlichen Probleme sind zweitrangig, dachte Gudrun mit einer bewußten Willensanstrengung. *Wir sind hier, um wissenschaftliche und nicht persönliche Fragen zu lösen. Wir haben eine Verpflichtung gegenüber Sir Ian Sutherland. Wir geben sein Geld mit vollen Händen aus und müssen dafür Resultate erbringen. Und wir haben der Menschheit gegenüber eine Verpflichtung, wenn wir damit beginnen, Heiligtümer, an denen eine Weltreligion hängt, auszubuddeln und ihr Geheimnis zu enträtseln.*

Nicht zum ersten Mal fragte sie sich, was ihnen das Recht gab, das zu tun, was sie taten, ihre Erkenntnisse der breiten Öffentlichkeit vorzuenthalten, Artefakte, die die Fachwelt elektrisiert hätten, in den Gewölben von Oake Dùn, dem Sitz von A.I.M., zu stapeln. Immer wieder sagte sie sich, daß die Öffentlichkeit noch nicht reif für dieses Wissen sei, das ihr gesamtes Weltbild auf den Kopf stellen würde, aber irgendwie hatte diese Rechtfertigung einen schalen Beigeschmack. Mit eben dieser Argumentation verweigerte der Vatikan Historikern den Zugriff auf eine Vielzahl geheimer Schriften, die angeblich in seinen Kellern lagerten, und das hatte Gudrun nie gutheißen können.

Gerade war es ihr gelungen, sich von ihren persönlichen Problemen abzulenken, als leises Hufgetrappel sie aus ihren Gedanken riß. Schnell stand sie auf und trat an das Verandageländer.

Drei Pferde waren zurückgekommen und blieben am Korral stehen. Gudrun erkannte Tom an seinem Hut, als er aus dem Sattel glitt. Der zweite Mann, der abstieg, war Riviere. Das dritte Pferd trug zwei Reiter, die ihr unbekannt waren. Die Männer blieben einen Augenblick lang zusammen stehen, dann verschwanden drei in einer Seitentür des Hauses. Der vierte, Tom, kam zur Veranda.

»Tom, was war los?« rief Gudrun. Sie lief die Stufen der Veranda herunter. Tom umarmte sie kurz. Die Geste erschien ihr völlig natürlich und selbstverständlich, als würden sie sich ständig so begrüßen. Gudrun stellte fest, daß er durchgeschwitzt und sein Haar verklebt war. Es störte sie nicht.

Er löste sich von ihr. »Anscheinend habe ich mich getäuscht«, sagte er. Er stieg die Verandatreppe hinauf und ließ sich ächzend in einen Stuhl sinken. »Es hat tatsächlich einen Überfall gegeben. Campoña, seine Frau und der Mann, den Don Sebastian zu ihnen geschickt hat, sind tot.«

»Mein Gott, du bist ja völlig zerstochen«, stellte Gudrun fest, als das Licht der Petroleumlampen auf sein Gesicht fiel. »Wieso seid ihr so lange weggeblieben? Die anderen sind schon vor einer halben Stunde zurückgekommen.«

Tom berichtete ihr von dem jungen Guatemalteken, den sie im Gebüsch vor Campoñas Haus gefunden hatten. »Riviere hätte ihn fast umgebracht, obwohl der arme Kerl garantiert nichts mit der Sache zu tun hat«, schloß er. »Zuerst habe ich schon geglaubt, er wollte sich einen lästigen Zeugen vom Hals schaffen, aber es ist wohl nur seine übliche Art, mit den Leuten umzuspringen, um Informationen aus ihnen herauszupressen.«

»Und jetzt werden sie ihn verhören?«

»Anzunehmen.« Tom streckte sich und betastete sein zerstochenes Gesicht. »Ich wäre zwar gern dabei, aber ich kann mich ja nicht in alles einmischen, was hier vorgeht. Riviere ist jetzt schon nicht besonders gut auf mich zu sprechen.«

Gudrun ahnte, daß wieder irgend etwas zwischen ihnen vorgefallen war, aber sie beschloß, Tom nicht danach zu fragen. Wenn es wichtig war, würde er es von sich aus erzählen. »Du solltest erst einmal aus den verschwitzten Klamotten und unter die Dusche steigen«, schlug sie vor. »Und dann ist es Zeit, daß wir ins Bett gehen.«

Tom starrte sie an, und als sich ein Grinsen auf seinem Gesicht breitmachte, begriff sie, wie sich das angehört haben mußte. Sie wollte gerade zu einer Richtigstellung ansetzen, doch dann biß sie sich auf die Lippen. Warum denn eigentlich nicht? Es war kein bewußtes Angebot gewesen, aber wollte sie nicht letztendlich, daß es genau dazu kam? Und außerdem war es jetzt an Tom, den ihm zugeworfenen Ball aufzufangen – *sei doch ehrlich, Gudrun, war es wirklich nur ein Versprecher?* flüsterte eine leise Stimme in ihrem Kopf – und den nächsten Schritt zu tun.

Toms Grinsen wurde weicher. »Das klingt nicht schlecht«, sagte er leise.

Sie saßen sich im gedämpften Licht der beiden Petroleumlampen auf der Veranda gegenüber und sahen sich wortlos an. Das Schweigen zog sich in die Länge, aber es war weder peinlich noch unbehaglich. Gudrun wußte nicht, wieviel Zeit vergangen war, als sich ein Flügel der großen Eingangstür öffnete, und sich eine zierliche Gestalt auf die Veranda schob.

»Buenas noches, Señor Ericson«, sagte Isabella mit ihrer mädchenhaften Stimme. »Quierren tomar algo ...?« Sie brach ab und begann erneut auf Englisch: »Sie wollen ... etwas trinken?«

Tom hatte sich sofort zu ihr umgedreht. »Si, gracias, Señorita«, antwortete er auf Spanisch. »Una cerveza fria, por favor.« Er wandte sich wieder Gudrun zu. Sein Lächeln wirkte etwas verunsichert und ein wenig schuldbewußt. »Es wird Zeit, daß ich mein Spanisch einmal ein bißchen aufpoliere«, erklärte er. »Ich habe es zwar in der Schule gelernt und Dutzende Bücher auf Spanisch gelesen, aber man lernt eine Sprache erst richtig, wenn man sie auch spricht.« Er machte eine unbestimmte, weitausholende Geste. »Und wenn wir uns länger in dieser Gegend herumtreiben, sollte wenigstens einer von uns in der Lage sein, sich problemlos auch ohne Dolmetscher zu verständigen.«

»Sicher«, erwiderte Gudrun und stand auf. »Ich werde jedenfalls schon mal unter die Dusche gehen und mir den Schweiß abspülen ...« *Du hast es schon wieder getan!* flüsterte die unbarmherzige Stimme in ihrem Kopf. *Wie viele Einladungen willst du eigentlich noch aussprechen? Wo bleibt dein Stolz, Mädchen?*

»Ich werde noch eine Weile hier sitzenbleiben und mich ausruhen«, sagte Tom lahm. »Ein Bier trinken und die Füße ausstrecken.« Er sah sie dabei nicht an.

»Sicher«, erwiderte Gudrun wieder, und diesmal gelang es ihr, die nächste ›Einladung‹, die ihr auf den Lippen gelegen hatte, zu unterdrücken. Bis später, hatte sie sagen wollen, aber so kehrte sie wortlos durch das große stille Haus zu ihrem Zimmer zurück.

Jaime Chapoque hatte sich wie ein verängstigtes Kaninchen tief auf den Boden gekauert. Sein Herz hämmerte wie verrückt in seiner schmalen Brust, das Blut rauschte ihm in den Ohren, und er hatte das Gefühl, als wäre sein mühsam unterdrückter Atem meilenweit zu hören, als müßte das unkontrollierte Zittern seines mageren Körpers den Boden in Schwingungen versetzen. Aber niemand bemerkte ihn.

Dabei hatte er sich höchstens dreißig Meter weit von seinem Bruder Eusebio versteckt. Nahe genug, um alles verfolgen zu können, was dort geschah, nahe genug, um Eusebios Worte genau verstehen zu können, als der eine Gringo ihm mit einer Taschenlampe ins Gesicht leuchtete und *el diabolo* ihm das Messer an die Kehle setzte.

Die Angst hatte ihn gelähmt, aber trotzdem wäre Jaime entgegen jeder Vernunft beinahe aufgesprungen, um seinem Bruder zu Hilfe zu eilen, als ein dritter Gringo, den er noch nie zuvor gesehen hatte, *el diabolo* am Arm packte und das Messer von Eusebios Kehle fortriß. Sofort wirbelte *el diabolo* herum und schien den fremden Gringo erstechen zu wollen, doch dann hielt er im letzten Augenblick inne.

Atemlos verfolgte Jaime das Geschehen. Er konnte nicht verstehen, was die beiden sagten, denn jetzt sprachen sie Englisch, aber das war auch gar nicht nötig. *El diabolo* war wütend auf den dritten Mann, der nicht zu seinen Leuten gehören konnte. Es mußte der Americano sein, der heute mit der wunderschönen Señorita bei Don Sebastian angekommen war. Neuigkeiten sprachen sich schnell herum, und alle Bauern in der Umgebung wußten mittlerweile, daß Don Sebastian Besuch bekommen hatte.

Offensichtlich gehörte dieser Fremde nicht zu Don Sebastians Freunden, sonst hätte er sich bestimmt nicht gegen seine Männer gestellt. Jetzt steckte *el diabolo* das Messer wieder weg und wandte dem Americano den Rücken zu. *Erschieß ihn!* dachte Jaime voller Haß. *Erlöse uns von diesem Teufel!* Aber natürlich tat ihm der Fremde nicht den Gefallen. Und Jaime glaubte nicht einmal, daß es dem Americano gelungen wäre, selbst wenn er seinen großen Revolver plötzlich gehoben hätte. Niemand hatte *el diabolo* töten können. Vor zwei Jahren hatten es ein paar

Männer versucht, und jetzt waren sie selbst tot. *El diabolo* mußte ein finsterer *brujero* sein, ein Hexer, der mit den bösen Geistern im Bunde stand.

Der zweite von Don Sebastians gemieteten Mördern riß Eusebio auf die Beine und stieß ihn vorwärts. Eusebio hatte nicht verraten, daß sein Bruder ganz in der Nähe steckte, und er sah nicht ein einziges Mal in seine Richtung, aber trotzdem fühlte Jaime sich längst noch nicht sicher. Wenn *el diabolo* Eusebio entdeckt hatte, dann würde er auch ihn finden.

Die Männer verschwanden aus seinem Blickfeld. Die Minuten vergingen, ohne das Jaime auch nur einen Finger rührte. Selbst als ihm ein großer Käfer langsam den Arm hinaufkroch und in seinem Hemdsärmel verschwand, hielt er still. Irgendwo hinter sich hörte er ein leises Rascheln, und sein Körper versteifte sich in der Erwartung von rauhen Männerhänden, die ihn packen und in der Mitte zerbrechen würden, wie man einen gebrauchten Zahnstocher achtlos knickte.

Doch nichts geschah, nur das Rascheln hielt an und kam näher. Jaime sah vor seinem inneren Auge eine giftige Schlange auf sich zukriechen, einen großen Skorpion oder eine Vogelspinne, aber er blieb geduckt liegen. Wenn er zwischen einer Schlange und *el diabolo* hätte wählen dürfen, hätte er sich, ohne zu zögern, für die Schlange entschieden.

Was auch immer das Rascheln verursachte, es schob sich an ihm vorbei und verschwand. Trotzdem wartete Jaime mindestens noch zehn Minuten, bevor er sich vorsichtig erhob und den Käfer aus seinem Hemd schüttelte. Dann blieb er eine Weile stehen und lauschte angestrengt in die Dunkelheit. Er hörte nichts außer den üblichen Lauten der nächtlichen Tierwelt. Behutsam tastete er sich bis zu dem freien Streifen vor dem Maisfeld vor und wandte sich nach Osten, wo die Farm seiner Eltern lag.

Seine Beherrschung hielt nur wenige Schritte vor, dann begann er zu rennen. Sein Fuß verfing sich in irgendeinem Hindernis, und von seinem Schwung getragen, stürzte er der Länge nach auf den Boden. Der Aufprall ließ ihn benommen nach Luft schnappen, und er rollte sich auf den Rücken, starrte furchtsam in die Richtung, aus der er gekommen war. Das *mußten* sie einfach gehört haben. Wieder war er eine Weile vor Angst nicht fähig, sich zu rühren. Doch dann beruhigte er sich allmählich, und selbst sein Herz begann, langsamer zu schlagen.

Jaime richtete sich auf und klopfte sich den Schmutz von der Kleidung. Er zwang sich, vernünftig nachzudenken.

Etwa eine Stunde, nachdem es völlig dunkel geworden war und die Familie bei Abendessen gesessen hatte, hatten sie die Schüsse gehört, die eindeutig von Campoñas Farm gekommen waren. Gegen den Willen ihres Vaters hatten sich Eusebio und Jaime heimlich auf den Weg gemacht, um nachzusehen, was dort geschehen war.

Jeder in der Gegend wußte, daß die Banditen, die die Bauern überfielen, in Don Sebastians Auftrag handelten. Aber wieso sollten sie dann Campoña überfallen, der doch ein Gefolgsmann des Hazienderos war? Oder war es etwa denkbar, daß sich ein verbitterter *campesino*, der es nie wagen konnte, die Hazienda selbst anzugreifen, an einem von Don Sebastians Speichelleckern gerächt hatte?

Die Vorstellung, daß einer der ihren den Kampf mit dem Großgrundbesitzer aufgenommen haben könnte, hatte Eusebio und Jaime fasziniert. Wie so viele junge Burschen traumten auch sie davon, den Tyrannen in einem heldenhaften Kampf zu vertreiben. Also hatten sie unbemerkt ihr Zimmer verlassen und sich in der Dunkelheit zu Campoñas Haus geschlichen.

Aber was sollte Jaime seinem Vater jetzt sagen? Daß er seinen Befehl mißachtet und dann auch noch seinen

Bruder im Stich gelassen hatte? Wie sollte er ihm so unter die Augen treten?

Und was, wenn Don Sebastians Männer dort bereits auf ihn warteten, oder sogar *el diabolo* persönlich? Zwar hatte er sich nichts zuschulden kommen lassen und nichts gesehen, was für *el diabolo* und seine Leute belastend gewesen wäre – im Gegenteil, offensichtlich waren sie selbst überrascht worden –, aber würde sie das davon abhalten, ihm die Kehle durchzuschneiden? *El diabolo* würde selbst die Madonna töten, wenn ihm danach zumute war. Bei diesem blasphemischen Gedanken bekreuzigte sich Jaime hastig.

Nein, er konnte nicht sofort nach Hause zurückkehren, jedenfalls so lange nicht, bis er wußte, was mit Eusebio geschehen war. Im Augenblick würde er seine Familie nur in Gefahr bringen, wenn Don Sebastians Männer erfuhren, daß es noch einen zweiten Zeugen gegeben hatte, und kämen, um ihn zu holen. Denn wenn sein Vater auch kein Kämpfer war, würde er doch nicht zögern, seinen Jüngsten notfalls mit dem Leben zu verteidigen.

Jaime stand ratlos in der Dunkelheit, und langsam wurde ihm das ganze Ausmaß der Dummheit, die er und sein Bruder begangen hatten, bewußt. Wo konnte er sich verstecken? Wer würde den Mut aufbringen, einem Jungen Unterschlupf zu gewähren, der vielleicht von Don Sebastian und *el diabolo* gesucht wurde? Niemand würde so dumm sein, seine eigene Familie in Gefahr zu bringen.

Halt! Es gab doch einen Mann. Manolo Garcia! Manolo war nicht dumm, aber mutig. Erst vergangene Nacht hatte er einen Überfall der Banditen abgewehrt, sogar zwei von ihnen getötet und wahrscheinlich ein paar weitere verwundet. Die Nachricht hatte sich wie ein Lauffeuer verbreitet. Viele der älteren Leute hatten sich schon hinter vorgehaltener Hand zugeflüstert, daß Manolo und seine Freunde dafür schon bald selbst sterben würden, falls sie nicht schleunigst das Weite suchten, aber für die Jüngeren war er ein Held.

Wer es mit *el diabolos* Leuten aufnahm, der würde auch einem Jungen auf der Flucht Unterschlupf gewähren. Und bestimmt würde es ihn interessieren, von dem Americano zu hören, der es gewagt hatte, sich gegen *el diabolo* zu stellen, nur um einen fremden Bauernjungen zu beschützen.

Jaime orientierte sich kurz, dann wandte er sich nach Süden und lief los. Es war ein langer Weg bis zu Manolo Garcias Farm.

»Sicher ist nur eins«, stellte Tom fest. »Die Lade muß irgendwo im Süden liegen. Die Frage ist nur, wie weit im Süden? Zehn Kilometer, fünfzig, hundert?«

»Und die andere Frage lautet: Woran erkennen wir das Versteck der Lade?« fügte Gudrun hinzu. »Wo würdest *du* etwas Wertvolles verbergen, wenn du in ein unbekanntes Land mit einer fremden Kultur kommst?«

Es war mehr als eine rhetorische Frage. Während einer Traumzeitzeremonie der australischen Aborigines war Toms Bewußtsein in die Vergangenheit geschleudert worden und hatte sich in den Körpern von zwei Männern manifestiert, die gerade zuvor gestorben waren. Einmal im Körper eines Kreuzritters namens Raoul, der im Jahre 1127 während eines Überfalls der Sarazenen in der Nähe von Jerusalem gefallen war, und dann, hundertachtzig Jahre später in der Normandie, im Körper des Tempel ritters Thomas von Annecy. Tom hatte einen flüchtigen Einblick in die Organisation der Templer erhalten, und wenn es überhaupt einen Menschen gab, der sich in ihre Gedankenwelt hineinversetzen konnte, dann er.

»Ich würde mein größtes Heiligtum nicht einfach in einem Loch in der Erde verscharren«, sagte er nachdenklich. Er kaute auf einem Grashalm und starrte in die Ferne. »Andererseits würde ich auch keinen weithin sichtbaren Altarraum errichten, jedenfalls keinen oberirdisch gelegenen, der nur die Aufmerksamkeit von Nichteingeweihten erregen könnte.«

Sie saßen im Schatten eines einzeln stehenden Baumes auf der Südweide von Don Sebastians Hazienda. Ihre Pferde, denen sie das Zaumzeug abgenommen hatten, grasten in der Nähe. Eine kleine Rinderherde zog ein paar hundert Meter entfernt gemächlich dahin. Zwei Tage waren vergangen, seit das Flugzeug sie vor dem großen Herrenhaus abgesetzt hatte, und sie waren ihrem Ziel noch nicht entscheidend näher gekommen.

Ein verschlüsselter Spruch des Orakels von Delphi hatte sie auf die Spur der Lade gebracht. Zuerst hatten sie sich von der Bezeichnung ›Gral‹ täuschen lassen und nach dem legendären Kelch gesucht, in dem der Überlieferung nach das Blut Christi aufgefangen worden sein sollte. Doch schließlich war ihnen aufgegangen, daß die Templer unter dem Heiligen Gral nichts anderes als die Bundeslade verstanden. Tom hatte während seiner geistigen Zeitreise den definitiven Beweis erbracht, daß die Templer die Lade unter der Führung von Gérard de Villers nach Amerika verschifft hatten, doch damit verlor sich ihre Spur. Der einzige weitere Anhaltspunkt für ihren Verbleib war eine Stele, die sie letztes Jahr im Norden Yukatans entdeckt hatten und die unter anderem den Namen Gérard de Villers trug, aber damals waren sie auf der Suche nach der goldenen Statue aus Gudruns Träumen gewesen und hatten mit der Templerstele nichts anfangen können.

Doch als sie die Stele ein zweites Mal hatten untersuchen wollen, war sie verschwunden gewesen. Sie hatten herausgefunden, daß sie sich jetzt im Besitz eines reichen Großgrundbesitzers und Viehzüchters im Norden Yukatans befand, der eine zweite vergleichbare Stele besaß, die er auf seinem Grund und Boden gefunden hatte. Also waren sie zu ihm geflogen, aber der Vergleich beider Stelen hatte nicht den erwünschten Erfolg gebracht. Die Spur endete irgendwo südlich der Hazienda in den dichten Tropenwäldern. Was konnte die Templer nur dazu bewogen haben, ihren größten Schatz im moskitoverseuchten Dschungel zu verstecken?

»Also würdest du vielleicht ein schon bestehendes Gebäude auswählen«, führte Gudrun Toms Gedanken weiter. »Ein zerfallenes Bauwerk, eine Ruine, die damals, vor fast siebenhundert Jahren, schon eine Ruine war.«

»Und die den Maya entweder nichts bedeutete, oder die bei ihnen selbst schon in Vergessenheit geraten war«, stimmte Tom ihr zu. »Das wäre die eine Möglichkeit. Die andere wäre, daß sich die Templer mit den Maya geeinigt und die Lade mit ihrer Erlaubnis in irgendeinem ihrer Gebäude versteckt haben. In beiden Fällen müßten wir also nach einer alten Mayasiedlung suchen, die noch nicht entdeckt oder zumindest noch nicht erforscht worden ist.«

»Und davon«, bemerkte Gudrun seufzend, »soll es ja angeblich noch eine Unzahl in der Gegend geben. Es ist wie die berühmte Suche nach der Stecknadel im Heuhaufen. Nur daß es in unserem Fall eine Menge Stecknadeln gibt, und selbst wenn wir eine gefunden haben, wissen wir nicht, ob es die richtige ist. Unter Umständen suchen wir noch, wenn wir alt und grau sind. Und sollten die Templer die Lade in einem unterirdischen Gewölbe verborgen und es dann wieder zugeschaufelt haben, würden selbst unsere Enkel ... bis zum Rentenalter danach suchen können.«

Tom spuckte den Grashalm aus. Ihm war entgangen,

daß Gudrun nach der Formulierung ›unsere Enkel‹ kurz gezögert hatte. »Was wir brauchen«, sagte er, »ist wenigstens eine weitere Stele. Aus den beiden, die wir haben, lassen sich einfach keine klaren Schlußfolgerungen ableiten.«

Don Sebastian hatte ihnen bereitwillig sein Arbeitszimmer zur Verfügung gestellt, das unter anderem mit einem modernen Faxgerät ausgestattet war. Sie hatten exakte Kopien der Andreaskreuze beider Stelen mit genauen Angaben der Fundorte nach Oake Dùn durchgefaxt, und Connor hatte anhand der spärlichen Daten versucht, seinen Computer dazu zu bewegen, die Markierungen auf der Rückseite der Stelen zu entschlüsseln. Das Ergebnis war so vage, daß man damit nichts anfangen konnte, wie bei einer Gleichung mit einer Vielzahl von Unbekannten, von denen man nur für eine einen groben Annäherungswert hatte.

Das einzige, was mit einer gewissen Wahrscheinlichkeit – aber auch nicht mit Sicherheit – feststand, war, daß es mehrere Stelen geben mußte. Das Andreaskreuz der ersten aus Yukatan trug sechs Querbalken, das der Stele von Don Sebastians Nordweide nur einen. Folglich gab es vermutlich vier weitere Stelen zwischen der ersten und der letzten. Allerdings waren die Querbalken beider Kreuze weder von der Länge noch von ihrem Winkel mit der Längsachse identisch. Damit stellte sich eine Reihe weiterer Fragen: Waren diese Abweichungen beabsichtigt und enthielten sie weitere Angaben, oder handelte es sich nur um Ungenauigkeiten bei der Anfertigung? Standen die einzelnen Stelen in einer geraden Linie und in gleichen Abständen zueinander? Dann wären weitere Angaben auf ihnen eigentlich zwecklos gewesen, denn man hätte nur geradeaus weitergehen müssen und wäre etwa alle siebzig Kilometer auf die nächste Stele gestoßen. Damit hätte jedoch die Gefahr einer zufälligen

Entdeckung des Verstecks der Lade durch unerwünschte Personen bestanden, sah man einmal davon ab, daß es ohne modernste Meßinstrumente praktisch unmöglich war, siebzig Kilometer durch unwegsames Gelände in einer geraden Linie zurückzulegen, aber vor dem gleichen Problem hätten auch eventuelle Nachzügler der Templer gestanden, und für wen sonst hätten die Stelen aufgestellt werden sollen?

Aber all diese Fragen waren so lange müßig, wie sie keine weiteren Stelen fanden. Und bisher hatte Connor trotz intensiver Recherchen keinerlei Informationen in dieser Richtung aufspüren können. Eigentlich blieb ihnen nichts weiter übrig, als auf gut Glück siebzig Kilometer weiter nach Süden zu ziehen und mitten im Niemandsland, irgendwo am Zusammenfluß des Rio de la Pasión und des Machaquilá, den Dschungel zu durchkämmen. Eine Aufgabe für ein Heer von Forschern.

Sie bemerkten den näherkommenden Reiter erst, als eins ihrer Pferde den Kopf hob und schnaubte. Tom und Gudrun sahen auf.

»Das sieht doch aus wie ...«, begann Gudrun.

» ... Riviere«, beendete Tom den Satz für sie. »Richtig, das ist er.«

Sie blickten dem Mann mit gemischten Gefühlen entgegen, und unbewußt tastete Tom nach dem Revolver unter seiner Jacke. Nur Don Sebastian wußte, wo sie sich aufhielten. Um sich ungestört und unbelauscht unterhalten zu können, waren sie ein Stück ausgeritten, aber nur so weit, wie der Haziendero es ihnen ohne Begleitung gestattete, die selbstverständlich nur ihrem Schutz diente. Wenn er ihnen irgendeine Nachricht zukommen lassen wollte, warum schickte er ihnen dann seinen Sicherheitschef und nicht einen der gewöhnlichen Viehtreiber?

Riviere zügelte sein Pferd ein paar Meter vor ihnen. »Don Sebastian hat interessante Neuigkeiten für Sie«, sagte er grußlos mit seiner heiseren Stimme, die ein wenig zu hoch klang und einen seltsamen Kontrast zu seiner Erscheinung bildete. Wie meistens trug er eine schlichte weite Baumwollhose und ein kurzärmliges Hemd, unter dem sich die Konturen seines hageren, aber gleichzeitig muskulösen Oberkörpers abzeichneten. Auf seinen Armen, dem Hals und im Gesicht waren etliche Narben zu sehen, und vermutlich verbargen das Hemd und die Hose noch eine Menge mehr. An der linken Hand fehlten der kleine Finger und ein Glied des Ringfingers. Der Mann mußte ein bewegtes und gefährliches Leben hinter sich haben.

»Was für eine Nachricht?« fragte Tom knapp. Er bemerkte, daß Gudrun Riviere gespannt aus den Augenwinkeln heraus musterte, es aber vermied, seinem Blick zu begegnen.

»Das will er Ihnen selbst sagen«, erwiderte Riviere. Er blieb auf seinem Pferd sitzen und sah sie ruhig aus seinen merkwürdigen Augen an, braun mit goldenen Einsprengseln, die trotz ihres warmen Farbtons so kalt und hart wirkten.

Tom stand auf und zog Gudrun hoch. »Laß uns gehen«, sagte er, ohne Riviere weiter zu beachten. »Don Sebastian würde uns bestimmt nicht wegen einer Kleinigkeit rufen lassen. Vielleicht hat er irgendwelche Informationen, die uns weiterhelfen.«

Sie legten ihren Pferden das Zaumzeug an, stiegen in die Sättel und folgten Riviere, der im lockeren Trab vorausritt.

»Ich habe alle meine Beziehungen spielen lassen, und wie Sie sehen, habe ich tatsächlich Erfolg gehabt«, sagte Don Sebastian Cristóbal de Gomorro y los Tordesillas-Avendaño. Heute trug er einen schlichten beigen Anzug, der nur auf den ersten Blick einfach wirkte. Der Stoff war kostbar und der Schnitt exzellent. Auch die weichen Lederschuhe mußten ein Vermögen gekostet haben.

Aber Tom und Gudrun hatten nur Augen für die dritte Stele, die im Keller des Hauses neben den beiden anderen lag, die sie schon kannten. Die Rückseite mit dem Andreaskreuz, das noch ziemlich gut erhalten war, zeigte nach oben. Tom hatte sie bereits aus verschiedenen Winkeln mit der Polaroidkamera fotografiert. Jetzt zog er sein Notizbuch hervor und zeichnete das Andreaskreuz nach, das Gudrun mit Zentimeterstab und Winkelmesser vermaß. Es hatte zwei Querbalken.

»Wo haben Sie es gefunden?« fragte er, ohne von seiner Arbeit aufzusehen.

»Es stammt aus einer Gegend rund dreißig Kilometer nördlich von hier«, erklärte Don Sebastian. »Südwestlich des Lago Petén Itzá in der Nähe von La Libertad. Mein Informant hat mir die genauen Angaben aufgeschrieben. Leider fehlt ein Foto von der Stelle. Deshalb kann ich Ihnen auch nicht sagen, nach welcher Himmelsrichtung der Stein ausgerichtet war.«

»Einen groben Anhaltspunkt gibt uns die Verwitterung der Stele«, sagte Tom. »Auf der Nordseite, die nie direkter Sonneneinstrahlung ausgesetzt war, konnten Flechten und Moose auch während Trockenperioden besser gedeihen. Der Sandstein ist relativ porös. Die Wurzeln der Pflanzen haben sich in ihn hineingearbeitet und mit der Zeit kleine Bruchstücke herausgesprengt.«

»Können Sie etwas damit anfangen?« fragte Don Sebastian gespannt. Er war ein hochgewachsener, stattlicher Mann um die Fünfzig, der zur Korpulenz neigte. Sein großflächiges Gesicht wurde von einem markanten Kinn, einem buschigen Schnurrbart und dichten Augenbrauen beherrscht. Laut eigenen Worten stammte er einem alten spanischen Adelsgeschlecht ab. Auf den ersten Blick erweckte er den Eindruck eines zwar strengen, aber doch gemütlichen Patriarchen. Doch wenn man genauer hinsah, erkannte man einen harten, grausamen Zug um den Mund und die erstaunlich blauen Augen, die darauf schließen ließen, daß auch etwas baskisches Blut in seinen Adern floß.

Zum ersten Mal, seit er mit der Zeichnung begonnen hatte, blickte Tom auf. »Es bringt uns auf jeden Fall einen Schritt weiter«, sagte er. »Wie weit, das wissen wir erst, wenn wir die Daten an unser Hauptquartier durchgefaxt haben. Unser Computerexperte wird versuchen, daraus ein Muster zu errechnen.«

»Können Sie das nicht selbst mit meinem Computer herausfinden?« wollte Don Sebastian wissen. »Sie kennen sich doch auch mit Computern aus.«

Tom lächelte. »Ohne Ihnen zu nahetreten zu wollen, Don Sebastian«, erwiderte er, »Ihr Computer ist für Ihre Buchhaltung und für Statistiken ausgelegt. Er besitzt bei weitem nicht die erforderliche Rechenkapazität. Außerdem fehlen uns die entsprechenden Programme. Sicher, wir könnten uns per Modem in einen Großrechner einhängen, aber das ist erstens eine langwierige Angelegenheit, und außerdem sind Gudrun und ich einfach keine Experten auf diesem Gebiet. Dafür ist Connor zuständig. Er kann die Arbeit, für die wir Tage oder Wochen bräuchten, in ein paar Stunden erledigen.«

»Gut, ich möchte mich nicht in Ihr Fachgebiet einmischen«, sagte Don Sebastian nach kurzem Zögern. »Tun Sie, was Sie für richtig halten. Mein Arbeitszimmer steht Ihnen jederzeit zur Verfügung.« Tom war seine Enttäuschung nicht entgangen. Er wechselte rasch einen unauffälligen Blick mit Gudrun. Sie nickte kaum merklich. Also hatte sie es auch bemerkt.

»Danke, Don Sebastian«, ergriff sie das Wort. »Wir wissen Ihre Freundlichkeit zu schätzen. Sobald wir Näheres wissen, werden wir Sie selbstverständlich informieren: Natürlich bräuchten wir dazu noch die genauen Angaben über den Fundort, von denen Sie gesprochen haben.«

Don Sebastian zog einen Umschlag aus der Innentasche seiner Jacke und überreichte ihn ihr.

Kurze Zeit später saßen Tom und Gudrun in Toms Zimmer, in dem der Haziendero auf Wunsch des Archäologen einen Schreibtisch hatte aufstellen lassen, und beugten sich über die Unterlagen. Der Fundort war auf einer großformatigen Karte markiert. Auf einem weißen Blatt Papier waren die Koordinaten bis auf ein paar hundert Meter genau in Längen- und Breitenangaben notiert, zusätzlich zu einer ausführlichen Beschreibung der geologischen Merkmale des Standortes der Stele.

»Er liegt auf *keiner* geraden Linie zwischen der ersten und der letzten Stele«, stellte Gudrun fest. »Und die Entfernung zwischen diesem Punkt und dem der letzten Stele beträgt nur knapp fünfundzwanzig Kilometer. Also können auch die Abstände zwischen den einzelnen Stelen nicht gleich sein.«

»Es sei denn«, gab Tom zu bedenken, »es gibt deutlich mehr Stelen, als es die Anzahl der Querbalken auf den Andreaskreuzen vermuten läßt.«

»Diese Möglichkeit sollten wir vorläufig ...«, begann Gudrun und verstummte, als sie Toms Geste bemerkte. Ericson tippte sich mit den Fingern an die Ohren und deutete dann wild um sich.

» ... mit einkalkulieren«, fuhr Gudrun nach kurzer Pause geistesgegenwärtig fort, runzelte jedoch die Stirn und schüttelte den Kopf.

Tom nickte eifrig und wiederholte die Geste. »Was bedeuten würde, daß uns die dritte Stele auch nicht viel weiter bringt«, sagte mit gespieltem Bedauern. »Aber laß uns das während eines kleines Spaziergangs besprechen.

Beim Gehen kommen mir immer die besten Ideen.« Er setzte die dünne Nickelbrille ab, legte sie umständlich auf sein aufgeschlagenes Notizbuch und stand auf. Gudrun zuckte die Achseln und folgte ihm.

Sie verließen das Haus durch das Hauptportal und schlenderten über den Kiesweg durch das große schmiedeeiserne Tor, das eher symbolischen Charakter hatte, als einem praktischen Zweck zu dienen, und ständig offen stand. Vom Hauspersonal war niemand zu sehen, und auch die Gauchos befanden sich zu dieser Tageszeit irgendwo auf den Weiden. Nur Riviere lehnte lässig am Korral, eine Zigarette zwischen den Lippen. Es war das erste Mal, daß Gudrun ihn rauchen sah. Er sah mit unbewegtem Gesicht in ihre Richtung. Selbst auf diese Entfernung glaubte sie, den unheimlichen Bann seiner Augen zu spüren. Schnell wandte sie den Blick ab.

Seit den turbulenten Ereignissen des ersten Tages waren sie Riviere kaum noch begegnet – was keiner von ihnen bedauerte –, aber der Eindruck, den er gleich zu Beginn ihres Zusammentreffens auf sie hinterlassen hatte, wirkte bei beiden noch nach. Nach Toms Ausritt zu Camponas Haus war wieder Ruhe auf der Hazienda eingekehrt. Don Sebastian hatte Eusebio Chapoque am nächsten Morgen wieder gehen lassen. Soweit sie das beurteilen konnten, war der junge Mann nicht mißhandelt worden. Er hatte sogar, wie Gudrun erfahren hatte, in einem Gästezimmer übernachtet und mit den Hausangestellten gefrühstückt. Diese zuvorkommende Behandlung paßte so gar nicht zu der Art und Weise, in der Don Sebastian die Bauern kurz nach ihrer Ankunft auf der Hazienda abgefertigt hatte. Tom und Gudrun waren überzeugt davon, daß es ihm lediglich darum ging, einen guten Eindruck bei seinen Gästen zu hinterlassen. Aber das konnte sie nicht darüber hinwegtäuschen, daß hier irgendein ganz faules Spiel gespielt wurde.

»Befürchtest du tatsächlich, wir könnten Wanzen in unserem Zimmer haben?« fragte Gudrun halb verunsichert, halb amüsiert, als sie sich ein Stückchen vom Pferdekorral entfernt hatten. »Ich traue diesem Bastard ja alles mögliche zu, aber das scheint mir doch etwas übertrieben.«

»Es müssen ja keine Wanzen sein«, gab Tom zurück. »Vielleicht reicht es schon, wenn jemand in einem Nebenzimmer das Ohr gegen die Wand legt. Aber eins ist sicher: Don Sebastian kann es gar nicht erwarten, daß wir herausfinden, wohin diese Stelen führen. Und wenn er so scharf darauf ist, glaubst du, er wird einfach tatenlos zusehen, wie wir den vermeintlichen Schatz heben?«

Sie hatten dem Haziendero natürlich nichts von den Templern und der Bundeslade erzählt, sondern eine Geschichte von Konquistadoren erfunden, die irgendwo in der Gegend Gold und Edelsteine versteckt hatten.

»Was willst du damit sagen?« fragte Gudrun alarmiert.

»Nun«, meinte Tom schleppend, »er könnte versuchen, uns zuvorzukommen. Uns die Arbeit erledigen lassen und dann sofort zuschlagen. Deshalb wäre es ihm auch am liebsten, wenn wir Oake Dùn nicht über unsere Fortschritte informieren würden. Er weiß, daß wir keine Grabräuber sind, mit denen er krumme Geschäfte machen kann. Und ich verwette meinen Hut und meinen Revolver darauf, daß er uns weder aus Menschenfreundlichkeit noch aus wissenschaftlichem Interesse hilft. Er ist ein skrupelloser Machtmensch, gierig und gewissenlos.«

»Was seinen Charakter betrifft, sind wir einer Meinung«, stimmte Gudrun ihm zu. »Aber er würde es nicht wagen, uns umzubringen, und das wäre die einzige Möglichkeit, wie er den angeblichen Schatz ungestört plündern könnte.«

»Und wieso nicht?« fragte Tom ernst. »Natürlich würde er uns nicht auf seinem Land töten, sondern irgendwo jenseits der Haziendagrenzen, und die Schuld den Banditen in die Schuhe schieben. Wahrscheinlich würde er noch etliche Zeugen auffahren, die beschwören würden, daß er uns mehrfach davor gewarnt hat, die Grenzen seiner Hazienda ohne Schutz zu überschreiten. Und wer sollte ihm das Gegenteil beweisen?«

Gudrun dachte an Riviere. Der Mann, den sie für einen ehemaligen Fremdenlegionär hielten, würde bestimmt nicht zögern, einen solchen Auftrag auszuführen.

»Du meinst also, wir sollten besser sofort abreisen?« erkundigte sie sich.

Tom schüttelte den Kopf. »Nein. Noch besteht kein Anlaß dazu. Solange wir keine konkreten Ergebnisse vorweisen, wird uns Don Sebastian weiterhin höflich und zuvorkommend behandeln und uns in jeder Form unterstützen.«

»Okay, einverstanden. Aber wenn es wirklich so ist, wie du sagst, wenn er uns heimlich belauschen und beobachten läßt, dann wird er auch die Ergebnisse mitbekommen, die uns Connor übermittelt. Wer weiß, wie viele Nebenanschlüsse es hier gibt? Don Sebastian könnte jedes eingehende Gespräch mithören. Und wenn Connor uns ein Fax ankündigt, können wir Don Sebastian ja schlecht aus seinem eigenen Arbeitszimmer weisen. Außerdem könnte er ein zweites Faxgerät über einen Nebenanschluß mitlaufen lassen.«

»Du hast das Problem erfaßt!« Tom hob den Zeigefinger, wie ein Lehrer, der seiner Schulklasse etwas äußerst Bedeutsames mitteilen wollte. Gudrun fragte sich, ob er auch so vor seinen Studenten doziert hatte, und die Vorstellung ließ ein flüchtiges Lächeln über ihr Gesicht huschen, das jedoch gleich wieder verschwand. Die Situation war zu ernst, um sich durch Nebensächlichkeiten ablenken zu lassen.

»Wir müssen Connor also unauffällig mitteilen, daß er

uns die Ergebnisse in einer verschlüsselten Form schicken muß«, fuhr Tom fort. »Diese Botschaft müssen wir so unverfänglich formulieren, daß ein potentieller Mithörer nicht stutzig wird.«

»Also am besten nicht über Telefon, denn sonst könnte Connor nachfragen, und schon wäre die Sache geplatzt«, sagte Gudrun nachdenklich. »Es wäre sicherer, ihm die Botschaft zusammen mit den Daten über die dritte Stele durchzufaxen. Das dürfte etwas knifflig werden, aber es ist kein unlösbares Problem. Connor ist nicht dumm. Das größere Problem sehe ich darin, *seinen* Code zu knacken. Wir müssen ihm schließlich nur eine verschlüsselte Warnung à la ›Feind hört mit‹ übermitteln, er uns dagegen exakte geografische Angaben oder Formeln.«

Sie hatten sich schon ziemlich weit von der Toreinfahrt entfernt. Gudrun sah einen großen Felsblock neben dem Weg liegen und setzte sich darauf. Sie warf ihr dunkles Haar in den Nacken und streckte die Beine aus. Tom blieb vor ihr stehen. Er wollte gerade etwas sagen, aber sie kam ihm zuvor.

»Es gibt noch etwas, worüber ich mir Gedanken mache. Das plötzliche Auftauchen der dritten Stele.«

Er nickte nachdrücklich. »Es ist dir also auch aufgefallen«, stellte er fest. »Mal sehen, ob wir die gleichen Schlüsse gezogen haben.«

Gudrun strich sich eine Haarsträhne aus der Stirn. Unbewußt begann sie, eine zweite Strähne mit dem Zeigefinger aufzuwickeln, während sie die Fakten aufzählte.

»Erstens: Heute morgen beim Frühstück haben wir Don Sebastian mitgeteilt, daß wir in einer Sackgasse gelandet wären und wahrscheinlich unverrichteter Dinge wieder abziehen müßten. Obwohl er offensichtlich großen Wert auf unsere Hilfe bei der Suche legt, hat er nicht einmal versucht, uns zum Bleiben zu überreden. Als ob er schon gewußt hätte, daß wir bleiben würden. Zweitens: Die Stele ist erst aufgetaucht, nachdem wir weit genug weggeritten waren, um ihre Ankunft nicht mitzubekommen. Wir waren aber höchstens zwei Stunden fort. Wieso wurde Don Sebastian nicht vorher informiert? Jeder Finder hätte sich vorher gemeldet, um die Lieferung anzukündigen. Dann aber hätte uns auch Don Sebastian Bescheid gegeben. Das aber hat er nicht getan, und dafür gibt es keinen logischen Grund. Drittens: Als wir zurückgekommen sind, hat die Stele schon im Keller bei den anderen gelegen. Wieso hatte er es so eilig, sie herunterzuschaffen? Das Ding wiegt mindestens zwei, eher drei Zentner. Es wäre für uns einfacher gewesen, sie im Freien und bei Tageslicht zu untersuchen. Und das Argument, daß er sie schnell verstecken wollte, zieht nicht. Er hat genügend Artefakte in seinem Haus stehen, die einen sehr viel höheren wissenschaftlichen und materiellen Wert besitzen als diese unscheinbare Stele, zumindest in den Augen eines Laien.«

»Gut«, sagte Tom, nachdem sie geendet hatte. »Sehr gut. Aber das ist noch nicht alles. Viertens: Wäre das Ding gerade erst ausgebuddelt und sofort hergeschafft worden, wäre es nicht so sauber gewesen. Man hätte vielleicht den gröbsten Dreck entfernt, es aber nicht so gründlich gereinigt. Fünftens: In der letzten Zeit hat es in dieser Gegend ausgiebig geregnet. Der Stein ist porös und speichert jede Menge Wasser. Er war aber trocken. Und zwar nicht nur direkt an der Oberfläche, sondern auch in den tieferen Schichten, soweit ich das anhand einiger Spalten und Löcher feststellen konnte. Und selbst wenn wir davon ausgehen, daß er während der letzten beiden Tage durch ständigen Wind getrocknet worden ist, müßte zumindest der Teil, der in der Erde gesteckt hat, deutlich feuchter als der obere sein. Ist er aber nicht. Die ganze Stele sieht aus, als wäre sie über einen längeren

Zeitraum gleichmäßig getrocknet. Und sechstens: In den Rissen und Spalten sind trotz der gründlichen Reinigung Pflanzenreste zurückgeblieben. Nicht viele, aber sie sind eindeutig schon seit längerer Zeit abgestorben.«

Eine Weile schwiegen sie. Dann fragte Gudrun lächelnd: »Und was schließen wir daraus, Watson?«

Toms Lächeln fiel noch um einiges breiter aus. »Daß Don Sebastian die Stele schon seit längerer Zeit in seinem Keller liegen hat. Und daß er nicht allzu klug ist. Er hätte uns nur einen Tag lang hinhalten, die Stele heimlich fortschaffen, sie etwas mit Dreck vollschmieren und anfeuchten und dann nach einer entsprechenden Ankündigung in unserem Beisein von irgend jemandem auf die Hazienda schaffen lassen müssen, und wir hätten keinen Verdacht geschöpft.«

»Er ist kein Wissenschaftler«, gab Gudrun zu bedenken. »Wir sind darin geübt, die Dinge aus einem anderen Blickwinkel zu betrachten.«

Toms Lächeln erlosch. »Eben«, sagte er nüchtern. »Das ist unser Vorteil. Ihm fehlt die Fähigkeit des deduktiven Denkens. Er mag eine gewisse Bauernschläue und eine gehörige Portion an Rücksichtslosigkeit und Durchsetzungswillen besitzen, er befindet sich auf heimischem Terrain und hat ein Heer von Helfern auf seiner Seite, aber wir haben das, was ihm fehlt.« Er tippte sich gegen die Stirn, und wieder erschien das jungenhafte Grinsen auf seinem Gesicht, das ihn schlagartig um zehn Jahre jünger erscheinen ließ. »Intelligenz, Gudrun. Köpfchen. Damit hebeln wir ihn aus. Damit legen wir ihn aufs Kreuz.«

Gudrun nickte. »Schön, spielen wir Katz und Maus mit ihm. Denken wir uns eine unverfängliche Botschaft für Connor aus.«

Riviere sah den beiden Wissenschaftlern nach, bis sie das Tor durchschritten hatten. Wie immer hatte die Frau mit Verunsicherung auf seinen Anblick reagiert, aber nicht mit offener Abneigung. Gut. Sie gefiel ihm, und er würde sich später mit ihr befassen. Es war lange her, daß er einer Frau begegnet war, an der ihn mehr als die Tatsache reizte, daß sie sich körperlich von einem Mann unterschied.

Danach würde er sich den Amerikaner vornehmen. Es wäre natürlich einfacher, ihn zu erledigen, bevor er sich mit der Frau beschäftigte, aber anders herum war es reizvoller. Er wollte Ericson ins Gesicht sehen, wenn er ihm ein paar Dinge erzählte, die dem Archäologen nicht unbedingt gefallen würden.

Der ehemalige Söldner trat die Zigarette aus, zog zwei Kokablätter aus der Brusttasche und schob sie sich in den Mund. Es würde nicht mehr lange dauern, bis er mit seinem Spielchen beginnen konnte. Unter der scheinbar so ruhigen Oberfläche spitzten sich die Dinge zu. Don Sebastian hatte den beiden Wissenschaftlern die dritte Säule präsentiert. Und sollten sie damit auch nicht entscheidend weiterkommen, würde er ihnen wahrscheinlich die nächste zeigen, die er selbstverständlich auch gerade erst von irgendwoher bekommen hatte.

Don Sebastian war dumm. Das war Riviere schon klargeworden, als er in seine Dienste getreten war, aber er hatte das Ausmaß dieser Dummheit unterschätzt, das zutage trat, wenn sie sich mit Gier paarte. Die Bauern und die Polizei in der Gegend würde der Haziendero auch weiter an der Nase herumführen können, denn bei ihnen spielte es keine Rolle, ob sie die Wahrheit ahnten oder gar wußten. Notfalls würde er sich durch Bestechung freikaufen können. Aber bei den beiden Wissenschaftlern war das etwas anderes.

Riviere ging davon aus, daß sie bereits mißtrauisch geworden waren. Wieso sollten sie sonst, gleich nachdem sie die begehrte dritte Stele gesehen hatten, einen Spaziergang unternehmen, anstatt ihre Erkenntnisse sofort zur weiteren Auswertung an ihr Hauptquartier irgendwo in Schottland durchzugeben oder sich zumindest mit ihren Büchern und Aufzeichnung zu beschäftigen? Nein, sie würden versuchen, ihre Erkenntnisse Don Sebastian zu verheimlichen, und das war auch klug so. Ob sie allerdings ahnten, in welcher Gefahr sie schwebten, war eine andere Frage.

Heute morgen, als sie ausgeritten waren, hatte Don Sebastian ihre Zimmer von Roberto Chimenez, seinem Sekretär, mit Mikrofonen versehen lassen. Er hatte es bereits früher tun wollen, aber da er nicht auf ein solches Vorgehen vorbereitet gewesen war, hatte er sie erst aus La Libertad kommen lassen müssen. Die Mikrofone waren hinter der Wandtäfelung verborgen, und die Kabel führten in ein Nebenzimmer zu einem Tonbandgerät, das sich immer dann einschaltete, wenn in einem der beiden Gästezimmer gesprochen wurde. Sobald Don Sebastian die Informationen hatte, die er wollte, würde er Riviere den Befehl geben, dafür zu sorgen, daß Thomas Ericson und Gudrun Heber den marodierenden Banditen zum Opfer fielen, vor denen er sie ständig gewarnt hatte.

Der Ex-Söldner und Ex-Fremdenlegionär saugte den bitteren, betäubenden Saft aus den zerkauten Blättern und schob den kleinen Klumpen aus Pflanzenfasern mit der Zunge von der rechten in die linke Wange. Er drehte sich um und ging am Mannschaftsgebäude vorbei zu dem kleinen Haus, in dem seine Männer untergebracht waren. Es interessierte ihn herzlich wenig, ob die beiden Wissenschaftler – und mit ihnen der Rinderbaron – ihren Schatz, oder wonach immer sie suchten, fanden oder nicht. Er besaß mehr als genug Geld auf verschiedenen Konten, um ein sorgenfreies Leben führen zu können, und darüber hinaus war er kein materialistischer

Mensch. Aber im Augenblick hatte er andere Dinge zu tun. Phil Biehl erwartete ihn bereits. Zwei weitere Männer saßen in der Küche an einem Tisch und spielten Karten. Einer von ihnen war Domingo, der Kubaner, den bei dem gescheiterten Überfall auf Manolo Garcias Haus ein Pfeil in den rechten Oberschenkel getroffen hatte.

»Wie geht es deinem Bein, Domingo?« fragte Riviere.

»Gut, danke, *jefe*«, erwiderte der Kubaner. Er klopfte auf den sauberen Verband und grinste. »*Muy bien*. Keine Schmerzen mehr. Aber Francisco ...« Er brauchte nicht weiterzusprechen. Riviere wußte auch so, wie es um den zweiten Verwundeten stand.

Er stieg die steile Treppe unter der verborgenen Falltür in den kleinen Kellerraum hinab. Eine nackte Glühbirne an der Decke vertrieb die Dunkelheit.

Mit dem Mann, der auf einer schmalen Pritsche lag, ging es zu Ende. Sein Atem kam flach und röchelnd und setzte immer wieder für eine beängstigend lange Zeit aus. Ein unangenehmer Geruch hing in der stickigen, feuchten Luft, der Geruch von Schweiß, Blut, Krankheit und Tod.

Riviere ließ sich neben dem Sterbenden nieder und legte ihm eine Hand auf die Stirn. Die Haut des Mannes glühte. Er reagierte nicht auf die Berührung. Der Franzose, der bis zu seinem Eintritt in die Fremdenlegion Deutscher gewesen war und auf den Namen Klaus Hoffmann gehört hatte, rüttelte den Guatemalteken, zuerst nur leicht, dann heftiger. »Francisco«, sagte er laut und eindringlich. Aber Francisco schlug nicht die Augen auf. Er zuckte nicht einmal zusammen.

»Bring mir einen Eimer kaltes Wasser und einen Lappen«, befahl Riviere Biehl, der hinter ihm stand.

»Das hat doch sowieso keinen Sinn mehr«, erwiderte Biehl nicht ohne Mitgefühl. »Der Mann ist schon fast im Koma. Laß ihn doch in Ruhe sterben.«

Riviere drehte sich ganz langsam zu ihm um und starrte Biehl an. »Einen Eimer Wasser und einen Lappen«, sagte er leise mit sanfter Stimme. Biehl wurde blaß, fuhr herum und hastete die Treppe hinauf. Als er den Eimer in der Küche unter der primitiven Handpumpe füllte, wandte er den beiden anderen Männern den Rücken zu. Er war froh, daß sie sein Gesicht, auf dem sich Haß und Angst abwechselten, nicht sehen konnten.

Schnell kehrte er in den Keller zurück und stellte den Eimer wortlos neben der Pritsche ab. Am liebsten wäre er sofort wieder verschwunden, aber er wußte, daß der Boß auf seiner Anwesenheit bestand.

Riviere tauchte den Lappen ins Wasser, wrang ihn aus und legte ihn Francisco auf die Stirn. Als der Mann nicht reagierte, befeuchtete er den Lappen erneut und wischte ihm damit den Hals und die Brust ab. Franciscos Lider flackerten leicht, seine Hände zuckten ein wenig, und seine Lippen zitterten. Aber er reagierte noch immer nicht auf seinen Namen.

Es war kein Mitleid, das Riviere veranlaßte, den Sterbenden noch einmal ins Bewußtsein zurückzurufen. Wie Biehl ganz richtig bemerkt hatte, wäre es gnädiger gewesen, den Mann in Ruhe und Frieden sterben zu lassen. Aber Riviere hatte seine Prinzipien. Seine Spielregeln verlangten von ihm, daß jeder seiner Männer vor seinem Tod noch einmal die Möglichkeit bekam, seinen Angehörigen ein paar letzte Worte zu übermitteln.

Als seine Bemühungen erfolglos blieben, schüttete er Francisco schließlich einfach den Inhalt des Eimers ins Gesicht. Diesmal schlug der Sterbende tatsächlich die Augen auf, aber er erkannte seine Umgebung nicht. Ein paar unverständliche Wortfetzen kamen über seine Lippen, dann verdrehte er die Augen und erschlaffte. Riviere betrachtete ihn einen Augenblick lang. Noch lebte Francisco, aber es würde nicht mehr lange dauern.

Er erhob sich. »Sobald er tot ist, begrabt ihr ihn im Wald. Mindestens einen Meter tief. Und ich will die Stelle nicht erkennen, falls ich nicht gerade darauf trete.«

Ohne eine Antwort abzuwarten oder einen letzten Blick auf Francisco zu werfen, kletterte er die steile Treppe empor.

Phil Biehl starrte ihm mit brennenden Augen hinterher. In Rivieres Worten hatte eine deutliche Warnung gelegen. Es war überflüssig gewesen, sie genauer zu formulieren.

Er wartete, bis er hörte, wie ihr Anführer die Küche verlassen hatte, dann erst verließ er ebenfalls den Keller. Ohne die anderen Männer anzusehen, begab er sich in sein Zimmer, das er früher mit Francisco geteilt hatte, nahm eine Flasche Tequilla aus dem Nachtschränkchen und trank einen großen Schluck.

Weiß Gott, er hatte Riviere nie sonderlich gemocht, das tat niemand, aber im Augenblick empfand er nur noch Haß für ihn. Francisco war zwar nicht sein Freund gewesen, aber immerhin ein Kamerad, und sie hatten zusammen so manche Flasche geleert und die Bordelle in den nächsten Ortschaften unsicher gemacht.

Hätte er nicht einen solch mordsmäßigen Respekt vor Riviere gehabt, hätte er das gefühllose Schwein wahrscheinlich auf der Stelle umgebracht. Aber irgendwann einmal, wenn sich eine günstige Gelegenheit ergab, würde er ihn umlegen. Das schwor er sich.

Rund zehntausend Kilometer nordöstlich, auf der anderen Seite des Atlantiks, las Connor das Fax zum dritten Mal. Er saß im modernen Computerraum Oake Dùns, den Sir Ian Sutherland in den unterirdischen Gewölben des festungsartigen Schlosses eingerichtet hatte.

Es war früher Abend. Seit dem Überfall einer Gruppe fanatischer Südamerikaner, die den alten Mayaherrscher

Pacal von Palenque beziehungsweise dessen Totenmaske verehrten und den ›Sternensplitter‹ hatten an sich bringen wollen, einen ursprünglich in die Jademaske eingebetteten Kristall mit einem verheerenden Einfluß auf ihren Träger, waren zehn Tage vergangen.* Die anfängliche Atmosphäre gespannter Nervosität war wachsamer Ruhe gewichen. Sir Ian hatte die Sicherungsmaßnahmen verschärft und sein Personal im Umgang mit Waffen geschult. Es war so etwas wie ein permanenter Wachdienst eingeführt worden. Zwar patrouillierten seine Leute nicht ständig bewaffnet durch die Gänge und Hallen von Oake Dùn, aber es waren immer zwei Mann in Bereitschaft, die sofort jedes ungewöhnliche Vorkommnis weitermelden würden. Noch einmal würden sie sich nicht so einfach von einer Handvoll Männer übertölpeln lassen.

Sie waren alle sensibilisiert für eventuelle weitere Gefahren, und deshalb betrachtete Connor das Fax mit Besorgnis. Thomas Ericson und Gudrun Heber befanden sich in Mittelamerika, im Norden Guatemalas, gerade einmal zweihundert Kilometer von Palenque entfernt. Er konnte nur hoffen, daß ihre merkwürdige Botschaft nichts mit dieser verrückten Gemeinschaft oder Sekte zu tun hatte, aber irgend etwas schien mit der Hazienda, auf der sie sich zur Zeit aufhielten, nicht zu stimmen. Warum sonst hätten sie ihm diese verschlüsselte Warnung zukommen lassen sollen?

Zumindest interpretierte Connor die Sätze als Warnung. Neben der Abbildung des Andreaskreuzes der dritten Stele und den Daten über ihren Fundort enthielt das Fax noch folgende ominöse Mitteilung: ›Grüße an Sir Ian. Wir werden ihm eine Kiste von Don Sebastians exzel-

* siehe Buch 1 ›Sturm auf Oake Dùn‹

lenten Zigarren mitbringen. Schade, daß Sie sich das Rauchen auf Anraten Ihres Arztes abgewöhnt haben. Diese Zigarren sind etwas ganz Erlesenes. Sie werden speziell für Don Sebastian von Hand gerollt. Sie hätten bestimmt Ihre Freude daran gehabt.‹

Der Butler und engste Vertraute des schottischen Earls drückte mit einem schiefen Grinsen seine Zigarette im Aschenbecher aus. Von wegen das Rauchen abgewöhnt! Sein letzter vergeblicher Versuch, dieses Laster aufzugeben, lag zwei Jahre zurück. Besonders, wenn er unter Streß stand, wurde er zum Kettenraucher. Allerdings hielt er sich dabei stets an Zigaretten. Zigarren hatte er nie sonderlich gemocht.

Was bezweckten Ericson und Heber mit dieser Botschaft? In Gefahr schienen sie nicht zu sein. Er hatte sich ausführlich mit Gudrun unterhalten, als sie das Fax angekündigt hatte, und ihm war nichts Außergewöhnliches an ihrer Stimme aufgefallen. Ein Mensch, der unter Druck stand, der möglicherweise bedroht oder gefangengehalten wurde, verriet sich in der Regel durch Kleinigkeiten, durch Unsicherheiten in der Stimme, durch ein kurzes Stocken, Stottern oder Schwankungen der Tonlage, aber davon war bei Gudrun nichts zu hören gewesen, und er kannte sie mittlerweile gut genug, um das beurteilen zu können.

Nein, es gab nur eine vernünftige Erklärung: Irgend jemand überwachte heimlich ihre Gespräche und Korrespondenz mit Oake Dùn, und bei diesem Jemand handelte es sich höchstwahrscheinlich um den Viehzüchter mit dem ellenlangen Namen. Schließlich benutzten sie sein Telefon und sein Faxgerät.

Also würde er ihnen die Ergebnisse seiner Computeranalyse codiert übermitteln müssen. Stellte sich nur die Frage, wie er die Nachricht abfassen mußte, daß sie erstens alle notwendigen Informationen enthielt, zweitens für einen Unbefugten unverfänglich wirkte, und drittens für Thomas Ericson und Gudrun Heber leicht zu entschlüsseln war.

Die ersten beiden Punkte stellten kein Problem dar; es gab buchstäblich unendlich viele Codierungssysteme. Die Schwierigkeiten sah er im dritten Punkt. Dummerweise hatten sie es versäumt, sich auf eine solche Situation vorzubereiten. Das würden sie auf jeden Fall nachholen müssen.

Er zündete sich erneut eine Zigarette an und paffte geistesabwesend. Als er sich die nächste an der Glut der ersten ansteckte, erinnerte er sich daran, wie Gudrun ihn bei solchen Gelegenheiten immer auf die Gefahren des Rauchens hingewiesen hatte, und da kam ihm die Erleuchtung. Er würde den gleichen Ansatz wie die beiden Wissenschaftler benutzen. Keine mathematische oder logische Verschlüsselung, sondern eine, deren Zugang auf dem Wissen über persönliche Eigenarten beruhte.

Die Botschaft für Connor war wirklich sehr einfach gewesen. Don Sebastian selbst hatte sie darauf gebracht. Nach dem Mittagessen hatte er Tom wie immer eine Zigarre angeboten, und wie immer hatte Tom dankend abgelehnt. Es war schon wie ein Ritual.

»Schade, daß Sir Ian nicht hier ist«, hatte Tom gesagt. »Er ist zwar Pfeifenraucher, aber er weiß auch eine gute Zigarre zu schätzen. Für Gäste hält er stets eine Auswahl verschiedener Sorten und Marken bereit.«

»Dann wäre es mir eine Ehre, wenn Sie Sir Ian ein Kästchen meiner Zigarren mit meinen besten Empfehlungen mitbringen würden, wenn Sie zurück nach Schottland fliegen«, hatte der Haziendero erwidert.

Jetzt saß Gudrun allein mit einer Tasse Kaffee auf der Veranda. Gleich nach dem Mittagessen, nachdem sie ihre ursprüngliche, kompliziertere Botschaft durch den Hinweis auf Connors angebliche Tabakabstinenz ersetzt und durchgefaxt hatten, hatte Tom Isabella zu einer Farm an der Westgrenze der Hazienda begleitet, wo sie Gemüse einkaufen wollte.

Sein Spanisch hatte tatsächlich beachtliche Fortschritte gemacht. Aber Gudrun wußte genau, daß das nicht der Grund war, warum Tom so viel Zeit mit der hübschen Indiofrau verbrachte. Auch wenn er sich noch so viel Mühe gab, seine wahren Gefühle für Isabella zu verbergen, war er einfach zu sehr Mann, um Gudrun täuschen zu können. Und es war unverkennbar, daß Isabella seine Gefühle erwiderte.

Gudrun wußte nicht, wie weit die Dinge zwischen ihnen gediehen waren, doch irgend etwas war geschehen. Nach dem ersten Abend auf der Hazienda hatte sie noch lange wach in ihrem Bett gelegen. Die Verbindungstür zu Toms Zimmer war nur angelehnt gewesen, aber als sie nach einer guten Stunde eingeschlafen war, war Tom noch immer nicht zurückgekommen. Und seither hatte sich sein Verhalten ihr gegenüber verändert, war das Gefühl der Verbundenheit und Nähe, das seit der Ereignisse in Mani zwischen ihnen geherrscht hatte, wieder verschwunden.

Was war es nur, das Tom so sehr an Isabella faszinierte? Zugegeben, sie war hübsch, und sie besaß diese mädchenhafte, verletzliche Ausstrahlung, die bei so vielen Männern den Beschützerinstinkt weckt und sie blind für das wahre Wesen einer solchen Frau macht. Und Isabella war alles andere als schwach und zerbrechlich. Sie war sich ihrer Wirkung nur allzu genau bewußt und setzte sie gezielt ein, um das zu erreichen, was sie wollte. Aber was wollte sie wirklich? Nur eine Romanze mit einem Fremden, von dem sie wußte, daß er sie schon bald wieder verlassen würde? Oder ging es ihr darum, Tom zu benutzen, ihn für irgendwelche anderen Zwecke einzuspannen?

Du bist ungerecht, Gudrun, hielt sie sich selbst vor. Warum mußt du in allem, was so einfach zu erklären ist, nüchterne Berechnung sehen? Weil du eine solche Haltung nachvollziehen kannst? Weil du selbst berechnend bist?

Sie schüttelte sich. Nein, diesen Schuh würde sie sich nicht anziehen. Vielleicht lag es nur an dem Gefühl, zurückgewiesen worden zu sein, an verletztem Stolz und Eifersucht, an dem ganz natürlichen und doch so verhängnisvollen Konkurrenzdenken, das sich so oft einstellte, wenn sich zwei Frauen zu demselben Mann hingezogen fühlten.

Und wie sie es auch drehte und wendete, Toms Verhalten und sein plötzliches Interesse an dem Indiomädchen *hatte* ihr weh getan, hatte sie verletzt und ein Gefühl der Leere und Traurigkeit in ihr hinterlassen. Und den kindischen Wunsch, es ihm irgendwie gleichzutun. Nicht aus primitiven Rachegelüsten, versicherte sie sich schnell, sondern aus Selbstschutz, um die Dinge wieder in die richtige Perspektive zu rücken.

Doch selbst wenn sie es wirklich darauf anlegen würde, hier hätte sie gar nicht die Gelegenheit dazu. Hier gab es außer Tom keinen Mann, der sie auch nur ein bißchen hätte reizen können.

Sie trank ihren Kaffee aus, setzte die Tasse wieder ab, ließ ihren Blick über die Weiden schweifen, auf denen hier und da in der Ferne ein paar Ceburinder grasten, und plötzlich wurde ihr heiß und kalt zugleich.

Jean-Claude Riviere lehnte an der Pferdekoppel, in der gleichen Haltung und an derselben Stelle, an der sie ihn schon heute vormittag gesehen hatte. Und wieder sah er in ihre Richtung.

Isabella Camozza war eine waschechte Maya. Mit ihren dreiundzwanzig Jahren und ihrer mädchenhaften Figur wirkte sie deutlich jünger, aber innerlich war sie eine reife Frau. In ihrem jungen Leben hatte sie bereits eine Menge Schicksalsschläge einstecken müssen.

Ihre Mutter war bei der Geburt ihres dritten Kindes gestorben. Isabella war damals gerade vier Jahre alt gewesen, und in ihrer verklärten Erinnerung sah sie ihre Mutter stets als einen Engel mit glänzendem, schwarzen Haar, zärtlichen Händen und warmen, liebevollen Augen. Kurz darauf hatte ihr Vater zu trinken begonnen und das kleine Geschäft in Dolores verwahrlosen lassen. Seine beiden Kinder hatten früh lernen müssen, für sich selbst zu sorgen und sich mit kleinen Gelegenheitsarbeiten, Betteleien und Diebstählen über Wasser zu halten. Trotzdem hatten sie ihren Vater geliebt und lange um ihn getrauert, als er einige Jahre später an den Folgen des exzessiven Alkoholkonsums gestorben war.

Ihr Onkel Jorge hatte die Kinder seines Bruders auf seiner kleinen Farm aufgenommen und sie damit vor einem schlimmeren Schicksal bewahrt. Obwohl sie auf beengtem Raum und immer hart an der Armutsgrenze gelebt hatten, waren sie so glücklich gewesen, wie die Umstände es zuließen. Doch Isabella hatte kaum den Tod ihres Vaters verwunden, als ihr jüngerer Bruder einer Infektion zum Opfer gefallen war.

Diesmal hatte sie länger gebraucht, den erneuten Verlust eines geliebten Menschen zu verarbeiten. Die harte Arbeit auf der Farm hatte ihr dabei geholfen. Zweimal in der Woche machte sich Isabella zu Fuß auf den langen Weg nach Dolores, um die Dorfschule zu besuchen und Lesen und Schreiben zu lernen. Und als sie eines Abends, mittlerweile fünfzehn Jahre alt, zurückgekehrt war, hatte sie vom Haus ihres Onkels und ihrer Tante nur noch rauchende Trümmer vorgefunden. Der

Onkel, die Tante und ihre ältere Cousine, die sich gerade erst vor ein paar Tagen verlobt hatte, waren in den Flammen ums Leben gekommen.

Wieder hatte Isabella vor dem Nichts gestanden, aber da war Don Sebastian als Wohltäter erschienen und hatte sie auf seiner Hazienda aufgenommen. Er hatte es ihr ermöglicht, die Grundschule abzuschließen, und ihr schließlich eine Einstellung als Dienstmädchen und Küchengehilfin gegeben.

Zu diesem Zeitpunkt war Isabella ihm einfach nur dankbar für ihre Rettung gewesen und hatte die Umstände, die damit zusammenhingen, nie hinterfragt. Jeder wußte, daß es Banditen gab, versprengte Guerilleros und Söldner der verschiedensten Bürgerkriegsparteien aus Guatemala und den Nachbarländern, und damals hatte Don Sebastian noch nicht damit begonnen, seinen Besitz zu vergrößern. Daß er das Land ihres Onkels dessen nächsten Angehörigen für ein paar tausend Quetzals abgekauft hatte, war allen Bauern der Umgebung fast schon wie eine Wohltat erschienen.

Doch schon kurz darauf hatte der Haziendero versucht, einen anderen Bauern, dessen Land zwischen seinem Besitz und der Farm von Isabellas Onkel lag, zum Verkauf zu überreden. Der Bauer hatte sich geweigert und auch auf Druck Don Sebastians nicht nachgegeben. Ein paar Monate später war er von Banditen überfallen worden, zufällig zur selben Zeit, als Don Sebastian ein paar zwielichtige Burschen eingestellt hatte, eben als Schutz vor den Banditen. Und tatsächlich hatte der Bauer verkauft, allerdings zu einem deutlich niedrigeren Preis als dem, den der Haziendero ihm ursprünglich angeboten hatte. In den nächsten Jahren hatte er sein Land Stück für Stück vergrößert, zuerst ganz langsam und behutsam, doch in letzter Zeit immer schneller, besonders seit Riviere in seine Dienste getreten war.

»Wie viele Rinder besitzt Don Sebastian eigentlich?« fragte Tom.

»Nach dem, was Roberto sagt, knapp zwölftausend«, erwiderte Isabella, »aber ich glaube, es sind nicht einmal zehntausend.«

Sie waren auf dem Rückweg zur Hazienda und trugen den Korb mit dem Gemüse zwischen sich. Normalerweise machte Isabella die Besorgungen mit einem Muli, falls Roberto sie nicht mit dem Jeep fuhr. Tom hatte sie jedoch überreden können, diesmal zu Fuß zu gehen. Die von Enrico Hernandez bewirtschaftete Gemüsefarm gehörte zu Don Sebastians Besitz und lag gerade einmal drei Kilometer weit entfernt.

»Das ist nicht viel«, sagte Tom nachdenklich. »Ich bin zwar kein Viehzuchtexperte, aber auf dem Land hätte bestimmt mindestens die dreifache Menge Platz. Und große Teile sind nicht einmal gerodet. Wozu braucht Don Sebastian so viel Land? Und wie kann er sich mit einer so kleinen Herde ein derart luxuriöses Haus und so viele Angestellte leisten?«

Isabella zögerte einen Moment. »Mit seinen Antiquitäten«, erklärte sie schließlich. »Er kauft sie billig ein und verkauft sie für viel Geld an Ausländer weiter.«

Tom sah sie überrascht an. Er hatte bereits eine Menge von ihr erfahren, aber irgendwie wurde er das Gefühl nicht los, daß sie ihm die entscheidenden Informationen verschwieg. Was kein Wunder war, bedachte man ihre bewegte Vergangenheit. Wenn sie auch keine Sympathie für den Haziendero hegte, so bot er ihr doch zumindest zum ersten Mal in ihrem Leben Sicherheit. Und nun war sie drauf und dran, diese Sicherheit aufs Spiel zu setzen, weil sie sich einem Fremden anvertraute.

»Willst du damit sagen, er betreibt einen regelrechten Handel mit Maya-Artefakten?« hakte er nach.

Sie waren stehengeblieben und hatten den Korb abgestellt. Gudrun wäre vermutlich nicht einmal sonderlich überrascht gewesen, hätte sie gehört, daß sie das förmliche ›usted‹ durch das vertraulich ›tu‹ ersetzt hatten.

Diesmal zögerte Isabella nicht. Sie nickte entschlossen. »Seine Kunden kommen meistens mit dem Flugzeug. Fast immer sind es Amerikaner. Deshalb haben wir dich und die Señorita am Anfang auch für Kunden von Don Sebastian gehalten.«

»Wir?« fragte Tom. »Du meinst das Dienstpersonal?«

»Ich meine Roberto und mich«, sagte Isabella. »Die anderen machen die Augen zu. Der *patron* schickt sie immer weg, wenn er Besuch erwartet. Natürlich wissen sie auch Bescheid, aber sie reden nie darüber. Nicht einmal mit Roberto und mir.«

Tom ergriff ihre Hände und sah sie ernst an. »Isabella«, sagte er eindringlich. »Was du da sagst, ist sehr wichtig für mich. Aber überleg dir genau, wieviel du mir erzählst. Es ist nicht ungefährlich, und du solltest zuerst an dich denken. Du bist mir nicht verpflichtet, nur weil wir ...«

Sie schüttelte schnell den Kopf. »Ich sage es dir, weil ich es *will*. Ja, es ist gefährlich, aber noch gefährlicher für dich als für mich. Ich kenne Don Sebastian. Er ist ein schlechter Mensch. Ich weiß nicht, ob er für den Tod meines Onkels und meiner Tante verantwortlich ist, aber er läßt andere Menschen töten. Und er wird auch dich und Señorita Heber töten lassen, wenn ihr ihm gegeben habt, was er will.«

»Und was will er von uns?«

»Den Platz der alten Mayastadt. Den Ort, zu dem die Stelen der weißen Fremden führen.«

»Moment mal«, warf Tom ein. »Es ist nur eine Vermutung von Gudrun und mir, daß es dort eine Stadt gibt. Vielleicht ist da auch nur Dschungel.«

»Nein, es gibt diese Stadt«, beharrte Isabella. »In meinem Volk gibt es eine alte Legende über die weißen Fremden, die aus dem Osten über das Meer gekommen sind. Ihr Zeichen war das rote Kreuz auf weißem Stoff. Ein paar Jahre lang haben sie im Norden gelebt, unter dem Schutz der alten Könige. Dann sind sie eines Tages mit dem Heiligtum ihres Gottes nach Süden gezogen und nie mehr zurückgekommen.«

Ihre Worte hatten Tom förmlich elektrisiert. Das rote Kreuz auf weißem Untergrund war das Symbol der Templer gewesen, und bei dem Heiligtum ihres Gottes konnte es sich nur um die Bundeslade handeln. In alten Schriften der Azteken gab es ein paar Sätze, in denen von einem ähnlichen Ereignis berichtet wurde, aber daß es bei den Maya eine vergleichbare Legende gab, war ihm neu.

»Weiß Don Sebastian von dieser Legende?« fragte er hastig.

Isabella, der seine Aufregung nicht entgangen war, lächelte. »Nein«, sagte sie. »Ich glaube es zumindest nicht. Diese Geschichte ist fast in Vergessenheit geraten. Sie war nur in dieser Gegend unter den Angehörigen meines Volkes bekannt, und Don Sebastian ist kein Maya. Er glaubt, daß die Maya auf der Flucht vor den Konquistadoren hier irgendwo ihre Schätze versteckt und die Spanier den Weg mit den Stelen markiert haben. Kein Maya würde einem Fremden von diesen Dingen erzählen.«

»Isabella, ich *bin* ein Fremder!« Erst als Isabella schmerzhaft das Gesicht verzog, bemerkte Tom, daß er ihre Hände fest umklammert hielt. Er lockerte seinen Griff, ohne sie loszulassen. »Wieso erzählst du *mir* davon?«

»Es gibt eine Prophezeiung in dieser Legende«, fuhr sie fort, nachdem sie sich umgeblickt und davon überzeugt hatte, daß sie nicht beobachtet wurden. »Darin heißt es, daß eines Tages zwei Fremde kommen würden, die Freunde der Maya sind, ein Mann und eine Frau. Sie würden das Heiligtum ihres Gottes zurückholen und einen fremden Despoten vertreiben, der die Kinder unseres Volkes unterdrückt.«

Tom starrte sie aus weit aufgerissenen Augen an. Isabellas Worte hatten eine Assoziationskette in ihm in Gang gesetzt. Seine Gedanken überschlugen sich.

Die Templer waren hier gewesen und hatten die Bundeslade irgendwo im Dschungel versteckt. So weit, so gut, davon waren sie ohnehin ausgegangen. Die Prophezeiung dagegen war ihm vollkommen neu, aber sie paßte genau ins Bild.

Während der Überfahrt der Templerflotte von Frankreich nach Amerika war es Tom im Körper des Tempelritters Thomas von Annecy gelungen, einen flüchtigen Blick auf die Bundeslade zu werfen. Über der Lade, über den Flügelspitzen der beiden Cherubim, die die Deckelplatte zierten, hatte das Orakel von Delphi in einer Art Holografie geschwebt. Und das Orakel war bekannt für seine Prophezeiungen.

Es war ebenfalls das Orakel gewesen, das sie überhaupt erst auf die Suche nach der Bundeslade gebracht hatte. Im Laufe dieser Suche war Toms Geist in die Vergangenheit geschleudert worden, und er war maßgeblich daran beteiligt gewesen, daß die Templer die Lade aus den Gewölben tief unter dem zerstörten Tempel Salomons in Jerusalem hatten bergen können.

Aber damit nicht genug. Es war ebenfalls er gewesen, der die Gründungsväter des später so mächtigen Ordens, der zu diesem Zeitpunkt noch eine Laienbruderschaft gewesen war, vor Philipp dem IV, auch Philipp der Schöne genannt, gewarnt und ihnen geraten hatte, ihre Schätze in Sicherheit zu bringen, »sobald der Schöne den Thron besteigt«. Diese Warnung war zumindest mitverantwortlich dafür gewesen, daß die Templer die Bundeslade noch rechtzeitig auf ihre Schiffe verladen hatten, bevor die Soldaten des Königs das Auslaufen der Flotte verhindern konnten.

Als er während einer stürmischen Nacht mitten auf dem Atlantik über Bord gestürzt war, hatte Paldan Manjushi seinen Geist durch die Jahrhunderte in seinen Körper zurückgeführt. Manjushi, der tibetische Lama, war es auch, in dessen Obhut sie das Orakel auf dessen eigenes Verlangen gegeben hatten, und laut seiner Aussage hatte das Orakel ihn damit beauftragt, Toms Geist durch die Zeiten zurück in die Gegenwart zu geleiten.

Somit hatte sich der Kreis geschlossen. Alles griff ineinander. Alles schien von langer Hand geplant worden zu sein. Aber von wem? Vom Orakel selbst? Der eherne dreibeinige Hocker, der mehr als nur ein lebloser Gegenstand war, besaß offensichtlich eine eigene Persönlichkeit. Oder war auch er nur eine Figur in einem undurchschaubaren Spiel? Und wenn ja, wer waren die Spieler hinter den Kulissen?

Tom wurde schwindlig. Die Erkenntnis, von Anfang an manipuliert worden zu sein, verwirrte ihn und machte ihn wütend zugleich.

» ... ist mit dir, Tomás?« riß ihn Isabellas Stimme aus seinen Gedanken. Er blinzelte und schüttelte mühsam den Kopf.

»Nichts«, brachte er mit schwerer Stimme hervor. »Alles in Ordnung.« Er drückte sie kurz an sich und strich ihr über das Haar.

Aber das war gelogen. Nichts war in Ordnung. Die Vorstellung, lediglich benutzt zu werden, *mißbraucht* zu werden, war niederschmetternd und demütigend. Wieviel von dem, was sie taten, taten sie aus freiem Willen? Wieviel war vorausbestimmt?

Eine Idee blitzte in seinem Kopf auf. Was, wenn er einfach alles hinschmiß, wenn er aus diesem undurchsichtigen Spiel ausstieg, A.I.M. den Rücken kehrte und nach Yale zurückging? Zurück zu seinem überschaubaren Leben, den Vorlesungen, Seminaren und gelegentlichen Forschungsreisen im Auftrag der Universität?

Aber er wußte im gleichen Moment, daß das ein bloßer Gedanke bleiben würde. Er konnte nicht aussteigen, er *wollte* nicht aussteigen, nicht, nachdem er so weit gekommen war. Das Fieber hatte ihn gepackt, der Wissensdurst brannte in ihm. Er würde den Weg, den er beschritten hatte, auch zu Ende gehen.

Gudrun konnte nicht schlafen. Zuviel ging ihr im Kopf herum. Tom hatte ihr erzählt, was er von Isabella erfahren hatte – während eines erneuten Spaziergangs –, und wie er war auch sie verunsichert.

Vielleicht war sie pragmatischer als Tom veranlagt. Natürlich berührte auch sie die Vorstellung, lediglich ein Spielball irgendwelcher verborgener Mächte zu sein, aber es gab ein vordringlicheres Problem.

Wenn Isabella nicht übertrieben hatte, befanden sie sich in Lebensgefahr. Connors Antwort war noch nicht eingetroffen. Das gab ihnen noch eine Nacht Aufschub. Andererseits aber war es denkbar, daß sie doch schon angekommen war, und Don Sebastian hielt sie gerade in den Händen. Dann hätte er die ganze Nacht Zeit, sich damit zu beschäftigen, und wenn er auch nur argwöhnte, daß sie mehr Informationen enthielt, als auf den ersten Blick ersichtlich war, würde er bestimmt irgendwelche Maßnahmen ergreifen, wie auch immer die aussahen.

Die Anthropologin hatte Angst. Sie war kurz eingenickt und hatte einen verwirrenden Traum gehabt. Darin war sie in einem brennenden Haus gefangen gewesen. Türen und Fenstern waren versperrt, und die Scheiben ließen sich nicht einschlagen. Draußen schwebte Tom, der durch ein Fenster ins Haus starrte, einen Meter über dem Boden, aber er konnte sie weder sehen noch hören. Dann entdeckte sie, daß die Tür von innen verriegelt war, mit einem riesigen Balken versperrt, der zu schwer für sie war.

Plötzlich tauchte Pierre neben ihr auf, und gemeinsam gelang es ihnen, den schweren Balken aus seiner Verankerung zu heben. Aber noch immer ließ sich die Tür nicht öffnen, und die Hitze nahm zu, der Rauch wurde dichter. Aus irgendeinem Grund wußten sie, daß sich auf der anderen Seite der Tür ein zweiter Riegel befand. Sie klopften gegen die Fensterscheiben, gestikulierten wie wild und schrien aus Leibeskräften, doch Tom konnte sie weder hören noch sehen, obwohl er weiter direkt durch die Scheibe starrte.

In ihrer Verzweiflung ergriffen sie schwere Gegenstände, die überall herumlagen, und versuchten, die Fensterscheibe damit einzuschlagen, aber das Glas war hart und unnachgiebig wie Stahl. Der Rauch drang ihnen in die Lungen und nahm ihnen den Atem, ihre Kleider begannen zu brennen, und dann ...

... war sie aufgewacht, schweißgebadet und mit zerzaustem Haar, das ihr feucht in der Stirn klebte. Seitdem lag sie in ihrem Bett und versuchte vergeblich, wieder einzuschlafen.

Eine Weile hatte sie einfach nur dagelegen und versucht, den Traum zu analysieren. Gudrun hatte ein paar Semester Psychologie studiert, und es fiel ihr nicht schwer, rationelle Erklärungen für den Alptraum zu finden. Die Gefahr – das Feuer –, in der sie sich befanden, lag auf der Hand. Das Haus war nicht einmal ein Symbol, es war ganz konkret Don Sebastians Domizil. Toms Unfähigkeit, sie wahrzunehmen, war mit seiner Fixierung auf Isabella zu erklären, das Schweben oder Fliegen war ein Symbol für Sexualität. Was Pierre in dem

Traum zu suchen hatte, war ihr unklar, aber auch dafür ließ sich eine Begründung finden, vielleicht die Rivalität, die anfangs zwischen Tom und ihm geherrscht hatte, denn Pierre hatte, seinem Naturell folgend, gleich zu Beginn ihrer Bekanntschaft ganz massiv mit ihr geflirtet, sie umschwärmt und damit Toms Widerwillen geweckt.

Vor acht Monaten noch hätte sie sich mit dieser Erklärung zufriedengegeben, aber seither war einiges geschehen. Sie hatte Träume, Visionen und Vorahnungen gehabt, die sich ganz konkret oder leicht abgewandelt bewahrheitet hatten. Ob es ihr gefiel oder nicht, sie mußte sich damit abfinden, daß sie ... mediale Fähigkeiten besaß. Selbst jetzt, nach all ihren Erlebnissen, fiel es ihr immer noch schwer, diesen Begriff – medial – auch nur in Gedanken auszusprechen.

Sie mußten die Hazienda verlassen, so schnell wie möglich. Oder Verstärkung anfordern. Aber sie durften nicht einfach warten und Don Sebastian die Initiative überlassen. Der Rinderbaron spielte mit ihnen. Tom hatte gesagt, daß sie ihm eines voraus hätten, nämlich ihre Intelligenz. Das war richtig, aber die Frage war, ob ihnen ihre Intelligenz gegen einen Mann, der seine Ziele notfalls mit Gewalt durchsetzte, auch helfen würde. Es war wie bei einem Schachspiel. Don Sebastian würde es nie gegen sie gewinnen können, aber er konnte das Spiel jederzeit beenden, indem er die Figuren einfach vom Brett fegte.

Ich muß mit Tom sprechen, dachte sie. *Jetzt.*

Sie glitt aus dem Bett, tappte barfuß zur Verbindungstür zwischen ihren Zimmern und klopfte leise. Keine Antwort. Natürlich, Mitternacht war vorbei, wahrscheinlich schlief Tom längst schon. Ohne das Licht anzuschalten, drückte sie die Klinke herunter und öffnete die Tür.

Das Licht des zunehmenden Mondes, das durch die Fenster fiel, erleuchtete Toms Zimmer gut genug, daß sie das Bett am anderen Ende undeutlich erkennen konnte.

Anscheinend hatte auch Tom einen Alptraum. Er warf sich unter den Laken herum und stöhnte. Gudrun trat einen Schritt vor und wollte gerade seinen Namen rufen, doch im letzten Moment biß sie sich auf die Lippen. Die Wölbung unter dem Laken war zu groß für einen einzelnen Menschen, und das verhaltene Stöhnen klang zu hell und zu kehlig, um von Tom zu stammen.

Gudrun stand wie erstarrt da. Zuerst empfand sie nur Verlegenheit, doch dann spürte sie, wie ein anderes Gefühl in ihr erwachte, heiß und schmerzhaft.

Sie zwang sich, den Atem anzuhalten, als sie Toms Zimmer rückwärts gehend auf den Zehenspitzen verließ. Leise zog sie die Tür hinter sich zu, dann stieß sie den Atem mit einem Zischen aus, drehte sich um und warf sich auf ihr Bett.

Bisher hatte sie es nur vermutet, sich aber geweigert, es zu glauben. Jetzt hatte sie die Gewißheit, und sie wunderte sich, wie sehr es ihr weh tat.

Ihr Unterbewußtsein hatte es schon die ganze Zeit über gewußt. Deshalb auch dieser Traum. *Keine Vorahnung,* dachte sie bitter, *keine Warnung aus irgendwelchen höheren Sphären, nur die verletzten Gefühle einer enttäuschten Frau.*

Sie vergrub ihr brennendes Gesicht im Kopfkissen und biß die Zähne zusammen. Es gibt nichts, was du Tom vorwerfen könntest, beschwor sie sich. Daß du ihm das Leben gerettet hast, verpflichtet ihn zu nichts. Liebe ist kein Geschäft, bei dem man eine Gefälligkeit gegen eine andere aufrechnen darf.

Und trotzdem! Wie konnte er nur, direkt im Zimmer neben ihr, ohne wenigstens die Tür abzuschließen!

Hör auf! Benimm dich nicht wie ein kleines Mädchen, Gudrun! Du bist eine erwachsene Frau!

Aber es war zweierlei, etwas verstandesmäßig zu wissen und etwas gefühlsmäßig zu akzeptieren.

Gudrun versuchte, alle Gedanken an Tom und Isabella aus ihrem Kopf zu verdrängen und vernünftig nachzudenken, das Wichtige vom Unwichtigen zu trennen.

Also gut, sagte sie sich. Mein Traum hat keinerlei praktische Bedeutung, er ist nur eine Reaktion meines Unterbewußtseins auf eine unvernünftige Eifersucht. Aber das heißt lange noch nicht, daß wir hierbleiben können. Sobald wir Connors Antwort haben, sollten wir verschwinden. Je schneller, desto besser.

Mit ihrem ersten Gedanken beging sie einen gewaltigen Irrtum. Mit ihrem zweiten dagegen hatte sie vollkommen recht.

So viel Leid und Schmerz, dachte Paldan Manjushi. Er saß in Meditationshaltung vor dem kleinen See in dem Talkessel, der sein Zuhause war. Die anderen Mönche und Samdru, sein Lehrling und Diener, befanden sich im Inneren der halb verschütteten, uralten Ruine und lasen aus den Heiligen Schriften.

Ruhe und Frieden herrschten in Gompa-tso, dem kleinen verborgenen Kloster im Südwesten Tibets, das nur eine Handvoll Menschen kannten. Der Schneefall hatte sämtliche Pässe unpassierbar gemacht, klirrender Frost lag über dem Land, doch in diesem ovalen Hochtal mit seinen senkrecht abfallenden Wänden trieben bereits die ersten Pflanzen zarte grüne Triebe aus, obwohl man gerade erst den zwölften März schrieb. Ein Entenpärchen zog ruhig über die türkisfarbene Oberfläche des kleinen Sees.

Doch Paldan Manjushi war nicht eins mit seiner friedlichen Welt. Sein Leben lang hatte er zwei Ziele verfolgt, innere Klarheit und Reinheit zu erlangen und sich so der Vollkommenheit der strahlenden Leere zu nähern, und bereit zu sein für die Ankunft der körperlosen Wesenheit, die sich Cahuna nannte.

Das zweite Ziel war erreicht, Cahuna war gekommen, und die uralten Prophezeiungen hatten sich erfüllt. Das erste Ziel jedoch erschien ihm ferner als zuvor.

Manjushi war durch eine lange Lehrzeit gegangen und hatte gelernt, seinen Geist zu befreien, die Abgründe seiner Seele zu erkennen und Haß, Zorn, Angst, Gier und Selbstsucht zu überwinden, nicht durch Kampf, sondern durch Hingabe, durch Nachgeben. Innere Ruhe und heitere Gelassenheit hatten ihn befähigt, den Verlockungen des materiellen Lebens zu entsagen und die Existenz des Menschen als das zu erkennen, was sie war, eine Illusion, die es zu überwinden galt.

Doch dann war etwas geschehen, das ihn verwirrte. Cahunas Ankunft hatte etwas verändert. Die Beschaulichkeit seines Lebens war der Unruhe gewichen, die Einheit der Dinge war in Unordnung geraten. Die Gegensätzlichkeit der Kräfte, die einander durchdringen und sich letztlich auflösen, hatten scharfe Konturen bekommen und grenzten sich voneinander ab.

Manjushi versuchte, diesen Prozeß zu verstehen. Wie alle seine Vorgänger war er auf Cahunas Ankunft vorbereitet worden, und wie alle seiner Vorgänger war er – ohne auch nur einen Augenblick lang daran zu zweifeln – davon ausgegangen, daß mit Cahuna ein freier Geist von großer innerer Klarheit, von vollkommener Ruhe und leidenschaftsloser Weisheit zu ihm kommen würde.

Doch Cahuna war voller Leidenschaft, und sein Leben war dem Kampf geweiht. Er besaß großes Wissen und große Macht, aber sein Geist war ohne sein Zutun von seinem Körper gelöst worden und nicht frei. Und er, Paldan Manjushi, war ausersehen, sein Diener zu sein.

Die Dinge entwickeln sich gut, alles läuft in unserem Sinn, hatte Cahuna bei seinem letzten Besuch zufrieden gesagt. Manjushi hatte ihm nicht widersprochen; es stand ihm nicht zu, ein Urteil zu fällen. Aber er hatte den Weg der

Menschen verfolgt, die Cahuna begünstigte, und Kampf, Leid und Schmerz gesehen. Zwei gegensätzliche Kräfte, so alt wie das Universum selbst, die ständig miteinander im Kampf liegen und sich doch durchdringen und nicht ohne einander existieren können, die wie das Ying und Yang eine Einheit bilden, hatten ein neues Schlachtfeld gefunden, und Cahuna stärkte nur eine Seite.

Es war wie in den einfachen Rätseln, die der Meister dem jungen Novizen aufgibt, und die auf den ersten Blick so einfach zu lösen sind: *Dient die Tür dazu, das Haus zu verschließen oder zu öffnen? Dient die Luft dem Einatmen oder dem Ausatmen?*

Natürlich beidem, war die übliche Reaktion des Novizen, aber wenn er lange genug darüber meditierte, begann er, einer der Antworten ein größeres Gewicht beizumessen, nur um in einem langen Prozeß wieder davon abzurücken.

Cahuna schien ebenfalls nur eine Antwort zu favorisieren, und das war es, was Paldan Manjushi verwirrte, denn bedeutete es nicht letztendlich, daß auch er sein Denken, auf dem seine Existenz beruhte, ändern mußte? Oder bestand seine Aufgabe darin, die scheinbaren Widersprüche, die sich hier auftaten, zu überwinden? War er ausersehen, Cahuna zu führen?

Manjushi war stets demütig und bescheiden gewesen, denn das war eine der Grundvoraussetzungen für einen Lama, genauso wie Güte, Hilfsbereitschaft und Mitleid mit jeder lebenden Kreatur. Und doch würde er jetzt dazu beitragen müssen, daß Schmerzen und Leid verursacht wurden, denn er mußte die Aufgabe erfüllen, die ihm übertragen worden war.

Zum ersten Mal, seit er ein junger Novize gewesen war, glich sein Rückzug in die Meditation einer Flucht.

Sie saßen mit Don Sebastian im Salon beim Frühstück, als Roberto Chimenez sich ihrem Tisch näherte, in respektvoller Entfernung stehenblieb und sich räusperte. Er war ein junger, gutaussehender Mann, schlank und feingliedrig, trotz des typisch spanischen Namens ein reinblütiger Maya.

»Ja, Roberto, was gibt es?« fragte der Haziendero aufmunternd.

»*Patron*, Señorita Heber, Señor Ericson«, sagte er höflich. »Die Antwort aus Schottland ist eingetroffen.«

Tom sprang auf und eilte ihm entgegen. Der Sekretär des Hazienderos reichte ihm einen Schnellhefter, verbeugte sich und zog sich unauffällig zurück. Tom setzte sich mit den Unterlagen an den Tisch, schob die volle Tasse und den halb geleerten Teller zur Seite und schlug den Ordner auf. Er enthielt ein gutes Dutzend eng beschriebener Blätter.

»Uff!« machte Tom, nachdem er die Seiten schnell durchgeblättert hatte. »Das ist jede Menge Material. Anscheinend hat Connor mindestens fünf verschiedene Theorien entwickelt. Sich da durchzuarbeiten, kann lange dauern.«

Gudrun hatte Don Sebastian genau beobachtet. Eigentlich hätte er viel neugieriger wirken müssen, aber er betrachtete Tom nur mit gemäßigtem Interesse.

Er kennt das Fax bereits, dachte sie. *Er muß es gelesen haben, bevor er zum Frühstück gekommen ist. Aber in der Kopfzeile werden automatisch Absender, Datum und Uhrzeit angegeben. Also kann er nicht behaupten, das Fax wäre gerade erst eingetroffen.*

Sie trank einen Schluck Kaffee, als Isabella eintrat und sich erkundigte, ob sie noch irgendwelche Wünsche hätten. Tom hob kurz den Kopf und lächelte ihr zu, bevor er sich wieder den Unterlagen widmete. Isabellas Gesicht blieb ruhig und unbewegt. Doch um Don Sebastians

Mundwinkel spielte ein flüchtiges Lächeln, als sein Blick ganz schnell von Tom zu Isabella und wieder zurückwanderte.

»Nein, danke, Isabella, wir haben alles«, sagte er.

Er weiß Bescheid! durchzuckte es Gudrun. Ihr war schon der forschende Blick, mit dem er sie während des Frühstücks ein paarmal unauffällig bedacht hatte, aufgefallen, aber da hatte sie sich noch nichts dabei gedacht. Sie war sicher, sich gut unter Kontrolle zu haben und sich nicht die geringste Unsicherheit anmerken zu lassen.

Aber wenn er über Toms und Isabellas amouröses Abenteuer informiert war, bedeutete das, daß Tom recht gehabt hatte. Ihre Zimmer wurden abgehört. Oder aber, kam ihr ein anderer Gedanke, Isabella war Don Sebastians Spitzel!

Diese Möglichkeit erschien ihr fast noch plausibler. Isabella hatte sich Toms Vertrauen erschlichen, mit ihm geschlafen und ihn vor Don Sebastian gewarnt. Die phantastische Geschichte über die Mayalegende und die Prophezeiung diente vielleicht nur dazu, Informationen aus ihm herauszulocken. Oder redete sie sich das nur ein, um einen Keil zwischen Tom und das Mayamädchen zu treiben? Wie auch immer, sie mußte unverzüglich mit ihm reden, selbst auf die Gefahr, ihn vor den Kopf zu stoßen.

Sie trank ihren Kaffee aus, stand auf und zog Tom am Arm. »Komm«, sagte sie. »Wir haben schon genug Zeit verschwendet.« Und an Don Sebastian gewandt: »Bitte entschuldigen Sie unsere Unhöflichkeit, aber die Arbeit ruft.«

Der Rinderbaron machte gar nicht erst den Versuch eines höflichen Protestes. Er nickte ihr nur wohlwollend zu. Sie konnte seine Blicke in ihrem Rücken spüren, als sie Tom mit sich zerrte.

»Los, lies vor«, sagte sie, als sie in Toms Zimmer angekommen waren. Er blickte sie fragend an, aber sie legte einen Finger an die Lippen, nickte heftig und zog einen Notizblock hervor. Während er laut zu lesen begann, schrieb sie:

Du hattest recht. Unsere Zimmer werden abgehört. Don Sebastian ist über alles informiert, was sich dort abspielt. Auch über Isabella und dich. Entweder das, oder Isabella ist seine Informantin.

Toms Augen wurden groß, als er den Zettel las, dann verhärteten sich seine Züge, und er schüttelte nachdrücklich den Kopf.

Gudrun gab ihm ein Zeichen, weiter laut vorzulesen, und schrieb:

Keine Zeit für Streitereien oder Rechtfertigungen. Wir können später darüber reden. Jetzt kommt es darauf an herauszufinden, ob und was Connor uns heimlich mitteilen will.

»Lies du weiter«, sagte Tom und schob ihr den Schnellhefter zu. Er griff nach dem Notizbuch und schrieb:

Wenn wir abgehört werden, sollten wir uns draußen weiter unterhalten.

Gudrun brachte das Kunststück fertig, gleichzeitig vorzulesen und zu schreiben: *Zu auffällig. Erst Code knacken.*

Was Connor auf vierzehn einzeilig bedruckten Seiten geschrieben hatte, war ein geniales Konglomerat aus interessanten Informationen und völligem Humbug, der allerdings für einen Laien äußerst bedeutungsschwanger klingen mußte. Der fehlende Schlüssel dazu lag im Satzformat verborgen.

Connor war ein sehr gewissenhafter Mann, manchmal ein wenig steif und formell. Das bezog sich auch auf seine Korrespondenz. Er bevorzugte ein bestimmtes Schriftbild, das sich nach den jeweiligen Erfordernissen eines Textes richtete. Einen solchen Text, der dazu gedacht war, daß sein Empfänger mit ihm arbeitete, würde er nur im Standardmanuskriptformat verschicken, zweizeilig, mit sechzig Anschlägen pro Zeile und breitem rechten Rand, um Raum für Notizen und Anmerkungen zu lassen. In diesem Fall aber hatte er nicht nur das Format geändert und fast bis zum Rand geschrieben, sondern auch die Trennautomatik ausgeschaltet und von Hand getrennt. Das Schriftbild sah ziemlich zerrissen aus und mußte seinem Sinn für Ordnung Hohn sprechen, was jedoch nur einem Menschen auffallen würde, der ihn kannte.

Es waren die jeweils ersten und letzten Buchstaben einer Zeile, die, nach einem bestimmten Muster zusammengefügt, die verborgene Botschaft ergaben. Dieses Muster wiederum leitete sich aus den Positionen der in römischen Ziffern gekennzeichneten Unterkapiteln ab, von denen es fünf gab, für jede der aufgestellten Theorien eins. Nachdem Tom und Gudrun auf die unterschiedlichen Zeilenlängen und die unregelmäßigen Trennstrichpositionen aufmerksam geworden waren, was nicht lange gedauert hatte, hatten sie die einzelnen Seiten nach weiteren Unregelmäßigkeiten überprüft, für die es keine vernünftige Erklärung gab. Das Textverarbeitungs-

programm, das Connor benutzte, hätte die römischen Ziffern auf fest definierte Positionen gesetzt. Ordnete man der linken Randbegrenzung die Position 0 zu, so ergab sich für die Ziffern das Muster 2-4-1-3-5. Fügte man die Anfangs- und Endbuchstaben jeder Zeile durchlaufend nach diesem Schema zusammen, so erhielt man eine Botschaft, mit der Tom alleine nicht viel hätte anfangen können, denn sie war auf Deutsch geschrieben. Und das auch nicht mal sonderlich korrekt, aber Gudrun konnte sie mühelos entziffern.

Sie brauchten fast drei Stunden, um den Code zu knacken. Connor hatte nicht einmal achtzehn Stunden Zeit gehabt, die ihm gelieferten Daten zu verarbeiten, sich das Verschlüsselungssystem auszudenken und den ellenlangen Text so zu verfassen, daß er einen Sinn ergab und trotzdem noch die verborgene Botschaft enthielt. Kein Wunder, daß sich etliche Fehler eingeschlichen hatten, besonders zum Schluß des Textes. Auch so war es noch eine Meisterleistung. Er mußte ohne Pause durchgearbeitet haben, und wahrscheinlich hatte er dabei eine halbe Stange Zigaretten gequalmt.

»Laß uns eine Pause machen, Gudrun«, sagte Tom schließlich. »Mir dröhnt der Kopf.« Sie hatten während der Arbeit nicht viel gesprochen, nur hin und wieder ein paar tiefschürfende Fachsimpeleien von sich gegeben, um den vermuteten Lauscher nicht mißtrauisch zu machen. Er schob ihr einen Zettel zu.

Ich werde mit Isabella reden, stand darauf.

»Außerdem habe ich Hunger und Durst«, fügte er hinzu. »Mal sehen, ob Isabella uns eine Kleinigkeit zu essen machen kann.«

»Gute Idee«, erwiderte Gudrun und ächzte vernehmlich. »Aber ich muß mir vorher noch ein bißchen die Beine vertreten. Kommst du mit?« Sie suchten alle Zettel zusammen, auf die sie ihre Mitteilungen gekritzelt hatten, und steckten sie ein, bevor sie das Zimmer verließen.

Das große Haus wirkte wie ausgestorben. Es war ohnehin meistens ziemlich still, da Don Sebastian weder Frau noch Kinder hatte. Sie gingen über den gekiesten Zufahrtsweg durch das schmiedeeiserne Tor.

»Hältst du es wirklich für eine gute Idee, ausgerechnet jetzt mit Isabella zu sprechen?« fragte Gudrun, nachdem sie sich weit genug vom Haus entfernt hatten.

Tom sah sie schuldbewußt an. »Hör mal, Gudrun«, begann er. »Es tut mir leid, wenn ...«

»Du mußt dich nicht vor mir rechtfertigen«, unterbrach sie ihn etwas schroffer als beabsichtigt. »Ich werde mich nicht in dein Privatleben einmischen. Ich meine nur, sollte sie dich wirklich an der Nase herumführen, wäre es unklug, ihr jetzt das Messer auf die Brust zu setzen. Sobald sie weiß, daß wir sie durchschaut haben, wird Don Sebastian die Maske fallen lassen. Und dann stecken wir in echten Schwierigkeiten.«

Tom verschluckte seine Entschuldigung. Statt dessen brachte er ein schwaches Lächeln zustande und sagte: »Ich glaube zwar nicht, daß sie ein doppeltes Spiel treibt, aber ich werde trotzdem vorsichtig sein. Und ich habe einen Vorschlag. Sollte unser potentieller Lauscher mißtrauisch geworden sein, wäre es sinnvoll, ihn abzulenken. Wenn du dir ein Pferd schnappst und nach Süden reitest, könnte er glauben, wir hätten eine Spur gefunden. Dann wird dir Don Sebastian auf jeden Fall einen Verfolger auf die Fersen setzen.«

Er zögerte einen Moment. »Noch dürften wir nicht in unmittelbarer Gefahr sein, aber natürlich können wir ein gewisses Risiko nicht ausschließen. Ich würde es verstehen, wenn du lieber hier bleiben willst. Aber wenn du einverstanden bist, solltest du für alle Fälle meinen Revolver mitnehmen.«

Gudrun streckte die Hand aus. »Gib her«, sagte sie nur.

Sie hatte sich von dem Stallburschen, einem baumlangen, dürren Mulatten, der ständig fröhlich zu sein schien – außer wenn Don Sebastian oder Riviere in der Nähe waren –, viel und gerne grinste und dabei ein unglaublich weißes Gebiß zeigte, ein Pferd satteln lassen. Ein paar Wolken hatten sich vor die Sonne geschoben, und Wind war aufgekommen, so daß die Temperaturen trotz der Mittagszeit erträglich waren.

Toms Vorschlag war ihr sogar gelegen gekommen. Der Ausritt gab ihr die Möglichkeit, sich in Ruhe über einiges klar zu werden. Das Pferd war ausgeruht und voller

Bewegungsdrang. Gudrun hatte nur einmal mit der Zunge schnalzen müssen, und schon war es losgaloppiert.

Sie war an einigen kleinen Rinderherden vorbeigekommen, die sich auf den Weiden fast verloren. Einmal hatte sie zwei Gauchos gesehen, die bei ihrem Anblick grüßend die Hand gehoben hatten, aber bei ihrer Herde geblieben waren.

Don Sebastians Land erstreckte sich weit von Westen nach Osten, in Nordsüdrichtung war es eher schmal. Sein Haus lag kaum mehr als fünf Kilometer von der Südgrenze entfernt, wo die Weiden immer mehr in dichten Wald übergingen. Vor ihr erhob sich ein flacher Hügel, der von einem Kranz dunklen Grüns umgeben war. Die Kuppel war grasbewachsen.

Gudrun hatte den Waldrand fast erreicht, als sie den Reiter hinter sich bemerkte. Er gab sich nicht die geringste Mühe, ihr unauffällig zu folgen, sondern näherte sich ihr im Galopp, während sie mittlerweile im Schritt ritt. Sie zügelte ihr Pferd und drehte sich im Sattel um. Ihr Herz machte einen kleinen Satz, als sie ihn erkannte. Es war Riviere.

»Was wollen Sie?« fragte sie, als er sie erreicht hatte. Es hatte ungehalten und abweisend klingen sollen, aber stattdessen stellte sie fest, daß sich ihre Stimme unsicher und defensiv anhörte.

Zu ihrer Verblüffung lächelte Riviere, ein ungewohnter Anblick. Seine Augen wanderten über ihren Körper, aber sie blieben nicht etwa auf ihrem Busen oder ihren Schenkeln hängen, sondern auf Toms Revolver, den sie sich unter den Hosengürtel geschoben hatte. »Sie nähern sich der Haziendagrenze«, sagte er. Er deutete auf die flache Erhebung. »Sie verläuft genau über die Hügelkuppel. Wollten Sie dort hinauf?«

»Ja«, hörte sich Gudrun gegen ihren Willen sagen.

Riviere nickte. »Von dort aus hat man einen guten Ausblick über das umliegende Land. Kommen Sie, ich begleite Sie.«

Gudrun blieb reglos im Sattel sitzen und starrte ihn an.

Der hagere Mann erwiderte ihren Blick ungerührt. »Ich bin für Ihre Sicherheit verantwortlich«, erinnerte er sie. Seine Hand fuhr an seine Pistolentasche und knöpfte sie auf. Er zog die Beretta hervor, ergriff sie am Lauf, dirigierte sein Pferd neben Gudrun und reichte ihr die Waffe. »Hier, nehmen Sie.«

Die Anthropologin schwieg noch immer und rührte sich nicht.

»Sie mögen mich nicht, und Sie fürchten sich vor mir«, plauderte er ruhig weiter, als störte ihn das überhaupt nicht, was wahrscheinlich auch der Wahrheit entsprach. »Gegen Ihre Abneigung kann ich nichts tun, vielleicht aber gegen Ihre Angst. Nehmen Sie die Waffe, wenn Sie sich dadurch sicherer fühlen. Sie ist geladen und gesichert und funktioniert genauso wie Ihre Gaspistole. Sie wissen, wo der Sicherungshebel sitzt.«

Zögernd, als hätte sich ihr Körper selbständig gemacht, griff Gudrun zu. Als sich ihre Finger um den Griff schlossen, berührten sie kurz Rivieres Hand. Sie wußte nicht, was sie erwartet hatte – vielleicht ein Knistern wie von überspringender Elektrizität, ein Kribbeln, als legte man die Finger auf einen unter Schwachspannung stehenden Draht? –, aber nichts dergleichen geschah. Zu ihrer Verblüffung empfand sie fast so etwas wie Enttäuschung.

Riviere zog an den Zügeln und drehte sein Pferd in Richtung des Hügels. Ohne sich zu vergewissern, daß Gudrun ihm folgte, ritt er in gemächlichem Schrittempo los.

Ihr Pferd folgte dem seinen automatisch, und die Deutsche unternahm nichts, um etwas daran zu ändern.

Ich nehme seine Herausforderung an, dachte sie, *und das ist genau, was er bezweckt. Ich könnte einfach zurückreiten und sein Spiel damit durchkreuzen, aber das würde bedeuten, daß ich kapituliere.*

Ein Schwarm Papageien flog lärmend und schimpfend über ihnen auf, nur um sich gleich wieder im Wipfel des nächsten Baumes niederzulassen.

Und wenn ich kapituliere? Was habe ich damit verloren? Was muß ich mir beweisen? Vor ihrem inneren Auge erschien das Bild eines dunklen Zimmers mit einem Bett am anderen Ende, unter dessen Laken sich undeutlich zwei umschlungene Körper abzeichneten.

Das gedämpfte Licht des Waldes umfing sie. Sie starrte Rivieres Pistole an, die sie nach wie vor in der rechten Hand hielt. Ihr Pferd setzte gleichmäßig einen Huf vor den anderen. Sein Kopf wippte bei jedem Schritt, und jedesmal ruckten die Zügel leicht in ihrer linken Hand.

Der Hügel war steiler, als er von unten ausgesehen hatte. Die Bäume standen weit auseinander und waren frei von Unterholz. Auf dem Boden lag Laub, fast wie in einem herbstlichen Wald in gemäßigten Breiten. Gudrun registrierte jede Kleinigkeit mit fast übernatürlicher Klarheit, als wäre es von ungeheurer Wichtigkeit, daß sie sich später an alle Einzelheiten erinnern könnte.

Die Beretta zielte genau zwischen Rivieres Schulterblätter. *Ich könnte ihn einfach in den Rücken schießen,* dachte sie wie betäubt, aber gleichzeitig wußte sie, daß sie das nie tun könnte. Und sie *wollte* es auch gar nicht.

Dann wichen die Bäume vor ihnen zurück und machten erneut Grasland Platz. Kurze Zeit später hatten sie die Hügelkuppe erreicht. Riviere glitt aus dem Sattel, ergriff die Zügel ihres Pferdes und reichte ihr die Hand. Er half ihr aus dem Sattel, und diesmal *spürte* Gudrun ein Kribbeln, als eine Hand sie am Arm faßte und die andere sie in der Taille abstützte.

Riviere ließ sie los, drehte sich um und ging zu einem flachen Felsblock, der wie ein überdimensionaler, weiß getünchter Ziegelstein im langen, gelblichen Gras lag. Er ließ sich darauf nieder, streckte die Beine aus und blickte nach Norden. Erst jetzt wurde Gudrun bewußt, daß sie immer noch die Beretta auf ihn gerichtet hielt, als bewachte sie eine Geisel. Sie ließ die Waffe sinken und näherte sich zögernd der Felsplatte.

»Von hier aus kann man Don Sebastians Anwesen sehen«, sagte Riviere leise. »Und früh am Morgen, wenn die Luft klar ist, kann man sogar im Osten Dolores an den Ausläufern der Maya Mountains erkennen. Bei Sonnenaufgang, wenn es geregnet hat, liegen Nebelschwaden über den Weiden. Dann sehen die Waldstreifen fast schwarz aus.«

Gudrun fühlte sich merkwürdig entrückt. Dieser Ort war wirklich wunderschön, und Riviere schien ihn genau zu kennen. Die Vorstellung, daß er im Morgengrauen hierher gekommen war, um den Sonnenaufgang zu betrachten, verunsicherte sie zutiefst. War es möglich, daß sie sich vollkommen in ihm getäuscht hatte? Konnte ein Mann wie der, den sie in ihm sah, einen solchen Sinn für Schönheit entwickeln?

Ästhetisches und moralisches Empfinden müssen nicht zwangsläufig Hand in Hand gehen! schrie eine Stimme warnend in ihr, aber Gudrun ignorierte sie. Sie setzte sich neben Riviere auf den Felsblock und folgte seinem Blick. Die Beretta lag unbeachtet in ihrem Schoß

Riviere streckte einen Arm aus. »Da drüben, hinter dem S-förmigen Waldstreifen, liegt Don Sebastians Haus«, sagte er. Er trug wie üblich ein T-Shirt. Sein Oberarm berührte ihre Schläfe. Sie zog den Kopf nicht zurück.

Gudrun spürte den Wind auf ihren Wangen, hörte das leise, zufriedene Schnauben der Pferde, das rupfende

Geräusch, mit dem sie junge Grasschößlinge aus dem Boden zupften, sah das Wechselspiel von schattigen und sonnigen Flecken, die über das Land eilten, während die Wolken über ihnen dahinzogen. Ein Flirren lag in der Luft, ein sanftes, kaum wahrnehmbares Vibrieren. Der Geruch von Erde und Gras stieg ihr in die Nase, und ganz schwach der leicht säuerliche und salzige Duft von warmer Haut, angenehm und berauschend.

Riviere wandte langsam den Kopf und blickte sie an. Ein ernstes Lächeln lag auf seinen Lippen.

»Wenn ich ein Haus bauen wollte, dann würde ich es hier tun, Gudrun«, sagte er. Seine braunen Augen schienen immer größer zu werden. Die goldenen Einsprengsel in seiner Iris funkelten.

Tom fand Isabella in ihrem Zimmer, aber sie war nicht allein. Roberto Chimenez war bei ihr. Sie machte einen nervösen und verlegenen Eindruck, als Tom an die Tür klopfte und eintrat.

Gudrun hat recht gehabt, dachte er. *Isabella weiß Bescheid. Sie hat mich die ganze Zeit lang an der Nase herumgeführt. Und ich bin ihr wie ein kleiner dummer Junge auf den Leim gegangen.*

Er war eher enttäuscht als wütend. Der Ärger würde sich einstellen, sobald Gudrun und er von hier verschwunden waren, und es war an der Zeit, daß sie ihre Sachen zusammenpackten und sich aus dem Staub machten, je schneller, desto besser. Bis dahin durfte er sie nicht merken lassen, daß er ihr Spiel durchschaut hatte.

»Entschuldigung«, sagte er. »Ich wußte nicht, daß Sie Besuch haben. Ich komme später wieder.«

»Nein, Tomás, bitte komm herein«, sagte Isabella schnell. Sie gab sich nicht einmal die Mühe, ihr vertrauliches Verhältnis hinter der formellen Anrede zu verstecken. »Ich hätte dich sowieso gleich geholt. Roberto hat dir etwas zu sagen.«

»Und worum geht es?« fragte Tom wachsam. Er zog die Tür hinter sich zu und entfernte sich einen Schritt von ihr, um für alle Fälle den Rücken frei zu haben. *Überflüssig,* dachte er. *Wenn sie die Falle jetzt zuschnappen lassen, habe ich nicht die geringste Chance. Und ich bin nicht einmal bewaffnet.* Aber er würde sich nicht ohne Gegenwehr in sein Schicksal ergeben.

»Sie und Ihre Begleiterin werden überwacht«, sagte Roberto ruhig. »Ihre Zimmer werden abgehört.«

Das Geständnis überraschte Tom, aber er hatte sich gleich wieder gefangen. Wenn sie jetzt mit offenen Karten spielten, wußte er zumindest, woran er war. Wahrscheinlich hatten sie Gudrun längst schon geschnappt. Andererseits aber war sie gewarnt gewesen, und sie hatte seinen Revolver. Vielleicht konnte zumindest sie entkommen. Wenn es ihr gelang, sich bis zur nächsten Ortschaft durchzuschlagen ...

»Und wieso erzählen Sie mir das?« wollte er wissen.

»Um Sie zu warnen«, erwiderte Roberto. Er wirkte immer noch vollkommen ruhig und beherrscht. »Damit Sie verstehen, in welcher Gefahr Sie schweben, und die Hazienda so schnell wie möglich verlassen.«

»Seit wann werden wir überwacht?« fragte Tom langsam. »Aus welchem Grund? Und wieso sollten wir uns in Gefahr befinden?«

»Seit gestern mittag. Ich selbst habe die Mikrofone auf Don Sebastians Anweisung in Ihren Zimmern installiert, als Sie mit Señorita Heber ausgeritten waren, kurz bevor Don Sebastian sich entschieden hat, Ihnen die dritte Stele zu zeigen. Der Grund dürfte Ihnen selbst klar sein, Señor Ericson. Don Sebastian befürchtet, Sie könnten ihm etwas verschweigen. Und sobald er die Informationen hat, die er haben will, sind Sie ein gefährlicher Mitwisser für ihn.

Er hat nicht vor, die Schätze, nach denen er sucht, mit Ihnen zu teilen.«

»Moment mal, Moment mal.« Tom hob beide Hände. »Wieso sollte ich Ihnen glauben, daß Sie auf unserer Seite stehen, wenn Sie selbst die Mikrofone installiert haben, ohne uns zu warnen? Und wieso jetzt dieser plötzliche Sinneswandel?« Sein Blick fiel auf Isabella. Er hatte erwartet, daß sie die Augen niederschlagen würde, aber sie sah ihn nur an und schüttelte stumm den Kopf, eine Antwort auf seine unausgesprochene Frage: Habt ihr das zusammen ausgeheckt?

»Ich wollte mich selbst überzeugen, auf welcher Seite *Sie* stehen«, erklärte Roberto. »Und Sie waren nie in Gefahr, da ich die Bänder kontrolliere, bevor ich sie Don Sebastian übergebe. Wären darauf für Sie gefährliche Informationen gewesen, hätte ich die Bänder vor der Weitergabe entsprechend manipuliert.«

»Ich glaube nicht, daß Sie den Bändern irgend etwas entnehmen konnten, aus dem hervorgeht, auf welcher Seite wir stehen«, sagte Tom scharf. »Oder hat es Sie überzeugt, daß ich mit Isabella geschlafen habe?«

Er sah, wie das Mayamädchen zusammenzuckte, und fast bereute er seine Worte. Fast, denn er traute dem Frieden immer noch nicht.

Roberto schüttelte den Kopf.

»Das hat nicht viel zu sagen«, gab er ungerührt zu. »Ich hätte auch gerne noch länger gewartet, aber leider bleibt uns keine Zeit mehr. Was mich zumindest halbwegs überzeugt hat, ist das, was mir Isabella über Sie erzählt hat. Wie Sie auf Don Sebastians Verhalten den Bauern gegenüber reagiert haben. Und wie Sie sich für Eusebio eingesetzt haben.«

Tom runzelte die Stirn und musterte Isabella aus zusammengekniffenen Augen.

»Du warst doch gar nicht dabei, als ich mit Riviere

aneinandergeraten bin, und ich habe es dir nicht erzählt«, stellte er fest. »Woher weißt du davon?«

Sein mißtrauischer Tonfall war nicht zu überhören. Er sah, wie es in ihrem Gesicht arbeitete.

»Ich weiß es von Manolo Garcia«, sagte sie verletzt, »und der weiß es von Jaime, Eusebios Bruder. Jaime war ganz in der Nähe, als Riviere und Biehl seinen Bruder geschnappt haben«, kam sie einem Einwand Toms zuvor, »und hat alles beobachtet. Er ist noch in der gleichen Nacht zu Manolo gerannt und hat es ihm erzählt.«

Tom blickte verunsichert von einem zum anderen. Er wußte nicht, was er von der ganzen Sache halten sollte. Vielleicht wurden sie in diesem Augenblick abgehört. Vielleicht saß Don Sebastian irgendwo mit Kopfhörern auf den Ohren und amüsierte sich königlich. Aber wozu sollten Roberto und Isabella ein solches Spiel inszenieren? Damit er sich ihnen anvertraute? Das war ein unkalkulierbares Risiko, denn wenn er sein Wissen für sich behielt, ihrer Warnung folgte und die Hazienda mit Gudrun verließ, hatten sie nichts gewonnen. Oder wollten sie aus irgendeinem Grund gar nicht, daß die beiden Wissenschaftler ans Ziel ihrer Suche kamen?

»Aber bevor Sie gehen, möchte ich Ihnen noch etwas zeigen«, unterbrach Roberto das unbehagliche Schweigen. »Die Gelegenheit ist günstig. Im Augenblick sitzt Don Sebastian in seinem Arbeitszimmer und telefoniert mit seinen diversen Geschäftspartnern. Er glaubt, daß er den Mayaschatz mit Hilfe von Connors Informationen und seiner Stelen finden kann und will in den nächsten Tagen eine Expedition zusammenstellen.«

Jetzt war Tom restlos verwirrt. Er hütete sich davor zu verraten, daß das Fax getürkt war. Statt dessen meinte er: »Sie spielen wahrscheinlich auf den ersten Punkt von Connors Analyse an. Aber um damit weiterzukommen, bräuchte man drei aufeinanderfolgende Stelen.«

Seine Augen wurden größer, als er Robertos Lächeln sah, und im gleichen Augenblick wußte er schon, was ihm der Sekretär des Hazienderos sagen würde.

»Don Sebastian besitzt zwei weitere Stelen, eine mit drei, eine mit fünf Querbalken. Wenn Sie wollen, zeige ich sie Ihnen. Und ich kann Ihnen auch sagen, wo er sie gefunden hat.«

Tom hatte ohnehin nichts zu verlieren. Wenn sie ihm eine Falle gestellt hatten, dann wollte er zumindest vorher noch die Stelen sehen. Er folgte Roberto durch die langen Gänge des Hauses in den Vorratsraum, von dem die Treppe in den Keller hinabführte.

Roberto steuerte zielstrebig einen Schrank an, zog einen Schlüssel aus der Tasche und schloß ihn auf. Der Schrank führte in einen zweiten Kellerraum. Don Sebastians Sekretär zog die Tür hinter sich zu, bevor er einen Schalter herunterdrückte. Licht flammte auf.

Der Keller war nicht groß und wirkte deshalb um so voller. Überall standen alte Maya-Artefakte und Kunstwerke herum. Statuen, die legendäre Göttergestalten und Schimären darstellten, Gefäße und Schalen, kunstvoll gearbeitete Ritual- und Opferdolche, Schmuckstücke, Amulette und Waffen. Zwischen all den Kostbarkeiten nahmen sich die beiden Stelen unscheinbar und deplaziert aus. Jedenfalls wußte Tom jetzt, woher der Reichtum des Großgrundbesitzers stammte. Bestimmt nicht aus seiner eher bescheidenen Rinderzucht. Vielleicht hatte er früher wirklich vorgehabt, seine Herden zu vergrößern, aber mittlerweile diente die Rolle des Rinderbaron nur noch zur Tarnung für seine eigentlichen Geschäfte.

»Allein das hier ist ein Vermögen«, flüsterte er ehrfürchtig. »Wozu braucht Don Sebastian noch weitere Schätze? Wenn er die hier verkauft, kann er sich zehn Haziendas dieser Größe leisten.«

»Es ist nicht so einfach, alte indianische Artefakte ohne

Zertifikat zu verkaufen«, erklärte Roberto grimmig. »Was Sie hier sehen, hat vor allen Dingen künstlerischen und historischen Wert. Es gibt immer wieder Exzentriker, die solche Dinge in den Hinterzimmern ihrer Villen aufstellen, aber dieser Markt ist begrenzt. Worum es Don Sebastian geht, sind materielle Werte. Er sucht nach Edelmetallen und Juwelen. Gold und Silber, das er einschmelzen kann. Smaragde und Rubine. Alles, was sich problemlos auf dem Schwarzmarkt verhökern läßt. Aber wir haben keine Zeit, uns jetzt darüber zu unterhalten.«

Tom mußte sich mit Gewalt von dem Anblick losreißen. Er machte mit der Polaroidkamera mehrere Aufnahmen von den Stelen, zückte dann Notizblock, Metermaß und Winkelmesser und begann, die Andreaskreuze abzuzeichnen.

Roberto Chimenez verschwand zwischenzeitlich, um Don Sebastian gegebenenfalls abzufangen. Tom hatte sich entschieden, dem Sekretär des Großgrundbesitzers zu trauen. Ihm blieb auch gar nichts anderes übrig. Wenn der Maya ihn hereingelegt hatte, spielte es schließlich keine Rolle mehr, ob Don Sebastian ihn hier unten entdeckte.

Er arbeitete mit fliegenden Fingern. Trotzdem dauerte es eine gute Stunde, bis er exakte Kopien der Andreaskreuze angefertigt hatte und in sein Zimmer zurückgekehrt war. Er überlegte, ob er Isabella aufsuchen sollte, um sich mit ihr auszusprechen, aber die Entscheidung wurde ihm abgenommen, denn kurz darauf kehrte auch Roberto zurück. Er reichte ihm einen Umschlag.

»Das sind die genauen Angaben über die Fundorte der Stelen«, sagte er. »Ich hoffe, Sie finden damit, wonach Sie suchen.«

Tom deutete mit einer unbestimmten Handbewegung auf die Wände und seine Ohren. Roberto grinste dünn. »Ich habe das Tonband abgeschaltet«, erklärte er, »aber ich werde es wieder anschalten, sobald ich Sie verlassen habe. Seien Sie also vorsichtig, wenn Ihre Begleiterin zurückkommt. Don Sebastian wird in etwa einer Stunde mit dem Jeep nach La Libertad fahren und nicht vor Sonnenuntergang zurück sein. Ich werde ihn begleiten. Sie haben dann fünf Stunden Zeit, sich mit Ihrem Hauptquartier in Schottland in Verbindung zu setzen und von hier zu verschwinden.«

»Wieso tun Sie das für uns?« wollte Tom wissen. Sein Mißtrauen war immer noch nicht vollständig ausgeräumt. »Nur weil Sie Don Sebastian nicht mögen? Weil er Ihre Landsleute unterdrückt? Wenn Sie ihm schaden wollen, haben Sie doch noch ganz andere Möglichkeiten. Die Schätze, die er in seinem Keller anhäuft, und der illegale Handel mit Kunstgegenständen würden ihm das Genick brechen, wenn Sie die Behörden informieren.«

Roberto Chimenez schüttelte langsam den Kopf. »Ich habe meine Gründe, Señor Ericson«, sagte er ernst. »Sie würden sie nicht verstehen. Sie sind ein Fremder. Don Sebastian ist ebenfalls ein Fremder, auch wenn seine Vorfahren seit Generationen hier leben. Ich bin ein Maya. Mein Volk hat unter den Fremden gelitten, seit sie unser Land mit Waffengewalt erobert und unsere Kultur zerstört haben. Jetzt ist der Zeitpunkt gekommen, an dem die Fremden einmal etwas für uns tun können.«

»Sie meinen diese Legende, von der mir Isabella erzählt hat?«

Der Maya zuckte die Achseln. »Wie Sie sagen, es ist eine Legende. Aber Legenden enthalten meistens einen wahren Kern. Fragen Sie nicht weiter, Señor Ericson. Tun Sie, was Sie tun müssen, ich tue, was ich tun muß. Wenn Sie die Hazienda verlassen haben, können Sie entweder nach Schottland zurückkehren und von dort aus eine neue Expedition ausrüsten, die nicht über Don Sebastians Land führt, oder Sie quartieren sich bei Manolo Garcia ein. Bei ihm sind Sie willkommen. Sie befinden sich dann zwar noch in Don Sebastians Reichweite, aber auch in der Nähe Ihres Zieles. Und es wird nicht mehr lange dauern, bis Don Sebastian die Suche energischer vorantreibt. Ihnen bleibt nicht mehr allzu viel Zeit.«

»Eine Frage noch«, bat Tom, als Roberto gehen wollte. »Was ist mit Isabella? War sie von Anfang an eingeweiht? Hat sie von den Mikrofonen in unseren Zimmern gewußt?«

Roberto Chimenez schüttelte den Kopf. »Ich weiß, daß Sie mir nicht trauen, Señor Ericson«, sagte er, »und das nehme ich Ihnen auch nicht übel. Wahrscheinlich wäre ich an Ihrer Stelle genauso mißtrauisch. Aber was Isabella betrifft, sollten Sie Ihrem Herzen vertrauen. Ich weiß nicht, wieviel sie Ihnen bedeutet. Für Isabella ist das, was zwischen Ihnen passiert ist, kein Spiel. Sie ist keine Frau, die ihre Liebe und Zuneigung leichtfertig verschenkt. Sie haben sie mit Ihrem Mißtrauen verletzt. Sie wird nicht von sich aus zu Ihnen kommen. Wenn Sie sich mit ihr aussprechen wollen, müssen Sie zu ihr gehen.«

Gudrun kam eine halbe Stunde später zurück. Don Sebastian hatte sich kurz zuvor verabschiedet und zusammen mit seinem Sekretär den Jeep bestiegen. Tom saß auf der Veranda und sah dem Geländewagen hinterher, bis er hinter einer Baumgruppe verschwunden war. Er bemerkte Gudrun erst, als sie neben dem Korral aus dem Sattel glitt, das Pferd einfach stehenließ und durch den Seiteneingang ins Haus stürmte. Ihr Haar hing ihr wirr ins Gesicht.

Tom sprang auf und eilte durch den Salon und die langen Gänge zu ihren Zimmern, aber als er ankam, war sie bereits im Badezimmer verschwunden. Er klopfte an die Tür. »Gudrun? Ich muß unbedingt mit dir sprechen.«

Keine Antwort. Er konnte sie im Bad herumhantieren hören. Er klopfte erneut an der Tür und rief noch einmal ihren Namen, aber sie antwortete wieder nicht.

Tom blieb unschlüssig vor der Tür stehen. Irgend etwas schien sie aufgeregt zu haben. War sie verfolgt worden? Hatte sie vielleicht versucht, ihren Verfolger in einem wilden Ritt abzuhängen? Es sah ganz so aus. Sie hatte einen abgekämpften Eindruck gemacht, und ihr Pferd war schweißnaß gewesen und hatte Schaum vor dem Maul gehabt. Wenigstens war sie unverletzt wieder zurückgekehrt.

Er hörte die Dusche rauschen. Oder hatte sie sich einfach nur ausgetobt? Seit er Isabella kennengelernt hatte, war das Verhältnis zwischen ihnen abgekühlt. Tom hatte Gudruns Enttäuschung deutlich gespürt und deswegen auch ein schlechtes Gewissen gehabt, besonders nach der letzten Nacht. Und wenn er jetzt darüber nachdachte, wurde ihm bewußt, daß Gudrun nur allzu bereitwillig auf seinen Vorschlag eingegangen war, nach Süden zu reiten, um ihren potentiellen Lauscher – der sich in Gestalt von Roberto als sehr real erwiesen hatte – abzulenken. Hatte sie vielleicht geglaubt, er wollte sie nur loswerden, um sich ungestört mit Isabella beschäftigen zu können?

»Beeil dich ein bißchen mit dem Duschen!« rief er durch die Tür. »Wir haben heute noch einiges zu tun!«

Er kehrte in sein Zimmer zurück und packte seine Sachen. Dann ging er in Gudruns Zimmer, öffnete den Kleiderschrank und verstaute auch ihre wenigen Kleidungsstücke in der Reisetasche, bis auf eine Garnitur frischer Unterwäsche, die er auf ihr Bett legte. Dabei verspürte er erneut einen Anflug von Schuldbewußtsein, und plötzlich kam ihm ein erschreckender Gedanke. Er wirbelte auf der Stelle herum und rannte wieder zum Badezimmer.

Noch immer hörte er die Dusche rauschen. Diesmal klopfte er heftiger gegen die Tür und rief: »Gudrun, ist mit dir alles in Ordnung?«

Noch immer keine Antwort. Kurz entschlossen stieß er die Tür auf.

Dampfwolken schlugen ihm entgegen. Auf dem Boden lagen Gudruns Kleidungsstücke verstreut herum, als hätte sie sie nicht einfach dort, wo sie stand, fallen lassen, sondern sie von sich geschleudert. Sie hatte den Duschvorhang nicht zugezogen und seifte sich mit hektischen Bewegungen ab.

»Gudrun?« fragte Tom zögernd. Normalerweise hätte er sich mit einem lockeren Spruch über die Situation hinweggeholfen oder zumindest den Kopf abgewandt, aber jetzt starrte er sie einfach nur an. Ein Teil seines Verstandes registrierte, wie schön und begehrenswert sie war, aber etwas anderes stand im Vordergrund.

»Was willst du?« fauchte Gudrun und fuhr zu ihm herum. Sie stand mit gespreizten Beinen unter den Wasserstrahlen, ohne auch nur den Versuch zu machen, ihre Blöße zu bedecken. Ihre Hände ballten sich zu Fäusten, und aus einer hüpfte ein Stück Seife hervor und plumpste vor ihren Füßen zu Boden.

»Ich ... ich wollte dich nur fragen, ob mit dir alles in Ordnung ist«, sagte Tom hilflos. »Du hast nicht geantwortet, und ich ...«

»Wie du siehst, dusche ich gerade«, stieß Gudrun aggressiv hervor. Sie bückte sich, hob die Seife wieder auf und begann erneut, sich abzuseifen. »Kannst du nicht wenigstens noch fünf Minuten warten?«

»Schon gut«, murmelte Tom kleinlaut. »Ich dachte nur ... du hast mir nicht geantwortet und stehst jetzt schon zehn Minuten unter der Dusche ...«

»Ich bin *schmutzig*!« schrie sie ihn an, als wäre das seine Schuld. »Wäschst du dich nicht, wenn du *schmutzig* bist?«

So wie sie das Wort schmutzig betonte, sah er es vor seinem inneren Auge, als wäre es kursiv geschrieben.

»Schon gut, schon gut«, sagte Tom wieder und hob die Hände. »Ich geh' ja schon. Aber bitte, beeil dich, Gudrun. Es ist wichtig.« Er verließ fluchtartig das Badezimmer, als er ihren Gesichtsausdruck sah.

Es dauerte noch eine Viertelstunde, bis sie in sein Zimmer kam. Sie hatte sich vollständig umgezogen und ein Handtuch um ihre nassen Haare gewickelt. Äußerlich wirkte sie ruhig, aber Tom sah ihr an, daß es in ihrem Inneren arbeitete.

»Was ist so dringend, daß du mich nicht einmal in Ruhe duschen läßt?« fragte sie unfreundlich. »Oder war dir nur nach einer kostenlosen Peepshow zumute?«

Tom starrte sie fassungslos an. Er hatte Gudrun in den unterschiedlichsten Gemütsverfassungen erlebt, traurig, verbittert, aufgeregt oder wütend, aber *diese* Gudrun war ihm fremd.

»Riviere«, sagte er leise. »War es Riviere? Hat er dich ...?« Er brachte den Satz nicht zu Ende.

Gudruns Augen blitzten auf. »Hat – er – mich – was?« stieß sie abgehackt hervor. »Rede gefälligst in vollständigen Sätzen!«

Tom spürte einen Klumpen in seinem Magen. »Hat er dich ... vergewaltigt?« Er flüsterte es fast.

Ihre Hände öffneten und schlossen sich. Ihre Lippen waren ein schmaler Strich. Er glaubte schon, daß sie nicht antworten würde, als sie endlich den Mund öffnete und sagte: »Nein, er hat mich *nicht* vergewaltigt. Ja, ich bin ihm begegnet.«

Das war alles. Tom wartete fast eine halbe Minute, bis er schließlich fragte: »Ganz sicher nicht, Gudrun? Aber was war dann los? Was hat er getan, daß du so außer dir bist?«

»Soll ich es dir aufschreiben? Willst du einen detaillierten Bericht?« Ihre Stimme klang eisig. »Das geht dich überhaupt nichts an, Thomas Ericson. Verlange ich etwa von dir, daß du mir über alles Rechenschaft ablegst?«

Sie stand ihm in kämpferischer Haltung gegenüber, die Fäuste in die Hüften gestemmt. Betroffen stellte Tom fest, daß sie ihm wie eine Fremde vorkam. Vor wenigen Tagen noch hatte er sie in den Armen gehalten, hatte sie geküßt, und es war mehr als nur ein freundschaftlicher Kuß gewesen. Aber die Frau, die ihm jetzt gegenüberstand, kannte er nicht. Warum sagte sie ihm nicht, was mit ihr los war? Hatte sie so wenig Vertrauen zu ihm?

Habe ich ihr Vertrauen denn verdient? fragte er sich.

Er war erleichtert, als sie endlich die Arme sinken ließ und sich ihr Gesicht ein wenig entspannte. Sie schüttelte langsam den Kopf. Der harte Zug um ihre Mundwinkel verschwand. Sie atmete zweimal tief durch und seufzte. Ihre Schultern fielen herab. Die Veränderung, die mit ihr vorging, hätte dramatischer nicht sein können. Auf einmal stand wieder die Gudrun Heber vor ihm, die er so gut kannte.

»Es tut mir leid, Tom«, flüsterte sie. »Ich wollte dich nicht so anschreien. Ich habe einfach die Beherrschung verloren. Ich ...«

Jetzt wäre der richtige Moment gewesen, zu ihr zu gehen und sie in die Arme zu nehmen. Sie einfach festzuhalten und zu trösten, bis sie bereit war, weiterzusprechen. Aber der Moment verging, und Gudrun wandte ihm den Rücken zu.

»He«, sagte er hilflos. »Du mußt dich nicht entschuldigen. Ich weiß, ich habe einen Fehler gemacht, ich wollte nur ...« Er biß sich auf die Lippen. Wieso fiel es ihm immer nur so schwer, die richtigen Worte zu finden?

»Was wolltest du mir sagen?« fragte Gudrun, immer noch den Rücken ihm zugewandt. »Ich meine, bevor wir uns gestritten haben?«

Roberto hat das Tonbandgerät wieder eingeschaltet! fuhr es Tom in diesem Augenblick wie ein Blitz durch den Kopf. Und obwohl er sich für diesen Gedanken haßte, wurde ihm sofort klar, daß diese Szene zwischen ihm und Gudrun zu keinem passenderen Zeitpunkt hätte stattfinden können. Wenn Don Sebastian das Band abhörte, würde er eine wunderbare Erklärung für das plötzliche Verschwinden seiner Gäste vorfinden.

»Sieh mich an, Gudrun«, bat er.

Sie drehte sich langsam um, und er sah, daß ihre Augen feucht waren. Es brach ihm fast das Herz, trotzdem deutete er auf die Wände und seine Ohren, sah Gudrun zusammenzucken und fuhr fort:

»Es läuft nicht gut für uns, Gudrun. Ich meine nicht nur unsere Suche nach dem Mayaschatz, sondern auch die Dinge zwischen dir und mir. Diese Sache mit Isabella, von der ich dir heute mittag erzählt habe ... Es tut mir leid. Ich wollte dir nicht weh tun.«

Er sah ihr an, daß er ihr genau in diesem Augenblick weh tat, als er ihren Gefühlsausbruch so eiskalt ausnutzte. Bravo, Tom, lobte er sich sarkastisch in Gedanken. Du bist ein Meister im Umgang mit Frauen. Erst hast du Isabella verletzt, jetzt Gudrun.

»Wir sollten die Hazienda heute noch verlassen. Don Sebastian ist weggefahren und wird erst am Abend zurückkommen. Es ist zwar unhöflich, so überstürzt aufzubrechen, ohne uns wenigstens von ihm zu verabschieden, aber wir werden ihm eine Nachricht hinterlassen und uns entschuldigen. Er wird uns bestimmt verstehen. Komm, machen wir noch einen letzten Spaziergang.«

Draußen erzählte er ihr alles, was er von Roberto Chimenez erfahren hatte. Gudrun wirkte nach wie vor etwas abwesend und distanziert, aber was auch immer während ihres Ausritts geschehen war, sie hatte sich wieder unter Kontrolle.

»Und du glaubst, wir können ihm trauen?« fragte sie.

Tom spreizte die Finger und fuhr sich damit durchs Haar. »Natürlich ist es möglich, daß er und Isabella zu diesem Spiel gehören«, sagte er, »aber das traue ich Don Sebastian eigentlich nicht zu. Das ist nicht seine Art. Und was Isabella betrifft ...« Er hob hilflos die Schultern. »So dumm es auch klingt, ich *glaube* es einfach nicht. Nenn mich naiv, aber ich kann es mir einfach nicht vorstellen. Sie ist ehrlich, anständig. Ich weiß, das ist kein logischer Grund, nur ein Gefühl, aber ich verlaß mich darauf.«

Eine Stunde später waren sie unterwegs. Sie hatten sich von dem Stallburschen zwei frische Pferde satteln lassen und ihm gesagt, daß sie in Richtung Dolores reiten und die Pferde an den Grenzen der Hazienda wieder laufen lassen würden. Tom hatte Connor von ihrem Vorhaben telefonisch informiert und ihm die Daten und Zeichnungen von den beiden anderen Stelen durchgefaxt. Von Roberto wußte er, wo das kleine Bandgerät stand, das die Telefonate automatisch aufzeichnete, und hatte es für die Dauer des ersten Gesprächs ausgeschaltet. Danach hatte er ein zweites Gespräch getätigt, diesmal mit laufendem Band, und Connor mitgeteilt, daß Gudrun und er über Dolores nach Belize reisen und von dort aus nach Schottland zurückkehren würden. Das gleiche stand in einem Abschiedsbrief für Don Sebastian, der vor Dank und Entschuldigungen nur so strotzte, und er wußte, daß der Haziendero vor Wut in die Luft gehen würde, sobald er ihn las.

Wahrscheinlich würde der Großgrundbesitzer ihnen nicht glauben, aber darauf kam es nicht mehr an. Von jetzt an würden sie sich darauf einstellen müssen, von ihm gejagt zu werden. Sie hatten einen halben Tag Vorsprung, und den mußten sie ausnutzen. Don Sebastian konnte erst am nächsten Morgen mit der Suche nach ihnen beginnen.

Sie ließen die Pferde galoppieren, bis sie von selbst in einen gemächlichen Trab und dann in Schritt verfielen. Tom versuchte mehrfach, ein Gespräch mit Gudrun anzufangen, aber sie gab nur einsilbige Antworten. Statt dessen sah sie sich immer wieder um. Ihm war klar, daß sie befürchtete, verfolgt zu werden, und auch er war wachsam. Ab und zu legten sie eine kurze Rast im Schutz von Bäumen und Büschen ein, und er beobachtete das Land hinter ihnen mit seinem Feldstecher, konnte aber keine Verfolger entdecken.

Gegen fünf Uhr am Nachmittag überquerten sie die Ostgrenze von Don Sebastians Hazienda. Das Land wurde hügliger. Dolores war nur noch knapp fünfzehn Kilometer entfernt. Sie bogen nach Süden ab und folgten einem Pfad, der durch den Wald führte. Roberto hatte ihnen eine Karte mitgegeben, auf dem der Weg zu Manolo Garcias Obstfarm eingezeichnet war. Der Pfad beschrieb einen Bogen zurück nach Westen, und kurz bevor die Sonne unterging, stießen sie wieder auf offenes Gelände.

Sie stiegen von den Pferden und luden ihr Gepäck ab. Tom schlug den Tieren mit der flachen Hand aufs Hinterteil und schrie: »Hei-jah! Lauft!« Die Pferde trabten davon, blieben nach ein paar hundert Metern aber schon wieder stehen und begannen zu grasen. Tom hob die Schultern. »Hoffentlich laufen sie bald weiter«, sagte er. »Wenn Don Sebastians Männer sie hier entdecken, können sie sich ausrechnen, wo wir stecken.«

Gudrun erwiderte nichts. Sie ergriff ihre Tasche und sah Tom nur an. Der Archäologe konsultierte die Karte und seinen Kompaß und deutete genau nach Westen. »Da lang. Wir können direkt am Waldrand entlanggehen und uns notfalls zwischen den Bäumen verstecken. Es sind keine fünf Kilometer mehr. Wenn wir uns beeilen, sind wir da, bevor es ganz dunkel ist.«

Sie erreichten das Haus beim letzten Schimmer von Tageslicht. Trotz der Papaya- und Bananenplantagen hätten sie es wahrscheinlich übersehen, wäre da nicht die Petroleumlampe gewesen, die ihr schwaches, gelbliches Licht auf die Veranda warf. Tom stellte seine Tasche ab.

»Hallo!« rief er laut. »Jemand zu Hause? Dürfen wir näher kommen?« Er hatte nicht die geringste Lust, mit einem Banditen verwechselt zu werden. Nach dem Überfall vor vier Tagen saß Manolo Garcias Finger wahrscheinlich ziemlich locker am Abzug.

»Wer ist da?« rief eine Stimme fast sofort zurück. Obwohl Tom und Gudrun angestrengt in die Richtung starrten, aus der der Ruf gekommen war, konnten sie niemanden entdecken. Die Leute waren auf der Hut.

»Wir sind Fremde! Ein Mann und eine Frau! Roberto Chimenez schickt uns!«

»Bleiben Sie ganz ruhig stehen«, klang eine zweite Stimme in ihrer unmittelbaren Nähe auf. Es raschelte im Gebüsch, dann stach der blendende Lichtfinger einer Taschenlampe auf sie zu. Tom stellte sich vor Gudrun und schob die Hand unter die offene Jacke an den Kolben seines Revolvers. Hinter der Lichtquelle erkannte er undeutlich die Umrisse einer Gestalt. »Sind Sie die beiden Wissenschaftler von Don Sebastians Hazienda?« fragte die Stimme.

»Ja«, erwiderte Tom. »Wir kommen in friedlicher Absicht. Wir wollen Sie um Ihre Gastfreundschaft bitten.«

Der Strahl der Taschenlampe wurde auf den Boden gerichtet. »Entschuldigen Sie unsere Vorsicht«, bat der Mann. »Normalerweise empfangen wir Fremde nicht so unfreundlich.« Laut rief er in Richtung des Hauses: »Alles in Ordnung, Manolo! Wir kommen zurück!«

So lernten Tom und Gudrun Manolo Garcia und seine Nachbarn kennen, und sie wurden wie gute Freunde empfangen.

Don Sebastian Cristóbal de Gomorro y los Tordesillas-Avendaño tobte, als er Toms Nachricht entdeckte. Er trommelte sein Personal zusammen und hielt ihm eine überflüssige aber um so blumigere Predigt. Erst danach hörte er die Aufzeichnung des Telefongesprächs, das Tom mit Connor geführt hatte, und das Tonband ab.

Wie Tom geahnt hatte, bezweifelte Don Sebastian, daß die beiden Wissenschaftler so plötzlich unverrichteter Dinge nach Schottland zurückkehren würden. Wahrscheinlich hatten sie alles herausgefunden, was sie wissen wollten, und stellten jetzt in Dolores eine Expedition zusammen, um die Schätze zu bergen, die *ihm* zustanden. Und wozu? Nur um sie in irgendwelchen Museen einer gaffenden Öffentlichkeit zu präsentieren. Was für eine Verschwendung! Als ob nicht schon genug Kunstwerke in muffigen Hallen und Vitrinen verstaubten, anstatt von Männern wie ihm, die ihren wahren Wert erkannten und mit beiden Beinen im Hier und Jetzt standen, in klingende Münze verwandelt zu werden.

Aber wieso waren sie so plötzlich aufgebrochen? Aus ihren Gesprächen ging nicht hervor, daß sie den Lageplatz des Schatzes lokalisiert hatten. Nun, vielleicht hatten sie das auch noch nicht. Vielleicht brauchten sie noch Zeit, um alle Informationen zu verarbeiten, wollten das aber lieber ungestört tun, um ihren Fund mit niemandem teilen zu müssen.

Oder waren sie ihm irgendwie auf die Schliche gekommen? Hatten sie gewußt, daß sie unter Beobachtung standen? Der Haziendero dachte fieberhaft nach. Nein, sie konnten es nicht gewußt, höchstens geahnt haben. Der einzige, der eingeweiht war, war Roberto, und der konnte es ihnen nicht verraten haben. Nicht Roberto! Der Junge war so etwas wie ein Sohn für ihn, nachdem Miguel, sein leiblicher Sohn, ihm vor Jahren den Rücken gekehrt hatte und fortgezogen war, um irgendwo im Süden arme

Indiokinder zu unterrichten. Don Sebastian hatte Roberto aus der Gosse geholt, seine Intelligenz erkannt und ihm eine erstklassige Schulausbildung in Guatemala City ermöglicht. Er hatte ihn zu seiner rechten Hand gemacht und ihn Schritt für Schritt in seine wahren Geschäfte eingeweiht. Nein, Roberto würde ihn nicht verraten, nicht an zwei Fremde, die er gerade erst seit drei Tagen kannte. Hätte er sich gegen ihn stellen wollen, dann hätte er es schon viel früher getan. Jetzt steckte er selbst viel zu tief in den kriminellen Machenschaften seines Ziehvaters mit drin.

Don Sebastian ließ Riviere holen. Er kochte immer noch, als sein Mann fürs Grobe eintraf, aber er beherrschte sich mühsam.

»Ich glaube nicht, daß sie nach Dolores geritten sind«, sagte Riviere, nachdem sein Arbeitgeber ihn über den Stand der Dinge informiert hatte. »Ericson ist nicht der Typ, der so einfach aufgibt. Und wenn er eine Expedition zusammenstellen wollte, hätte er seinen Verein in Schottland angerufen und das von dort aus organisieren lassen. Diese Leute haben Geld und Einfluß, das sind Ihre eigenen Worte. Sie hätten ein paar Spezialisten zusammengetrommelt und sie über den Ozean geflogen. Nein, ich wette, sie sind jetzt schon auf der Suche, irgendwo im Süden.«

Don Sebastian starrte ihn aus schmalen Augen an. »Allein?« fragte er. »Ein Mann und eine Frau allein im Dschungel? Sie wissen, wie es da im Süden aussieht. Nichts als dichter Wald und Sumpf. Und selbst, wenn sie allein losgezogen sein sollten, sie könnten unmöglich zu zweit irgendwelche größeren Gegenstände durch den Urwald schleppen.«

»Es sind Wissenschaftler«, erinnerte Riviere. »Sie sind nicht darauf aus, alte Mayastätten zu plündern. Und selbst wenn, sie haben Geld genug. Es dürfte ihnen nicht schwerfallen, ein paar Bauern aus der Umgebung zu rekrutieren.«

Don Sebastians Augen leuchteten auf. »Gut. Wir wissen, wer im Süden wohnt. Also statten wir morgen allen Bauern einen Besuch ab. Und dann schnappen wir uns diese Bastarde!«

Riviere schloß einen Moment lang die Augen. Als er sie wieder öffnete und antwortete, klang seine Stimme so ruhig wie immer, aber Don Sebastian glaubte trotzdem, eine Spur von Verachtung daraus herauszuhören. »Es wäre sinnvoller, sich unauffällig an ihre Fersen zu heften und sie die Arbeit erledigen zu lassen. Sie haben die Möglichkeit, sich des Fachwissens von zwei Experten zu bedienen. Warum wollen Sie diese Gelegenheit ausschlagen?«

Der Großgrundbesitzer biß auf seine Zigarre. Riviere hatte recht. Er hatte immer recht. Es gefiel ihm nur nicht, sich von einem Söldner in seine Angelegenheiten reinreden zu lassen.

»Was haben Sie eigentlich heute mittag mit der Frau angestellt?« fragte er lauernd. »Sie war ganz schön durcheinander. Wahrscheinlich wären die beiden sonst nicht so überstürzt aufgebrochen.«

Riviere sah ihm direkt in die Augen. »Nichts, was Sie interessieren könnte, Don Sebastian«, erwiderte er ungerührt. Es klang nicht einmal arrogant, nur vollkommen sachlich und selbstverständlich. »Wenn es sonst nichts mehr zu besprechen gibt, möchte ich mich entschuldigen.« Er erhob sich, ohne eine Antwort abzuwarten, und verließ den Salon.

Don Sebastian starrte ihm ungläubig hinterher. Erst als die Tür hinter Riviere zugefallen war, verlor er seine mühsam aufrecht erhaltene Beherrschung. Er schleuderte seine Zigarre wutentbrannt in den Kamin. Riviere hielt sich für einen harten Burschen und ihn für einen

Schlappschwanz. Na schön, Riviere *war* ein harter Bursche, aber morgen würde er seinen Boß einmal von einer ganz anderen Seite kennenlernen.

»Wenn Connor sich nicht geirrt hat, können wir das Versteck der Lade anhand der neuen Informationen ziemlich genau bestimmen«, sagte Tom. Er deutete auf einen Kreis, den er auf der Karte eingezeichnet hatte. »Etwa zwanzig Kilometer südwestlich von hier. Eine ziemlich ungemütliche Gegend. Nichts als Urwald und Sumpf. Ein Paradies für Schlangen.« Er grinste Gudrun an, aber sie reagierte nicht. Normalerweise rief die bloße Erwähnung von Schlangen bei ihr eine Gänsehaut hervor. Allmählich machte er sich Sorgen über ihre Verschlossenheit, aber sie weigerte sich hartnäckig, mit ihm über ihre Probleme zu sprechen.

»Ich würde vorschlagen«, fuhr er fort, »daß ich erst einmal in diese Richtung aufbreche und das Gelände darauf hin untersuche, ob es überhaupt sinnvoll ist, Pferde mitzunehmen.«

Sie saßen im Schatten der Veranda von Manolo Garcias Haus, Manolo, sein Sohn Paco, Emilo, Tom und Gudrun. Gustavo befand sich auf seinem Wachposten im Norden, dicht vor der Haziendagrenze. Alle hatten ihre Waffen in Griffweite. Es war später Vormittag. Zwar war es tagsüber noch nie zu einem Überfall gekommen, aber der Himmel mochte wissen, wie Don Sebastian auf das Verschwinden seiner Gäste reagieren würde. Jedenfalls waren seine Männer bisher noch nicht erschienen. Zeit genug hatten sie ihnen gelassen. Wenn sie überhaupt kamen, dann wahrscheinlich erst nach Sonnenuntergang, und bis dahin gedachte Tom zurück zu sein.

»Ich komme mit«, sagte Paco schnell.

Tom schenkte ihm ein Lächeln. »Ich weiß nicht, ob das

eine so gute Idee ist«, meinte er. »Außerdem soll es doch in der Gegend spuken.«

Manolo hatte ihm erzählt, daß das Land im Süden von den Einheimischen *el pantano de los espectros*, der Sumpf der Geister, genannt und allgemein gemieden wurde.

»Das sind doch nur Märchen, mit denen man kleine Kinder erschreckt«, protestierte Paco eingeschnappt. »Ich glaube nicht an Geister und Gespenster. Ich bin nicht abergläubisch.«

»Nehmen Sie Paco ruhig mit«, mischte sich Manolo ein. »Er kennt die Gegend bis zum Anfang des Sumpfes, und weiter werden Sie heute ja nicht gehen. Außerdem kann er Ihnen als Bote dienen, falls Sie irgend etwas brauchen sollten. Er ist sehr schnell.«

Tom wandte sich dem Obstbauern zu, um zu widersprechen, verzichtete aber darauf, als er das kaum merkliche Augenzwinkern ihres Gastgebers bemerkte. Er verstand ihn auch ohne viele Worte. Garcia sah eine günstige Gelegenheit, seinen Sohn zumindest kurzfristig aus der Gefahrenzone zu bringen.

»In Ordnung«, stimmte er zu. »Also gehen Paco und ich. Und wie sieht es mit dir aus, Gudrun? Kommst du mit?«

Die Anthropologin schüttelte den Kopf. »Ich bleibe hier«, sagte sie wortkarg.

Tom verzichtete darauf, sie zu überreden. Vielleicht war es auch besser so. Consuela, Manolos Frau, schien zu spüren, daß mit ihr irgend etwas nicht stimmte. Sie hatte sich den ganzen Vormittag über um sie bemüht und sie mit ihrem Geplapper, von dem Gudrun kaum etwas verstand, sogar ein paarmal zum Lächeln gebracht. Manche Probleme einer Frau konnten eben nur von einer anderen Frau gelöst werden.

Gegen Mittag zogen sie mit leichtem Gepäck und einem von Manolos Mulis los. Schon kurz darauf war

Tom froh, Paco mitgenommen zu haben. Immer, wenn das Unterholz undurchdringlich erschien, fand der Bursche doch noch einen Durchgang. Er hatte die Gegend oft mit seinem Bogen auf der Jagd nach Tapiren, Stachelschweinen und Gürteltieren durchstreift. Trotzdem hatte er nie irgendwelche Spuren entdeckt, die auf eine alten Mayasiedlung hindeuteten. Wenn die Templer die Bundeslade wirklich irgendwo hier verborgen hatten, hatten sie sich in der Tat ein gutes Versteck ausgesucht.

Irgendwann lichtete sich der Wald, der immer wieder von kleinen Lichtungen durchsetzt gewesen war, und ging ein womöglich noch verfilzteres Gestrüpp über.

»Hier beginnt der Sumpf der Geister«, sagte Paco mit unwillkürlich gesenkter Stimme. Die Unbekümmertheit, mit der er sich bisher bewegt hatte, war Vorsicht gewichen, und er warf ständig besorgte Blicke um sich. Als er Toms Lächeln bemerkte, fügte er schnell hinzu: »Nein, ich habe keine Angst vor Gespenstern, aber es gibt hier gefährliche Kaimane. Deshalb bin ich nie weitergegangen.«

Der Boden wurde tiefer und das Muli störrischer. Hier und da schimmerten tückisch ölige Wasserflächen. Sie bewegten sich am Rand des Sumpfes entlang nach Westen. Für Biologen und Botaniker wäre die Gegend eine wahre Fundgrube gewesen. Tom entdeckte eine Unzahl wunderschöner Orchideen und anderer Schmarotzergewächse. Bunte Schmetterlinge, in allen Farben leuchtende Käfer und Fliegen und metallisch schillernde Libellen, manche mit einer Flügelspannweite von mindestens fünfundzwanzig Zentimetern, flatterten und schwirrten über die flachen Tümpel. Kaimane hatten sie bisher noch nicht zu Gesicht bekommen.

Aber Tom hatte kaum einen Blick für die exotische Tier- und Pflanzenwelt übrig. Er suchte einen festen Landstreifen, der durch den Sumpf führte, denn wenn hier irgendwo eine alte Mayastadt oder auch nur eine kleine Kultstätte liegen sollte, mußte es einen sicheren Zugang geben. Die Templer wären nie das Risiko eingegangen, mit ihrem größten Heiligtum auf gut Glück durch gefährlichen Morast zu waten. Und schiffbar waren die flachen Wasserpfützen auch nicht.

Sie entdeckten die Landzunge, als sie fast schon wieder umkehren wollten. Sie war erst aus nächster Nähe zu erkennen und führte schnurgerade in den Sumpf hinein, wie ein künstlich aufgeschütteter Damm, und vielleicht war es ja auch einer.

Tom hatte ihren Weg und alle Richtungsänderungen in regelmäßigen Abständen aufgezeichnet und sämtliche markanten Orientierungspunkte genau notiert. Die Entfernung, die sie seit ihrem Aufbruch zurückgelegt hatten, schätzte er zwischen fünf und acht Kilometer. Demnach hatten sie rund ein Drittel der Strecke zurückgelegt.

Er folgte dem Damm etwa einen halben Kilometer weit. Er war schulterhoch mit Büschen und Sträuchern überwuchert, trotzdem kamen sie mit Hilfe ihre Macheten relativ zügig voran. Es brannte ihm auf den Nägeln, weiterzugehen, aber das Muli wurde mit jedem Schritt störrischer, bis es sich schließlich weigerte, auch nur einen weiteren Schritt zu machen. Außerdem wurde es sowieso Zeit umzukehren, wollten sie bis zum Einbruch der Dunkelheit wieder zurück sein.

Sie hatten etwa die Hälfte des Rückwegs hinter sich gebracht und überquerten gerade eine Lichtung, als drei Gestalten aus dem Gebüsch sprangen und sich auf sie stürzten. Tom wurde von dem Überfall so überrascht, daß er nicht einmal mehr die Zeit fand, sich für seine Unvorsichtigkeit zu verfluchen. Er hatte den Revolver gerade erst halb aus dem Holster gezogen, als ihn ein Schlag an der Schläfe traf. Das letzte, was er sah, war

Paco, der sich mit dem Mut der Verzweiflung gegen einen vierschrötigen Kerl wehrte, dem er gerade bis an die Brust reichte. Dann wurde ihm schwarz vor den Augen.

Irgend jemand schlug ihm ins Gesicht. Benommen wollte Tom schützend die Hände heben und stellte fest, daß er die Arme nicht bewegen konnte. Obwohl er ein wackliges Gefühl in den Knien hatte, fiel er nicht um. Erst da begriff er, daß man ihn an einen Baum gefesselt hatte.

Er schlug die Augen auf und blinzelte. Langsam klärte sich seine Sicht. Verständnislos blickte er um sich. Vor ihm standen mehrere Männer auf einer kleinen Lichtung. Die Dämmerung war hereingebrochen. Das sanfte bläuliche Licht ließ alle Konturen weich erscheinen. Wo war er? Wie war er hierher gekommen?

»Ah, Señor Ericson. Wie ich sehe, sind Sie wieder aufgewacht. Haben Sie sich verlaufen? Dolores liegt im Osten.«

Die Stimme klang höhnisch und selbstgefällig. Sie gehörte zu einem großen, massigen Mann, der einem Western entsprungen zu sein schien. Tom war sich sicher, diesen Mann schon einmal gesehen zu haben. Aber wann? Und unter welchen Umständen?

»Dolores?« fragte er verwirrt. »Wer ist Dolores?« Seine Stimme leierte wie ein defektes Tonbandgerät.

Der massige Mann trat einen Schritt näher an ihn heran. Er hielt eine dicke Zigarre in der Hand und blies ihm eine Rauchwolke ins Gesicht. »Wer ist Dolores?« äffte er ihn nach. »Lassen Sie diesen Unsinn, Ericson. Ich habe ein paar Fragen an Sie, und ich verlange Antworten.«

In Toms Kopf rauschte ein gewaltiger Wasserfall. Eine Luftblase schien sich in seinem Gehirn gebildet zu haben. In seiner rechten Schläfe pochte es dumpf. Er schüttelte den Kopf, und sofort begann sich alles um ihn herum zu drehen.

»Wer sind Sie?« brachte er mit schwerer Zunge hervor.

Das breite Gesicht seines Gegenübers verzog sich. »Wenn Sie versuchen, Zeit zu schinden, könnte ich Ihrem Gedächtnis ein bißchen auf die Sprünge helfen.«

»Warten Sie, Don Sebastian«, sagte ein hagerer Mann mit einem Bürstenschnitt und schob sich an dem ersten vorbei.

Don Sebastian, dachte Tom. Der Name setzte etwas in seinem Kopf in Gang. Seine Gedanken quälten sich mühsam vorwärts. Ein Rinderbaron, eine Hazienda, auf der er und Gudrun ...

Eine Hand legte sich unter sein Kinn und hob seinen Kopf an. »Sehen Sie mich an«, befahl der hagere Mann und blickte ihm prüfend in die Augen. Dann hob er die andere Hand vor sein Gesicht und bewegte sie schnell hin und her.

Toms Blick folgte der Hand automatisch, konnte sie aber nicht festhalten. Sie zog eine Abfolge verschwommener Nachbilder hinterher. Wieder wurde er von einem Schwindelgefühl übermannt und schloß die Augen.

»Er hat eine Gehirnerschütterung«, hörte er den Hageren mit einer heiseren Stimme sagen. »Vermutlich gekoppelt mit einem kurzfristigen Gedächtnisverlust. Geben Sie ihm etwas Zeit.«

»Quatsch!« Das war wieder Don Sebastian. »Er will doch nur Zeit schinden, Riviere, und ausgerechnet Sie fallen darauf herein.«

Riviere. Auch der Name kam Tom bekannt vor. Er versuchte ihn einzuordnen. Aus irgendeinem Grund war sein Revolver das erste, was ihm dazu einfiel, und da wurde er sich bewußt, daß er ihn nicht mehr trug. Sie hatten ihm auch die Jacke ausgezogen.

»Er simuliert nicht«, sagte Riviere ruhig. »Ich kenne

diese Symptome. Überlassen Sie ihn mir. Ich kümmere mich auf der Hazienda um ihn.«

Es folgte eine kurze Pause. Dann klang erneut Don Sebastians Stimme auf. »Nein. Ich laß mich nicht von ihm an der Nase herumführen. Wir erledigen das hier. Auf meine Weise.«

Tom schlug wieder die Augen auf. Der Mann namens Riviere starrte den namens Don Sebastian an. Um seinen linken Mundwinkel herum zuckte es. »Wie Sie wollen«, sagte er schließlich. »Komm, Biehl. Wir gehen.«

Riviere und Biehl. Sie arbeiteten für diesen Don Sebastian, der eine große Hazienda besaß, und bei dem Gudrun und er gewohnt hatten ... Allmählich stellte sich Toms Erinnerung wieder ein, wenn auch noch äußerst lückenhaft. Was wollte Don Sebastian von ihm?

Er sah, wie sich das Gesicht des Hazienderos vor Wut verzerrte, als er den beiden Männern hinterhersah, aber er sagte kein Wort. Riviere und Biehl bestiegen zwei Pferde und verschwanden zwischen den Bäumen. Jetzt waren nur noch Don Sebastian und drei weitere Männer auf der Lichtung. Und ein Junge, der an einen anderen Baum gefesselt war. Er schien bewußtlos zu sein. Paco! schoß es Tom durch den Kopf. Der Sohn von ... Es lag ihm auf der Zunge, aber er kam nicht dazu, sich weiter darüber den Kopf zu zerbrechen, denn in diesem Augenblick rief Don Sebastian: »Seterra, Juarez! Bringt mir eine Fackel und das Petroleum!«

Zwei der Männer liefen zu den Pferden und kamen gleich darauf mit dem Gewünschten zurück. Don Sebastian goß Petroleum über die Fackel und setzte sie in Brand.

»Es entzündet sich nicht so schnell wie Benzin, Ericson«, sagte er, »aber wenn es erst einmal brennt, kann man es kaum noch löschen.« Zum Beweis schwenkte er die Fackel in der Luft herum. Die Flammen verursachten ein fauchendes Geräusch. »Seterra, Juarez, macht ihn ordentlich naß.«

Die beiden Männer sahen sich unsicher an, dann traten sie wie befohlen vor und gossen ihm Petroleum aus zwei Blechkanistern über den Kopf und die Kleider.

»Das reicht«, knurrte Don Sebastian.

Die Männer stellten die noch halb vollen Kanister ab.

Er ist verrückt! dachte Tom. *Er ist imstande und verbrennt mich bei lebendigem Leib!*

»Also, Ericson«, zischte Don Sebastian. »Wo liegt der Schatz?« Er trat einen Schritt näher an ihn heran und fuchtelte mit der Fackel vor seinem Gesicht herum.

Die Stelen! Die Bundeslade! Bruchstückhaft stellte sich die Erinnerung wieder ein. Er hatte das vermutete Versteck der Lade auf der Karte eingezeichnet. Und die Karte steckte in seiner Jacke. Wieso hatte Don Sebastian sie nicht gefunden? Sie mußten ihn doch durchsucht haben. Dann wußte er es wieder. Er hatte die Karte Paco gegeben, als er mit dem störrischen Muli gekämpft hatte. Offensichtlich hatten die Männer Paco nicht durchsucht, und der Junge war bewußtlos. Gott sei Dank. Denn sobald sie die Karte hatten, gab es keinen Grund mehr, ihn und den Jungen am Leben zu lassen.

»Wenn Sie mich töten, werden Sie es nie erfahren«, stieß Tom hastig hervor. Mittlerweile gehorchte ihm auch seine Zunge wieder.

»Nein«, gab Don Sebastian zu, »aber vielleicht ist Ihre charmante Begleiterin nicht so unvernünftig wie Sie.«

Gudrun! zuckte es Tom durch den Kopf. Wo steckte sie? Wieso war sie nicht hier?

Die Fackel näherte sich weiter seinem Gesicht. Schon konnte er die Hitze spüren. Er war von Kopf bis Fuß mit Petroleum durchtränkt. Wie Don Sebastian gesagt hatte, es entzündete sich nicht so leicht wie Benzin, aber wenn es erst einmal brannte, war er verloren.

Er mußte Zeit gewinnen. Er mußte sich irgend etwas einfallen lassen.

»Hören Sie auf damit«, krächzte er. »Ich führe Sie hin. Es ist genug für uns alle da.« Er zerrte an den Fesseln. Sinnlos. Wer immer ihn gefesselt hatte, er verstand sein Handwerk.

Don Sebastian schüttelte den Kopf. »Reden Sie«, verlangte er kalt. »Das ist Ihre letzte Chance.«

Seine Augen glühten. Es gab keinen Zweifel, der Mann war zu allem entschlossen.

Sie waren erst ein paar hundert Meter weit geritten, als Riviere den Mann entdeckte. Er drängte sein Pferd näher an Biehl heran und sagte leise: »Du reitest einen Kilometer weiter in derselben Richtung und wartest dort auf mich. Nimm mein Pferd mit. Stell keine Fragen.«

Er wartete, bis Biehl die Zügel seines Pferdes ergriffen hatte, dann sprang er mitten im Trab aus dem Sattel, rollte über den Boden ab und huschte davon. Er schlug einen Bogen um die Stelle, an der er den Mann gesehen hatte, und kehrte zum Rand der kleinen Lichtung zurück.

Riviere hatte nicht vor, Don Sebastian zu warnen oder ihm zu Hilfe zu kommen. Er war ein Mann mit Prinzipien, und der Haziendero hatte die Spielregeln verletzt. Sollte er selbst zusehen, wie er zurechtkam. Außerdem hatte er ihn um seinen Spaß gebracht. Dieser Ericson hätte noch recht unterhaltsam werden können. Auch er schien ein Mann mit Prinzipien zu sein, und es wäre reizvoll gewesen, seine Prinzipientreue einmal auf die Probe zu stellen.

Er kam gerade rechtzeitig, um zu sehen, wie Don Sebastian den Archäologen mit Petroleum übergießen ließ und ihm mit der Fackel vor dem Gesicht herumfuchtelte. Riviere kroch unter einen dichten Busch und beobachtete das Geschehen.

Entweder besaß dieser Ericson eiserne Nerven, oder aber er erinnerte sich immer noch nicht. Der ehemalige Fremdenlegionär wußte, daß der Haziendero nicht bluffte. Der Mann war dumm und arrogant. Eine gefährliche Mischung.

Wenn noch irgend jemand dem Archäologen zu Hilfe kommen wollte, mußte er sich beeilen. Riviere wußte nicht, ob der Mann, den er kurz zuvor gesehen hatte, zu der Fünften Kavallerie gehörte, die traditionell immer im letzten Augenblick erschien, um den Helden aus einer ausweglosen Situation zu retten.

Riviere sah zu, wie sich die Fackel Ericsons Gesicht näherte. Er hatte die Beretta gezogen und zielte auf Don Sebastian. Es wäre so einfach. Ein Schuß, und dann könnte Ericson beweisen, was wirklich in ihm steckte. Fast war er versucht, es zu tun.

Er bemerkte das Zittern in dem Gebüsch auf der anderen Seite der Lichtung einen Sekundenbruchteil, bevor der dumpfe Knall einer Schrotflinte aufdröhnte.

»Der Schatz ist ganz in der Nähe«, sprudelte Tom hervor. Die Fackel hielt seine Augen wie ein Magnet fest. »Er ist ...«

Ein lautes Dröhnen schnitt seine Worte ab. Eine unsichtbare Hand schleuderte einen der Kanister hinter Don Sebastian in die Höhe. Petroleum spritzte durch die Luft. Der Kanister stürzte auf den Boden zurück und riß den zweiten um. Glucksend lief die Flüssigkeit ins Gras.

»Werfen Sie die Fackel weg!« brüllte eine Stimme.

Don Sebastian wich zurück und blickte sich hektisch um. Seterra und Juarez, die unbewaffnet waren, wollten zu den Pferden laufen, aber eine Reihe weiterer Schüsse aus einer anderen Waffe riß vor ihren Füßen Grasfetzen aus dem Boden. Sie blieben wie angewurzelt stehen.

Der dritte Mann hatte sein Gewehr gehoben und feuerte wild in die Richtung, aus der die Stimme gekommen war, bis er das Magazin leergeschossen hatte. Dann ließ er es fallen, wirbelte herum und verschwand zwischen den Bäumen.

»Werfen Sie die Fackel weg!« brüllte die Stimme wieder. Als Don Sebastian nicht reagierte, dröhnte erneut die Schrotflinte auf, und wieder flog einer der Kanister in die Höhe. Petroleum regnete auf den Haziendero herab. Angst und Entsetzen ließen sein Gesicht zu einer häßlichen Grimasse erstarren, doch dann verzerrte es sich plötzlich in maßloser Wut, und er holte mit der Fackel aus.

Tom sah wie in Zeitlupe, wie der Arm Don Sebastians nach hinten schwang, einen Augenblick lang verharrte und sich dann vorwärts bewegte. Er empfand keine Angst, nur ein seltsam betäubendes Gefühl der Enttäuschung und Hoffnungslosigkeit. Er war nicht einmal fähig, die Augen zu schließen. Auch als der trockene Schuß aufpeitschte, die Ausholbewegung des Haziendèros plötzlich abbrach und die Fackel senkrecht in die Höhe stieg, beobachtete er das Geschehen wie ein unbeteiligter Zuschauer.

Don Sebastian glotzte verständnislos auf sein Handgelenk, aus dem plötzlich Blut hervorquoll. Dann wanderte sein Blick langsam nach oben. Er stand wie gelähmt da, als die Fackel wie ein loderndes Rad auf ihn zurückstürzte, von seiner Schulter abprallte und vor seine Füße fiel.

Ein kleines gelbes Flämmchen flackerte auf seiner Schulter auf, ein anderes an seinem rechten Hosenbein. Es dauerte eine kleine Ewigkeit, bis endlich wieder Bewegung in ihn kam und er begann, mit der unverletzten Hand auf die Flamme einzuschlagen. Es gelang ihm tatsächlich, sie zu loschen, aber mittlerweile war die

Flamme an seinem Hosenbein größer geworden und kroch unbarmherzig aufwärts.

Don Sebastian brüllte auf, tanzte wie verrückt im Kreis herum und schlug nach dem zweiten Brandherd. Dann tat er das einzig richtige. Er ließ sich zu Boden fallen und rollte sich herum, um das Feuer so zu ersticken. Das heißt, es wäre das einzig Richtige gewesen, hätte er sich in seiner Panik nicht ausgerechnet auf die Stelle geworfen, an der das Petroleum aus den zerschossenen Kanistern eine Pfütze gebildet hatte.

Als er seinen Fehler bemerkte und wieder aufsprang, war es schon zu spät. Die Flammen hatten auf seinen Unterleib übergegriffen und arbeiteten sich unaufhaltsam empor. Vor Schmerzen und Entsetzen heulend, raste er wie eine lebendige Fackel über die Lichtung, brach durch eine dornige Hecke und verschwand außer Sicht. Seine Schreie wurden leiser und verstummten schließlich ganz.

Endlich fiel die Betäubung von Tom ab. Er sah, wie die Pferde sich ängstlich schnaubend aneinanderdrängten und die beiden verbliebenen Männer aus ihrer Erstarrung erwachten und wie von Furien gehetzt im Unterholz verschwanden. Kein Schuß hielt sie auf. Und er sah, wie eine schmale Feuerspur von den zerschossenen Kanistern langsam auf ihn zukroch.

Wieder begann er wie wild an seinen Fesseln zu zerren. Die Flammen waren nur noch zwei Meter von ihm entfernt, und das aus seiner Kleidung tropfende Petroleum hatte den Boden um ihn herum getränkt. Was für eine bittere Ironie, wenn Don Sebastian nach seinem Tod doch noch triumphieren sollte.

Er versuchte verzweifelt, das Gras zu seinen Füßen mit den Schuhspitzen aus dem Boden zu treten, eine schmale Feuerschneise zu schaffen, als er eine Berührung an seinen Handgelenken spürte. Kurz darauf gaben die Fesseln nach, und er wurde grob von dem Baum fortgerissen. Er taumelte ein paar Schritte weit, fiel zu Boden, und die Übelkeit schlug über ihm zusammen. Als er aufgehört hatte zu würgen und den Kopf hob, sah er die Flammen an dem Baum hochkriechen, an den er gerade noch gefesselt gewesen war. Aber auf der feuchten Rinde fand das Feuer keine Nahrung und erlosch kurze Zeit später schon wieder.

Emilio half ihm auf die Füße und führte ihn zu den Pferden hinüber, die sich nur langsam beruhigten. Manolo hatte Paco losgebunden. Der Junge regte sich bereits wieder.

Tom ergriff den Wasserschlauch, den Emilio ihm reichte, und trank gierig. Gleich darauf mußte er erneut würgen und erbrach sich. Danach trank er in kleinen Schlucken.

»Danke«, krächzte er schließlich. »Woher wußtet ihr, daß wir Hilfe brauchten?«

»Gustavo hat Don Sebastian und seine Männer von seinem Wachposten aus entdeckt«, berichtete Emilio. »Zuerst hat er gedacht, sie wollten zu Manolos Haus, aber sie haben einen großen Bogen darum gemacht und sind weiter nach Süden geritten. Da wußte er, daß sie nach Ihnen und Señorita Heber suchten. Es waren mindestens zwölf. Sie haben sich aufgeteilt. Deshalb müssen wir schnell verschwinden. Die anderen können jeden Augenblick kommen.«

Tom war so unsicher auf den Beinen, daß sie ihn auf eins der Pferde verfrachteten. Er wußte, daß er mindestens einen Tag Ruhe brauchen würde, bis er die Gehirnerschütterung überstanden hatte. Manolo hatte es aus verständlichen Gründen eilig, nach Hause zurückzukehren, wo nur Gustavo mit seinem alten Karabiner die Stellung hielt. Sie ließen Don Sebastians Leiche zurück. Morgen würde es hier von Polizisten nur so wimmeln. Don Sebastian war der wichtigste Mann in diesem Landstrich gewesen.

Sie erreichten Manolos Haus ohne Zwischenfälle. Gustavo hatte niemanden von Don Sebastians Männern gesehen, und Tom bezweifelte ohnehin, daß sie die Bauern belästigen würden. Ihr *patron* war tot, und es waren Rivieres Männer gewesen, die die Drecksarbeit im Auftrag des Hazienderos erledigt hatten. Gemietete Killer, die jetzt, da ihr Geldgeber tot war, keinen Grund mehr hatten, einfache Bauern zu überfallen, bei denen nichts zu holen war. Trotzdem würde auch in dieser Nacht einer der Männer ständig auf dem Posten sein.

Nur eins machte Tom Sorgen, als er sich seiner petroleumgetränkten Kleidung entledigte und sich die stinkende Flüssigkeit vom Körper wusch. Was war mit Riviere? Wieso war der Mann einfach verschwunden?

Er besprach sich mit Gudrun, bevor er von einer Sekunde zur anderen in einen ohnmachtsähnlichen Schlaf fiel, und beide waren sie derselben Meinung.

Riviere war nicht einfach nur ein Lakai Don Sebastians gewesen, auch wenn er in dessen Diensten gestanden hatte. Es war ihm nicht allein um das Geld gegangen, sonst hätte er Don Sebastian auf der Waldlichtung nicht einfach zurückgelassen und damit brüskiert, denn das war einer Kündigung gleich gekommen.

Nein, Riviere spielte sein eigenes Spiel, aus Gründen, die nur er kannte. Die Frage war nur: Hatte er darin auch eine Rolle für sie reserviert?

Phil Biehl hockte hinter dem Felsen und visierte über den Lauf seines Gewehrs auf die Grasebene vor sich. Das Licht war noch ausreichend für einen gezielten Schuß.

Dies war der geeignetste Moment, Riviere zu erledigen, und das nicht nur, weil er sich hier in der denkbar besten Schußposition befand. Der Mann hatte Don Sebastian durch sein Verhalten beleidigt, auf seine kalte, arrogante, zum Kotzen selbstsichere Art. Der Haziendero würde ihm, Biehl, sogar noch dankbar sein, wenn er Riviere umlegte, und ihn zu seinem Nachfolger bestimmen. Er kannte diese selbstgefälligen Latinogockel, ihre lächerliche Empfindlichkeit, wenn sie sich in ihrem bescheuerten Stolz verletzt fühlten. Und Don Sebastians Stolz *war* verletzt worden, o ja, und das vor den Augen seiner Männern!

Biehl ließ das Gelände nicht eine Sekunde lang aus den Augen. Vor rund einer Viertelstunde hatte er mehrere Schüsse gehört, aus mindestens zwei Waffen. Er glaubte nicht, daß Rivieres Beretta darunter gewesen war, aber die Entfernung war zu groß, als daß er sicher sein konnte.

Der Waldrand lag etwa zweihundert Meter von ihm entfernt. Er würde Riviere sofort sehen, wenn dieser den hellen Untergrund der Weide betrat. Dann hatte er ausreichend Zeit, in Ruhe Maß zu nehmen ...

Er hatte nicht das leiseste Geräusch gehört, als sich die Hand von hinten auf seine Schulter legte. Biehl zuckte zusammen und fuhr herum. Das Gewehr entglitt seinen Händen und rutschte mit einem schabenden Geräusch über den Felsen zu Boden. Riviere stand hinter ihm, ein Schattenriß vor dem dunklen Himmel.

»Ich wollte ... ich wollte ...«, brachte Biehl mit versagender Stimme hervor.

Riviere nickte. »Ich weiß«, sagte er ungerührt. Nicht mehr. Und Biehl war hundertprozentig überzeugt, daß der andere genau wußte, was er vorgehabt hatte. Er starrte ihn nur hilflos an. Es gab nichts, was er hätte tun können.

Die Sekunden reihten sich aneinander, zäh und klebrig.

»Don Sebastian ist tot«, sagte Riviere schließlich. »Laß uns gehen.«

Es dauerte eine Weile, bis Biehl seine Sprache wiedergefunden hatte. Er tastete nach seinem Gewehr, und in diesem Augenblick kam er sich wie ein kleines Kind vor, das von seinen Eltern beim Stehlen erwischt worden war und voller Angst und Demut die Bestrafung erwartete.

»Wohin?« krächzte er und hielt sich an seinem Gewehr fest, so wie sich ein Schiffsbrüchiger an eine Planke klammert.

Riviere hatte ihm bereits den Rücken zugewandt. Biehl hielt das Gewehr in den Händen. Er bräuchte es nur noch zu heben. Ganz langsam und leise. Aber er wußte, daß er es nicht konnte. »Zurück zum Quartier«, sagte Riviere. »Die Kameraden informieren. Ihre Arbeit ist erledigt. Sie können gehen.«

Trotz seiner Demütigung, oder vielleicht gerade deshalb, war Biehl Rivieres Wortwahl nicht entgangen. Seine Sinne waren bis zum Zerreißen angespannt und übernatürlich geschärft. *Ihre* Arbeit. Nicht *unsere* Arbeit. *Sie* können gehen. Nicht *wir* können gehen. Und auch nicht *eure* Arbeit ist erledigt oder *ihr* könnt gehen.

Es war eine Einladung an ihn zu bleiben, eine Herausforderung, es wieder zu versuchen, und er konnte sie einfach nicht ausschlagen, wollte er nicht den letzten Rest seiner Selbstachtung verlieren.

Phil Biehl war kein Psychologe, aber er spürte instinktiv, daß auch Riviere nicht anders konnte, als sich so zu verhalten, wie er es tat. Ein Leben ohne Gefahr, ohne Herausforderungen, ohne die Notwendigkeit, sich ständig selbst beweisen zu müssen, war für ihn undenkbar geworden.

Er hängte sich das Gewehr über die Schulter und folgte Riviere zu den Pferden, die den Männern gleichgültig entgegensahen und sich träge mit ihren Schweifen die lästigen Insekten von den Flanken peitschten.

»Was ist mit diesem Ericson?« fragte Biehl, einer plötzlichen Eingebung folgend.

Riviere blieb stehen und drehte sich zu ihm um. Er lächelte ihn an, und es war ein sanftes, beinahe liebevolles Lächeln.

»Er lebt«, sagte er. »Noch.«

ENDE
DES DRITTEN BUCHES

VIERTES BUCH

DAS VERMÄCHTNIS DER TEMPELRITTER

von Frank Thys und Marten Veit

»Sie bleiben also bei Ihrer Aussage«, stellte der Polizist fest. »Don Sebastian wollte Sie aus dem Weg räumen, weil Sie von seinem illegalen Handel mit Maya-Kunstschätzen wußten. Aber wieso hat er Sie dann nicht einfach erschossen? Wieso wollte er Sie verbrennen lassen? Nur aus purer Bosheit, aus Grausamkeit?«

Sein Tonfall ließ keinen Zweifel daran, daß er Thomas Ericson nicht glaubte. Er hatte sich als Benito Ortiz vorgestellt und war ein kleiner drahtiger Mann mit dichtem schwarzen Haar, das von einer Menge Pomade glatt an seiner Kopfhaut festgehalten wurde. Seine Augen waren hinter den verspiegelten Gläsern der Sonnenbrille, die er auch im Haus trug, nicht zu erkennen, aber Tom ahnte, daß sie mißtrauisch zusammengekniffen waren und ihn kalt anstarrten.

»Er wollte Informationen aus mir herauspressen«, erklärte er geduldig. Es war bereits die vierte Runde des Verhörs, und die Fragen waren immer die gleichen, nur die Reihenfolge variierte. »Wieviel ich über seine Geschäfte wußte, ob ich seine Abnehmer kennen würde. Ob ich mein Wissen bereits an meinen Auftraggeber weitergegeben hätte.«

»Und, haben Sie?« Die Hand des Polizisten fuhr an seine Brille, zog sie ein Stückchen über die Nase nach unten und schob sie dann zurück. Die Geste war nervtötend. Unwillkürlich richtete man den Blick auf die verspiegelten Gläser, in der Erwartung, endlich die Augen des Polizisten sehen zu können, und immer wieder wurde man enttäuscht. Tom war sich nicht sicher, ob Ortiz das mit Absicht tat, aber auch wenn die Bewegung nur unbewußt erfolgte, erfüllte sie ihren Zweck. Man fühlte sich zwangsläufig verunsichert, wenn man seinem Gegenüber nicht in die Augen blicken konnte.

»Nein«, erwiderte Tom. »Alles, was ich wußte, war, daß Don Sebastian mehr alte indianische Artefakte und

Kunstwerke besaß, als es für einen Privatmann und archäologischen Laien mit schlichter Sammelleidenschaft erklärbar ist. Und das habe ich Sir Ian Sutherland auch mitgeteilt. Sonst nichts.« Er deutete auf das Telefon, das auf dem schweren lederbezogenen Schreibtisch vor Ortiz stand. »Sie brauchen nur in Schottland anzurufen. Dort wird man Ihnen sämtliche Angaben bestätigen.«

Wie er erwartet hatte, ging Ortiz nicht darauf ein. Wieder zog er die Sonnenbrille etwas vor und schob sie zurück. »Sie und Ihre Begleiterin halten sich also nur aus rein wissenschaftlichem Interesse hier auf«, fuhr er ungerührt fort. »Um den Spuren eines alten Mayavolkes zu folgen, das vor den spanischen Eroberern aus Yukatan nach Süden geflohen ist.«

Nachdem Don Sebastian Cristóbal de Gomorro y los Tordesillas-Avendaño, der Besitzer der Hazienda, den gleichen furchtbaren Tod gestorben war, den er Tom Ericson zugedacht hatte – er war bei lebendigem Leib verbrannt –, hatten sich Tom und Gudrun abgesprochen, was sie bei der unausweichlichen polizeilichen Untersuchung aussagen würden. Natürlich durften sie nicht die ganze Wahrheit sagen, denn die war so phantastisch, daß man ihnen einfach nicht geglaubt, sondern im Gegenteil vermutet hätte, daß sie irgend etwas vor den Behörden verbergen wollten. Und so befanden sie sich in der absurden Situation, der Polizei etwas verheimlichen zu müssen, um sich *nicht* verdächtig zu machen, obwohl sie sich nichts hatten zuschulden kommen lassen. Ganz abgesehen davon, daß der eigentliche Zweck ihres Aufenthalts im Norden von Guatemala solange geheim bleiben sollte, bis sie herausgefunden hatten, ob ihre Vermutungen tatsächlich der Wahrheit entsprachen.

»Richtig«, bestätigte Tom. »Wir sind Hinweisen nachgegangen, die von Yukatan nach Süden führten, und dabei auf die Hazienda von Don Sebastian gestoßen. Don

Sebastian hat uns freundlich und zuvorkommend aufgenommen. Als wir herausgefunden hatten, daß er uns nur benutzen wollte, um mit unserer Hilfe an einen angeblichen Mayaschatz zu gelangen, haben wir die Hazienda verlassen und uns bei Manolo Garcia einquartiert. Gleich am nächsten Tag kam es zu dem Überfall, bei dem Don Sebastian zu Tode gekommen ist.«

Das entsprach im wesentlichen den Tatsachen, und Tom hatte mehrere Zeugen für seine Aussage. Trotzdem verwunderte es ihn nicht, daß Benito Ortiz mißtrauisch blieb.

Möglicherweise gehörte er zu den Polizisten, die Don Sebastian geschmiert hatte. Die Frage war nur: Wieviel wußte er über die wahren Beweggründe des verstorbenen Hazienderos?

Don Sebastian hatte sein Land seit Jahren vergrößert und die ortsansässigen Bauern mit Gewalt von ihrem bescheidenen Besitz vertrieben. Offiziell wurden marodierende Banditen für die Überfälle verantwortlich gemacht, aber alle Bauern in der Umgebung wußten es besser. Der Großgrundbesitzer selbst steckte hinter den Übergriffen; ein Trupp angeheuerter Ex-Söldner und bezahlter Killer, angeführt von einem ehemaligen Fremdenlegionär namens Jean-Claude Riviere, hatte die Anschläge ausgeführt.

Diese Vorgehensweise war nicht ungewöhnlich in vielen Ländern Mittelamerikas. Etliche nordamerikanische Fast-Food-Ketten deckten ihren ständig wachsenden Rindfleischbedarf durch Exporte aus dieser Region, und so mancher Viehzüchter hatte sich auf Kosten der einfachen Landbevölkerung und der Natur mit brutaler Gewalt ein kleines Imperium aufgebaut und sich eine goldene Nase verdient. Aber Don Sebastian hatte noch andere Gründe für sein Vorgehen gehabt.

Die Hazienda und die Viehzucht hatten mit der Zeit

ihre eigentliche Bedeutung verloren und stellten hauptsächlich eine Tarnung für seinen florierenden illegalen Handel mit gestohlenen oder noch nicht registrierten antiken indianischen Kunstgegenständen dar. Und die Verschiebung der Haziendagrenzen, besonders nach Süden, hatte in erster Linie dem Zweck gedient, sein Land bis über den Punkt hinaus auszudehnen, an dem Don Sebastian eine unerschöpfliche Fundgrube für Maya-Artefakte, Gold und Edelsteine vermutet hatte.

War Benito Ortiz an den Geschäften beteiligt gewesen? Oder hatte er einfach nur für großzügige Spenden in den sprichwörtlichen »Witwen-und-Waisen-Fond« die Augen zugedrückt?

»Sie haben weiterhin die Absicht, hier Ihren Forschungen nachzugehen?« fragte er gerade.

»Nicht auf Don Sebastians Land«, erwiderte Tom seufzend. Er konnte nur hoffen, daß Ortiz bald genug von diesem endlosen Frage-und-Antwort-Spiel hatte. »Wir wollen weiter nach Süden ziehen. Die Spur der Maya, wenn es denn eine ist, verliert sich im Dschungel.«

Der Polizist nickte und sah ihn lauernd an. »Im *pantano de los espectros*, dem Sumpf der Geister. Nichts als Morast und undurchdringliches Dickicht. Und da wollen Sie tatsächlich mit Señorita Heber hinein? Ohne Begleiter und ohne Ausrüstung?«

Tom zuckte die Achseln. »Wir sind solche Expeditionen gewöhnt«, erklärte er. »Und wir glauben nicht an Geister.«

»Ich auch nicht«, sagte Ortiz. »Aber die Gegend ist lebensgefährlich. Es wimmelt von Schlangen und Kaimanen. Kein vernünftiger Mensch würde sich freiwillig da hineinwagen. Was erwarten Sie dort wirklich zu finden?«

»Vielleicht sind Forscher keine vernünftigen Menschen«, gab Tom zurück. »Wir suchen nur einen

Beleg für unsere Theorie. Wer weiß, was wir darüber hinaus finden? Vielleicht haben die Maya auf ihrer Flucht vor den Konquistadoren tatsächlich ihre Schätze in Sicherheit gebracht.«

Ortiz starrte ihn eine Weile schweigend an. Seine Hand näherte sich der Sonnenbrille, sank auf halbem Weg aber wieder auf die Schreibtischplatte zurück.

Das Verhör fand in Don Sebastians Arbeitszimmer statt. Seit den Ereignissen, die zu seinem Tod geführt hatten, waren drei Tage vergangen, und seit zwei Tagen saßen sie hier fest. Benito Ortiz hatte Tom Ericson und Gudrun Heber in den Gästezimmern unterbringen lassen, die sie auch früher schon bewohnt hatten. Sie konnten sich frei innerhalb des Hauses bewegen, aber das täuschte nicht darüber hinweg, daß sie Gefangene der guatemaltekischen Polizei waren.

Natürlich waren die Männer, die versucht hatten, Tom umzubringen, verschwunden, wie auch Don Sebastians Killertruppe. Die Polizei hatte das riesige Haziendahaus gründlich durchsucht, aber außer den Maya-Artefakten im Keller anscheinend nichts gefunden, was auf kriminelle Aktivitäten des Hazienderos hindeutete. Tom vermutete, daß Roberto Chimenez, der Sekretär Don Sebastians, alle belastenden Dokumente beiseite geschafft hatte, aber er verlor Ortiz gegenüber kein Wort darüber. Denn Roberto hatte noch etwas entfernt, das Tom und Gudrun in arge Erklärungsnöte gebracht hätte, nämlich die Stelen der Templer, die sie überhaupt erst hierher geführt hatten und die für sich allein schon eine archäologische Sensation waren.

»Ihnen ist doch bestimmt bewußt, daß alles, was Sie im Dschungel finden könnten, Eigentum des guatemaltekischen Volkes ist«, sagte Ortiz langsam.

Tom hob überrascht den Kopf. Es war das erste Mal, daß der Polizist von seinem üblichen Fragekatalog abwich, und es klang beinahe so, als wäre er bereit, ihn gehen zu lassen.

»Capitano, ich versichere Ihnen, daß wir nicht vorhaben, auch nur das kleinste Maya-Schmuckstück, wie unbedeutend es auch sein mag, ohne die Zustimmung Ihrer Regierung außer Landes zu schaffen«, versicherte er.

Und dies war nicht gelogen, denn das, wonach sie suchten, stammte nicht von den Maya, ja es stammte nicht einmal aus Guatemala oder irgendeinem anderen Land dieser Hemisphäre.

Wahrscheinlich hätte Benito Ortiz ihn für verrückt erklärt, wenn Tom ihm gestanden hätte, daß er und Gudrun ausgerechnet im Dschungel Guatemalas nach dem größten Heiligtum der Israeliten suchten, dem Sitz Gottes auf Erden, dem Behältnis der Zehn Gebote, der biblischen Bundeslade. Und auch Tom selbst hätte noch vor einem halben Jahr jedem einen guten Psychiater empfohlen, der so etwas auch nur angedeutet hätte. Aber seither hatte er derart viele völlig unmöglich und hirnrissig erscheinende Dinge erlebt, daß er selbst die Existenz der berüchtigten kleinen grünen Männchen vom Mars nicht mehr kategorisch ausschloß.

Ortiz erhob sich unvermittelt. »Gut, Señor Ericson«, sagte er einfach. »Ich glaube Ihnen. Sollten sich noch weitere Fragen ergeben, werde ich mich an Ihren Arbeitgeber in Schottland wenden. Es liegt nichts gegen Sie oder Señorita Heber vor. Sie sind frei. Ich wünsche Ihnen viel Glück bei Ihren weiteren Unternehmungen.«

Tom starrte ihn fassungslos an. Zwei Tage zähe, stundenlange Verhöre ohne die Möglichkeit, sich mit Oake Dùn in Verbindung zu setzen, dem Sitz des *Analytic Institute for Mysteries*, kurz A.I.M. genannt, für das er und Gudrun arbeiteten, und nun das!

»Wollen ... wollen Sie sich nicht wenigstens einmal bei

Sir Ian Sutherland nach uns erkundigen?« stotterte er.

Ortiz lächelte, und endlich nahm er seine Sonnenbrille ab. Seine dunklen Augen waren so schmal, daß sie beinahe orientalisch wirkten, und ihr kalter stechender Blick strafte sein Lächeln Lügen. »Halten Sie mich wirklich für einen solchen Idioten, Señor Ericson? Ich habe mich bereits am ersten Tag ausführlich mit Ihrem Auftraggeber unterhalten und mich gründlich über seine private Forschungsorganisation informiert. Er ist über jeden Zweifel erhaben.«

Sein Lächeln erlosch wie abgeschnitten. »Aber ich hätte Sie und Ihre charmante Begleiterin trotzdem noch etwas länger als meine ... Gäste hierbehalten, wenn ich nicht Druck von meinen Vorgesetzten bekommen hätte. Ihre Organisation scheint über weitreichende Verbindungen bis in die UNO hinein zu verfügen. Ich kann nicht behaupten, daß es mir gefällt, wie sich Fremde in meine Arbeit einmischen. Und jetzt gehen Sie, bevor ich es mir noch anders überlege.«

Unwillkürlich verlangsamte Thomas Hurley seine Schritte etwas, als er sich dem Zimmer am Ende des Ganges näherte. Er kam nur ungern in dieses Haus, das die meiste Zeit des Jahres unbewohnt war und lediglich als Treffpunkt diente. Es war ein Unbehagen, das er sich rational nicht erklären konnte.

Er bewunderte die Arbeit des Mannes, mit dem er hier verabredet war, zumindest den geringen Teil, von dem er überhaupt nur Kenntnis besaß. Auch gab es für ihn keinerlei Grund, sich zu fürchten. Zwar war Hurley in gewisser Hinsicht kaum mehr als ein Erfüllungsgehilfe, doch sein Auftraggeber legte stets Wert auf seine Meinung, und auch wenn er letztlich die Entscheidungen allein traf, so nur nach eingehender Beratung.

Auch war es nicht die Macht des Mannes, in der Hurleys Unbehagen fußte. Sicher war auch dies ein Aspekt, der ihn manchmal beklommen machte, doch es war eine Macht, die sich nie gegen ihn richten würde, solange er nicht von sich aus Verrat übte. Kaum jemand wußte überhaupt, daß es noch jemanden gab, der über ihm stand. Die meisten Menschen, mit denen er zu tun hatte, glaubten, er würde seine Entscheidungen selbsttätig treffen.

Dennoch gab es einen gravierenden Unterschied zwischen ihm und seinem Kontaktmann. Ihn selbst kannte man, er vertrat seine Entscheidungen mit seiner Person und seinem Gesicht. Man wußte, wer er war.

Für seinen Auftraggeber hingegen galt dies nicht. Selbst Hurley wußte fast nichts über ihn, kannte weder seinen Namen, noch hatte er den Mann jemals zu Gesicht bekommen. Der Name ›Smith‹, mit dem er sich anreden ließ, war falsch, wie der Mann bereits bei ihrem ersten Treffen vor vielen Jahren selbst ganz offen zugegeben hatte. Vermutlich nicht mehr als eine ironische Hommage an die Kriminalromane, die er ständig las und aus denen er auch die Art seiner Tarnung entlehnt haben dürfte. Im Grunde benutzte der Unbekannte Hurley als sein Sprachrohr anderen gegenüber.

Vor der Tür blieb Thomas Hurley stehen. Er strich sich über den dezenten grauen Anzug und rückte seine Krawatte zurecht. Sein Blick verharrte kurz auf den ineinander verschlungenen Ringen, die in das Holz geschnitzt waren, dann ließ er ihn zu der Kamera über der Tür weiterwandern und klopfte. Von einem kleinen Elektromotor angetrieben, schwang die Tür auf.

Grelle Helligkeit erfüllte das Zimmer dahinter. Es war mit kostbaren antiken Möbeln eingerichtet, und teure handgeknüpfte Teppiche lagen auf dem Boden. Leise Blues-Musik erfüllte den Raum.

Auf dem Schreibtisch am Ende des Zimmers standen wie gewöhnlich zwei starke Lampen, die genau in seine Richtung strahlten. Eine weitere, gleichfalls auf ihn gerichtet, hing darüber an der niedrigen Decke.

»Treten Sie näher, Mister Hurley«, vernahm er die Stimme seines Auftraggebers.

Er kam der Aufforderung nach, trat auf den Stuhl vor dem Schreibtisch zu und setzte sich. Die ganze Zeit blieben die Lampen so ausgerichtet, daß sie ihm ins Gesicht leuchteten. Von dem Mann hinter dem Schreibtisch war nicht mehr zu erkennen als seine Hände, die auf der Schreibtischplatte ruhten. Diesen Händen nach zu urteilen schien er sich in mittlerem Alter zu befinden, irgendwo zwischen dreißig und vielleicht fünfzig Jahren. Die Handgelenke verschwanden in den Ärmeln eines schneeweißen Anzuges, alles andere von ihm blieb hinter der grellen Lichtflut verborgen. Ein Stück neben seinen Händen lag ein Buch auf dem Tisch. Hurley besah es sich genauer. Es handelte sich um ›The Fraternity Of The Stone‹ von David Morrell, einem harten amerikanischen Thrillerautor.

»Haben Sie es gelesen?« erkundigte sich Smith, dem sein Interesse an dem Buch nicht verborgen blieb.

Hurley schüttelte den Kopf.

»Das sollten Sie aber. Eine äußerst interessante Geschichte über eine kirchliche Geheimorganisation, deren Agententätigkeit bis ins Mittelalter zurückreicht. Und dazu noch verdammt gut geschrieben.«

Hurley strich sich mit einer Hand durch die krausen, angegrauten Haare. Sein etwas rundliches Gesicht vermittelte anderen den Eindruck, es mit einer gemütlichen Person zu tun zu haben. Er pflegte diesen Eindruck ganz bewußt, obwohl dieses Image täuschte.

»Sie haben mich doch sicher nicht herkommen lassen, um mit mir über Literatur zu diskutieren«, entgegnete er.

»Völlig richtig. Leider«, sagte der Mann, der sich selbst Smith nannte. Das Knacken einer Taste war zu hören und die Musik brach ab. »Es gibt in der Tat Dringenderes. Sie haben Nikodemus Dimidios ausschalten lassen?«

»Mir blieb keine andere Wahl.« Es wunderte Hurley, daß sein Auftraggeber darüber Bescheid wußte, da es sich um eine eher unbedeutende Angelegenheit handelte. »Er hat zu intensive Nachforschungen betrieben und zuviel herausgefunden. Wissen, das in den falschen Händen außerordentlich gefährlich hätte werden können.«

»Sie wissen, wie wenig ich solche Gewalt schätze.« Unverkennbarer Tadel lag in der Stimme seines unbekannten Gesprächspartners. »Hätten Sie nicht versuchen können, ihn auf unsere Seite zu ziehen?«

»Dafür war er nicht geeignet. Dimidios war niemand, der ein Geheimnis bewahren konnte. Er stand bereits im Begriff, sein Wissen weiterzugeben, und wir wissen nicht, wieviel er bereits verraten hat. Vermutlich nicht viel, da ihm nur wenig Zeit blieb.«

»An Ian Sutherland, ich weiß.«

»Sie wissen?« Es ärgerte Hurley, daß der Unbekannte ihn erst ausführlich berichten ließ, obwohl er anscheinend bereits genauestens informiert war. »Was sollen wir Ihrer Meinung nach unternehmen? Sutherland und seine Mitarbeiter bei A.I.M. haben auch unabhängig von Dimidios bereits vieles in Erfahrung gebracht, das kein Außenstehender wissen sollte. Wir sollten sie in ihrem Forschungseifer dämpfen.«

»Das werden wir nicht«, widersprach der Unbekannte mit scharfer Stimme. »Ich habe eigene Pläne mit A.I.M. Sie bürgen mir persönlich dafür, daß weder Sutherland, noch seinen Mitarbeitern etwas geschieht. Jedenfalls nicht von unserer Seite aus, haben Sie das verstanden?«

Thomas Hurley nickte. Er mußte sich zwingen, sich seinen Ärger, so deutlich zu einem reinen Befehlsempfänger degradiert zu werden, nicht anmerken zu lassen. Sein Auftraggeber befahl selten so ausdrücklich. Wenn er es in diesem Fall dennoch tat, zeigte dies immerhin, wie wichtig es für ihn war. Hurley fragte sich, was für Pläne bezüglich A.I.M. dies sein mochten, doch er verzichtete darauf, eine entsprechende Frage zu stellen.

»Zwei der wichtigsten A.I.M.-Mitarbeiter dürften Thomas Ericson und Gudrun Heber sein«, sagte er statt dessen. »Sie befinden sich zur Zeit in Guatemala. Allem Anschein nach sind sie irgendeiner Entdeckung auf der Spur. Aber wie einer meiner Informanten berichtet hat, haben sie es auch mit einem der Palenque-Leute zu tun. Soweit es diese verdammte Sekte betrifft, kann ich nicht für Hebers und Ericsons Sicherheit garantieren.«

»Das ist der Hauptgrund, weshalb ich mit Ihnen sprechen wollte«, erklärte der Unbekannte jenseits der grellen Lampen. »Wir können diese Dummköpfe nicht mehr länger wie bisher gewähren lassen. Es wird Zeit, ihrem Treiben einen Riegel vorzuschieben. Wie konnte das mit Palenques Totenmaske geschehen?«

»Eine Unvorsichtigkeit«, berichtete Hurley. »Die Verantwortlichen wurden bereits bestraft. Soweit wir wissen, ist es einem Dieb gelungen, uns die Maske mitsamt des Splitters darin zu entwenden. Sie gelangte in die Hände eines Antiquitätensammlers namens Don Aldarez, dann weiter in die von Mister Ericson. Dadurch wurden die Palenque-Anhänger auf A.I.M. aufmerksam. Vor rund einem Monat überfielen einige Sektenmitglieder Oake Dùn, um den Splitter zu rauben, doch der Überfall schlug fehl. Wir vermuten, daß Miss Heber und Mister Ericson entführt und gegen den Splitter ausgetauscht werden sollen.«

»Das darf nicht passieren. Sorgen Sie dafür, daß den beiden nichts zustößt.«

»Aber ... in der Kürze der Zeit dürfte es unmöglich

sein, entsprechende Vorkehrungen zu treffen«, wandte Hurley ein.

»Versuchen Sie es zumindest. Wenn es nicht gelingt, müssen Miss Heber und Mister Ericson sich eben aus eigener Kraft helfen. Davon unabhängig müssen wir aber auf jeden Fall etwas gegen die Palenque-Sekte unternehmen. Sie hat sich ihrem ursprünglichen Auftrag völlig entfremdet. Bislang konnten wir es tolerieren. Es war kaum mehr als ein Haufen von Spinnern, die wir nach Bedarf für uns einspannen konnten. Immerhin geht es auch um viel Geld. Aber jetzt beginnen sie unsere eigenen Pläne ganz empfindlich zu stören, und das können wir nicht hinnehmen. Was schlagen Sie vor, was wir unternehmen sollten, Mister Hurley? Sie sind besser als ich über diese Fanatiker informiert.«

»Meines Erachtens sollten wir zunächst versuchen, zu einer friedlichen Einigung zu gelangen«, erklärte Hurley. »Ich werde einen Boten zu Martinez schicken, der ihm deutlich macht, daß wir mit seinem gegenwärtigen Kurs nicht einverstanden sind. Martinez ist kein Dummkopf; ich schätze, er wird zur Vernunft kommen und wieder bereit sei, mit uns zu kooperieren.«

»Gut, tun Sie das. Und lassen Sie unserem Kontaktmann bei Martinez ausrichten, daß uns die Angelegenheit wirklich ernst ist. Er soll alles unternehmen, um dafür zu sorgen, daß Martinez eine vernünftige Entscheidung trifft. Das ist im Moment alles. Unterrichten Sie mich, sobald Ihr Bote mit Martinez gesprochen hat.«

»Das wird schon in den nächsten Tagen geschehen. Leben Sie wohl, Mister Smith.« Thomas Hurley stand auf und wandte sich zur Tür, doch ein Zuruf seines unbekannten Gesprächspartners stoppte ihn.

»Einen Augenblick noch«, verlangte Smith. »Als ich sagte, Sie sollten den Roman lesen, meinte ich das durchaus ernst. Ich habe ihn durch; nehmen Sie ihn ruhig mit. Es lohnt sich wirklich, einen Blick hineinzuwerfen.«

Er hielt Hurley das Buch entgegen. Dieser kehrte um und nahm es an sich. Dabei berührten seine Finger flüchtig die des Unbekannten. Es war wie ein ganz schwacher elektrischer Schlag, und Hurley erschauderte unwillkürlich. Vermutlich hatte er sich nur beim Gehen mit seinen Gummisohlen über den Teppich elektrisch aufgeladen, dennoch riß er das Buch fast überhastet an sich. Kaum hielt er es in den Händen, hatte er es sehr eilig, das Zimmer zu verlassen.

»Sie sind abgezogen«, erstattete Phil Biehl Jean-Claude Riviere Bericht. »Ich habe sechs Polizisten in zwei Jeeps gesehen, die nach Westen gefahren sind. Nur die beiden Regierungsbeamten, die die provisorische Leitung der Hazienda übernommen haben, sind zurückgeblieben.«

Riviere nickte kaum merklich. Er saß mit überkreuzten Beinen auf dem Waldboden in ihrem kleinen, gut getarnten Versteck, den Oberkörper gerade aufgerichtet, die Handrücken auf die Oberschenkel gelegt, den Blick auf einen unsichtbaren Punkt irgendwo vor seiner Nasenspitze gerichtet. Soweit Biehl es beurteilen konnte, hatte er den ganzen Vormittag in dieser Haltung zugebracht.

»Was sollen wir jetzt tun?« fragte der vierschrötige Amerikaner, als der andere keine Anstalten machte zu antworten.

»Wir warten«, erwiderte Riviere, ohne aufzublicken. »Ericson und Heber werden sich bald schon auf den Weg machen. Dann greifen wir ein.«

Biehl verzichtete darauf, ihn zu fragen, was er damit meinte. Aus irgendeinem Grund hatte Riviere ein persönliches Interesse an dem Archäologen. Was Biehl betraf, so waren ihm die beiden Wissenschaftler egal; ihm ging es nur um den Schatz, hinter dem sie her waren. Mit Don Sebastians Tod hatte er einen einträglichen Job verloren, aber mit etwas Glück würde er diesen Verlust bald mehr als ausgleichen können.

Wenn ihm Riviere nicht in die Quere kam. Diesem eiskalten Bastard schien das Geld vollkommen gleichgültig zu sein. Er hätte die Eskalation der Gewalt und damit Don Sebastians Tod verhindern können, davon war Biehl überzeugt, aber er hatte den Dingen einfach ihren Lauf gelassen. Für ihn war dies alles nur ein Spiel, bei dem es um Leben und Tod ging. Mit geringeren Einsätzen gab er sich nicht zufrieden. Und er wußte, daß Biehl versucht hatte, ihn umzubringen. Trotzdem hatte er ihm das Angebot gemacht, bei ihm zu bleiben.

Phil Biehl hatte das Angebot angenommen. In den letzten drei Tagen hätte er öfters die Gelegenheit gehabt, den verhaßten Franzosen zu töten, aber aus irgendeinem Grund war er immer wieder davor zurückgeschreckt. Selbst im Schlaf jagte Riviere ihm eine geradezu übernatürliche Furcht ein.

Doch irgendwann würde er seine Chance bekommen, diesen elenden Hund umzulegen, und das war mehr als seine Gier nach Reichtum der Grund, warum er bei ihm geblieben und nicht mit den anderen Männern seiner Killertruppe verschwunden war.

Er wandte Riviere den Rücken zu, um das Grinsen zu verbergen, das über sein grobschlächtiges Gesicht kroch.

Kein Mensch war unbesiegbar, auch Jean-Claude Riviere nicht.

Die junge Frau mit den eurasischen Gesichtszügen schloß die Tür hinter sich und vergewisserte sich mit einem raschen Blick, daß sie allein im Zimmer war. Gleich darauf wurde sie sich der Unsinnigkeit dieser Kontrolle bewußt. Wer hätte sich sonst in ihrem Zimmer befinden sollen?

Suzy Duvall atmete tief durch. Die Anzeichen einer beginnenden Paranoia waren unverkennbar, aber unter den gegebenen Umständen war es auch kein Wunder, wenn ihre Nerven zu versagen drohten. Sie hatte mehr und mehr das Gefühl, auf einem Pulverfaß zu sitzen, das jeden Moment hochgehen konnte. Um so wichtiger jedoch war es, Ruhe zu bewahren, sonst würde sie zwangsläufig Fehler begehen, und die konnte sie sich gegenwärtig absolut nicht leisten.

Sie löste den kleinen Schlüssel, den sie anstelle eines Anhängers an einer Kette um den Hals trug, und öffnete das Schränkchen, das in einer Ecke des Zimmers stand. Ein Bildschirm, eine kleine Schalttafel und ein Videorecorder kamen darin zum Vorschein.

Suzy zog einen Stuhl heran, setzte sich und schaltete die Anlage ein. Der Gang vor ihrem Zimmer wurde auf dem Monitor sichtbar.

In der letzten Zeit hatte sie heimlich immer mehr Minikameras in der schwarzen Pyramide installiert. Fast alle Gänge sowie die meisten Räume konnte sie auf diese Art überwachen. Sie machte sich nichts vor; irgendwann würde Kar dies bemerken und sicherlich nicht besonders erfreut auf ihren Verrat reagieren. Vor diesem Moment, in dem er hinter ihr Geheimnis kommen würde, empfand sie eine fast panische Angst, doch noch war es nicht soweit.

Sie betätigte mehrere Knöpfe und aktivierte nacheinander andere Kameras, bis sie Kar fand. Er eilte rasch und mit einer fast katzenhaften Geschmeidigkeit durch einen der Korridore. Wie sie erwartet hatte, war sein Ziel der Zugang zu dem von ihm erst vor wenigen Tagen entdeckten Raum zwei Stockwerke unterhalb der Halle, in der sich die Anlage zur Zeitlosen Ortsversetzung befand.

Vor Jahren hatte Professor Richard Dean Karney, wie Kar als Mensch einst geheißen hatte, erstmals eines der pyramidenartigen Bauwerke entdeckt, Überbleibsel einer uralten, bislang unbekannten Kultur. Diese andere Pyramide war zerstört worden, doch zuvor hatte sich Karney an einer Flüssigkeit infiziert. Seither hatte er sich Schritt für Schritt in eine echsenartige Kreatur verwandelt. Inzwischen war diese Verwandlung abgeschlossen, und er hatte zumindest körperlich beinahe jede Menschlichkeit verloren.

Das Wesen, das Suzy über die versteckte Kamera beobachtete, war immer noch grob humanoid, doch statt mit Haut war sein Körper von Kopf bis Fuß mit einem Geflecht aus metallisch aussehenden Schuppen bedeckt, die je nach Blickrichtung und Lichteinfall in verschiedenen Farbtönen schillerten. Aus seinen Hände waren Klauen geworden, die in spitzen Krallen endeten.

Auch der Kopf war von der Verwandlung nicht verschont geblieben. Kars Nase hatte sich zu länglichen Atemschlitzen verformt, die mehr Ähnlichkeit mit Kiemen als mit einem menschlichen Atemorgan aufwiesen. Seine froschartigen Augen hatten sich vergrößert und schienen beständig aus ihren Höhlen quellen zu wollen. Sie wiesen die geschlitzten Pupillen eines Reptils auf. Die vorgeschobene Mundpartie lief in einem lippenlosen, etwas spitzen Maul aus.

Suzy hatte sich mittlerweile einigermaßen an den Anblick gewöhnt. Als die Verwandlung immer weiter fortschritt, hatte Kars Aussehen sie anfangs entsetzt und abgestoßen. Inzwischen jedoch betrachtete sie ihn mit anderen Augen.

Sicher, seine Physiognomie war völlig fremdartig, aber deshalb nicht zwangsläufig ekelerregend, sondern auf eine merkwürdige Art durchaus auch faszinierend.

Suzy Duvall verdrängte diese Gedanken. Sie schaltete

den Videorecorder auf Aufnahme und zoomte mit der Kamera ein bestimmtes Wandstück so nah wie möglich heran.

Mit Kars körperlicher Veränderung war auch ein geistiger Wandel einhergegangen. Eine Zeitlang war er fast zu einem brabbelnden Idioten geworden, doch in letzter Zeit erschien er ihr intelligenter und gefährlicher als je zuvor. Vor allem aber fand er sich in der schwarzen Pyramide immer besser zurecht. Er hatte Türen zu Räumen entdeckt, die ihm zuvor trotz intensiver Suche nicht aufgefallen waren, und es gelang ihm nun auch, sie zu öffnen. So war es auch bei dem Zugang, vor dem er gerade verharrte.

Mit äußerster Konzentration starrte Suzy auf den kleinen Monitor. Sie beobachtete, wie Kar mehrere Punkte an der Wand berührte und mit seinen Krallen einige winzige Rillen nachfuhr. Ein dreieckiger Wandausschnitt schwang daraufhin nach innen auf. Kar schritt durch die Öffnung. Hinter ihm schloß sich der Zugang wieder.

Suzy brach die Aufnahme ab. Mehrfach war Kar in den vergangenen Tagen in diesen Raum gegangen, und wenn er eine knappe Stunde später zurückgekehrt war, hatte er stets gekräftigt gewirkt und außerdem anscheinend neue Informationen erhalten. Meist hatte er sofort mit verschiedenen Gerätschaften zu hantieren begonnen, vor allem mit solchen, mit denen er zuvor absolut nichts anzufangen gewußt hatte.

Suzy war entschlossen, hinter das Geheimnis dieses Raumes zu kommen. Sie hatte den Eingang zu öffnen versucht, doch sie war stets gescheitert. Nun dürfte es ihr leichter gelingen. Mit einer erst vor wenigen Stunden installierten Kamera hatte sie Kars Bewegungen ganz genau eingefangen.

Sie spulte das Videoband zurück. Wieder und wieder betrachtete sie die Aufnahme, prägte sich alle

Bewegungen Kars genau ein, bis sie sicher war, sie nachahmen zu können.

Gleich darauf zuckte sie erschrocken zusammen, als hinter ihr die Tür des Zimmers geöffnet wurde, die sich zu ihrem Bedauern nicht abschließen ließ. Für einen Augenblick war sie fest davon überzeugt, daß Kar eintreten würde – eine weitere Folge der neurotischen Angstgefühle, die sie in letzter Zeit entwickelt hatte. Erst als sie erkannte, daß es sich bei dem Besucher nur um Jack Warden handelte, atmete sie erleichtert auf.

»Jack!« stieß sie hervor und funkelte ihn zornig an. Sie bemerkte, daß ihre Finger leicht zitterten. »Verdammt, hast du mir einen Schreck eingejagt. Ich habe dir schon tausendmal gesagt, du sollst anklopfen.«

»Indianer tun das nicht«, erwiderte er ruhig. »Das gilt als unhöflich.«

»Laß den Quatsch«, fauchte sie. »Schließlich bist du kein Indianer.«

»Aber ich habe eine Zeitlang bei ihnen gelebt.« Jack wurde schlagartig ernst. »Wie sieht es aus?«

»Alles in Ordnung. Ich habe es aufgenommen«, erklärte Suzy. »Eigentlich müßte ich es jetzt auch schaffen, den Zugang zu öffnen. Ich versuche es, sobald Kar wieder herauskommt.«

»Gut. Aber bis dahin dürfte es noch etwas dauern.« Jack trat hinter ihren Stuhl und legte ihr die Hände auf die Schultern. Langsam ließ er seine Finger tiefer wandern, schob sie unter ihr hautenges rotes Kleid und tastete nach ihren Brüsten.

»Laß das!« befahl Suzy. »Ich bin jetzt nicht dazu in Stimmung.«

»Das ist ja mal was ganz anderes bei dir. Nun stell dich nicht so an.« Jack nahm ihre Weigerung nicht ernst, sondern hielt sie lediglich für einen weiteren ihrer vielen Tricks, ihn auf Touren zu bringen. Unbeirrt machte er weiter, fand ihre Brustwarzen und zwirbelte sie sanft zwischen seinen Fingern.

»Ich sagte nein!« Ohne weitere Warnung stieß Suzy ihren Ellbogen nach hinten. Sie verfehlte seine Geschlechtsteile nur knapp und traf ihn am Oberschenkel. Erschrocken wich Jack einen Schritt zurück.

»Zum Teufel, was ist denn bloß mit dir los?«

»Ich bin nicht in der Stimmung dafür, das ist alles«, erklärte sie in etwas versöhnlicherem Tonfall. Sie durfte Jack Warden nicht vor den Kopf stoßen. Er war der einzige Verbündete, den sie im Moment hatte, und sie war dringend auf seine Hilfe angewiesen. »Vielleicht später. Im Augenblick mache ich mir viel zu viele Sorgen wegen Kar. Wir sollten ernsthaft überlegen, ob wir ihn nicht abservieren.«

Jack seufzte. Er ließ sich aufs Bett fallen und verschränkte die Hände hinter dem Kopf. »Das sage ich doch schon seit Wochen, aber bislang warst du stets dagegen. Wieso dieser plötzliche Sinneswandel?«

Suzy zuckte mit den Schultern. »Ich habe einfach das Gefühl, uns wächst allmählich alles über den Kopf«, bekannte sie. »Kar ist einfach zu gefährlich und unberechenbar geworden. Ich dachte, wir könnten ihn unter unserer Kontrolle halten, bis wir alles von ihm gelernt haben, was er weiß, aber von Kontrolle kann wohl keine Rede mehr sein. Ich weiß nicht, irgendwie ...« Sie brach ab und zuckte noch einmal die Achseln.

Die Situation war ihnen aus den Händen geglitten, daran gab es keinen Zweifel. Noch vor kurzem waren sie es gewesen, die Kar unter dem Vorwand, es diene nur seinem eigenen Schutz, eingesperrt und herumkommandiert hatten. Da war er geistig nicht ganz zurechnungsfähig gewesen, hatte im Zuge seiner Verwandlung immer wieder Anfälle von Wahnsinn gehabt.

Zuletzt hatte er sie ausgetrickst und sich und sie beide

mit seiner Anlage zur Zeitlosen Ortsversetzung nach Australien befördert. Dort war er ihnen entkommen, und während der kurzen Zeit dort war auch seine geistige Verwandlung endgültig abgeschlossen worden.

Sein Verstand funktionierte brillanter als je zuvor, und er trat ihnen gegenüber mit einer Selbstsicherheit auf, für die das Wort Arroganz noch geschmeichelt war. Sie schienen für ihn immer unwichtiger zu werden, und es war abzusehen, daß er bald versuchen würde, sich ihrer zu entledigen, da sie ihm dummerweise in ihrer Überheblichkeit deutlich genug gezeigt hatten, daß sie nur noch bedingt auf seiner Seite standen. Ihnen blieb nur die Wahl, ihm entweder zuvorzukommen, oder sich ihm bedingungslos zu unterwerfen, um so sein Vertrauen zurückzugewinnen.

Jack Warden stand wieder auf und ging im Zimmer auf und ab.

»Wir hätten es schon früher tun sollen«, murmelte er. »Hätten wir dieses ... dieses Monster erledigt, als es noch hilflos war, hätten wir jetzt bedeutend weniger Probleme.«

»Aber dann wüßten wir auch einiges weniger über diese Pyramide«, wandte Suzy ein. »Immerhin hat uns Kar eine Menge beigebracht, und wir werden dieses Wissen dringend brauchen, wenn wir wirkliche Macht erlangen wollen.«

»Sicher«, bestätige Jack und nickte. »Aber das trifft jetzt nicht mehr zu. Die wenigen Informationen, die Kar uns unbeabsichtigt noch gibt, stehen in keinem Verhältnis zu der Gefahr, die er für uns mittlerweile darstellt. Wir sollten ihn ausschalten, so schnell wie möglich. Am besten noch heute.«

»Zumindest müssen wir ihn mattsetzen, ihn wieder einsperren oder so etwas«, murmelte Suzy abschwächend. »Dann können wir immer noch in Ruhe überlegen, was wir mit ihm machen sollen. Jedenfalls wird mich diese Kreatur nicht mehr länger herumkommandieren.«

»Gut«, stimmte Jack zu. »Dann laß uns handeln, solange wir es noch können.«

Nachdem die Entscheidung einmal gefallen war, fiel etwas von der Spannung, die sie gefangengehalten hatte, von Suzy ab. Sie empfand den Gedanken an die bevorstehende finale Auseinandersetzung sogar auf eine bizarre Weise als prickelnd und erotisch stimulierend. Hatte sie Jacks Annäherungsversuch gerade noch zurückgewiesen, so empfand sie nun plötzlich ganz anders.

Sie trat hinter ihn und schlang die Arme um ihn. Mit einer Hand strich sie über seine Brust, mit der anderen fuhr sie über seine Hose. Sie fand den Reißverschluß und öffnete ihn. Schlangengleich schmiegte sie sich von hinten an Jack. Ihre Hand verschwand in seiner Hose. Sanft schob sie ihre Hand in seinen Slip.

Auch auf Warden schien sich der Gedanke an ihr Vorhaben und die Gefahr stimulierend auszuwirken. Suzy spürte, wie sich sein Glied versteifte.

In Gedanken hatte sie mitgezählt. Nur fünfzehn Sekunden hatte sie gebraucht, ihn vollständig zu erregen. Das war zwar ein neuer Rekord, lag aber noch weit unter ihrem Ziel von zehn Sekunden. Irgendwann würde sie auch das schaffen. Sie würde sich etwas Neues einfallen lassen müssen.

Gleich darauf waren ihr diese Gedanken gleichgültig. Jack fuhr herum und preßte sie an sich. Bereitwillig ließ sie sich in einen Strudel von Leidenschaft mitreißen und vergaß alles andere um sich herum.

Mit jedem Schritt, den sie sich der Halle mit den riesigen walzenförmigen Aggregaten und der Anlage zur Zeitlosen Ortsversetzung näherten, wuchs Suzy Duvalls Beklemmung. Früher, vor Abschluß der Verwandlung, hatte Kars bloße Gegenwart ihr – wie jedem anderen Menschen auch – Unbehagen eingeflößt. Dies hatte sich mittlerweile gelegt; lediglich wenn sie vor ihm stand oder er sie berührte, verspürte sie noch leichte Übelkeit.

Mit dem, was sie jetzt empfand, hatte dies jedoch nichts zu tun. Ihre Beklemmung nährte sich schlicht und einfach aus Angst.

Oft schon hatte sie darüber nachgedacht, sich Kars zu entledigen. Daß sie sich mit ihm zusammengetan hatte, war von Anfang an nur ein Zweckbündnis gewesen. Er hatte die Hinterlassenschaften der echsenartigen Rasse entdeckt, die irgendwann offenbar einmal auf der Erde gelebt hatte. Diese Entdeckung verlieh ihm Macht. Hätte er sich nicht zu verwandeln begonnen, hätte er sich möglicherweise sogar irgendwann einmal zu einem der mächtigsten Männer der Welt aufschwingen können. Das hatte sie gereizt.

Umgekehrt hatte sie ihm ihr Geld und ihre Verbindungen bieten können. Etwas, das er dringend benötigt hatte, um seine Pläne zu verwirklichen. Darüber hinaus hatte er sie körperlich begehrt, und bevor seine durch die Verwandlung hervorgerufene Impotenz seiner Fleischeslust ein Ende gesetzt hatte, war sie bereitwillig mit ihm intim geworden. Das war schon immer ihre bevorzugte Methode gewesen, sich Männer gefügig zu machen und sie um den Finger zu wickeln.

Ihnen beiden war von Anfang an klar gewesen, daß ein reines Zweckbündnis sie zusammenschmiedete. Suzy war darauf bedacht gewesen, es so lange wie möglich aufrecht zu erhalten, um möglichst viel von Kar zu profitieren.

Was sie und Jack jetzt vorhatten, würde diese Bande ein für allemal zerreißen, aber sie war sich bei weitem nicht mehr so sicher wie noch vor wenigen Minuten, ob sie es wirklich schaffen würden. Nicht einmal der Elektroschocker in ihrer Hand vermittelte ihr noch Sicherheit, so wenig wie die Gegenwart Jack Wardens.

Dennoch war sie froh, daß sie es geschafft hatte, ihn auf ihre Seite zu ziehen. Ohne seine Hilfe hätte sie gegen Kar so gut wie keine Chance.

Als sie die große Halle betraten, stand Kar vor einem der walzenförmigen Aggregate und tastete es ab. Er drehte sich kurz um und warf ihnen einen flüchtigen Blick zu.

»Guut, daschiir kommt«, sagte er. Seine Worte wurden von Fauchen und Zischlauten fast überlagert. Manchmal gelang es Suzy nicht einmal, alles zu verstehen, was er sagte. »Isch ghlaube, daschisch kursch vorain' wischige Äntdägunk stäh'.«

»Es hat etwas mit diesem Raum zu tun, in den du immer wieder gehst«, vermutete Suzy und gab Jack ein Zeichen, noch abzuwarten. Vielleicht konnten sie Kar noch einige Informationen entlocken.

»Daschisch ätwasch, daschir doch nisch värstät«, behauptete Kar und bedachte sie mit einem herablassenden Blick. Unverhohlene Verachtung schimmerte in seinen Reptilienaugen. »Isch brauch nur Fieräfansch und Briemporiung, dann kann isch miit däm Hoguschbogusch groschesch Touhwapouu machän.«

Suzy runzelte die Stirn. Soweit sie verstanden hatte, brauchte Kar Firlefanz und Brimborium, um mit Hokuspokus ein großes Tohuwabohu zu veranstalten, aber das war es sicherlich nicht, was er gemeint hatte. Vermutlich handelte es sich um technische Bezeichnungen aus einer fremden Sprache. Oder wollte er sich nur über sie lustig machen? Mittlerweile traute sie Kar nahezu alles zu, war sich absolut nicht mehr sicher, woran sie bei ihm war.

»Was befindet sich in diesem Raum?« bohrte sie nach.

Kar drehte sich nun doch um. Trotz – oder gerade wegen – seiner Fremdartigkeit bot er einen imposanten und bedrohlichen Anblick, vor allem in dieser ebenfalls fremdartigen Kulisse.

»Wischän«, erklärte er. »Gränschenloschesch Wischän einar vergangenän Schait. Wischän, dasch diesche Wält ausch ihrän Angeln häben gann.«

»Erzähle uns mehr davon«, verlangte sie.

Kar schüttelte den Kopf.

»Ihr würdät esch schowischo nisch verstän«, behauptete er. »Kainer diescher erbärmlischen Mänschen. Auscherdäm habä isch schez kaine Schait, misch mit eusch aufschuhalden. Schak, isch abe ein' Aufdraag für disch. Du wirsch fürmisch nach Auschdralien fliegän.«

»Das werde ich nicht«, entgegnete Warden hart. Es gelang ihm nicht, ein fast unmerkliches Zittern in seiner Stimme völlig zu unterdrücken. »Die Zeit ist vorbei, in der du uns Befehle erteilt hast. Um genau zu sein – *deine* Zeit ist vorbei, Kar!«

Er zog seinen Revolver und richtete ihn auf das Echsenwesen. Der Augenblick der Entscheidung war gekommen. Suzy packte ihren Elektroschocker fester. Der unscheinbare Stab konnte elektrische Schläge von immerhin sechzigtausend Volt verteilen. Dennoch bedauerte sie jetzt, nicht ebenfalls eine Schußwaffe aus ihrem Zimmer mitgenommen zu haben.

Die Waffen schienen auf Kar keinerlei Eindruck zu machen. Er verzog lediglich sein Gesicht zu etwas, das ebensogut ein verächtliches Grinsen wie eine Drohmimik darstellen konnte.

»Laschden Unschinn!« zischte er. »Esch gäht jetz'um Wischdigeresch alsch diesche Kinderaien.«

»Kein Unsinn, Kar«, erklärte Suzy. Mit vorgestrecktem Elektroschocker trat sie einige Schritte vor, bewahrte aber immer noch einen ausreichenden Sicherheitsabstand zu Kar. »Der Pakt, der uns vereinte, habe ich mit einem Professor Karney geschlossen, aber den gibt es nicht mehr. Ich weiß nicht, *was* du jetzt bist, und ich will es auch gar nicht herausfinden. Jedenfalls glaube ich nicht, daß wir noch die gleichen Ziele haben. Es ist an der Zeit, dir das Handwerk zu legen.«

»Scho? Und wie wolldir dasch machn?«

»In deinem eigenen Interesse solltest du dich nicht wehren, wenn du noch länger leben willst«, warnte Suzy. »Wir wollen dich nicht töten, aber wir werden dich einsperren, bis wir entschieden haben, was mit dir ...«

Sie kam nicht zum Aussprechen. Mit einer Schnelligkeit, die sie Kar niemals zugetraut hätte, sprang er zur Seite. Jack schoß zweimal hintereinander. Er war ein guter Schütze, und auf die kurze Distanz hätte er jeden Menschen getroffen, der vor ihm zu flüchten versuchte. Kar jedoch bewegte sich mit einer im wahrsten Sinne des Wortes übermenschlichen Geschmeidigkeit und Schnelligkeit.

Suzy sah ihn wie einen Schatten auf sich zuspringen. Mit einem einzigen Satz überwand er die Distanz von gut vier Schritten, die ihn von ihr getrennt hatte. Sie versuchte gleichzeitig auszuweichen und ihn mit dem Elektroschocker zu treffen. Keiner der beiden Versuche gelang.

Scheinbar mühelos entriß ihr Kar den Stab, packte sie und wirbelte sie mit unglaublicher Kraft herum. Er schlang den Arm, mit dem er auch den Elektrostab hielt, um sie und hielt sie als lebenden Schutzschild vor sich. Zugleich setzte er ihr eine seiner messerscharfen Krallen an die Kehle. Sein Griff war so fest, daß Suzy vor Schmerz aufschrie. Zum ersten Mal bekam sie zu spüren, *wie* stark Kar in seiner neuen Gestalt wirklich war. Er lockerte seinen Griff ein wenig.

»Laschdı Wattä falln!« zischte er Jack an.

Warden zögerte. In Combat-Stellung visierte er Suzy und Kar an.

»Tu ... was er sagt!« preßte Suzy hervor. Panische Angst beherrschte ihr Denken. Für einen kurzen Moment wünschte sie sich sogar fast, daß Jack abdrücken würde. Es wäre ein kurzer, schmerzloser Tod im Gegensatz zu dem, was ihr möglicherweise bevorstand, wenn sie sich Kar ergaben. Sie hatten ihn ganz eindeutig unterschätzt; ihre Revolte gegen ihn war gescheitert. Sie hatten zu lange gewartet.

»Er wird uns beide töten, wenn ich aufgebe«, stieß Jack gehetzt hervor. »Vielleicht ist es besser, wenn wir alle drei sterben, als wenn wir eine solche Kreatur auf die Menschheit loslassen.«

»Schendimendaler Scheisch«, kommentierte Kar.

Noch bevor Suzy begriff, was er vorhatte, versetzte er ihr einen Stoß, der sie auf Jack zutaumeln ließ. Ehe sie ihn erreichte, huschte Kar jedoch bereits schemengleich an ihr vorbei.

Jack kam nicht einmal dazu, einen Schuß abzufeuern. Kar versetzte ihm einen so harten Schlag auf das Handgelenk, daß Warden aufschrie und die Waffe fallen ließ. Noch während sie fiel, fing Kar sie gedankenschnell auf und schleuderte sie in die entgegengesetzte Ecke des Zimmers. Mühelos stieß er Jack von sich. Er hob den Elektroschocker, den er die ganze Zeit über nicht losgelassen hatte.

»Dasch brauchn wir nisch mähr«, sagte er. Fast beiläufig zerbrach er das von einem massiven Stahlmantel umhüllte Gerät und ließ die Überreste fallen.

Suzy war zu Boden gestürzt. Sie wagte nicht aufzustehen. Unabhängig von der Demonstration seiner Kraft verströmte Kar eine so starke Aura von Macht, daß sie sich ihm gegenüber klein und hilflos wie ein Kind vorkam.

»Du wirst ... uns töten, nicht wahr?« murmelte sie zitternd.

Er stieß ein meckerndes Geräusch aus, das wohl ein Lachen darstellen sollte.

»Warum schollte isch? Noch habä isch mein Ziil langä nisch erraischt, isch brauch eure Hilfä«, zischelte er. »Ihr gönnt entschaiden, op ihr waiter auf mainer Saide schdehen oder ob ihr schderben wollt. Abär isch warne eusch. Noch ain scholscher Verschuch wird unauschweischlisch euran Dod bedeuden. Nun?«

Vor Erleichterung, dem bereits sicher geglaubten Tod noch einmal zu entgehen, konnten Suzy und Jack nur stumm nicken.

Nachdem die Polizisten die Hazienda verlassen hatten, saßen sie in Toms Zimmer: Gudrun, Tom, Roberto Chimenez und Isabella Camozza.

»Sie haben den zweiten Kellerraum nicht gefunden«, berichtete der ehemalige Privatsekretär Don Sebastians. »Dort habe ich auch die Stelen versteckt.«

»Was wollen Sie mit den Maya-Artefakten anstellen, die nicht von der Polizei beschlagnahmt worden sind?« erkundigte sich Tom. Er saß neben der zierlichen jungen Mayafrau auf der Bettkante und hielt ihre Hand. Die beiden kamen Gudrun wie ein verliebtes Teenagerpärchen vor, und so sehr sie sich auch dagegen sträubte, der Anblick versetzte ihr jedes Mal wieder einen schmerzhaften Stich.

Sie war mit Tom um die Welt gereist, hatte mit ihm die haarsträubendsten Abenteuer bestanden, und die ganze Zeit über hatte es zwischen ihnen geknistert. Immer wieder hatte irgendein unglücklicher Umstand – oder ihre beiderseitige Dickköpfigkeit, ihre Unfähigkeit, vor dem anderen einen Rückzieher zu machen – verhindert, daß sie sich über ein kameradschaftliches Verhältnis hinaus näherkamen. Dann, es war gerade erst eine Woche her, schien der Knoten geplatzt, der Funke übergesprungen zu sein, doch auf einmal war dieses Mayamädchen zwischen sie getreten.

Es war Gudrun bis heute unerklärlich, was damals in Tom vorgegangen war. Er hatte auf Isabellas Anblick reagiert, als wäre er aus vollem Lauf gegen eine massive Wand geprallt. Dabei hatte sie geglaubt, ihn genau zu kennen. Normalerweise war er nicht so leicht aus der Fassung zu bringen, überspielte jede Unsicherheit auf seine lockere, manchmal etwas oberflächliche Art. Bis er Isabella begegnet war ...

Sie riß sich aus ihren Grübeleien, um dem Gespräch zu folgen.

» ... überlasse ich Miguel, Don Sebastians Sohn«, sagte Roberto gerade, »sobald sie ihn aufgespürt haben. Don Sebastian hat kein Testament hinterlassen, also ist Miguel als sein einziges Kind der legitime Erbe, auch wenn er sich von seinem Vater abgewandt hat.«

»Miguel wird die richtige Entscheidung treffen«, behauptete Isabella zuversichtlich. »Er ist ein anständiger Mann. Er hat noch auf der Hazienda gewohnt, als sein Vater mich aufgenommen hat. Miguel war immer für die einfachen Leute da und hat sich für sie eingesetzt. Darüber ist er dann auch mit seinem Vater in Streit geraten und hat schließlich mit ihm gebrochen.«

»Wenn es soweit ist, die Artefakte zurückzugeben, werden Sie einige unangenehme Fragen zu beantworten haben«, meinte Tom an Roberto gewandt. »Zum Beispiel, wieviel Sie von Don Sebastians Machenschaften gewußt haben. Warum Sie mit Ihrem Wissen nicht zur Polizei gegangen sind.«

Roberto Chimenez lächelte. »Machen Sie sich darüber keine Sorgen«, sagte er unbekümmert. »Ich habe einflußreiche Freunde, die mir helfen werden. Aber was werden *Sie* jetzt tun?«

Tom sah Isabella an, und ein Schatten huschte über sein Gesicht. »Gudrun und ich werden uns auf die Suche begeben. Vorher müssen wir allerdings eine Ausrüstung zusammenstellen, Macheten, Seile, Decken, Schaufeln und dergleichen. Außerdem müssen wir uns noch einmal mit Oake Dùn in Verbindung setzen.«

»Ich werde Ihnen alles besorgen, was Sie benötigen«, versprach Roberto. »Aber wollen Sie die Expedition tatsächlich allein durchführen? Sie werden die ganze Ausrüstung kaum zu zweit schleppen können.«

»Wir könnten wirklich ein paar Träger gebrauchen«, stimmte Tom zu. »Ich weiß nicht, wie weit wir mit Pferden oder Maultieren kommen. Wenn das Gelände zu morastig und unwegsam wird, würden uns die Tiere eher aufhalten.«

»Ich komme mit«, sagte Isabella schnell.

Tom lächelte sie liebevoll an und drückte sie kurz an sich. »Das wird kein Spaziergang, Kleines. Mir wäre es lieber, wenn du hier auf uns wartest.«

Gudrun wunderte sich über die Unbefangenheit, mit der er sich in ihrer Gegenwart verhielt. Und sie fragte sich, welche Pläne Tom in Bezug auf Isabella hatte. Er machte nicht den Eindruck, als wollte er sie einfach nach getaner Arbeit hier zurücklassen. Aber was hatte er sonst vor? Wollte er sie etwa mit nach Oake Dùn nehmen? Und was dann?

Die Situation verunsicherte sie und machte sie gleichzeitig verlegen. Sie stand auf und sagte: »Ich werde versuchen, Connor oder Sir Ian zu erreichen. Du kannst ja in der Zwischenzeit mit Señor Chimenez die Ausrüstung zusammenstellen.«

»In Ordnung, Gudrun«, gab Tom zurück und löste sich mit einem schuldbewußten Blick von Isabella.

Drei Stunden später waren sie mit zwei Pferden und einem Muli, das ihre Ausrüstung trug, unterwegs zu Manolo Garcias Farm, die ihr Basislager bilden würde.

»Tom, wir müssen miteinander reden«, sagte Gudrun.

Sie saßen in dem kleinen, nur durch einen Vorhang von Manolos Wohnzimmer provisorisch abgetrennten Raum, in dem sie die Nacht verbringen würden. Der Tag neigte sich dem Ende entgegen. Die Strahlen der tiefstehenden Sonne fielen durch das kleine Westfenster und warfen ein goldenes Rechteck auf den Vorhang.

Tom sah von seinen Unterlagen auf. Mit Hilfe der letzten Berechnungen, die Connor ihnen durchgefaxt hatte, hatte er den vermuteten Standort der Bundeslade noch genauer einkreisen können. Aber bevor sie endgültig aufbrachen, wollte er noch ein paar Alternativen durchspielen. »Schieß los«, forderte er sie munter auf.

»Es geht um unsere weiteren Pläne«, begann Gudrun nach kurzem Zögern. »Was machen wir, falls und wenn wir die Bundeslade gefunden haben?«

»Was wohl?« fragte Tom irritiert. »Wir lassen uns von Sir Ian Frachtpapiere besorgen und schaffen sie nach Oake Dùn, quasi als Diplomatengepäck.«

»Ich meine nicht so sehr die technischen Aspekte«, stellte Gudrun klar. »Ich meine ... persönliche Dinge.«

Toms Gesicht verfinsterte sich ein wenig. »Du meinst Isabella«, sagte er langsam. »Glaubst du nicht, daß das meine Sache ist?«

»Natürlich«, räumte Gudrun ein. »Ich werde dir da nicht hineinreden. Aber die Konsequenzen betreffen auch mich und das ganze Team von A.I.M. Seit wir uns Sir Ian angeschlossen haben, waren wir ständig auf der ganzen Welt unterwegs, sind von einer gefährlichen Situation in die nächste gestolpert, und es sieht nicht so aus, als würde sich demnächst etwas daran ändern. Was ich nur wissen will, ist ... Willst du aussteigen?«

»Wegen Isabella?« Tom schüttelte den Kopf. »Nein. Das eine hat mit dem anderen nichts zu tun.«

Gudrun sah ihn forschend an. »Wirklich nicht? Ich kenne dich mittlerweile recht gut, Tom. Das Ganze ist mehr als nur ein Flirt für dich, mehr als nur eine flüchtige Romanze. Oder habe ich mich so sehr in dir getäuscht? Hakst du Isabella einfach als ein angenehmes Abenteuer ab und ziehst weiter?«

Toms Gesicht verfinsterte sich noch mehr, und als er schließlich antwortete, klang seine Stimme heiser: »In welchem Jahrhundert lebst du eigentlich, Gudrun? Glaubst du wirklich, ich bin ihr ein Leben lang verpflichtet, nur weil wir miteinander geschlafen haben?«

»Ich rede hier nicht von moralischen Aspekten«, erwiderte Gudrun mit mühsam unterdrücktem Ärger. »Ich rede von deinen Gefühlen. Man müßte blind sein, um nicht zu erkennen, daß du eine ganze Menge für sie empfindest. Ich habe nicht vor, dir irgendwelche Ratschläge zu geben oder Vorhaltungen zu machen, aber ich möchte ganz einfach wissen, worauf ich mich einstellen muß.«

»Ja, du hast recht, Gudrun«, sagte Tom nach einer Weile, und der abweisende Gesichtsausdruck verschwand und machte Ratlosigkeit Platz. »Tut mir leid. Ich bin mir über meine Gefühle selbst nicht richtig im klaren. Diese Sache mit Isabella ... ich habe das nicht geplant oder leichtfertig die Situation ausgenutzt. Es ist nur so ...«

Wie sollte er es ihr erklären? Daß Isabella ihn an eine andere Frau erinnerte, in die er verliebt gewesen war und die er hatte zurücklassen müssen? In einem anderen Leben, im Körper eines anderen Mannes vor mehr als achthundert Jahren, als die Kreuzfahrer in Jerusalem geherrscht hatten?

»Ich weiß nicht, was werden wird«, fuhr er fort, »aber

ich möchte sie nicht verlieren. Wir haben bisher vermieden, über die Zukunft zu sprechen, und ich weiß nicht einmal, was *sie* erwartet. Isabella wird morgen hierher kommen, und dann werden wir darüber reden.«

Er verstummte und hob hilflos die Hände. »Wenn ich die Zeit zurückdrehen könnte ... Nein, das würde nichts ändern. In letzter Zeit habe ich das Gefühl, nicht mehr frei über mein Leben entscheiden zu können. Alles überstürzt sich, ich laufe den Ereignissen nur noch hinterher.«

»Ich weiß, was du meinst«, sagte Gudrun sanft. Sie ergriff seine Hände und drückte sie. »Es geht mir genauso. Manchmal habe ich den Eindruck, als würde irgend jemand anderes die Entscheidungen für uns treffen. Aber diese mußt du selbst treffen, und ich werde dir keine Vorwürfe machen, wie sie auch ausfällt.«

Sie gaben sich keine Mühe, leise zu sprechen, denn Manolo und seine Familie verstanden kein Englisch. Aber der Mann, der nur durch eine Holzwand von ihnen getrennt dem Gespräch lauschte, verstand jedes Wort.

Ein Lächeln huschte über Jean-Claude Rivieres Gesicht, als er sich leise von der Rückwand des Hauses zurückzog und im angrenzenden Gebüsch untertauchte.

Ich glaube, ich kann dir helfen, Ericson, dachte er. *Ich kann dir auch diese Entscheidung abnehmen und gleichzeitig deinen Kampfgeist ein wenig anstacheln.*

Für einen kurzen Moment war Calino Martinez überzeugt, daß er es nicht schaffen würde. Er war zu schwach, der Schmerz hingegen zu stark. Gleich darauf jedoch verdrängte Martinez diesen Gedanken, überwand sich und stemmte seinen Oberkörper ein weiteres Mal in die Höhe, die beiden Hanteln fest an seine Schultern gepreßt. Seine Bauchmuskeln zeichneten sich deutlich unter der bronzefarbenen Haut ab.

Drei Sekunden lang hielt er seinen Oberkörper in dieser Position, dann ließ er sich langsam mit dem Rücken auf das Polster der Trainingsbank zurücksinken. Für zehn Sekunden entspannte er sich, dann legte er die Hanteln zur Seite, blieb aber noch liegen, bis sich sein Atem normalisiert hatte.

Schweiß rann ihm von der Stirn und brannte in seinen Augen. Martinez wischte ihn mit dem Handrücken fort, während er sich aufrichtete. Er trat vor einen großen Spiegel und ließ seinen Blick zufrieden über das Abbild seines nackten Körpers wandern.

Seit seiner frühen Jugend betrieb Martinez bereits Krafttraining. Er liebte körperliche Anstrengung. Sein Körper war ein Instrument, das ihm von den Göttern gegeben worden war, eine Waffe, und ebenso wie eine Schwertklinge mußte er geschmiedet und regelmäßig geschliffen werden. Martinez war kein schwergewichtiger Muskelprotz wie manche Catcher oder Hollywoodstars, sein Körper besaß nicht die Veranlagung dazu. Zudem legte er auf Beweglichkeit und Ausdauer ebensoviel Wert wie auf bloße Kraft. Immerhin war jeder Muskel seines Körpers perfekt definiert, aber das allein reichte ihm nicht.

Martinez war dreiundvierzig Jahre alt, und erste graue Strähnen verirrten sich in sein volles schwarzes Haar. Er wußte, daß er den Höhepunkt seiner körperlichen Leistungskraft bereits überschritten hatte, doch er weigerte sich, dies zu akzeptieren. Unerbittlich zwang er sich, sein Trainingsprogramm nicht nur regelmäßig durchzuziehen, sondern es sogar noch zu steigern. Für ihn war es ein Kampf gegen das Altern, gegen die Natur. Jedes einzelne Mal, das er eine Übung häufiger schaffte als beim letzten Training, war für ihn ein Sieg.

Nur der Geist zählte. Schmerz mußte ertragen werden. Der Körper war nicht mehr als ein Werkzeug, dem Geist unterworfen, über dessen Grenzen er mit der puren Kraft seines Willens triumphierte.

So unerbittlich Calino Martinez sich selbst gegenüber war, so erbarmungslos war er auch gegenüber anderen. Nur so hatte er es bereits mit nicht einmal dreißig Jahren innerhalb der Organisation ganz nach oben gebracht und sich seither dort halten können. Wollte man sich gegenüber anderen behaupten, war es in den meisten Fällen nicht nötig, klüger oder schneller oder stärker als sie zu sein.

Es genügte, wenn man *härter* als sie war. Härte erzeugte bei anderen Furcht, und die Furcht anderer war die Basis eigener Macht.

Das Summen der Gegensprechanlage riß Martinez aus seinen Gedanken. Unwillig wandte er sich vom Spiegel ab und ging zu dem kleinen Kästchen an einer der Wände hinüber. Er verzichtete darauf, sich zu melden.

»Ist Choreini da?« erkundigte er sich statt dessen knapp. Jacques Choreini war bei den Treffen stets der erste.

»Er ist soeben eingetroffen«, erwiderte Tokana, sein Leibdiener. »Ebenso Señor Barello.«

»Sie sollen warten. Führe sie in das Besprechungszimmer und biete ihnen etwas zu trinken an.«

»Sehr wohl, Señor.«

Martinez griff nach einer Flasche Orangensaft und trank ein paar Schlucke. Er machte einige Lockerungsübungen und trat in das Badezimmer, das seinem Trainingsraum angegliedert war, wo er ausgiebig duschte. Anschließend zog er frische Kleidung an, einen dezenten dunklen Anzug, bevor er sich auf den Weg ins Erdgeschoß machte.

Tokana erwartete ihn bereits.

»Es sind alle da«, berichtete der achtunddreißigjährige Japaner, der sein Leibwächter und Diener zugleich war.

Tokana war ein Meister im Umgang mit nahezu sämtlichen Waffen, sowie in verschiedenen asiatischen Formen der Selbstverteidigung. Einst war er einer von mehreren Leibwächtern eines führenden Angehörigen der Yakuza gewesen, der japanischen Mafia. Aufgrund einer groben Nachlässigkeit, durch die sein Arbeitgeber in Lebensgefahr geraten war, hatte er sterben sollen. Martinez hatte ihn vor dem Tod gerettet, indem er ihn dessen Boß, einem Geschäftspartner, abgekauft hatte. Dafür hatte Tokana ihm bedingungslosen Gehorsam und lebenslängliche Treue schwören müssen; ein Schwur, den der in der Tradition der Samurai erzogene Japaner niemals brechen würde.

»Gut, gehen wir.«

Gefolgt von Tokana betrat Martinez seine Bibliothek. Die Wände des Raumes waren bis unter die Decke mit Bücherregalen vollgestellt. Martinez trat an eines der Regale und schob einige Buchreihen zur Seite. Dahinter kam ein Tresor zum Vorschein. Er öffnete ihn.

Ein einziger Gegenstand lag in dem Safe, eine Maske aus Jade und Obsidian. Die Totenmaske des Königs Pacal von Palenque, des Gründers des Ordens. Andächtig nahm Martinez sie heraus und betrachtete sie einige Sekunden.

Durch eine andere Tür ging er zusammen mit Tokana in den abhörsicheren Besprechungsraum seiner Villa in Mexico City. Das Zimmer war bis auf einen alten, ovalen Tisch und sechs Stühle völlig leer. Die anderen fünf Teilnehmer des Treffens waren bereits dort versammelt. Martinez nahm am Kopfende des ovalen Tisches Platz. Er legte die Maske vor sich hin und ließ seinen Blick schweigend über die Gesichter der Anwesenden schweifen.

Links von ihm saß Jacques Choreini, ein schlanker, breitschultriger Mann mit schwarzen Haaren, einem scharfgeschnittenen Gesicht und stechendem Blick. Er stammte aus dem Libanon, hatte nach einem fehlgeschlagenen Terroranschlag jedoch von dort fliehen müssen. In Mittelamerika hatte Martinez ihn kennengelernt und für den Palenque-Orden gewinnen können.

Neben Choreini hatte Jaffé Barello Platz genommen, ein gebürtiger Mexikaner, der dem Orden ebenso wie alle anderen schon seit vielen Jahren angehörte. Auch er war schlank und muskulös. Ein spitzer Kinnbart zierte sein Gesicht.

Auf der den beiden Männern gegenüberliegenden Seite des Tisches saßen Mario Corillo, ein leicht übergewichtiger Kolumbianer, und Jessie Bains aus dem amerikanischen Lytton.

Am anderen Ende des Tisches hatte Camilla Conchita Platz genommen. Sie war die einzige Frau im Führungszirkel des Ordens; eine glutäugige Schönheit mit langen schwarzen Haaren und einer Figur, die Männerherzen schneller schlagen ließ. Mit ihren zweiunddreißig Jahren war sie die jüngste der Gruppe. Sie trug ein tief ausgeschnittenes schwarzes Minikleid, das ihre Rundungen betonte. Camilla aufgrund ihrer Weiblichkeit und ihres Aussehens zu unterschätzen, war jedoch ein Fehler, der leicht tödlich enden konnte.

»Wir sind vollzählig«, sagte Martinez schließlich. »Und wir haben viel zu besprechen, also sollten wir keine Zeit verlieren. Bedeutsames hat sich in den vergangenen Wochen ereignet. Wie Sie alle wissen, ist es uns nach so langer Zeit des Suchens und Wartens endlich gelungen, die Totenmaske in unseren Besitz zu bringen. Doch sie wurde entweiht. Die Frevler des *Analytic Institute for Mysteries* haben den Splitter entfernt, der der Maske erst Macht verleiht. Unser vordringliches Ziel muß es deshalb sein, auch den Splitter zu erhalten.« Martinez ließ seinen Blick zu Jacques Choreini wandern. »Sie hatten bereits einen der A.I.M.-Mitarbeiter in Ihrer Gewalt.«

»Er ist leider entkommen«, gestand Choreini. »Aber immerhin haben wir von ihm erfahren, daß sich der Splitter auf Oake Dùn befindet, dem Sitz von A.I.M. Und vergessen Sie nicht, daß ich es war, der die Maske aus dem Museum gestohlen hat.«

»Das habe ich durchaus bedacht. Da Ihr Auftrag in erster Linie lautete, herauszufinden, wo der Splitter aufbewahrt wird, kann von einem Scheitern Ihrer Mission im eigentlichen Sinne nicht gesprochen werden. Zum Teil trifft auch mich die Schuld. Wir alle haben A.I.M. offenbar unterschätzt. Ich hätte Ihnen mehr gut ausgebildete Kämpfer Palenques zur Verfügung stellen sollen anstelle dieses Abschaums von angeheuerten Söldnern.« Er blickte Jaffé Barello an. »Damit kommen wir zu Ihnen, Señor Barello.«

Der Mann mit dem Kinnbart rutschte unbehaglich auf seinem Stuhl hin und her. Es gelang ihm nicht, Martinez' Blick standzuhalten. Schweiß perlte auf seiner Stirn.

»Ich konnte ...«

»Schweigen Sie«, donnerte Martinez. Barello zuckte wie unter einem Stromschlag zusammen.

»Sie hatten den Auftrag, den Sternensplitter aus Oake Dùn zu holen«, fuhr Martinez fort. »Sie sind unter dem Tarnnamen Kimberley in die Burg hineingelangt, und sie hatten hervorragende Männer zu Ihrer Unterstützung. Dennoch ist es Ihnen nicht gelungen, den Splitter in Ihren Besitz zu bringen. Wie erklären Sie dieses Versagen?«

»Es ... es lag an den Umständen«, stotterte Barello. Von der gewohnten Selbstsicherheit des Mannes war nichts mehr zu spüren. Angst schwang in seiner Stimme mit. Martinez registrierte es zufrieden. Die Angst anderer bedeutete eigene Macht. »Eine Verkettung ... unglücklicher Umstände.«

»Ich nenne es Unfähigkeit«, erwiderte Martinez ruhig. »Völlige Unfähigkeit, die sogar zum Tode eines unserer

Männer führte. Darüber hinaus haben Sie auch Ihren zweiten, unbedeutenderen Auftrag nicht ausgeführt. Ich spreche von dem Gral, oder dem, was der Zirkel um Sir Neville dafür hält. Sie sollten ihn ebenfalls mitbringen.«

»Ich ... ich wollte mich darum kümmern, nachdem ... nachdem wir den Splitter haben«, stammelte Barello. Flehend sah er die anderen an, die dem Gespräch schweigend lauschten.

An ihren Gesichtern erkannte er, daß er von ihnen keine Unterstützung zu erwarten hatte. Mit seiner Selbstbeherrschung war es endgültig vorbei. Er wand sich wie ein Aal auf seinem Stuhl. »Wir wissen alle, daß es ... sich nur um eine Fälschung handelt. Was also ist so wichtig daran?«

»Geld«, erklärte Martinez. »Der Zirkel um den seligen Sir Neville hat in unserem Auftrag nicht nur stets nach bedeutsamen Artefakten Ausschau gehalten, sondern war darüber hinaus auch eine immer sprudelnde Geldquelle, mit der wir unsere Unternehmungen finanzieren konnten. Diese Quelle ist versiegt, solange sich der angebliche Gral bei A.I.M. befindet. Wie Sie wissen, neutralisiert dieses Gefäß nicht nur Gifte, sondern macht auch jeden süchtig, der einmal daraus getrunken hat, und die Wirkung beschleunigt sich, je häufiger man es tut. Sämtliche überlebenden Mitglieder des Zirkels liegen mit schlimmsten Entzugserscheinungen in Kliniken, und voraussichtlich werden sie sterben, wenn sie den Gral nicht zurückbekommen. Das wäre auch für uns ein harter Schlag. Wir haben gerade erst einen unserer Handelspartner in Guatemala verloren, einen nützlichen Idioten, der mit Hilfe zweier A.I.M.-Mitarbeiter vermutlich einem kostbaren Mayaschatz auf der Spur war. Allmählich werden unsere Ressourcen knapp. Viel mehr Rückschläge können wir uns nicht mehr leisten.«

»Aber wir haben noch Sir Nevilles Witwe«, erinnerte

Barello. »Ich habe bereits hunderttausend Pfund von ihr erhalten, und sie wird auch weiterhin zahlen.«

»Das wird sie nicht«, widersprach Martinez. Er stand auf und begann um den Tisch herumzugehen. Hinter Barello blieb er stehen. »Die Polizei ist ihr nämlich auf die Spur gekommen. Also ist auch diese Quelle versiegt. Nicht einmal das haben Sie richtig erledigt.«

»Ich ... ich mache meinen Fehler wieder gut«, beteuerte Barello mit sich überschlagender Stimme. Er mußte sich im Sitzen herumdrehen, um Martinez zu sehen. »Unsere Leute beobachten Oake Dùn. Bei der nächsten günstigen Gelegenheit werden wir noch einmal zuschlagen, und dann wird alles gelingen. Ich werde den Gral und den Splitter ...«

»Das werden Sie nicht«, widersprach Martinez. Seine Stimme klang, als würde er mit einem uneinsichtigen Kind sprechen. »Glauben Sie ernsthaft, ich würde Sie noch einmal mit einer solchen Operation beauftragen, nachdem Sie bereits dreimal innerhalb kürzester Zeit gescheitert sind? Zudem ist Sutherland jetzt gewarnt, was alles noch komplizierter macht. Für Versager ist kein Platz in der Führung unseres Ordens.«

Als Barello begriff, was die Worte zu bedeuten hatten, wollte er aufspringen, doch es gelang ihm nicht. Martinez drückte ihn kraftvoll auf den Stuhl zurück.

»Sie sind ein Versager, und dafür erhalten Sie Ihren verdienten Lohn«, verkündete Calino Martinez.

Er preßte seine Hände gegen Barellos Schläfen. Mit einem einzigen harten Ruck verdrehte er den Kopf des Mannes. Das Geräusch, mit dem Barellos Genick brach, klang wie das Knacken eines trockenen Astes.

Es regnete leicht, als Isabella Camozza am nächsten Tag die Hazienda verließ. Der wolkenverhangene Himmel paßte gut zu ihrer Stimmung.

Schon seit sie erwacht war, fühlte sich Isabella traurig und melancholisch. Und auch die Tatsache, daß sie zu Tom unterwegs war, konnte sie kaum aufheitern. Sie hatte das Gefühl, daß ihr ein Abschied bevorstand.

Dabei glaubte sie nicht einmal, daß Tom sie einfach verlassen würde, aber sie war sich nicht sicher, ob sie ihm wirklich folgen wollte. Sie hatte ihr gesamtes Leben hier verbracht und war realistisch genug, um zu wissen, daß sie vom Grunde ihres Herzens her mit ihrer Heimat verwurzelt war. Würde sie in der Fremde glücklich werden? Denn darauf lief es hinaus, wenn sie bei Tom bleiben wollte. Er würde sein bisheriges Leben nie aufgeben, um sich hier niederzulassen, und das erwartete sie auch gar nicht von ihm.

Ihr Pferd trabte unermüdlich dahin. Isabella war eine gute Reiterin und mußte sich nicht auf den Weg konzentrieren. Solange sie nicht an den Zügeln zog, würde das Tier weiter dem Pfad folgen. Sie konnte ungestört ihren Gedanken nachhängen.

Deshalb wurde sie völlig überrascht, als sie eine schmale Waldzunge durchquerte und unvermittelt ein Mann aus dem Dickicht sprang. Bevor sie reagieren konnte, hatte er die Zügel ihres Pferdes ergriffen und brachte es mit einem brutalen Ruck zum Stehen.

»Hallo Chiquita«, sagte er leise. »Schön, dich zu sehen.«

»Riviere!« stieß sie erschreckt hervor. »Was willst du von mir?«

»Nur ein bißchen spielen.« Seine Stimme klang sanft und freundlich, aber seine Augen blickten sie kalt an. Er ließ die Zügel los, legte seine Hände um ihre Taille und hob sie mühelos aus dem Sattel.

»Bitte ...«, stammelte Isabella, unfähig sich zu wehren. Erinnerungen, die sie lange verdrängt hatte, stürmten auf sie ein. Riviere, der sich über sie beugte, sie auf den Boden legte, sie entkleidete und dann Dinge mit ihr tat, die kein Mann mit einer Frau tun sollte. Er war ihr erster Mann gewesen. Ein Richter hätte es wahrscheinlich nicht als Vergewaltigung ausgelegt, denn er hatte sie nicht körperlich bedroht, und sie hatte sich nicht einmal gewehrt, aber es *war* eine Vergewaltigung gewesen. Er hatte sie auf eine andere Art gezwungen, ihm zu Willen zu sein, hatte sie mit dem hypnotischen Blick seiner seltsamen Augen und seiner unheimlichen Ausstrahlung regelrecht gelähmt, und als es vorbei gewesen war, hatte er sie einfach achtlos zurückgelassen, wie ein Kind ein Spielzeug, dessen es überdrüssig geworden ist.

»Heh, heh, ganz ruhig«, flüsterte er ihr ins Ohr und strich ihr mit einer Hand, die trocken wie Pergament war, über den vom Nieselregen feuchten Nacken. »Nicht *die* Art von Spiel, Chiquita. Das haben wir doch nicht mehr nötig.«

»Was willst du von mir?« Ihre Stimme war kaum zu hören.

»Ich möchte, daß du deinem amerikanischen Freund eine kleine Botschaft von mir ausrichtest«, sagte Riviere und zog sie zwischen die Büsche auf einen kleinen kreisrunden Platz, der frei von Unterholz war. Er drückte sie auf den Boden und ließ sie los. Isabella ließ es willenlos geschehen. »Eine Einladung. Ich will mich mit ihm treffen. Aber ich weiß, daß er nur kommen wird, wenn ich ihm einen guten Grund dafür liefere.«

Sie bemerkte den Stoffbeutel auf dem Boden erst, als Riviere danach griff, die Schnur, mit der er zugebunden war, löste und seinen Inhalt auf den Boden schüttelte.

Es war eine Lanzenschlange, ein prächtiges Exemplar ihrer Gattung, und sie hatte den Kopf kaum in

Angriffshaltung erhoben, als Rivieres Hand blitzschnell vorzuckte und sie kurz hinter dem Kopf packte. Er hob sie hoch und hielt sie Isabella vors Gesicht.

Das Mayamädchen starrte entsetzt auf das weit aufgerissene Maul der Schlange, auf die nadelspitzen gekrümmten Giftzähne, die sich durch Rivieres Druck aus den Kiefertaschen geschoben hatten. Sie wollte zurückweichen, aber der Ex-Söldner legte seine freie Hand um ihren Nacken und zog ihren Kopf vor.

»Das ist nicht persönlich gemeint«, sagte er ruhig. »Aber du hast nun mal das Pech, zum falschen Zeitpunkt am falschen Ort zu sein. Nimm's nicht tragisch.«

Ein tonloses Krächzen löste sich aus Isabellas Kehle. Der Schlangenkopf näherte sich weiter ihrem Gesicht, doch dann kam die Bewegung plötzlich zum Stillstand, als sich ein massiger Mann hinter Riviere aus dem Gebüsch schob.

»Boß, ich habe ...«, begann er und verstummte, als er das Mädchen entdeckte.

»Nicht jetzt, Biehl«, sagte Riviere mit dem Rücken zu ihm.

Biehl trat einen Schritt näher. »Was tust du da?« fragte er alarmiert. »Mein Gott, mach das nicht!« Seine Hand fuhr unwillkürlich zum Revolver.

Riviere drehte den Kopf nur ein ganz kleines bißchen in seine Richtung. »Na, los, Biehl, versuch es«, flüsterte er leise.

Biehls Hand verharrte auf halber Strecke. Er verspürte ein würgendes Gefühl der Übelkeit, als Riviere den Schlangenkopf ungerührt gegen Isabellas Schulter preßte und leicht hin und her drehte. Die junge Frau stieß einen quietschenden Laut aus und erzitterte. Riviere zog die Hand mit der Schlange zurück und schleuderte sie von sich. Sie prallte gegen einen Baumstamm, fiel zu Boden und verschwand im Unterholz.

»Na, siehst du«, sagte Riviere sowohl zu Biehl als auch zu Isabella, »das war doch gar nicht so schlimm.«

Biehl stierte ihn nur an, mindestens ebenso paralysiert wie das Mädchen, und hörte fassungslos zu, wie er ihr erklärte, was genau sie Tom auszurichten hatte.

»Ich würde dir raten, ihm das auch wirklich zu sagen«, schloß Riviere. »Du schützt ihn nicht, indem du den Mund hältst. Denn wenn du ihm verschweigst, daß ich es war, der dir diese kleine Injektion verpaßt hat, und er nicht zu *mir* kommt, dann werde ich zu *ihm* kommen, wenn er nicht damit rechnet, und das könnte dann wirklich unangenehm für ihn werden.«

Er zog sie auf die Beine, küßte sie auf die Stirn und tätschelte ihr zärtlich die Wange. Dann führte er sie zu ihrem Pferd zurück, das an ein paar jungen Trieben knabberte, und half ihr in den Sattel. Isabella ließ alles mit sich geschehen, als wäre sie eine Marionette. Ihr Gesicht hatte eine gräuliche Färbung angenommen, und ihre Augen waren unnatürlich groß.

»Und jetzt beeil dich, mein Täubchen«, sagte Riviere zum Abschied. »Dir bleibt nicht mehr viel Zeit, und wir wollen doch nicht, daß du dein letztes Rendezvous verpaßt, nicht wahr?«

Es war Gudrun, die das Pferd zuerst bemerkte. Sie saß auf der Veranda von Manolo Garcias Haus und las in einem Spanischsprachführer. Tom war im Inneren des Hauses mit seinen Karten und Connors Umrechnungstabellen beschäftigt. Manolo und Consuela hatten Emilio zu dessen Haus begleitet, wo er Vorbereitungen für die Expedition in den *pantaro de los espectros* traf, an der er auf eigenen Wunsch teilnehmen würde. Paco kümmerte sich im Pferch neben dem Haus um die Mulis, die das Expeditionsgepäck tragen sollten.

Gudrun ließ das Buch sinken, griff reflexartig zu dem Schrotgewehr, das vor ihr auf dem Tisch lag, zog die Hand aber gleich wieder zurück, als sie Isabella Camozza erkannte. Sie erhob sich, um ihr entgegenzugehen, wobei sie den Anflug von Eifersucht bekämpfte, der sie bei dem Anblick des bildhübschen Mayamädchens sofort überkam.

Doch die Eifersucht verschwand sofort und machte einem Gefühl der Besorgnis Platz, als Gudrun bemerkte, wie verkrümmt Isabella im Sattel saß. Sie eilte ihr entgegen, ergriff das Pferd an den Zügeln und hielt es fest.

»Was ist mit Ihnen, Isabella?« fragte sie verunsichert und erschrak, als die junge Frau den Kopf hob. Ihr Gesicht hatte eine olivfarbene, wächserne Blässe angenommen, die Augen waren glasig. Auf ihrer Stirn stand Schweiß, und ihr Atem ging schwach und unregelmäßig. »*Tomás*«, brachte sie mühsam mit schwerer Zunge hervor. »*Tengo qué hablar con Tomás*.«

Gudrun fing sie gerade noch rechtzeitig auf, als sie seitlich aus dem Sattel kippte. »Tom!« schrie sie angsterfüllt und ließ Isabellas schlaffen Körper auf den Boden gleiten. »Tom!«

Sie kniete neben ihr nieder und stützte ihren Kopf, indem sie ihr eine Hand in den Nacken legte. Dabei entdeckte sie die beiden roten, dicht nebeneinander liegenden Punkte über Isabellas linkem Schlüsselbein. Das Gewebe war stark angeschwollen und fühlte sich unter Gudruns Fingerspitzen heiß an. *Ein Schlangenbiß!* durchzuckte sie die Erkenntnis, und sie riß die Hand zurück, als hätte sie sich verbrannt.

»Tom!« schrie sie wieder, und diesmal schwang helle Panik in ihrer Stimme mit.

Als sie sich umdrehte, stürzte Tom gerade aus dem Haus, den Revolver in der Hand, verharrte eine Sekunde lang auf der Veranda, während sein Blick die Szenerie überflog, sprang dann die Verandastufen herunter und eilte zu Gudrun und Isabella.

Er fiel neben ihnen auf die Knie, ließ den Revolver in das feuchte Gras fallen und beugte sich über Isabella. »Was ist passiert?« fragte er atemlos.

Gudrun deutete mit kalkweißem Gesicht auf die Schulter des Mayamädchens. »Ein Schlangenbiß«, flüsterte sie.

Tom schluckte krampfhaft. »Schnell, Gudrun, ein Messer«, krächzte er, und als sie nicht sofort reagierte, brüllte er mit sich überschlagender Stimme: »Hol mir sofort ein gottverdammtes Messer!«

Gudrun sprang auf und eilte ins Haus.

Isabella blickte ihn mit einem schwachen Lächeln an und schüttelte kraftlos den Kopf. »Zu spät«, hauchte sie. »Das Gift hat sich längst in meinem Körper verteilt ...« Sie schnappte mühsam nach Luft. Entsetzt erkannte Tom, daß ihr zentrales Nervensystem bereits von der Lähmung befallen war. Sie würde ersticken, bevor ihr Herz zu schlagen aufhörte!

» ... nicht mehr viel Zeit ... Botschaft ausrichten ...« Ihre Lider flackerten.

»Ruhig, ganz ruhig«, flüsterte Tom und strich ihr über die Stirn. Der Schweiß auf ihrer Haut war eiskalt. »Du wirst wieder gesund, Isabella, ich lasse nicht zu, daß ...« Seine Stimme brach, sein Kopf fuhr herum, und wieder brüllte er: »Um Gottes willen, Gudrun, beeil dich!«

Sekunden später war sie bei ihm und reichte ihm mit zitternder Hand sein Rasiermesser. Tom klappte es auf, zog die scharfe Klinge über beide Einstichpunkte, brachte noch zwei kleinere Querschnitte an, legte die Lippen auf die blutende Wunde und saugte kräftig daran. Er wußte, daß Isabella recht hatte, daß es längst zu spät war, aber er mußte es einfach versuchen, er konnte sie nicht so sterben lassen.

Gudrun sah hilflos zu, wie er immer wieder blutigen Speichel ausspuckte und an der Wunde saugte. *Sie ist verloren,* dachte sie erschüttert. Selbst eine Injektion mit dem richtigen Schlangenserum käme jetzt zu spät. Der Biß war an einer Stelle erfolgt, die Isabella nicht hatte abbinden können.

Endlich gab Tom seine Bemühungen auf, als Isabella seinen Kopf mit einer übermenschlichen Anstrengung von ihrer Schulter weg zog. Sie begann mit stockender und immer wieder versagender Stimme zu sprechen, und obwohl Gudruns Spanischkenntnisse nur rudimentär waren, verstand sie genug, um sich das Wichtigste zusammenreimen zu können.

Irgendwann bemerkte sie, daß Paco erschienen war und neben ihr stand, und unbewußt griff sie nach seiner Hand und umklammerte sie. Sie fühlte sich wie in einem endlosen, furchtbaren Alptraum gefangen, unfähig, sich zu rühren oder daraus zu erwachen. Erinnerungen an Australien stiegen in ihr auf, als sie selbst von einer Schlange gebissen worden war und mit dem Tod gerungen hatte, bevor die Aborigines sie mit ihrem geheimnisvollen Wissen gerettet hatten. Für Isabella jedoch würde es keine Rettung mehr geben.

Ihr Todeskampf dauerte eine endlos erscheinende Zeit. Irgendwann verlor sie das Bewußtsein, und ihre flachen, krampfhaften Atemzüge hörten auf. Tom begann mit einer Mund-zu-Mund-Beatmung, während er ständig nach ihrem Puls fühlte, zuerst an ihrem Handgelenk, dann an ihrer Halsschlagader, und schließlich riß er ihr die Bluse auf und legte sein Ohr auf ihre Brust.

»Los, kämpfe!« schrie er sie an. Er legte den linken Handballen unter ihre linke Brust, die rechte Hand auf den linken Handrücken, und drückte mit rhythmischen Stößen auf die Rippen über ihrem Herzen.

»Gib nicht auf!« schrie er wieder, hielt kurz inne,

schlug ihr rechts und links ein paarmal kräftig ins Gesicht und begann dann von neuem mit der Herzmassage. »Kämpfe, verdammt noch mal! Kämpfe!«

Gudrun ließ Pacos Hand los, ging zu Tom und ergriff ihn an den Schultern. »Hör auf, Tom«, sagte sie mit einem Kloß im Hals. »Es hat keinen Sinn mehr. Es ist vorbei.«

Tom wirbelte zu ihr herum und starrte sie an. Sein Gesicht hatte sich zu der Grimasse eines Wahnsinnigen verzerrt, seine fiebrig glänzenden Augen bohrten sich in die ihren, und einen Augenblick lang glaubte Gudrun, er würde sich auf sie stürzen. Doch dann sanken seine Schultern herab, und sein Gesicht erschlaffte. Er drehte sich wie in Zeitlupe wieder um, beugte sich tief über Isabellas reglosen Körper, schlang die Arme um sie, zog sie an seine Brust und begann sie langsam wie ein schlafendes Kind zu wiegen. Ein unartikulierter Laut wie das klagende Heulen eines Wolfes löste sich aus seiner Kehle, ein dumpfer langgezogener Ton, der Gudrun eine Gänsehaut über den Rücken laufen ließ. Er legte den Kopf in den Nacken, schrie seinen Kummer zum wolkenverhangenen Himmel empor, und der feine Nieselregen benetzte sein Gesicht und vermischte sich mit den Tränen, die ihm über die Wangen rannen.

Irgendwann ebbte das Heulen ab, und Tom ließ Isabella vorsichtig, wie um sie nicht zu wecken, zu Boden sinken und bettete ihren Kopf behutsam in das feuchte Gras. Er faltete ihr die Arme über die Brust, strich ihr das Haar aus der Stirn und küßte sie auf die blassen Lippen. Eine Weile kniete er vor ihr und betrachtete ihr stilles, im Tod entspanntes Gesicht, als würde er ein stummes Gebet sprechen. Dann gefroren seine Züge zu einer steinernen Maske unbändigen Hasses. Er ergriff den Revolver, der vor Nässe matt glänzend neben Isabella im Gras lag, erhob sich steifbeinig, atmete einmal tief durch, drehte sich um und ging davon, auf den nahen Waldrand zu.

Zuerst langsam und unsicher, dann immer schneller, und als er zwischen den Bäumen und Sträuchern untertauchte, rannte er bereits.

Erst jetzt löste sich Gudrun aus ihrer Erstarrung. »Wo will er hin?« fragte sie Paco auf Spanisch. Sie hatte Isabellas Worten nur entnommen, daß es Riviere gewesen war, der sie getötet hatte. Er hatte ihr eine Schlange an die Schulter gesetzt und wartete jetzt irgendwo auf Tom. Aber wo das war, wußte sie nicht.

Paco stieß einen Wortschwall aus, von dem sie kaum etwas verstand. Es gelang ihr mit Mühe, ihn dazu zu bewegen, langsamer und deutlicher zu sprechen.

»Lichtung ... Süden ... Überfall ... Don Sebastian verbrannt ...«, verstand sie schließlich.

»Du kennst die Stelle!« rief sie aus, packte ihn an den Schultern und rüttelte ihn. »Wir müssen ihn aufhalten, Paco! Zeig mir den Weg!«

Der Junge glotzte sie verständnislos und ängstlich an. Sie ließ ihn los, wiederholte die Worte so gut sie konnte auf Spanisch, und jetzt begann Paco eifrig zu nicken.

»*Vengan*«, sagte er. »Folgen Sie mir.«

Er drehte sich um und lief auch schon los. Nach einem letzten Blick auf die tote Isabella schloß sich Gudrun ihm an.

Sie waren schon einen halben Kilometer weit gelaufen, als ihr auf einmal bewußt wurde, daß sie vergessen hatte, eine Waffe mitzunehmen. Aber jetzt war es zu spät, umzukehren, wollte sie Tom noch rechtzeitig erreichen, bevor er Riviere in die Falle ging.

Noch Sekunden nach der Hinrichtung Jaffé Barellos herrschte Schweigen im Raum. Martinez musterte die anderen der Reihe nach. Ihre Gesichter waren ausdruckslos, scheinbar gleichgültig. Falls Barellos Tod sie in irgendeiner Form berührte, so zeigten sie es nicht. Er machte eine Geste in Tokanas Richtung.

»Schaff ihn raus«, befahl er und deutete auf den Leichnam. »Später wirst du dafür sorgen, daß er auf Nimmerwiedersehen verschwindet.« Er setzte sich wieder auf seinen Platz und wartete, bis der Japaner den Auftrag ausgeführt hatte. »Laßt euch das eine Lehre sein. So wird es jedem Versager ergehen. Wir können uns keine Fehler erlauben, nicht zu diesem Zeitpunkt. Die HERREN warten schon viel zu lange.«

Er legte beide Hände auf die Maske vor sich. Schon vor über eintausenddreihundert Jahren hatte Pacal von Palenque mehr über die Geschichte der Erde gewußt als die meisten Menschen heute. Er hatte gewußt, daß es schon lange vor den Menschen eine hochstehende Zivilisation gegeben hatte, auch wenn über diese so gut wie nichts mehr bekannt war. Dem wenigen noch überlieferten Wissen zufolge war es eine echsenhafte Rasse gewesen, die in Frieden und Eintracht auf der Erde gelebt hatte, bevor die Menschen aufgetaucht waren und sie von diesen, allen voran den Atlantern, vertrieben worden war. Pacals Lehre zufolge lebte diese Rasse heute noch irgendwo und wartete auf den Tag ihrer Wiederkehr und ihrer erneuten Herrschaft.

Der Sternensplitter, der auf Pacals Geheiß hin in seine Totenmaske eingearbeitet worden war, hatte ihm diese und mehr Informationen vermittelt. Um sie weiterzugeben und zu bewahren, hatte Pacal einst den Orden gegründet, der bis in die Gegenwart im Geheimen überdauert hatte. Das Ziel aller Mitglieder war es, den Weg für eine Rückkehr der HERREN zu ebnen, damit diese ihre Herrschaft erneut antreten konnten, egal, welche Opfer es kosten mochte.

»Barello hatte es verdient«, sagte Camilla Conchita kalt. »Wer wird seinen Platz einnehmen?«

»Das werden wir auf der nächsten großen Versammlung klären«, entgegnete Martinez. »Es gibt genügend fähige Mitglieder in unserem Orden, denen Barellos Position schon länger zugestanden hätte.«

Dies war auch einer der Gründe gewesen, weshalb Martinez ihn aus dem Weg geräumt hatte. Es ging nicht nur um Barellos Versagen, das wäre zur Not zu entschuldigen gewesen. Aber Barello hatte schon seit einiger Zeit gegen ihn zu arbeiten versucht. Er hatte unverkennbare Gelüste entwickelt, sich selbst an die Spitze des Ordens zu setzen. Schon aus diesem Grund hatte Martinez ihn ausschalten müssen. Er hoffte, daß es den anderen eine heilsame Lehre sein würde.

»Auf der Versammlung möchte ich größere Erfolge vorweisen können«, sprach er weiter. »Wir müssen den Sternensplitter wieder in unseren Besitz bringen, und nach Möglichkeit auch den falschen Gral. Ich erwarte Vorschläge, wie wir diese Ziele erreichen können.«

»Da das *Analytic Institute für Mysteries* beide Artefakte in Besitz hat, sollten wir unsere Anstrengungen ganz auf A.I.M. konzentrieren«, ergriff Camilla das Wort. »Wenn wir Oake Dùn erobern ...«

»Genau das war der Fehler, den Barello begangen hat«, fiel ihr Bains ins Wort. »Um einen Vergleich mit dem Sport zu ziehen: Es wäre für A.I.M. ein Heimspiel. Es ist stets schwierig, einen Gegner auf dessen eigenem Spielfeld zu schlagen.«

»Nur ist das hier kein Spiel«, wandte Camilla ein. Ihre Augen waren dunkel wie Kohlestücke. »Den kleinen Nachteil können wir wettmachen, indem wir genügend fähige Leute schicken. Ich traue mir durchaus zu, eine solche Aktion zu leiten.«

Martinez musterte sie schweigend. Auch bei Camilla war er sich nicht völlig sicher, woran er bei ihr war. Sie hatte bislang keinerlei Ambitionen erkennen lassen, ihn von der Spitze des Ordens zu verdrängen, dennoch war er mißtrauisch ihr gegenüber. Sie war nicht nur schön, sondern auch äußerst gerissen und intrigant. Es gelang ihm nicht, sie zu durchschauen, und das irritierte ihn.

»Ein weiterer Überfall würde Aufsehen erregen, selbst wenn er erfolgreich wäre«, meldete sich Mario Corillo zu Wort. »Und Aufsehen können wir uns nicht leisten, gerade wenn wir so dicht vor der Erreichung unserer Ziele stehen. Außerdem ist Ian Sutherland gewarnt. Ich glaube nicht, daß ein weiterer Angriff eine gute Taktik wäre.«

»Und was schlagen Sie statt dessen vor?« wollte Martinez wissen.

»Wir sollten Oake Dùn zunächst weiterhin beobachten. Falls sich eine besonders günstige Gelegenheit ergeben sollte, können wir immer noch zuschlagen. Ansonsten sollten wir uns meiner Meinung nach auf die A.I.M.-Leute konzentrieren, die sich gegenwärtig nicht auf Oake Dùn aufhalten. Thomas Ericson und Gudrun Heber sind wertvolle Mitarbeiter Sutherlands. Sie befinden sich zur Zeit in Guatemala und führen irgendwelche Nachforschungen durch. Dort sind sie weitgehend auf sich gestellt. Einer unserer Männer hat sich ihr Vertrauen erschleichen können. Ein enger Vertrauter unseres verstorbenen Handelspartners in Guatemala, den Sie als einen nützlichen Idioten bezeichnet haben.«

»Sutherland wäre leicht zu erpressen, wenn wir die beiden in unsere Gewalt bekämen«, warf Jacques Choreini ein. »Gewissen und Skrupel sind die Schwachstellen bei A.I.M. Ich bin sicher, Sutherland wäre bereit, uns den Splitter auszuhändigen, um das Leben der beiden zu retten.«

»Der Plan klingt vernünftig«, erklärte Martinez. »Um ganz sicherzugehen, werden wir uns nicht nur auf die beiden verlassen. Alle A.I.M.-Mitarbeiter sind fanatische Forscher. Wie unser Spitzel berichtete, suchen Ericson und Heber in Guatemala nach etwas, das für sie sehr bedeutsam zu sein scheint. Ob es sich tatsächlich, wie sie behaupten, um einen Mayaschatz handelt, wird sich noch erweisen. Warten wir ab, bis sie es finden. Dann haben wir sowohl die beiden Menschen als auch ihren Fund als Druckmittel.«

»Aber das kostet Zeit«, widersprach Camilla Conchita. »Ich halte nach wie vor einen direkten Angriff auf Oake Dùn für den besten Weg. Die Burg ist nicht besonders gesichert, und es halten sich auch nicht viele Menschen dort auf. Barello hat sich einfach austricksen lassen, oder er ist nicht hart genug vorgegangen. Ich könnte ...«

»Meine Entscheidung steht fest«, fiel ihr Martinez ins Wort und registrierte, wie ihre Augen für einen kurzen Moment zornig aufblitzen, was ihr feingeschnittenes Gesicht noch anziehender machte. »Oake Dùn können wir immer noch angreifen, wenn alles andere scheitert. Zunächst kümmern wir uns um Ericson und Heber.« Er machte eine Pause. »Es gibt noch einen weiteren Punkt, über den wir reden müssen. Ich habe eine Nachricht von unserem Freund Hurley bekommen. Er ist nicht sehr glücklich über unsere Aktivitäten in letzter Zeit.«

»Das war zu erwarten«, stellte Bains fest.

»Er hat angekündigt, in den nächsten Tagen einen Boten zu schicken, der mit uns über die Grundlagen der weiteren Zusammenarbeit sprechen wird«, fuhr Martinez fort und lächelte vieldeutig.

»Ich fürchte, daß wir uns kaum noch einmal mit ein paar vagen Versprechungen herauswinden können«, entgegnete Choreini.

Martinez' Lächeln vertiefte sich noch und wurde zugleich kälter. »Wer sagt, daß wir das überhaupt versuchen?« erkundigte er sich. »Ich glaube nicht, daß wir es länger nötig haben, uns von irgendwelchen Fremden Vorschriften machen zu lassen. Hurley ist mir schon lange ein Dorn im Auge. Ich denke, wir sollten ihm sagen, daß es besser für ihn wäre, künftig seine Nase nicht mehr in unsere Angelegenheiten zu stecken.«

Camilla sog lautstark die Luft ein.

»In meinen Augen wäre das ein großer Fehler«, sagte sie. »Niemand weiß, über welche Macht Hurley wirklich verfügt. Er ist auf alle Fälle ein gefährlicher Gegner. Wir sollten uns nicht mit ihm anlegen, nicht jetzt. Wenn wir erst den Splitter haben, sieht es anders aus, aber bis dahin sollten wir uns keine zusätzlichen Feinde schaffen.«

»Ach ja?« Martinez lehnte sich auf seinem Stuhl zurück. »Sie haben einen Fakt genannt: Wir wissen nicht, ob Hurley wirklich über Macht verfügt. Er hat uns ein paarmal geholfen, als es Schwierigkeiten gab, aber das liegt lange zurück. Möglicherweise sind die Leute, die angeblich hinter ihm stehen, nicht mehr als eine Gruppe reicher Kapitalanleger. Das Geld, mit dem sie uns damals geholfen haben, haben sie inzwischen doppelt und dreifach zurückbekommen. Ich wüßte nicht, was wir Hurley noch schulden sollten, daß er uns Anweisungen erteilen kann.«

Die anderen wirkten nicht überzeugt, wie er unwillig feststellte.

»Sie wissen, daß es mehr als ein paar reiche Dummköpfe sind«, behauptete Camilla. »Dafür wissen sie zuviel, und das haben sie auch bei verschiedenen Aktionen demonstriert. Hurley repräsentiert eine uns unbekannte Größe. Es könnte äußerst gefährlich werden ...«

»Höre ich da eine Spur von Feigheit aus Ihren Worten, meine Liebe?« unterbrach Martinez sie scharf. Er stand auf und ging langsam auf sie zu. »Feigheit und Versagen liegen dicht beieinander. War Ihnen Barellos Bestrafung keine Lehre? Sie wollen doch hoffentlich nicht gegen mich opponieren? Es täte mir sehr leid, wenn ich Sie ebenfalls maßregeln müßte.«

Die junge Frau versteifte sich.

»Ich habe nur meine persönliche Meinung gesagt«, erklärte sie. »Dafür bin ich schließlich hier. Wenn Sie einen anderen Beschluß fassen, bin ich selbstverständlich bereit, ihn mit zu vertreten.«

»Das klingt schon besser.« Martinez lächelte zufrieden. »Von nun an werden wir uns weder von Hurley, noch von sonst jemandem länger in unsere Angelegenheiten hineinreden lassen.« Er kehrte zu seinem Platz zurück. »Damit ist dieses Treffen beendet. Ich werde Ihnen Nachricht geben, sobald ich weiß, wann genau der Bote eintreffen wird.«

Er nahm die Maske wieder an sich. Grußlos verließ er den Raum.

Riviere saß am südlichen Rand der Lichtung, mit dem Rücken gegen einen Baum gelehnt, die Beine entspannt von sich gestreckt. Er hielt sein Armymesser in der Hand und schnitzte gemächlich an einem abgestorbenen Ast herum. Eine Machete lag neben ihm. Biehl hockte ein paar Meter entfernt im Schutz der überhängenden Baumkrone, die den Regen abgehalten hatte, auf dem Boden. Die Wolkendecke war wieder aufgerissen, und ein vereinzelter Sonnenstrahl fiel auf die Lichtung. Ein verschwommener Regenbogen, der sich nicht entscheiden konnte, ob er sich auflösen oder kräftiger werden sollte, spannte sich über den Himmel.

Biehl warf immer wieder nervöse Blicke zum nördlichen Rand der Lichtung, wo Ericson auftauchen mußte, wenn er wirklich kam.

»Was ist, wenn er nicht allein kommt?« fragte er. »Soll ich nicht im Wald Posten beziehen und dir Rückendeckung geben?«

»Er kommt allein«, erwiderte Riviere zuversichtlich.

»Er möchte persönlich mit mir abrechnen. Und sobald er erscheint, verschwindest du. Wenn du Lust hast, kannst du aus den Büschen heraus zusehen, aber du hältst dich da raus, verstanden? Er gehört mir.«

Biehl biß die Zähne zusammen, schwieg aber. Es gefiel ihm nicht, daß Riviere den Archäologen umlegen wollte. Ohne Ericson konnte er den Mayaschatz abschreiben.

Er stand auf und streckte seinen verspannten Körper. Die Warterei zehrte an seinen Nerven. Riviere dagegen war wie immer die Ruhe selbst. Er zeigte nicht das geringste Anzeichen von Unruhe, nicht einmal von Vorfreude.

»Gut, Boß, ich verzieh' mich«, sagte Biehl schließlich. »Wenn ich irgend jemanden außer Ericson sehe ...« Er sprach nicht weiter. Was sollte er tun, wenn Ericson doch mit Begleitung kam? Nichts, entschied er. In Deckung bleiben und beobachten. Vielleicht war Riviere diesmal einen Schritt zu weit gegangen. Vielleicht würde seine gottverdammte Selbstsicherheit ihm endlich das Genick brechen. Aber was hatte er, Biehl, davon, wenn Ericson oder die anderen Riviere erledigten? Sie würden ihn nie an ihrer Expedition teilnehmen lassen. Nicht nachdem er sie in Don Sebastians Auftrag bekämpft hatte. Es sei denn, er lieferte ihnen einen überzeugenden Beweis dafür, daß er auf ihrer Seite stand. Zum Beispiel, indem *er* Riviere umlegte, bevor Ericson oder die anderen kamen.

Er ging langsam hinter Riviere vorbei auf eine Lücke im dichten Buschwerk zu, das die Lichtung wie eine Hecke umgab. Seine Hand schwebte dicht über dem Griff des Revolvers, der in seinem Gürtel steckte. Rivieres Rücken und Kopf waren durch den Baumstamm geschützt, an dem er lehnte. Nur die Schultern und die Arme schauten rechts und links hinter dem Stamm hervor. Keine Körperpartien, an denen er einen tödlichen Treffer anbringen konnte. Wenn er ihn mit einem Schuß erledigen oder zumindest kampfunfähig schießen wollte, mußte er um den Baum herumgehen, würde so aber wieder in Rivieres Blickfeld gelangen ...

In diesem Augenblick entdeckte er Rivieres Beretta hinter dem Baumstamm. Sie lag halb unter einer flachen Ranke verborgen, kaum einen halben Meter von seinem rechten Fuß entfernt. Sofort durchlief ihn ein heißer Schauder, und in seinen Ohren begann es zu summen. Wenn er auf die Pistole trat und sich blitzschnell um den Baumstamm herumbeugte, könnte er abdrücken, bevor Riviere ...

Er ging einen Schritt weiter, bis er die Waffe mit der Schuhspitze fast berührte. Seine Gedanken rasten. Andererseits hielt Riviere das Messer in der Hand, und er war verdammt schnell. Er könnte zustoßen, sobald Biehls Körper neben dem Stamm auftauchte.

Das Summen in Biehls Ohren steigerte sich zu einem Dröhnen. In seinem Magen breitete sich ein Wärmegefühl aus, und er verspürte ein fast rauschhaftes Schwindelgefühl, als er eine spontane Entscheidung traf.

»Boß«, sagte er laut, »ich verschwinde jetzt«, und im gleichen Moment schleuderte er die Beretta mit der Schuhspitze in das Gebüsch vor sich. Das Rascheln, mit dem sie im Laub verschwand, erschien ihm unglaublich laut und mußte seine Worte übertönt haben. In dieser Sekunde schloß Biehl mit seinem Leben ab. Er stand wie paralysiert da, unfähig, auch nur nach seinem Revolver zu greifen. Vor seinem inneren Auge sah er, wie Riviere sich langsam erhob, geradezu gemächlich auf ihn zu trat und ihm mit einer lässigen Bewegung die Kehle durchschnitt, und er wußte, daß er einfach nicht schnell genug den Revolver aus dem Gürtel ziehen, ihn auf den anderen richten und abdrücken können würde.

Aber das Wunder geschah. Riviere blieb reglos sitzen, ohne zu antworten. Die Lähmung fiel von Biehl ab, und er machte einen unsicheren Schritt nach vorn, dann noch einen und noch einen, und schließlich hatte er die Lücke zwischen den verfilzten Sträuchern erreicht. Seine Rückenmuskulatur hatte sich verkrampft, zwischen seinen Schultern, wo ihn jeden Augenblick Rivieres geschleudertes Messer treffen mußte, kribbelte es, und er spürte, daß er kurz davor stand, die Kontrolle über seine Schließmuskeln zu verlieren. Dann lag die Buschwand hinter ihm, und er erblickte die Beretta vor sich auf dem Boden.

Biehl bückte sich, ergriff die Pistole, rannte los, und ein unglaubliches Glücksgefühl ließ ihn beinahe ein Triumphgeheul ausstoßen. Er kam nicht eine Sekunde lang auf den Gedanken, jetzt, da er im Besitz von Rivieres Waffe war, zu ihm zurückzukehren und ihm eine Kugel in den häßlichen Schädel zu jagen. Die Beretta wie eine kostbare Trophäe in der Hand haltend, rannte er ein paar hundert Meter weiter, bevor er endlich am Rand des Pfades, der durch den Wald führte, stehenblieb und schwer atmend einen Blick zurückwarf. Riviere war ihm nicht gefolgt.

Plötzlich ließ die überwältigende Euphorie schlagartig nach, und seine Beine begannen zu zittern. Er kauerte sich hinter einer Dornenhecke zu Boden und fuhr sich mit der Hand über das glühende Gesicht. Es war von einem schmierigen Schweißfilm überzogen.

Das war viel zu einfach! hämmerte es in seinem Hirn. *Es war eine Falle! Riviere hat mich reingelegt! Es geht ihm gar nicht allein um Ericson. Er hat das alles nur inszeniert, um mich herauszufordern. Er wird mich wie einen Hasen jagen und mich kalt lächelnd ganz langsam in Stücke schneiden ...*

Die Angst schlug wie eine Woge über ihm zusammen, und als er die eiligen Fußschritte und den keuchenden Atem hörte, ließ er die Beretta fallen, riß mit zitternden Fingern den Revolver aus dem Gürtel und richtete ihn auf die unsichtbare Geräuschquelle. Fast hätte er abgedrückt, noch bevor er Ericsons Gesicht hinter der Hecke auftauchen sah, doch im letzten Moment wurde ihm klar, daß Riviere aus der entgegengesetzten Richtung hätte kommen müssen.

Er blieb bewegungslos auf dem Boden hocken und wartete, bis der Archäologe vorbeigelaufen war. Ericson hatte seinen alten großkalibrigen Revolver in der Hand gehalten, und sein Gesichtsausdruck ließ keinen Zweifel über seine Absichten zu.

Ein häßliches Grinsen verzog Biehls grobschlächtiges Gesicht. Gut! In diesem Zustand würde sich Ericson auf keine Spielchen einlassen. Er würde kurzen Prozeß mit Riviere machen, und wenn er zurückkam, würde Biehl ihm die Beretta präsentieren. Dann würde Ericson erkennen, wem er sein Leben zu verdanken hatte, und ihm seine Bitte nicht abschlagen können.

Phil Biehl blieb weiter hinter der Hecke hocken und lauschte angestrengt auf den Schuß, der bald erfolgen mußte. Doch statt dessen hörte er schon nach wenigen Minuten erneut Schritte aus der gleichen Richtung, aus der auch Ericson gekommen war. Kurz darauf entdeckte er die Frau in Begleitung dieses Bauernbengels. Er erwog kurz, sie einfach weiterlaufen zu lassen, entschied sich dann jedoch dagegen. Dies war eine günstige Gelegenheit, jetzt schon zu beweisen, daß er auf ihrer Seite stand, noch bevor Riviere erledigt war.

Er sprang auf den Pfad, als die Frau nur noch wenige Meter entfernt war. Sie prallte beinahe gegen ihn und fuhr entsetzt zurück.

Biehl hob beruhigend die Hände. »Keine Angst«, stieß er hastig hervor. »Ich will Ihnen nichts tun. Ich habe ...« Er bemerkte, daß Gudrun ängstlich den Revolver in seiner Hand anstarrte, schob ihn schnell unter den Gürtel zurück, hob die Beretta auf, faßte sie am Lauf und hielt sie ihr entgegen. »Das ist Rivieres Waffe«, erklärte er. »Ich habe sie ihm weggenommen. Ericson wird keine Schwierigkeiten mit ihm haben.«

Gudrun musterte die Pistole mißtrauisch. Paco hatte sich dicht an sie gepreßt. Ihr Atem ging schnell, dunkle Haarsträhnen klebten auf ihrer Stirn.

»Warum tun Sie das?« keuchte sie.

»Ich wollte ...« Biehl räusperte sich. »Ich konnte nicht zulassen, daß Riviere ...« Wieder verstummte er. Er hätte sich früher überlegen müssen, wie er seinen plötzlichen Frontenwechsel begründen sollte. »Ich will nicht, daß er noch mehr Menschen tötet«, schloß er lahm.

»Legen Sie die Pistole auf den Boden und gehen Sie fünf Meter zurück«, verlangte Gudrun nach kurzem Zögern.

Biehl kam ihrer Aufforderung nach. »Was haben Sie vor?« fragte er, als sich Gudrun bückte, die Beretta aufhob, ohne ihn aus den Augen zu lassen, und den Sicherungshebel umlegte.

»Haben Sie Tom gesehen?« fragte sie zurück.

Der vierschrötige Mann nickte langsam. »Er ist vor etwa drei Minuten hier vorbeigekommen. Hören Sie ...«

»Wie weit ist es bis zu der Lichtung?« unterbrach ihn Gudrun.

»Drei-, vierhundert Meter, aber ...«

»Verdammt!« stieß Gudrun hervor. »Dann muß er längst schon da sein.« Sie wollte wieder losrennen, aber Biehl trat ihr in den Weg. Sofort richtete sie die Pistole auf seine Brust.

Biehl hob die Hände. »Nein, warten Sie!« rief er hastig. »Nehmen Sie nicht den Pfad. Ich zeige Ihnen einen anderen Weg, auf dem Sie von hinten an Riviere herankommen können. Das ist sicherer für Sie.«

Gudrun überlegte einen Augenblick. Dann gab sie sich einen Ruck. »Paco, du wartest hier auf uns!« befahl sie in einem Tonfall, der keinen Widerspruch zuließ. Sie winkte mit der Waffe in Biehls Richtung. »In Ordnung, Sie gehen voraus. Aber vergessen Sie nicht, ich kann Ihnen nicht trauen. Ich werde die ganze Zeit über zwischen Ihre Schulterblätter zielen, und bei der geringsten verdächtigen Bewegung drücke ich ab!«

Tom war wie in Trance durch den Wald gelaufen. Sein Verstand war wie eine Großbildleinwand, die von zwei Bildern völlig ausgefüllt wurde: Isabella, die ihre letzten krampfhaften Atemzüge tat, und Rivieres kaltes regloses Gesicht. Eine leise Stimme der Vernunft irgendwo in seinem Hinterkopf versuchte beharrlich, sich Gehör zu verschaffen, aber Tom ignorierte sie. Er wurde nur noch von seinem Verlangen nach Rache beherrscht, und er würde erst wieder einen klaren Gedanken fassen können, wenn dieses Verlangen gestillt war.

Er erblickte Riviere im gleichen Augenblick, als er die Lichtung betrat. Der hagere Mann saß auf der anderen Seite der freien Fläche auf dem Boden knapp fünfzig Meter von ihm entfernt mit dem Rücken gegen einen Baumstamm gelehnt, die Hände im Nacken verschränkt, die Beine von sich gestreckt. Sofort hob Tom den Revolver und richtete ihn auf Riviere. Sein Mund war trocken. Er bemerkte, daß seine Hand durch die Anstrengung des Rennens zitterte. Der Lauf wackelte hin und her. Er würde Riviere verfehlen, wenn er jetzt abdrückte, und außerdem war die Distanz für einen gezielten Schuß mit dem alten Revolver ohnehin zu groß.

»Los, steh auf und zieh deine Waffe«, stieß er keuchend hervor. Seine Stimme war kaum verständlich. Er stakste steifbeinig auf Riviere zu.

Der Ex-Söldner machte keine Anstalten, der Aufforderung zu folgen. Er nahm die Hände aus dem Nacken und hielt sie hoch. »Ich habe keine Waffe, Ericson«, sagte er. »Was willst du jetzt tun? Mich einfach über den Haufen knallen?«

Toms Schritte wurden langsamer. Er war noch dreißig Meter von Riviere getrennt, jetzt nahe genug für einen gezielten Schuß. »Keine Spielchen mehr, Riviere«, krächzte er heiser. »Nimm deine Beretta, und dann bringen wir es hier zu Ende.«

Riviere ließ langsam die Hände sinken und ergriff das große Messer, das in seinem Schoß lag. Er hielt es hoch. »Der wilde Westen ist längst vorbei, Ericson«, erwiderte er freundlich. »Wenn du ein Duell haben willst, dann steck den Revolver weg. Wenn ich dich erschießen wollte, hätte ich es längst getan. Aber das würde viel zu schnell gehen. Viel schneller, als es mit deinem Indioflittchen gegangen ist.«

Er sah Tom zusammenzucken und spannte seinen Körper. Der Revolver zielte in Höhe seines Kopfes, aber Riviere glaubte nicht, daß der Archäologe ihn treffen würde, wenn er jetzt abdrückte. Dazu zitterte Ericsons Hand viel zu stark.

Der ehemalige Fremdenlegionär hob die Machete auf. »Wenn du es wie ein Mann mit mir austragen willst«, sagte er im Plauderton, »dann ist das deine Waffe. Die Machete gegen mein Messer. Du wärst im Vorteil. Oder ziehst du es vor, Richter und Henker in einer Person zu spielen? Mich einfach zu exekutieren? Aber nein, Ericson, dazu bist du zu ehrenhaft, nicht wahr? Du bist ganz anders als ich. *Du* bist kein Mörder.«

Er schleuderte die Machete mit einer weit ausholenden Bewegung auf ihn zu. Sie segelte wie ein Bumerang zwanzig Meter weit und fiel vor dem Amerikaner ins Gras.

Tom hob den Revolver um ein paar Zentimeter und drückte ab. Die Kugel schlug einen halben Meter über

Rivieres Kopf eine Kerbe in den Baumstamm und ließ Rinde und Holzsplitter auf ihn herabregnen. Riviere rührte sich nicht, ließ lediglich die Hände auf den Boden sinken. Sein Blick war unverwandt auf den Revolverlauf gerichtet, der wie die Verlängerung von Toms Nase jetzt wieder auf sein Gesicht zielte. Der Archäologe kam ein paar Schritte näher. Die Machete lag jetzt direkt vor seinen Füßen.

»Steh auf, Riviere!« sagte er rauh. Sein Gesicht war gerötet und verzerrt, sein Atem ging noch immer heftig. Das blonde Haar klebte ihm naß am Kopf, und ein paar Haarsträhnen ragten daraus wirr in die Höhe. Die Nässe ließ seine Lederjacke und die khakifarbene Hose beinahe schwarz aussehen. Er spannte erneut den Hahn mit dem Daumen, als Riviere sich räkelte, die Brust dehnte und dabei die Arme rechts und links hinter den Baumstamm streckte. Trotz des Gefühlssturms, der in ihm tobte, blieb Tom wachsam, rechnete damit, daß Riviere irgend etwas hinter dem Baum hervorziehen würde, aber der hagere Mann verharrte nur einen Augenblick lang in dieser Stellung, dann erschien ein amüsiertes Lächeln auf seinen scharfgeschnittenen Zügen, und er brachte beide Hände langsam wieder zum Vorschein.

»Nur keine Panik, Ericson«, sagte er lässig und griff wieder nach dem Messer. Er stand auf und deutete mit der Klinge auf die Machete. »Wenn du Eier hast, dann heb das Ding auf. Behalt von mir aus den Revolver in der anderen Hand, aber benimm dich nicht wie ein dummer kleiner, feiger, selbstgefälliger Junge.« Er legte den Kopf schief und musterte Ericson nachdenklich, als sei ihm gerade erst ein überraschender Gedanke gekommen. »Oder kann es sein, daß du tatsächlich gar keine Eier hast? Daß du deiner kleinen Freundin gar nicht das bieten konntest, was sie von mir gewöhnt war? Bist du vielleicht nur deshalb so aufgebracht, weil du jetzt keine

Gelegenheit mehr hast herauszufinden, ob du überhaupt in der Lage bist, es ihr richtig zu besorgen?«

Seit Jack Wardens Aufbruch war die Situation für Suzy noch schwieriger geworden. Kar hatte ihn schon kurz nach dem mißglückten Versuch, ihn zu überwältigen, nach Australien geschickt, und ihm war nichts anderes übrig geblieben, als zu gehorchen. Näheres über seinen Auftrag würde er erst erfahren, wenn er in Sydney eintraf, allerdings vermutete Suzy, daß es überhaupt keine konkrete Aufgabe für ihn gab. Kar hatte ihn sich einfach für eine Weile vom Hals schaffen und sie trennen wollen, um zu verhindern, daß sie weitere Pläne gegen ihn schmieden konnten.

Allein mit Kar in der Pyramide, fühlte sich Suzy ihm seither noch mehr ausgeliefert. Die Leichtigkeit, mit der er ihren Angriff abgewehrt hatte, hatte ihr einen Schock versetzt, der auch einen Tag später immer noch lähmend in ihr nachwirkte.

Düstere Gedanken über ihre Zukunft quälten Suzy. Wenn Kar darauf verzichtet hatte, sie zu töten, dann war dies keinesfalls aus Barmherzigkeit geschehen, sondern aufgrund von purem Zweckdenken. Im Augenblick brauchte er Helfer, weil er sich bei seinem Aussehen nicht mehr unter Menschen begeben konnte. Er mochte mächtiger sein als je zuvor, doch war er zugleich auch zu einem Gefangenen seiner Pyramide geworden.

Im Prinzip wäre es für Suzy leicht gewesen, von der kleinen Insel zu fliehen. Ihre Yacht, die LAOTSE, lag am behelfsmäßigen Anlegesteg vertäut. Kar würde ihr nicht folgen können, aber wohin sie auch floh, über kurz oder lang würde er mittels der fremden Technik herausfinden, wo sie sich aufhielt, und mit der Anlage zur Zeitlosen Ortsversetzung würde er sie zu sich zurückholen können.

Eine Flucht war nur dann sinnvoll, wenn sie eine Möglichkeit fand, ihn zu töten oder die schwarze Pyramide zu vernichten.

Im Augenblick jedoch war sie weit davon entfernt. Sie mußte höllisch aufpassen. Bei einem weiteren Verrat würde Kar sie entgegen seiner Drohung vermutlich nicht töten. Er besaß viel subtilere Methoden. Eine davon waren die Aphophis-Symbionten; Parasiten, die sich ins Gehirn eines Opfers fraßen und es zu einem willenlosen Befehlsempfänger machten. Wenn Kar darauf verzichtet hatte, sie und Jack mit einem der Würmer zu infizieren, dann wohl nur deshalb, weil Sklaven ohne eigenen Willen und damit auch ohne Kreativität für ihn nicht so nützlich waren wie jemand, der mehr oder weniger freiwillig auf seiner Seite stand.

Trotzdem war sie noch nicht bereit, einfach aufzugeben. Einen beträchtlichen Teil seiner neuen Kenntnisse schien Kar aus dem erst kürzlich entdeckten Raum zu beziehen. Er hatte ja selbst erklärt, dieser enthielte Wissen. Gerade Wissen war etwas, das sie dringend brauchte, und sie war fest entschlossen, es sich zu verschaffen.

Sie starrte auf die Wand vor sich. Nichts deutete auf den darin verborgenen Zugang hin. Es waren nicht einmal Fugen zu erkennen; kein Wunder also, daß weder sie noch Kar zuvor den dahinterliegenden Raum entdeckt hatten. Möglicherweise gab es noch zahlreiche weitere verborgene Räume wie diesen in der Pyramide. Bislang hatten sie erst einen kleinen Teil des Bauwerks erforscht; sie wußten nicht einmal, wie tief es reichte und wie viele unterirdische Stockwerke es noch geben mochte.

Suzy rief sich Kars Bewegungen ins Gedächtnis, die sie sich Dutzende Male auf Video angesehen hatte. Sie berührte genau die gleichen Stellen der Wand und fuhr mit ihren Fingernägeln die unsichtbaren Fugen nach.

Obwohl sie sicher war, alles genau wie er zu machen, benötigte sie mehrere Anläufe, bis endlich das Wandstück vor ihr zurückschwang und den Eingang freigab.

Der Raum dahinter war quadratisch und maß etwa sechs mal sechs Yards. Bis auf eine Art Schaltpult an der rückwärtigen Wand war er völlig leer. Wie alle Räume in der schwarzen Pyramide wurde er taghell erleuchtet, obwohl keine direkte Lichtquelle sichtbar war.

Suzy atmete noch einmal tief durch und trat ein. Lautlos schloß sich die Tür hinter ihr wieder.

Ein heißer Schreck durchfuhr Suzy Duvall. Sie hatte nicht damit gerechnet, daß sich der Zugang selbsttätig schließen würde. Hoffentlich ließ er sich auf die gleiche Art wie an der Außenseite öffnen, sonst war sie hier gefangen. So häufig, wie Kar herkam, bestand wenig Gefahr, daß sie verdursten würde, doch wäre er sicherlich nicht besonders erfreut, wenn er feststellte, daß sie sich hier eingeschlichen hatte.

Das würde sie noch früh genug herausfinden. Zunächst einmal wollte sie sich genauer umsehen. Sie ging auf das Schaltpult zu, doch sie erreichte es nie.

Als sie den Raum zur Hälfte durchquert hatte und sich ziemlich genau in der Mitte befand, erlosch das Licht ohne Vorwarnung. Erneut loderte Panik in Suzy hoch. Kar mußte ihre Anwesenheit hier bemerkt haben. Gleich darauf sprangen mit leisem, fast unhörbaren Summen einige Aggregate an. Anscheinend war das Verlöschen des Lichtes nicht auf Kar zurückzuführen, sondern eine Automatik war angelaufen.

Suzy wollte zurückweichen, doch es gelang ihr nicht. Ihre Füße schienen am Boden festzukleben. Sie konnte sie nicht einmal einen Zentimeter heben. Auch ein Versuch, aus den Schuhen zu schlüpfen, scheiterte.

Einige Sekunden lang geschah nichts, dann begann sich der Boden kaum merklich zu bewegen. Gleichzeitig glomm an der Decke über ihr ein matter grüner Lichtkreis auf. Im gedämpften Zwielicht konnte Suzy erkennen, daß sich eine viereckige Platte des Bodens, auf der sie stand, langsam tiefer senkte und erst wieder verharrte, als Suzy bis fast in Brusthöhe in einen schmalen Schacht eingesunken war.

Der grünliche Lichtkreis an der Decke wurde heller und immer heller, bis das Licht so grell geworden war, daß sie nur noch zwischen halbgeschlossenen Lider hervorblinzeln konnte. Sie meinte grelle, verschiedenfarbige Blitze zu sehen, die von der Decke herabzuckten und rings um sie her in den Boden einschlugen. Die Luft schien vor Elektrizität zu knistern.

Und immer noch konnte Suzy sich nicht bewegen. Sie wußte nicht, was mit ihr geschah, aber es flößte ihr Angst ein. Sie war auf etwas gestoßen, das ihr völlig unbekannt war und möglicherweise gefährlicher als sie ahnte – zumindest für einen Menschen. Kar hatte genau diese Prozedur vermutlich schon ein paarmal mitgemacht, aber was eine Kreatur wie er als Wohltat empfinden mochte, konnte für einen Menschen durchaus tödlich sein.

Bislang allerdings war noch keine konkrete Gefahr zu erkennen. Unsichtbare Hände schienen über Suzys Körper zu streichen. Das Gefühl, so berührt zu werden, war fremdartig, aber nicht unbedingt unangenehm.

Inmitten der grellen Lichtflut um sie herum meinte sie eine Vielzahl von Farben und Formen zu erkennen. Sie spürte weitere Berührungen an ihrem Körper, und diesmal war sie sich sicher, daß sie sich diese nicht nur einbildete. Sie wollte an sich herabblicken, doch auch das gelang ihr nicht. Hatte sie vorher nur die Füße nicht mehr vom Boden heben können, so erstreckte sich die Lähmung nun auf ihren gesamten Körper.

So vollständig die Kontrolle über das zu verlieren, was mit ihr geschah, fachte ihre Angst zu neuer Intensität an.

Nicht einmal mehr schreien konnte sie, obwohl sie hier ohnehin niemand gehört hätte.

Dann vernahm sie die Stimme.

Es war keine Stimme im eigentlichen Sinne, sondern etwas, das direkt in ihren Gedanken auftauchte, ein furchterregendes Zischen und Fauchen, das selbst mit Kars Art zu Sprechen nur eine entfernte Ähnlichkeit besaß. Sie verstand kein einziges Wort, sofern es überhaupt Worte waren, die die geheimnisvolle Gedankenstimme ihr zuraunte.

Bilder mischten sich in das Zischen der Stimme. Auch sie entstanden direkt in Suzys Bewußtsein, doch sie strömten so rasend schnell auf sie ein, daß es ihrem Verstand unmöglich war, sie richtig zu erfassen, geschweige denn zu ordnen. Zu bizarr, fremdartig und unverständlich waren die Visionen. Sie schienen nicht einmal ihrer von der irdischen Zivilisation geprägten Denkweise zu gleichen, sondern entsprangen einer völlig anderen Art zu denken, die ihr Gehirn schlichtweg überforderte. Es reagierte unbewußt auf die einzige Art, wie es sich davon schützen konnte, und versuchte sich vor den fremden Sinneseindrücken abzukapseln, doch nicht einmal das gelang. Ohne Schwierigkeiten überwanden die Suggestionen die kümmerliche Abwehr, die ihr Unterbewußtsein dagegen aufzubauen vermochte.

Bilder, Emotionen, Laute und Erinnerungsfetzen vermischten sich zu einem unentwirrbaren Knäuel in Suzy Duvalls Verstand und verwirrten ihren Geist immer mehr. Sie hatte das Gefühl, sich in einem spiralartigen Strudel zu befinden und unentrinnbar tiefer und tiefer hinabgesogen zu werden.

Der Wahnsinn griff wie mit gierigen Klauen nach ihr.

Ein gellender Schrei brach sich Bahn, aber kein Laut kam über ihre Lippen.

Sie sah sich als kleines Kind in den Slumstraßen

Hongkongs, doch die Häuser um sie herum begannen zu brennen, und binnen Sekundenbruchteilen war sie von einer Feuersbrunst eingeschlossen. Sie fühlte ihren Körper verbrennen, bis sie sich gleich darauf als kaum Zwölfjährige im schmutzigen Hinterzimmer eines Bordells wiederfand. Ein aufgedunsener Europäer lag schnaufend auf ihr, bis er von dem roten, lodernden Feuer erfaßt wurde und sie als Tänzerin auf der Bühne einer brennenden Bar strippte, bis ...

Immer schneller wechselten die Bilder, zu schnell, um sie noch einzeln wahrzunehmen. Gemeinsam war ihnen allen nur das Symbol der Feuersbrunst, der lodernden Flammen, die ihren Verstand verzehrten, und dann ...

Schlagartig erloschen die Visionen. Alles geschah so abrupt, daß Suzy es kaum wahrnahm, sich weiterhin innerhalb der Spirale in ihrem Kopf treiben ließ. Sie spürte harte Hände, die sie ergriffen. Schläge trafen ihr Gesicht, und erst jetzt schlug sie stöhnend die Augen auf.

Die grelle Lichtflut war wieder der normalen Helligkeit in der Pyramide gewichen. Sie lag auf dem Boden. Neben ihr kauerte Kar und musterte sie mit einem Ausdruck, der trotz seines Echsengesichtes als Besorgnis zu erkennen war.

»Wo ... wo bin ich«, murmelte Suzy Duvall mühsam. »Was ist geschehen?«

»Allesch wieda in Ordnung«, zischelte Kar. »Wie konteschcht duu nur scho dumm schein, in die Kammä desch Wischens schu gehän? Wiel hädde nisch mehr gefählt, undu häddescht den Verschdand verloren, wenn ich nisch gerade noch reschtscheidig gemärgt hätte, dasch du hier wärescht.«

Suzy Duvall schloß die Augen wieder, als sie begriff, wie nahe sie dem vollständigen Wahnsinn bereits gewesen war. Seit langem war sie schon nicht mehr so froh gewesen, Kar zu sehen.

Gudrun hörte die Stimmen, noch bevor sie den Waldrand erreicht hatte. »Bleiben Sie hier«, flüsterte sie Biehl zu. »Oder ...«, sie zögerte. Wenn dies ein abgekartetes Spiel war, konnte der Mann ihr jederzeit in den Rücken fallen. Aber das Risiko mußte sie eingehen. »Behalten Sie Riviere im Auge, falls er doch noch irgendwo eine Schußwaffe versteckt haben sollte.«

»In Ordnung«, flüsterte Biehl zurück. »Aber ich bleibe zwischen den Büschen. Ich gehe nicht auf die Lichtung.«

»Wie Sie wollen.« Gudrun verkniff sich eine Beleidigung und huschte weiter. Jetzt konnte sie einzelne Wortfetzen verstehen. » ... Richter und Henker ... kein Mörder ...« Es war Rivieres Stimme.

Sie erreichte den Saum aus dichtem Gestrüpp am Waldrand.

»Da, rechts von Ihnen ist eine Lücke«, stieß Biehl hinter ihr heiser hervor. »Riviere hat ein paar Meter davor an einem Baum gelehnt, als ich abgehauen bin.«

In diesem Moment peitschte ein Schuß auf. Gudrun zuckte zusammen. Mittlerweile kannte sie den charakteristischen Knall von Toms altem Colt.

»Steh auf, Riviere!« hörte sie seine Stimme. Es mußte seine Stimme sein, obwohl sie völlig fremd klang.

Gudrun schlich vorsichtig weiter vor, Rivieres Beretta in der schweißnassen Hand. Sie sah die Lücke im Unterholz und dahinter den Baum, von dem der Amerikaner gesprochen hatte. Zwei Hände tasteten über den Boden hinter dem Stamm, verharrten kurz und zogen sich dann zurück.

»Nur keine Panik, Ericson«, sagte Riviere. Er erhob sich langsam. »Wenn du Eier hast, dann heb das Ding auf. Behalt von mir aus den Revolver in der anderen Hand, aber benimm dich nicht wie ein dummer kleiner, feiger, selbstgefälliger Junge.«

Er versucht ihn zu provozieren, damit er die Beherrschung

verliert, dachte sie. *Aber darauf wird Tom bestimmt nicht hereinfallen. Und er hat schon einmal geschossen.*

Sie machte einen Schritt, dann noch einen. Die Pistole zitterte in ihrer Hand.

» ... weil du jetzt keine Gelegenheit mehr hast herauszufinden, ob du überhaupt in der Lage bist, es ihr richtig zu besorgen?« fragte Riviere hämisch.

Tom stieß einen wütenden Schrei aus, und Gudrun lief los. Eine stachlige Ranke ritzte ihr den Unterarm auf, aber sie achtete nicht auf den brennenden Schmerz.

Als sie sich durch das Dickicht gezwängt hatte, sah sie die beiden Männer auf der Lichtung. Tom schob gerade den Revolver in den Gürtel, die Machete in der rechten Hand. Riviere musterte ihn, den Kopf schief gelegt. Die lange Klinge seines Armymesser schimmerte matt.

»Kannst du mit dem Ding besser umgehen als mit deiner Knarre?« erkundigte er sich liebenswürdig. »Oder brauchst du ein paar Nachhilfestunden?«

»Du wirst es gleich erleben, Riviere«, knurrte Tom kehlig, »und es wird das letzte sein, was du in die Hölle mitnimmst.«

Gudrun erschauderte. Sie hatte geglaubt, Tom zu kennen, aber der Mann, der dort mit verzerrtem Gesicht auf den ehemaligen Legionär zustampfte, war ein Fremder.

Riviere blieb stehen, die Knie leicht angewinkelt. Er warf das Messer spielerisch von einer Hand in die andere.

»Hört auf!« Gudrun hatte schreien wollen, aber es wurde nur ein Krächzen.

Riviere hatte sie trotzdem gehört. »Sieh an, Publikum«, sagte er ruhig, ohne sich umzudrehen. »Dann wollen wir der Dame doch etwas bieten, um sie richtig in Stimmung zu bringen.«

Toms Kopf ruckte herum. »Halt du dich da raus, Gudrun!« fauchte er. Er wartete keine Antwort ab, stürmte plötzlich los.

Der Franzose blieb seelenruhig stehen, und erst als Tom ihn erreicht hatte und die Machete auf seinen Hals niederfahren ließ, zuckte seine Messerhand hoch, und er tänzelte elegant wie ein Torero einen Schritt zur Seite.

Es gab ein klirrendes Geräusch, als seine Klinge über die Schneide des Buschmessers schrammte und den Hieb ablenkte.

Von seinem eigenen Schwung getragen, schoß Tom an ihm vorbei, wirbelte herum und griff sofort wieder an.

»Aufhören!« Diesmal gellte Gudruns Schrei laut über die Lichtung. Sie sah, wie Tom abrupt vor Riviere abbremste und nach dessen rechter Hand schlug. Der Söldner bog den Oberkörper zurück, und wieder begegnete er dem Schlag mit seinem Messer, drückte die Machete nach unten und stieß in einer gleitenden Bewegung nach Toms Arm.

Die scharfe Klinge schlitzte den Jackenärmel des Archäologen auf. Statt auszuweichen, sprang Tom vor. Seine Machete beschrieb einen aufwärtsführenden Bogen, aber Riviere wich dem Hieb mühelos aus.

Daß sie geschossen hatte, wurde Gudrun erst bewußt, als der peitschende Knall in ihren Ohren dröhnte. Als wäre es die Ringglocke bei einem Boxkampf getreten, traten beide Männer einen Schritt zurück, und ihre Bewegungen gefroren.

»Sei kein Spielverderber, Kleines«, sagte Riviere beinahe sanft, den Blick unverwandt auf Tom gerichtet. »Du kannst mitmischen, wenn das hier vorbei ist. Aber wir beide könnten besseres miteinander tun als uns gegenseitig umzubringen.«

»Ich werde dir deinen gottverdammten Kopf von den Schultern hacken«, preßte Tom mit kaum noch verständlicher Stimme hervor. Auch er ließ seinen Gegner nicht einen Moment lang aus den Augen. »Ich werde dich so fertigmachen wie ...«

Im nachhinein hätte Gudrun nicht sagen können, was es gewesen war, das ihren Verstand ausschaltete und sie automatisch handeln ließ. Vielleicht war es Rivieres blitzschneller Vorstoß und ihre absolute Gewißheit, daß er diesmal Ernst machen würde, vielleicht lag es daran, daß sie Toms Anblick und den unmenschlichen Klang seiner Stimme nicht mehr ertragen konnte.

Der Söldner wandte ihr die rechte Seite zu, und er war nur noch zwei Schritte von Tom entfernt, als sie erneut abdrückte, ohne bewußt zu zielen. Auf einmal hatte sie den Eindruck, als würde das Geschehen in Superzeitlupe vor ihr ablaufen. Sie sah, wie Tom die Machete viel zu langsam hob und sich vorbeugte, um den Stich abzublocken. Rivieres angewinkelter Arm streckte sich. Das Messer in seiner Hand fing einen Sonnenstrahl ein, der die Klinge aufblitzen ließ, die auf Toms Bauch zustieß, als sich die Kugel aus der Beretta knapp unter seiner rechten Achselhöhle in seinen Brustkorb grub.

Ein Ruck lief durch seinen Körper. Rivieres Arm flog hoch, das Messer löste sich aus seiner Hand und segelte, sich ständig überschlagend, in hohem Bogen durch die Luft. Er stieß wie ein Rammbock mit Tom zusammen und prellte ihm die halb erhobene Machete aus der Hand. Tom stolperte zurück und versuchte mit rudernden Armen das Gleichgewicht zu halten.

Riviere blieb stehen, als wäre er in zähem Morast steckengeblieben. Er schwankte leicht, und sein Kopf drehte sich in Gudruns Richtung. Er starrte sie verblüfft an, doch dann verzog ein anerkennendes Lächeln seine Mundwinkel.

Gudrun stand wie gelähmt da, den Arm mit der Pistole noch immer gerade ausgestreckt. Sie sah, wie das Armymesser neben Tom ins Gras fiel, der ebenfalls erstarrt zu sein schien und Riviere fassungslos anstierte.

Der Söldner öffnete den Mund und bewegte die

Lippen. Seine Worte erreichten Gudrun mit Verzögerung. »Ein verdammt guter Schuß auf ein bewegliches Ziel.«

Er sah an seiner rechten Seite herunter. In seinem Gesicht spiegelte sich eine merkwürdige Mischung aus Verwunderung, Interesse und ... *Erleichterung*, dachte Gudrun verwirrt. Seine Beine begannen zu zittern. Er machte einen zögernden Schritt und fiel auf die Knie, als wollte beten.

Endlich kehrte das Gefühl in Gudruns Körper zurück, und die Zeit lief wieder mit normaler Geschwindigkeit ab. Sie ließ die Beretta fallen und preßte eine Hand auf den Mund. Tom stand mit hängenden Armen vor Riviere, das Gesicht eine graue Maske.

»Ein verdammt guter Schuß«, wiederholte Riviere und schüttelte kraftlos den Kopf. Seine rechte Seite färbte sich rot. »Schade ...«

»Ich ...«, stammelte Gudrun. Wie von einem fremden Willen getrieben, taumelte sie auf Riviere zu, der zu ihr aufblickte. »Ich wollte nicht ...«

»Das spielt jetzt keine Rolle mehr«, erwiderte er leise aber deutlich. »Beim ersten Mal bedauert man es immer. Aber keine Angst.« Er lächelte wissend. »Es wird von Mal zu Mal leichter, und irgendwann ...« Seine Stimme begann zu krächzen, und ein ersticktes Husten schüttelte ihn. Ein dünner Blutfaden rann über sein Kinn und tropfte auf sein Hemd. »Irgendwann beginnt es Spaß zu machen«, fuhr er mühsam fort, »aber auch das läßt nach. Dann muß man sich etwas einfallen lassen, damit es nicht zur Routine wird. Alles eine Frage der Gewöhnung ...«

»Hör auf!« flüsterte Gudrun entsetzt. Sie hatte das Gefühl, als stünde sie auf einem schwankenden Schiff. »Ich werde nie ...«

Rivieres merkwürdige Augen schienen sie zu hypnotisieren. Es lag kein Vorwurf in ihnen, kein Haß, nicht einmal Angst. *Nur ... Erleichterung*, dachte Gudrun. *Und so etwas wie Dankbarkeit.* Übelkeit stieg in ihr auf, und ihre Kehle schnürte sich zusammen. Sie würgte krampfhaft.

»Es war ... schön mit dir ... Gudrun ...« Rivieres Worte waren kaum noch zu vernehmen und gingen in einem pfeifenden Gurgeln unter. Er sackte in sich zusammen und kippte langsam auf die Seite, das Gesicht noch immer Gudrun zugewandt. Seine Augenlider flatterten schwach.

Gudrun wußte nicht, wieviel Zeit vergangen war, als sich Tom in ihr Blickfeld schob und sich über den Sterbenden beugte.

»Ist er ... ist er ...?« flüsterte sie hilflos.

Tom richtete sich steifbeinig wieder auf und drehte sich zu ihr um. Sein Gesicht war wie aus Stein gemeißelt, nur in seinen Augen loderte ein dunkles Feuer, das ihr Angst machte. Sie stolperte einen Schritt zurück.

»Er ist noch nicht tot, aber er hat das Bewußtsein verloren«, sagte Tom tonlos. »Die Kugel hat seine Lungenflügel durchschlagen und ist in seinem Körper steckengeblieben. Er wird innerlich verbluten oder an seinem eigenen Blut ersticken.«

Seine sachlichen Worte standen in einem erschreckenden Kontrast zu seinem maskenhaften Gesicht, in dem seine Augen wie zwei glühende Kohlen anmuteten.

Ich habe ihn um seine Rache betrogen, begriff Gudrun mit seltsamer Klarheit und mußte gegen ein hysterisches Kichern ankämpfen, das sie zu überwältigen drohte. *Und ich habe einen Menschen getötet.*

Es wird von Mal zu Mal leichter, hörte sie Rivieres Stimme.

»Können wir nicht ... irgend etwas für ihn tun?« fragte sie stockend. »Ihn verbinden und zu Manolo schaffen? Einen Boten zu Don Sebastians Hazienda schicken und einen Helikopter oder ein Flugzeug anfordern?«

»Wozu? Um eine Leiche spazieren zu fliegen und

Benito Ortiz ein paar unangenehme Fragen zu beantworten?« Tom stieß den leblosen Körper mit einer Fußspitze an, und Gudrun zuckte zusammen. »Hast du Lust, einen hiesigen Knast von innen kennenzulernen?«

»Aber ... aber ...« Gudrun rang mühsam nach Luft. Rivieres Augen waren immer noch auf sie gerichtet, und obwohl er kein Lebenszeichen mehr von sich gab, war sie überzeugt, daß er sie weiter beobachtete. »Es war Notwehr!« brach es aus ihr hervor. »Ich mußte schießen!«

»Wirklich?« erkundigte sich Tom rauh. »Bist du dir da so sicher?«

Gudrun hatte das Gefühl, als würde ihr der Boden unter den Füßen weggezogen, doch gleichzeitig spürte sie, wie ein unbändiger Zorn in ihr hochkochte. Das hatte sie nicht verdient, diesen unausgesprochenen Vorwurf, sie hätte ohne Not geschossen, leichtfertig einen Menschen getötet. Sie setzte zu einer Erwiderung an, doch dann stieg eine Erinnerung in ihr auf, die sie seit Tagen zu verdrängen versucht hatte. Riviere und sie auf diesem Hügel vor Don Sebastians Hazienda, wie der ehemalige Legionär ihr die Schönheit des Landes gezeigt und eine einfühlsame Seite offenbart hatte, die sie nie in ihm vermutete hätte, wie er und sie ... Ihre Wut versiegte genauso schnell, wie sie aufgeflammt war, und ließ nur bodenlose Leere zurück.

»Was können wir tun?« fragte sie erschöpft.

»Ihn irgendwo im Wald verscharren, wo ihn niemand findet«, sagte Tom kalt. »Und dann so schnell wie möglich von hier verschwinden, bevor eventuell seine Spießgesellen auftauchen.«

Irgendwann wird dieser Alptraum ein Ende haben, dachte Gudrun. *Irgendwann wird Tom wieder zu dem Mann werden, als den ich ihn kennengelernt habe. Oder ist das Rivieres Vermächtnis? War er des Lebens überdrüssig und hatte von Anfang an geplant, seine leidenschaftslose, berechnende*

Grausamkeit auf uns zu übertragen? Hat er uns zu seinen Erben bestimmt, um sich selbst aus einem Leben voller Gewalt und Leid zu erlösen?

Sie ging zu dem hageren Mann, ließ sich vor ihm in die Hocke sinken, legte eine Hand auf sein Gesicht und schloß seine Augen. Seine Haut war warm und fühlte sich lebendig an. Er lag friedlich im Gras, als würde er schlafen. Sein Brustkorb hob und senkte sich nicht mehr, aber Gudrun glaubte ein kaum hörbares, quälend langsames Röcheln zu vernehmen. Sie biß sich auf die Lippen und stand auf.

»Laß uns ein paar Schaufeln holen und ihn wenigstens anständig begraben«, sagte sie leise, ohne Tom dabei anzusehen. »Laß uns das für ihn tun, was er nie für uns getan hätte. Nur so können wir verhindern, daß er uns noch im Tod besiegt.« Es wunderte sie, wie ruhig sie auf einmal war, aber sie wußte, daß der Zusammenbruch noch kommen würde.

Tom drehte sich wortlos um und begann die Lichtung zu überqueren.

»Und noch etwas«, fügte sie genauso leise hinzu, als sie das Rascheln hinter sich hörte. »Einer von Rivieres Leuten ist hier, aber er steht jetzt auf unserer Seite. Er hat nichts mit Isabellas Tod zu tun, und er hat dafür gesorgt, daß Riviere unbewaffnet war. Also laß deinen Colt stecken.«

Phil Biehl trat aus dem Unterholz, die Hände halb erhoben, als wollte er sich ergeben. Tom warf ihm einen kurzen Blick zu. Seine Kiefernmuskeln spannten sich an, doch dann drehte er sich wieder um und ging einfach weiter.

Gudrun schluckte schwer. In dieser Verfassung würde jeder von Rivieres Spießgesellen ihn einfach über den Haufen schießen können, ohne sich Mühe geben zu müssen. Sie bückte sich und hob die Beretta auf. Die Pistole schien ihre Handfläche zu versengen, aber sie hielt die Waffe krampfhaft fest, starrte Biehl einen Moment lang verunsichert an und folgte dann Tom. Der gedrungene Amerikaner schlich ihr wie ein geprügelter Hund hinterher.

Sie waren kaum fünfzig Meter tief in den Wald eingedrungen, als ein undefinierbares Geräusch Gudrun herumfahren ließ. Es klang wie ein Schmatzen oder ein Glucksen, begleitet von einem langgezogenen Grollen. Auch Biehl hatte sich umgedreht und spähte den Pfad entlang.

»Was war das?« flüsterte Gudrun kreidebleich.

»Riviere!« keuchte Tom und hastete an ihr vorbei, den alten Single Action gezogen.

Biehl sprang ihm hastig aus dem Weg. Seine Augen waren groß. »Unmöglich!« stieß er hervor, tastete aber mit zitternden Fingern nach seiner Waffe. »Sie haben ihn erledigt, ich habe es mit eigenen Augen gesehen!«

Gudrun rang nach Atem. Sie hatte das Gefühl, jeden Augenblick das Bewußtsein zu verlieren, doch dann setzte sie sich wie eine Marionette mechanisch in Bewegung.

Als sie den Rand der Lichtung erreichte, stand Tom bereits über die Stelle gebeugt, an der Riviere gelegen hatte.

»Wenn der Bastard nicht tot ist, muß er eine kugelsichere Weste unter dem Hemd getragen haben«, hörte sie ihn sagen. »Er hat uns reingelegt. Gudrun!«

Obwohl seine Stimme schneidend klang und sein Gesicht sich verzerrt hatte, war Gudrun geradezu erleichtert. Endlich war er aus dieser beängstigenden Lethargie erwacht.

»Behalte diesen Kerl im Auge!« rief er. »Wir können ihm nicht trauen!«

Er bückte sich, den Blick auf den Waldrand vor sich gerichtet.

»Lassen Sie Ihre Waffe fallen und treten Sie ein paar Schritte zurück!« befahl Gudrun heiser.

Biehl gehorchte wortlos. Er schien nicht weniger Angst als sie zu haben.

Tom fuhr mit zwei Fingern durch das Gras und hob sie dicht vor sein Gesicht. Sie waren dunkelrot gefärbt. Gudrun erschauderte, als sie sah, wie er daran schnupperte, und dann mußte sie einen Brechreiz unterdrücken, denn Tom steckte die Finger in den Mund. Kurz darauf spuckte er aus.

»Eindeutig Blut«, verkündete er. »Eine ganze Menge und sogar noch warm. Also war zumindest das kein Trick. Aber wie, zum Teufel, konnte Riviere in diesem Zustand verschwinden?« Er blickte sich suchend um. »Und wieso hat er nicht einmal eine Blutspur hinterlassen?«

»Vielleicht hat ihn ein Jaguar geholt«, meldete sich Biehl ungefragt zu Wort. »Es gibt hier noch ein paar von diesen Viechern.« Er war unverkennbar nervös, als würde er seinen eigenen Worten nicht trauen.

Tom ignorierte ihn und begann die blutige Stelle im Gras in einer immer größer werdenden Spirale zu umkreisen. Gudrun blieb wie angewurzelt stehen und versuchte gleichzeitig Biehl und den Waldrand im Auge zu behalten.

»Sinnlos«, sagte Tom schließlich, als er nach einer Viertelstunde, die Gudrun wie eine Ewigkeit vorkam, immer noch nicht die geringste Spur entdeckt hatte. »Wenn er sich irgendwo im Dickicht verkrochen haben sollte, bräuchten wir eine Armee, um ihn zu finden. Vermutlich hat Biehl recht. Ein Jaguar muß ihn verschleppt haben. Aber eins ist sicher: Ein Mensch mit einer solchen Schußverletzung kann in dieser Wildnis unmöglich überleben. Riviere *muß* tot sein.«

Gudrun hätte ihm nur zu gern recht gegeben. Sie

wußte, daß Riviere nicht simuliert hatte. Aber sie wußte auch, daß sie sich, aller Vernunft zum Trotz, solange vor ihm fürchten würde, wie sie in diesem Dschungel feststeckte.

Am nächsten Morgen brachen sie auf. Sie folgten Tom schweigend, eine kleine Karawane, bestehend aus acht Menschen und zwei Mulis. Tom ging mit Paco Garcia voraus, es folgten Roberto Chimenez und Gudrun, dann Emilio, Manolo und Simon, die die Mulis führten. Phil Biehl bildete den Abschluß.

Gudrun hatte eine furchtbare Nacht verbracht und kaum ein Auge zugetan. Bei jedem Geräusch, daß sie nicht sofort hatte einordnen können, war sie hochgeschreckt. Und Tom hatte sich kategorisch geweigert, mit ihr über die Ereignisse des vergangenen Tages zu sprechen. Er schien sich von ihr und seiner Umwelt abzukapseln. Gudrun ahnte, was in ihm vorging, und es machte sie traurig, daß er nicht bereit war, Hilfe von ihr anzunehmen und auf sie einzugehen.

Außerdem war ihr nicht gerade wohl bei dem Gedanken an den vierschrötigen Amerikaner, der noch vor kurzem auf der anderen Seite gestanden hatte, aber sie mußte zugeben, daß Tom ohne seine Hilfe jetzt wahrscheinlich tot wäre. Andererseits war es gerade dieser Umstand, der ihr Sorgen machte. Biehl war seinem Kameraden Jean-Claude Riviere in den Rücken gefallen; warum also sollte er sich ihnen gegenüber loyal verhalten? Wahrscheinlich waren sie solange in Sicherheit, bis sie ihr Ziel erreicht hatten. Wie Tom vor ihrem Aufbruch richtig bemerkt hatte, ging es dem Amerikaner einzig und allein um die vermeintlichen Mayaschätze, und die würde er allein nie finden. Wie aber würde er reagieren, wenn er herausfand, daß es gar keine Edelmetalle und

Edelsteine in dem Sumpf gab? Bei einem Kerl wie ihm, der seine Dienste bedenkenlos an den Meistbietenden verkaufte, mußten sie mit allem rechnen.

Sie passierten die Lichtung, auf der erst Don Sebastian und dann Jean-Claude Riviere den Tod gefunden hatten. Gudrun zwang sich, nicht die Stelle zu betrachten, an der sie den ehemaligen Fremdenlegionär erschossen hatte, aber ihre Augen wanderten wie von selbst immer wieder dorthin, und sie mußte den Blick mit Gewalt fortreißen. Dort, wo er gelegen hatte, hatte sich das Gras längst wieder aufgerichtet und verbarg die getrocknete Blutlache. Trotzdem glaubte sie die Umrisse seines Körpers immer noch erkennen zu können, und entgegen jeder Vernunft suchte sie nach Spuren, die ihr verrieten, in welche Richtung sich Riviere davongeschleppt hatte.

Er ist tot! beschwor sie sich in Gedanken. *Auch wenn sein Körper verschwunden ist, er ist eindeutig tot!* Und selbst wenn er noch ein paar Minuten gelebt haben sollte, nachdem sie verschwunden waren, selbst wenn er mit übermenschlicher Kraft und Zähigkeit irgendwo in den Busch gekrochen sein sollte, die Schußverletzung *war* tödlich gewesen.

Doch gegen ihr Gefühl, gegen ihre geradezu abergläubische Furcht kam die Stimme der Vernunft nicht an. Das leiseste Rascheln im Gebüsch, jedes noch so schwache Zittern im Laub ließ sie zusammenzucken, und vor ihrem inneren Auge sah sie Riviere aus dem Dickicht hervortreten und langsam aber zielstrebig auf sie zugehen, mit blutüberströmter Brust, einem maskenhaften kalten Lächeln auf seinem scharfgeschnittenen Gesicht, dem großen Armymesser in der Hand, wie ein Zombie, der von keiner Kugel aufzuhalten war, wie ein unüberwindlicher Roboter, der mit leidenschaftsloser Unerbittlichkeit seinem einprogrammierten Befehl folgte, der nur aus einem einzigen Wort bestand: Töte!

Sie schüttelte sich und richtete den Blick stur geradeaus. Tom und Paco hatten bereits das Ende der Lichtung erreicht und schoben sich durch eine Lücke im Gebüsch. Der Archäologe schwang die Machete und durchtrennte mit mechanisch wirkenden Hieben Zweige und Ranken. Sein Anblick war nicht gerade dazu angetan, Gudrun zu beruhigen. Er bewegte sich ähnlich roboterhaft, wie es Riviere in ihrer Phantasie getan hatte.

Bevor sie ebenfalls die Lichtung hinter sich ließ, warf Gudrun unauffällig einen letzten Blick über die Schulter zurück. Auch die anderen sahen sich unbehaglich um und traten unwillkürlich leiser auf, als fürchteten sie, die Aufmerksamkeit unsichtbarer Feinde zu erregen. Und selbst Biehl starrte unsicher auf den Punkt am Boden, an dem er seinen Boß zum letzten Mal gesehen hatte. Dann lag die Lichtung endgültig hinter ihr, und Gudrun konzentrierte sich auf den vor ihr liegenden Weg.

Zwei Stunden später hatten sie die Ausläufer des Sumpfes erreicht und machten eine kurze Rast. Tom setzte sich auf einen großen Stein, der aus dem feuchten Untergrund herausragte, breitete die Karte in seinem Schoß auf und studierte sie. Nach kurzem Zögern ging Gudrun zu ihm und ließ sich neben ihm in die Hocke nieder. Der Stein hätte Platz für sie beide geboten, aber Tom machte keine Anstalten, ein Stück zur Seite zu rücken.

»Wo sind wir?« versuchte die Anthropologin ein Gespräch zu beginnen.

»Da«, sagte Tom nur und deutete mit dem Finger auf die Karte, ohne den Blick zu heben.

»Wie weit seid ihr beim ersten Mal gekommen?« hakte Gudrun nach.

Toms Finger wanderte ein paar Zentimeter weit über die Karte. »Da.«

»Knapp drei Kilometer Luftlinie«, stellte Gudrun fest. »Wie lange brauchen wir bis dorthin?«

»Zwei Stunden.«

Gudrun wartete eine Weile, aber Tom schwieg sich aus. Sein Gesicht war vollkommen reglos. Er wischte nicht einmal die Fliege weg, die ihm über die Wange krabbelte. Sein Anblick machte Gudrun traurig und betroffen, und ohne daß sie etwas dagegen tun konnte, spürte sie, wie das Schuldbewußtsein wieder an ihr nagte.

Wenigstens hat er eine Aufgabe, dachte sie, *ein Ziel, das ihn ein bißchen von seinem Kummer ablenkt. Ich kann nichts für ihn tun. Er muß das allein überwinden, er muß erkennen, daß er nicht die alleinige Schuld an Isabellas Tod trägt.*

Sie stand auf und kehrte ohne ein weiteres Wort zu den anderen zurück, die sich in respektvollem Abstand niedergelassen hatten, dem Archäologen hin und wieder einen scheuen Blick zuwarfen und leise miteinander flüsterten.

Tom saß weiterhin wie versteinert da und starrte auf seine Karte, ohne wirklich etwas zu sehen. Er wußte, daß Gudrun nur versucht hatte, ihn abzulenken, und er war ihr dankbar dafür, aber er brachte es einfach nicht fertig, sich ihr zu öffnen. Vielleicht hätte er toben und alles kurz und klein schlagen sollen, vielleicht seiner Trauer und seinen Tränen freien Lauf lassen, doch es war ihm unmöglich. Nicht aus Stolz oder aus Scham, sich vor den anderen zu entblößen, sondern aus Angst, daß er völlig die Kontrolle über sich verlieren würde, wenn er einmal seinen Gefühlen nachgab.

Und er wußte, daß er sich Gudrun gegenüber unfair verhielt. Auch wenn er es sich nicht eingestehen wollte, sie *hatte* ihm das Leben gerettet. Er schuldete ihr Dankbarkeit, doch statt dessen behandelte er sie, als hätte sie ihn verraten.

Unwillig schüttelte er den Kopf. Er durfte sich nur noch auf die vor ihm liegende Aufgabe konzentrieren. Zwar waren die Bauern freiwillig mit ihnen gekommen, aber er trug trotzdem die Verantwortung für sie. Ohne die zurückliegenden Ereignisse hätten sie sich nie in den *pantaro de los espectros* begeben. Hätten er und Gudrun sich nicht auf der Hazienda einquartiert, oder hätten sie sie verlassen, nachdem sie Don Sebastian durchschaut hatten, wäre das alles nie passiert.

Ja, dann würde Don Sebastian noch leben und weiterhin die Bauern terrorisieren, flüsterte eine Stimme in ihm. *Noch mehr Menschen würden von ihrem Land vertrieben werden oder sogar das Leben verlieren.*

Aber auch Isabella würde noch leben, antwortete eine zweite unbarmherzige Stimme. *Auch ohne dich wäre Don Sebastians Spiel irgendwann aufgeflogen. Roberto hätte nicht mehr lange stillgehalten. Und Manolo Garcia und seine Freunde hatten den anderen bereits bewiesen, daß sie sich erfolgreich gegen die Schergen des Großgrundbesitzers zur Wehr setzen konnten.*

Tom brachte beide Stimmen mit einem heftigen Kopfschütteln zum Verstummen und konzentrierte sich wieder auf die Karte. Noch zwei Stunden, und sie würden die dammartige Landzunge erreichen, die schnurgerade in den Sumpf hineinführte. Beim ersten Mal hatte sich das Muli auch mit Gewalt nicht zum Weitergehen bewegen lassen. Wenn sich die Tiere auch diesmal stur stellten, würde er sie mit Paco zurückschicken, der die Gruppe dort ohnehin verlassen sollte.

Am liebsten hätte er auch die restlichen Männer bis auf Biehl und Roberto Chimenez zurückgeschickt, aber er wußte, daß die Bauern sich widersetzen würden. Für sie waren er und Gudrun Helden, die sie von ihrem Tyrannen befreit hatten, auch wenn es letztendlich sie selbst gewesen waren, die Don Sebastian getötet hatten.

Er faltete die Karte zusammen, steckte sie ein und stand auf. Sein rechtes Bein war eingeschlafen, aber er ignorierte das Kribbeln.

»Wir gehen weiter«, sagte er kurz. Ohne eine Antwort abzuwarten, machte er sich wieder auf den Weg.

Anders als Suzy erwartet hatte, schienen ihrem heimlichen Eindringen in den Raum des Wissens, wie Kar die Kammer bezeichnete, keine Konsequenzen mehr zu folgen. Drei Tage waren vergangen, seitdem er sie von dort gerettet hatte, und ihre Befürchtungen, er würde sie für diesen neuerlichen Verrat bestrafen, hatten sich nicht bewahrheitet.

Die einzige Empfindung, die er ihr gegenüber momentan zu hegen schien, war Besorgnis. In dieser Hinsicht hatte er sich beinahe menschlicher verhalten als in all den vorausgegangenen Monaten, die sie ihn schon kannte. Sie war zu schwach gewesen, um aufzustehen, so daß er sie hochgehoben und in ihr Zimmer gebracht hatte. Dort war sie fast augenblicklich eingeschlafen. Es war ein unruhiger, von Visionen und wilden Fieberträumen gepeinigter Schlaf gewesen, aus dem sie erst nach zwei Tagen erwacht war.

Auch danach war sie noch schwach gewesen, vor allem aber verwirrt und völlig durcheinander. Sie hatte Stunde um Stunde wach in ihrem Bett gelegen und versucht, Ordnung in ihre Gedanken zu bringen.

Mehrfach war Kar bei ihr gewesen, hatte sich erkundigt, wie sie sich fühlte, und hatte ihr zu essen und zu trinken gebracht. Er schien ernsthaft um sie besorgt zu sein. Trotz seiner Verwandlung in eine völlig unmenschliche Kreatur schien er sich tief in seinem Inneren noch einen Rest von Menschlichkeit bewahrt zu haben, was Suzy Hoffnung schöpfen ließ, daß doch noch eine Chance bestand, ihre Ziele zu erreichen.

Am nächsten Tag stand sie wieder auf.

Sie fühlte sich immer noch benommen, und es fiel ihr

schwer, sich zu konzentrieren. Irgend etwas war während ihres Aufenthalts in dem Raum mit ihrem Bewußtsein geschehen. In ihrem Kopf war etwas durcheinandergeraten, von dem sie sich nicht binnen ein paar Stunden wieder erholen konnte. Sie zweifelte keinen Augenblick an Kars Behauptung, daß nur noch eine Winzigkeit gefehlt hatte, um sie in den Wahnsinn stürzen zu lassen.

Innerhalb von kaum vierundzwanzig Stunden hatte sie gleich zwei gravierende Fehler begangen, von denen beide leicht zu ihrem Tod hätten führen können. Was immer sie in nächster Zeit unternahm, sie würde noch sehr viel gründlicher als bisher planen und alle eventuellen Konsequenzen bedenken müssen.

Zunächst aber würde sie sich sehr stark zurückhalten und Kar vorspielen, daß sie ihm dankbar wäre und wieder ganz auf seiner Seite stünde. Das dürfte wesentlich schwieriger als früher werden. Als er noch ein Mensch gewesen war, hatte sie ihn – wie fast alle Männer – mit ihren körperlichen Reizen betören können. Diese Möglichkeit besaß sie nun nicht mehr. Um so wichtiger war es, daß sie ihren Verstand einsetzte, doch gerade dieser hatte unter den Ereignissen gelitten. Sie hoffte, daß ihre Konzentrationsschwäche nur vorübergehend war.

Als sie an diesem Tag aufstand, fand sie Kar in der Generatorenhalle, wo er an der Anlage zur Zeitlosen Ortsversetzung herumhantierte. Bei ihrem Eintreten richtete er sich auf. Seine Haltung strahlte Macht und Stärke aus. Einige Sekunden musterte er sie schweigend mit einem Blick, unter dem Suzy sich wie ein beim Klauen ertapptes Kind fühlte.

»Wie geht es dir?« brach er schließlich das Schweigen.

»Ganz gut«, erwiderte Suzy. »Noch etwas schwach, aber sonst bin ich in Ordnung. Was ist das bloß für eine Höllenmaschine in diesem Raum gewesen?«

»Etwach, dass nich für Mänchen gedacht icht«, erwiderte er knapp.

Suzy fiel auf, daß seine Sprechweise sich in den letzten Tagen erneut leicht verändert hatte. Sie pendelte zwischen einem noch stärkeren Zischen und nasalen Lauten, war dadurch aber zugleich auch ein wenig verständlicher geworden. »Du hättesst chterben können. Wass hacht du überhaupt dort chemacht?«

»Ich habe dich gesucht«, behauptete Suzy, doch im gleichen Moment wurde ihr bewußt, wie dünn diese Ausrede klang, und sie entschloß sich, die Wahrheit zu sagen. »Außerdem wollte ich herausfinden, was sich dort befindet. Wir sind immerhin Partner.«

»Partnär«, wiederholte Kar gedehnt. »Partnär chind wir ercht wieda, wenn ich weich, dass ich dir ganch vertrauen kann.«

»Das kannst du«, beteuerte sie und hoffte, daß er sie nicht fragte, wie sie es geschafft hatte, den Zugang zu öffnen. Doch ihn interessierten momentan offenbar ganz andere Dinge. Er winkte sie zu sich heran.

»Ob ich dir vertrauän kann, wird chich cheigen«, sagte er. »Chieh dir dass hier an. Ich habe ech gechafft, die Anlagä wieda fasst ganch chu reparierän.«

Suzy beugte sich über die Kristallplatte, die die natürlichen Magnetfeldlinien der Erde anzeigte. Schon vor Monaten hatte Kar zur leichteren Orientierung die Umrisse der Kontinente darauf aufgemalt. In Mittelamerika pulsierte ein winziger leuchtender Kreis.

»Was ist damit?« wollte sie wissen.

»Ich weich ech nicht«, erwiderte Kar. »Irgend etwach chtimmt mit där Anlagä nicht.«

»Aber du hast doch gesagt, du hättest sie repariert.«

»Dass habä ich auch«, fauchte er. Es klang zornig. »Abär ech hat eine chtarke Erchütterung der Magnetfelder gegebän. Der Impulss kam vor etwa eina Chtunde, und seithär icht keinä klarä Ancheige mehr möglich. Chieh dir dass an.«

Er berührte mit seinen Klauen einige Symbole. Die Luft über der Platte begann zu flimmern, und langsam schälte sich ein Bild daraus hervor. Suzy sah Tom Ericson und Gudrun Heber, die gerade in einer urwaldartigen Umgebung aus einem altersschwachen Pritschenwagen ausstiegen. Auf der Ladefläche stand etwas, das mit einer Plane zugedeckt war, so daß sie nicht erkennen konnte, um was es sich handelte. Der Wagen hatte einen platten Reifen, und die beiden A.I.M.-Mitarbeiter hatten offenbar Schwierigkeiten, ihn zu wechseln.

»Scheint doch, als wäre alles in Ordnung«, meinte sie.

»Abär ech cheint nur cho«, gab Kar zurück. Er deutete auf einige Hieroglyphen am Rand der Platte. »Die Anlage behauptät, dass Bild chtamme vom fünfundchwanzigchten Märch diechech Jahrech.«

»Aber das ist doch völlig unmöglich«, entfuhr es Suzy. Sicherheitshalber blickte sie auf ihre Armbanduhr, die auch eine Datumsanzeige enthielt. »Wir haben heute erst den zweiundzwanzigsten.«

»Ebän«, bestätigte Kar. »Abär die Anlage cheigt nur Bildär, die chon mehrere Tagä alt chind, odär die noch in der Chukunft liegän.«

»Glaubst du, daß Ericson und diese Heber etwas damit zu tun haben?« erkundigte sich Suzy.

»Ech icht möchlich«, antwortete Kar. »Ich weich ech nicht. Abär dann müchen die beidän etwach chehr Bedeutchamech gefunden habän. Chack choll chich darum kümmern. Ssein Auftrag in Auchtralien kann wartän. Ich ...«

Er brach ab, als plötzlich mehrere Linien auf der Platte aufzuleuchten begannen.

»Was hat das zu bedeuten?« fragte Suzy.

»Ich weich ech nicht«, sagte er. Hektisch begann er verschiedene Symbole zu berühren und einige Linien nachzufahren. »Etwass icht in die Magnetlinien geraten und hängt darin fecht. Ech blockiert die Anlage. Ich chaffe ech nicht, ech ganch herchuholän.«

Mehrere Minuten lang mühte er sich mit der Anlage ab, ohne etwas zu erreichen. Schließlich schüttelte er den Echsenschädel.

»Dass wird längär dauern«, erklärte er. »Du wircht dich mit Chack in Verbindung chetchen. Er icht in einem Hotel in Chydney abgechtiegen.« Er reichte ihr einen Zettel, auf dem eine Telefonnummer stand. »Ruf ihn an und chag ihm, dass er nach Guatemala Chity fliegän choll. Dort werden Tom Ericchon und Gudrun Hebär in den nächten Tagen ankommen. Er choll herauchfindän, wach chie gechucht haben, und verchuchen, ech ihnen abchunehmän. Chag ihm dass.«

Suzy nickte und verließ eiligst den Raum. Sie war froh, für eine Weile aus Kars unmittelbarer Nähe wegzukommen.

Es war sinnlos. Je weiter sie die Landzunge entlanggegangen waren, desto störrischer hatten sich die Mulis gebärdet, und jetzt waren sie durch nichts mehr dazu zu bewegen, auch nur einen weiteren Schritt zu tun. Ihre Augen wirkten unnatürlich groß und waren wie ihre Ohren ständig in Bewegung, als würden sie irgend etwas sehen und hören, was den Menschen verborgen blieb.

Ihre Nervosität war ansteckend. Auch die Menschen blickten sich ununterbrochen um, als rechneten sie damit, daß jeden Augenblick irgend etwas Unheimliches aus dem verfilzten Gestrüpp und den ölig glänzenden Wasserflächen hervorkriechen würde. Nur Tom zeigte sich gänzlich unberührt.

»Das war's dann, Paco«, sagte er. »Du kehrst mit den

Mulis zurück. Von hier an müssen wir die Ausrüstung selbst schleppen.«

»Señor Ericson ...«, begann Paco.

Tom hob die Hand. »Keine Widerrede«, schnitt er ihm das Wort ab. »Wir haben das vorher besprochen. Und irgend jemand muß sich um die Tiere kümmern.«

Paco warf seinem Vater einen hilfesuchenden Blick zu, aber der Bauer schüttelte nur stumm den Kopf.

Sie entluden die Maultiere und teilten die Ausrüstung unter sich auf. Der Junge beobachtete Gudrun und die Männer sehnsüchtig. Manolo umarmte seinen Sohn kurz und schulterte sein Gepäck.

»*Qué te vajas bien*«, verabschiedete sich Gudrun in gebrochenem Spanisch und umarmte den Jungen ebenfalls, obwohl die Geste irgendwie übertrieben war. Schließlich würde es kein Abschied für immer sein. Es sei denn ... Sie schüttelte den Gedanken ab.

Tom war bereits losgegangen, und Gudrun eilte ihm hinterher. Sie stieß ihn in die Seite. »Hättest du Paco nicht wenigstens auf Wiedersehen sagen können?« fragte sie vorwurfsvoll. »Der Junge verehrt dich.«

Sie hatte mit einer unwirschen Antwort gerechnet, aber zu ihrer Überraschung blieb Tom stehen und drehte sich um. Paco stand mit hängendem Kopf zwischen den Mulis.

»Eh, Paco!« rief Tom und hob eine Hand. »*Hasta luego!*«

Der Junge blickte auf und strahlte übergangslos. Er winkte eifrig zurück. Und tatsächlich huschte der Anflug eines Lächelns über Toms Gesicht.

Gudrun zog die Gurte ihres Rucksacks fest und folgte den Männern in den Sumpf hinein.

Gudrun registrierte die unnatürliche Stille als erste.

Seit Stunden folgten sie der schmalen Landzunge, die wie ein künstlich aufgeschütteter Damm durch den *pantano de los espectros* führte. An einigen Stellen lappte das fast schwarze brackige Wasser über den Boden, aber noch war der Untergrund fest.

Daß die üblichen Geräusche des Urwaldes verstummt waren, bemerkte Gudrun erst, als sie einen Moment lang stehen blieb, um sich eine juckende Stelle in ihrem schweißnassen Nacken zu kratzen, und Roberto Chimenez gegen sie prallte.

»Entschuldigung, Señorita Heber ...«, begann Don Sebastians ehemaliger Sekretär, und Gudrun zuckte unwillkürlich zusammen. Sie hob eine Hand. »Psst.«

Chimenez verstummte, blickte sich nervös um und sah sie fragend an.

»Tom?« rief Gudrun.

Der Archäologe, der den kleinen Zug anführte, drehte sich zu ihr um. »Müde?« erkundigte er sich knapp. Die anderen blieben ebenfalls stehen, offensichtlich erleichtert über die kurze Pause, obwohl sich bisher niemand beschwert hatte.

Gudrun schüttelte den Kopf. »Das ist es nicht ... Hörst du das?«

Tom lauschte eine Weile und runzelte die Stirn. »Ich höre nichts.«

»Eben«, erwiderte Gudrun. »Es müßte hier eigentlich von Vögeln, Fröschen und anderen Tieren nur so wimmeln, aber es sind kaum Tierstimmen zu hören. Bis auf ein paar zirpende Grillen oder Zikaden.«

»Und bis auf die verdammten Moskitos.« Tom schlug sich mit der flachen Hand auf den Hals und zerrieb einen der Plagegeister zwischen den Fingern. »Ist das normal hier in der Gegend?« wandte er sich an Manolo.

Der Bauer hob die Schultern. Er wirkte unruhig. »Das

weiß ich nicht, Señor Ericson. Niemand von uns geht so tief in den Sumpf.« Er bekreuzigte sich flüchtig.

Es muß ihn und die anderen campesinos *viel Mut gekostet haben, sich uns anzuschließen,* dachte Gudrun schuldbewußt. *Und wir haben es einfach als selbstverständlich angenommen, daß sie uns begleiten.*

Ihre Angst war viel realer. Wenn die Tiere des Waldes verstummten, bedeutete das meistens Gefahr. Schlich vielleicht außer ihnen noch jemand hier herum. Riviere ...

Tom schien ihre Gedanken gelesen zu haben. »Riviere ist tot, Gudrun«, sagte er gereizt. »Wir haben das bereits zur Genüge erörtert. Die vernünftigste Erklärung ist, daß ihn ein Jaguar weggeschleppt hat. Und selbst wenn er aus eigener Kraft in die Büsche gekrochen sein sollte – niemand überlebt einen Lungensteckschuß ohne sofortige ärztliche Hilfe. Auch nicht so ein zäher Hund wie Riviere. Wie oft sollen wir das noch durchkauen?«

Gudrun wußte, daß er recht hatte, aber ihr Gefühl schien immun gegen die Vernunft zu sein.

»Wir sollten weitergehen«, drängte Roberto Chimenez. »Ich möchte nicht die Nacht auf diesem schmalen Damm verbringen. Hier gibt es nicht einmal trockenes Brennholz für ein Feuer.«

»Völlig richtig«, stimmte Tom zu. »Oder braucht irgend jemand dringend eine Pause?«

Einer nach dem anderen schüttelten die Männer den Kopf. Gudrun schloß sich ihnen an. Obwohl ihre Schultern durch die Last des Rucksackes allmählich wundgescheuert wurden und ihre Wadenmuskeln sich zu verkrampften drohten, sehnte auch sie sich nach einem größeren Fleck festen Landes, an dem sie ihr Nachtlager aufschlagen konnten.

Die kleine Kolonne setzte ihren schweigenden Marsch fort, und eine Stunde später erreichte sie eine Gablung des Weges.

Zusammengekrümmt und die Arme fest um den Oberkörper geschlungen, schlich Suzy Duvall zu ihrem Zimmer. Sie wußte nicht, was genau mit ihr los war. Der Anfall war ganz plötzlich gekommen, noch während sie mit Jack Warden telefoniert hatte. Ihre Hände hatten zu zittern begonnen, ihr Herzschlag hatte sich beschleunigt, und der Schweiß war ihr ausgebrochen.

Sie hatte das Gespräch mit Warden so rasch wie möglich beendet und war still sitzengeblieben, in der Hoffnung, der Anfall würde vorübergehen. Das Gegenteil jedoch war der Fall; ihr Gesundheitszustand hatte sich binnen weniger Minuten drastisch verschlechtert. Sie fror, als ob sie sich in einer Kühlkammer befinden würde, während ihr gleichzeitig der Schweiß übers Gesicht rann. Ihr Puls raste, und das Zittern, das sie anfangs nur an den Händen gemerkt hatte, hatte inzwischen auf ihren ganzen Körper übergegriffen.

Sie bedauerte, daß sie sich überhaupt auf den Weg zu ihrem Zimmer gemacht hatte, um sich dort etwas auszuruhen, doch als sie aufgebrochen war, hatte sie nicht vorhersehen können, daß es so schlimm werden würde. Nun aber stellten sogar die wenigen Schritte sie vor fast unüberwindliche Probleme. Nur mit äußerster Willenskraft zwang sie sich, einen Fuß vor den anderen zu setzen.

Alles verschwamm vor Suzys Augen. Zudem litt sie jetzt auch noch an Halluzinationen, sah bunte Schemen um sich herumtanzen.

Sie erreichte ihre Zimmertür. Für einen Moment glaubte sie, die Tür des *Blue Star* vor sich zu haben, des schmuddeligen Bordells, in dem sie einst gearbeitet hatte, und sie war überzeugt, durch ein Tor in die Vergangenheit zurückzustürzen und sich wieder in dem schmutzigen kleinen Zimmer dahinter wiederzufinden. Bläuliche Blitze schienen wie Schlangen über das Holz zu gleiten und die Umrisse nachzuzeichnen. Gleich darauf wurde die Tür wieder normal, doch dafür hatten sich alle Proportionen um Suzy herum verschoben. Es sah aus, als wäre ihr Arm, den sie nach der Klinke ausstreckte, auf das Doppelte seiner normalen Länge angewachsen.

Mühsam taumelte sie ins Zimmer hinein. Sie sah Flammen aus ihrem Bett schlagen, deren Farbe zwischen Rot und Grün wechselte, doch sie konnte sich nicht länger auf den Beinen halten. Zusammengekrümmt ließ sie sich auf das Bett fallen, und im gleichen Moment erloschen die Flammen.

Suzy Duvall schnappte keuchend nach Atem. Sie wußte nicht, was mit ihr geschah. Anfangs hatte sie noch geglaubt, sie hätte sich einfach überanstrengt, nachdem sie mehrere Tage lang bettlägerig gewesen war, doch das allein war es nicht. Einige Symptome, die sie verspürte, ähnelten Entzugserscheinungen bei Rauschgiftsüchtigen, aber auch wenn sie gelegentlich ein paar gute Lines Kokain nicht verschmähte, war sie von keinerlei Drogen abhängig.

Es mußte etwas mit dem zu tun haben, was ihr im Raum des Wissens zugestoßen war. Anscheinend wurden dort Informationen auf eine in der Wissenschaft bislang unbekannte Weise direkt ins Gehirn übermittelt. Anders als Kar, der damit keinerlei Probleme zu haben, sogar noch gestärkt zu werden schien, war ihr menschliches Gehirn damit offensichtlich nicht zurechtgekommen. Teile ihres Verstandes hatten sich verwirrt, und auch ihr vegetatives Nervensystem war in Mitleidenschaft gezogen worden.

Suzy Duvall verfluchte ihre eigene Neugier, die sie in diesen Raum getrieben hatte. Sie konnte nur hoffen, daß sie die Nachwirkungen möglichst bald überwand. Davon war sie im Moment jedoch noch weit entfernt.

Zusammengekrümmt wälzte sie sich auf ihrem Bett von einer Seite zur anderen. Ihr Körper wurde von

Krämpfen geschüttelt. Ihr Verstand gaukelte ihr Trugbilder vor. Die meisten stammten aus ihrer Vergangenheit, die sie, so gut es ging, verdrängt hatte. Jetzt aber schoben sich diese unliebsamen Erinnerungen mit aller Macht in ihr Bewußtsein und verursachten ihr neben dem körperlichen Schmerz auch noch psychische Pein.

Leise stöhnend starrte Suzy in die Dunkelheit und wartete darauf, daß der Anfall vorüberging. Sie war froh, daß es dunkel war. Die Schlafräume waren die einzigen in der schwarzen Pyramide, deren Helligkeit sich nach Belieben regeln ließ, weil Kar sie rundum mit lichtundurchlässigen Kunststoffplatten ausgekleidet und normale Lampen installiert hatte. So brauchte sie sich neben den Bildern aus ihrer Erinnerung wenigstens nicht auch noch den bizarr verschobenen Wahrnehmungen auszusetzen, zu denen ihr verwirrtes Bewußtsein die Realität deformierte.

Suzy durchlitt alle Qualen der Hölle. Sie wußte nicht, wie lange der Anfall dauerte, bevor es endlich etwas besser wurde, aber selbst dann blieb sie noch lange reglos auf ihrem Bett liegen.

Sie hoffte mit aller Inbrunst, daß es keine weiteren Anfälle dieser Art geben würde.

»Wohin jetzt?« fragte Tom und massierte nachdenklich seine Nasenwurzel mit Daumen und Zeigefinger.

Gudrun spähte die Pfade entlang. Der linke Weg führte schnurgerade weiter in den Sumpf hinein, ein knapp zwei Meter breiter Damm aus Sand und Kies, den die Vegetation aus unerfindlichen Gründen immer noch nicht erobert hatte, obwohl er mehr als sechshundert Jahre alt sein mußte. Der rechte Weg war schmaler und in einem schlechteren Zustand. Nach rund zweihundert

Metern beschrieb er eine Biegung und verschwand außer Sicht.

»Die Tem...«, begann Gudrun und korrigierte sich sofort wieder. »Die Mayas werden es eventuellen Verfolgern bestimmt nicht so leicht gemacht haben, ihren Spuren zu folgen. Der linke Weg wirkt einfach *zu* einladend. Ich würde für den rechten plädieren, aber das ist nur ein Gefühl und kein wissenschaftliches Argument.«

Tom runzelte die Stirn. Er kannte Gudrun lange genug, um zu wissen, daß auf ihre Intuition meistens Verlaß war. »Hat irgend jemand einen anderen Vorschlag?« fragte er.

Roberto Chimenez und die Bauern verneinten, Biehl sagte gar nichts, so wie er bereits seit ihrem Aufbruch geschwiegen hatte.

»Wo genau ist Süden?« fragte Gudrun.

»Da«, erwiderte Tom und deutete auf den rechten Weg.

»Willst du denn nicht wenigstens den Kompaß überprüfen?«

»Der Kompaß funktioniert nicht mehr richtig«, gab Tom zurück. »Nicht mehr, seit wir den Sumpf betreten haben«, fügte er hinzu, als er Gudruns erstaunten Gesichtsausdruck bemerkte. »Die Nadel schwankt ständig hin und her, zeigt im Mittel aber nach Süden statt nach Norden.«

»Woher weißt du das, wenn ...?«

»Anhand der Sonne«, unterbrach er sie. »Es ist jetzt kurz nach drei Uhr, und sie steht über unserer rechten Schulter. Also muß dort zwangsläufig Südwesten sein und der rechte Weg folglich nach Süden führen. Ich denke, wir sollten ihn wirklich nehmen.«

Gudrun schwieg, obwohl es sie ärgerte, daß Tom es nicht für nötig befunden hatte, seine Begleiter über den Ausfall des Kompasses zu unterrichten.

Die kleine Gruppe setzte sich wieder in Bewegung.

Nicht weit hinter der Biegung verschwand der Weg im

Sumpf. Tom blieb erneut stehen, als das Brackwasser seine Schuhe umspülte.

»Señor Ericson, wir sollten umkehren und doch lieber den anderen Pfad nehmen«, sagte Roberto nervös.

»Das finde ich nicht«, widersprach Gudrun. »Tom, siehst du die beiden säulenartigen Felsen da vorn?«

Der Archäologe folgte ihrem ausgestreckten Arm mit zusammengekniffenen Augen.

Von Flechten und Moos fast überwuchert, so daß sie wie abgestorbene Baumstümpfe aussahen, ragten zwei schlanke Felsquader aus dem Morast hervor.

»*Madre de Dios*«, flüsterte Roberto Chimenez. »Das scheinen die gleichen Stelen zu sein, wie sie in Don Sebastians Keller stehen.«

Tom nickte und ging langsam weiter, vorsichtig einen Fuß vor den anderen setzend. Das Wasser stieg ihm bis an die Knöchel. »Der Untergrund ist fest«, berichtete er. »Und hinter den Stelen scheint der Pfad wieder anzusteigen. Aber ihr solltet trotzdem besser warten, bis ich drüben bin.«

Wie Gudrun nicht anders erwartet hatte, erhob niemand Einwände. Sie sah angespannt zu, wie sich Tom quälend langsam durch die schillernde Brühe vortastete. *Er hätte sich vorher anseilen sollen,* dachte sie, *damit wir ihn rausziehen können, falls er im Morast versinkt.*

»Mr. Ericson!« rief Phil Biehl plötzlich. »Da, rechts von Ihnen!«

Gudruns Kopf ruckte herum. Der vierschrötige Amerikaner hatte seinen Revolver gezogen und zielte damit in den Sumpf.

Im ersten Moment konnte Gudrun nichts Verdächtiges erkennen, doch dann entdeckte sie eine Bewegung in der spiegelglatten Wasseroberfläche. Ein dunkler Punkt näherte sich Tom langsam aber zielstrebig. Nein, korrigierte sie sich, zwei Punkte, drei ...

»Kaimane!« stieß Roberto hervor.

Tom war stehengeblieben und suchte den Sumpf mit den Blicken ab. »Ich sehe sie.« Er wirkte nicht sonderlich beunruhigt, griff aber trotzdem nach seinem Colt. »Nur keine Panik. Menschen passen nicht in das Beuteschema dieser Exemplare.«

Die Reptilien schien das nicht zu kümmern. Sie änderten leicht den Kurs, als sich Tom wieder in Bewegung setzte, und hielten stur auf ihn zu.

Als sie nur noch einen Steinwurf von ihm entfernt waren, gab er einen Schuß ab. Gudrun wußte nicht, ob er einen der Kaimane getroffen hatte, aber plötzlich brodelte dort, wo die Kugel eingeschlagen war, das Wasser, und ein schuppiger Schwanz schnellte hervor.

Weitere Schüsse peitschten auf. Emilio hatte seinen Rucksack abgestreift und die Schrotflinte gehoben, Roberto schoß mit einem Karabiner, Biehl mit seinem Revolver. Ein Schwarm bunter Vögel stieg mit schrillen Warnrufen aus einer Baumkrone auf, und irgendwo in der Ferne kreischte eine Herde Brüllaffen. Nach der stundenlangen unheimlichen Stille klang der Lärm ohrenbetäubend.

Tom war noch während des Kugelhagels schneller als zuvor weitergewatet, ohne die Stelle, an der die Kaimane untergetaucht waren, aus den Augen zu lassen. Auf halber Strecke zu den Stelen reichte ihm das Wasser bis zur Hüfte, tief genug, um eins der ausgewachsenen Reptilien zu verbergen. Doch er erreichte das trockene Land hinter den Stelen ohne weitere Zwischenfälle.

»Alles klar!« rief er mit einem, wie Gudrun fand, der Situation völlig unangemessenen Grinsen. »Der nächste bitte.«

Sie sah sich mit klopfendem Herzen um. Die Männer zögerten, und sie gab sich einen Ruck. Wenn die Schüsse die Kaimane tatsächlich vertrieben hatten, war es am besten, die Senke gleich jetzt zu durchqueren, bevor die Biester ihren Schreck überwinden konnten und zurückkehrten.

Ihr Atem ging keuchend, als sie steifbeinig durch die schmierige Brühe stakste. Eine Moskitowolke umschwirrte ihren Kopf mit nervtötendem Summen, und sie mußte sich zusammenreißen, um nicht einfach loszurennen. Als sie wieder trockenen Boden unter den Füßen hatte, zitterten ihre Knie so stark, daß sie sich an Tom festhalten mußte. Er ignorierte die Berührung.

Einer nach dem anderen folgten die fünf Männer, ohne daß die Kaimane noch einmal auftauchten, aber nach der anfänglichen Erleichterung kehrte Gudruns Angst zurück. Sollten sie die Nacht auf diesem schmalen Pfad verbringen müssen, würde sie garantiert wieder kein Auge zutun können.

»Es sind tatsächlich die gleichen Stelen wie die in Yukatan«, riß Toms Stimme sie aus ihren Gedanken. Der Archäologe hatte das Moos und die Flechten von einer der Steinsäulen abgekratzt und ein Templerkreuz freigelegt. »Das heißt, wir sind auf dem richtigen Weg.«

»Fragt sich nur, ob nicht noch mehr Überraschung bis zu unserem Ziel auf uns warten«, murmelte Gudrun düster. »Und in spätestens drei Stunden wird es dunkel.«

Sie benötigten nicht einmal die Hälfte der Zeit. Der Pfad wurde wieder breiter und fester, und dann erhob sich unvermittelt eine kreisrunde Insel vor ihnen. Obwohl sie von dichtem Gestrüpp überwuchert war, reichte ein Blick, um zu erkennen, daß hier vor langer Zeit Menschen gelebt haben mußten.

Und diese Menschen waren keine Mayas gewesen, denn die charakteristischen Templerkreuze auf den Grabtafeln gehörten nicht zu den von den mittelamerikanischen Indianern verwendeten Symbolen.

Die Insel durchmaß etwas mehr als hundert Meter, der Boden war felsig. Sie entdeckten siebenundfünfzig Gräber, jedes mit einer schlichten Tafel versehen, die das Templerkreuz in einem Kreis trug. Der Kreis war in vier Segmente unterteilt, in die Buchstaben hineingemeißelt waren. Im Uhrzeigersinn gelesen lauteten sie: *Lap*, *ex*, *sit* und *illis*. Setzte man sie überkreuz zusammen, ergaben sich zwei Wörter, die sich auch auf den Stelen befunden hatten: *Lapsit exillis*.

Ein paar verfallene Bauwerke, deren Fundamente aus grob behauenem Stein bestanden, deuteten darauf hin, daß die Bewohner der Insel hier eine dauerhafte Siedlung errichtet hatten. Die aus Holz bestehenden Wände und Dächer waren längst in sich zusammengestürzt. Auch das aus Holz gefertigte schlichte Mobiliar war teilweise verrottet.

Es war Tom schleierhaft, wie die Tempelritter auf dieser kargen Insel inmitten des Sumpfes lange genug hatten überleben können, um hier eine Siedlung zu bauen. Doch diese Frage interessierte ihn nur am Rande. Was seine Aufmerksamkeit fesselte und sein Forscherherz schneller schlagen ließ, war die kleine Kapelle, die im Zentrum der Insel stand.

Gudrun und er näherten sich ehrfürchtig dem rund sechs mal vier Meter messenden Gebäude mit dem ovalen Kuppeldach, das die Jahrhunderte offensichtlich unbeschädigt überdauert hatte. Obwohl es einfach und schmucklos war, vermittelte es irgendwie einen erhabenen Eindruck. Die Längswände wurden durch jeweils zwei kreuzförmige Öffnung durchbrochen, die Rückwand durch eine. In die Frontseite war eine hölzerne Tür eingelassen.

»Ist es das, wonach Sie gesucht haben?« erkundigte sich Phil Biehl mißtrauisch. Seit sie die Insel erreicht hatten, klebte er wie ein Klette an den beiden Wissenschaftlern. Auch Roberto Chimenez wich ihnen nicht von der Seite. Emilio, Manolo und Simon dagegen waren zurückgeblieben und sammelten in respektvoller Entfernung zu dem kleinen Friedhof Brennholz für ein Lagerfeuer. Die Sonne stand bereits tief über dem Horizont, die Schatten wurden länger. Bald würde die Nacht hereinbrechen.

»Diese schäbigen Ruinen sehen mir nicht danach aus, als gäbe es hier was zu holen«, knurrte Biehl.

»Wir haben Sie nicht gezwungen, uns zu begleiten, und wir haben Ihnen nichts versprochen«, erwiderte Tom geistesabwesend. »Sie wollten unbedingt mitkommen.« Er starrte die Holztür wie hypnotisiert an. Seine Gedanken überschlugen sich. Was mochte sie auf der anderen Seite erwarten? Die legendäre Bundeslade der Israeliten? In einer primitiven Kapelle auf einer kleinen Insel mitten in einem moskitoverseuchten Sumpf im Herzen Guatemalas? Warum sollte ein Ritterorden sein größtes Heiligtum ausgerechnet an diesem gottverlassenen Ort verstecken?

Plötzlich erschien ihm die ganze Mission absurd, und er hatte Angst, die Tür zu öffnen. Was, wenn sie im Inneren des Gebäudes nichts außer einem schlichten Altar vorfanden? Was, wenn alle Opfer umsonst gewesen waren?

Menschen hatten sterben müssen, nur weil sie ... Er spürte zwei Hände auf seinen Schultern, die ihn sanft schüttelten, und blinzelte.

»Tom«, sagte Gudrun atemlos. »Öffne die Tür.«

»Ich ...« Er schüttelte benommen den Kopf. Das Blut rauschte ihm in den Ohren. Wenn die Lade wirklich ...

»Worauf warten wir noch?« Biehl rempelte ihn grob an, schob sich an ihm vorbei und baute sich vor der Tür auf. Er suchte vergeblich nach einem Riegel oder einer Klinke, legte beide Hände gegen das verwitterte Holz und drückte. Es knirschte vernehmlich.

Der Amerikaner drehte sich kurz zu seinen Begleitern um und grinste. Dann hob er ein Bein und trat kräftig zu.

Das morsche Holz splitterte, und die ganze Tür kippte nach innen.

Staub wallte auf, und irgend etwas Dunkles flatterte durch die graue Wolke ins Freie.

Gudrun riß instinktiv die Hände hoch und duckte sich. Tom griff nach seinem Colt, Roberto stieß einen Fluch aus.

»Fledermäuse!« rief Biehl und lachte laut. Er schob den Kopf durch die Türöffnung. »Da hängt eine Stoffplane«, meldete er, »und daneben sitzen zwei ...« Er hustete.

Mit ein paar schnellen Schritten war Tom neben ihm. Der Staub legte sich langsam.

Wie Biehl gesagt hatte, wurde die Kapelle von einer Stoffplane geteilt. Rechts und links an den Seitenwänden standen zwei einfache Holzstühle, und auf ihnen saßen zwei Skelette. Beide hatten die Hände um die Griffe von langen Schwertern gelegt. Ihre Kleidung war fast völlig vermodert, doch auf dem Umhang des einen Toten konnte man noch ein großes Kreuz erkennen, das vermutlich einmal rot gewesen war.

Plötzlich schien der Mut Biehl verlassen zu haben. Er blieb in der Türöffnung stehen.

Tom betrat die kleine Kapelle und ging wie in Trance weiter. Er berührte das Tuch mit dem Colt. Der Lauf durchstieß den Stoff, als wäre er substanzlos, und dann rieselte das Gewebe wie Asche zu Boden.

»Heilige Mutter Gottes!« ächzte Biehl heiser.

In der Mitte des Raumes stand eine knapp zwei Meter lange goldene Truhe. Sie mochte etwa einen Meter hoch und ebenso breit sein. Durch eine der kreuzförmigen Öffnungen in der Seitenwand fiel ein Sonnenstrahl und ließ die goldenen Figuren, die den Deckel der Truhe zierten, sanft schimmern.

Sie ist es! dachte Tom wie betäubt. Er trat einen Schritt auf die Lade zu, hob eine Hand und ließ sie wieder sinken. Das Ende einer Odyssee. Sie hatten es geschafft. Er hörte, wie Gudrun hinter ihm irgend etwas sagte, aber in seinem Kopf schien eine andere Stimme zu ertönen und einen Text zu rezitieren, den er in den letzten Wochen so oft gelesen hatte, daß er ihn auswendig kannte. Eine Passage aus dem zweiten Buch Mose:

Und sie sollen eine Lade aus Akazienholz machen, zweieinhalb Ellen ihre Länge und eineinhalb Ellen ihre Breite und eineinhalb Ellen ihre Höhe. Und du sollst sie mit purem Gold überziehen. Innen und außen sollst du sie überziehen, und du sollst einen goldenen Rand ringsum an ihr machen. Und du sollst für sie vier Ringe aus Gold gießen und sie über ihren vier Füßen anbringen, nämlich zwei Ringe an ihrer einen Seite und zwei Ringe an ihrer anderen Seite. Und du sollst Stangen aus Akazienholz machen und sie mit Gold überziehen. Und du sollst die Stangen durch die Ringe an den Seiten der Lade stecken, um damit die Lade zu tragen. Die Stangen sollen in den Ringen der Lade bleiben. Sie sollen nicht von ihr entfernt werden.

Der Bibeltext lieferte eine genaue Beschreibung dessen, was Tom vor sich sah. Sein Blick wanderte über die goldene Truhe und saugte sich an ihrem Deckel fest. Wieder drang Gudruns Stimme undeutlich an seine Ohren, drängend und warnend, doch die körperlose Stimme in seinem Kopf überlagerte sie und fuhr fort:

Und du sollst einen Deckel aus purem Gold machen, zweieinhalb Ellen seine Länge und eineinhalb Ellen seine Breite. Und du sollst zwei Cherubim machen aus getriebenem Gold an beiden Enden, so daß ein Cherub sei an diesem Ende, der andere an jenem. Und die Cherube sollen ihre beiden Flügel nach oben hin ausbreiten, den Deckel mit ihren Flügeln beschirmend, daß eines jeden Antlitz gegen des anderen stehe. Und du sollst in die Lade das Gesetz legen, das ich dir geben werde.

Dort zwischen den beiden Cherubim will ich dir begegnen und mit dir alles reden, was ich dir gebieten will für die Kinder Israel ...

Ein Stoß in den Rücken ließ ihn taumeln. Er fuhr herum, und im gleichen Moment wurde ihm der Colt aus der Hand gerissen. Seine Augen weiteten sich ungläubig.

Phil Biehl stand grinsend vor ihm, eine kleine kompakte Waffe auf Toms Bauch gerichtet. Roberto Chimenez hatte einen Arm um Gudrun Hals geschlungen und sie in die Kapelle gezerrt. Er drückte ihr eine Pistole an die Schläfe, das gleiche Modell wie das Biehls.

Tom starrte die beiden Männer verständnislos an. Der erste klare Gedanke, der ihm durch den Kopf schoß, betraf die Waffen.

Zwei vz61 Skorpion, Kaliber .765, dreißig Kugeln im Magazin, auf Dauerfeuer gestellt zehn Schuß pro Sekunde. Ein tschechisches Fabrikat, nicht sehr zielsicher auf größere Distanz, gedacht für den Häuserkampf. Nicht viel größer als eine Magnum, leicht unter der Jacke zu verbergen.

Chimenez und Biehl arbeiten zusammen, war sein zweiter Gedanke. *Sie haben uns übertölpelt wie zwei Vollidioten. Sie haben uns benutzt, und jetzt, nachdem sie uns nicht mehr brauchen, werden sie uns abknallen und unsere Leichen hier im Sumpf versenken.*

Merkwürdigerweise verspürte er überhaupt keine Angst, nur hilflosen Zorn. Zorn und Enttäuschung.

»Wir sollten sie gleich hier fertigmachen, Boß«, sagte Biehl.

»Reden Sie keinen Quatsch, Biehl!« zischte Chimenez. »Wir haben das gestern ausführlich besprochen. Wir brauchen vier Mann, um die Lade zu tragen, und solange wir die reizende Señorita Heber haben, wird Señor Ericson bestimmt nicht auf dumme Gedanken kommen.«

Biehls Lippen wurden schmal, seine Augen huschten

begehrlich zu der Lade und kehrten zu Don Sebastians ehemaligem Privatsekretär zurück. Unvermittelt grinste er wieder. »Okay, Sie sind der Boß. Kümmern wir uns zunächst um die drei Bauern. Ich hoffe nur, daß keiner von ihnen versucht, den Helden zu spielen.«

»Nur keine Sorge«, erwiderte Chimenez abfällig. »Ich kenne diese Burschen seit Jahren. Sie sind harmlos. Kommen Sie.«

Er zerrte Gudrun ins Freie, die Mündung seiner Waffe fest auf ihre Schläfe gedrückt.

Biehl zog sich rückwärts bis zum Eingang zurück. »Keine Dummheiten, Ericson«, befahl er. »Verschränk die Hände im Nacken. Wenn du dich vernünftig verhältst, bleibst du am Leben. Aber ich warne dich, das Baby in meiner Hand ist auf Dauerfeuer gestellt. Eine falsche Bewegung, und du bist Geschichte.«

Tom glaubte ihm aufs Wort. In dieser Situation war es sinnlos, auch nur an Gegenwehr zu denken. Wenn sie mitspielten, würden Gudrun und er zumindest solange überleben, bis sie die Lade aus dem Sumpf herausgeschafft hatten. Und das würde erst morgen geschehen können, denn die Abenddämmerung war nicht mehr fern.

Also blieben ihnen noch vierundzwanzig Stunden, wahrscheinlich sogar noch mehr, wenn er das Gewicht der Lade bedachte. Vermutlich war es unmöglich, sie an einem Tag die ganze Strecke zu schleppen. Zeit genug, einen Ausweg zu finden.

Er hörte einen mehrstimmigen erschreckten Aufschrei von draußen, noch bevor er wieder ins Freie trat. Manolo, Emilio und Simon mußten Roberto Chimenez mit seiner Geisel gesehen haben.

Als Biehl und er die anderen erreichten, saßen die drei Bauern bereits wie ein Kleeblatt Rücken an Rücken auf dem Boden neben einem Stapel Brennholz und einer provisorischen Feuerstelle. Ihre Gesichter waren bleich und verängstigt. Chimenez hatte immer noch einen Arm um Gudruns Hals geschlungen und bedrohte sie nach wie vor mit der winzigen Maschinenpistole. Er nickte Tom zu. »Setzen Sie sich auf diesen Fels da. Sie, Biehl, fesseln in der Zwischenzeit die drei *campesinos*. Aber achten Sie darauf, daß Sie ihnen nicht die Blutzufuhr abschnüren. Wir brauchen morgen vier ausgeruhte Träger.«

Der vierschrötige Amerikaner zog ein Hanfseil aus einem der Rucksäcke, schnitt drei Stücke davon ab und band den Männern die Hände auf den Rücken. Dann zwang er sie zu knien und schlang das andere Ende um ihre Fußknöchel. Er verrichtete seine Arbeit geschickt und mit unverkennbarem Vergnügen.

»Gut, so«, kommentierte Chimenez. Er ließ Gudrun los, trat ein paar Schritte zur Seite und entspannte sich ein wenig. »Kümmern Sie sich jetzt um Señor Ericson. Ich glaube ...«

Was er glaubte, sollte für immer sein Geheimnis bleiben. Plötzlich peitschte ein trockener Knall auf, und auf seiner Stirn, dicht über der Nasenwurzel, erschien ein kreisrundes Loch. Roberto Chimenez sackte wie vom Blitz getroffen in sich zusammen.

Einen Moment lang stand Biehl stocksteif da und stierte den Toten verständnislos an. Dann stieß er einen gellenden Schrei aus, wirbelte herum und hechtete auf die Skorpion zu, die er auf den Boden gelegt hatte, um die Männer fesseln zu können.

Tom sprang auf und katapultierte sich mit einem gewaltigen Satz auf den Amerikaner zu. Er prallte gegen ihn, als sich Biehl gerade bückte und nach der Waffe griff.

Der Söldner wurde zur Seite geschleudert, rollte über die Schultern ab und war schneller als sein Gegner wieder auf den Beinen.

»Gudrun, Deckung!« schrie Tom und hob schützend

die Unterarme vor das Gesicht, um Biehls Tritt abzublocken. Der Stiefel verfehlte sein Kinn um Haaresbreite, doch der Tritt war so mörderisch, daß Tom auf den Rücken geworfen wurde.

Ein stechender Schmerz explodierte in seinen Armen und schoß bis in seine Schultern hoch. Von irgendwoher brüllte eine Männerstimme etwas auf Spanisch, das Tom nicht verstand. Er schnappte krampfhaft nach Luft und versuchte sich aufzurichten und den nächsten Angriff abzuwehren, doch Biehl machte keine Anstalten, sich auf ihn zu stürzen. Statt dessen griff er erneut nach der Maschinenpistole.

Seine Fingerspitzen berührten die Waffe gerade, als ein Fuß durch Toms Blickfeld zuckte und die Skorpion in hohem Bogen davonschleuderte.

Biehl heulte wütend auf und sprang zurück. Tom sah, wie er sich zu Gudrun umdrehte und die Hände nach ihr ausstreckte, doch sie tauchte unter seinem Griff hinweg und brachte sich mit einem Satz in Sicherheit. Er stemmte sich auf nahezu gefühllosen Armen hoch. Sein Kopf dröhnte.

Wieder hörte er die brüllende Männerstimme, gefolgt von einem weiteren Schuß. Ein Kugel riß scharfkantige Gesteinssplitter aus einem Felsen und jaulte als Querschläger gefährlich nahe vorbei.

Phil Biehl erstarrte. Er sah sich gehetzt um. Gudrun hatte die Skorpion mit ihrem Tritt in ein Gebüsch geschleudert, und sein Revolver lag zusammen mit Toms Colt neben dem toten Roberto Chimenez, zu weit entfernt, um ihn mit einem Sprung zu erreichen. Sein Blick flackerte. Zögernd hob er die Hände, ließ sie plötzlich wieder sinken und sprintete los.

Die nächste Kugel traf ihn in die Hüfte und ließ ihn der Länge nach auf den steinigen Boden prallen. Stöhnend wälzte er sich auf den Rücken und starrte mit verzerrtem

Gesicht zu der uniformierten Gestalt empor, die wie aus dem Nichts vor ihm aufwuchs.

»Adios, *assesino*«, sagte Benito Ortiz kalt und drückte ab.

»War das wirklich nötig, Capitano?« fragte Tom. »Biehl hätte Ihnen nicht mehr entkommen können. Sie hatten ihn bereits mit dem ersten Treffer unschädlich gemacht.«

Sie standen in der kleinen Kapelle, Tom, Gudrun und Benito Ortiz. Die Dämmerung war hereingebrochen, und in dem alten Gemäuer herrschte fast völlige Dunkelheit. Trotzdem konnten sie die Bundeslade immer noch deutlich erkennen, als würde das Heiligtum der Israeliten von innen heraus schwach leuchten. Es war ein erhabener und unheimlicher Anblick.

Der Polizist zuckte die Achseln. »*Quien sabe?*« fragte er zurück. »Glauben Sie, er hätte nicht ausgeplaudert, was Sie hier entdeckt haben?«

»Ich verstehe nicht, was Sie damit meinen«, bekannte Gudrun. Sie fühlte sich erschöpft und ausgehöhlt wie nie zuvor in ihrem Leben. Trotzdem bezweifelte sie, daß sie heute nacht Schlaf finden würde. Sie hatten das Ziel ihrer Suche erreicht, nur um letztendlich mit leeren Händen zurückzukehren. Und um welchen Preis? »Sobald Sie die Lade den Behörden übergeben haben, wird die ganze Geschichte sowieso ans Licht kommen. Das ist eine der größten archäologischen Sensationen des Jahrhunderts. Niemand wird diese Entdeckung lange geheimhalten können.«

Ortiz hakte die Daumen unter seinen Waffengürtel. »Wer sagt denn, daß ich die Lade den Behörden ausliefern werde?«

»Was?« keuchten Tom und Gudrun wie aus einem Mund.

»Sie wollen ... Sie wollen die Lade selbst behalten?« stotterte Gudrun.

»Mein Gott«, stöhnte Tom erschüttert. »Dann sind wir also vom Regen in die Traufe geraten.« Er riß seinen Blick von der goldenen Truhe los und sah Ortiz resigniert an. »Warum haben Sie uns dann nicht gleich mit Biehl umgelegt? Erwarten Sie im Ernst von uns, daß wir die Lade für Sie durch diesen Sumpf schleppen und uns dann von Ihnen eine Kugel verpassen lassen?«

»Señor Ericson, Sie enttäuschen mich.« In der Dunkelheit blitzten die Zähne des drahtigen Mannes hell auf. »Warum, glauben Sie, habe ich Sie seit Don Sebastians Tod beschatten lassen? Warum habe ich dafür gesorgt, daß weder meine Männer noch Ihre Begleiter diese Kapelle betreten? Nein, ich habe nicht vor, die Lade zu stehlen, und ich will Sie erst recht nicht umbringen. Ganz im Gegenteil, ich werde Ihnen helfen, Ihren Fund unauffällig außer Landes zu schaffen.«

Gudrun stieß pfeifend den Atem aus. »Ich verstehe nicht, Señor Ortiz ...«

»Das müssen Sie auch nicht«, gab der Polizist liebenswürdig zurück. »Belassen wir es einfach dabei, daß wir die gleichen Interessen verfolgen. Sie haben ihre Aufgaben, ich die meinen. Und wie es der Zufall will, scheinen unsere Ziele die gleichen zu sein.«

»Aber Sie sind Polizist«, warf Tom völlig verwirrt ein. »Es ist Ihre Pflicht ...« Er verstummte. Es war eine absurde Situation. Hier bahnte sich gerade ein weiteres Wunder an, und er war drauf und dran, ein nahezu unglaubliches Angebot auszuschlagen. Plötzlich kam ihm ein verrückter Gedanke. »Arbeiten Sie etwa auch für A.I.M.?«

Benito Ortiz lachte leise. »Obwohl ich bis vor wenigen Tagen noch nie von Ihrer Organisation gehört habe, trifft das in gewisser Weise sogar zu.« Er schüttelte belustigt den Kopf. »Nein, geben Sie sich keine Mühe. Sie werden nichts weiter von mir erfahren. Was Sie wissen, sollte Ihnen reichen. Zuviel Wissen kann gefährlich sein. Für alle Beteiligten.«

Schweigen senkte sich herab. Die Bundeslade schimmerte geheimnisvoll.

»Eine Frage habe ich dennoch«, sagte Gudrun schließlich. »Wenn Sie uns seit Don Sebastians Tod im Auge behalten haben, wissen Sie dann auch, was aus Jean-Claude Riviere geworden ist?«

»Spielt das denn jetzt noch eine Rolle?« fragte Ortiz sanft.

»Ich meine ...« Gudrun stockte. »Seine Leiche ... sein Körper war auf einmal verschwunden. War er ... ist er tot?«

»Ist das denn wirklich so wichtig?« fragte Ortiz erneut. »Müssen Sie es wirklich unbedingt wissen?«

Gudrun überlegte. War es möglich, daß Benito Ortiz ihr eine goldene Brücke bauen wollte? Wich er einer direkten Antwort vielleicht nur deshalb aus, um ihr die vage Hoffnung zu lassen, daß sie den Söldner *nicht* getötet hatte?

Konnte es nicht tatsächlich sein, daß Jean-Claude Riviere überlebt hatte?

Sie atmete tief ein. Vielleicht hatte Ortiz recht. Vielleicht war es manchmal wirklich gut, wenn einige Fragen offenblieben.

»Nein«, sagte sie. »Ich muß es nicht wissen.«

Als Thomas Hurley den Raum in der abgelegenen Villa am Stadtrand von Los Angeles betrat, war das Szenario exakt das gleiche wie bei seinem letzten Besuch vor vier Tagen. Die Lampen waren so auf ihn gerichtet, daß sie ihn blendeten, und von seinem unbekannten Auftraggeber jenseits des Schreibtisches konnte er nicht mehr als dessen Hände und die Manschetten seines wie immer schneeweißen Anzuges erkennen. Auch ein neues Buch lag auf dem Schreibtisch. Diesmal handelte es sich um einen Roman mit dem Titel ›Wild At Heart: The Story Of Sailor And Lula‹ des Krimiautors Barry Gifford.

»Haben Sie den Roman gelesen, den ich Ihnen mitgegeben habe?« erkundigte sich der Unbekannte, ohne Zeit mit Begrüßungsfloskeln zu verschwenden.

»Zum Teil«, behauptete Hurley, was eine glatte Lüge war. Er hatte in den vergangenen Tagen keine Zeit gehabt, auch nur flüchtig in das Buch hineinzusehen, und er hatte es auch nicht vor.

»Kein Grund, um zu lügen«, erklang es von jenseits der grellen Helligkeit. Unverkennbarer Tadel schwang in den Worten des Mannes mit. »Sie sollten niemals versuchen, mir etwas vorzumachen, selbst wenn es sich nur um solche Banalitäten handelt.«

Hurley erschrak. Konnte der Unbekannte womöglich seine Gedanken lesen? Für einen kurzen Moment erschien ihm nicht einmal das ausgeschlossen, doch sofort verwarf er diesen Verdacht. Vermutlich handelte es sich nur um einen besonders aufmerksamen Beobachter, und er selbst hatte sich durch eine winzige Unaufmerksamkeit verraten.

»Lassen wir das«, fuhr der Mann fort. »Ich habe vom Erfolg unseres Mannes in Guatemala gehört. Sie haben es also doch geschafft, alles zu organisieren.«

Hurley nickte. Wie stets war sein Auftraggeber offenbar bestens informiert.

»Ja, aber es war ziemlich knapp. Und Sie hatten recht, es war nötig. Martinez hatte eines seiner Sektenmitglieder auf die beiden A.I.M.-Mitarbeiter angesetzt. Es erscheint mir zumindest fraglich, ob sie sich aus eigener Kraft gegen ihn hätten behaupten können.« Er räusperte sich. »Darf ich fragen, warum Sie gerade an A.I.M. ein solches Interesse haben?«

»Sicher dürfen Sie«, erwiderte der Unbekannte . »Aber Sie müssen sich damit abfinden, daß ich Ihnen keine erschöpfende Antwort gebe. Sagen wir, ich verbinde gewisse Hoffnungen und Erwartungen mit dem *Analytic Institute for Mysteries*. Ich habe weiterreichende Pläne.«

»Aber A.I.M. ist eher als eine potentielle Bedrohung einzustufen. Dafür, daß es sich um eine zahlenmäßig eher unbedeutende Forschergruppe handelt, hat sie bereits ziemlich viel herausgefunden und besorgniserregende Funde gemacht.«

»Vielleicht ist es gerade das, was mein Interesse geweckt hat«, warf der Unbekannte ein. »Vielleicht ...« Er unterbrach sich. »Lassen wir das. Es spielt im Augenblick keine Rolle.«

»Da bin ich anderer Ansicht«, widersprach Hurley. »Wissen Sie, was Miss Heber und Mister Ericson möglicherweise in Guatemala entdeckt haben?«

»Aber ja. Die Bundeslade.« Die Stimme des Mannes klang ungerührt.

»Und wenn es tatsächlich die *echte* Bundeslade ist? Es wäre eine ungeheure Entdeckung.«

»Es *ist* die echte Bundeslade«, behauptete der Unbekannte. »Und es lag durchaus in meinem Interesse, daß sie auch gefunden wurde. Die Zeit ist reif dafür.«

»Aber ...« Thomas Hurley schüttelte verwirrt den Kopf. »Sie wollen einen so unvergleichlichen Fund einfach A.I.M. überlassen?«

»Machen Sie sich keine Gedanken darüber. Zu gegebener Zeit werden Sie noch alles begreifen«, riet ihm der Unbekannte mit unverhohlener Belustigung. »Kehren wir lieber in die schmutzigen Niederungen der Tagespolitik zurück. Haben Sie bereits einen Boten zu Martinez geschickt?«

»Nein«, antwortete Hurley. »Nachdem wir von unserer Kontaktperson erfahren haben, daß Martinez einen offenen Bruch mit uns plant, erschien es mir angeraten, zunächst abzuwarten. Martinez *unter*schätzt uns mindestens ebenso sehr, wie er sich selbst *über*schätzt. Unser Eingreifen in Guatemala mag ihm als Warnung dienen, die er hoffentlich nicht ignoriert. Ich habe seinem Agenten eine Botschaft ausrichten lassen, damit Martinez weiß, wem er die Niederlage zu verdanken hat, und daß mit uns nicht zu spaßen ist. Jetzt dürften die Grundlagen für Verhandlungen günstiger sein. Obwohl ...«

»Obwohl was?«

»Möglicherweise besteht dennoch Gefahr für unseren Boten. Martinez ist alles zuzutrauen. Es wäre zu überlegen, ob wir aus Sicherheitsgründen nicht lieber einen unserer ... nun ja, einen der *Diener* schicken sollten.«

Einige Sekunden herrschte Schweigen.

»Ich glaube nicht, daß das nötig sein wird«, entgegnete der Unbekannte schließlich. »Nicht einmal Martinez wird es wagen, einem unserer Unterhändler etwas anzutun. Er muß sich denken können, daß dies einen offenen Krieg bedeuten würde, den er nicht gewinnen kann. Guatemala dürfte ihm eine Lehre sein.«

Hurley knetete unbehaglich seine Hände. »Seit Martinez Pacals Totenmaske besitzt und glaubt, bald auch den Splitter zu bekommen, scheint er jedes Gefühl für die Realität verloren zu haben. Es wäre besser, wenn wir den Splitter selbst in Verwahrung nehmen würden.«

»Sicher wäre es sicherer. Aber ich glaube kaum, daß Sir Ian Sutherland ihn uns freiwillig aushändigen würde, und wenn wir ihn gewaltsam in unseren Besitz brächten, würde das Auseinandersetzungen mit A.I.M. bedeuten, die ich gegenwärtig unbedingt vermeiden will. Nein, der Splitter soll ruhig weiterhin auf Oake Dùn bleiben. Da ich hoffe, daß Martinez nach dem Gespräch mit unserem

Boten wieder zur Vernunft kommt, wird es vielleicht diesbezüglich bald ohnehin keine Schwierigkeiten mehr geben.«

»Und falls doch?«

Ein leises, jedoch sehr kaltes Lachen erklang von der anderen Seite des Schreibtisches.

»Dann wäre es wohl an der Zeit, uns Gedanken über einen neuen Führer der Palenque-Sekte zu machen.« Nach einigen Sekunden Pause fügte der Unbekannte hinzu: »Oder wir machen uns vielleicht sogar Gedanken darüber, ob wir überhaupt noch ein Interesse daran haben sollten, diese Gruppe von Fanatikern mit ihrer verqueren Weltsicht weiterbestehen zu lassen.«

Thomas Hurley spürte eine eisige Gänsehaut über seinen Körper kriechen, als er begriff, was die Worte des Unbekannten zu bedeuten hatten.

ENDE
DES VIERTEN BUCHES

FÜNFTES BUCH

DIE MACHT DER LADE

von Hubert H. Simon

Mittagshitze lastete über Guatemala City. Kein Dunsthauch trübte den stahlblauen Himmel, und die Sonne stand als riesiges Feuerauge im Zenit.

»Tlalchitonatiuh meint es gut mit seinen Kindern.«

»Bitte?«

»Tlalchitonatiuh, der Sonnengott der einstigen Hochlandstämme Guatemalas ...«

»Wen interessiert der alte Quatsch? Geschäfte zählen, Gewinne in harten Dollars – und kein absurder Götterkram.«

Connor bedachte seinen Sitznachbarn mit einem mißbilligenden Seitenblick, doch der Mann hatte sich schon wieder hinter seiner Börsenzeitung verschanzt. Seit mehr als einer Stunde war das einzige Geräusch aus seiner Richtung das gelegentliche Umblättern der Zeitung. *An Menschen wie ihm*, dachte Connor, *geht das Leben vorbei – und sie merken es nicht einmal.*

Er blickte angespannt aus dem Fenster. Die Spielzeughäuser waren größer geworden. Deutlich zeichneten sich inzwischen mehrere parallel in Nord-Süd-Richtung verlaufende Straßenzüge ab. Weiter im Norden wirkte die Stadt wie ein überdimensioniertes Schachbrett und – verglichen mit dem üppigen Grün des nahen Dschungels – wie eine völlig andere Welt.

Sanft schwebte die Linienmaschine aus Miami ein. Über der Landebahn flirrte die Luft.

Häuser und Autos wirkten nicht mehr wie Spielzeuge, sondern gewannen rasch ihre richtige Größe zurück.

»Es wird Zeit, daß Deutschland die Hochzinspolitik aufgibt«, sinnierte Connors Nachbar unvermittelt, als müsse er endlich, am Ende des Fluges, eine Unterhaltung beginnen. »Bei schleppender Weltkonjunktur sind hohe Zinsen Gift.«

Connors Miene blieb unbewegt, aber er antwortete ungefähr mit den Worten, die sein Nebenmann selbst gebraucht hatte: »Die Mär vom grenzenlosen Wachstum ist längst ad absurdum geführt.« Der ironische Unterton in seiner Stimme war schwerlich zu überhören. »Solange wir uns nicht abgewöhnen, nur in Prozenten zu denken, so lange werden wir von der Substanz leben. Die Erde ist kein Selbstbedienungsladen, der jede Woche frisch beliefert wird.«

Er handelte sich einen durchdringenden Blick ein. Ein verständnisloses Kopfschütteln folgte – als wolle sein Sitznachbar darauf hinweisen, daß ohne technischen Fortschritt und damit zwangsläufig ohne die Gewinne Einzelner die Menschheit noch immer in Höhlen leben und sich von spärlicher Jagdbeute ernähren würde.

Der Mann setzte zu einer Antwort an, doch im selben Moment berührte das Fahrwerk den Boden. Zwei harte Stöße ließen ihn seinen Widerspruch vergessen. Die Strahltriebwerke dröhnten auf Gegenschub.

Minuten später rollte die Maschine ans Terminal. Connor dachte nicht daran, sich von dem hektischen Gedränge mitreißen zu lassen – obwohl sein Nachbar sich als einer der ersten mit den Ellenbogen und unter Zuhilfenahme seines Aktenkoffers den Weg ins Freie erkämpfte.

Auf die Gepäckabfertigung brauchte Sutherlands Butler nicht zu warten. Zahnbürste, Rasierzeug, Medikamente – alles hatte in seinem Bordcase Platz gefunden.

Nachdem Connor die geforderte Gebühr von zwei US-Dollar entrichtet hatte, erwiesen sich die Paßkontrolle und die Erledigung der Einreiseformalitäten nur als Formsache. Der kleine Obolus, wurde ihm erklärt, galt für die Abfertigung außerhalb der Dienstzeit während der Mittagspause. Da er keine Quittung erhielt, blieb zweifelhaft, ob die Gebühr wirklich offizieller Natur war. Connor betrachtete den Betrag als Spesen für persönliche Entwicklungshilfe.

Anschließend tauschte er in einer Wechselstube zwei Reiseschecks in Landeswährung um. Obwohl Guatemala seine Auslandsschulden mit dem offiziellen Kurs von ein US-Dollar gleich ein Quetzal bediente, erhielt er als Tourist einen Bankenkurs von annähernd eins zu fünf.

In der Abfertigungshalle herrschte buntes Treiben. Anscheinend waren innerhalb weniger Minuten zwei oder drei Passagiermaschinen gelandet. Aber davon abgesehen, lag die lähmende Ruhe der Siesta über dem Flughafen.

Guatemala-City ... Noch vor zwei Tagen hatte Connor versucht, dem kalten und verregneten Norden Schottlands wenigstens ein paar positive Seiten abzugewinnen, vor allem hatte er sich schon damit abgefunden, daß das Jahr kaum besseres Wetter bringen würde. Aber dann war die Nachricht gekommen, daß Tom Ericson und Gudrun Heber in einer Ruinenstadt im Herzen Guatemalas die Bundeslade aufgespürt hatten, und das war Grund genug gewesen, den Regen gegen die hochsommerlichen Temperaturen Mittelamerikas einzutauschen. Sir Ian hatte ihn losgeschickt, den beiden zu helfen, während er andererseits auch seine Beziehungen mobilisierte. Ein derart auffälliges und vor allem sperriges Artefakt wie die Bundeslade nach Europa auszuführen, würde nicht einfach sein. Vor allem war es mit jeder Menge Papierkram verbunden.

Connor konnte noch kaum daran glauben: In zwei oder drei Wochen würde die Bundeslade, die eines der größten Geheimnisse der Christenheit und des Judentums darstellte, nach einer langen Odyssee und Jahrhunderte währendem Dornröschenschlaf in Oake Dùn eintreffen! Als banales Frachtgut in eine hölzerne Kiste verpackt, mit Holzwolle oder Schaumstoffflocken gegen Transportschäden geschützt, aber nicht im Triumphmarsch, von Fanfarenklängen begleitet. Die

Bundeslade war das gemeinsame Kultidol der Stämme Israels – später ein Gottesthron, nachdem Salomo sie in den Tempel überführt hatte. Im Jahr 586 v. Chr., bei der Zerstörung Jerusalems, war sie verlorengegangen.

Connor wurde jäh aus seinen Überlegungen und der Suche nach einer Telefonzelle aufgeschreckt, als eine Frau ihn von hinten anrempelte und unterdrückt zu schimpfen begann. Allerdings benutzte sie irgendeinen Indio-Dialekt. Connor verstand nur Bahnhof.

»Verdammt«, erklang außerdem eine Männerstimme, »habt ihr Wilden keine Augen im Kopf?« Der Mann redete amerikanischen Slang.

Eine steile Unmutsfalte auf der Stirn, wandte Connor sich um. »Dasselbe könnte ich Sie fragen, Mister. Ich hatte den Eindruck, daß *Sie* die Lady angerempelt haben, nicht umgekehrt.«

Der Mann war einige Zentimeter größer als Connor und ein sportlich muskulöser Typ. In seinen grauen Augen lag ein bedrohliches Funkeln. »Es hat nicht jeder soviel Zeit wie Sie«, herrschte er den Highlander an. »Machen Sie endlich den Weg frei!«

»Sie haben es eilig?«

»Ja, verdammt.«

»Es gibt ein Zauberwort«, sagte Connor betont. »Es heißt schlicht und einfach ›Bitte‹.«

Die Indiofrau zwängte sich an ihm vorbei und bedachte ihn mit einem scheuen, zugleich dankbaren Blick. Sie schien nicht zu verstehen, was die Männer sagten, doch sie spürte die wachsende Spannung. Connor schenkte ihr ein aufmunterndes Lächeln. Mit seinem Bordcase blockierte er den Zugang zur nächsten gläsernen Schwingtür. Der Gang wäre zwar breit genug gewesen, doch an einer Seite reihten sich Gepäckkarren hintereinander.

»Lassen Sie mich vorbei, Mann!« schnaubte der Bärtige

aufgebracht. »Kapieren Sie nicht?« Sein Alter war schwer zu schätzen. Um die Mitte Dreißig. Der ungepflegte, mindestens eine Woche alte Stoppelbart kontrastierte hart zu dem ansonsten jugendlich wirkenden Gesicht.

»Doch.« Connor nickte langsam. »Ich weiß sogar, was Anstand und Höflichkeit bedeuten. Da Sie eine Entschuldigung nicht für nötig halten, erwarte ich wenigstens ein deutliches ›Bitte‹.«

»Ach geh doch ...« Der Mann wollte Connor schroff zur Seite stoßen – im nächsten Moment verzog er das Gesicht. Der Ausdruck von Trotz und Eigensinn wich ungläubiger Überraschung, als der Highlander zupackte.

Connor lächelte sanft. »Wir sollten uns benehmen wie Gentlemen, finden Sie nicht?« Sein Griff wurde noch eine Nuance fester. Irgend etwas an dem jungen Burschen reizte ihn, sich auf das Kräftemessen einzulassen.

»Bitte!« stieß der Mann in dem Moment hervor. Fast unverständlich, aber immerhin ein Zugeständnis an gewisse Höflichkeitsfloskeln. Connor ließ ihn sofort los. Ein letzter wütender Blick traf ihn, eine stumme Warnung, daß es besser sei, wenn sie sich nicht mehr begegneten, dann hastete der andere davon.

»Tiene usted problemas, Señor?« erklang es hinter Connor.

»No.« Er schüttelte den Kopf. »Das heißt, ich suche eine Telefonzelle.«

»Für Auslandsgespräche ...«, begann der Mann, der seiner Kleidung nach zum Bodenpersonal des Flughafens La Aurora gehörte, doch Connor wehrte ab.

»Nur für ein Gespräch innerhalb Guatemala City.«

Der Mann erklärte ihm den Weg in einer schauderhaften Mischung aus englischen und spanischen Worten. Connor verstand immerhin, daß die nächste Telefonzelle im Erdgeschoß stand, in unmittelbarer Nähe der Rolltreppe.

Die Telefonnummer von Allan Ferchland kannte er auswendig. Ferchland, ein ehemaliger Völkerkundler, war nach seiner Pensionierung in Mittelamerika hängengeblieben und schien diesen Entschluß bis heute nicht bereut zu haben. Mittlerweile mußte er die Siebzig überschritten haben. Sutherland hatte Tom und Gudrun den Namen als Verbindungsmann genannt; zum einen, damit sie sich bei ihm mit Connor treffen konnten, zum anderen, weil Ferchland gute Beziehungen zu den Behörden unterhielt, und Beziehungen waren wichtig, wenn es darum ging, die Bundeslade außer Landes zu schaffen.

Connor entdeckte drei Telefonzellen, hinter üppig wuchernden Pflanzen versteckt. Im Laufschritt ließ er die Rolltreppe hinter sich.

Nur eines der Telefone war frei. Unmittelbar davor stieß der Highlander mit einem Mann zusammen, der es nicht minder eilig hatte als er selbst.

»Sie schon wieder!« schnaubte der andere. »Diesmal komme ich zuerst.«

»Sorry«, erwiderte Connor unbeeindruckt. »Es scheint unser Schicksal zu sein, daß wir uns nicht einigen können. Losen wir aus, wer als erster telefoniert?«

»Ich wüßte nicht, weshalb.«

Das flüchtige Aufblitzen in den Augen des Mannes warnte den Butler. Er reagierte instinktiv und fing die gegen seinen Brustkorb gezielte Faust mit der flachen Hand ab. Sein Gegenüber schien damit nicht gerechnet zu haben. Er stieß sogar einen kurzen Schmerzlaut aus, als Connor fest zudrückte.

»In meiner schottischen Heimat gibt es ein Sprichwort, Mister, das sollten Sie sich zu Herzen nehmen: *Ich wünsche durch die Überzeugungen eines Mannes, nicht durch die Halfter eines Esels geleitet zu werden.*«

»Sie sind Schotte?«

Ruckartig riß der Bärtige sich los, aber er verzichtete

darauf, erneut zuzuschlagen. Seine Miene schwankte zwischen Starrsinn und Verwunderung.

»Von Geburt an, falls Sie nichts dagegen haben«, erwiderte Connor. »Sonst noch Fragen?«

»Warum wollen Sie telefonieren? Rauchsignale wären wesentlich billiger.«

»Ich kann's mir eben leisten.« Connor zwängte sich in die Zelle; an den anderen beiden Telefonen wurde immer noch gesprochen. Er wählte Ferchlands Nummer. Besetzt. Draußen stand der Bärtige und starrte ihn finster an. Connor wählte erneut. Diesmal erklang das Klingelzeichen, aber niemand hob ab.

Die Nebenzelle war frei geworden. Mit einem freundlichen Kopfnicken machte Connor den Bärtigen darauf aufmerksam. Der Kerl starrte ihn unverhohlen feindselig an und schien gar nicht bemerkt zu haben, was um ihn herum vorging.

»Ferchland ...«, erklang es leise aus dem Hörer.

»Mein Name ist Connor, Mr. Ferchland. Wir kennen uns zwar nicht persönlich, aber ...«

»Wer?« Im Hintergrund war lautes Dröhnen wie von einem Preßlufthammer zu vernehmen.

»C-o-n-n-o-r«, sagte der Highlander betont.

»Bitte warten Sie einen Moment. Der Baustellenlärm ist manchmal unerträglich.« Der Hörer polterte auf eine feste Unterlage, gleich darauf war das Dröhnen und Rattern nur noch gedämpft zu vernehmen. »Wie, sagten Sie, ist Ihr Name?«

»Connor. – Sir Ian schickt mich ...«

»Ihr Kommen wurde avisiert. Wo stecken Sie, Mr. Connor?«

»Momentan noch in La Aurora.«

»Dann nehmen Sie ein Taxi. Ich freue mich, endlich jemanden aus der Heimat wiederzusehen. Meine Anschrift ist ...«

»Ich habe die Adresse.« Diesmal unterbrach der Highlander den anderen, aber Allan Ferchland ließ sich davon nicht aus der Ruhe bringen. Offensichtlich war er ein Mensch, der gerne und viel redete.

»Meine Anschrift ist 10a Avenida 7-80. Der Straßenname dürfte klar sein, das ist überall auf der Welt so, aber die Zahl danach ist keine Hausnummer, sondern bezeichnet die nächste kreuzende Calle oder Avenida. Und die letzte Zahl gibt die Entfernung in Metern von der Kreuzung an. Ich freue mich, endlich wieder mit einem Landsmann reden zu können. Haben Sie mitgeschrieben?«

»Im Kopf gespeichert«, erwiderte Connor.

»Dann sehen wir uns in Kürze.«

Ehe der Highlander reagieren konnte, legte Ferchland auf. Connor zögerte einen Moment, kramte dann aber eine zweite Centavo-Münze aus seiner Hosentasche hervor und wählte erneut. Wieder dauerte es eine Weile, bis der Anruf angenommen wurde, und wieder dröhnte Baustellenlärm aus dem Hörer.

»Ich bin es noch einmal: Connor.«

»Sie haben die Anschrift vergessen?« argwöhnte Ferchland.

»Ich will nur wissen, ob Tom Ericson oder Gudrun Heber sich in den vergangenen beiden Tagen bei Ihnen gemeldet haben.«

»Niemand außer Sir Ian hat angerufen.«

»Danke – und bis bald.« Connor unterbrach die Verbindung.

Vor der Telefonzelle warteten inzwischen mehrere Personen. Flüchtig wandte Connor sich um. Der Bärtige am anderen Fernsprecher achtete nicht mehr auf ihn, sondern blätterte in einem der Bücher.

Der Highlander kaufte sich einen Hot Dog. Danach verließ er das Flughafengebäude. Drückende Schwüle schlug ihm entgegen, kein noch so schwacher Windhauch sorgte für Erleichterung.

Ein wenig abseits standen mehrere Taxis – die einzigen weit und breit. Die Fahrer dösten in der Hitze der Mittagssonne. Ihnen war anzusehen, daß sie lieber im Schatten eines der großen Bäume und auf der nächsten Wiese Siesta gehalten hätten, anstatt in ihrer aufgeheizten Blechkarosse auf Fahrgäste zu warten.

Connor handelte den Fahrpreis aus, aber offenbar litt sein Chauffeur unter der Hitze, denn er verlangte lediglich zehn Quetzales.

Das Taxi, ein klappriger Uralt-Mercedes, bog ruckend in den zu dieser Zeit noch spärlich fließenden Verkehr ein. »Avenida La Reforma«, sagte der Chauffeur nach einer Weile. »10a Avenida liegt vor uns.«

Connor nickte knapp. Seine Gedanken kreisten um Tom und Gudrun und die Bundeslade. Also war die christliche Reliquie wirklich an Bord einer kleinen Templer-Flotte von La Rochelle aus nach Mittelamerika verschifft worden. Vor über sechshundertachtzig Jahren.

Er bemerkte nicht, daß ein anderes Taxi aufholte und dem Mercedes in gleichbleibendem Abstand folgte. Der Mann im Fond des Wagens kratzte ungeduldig seinen Sieben-Tage-Bart.

»Mistkarre!« schimpfte Tom Ericson ungefähr zur selben Zeit. Wütend trat er gegen den platten Reifen, dessen Lauffläche sich während der letzten hundert Meter fast vollständig abgeschält hatte.

»Und?« fragte Gudrun, die ebenfalls ausgestiegen war und den Schaden betrachtete. »Wo liegt das Problem?«

»Eine Mistkarre ist das«, wiederholte Tom inbrünstig. Dabei war er vor vierundzwanzig Stunden noch heilfroh gewesen, überhaupt einen fahrbaren Untersatz aufzutreiben, und daß es sich bei dem rostzerfressenen Pritschenwagen um ein Vorkriegsmodell handelte, war für ihn zumindest zu dem Zeitpunkt die nebensäch-

lichste Sache der Welt gewesen.

Fünfhundert Dollar hatte er für die Schrottmühle hingeblättert; die leuchtenden Augen des Vorbesitzers beim Zählen des Geldes würde er nie vergessen. Felipe hatte vermutlich das Geschäft seines Lebens gemacht.

»Das Reserverad liegt auf der Ladefläche«, erinnerte die Anthropologin.

»Ich weiß.« Tom kaute auf seiner Unterlippe. Unschlüssig starrte er den Reifen an.

»Den Kreuzschlüssel wirst du ebenfalls brauchen.«

»Hm.«

Kopfschüttelnd schwang Gudrun sich auf die Pritsche. Von oben wirkte der Dschungel kein bißchen weniger bedrohlich. Dem ungeübten Auge fiel es schwer, die tausendfachen bizarren Formen und Verästelungen zu unterscheiden. Aber nur dadurch wurde eine Orientierung inmitten der dampfenden grünen Hölle erst möglich.

Gestern hatten sie die namenlose Siedlung im Gebiet Alta Verapaz verlassen. Daß es dort ein Telefon gab, von dem aus sie nach stundenlangen Versuchen endlich Kontakt mit Oake Dùn bekommen hatten, war bereits ein kleines Wunder – aber daß sie auch noch das Glück gehabt hatten, den Pritschenwagen käuflich zu erwerben, das war fast schon wieder zuviel des Guten gewesen.

»Tom«, Gudrun stand auf der Ladefläche, die Fäuste in die Hüfte gestemmt, und starrte auf den Archäologen herab, »worüber denkst du nach?«

»Es ist nichts«, versicherte er wenig glaubwürdig.

Sie wuchtete das Reserverad nach unten. Den Kreuzschlüssel warf sie hinterher. Das metallische Klirren schreckte einen Schwarm buntgefiederter Vögel auf.

Tom Ericson schürzte die Lippen. »Hast du einen Wagenheber entdeckt?«

»Nein«, erwiderte Gudrun nach einem raschen Rundblick. Die Halterung an der niedrigen Bordwand war leer. »Vielleicht im Fahrerhaus.« Sie ahnte, was Tom meinte. Ohne Werkzeug waren sie aufgeschmissen. »Du hast es gewußt?« fragte sie schroff. »Aber du hast die Schrottkiste trotzdem gekauft?«

»Was hätte ich tun sollen?« konterte der Archäologe. »Wäre es dir lieber gewesen, zu Fuß durch den Urwald zu marschieren?«

»Männer«, murmelte Gudrun Heber und verdrehte anklagend die Augen. Und sie redete sich in Rage: »Das ist Vogel-Strauß-Politik. Den Kopf in den Sand stecken und hoffen, daß alles gutgeht. Was wird jetzt?«

»Wir bocken den Wagen auf.«

»Natürlich.« Sie seufzte abgrundtief. »Einfach so. Vielleicht stapeln wir die Benzinkanister übereinander und hoffen, daß sie nicht platzen.«

Der Dschungel erwachte langsam wieder zu Leben. Vorhin, als das tuckernde, graue Rauchwolken ausstoßende Ungetüm zum Stillstand gekommen war, hatte beinahe atemlose Stille geherrscht. Gudrun wurde das Gefühl nicht los, daß tausend gierige Augen sie anstarrten. Nicht, daß sie sich deshalb unbehaglich gefühlt hätte – vor einem Jahr vielleicht, doch heute nicht mehr –, aber der Gedanke, die Bundeslade erneut durch den dichten Regenwald zu schleppen, bedeutete, sich bis zur völligen Erschöpfung verausgaben zu müssen. Bis Guatemala-City waren es Luftlinie schätzungsweise hundertzwanzig bis hundertdreißig Kilometer.

Tom hatte sich wieder hinters Lenkrad geschwungen und hantierte unter dem Beifahrersitz. Triumphierend brachte er eine schwere Axt zum Vorschein. »Es ist alles da, was wir brauchen.«

»Ansonsten geht es dir schon gut?« fragte Gudrun irritiert. »Willst du Bäume fällen?«

»So ungefähr«, erwiderte Ericson gedehnt. »Du kannst mitkommen oder hierbleiben, ganz nach Belieben.«

Gudrun verzichtete auf eine Antwort. Die Bundeslade würde wohl niemand klauen. Nicht hier, Dutzende Meilen von jeder menschlichen Siedlung entfernt. Abgesehen davon wurde die Reliquie von einem Wust aus Decken völlig verhüllt.

Tom schritt zügig aus. Im Halbdunkel des Urwalds, unter dem schier undurchdringlichen Grün hoher, ineinander verschlungener Bäume, wuchs nur spärliches Gras. Schlingpflanzen und Moose breiteten einen dichten Teppich über den Boden, und farbenprächtige Blumen mit riesigen Blütenkelchen leuchteten wie gespenstische Wesen aus dem feuchtgrünen Laub hervor. Es roch nach Moder und Fäulnis, und an manchen Stellen hatte sich das Wasser des letzten tropischen Wolkenbruchs gesammelt, umgeben von einem Millionenheer schillernder Insekten.

Ein umgestürzter Baum versperrte den Weg. Als Tom mit der Axt zuschlug, zerbröselte das Holz, und eine wahre Sintflut von Asseln, Käfern und Tausendfüßlern quoll aus bislang verborgenen Hohlräumen hervor.

Gudrun hatte inzwischen verstanden, wie Ericson den Pritschenwagen abstützen wollte. Sie deutete auf ein Dickicht ineinander verflochtener gelbroter ›Schlangen‹. Bäume und Sträucher wurden von dieser üppigen Farbenpracht überwuchert.

»Ein Matapalo-Baum.« Abschätzend wiegte Tom den Kopf. »Er ist der Würger im Tropenwald.«

Die gelbroten Äste des Matapalo hatten eine Gruppe schlanker Amberbäume »erwürgt«. Einige der bleichen Stämme mit ihren abgestorbenen Aststummeln hingen übereinander wie die Stäbe eines Mikadospiels.

Ericson wählte einen der Bäume am Rande aus, bei dem er nicht befürchten mußte, daß andere nachrutschten. Kräftig schlug er mit der Axt zu. Schon nach kurzer Zeit klebte ihm die Kleidung triefend naß am Leib, doch er schaffte es überraschend schnell, zwei meterlange Stücke vom Stamm abzutrennen. Das Holz war nicht allzu hart, aber auch noch nicht morsch, als Ersatz für den fehlenden Wagenheber gut geeignet.

Gudrun half ihm, die beiden Stücke zum Auto zurückzuschleppen. Zusammen verkeilten sie die Stämme unter dem Rahmen. Doch ziemlich bald stellte sich das nächste Problem in Form rostübersäter Radmuttern. »Festgefressen!« seufzte Tom, als er den Kreuzschlüssel ansetzte. Die Muttern zu lösen war eine Sklavenarbeit, und bis er endlich das Reserverad festschrauben konnte, vergingen sage und schreibe drei Stunden.

Mißtrauisch betrachtete Gudrun das Profil. »Ehrlich gesagt, mit der Bereifung ...«

»Verschrei's nicht!« wehrte Ericson ab. »Wir dürfen uns keinen zweiten Plattfuß erlauben.«

Das ist nur eine Frage der Zeit, dachte die Anthropologin. Doch sie behielt ihre Befürchtung für sich.

Tom wischte seine dreckverschmierten Hände im feuchten Moos und an der Hose ab. »Steig ein!« kommandierte er. »Es geht weiter.«

Spuckend und fauchend, von einer Serie dröhnender Fehlzündungen begleitet, erwachte der Pritschenwagen zu neuem Leben. Der am Armaturenbrett aufgeklebte Kompaß zeigte in annähernd südliche Richtung. Mit knapp zehn Stundenkilometern lenkte Tom Ericson das miserabel gefederte Gefährt über die Dschungelpiste.

Vor nicht allzu langer Zeit waren schwerere Fahrzeuge hier entlanggefahren. Die Reifenspuren waren nicht mehr zu erkennen, doch entwurzeltes, dürres Unterholz und zur Seite geräumte Bäume wiesen den Weg. Der massive graugrüne Stamm eines mächtigen Kapokbaumes, ohne jede Verästelung dreißig Meter und höher aufragend und dann erst in eine weite, pilzförmige Krone auslaufend, war mit Hilfe von Motorsägen zerteilt worden. Wer mit dem Flugzeug die weiten Dschungelgebiete überflog, dem boten Kapokbäume den Anblick großer Inseln im grünen Ozean.

»Höchstens zwei Tage«, überlegte Ericson. »Länger kann es nicht her sein, daß der Baum zersägt wurde. Die Schnittstellen haben kaum Moos angesetzt.«

» ... und die Müllabfuhr hat die Ölkanister und den anderen Unrat noch nicht weggeräumt«, vollendete Gudrun. Kopfschüttelnd deutete sie auf einen Haufen leerer Konservendosen und Blechkannen. »Die Menschheit wird nicht vernünftiger.«

Das Halbdunkel ging in eine frühe Dämmerung über. Wahrscheinlich zogen Wolken auf, denn für den Sonnenuntergang war es noch zu zeitig. Tom schaltete das Licht ein. Zitternd fraßen sich die Scheinwerferkegel durch das Dickicht.

Der Untergrund wurde schlammiger. Erstmals zeichneten sich Reifenspuren ab, und kurz darauf unterbrach ein Wasserlauf den Weg. Das andere Ufer lag mindestens dreißig Meter entfernt. Gemächlich plätscherte die trübe Flut dahin.

Tom schaltete in den zweiten Gang. Ein unheilvolles Kreischen erinnerte ihn daran, daß auch das Getriebe vor 1940 zusammengebaut worden war.

Ruckend schlingerte der Wagen die sanfte Böschung hinab und bohrte sich ins Wasser. Die aufspritzende Gischt raubte Tom die Sicht. Erst die Scheibenwischer entfernten Schlamm und Algen wieder von der Frontscheibe.

Bis zum Einstieg schäumte das Wasser. Gudrun registrierte es mit gemischten Gefühlen. Falls die Furt tiefer wurde, würden sie mit dem Wagen unweigerlich steckenbleiben. Und eine Winde, um sich wieder zu befreien, hatten sie nicht.

Tom bedachte sie mit einem flüchtigen Seitenblick. »Was denkst du?« wollte er wissen.

»Ich ...« Sinnend blickte sie einem vorbeitreibenden Ast nach. Ein kleines Äffchen hatte sich daran festgeklammert; es empfand offensichtlich panische Angst vor den schmutzig-braunen Fluten.

Im nächsten Moment war das Tier verschwunden. Gudrun blinzelte verwirrt. Nur für Sekundenbruchteile hatte sie sich ablenken lassen, aber sie wäre jede Wette eingegangen, daß der Affe bestimmt nicht ins Wasser gesprungen war. Nicht einmal, um den fast auf Tuchfühlung treibenden Baum zu erreichen. Gudrun blinzelte zum zweitenmal. Der dunkle, nahezu untergetauchte Stamm driftete gegen die Strömung! »Tom«, stieß sie hervor, »gib mir deinen Revolver!«

Mittlerweile hatten sie die Flußmitte erreicht. Die Strömung machte sich unangenehm bemerkbar. Ericson mußte kräftig gegensteuern.

»Da sind Krokodile«, betonte Gudrun.

»Und wenn schon.« Nach wie vor hielt Tom das Lenkrad mit beiden Händen umklammert. »Die tun uns nichts, solange wir sie in Ruhe lassen.«

»Falls wir steckenbleiben ...«

»Wieso sollten wir?«

Weil ... Gudrun brachte den Gedanken nicht zu Ende. Auf Krokodile war sie momentan nicht gut zu sprechen. Die mächtigen Panzerechsen hatten ihr auf dem Weg in die Ruinenstadt einen gehörigen Schrecken eingejagt.

Langsam glitt der vermeintliche Baumstamm gegen die Strömung näher. Fasziniert und abgestoßen zugleich beobachtete Gudrun das Tier. Knapp drei Meter maß die Echse ihrer Schätzung nach, aber nur die Nüstern, der

Augenwulst und Teile der Nackenpanzerung ragten über die Wasseroberfläche. Ohne jede Wellenbewegung schwamm der Krokodilkaiman näher. Noch schien er nicht zu wissen, ob die vermeintliche neue Beute wirklich genießbar war.

Der Motor heulte auf, ein heftiger Ruck durchlief den Pritschenwagen. Gudrun wurde nach vorne geworfen und konnte sich gerade noch abfangen. Im nächsten Moment neigte sich das Fahrzeug zur Seite.

Die Anthropologin stieß ein heiseres Gurgeln aus. Wie aus weiter Ferne drang Toms Fluchen an ihr Ohr. Ebenso das anhaltende Dröhnen des Motors und das Krachen aus dem Getriebe. Ihre Aufmerksamkeit galt nur dem Kaiman, der bis auf wenige Meter herangekommen war. Jetzt konnte sie die abgespreizten Beine erkennen, mit denen die Echse die Strömung ausglich.

Ein neuerlicher, nicht mehr ganz so heftiger Ruck drückte sie in den Sitz zurück. Aus den Augenwinkeln registrierte sie, daß der Kaiman abtauchte.

»Das war ein Schlammloch«, erklärte Tom. »Nicht tief zum Glück, aber wir hätten beinahe Schwierigkeiten bekommen.«

Er untertrieb hoffnungslos. Zehn Meter trennten sie noch vom Ufer – in einem von Krokodilkaimanen verseuchten Gewässer waren das genau zehn Meter zuviel. Erst jetzt bemerkte Gudrun die starren Schatten am Ufer. Mindestens zwei Dutzend. Als der Pritschenwagen ratternd näherkam, glitten sie geschmeidig ins Wasser – gefräßige Burschen, die einem ahnungslosen Menschen keine Chance lassen würden.

Dann hatten sie es geschafft. Der Wagen erreichte das jenseitige Ufer und rumpelte die flache Böschung hinauf. Gudrun fiel ein Stein vom Herzen.

Bald wurde die Piste steiniger. Bis zum Sonnenuntergang schaffte Tom noch einige Kilometer. Allerdings zeigte ein nachträglich eingebautes Instrument, daß die Motortemperatur nahezu sprunghaft anstieg. Weit würde er nicht mehr fahren können.

»Irgendwo hier müssen wir übernachten«, wandte sich Tom an seine Begleiterin. »Möchtest du ein Doppelzimmer mit fließend Wasser, oder ...?«

»Zwei Einzelzimmer«, erwiderte sie knapp. »Letzte Nacht hast du geschnarcht, als wolltest du zehn Hektar Urwald absägen.«

Ericson grinste süffisant. »Du brauchst mir nur die Nase zuzuhalten«, sagte er. »Das hilft.«

Allmählich übertönten unheimliche Geräusche das Dröhnen des Motors. Die lähmende Hitze des Tages wich der kühleren Nacht. Vögel und Affen hatten ein keckerndes, schrilles Urwaldkonzert angestimmt, in das sich unaufhaltsam das gierige Summen blutrünstiger Insekten mischte. Gudrun zerquetschte ein halbes Dutzend der dürren Plagegeister an der Frontscheibe, dann trommelten von außen die ersten schweren Tropfen gegen das Glas.

Urplötzlich und mit ungeheurer Gewalt brach ein tropisches Gewitter herein. Der Regen prasselte so dicht herab, daß die Sicht nicht mehr über die Motorhaube hinaus reichte. Grelle Blitze durchzuckten die Schwärze, und ein gewaltiger Donnerschlag leitete in den nächsten über. Es war ein Höllenlärm.

Die Scheibenwischer schafften das Wasser nicht mehr. Tom drehte den Zündschlüssel um, lehnte sich zurück und schob sich den Hut ins Gesicht. »Keine Aussicht auf baldige Wetterbesserung«, murmelte er. »Weck mich bitte morgen früh.«

Gudrun setzte zu einer geharnischten Erwiderung an, überlegte es sich dann aber doch anders und rollte sich auf dem Beifahrersitz zusammen, so gut es eben ging. Der flackernde Widerschein der Blitze durchdrang selbst das dichte Laubdach. Zeitweise wurde der Dschungel taghell erleuchtet.

Vielleicht eine Stunde lang wälzte die Anthropologin sich unruhig von einer Seite auf die andere, ehe sie es endlich schaffte, das unvermindert heftig tobende Unwetter zu ignorieren. Sie fiel dann rasch in einen einigermaßen erholsamen Schlaf.

Erst ein heftiges Pochen an der Seitenscheibe schreckte sie wieder auf.

Allan Ferchland war ein drahtiger, grauhaariger Mann, dessen verwittertes Gesicht mancher Maya-Statue aus dem Hochland leicht hätte Konkurrenz machen können. Er stürmte Connor entgegen, kaum daß der Highlander das Taxi verlassen hatte. »Mr. Connor!« rief er laut, um den Baustellenlärm zu übertönen. »Sie müssen Connor sein. Wir haben miteinander telefoniert.«

Der Highlander wechselte das Case in die Linke und ergriff die ihm dargebotene Hand. »Mr. Ferchland ...«

»Der bin ich, ganz recht. Ich freue mich, Sie endlich kennenzulernen.« Er stutzte, blickte wie suchend um sich. »Ist das Ihr gesamtes Gepäck? Oder gab es am Flughafen Schwierigkeiten?«

»Absolut nicht. Mehr habe ich nicht bei mir.«

»Sie hatten einen angenehmen Flug?«

»Von leichteren Turbulenzen abgesehen ...«

»Turbulenzen ...« Der Völkerkundler lachte hell. »Die gibt es erst, sobald bekannt wird, welchen Fund Sir Ians Mitarbeiter nahe dem Rio Machaquilá gemacht haben. Die Bundeslade ...« Er starrte Connor aus großen, ebenfalls grauen Augen an. »Habe ich das wirklich richtig verstanden? Die Bundes…«

»Nicht hier!« unterbrach Connor schroff. »Am besten, Sie reden überhaupt nicht davon.«

»Aber ...« Ferchland hob die Schultern und ließ sie langsam wieder sinken. »Niemand hört uns, solange dort drüben die Bagger arbeiten.«

»Trotzdem«, wies Connor ihn zurecht. »Der Fund soll so lange wie möglich geheimgehalten werden. Es reicht schon, wenn sich die Christen in Irland gegenseitig die Köpfe einschlagen.« Daß Ferchland Dinge, die niemanden etwas angingen, auf der Straße herumposaunte, behagte ihm nicht. Fast schon fragte er sich, ob Sir Ians Entscheidung wirklich richtig gewesen war, Ferchlands Beziehungen für den Weitertransport der Lade zu nutzen. Der alte Mann redete zuviel.

»Also unterhalten wir uns in meiner Wohnung weiter.« Ferchland zog ihn einfach mit sich. »Kommen Sie, Connor, worauf warten Sie?« Als kurz darauf die schwere, mit Schnitzereien verzierte Haustür hinter ihnen zufiel, klang das Dröhnen der Bagger merklich gedämpft. »Seit gestern ist das angrenzende Stadtviertel ohne Wasser, und heute morgen wurde damit begonnen, die Straßen aufzureißen. Irgendwo ist ein Leck, durch das Fäkalien ins Trinkwasser gelangen.«

Deshalb wurde also auch während der Siesta weitergearbeitet. Connor nickte stumm. Er folgte Ferchland in den zweiten Stock. Verglichen mit der hochsommerlichen Hitze auf der Straße war es im Gebäudeinneren angenehm kühl.

»Meine bescheidene Wohnung steht Ihnen zur Verfügung.« Der Völkerkundler vollführte eine umfassende Handbewegung. »Ich freue mich, daß ich Sir Ian behilflich sein kann. Sein Vater, Gott habe ihn selig, hat immer versucht, meiner Familie zu helfen, damals, in den fünfziger Jahren, als unser Besitz nahe Aberdeen unter den Hammer kam. Das waren schwere Zeiten, sage ich Ihnen – wir waren fünf Geschwister, die anderen wesentlich jünger als ich, aber die Eltern glaubten, daß wir in

Mittelamerika einen neuen Anfang finden würden ...« Er unterbrach sich, als Connor unterdrückt hustete. »Ich vergaß zu fragen, ob Sie Hunger haben oder vielleicht Durst. Entschuldigen Sie meine Nachlässigkeit, aber Sie sind seit Jahren der erste Mensch aus der Heimat.«

»Falls Sie einen Aschenbecher für mich haben ...«, erwiderte der Highlander. »Mehr brauche ich vorerst nicht.«

»Warten Sie ... Irgendwo ... Ich weiß genau, daß ich einen Ascher habe ... vielleicht ...« Seine Wohnung war ein kreatives Chaos, das eine ordnende Hand bitter nötig hatte. Aber vermutlich würde er dann überhaupt nichts mehr finden. Manche Menschen, die ihr Leben lang unter den Zwängen peinlicher Ordnung gelitten hatten, brauchten früher oder später einfach das Durcheinander. Weil sie sich anders nicht mehr wohl fühlten. »Ah ... da!«

Unter einem Stapel Zeitschriften zog Ferchland einen steinernen Ascher hervor und plazierte ihn vor Connor. »Ihre Freunde lassen lange auf sich warten«, stellte er fest. »Glauben Sie ... ich meine, fürchten Sie nicht, Ihnen könnte unterwegs jemand die Kehle ...? Na ja, ich meine ...« Er schluckte gequält und fuhr sich mit der Hand über den Hals, als spüre er selbst eine stählerne Klinge am Kehlkopf.

»Dr. Ericson kann sehr gut auf sich aufpassen«, erwiderte Connor und steckte sich eine Zigarette an. Es war die letzte aus der Schachtel, die er unmittelbar nach dem Abflug aus Schottland an Bord des Flugzeugs gekauft hatte. »Und Miss Heber weiß sich ihrer Haut ebenfalls zu wehren. Außerdem waren sie, als sie anriefen, gut hundertfünfzig Kilometer von Guatemala-City entfernt. Was glauben Sie, wie schnell die beiden vorankommen?«

»Das hängt von den Umständen ab.« Ferchland schenkte sich einen Tequila ein. »Sie auch?« Er hielt Connor die Flasche hin, aber der Butler schüttelte den

Kopf. »Mit so viel Gold im Schlepp reist die Gefahr mit ... Wissen Sie, wie arm ein Großteil der Bevölkerung ist, und wie leicht Menschen im Dschungel für immer verschwinden?«

»Reden Sie keinen Unsinn.« Connor zielte mit der Zigarette auf sein Gegenüber.

»Sie halten Gold und Reichtum für Unsinn? Menschen wurden schon für weniger getötet. Für ein Butterbrot. Wir müssen die Behörden alarmieren! Die Bundeslade darf nicht im Urwald verlorengehen. Was glauben Sie, Connor, wo können wir Ihre Freunde finden? Von wo aus haben sie sich gemeldet? Wenn wir einen Polizeihubschrauber schicken ...«

»Nein!« sagte der Highlander so bestimmt, daß Ferchland jäh zusammenzuckte.

»Sir Ian wird das bestimmt nicht gutheißen. Ich kenne ihn, und ich kenne die Verhältnisse in Mittelamerika. Ich mache mir Sorgen, was die Sicherheit der Bundeslade anbelangt. ›*Und du sollst in die Lade das Gesetz legen, das ich dir geben werde. Dort zwischen den beiden Cherubim will ich dir begegnen und mit dir alles reden, was ich dir gebieten will für die Kinder Israel*‹«, rezitierte er die Bibel. »Wissen Sie, was es heißt, mit Gott reden zu können? Die Welt würde endlich das Heil erfahren, Kriege wären zu Ende, Hunger und Armut ...«

»Mr. Ferchland!« Connors Stimme klang ruhig und eindringlich. »Jetzt setzen Sie sich hin und hören *mir* zu! Ich verstehe Ihren Eifer, aber Sie tun niemandem einen Gefallen damit, am wenigsten sich selbst. Glauben Sie mir, es gibt bestimmt kein Funkgerät, mit dem Sie Gott anrufen können. Wenn Sie mit Jahve reden wollen, dann können Sie das jederzeit tun, denn er ist in jedem von uns, er lebt in unseren Herzen und in unserer Seele. Aber ganz gewiß ist es nicht möglich, ihn ans Telefon zu holen wie das Fräulein vom nächsten Amt.«

Der Vergleich war wohl schuld daran, daß dem ehemaligen Völkerkundler das Kinn nach unten klappte. Er wollte zu einer Erwiderung ansetzen, schaffte es aber nicht, den Highlander zu unterbrechen, der ungerührt fortfuhr: »Überlegen Sie, wann das Alte Testament entstanden ist. Der hebräische Urtext liest sich mit Sicherheit anders als unsere an die moderne Zeit angepaßten Übersetzungen.«

»Aber die Lade ... die Cherubim ... Wollen Sie behaupten, das alles wäre nicht vorhanden?«

Connor schüttelte den Kopf. »Ich kenne die echte Reliquie nicht, habe aber ein Duplikat in Aksum gesehen.«

»Die Beschreibung in der Bibel trifft zu, nicht wahr? Ich vertraue dem Text. Die Menschen im Altertum waren nicht dumm.«

»Zwischen der kopierten Lade und dem Bibeltext gibt es einige Abweichungen ...«

»Aber bestimmt nur Kleinigkeiten?« Ächzend ließ Ferchland sich in einen der abgewetzten Sessel sinken. Die Einrichtung seiner Wohnung wirkte spartanisch, vor allem hatte sie inzwischen einige Jahrzehnte auf dem Buckel. Er rieb die Hände ineinander. Gleich darauf verkrallten sich seine Finger um die hölzernen Lehnen, und er stemmte sich wieder hoch.

Er ist unruhig und aufgeregt wie ein kleines Kind vor der weihnachtlichen Bescherung, dachte Connor.

»Sobald Ihre beiden Mitarbeiter in Guatemala-City eintreffen, wird das ein Festtag sein«, murmelte Ferchland. »Ach, was sage ich? Das wird *der Tag* für die Menschheit. Ich habe nie aufgegeben, an das Gute zu glauben, trotz aller Rückschläge. Ich bin alt, Connor, und ich darf vom Leben nicht mehr viel erwarten – aber der Tag heute oder morgen wird ein Triumph. In der Offenbarung des Johannes steht: ›*Und ich hörte eine große Stimme von dem Thron, die sprach: Siehe, die Hütte Gottes bei den Menschen!*

Und er wird bei ihnen wohnen, und sie werden sein Volk sein, und er selbst wird mit ihnen sein; und Gott wird abwischen alle Tränen von ihren Augen, und der Tod wird nicht mehr sein, noch Leid noch Geschrei noch Schmerz werden mehr sein, denn das Erste ist vergangen.‹« Herausfordernd blickte er Connor an. »Sind Sie sich der Tragweite der Entdeckung wirklich schon bewußt? Ich hoffe, die Bundeslade ist echt. – Und dazu ausgerechnet in Guatemala ...« Er kratzte sich am Kinn, plötzlich wieder zaudernd, vielleicht sogar erschrocken über seine eigenen Gedanken.

»Sie *ist* echt«, wollte Connor sagen, schluckte den Satz jedoch unausgesprochen hinunter. Er hatte von Tom Ericsons Traumzeitreise berichten wollen, von der Manifestation seines Bewußtseins anno 1307, doch er unterließ es, um Ferchlands Erregung nicht weiter zu steigern.* Der alte Mann machte auf ihn schon jetzt den Eindruck, als leide er unter enormem Bluthochdruck; sein Gesicht war vor Aufregung puterrot.

Ein schrilles, lautes Klingeln durchbrach die entstandene Stille. Ferchland starrte das Telefon an, als vermute er den Leibhaftigen am anderen Ende. Am liebsten hätte er in dem Moment wohl den Anschluß aus der Wand gerissen.

Das Klingeln war nervtötend. Und der Anrufer erwies sich als hartnäckig.

Endlich nahm Ferchland den Hörer ab, hielt ihn unschlüssig aber noch einige Sekunden lang in der Hand. Beinahe sah es aus, als wolle er wieder auflegen. Aber schließlich besann er sich. »Ja!« rief er. »Wer? – Ich kann Sie kaum verstehen. – Nein, Sie sprechen mit Ferchland, Allan Ferchland. Wollen Sie mir nicht endlich Ihren Namen ...? Timer? – Ein Mord? Damit habe ich nichts zu tun. Die Polizei ist zuständig.«

* siehe Band 14 228, Buch 8 ›Das Ende der Tempelritter‹

»Allan!« rief Connor aus. »Nicht auflegen!«

Ferchlands Hand verharrte knapp über der Gabel; im nächsten Moment war der Butler neben ihm und nahm ihm den Hörer ab.

»Hier ist Connor. Mortimer, sind Sie es? Reden Sie bitte etwas lauter! – Nein, Sie sollen sich nicht die Seele aus dem Leib schreien, das habe ich nicht gesagt. – Natürlich, verbinden Sie mich mit Sir Ian.«

»Sutherland?« fragte der Völkerkundler. »Will er sich erkundigen, ob Sie heil angekommen sind? Sagen Sie ihm ...« Connor winkte schroff ab. In der Leitung war ein Knacken zu vernehmen, danach erklang Sir Ians Stimme, deutlicher als zuvor Mortimer. Vielleicht redete er aber nur lauter.

»Meiner Zeitrechnung nach müssen Sie vor etwas über zwei Stunden angekommen sein. Ich nehme an, daß Sie von Tom und Gudrun noch keine neue Nachricht haben.«

»Ist etwas geschehen?« fragte Connor irritiert.

»Nicht, daß ich wüßte. Hat Allan schon erste Schritte unternommen, damit wir die Lade ohne Schwierigkeiten außer Landes bekommen?«

»Bisher haben wir uns noch angeregt unterhalten.«

»Allan redet gern und viel.« Sir Ians Schmunzeln war bis auf die andere Seite der Welt zu spüren. »Hat er aus der Bibel rezitiert?«

»Allerdings ...«

»Lassen Sie mich auch mit Sir Ian sprechen«, bat Ferchland. Connor nickte knapp.

»Ich habe bereits alle erforderlichen Einfuhr- und Zollerklärungen für Großbritannien vorliegen«, sagte Sutherland. »Das ist quasi eine Blankovollmacht. Mein Freund Henderson vom Verteidigungsministerium hatte schließlich einiges gutzumachen, und er hat sich angestrengt. Ich lasse Ihnen die Unterlagen per Kurier übermitteln, Connor.«

»Ist es nicht besser ...?«

»*Sie* brauchen die Papiere, Connor. Wenn alles klappt, dürften Sie morgen abend sämtliche Erklärungen vorliegen haben. Dann sehen wir uns in zwei, spätestens drei Tagen wie...« Die Leitung war tot. Von einem Moment zum anderen.

»Hallo!« rief Connor. »Sir Ian! Hören Sie mich noch?« Nichts. Connor zuckte mit den Schultern und legte auf. Immerhin war alles gesagt, was es zu sagen gab.

»Tatsächlich«, murmelte Ferchland hinter ihm, »die Leitung ist tot. Vielleicht hat der Bagger das Kabel zerrissen.«

Regenschlieren verzerrten die Sicht, doch unmittelbar dahinter starrte ein massiges bärtiges Gesicht durch die Scheibe. Ein greller Scheinwerfer flammte auf, fraß sich schmerzhaft unter Gudruns Schädeldecke und ließ dort ein Feuerwerk explodieren. Ihr entsetzter Aufschrei holte Tom Ericson aus anheimelnden Träumen in die Wirklichkeit zurück.

Noch im Halbschlaf verwechselte Tom das enge Fahrerhaus des schrottreifen Pritschenwagens mit seinem geräumigen Gemach auf Oake Dùn. Andernfalls wäre er nicht so abrupt hochgefahren.

Es krachte blechern, gefolgt von einer noch lauteren schlaftrunkenen Verwünschung. Trotzdem reagierte der Archäologe sofort. Der grelle Lichtstrahl und die verzerrt wirkenden Gestalten draußen vor dem Auto ließen ihn nach dem Revolver greifen. Kühl schmiegte sich der Griff in seine Hand, mit dem Daumen spannte er den Hahn – doch nur bis zur Laderast, denn splitterndes Glas und die Mündung einer doppelläufigen Schrotflinte, die jäh die Scheibe durchschlug und unmißverständlich auf seine Brust zielte, waren ein unmißverständliches Argument,

Ruhe zu bewahren. Es gehörte nicht viel Phantasie dazu, sich auszumalen, wie das Fahrerhaus aussehen würde, nachdem der Unbekannte den Zeigefinger gekrümmt hatte.

»Keine Bewegung, Freundchen!« erklang der Befehl auf spanisch. »Nimm den Schießprügel mit zwei Fingern und reich ihn her!«

Tom blieb keine Wahl.

»Und jetzt steig aus! Aber keine hastige Bewegung. – Die Señora ebenfalls.«

Zwei Männer standen neben dem Wagen – verwegen aussehende Burschen. Sie wirkten nicht eben vertrauenswürdig. Tom fragte sich, wieviel sein Leben und das von Gudrun noch wert sein würden, sobald die beiden die wertvolle Fracht auf der Ladefläche entdeckten. Wahrscheinlich hatten sie keine Ahnung von der Bundeslade, aber Gold war ihnen sicher ein Begriff.

»Nimm die Finger weg!« schnaubte Gudrun, als ihr Gegenüber sie rauh gegen die Motorhaube stieß.

Er lachte wiehernd. »Es como una Furia!« stieß er laut hervor. »Sie ist wie eine Furie!«

Die Anthropologin riß sich los. Im selben Moment peitschte ein Schuß durch die Nacht. Dumpf hallte das Echo aus dem Dschungel zurück, und sekundenlang schien die Tierwelt den Atem anzuhalten. Doch danach klang das vielfältige Kreischen, Schnarren und Keckern um so lauter.

»Das war nur eine Warnung«, sagte der Kerl, der Tom schon wieder in Schach hielt. Ruckartig hatte er die Flinte hochgerissen und abgedrückt. »Was habt ihr mit Felipe gemacht? Heraus mit der Sprache.«

»Ich weiß nicht, was Sie meinen«, erwiderte Tom.

Der Scheinwerferstrahl blendete ihn. »Das ist Felipes Wagen, ich würde ihn unter hundert anderen wiedererkennen.«

Abgesehen davon, daß es bestimmt kein ähnliches Fahrzeug gab, hatte der Mann recht. »Sind Sie mit Felipe befreundet?« fragte Tom, eigentlich völlig überflüssig. Die Flinte war immer noch auf seinen Oberkörper gerichtet.

»Wir machen ... wir machten dieselbe Arbeit.«

»Dann seid ihr Chicleros?« Chicleros, das waren in erster Linie Abenteurer, die oft wochen-, manchmal sogar monatelang durch den Dschungel zogen und die wilden Chicozapote-Bäume anzapften. Sie sammelten Latex, den Rohstoff für Chicle, den in den Staaten beliebten Kaugummi.

»Ihr habt Felipe ermordet, weil ihr seinen Wagen haben wolltet«, lautete die lapidare Feststellung.

»Das ist doch Unsinn«, wehrte Tom ab. »Ich habe ihm das Fahrzeug abgekauft.«

Die Männer warfen sich einen vielsagenden Blick zu. »Felipe würde sich nie von seinem Auto trennen.«

»Für fünfhundert US-Dollars hat er es getan.«

»Fünf...« Der mit der Flinte riß ungläubig die Augen auf. »Die Karre ist höchstens hundert wert«, vollendete er keuchend.

»Ich sag's schon immer«, fügte der andere hinzu. »Die spinnen, die Gringos.«

»Vorausgesetzt, der Señor erzählt uns die Wahrheit. – He, hast du überhaupt soviel Geld?« Ein flüchtiger Wink mit der Waffe, und der andere umrundete das Auto und begann grinsend, Toms Taschen zu durchwühlen. Gleichzeitig bohrte sich der Lauf der Schrotflinte so fest unter Ericsons Brustbein, daß jeder Gedanke an Gegenwehr schon im Keim erstickte. Auf Gudrun achtete keiner der Männer; sie wußten, daß die Frau nicht in den Dschungel fliehen würde. In der Dunkelheit und ohne Ausrüstung wäre das ein selbstmörderisches Unterfangen geworden.

Toms Ausweis wechselte den Besitzer. Gleich darauf folgten mehrere Hundert-Dollar-Noten.

»Tatsächlich, López, er hat Geld.«

»Was soll das?« protestierte Ericson.

»Die Scheinchen brauchst du nicht mehr«, erklärte der mit López Angeredete. »Bei uns sind sie besser aufgehoben. Du hast mit Felipe ein Geschäft gemacht, und wir machen eines mir dir. Klar?«

»Mehr trägt er nicht bei sich«, stellte der andere bedauernd fest.

»Vielleicht im Wagen, Miguel. Schau unter dem Armaturenbrett nach.«

»Ich glaube, ich kümmere mich erst um das Ding auf der Ladefläche.«

Der Lichtkegel des Handscheinwerfers verharrte zitternd auf der verhüllten Bundeslade. »Sieht aus wie eine große Kiste. He, habt ihr Gringos Felipes Ausbeute darin versteckt?« Miguel schwang sich auf die Pritsche und zerrte die erste der Decken herunter. Eine Verwünschung folgte, weil er nicht so schnell weiterkam, wie er sich das vorgestellt hatte. Aber gleich darauf blitzte es im Lichtkegel golden.

»Ich glaub's nicht! López – sieh dir das an! Falls das kein Gold ist, lasse ich mich kastrieren und vierteilen.«

»Du, Señora, hilf Miguel!« bellte López, wobei er offen ließ, ob beim Kastrieren oder nur beim Lösen der letzten Decken. »Na los, beweg dich!« Die Schrotflinte drückte unverändert auf Toms Magengrube. Nicht einmal das Gold schien López aus der Ruhe zu bringen. Tom Ericson konnte sich mittlerweile an den Fingern abzählen, was die Chicleros mit Gudrun und ihm anstellen würden. Selbst wenn sie anfangs nicht vorgehabt hatten, sie zu töten, spätestens das Gold der Lade mußte ihre Ansichten grundlegend ändern. Zweifellos pulsierte in ihren Adern noch das Blut der Conquistadores.

Nach ein paar Minuten war die Bundeslade in voller Pracht zu bewundern.

»Wo habt ihr das her?« herrschte López Tom an. »Aus welcher Maya-Ruine habt ihr die Truhe gestohlen?«

Für ihn war es selbstverständlich, daß das Fundstück von Mayas angefertigt worden war und durch einen glücklichen Zufall die Jahrhunderte unbeschadet überdauert hatte. Schließlich waren es Chicleros – Männer wie er, die auf immer neuen Wegen durch den Urwald streiften –, denen die Archäologie manche neu entdeckte Maya-Ruine verdankte. Die meisten der halb verfallenen Bauten waren nicht einmal aus der Luft aufzuspüren, und nur jemand, der unmittelbar davor stand, konnte sie entdecken.

»Estos son ángeles«, stellte Miguel fest. »Das sind Engel. – Das sind keine Figuren der Maya.«

»Bist du sicher?«

»Ich habe fünf Jahre lang die Schule besucht.«

»Woher habt ihr das?« herrschte López Tom an.

Ericson entschloß sich, bei der Wahrheit zu bleiben. »Aus einer Ruinenstadt«, sagte er. »Ungefähr sechzig Kilometer nördlich.«

»Und wohin wolltet ihr damit?«

»Nach Guatemala-City.«

López grinste breit. »Die Mühe nehme ich dir ab, Señor Ericson. Du hast doch sicher nichts dagegen?« Die Flinte drückte fester auf Toms Brustbein.

»Wie könnte ich?« erwiderte Ericson gequält. »Du hast schließlich die besseren Argumente.«

López starrte ihn nicht gerade besonders geistreich an. Schließlich begann er wiehernd zu lachen. »Die besseren Argumente habe ich, das ist wahr. Deshalb lasse ich dir sogar die Wahl zwischen einer Ladung Schrot und dem Dschungel.«

»Habe ich Bedenkzeit?«

»Genau so lange, wie ich brauche, um meinen Zeigefinger krumm zu machen.« Der Chiclero zog eine Braue hoch. »Tut mir leid, Mister, ich mach's nicht gerne, aber das Gold braucht keine Mitwisser. Es ist doch Gold, oder?«

»Wenn ich nein sage, würdest du mir ohnehin nicht glauben.«

Der Chiclero grinste spöttisch. Er schüttelte den Kopf.

Toms Gedanken überschlugen sich. Sobald er versuchte, die Flinte wegzustoßen, würde sein Gegenüber abdrücken. Er hatte so gut wie keine Chance.

»He, López, was ist das?« rief Miguel unvermittelt. Seine Stimme überschlug sich, dann brach er ab.

Ein fahles blaues Leuchten überschüttete die Lichtung. Von einer Sekunde zur anderen. Es fiel aus der Höhe herab.

Im ersten Erschrecken vermutete Ericson einen starken Suchscheinwerfer. Aber die Erscheinung bewegte sich nicht, und der Turbinenlärm eines Hubschraubers war nicht zu hören. Vielmehr verstummten die letzten Geräusche ringsum; die Tierwelt schien ebenfalls den Atem anzuhalten.

Tom starrte gebannt in die Höhe. Auch López hatte den Kopf weit in den Nacken gelegt – nur die Flinte hielt er nach wie vor in Position.

Tom zog sogar einen Heißluftballon in Erwägung. Flüchtig dachte er an Günter Reinhard und dessen Frau Annette, die sich darauf spezialisiert hatte, Straßen präkolumbianischer Kulturen aus der Luft zu kartografieren.* Aber das Leuchten begann die Farbe zu verändern. Innerhalb von Sekundenbruchteilen zerflossen die Ränder der Lichtquelle in den Regenbogenfarben.

Die Erscheinung sank tiefer. Ihre Form wirkte linsenförmig, ebenso gut aber oval.

* siehe Band 13 765, Buch 9 ›Das Tor der Rätsel‹

»Ein Kugelblitz?« keuchte Miguel. Doch weit und breit tobte kein Gewitter, und die Erscheinung war schlichtweg zu groß für einen Kugelblitz.

Das Gebilde berührte die Baumkronen. Instinktiv spannte Ericson die Muskeln an, doch die befürchtete heftige Explosion blieb aus. Nicht einmal Flammen züngelten auf. Äste und Laubwerk verblaßten vor der bläulich lodernden Aura, schienen durchscheinend zu werden.

»Laß uns verschwinden, López!« keuchte Miguel. »Das ... das ist nicht geheuer.«

»Und unser Gold?« Die Flinte zitterte leicht. »Wenn du abhau'n willst, verschwinde, aber komm mir nie wieder unter die Augen.«

»López, ich ...«

»Halt's Maul!«

Vielleicht noch zwanzig, höchstens dreißig Meter hoch schwebte die Erscheinung über der Lichtung. Tom spürte ein seltsames Prickeln wie von starken elektrischen Feldern; seine Nackenhaare schienen sich aufzurichten.

»Sie versuchen zu landen!« stieß Gudrun ungläubig hervor. »Warum ausgerechnet hier?«

»Wer?« keuchte López. »Wer landet?« Seine Stimme ließ erste Anzeichen von Unsicherheit erkennen. Er schien begriffen zu haben, was geschah, aber noch weigerte er sich, das Irreale als Wirklichkeit anzuerkennen.

»Außerirdische«, murmelte Gudrun. Das Leuchten war greller geworden, es blendete. An die Motorhaube gelehnt, beschattete die Anthropologin ihre Augen mit den Händen.

Totenstille herrschte. Nur die hastigen Atemzüge der vier Menschen waren zu hören.

»Schieß, López!« kreischte Miguel plötzlich. »Schieß endlich! Das ist eine Fliegende Untertasse!«

Immer noch starrte der Chiclero nach oben.

Allerhöchstens dreißig Sekunden waren vergangen, seit der erste blaue Schimmer die Lichtung berührt hatte. Jetzt wurde ein Sog spürbar, wie eine aufwärts gerichtete Thermik. Einzelne welke Blätter lösten sich vom Boden und wirbelten, den Gesetzen der Schwerkraft widersprechend, in die Höhe.

Jäh wich der Druck von Toms Brustbein. Ein Schuß peitschte durch die Nacht. López hatte die Flinte endlich hochgerissen und abgedrückt. Aber die Wirkung war gleich Null. Weder erklang das Prasseln der Schrotkörner auf Metall, noch kam die Erscheinung zum Stillstand oder verblaßte gar. Mit zitternden Fingern nestelte der Chiclero zwei neue Patronen von seinem Gürtel.

Er kam nicht dazu, nachzuladen; er schaffte es nicht einmal mehr, abwehrend die Waffe hochzureißen. Tom sprang ihn aus dem Stand heraus an, und gemeinsam stürzten sie zu Boden. Ericson ließ dem Chiclero keine Zeit zur Besinnung. Hart und kompromißlos schlug er zu. Sein Ellenbogen krachte in die Magengrube des Gegners, und gleich darauf schmetterte er ihm die Faust an die Schläfe. Aber erst der nächste Hieb, punktgenau auf die Kinnspitze, ließ López schlaff zusammensacken.

»Hinter dir!« hörte er Gudruns gellenden Aufschrei. Die Flinte an sich reißend, fuhr er herum und rammte Miguel den hölzernen Schaft in den Unterleib. Der Angreifer japste nach Luft, aber ein zweiter Hieb schickte ihn ins Reich der Träume.

Auch ohne in die Höhe zu schauen, wußte Tom, daß kaum noch Zeit blieb. »In den Wagen, Gudrun!« rief er. »Wir müssen hier weg!«

Das blaue Leuchten war derart intensiv geworden, daß es in den Augen schmerzte. In den B-Movies der Fünfziger Jahre waren derartige Effekte an der Tagesordnung gewesen, aber Tom hatte nie viel von solchen Streifen gehalten. Jetzt und hier, das war anders. Er hatte das Gefühl, daß das Leuchten ihn lähmte – seine Bewegungen wirkten eckig, ruckartig beinahe. Oder narrte ihn nur ein optischer Effekt?

Er suchte nicht nach den beiden im Moos liegenden Schrotpatronen, sondern warf die Flinte kurzerhand ins Dickicht. Ohne seinen Colt konnte er allerdings nicht fliehen. López hatte sich den 45er Single Action hinter den Hosenbund geschoben. Tom mußte den Bewußtlosen erst auf den Rücken wälzen, um an die Waffe heranzukommen. Auch um seinen Ausweis und die Dollarnoten erleichterte er den Chiclero wieder. »Sorry, Kumpel«, murmelte er, »aber das ist mein Eigentum.«

»Tom, komm endlich!« Das Kreischen der Zündung, als Gudrun den Pritschenwagen zu starten versuchte, fuhr dem Archäologen durch Mark und Bein. Hoffentlich hielt die Batterie durch!

Gudruns zweiten überhasteten Versuch beantwortete der Motor mit einem gequälten Spucken. Sie brachte lediglich zwei klägliche Fehlzündungen zuwege.

»Gib weniger Gas!« rief Ericson. Er hatte jetzt alles beisammen, was ihm gehörte. López war noch immer ohne Bewußtsein, ebenso sein Kumpan. Doch Tom blieb keine Zeit, die beiden auf die Ladefläche zu heben, dann würde er selbst es ebenfalls nicht mehr schaffen. Höchstens noch drei Meter schwebte das riesige runde Etwas über ihm, fast schon zum Greifen nahe. Das blaue Lodern war nahezu völlig verschwunden, und an seiner Stelle gähnte – ein Nichts.

Tom hatte das Gefühl, in die Unendlichkeit zu schauen – ein erhebendes, doch zugleich beklemmendes Gefühl. Begriffe wie Oben und Unten, Rechts und Links verloren jäh ihre Bedeutung, denn da war nichts, was dem Auge Einhalt geboten hätte.

Nur die Ränder dieses ›Nichts‹ glühten noch in blauen Eruptionen. Der Vergleich mit dem Anblick der

Sonnenkorona bei völliger Sonnenfinsternis drängte sich auf.

»Tom! Tooomm!« Gudrun brüllte sich die Seele aus dem Leib. Sie wartete nicht länger. Der Motor des Pritschenwagens dröhnte und krachte, und immer neue Fehlzündungen wurden von Flammenstößen aus dem rostzerfressenen Auspuff begleitet, aber dann ruckte das Fahrzeug an. Die Räder drehten durch, und Moos und Erdbrocken wurden hochgeschleudert, als die Anthropologin mit Bleifuß startete.

»Warte, verdammt!« Tom sprintete los. Beinahe hätte er seinen Hut verloren, den er im letzten Moment noch festhielt. Im Laufen schwang er sich auf die Ladefläche, hing vorübergehend nur mit dem halben Oberkörper auf dem zerbeulten Blech und strampelte wild mit den Beinen. Trotzdem schaffte er es, sich weiter nach vorne zu ziehen, wenn er sich dabei auch vorkam wie beim Bullenreiten ohne Halt.

Gudrun trieb den Pritschenwagen unbarmherzig vorwärts. Mehrmals wich sie mit abrupten Lenkbewegungen Hindernissen aus. Tom wurde von einer Seite auf die andere geschleudert und hatte Mühe, halbwegs festen Halt zu finden. Jeden Moment rechnete er damit, daß die Bundeslade über Bord ging.

Das Leuchten wurde zum fahlen Widerschein, der allmählich hinter dem Wagen verblaßte. Nein, an UFOs glaubte er nicht, gleichwohl hatte er keine Erklärung für das Phänomen.

Endlich schaffte Ericson es, sich bis zum Fahrerhaus vorzuarbeiten. Gudrun dachte nicht daran, langsamer zu fahren. Die aufgeblendeten Scheinwerferkegel vollführten wilde Bocksprünge.

Mit der Faust hämmerte Tom aufs Dach. Die Anthropologin wandte sich flüchtig zum ihm um. Im schwachen Schimmer der Innenbeleuchtung, die sich nicht abstellen ließ, sah er sie grinsen. Doch ihre Grimasse täuschte nicht darüber hinweg, daß sie totenbleich war.

»Schau wieder nach vorne!« Tom mußte schreien, damit sie ihn verstand. Er zog den Kopf ein. Etwas Massiges, Großes peitschte aus der Dunkelheit heran. Überhängende Äste waren es, die ihn fast von der Ladefläche gefegt hätten. Kreischend schrammten sie über das Fahrerhaus.

Gudrun hatte offenbar nicht die Absicht, anzuhalten. Tom blieb nichts anderes übrig, als sich damit abzufinden, daß sie das Heft des Handelns an sich gerissen und damit vermutlich ihrer beider Leben gerettet hatte.

Er lehnte sich ans Fahrerhaus und streckte die Beine aus. Der Dschungel war schwarz und undurchdringlich, und nirgendwo zeigte sich ein bläulicher Schimmer. Tom ertappte sich dabei, daß er suchend in die Höhe schaute.

Irgendwann bremste Gudrun so abrupt, daß sein Hinterkopf gegen die Scheibe schlug. Das folgende schrille Quietschen konnte nur bedeuten, daß sie die Seitenscheibe nach unten kurbelte. Tom kannte das Geräusch inzwischen.

»Was ist?« brummte er.

»Wenn du willst, kannst du gern durch den Fluß schwimmen«, erwiderte die Anthropologin. »Scheint ziemlich breit zu sein.«

»Ich komme nach vorn«, erklärte Tom. Er überprüfte die Befestigungen der Bundeslade, danach schwang er sich ins Führerhaus.

Zwischenspiel

Die beginnende Nacht war sternenklar, aber ein lauer Wind hielt die drückende Schwüle des vergangenen Tages in Erinnerung. Tief im Westen zerfaserten noch die Reste eines herrlichen Abendrots.

Die See lag ungewöhnlich ruhig; Algenbüschel trieben wie winzige Inseln auf den Wellen, und das Wasser plätscherte dumpf unter dem Rumpf der SEA-FISH.

Die Motoryacht dümpelte ohne Fahrt in den Gewässern dreißig Seemeilen nordöstlich der zu den Bahamas gehörenden Insel Little Abaco – ein geschichtsträchtiges Gebiet, hatte hier doch schon der legendäre Seewolf Philip Hasard Killigrew mit seiner Schebecke gegen die Spanier gekämpft. Im Abendrot war die See wie flüssiges Gold erschienen, und Eileen hatte das Bad ohne einen Fetzen Stoff auf der Haut genossen. Jetzt lag sie wieder auf dem Achterdeck und genoß die schmeichelnde Brise. Sanft ließ sie ihre Hände über den Bauch gleiten, hin zu den Innenseiten ihrer Schenkel. Sie wußte, daß Joe ihr zusah, obwohl er so tat, als interessiere er sich weit mehr für die Instrumente. In Wirklichkeit hatte er sie nicht eine Sekunde lang aus den Augen gelassen. Joe hantierte mit zunehmender Hektik im Führerstand.

Eileens leises Stöhnen konnte ihn nicht kalt lassen. Lasziv fuhr sie mit der Zunge über ihre Lippen und winkelte die Beine an.

Trotzdem wandte der Skipper nur kurz den Kopf. Er schien gar nicht wahrzunehmen, daß ihre Hände eine herausfordernde Wanderschaft begannen.

»Was sagt der Wetterbericht?« rief Eileen. Ihre Stimme vibrierte leicht, hatte aber trotzdem dieses männermordende Timbre, das Joe so liebte. Diesmal reagierte er nicht darauf. War es die verdammte Schwüle, die seine Lenden lähmte?

»Es bleibt ruhig«, antwortete er gedehnt. »Nicht mehr als Windstärke zwei.«

»Das scheint anzustecken«, spottete Eileen. Joe hatte zwar Geld, doch das änderte nichts daran, daß sein Temperament mitunter dem eines Riesenfaultiers gleichkam. Ein abgrundtiefer Seufzer drang über ihre Lippen, gefolgt von einem kurzen, spitzen Schrei. Joe fixierte sie mit einem überraschten Augenaufschlag. »Komm her!« verlangte sie.

Der Skipper klopfte mit dem Knöchel gegen eine Instrumentenabdeckung. »Der Kompaß spinnt. Der Anzeige nach geht die Sonne im Norden unter.«

»Na und?« seufzte Eileen. »Jedes Kind weiß, daß die Sonne im Westen unter ... Was hast du vor? Joe, was ist in dich gefahren?«

Der Skipper hatte die Maschine gestartet. Brummend lief der Diesel an, die Schiffsschraube wühlte das bis dahin ruhige Wasser auf. »Verstehst du nicht ...?«

Sie wälzte sich herum, richtete sich auf den Knien auf. »Joe, verdammt, laß das. Mir ist heiß.«

Er achtete nicht mehr auf sie. Langsam schob er den Fahrthebel nach vorne. Die Schiffsschrauben wirbelten Gischt auf, und allmählich wurde die Hecksee deutlicher, dennoch hatte Eileen das Gefühl, daß die SEA-FISH nur zögernd Fahrt aufnahm.

Sie trat hinter Joe, legte ihm die Arme um die Schultern und schmiegte sich an ihn.

»Hör auf damit!« herrschte er sie an.

Ihre Hände glitten tiefer, streiften seine üppig behaarte Brust und zwängten sich unter den Bund seiner Badehose ... Diesmal packte er unsanft zu und zerrte sie zur Seite.

»Begreif endlich!« herrschte er sie an. »Wir kriegen Probleme. Der Kompaß spielt verrückt, der Funk ist ausgefallen ...«

Sie zuckte beleidigt mit den Schultern. Sollte Joe doch die Nacht hier draußen verbringen, sie ließ sich nicht abweisen wie ein dummes Schulmädchen; sobald er erst im eigenen Saft schmorte, würde er schon begreifen, was er an ihr hatte. »Mach was du willst«, schnaubte sie wütend, wandte sich um – und erstarrte mitten in der Bewegung.

Die Sterne waren verschwunden. Von einer Sekunde zur anderen hatte sich der Himmel zugezogen. Doch das waren keine Wolkenbänke, sondern ein dumpfes, undefinierbares Brodeln. Die Luft schien plötzlich zu stehen; kein noch so schwacher Hauch vertrieb die aufkommende Beklemmung.

Joe stieß den Fahrthebel ruckartig bis zum Anschlag. »Gib die Schwimmwesten her!« keuchte er. »Beeil dich!«

Eileen starrte ihn entgeistert an.

Das wesenlose Grau machte ihr Angst. Das war kein aufziehendes Unwetter – sie hatte so etwas nie zuvor erlebt. Vielleicht noch hundert, zweihundert Meter weit reichte die Sicht, dahinter schien die Welt zu Ende zu sein.

»Joe, was bedeutet das?« brachte sie tonlos über die Lippen. Tief in ihrem Inneren breitete sich das Entsetzen aus, wuchs die Furcht vor dem Unheimlichen, das die SEA-FISH umfing, als hätte jemand eine gigantische Käseglocke über die Yacht gestülpt.

Die Stille lähmte ihre Gedanken. Stille?

Nur langsam begriff sie, daß das Dröhnen der Schiffsschrauben verstummt war. Aber Joe hatte den Diesel nicht abgestellt. Der Fahrthebel stand nach wie vor auf Vollast.

Joes Gesicht war zur schweißglänzenden Maske erstarrt, als er sich umwandte. »Ich weiß nicht, was geschieht. Alle Anzeigen sind ausgefallen, die Kompaßnadel dreht sich wie irr, sie kann jeden Moment brechen.« Dumpf klang seine Stimme, als hallte sie aus einer Gruft zurück. Eileen erschauderte. Sie hatte das Schapp geöffnet, in dem die Schwimmwesten lagen, doch sie stockte mitten in der Bewegung. Elmsfeuer huschten über die Reling, zuckende blaue Flammen, die aus dem Nichts heraus geboren wurden und sich in ihre Netzhaut einbrannten.

»Starke elektromagnetische Felder«, ächzte der Skipper. »Sie lenken den Kompaß ab und legen die Elektronik lahm.«

»Was ist das? Ein Hurrikan?« Sekundenlang hatte Eileen die wahnwitzige Hoffnung, nur im Auge eines entstehenden Sturmes gefangen zu sein – doch ein brennender Schmerz an der Taille verriet ihr, daß sie sich selbst belog. Alles war viel schlimmer, als sie es wahrhaben wollte. Einen gurgelnden Aufschrei ausstoßend, riß sie sich die dünne goldene Kette vom Bauch. Die sengenden Hitze verbrannte sogar ihre Finger. Achtlos schleuderte sie die Kette zur Seite. Ein schmaler Streifen verbrannter Haut zeichnete sich unter ihrem Nabel ab.

In dem Moment kam ihr all das wieder in den Sinn, was sie seit wenigen Minuten geradezu verzweifelt verdrängte, die Geschichten von verschwundenen Flugzeugen und Schiffen, die ohne Besatzung aufgefunden worden waren ... Erneut verbrannte sie sich die Finger, diesmal an dem Beschlag des Schapps, als sie die Schwimmwesten herauszerrte.

Das Bermuda-Dreieck! Eileen hatte nie an eine wirkliche Gefahr geglaubt, hatte die regelmäßig durch die Medien geisternden Berichte stets für Sensationshascherei gehalten, so wie Nessie oder der Yeti Lückenfüller in der Sauregurkenzeit waren.

Dumpf starrte sie über die Aufbauten auf die See hinaus, die zu brodeln begonnen hatte, als würde das Wasser plötzlich aus der Tiefe heraus erhitzt. Nebel stieg auf, doch das ließ sich wenigstens auf natürliche Weise erklären. Und das flackernde blaue Leuchten, das den Dunst in ein waberndes Glühen verwandelte, war nichts anderes als Wetterleuchten. Ein Gewitter ... Deshalb war der Funk ausgefallen. Die elektrischen Entladungen beeinflußten außerdem den Kompaß.

Überrascht registrierte sie, daß Joe ihr inzwischen die

Schwimmweste übergestreift hatte. Mit fliegenden Fingern zog sie die Verschlüsse fester.

Von achtern erklang ein dumpfes, anhaltendes Ächzen. Holz knarrte. Dazu das Schlagen steifer Leinwand.

Eileen wirbelte herum.

Was immer sie zu sehen erwartet hatte, der monströse Schatten unmittelbar hinter der SEA-FISH schnürte ihr die Kehle ab. Ihr Mund öffnete sich zu einem erstickten Gurgeln.

»Neiiin!« brüllte Joe. »Beidrehen!« Er riß die Signalpistole aus dem Schrankfach, richtete sie schräg in die Höhe und drückte ab. Fauchend zog die Leuchtrakete davon, eine irrlichternde Glutspur hinter sich herziehend. Gleich darauf explodierte ein gleißendes rotes Sternenmeer, das sich gleichmäßig ausbreitete.

Die Glut fiel zwischen Masten und Segel, ohne sie in Brand zu setzen. Erst dicht über dem Deck des Dreimasters erloschen die winzigen Sterne.

»Mein Gott!« stammelte Eileen. Sie glaubte zerlumpte, bärtige Gestalten gesehen zu haben, die nicht minder entsetzt reagierten als sie selbst. Aber das Schiff war eine alte Galeone, wie sie heutzutage nur noch in Piratenfilmen die Meere durchkreuzten.

Joe schoß die nächste Leuchtrakete ab. Der flackernde Widerschein zeigte aufgeregte Seeleute in den Wanten, die im Begriff waren, die Segel zu reffen – obwohl kein noch so schwacher Windhauch das Tuch blähte –, andere stellten die Geschütze aus, altertümliche eiserne Kanonen, die verteufelt echt wirkten. Befehle hallten übers Wasser. Eileen verstand nicht, was die Männer brüllten. Die Sprache mochte spanisch sein, doch völlig sicher war sie sich dessen nicht.

Wieviel Zeit war vergangen? Sie hatten jedes Zeitgefühl verloren, und ihre Uhr war stehengeblieben.

Ungläubig starrte Eileen auf die Galionsfigur des

Dreimasters, eine drachenartige Gestalt, ein Lindwurm, der sich in enger Umschlingung um das Bugspriet wand.

Ein Geisterschiff!

Ein schrilles Lachen schreckte Eileen auf. Sie selbst war es, die dieses Lachen ausstieß. Sie war dicht davor, den Verstand zu verlieren.

»Spring!« brüllte Joe neben ihr. Er hatte seine Bemühungen aufgegeben, den Motor wieder in Gang zu setzen.

Bedrohlich wuchs der Bug des Dreimasters hinter der Yacht auf. Eileen riß abwehrend die Arme hoch. Im nächsten Moment erfüllte ein splitterndes Bersten und Krachen die Luft, als der Bug des Seglers die SEA-FISH achtern an Backbord rammte. Planken barsten, und armdicke Splitter stachen mörderischen Geschossen gleich durch die Luft.

Eileen wurde von den Füßen gerissen, als die Yacht sich aufbäumte. Instinktiv breitete sie die Arme aus, um den Aufprall abzufangen, doch das Deck stand plötzlich schräg, und sie rutschte haltlos weiter. Sie hörte Joe schreien, aber das anhaltende gräßliche Splittern und Krachen übertönte fast jedes andere Geräusch. Zum Greifen nahe wuchs der Rumpf der Galeone vor ihr auf; der Dreimaster hob sich ächzend aus dem Wasser, während er die kleinere Yacht unterpflügte. Scharfkantige Muscheln bedeckten die Planken unterhalb der Wasserlinie.

Dann schwappte die Bugwelle heran. Brackiges Salzwasser schlug über Eileen zusammen und wirbelte sie herum. Sie verlor die Orientierung und schlug blindlings um sich. Als sie ein Stück der Reling spürte, griff sie mit letzter Kraft zu. Die Luft wurde ihr knapp. Alles in ihr schrie danach, den Mund zu öffnen und einzuatmen, aber erst als der Drang unwiderstehlich wurde, rang sie nach Atem. Gleichzeitig durchstieß sie die Wasseroberfläche, prustend und schnaubend und verzweifelt gegen einen neuen Sog ankämpfend, der sie wieder hinabzerren wollte in die lichtlose Tiefe, diesmal vielleicht für immer.

»Joe!« brüllte sie verzweifelt. »Joe, wo bist du?« Sie erhielt keine Antwort. Statt dessen vernahm sie aufgeregte Stimmen aus der Höhe.

Ächzend richtete die SEA-FISH sich wieder auf. Sie war ein gutes, stabiles Schiff und würde nicht sofort sinken. Eileen zog sich an Deck. Vieles war zersplittert und verbogen, der Fahrerstand nur noch ein wüster Trümmerhaufen.

»Joe!«

Der Niedergang stand offen. Aber die jäh aufkeimende Hoffnung, Joe könnte in die Kabine geflohen sein, erfüllte sich nicht. Feuerschein schlug Eileen entgegen.

Als sie das ausströmende Gas roch, war es schon zu spät. Die Druckwelle der Explosion erwischte Eileen auf der Treppe und wirbelte sie davon. Das Letzte, was sie noch bewußt wahrnahm, war ein gleißender Feuerball.

Verwirrt blickte der Bauarbeiter auf die beiden Hundert-Dollar-Scheine, die ihm der Gringo unter die Nase hielt. Sein Blick wanderte zurück zu dem Amerikaner, der sogar noch einen dritten Hunderter aus seiner Hosentasche zog und ihn zu den beiden anderen legte.

»Ich verstehe nicht, Señor. Was soll ich dafür tun?« Nervös schürzte er die Lippen, bevor er, nach einem raschen Rundblick, leiser hinzufügte: »Soll ich jemanden umbringen?« Noch war keiner seiner Kumpel aufmerksam geworden. Alonso wußte, daß einige der Männer, die mit ihm zusammenarbeiteten, bereit gewesen wären, für eine Summe von dreihundert US-Dollar so ziemlich alles zu tun.

»Halb so schlimm«, murmelte der Amerikaner. Er war groß, gut einen Kopf größer als Alonso, also schätzungsweise einsfünfundachtzig. In seinen grauen Augen loderte ein fanatisches Feuer, und die Narbe am Kinn mochte als Andenken an eine Messerstecherei zurückgeblieben sein.

Obwohl Alonso der Mann nicht geheuer war, griff er zu. Wann hatte er schon die Gelegenheit, eine solche Summe quasi nebenbei zu verdienen? Prüfend rieb er das Papier zwischen den Fingern. Der Klang der Scheine hörte sich angenehm an.

»Das Geld ist echt«, sagte der Fremde spöttisch. »Mach dir deshalb keine Sorgen.«

Alonso dachte an Maria und ihre fünf Kinder. Mit der Summe konnten sie eine Weile sorglos leben; das war wie der Tag der Revolution und Allerheiligen zusammen. »Was soll ich tun?« Er schob die Scheine in die Gesäßtasche seiner Jeans und wischte sich die plötzlich feuchten Hände an dem ohnehin schon verdreckten Unterhemd ab.

»Wie heißt du?«

»Alonso.«

»Du kennst dich in dem Viertel hier aus?«

»Einigermaßen. Ich bin in der Avenida del Ferrocarril aufgewachsen, wohne aber jetzt mit meiner Familie weiter draußen, Richtung Chinautla.«

Der Amerikaner deutete auf das Haus, vor dem sie standen. Die Fassade des Gebäudes hatte bessere Zeiten gesehen, aber sobald der abblätternde Putz ausgebessert und ein neuer Anstrich aufgebracht worden war, würde es zweifellos wieder zum Blickfang werden. Der Baustil war nicht so kalt und abweisend wie die Architektur der moderneren Bauten.

»Ich brauche zwei oder drei Männer, die zupacken können ...«

»Hart zupacken, Señor?«

»Sie sollten eine Schlägerei nicht scheuen.«

Alonso grinste breit. »Keiner meiner Kumpel hat weiche Fäuste, wenn Sie das meinen, Gringo.«

»Ich sehe, wir haben uns verstanden.«

»He, Alonso!« erklang es zornig aus der Tiefe der aufgerissenen Straße. »Soll ich hier allein schuften?«

»Das ist Pepe«, seufzte der Arbeiter. Laut rief er nach unten: »Halt's Maul, du siehst doch, daß ich mich unterhalte.« Eine deftige Verwünschung antwortete ihm.

»Kann ich Pepe vertrauen?« wollte der Amerikaner wissen.

»Für hundert Dollar würde er seine eigene Frau verkaufen. – Fast die Hälfte der Männer stammt aus ärmsten Verhältnissen. Sie können mir glauben, Gringo, wenn irgendwo Geld zu verdienen ist, sind sie dabei.«

Ein schwarzer Haarschopf schob sich aus der Tiefe empor, ein Bulldoggengesicht folgte. »Du kannst deine Knochen einzeln numerieren, Alonso, wenn du nicht auf der Stelle ...« Sein Zorn schlug in Überraschung um, als er die dreihundert Dollar sah, die der Fremde lässig zwischen den Fingern drehte.

»Er schafft an«, bemerkte Alonso. »Nicht du.«

Pepe kratzte sich am Kopf. »Was willst du dafür?« wandte er sich an den Amerikaner. »Señoritas?«

»Einen Freund überraschen, das ist alles. Und, sagen wir, ihn ein wenig bei Laune halten.«

»Ein schlagkräftiger Freund?« argwöhnte Pepe und rieb sich gleichzeitig die von Schwielen übersäten Pranken. Zweifellos verstand er es, kräftig auszuteilen, und vermutlich wuchs dort, wo er hinlangte, eine Zeitlang kein Gras mehr. »Wann sollen wir den – äh – Freundschaftsbesuch abstatten?«

»Sofort«, sagte der Amerikaner. »Wenn ihr gut seid, dauert es nicht länger als ein paar Minuten. Aber ich brauche einen dritten Mann, nur für alle Fälle. Und vielleicht benötige ich euch heute oder morgen noch einmal.«

»Du wartest auf weitere ... *Freunde*?« wollte Pepe wissen.

»Ein Mann und eine Frau, aber der Mann ist wahrscheinlich bewaffnet.«

»Ich auch.« Pepe langte hinter seinen Rücken in den Hosenbund. Als er die Hand wieder nach vorne nahm, schnappte ein eindrucksvolles Springmesser auf. »Ist für alles gut – fürs Rasieren, zum Brotschneiden und ... na ja, alles hat seinen Preis.«

Der Amerikaner dachte an das Telefonat, das er am Flughafen mitangehört hatte. Es war nicht viel gewesen, doch sein spontaner Verdacht, als er mit dem rothaarigen Mann zusammengeprallt war, hatte sich bewahrheitet. Connors faux-pas, dann sogar seine schottische Heimat zu erwähnen, war die endgültige Bestätigung gewesen. Am Telefon hatte der A.I.M.-Mann die Namen Ericson und Heber erwähnt. Die beiden Wissenschaftler waren also unterwegs nach Guatemala-City.

»Wir rechnen ab, Freunde«, murmelte er. »Diesmal werdet ihr euch gehörig wundern.«

Allan Ferchland hatte einen Kaffee gekocht, in dem der Löffel stecken blieb. Über den Rand seiner Tasse hinweg fixierte er Connor.

»Sie wollen die Bundeslade an Bord einer Linienmaschine nach Europa transportieren?« fragte er.

»Was ist dagegen einzuwenden?« erwiderte der Schotte. »Zwischenfälle kann es immer geben, aber ich denke, die Formalitäten werden die gleichen sein.«

»Die Ausfuhr von Kulturgütern unterliegt eindeutigen Beschränkungen ...«, begann Ferchland im Tonfall eines Universitätsdozenten, doch Connor winkte hastig ab.

»Niemand kann behaupten, die Bundeslade wäre mesoamerikanischen Ursprungs. Außerdem halte ich es mit dem Motto, daß dort kein Richter ist, wo es keinen Kläger gibt. Wer sagt Ihnen, Mr. Ferchland, daß wir alle Details offenlegen müssen? Gesetze und Vorschriften haben immer ein Hintertürchen.«

Der Völkerkundler verbrannte sich fast den Mund. Ein Teil des Kaffees schwappte auf die Untertasse und tropfte auf seine Hose. Hart stellte er die Tasse auf den Tisch zurück.

»Sie kennen die Neugierde unserer Behörden nicht, Mr. Connor«, sagte er, von mehreren scharfen Atemzügen unterbrochen, die seine Lippen kühlen sollten. »Wir werden sehen, wer derzeit zuständig ist. Sir Ians Zollerklärungen können uns aber auf jeden Fall hilfreich sein. Wenn Sie es wünschen, fühle ich heute schon vor, andernfalls würde ich warten, bis uns die Papiere vorliegen und ...« Der Türgong unterbrach seinen Redeschwall. Ferchland stutzte.

»Erwarten Sie Besuch?« wollte Connor wissen.

Der Völkerkundler zuckte mit den Schultern. »Vielleicht Isabel, eine Indiofrau. Sie macht einmal in der Woche sauber, aber sie kommt, wann sie will. Sie spürt es, sobald Zeit zum Aufräumen ist, sagt sie.«

Eigentlich, dachte Connor, *müßte Isabel ständig hier sein.* Allein Ferchlands Versuch, eine Kanne Kaffee zu kochen, hatte so viel Abwasch produziert, als hätte eine fünfköpfige Familie ausgiebig zu Mittag gegessen.

Der Gong erinnerte schon wieder daran, daß draußen jemand vor der Tür stand.

»Ja doch«, schnaufte Ferchland. Ein alter Mann ist schließlich kein Springbock.« Connor lächelte amüsiert über den Versuch des Völkerkundlers, wenigstens noch ein klein wenig Ordnung zu schaffen. Im Vorbeigehen rückte er zwei Bücherstapel gerade, stellte einige Teller ins Waschbecken und fuhr sich draußen im Flur, vor dem Spiegel, mit beiden Händen durchs Haar. Isabel schien ein klein wenig mehr zu sein als nur seine Putzfrau.

»Komm rein, ich habe dich heute allerdin–« Ferchland stutzte. »Wer sind Sie, Mister?«

Connor beugte sich auf dem Sofa nach vorne, konnte aber nicht erkennen, mit wem der Hausherr redete. Er hörte eine dumpfe Stimme, und soviel er mitbekam, war vom Wasserrohrbruch die Rede. »Aufdrehen?« fragte Ferchland verwirrt. »In der Küche? Aber ... He, wer hat Ihnen erlaubt ...?« Er verstummte gurgelnd.

Connor sprang auf. Doch bevor er den Wohnraum verlassen konnte, stürmten ihm zwei Männer entgegen. Ihre Absicht war unverkennbar.

Connor empfing den ersten mit einer Geraden in die Magengrube und ließ einen Handkantenschlag in den Nacken folgen. Der Kerl, er stank nach Schweiß und feuchter Erde, krachte gegen das nächste Regal.

Gleichzeitig wurde Connor von hinten umklammert; zwei kräftige Arme drückten ihm die Luft aus den Lungen. Nur für einen Moment hielt er inne, dann rammte er beide Ellenbogen nach rückwärts. Der Angreifer war darauf nicht gefaßt gewesen; sein Griff lockerte sich, und als Connor ihm sofort kräftig auf die Zehen trat, erklang ein verhaltenes Stöhnen. Bevor der Kerl wußte, wie ihm geschah, wirbelte Sutherlands Butler herum und drosch ihm die Fäuste rechts und links an die Schläfen.

»Hinter ihnen!« schrie Ferchland auf.

Connor entging der gegen seinen Schädel gezielten Porzellanvase nur um Haaresbreite. Das gute Stück zersplitterte an seiner Schulter. Der erste Angreifer hatte die Vase vom Regal genommen. Einen Herzschlag lang starrte er ungläubig auf seine Hand, von der Blut tropfte, dann zog er die Lippen hoch und stieß ein bedrohliches Knurren aus, das haargenau zu seinem Bulldoggengesicht paßte.

Connor blockte eine Gerade mit dem Unterarm ab und

plazierte seinerseits einen rechten Haken, der jedoch wirkungslos verpuffte. Sein Gegner war hart im Nehmen – aber nicht hart genug. Connors nächster Hieb traf ihn mitten auf die ohnehin schon platte Nase und ließ ihn aufheulen. Bestimmt war ihm das Nasenbein schon früher mehrfach gebrochen worden.

Trotzdem gab er nicht auf. Seine Rechte zuckte vor, die Finger gruben sich in Connors Gesicht. Mit der anderen Hand verkrallte er sich im Hemd des Highlanders und zerrte ihn zu sich heran. Connors Fäuste schossen von unten hoch und trieben die Arme des Gegners auseinander. Daß sein Hemd dabei zerfetzte und ein stechender Schmerz durch sein Gesicht zuckte, war egal – er wirbelte herum, bekam einen Arm des Gegners zu fassen und hebelte ihn über sich hinweg. Der Kerl krachte rücklings auf den nächsten Sessel, der dem Aufprall nicht standhielt und sich in Kleinholz verwandelte.

Bevor Connor sich aus der gebückten Haltung wieder aufrichten konnte, prallte der zweite Angreifer auf ihn. Gemeinsam gingen sie zu Boden, doch der Highlander nutzte den Schwung und hob den Gegner mit den Knien über sich hinweg. Aus allen nur denkbaren Positionen zu fallen, ohne sich dabei zu verletzen, war das erste, was er als Schüler asiatischer Kampfsportarten gelernt hatte. Connor war sofort wieder auf den Beinen, der andere nicht, was vielleicht auch daran lag, daß der immer noch dampfende Kaffee sich über sein Gesicht ergossen hatte.

Ein Besenstiel traf Connor in den Rücken und ließ ihn taumeln. Nun mischte auch der Kerl mit, der Ferchland festgehalten hatte. Einem zweiten, stoßartig geführten Hieb wich der Highlander aus, gleichzeitig umklammerte er das Ende des hölzernen Stieles und zerrte den verdutzten Angreifer mit einem heftigen Ruck zu sich heran. Der Kerl besann sich ein wenig zu spät, daß er durchaus die Möglichkeit hatte, den Besenstiel loszulassen.

»Aufhören!« donnerte eine befehlsgewohnte Stimme durch den Raum. »Laß den Mann los, Connor, oder Ferchland stirbt!«

Der Highlander erstarrte in der Bewegung. Er kannte diese Stimme – sie gehörte dem lästigen und ungehobelten Amerikaner vom Flughafen. Was hatte der Mann mit Ferchland zu tun, oder, anders gefragt, mit ihm und Ferchland? Vergeblich versuchte Connor sich das kurze Telefonat ins Gedächtnis zu rufen, das er von La Aurora aus geführt hatte. Er glaubte nicht, daß irgendein verfänglicher Satz gefallen war.

»Bitte tun Sie, was der Mann sagt, Mr. Connor«, ächzte der Völkerkundler. Der Amerikaner zerrte ihn mit sich in den Durchgang zum Wohnzimmer; er hielt Ferchland mit dem linken Arm umklammert und an sich gepreßt, und mit der Rechten drückte er ihm die Mündung einer Pistole an die Schläfe.

Verächtlich überflog der Fremde das herrschende Chaos. Das Wohnzimmer sah aus, als hätte ein Hurrikan darin gewütet: zerstörte Möbel, leergefegte Regale, Kaffeelachen auf dem Boden.

»Ihr seid wohl doch nicht so gut – laßt euch beinahe von einem einzigen Mann aufs Kreuz legen! Fesselt ihn, aber macht wenigstens das vernünftig!«

Connor hätte es durchaus noch einmal mit allen dreien aufgenommen. Doch die Miene des Amerikaners verriet ihm, daß er nicht zögern würde, Ferchland zu erschießen. Möglicherweise lag ihm gar nicht sehr viel an dem alten Wissenschaftler. Zähneknirschend mußte Connor es sich gefallen lassen, daß die Männer seine Handgelenke mit Klebeband umwickelten, als gelte es, ihn in eine Mumie zu verwandeln.

»Wer sind Sie?« stieß er hervor.

Sein Gegenüber grinste herausfordernd. »Namen tun nichts zur Sache. Es genügt, wenn ich weiß, wer *du* bist.«

»Falls Sie Geld wollen ...« Nein, das war es nicht. Der Amerikaner hatte anderes vor. War das Zusammentreffen am Flughafen doch nicht nur zufällig erfolgt? Vergeblich versuchte Connor, das jugendliche, verschlagen wirkende Gesicht einzuordnen. Das Alter des Mannes war schwer zu schätzen, er mochte Anfang Dreißig sein, vielleicht ein wenig älter.

»Für wen arbeiten Sie?«

Der Amerikaner wechselte ein paar geflüsterte Worte mit seinen Schlägertypen, die daraufhin die Wohnung verließen.

»Das sind Bauarbeiter, nicht wahr?« platzte Ferchland heraus. »Sie haben die Leute von der Straße aufgelesen, Sie ...« Das Telefon klingelte. Der Amerikaner hob ab, ließ den Wissenschaftler aber nicht für eine Sekunde aus den Augen. Die Waffe in seiner Hand redete eine unmißverständliche Sprache.

»Hallo? – Ich bedauere, aber Mr. Ferchland mußte kurzfristig verreisen. Ich bin ein Freund. – Nein, ich erwarte ihn erst in drei oder vier Tagen zurück.« Bedächtig legte er wieder auf. »Tja, meine Herren, da wir nun schon beisammen sind, sollten wir es uns gemütlich machen. Ich hoffe, wir müssen nicht allzu lange warten.«

»Was haben Sie vor?« stöhnte Ferchland. »Ein Attentat? Von meiner Wohnung aus? Ich glaube nicht, daß Politiker ...«

»Du siehst zuviel fern, Alter. Das lähmt die eigene Phantasie.« Der Amerikaner schob die Pistole ins Schulterholster zurück. »Mach mir einen Kaffee. Stark und schwarz. Aber versuch gar nicht erst, auf dumme Gedanken zu kommen. In der Hinsicht verstehe ich keinen Spaß.«

Er ist wegen Tom und Gudrun hier, dachte Connor. Eine andere Möglichkeit gab es kaum. Wußte er von der Bundeslade? Das hätte bedeutet, daß es irgendwo eine undichte Stelle gab. Wurde die Telefonleitung nach Oake Dùn abgehört?

»Kar schickt Sie?« vermutete Connor. Er beobachtete den Mann genau, doch die Reaktion war enttäuschend. Mit keiner Miene verriet der Amerikaner, daß er Kar kannte.

Zwischenspiel

Die ISTANBUL war ein zum Containerfrachter umgerüstetes, knapp fünfzehn Jahre altes Schiff, das häufig zwischen den Mittelmeerstaaten und der amerikanischen Ostküste verkehrte. Die achtköpfige Besatzung arbeitete rund um die Uhr in zwei Schichten, doch gab es in der Regel keine außergewöhnlichen Vorfälle. Die ISTANBUL war keiner der Seelenverkäufer, die unter Billigflagge liefen und das sprichwörtliche Quentchen Glück brauchten, um heil den jeweiligen Zielhafen zu erreichen. Ausgerüstet mit moderner Technik, hatte der Frachter zwar enorme Geldsummen verschlungen, doch seine Fahrten blieben wirtschaftlich und warfen inzwischen sogar Gewinn ab.

In den frühen Morgenstunden des 28. März hatte Turgut Yüksek Brückenwache. *Keine besonderen Vorkommnisse,* lautete schon der Logbucheintrag seines Vorgängers, und der Erste Offizier Yüksek hatte dem nichts hinzuzufügen. Selten war eine Nacht in letzter Zeit so sternenklar gewesen, und die See lag ruhig wie ein Spiegel vor dem Frachter.

Yüksek setzte das Fernglas ab, mit dem er eine Schule Großer Tümmler beobachtet hatte. Tiere wie diese Delphine faszinierten ihn schon von Jugend an, vor allem fragte er sich, wie sie sich in den Weiten der Weltmeere zurechtfanden. Biologen hatten Magnetitkristalle im Gehirn des gemeinen Delphins gefunden, die offensichtlich ähnliche Funktionen erfüllten wie die eisenhaltigen Substanzen im Kopf von Fledermäusen, Bienen und Tauben. Sie bildeten eine Art körpereigenen Kompaß, mit dem diese Tiere magnetische Konturen erfaßten.

Was manche dieser Informationen anbetraf, saß Yüksek sozusagen an der Quelle, denn sein Schwager arbeitete seit zehn Jahren als Meeresbiologe. Er interessierte sich für gestrandete Delphine und Wale, die in letzter Zeit öfter für Schlagzeilen sorgten. Die Ursachen derart rätselhafter ›Selbstmordaktionen‹ Dutzender Tiere lagen eventuell in Störungen elektromagnetischer Felder begründet, die Wale und Delphine zu verhängnisvollen Navigationsfehlern trieben.

Der Kompaß zeigte Kurs Südsüdwest. Turgut Yüksek korrigierte den Kurs um ein Strich nach Steuerbord.

Über Satellit war die neueste Wettervorhersage eingetroffen. Die ungewöhnliche Hochdrucklage würde noch mindestens einen Tag anhalten, ehe ein aufziehendes Sturmtief im Nordwesten für Windstärken von sieben bis neun sorgte.

Das Radar zeigte einen Kontakt, knapp eine Seemeile voraus. Allerdings war das Echo verschwommen und kaum zu deuten. Was im einen Moment zeichnete, schien beim nächsten Umlauf schon nicht mehr vorhanden zu sein.

Yüksek schürzte die Lippen. Die beginnende Morgendämmerung brachte ein fahles Zwielicht, in dem Entfernungen so gut wie nicht zu schätzen waren. Himmel und Meer verschmolzen in der Distanz miteinander. Trotzdem suchte er die Kimm mit dem Fernglas ab. Die Positionslichter eines nahen Bootes waren normalerweise nicht zu übersehen.

Turgut Yüksek markierte die Radaranzeige. Nach wenigen Minuten stand fest, daß die ISTANBUL sich zielgenau auf das angemessene Objekt zubewegte, das seine

Position kaum veränderte. Der Frachter würde es in einem Abstand von höchstens zweihundert Metern passieren.

Der Erste Offizier aktivierte den Weckruf, der die Männer der Freiwache an Deck holte. Er war jetzt sicher, daß das Radar kein anderes Schiff erfaßt hatte, sondern treibende Wrackteile.

Falls der Frachter nicht rechtzeitig zum vereinbarten Entladetermin im Hafen anlegte, stand für die Reederei viel Geld auf dem Spiel. Trotzdem stoppte Yüksek die Maschine.

Der Kapitän betrat die Brücke. Nur ein paar Worte, dann war er informiert.

»Lassen Sie das Boot wassern, Yüksek. Sie übernehmen das Kommando.«

Inzwischen waren mit bloßem Auge aufschwimmende Wrackteile zu sehen. Altertümlich anmutende Holzfässer dümpelten in der leichten Strömung. Sie waren noch nicht weit auseinander gedriftet. Yüksek schloß daraus, daß sich das Schiffsunglück während der Nacht ereignet hatte. Allerdings hatte es weder Sturm noch Gewitter gegeben, und ein SOS-Ruf war nicht aufgezeichnet worden.

Vergeblich suchte die Crew der ISTANBUL nach im Wasser treibenden Schiffbrüchigen. Nach über einer Stunde gab Yüksek den Befehl zum Abbruch.

Die Männer hatten zwei stark muschelbewachsene Planken aufgefischt, die nur von einem größeren Schiffsrumpf stammen konnten. Aber keine Werft baute heute noch solche Schiffe aus Holz. Wahrscheinlich hatte ein Souvenirjäger die Planken mitgeführt, oder Schatztaucher, die nach versunkenen spanischen Goldschiffen suchten. Spektakuläre Funde in letzter Zeit lockten immer häufiger moderne Glücksritter an, mitunter Leute, die von Seefahrt so gut wie keine Ahnung hatten.

Daß es so gewesen sein mußte, schien ein schwacher Ölfilm zu beweisen, der sich bereits aufzulösen begann. Außerdem war da noch der Rettungsring als letztes Indiz. SEA-FISH hatte jemand mit großen Lettern aufgemalt.

Fünf Tage später – die ISTANBUL befand sich bereits wieder auf Heimatkurs – erhielt Turgut Yüksek über Funk die kurze Nachricht, daß eine Motoryacht mit zwei Personen an Bord seit dem 28. März als vermißt galt. Das Sechs-Meter-Boot SEA-FISH war am 27. des gleichen Monats in Fort Lauderdale mit Kurs auf Little Abaco ausgelaufen.

Die Liste der im berühmt-berüchtigten Bermuda-Dreieck verschwundenen Schiffe war um einen Namen länger geworden.

Der neue Morgen ließ die Erinnerung an die Nacht wie einen bösen Alptraum erscheinen. Funkelnde Sonnenstrahlen geisterten durch die Baumwipfel, und Tausende Vogelstimmen begrüßten die heraufziehende Helligkeit.

Gudrun hatte in der Nacht nur noch den Fluß überquert und wenig mehr als einen Kilometer weiter südlich wieder angehalten. Mit der Gewißheit, daß Tom Wache schob, war sie bald in einen tiefen Schlaf gesunken, aus dem der Archäologe sie vier Stunden später schroff geweckt hatte. »Hier, nimm! Aber vergeude nicht unnütz Munition.« Er hatte ihr den Revolver in die Hand gedrückt, sich auf dem Beifahrersitz herumgedreht und die Augen geschlossen. Gudrun verstand jetzt noch nicht, wie sie das Kunststück fertiggebracht hatte, anschließend wachzubleiben. Vielleicht war die Furcht vor den beiden Chicleros doch größer gewesen als ihre Müdigkeit.

Dafür döste sie wieder vor sich hin, als Tom den Pritschenwagen recht ruppig über Stock und Stein jagte.

Mittlerweile mußte ihre rückwärtige Körperpartie von blauen Flecken und Prellungen übersät sein, denn der anfängliche Schmerz war einer unnatürlichen Taubheit gewichen.

Zweimal hielt Tom an und räumte morsche, umgestürzte Bäume beiseite. Gudrun blinzelte jeweils schläfrig in das grüne Dickicht, dämmerte aber sofort wieder hinüber in einen Halbschlaf, aus dem sie nicht einmal mehr das Dröhnen der kräftigen Axthiebe aufschreckte.

Gegen Mittag stoppte Tom den Wagen auf der Kuppe eines weitläufigen Hügels. Corozo-Palmen wölbten ihre langen Wedel in den Himmel und bildeten eine imposante Kuppel, auf der Sonnenflecken tanzten.

Der anfangs kaum erkennbare Pfad durch den Dschungel hatte sich zur Piste gemausert, auf der man einigermaßen gut vorankam. Tom schüttete den Inhalt des letzten Reservekanisters in den Tank – genug, daß sie Guatemala-City ohne Schwierigkeiten erreichen konnten.

»Wie weit ist es noch?« wollte Gudrun wissen. Mit einigen Rumpfbeugen vertrieb sie die letzte Müdigkeit aus ihrem Körper. Die Luft war warm und würzig, geschwängert von Harzgeruch und dem Duft üppiger Blütenpracht.

»Siebzig bis achtzig Kilometer«, antwortete Tom. »Ich denke, heute nacht schlafen wir wieder in richtigen Betten.«

Gudrun hatte sich ein Dutzend Schritte weit vom Wagen entfernt. Blühendes Moos und kniehohes, büschelweise wucherndes Gras bedeckten den Waldboden. Flirrende Sonnenstrahlen fielen nahezu senkrecht ein, und in der gleißenden Helligkeit taumelten farbenprächtige Schmetterlinge.

»Es ist schön hier«, murmelte die Anthropologin. »Ein Paradies.«

»Bis Motorsägen und Bulldozer hier lärmen, vergehen

wohl noch ein paar Jahre«, sagte Ericson trocken. Er hatte den Blechkanister wieder verschlossen und war dabei, ihn auf der Ladefläche zu verstauen.

»Mal den Teufel nicht an die Wand!«

Gudrun wollte weitergehen, hinunter zu einer kleinen Quelle, deren Plätschern sie hörte, doch ein plötzliches Rascheln unmittelbar vor ihren Füßen ließ sie schlagartig innehalten.

Eine bizarre Kreatur stieß ihr ruckartig entgegen, ein Tier, das auf den ersten Blick wie ein zu neuem Leben erwachtes Fossil anmutete. Der kantige Schädel, obwohl kaum größer als eine Männerfaust, war von üppigen Dornen gekrönt, und der schwere Körper wurde von dicker faltiger Schuppenhaut eingehüllt. Das Tier starrte den Zweibeiner aus lidlosen Augen sekundenlang an, offenbar nicht minder überrascht über das unerwartete Zusammentreffen als die Anthropologin selbst, und trabte dann mit erstaunlich gemächlichen Bewegungen davon.

»Der Grüne Leguan ist harmlos«, sagte Ericson, »ein friedliebender Pflanzenfresser.«

Gudrun achtete anschließend genauer auf den Weg.

Das Quellwasser war kristallklar. Gudrun entblößte ihren Oberkörper und wusch sich, so gut es eben ging. Hinterher hatte sie zwar immer noch das Gefühl, daß ihr ein unangenehm strenger Geruch anhaftete, aber sie fühlte sich wieder zivilisierter.

»Hügelabwärts stehen zwei strohgedeckte Hütten«, brummte Tom. »Die sehe ich mir mal an.« Im Vorbeigehen schöpfte er mit der hohlen Hand Wasser und benetzte sich den Nacken.

Die Hütten waren halb verfallen und von Schlingpflanzen überwuchert. Noch vor einigen Monaten mochten sie Archäologen oder Botanikern als vorübergehende Unterkunft gedient haben; jetzt waren sie bis auf die Überreste einer Feuerstelle und eine rostige Machete leer.

Unmittelbar hinter ihnen begann der dichte Dschungel.

Der Pfad, auf dem die Wissenschaftler in den Wald vorgedrungen waren, ließ sich noch erahnen. Abschätzend wog Ericson die Machete in der Hand. Schließlich zögerte er nicht länger, sondern schlug auf Lianen und Palmwedel ein, und als er niedriges Buschwerk kappte, stieß er auf zwei umgestürzte Stelen, beide etwa zwei Meter lang, mindestens halb so breit und gut fünfzig Zentimeter dick. Vermutlich wogen sie jeweils mehrere Tonnen und waren nur mit aufwendigen Hilfsmitteln zu bewegen. Jemand hatte die jahrhundertealte Patina aus Flechten und Moosen abgekratzt, die langsam aber sicher den Stein zerstörte, doch mittlerweile bedeckte neues, wenn auch spärliches Grün die eingemeißelten Hieroglyphen. Mit den Fingern kratzte Tom die Flechten aus. Die Maya-Schriftzeichen waren sehr undeutlich; sie zu entziffern würde Wochen in Anspruch nehmen.

»Hast du was entdeckt?« rief Gudrun. Sie hatte sich wieder angekleidet und folgte Toms Spur. »Maya-Tafeln?« fragte sie, als sie neben ihm stand. Er nickte nur. »Wahrscheinlich würden wir bei eingehender Suche weitere Überreste finden. Aber wir sind nicht hier, um in der Geschichte der Maya herumzustöbern.«

Ericson schien ihr gar nicht zuzuhören. Er hatte ein weiteres steinernes Monument entdeckt, das er mit wenigen Hieben freilegte: ein Opferaltar in Form eines gut zwei Meter durchmessenden kreisrunden Steinrades. Auch hier war die Moosschicht längst abgekratzt.

Gudrun hob den Kopf. Ihr Blick huschte suchend in die Runde. »Hast du das auch gehört?« wollte sie wissen.

Ein leises Knistern hatte die Luft erfüllt. Für Sekundenbruchteile nur, doch die Anthropologin hatte das Geräusch deutlich wahrgenommen. Tief in ihrem Unterbewußtsein wurden Erinnerungen an die Kindheit wach; der Wind, der im August durch die reifenden Kornfelder streicht, erzeugt ein ähnliches Rascheln und Knistern. Nur – mitten im Dschungel gab es keine goldgelben Getreidefelder.

Ericson beobachtete die Anthropologin, die lauschend den Kopf schräg hielt. »Da war nichts«, sagte er beinahe schon ärgerlich. »Außerdem bin ich in deiner Nähe ...«

» ... ich brauche mich also nicht zu fürchten.« Gudrun verdrehte die Augen, wandte sich um und schritt hügelan.

Tom rammte die rostige Machete in den Waldboden und folgte ihr. Nur wenige Schritte vor dem Pritschenwagen verharrte die Anthropologin. Diesmal hörte Tom das Geräusch ebenfalls.

Das Rascheln erklang aus der Richtung einer größeren Grasfläche. Angestrengt starrte Gudrun hinüber. *Glaubst du mir nun?* fragte ihr Blick, als sie sich umwandte.

Tom griff nach dem Revolver.

Gudrun kontrollierte die Befestigungen der Bundeslade. Einige Hanfstricke hatten sich gelockert, doch sie mußte nicht viel Kraft aufwenden, um die Knoten erneut festzuziehen. Als sie eine der eisernen Verstrebungen berührte, zuckte die Anthropologin heftig zusammen. Ein Knistern sprang auf sie über, ein heftiger elektrischer Schlag wie nach einer starken statischen Aufladung. Unwillkürlich wich sie einen Schritt zurück. Bis in die Schulter hinauf hatte sie den stechenden Schmerz gespürt.

»Sie sind wieder da, Tom!«

»Wer?«

Gudruns Blick schweifte in die Höhe. Gleißendes Sonnenlicht fiel durch die Baumkronen, in denen sich Licht und Schatten zu einem bewegten Gemälde vermischten. Gold und Grün in allen nur denkbaren Schattierungen beherrschten das Bild, und einzelne Strahlen wurden vom Laub wie von einem Prisma gebrochen.

Gudrun sah das Flimmern im Gras nicht, das nur dort deutlich wurde, wo das Halbdunkel des Waldes sanfte Schatten zeichnete. Ein starkes elektrostatisches Feld schien diese Entladungen aufzubauen. Obwohl kein noch so schwacher Lufthauch zu spüren war, bogen sich die Halme. Der Spuk währte nur Sekunden, danach lag die Hälfte der Grasbüschel flach am Boden.

Kornfeldkreise! Vor knapp einem dreiviertel Jahr hatte es auf Oake Dùn deshalb einige Aufregung gegeben – doch ausgerechnet hier, im Dschungel von Guatemala ...? Tom brachte die Überlegung nicht zu Ende. Das Knistern war inzwischen überdeutlich zu hören. Diesmal erklang es aus der Nähe des Wagens. Ein kreisförmiger Abdruck, gut einen Meter durchmessend, entstand im Moos. Er wirkte unfertig, aber unmittelbar daneben, von unsichtbarer Hand geprägt, formte sich bereits ein zweiter Kreis.

Sekundenbruchteile bevor die Erscheinung ihre Füße berührte, schwang Gudrun sich auf den Fahrersitz. Aus den Augenwinkeln heraus registrierte sie noch, daß ein dritter Kreis halb unter der Ladefläche entstand.

Mit Argusaugen verfolgte Tom Ericson das unheimliche Geschehen. Er spürte Blutgeschmack im Mund. In Gedanken nahe Oake Dùn und bei den Kornfeldkreisen, hatte er sich die Unterlippe aufgebissen.

Magnetfelder, glaubte er wieder die gedankliche Stimme des magischen Auges in seinem Kopf zu hören. *Transport über ... Magnetfelder der Erde.* Waren Gudrun und er damals wirklich nach Stonehenge geschleudert worden und zugleich in die Vergangenheit, oder hatten sie die Trugbilder einer psychischen Beeinflussung erlebt? Doch dagegen sprachen ihre identische Erinnerung und Sir Ians Aussage, daß sie fast zwei Stunden lang verschwunden gewesen waren.*

* siehe Band 13 765, Buch 4 ›Das Erbe von Stonehenge‹

Was steckte hinter den bislang unerklärbaren Ereignissen? Monatelang hatte Ruhe geherrscht ... Nein, das war nicht richtig. Tom entsann sich einiger Meldungen vom vergangenen Herbst über neue Kornfeldkreise in verschiedenen Teilen der Welt. Für A.I.M. waren lediglich andere Geschehnisse wichtiger gewesen. Connor hatte die Berichte auf Diskette archiviert.

Der dritte Kreis schloß sich. Sieben oder acht Sekunden hatte der Vorgang diesmal in Anspruch genommen, deutlich weniger als noch beim ersten Kreis. Zum Teil überlappten sich die Gebilde, trotzdem war nicht zu übersehen, daß sie immer näher an der Ladefläche des Wagens lagen.

Gudrun fuhr in dem Moment los, als unter dem Pritschenwagen jeder Halm plattgewalzt wurde. Ein irrlichterndes blaues Flackern züngelte an der verhüllten Bundeslade empor.

»Fahr weiter!« rief Tom der Anthropologin zu. »Nicht anhalten!«

Bestand ein Zusammenhang zwischen der seltsamen Leuchterscheinung, die Gudrun spontan als UFO bezeichnet hatte, und den Kornfeldkreisen? In dem Moment hätte Ericson die Frage vorbehaltlos mit Ja beantwortet. Selbsternannte Ufologen und Kornfeldforscher hätte ihm vielleicht eine Menge verschiedener Möglichkeiten genannt.

Gestern hatte der Rost den Auspufftopf noch zusammengehalten; mittlerweile begann er schichtweise abzublättern.

Die Piste quälte sich den Hügel hinab.

Vor kurzem hatte hier ein vernichtendes Feuer getobt. Wo der Hochwald den Flammen zum Opfer gefallen war, sproß bereits wieder dichtes Unterholz. Ein Bremslicht flackerte Tom entgegen, als der Wagen in schlingernden Bewegungen die Böschung hinabrutschte. Aber gleich darauf riß er die Beifahrertür auf und schwang sich hinein.

»Und?« fragte Gudrun, den Blick starr geradeaus gerichtet. Ihre Hände hatten sich um das Lenkrad verkrampft, daß die Knöchel unter der Haut hervortraten.

»Was willst du wissen?« erwiderte Tom schwer atmend.

»Jemand hat es auf uns abgesehen. Auf uns oder die Bundeslade.«

»Sprich bitte nicht von Außerirdischen, die uns nur deshalb besuchen ...«

»Ich rede von *Kar*!«

Sekundenlang schwieg Ericson. Äste peitschten gegen die Karosserie und hinterließen Harzspuren auf den Scheiben.

»Ich glaube nicht, daß die Erscheinungen Kars Handschrift tragen«, widersprach der Archäologe nach einer Weile. »Außerdem sind die Kornfeldkreise beileibe keine neue Erscheinung. Hast du vergessen, daß die englische Öffentlichkeit schon 1981 auf mysteriöse Kreisformationen in Getreidefeldern aufmerksam gemacht wurde? Wenn ich mich recht entsinne, war das in den Feldern von Cheesefoot Head in Hampshire. Aber noch früher, nämlich 1966, wurden in Australien Kreise entdeckt.«

»Ich weiß«, seufzte die Anthropologin. »Das Phänomen ist weltumspannend.«

»Folglich besteht kein plausibler Zusammenhang mit Kars Aktivitäten.«

»An einen Zufall glaubst du trotzdem nicht?«

Weil Tom Ericson beharrlich schwieg, wiederholte Gudrun die Frage nach einer Weile.

»Wir müssen anhalten und warten, was geschieht«, erklärte er. »Nur so finden wir die Wahrheit heraus.«

»Du bist verrückt«, stieß die Anthropologin ungläubig hervor.

»Ich wußte, daß du das sagen würdest.«

»Mit der Wahrheit braucht man nicht hinter dem Berg zu halten.« Diesmal saß Gudrun nicht so verkrampft hinter dem Lenkrad wie nach dem ersten Zwischenfall. Ihre Finger trommelten sogar nervös auf die Speichen. Immer wieder ertappte sie sich dabei, daß sie suchend in die Höhe schaute oder angespannt in den nahezu blinden Außenspiegel.

Die Piste wurde zusehends besser. Bald stießen sie auf die ersten Spuren menschlicher Aktivitäten: plattgewalzter, staubiger Urwaldboden; für den Transport vorbereitetes Langholz und zu Bergen aufgetürmte Wurzelstöcke; auf den nächsten Einsatz wartende Bulldozer.

Hundert Meter und mehr maß die rotbraun klaffende Wunde im Wald, auf der jedes zart sprießende Grün einen raschen Tod starb. Arbeiter waren nicht zu sehen, wohl aber scheues Wild, das panikerfüllt vor dem ratternden Fahrzeug floh.

Zitternd verharrte die Tachonadel bei fünfundzwanig Stundenmeilen. Gudrun hatte einen ganzen Autobahnneubau für sich allein.

Die halbe Nacht über hatte Connor versucht, die Klebebänder an seinen Handgelenken zu zerreißen oder wenigstens zu dehnen. Es war vergebliche Mühe gewesen, und mittlerweile brannten seine Unterarme wie Feuer, weil die Fesselung tief ins Fleisch einschnitt.

Connor spürte eine quälende Müdigkeit. Er hat kaum ein Auge zugemacht, weil Allan Ferchland fast ununterbrochen im Schlaf geredet und gestöhnt hatte. Erst zum Morgengrauen hin war der Völkerkundler verstummt.

Aber schließlich begann der Baustellenlärm von neuem. Eine deftige Verwünschung auf den Lippen, wälzte Connor sich herum. Er krachte mit der Stirn gegen ein Tischbein; sein Schädel dröhnte danach wie eine angeschlagene Glocke.

Ferchland und er hatten sich mit einem unbequemen Platz auf dem Fußboden abfinden müssen. Der Amerikaner hatte hingegen im Durchgang zum Flur zwei Sessel zusammengeschoben und es sich darin bequem gemacht. Die Pistole steckte in seinem Schulterholster, das er allerdings abgeschnallt und griffbereit auf seinem Schoß liegen hatte.

»Oh, die Herrschaften geruhen endlich aufzuwachen«, stellte er ungerührt fest. »Ich glaube, wir haben einen wunderschönen Tag vor uns.«

»Sparen Sie sich die Ironie«, erwiderte Connor. »Was wollen Sie von uns?«

»Nichts«, sagte der Amerikaner. »Gar nichts.«

Irgendwann verschwand er in der Küche. Connor hörte ihn hantieren. Als er wenig später zurückkam, hielt er zwei Tortillas in der einen Hand und eine halb geleerte Flasche Bier in der anderen. Nachdenklich schaute er auf den Schotten hinab.

»Vielleicht sollten wir uns doch unterhalten. Über Tom Ericson und Gudrun Heber zum Beispiel.«

Connor schwieg.

»Wie du willst. Wer nicht redet, braucht auch nichts zu essen.« Demonstrativ biß er von der Tortilla ab, bevor er über Connor hinwegstieg und Ferchland ins Gesäß trat. »Wach gefälligst auf, wenn ich mit dir rede.«

Der Völkerkundler blinzelte verwirrt. Er hatte endlich tief und fest in Morpheus' Armen gelegen und brauchte eine Weile, um sich zurechtzufinden.

»Wann kommen die beiden A.I.M.-Leute?«

»Wer?«

»Ericson und Heber.«

»Ich weiß es nicht.«

»Sie kommen von Norden?«

»Kann schon sein.«

»Du bist heute nicht sehr gesprächig.« Der Amerikaner grinste überheblich. »Die Nachbarn sagten mir, Allan Ferchland sei ein alter Schwätzer.«

»Das ist böswilliger Tratsch.«

Langsam kippte er die Bierflasche, und ebenso langsam rann ein dünner Faden Gerstensaft heraus und tropfte in Ferchlands Gesicht. »Allmählich verliere ich die Geduld. Und ich kann verdammt unangenehm werden.«

»Laß Ferchland in Ruhe!« schnaubte Connor. »Er weiß nichts.«

Der Amerikaner achtete nicht auf ihn. Er ging neben dem Völkerkundler in die Hocke und setzte ihm die Flasche an die Lippen. »Trink!« Als Ferchland sich weigerte, hielt er ihm die Nase zu. Prustend und nach Atem ringend, schluckte der Völkerkundler. »Aufhören«, gurgelte er zwischendurch. »Ich ... ich rede. – Ericson und die Frau kommen hierher. Wir treffen uns in meiner Wohnung. Connor wird dann mit den beiden zurückfliegen.«

»Das ist alles?«

Ferchland nickte eifrig, aber der Amerikaner fuhr ihm ins Haar. »Du hast das Wichtigste vergessen.«

»Nein, bestimmt nicht.«

»Was haben Ericson und Heber nahe dem Rio Machaquilá gefunden?«

»Keine Ahnung.«

Ferchlands Hinterkopf krachte auf den Holzboden. Und gleich darauf noch einmal. Sein Gesicht verzerrte sich vor Schmerz.

»Hör auf, Mann«, schnaubte Connor. »Laß Ferchland in Ruhe. Er weiß wirklich nicht viel.«

»Dann heraus mit der Sprache ...« Mit der flachen Hand tätschelte der Amerikaner die Wangen des Völkerkundlers, während er gleichzeitig Connor mit durchbohrendem Blick musterte.

»Sie haben die Bundeslade gefunden«, sagte Sutherlands Butler. »Ich bin hier, um ihnen bei der Ausreise zu helfen ...«

Klirrend zerbarst die fast leere Bierflasche an der Wand. Der Amerikaner hatte sie wutentbrannt geworfen. »Bundeslade, häh? Hältst du mich für so blöd ...?« Er zerrte die Pistole aus dem Holster und ließ den Schlitten der Automatik zurückgleiten.

Connor zuckte mit keiner Miene. »Wenn du mich umlegst, ändert das nichts an den Tatsachen. Tempelritter brachten die Bundeslade einst aus dem umkämpften Jerusalem nach Frankreich. Von La Rochelle aus wurde sie nach Mittelamerika verschifft, kurz bevor König Philipp den Orden der Templer zerschlagen und sich ihr Vermögen unter den Nagel gerissen hat.«

Über den Lauf der Automatik hinweg visierte der Amerikaner Connor an. »Du willst mir also weismachen, daß deine Freunde die Bundeslade durch den Dschungel schleppen?«

»Sie haben in einem Dorf ein Auto aufgetrieben. Von einem Chiclero. Ich weiß das, weil es in dem Dorf das einzige Telefon im Umkreis von mindestens fünfzig Kilometer gab.«

Der Amerikaner hielt ein Auge immer noch zugekniffen, mit dem anderen zielte er auf den Highlander. »Bumm!« machte er und lachte schrill.

Kurz vor der Mittagszeit endete der Baustellenlärm. Die Ruhe war geradezu paradiesisch. Kurz darauf erschienen zwei der drei Kerle, mit denen Connor sich tags zuvor geprügelt hatte. Sie diskutierten eine Weile mit dem Amerikaner, danach wechselten mehrere Geldscheine den Besitzer.

»Gekauften Halsabschneidern sollte man nicht weiter trauen, als man sie sehen kann«, bemerkte der Highlander. Niemand beachtete ihn.

Der Nachmittag wurde zur Qual. Eine drückende Schwüle hielt in den alten Backsteinmauern Einzug. Unendlich langsam verging die Zeit. Irgendwann begann vor dem Haus wieder ein Preßlufthammer zu dröhnen.

»Wie lange willst du das Spiel noch treiben?« fragte Connor den Amerikaner.

Keine Antwort.

»Auf wen hast du es wirklich abgesehen? Auf Dr. Ericson? – Ihr kennt euch?«

Es klingelte an der Tür. Kurz nach neunzehn Uhr. Die Waffe im Anschlag, öffnete der Amerikaner. Eine Frau stand draußen. Sie wurde völlig überrascht, als er zupackte und sie in die Wohnung zerrte. Erst als die Tür hinter ihr ins Schloß fiel, stieß sie einen halb erstickten Aufschrei aus.

Gudrun, befürchtete Connor im ersten Moment. Seine Hoffnung, daß Tom oder die Anthropologin anrufen würden, sobald sie die Stadt erreichten, schien wie eine Seifenblase zu zerplatzen. Doch gleich darauf erkannte er, daß die Frau Indianerin war.

»Du hättest nicht kommen sollen, Isabel«, stieß Ferchland hervor und redete auf seine Putzfrau mit unverständlichen Worten ein. Der Amerikaner bereitete dem Wortwechsel jedoch ein schnelles Ende. »Ich mag das nicht«, sagte er scharf, dann fesselte und knebelte er Isabel.

Zwischenspiel

Im Laufe des Tages war Schnee gefallen, nur ein paar dicke Flocken zwar, doch die flache Graslandschaft der Ebene von Salisbury präsentierte sich wie mit Puderzucker bestreut.

Eine einsame Autospur führte zu dem Parkplatz, der nicht mehr als zweihundert Meter von der ringförmigen

Ansammlung mächtiger Steine entfernt lag. Die Abenddämmerung war hereingebrochen, und die langen, mit der Nacht verschmelzenden Schatten hauchten Stonehenge die Aura unheimlichen Lebens ein.

Das Schlagen der Autotüren klang wie ein Anachronismus in dieser Welt, in der Altertum und Neuzeit miteinander verschmolzen. Irgendwo in weiter Ferne bellte ein Hund.

»Wir haben es gut getroffen«, flüsterte Nancy Heckart nach einem raschen Rundblick und der Feststellung, daß sie und ihr Mann die einzigen Besucher der Megalithen waren. »Falls nicht noch jemand kommt ...«

»Jetzt nicht mehr«, erwiderte Mervyn. »In wenigen Minuten wird es dunkel. Und der Schnee halten Neugierige ab. Hilf mir, die Instrumente auszuladen.«

Für Ende März war es außergewöhnlich kalt. Die beiden nächtlichen Besucher trugen Wollmäntel und Handschuhe, den Kragen hatten sie hochgeschlagen. Vor ihren Gesichtern hing der Atem wie eine dünne Nebelwolke.

Mervyn wuchtete eine Kiste mit Meßgeräten aus dem Kofferraum. Erste kleine Eiskristalle hafteten bereits in seinem Bart und wuchsen langsam zusammen. Er störte sich nicht daran, denn seit Jahren wartete er auf diesen Tag. Mit seinen vierzig Jahren war er abgeklärt genug, um zu wissen, daß Hektik und Ungeduld sich nicht auszahlten, aber auch, daß es galt, Ziele konsequent zu verwirklichen. In letzter Zeit fragte er sich immer öfter, wieviel Zeit ihm für die Umsetzung seiner Träume wirklich noch blieb. Mervyn hatte konsequent an sich und seinem Vorhaben gearbeitet und sehr viel Geld investiert. Aber das war nur möglich gewesen, weil Nancy seine Interessen teilte.

Sie hängte sich die Kabel und Verteilerdosen über die Schulter, und Mervyn reichte ihr außerdem die Box mit dem hochempfindlichen Filmmaterial.

Die letzten fahlen Sonnenstrahlen geisterten über den wolkenverhangenen Himmel. Es hatte erneut leicht zu schneien begonnen.

Für einen Moment verharrte Mervyn und lauschte in die fast schon überirdische Stille. Einhundertdreißig Kilometer von London nach Stonehenge und einhundertdreißig wieder zurück. Insgesamt drei Stunden Fahrzeit. Eine lächerliche Spanne verglichen mit den mindestens drei Jahrtausenden, die Stonehenge, in welcher Form auch immer, existierte. An megalithischen Stätten wie dieser manifestierten sich parapsychische Ausstrahlungen, sogenannte Erinnerungsfelder. Mervyn hatte einen anderen Namen dafür geprägt: *konservierte Erinnerungen.* Er wollte beweisen, daß an Orten wie diesem die Seelen Verstorbener wohnten. Für Mervyn galt das Gesetz, daß nichts im Kosmos jemals verloren geht; Materie verändert ihr Form, geht neue Bindungen ein oder wird zu Energie, aber niemals verschwindet sie völlig, als hätte sie nie existiert.

Die Megalithanlage von Stonehenge besteht aus zwei konzentrischen Kreise aufrecht stehender Steine. Diese umgeben zwei ineinandergesetzte hufeisenförmige Anordnungen. Die charakteristische Silhouette erhält die Anlage durch die sogenannten Tore, die sowohl den äußeren Kreis als auch das äußere Hufeisen bilden. Die fünf Tore des äußeren Hufeisens ragen bis zu gut neun Meter Höhe auf, und die Unterkante der Decksteine ist maßgenau in die Zapfen der Pfeiler eingepaßt. Baumaterial ist vorwiegend sogenannter Blaustein, eine bläuliche Dolerit-Art, sowie Sarsenstein, ein Sandstein, härter als Granit. Die Herkunft des Blausteins läßt sich über rund zweihundert Kilometer Entfernung bis zu einem Steinbruch in Wales zurückverfolgen. Um so bewunderswerter die Leistung der unbekannten Erbauer.

Mervyn benötigte eineinhalb Stunden, um sämtliche

Meß- und Aufzeichnungsgeräte rund um das Zentrum der Steinkreise aufzubauen.

Abgewandelte Kirlian-Fotografie war einer seiner Schwerpunkte. Ernsthafte Forscher streiten sich darüber, was die seltsame farbige ›Korona‹ wirklich bedeutet, die auf Kirlian-Fotos beinahe jede lebende Materie in Form mehr oder weniger ausgeprägter Strahlenkränze umgibt. Bildet sie den Beweis für die Existenz eines ›Energiekörpers‹?

Mervyn war überzeugt davon, daß er die Seelen Verstorbener fotografieren würde.

Der Schnee fiel dichter. Deutlich zeichneten sich die Fußspuren zwischen den Trilithen ab.

Kurz vor Mitternacht. Vorübergehend riß der Wolkenhimmel auf und offenbarte eine Handvoll verheißungsvoll funkelnder Sterne. Nancy zog sich an den Rand des äußeren Kreises zurück, als Mervyn im Zentrum der Anlage die Stromzufuhr aktivierte. Die Akkus gewährleisteten einen Dauerbetrieb von mindestens vierzig Minuten.

Nichts geschah. Andererseits wäre ein sofortiger Erfolg weitaus verwunderlicher gewesen.

Mervyn Heckart hatte die Hälfte der Stützpfeiler mit Erdungsleitungen versehen, diese aber noch nicht angeschlossen. Als er dies nachholte, erklangen merkwürdige klickende Geräusche von den Steinen.

Die Anzeigen einiger Meßgeräte begannen schwach auszuschlagen. Mervyn schloß die Augen, legte die Fingerspitzen an die Stirn und konzentrierte sich. Das Abbild von Stonehenge entstand vor seinem inneren Auge, doch der Platz erschien ihm nicht leer, sondern angefüllt mit einer riesigen Menschenmenge. Er selbst hatte Stonehenge mehrmals so übervölkert gesehen, wenn zur Sommersonnenwende moderne selbsternannte Druiden den Wechsel der Jahreszeiten feierten.

Er spürte einen wohligen Schauder. Die Menge verblaßte vor seinem geistigen Auge, doch das Abbild der Priester erlosch nicht. In gelbe Gewänder gekleidet, wandten sie sich den riesigen Steinen zu.

Einer von ihnen blieb ruckartig stehen und drehte sich um. Sein Blick schien Mervyn zu durchbohren. Langsam hob er die Arme und öffnete die Fäuste. Blitze lösten sich von seinen Fingerspitzen.

Mervyn zuckte unter den Einschlägen zusammen. Er wollte schreien, aber die Stimmbänder versagten ihm den Dienst.

Das Gesicht des Priesters verzerrte sich zur Grimasse. Gleichzeitig begann es erschreckend schnell zu altern. Die Haut wurde grau und rissig und platzte auf, während das Fleisch zu faulen begann. Bleich traten die Knochen hervor – ein Totenschädel grinste Mervyn an.

Ein seltsames Geräusch irritierte ihn, ein Rascheln, als schneide eine Sense durch hohes Gras. Dieses Rascheln kam näher. Innerhalb von Sekunden war es gleichzeitig vor, hinter und neben ihm.

Das splitternde Bersten von Glas und Metall schreckte Mervyn endgültig aus seiner Konzentration auf. Als er die Augen öffnete, sah er eines der Meßgeräte in Flammen aufgehen. Und Nancy schrie: »Komm her zu mir! Schnell! Du schaffst es noch.«

Eine unsichtbare Faust fegte die Kamera vom Stativ. Bläulicher Dunst umfloß plötzlich alle Metallteile.

»Der Kreis, Mervyn ... Mach doch!«

Vier bis fünf Meter Radius hatte das Gebilde. Schnee und Gras wurden von einer unsichtbaren Kraft zu Boden gedrückt. Kabel innerhalb dieses Bereichs loderten auf und verschmorten. Der Kreis schloß sich.

Mervyn reagierte zu spät. Er wollte sich noch nach vorne werfen, aber er schaffte es nicht mehr. Die Welt versank für ihn in Finsternis.

Es gab wohl keinen Passanten, der sich nicht nach dem Fahrzeug umgedreht hätte, das laut dröhnend an der Iglesia de Candelaria vorbeizog.

»Gib weniger Gas«, murmelte Tom Ericson. »Dann fallen wir weniger auf.«

»Willst du fahren?«

Ericson schüttelte den Kopf. »Halte bitte da vorne, vor dem kleinen Laden.«

Er fragte nach der 10a Avenida und mußte feststellen, daß die Straße gerade vierhundert Meter entfernt verlief.

»Warum sollen wir nicht auch mal Glück haben«, bemerkte Gudrun.

Rechterhand kam die nächste Kirche in Sicht. »Das dürfte Nuestra Señora de la Merced sein«, vermutete Tom. »Sie wurde nach einem Erdbeben Anfang des Jahrhunderts restauriert und statisch gesichert, indem man die beiden mächtigen Glockentürme entfernte.«

»Du hättest Geographie studieren sollen.«

Der Archäologe winkte ab. »Jetzt links abbiegen!« rief er. Um ein Haar hätte Gudrun, die auf den fließenden Verkehr achtete, die Kreuzung geradeaus überquert. Fragend schaute sie Tom an.

»Wir sind richtig«, behauptete er. »Da drüben steht ein Straßenschild.«

Der Pritschenwagen dröhnte die Straße entlang, die zu einer der Hauptausfallstraßen der neuen Hauptstadt zu gehören schien. Mit immerhin mehr als 1,4 Millionen Einwohnern hatte Ciudad de Guatemala ein beachtliches Verkehrsaufkommen, wenngleich es noch längst nicht mit dem Chaos in vergleichbaren Städten der Industrienationen zu messen war. Das Bruttosozialprodukt lag bei wenig mehr als neunhundert US-Dollar pro Kopf und Jahr. Trotzdem war Gudrun schon nach wenigen hundert Metern gezwungen, im Schrittempo zu fahren. Gleich darauf ging gar nichts mehr.

»Die Zivilisation hat uns wieder«, stöhnte sie. »Vielleicht solltest du zu Fuß vorausgehen und uns ankündigen.«

»Wir hätten telefonieren können. Aber Telefonzellen scheinen rar gesät zu sein.«

Weiter ging es, zwanzig, dreißig Meter mit schleifender Kupplung. Gudrun reckte den Hals und versuchte, mehr zu erkennen.

»Vor uns ist eine Baustelle.«

Die Straße war halbseitig aufgerissen. Trotz der vorgerückten Stunde hantierten noch Arbeiter an der Absperrung.

»Fahr hinter der letzten Blinkleuchte rechts ran!«

Gudrun schrammte mit den Reifen über die Bordsteinkante. Beim Zurücksetzen würgte sie den Motor ab.

Mit beiden Händen strich sie sich durchs Haar. »Ich habe genug für heute. Alles, was ich jetzt noch will, ist ein vernünftiges weiches Bett. Morgen sehen wir dann weiter.«

Tom schwang sich nach draußen und streckte sich. Schon kurze Zeit in der schlecht gefederten Klapperkiste machte kreuzlahm. Er konnte den Wunsch der Anthropologin nach einem Bett durchaus nachempfinden.

10a Avenida. Das Straßenschild stand nur einige Schritte entfernt. Die abzweigende Seitenstraße war die 7 Calle.

»Ich glaube, wir stehen vor dem Haus«, sagte Tom. »Wenn die Anschrift stimmt, wohnt Ferchland hier.«

Gudrun beugte sich über den Beifahrersitz. »Ich bleibe hier und passe auf unsere Fracht auf. Beeil dich aber trotzdem.«

Der Nachmittag war ohne neuerliche Zwischenfälle verlaufen. Keine neuen Kreismuster in der Nähe der

Straße und auch kein blaues Leuchten in der Höhe. Gudrun hatte sich mehrfach dabei ertappt, daß sie angestrengt jede Wolkenformation musterte.

Sie hatte mit Tom darüber geredet. Vielleicht gingen von der Bundeslade Emissionen aus, die diese Erscheinungen anzogen. Beide Male hatte der Pritschenwagen eine Zeitlang gestanden – während der Fahrt hingegen hatte sich nichts Ungewöhnliches ergeben.

Jetzt stand die Reliquie wieder. Unwillkürlich schaute Gudrun nach hinten auf die Ladefläche. Nichts hatte sich verändert.

Ein heftiges Klopfen an der Seitenscheibe ließ sie jäh zusammenzucken. »Señora, bitte helfen Sie!« erklang es in einem fürchterlichen Mischmasch aus spanischen und englischen Worten.

Gudrun kurbelte die Scheibe einen Spalt weit nach unten. »Was ist los?« erkundigte sie sich zögernd. Der Mann draußen, verschwitzt und dreckig und gerade so groß, daß er über das Autodach schauen konnte, schien zu den Straßenarbeitern zu gehören.

»Mein Kumpel ist umgekippt, einfach so. Bitte, Señora, ich weiß nicht, was ich tun soll.«

Es waren kaum noch Passanten auf der Straße, vor allem nicht auf der Baustellenseite.

»Wo ist der Mann?«

»Gleich da vorne, im Zelt.«

Das waren höchstens zehn Meter. Gudrun konnte den Wagen und die Fracht gut im Auge behalten. Vor ihrem Studium der Anthropologie hatte sie eine Zeitlang sogar in Erwägung gezogen, Ärztin zu werden. »Okay, ich komme.« Vorsichtshalber zog sie jedoch den Zündschlüssel ab und steckte ihn ein. Verriegeln ließ sich die Tür indes nicht.

Im Inneren des kleinen Zeltes sah sie kaum noch die

Hand vor Augen. Gudrun erkannte lediglich eine schemenhafte Gestalt am Boden liegen.

»Ist ... ist Ramon tot, Señora?«

»Ich hoffe nicht, Señor ...«

»Alonso.«

»Haben Sie eine Lampe, Alonso?«

»Natürlich, Señora, einen Moment ... einen ganz kleinen ... hier irgendwo ...«

So lange konnte sie nicht warten. Gudrun kniete neben dem Bewußtlosen nieder und tastete nach seinem Puls.

Im selben Moment preßte sich eine kräftige behaarte Männerhand auf ihren Mund. Ihr Aufschrei wurde zum erstickten Gurgeln, und der Geruch von Dreck und Schmieröl raubte ihr fast den Atem. Vergeblich schlug sie um sich.

Eine Faust donnerte gegen ihre Schläfe. Als hätte der Huf eines auskeilenden Pferdes sie getroffen. Für Sekundenbruchteile bestand die Welt nur noch aus einem dumpfen Dröhnen, dann erlosch auch diese Wahrnehmung.

Die Anthropologin spürte nicht mehr, daß Alonso ihre Taschen durchwühlte und den Autoschlüssel an sich nahm.

Tom Ericson sah niemanden, den er fragen konnte, doch schon auf einem der ersten Klingelschilder entdeckte er den mit Druckbuchstaben geschriebenen Namen Allan Ferchland.

Die Haustür stand offen; sie ließ sich auch nicht mehr abschließen, weil jemand das Schloß herausgeschraubt hatte. Wie schon die Fassade, machte auch das Treppenhaus einen deutlich renovierungsbedürftigen Eindruck. Der Putz fiel von den Wänden, die Treppenstufen waren ausgetreten und knarrten. Wenig angenehme Küchendünste schwängerten die Luft, und aus einem der oberen Stockwerke erklang schrilles Kindergeschrei.

Tom Ericson nahm immer zwei Stufen auf einmal. Die Beleuchtung flackerte und erlosch, ehe er Zeit fand, die Türschilder zu lesen. Im Halbdunkel tastete er nach einem Lichtschalter, aber jemand anderes nahm ihm die Suche ab. Schritte dröhnten die Treppe herab, während oben eine Frauenstimme keifte und das Kindergeschrei vorübergehend unerträglich wurde. Der Mann, der ihm entgegen kam, bedachte Tom mit einem flüchtigen Blick und hastete grußlos weiter.

Ferchlands Wohnung lag auf der dritten Etage. Ericson entdeckte das Namensschild, bevor erneut das Licht ausfiel. Für einen Moment lauschte er in die Dunkelheit. Hinter der Tür war alles still.

Er tastete nach dem Klingelknopf. Gleich darauf näherten sich Schritte. Ein Schlüssel wurde herumgedreht. Ferchland war leichtsinnig, aber vermutlich erwartete er niemanden außer den beiden Mitarbeitern des A.I.M.-Teams.

Knarrend schwang die Tür auf. Tom sah einen unbeleuchteten Korridor vor sich; nur im Hintergrund brannte gedämpftes Licht.

»Mr. Ferchland?« fragte er.

Unmittelbar neben ihm erklang ein scharfes metallisches Klicken. Tom kannte das Geräusch leider nur zu gut. Jemand hatte soeben eine Waffe entsichert.

»Geh weiter!« herrschte ihn eine Männerstimme an. »Und keine Dummheiten!«

Das war unverkennbar amerikanischer Slang. Tom kannte diese Stimme, dessen war er sofort sicher. Obwohl er nicht auf Anhieb wußte, wem sie gehörte.

Hinter ihm fiel die Eingangstür ins Schloß. Sekunden später blickte er in den halb verwüsteten Wohnraum. Ein Hurrikan schien darin getobt zu haben. Erst auf den zweiten Blick entdeckte er Connor, einen grauhaarigen älteren Mann, vermutlich Ferchland, und eine Indio-Frau. Die drei lagen gefesselt auf dem Boden.

Tom fuhr herum. »Was ...?« Er blickte in die Mündung einer Pistole, die unmißverständlich auf seinen Kopf zielte. Der Mann, der breitbeinig im Flur stand, die Waffe mit beiden Händen haltend, grinste verächtlich.

»Jack!« stieß Ericson überrascht hervor.

Jack Wardens Grinsen wurde geradezu penetrant. »Das hättest du nicht geglaubt, daß wir uns so bald wiedersehen. Nimm die Hände hoch, Tom. Und eines vorweg: Ich werde diesmal nicht zögern, dich umzulegen. Also verhalte dich dementsprechend.«

»Hör mal, du ...«

Ein herrischer Wink mit der Waffe unterbrach ihn. »Die Hände hinter dem Kopf verschränken und hinsetzen. Aufs Sofa.«

Sie waren Schulfreunde gewesen. Jack hatte das Zeug zu einem Baseballstar gehabt, aber mit Rauschgift sein Leben versaut. Heute war er nicht viel mehr als ein gewöhnlicher Krimineller, der es nicht mehr geschafft hatte, rechtzeitig abzuspringen.

»Du hast mir wieder mal die Arbeit abgenommen, Tom. Wie letztes Jahr in Yukatan. Nur denke ich, daß die Bundeslade ein ganz besonderer Fang ist. Hast du sie schon geöffnet? Gibt es die Gesetzestafeln wirklich, auf denen die Gebote niedergeschrieben sind?«

»Ich verstehe nicht ...«

»Du weißt sehr wohl, wovon ich rede. Oder muß ich erst deutlicher werden?«

»Für wen arbeitest du diesmal?«

»Ich bin mein eigener Herr. Und bald ...« Er gab sich einen merklichen Ruck. »Die Plauderstunde ist vorbei, Tom. Dich geht's ohnehin herzlich wenig an.« Ohne den Archäologen aus den Augen zu lassen, trat er ans Fenster.

Mit dem Ellenbogen schob er den vergilbten Vorhang zur Seite. Er nickte zufrieden. »Mit *dem* Auto bist du durch den Dschungel gefahren – dann schafft die Kiste sicher noch einige Kilometer.«

Ericson nutzte seine Chance, als Jack Warden aus dem Fenster schaute. Leider war er nicht schnell genug. Bevor er den 45er aus dem Hosenbund ziehen konnte, wirbelte Jack herum, die Pistole im Anschlag.

»Keine Dummheiten, verdammt!« brüllte er los. »Laß die Waffe auf den Boden fallen und schieb sie mit dem Fuß Richtung Flur. Aber weiter als nur zwei Meter.«

Besänftigend breitete der Archäologe die Arme aus. »Schon gut, Jack. Ich hab's eben versucht. Hättest du auch.«

»Mach das kein zweites Mal, Tom. Kapiert?«

Ericson gehorchte dem auffordernden Wink und versetzte seinem Colt einen heftigen Tritt. Der 45er schlitterte über den Boden und krachte gegen die Trennwand zum Flur.

Zwischenspiel

Das imposante Rund von Stonehenge war immer noch erfüllt von dem unheimlichen Knistern. Die riesigen Trilithen warfen es in vielfachem Echo zurück.

Entsetzt und fassungslos starrte Nancy Heckart auf den ausgedehnten Kreis, der in Sekundenschnelle im Zentrum der Anlage entstanden war. Sie kannte das Phänomen der Kornfeldkreise, hatte zusammen mit Mervyn erst im vergangenen Herbst mehr als ein Dutzend der geometrisch von Jahr zu Jahr komplizierter werdenden Gebilde ausgemessen, aber nie hatten sie dabei auch nur die Anzeichen einer Gefahr bemerkt.

Jetzt war Mervyn verschwunden – von einem Augenblick zum anderen.

Nancy schluckte krampfhaft. Ihr Herz hämmerte bis zum Hals. Sie taumelte, machte einige unbeholfene Schritte und verharrte wieder zitternd. Zu begreifen, was sie eben mitangesehen hatte, fiel ihr schwer.

»Mervyn ...«, kam es stockend über ihre Lippen. »Mervyn?!« Sie weigerte sich, zu verstehen. Das blaue Leuchten hatte ihn eingehüllt, und dann ... »O mein Gott«, stammelte sie. »Gib, daß er gleich hinter mir steht.«

Doch da war niemand. Mervyn hatte sich schlichtweg in Luft aufgelöst.

In heftiger aufwallender Verzweiflung schloß Nancy Heckart die Augen. Als sie die Lider wieder öffnete, hatte sich nichts verändert. Immer noch hing ein fahler blauschimmernder Dunst über den Trilithen, und die teilweise ausgeglühten Meßgeräte und verschmorten Kabel bewiesen, daß dies nicht nur ein Trugbild war.

An einen der großen Steinpfeiler gelehnt, starrte Nancy dumpf vor sich hin. *Komm zurück, Mervyn!* hämmerte es in ihren Gedanken. *Laß mich nicht allein!*

War alles nur ein böser Traum? Sie starrte auf die unbrauchbar gewordenen Instrumente und stieß sich ruckartig ab. Vielleicht konnte sie Mervyn folgen ...

Nichts geschah, als sie den seltsamen Kreis betrat. Sie spürte bestenfalls ein schwaches Prickeln, doch das konnte ebensogut auf Einbildung beruhen. Weil sie erwartete, daß das Unbegreifliche sich irgendwie bemerkbar machte.

Wo Mervyn zuletzt gestanden hatte, ließ sie sich in die Hocke nieder. Keuchend riß sie das niedergedrückte Gras auseinander. Die Halme wiesen keine Beschädigungen auf.

Die Kamera lag vor ihr. Mit zitternden Fingern spulte Nancy den Film zurück und öffnete das Gehäuse. Doch in der Spule hing nur ein zusammengebackenes Knäuel Zelluloid. Der Film war unbrauchbar, und ganz sicher war darauf nicht zu erkennen, was geschehen war.

Plötzlich spürte Nancy die aufkommende Panik. Hektisch raffte sie die Überreste der Versuchsanordnungen zusammen und schleppte sie zum Auto zurück. Sie mußte sich jetzt mit irgend etwas beschäftigen, sonst würde sie durchdrehen.

Als sie endlich alles in den Kofferraum geworfen hatte und sich auf den Fahrersitz sinken ließ, konnte sie ihre Tränen nicht länger zurückhalten. Hemmungslos schluchzend saß sie da wie ein Häufchen Elend. Der Zündschlüssel entglitt ihren Fingern und verschwand unter einem der Sitze.

Irgendwann schreckte Gudrun abrupt auf. Undurchdringliche Finsternis war um sie her. Ab und zu vernahm sie wie aus weiter Ferne Motorengeräusche.

Die Erinnerung war schmerzhaft. Gudrun Heber hatte sich übertölpeln lassen wie ein Schulmädchen, und jetzt lag sie gefesselt und geknebelt auf dem nackten Boden, in dem kleinen Zelt, in das die Bauarbeiter sich vermutlich während ihrer Pausen zurückzogen. Sie bekam gerade genug Luft, daß sie nicht erstickte. Vergeblich versuchte sie die Fesseln abzustreifen. Die Männer hatten ihre Arme und Beine zusätzlich miteinander verbunden, so daß es ihr sogar schwerfiel, sich herumzuwälzen. Nach dem zweiten oder dritten Versuch schaffte sie es trotzdem, allerdings gab sie sich keinen Illusionen hin. Selbst wenn es ihr gelang, in diesem Zustand das Zelt zu verlassen, würde wahrscheinlich einige Zeit vergehen, bis jemand auf sie aufmerksam wurde. Sie wußte nicht, wie lange sie ohne Bewußtsein gewesen war, doch die Nacht war längst hereingebrochen.

Mühsam wälzte sie sich weiter. Sie stieß gegen eine Werkzeugkiste. Der stählerne Behälter daneben entpuppte sich als Gasflasche mit Schlauchanschluß.

Irgendwie schaffte die Anthropologin das Kunststück, sich an der Kiste halb aufzurichten. Der Knebel machte ihr zu schaffen; sie bekam kaum Luft und mußte mehrmals innehalten. Ein schweres Eisen ragte über die Kiste hinaus und klirrte zu Boden, als sie dagegen stieß – ein handliches Stemmeisen, stumpf zwar, doch an der Kuppe ausgesplittert. Mit wachsendem Druck und vor allem hartnäckig rieb Gudrun die Fesseln daran.

Schon nach einigen Minuten gewann sie mehr Bewegungsfreiheit. Wieviel Zeit sie wirklich brauchte, sich zu befreien, wußte sie später nicht, aber als das Blut endlich wieder ungehindert zirkulieren konnte, waren ihre Arme bis hinauf zu den Schultern taub. Gleich darauf stellte sich ein gräßliches Prickeln ein. Sie begann gequält zu keuchen, und vorübergehend wurde ihr fast schwarz vor Augen.

Endlich konnte sie das Zelt verlassen. Der Zugang war von außen verschlossen, doch ein paar kräftige Schläge mit dem Eisen sprengten alle Laschen.

Selbst für hiesige Verhältnisse war es inzwischen spät, und in diesem Stadtteil gab es offenbar wenig nächtliche Anziehungspunkte. Gudrun faßte das Stemmeisen fester.

Der Pritschenwagen war verschwunden – und mit ihm die Bundeslade. Eine schwach schimmernde Öllache markierte den Platz, auf dem sie den Wagen geparkt hatte.

Jemand schien genau Bescheid gewußt zu haben. Über das Artefakt und den Treffpunkt. Für einen Augenblick hatte Gudrun die Chicleros in Verdacht – aber die Männer konnten Tom und ihr unmöglich gefolgt sein.

Wo steckte Ericson überhaupt? War er den Dieben gefolgt? Eigentlich undenkbar, solange er nicht wußte, was aus ihr geworden war. Oder doch nicht? Tom wußte, daß sie sich selbst helfen konnte, und falls er vor die Wahl gestellt war, entweder die Bundeslade aus den Augen zu verlieren oder die Anthropologin ihrem Schicksal zu überlassen, hatte er sich vermutlich spontan entschieden. Er war eben Archäologe durch und durch.

Der Schmerz traf Gudrun Heber wie ein Blitz aus heiterem Himmel. Ihr Magen zog sich krampfartig zusammen, gleich darauf durchflutete Eiseskälte ihren Körper. Sie fröstelte. Sogar auf den Handrücken entstand eine Gänsehaut.

Nur Sekunden währte dieser kolikartige Zustand. Danach war alle Übelkeit wie weggewischt.

Überanstrengung, diagnostizierte Gudrun selbst. Die Zeitumstellung, die verschiedenen Klimazonen, die psychische Belastung – es war kein Wunder, wenn die Magenschleimhaut gereizt reagierte.

Obwohl – sie hatte diesen eigenartigen Schmerz in letzter Zeit häufiger verspürt, zuletzt sehr stark vor ihrer Rückkehr nach Oake Dùn. Ein wenig Ruhe, regelmäßiges Essen und ein Schluck aus dem vermeintlichen Heiligen Gral hatten sie schneller kuriert als jede Medizin.

Ungeduldig betrat sie das Haus, in dem Tom vor einigen Stunden verschwunden war. Nachtschlafende Ruhe herrschte. Allan Ferchlands Wohnung lag im dritten Stock. Zweimal stand Gudrun auf dem Weg nach oben unvermittelt im Dunkeln und mußte sich mühsam vorwärts tasten. Als sie auf den Klingelknopf neben Ferchlands Wohnungstür schlug, ertönte ein dumpfer Gong. Doch niemand kam, um ihr zu öffnen.

Gudrun läutete Sturm. Vielleicht hatte Ericson den Völkerkundler und Connor nicht angetroffen und das Haus wieder verlassen ... Unsinn! Dann wäre der Pritschenwagen bestimmt nicht verschwunden. Tom hätte rechtzeitig eingreifen können.

War da nicht ein dumpfes Poltern? Kein Zweifel, in der Wohnung befand sich jemand, aber dieser Jemand war augenscheinlich nicht in der Lage, sich anders bemerkbar zu machen.

Gudrun rüttelte an der Tür. Danach erst besann sie sich, daß sie noch immer das Stemmeisen bei sich trug. Unter den gegebenen Umständen war ihr egal, ob sie die Türfüllung beschädigte. Mehrmals stieß sie kräftig zu, bevor sie das flache Eisen zwischen Rahmen und Türblatt als Hebel ansetzen konnte. Knirschend gab die Tür nach, das Schließblech verbog sich, und dann, mit einem Knall, der wie ein Pistolenschuß durch das Haus hallte, brach das Schloß aus.

Hastig huschte Gudrun in den angrenzenden Korridor und schob die Tür hinter sich zu. Im Treppenhaus blieb alles ruhig. Falls jemand den Knall gehörte hatte, kümmerte er sich nicht darum.

Das Stemmeisen hielt sie fest umklammert, bereit, im Falle eines Angriffs sofort zuzuschlagen. Ein zweites Mal würde sie sich nicht überrumpeln lassen.

Wieder erklang dieses dumpfe Pochen, als trete jemand gegen eine Schrankwand. Gudrun folgte der Quelle des Geräuschs. Der Korridor öffnete sich zu einem Wohnraum. Schwaches Straßenlicht schimmerte durch die Fenster, es reichte jedoch nicht aus, mehr als vage Umrisse erkennen zu lassen. Vorsichtig tastete die Anthropologin nach dem Lichtschalter.

Im ersten Moment blendeten die Glühbirnen, von denen ein Teil ohne Abdeckung in das Lampengehänge eingeschraubt war. Gudrun blinzelte verwirrt.

»Tom!« platzte sie dann heraus. »Connor! – Was ist geschehen?« Der grauhaarige ältere Mann mußte Ferchland sein, die Indio-Frau vermutlich seine Lebensgefährtin.

Niemand antwortete ihr. Die vier waren nicht nur gefesselt, sondern auch geknebelt. Hastig versuchte Gudrun sich an Toms Fessel, schaffte es aber nicht, sie zu lösen, und das Stemmeisen war in dem Fall ein denkbar ungeeignetes Instrument. Erst mit Hilfe eines Messers, das sie aus der Küche holte, konnte sie die widerstandsfähigen Bänder durchtrennen.

»Was ist mit der Bundeslade?« Ericson wartete nicht einmal, bis er wieder richtig zu Atem kam.

»Genau das wollte ich dich fragen«, erwiderte die Anthropologin.

»Jack, dieser verdammte Hurensohn ...«

»Wer?«

»Jack Warden.«

Gudrun pfiff leise zwischen den Zähnen hindurch. »Hat er euch ...?«

»Wer sonst?« Tom massierte seine Handgelenke, während er sich schwankend aufrichtete. »Warum kommst du so spät?«

»Mich haben Bauarbeiter überrumpelt«, gestand Gudrun.

»Hm.« Ericson hörte nur mit halbem Ohr zu. Er blickte angestrengt um sich, und als er endlich seinen Revolver unter dem Sideboard zum Vorschein brachte, wußte Gudrun, wonach er gesucht hatte. »Wenigstens den hat Jack mir gelassen.«

Connor räusperte sich dezent. »Bevor der große Kriegsrat abgehalten wird, darf ich vorstellen: Mr. Allan Ferchland, unser Kontaktmann in Guatemala-City; seine Zugehfrau, Señora Isabel.« Er wandte sich an den Völkerkundler: »Sie werden sich bereits gedacht haben, daß die junge Lady Miss Heber ist – Gudrun Heber, ihres Zeichens ...«

»Vergessen Sie Ihre gute Erziehung, Connor!« platzte Tom Ericson dazwischen. »Jeder weiß, wen er vor sich hat.«

Sutherlands Butler nickte indigniert. »Kommen wir also zum geschäftlichen Teil ...«

»Das Auto und die Bundeslade sind weg«, sagte Gudrun. Sie fixierte den Archäologen eindringlich. »Du kennst Jack. Was, glaubst du, hat er vor?«

Tom hatte den Hahn seines Revolvers in Laderast gebracht und ließ die Trommel durchlaufen. In fünf Kammern steckten Patronen, die sechste war leer. Auf dieser leeren Kammer ließ er den Hahn wieder einrasten. »Jack war immer nur ein kleiner Gauner. Aber jetzt arbeitet er für Kar. Ich werde mir die Bundeslade zurückholen, und wenn es das letzte ist, was ich tue.«

»Warden und seine Männer haben mehrere Stunden Vorsprung«, wandte Connor ein. »Wo sollen wir nach ihnen suchen?«

»Bestimmt nicht am Flughafen«, erwiderte Tom. »Wenn ich mich recht entsinne, hat Jack die Hoffnung geäußert, daß unser Auto noch einige Kilometer schafft.« Er wandte sich an Ferchland. »Versetzen Sie sich an seine Stelle. Wohin würden Sie die Bundeslade bringen?«

Der Völkerkundler hatte ein Barfach geöffnet und brachte eine Flasche Brandy zum Vorschein. Isabel stellte vier Gläser auf den Tisch. Wortlos nahm sie Ferchland die Flasche aus der Hand und schenkte ein.

»Auf keinen Fall würde ich ins Landesinnere zurückfahren.« Der Völkerkundler hob sein Glas und leerte es in einem Zug. Aufmunternd nickte er der Indianerin zu, ihm nachzuschenken. »Interessant wäre der Versuch, unbemerkt die Grenze zu überschreiten. Aber«, er fuhr sich nachdenklich mit der Zunge über die Lippen, »Honduras und El Salvador sind weiter entfernt als der Pazifik. Außerdem ist die Straßenverbindung schlechter.«

»Sie wollen sagen, daß Jack Warden die Bundeslade auf dem Seeweg außer Landes schaffen wird?«

»Falls er ein Schiff hat, ja.«

Tom Ericson und Gudrun Heber warfen sich einen bedeutungsvollen Blick zu und wandten sich gleichzeitig an Connor.

»Was schaut ihr mich an?« fragte der Highlander. »Ich kenne Warden kaum.«

Ericson nippte an seinem Brandy. »Das Spiel ist noch nicht zu Ende«, sagte er. »Ich glaube sogar, es beginnt erst richtig.« Er bat Ferchland um eine Straßenkarte.

Minuten später breitete der Völkerkundler eine alte und entsprechend ramponierte Karte auf dem Tisch aus. »Viel hat sich in den letzten Jahren nicht geändert.« Er tippte mit dem Finger auf einen halb verblaßten Fleck. »Hier sind wir. Ich vermute, daß Ihr Freund nach Südwesten fährt, am Lago de Amatitlán vorbei Richtung Escuintla. Und von dort aus weiter nach San José. Das sind etwas mehr als hundert Kilometer.«

» ... die Warden inzwischen schon hinter sich haben dürfte«, wandte Connor ein. »Ich glaube nicht, daß wir eine Chance haben, ihn rechtzeitig einzuholen.«

»Er hat unseren Pritschenwagen«, bemerkte Gudrun, als sei damit alles gesagt, was es zu sagen gab.

»Haben Sie ein Auto?« wandte Tom sich an Ferchland.

Der Völkerkundler schüttelte den Kopf. »Seit letztem Jahr nicht mehr. Ich hatte einen Unfall, und danach ...«

»Können Sie uns einen Leihwagen besorgen?«

»Das schon. Aber nicht vor dem späten Morgen.«

»Gibt es eine andere Möglichkeit, nach San José zu gelangen?«

»Mit der Eisenbahn. Die Fahrzeit beträgt rund zehn Stunden. Unsere Züge sind langsam, außerdem halten sie oft und ungewöhnlich lange. Ich weiß nicht einmal, wann die nächste Abfahrt ...«

»Vergessen Sie's.« Ericson winkte ab.

Allan Ferchland kratzte sich nachdenklich am Kinn. »Vielleicht ...« Er ging zum Telefon und wählte, ließ es lange durchklingeln und legte schließlich wieder auf. Gleich darauf versuchte er es erneut. Gudrun fragte sich, wen er zu nachtschlafender Zeit aus dem Bett holen wollte. Gegen einen Hubschrauberpiloten hätte sie nichts einzuwenden gehabt.

»Sí, aquí Allan.« Ferchland redete, daß es eine wahre Freude war. Wer immer sich am anderen Ende der Leitung befand, wahrscheinlich würde er dem Völkerkundler jeden Wunsch erfüllen, nur um endlich wieder Ruhe zu finden.

Nach mindestens fünf Minuten legte Ferchland auf. Er wirkte höchst zufrieden. »Sie haben mitgehört, Miss Heber, meine Herren ...«

»Von Motorrädern war die Rede«, erwiderte Ericson. Gudrun blickte ihn verblüfft an. In dem Moment fragte sie sich, wann sie zuletzt auf einem Feuerstuhl gesessen hatte. Das mußte während ihres Studiums gewesen sein, als sie mit ihrer Clique die Naturschönheiten von Texas und der umliegenden Staaten erkundet hatte.

»Blasco Nieva ist ein Vetter zweiten Grades von Isabel«, begann Ferchland. »Isabels Mutter, eine geborene Suelo ...«

Ericson räusperte sich dezent. »Was ist mit den Motorrädern?« drängte er.

»Das wollte ich gerade sagen«, erklärte der Völkerkundler. »Also: Blasco Nieva ist sozusagen Mädchen für Alles im Moto-Rental in der 11a Calle 2-18, das ist in der Zona 9. Er schmeißt dort den Laden, und wenn jemand Motorräder mieten will, dann kommt er an Blasco nicht vorbei.«

Isabel nickte eifrig. »Blasco ist guter Junge«, sagte sie in hart klingendem Spanisch. »Er macht mir immer – wie sagt man? – Gefallen.«

»Das heißt, wir können zwei Motorräder mieten«, fügte Ferchland hinzu.

»Wann macht der Laden auf?« wollte Connor wissen.

»Sofort.« Allan Ferchland vollführte eine großartige Geste. »Blasco hat mir versprochen, er ist in einer halben Stunde im Moto-Rental. Wir müssen uns beeilen, wenn wir nicht zu spät kommen wollen.«

Nur achtundzwanzig Kilometer von der Hauptstadt entfernt, in 1186 Meter Höhe, erstreckt sich der Amatitlán-See, in dessen unmittelbarer Nähe heiße Quellen und Fumarolen liegen. Aus den Tiefen des Sees werden seit Beginn des 20. Jahrhunderts immer wieder archäologische Fundstücke zutage gefördert. Daran dachte Tom Ericson, als er auf der immerhin gut befestigten Straße den See passierte. Zu sehen war nicht allzu viel, denn noch ließ das Morgengrauen auf sich warten, und die Wasseroberfläche spiegelte lediglich das fahle Band der Milchstraße.

Die Motorräder dröhnten durch die Nacht. Beide Maschinen waren längst nicht so alt, wie Tom befürchtet hatte, und wenn die Tachoangaben stimmten, hatte jede erst wenig mehr als fünfzigtausend Kilometer auf dem Buckel.

Gudrun saß hinter Ericson, die Arme fest um seine Hüfte geschlungen. Sie hatte eine Weile gebraucht, um sich an seinen rasanten Fahrstil zu gewöhnen, aber inzwischen machte es ihr nichts mehr aus. Auch Connor kitzelte das Letzte aus seiner Maschine heraus.

Die Stadt Escuintla erreichten sie knapp vierzig Minuten später. Inzwischen zeigte sich im Osten, dicht über dem Horizont, ein erster Silberstreif.

Ausgerechnet jetzt trafen die Abenteurer auf eine Militärkontrolle. Die Straße war gesperrt. Absteigen, das zum Glück nur spärliche Gepäck öffnen, blödsinnige Fragen beantworten – Gudrun bemerkte, daß Toms Miene immer verschlossener wurde. Unbemerkt faßte sie ihn am Arm und schüttelte, als er sie kurz ansah, beschwichtigend den Kopf. Falls er unwirsch reagierte, würde sich die Kontrolle nur noch länger hinziehen.

Der internationale Führerschein wurde verlangt, die Fahrzeugzulassung und sogar der Paß. Die Militärs hatten die Ruhe weg. Der Befehlshaber verschwand mit allen Papieren in einem Jeep, und dann dauerte es sage und schreibe zwanzig Minuten, bis er die Unterlagen mit einem bedauernden Lächeln auf den Lippen wieder aushändigte. »Ihr Ziel ist San José?« fragte er. Als Connor das bestätigte, wünschte er sogar eine gute Fahrt.

»Wir haben nicht viele andere Fahrzeuge gesehen«, bemerkte Gudrun. »Ist die Route ans Meer immer so wenig befahren?«

»Durchaus nicht, Señorita. Sie vergessen, daß es noch sehr früh am Tag ist.«

»Sind heute schon viele Autos vorbeigekommen?«

»Warum wollen Sie das wissen?«

Gudrun schenkte ihm ein reizendes Lächeln. »Ich interessiere mich für Land und Leute.«

»Ich kann es Ihnen nicht sagen, Señorita. Der Kontrollposten wurde eben erst aufgebaut.«

»Du hättest ihn mit deiner Fragerei beinahe mißtrauisch gemacht«, schimpfte Tom, als sie endlich weiterfuhren.

»Ach.« Gudrun mußte gegen den Fahrtwind ankämpfen, der ihr die Worte von den Lippen riß. »Und du hast dich wohl verhalten wie die Freundlichkeit in Person?«

»Vergiß es.«

Die Sonne ging auf. Ein malerisches Schauspiel. Im Widerschein der minutenlang über den Himmel geisternden Strahlenfinger zeichneten sich große Vogelschwärme ab.

Die Abenteurer passierten nur einige kleine Vororte von Escuintla und bekamen von der Stadt selbst sehr wenig zu sehen. Ziemlich schnell befanden sie sich wieder in freiem Gelände. Das war zwar nicht mehr der Dschungel von Alta Verapaz, dennoch bestimmten zusammenhängende Waldgebiete das Bild.

»Warden kann längst über alle Berge sein!« übertönte Gudrun das Lärmen der Motoren. »Oder wir gehen von falschen Voraussetzungen aus. Wer sagt uns, daß er nicht doch nach El Salvador geflohen ist? Und vielleicht stand ein Hubschrauber bereit.«

»Falls er das Fahrzeug nicht gewechselt hat, holen wir ihn ein. Ich glaube nicht, daß der Pritschenwagen noch lange durchhält.« Ericson wandte sich flüchtig zu ihr um. »Ich rechne damit, daß wir irgendwann das Fahrzeugwrack finden.«

Die Straße wurde kurvenreicher. Entgegenkommende Autos hupten vor jeder unübersichtlichen Kurve. Das gehörte offensichtlich zu einem guten Fahrstil.

Unvermittelt spürte Tom, daß Gudruns Hände sich vor seinem Bauch verkrampften. Im selben Moment schrie sie unterdrückt auf. »Sieh doch! Was ist das?«

Vor ihnen, schätzungsweise einen oder zwei Kilometer entfernt, hatte sich der klare Morgenhimmel bewölkt. In der Ferne war bereits das Meer zu ahnen, und über San José hing Dunst.

Die beiden Wolken, auf die Gudrun aufmerksam geworden war, standen hoch über der Straße. Sie wirkten linsenförmig und so regelmäßig, wie man es selten sah. Ein leichter Westwind wehte. Zeitweise trieb er den Straßenstaub vor sich her. Die Wolken drifteten von Osten heran. Und sie bauschten sich höher auf.

»Halt an, Tom!« rief die Anthropologin. »Ich weiß nicht, aber ...« Sie behielt ihre Befürchtungen für sich.

Ericson brachte die schwere Maschine zum Stehen. Connor, der hinter ihm gefahren war, hielt ebenfalls an. »Gibt es Probleme?« erkundigte er sich.

»Sehen Sie sich die Wolken an, Connor«, sagte Gudrun.

Der Highlander zuckte mit den Schultern. »Ich weiß nicht, worauf Sie hinauswollen, Miss Heber.«

»Fällt Ihnen wirklich nichts auf?«

»Schreckhafte Gemüter könnten sie mit Fliegenden Untertassen verwechseln. Ich meine, das Aussehen ...«

Connor stutzte. Überrascht wandte er sich erst Gudrun zu und danach Ericson. »Nein«, sagte er. »Das meinen Sie nicht ernst. Oder doch?«

»Haben Sie bemerkt, daß die Wolken gegen die Windrichtung treiben?«

»Eine entgegengesetzte Höhenströmung ...«

»Und daß die Wolken langsam tiefer sinken?«

»Gudrun hat recht«, warf der Archäologe ein. »Während der Fahrt nach Guatemala-City hatten wir eine ähnliche Erscheinung.«

Ein zartblauer Schimmer umfloß die Wolken, die sich langsam zu vereinen schienen. Vielleicht standen sie auch nur hintereinander; so genau war das nicht zu erkennen.

»Was nun?« fragte Connor.

Tom nickte entschlossen. »Weiter! Was immer diese Wolken zu bedeuten haben, wir finden es heraus!«

Sie setzten die Fahrt fort. Tom fuhr wie ein Verrückter; mehrmals fehlten nur Millimeter und die Fußrasten hätten die Straße berührt. Verzweifelt klammerte Gudrun sich fest und schloß in jeder Kurve die Augen.

Die Distanz war größer als angenommen, was zweifellos an der stark gewundenen Streckenführung lag. Mehrmals erhaschten die Abenteurer noch einen Blick auf die seltsame Wolkenformation, die langsam tiefer sank und dabei intensiver zu leuchten begann.

Plötzlich stoppte Tom. Höchstens noch drei-, vierhundert Meter voraus stand der Pritschenwagen am Straßenrand. Das Fahrzeug hatte offensichtlich eine Panne, denn zwei der Männer hantierten am Motor.

Die Wolke – mittlerweile war es wirklich nur noch eine, die allerdings mindestens vierzig Meter durchmaß – sank unaufhaltsam tiefer.

»Die Burschen kaufen wir uns«, raunte Connor.

»Steig ab, Gudrun!« kommandierte Ericson. »Das ist nichts für dich.«

»Hör mal«, protestierte sie, doch Tom blieb hart. »Runter vom Sozius!«

»Rocker!« konterte sie.

Connor nickte dem Archäologen zu. Sie fuhren gleichzeitig los. Das war der Moment, in dem Jack Warden auf die Motorräder aufmerksam wurde. Seine Hand zuckte zur Waffe.

Beide Maschinen waren höchstens noch hundert Meter entfernt, als Warden ohne jede Vorwarnung schoß. Tom duckte er sich tiefer auf den Tank und hielt auf Warden zu. *Diesmal kriegen wir dich, Jack!* dachte er.

Breitbeinig stand Warden da, mit dem Rücken zum Pritschenwagen, die Pistole mit beiden Händen haltend. Seine nächsten Kugeln galten dem Highlander, und diesmal schien er getroffen zu haben. Connor stürzte, seine Maschine schlitterte funkensprühend über die Straße, und gleich darauf zerriß eine dumpfe Explosion den Tank. Im Nu verteilte sich das brennende Benzin über die gesamte Straßenbreite.

Connor hatte sich geschickt abgerollt und ging mit einem schnellen Sprung in Deckung. Auch Tom stoppte seine Maschine und warf sich hinter das Dickicht am Straßenrand. Er brachte den 45er in Anschlag.

»Jack! Gib auf, du hast keine Chance!«

Hämisches Lachen antwortete ihm. Und der auf Spanisch gebrüllte Befehl an seine Männer, den hirnverbrannten Idioten das Maul zu stopfen.

Tom jagte dem vordersten der Angreifer zwei Kugeln vor die Füße. Der Kerl hatte es plötzlich eilig, sich in Deckung zu werfen.

Warden hatte inzwischen das Magazin seiner Waffe gewechselt. »Komm doch!« brüllte er. »Wir sollten ein für allemal klären, wer von uns der Bessere ist.«

»Einverstanden«, erwiderte Ericson. »Allerdings tragen wir es nicht mit Waffen, sondern mit den Fäusten aus.«

Ein irrlichterndes blaues Flackern erfüllte plötzlich die Luft. Als falle ein Funkenregen aus der Höhe herab.

»Was ist das?« kreischte Warden, als er nach oben sah. »Bist du dafür verantwortlich?« Keine zwanzig Meter hoch über der Straße hing die linsenförmige Wolke. Jack feuerte das halbe Magazin leer, bis er einsah, daß er damit herzlich wenig erreichte.

Das Reißen von Stoff erfüllte plötzlich die Luft. Jedenfalls hörte es sich so an. Neben Ericson wurde ein Strauch von einer unsichtbaren Faust gepackt und zu Boden gedrückt. Bläuliche Entladungen huschten durch das Laub. Tom spürte ein unangenehmes Prickeln. Er warf sich herum und hastete weiter. Erst nach einigen Dutzend Schritten hielt er inne.

Die Schüsse waren verstummt. Jack Warden und seine Männer standen wie versteinert, von einem intensiven Leuchten umflossen. Aber da war noch eine Gestalt, in einem langen gefütterten Mantel und hochgeschlagenem Kragen. Tom kannte den Mann nicht, der jäh mitten auf der Straße stand – ein Trugbild vielleicht, eine Art Fata Morgana.

Die Erscheinung verschwand so schnell wieder, wie sie sich manifestiert hatte. Mittlerweile war ein riesiger, gut fünfzig Meter durchmessender Kreis entstanden, in dem, mit Ausnahme einiger großer Bäume, jeglicher Pflanzenwuchs flach am Boden lag.

Tom blinzelte verwirrt. Der Pritschenwagen und damit die immer noch auf der Ladefläche vertäute Bundeslade begannen durchscheinend zu werden, ebenso wie Warden und seine Männer!

Sekunden später war der Spuk vorbei.

Nur noch die ausgebrannten Überreste von Connors Motorrad lagen mitten auf der Fahrbahn. Toms Maschine war ebenfalls nicht mehr fahrtauglich. Warden hatte den Vorderreifen zerschossen.

»Was war das?« Der Highlander kam zögernd näher. Den Sturz schien er ohne Blessuren überstanden zu haben. »Wohin sind die Männer und das Auto verschwunden?«

»Und die Bundeslade«, fügte Tom hinzu. »Nur der Vollständigkeit halber.«

»Die Wolke hat sich Richtung San José verflüchtigt«, sagte Gudrun, die zu ihnen aufschloß. »Wir können von Glück reden, daß es uns nicht auch erwischt hat.«

»Dann schlage vor, wir folgen ihr«, sagte Connor. »Ich denke, das ist momentan die einzige Option, die uns bleibt.«

Zwischenspiel

Aus Furcht davor, das unbegreifliche Geschehen könnte sich wiederholen, war Nancy Heckart im Auto geblieben. Anfangs hatte sie noch gegen die stärker werdende Müdigkeit angekämpft, aber schließlich war sie in einen tiefen, von Alpträumen geplagten Traum gefallen.

Sie hörte Mervyn rufen und sah ihn als menschlichen Schatten über die Ebene von Salisbury hasten. Er kam auf sie zu, streckte die Arme nach ihr aus, aber sie konnte ihn nicht festhalten. Wie ein Geist entglitt er ihr, nur um sich gleich darauf von einer anderen Seite her erneut im Laufschritt zu nähern. »Nancy!« Dumpf hallte sein Ruf über das Land. »Hilf mir, Nancy!«

Sie schrak hoch, vor Kälte zitternd, aber zugleich schweißgebadet. »Mervyn«, brachte sie stockend über die Lippen. Verzweifelt blinzelte sie durch die beschlagene Frontscheibe des Autos hinaus auf die grell funkelnde Ebene. Es hatte weiter geschneit, aber die dünne weiße Decke war naß und pappig. Die Sonne war schon vor Stunden aufgegangen und stand inzwischen hoch am Horizont. Stonehenge warf immer kürzere Schatten.

Kein zweites Auto stand an diesem Montagvormittag auf dem Parkplatz. Das schlechte Wetter schien die Menschen vom Besuch der Steinkreise abzuhalten. Nancy Heckart war das nur recht. Sie verspürte wenig Neigung, dumme Fragen zu beantworten. Wer würde schon begreifen, was geschehen war – sie hatte ja selbst keine Ahnung.

Sie verspürte Angst, erbärmliche Angst davor, Mervyn nie wiederzusehen. Unaufhörlich mußte sie daran denken, wie er vor ihren Augen verschwunden war. Welche unheimlichen Kräfte wohnten den Trilithen inne?

Nancy schluckte krampfhaft, sie schniefte und wischte die erneut über ihre Wangen rinnenden Tränen mit dem Handrücken ab. Sie konnte nicht ewig hier warten. Irgendwann, das wußte sie, würde sie von hier wegfahren müssen. Doch genau das erschien ihr wie Verrat. Ihr Herz verkrampfte sich, sobald sie daran dachte.

Die Unterarme auf dem Lenkrad und den Kopf auf den Handrücken aufgestützt, verharrte sie und hoffte, Mervyn würde jeden Moment die Beifahrertür öffnen und sich neben sie setzen. Aber nur ein Auto kam und hielt in einiger Entfernung. Touristen, die lachend durch den wässerigen Schnee stapften, in affigen Verrenkungen vor den Steinen posierten und jede Menge Fotos schossen. Eine halbe Stunde lang war ihr Lärmen zu hören, und sie warfen Nancy immer öfter forschende Blicke zu, aber dann fuhren sie zum Glück weiter. Nancy Heckart hätte ihr ausgelassenes Herumalbern nicht mehr lange ertragen.

Träge floß die Zeit dahin. Immer öfter erschien es der Frau, als warte sie schon seit Tagen. Ein Blick in den Innenspiegel erschreckte sie. Ein verkrampftes Gesicht starrte ihr entgegen, mit geröteten, tief in den Höhlen liegenden Augen und faltiger bleicher Haut. Sogar ihr Haar schien über Nacht grau geworden zu sein.

Die Mittagssonne fraß den Schnee. Dunst hing über

der Ebene und stieg langsam höher, eine brodelnde, dampfende Waschküche, in der Zeit bedeutungslos wurde. Ein Hauch von Ewigkeit hing über den mächtigen Monolithen, die im Nebel ihre Form unaufhörlich zu verändern schienen.

»Verdammtes Stonehenge!« Mit beiden Fäusten trommelte Nancy Heckart aufs Lenkrad. Sie kreischte und schrie hemmungslos, und es tat ihr gut, den Gefühlen wenigstens ein klein wenig Luft zu lassen. Danach war etwas von dem inneren Druck gewichen. Sie fischte unter dem Sitz nach dem verlorenen Zündschlüssel und riß sich den Handrücken an einer scharfen Kante auf, aber sie konnte den Anblick von Stonehenge nicht länger ertragen. Mit zitternden Fingern steckte sie den Schlüssel ins Schloß.

Ein Schatten löste sich von dem Steinwall, der inzwischen aus dem brodelnden Dunst aufragte wie eine Insel aus grauem, sturmgepeitschten Ozean.

Die Gestalt kam näher, wie ein Gespenst. Nancy starrte ihr aus weit aufgerissenen Augen entgegen, aber sie reagierte nicht. *War sie nun an der Reihe?*

Die Panik sprang sie an wie ein wildes Tier. Nancy trat sie das Gaspedal bis zum Bodenblech durch. Der Wagen schlingerte, brach seitlich aus und kam ein paar Meter weiter mit einem Ruck wieder zum Stehen. Im nächsten Moment wurde die Fahrertür aufgerissen.

»Willst du mich umbringen?«

Nancy starrte ihren Mann an wie einen Geist. Dann schrie sie hysterisch auf, und erst als Mervyn ihr mit der flachen Hand ins Gesicht schlug, verstummte sie.

»Es ist wahr«, herrschte er sie an. »Meine Vermutungen sind richtig. In Stonehenge manifestiert eine parapsychische Aura.«

»Wo ... warst du?« brachte Nancy Heckart stockend hervor.

»Wo?« Mervyn blickte seine Frau irritiert an.

»Du warst verschwunden.«

Langsam wiegte Mervyn den Kopf. »Ich habe Erinnerungen gespürt: ein Mann im Dschungel, vor einem klapprigen alten Pritschenwagen. Eine Schießerei. Vielleicht wurde er dabei getötet.« Ungläubig blickte er an sich herab. »Verschwunden, sagtest du?«

Ein gräßliches Ziehen durchflutete seinen Körper – als hätte ihn jemand auf eine mittelalterliche Streckbank gebunden. Der Schmerz war das erste, was er wahrnahm.

Danach schlug Helligkeit über ihm zusammen. Aus dem Nichts heraus verdichteten sich Schatten, undeutliche Konturen.

Verwirrt blinzelte er in die fremde Umgebung. Der Geruch von Teer und Tang und Salzwasser irritierte ihn. In unmittelbarer Nähe plätscherte Wasser gegen eine Betonmauer.

Lauter werdendes Stimmengewirr drang an sein Ohr. Motorengeräusche, nervtötendes Hupen, das Tuckern eines Außenborders, der sich rasch entfernte ...

Jack Warden wirbelte auf dem Absatz herum. Der Pritschenwagen stand unmittelbar hinter ihm, die Motorhaube war noch aufgeklappt. Sein zweiter Blick galt der Ladefläche, und er spürte unsägliche Erleichterung. Die Bundeslade war nach wie vor fest vertäut und in Decken gehüllt.

»Heilige Maria Mutter Gottes!« erklang ein gequälter Aufschrei. Alonso bekreuzigte sich. Und wieder: »Heilige Maria, Mutter ...«

»Sei still!« herrschte Jack ihn an.

Selbst ihm fiel es schwer zu begreifen, was geschehen war. Eben noch hatten sie sich auf der Landstraße befunden, einige Kilometer vor San José – und nun? Jack

Warden reagierte keineswegs so entsetzt wie seine Männer. Pepe und Ramon starrten immer noch entgeistert in die Runde und fürchteten wohl, den Verstand verloren zu haben. Ihre Gesichter waren zu ausdruckslosen Grimassen erstarrt. Sie wußten nichts von Karneys Möglichkeit der ›Zeitlosen Ortsversetzung‹.

Hatten Suzy oder Kar eingegriffen? Trotz der defekten Anlage in der schwarzen Pyramide? Aber dann hätten sie ihn doch wohl zurückgeholt und nicht lediglich um einige Kilometer örtlich versetzt ...

Jacks Gedanken überschlugen sich. Dieses eigenartige blaue Flirren aus der Höhe war anders gewesen als die normalen Nebeneffekte der Zeitlosen Ortsversetzung.

Egal. Was immer den Transport bewirkt hatte, das Ergebnis zählte, und es machte verdammt wenig Sinn, sich den Kopf über Dinge zu zerbrechen, die er doch nicht klären konnte. Er hatte an den Hafen gedacht, an das Schiff, das Pepes Bruder gehörte und das Pepe ihm schon in Guatemala City für harte Dollars verchartert hatte – und offenbar befand er sich jetzt im Hafen von San José, in einem Bereich, in dem zwar gearbeitet wurde, in dem er und seine Männer aber kaum Beachtung fanden. Niemand schien bemerkt zu haben, daß sie wie aus dem Nichts aufgetaucht waren. Andernfalls hätte sich längst eine dichte Traube Neugieriger um sie gebildet.

»Wie hast du das gemacht, Gringo?« Pepe starrte ihn bewundernd an. »Eben noch ...« Er blickte hinüber zu den bewaldeten Hügel im Norden der Stadt und faßte sich verständnislos mit beiden Händen an den Kopf.

»Vergiß es!« wehrte Warden ab.

Er fragte sich plötzlich, welche ungeahnten Kräfte die Bundeslade besitzen mochte. Hatte *sie* seine Gedanken in die Tat umgesetzt? Vielleicht war sie weit mehr als nur eine vergoldete Kiste zur Aufbewahrung der Gesetzestafeln.

»Da ist die AGUILERA!« rief Pepe aus. »Das Schiff meines Bruders!« Aufgeregt deutete er am Kai entlang. Wenige Dutzend Schritte entfernt lag ein prächtiger Zweimaster vertäut.

Jack hatte sich wieder in der Gewalt. »Sieh zu, daß wir mit unserer Fracht schnell an Bord gehen können«, befahl er – und an Ramon und Alonso gewandt: »Helft Pepe! Wir müssen hier fort sein, bevor die Verfolger kommen.«

Er wußte, daß die A.I.M.-Leute nicht aufgeben würden. Toms Hartnäckigkeit kannte er nur zu gut. Er hätte ihn erledigen sollen, als er die Möglichkeit dazu hatte. Überschlägig schätzte er, daß die Verfolger eine bis zwei Stunden brauchen würden, um ihn im Hafen aufzuspüren.

Entschlossen schwang er sich auf die Ladefläche des Pritschenwagens. Er starrte die unter den Decken verborgene Reliquie durchdringend an.

Bringe uns an Bord der AGUILERA! dachte er intensiv. *Du mußt mir gehorchen!* Aber nichts geschah. Kein flirrendes blaues Leuchten entstand.

»He, Señor Gringo!« Pepes Ruf schreckte ihn aus seinen Überlegungen auf. »Wir können sofort in See gehen. Die Besatzung ist auf der AGUILERA.«

»Worauf warten wir dann noch? Vamanos!«

Pepe und Ramon schwangen sich auf die Ladefläche und kappten die Hanfstricke mit ihren Messern.

»Die Decken laßt drauf!« herrschte Warden sie an. »Macht nur die Tragestangen frei und dann ... Vorsicht, verdammt! Paßt doch auf damit.«

Pepe grinste herausfordernd. »Was dürfte das Gold wert sein?« raunte er, gerade so leise, daß der Amerikaner ihn noch verstehen konnte.

»Zahle ich dir nicht genug?« erwiderte Warden scharf.

Pepe grinste breit. »Man wird doch noch fragen dürfen, Gringo.«

Eine schmale Planke führte an Bord der AGUILERA. ADLER – der Name paßte zu dem großen, eleganten Segler. Zufrieden registrierte Jack Warden, daß tatsächlich ein Hilfsantrieb vorhanden war. Pepe hatte ihm zwar von dem nachträglich eingebauten Dieselmotor erzählt, aber der eigene Augenschein war für Jack wichtiger als blindes Vertrauen in große Worte. Was das Schiff anbetraf, hatte Pepe jedoch nicht übertrieben.

»Ramon, du bleibst bei der Kiste – ihr anderen geht mit an Bord. Ich brauche einen sicheren Platz für die Fracht.«

Die Crew hantierte an Deck. Pepe sagte ein paar Worte, woraufhin einer der Männer zum Vorschiff deutete. Es war sogar ein Ladebaum vorhanden, ein schwenkbar am Mast befestigtes Rundholz, das wie ein Kran benutzt werden konnte.

»Hievt die Ladung hoch!« befahl Jack Warden.

In spätestens zehn Minuten würde die AGUILERA ablegen können. Für einen Moment schloß Jack die Augen. Er dachte an Suzy, ihren makellosen Körper und ihre Unersättlichkeit. Nein, aufgeben würde er diese Frau nicht; ihm behagte lediglich nicht, daß er von ihr abhängig war. Falls er die Bundeslade dazu benutzen konnte, dieses Verhältnis umzukehren ...

Ein warnender Ausruf schreckte ihn aus seinen Überlegungen auf. Die Männer am Kai hatten versucht, die Fracht mit Ketten festzumachen. Jetzt starrten sie entgeistert auf den blendend grellen Lichtschein, der die Kiste einhüllte. Die Decken, die eben noch vor neugierigen Blicken geschützt hatten, schienen von innen heraus ebenfalls aufzuglühen. Sie zerbröselten förmlich. Jack sah einige Wollfetzen wie Ascheteilchen davonwirbeln.

Dann stockte ihm endgültig der Atem.

In gleißendes Licht gehüllt, löste die Bundeslade sich vom Kai. Langsam, zentimeterweise stieg sie höher und näherte sich dem Schiff.

Jacks Entsetzen wich triumphierender Zuversicht. *Ja!* dachte er. *Komm her! Aufs Vorschiff!*

Er hatte keine Ahnung, ob seine Gedanken wirklich die Bewegung beeinflußten. Immerhin schwebte die Bundeslade bereits über dem Wasser. Zwei Meter vor dem Schiffsbug drehte sie sich und stieg höher empor. Gleichzeitig begann der Lichtschein zu verblassen.

Ein rascher Blick in die Umgebung verriet Warden, daß nur ein alter Fischer aufmerksam geworden war. Der weißhaarige Alte hatte gut hundert Meter entfernt an seinen zerrissenen Netzen hantiert und schien plötzlich wie erstarrt. Aus weit aufgerissenen Augen folgte er dem Geschehen.

»Kommt an Bord!« rief Jack den Männern zu. »Wir legen ab!«

Die Bundeslade schwebte über Deck. Aus gut zwei Metern Höhe senkte sie sich auf die Planken. Das Leuchten erlosch.

Zögernd trat Warden näher. Seine Finger schlossen sich um die Tragestangen. Er spürte nichts von einer fremden Kraft, die der Lade innewohnte. Bereits weniger verkrampft tastete er über den Deckel. Die goldenen Verzierungen fühlten sich kühl an. Vor den Cherubim schreckte er jedoch zurück. Öffnen würde er die Reliquie erst auf See, wenn niemand außer der Crew sehen konnte, was geschah.

Die letzten Leinen wurden gelöst und die schmale Stelling eingezogen. Mit sattem Dröhnen sprang der Diesel an. Langsam scherte die AGUILERA von der Kaimauer ab.

Minuten später tuckerte das Schiff aus der Hafeneinfahrt. Jack Warden stand unbewegt neben der Bundeslade und blickte zurück. Bisher waren die A.I.M.-Leute nicht aufgetaucht.

Sie waren gezwungen gewesen, den Rest des Weges nach San José zu Fuß zurückzulegen. In der stechenden Vormittagssonne war das wahrhaft kein Vergnügen. Keines der vorbeifahrenden und meist vollbesetzten Autos hatte angehalten, auch kein Lastwagen.

»Haben Sie schon darüber nachgedacht, weshalb Ihr Freund Warden ausgerechnet in Guatemala-City aufgetaucht ist?« wandte sich Connor an Tom.

»Kar muß von der Bundeslade gewußt haben.«

Connor winkte lässig ab. »Ich hatte nicht den Eindruck, daß Warden wußte, um was es geht. Eher machte er auf mich den Eindruck eines Mannes, der den Kescher in einen Fischteich hält und, ohne zu wissen warum, einen dicken Karpfen an Land zieht.«

»Einen Goldfisch«, berichtigte der Archäologe. »Wissen Sie, welche Geheimnisse die Bundeslade birgt?«

»Reden wir über Warden. Er wußte, daß in Guatemala Wichtiges geschieht, aber er kannte keine Details.«

»Hört endlich auf damit!« protestierte Gudrun Heber. Eine Zeitlang war sie schweigend neben den Männern gegangen, die kräftig ausschritten, doch mittlerweile hatte sie genug von Wenn und Aber. Mit ein paar schnellen Schritten schloß sie zu Ericson auf.

»Was gibt es?« fragte er knapp.

»Bleib stehen, Tom!«

Er schüttelte den Kopf. »Später – wir haben es eilig.«

Sie packte ihn am Arm und zerrte ihn schroff herum. Ihre Augen sprühten Feuer. »Warum kannst du nicht einmal das tun, was man dir sagt?« herrschte sie ihn wütend an.

Ungewollt blieb er stehen. Er warf Connor einen bedeutungsvollen Blick zu. »Es ist die Hitze«, stellte er fest.

»Nein!« schnaubte Gudrun. »Es ist nicht die Hitze. Mir geht es ganz gut, du ... du ... Archäologe.«

Tom stand da, als hätte ihn ein Blitz gestreift.

»Können Sie mir sagen, was in Miss Heber gefahren ist?« erkundigte sich Connor.

»Männer!« Gudrun schüttelte resigniert den Kopf. »Schon gut, vergeßt es.«

Sie erreichten den Hafen eine halbe Stunde später. Den schrottreifen Pritschenwagen fanden sie schnell, und schließlich erfuhren sie von einem alten Fischer, der seine Netze flickte, Unglaubliches. Über einen goldenen Kasten, der von selbst an Bord der AGUILERA geschwebt war. »Ich bin nicht verrückt«, murmelte der Fischer immer wieder. »Ich habe es mit eigenen Augen gesehen.«

»Wo ist das Schiff jetzt?«

»Es hat den Hafen verlassen. Keine Ahnung, wohin. Das Meer ist groß.«

Noch einmal zwanzig Minuten vergingen, bis die Abenteurer ein schnelles Motorboot gechartert hatten. Mit schäumender Heckwelle durchquerten sie das Hafenbecken und nahmen Kurs auf die offene See.

»Ich glaube nicht, daß Jack an der Küste entlangschippert«, sagte Ericson. »Er kennt das Risiko. Also nimmt er Kurs auf die offene See.«

Noch hatten sie eine geringe Chance, die AGUILERA einzuholen.

»Dasch bedeuted Schefaaar«, fauchte Kar, und seine Klauenhände trommelten dumpf auf die Kristallplatte. Zwei der bizarren Linien, die Magnetfelder symbolisierten, pulsierten seit kurzer Zeit grell. »Villeichch särrr wichich.« Kars veränderte Stimmbänder waren nicht mehr in der Lage, alle Laute der menschlichen Sprache wiederzugeben. Was er sagte, klang wie das Fauchen einer Echse.

Sein Schädel erfüllte Suzy Duvall mit Abscheu. An Kar

war so gut wie nichts mehr menschlich. Überrascht bemerkte Suzy, daß ihre Hand mit dem Elektrostab zitterte. Sechzigtausend Volt sollten ihr Kar vom Leibe halten. Nur dann fühlte sie sich vor ihm noch sicher.

Sie starrte auf die Kristallplatte, auf die Kar vor Monaten die Umrisse der Kontinente in ihrer heutigen Form aufgemalt hatte.

Die eine pulsierende Linie war im Bereich des Bermuda-Dreiecks entstanden, nordwestlich von Florida. Die andere hatte sich unverkennbar bei Stonehenge gebildet. Und beide liefen in Mittelamerika zusammen. Während die erste bereits weitgehend wieder verblaßt war, hatte die zweite Linie den Höhepunkt ihrer Leuchtkraft erst vor wenigen Minuten überschritten.

Kars Krallenfinger tippten auf den schmalen Landstreifen zwischen Nord- und Südamerika.

»Chuademaala«, kam es grollend aus seinem Schlund. »Schak is dort.«

»Ich habe das nicht vergessen«, erwiderte Suzy, schroffer als beabsichtigt.

Die Kreatur vor ihr hielt plötzlich den Echsenschädel schief. Die großen, kalten, starr wirkenden Augen mit den gelben Schlitzpupillen schienen sie durchdringend anzustarren. Unwillkürlich packte Suzy den Elektrostab fester, als Kar seine Arme zurückzog. Aber er griff sie nicht an. Ein kehliges Glucksen drang über seine verhornten Lippen.

»Ichch liebbe dich, Schuschie.«

Sie starrte das Echsenwesen an. *Töte ihn!* hämmerte es in ihr. *Du darfst nicht zulassen, daß diese Kreatur dich jemals wieder berührt.*

Zögernd wich sie zurück. Erst einen Schritt, dann noch einen. Kar belauerte jede ihrer Reaktionen. Sie konnte es nicht tun, noch nicht. Noch brauchte sie Kar.

»Ist genug Energie vorhanden?« fragte sie schrill. Die

Anlage zur Zeitlosen Ortsversetzung funktionierte nicht richtig. Jeder Transport bedeutete ein Spiel mit dem Tod. Doch seit dem letzten Sprung hatte die Anlage Zeit gehabt, sich zu regenerieren.

Kars Krallen berührten in rascher Folge eine Reihe fremdartiger Symbole. »Cha«, keuchte er unbewegt.

»Dann bring mich nach Guatemala. An den Endpunkt der Linie, die von Stonehenge ausgeht.«

»Du libbs Schak.« Das war eine Feststellung, keine Frage. Trauer und Schmerz mischten sich darin. Oder bildete sie sich das nur ein? Kars Stimmbänder waren nicht mehr fähig, solche Nuancen zu produzieren.

»Er ist ein Mann«, sagte sie schroff. »Er kann mir das geben, wozu du schon lange nicht mehr fähig bist.« Sie hatten ihn verletzen wollen, doch kaum hatte sie die Worte hervorgestoßen, bereute sie es auch schon wieder. Sie haßte Kar, sie mißtraute ihm, aber sie war auf ihn angewiesen. Falls er die Zeitlose Ortsversetzung fehlerhaft vorbereitete, würde sie vielleicht in der Hölle landen.

»Kar, ich ...«

Er stieß nur einen fauchenden Zischlaut aus. Dann wandte er sich wieder der Platte zu.

»Du kannsch gehen, Schuschie. Geh!«

Ein steifer Nordost trieb das Schiff mit guter Fahrt vor sich her. Die Mannschaft hatte die Segel gesetzt, um Treibstoff zu sparen, und Jack Warden genoß die Ruhe, die nur vom gelegentlichen Schlagen des Tuchs durchbrochen wurde.

Der Wellengang war erträglich. Obwohl die Bundeslade unter Deck sicherer gewesen wäre, dachte Jack momentan noch nicht daran, sie durch die große Luke abfieren zu lassen. Sie war fürs erste lediglich vertäut worden; dicke Taue verbanden die Haltestangen mit den Klampen vor der Reling. Selbst bei rauherer See würde es noch keine Probleme geben.

Hin und wieder suchte Jack mit dem Fernglas den Horizont ab. Zwei kleinere Schiffe hatten ihn erschreckt, doch sie waren bald hinter der Kimm verschwunden.

Heiß brannte die Sonne aus dem Zenit herab. In der Kombüse hatte er eine angebrochene Flasche Bourbon gefunden und sich mehrmals eingeschenkt. Nach dem dritten Doppelten wußte er, daß es endlich Zeit war, die Bundeslade zu öffnen. Jack suchte die Macht, aber er schrak auch unbewußt vor der Gefahr zurück. Der Vorfall im Hafen, als die Reliquie plötzlich von hellem Licht umgeben war, hatte ihn nachdenklich gestimmt.

Welche Sicherheitsvorkehrungen sollte er treffen? Es war unmöglich, alle Eventualitäten zu berücksichtigen.

Jack starrte die Cherubim an, die wahre Meisterstücke der Goldschmiedekunst waren. Die fein ziselierten Gesichter waren unglaublich ausdrucksstark. Jack hatte fast den Eindruck, daß die Engel ihn anschauten, daß ihre Augen jede seiner Bewegungen aufmerksam verfolgten.

Unsinn! Er war nervös, und das war alles. Mit der flachen Hand fuhr er sich durchs Gesicht.

Dann faßte er entschlossen zu.

Nichts geschah. Der Deckel saß fest. Jack tastete die Verzierungen ab, doch da war kein Hebel, nichts, was auf einen Öffnungsmechanismus hingedeutet hätte. Er zog fester.

Hatte sich nicht plötzlich etwas verschoben? Ein kleiner Ruck, kaum spürbar?

»Verdammt.« Jack schwitzte, und der Schweiß brannte wie Feuer in seinen Augen. Mit den Fingernägeln erfühlte er einen winzigen Spalt zwischen der Lade und dem Deckel. Vielleicht sollte er mit einem Messer versuchen, die Konstruktion aufzuhebeln.

»Motorboot achtern!« hallte ein Ruf über das Deck.

Jack hob den Kopf. In der Ferne, dicht unter dem Horizont, entdeckte er einen fahlen Punkt, der allerdings rasch näherzukommen schien.

»Das sind sie!« stieß er unwillig hervor, überzeugt davon, daß niemand sonst der Segelyacht folgen würde. »Dieser Ericson ist hartnäckig wie eine Klette.«

Ein letzter wütender Druck. Der Deckel verschob sich; Zentimeter nur, aber immerhin. Der schmale Spalt, der sich gebildet hatte, schien zu glühen. Ein gleißender Lichtstrahl schoß daraus hervor. Aufheulend schlug Jack Warden die Hände vors Gesicht; er taumelte.

Der Wind heulte stärker durch die Takelage, die Segel begannen zu killen. Unvermittelt schien ein Unwetter loszubrechen. Bis Jack endlich mühsam zwischen seinen Fingern hindurch blinzelte, hatte die Schwärze eines aufziehenden Gewitters das Schiff eingehüllt. Und der schmale Streifen Helligkeit, der zwischen Deckel und Bundeslade hervorbrach, verblaßte.

»Vor uns, das müssen sie sein!« Connor reichte das Fernglas an Tom Ericson weiter. »Ein Zweimaster unter vollen Segeln. Die Beschreibung des Schiffes, die uns der Fischer gegeben hat, trifft darauf zu.«

Tom nickte knapp. Er hatte den Fahrthebel längst bis zum Anschlag nach vorne geschoben und holte das Letzte aus dem Motor heraus. Hart sprang das Boot über die Wellen, flog manchmal meterweit durch die Luft.

Bald war das Segelschiff auch mit bloßem Auge zu erkennen. Mit achterlichem Wind lief es Südkurs.

»Fertigmachen zum Entern«, bemerkte Gudrun Heber spitz. »Ich hoffe nur, die Kerle an Bord sind nicht bewaffnet.«

»Warum vertraust du nicht einfach auf unser Glück und meinen 45er?«

»Muß ich das?« erwiderte Gudrun.

Connor lachte verhalten. »Von den vier Männern hatte nur Warden eine Schußwaffe. Also dürfte es relativ einfach werden.«

»Ein Spaziergang sozusagen ...«

Höchstens noch ein Kilometer trennte sie von der AGUILERA, als über dem Segelschiff dunkle Wolken aufzogen. In Gedankenschnelle braute sich ein Unwetter zusammen. Schwarze, drohende Wolkenfetzen hingen wie ein Leichentuch am Himmel. Während in einiger Entfernung das Meer noch im grellen Sonnenlicht gleißte, wurde die AGUILERA schon von brodelnder Düsternis verschluckt.

Die Wolken begannen zu rotieren. Deutlich war zu sehen, daß sie sich um einen gemeinsamen Mittelpunkt drehten, eine wirbelnde schwarze Masse, deren Zentrum sich rasch nach unten stülpte. Sekunden später entstand ein langgestreckter, zuckender Rüssel. Gierig tastete er nach der See und saugte Unmengen von Wasser empor. Das anfängliche Brausen steigerte sich innerhalb weniger Augenblicke zum ohrenbetäubenden Tosen. Die AGUILERA verschwand hinter der unheilbringenden Wand, die sich geradlinig dem Motorboot näherte.

»Das hält unsere Nußschale nicht aus!« warnte Connor. »Wir müssen abdrehen!«

Verbissen starrte Ericson auf die rotierende Wand aus Wasser und Finsternis. Die ersten schweren Brecher kamen über; das Motorboot wurde zunehmend zum Spielball der entfesselten Elemente. Der Zeitpunkt war abzusehen, da es kentern oder leckschlagen würde.

Tom ging auf Gegenkurs. In einer weiten Kurve zog er das Boot herum und bot dem Sturm vorübergehend die Breitseite. Gischt peitschte heran und verschleierte die Sicht, und das Gefühl, rasend schnell in unergründliche Tiefen zu stürzen und im nächsten Moment schon wieder jäh emporgehoben zu werden, rief quälende Übelkeit hervor.

»Legt die Schwimmwesten an!« Der Sturm riß Tom die Worte von den Lippen. Aber Connor und Gudrun verstanden ihn auch so.

Mit unglaublicher Wucht donnerten die Brecher heran. Den Kurs zu halten wurde nahezu unmöglich. Und das Boot schlug voll. Unaufhaltsam. Obwohl Gudrun in einem Schrankfach eine Öskelle gefunden hatte und wie eine Besessene schöpfte. Connor löste sie ab. Es war eine Sisyphusarbeit.

Schließlich setzte der Motor aus. Verzweifelt versuchte der Archäologe, erneut zu starten. Obwohl die Treibstoffanzeige noch auf Halb stand, schaffte er es nicht.

Minutenlang peitschten Wind und Wogen das Boot vor sich her, dann schlug es endgültig voll. Langsam sackte das Heck weg.

»Wir müssen zusammenbleiben!« brüllte Tom Ericson gegen die Gewalt des Sturmes. Gleich darauf tauchte er unter. Er wurde herumgewirbelt und verlor die Orientierung. Wasser war rings um ihn her. Vergeblich versuchte er an die Oberfläche zu kommen; es war, als würde er gegen zähflüssigen Sirup ankämpfen. Dumpf rauschte das Blut in seinen Schläfen.

Dann kam er wieder an die Oberfläche. Der Sturm peitschte ihm beißend die Gischt entgegen.

Scheinbar aus weiter Ferne hörte er jemanden rufen. Es war Gudrun. Keine drei Meter entfernt trieb sie im Wasser und versuchte verzweifelt, sich gegen die Brecher zu behaupten.

Etwas klatschte neben ihm in die Wellen. Ein Tau. Beim dritten Versuch schaffte Tom es, den Tampen zu greifen und sich um den Arm zu schlingen. Lange würden sie dennoch nicht überleben können. Das Wasser war eiskalt und stach schon jetzt wie mit Hunderten feiner Nadeln durch ihre Kleidung hindurch. Bald würde die Kälte ihre Muskeln lähmen, und das war der Anfang vom Ende.

Jäh sackte Tom ab, wurde mit unwiderstehlicher Gewalt hinabgezogen ins nächste Wellental, und die See schlug über ihm zusammen. Er schluckte. Das Salzwasser brannte in seiner Kehle, und prustend und spuckend kam er wieder hoch. Nur das Tau verhinderte, daß er abgetrieben wurde. Er sah, daß Connor und Gudrun ebenfalls dicht beieinander blieben.

Minuten später beruhigte sich das Meer. Die Sonne brach wieder durch, und funkelnde Strahlenfinger huschten über die immer noch schäumenden Wellen.

»Ich habe nicht geglaubt, daß wir es schaffen würden«, stöhnte Gudrun gequält.

Noch sind wir nicht gerettet, wollte Tom Ericson erwidern, aber er verbiß sich die Bemerkung. Warum sollte er ihr die Hoffnung rauben? Sie waren verdammt weit draußen, sieben oder acht Seemeilen vor der Küste.

Er hatte den Gedanken kaum zu Ende gebracht, da begann Connor aufgeregt zu winken. »Socorro!« brüllte er mit sich überschlagender Stimme. »Socorro!«

Ein Boot kam näher. Das geflickte Segel flatterte unruhig im Wind. Die Besatzung hatte die Schiffbrüchigen entdeckt.

Wenig später wurde erst Gudrun von kräftigen Fäusten aus dem Wasser gezerrt, nach ihr Connor. Dann fühlte auch Tom sich hochgehoben. Mit beiden Händen umklammerte er das Dollbord und unterstützte die Bemühungen seiner Retter. Augenblicke später lag er der Länge nach ausgestreckt zwischen mehreren Zentnern Fisch. Einige der Tiere zappelten noch.

Schnell stellte sich heraus, daß die Männer, die sie aus dem Wasser gezogen hatten, Fischer aus San José waren. Der Anblick der kaum länger als zehn Minuten tobenden

Sturmfront hatte sie mit Angst erfüllt. Trotzdem waren sie den in Not geratenen Menschen zu Hilfe geeilt. Das war unter Seeleuten ein ungeschriebenes Gesetz.

Gegen den Wind kreuzten sie nun nach Norden. Eineinhalb Stunden später zeichnete sich voraus die Küstenlinie ab.

»Wir haben die Bundeslade wohl endgültig verloren«, faßte Connor bedrückt in Worte, was sie alle dachten. »Andererseits sollten wir froh sein, daß wir mit dem Leben davongekommen sind. Was könnte wichtiger sein?«

ENDE
DES FÜNFTEN BUCHES

SECHSTES BUCH

JÄGER UND GEJAGTE

von Robert deVries

Suzy Duvall schrie. Sie schrie, wie sie noch niemals geschrien hatte.

Unerträglicher Schmerz durchströmte sie und tobte in jeder Faser ihres Körpers. Er übertraf alles, was sie in ihrem an Qual gewiß nicht armen Leben je hatte erleiden müssen – nein, mehr noch, er übertraf alles, was sie sich an Schmerz zuvor überhaupt hatte vorstellen können.

Es war erst Sekunden her, daß sich die schlanke Eurasierin auf das Transportfeld der Anlage zur Zeitlosen Ortsversetzung begeben hatte.

»Du kannsch gehen, Schuschie«, hatte Kar ihr zugezischt. »Geh!«

Und sie war gegangen, froh, seiner unmittelbaren Gegenwart entfliehen zu können.

Das echsenhafte Wesen, in das sich der ehemalige texanische Professor Richard Dean Karney in den letzten Monaten verwandelt hatte, stand vor der Kristallplatte, von der aus die Anlage kontrolliert wurde. Mit ihr konnte man Gegenstände oder Personen zu jedem beliebigen Punkt der Erde transmittieren oder auch umgekehrt hierher holen. Es war eine Apparatur, die jedem, der damit umzugehen wußte, unermeßliche Möglichkeiten eröffnete.

Suzy verstand leider nur sehr wenig davon, obwohl Kar mehrfach versucht hatte, ihr die Funktionsweise der Anlage zu erklären. Vielleicht lag es daran, daß er zu jener Zeit geistig verwirrt gewesen war – auf jeden Fall hatte sie die Bedeutung der pulsierenden Linien auf der Kristallplatte bis heute nie richtig zu deuten gelernt.

Sie wußte nur, daß es sich bei dieser Anlage – ebenso wie bei der riesigen schwarzen Pyramide, in der sie sich befand – um die Hinterlassenschaft einer uralten, längst ausgestorbenen Rasse handelte. Leider war die Anlage seit einer Beschädigung nicht mehr voll funktionsfähig. Es dauerte stets geraume Zeit, ehe wieder genügend Energie für einen neuen Transport vorhanden war. Das schränkte ihre Möglichkeiten natürlich erheblich ein, aber mit diesem Handicap mußten sie leben.

Suzy hatte keine Bedenken gehabt, den Erfassungsbereich des Transportfeldes zu betreten. Auch nach der Beschädigung hatte sie sich bereits mehrfach transmittieren lassen, ohne daß es je zu irgendwelchen Schwierigkeiten gekommen wäre.

Doch diesmal war alles anders. Schrecklich anders.

Kaum hatte Kar die Anlage aktiviert, brachen die Schmerzen ohne jede Vorwarnung und mit unvorstellbarer Gewalt über Suzy herein.

Sie hatte das Gefühl, zur selben Zeit mit brutaler Wucht sowohl auseinandergerissen wie auch zusammengepreßt zu werden, während glühende wie auch eiskalte Speere sie durchbohrten. Tausende und Abertausende von Speeren.

Suzy schrie qualvoll auf.

Kar sah sie kurz verdutzt an, dann widmete er sich irritiert der Anlage.

»Scheltscham!« zischte er. »Da schtimmt etwasch nischt mit dem Scheitrahmen. Irgendeinäh Phaschenvariansch. Wartäh, Schuschie, das habäh isch gleisch korrigiert ...«

Er machte sich an der Kristallplatte zu schaffen.

Suzy schrie noch immer. Sie versuchte instinktiv, sich mit einem Sprung aus dem Transportbereich zu bringen, doch irgend etwas hielt sie wie mit eisernen Klammern an Ort und Stelle gefangen. Hilflos schlug sie mit den Armen um sich, ohne sich aus ihrer Lage befreien zu können. Es sah aus, als trommelte sie gegen die Wände eines unsichtbaren Gefängnisses.

»Gansch rühisch!« zischte Kar hier zu.

Es half ihr wenig. Sie schrie und schrie, und die Schmerzen ließen jede einzelne Sekunde zu ihrer ganz eigenen Ewigkeit und Hölle werden.

»Schooo ...«, zischte Kar. »Jetscht. Jetscht müschte esch bescher werdän ...«

Tatsächlich trat eine Änderung ein.

Die Schmerzen schraubten sich in schier unvorstellbare Höhen. Normalerweise hätte Suzy längst das Bewußtsein verlieren müssen, doch die Energien, denen sie ausgesetzt war, schienen das zu verhindern.

Ihre Schreie steigerten sich zu einem qualvollen Brüllen. Tierische Laute lösten sich aus ihrem Mund. Sie verdrehte die Augen so, daß nur noch das Weiße zu sehen war. Und darin pulsierten rote, dicke Adern so stark, als wollten sie jeden Moment platzen.

Suzy spürte, wie der Wahnsinn nach ihrem Geist zu greifen begann. Diesen Urgewalten war sie nicht gewachsen.

Kar wandte sich erschrocken erneut der Anlage zu. Hektisch hantierte er umher.

»Dasch habe isch noch nie erlebt«, zischte er mehr zu sich selbst. »Scheltscham. Diesche Energie! Diesche scheltschame Energie! Da musch ein kraftvollär Energiekörpär schein. Wasch mag Schack da nurrr habän ...«

Suzy bekam seine Worte wie aus unendlich weiter Entfernung mit. Plötzlich durchfuhr sie – soweit ein Rest ihres Geistes noch des Denkens fähig war – ein fürchterlicher Verdacht.

Kar machte das absichtlich! Er tat es, um ... um sie zu bestrafen! Um sich für die Abfuhr zu rächen, die sie ihm vorhin erteilt hatte. Er hatte sie gefragt, ob sie ihn immer noch liebte, und sie war unfähig gewesen, ihm das zu bestätigen. Sie war vollkommen überrascht gewesen, hatte einfach nur dagestanden und nichts zu antworten gewußt.

Was hätte sie ihm denn auch sagen sollen?

Wie hätte sie ihn lieben können – ihn, ein echsenhaftes, völlig fremdartiges Wesen, das außer seinem genialen wie schurkischen Verstand jede Menschlichkeit verloren hatte! Und was noch dazukam: Sie hatte ihn nie geliebt, nicht einmal zu der Zeiten, als er noch Richard Dean Karney gewesen war!

Er zwar ihr stets nur Mittel zum Zweck gewesen. Die Liebe, die sie so oft beschworen hatte, hatte sie ihn nur vorgespielt, so wie vielen anderen auch, die sie zu ihrem Vorteil ausgenutzt hatte. Richard Dean Karney, der Archäologe und seltsame Kauz mit seinen so abstrus erscheinenden Ideen, hatte sich anfangs als wahrer Volltreffer erwiesen. Er war unermeßlich mächtigen, uralten Artefakten auf die Spur gekommen, deren Möglichkeiten das Herz von jedem hätten höher schlagen lassen, der nach Macht und Einfluß strebte. Schmuggel, Raub, Entführungen, Lösegelder, Staatserpressungen, absolute Kontrolle – schier unermeßlich waren die Möglichkeiten, die allein die Anlage zur Zeitlosen Ortsversetzung bot, wenn man sie entsprechend einsetzte! Ganz abgesehen von den geheimnisvollen kakerlakenförmigen Parasiten, die Karney ebenfalls gefunden hatte und mit denen er die vollständige geistige Kontrolle über jeden Menschen auszuüben konnte, der mit einem von ihnen infiziert war.

Doch leider hatte Karney all diese Möglichkeiten bis zuletzt meist nur dazu benutzt, um weiter hinter die Mysterien dieser Artefakte zu kommen und gegen eine private Archäologengruppe namens A.I.M. vorzugehen, die sich anschickte, an denselben Geheimnissen zu rühren.

Auch Suzy Duvall hatte es bereits mit Angehörigen dieser Gruppe zu tun bekommen und wußte, wie lästig sie sein konnten. Lästig, das war das richtige Wort. Lästig wie kleine Mücken. Aber das war in ihren Augen auch schon alles. Sie hatte nie begriffen, wieso Karney angesichts seiner Möglichkeiten stets so versessen darauf gewesen war, gegen diese Leute vorzugehen und ihnen stets einen Schritt voraus zu sein.

Aber sie hatte es akzeptiert – akzeptieren *müssen*. Letztlich war er der Einzige, der all diese wunderlichen Techniken beherrschte. Eines jedoch hatte Suzy nie aus dem Sinn verloren: Ihre Loyalität Karney gegenüber galt nur solange, bis sie selbst damit umzugehen wußte. Spätestens dann hatte er ausgedient.

Zuerst war alles ihren Vorstellungen entsprechend gelaufen, sogar überraschend gut. Sie hatte Karney nicht einmal drängen müssen, sie in die Funktionen einiger Apparaturen einzuweihen; er hatte von allein damit angefangen, um mit ihr eine kundige Helferin im Hintergrund zu haben, wenn er selbst beispielsweise unterwegs oder anderweitig verhindert war. Nur leider hatte sie von all dem viel zu wenig verstanden. Es war alles so ganz anders und weitaus komplizierter, als sie es sich vorgestellt hatte. Vermutlich benötigte man, um es vollends zu verstehen, das entsprechende Vorwissen und die genialen Fähigkeiten eines Professors Karney.

Suzy Duvalls geniale Fähigkeiten lagen da eher auf anderen Gebieten.

Ihr war es gelungen, mit Jack Warden – einem verwegenen Desperado, der zuvor ein paar Aufträge für sie erledigt hatte – einen wichtigen Verbündeten in Karneys unmittelbare Umgebung zu holen. Warden war Suzy bedingungslos erlegen, und auch wenn er selbst es vielleicht anders sah, sie wußte, daß er alles machen würde, worum sie ihn bat. Er war ihre Trumpfkarte, falls Karney Schwierigkeiten machen würde.

Doch dann hatten die Ereignisse sie einfach überrollt.

Karney, der sich an der linken Hand mit einer grünlichen Flüssigkeit infiziert hatte, hatte sich rapide fortschreitend in eine Echse verwandelt. Es war eine grauenhafte Umwandlung gewesen, während der Karney seinen Verstand zwischenzeitlich gänzlich verloren zu haben schien. Eine Zeitlang hatten Suzy und Jack ihn sogar in einer Kerkerzelle hier in der schwarzen Pyramide gefangenhalten müssen. Und wenn sie ihn herausgelassen hatten – meist damit er ihnen irgendwelche Geräte erklärte –, hatten sie ihn sich mit Elektroschockern vom Leib gehalten.

Doch seit kurzem war Richard Dean Karney – oder besser das Wesen, zu dem er geworden war – anscheinend wieder vollständig bei Sinnen.

Seine Umwandlung war abgeschlossen. Aus Karney war endgültig Kar geworden – wie er sich auch schon vor seiner vollständigen Metamorphose, vielleicht in Ahnung seines kommendes Schicksals, genannt hatte.

Und nun hielt er mehr als zuvor sämtliche Fäden in seinen Händen. Beziehungsweise in seinen Krallen.

Manchmal schien es, als wäre das letzte, was ihn noch mit seiner alten Existenz verband, die goldene Rolex-Armbanduhr, die er seit kurzem wieder an seinem Handgelenk trug.

All das schoß Suzy durch den Kopf – und zerplatzte sogleich wieder.

Der Wahnsinn wurde stärker und verdrängte alles andere mehr und mehr aus ihrem Bewußtsein.

Doch eines begriff sie mit geradezu überdeutlicher Klarheit: Kar wollte sie töten! Und sie war so dumm gewesen, ihm ahnungslos in die Falle zu gehen, auch noch froh darüber, ihm entkommen zu können.

Er wollte sie umbringen, und er wollte es mit den größtmöglichen Qualen tun, die er ihr zufügen konnte. Das war seine ganz persönliche Art der Strafe, die er sich für sie ausgedacht hatte.

Jetzt begriff sie plötzlich.

Indem Kar sie gefragt hatte, ob sie ihn liebe, hatte er ihr die letzte Möglichkeit gelassen, ihr Leben zu retten – und sie hatte es durch ihr betretenes Schweigen einfach weggeworfen!

O Gott, jetzt verstand sie. Warum war sie nur nicht fähig gewesen, ihn anzulügen – wie so viele Male vorher?

Doch jetzt war es für diese Art der Reue zu spät.

Viel zu spät!

»Schooo!« zischte Kar. »Jetscht müschte schisch wasch tun!«

Wieder betätigte er einen Mechanismus. Suzy Duvalls Schmerzen ließen nicht nach. Nur der Raum vor ihr und ihr Blickwinkel änderte sich. Nun sah sie verschwommen und undeutlich offenes Meer vor sich.

Und einen alten Zweimaster, der in den Wellen träge vor sich hin dümpelte. Sie schwebte geradewegs darauf zu.

An ihrem Befinden oder ihren Qualen änderte das beileibe nichts.

Sie schrie und schrie und schrie ...

Jack Warden stand breitbeinig an der Reling der AGUILERA. Zwei Empfindungen beherrschten ihn ganz und gar: zum einen das Gefühl der gleichmäßig schwankenden Planken unter seinen Füßen, zum anderen verspürte er tiefe Befriedigung – wie immer, wenn er erfolgreich einen Coup gelandet hatte.

Nein, die ganze Sache war gewiß noch nicht ausgestanden; aber er war sich sicher, daß nun das Gröbste hinter ihm lag.

Er hatte es geschafft!

Er hatte Tom Ericson und den anderen Abenteurern von A.I.M. ihr derzeit liebstes archäologisches Artefakt gestohlen – ein Artefakt, hinter dem sie schon seit Monaten her gewesen und für das sie zuvor um die ganze Welt gereist waren. Und dann war er gekommen und hatte es ihnen quasi im Vorbeigehen wieder abgenommen.

Er grinste. Was für ein Spaß! Es war ein solches Kinderspiel gewesen.

Ein Auftrag von Kar hatte ihn hierher geführt. Kar – das seltsame Echsenwesen, für das er seit geraumer Zeit arbeitete und das er über die Fürsprache und Vermittlung der asiatischen Geschäftsfrau Suzy Duvall kennengelernt hatte.

Ach, Suzy! Er durfte gar nicht an sie denken!

Sie war die mit Abstand attraktivste und anziehendste Frau, der er je in seinem Leben begegnet war. Sicher, sie war durchtrieben, hinterhältig, skrupellos und nur auf ihren eigenen Vorteil bedacht. Doch das störte ihn nicht. Ganz im Gegenteil. Schließlich waren das allesamt Eigenschaften, über die er im gleichen Maße verfügte.

Vielleicht, so dachte er, war genau das der tiefere Grund, warum er sich so magisch von ihr angezogen fühlte. Mit ihr schien er sein perfektes Gegenstück gefunden zu haben. Im Vergleich zu ihr verblaßten in seiner Erinnerung alle Frauen, die er früher gehabt hatte – und das waren gewiß nicht wenige gewesen –, zu einfältigen, hilflosen Püppchen, die ihr in keinster Weise das Wasser reichen konnten.

Nein, bis jetzt hatte er es keine einzige Sekunde bereut, für Kar zu arbeiten – selbst wenn er seitdem mit mysteriösen Artefakten, Kräften und Geschehnissen konfrontiert worden war, die alles übertrafen, was er je erlebt hatte. Mehr noch, die alles übertrafen, was er bis dahin überhaupt für vorstellbar gehalten hatte. Und wenn er es nicht mit seinen eigenen Augen gesehen und am eigenen Leibe erfahren hätte, hätte er mit Sicherheit jeden, der ihm davon erzählt hätte, als Lügner oder armen Irren bezichtigt. Diese Dinge lagen weit jenseits dessen, was man mit dem zu fassen vermochte, was man gemeinhin als gesunden Menschenverstand bezeichnete. Andere Menschen wären sicherlich in ihrer Weltsicht zutiefst erschüttert worden.

Doch Jack Warden pfiff auf das, was man gesunden Menschenverstand nannte – vorausgesetzt, die Bezahlung stimmte. Und in dieser Hinsicht konnte er sich gewiß nicht beklagen. Für seine bisherigen Dienste war er geradezu fürstlich entlohnt worden. Kar war der spendabelste Auftraggeber, für den er je gearbeitet hatte. Geld schien für das Echsenwesen keinerlei Bedeutung zu haben – außer als Mittel zum Zweck.

Jack war das nur recht, solange er davon profitierte.

Und wenn er darüber hinaus an die aufregenden Stunden mit Suzy dachte, fühlte er sich mehr als fürstlich entlohnt.

Kars neuester Auftrag hatte ihn nach Guatemala geführt: Dort sollte er den Abenteurern von A.I.M. ein Artefakt abnehmen, das sie gerade selbst erbeutet hatten. Kar hatte ihn losgeschickt, ohne ihm mitzuteilen, worum es sich dabei handelte.

Ein schier unglaublicher Zufall war Jack zu Hilfe gekommen: Im Jet nach Guatemala-City hatte er den Butler des Begründers und Finanziers von A.I.M. entdeckt, einen Schotten namens Connor. Warden hatte lediglich zwei und zwei zusammengezählt und sich an seine Fersen geheftet.

Seine Vorgehensweise erwies sich als Volltreffer. Connor reiste in der Tat nach Guatemala, um das Artefakt in Empfang zu nehmen. Jack hatte nicht mehr zu tun gehabt, als ein paar einheimische Kräfte anzuheuern, Connor am Übergabeort zu überwältigen und dann nur noch darauf zu warten, daß ihm Thomas Ericson und Gudrun Heber das Artefakt brachten. Und genau so war es geschehen.

Wie gesagt – ein Kinderspiel!

Jack Warden nahm es als Zeichen, daß seine Glückssträhne weiterhin anhielt – eine Glückssträhne, die genaugenommen in jenem Augenblick begonnen hatte, als er vor Monaten in Bangkok Suzy Duvall begegnet war.

Erst als er das Artefakt übernahm, hatte Jack begriffen, worum es sich dabei handelte. Um nichts Geringeres als ... die Bundeslade!

Jack Warden war nie ein religiöser Mensch gewesen – und so betrachtete er dieses sagen- und mythenhafte Objekt in erster Linie als einen Gegenstand, den er für Kar zu erbeuten hatte. Es hätte sich genausogut um ein Gemälde oder einen Diamanten handeln können. Wenn ihn etwas daran persönlich berührte, dann die Tatsache, daß die Lade aus purem Gold bestand. Unvorstellbar, was für einen Wert allein die beiden Cherubim auf dem Deckel haben mußten – ein Wert, der einen gierigen Menschen ganz ohne Zweifel schwach werden lassen konnte!

Trotzdem, wenn Jack sich selbst gegenüber ehrlich war, mußte er sich eingestehen, daß die Lade weit mehr sein mußte als ein rein materieller Gegenstand. Seitdem er sie besaß, hatten sich schier unglaubliche Dinge ereignet. Auf dem Weg zur Küste hatten die Abenteurer den LKW eingeholt. Doch noch vor einer Auseinandersetzung war ein rätselhaftes Phänomen am Himmel erschienen und hatte ihn samt Helfer und Lastwagen in eben jene Küstenstadt versetzt, zu der sie unterwegs gewesen waren. Mehr noch, sie hatten sich genau an der Mole befunden, an der ein Zweimaster bereits auslaufbereit wartete.

Es war ähnlich gewesen wie bei Transporten mit Kars Anlage zur Zeitlosen Ortsversetzung. Deswegen hatte Jack zuerst auch vermutet, daß Kar ihm aus dem Hintergrund heraus geholfen hätte. Doch dann, als die

Lade aufs Schiff verladen werden sollte, war sie plötzlich von ganz allein aufs Vorderdeck geschwebt. Jack hatte es sich nur wünschen müssen.

Als sie schließlich ausgelaufen waren und das offene Meer erreichten, hatte es den Anschein gehabt, als könnten die Abenteurer sie noch einmal einholen. Sie waren der AGUILERA mit einem Schnellboot gefolgt. Doch kurz bevor sie den behäbigen Zweimaster erreicht hatten, war mit einem Male aus buchstäblich heiterem Himmel ein heftiger Sturm losgebrochen. Tiefschwarze Wolken hatten den Tag zu finsterster Nacht gemacht, und das Meer hatte wie bei einem Orkan gekocht.

Jack erschauderte bei dem Gedanken, daß der Sturm genau in jenem Augenblick losgebrochen war, als er den Deckel der Bundeslade aus Neugierde ein winziges Stück weit geöffnet hatte. Gleißendes Licht war daraus hervorgebrochen – ein Licht, wie er es noch nie zuvor in seinem Leben gesehen hatte.

Der verheerende Sturm hatte nur wenige Minuten gedauert und ebenso schnell geendet, wie er auftaucht war. Die tiefschwarzen Wolken hatten sich wieder verzogen, und das Meer rings um die AGUILERA lag wieder so still und friedlich da wie zuvor. Nur das Schnellboot der Abenteurer war verschwunden. Zumindest war es nirgendwo mehr auszumachen.

Jack verzog grimmig das Gesicht, während er vergeblich nach dem Boot Ausschau hielt. Ihm wäre es nur recht gewesen, wenn die drei Abenteurer ertrunken wären. Doch aus irgendeinem Grund glaubte er nicht daran. Sein Gefühl sagte ihm, daß sie noch am Leben waren. Und sein Gefühl hatte ihn bislang nur selten getrogen.

Aber immerhin hatte er ihnen die Lade endgültig entrissen.

Nun wußte er sie nur noch zu Kar bringen.

»Madre mia!« stieß Pepe gepreßt hervor, noch immer

völlig unter dem Eindruck der geschehenen Dinge. Er war einer der Helfer, die Warden angeheuert hatte. Pepes Bruder war Eigner der AGUILERA. »Was für ein seltsamer Sturm!«

»Du sagst es«, bestätigte Ramon. »Ich bin mein halbes Leben zur See gefahren, aber so einen Sturm habe ich noch nie erlebt.«

»Ich auch nicht«, stimmte Alonso zu, der Dritte im Bunde. »Seht euch nur den Himmel an! Kein einziges Wölkchen mehr zu sehen. Dabei war noch vor einer Minute stockfinstere Nacht. Ich dachte, wir wären alle verloren!«

»Ja«, sagte Ramon. »Aber die AGUILERA hat so ruhig im Wasser gelegen, als gäbe es gar keinen Sturm. Dabei hätte er sie eigentlich zerschmettern müssen.«

In der Tat, dachte Warden. Die AGUILERA hatte die ganze Zeit über kein bißchen geschwankt, trotz der meterhohen Brecher ringsum. Als hätte sie sich im Auge eines Hurrikans befunden.

Jack Warden bemerkte, wie das Gespräch seiner Helfer erstarb und sich ihre Blicke einmütig in seine Richtung wandten. Darin lag die unausgesprochene Frage – nein, mehr noch: *die Forderung* zu erfahren –, was da gerade geschehen war. Er hätte es fast mit einem ärgerlichen Achselzucken abgetan oder sie angefahren. Schließlich bezahlte er sie nicht dafür, daß sie sich eigene Gedanken machten oder ihn dämlich anstarrten, sondern einzig und allein, damit sie taten, was er ihnen sagte.

Dann jedoch wurde ihm die Stille bewußt, die plötzlich an Deck herrschte. Es war eine Stille, die nach dem gerade erst abgeebbten Sturmgetöse um so durchdringender wirkte.

Als Jack Warden den Kopf wandte und sich umblickte, erkannte er, daß überall auf der AGUILERA sämtliche Gespräche erstorben waren. Das gute Dutzend Bootsleute, das sich an Deck aufhielt, hatte in seiner Tätigkeit innegehalten und starrte ihn an.

Jack ließ seinen Blick betont langsam über jeden einzelnen von ihnen wandern zu lassen. In ihren Augen erkannte er Erleichterung, dem sicher geglaubten Untergang entkommen zu sein, aber auch Furcht, Feindseligkeit und Mißtrauen. Die Spannung, die mit einem Mal in der Luft lag, war fast körperlich zu spüren.

»Du sagst nichts?« fragte Pepe nach einer kleinen Ewigkeit. Er tat es so laut, daß es jedermann hören konnte. In seiner Stimme lag ein lauernder Unterton.

Jack begriff, daß seine Autorität auf dem Spiel stand. Jetzt durfte er keinen Fehler machen, sonst warf man ihn womöglich über Bord und machte sich mit der Bundeslade davon. Er unterdrückte den Impuls, sich zu vergewissern, ob er seine Waffe noch im Holster trug. Damit hätte er nur seine Unsicherheit gezeigt. Natürlich trug er seinen Revolver noch, und wenn man ihm wirklich an den Kragen wollte, hätte er sicherlich jeden zweiten der Bootsleute erwischt, bevor man ihn zu fassen bekommen hätte.

Er hob in gespielter Arglosigkeit die Schultern. »Wozu sollte ich etwas sagen?«

»Zum Beispiel zu dem seltsamen Sturm, den wir gerade erlebt haben!« rief Ramon erregt.

»Ja!« schloß Pepe sich ihm an. »Und das war nicht das einzig Seltsame, das uns widerfahren ist, seit wir für dich arbeiten!«

Ringsum setzte wieder Gemurmel ein. Die Bootsmänner wußten natürlich nichts von den Dingen, die auf dem Weg zur Küste passiert waren. Und Jack war daran gelegen, daß es auch so blieb. Je weniger die Leute über die wundersamen Kräfte der Lade wußten, desto besser. Es hätte sie höchstens auf dumme Gedanken gebracht.

»Nun, ich denke ...« Er räusperte sich, als er feststellte,

wie heiser und dünn seine Stimme klang. Dann holte er tief Luft und rief: »Ich denke, wir sollten es als Zeichen des Himmels nehmen, daß uns die Kräfte des Schicksals wohlgesonnen sind.«

Das Gemurmel ringsum wurde lauter.

»Ein Zeichen des Himmels?« rief jemand in Wardens Rücken.

»Ja!« Er wandte sich um und ballte die Hand zur Faust. »Ohne diesen Sturm wären wir unseren Verfolgern niemals entkommen. Und – könnt ihr jetzt irgendwo noch etwas von ihnen entdecken?«

Er schien die rechten Worte getroffen zu haben. Das Gefühl der akuten Bedrohung und Feindseligkeit ließ nach.

»Aber warum sollten die himmlischen Kräfte uns wohlgesonnen sein?« rief Alonso da. »Ausgerechnet uns, die wir doch Diebe oder Tagelöhner sind?«

Hm, dachte Jack. *Verdammt gute Frage!*

»Darüber sollten wir uns nicht den Kopf zerbrechen«, rief er. »Die Hauptsache ist doch, daß sie es getan haben.« Erneut sah er jeden einzelnen Mann an. »Und um euch zu überzeugen, daß ihr es nicht bereuen werdet, für mich zu arbeiten, bekommt ihr alle das Doppelte des vereinbarten Lohnes, sobald wir unser Ziel erreicht haben.«

Diese Ankündigung ließ auch die letzten Zweifler verstummen. Erleichtert bemerkte Jack, daß die Leute ihre Arbeit wieder aufnahmen. Auch Pepe, Ramon und Alonso wirkten beruhigt, machten aber keine Anstalten, sich vom Fleck zu rühren.

»Was ist?« fragte er. »Habt ihr nichts zu tun?«

»Doch«, entgegnete Pepe. »Wir müßten den Kurs festlegen.«

»Und warum tut ihr das dann nicht?«

»Sie haben uns noch gar keinen Kurs genannt. Wir wissen nicht, was überhaupt unser Ziel ist.«

»Genau«, meinte Ramon. »Wo liegt dieses Ziel, an dem wir das Doppelte unseres Lohnes bekommen sollen?«

Jack sah die drei an. So ganz schien ihre Aufsässigkeit noch nicht verschwunden zu sein.

Sein Problem war nur – er kannte das Ziel selbst nicht!

Bis jetzt hatte sich alles darum gedreht, den Abenteurern die Lade zu rauben und sie außer Landes zu bringen. Dieser Teil des Auftrages war erledigt. Was nun noch zu tun blieb, war, sie zu Kar bringen. Doch das hörte sich einfacher an, als es war. Denn seit seinem Aufbruch nach Guatemala hatte Warden keinerlei Kontakt mehr mit dem Echsenwesen gehabt. Seine Hoffnung war, daß Kar oder Suzy ihn über die Anlage zur Zeitlosen Ortsversetzung beobachteten und ihm eine Nachricht zukommen ließen. Er konnte ja schlecht mit der AGUILERA quer über den ganzen Pazifik zu Kars Versteck zwischen Tonga und Neuseeland schippern. Es hätte Wochen gedauert, wenn ihr altersschwacher Kahn es überhaupt geschafft hätte.

»Kennen Sie das Ziel etwa selbst nicht?« fragte Alonso lauernd, als ihm Wardens Schweigen zu lang wurde.

»Oder wollen sie es uns nicht sagen?« schloß sich Ramon an.

Jack kniff die Lippen zu einem dünnen Strich zusammen. Seine Wangenmuskeln zuckten. Dann deutete er mit ausgestrecktem Arm nach Norden.

»Dorthin!« entschied er.

Pepe, Ramon und Alonso schauten in der angegebenen Richtung aufs Meer hinaus, als könnten sie etwas Besonders erspähen.

»Dorthin?« fragte Pepe verwundert. »Wo genau ist ›dorthin‹?«

»Nordwärts«, sagte Jack. »Und zwar immer parallel zur Küste. Aber gebt acht, daß wir uns stets außerhalb der Zwölfmeilenzone befinden. Ich möchte, daß wir uns in Internationalen Gewässern aufhalten.«

»Wieso das?«

»Eine reine Vorsichtsmaßnahme. Nur für den Fall, daß unsere Verfolger auf die Idee kommen sollten, die Behörden in Guatemala einzuschalten. Ihr Hintermann verfügt über äußerst gute Verbindungen.«

Die drei wirkten überrascht. »Glauben Sie, einer von ihnen könnte diesen Sturm überlebt haben? Ihr Boot ist gesunken!«

»Trotzdem. Sicher ist sicher.« Jack straffte sich. »So, und nun geht an die Arbeit!«

Die drei machten sich davon.

Warden spürte mit einem Mal die Anstrengung in den Knochen. Seit zwei Tagen war er ununterbrochen auf den Beinen, und die Flucht hatte ihnen keinen Moment zur Erholung gelassen. Was er jetzt vor allem brauchte, war eine Mütze voll Schlaf. Selbst wenn es nur für ein paar Stunden war.

Doch ehe er sich die Ruhe gönnte, inspizierte er noch einmal die Lade. Er sah, daß der Deckel wieder fest verschlossen war. Der Spalt, durch den das gleißende Licht nach außen gedrungen war, war verschwunden.

Warden verspürte keinerlei Verlangen, die Bundeslade abermals zu öffnen. Wer wußte, was dann geschehen mochte!

Er befahl Alonso, die Lade mit einer Plane zu bedecken und diese gut festzuzurren. Er wollte nicht, daß der Anblick des Goldes die Männer auf dumme Gedanken brachte oder gar jemand auf die Idee kam, an der Lade herumzuspielen.

Dann zog er sich in seine Kabine zurück, verriegelte sorgsam die Tür und ließ sich erschöpft in die Koje fallen. Dort machte er sich genüßlich über den Rest der Flasche Bourbon her, die er nach dem Auslaufen in der Kombüse gefunden hatte.

Jack spürte, wie ihn Schläfrigkeit einzulullen begann.

Seine Gedanken galten seinem Erfolg, der Bundeslade, Kar und Suzy – ja, vor allem Suzy!

Er mußte aber auch an ihre Verfolger denken – insbesondere an Tom Ericson, mit dem zusammen er vor einer Ewigkeit in New Haven die Schulbank gedrückt hatte. Er ertappte sich sogar bei der Hoffnung, Tom möge den Sturm überlebt haben.

Falls sein alter Schulfreund wirklich noch lebte, war es nur schade, daß er jetzt nicht sein Gesicht sehen konnte. Er hätte gerne gewußt, wie Tom sich fühlte, nachdem ihm die Bundeslade vor der Nase weggeschnappt worden war ...

»So eine verfluchte Scheiße!« brummte Tom Ericson, um sogleich noch eine Reihe anderer, wenig gesellschaftsfähiger Ausdrücke hinzuzufügen. Seine Laune befand sich auf dem absoluten Nullpunkt, wenn nicht sogar noch darunter.

Zusammen mit Gudrun und Connor hockte er im Bauch eines kleinen Fischerbootes, das sie nach dem Abebben des Sturmes aufgelesen hatte und wieder zum Hafen von San José brachte. Ericson war der Gedanke unerträglich, zu ihrem Ausgangsort zurückkehren zu müssen, während Warden sich derweil in aller Ruhe mit der Lade davonmachte.

Er griff nach einem der glitschigen Fische, inmitten derer er und seine beiden Begleiter saßen, und warf ihn wutentbrannt ins Meer zurück. Sofort kam der alte Fischer des Bootes an und redete ebenso vorwurfsvoll wie wild gestikulierend auf ihn auf.

Tom hob gereizt die Hand. »Ja, okay, schon gut. Keine Angst, ich schmeiße ganz bestimmt nicht die ganze Ladung über Bord!« Der Fischer blickte hilfesuchend zu Gudrun, die beruhigend die Hand hob.

»Keine Bange!« sagte sie zu ihm auf Spanisch. »Er ist nicht immer so.«

Der Fischer schien davon keineswegs so überzeugt zu sein, aber er nickte und kehrte zum Ruder zurück. In der Ferne waren an Land bereits die Häuser der Hafenstadt zu erkennen.

Tom starrte Gudrun mißmutig an.

»Was soll das denn heißen?« fragte er. »*Wie* bin ich sonst nicht?«

Connor wollte beschwichtigend eingreifen, doch Gudrun gab ihm mit einer knappen Geste zu verstehen, daß er sich nicht einmischen sollte. Mit funkelnden Augen sah sie Tom an.

»Was ist?« fragte dieser. »Fällt dir etwa keine Antwort ein?«

Gudrun schüttelte den Kopf. »O nein, das ist es nicht. Ich weiß nur nicht, wie ich es dir sagen soll.«

»Tu dir keinen Zwang an!« forderte Tom sie auf. »Sag, was du mir schon immer sagen wolltest! Wie bin ich denn deiner erlauchten Meinung nach?«

Connor öffnete den Mund, um etwas zu sagen, kam jedoch nicht zu Wort.

»Wie du bist?« Sie grinste und sah Tom mitleidig an. »Nun, laß es mich dir schonend beibringen. Du bist selbstsüchtig, du bist großmäulig, vor allem aber bist du so kleingeistig und eingeschnappt wie ein kleines Kind – und du hast kein bißchen Ahnung davon, was man Anstand oder gute Manieren nennt! *So* bist du!«

»Schön, das mal so direkt zu hören!«

»Ich hätte es dir schon viel früher sagen sollen.«

»Das ist also das Bild, das du von mir hast – selbstsüchtig, großmäulig, eingeschnappt und ...« Er machte eine kurze Pause. »Was war das andere noch gleich?«

»Kleingeistig«, half Gudrun ihm aus.

»Ach ja, richtig – kleingeistig. Kein Wunder, daß ich

nicht darauf gekommen bin. Ist da vielleicht sonst noch was?«

Connor hob zaghaft die Hand, doch weder Tom noch Gudrun beachteten ihn.

»Eine Menge«, ließ Gudrun ihn wissen. »Eine ganze Menge.«

»Los, nur raus damit!«

»Das wäre eh nur vertane Zeit. Aber was der Kern des Ganzen ist: Du bist nichts anderes als ein Macho! Ein Macho, wie er im Buche steht.«

Tom verdrehte die Augen. »Ich, ein Macho?«

»Da kannst du Gift drauf nehmen! Und zwar am besten eines, das ganz langsam wirkt!«

Eine Sekunde lang herrschte Ruhe. Connor sah seine Chance gekommen, holte Luft und ...

Wieder kam Gudrun ihm zuvor. »Sieh dir doch nur an, wie allein du dastehst!« fauchte sie. »Immer machst du nur, was *du* willst! Immer geht es nur um *dich*! Mir hängt das langsam zum Hals heraus.«

Tom blickte fassungslos drein. »Nur gut, daß du die einzige bist, die das so sieht.«

»Bist du dir da wirklich so sicher?«

»Ja, bin ich!«

Wieder herrschte eine Sekunde Ruhe.

Connor versuchte es diesmal erst gar nicht mehr. Die beiden hatten sich so sehr in Rage geredet, daß sie um sich herum nichts mehr wahrnahmen.

»Dann sollten wir am besten wohl mal Connor fragen!« hörte der Butler Gudrun da vorschlagen.

»Äh, ich ...?« machte er überrascht.

»Gute Idee!« stimmte Tom grimmig zu. »Fragen wir Connor! Er wird dir bestätigen, daß deine Vorwürfe völlig abstrus sind!«

»Völlig abstrus? Du hältst meine Gedanken also für völlig abstrus?«

»Genau das! Und abgesehen davon benimmst du dich kindisch und hysterisch!«

»Kindisch und hysterisch?« Gudrun schien es nicht fassen zu können. Sie schleuderte Tom aus tiefster Seele ein abfälliges »Pah!« entgegen. »Mehr fällt dir nicht ein? Aber ist ja kein Wunder! Einem Macho müssen wohl alle Frauen abstrus, kindisch und hysterisch erscheinen, sonst stimmt etwas nicht mit seinem Weltbild.«

»Ich bin kein Macho!«

»Das sagtest du schon einmal. Aber das ändert nichts an den Tatsachen.«

»Warum fragen wir dann nicht endlich Connor?«

»Richtig, fragen wir Connor!«

Ihre beiden Köpfe ruckten in seine Richtung.

Connor zuckte erneut zusammen, als er sich von ihren Blicken durchbohrt sah, und wünschte sich weit, weit weg.

»Also, Connor, was ist?« forderte Tom. »Sie haben alles ja mit angehört. Sagen Sie Miss Heber, wie kindisch sie sich benimmt!«

»Nun, ich, äh ...«, begann Connor.

»Na bitte, da hörst du es!« fauchte Gudrun Tom an. »Er ist derselben Meinung wie ich!«

»Was denn für eine Meinung?« rief Tom.

»Hast du denn nicht zugehört? Er will sich deinem Standpunkt nicht anschließen.«

»Ich hab' überhaupt nichts gehört!«

»Das wundert mich nicht. Das liegt nur daran, daß du selbst ununterbrochen redest. Zuhören war ja noch nie deine Stärke ...!«

In diesem Tonfall ging es weiter. Connor gab es endgültig auf, irgend etwas sagen zu wollen. Er ließ die beiden streiten und lehnte sich zurück. Sein Blick suchte den des Fischers, der am Ruder stand.

Dieser neigte den Kopf leicht in Richtung von Tom und

Gudrun und machte eine bezeichnende Geste vor der Stirn. Connor seufzte leicht und nickte.

Ja, die beiden schienen wirklich den Verstand verloren zu haben.

»Also«, flüsterte Pepe seinen Gefährten zu. Er hatte sich mit Alonso und Ramon ins Steuerhaus der AGUILERA zurückgezogen, wo sie die Köpfe zusammengesteckt und einen Plan ausgebrütet hatten. »Machen wir es so?«

Auf Ramons Gesicht zeigte sich wilde Entschlossenheit. »Ich bin dabei.«

»Und was ist mit dir, Alonso?«

»Ich weiß nicht so recht.«

»Was gibt es da noch zu überlegen?« fragte Pepe. »Denk nur an die goldene Truhe! Kannst du dir überhaupt vorstellen, wieviel sie in Dollars wert sein muß? Mehr als jeder von uns in seinem ganzen Leben ausgeben kann.«

»Ja, das schon ...«, meinte Alonso.

»Warum also zögerst du?« fragte Pepe. »Wenn wir weiter für den Gringo arbeiten, werden wir mit einem besseren Taschengeld abgespeist. Warum sollten wir uns damit begnügen, wenn der große Schatz doch direkt vor unserer Nase liegt? Wir müssen ihn uns nur noch nehmen. Der einzige, der dabei im Weg steht, ist der Gringo.«

»Genau«, meinte Ramon.

»Trotzdem«, gab Alonso zu bedenken. »Ich finde das Ganze zu riskant.«

»Riskant?« entfuhr es Pepe laut. Er zuckte unter dem Klang seiner eigenen Stimme zusammen und sah sich vorsorglich nach allen Seiten um. Wer wußte, ob dieser Gringo nicht in der Nähe des Steuerhauses herumschlich und sie belauschte?

Doch draußen war alles ruhig. Die Nacht war hereingebrochen, und die meisten Bootsmänner hatten sich unter Deck verzogen und schliefen. Beste Voraussetzungen für ihr Vorhaben.

»Was ist daran riskant?« fuhr Pepe mit gedämpfter Stimme fort. »Wir müssen nur schnell und entschlossen genug sein. Wir haben das doch schon durchgesprochen. Ich werde an seine Tür klopfen, und sobald er herauskommt, schneide ich ihm die Kehle durch. So einfach ist das. Anschließend lassen wir ihn im Meer verschwinden. Als Fraß für die Fische.«

»Und was, wenn er seinen Revolver in der Hand hält?« wandte Alonso ein.

»Genau dafür will ich euch ja dabei haben«, erklärte Pepe. »In dem Fall werde ich ihn ganz aus der Kabine locken und seine Aufmerksamkeit auf mich lenken. Ihr könnt euch dann in seinem Rücken anschleichen und ihn erledigen. Aber benutzt auf jeden Fall die Messer.«

»Warum knallen wir ihn nicht einfach ab? Wir haben doch ebenfalls Waffen.«

»Weil wir verhindern müssen, daß die Mannschaft etwas davon mitbekommt«, sagte Pepe. »Deshalb ist es auch wichtig, ihm die Kehle durchzuschneiden. Auf diese Weise kann er nicht mehr schreien.«

Alonso schüttelte den Kopf. »Wieso darf unsere Mannschaft nichts mitbekommen? Die Männer stehen doch auf unserer Seite!«

»Ja, jetzt! Aber wird das auch noch sein, wenn wir die Truhe haben?« Pepe sah seinen Gefährten eindringlich an. »Gold hat schon viele schwach werden lassen.«

Ramon grinste. »Uns zum Beispiel.«

»Nein, sie dürfen gar nicht wissen, daß der Gringo tot ist«, fuhr Pepe fort. »Sobald wir ihn erledigt haben, setzen wir Kurs zurück nach San José. Bis zum Morgen können wir wieder dort sein. Wenn wir erst von Bord sind, kann die Besatzung uns nichts mehr anhaben.«

»Ist es klug, nach San José zurückzukehren?« fragte Alonso.

»Wegen unserer Verfolger?« entgegnete Pepe. »Die sind doch im Sturm ersoffen. Außerdem kann mein Bruder uns helfen, das Gold zu verkaufen.«

Alonso überlegte. »Das ist richtig. Aber dann müßten wir durch vier teilen.«

Zwischen Ramons Augenbrauen erschien eine tiefe Falte. Daran schien er bislang noch gar nicht gedacht zu haben.

Pepe atmete tief durch. »Darüber können wir später immer noch reden.«

»Und da ist noch etwas«, sagte Alonso und bewies, daß er keineswegs auf den Kopf gefallen war. »Wer sagt uns, daß du dich nicht mit deinem Bruder zusammentust und Ramon und mich aus dem Weg räumst? Dann müßtest du nur durch zwei teilen.«

Pepe schnaubte wütend. Er sprang vor und packte Alonso am Kragen. »Willst du etwa behaupten, ich hätte vor, euch zu ermorden?«

Ramon nahm ihn in Schutz. »Ich glaube, Alonso wollte gar nichts behaupten«, sagte er betont ruhig. »Ich glaube, daß er nur laut nachgedacht hat. Und ganz unrecht hat er nicht. Wir werden uns gut im Auge behalten müssen.«

»Fängst du jetzt auch damit an?« fauchte Pepe. »Habe ich euch je hintergangen?«

Ramon grinste. »Machst du das beim Glücksspiel nicht andauernd?«

Nun mußte auch Pepe grinsen. Die angestaute Spannung verflog wieder. Er ließ Alonso los und glättete dessen Hemdkragen. »Nichts für ungut.«

»Schon vergessen.«

»Auf jeden Fall müssen wir uns entscheiden«, sagte Pepe. »So eine Chance bekommen wir nie wieder. Also, was ist nun? Tun wir's?«

»Ich bin nach wie vor dabei«, sagte Ramon.

Alonso rang mit sich. Doch er wußte längst, daß er sich nicht ausschließen konnte. Damit hätte er jeden Anspruch auf seinen Anteil am Gold verloren.

»Also gut«, stimmte er zu, obwohl er kein gutes Gefühl dabei hatte. »Ihr könnt auf mich zählen.«

Pepe klopfte ihm gutgelaunt auf die Schulter. »Ich wußte, daß du uns nicht im Stich lassen würdest. Und nun los, laßt uns keine Zeit mehr verlieren.«

Er wollte die Kabine verlassen, als Alonso erneut innehielt.

Pepe seufzte. »Was ist denn nun schon wieder?«

»Eines haben wir nicht bedacht«, sagte Alonso.

»Und zwar?« Pepe hörte sich genervt an.

»Die ganzen seltsamen Sachen, die in den letzten zwei Tagen passiert sind«, sagte Alonso. »Vielleicht steht der Gringo mit übernatürlichen Mächten in Verbindung.«

»Vielleicht fällt ja auch der Mond vom Himmel!« meinte Pepe. »Es stimmt, es ist viel passiert in den letzten Tagen. Aber weißt du, was ich denke? Ich glaube, daß der Gringo von diesen Dingen genauso überrascht worden ist wie wir. Und ganz bestimmt befehligt er nicht über diese Kräfte.«

Alonso nickte zögernd.

»Oder glaubst du etwa, eine strahlende Jungfrau wird vom Himmel herabsteigen, um den Gringo zu retten?« Pepe lachte leise, aber es hörte sich etwas gezwungen an. »Und nun komm! Sonst reden wir morgen noch.«

Die drei verließen die Steuerkabine und schlichen über Deck zu Jack Wardens Kabinentür. Ganz vorsichtig bewegten sie sich, um jedes Knarren der morschen Bohlen unter ihren Füßen zu vermeiden.

Dann hatten sie die Tür erreicht. Pepe nahm an der Seite Aufstellung, zu der hin sie sich öffnete, während sich Alonso und Ramon gegenüber postierten und dicht an die Wand drückten. So konnten sie nicht gleich entdeckt werden.

Pepe legte sein Ohr an die Tür und lauschte. Von drinnen war nichts zu hören – höchstens etwas, das ein leises Schnarchen sein mochte.

Pepes Hand umfaßte die Klinke der Tür. Vorsichtig versuchte er sie zu öffnen. Vielleicht war es ja möglich, den Gringo im Schlaf zu überraschen.

Doch daraus wurde nichts. Die Tür war versperrt. Also blieb es bei ihrem Plan.

Sie zückten ihre Messer und verständigten sich mit Blicken, daß sie bereit waren.

Pepe spürte, wie auf seiner Stirn der Schweiß perlte. Dann atmete er tief durch und pochte an der Tür – gerade laut genug, damit man es drinnen deutlich hören konnte.

Er hielt seinen Mund dicht an die Tür und schirmte ihn mit der linken Hand nach außen ab. »Mr. Warden! Kommen Sie bitte!«

Als von drinnen endlich Antwort kam, ließ er seine Rechte, die das Messer hielt, hinter dem Rücken verschwinden. Nun galt es.

Jack Warden zuckte aus dem Schlaf hoch. Er benötigte ein paar Sekunden, um halbwegs wach zu werden.

Jemand klopfte an seine Kabinentür.

»Mr. Warden!« hörte er draußen jemanden rufen. Es hörte sich nach einem seiner drei Helfer an. »Kommen Sie bitte!«

Warden schüttelte den Kopf, um seine Benommenheit vollends zu vertreiben, was ihm jedoch nur notdürftig gelang. Dafür spürte er den genossenen Bourbon um so mehr.

Er kam auf die Beine und wankte schwerfällig zur Tür.

Dabei fragte er sich, ob das heftige Schwanken unter seinen Füßen auf einen stärker gewordenen Wellengang zurückzuführen war oder in seinem Kopf stattfand.

Wie lange hatte er überhaupt geschlafen? Bestimmt nicht lange. Auf jeden Fall fühlte er sich kein bißchen erholt. Ganz im Gegenteil.

»Was gibt es denn?« rief er mürrisch.

»Etwas ist mit der Truhe!« kam die Antwort.

Jack durchfuhr ein eisiger Schrecken. Schon wollte er nach draußen stürmen, als er sich im letzten Moment besann und nach seiner Waffe griff. Man konnte schließlich nie wissen.

Dann öffnete er die Tür. Draußen stand Pepe. Er wirkte nervös und fuchtelte erregt mit einem Arm herum. »Kommen Sie, Mr. Warden!« rief er und deutete in Richtung des Vorderdecks.

Jack fühlte sich schlagartig ernüchtert. Er sah seine Ahnungen bestätigt. Irgendwie hatte er schon damit gerechnet, daß der Sturm nicht die letzte Überraschung gewesen war, die die Lade ihm bereiten würde. Er verließ die Kabine und eilte Pepe hinterher.

Doch dieser blieb nach ein paar Metern plötzlich stehen und wandte sich um.

Jack Warden stoppte so abrupt, als wäre er gegen eine Mauer gelaufen. »Was ist los?« fragte er.

Plötzlich fiel ihm auf, daß Pepe seine rechte Hand stets so hielt, daß er sie nicht sehen konnte. Er umklammerte die Pistole fester – und hatte zugleich das Gefühl, daß sich irgend etwas in seinem Rücken tat. Seine sämtlichen Nackenhärchen richteten sich auf.

Er wollte bereits mit schußbereiter Waffe herumwirbeln, als Pepe vor ihm erschrocken die Augen aufriß und mit Entsetzen an seiner Schulter vorbeistarrte – auf etwas, das sich hinter ihm befand. Jack hatte keinerlei Zweifel, das es dasselbe war, was ihn so frösteln ließ.

Pepe Mund öffnete sich zu einem Schrei ...

... und im gleichen Moment setzte dieser schreckliche andere Schrei ein.

Es war ein langanhaltender Schrei – nervenzerfetzend, schrill und von Wahnsinn geprägt. Ein Schrei, wie Jack ihn noch nie zuvor gehört hatte.

Jack schnellte herum – und hätte beinahe instinktiv abgedrückt, als aus der Dunkelheit zwei Körper auf ihn zuschnellten. Doch es waren nur Alonso und Ramon. Wie von Furien gehetzt stürmten sie an ihm vorbei.

Einen winzigen Moment lang fragte sich Jack, wo die beiden herkamen und warum sie nicht schon vorhin bei Pepe gewesen waren. Doch das, was hinter ihnen aufgetaucht war und sie in die Flucht geschlagen hatte, wischte jeden anderen Gedanken beiseite.

Dort nämlich, keine zehn Meter von Jack entfernt, war eine Gestalt erschienen. Sie schwebte über der Reling mitten in der Luft, war halb durchscheinend und leuchtete trotzdem mit nahezu übernatürlichem Glanz.

Es war eine Frau. Sie war schlank, nahezu zierlich, hatte schwarzes Haar und asiatische Gesichtszüge. Und sie trug ein Designerkostüm, das ihre Körperformen perfekt betonte.

Jack erkannte sie sofort.

»Suzy!« entfuhr es ihm.

Doch sie antworte ihm nicht. Sie schien ihn nicht einmal zu hören oder sonst irgendwie wahrzunehmen.

Ihr Gesicht war eine einzige Grimasse des Schmerzes. Ihre Augen waren so verdreht, daß nur das Weiße darin zu erkennen war, und aus ihrem Mund kam dieser entsetzliche Schrei, der so durchdringend in der Luft lag.

Jack starrte sie an. »Mein Gott! Suzy! Was ist mit dir?« Sie gab in keiner Weise zu erkennen, daß sie ihn verstand. Statt dessen schwebte sie direkt auf ihn zu, während sie schrie und schrie und schrie ...

Jack breitete die Arme aus, wie um sie in Empfang zu nehmen und sie darin beschützend einzuschließen.

Doch er bekam sie nicht zu fassen. Sie glitt einfach durch ihn hindurch.

Ganz kurz hatte er das Gefühl, als durchbohrten ihn tausend kleine Nadeln, doch es verschwand ebenso schnell wieder, wie Suzy ihn durchquerte.

Jack ruckte abermals herum. Er sah, wie Suzys leuchtender Körper auf Alonso, Ramon und Pepe zuschwebte.

Die drei stießen entsetzte Schreie aus und rannten davon, als wäre der leibhaftige Teufel hinter ihnen her. Einer der drei verlor etwas, das polternd auf die Planken fiel. Es war ein Messer, doch Jack machte sich nicht die Mühe, stehenzubleiben, um es aufzuheben. Er versuchte Suzy und den Leuten aufs Vorderdeck zu folgen.

Überall auf der AGUILERA wurden Stimmen laut. Suzys gräßliches Geschrei hatte alle jäh aus dem Schlaf gerissen. Immer mehr Bootsleute kamen an Deck und starrten auf die leuchtende Erscheinung.

Suzys ›Flug‹ wurde langsamer, als sie in die Nähe der Bundeslade gelangte. Obwohl diese fest unter Planen vertäut war, war doch deutlich zu erkennen, daß das Artefakt zu glühen begonnen hatte.

Suzy näherte sich weiter der Lade. Bis auf vier, fünf Meter kam sie heran, als sie mit einem Mal regelrecht zurückprallte. Es schien, als würde sie von ihr abgestoßen wie von einem gegenpoligen Magneten. Ein leuchtender Blitz schoß auf sie zu und hüllte sie gänzlich ein. Es sah aus wie bei einem Funkenüberschlag.

»Suzy!« schrie Jack.

Im nächsten Moment war sie verschwunden.

Und nicht nur sie, sondern ebenso das Leuchten, das die Bundeslade eingehüllt hätte. Nun stand sie wieder so still und unschuldig unter den Planen, als hätte sie mit der ganzen Sache nichts zu tun.

Jack hielt sekundenlang inne, während es um ihn herum immer lauter wurde. In seinem Kopf rasten die Gedanken. Ihm war klar, daß Suzys Geisterbild irgend etwas mit Kars Anlage zur Zeitlosen Ortsversetzung zu tun haben mußte. Vielleicht, so überlegte er, hatte Kar versucht, Suzy zu ihm zu schicken – und dann hatte die Anlage wieder einmal nicht richtig funktioniert. Diese Erklärung erschien ihm noch am wahrscheinlichsten.

Jack hob die Hände, ehe die Gespräche ringsherum zu heftig wurden.

»Ruhig, Leute!« rief er. »Ganz ruhig! Es gibt keinen Anlaß zur Sorge, und es ist nichts passiert.«

»Nichts passiert?« hörte er jemanden rufen. »Was bei allen Mächten des Himmels war das?«

»Ja, wer war diese Frau?«

»Warum schrie sie so?«

»Nur die Ruhe!« rief Jack. »Ich kann euch eure Fragen auch nicht beantworten. Aber soviel weiß ich: Es war nichts Reales, sondern nur eine Projektion. Die Frau war nicht wirklich hier, sondern nur ihr Bild!«

Die Leute waren verwirrt. Sie schienen nicht recht zu wissen, was man davon halten sollte.

»Vielleicht werden wir so etwas oder etwas Ähnliches sogar noch einmal erleben«, rief Jack, »aber das ist kein Grund, sich Sorgen zu machen. Wir haben unser Ziel in ein, zwei Tagen erreicht, und dann werdet ihr alle gutes Geld bekommen. Also geht wieder unter Deck und schlaft weiter.«

Zögernd kamen die Leute dem nach und verzogen sich wieder. Überall war aufgeregtes Geflüster zu hören. Aber die Stimmung war nicht so feindselig, wie es vorhin nach dem Sturm gewesen war. Jack nahm es erleichtert zur Kenntnis.

Nachdem der Spuk vorbei war, wagten sich Pepe, Alonso und Ramon aus ihren Verstecken hervor. Die drei wirkten weitaus verstörter als die übrigen Besatzungsmitglieder. Verständlich, wenn man bedachte, daß Suzys Geisterbild sie geradezu verfolgt hatte. Doch Jack war sich sicher, daß Suzy die Männer überhaupt nicht wahrgenommen hatte – ebensowenig wie sie ihn registriert hatte.

Er war so mit dem mysteriösen Erscheinen von Suzys Abbild und natürlich ihrem gräßlichen, nicht enden wollenden Schrei beschäftigt, daß er gar nicht mehr daran dachte, was die drei ihm hatten zeigen wollen. Statt dessen zog er sich wieder in seine Kabine zurück.

»Puh, das war knapp!« Ramon wischte sich den Schweiß von der Stirn, kaum daß Jack Warden in seiner Kabine verschwunden war. »Ich dachte schon, er hätte was gemerkt und würde uns alle abknallen.«

»Aber er hat nichts gemerkt«, fügte Pepe hinzu. »Zum Glück!«

Alonso sah Pepe strafend an. »Wie hast du vorhin gesagt? Es würde schon keine strahlende Jungfrau vom Himmel kommen, um ihn zu retten! Und – was ist geschehen? Brauchst du noch mehr Beweise, daß der Gringo mit übermenschlichen Kräften im Bunde steht?«

»Er ist kein Übermensch«, beharrte Pepe. »Und er ist nicht unbesiegbar.«

»Nein.« Alonso nickte grimmig. »*Er* vielleicht nicht. Aber diese Kräfte sind es.«

Eine Zeitlang starrten die drei ins Leere. Jeder hing seinen eigenen Gedanken nach.

»Versteht mich nicht falsch«, meinte Alonso. »Ihr wißt, daß ich mich nicht scheue, mir die Finger schmutzig zu machen. Aber hier haben wir es mit Kräften zu tun, die keiner von uns verstehen, geschweige denn beherrschen kann. Was mich angeht – ich werde mich mit dem ausgemachten Lohn begnügen und froh sein, wenn wir am Ziel sind. Ich will mit Dingen wie diesen nichts zu tun haben.«

Darauf wußten weder Pepe noch Ramon etwas zu sagen.

Wieder herrschte Schweigen.

»Und wißt ihr«, fügte Alonso flüsternd und unheilschwanger hinzu, »wenn ich ehrlich bin, dann werde ich schon damit zufrieden sein, wenn wir diese Fahrt überhaupt lebend überstehen ...«

»Krraschassa iggitten grüzzenfürrrk!« fluchte Kar hemmungslos. Vermutlich hätte nur jemand mit Echsenohren verstehen können, was genau es bedeutete.

Er hantierte wie wild an den Kontrollen der Anlage zur Zeitlosen Ortsversetzung herum. Die Linien, Lichter und Symbole auf der Kristallplatte blinkten wie wild und wechselten scheinbar willkürlich ihre Farben. So etwas hatte er bisher noch nicht erlebt.

Suzy hing noch immer in dem Erfassungsfeld und schrie. Die Bewegungen, mit denen sie sich daraus zu befreien versuchte, waren matter und schwächer geworden. Ihre Kräfte schienen zu erlahmen, ohne daß Kar ihr helfen konnte.

Und gerade das versuchte er verzweifelt. Kar erkannte, daß er noch immer viel zu wenig über die genaue Funktionsweise der Anlage und ihre Möglichkeiten wußte. Und das, obwohl er nach seiner Umwandlung soviel Zeit wie möglich in jener Kammer der Pyramide verbracht hatte, in der ihm auf geheimnisvolle Weise Informationen zuflossen. Er hatte Dinge erfahren, die er zu Zeiten, da er noch Professor Richard Dean Karney gewesen war, für unmöglich gehalten hätte.

Offenbar war nur jene andere Intelligenz, in die er sich verwandelt hatte, überhaupt fähig, diese Informationen zu verarbeiten. Als Suzy sich vor Tagen in die Kammer geschlichen hatte, war sie an den Rand des Wahnsinns getrieben worden. Zum Glück hatte Kar sie rechtzeitig gefunden.

Jetzt gelang es ihm, eine Projektion von Suzys Zielort zu erzeugen. Über der Kristallplatte erschien ein alter Zweimaster, der das Meer durchpflügte.

Dann wechselte der Sichtwinkel. Das Deck war zu sehen, und dort stand ... Jack Warden.

Zweifellos, er war es. Kar erkannte ihn sofort. Mit Befriedigung registrierte er, daß wenigstens die Zielkoordinaten stimmten. Denn zu Jack hatte er Suzy schicken wollen.

Jetzt war in der Projektion das Vorschiff zu sehen, wo irgend etwas unter Planen verborgen stand. Etwas, das zu leuchten begann.

Das Bild wurde plötzlich unscharf, verschob sich, und es gab Ruckler wie bei einer Übertragungsstörung. Die Symbole auf der Kristallplatte pulsierten und leuchteten greller als zuvor.

Kar versuchte es auszugleichen. Seine Krallenhände zuckten hektisch über die Platte, doch vergeblich. Zuletzt zeigte die Projektion, wie unter den Planen eine Art Blitz hervorbrach – und dann fiel sie in sich zusammen.

Doch im selben Moment befand sich der Blitz plötzlich hier – in diesem Raum!

Er zuckte um die Anlage herum, traf Kar und schleuderte ihn mehrere Meter zurück.

Kar wurde durch die Luft gewirbelt und landete hart, aber unversehrt auf dem Boden. Was er sah, als er sich wieder aufrappelte, jagte ihm einen Schrecken durch die Echsenglieder.

Noch immer umzuckte der Blitz die Anlage, und wo er sie traf, gab es ein dröhendes Krachen. Rauchschwaden stiegen auf. Ein ekelhafter Geruch wie von zu heißem Maschinenöl breitete sich aus.

»*Nein!*« brüllte Kar entsetzt.

Die Anlage, das Kernstück seiner Macht, wurde zerstört! Immer mehr Anzeigen erloschen.

Kar sprang auf, ohne zu wissen, was er tun sollte. Er konnte den Blitz schlecht mit bloßen Krallenhänden vertreiben.

Doch dann – von einer Sekunde auf die andere – war es vorbei. Mit der letzten der Anzeigen war der Blitz erloschen. Nur der Gestank blieb – und der Rauch, der sich weiter in der Halle ausbreitete.

Stille war eingekehrt. Absolute Stille.

Kar zuckte zusammen, als er von der Seite her plötzlich ein dumpfes Geräusch hörte. Sein Echsenkopf ruckte herum.

Er sah, daß Suzy haltlos zu Boden gestürzt war. Nun, da die Anlage tot war, hielt das Transportfeld sie nicht länger gefangen. Suzy lag auf dem Bauch, bewegte schwach den Kopf. Mit allerletzter Kraft versuchte sie ihren Oberkörper hochzustemmen und sah sich mit immer noch blicklosen Augen um, ohne daß sie etwas zu erfassen schien. Dann gaben ihre Arme nach, und sie brach endgültig zusammen. Reglos blieb sie liegen.

»Suschie!« rief Kar besorgt. Sie reagierte nicht.

Er eilte zu ihr, drehte sie auf den Rücken und tastete nach ihrer Halsschlagader.

Nichts! Und sie atmete nicht mehr.

»Schuschie!« zischte Kar verzweifelt. »Du darfscht misch jescht nischt värrrlaschen. Jescht noch nischt!«

Er rüttelte an ihren Schultern, schüttelte sie hin und her, und plötzlich löste sich ein leises Stöhnen aus ihrem Mund.

Kar hielt inne und tastete erneut nach ihrer Halsschlagader. Diesmal war etwas zu spüren. Schwach zwar, aber es war zweifellos ein Puls.

Suzy atmete auch wieder. Nur sehr flach, aber sie atmete!

Kar stieß ein erleichtertes Fauchen aus.

Nun, da er wußte, daß Suzy noch lebte, ließ er von ihr ab und wandte er sich wieder der Anlage zu.

Stand er vor den Trümmern seines Traumes – eines Traums, der von Macht, absoluter Kontrolle und Dingen gehandelt hatte, die kein menschliches Gehirn ersinnen konnte?

Das Fischerboot hatte den Hafen San José erreicht, wo die drei Abenteurer endlich wieder festen Boden unter die Füße bekamen.

Connor hielt dem alten Fischer einen Hundertdollarschein hin – als Dank, daß er ihnen das Leben gerettet hatte. Zum Glück hatten sie ihre persönlichen Habseligkeiten nicht verloren, als sie über Bord gegangen waren – darunter ihre Brieftaschen, die Pässe und Toms Colt.

Die Augen des Fischers begannen zu leuchten. Offenbar hatte er nicht mit einer derart großzügigen Entlohnung gerechnet. Diese hundert Dollar waren mehr, als er in einem ganzen Monat verdiente.

Doch dann er zog seine schon ausgestreckte Hand zurück und schüttelte stolz den Kopf. »Nein. Ich nehme nichts dafür. Was ich getan habe, ist für jeden Seemann eine Selbstverständlichkeit.«

Er wollte sich abwenden, doch Connor hielt ihn zurück.

»Sie verstehen mich falsch. Dieses Geld ist nicht dafür, daß sie uns gerettet haben, sondern daß sie danach so geduldig unsere Anwesenheit ertragen haben.«

Er neigte dezent den Kopf und wies hinter sich, um dem alten Fischer zu verstehen zu geben, was er meinte.

Dort standen Tom und Gudrun. Sie hatten beide die Arme vor der Brust verschränkt und starrten beharrlich in verschiedene Richtungen. Ihr Streit hatte noch eine ganze Zeitlang angedauert, bis seine Energie schließlich verpufft war und einem frostigen, langanhaltenden Schweigen Platz gemacht hatte. Seitdem schienen sie sich darin übertrumpfen zu wollen, einander zu ignorieren. Jeder Versuch Connors, einen von ihnen anzusprechen, war an einer Mauer eisigen Schweigens abgeprallt.

Der alte Fischer nickte verstehend. Trotzdem zögerte er.

»Und es ist natürlich für den Fisch, den mein Begleiter über Bord geworfen hat«, fügte Connor hinzu. »Wer weiß, welchen Preis er auf dem Markt erbracht hätte.«

Diesmal erschien dem Fischer die goldene Brücke, die Connor ihm baute, tragfähig genug, um sie zu beschreiten. »Nun gut. Ihr habt ganz recht. Wer weiß, wieviel ich für den Fisch bekommen hätte.« Er nahm den Schein an sich und nickte Connor dankbar zu. Dann legte er ab und nahm Kurs aufs Meer hinaus.

Connor wandte sich Tom und Gudrun zu. »Da wären wir also«, sagte er und sah jeden von ihnen an. »Und was jetzt?«

Gudrun drehte sich noch weiter ab, wie um verstehen zu geben, daß dies nun wirklich das letzte sei, worüber sie Lust hätte, sich Gedanken zu machen.

Und Tom gab knurrend von sich: »Was sollte schon sein? Hier stehen wir, haben die Lade verloren, sind durchnäßt und stinken nach Fisch!«

Gudrun rümpfte die Nase. Zumindest in letzerem Punkt schien sie mit Tom einer Meinung zu sein.

Connor sah sie an. »Sollten wir nicht zuallererst dankbar sein, überhaupt mit dem Leben davongekommen zu sein?«

Tom blickte finster drein. »Wie Sie sehen, Connor, quelle ich geradezu über vor Dankbarkeit. Das ändert aber nichts an den Tatsachen.« Er ballte die Hand zur Faust. »Warden hat die Bundeslade und lacht sich nun bestimmt kräftig ins Fäustchen!« Seine Hand öffnete sich wieder, und seine Schultern sanken kraftlos herab. »Was sollte es für uns also noch zu tun geben? Lassen Sie uns den Rückflug buchen. Wir haben versagt.«

»Mit anderen Worten«, sagte Connor, »Sie wollen aufgeben?«

»Von wollen kann gar keine Rede sein. Aber sehen Sie doch selbst.« Tom deutete mit einer weit ausholenden Geste aufs Meer hinaus. »Warden könnte überall sein. Wie sollen wir ihn je wiederfinden? Dazu ist der Pazifik zu groß.«

Hinter Connors Stirn arbeitete es. »Sicherlich. Von unserer Warte aus betrachtet ganz bestimmt. Aber global gesehen befindet Warden sich immer noch in unserer Nähe. Und das wird er auch bleiben. Sein Schiff ist nicht sonderlich schnell.«

»Und – was nützt uns das?« meinte Tom achselzuckend. »Wollen Sie ein weiteres Schnellboot mieten und ihm hinterherjagen? Damit finden wir Warden nie, schon gar nicht in der Nacht. Dafür ist er bereits zu weit weg. Ganz abgesehen davon, daß womöglich wieder so ein seltsamer Sturm losbrechen würde, wenn wir Warden wider Erwarten doch finden würde. Nein, es ist aussichtslos. Wir hätten nicht einmal dann eine Chance, wenn die gesamte gualtemaltekische Luftwaffe nach ihm suchen würde.« Verächtlich fügte er hinzu: »Und zwar mit allen drei Propellermaschinen!«

Connor blieb sachlich. »Sie übertreiben zwar maßlos, aber im Prinzip haben Sie recht.« Zum ersten Mal mischte sich ein hörbarer Unwille in Connors Stimme. Für den sonst stets so distinguierten Butler war es beinahe schon ein Gefühlsausbruch. »Aber ich werde trotzdem nicht aufgeben! Nicht solange es noch eine theoretische Möglichkeit gibt, Warden zu finden.« Er atmete tief durch. »Auf keinen Fall aber«, fuhr er in unverändert entschlossenem Tonfall fort, »werde ich mir einreden, daß wir ohnehin keine Chance hätten. Eine so pessimistische Einstellung hat noch nie weitergeholfen.«

»Pessimistisch?« Tom machte ein erstauntes Gesicht. »Wer ist denn hier pessimistisch? Ich wäge nur ab, welche Möglichkeiten uns bleiben. Und da sehe ich leider keine.«

Connor verzichtete auf eine Antwort.

Dafür meldete sich Gudrun überraschend zu Wort. »Vielleicht sollten wir uns erst einmal ein Hotel suchen«, schlug sie vor. »Ich gäbe viel für eine heiße Dusche und dafür, den Fischgestank endlich loszuwerden.«

Connor warf ihr einen dankbaren Blick zu. »Ein guter Vorschlag. Außerdem wird uns etwas Schlaf gut tun. In dieser Nacht können wir ohnehin nichts mehr unternehmen. Sehen wir also nach einem Hotel um.«

Sogar Tom nickte – selbst wenn der Vorschlag von Gudrun stammte.

»Ich werde versuchen, Sir Sutherland zu informieren«, fügte Connor hinzu. »Er muß auf dem laufenden gehalten werden.«

»Er dürfte nicht sehr erfreut über die Neuigkeiten sein«, schätzte Tom.

»Das sicherlich nicht«, räumte Connor ein. »Aber er wird weit davon entfernt sein, uns Vorwürfe zu machen. Er weiß, daß wir unser Bestes getan haben, vor allem Sie beide. Außerdem hat Sir Sutherland noch nie viel Zeit damit vertan, vergebenen Chancen nachzutrauern. Vielleicht kann er uns sogar helfen, Warden wiederzufinden. Schließlich hat er weitreichende Verbindungen.«

Tom hatte das Gefühl, als hätte Connor bereits einen bestimmten Gedanken im Kopf. Als langjähriger und engster Mitarbeiter von Ian Sutherland war er mit Sicherheit am besten darüber informiert, welche Möglichkeiten und Verbindungen dem Schloßherrn von Oake Dùn zur Verfügung standen. Tom und Gudrun hingegen arbeite ten erst seit knapp zwei Jahren für Sutherland, und die meiste Zeit davon waren sie in seinem Auftrag irgendwo auf der Welt unterwegs gewesen.

»Hat das nicht Zeit, bis wir ein Hotel gefunden haben?« fragte Gudrun. Sie hatte sich die Arme um die Schultern gelegt, als ob ihr kalt wäre, trotz der schwülwarmen Tropennacht mit Temperaturen von knapp unter dreißig Grad.

Connor und Tom begriffen, was Gudrun beunruhigte, als sie dem bezeichnenden Seitenblick folgten, mit dem sie auf die dunklen, abgerissenen Gestalten wies, die in der Nähe des Piers herumschlichen und sie mit unverhohlenem Interesse musterten. Gewiß trieben sich Europäer oder Amerikaner nach Einbruch der Dunkelheit nur äußerst selten hier in der Hafengegend herum – außer sie waren schwer bewaffnet, verrückt oder ahnungslos. Genau das auszukundschaften, schienen die Gestalten im Sinn zu haben.

»Nachdem wir die letzten Wochen halbwegs heil überstanden haben«, fügte Gudrun leise hinzu, »habe ich wenig Lust, mir hier von einem Straßenräuber den Schädel einschlagen zu lassen.«

Connor schätzte die Lage offenbar genauso ein. »Sie haben recht, Miss Heber. Lassen Sie uns diese Gegend hier besser verlassen.«

»Keine Bange.« Tom grinste und klopfte gegen den Colt an seinem Gürtel. »Das hier wird den Burschen schon Respekt einflößen.«

Gudrun wandte im Gehen den Kopf und bedachte ihn mit einem mitleidigen Blick. »Klar«, meinte sie abfällig. »Damit lassen sich ja wohl alle Probleme lösen!« Einen Moment lang schien sie noch etwas hinzufügen zu wollen, doch dann kniff sie die Lippen zusammen und stapfte davon. Tom blieb wie versteinert stehen, als wüßte er nicht, womit er das verdient hatte.

»Nun kommen Sie schon!« raunte Connor.

Tom gab sich einen Ruck und beeilte sich, den beiden zu folgen.

Die Blicke der dunklen Gestalten begleiteten die drei Abenteurer, doch niemand belästigte sie.

Im Zentrum von San José fanden sie nach kurzer Suche ein für europäische Verhältnisse annehmbares Hotel, das sogar ihre Kreditkarten akzeptierte. Es lag zwar zwischen mehreren lärmenden Nachtbars, doch das vermochte sie nicht zu schrecken. So erschöpft, wie sie waren, hätten sie wohl auch in einem Sägewerk schlafen können. Dafür waren die drei nebeneinander liegenden Einzelzimmer, die sie buchten, einigermaßen sauber, verfügten über Air Condition und eine eigene Dusche – und das war schließlich die Hauptsache.

Connor schlug vor, sich in einer halben Stunde, wenn er mit Sutherland gesprochen und sie alle geduscht hatten, noch einmal in der Nachtbar gegenüber zu treffen. Da es im Hotel selbst keinen Nachtservice gab, konnten sie dort ihre knurrenden Mägen mit einem kleinen Imbiß füllen, und Connor wollte sie darüber informieren, was er mit Sutherland besprochen hatte.

Außerdem, so dachte er, könnten ein oder zwei Margaritas vielleicht dazu beitragen, die Wogen der Verstimmung zu glätten, die zwischen den ansonsten so gut harmonisierenden A.I.M.-Mitarbeitern aufgetreten waren.

»Halten Sie das wirklich für eine gute Idee?« fragte Gudrun.

»Was spricht dagegen?« fragte Connor.

»Wir werden in einer halben Stunde zwar geduscht haben, aber was ist mit unserer Kleidung? Können Sie mir verraten, wie wir bis dahin den Fischgestank daraus entfernen sollen?«

Tom verdrehte die Augen, als wären das Probleme, die

wirklich nur eine Frau haben konnte. »Na und?« meinte er. »Was soll's? In dieser verfluchten Stadt stinkt doch sowieso alles und jeder nach Fisch!«

Gudrun holte tief Luft und setzte zu einer geharnischten Antwort an, doch dann kniff sie die Lippen zusammen und schwieg.

Auch Tom schwieg. Die beiden sahen Connor an, wie um ihm die letztendliche Entscheidung zu überlassen.

Der Butler hatte das Gefühl, als säße er abermals zwischen sämtlichen Stühlen. »Wir müssen wissen, was uns wichtiger ist«, formulierte er bedächtig. »Gut zu riechen oder noch etwas zwischen die Zähne zu bekommen.«

Tom grinste und verschränkte demonstrativ die Arme vor der Brust. Er schien die Antwort als Zeichen zu nehmen, daß Connor ihm Recht gab.

Connor mußte sich eingestehen, daß er Tom in diesem kurzen Moment regelrecht haßte. Warum mußte er sich Miss Heber gegenüber nur so unausstehlich benehmen?

Gudrun senkte den Kopf, nickte knapp und fügte sich in das Unvermeidbare. Damit war es abgemacht.

Während Tom und Gudrun schweigend zu den Zimmern hinaufgingen, fragte Connor den Portier, von wo aus er ein Überseegespräch führen konnte. In den Zimmern gab es zwar Telefone, aber keine Direktdurchwahl.

»Kommen Sie!« Der Portier wies auf eine Bürotür. »Von hier aus können Sie ungestört telefonieren.«

Connor wollte den Raum schon betreten, als an der Rezeption ein amerikanischer Tourist mit einigen Koffern Gepäck erschien. Er schien gerade auszuchecken und seine Rechnung begleichen zu wollen.

Connor ging zu ihm.

»Verzeihen Sie«, sprach er ihn an.

Der Mann sah Connor an und rümpfte ob des Fischgestanks die Nase. »Ja?«

»Ich sehe, daß Sie abreisen wollen. Ich hätte eine Bitte. Ich habe gerade eine Schiffshavarie hinter mir und besitze nur noch das, was ich am Leib trage. Und wie erbärmlich das riecht, muß ich Ihnen wohl nicht sagen.«

Der Tourist verzog das Gesicht und nickte bestätigend.

»Wäre es wohl zuviel verlangt«, fuhr Connor fort, »Sie zu bitten, mir einen Satz Ihrer Kleidung abzutreten? Wie ich sehe, haben Sie in etwa meine Statur und Größe.«

Der Mann blickte mißtrauisch drein. Offenbar hatte er schon genügend schlechte Erfahrungen mit Betrügern gemacht. Seine ablehnende Haltung verschwand jedoch, als Connor hinzufügte, selbstverständlich für die Kleidung zu bezahlen. Von da an brauchte es nur ein paar Minuten, bis einige Kleidungsstücke den Besitzer wechselten ...

Ein lautes Pochen an der Schlafzimmertür riß Sir Ian Sutherland aus dem Schlaf. Sofort war der Schloßherr von Oake Dùn hellwach und richtete seinen Oberkörper auf.

»Ja«, rief er, »was ist?«

Die Antwort, die durch das Holz der Tür drang, war zu leise und undeutlich, als daß er sie hätte verstehen können. Aber er erkannte, wer dort sprach: Mortimer, sein ebenso greiser wie getreuer Diener.

Sutherland schwang sich aus dem Bett. Ein kurzer Blick auf den Wecker sagte ihm, daß es kurz nach vier Uhr in der Früh war. Trotzdem arbeitete der Verstand des hageren Schloßherrn sofort auf Hochtouren. In Adels- und anderen höheren Kreisen galt der knapp Fünfzigjährige zwar als verweichlichter Playboy und Lebemann, doch dieser Ruf diente ihm nur als willkommene Fassade, hinter der sich in Wahrheit ein starker Wille und eiserne Selbstdisziplin verbargen.

Er wußte genau: Egal, wie spleenig und verschroben Mortimer aufgrund seines hohen Alters zum Teil sein mochte, wenn er um diese Uhrzeit an seine Tür klopfte, mußte es wichtig sein.

Er öffnete die Schlafzimmertür. »Was gibt es?«

»Tut mir leid, Sie zu wecken, Sir. Wenn es nicht wirklich wichtig wäre, Sie wissen, Sir, ich hätte nie ...«

»Ja, das weiß ich, Mortimer. Was ist denn passiert?«

Der alte Diener, selbst nur mit einem Schlafrock bekleidet, riß unheilvoll die Augen auf. »Da ist ein Telefon!« rief er.

Sutherland starrte den Diener an. »Wie bitte?«

»Ja. Ein Telefon!« Mortimer fuchtelte aufgeregt mit den Händen in der Luft herum. »Auf dem Anruf!« Er stutzte und runzelte die Stirn. »Nein – ich meine natürlich: Da ist ein Anruf. Auf dem Telefon!«

»Was für ein Anruf?«

»Na, auf dem Telefon mit dem Hauptanschluß!«

»Mortimer! Von *wem* ist der Anruf?«

Der alte Diener hielt inne und überlegte einen Moment lang. Sutherland hielt das für ein gutes Zeichen.

»Ach so!« machte Mortimer dann. »Es ist Connor!«

»Connor!« entfuhr es Sutherland. Seit Tagen wartete er auf ein Zeichen seines persönlichen Butlers, der zugleich oft genug sein Mann an vorderster Front war. Es gab wohl keinen Menschen, dem Sutherland mehr vertraute als ihm. »Was ist mit ihm?«

»Er sagte irgend etwas von guten Malern ...«

»Gute Maler?«

»Ja, ganz genau.« Mortimer schüttelte den Kopf. »Also, Sir, wenn Sie vorhaben, die Fassaden von Oake Dùn neu zu streichen, dann hätten Sie mir ruhig vorher Bescheid geben können.«

Hinter Sutherlands Stirn arbeitete es, dann überkam ihn die Erleuchtung. »Sie meinen sicherlich Guatemala?«

»Sage ich doch. Gute Maler! Das ist genau das, was Connor gesagt hat. Also, wenn es nach mir ginge, sollten Sie sich bei der Farbauswahl ...«

»Mortimer!« rief Sutherland ungeduldig. »Niemand hat vor, das Schloß neu zu streichen!«

»Nicht?«

»Nein! Sagen Sie mir einfach, auf welchem Apparat der Anruf angekommen ist!«

»Auf dem im Lesezimmer.«

»Vielen Dank. Sie können jetzt wieder zu Bett gehen.«

Ian Sutherland eilte ins Lesezimmer und griff nach dem Telefonhörer. Zum Glück hatte der alte Diener ihn nicht versehentlich wieder auf die Gabel gelegt.

»Connor, sind Sie dran?«

»Ja«, meldete sich der Butler am anderen Ende der Leitung. »Ich hoffe, Sie sind nicht ungehalten, daß ich Sie um diese Zeit aus dem Bett hole.«

»Ich weiß, daß Sie nicht anrufen würden, wenn es nicht wichtig wäre, Connor. Also, wie sieht's aus? Haben Sie sich mit Tom und Gudrun getroffen? Und haben Sie die Lade?«

»Ja, ich habe mich den beiden getroffen. Wir befinden uns in einem Küstenort namens San José. Und was die Lade angeht ...« Connor seufzte. »Wir hatten Sie. Aber sie ist uns gestohlen worden. Leider.«

Sutherland benötigte einen Moment, um die niederschmetterte Nachricht zu verdauen. Er hatte große Hoffnungen darauf gesetzt, dieses legendäre Artefakt von buchstäblich biblischem Alter endlich mit eigenen Augen sehen zu dürfen. Allein der Beweis, daß es tatsächlich existierte, war eine wissenschaftliche Sensation ersten Ranges. Nicht umsonst hatten Sutherlands Mitarbeiter die Spur der Lade im letzten halben Jahr buchstäblich rund um die ganze Welt und quer durch die Jahrtausende verfolgt.

Dabei hatten sie eigentlich vorgehabt, einem anderen mysteriösen Gegenstand nachzuspüren – dem Heiligen Gral. Ein Ausspruch des Orakels von Delphi, das sie eine Zeitlang auf Oake Dùn beherbergt hatten, hatte den Anstoß dazu gegeben. Obwohl die ersten Fährten allesamt in Sackgassen endeten, waren die Abenteurer darüber zu einer nahezu unglaublichen Erkenntnis gelangt: Hinter dem wundertätigen Gral des Mittelalters verbarg sich ein anderer, mindestens ebenso geheimnisvoller Gegenstand aus der frühen Antike.

Die Bundeslade!

Der Heilige Gral war identisch mit jener Lade, von der die Israeliten den Schriften zufolge bei ihrer vierzigjährigen Wanderung durch die Wüste geleitet worden waren und über die Moses damals mit Gott gesprochen hatte – legendäre Ereignisse, die schätzungsweise um 1800 v. Chr. stattgefunden haben dürften.

Später fand die Lade ihre Heimat in Jerusalem, in einem eher bescheiden anmutenden Tempel, den König Salomo zusammen mit der darunterliegenden riesigen Tempelplattform für sie errichten ließ. Ihre biblische Spur verliert sich, als Jerusalem im Jahre 586 v. Chr. von den Babyloniern erobert und der Tempel zerstört wurde. Seitdem galt die Bundeslade offiziell als im Dunkel der Geschichte verschollen.

Wie sich jedoch herausstellte, war sie den Babyloniern keineswegs in die Hände gefallen, sondern zuvor in geheimen unterirdischen Kammern der Plattform des zerstörten Tempels verborgen worden. Und dort war sie 1127 n. Chr. – also mehr als tausendsiebenhundert Jahre später und zur Zeit der ersten Kreuzzüge – von den Angehörigen einer kleinen Laienbruderschaft wiedergefunden worden. Tom Ericson hatte in Form einer mentalen Zeitreise dabei sein können.

Diese ›Arme Ritterschaft des Salomonischen Tempels‹

war selbst im höchsten Maße geheimnisvoll. Obwohl sie aus kaum einem Dutzend Mitgliedern bestand, verfügte sie doch über umfangreiche päpstliche Sondervollmachten und schien in der Plattform gezielt nach der Lade gesucht zu haben. Mehr noch, sie schien sogar einzig zu diesem einen Zweck gegründet worden zu sein, worauf unter anderem auch ihr Name hinwies. Acht Jahre dauerten die Ausgrabungsarbeiten – eine für eine damalige Laienbruderschaft allein schon recht merkwürdige Betätigung –, ehe man fündig wurde.

Die Lade wurde nach Europa geschafft, und in den nächsten zweihundert Jahren entwickelte sich aus der ›Armen Ritterschaft des Salomonischen Tempels‹ der größte und mächtigste Ritterorden der Geschichte: die sogenannten Tempelritter. Und sie machten nie einen Hehl daraus, daß ihr Orden auf einen besonderen, geheimen Gegenstand fußte. In der mittelalterlichen Literatur galten sie deshalb nicht zuletzt als Besitzer und Hüter des Heiligen Grals.

Eines Grals, der in Wirklichkeit nichts anderes war als die Bundeslade! Doch das zu verraten, hätte das Geheimnis zerstört.

Im Jahre 1307 ereilte die Tempelritter ihr grausames und dunkles Ende. Auf Initiative des Königs von Frankreich wurde der Orden europaweit zerschlagen, um sich dessen sagenhaften Reichtums zu bemächtigen.

Doch der Schlag verfehlte letztlich sein Ziel. Gleichgültig, wie viele Templer man in den Verliesen zu Tode folterte oder auf Scheiterhaufen verbrannte – ihr legendärer Schatz blieb für immer verschollen. Keiner der Wissensträger beging Verrat.

In einer zweiten Zeitreise hatte Tom Ericson miterlebt, wie die Templer die Bundeslade mit einem Teil der anderen Schätze zuvor im Hafen von La Rochelle auf eine kleine Flotte verladen hatten, um von dort aus in der Nacht vor dem Verrat in See zu stechen. Er erfuhr, daß man die Lade in ein Versteck bringen wollte, wie man es sich in der damaligen Alten Welt kaum besser hätte vorstellen können: und zwar in die Neue Welt, bis zu deren offizieller Entdeckung durch Kolumbus es noch zweihundert Jahre dauern sollte! Dies bewies, daß die Tempelritter bereits genaue Kenntnisse von den Kontinenten jenseits des Atlantiks gehabt haben mußten und womöglich nicht zum ersten Mal dorthin reisten. Für sie lagen diese Kontinente unter einem symbolischen Stern namens Merika, und hätte damals jemand die seefahrenden Tempelritter nach ihrem Ziel gefragt, so hätten sie wohl auf Französisch geantwortet: »La Merika!« Ob sie auf diese Weise sogar zur Namensgebung der beiden amerikanischen Kontinente beigetragen hatten?

Tom Ericson und Gudrun Heber hatten die Lade nach vielen Gefahren und Strapazen schließlich in einer unzugänglichen Ruinenstadt im heutigen Guatemala entdeckt. Auf die richtige Spur zum Versteck hatte sie eine Inschrift auf einem alten, steinernen Kreuz im Dschungel geführt, das sie bereits vor über einem Jahr bei einem ganz anderen Abenteuer in dieser Gegend entdeckt hatten. Wie sich herausgestellt hatte, stammten Kreuz und Inschrift von niemand anderem als dem Anführer eben jener Templer-Flotte, die vor fast siebenhundert Jahren in La Rochelle ausgelaufen war.

Diese Zusammenhänge waren erst durch Tom Ericsons geistige Zeitreisen deutlich geworden.

Sutherland war wie elektrisiert gewesen, als Tom ihm vor einigen Tagen mitgeteilt hatte, daß sie die Lade gefunden hätten. Er hatte sofort Connor losgeschickt, um ihnen zu helfen, das Artefakt nach Schottland zu bringen.

Sutherland atmete tief durch und zwang sich, sich auf die neue Situation einzustellen. »Am besten erzählen Sie der Reihe nach«, bat er.

Das tat Connor. In möglichst knappen Worten schilderte er, was seit seinem Abflug nach Guatemala geschehen war – bis zu dem Zeitpunkt, als Warden mit der Lade übers Meer verschwunden war und sie versucht hatten, ihn mit einem Schnellboot einzuholen.

Sutherland hörte geduldig zu und stellte nur dann und wann eine kurze Zwischenfrage, wenn es nötig war. Hinter seiner Stirn arbeitete es permanent.

»Sie sehen«, beendete Connor seinen Bericht, »uns bleibt vor Ort kaum eine Möglichkeit, Warden wieder aufzuspüren.«

»Ich verstehe«, meinte Sutherland. »Aber wie könnte ich Ihnen aus Schottland aus weiterhelfen?«

Connor ließ sich mit seiner Antwort ein paar Sekunden Zeit, wie um es Sutherland zu ermöglichen, sich seinem Gedankenstand anzugleichen. »Nun, Sir«, sagte er dann gedehnt, »das kommt ganz darauf an, wie Sie Ihre Kontakte zu nutzen gedenken.«

»Wie meinen Sie das?«

»Folgendermaßen, Sir. Selbst wenn wir nicht genau wissen, wo Warden ist und wohin er will, so ist sein Radius doch eingegrenzt. Sein Schiff macht nicht mehr als fünfzehn Knoten. Auf keinen Fall kann er damit den Pazifik überqueren, um irgendein weit entferntes Ziel anzusteuern. Also muß er etwas anderes vorhaben.«

»Reden Sie weiter!«

»Wir müssen also mit dem arbeiten, was wir haben. Erstens kennen wir den Namen des Schiffes, zweitens wissen wir, daß es nordwärts fährt, drittens, daß es nicht endlos unterwegs sein kann. Dies schränkt die Suchparameter doch ziemlich ein.«

»An was für Möglichkeiten denken Sie konkret?«

Connor atmete durch. »Ich habe zum Beispiel die guatemaltekische Luftwaffe im Auge, Sir. Wenn sie im Norden das Meer vor der Küste absucht, ist durchaus eine konkrete Chance gegeben, die AGUILERA zu finden. Und was ist mit der Küstenwache, hier und in Mexiko? Oder mit amerikanischen Militärschiffen, die im näheren Umkreis unterwegs sind? Es wäre auch möglich, eine Funkstaffel zu organisieren, um normale Verkehrsschiffe nach der AGUILERA zu befragen. Ich denke, unsere Möglichkeiten wären durchaus vielfältig.«

»Connor!« keuchte Sutherland. »Luftwaffe, Küstenwache, amerikanische Kriegsschiffe ... Wissen Sie überhaupt, was Sie da sagen?«

Connor mußte lächeln. »Ich versichere Ihnen, Sir, darüber bin ich mir ganz genau im klaren. Haben Sie nicht vor einem Dreivierteljahr in New York von der UN die Zusicherung erhalten, im Fall der Fälle auf deren volle Unterstützung zurückgreifen zu können?«

Sutherland schwieg nachdenklich. Es stimmte. Er hatte diese Zusicherungen erhalten, als er sich vor einer UN-Kommission für Ereignisse zu verantworten hatte, die sie durch das Betreten einer uralten atlantischen Station in Peru und deren letztendliche Zerstörung ausgelöst hatten. Dadurch war ein genetisch gezüchtetes Urzeitwesen freigesetzt worden, das in vormaligen Zeiten von einem geheimnisvollen Gegner im Krieg gegen Atlantis eingesetzt worden war. Mit seiner organischen Schallkanone hatte dieser ZERSTÖRER auf seinem Weg zur Küste eine Schneise der Zerstörung gezogen, bevor es in Lima durch den konzentrierten Raketenbeschuß mehrerer Kampfflugzeuge vernichtet werden konnte.

Sutherland hatte von der Kommission zudem erfahren, daß mit der Zerstörung der Station rund um den ganzen Erdball seltsame Effekte aufgetreten waren, vor allem in der Nähe uralter archäologischer Stätten.

Es schien, als ob sie in Peru etwas in Gang gesetzt hätten, das wahrhaft erdumspannend war – ein uraltes Erbe mit Kräften und Mächten, die womöglich besser für immer im Dunkel der Geschichte verloren geblieben wären.

Um sich eben diesen Vorgängen widmen zu können, hatte die Kommission Sutherland die volle Rückendeckung der UN zugesagt. Bislang hatte Sir Ian dies jedoch stets als theoretische Lösung betrachtet, auf die er lieber verzichtete. Er wußte, daß es ein zweischneidiges Schwert war. Je mehr er sich darauf einließ, desto mehr würde seine Entscheidungsfreiheit darunter leiden.

Jeder Vorgang, der über die UN lief, zog eine schier endlose bürokratische Spirale von Fragen, Erklärungen und zukünftigen Verpflichtungen nach sich, bei der die Unabhängigkeit einer kleinen, privat finanzierten Forschungsgruppe wie A.I.M. sehr schnell auf der Strecke bleiben würde.

Andererseits war da zweifellos die Richtigkeit von Connors Argumenten. Ohne die Hilfe der UN würden sie die Lade niemals wiederfinden.

»Was ist, wenn Jack Warden die Lade gar nicht außer Landes bringen will, sondern sie längst in einer nahegelegenen Bucht versteckt hat und abwartet, bis Gras über die Sache gewachsen ist?« fragte Sutherland.

Connor seufzte. »Dann haben wir leider verloren, Sir. Genau das ist unser Risiko. Niemand kann garantieren, daß wir Erfolg haben werden und der Aufwand sich lohnt.«

Sutherland gab er sich einen Ruck. »Also gut. Ich werde sehen, was sich tun läßt.« Er horchte in sich hinein, um zu erspüren, was sein Gefühl zu dieser Entscheidung sagte – doch er fand keine Antwort darauf.

»Gut«, meinte Connor knapp. Er wußte, daß dem Leiter von A.I.M. diese Antwort nicht leicht gefallen war.

Sie besprachen noch ein paar weitere Details. Sutherland sagte zu, sie morgen früh – nach Ortszeit

Guatemala – zu informieren, was er erreicht hatte. Bis dahin sollten sie sich von der Strapazen erholen.

»Verstanden«, bestätigte Connor. Er zögerte.

»Ja? Gibt es noch etwas?«

»Ich bin mir nicht sicher, Sir.«

»Nur heraus mit der Sprache! Notfalls können wir es später immer noch vergessen.«

»Gut«, meinte Connor. »Nun, Sir, es geht um Mr. Ericson und Miss Heber.«

»Was ist mit den beiden?«

»Ich bin unsicher, wie ich es ausdrücken soll«, antwortete Connor. »In den vergangenen Wochen scheint sich ihr Verhältnis zueinander erheblich abgekühlt zu haben.«

»Das überrascht mich in der Tat. Die beiden haben immer hervorragend zusammengearbeitet!«

»Das hat sich grundlegend geändert. So wie jetzt habe ich die beiden noch nie erlebt. Sie würdigen sich kaum mehr eines Blickes. Ich habe beinahe den Eindruck, als ob zwischen ihnen irgend etwas zerbrochen wäre.«

»Hm.« Sutherland dachte kurz nach. »Vielleicht ist das nur eine zwangsläufige Folge der Strapazen der letzten Wochen. Irgendwann ist jeder Akku leer, wenn ich das so salopp ausdrücken kann. Und im Grunde hetzen die beiden ja schon seit anderthalb Jahren rastlos durch die Welt. Da kommt jeder zwangsläufig an einen Punkt, an dem nichts mehr geht. Ich denke, beide haben sich einen längeren Urlaub verdient, wenn sie aus Guatemala heimkehren – gleichgültig ob mit der oder ohne die Lade. Danach sieht alles vielleicht wieder ganz anders aus.«

»Das ist zu hoffen, Sir.«

Nachdem Sutherland aufgelegt hatte, blieb er noch eine Zeitlang sitzen und ordnete seine Gedanken.

Er schrak auf, als die Tür zum Lesezimmer aufging.

Mortimer trat ein. In den Händen hielt er ein Tablett mit einer dampfenden Tasse.

»Hier, Sir«, sagte er. »Ich sehe, daß Sie Sorgen haben und nicht mehr zu Bett gehen werden. Und da dachte ich, einen Tee werden Sie jetzt sicher schätzen.«

Sutherland nahm die Tasse und sah Mortimer dankbar an. Es gab Augenblicke, in denen er genau wußte, was er an dem alten Hausdiener hatte und warum er nie auf ihn verzichten wollte.

Nachdem er die ersten Schlucke getrunken hatte und spürte, wie sich die belebende Wirkung in seinem Körper ausbreitete, überschlug er in Gedanken, wie spät es an der amerikanischen Ostküste war. Dann griff er wieder nach dem Hörer und wählte eine New Yorker Nummer, deren bloßer Besitz allein schon eine Kostbarkeit war.

Es knackte ein paarmal in der Leitung, dann meldete sich eine junge freundliche Frauenstimme. »United Nations, Büro Vorzimmer, Abteilungsleiter Mahon! Sie wünschen bitte?«

»Guten Abend«, antwortete Sutherland und stellte sich vor. »Ich hätte gerne George Mahon gesprochen. In einer äußerst dringenden Angelegenheit.«

»Tut mir leid«, lautete die freundliche Antwort. »Das ist leider nicht möglich.«

»Wieso nicht?«

»Nun, Sir, dazu hätten Sie sich für einen Termin vormerken lassen müssen.«

»Es ist aber von äußerster Wichtigkeit!«

»Das glaube ich Ihnen wirklich gerne. Aber ohne Termin geht es nicht.«

Sutherland seufzte. »Und wann wäre der nächste Termin frei?«

»Das kann ich Ihnen leider nicht sagen.«

»Wieso ...? Sie müssen doch wissen, wann Mr. Mahon zu sprechen ist!«

»Mr. Mahon sprechen?« klang es verständnislos aus dem Hörer. »Wie meinen Sie das?«

Sutherland war irritiert. »Na, Sie haben doch gerade selbst von einem Termin dafür geredet.«

Ein, zwei Sekunden herrschte Schweigen in der Leitung. »Ach, jetzt verstehe ich. Sie meinen einen Termin, um Mr. Mahon zu sprechen.«

»Genau! Um nichts anderes geht es hier doch, oder?«

»Ich verstehe Sie voll und ganz, Sir.«

»Schön«, meinte Sutherland zufrieden und horchte hoffnungsvoll.

»Aber ich fürchte, da haben wir uns gründlich mißverstanden. Als ich sagte, daß Sie einen Termin bräuchten, meinte ich damit natürlich nicht einen Termin für ein Gespräch mit Mr. Mahon.«

»Nicht?«

»Nein, Sir.«

»Sondern?«

»Ich meinte einen Termin, um zu vereinbaren, wann Sie am ehestens mit dem Vorzimmer sprechen können, um abzuklären, zu welchem Termin Sie Ihr Anliegen schriftlich einreichen ...« Sie holte tief Luft, » ... damit es schnellstmöglich der persönlichen Sekretärin von Mr. Mahon vorgelegt wird, die Ihnen dann einen Termin für einen Rückruf zur weiteren Klärung mit dem Sekretariat gibt. Jedenfalls gegebenenfalls. Das ist der übliche Weg.«

Sutherland starrte ins Leere und fragte sich, ob er gerade richtig gehört hatte. Er hatte wirklich mit vielem gerechnet – aber nicht damit!

Er sah seine Vorbehalte bestätigt, bisher möglichst wenig auf die Hilfe der UN zurückgegriffen zu haben. Die interne Organisationsstruktur hätte gut und gern von Mortimer sein können.

»Sir?« kam es besorgt aus dem Hörer. »Sind Sie noch dran?«

»Ja«, antwortete er gepreßt. »Hören Sie, das interessiert mich alles wenig. Ich muß so schnell wie möglich mit Mr. Mahon sprechen. Und damit meine ich nicht irgendwann, sondern *jetzt*! Sagen Sie ihm einfach, wer am Telefon ist, und ich bin sicher, daß er mich anhören wird. Sie als seine Sekretärin müssen das doch können.«

»Nun, Sir, Sie mißverstehen meine Position.«

»Wieso? Sind Sie denn nicht seine Sekretärin?«

»Nein.«

»Wer sind Sie dann?« rief Sutherland verzweifelt.

»Ich bin nur die Aushilfe im Vorzimmerbüro des Sekretariats der persönlichen Sekretärin von Mr. Mahon. Miss Levansky, die den Job hier sonst macht, ist krank geworden, und deshalb bin ich kurzfristig für sie eingesprungen.«

Sutherland zwang sich dazu, ein paarmal tief durchzuatmen. Immerhin hatte er das Gefühl, langsam zu verstehen, was die Probleme seiner Gesprächspartnerin waren. Irgendwie erschien ihm allein das schon als großer Durchbruch.

»Gut! Dann verbinden Sie mich doch einfach weiter – mit dem allgemeinen Sekretariat oder gleich mit seiner persönlichen Sekretärin. Hauptsache mit jemanden, der entscheiden kann, wie ich ihn am schnellsten erreiche!«

»Es tut mir aufrichtig leid, Sir, aber das geht nicht.«

Sutherland hatte Mühe, die Contenance zu wahren. »Und wieso nicht?«

»Im Sekretariat ist um diese Uhrzeit niemand mehr. Erst wieder morgen früh. Und seine persönliche Sekretärin, Mrs. Morningham, ist leider krank. Wir haben hier im Moment eine schlimme Grippewelle. Ehrlich gesagt, ich glaube nicht, daß Mrs. Morningham überhaupt vor nächster Woche wieder im Dienst sein wird. Und hier im Büro bin ich heute abend die einzige.«

»Was ist mit Mr. Mahon selbst? Ist wenigstens er da?«

griff Sutherland nach dem letzten erkennbaren Strohhalm. »Dann könnten Sie ihn einfach fragen.«

»Mr. Mahon ist so gut wie immer unterwegs. Soweit ich weiß, weilt er zur Zeit bei einem Empfang des Botschafters des Prinzen von Zamuda.«

»Wenn Sie wissen, wo er ist, und die einzige im Büro sind«, sagte Sutherland, darum bemüht, ruhig zu bleiben, »müssen Sie doch die Möglichkeit haben, ihn zu erreichen. Ich meine, für den Notfall.«

»Für was für einen Notfall denn?« kam es vorsichtig aus dem Hörer.

»Einen wie meinen! Einen äußerst dringenden!«

»Tut mir leid. Ich habe Ihnen schon gesagt, daß ...«

»Nein, nein, warten Sie! Ich will es anders formulieren. Bei bestimmten Notfällen wäre Mr. Mahon doch sicher zu erreichen. Zum Beispiel für den Generalsekretär. Stimmt das soweit?«

In der Leitung herrschte nachdenkliches Schweigen.

»Sie sind aber nicht der Generalsekretär«, stellte die Frau dann fest.

»Nein, der bin ich nicht! Aber wenn es möglich ist, Mr. Mahon zu erreichen, dann lassen Sie ihn doch wenigstens selbst entscheiden, ob er mit mir sprechen will oder nicht! Ist das denn zuviel verlangt?«

»Ich darf Ihnen versichern, Sir, ich verstehe Ihre Argumente sehr gut. Aber bitte verstehen Sie auch mich. Ich bin erst seit knapp dreieinhalb Stunden im Dienst, und Sie sind nun schon der neunzehnte Anrufer, der mir genau dasselbe sagt. Mr. Mahon hat aber ausdrücklich aufgetragen, nur im äußersten Notfall gestört zu werden.«

»Verstehe«, meinte Sutherland resigniert. »Sie können mir also nicht helfen.«

»So leid es mir tut, Sir.«

»Tja, dann bleibt mir wohl nichts anderes übrig«,

meinte er leise, »als den Generalsekretär selbst anzurufen!«

»Den General–? Aber wissen Sie denn, wo er ...«

»Und ob!« hörte Sutherland sich sagen und wunderte sich, woher er die Dreistigkeit nahm, das mit derartiger Festigkeit zu behaupten. Vermutlich war es pure Verzweiflung. »Was dachten Sie? Und ich weiß auch, daß er keineswegs erfreut sein wird, wenn ich ihn anrufe. Besonders wenn ich ihm sage, daß ich ihn allein deshalb störe, weil eine Aushilfe nicht in der Lage ist, im Notfall bei ihrem Chef nachzufragen. Glauben Sie bitte nicht, daß mir das Spaß macht. Aber Sie lassen mir keine Wahl!«

»Halt, warten Sie!« kam es verzweifelt aus dem Hörer. »Äh, dieses Argument hat bisher keiner der anderen Anrufer vorgebracht.«

Sutherland tat die Sekretärin sogar ein wenig leid – aber andererseits: Wem tat *er* denn leid?

»Also gut«, sagte die Sekretärin. »Ich werde bei Mr. Mahon nachfragen. Was soll ich ihm ausrichten?«

Sutherland überlegte kurz. »Sagen Sie ihm einfach, daß der knauserige Schotte ihn dringend sprechen muß. Er weiß dann schon, daß es wichtig ist. Er soll mich umgehend auf einer abhörsicheren Leitung zurückrufen.«

»Äh ... habe ich das gerade richtig verstanden?«

»Ja, haben Sie! Jetzt denken Sie nicht weiter darüber nach, sondern rufen Sie Mahon an! Ehe noch mehr Zeit verlorengeht.«

Damit warf Sutherland den Hörer auf die Gabel. Er hatte mit Sicherheit für vieles Verständnis, aber Überbürokratismus gehörte nicht dazu. Ihm kam es manchmal so vor, als wäre von allen Mysterien und Geheimnissen dieses Universums keines ähnlich verschlossen und so rätselhaft wie das Gehirn eines Bürokraten.

»Noch einen Tee, Sir?« fragte Mortimer, der mit einer neuen Tasse hereinkam.

Sutherland nickte erschöpft. Er hatte das Gefühl, als hätte er in den letzten Minuten Anstrengungen unternommen, um Berge zu versetzen, und gerade mal ein einziges Sandkorn bewegt.

Connor hob die Augenbrauen, als er Gudrun in einem sauberen Kleid, wie es die einheimischen Frauen trugen, ins Foyer kommen sah. »Mein Kompliment, Miss Heber«, sagte er. »Das steht Ihnen ausgezeichnet.«

Auf Gudruns Lippen erschien ein knappes, dankbares Lächeln. Sie war zwar frisch geduscht, doch das konnte die tiefen Linien unter ihren Augen nicht verdecken.

»Das Zimmermädchen war so freundlich, mir gegen ein kleines Entgelt bis morgen eins ihrer Kleider zu leihen«, sagte sie. »Wie ich sehe, haben Sie ebenfalls jemanden gefunden.«

»Ein Tourist hatte zufällig meine Größe.«

Als dritter im Bunde erschien Tom Ericson. Auch er war geduscht, trug aber immer noch seine alte, halbfeuchte Kleidung. Mit ihm wehte ein deutlicher Fischgeruch ins Foyer.

Tom quittierte Gudruns neues Outfit mit einem mürrischen Brummen und wandte sich an Connor: »Haben Sie Sutherland erreicht?«

Connor nickte.

»Gut. Dann sollten wir alles weitere in der Bar besprechen.« Tom wandte sich zum Gehen und zögerte, als die beiden anderen ihm nicht sofort folgten. »Was ist?« Er breitete die Arme aus. »Bin ich euch nicht fein genug, nur weil ich keine neuen Klamotten trage?«

»Nein, natürlich nicht«, versicherte Connor schnell und stieß Gudrun leicht zu. »Kommen Sie, lassen Sie uns gehen.«

Sie folgten Tom auf die andere Straßenseite. Die Bar

war laut und voll. In der Luft hingen ein Gemisch aus schwülwarmer Tropennacht, Schweiß und Zigarettenqualm sowie das lärmende Stimmengewirr zahlreicher an- bis aufgeregter Gespräche. Irgendwo im Hintergrund kämpfte leiernde Musik aus krächzenden Lautsprechern vergeblich dagegen an. Es schienen nahezu ausschließlich Einheimische hier zu verkehren.

So erweckten die Abenteurer einige Aufmerksamkeit, als sie sich durch das Gedränge schoben. Allein Gudrun erntete den ein oder anderen begehrlichen Blick. Doch da sie in Begleitung zweier Gringos unterwegs war, blieb es dabei.

Schließlich hatten sie sich bis zum Tresen durchgekämpft, wo sie in einer relativ ruhigen Ecke sogar drei Plätze fanden. Die nicht mehr ganz junge Wirtin, deren Bluse über der üppigen Oberweite weit aufgeknöpft war, beugte sich weit vor und erkundigte sich nach ihren Wünschen.

»Alles«, rief Tom, »nur keinen Fisch!« Die Frau zwinkerte ihm zu, als wüßte sie genau, was er meinte. Tom gab ihr Zwinkern freundlich zurück.

Gudruns ohnehin wenig freundliches Gesicht gefror zu einer Maske. Es schien, als hätte sie nur darauf gewartet, daß Toms Blick kurz in den Ausschnitt der Wirtin wanderte.

»Männer!« zischte sie verbittert.

In dem Lärm ringsum konnte nur Connor es hören, der sich wohlweislich zwischen die beiden gesetzt hatte. Im selben Moment begriff er plötzlich, was es war, das die beiden trennte – Eifersucht!

Obwohl es eine rein gefühlsmäßige Erkenntnis war, wußte er doch, daß er richtig lag.

Die Frage war nur: Eifersucht worauf? Oder weswegen?

Konnte es sein, daß die beiden ihm etwas über die

zurückliegenden Ereignisse verschwiegen hatten? Etwas, von dem sie glaubten, daß nur sie es etwas anginge? Auf jeden Fall mußte es etwas sehr Persönliches sein. Wenn Connor seinem Gespür vertrauen konnte, dann ging es um etwas, bei dem beide sowohl die Gefühle des anderen verletzt als auch gegen ihre eigenen verstoßen haben mußten.

»Und Sie, Sir?« wandte sich die dralle Wirtin ihm zu. »Was wollen Sie essen und trinken?«

Connor schüttelte seine Gedanken ab. Er wählte wie die anderen ein Huhn-Gericht – das einzige, was es außer Fisch gab – und schloß sich beim Getränk Tom mit einem Bier an, während Gudrun lieber Mineralwasser trank.

Anschließend informierte er die beiden darüber, was er mit Sutherland besprochen hatte.

»Morgen wird er uns sagen«, beendete er seinen Bericht, »welche Möglichkeiten uns zur Verfügung stehen.«

Hinter Toms Stirn arbeitete es. »Dann haben wir vielleicht doch noch eine Chance.«

Connor nahm erleichtert zur Kenntnis, daß Ericson allmählich wieder etwas von seiner alten Zielstrebigkeit zurückzuerlangen schien. »Und was meinen Sie, Miss Heber?«

Gudrun reagierte zurückhaltend. »Wir sollten abwarten, was Sutherland bis morgen erreicht.«

Die Wirtin brachte das Essen, und die Abenteurer machten sich mit Heißhunger darüber her.

»Was mich so stört«, meinte Tom, »ist, daß schon ein Hundertstel dieses Aufwandes genügt hätte, um die Lade sicher nach Schottland zu bringen, wenn wir gewußt hätten, daß Warden uns in die Quere kommt!«

»Da gebe ich Ihnen recht«, sagte Connor. »Aber jetzt bleibt uns nichts anderes mehr übrig, als uns mit den Gegebenheiten abzufinden und das Beste daraus zu machen.«

»Das meine ich gar nicht«, sagte Tom nachdenklich. »Eine Frage geht mir immer wieder im Kopf herum: ob es nur Zufall war, daß Jack Warden hier aufgetaucht ist.«

Connor runzelte die Stirn. »Worauf wollen Sie hinaus?«

»Auf folgendes: Es ist ja nicht das erste Mal, daß wir es mit Warden zu tun haben. Schon vor über einem Jahr hat er uns hier in Guatemala den Goldkopf einer Statue geraubt. Valerie und Pierre haben ihn damals bis nach Thailand verfolgt. Ihnen zufolge hat er sich dort einer Geschäftsfrau angeschlossen, die für unseren geheimnisvollen Gegenspieler Mr. Kar arbeitet. Und genau dasselbe scheint Warden seitdem auch zu tun.«

Gudrun und Connor nickten einvernehmlich. Soweit gaben sie ihm recht.

»Ich kann einfach nicht glauben, daß Warden zufällig hier aufgetaucht ist«, fuhr Tom fort. »Nein, das Ganze war eine gezielte Aktion, um uns die Lade abzunehmen.«

»Angenommen, es wäre so«, räumte Connor ein. »Wie könnte uns das weiterhelfen?«

»Erst einmal kein bißchen. Aber ich frage mich, woher Warden oder Kar überhaupt wußten, daß wir die Lade gefunden haben und uns in Lima treffen wollten? Darüber hatten doch nur eine Handvoll Personen Kenntnis!«

Connor und auch Gudrun wirkten betroffen. Was Tom da andeutete, behagte ihnen ganz und gar nicht – aber es war ein gewichtiges Argument, das nicht einfach wegzuleugnen war.

»Sie wollen sagen, daß wir womöglich wieder einen Spion in unseren Reihen haben?« fragte Connor. »Genauso wie damals bei Valerie?«

Sie alle wußten, was er meinte. Valerie Gideon, eine weitere A.I.M.-Mitarbeiterin, war von Kar mit einem geistesbeherrschenden Parasiten infiziert worden. Die Israelin hatte mehrere Monate lang als quasi ferngelenkte

Marionette für ihren Gegenspieler gearbeitet und ihm Informationen zugespielt. Beinahe hätte sie auf Kars Befehl hin sogar Sutherland getötet.

»Ich denke, wir können nichts ausschließen«, sagte Tom.

»Aber Valerie kann es diesmal nicht sein«, warf Gudrun ein. »Sie ist seit zwei Monaten verschwunden und über die neuesten Ereignisse gar nicht informiert.« Das entsprach den Tatsachen. Nachdem der Parasit in einer uralten Zeremonie aus Valeries Kopf entfernt worden war, hatte sie ihre Wut für diese Form der geistigen Vergewaltigung kaum unterdrücken können. Nach einem Auftrag in Äthiopien hatte sie sich dann überraschend vom Team abgesetzt. Seitdem war sie wie vom Erdboden verschwunden. Sutherland befürchtete, daß sie versuchen könnte, sich auf eigene Faust an Kar zu rächen – was der ehemaligen Mossad-Agentin mit ihren immer noch aktuellen Geheimdienstkontakten durchaus zuzutrauen war.

Aber wie sollte sie jemanden finden, von dem man nicht einmal wußte, wer er wirklich war, wie er aussah und wo er steckte?

»Also muß es jemand anders sein«, folgerte Tom. »Bleiben eigentlich nur noch Sutherland, Pierre, vielleicht Mortimer und natürlich wir drei.«

Einen Moment hing jeder von ihnen seinen eigenen düsteren Gedanken nach.

»Wir dürfen aber nicht ausschließlich von einem Spion ausgehen«, sagte Connor dann. »Vielleicht benutzt Kar ganz andere Möglichkeiten, um an seine Informationen zu kommen.«

»Auf jeden Fall ist er uns viel näher als wir ihm«, sagte Tom. »Wardens Erscheinen hier beweist das.«

Eine Zeitlang schwiegen sie. Der Lärm rings um sie erschien ihnen unendlich weit entfernt.

Gudrun war es, die irgendwann das Schweigen brach.

»Warum machen wir das überhaupt?« fragte sie so leise, daß es kaum zu hören war. »Warum sehen wir nicht ein, daß wir verloren haben – und zwar schon längst?«

Connor und Tom sahen sie überrascht an.

»Wie meinen Sie das, Miss Heber?« fragte Sutherlands Diener.

Gudrun saß bedrückt da, als ruhe eine gewaltige Last auf ihren schmalen Schultern. »So wie ich es gesagt habe! Warum packen wir nicht unsere Sachen und kehren nach Hause zurück?«

Tom und Connor waren irritiert.

Gudrun hob den Blick. »Ihr habt mich schon ganz richtig verstanden! Lassen wir Warden doch mit der Lade glücklich werden! Er wird schon sehen, was er davon hat!«

Tom Ericson reagierte impulsiv. »Du willst doch nicht etwa aufgeben? Nicht nach allem, was wir unternommen haben, um die Lade zu finden!«

Sie ließ sein Argument an ihrer kalten Schulter abprallen. »Das sagst ausgerechnet du? Hast du nicht vor einer Stunde noch genau dasselbe verkündet?«

»Ja, schon«, räumte er ein. »Aber inzwischen hat sich die Lage grundlegend geändert. Mit Sutherlands Hilfe könnten wir es doch noch schaffen.«

Sie schüttelte den Kopf. »Du verstehst es einfach nicht. Du bist vielleicht der Meinung, unsere Lage hätte sich gebessert. Ich finde, das Gegenteil ist der Fall. Merkt ihr denn nicht, was mit uns geschieht?«

Tom wurde nachdenklicher. »Wie meinst du das?«

»Du hast es vorhin doch selbst gesagt: Wir sind schon soweit, daß wir nicht einmal mehr uns selbst vertrauen können. Und das ist ein Punkt, wo jegliche Zusammenarbeit ihren Sinn verliert!«

»Du willst Warden einfach ziehen lassen?« fragte Tom.

»Wir haben einen Vorgeschmack der Kräfte bekommen, die der Lade innewohnen.« Gudrun sprach ernst, als wüßte sie genau, wovon sie redete. »Urgewaltige und vernichtende Kräfte! Ich habe keine Ahnung, ob wir sie je beherrschen oder auch nur begreifen können – aber ich bin sicher, daß sie jeden, der mit ihnen spielt, in den Abgrund ziehen werden!«

Connor horchte auf. Er wußte, daß Gudrun Heber über eine Art sechsten Sinn verfügte und bisweilen Dinge erahnte, die Normalsterblichen verschlossen blieben. »Haben Sie irgendwelche Vorahnungen, Miss Heber?«

Gudrun schüttelte den Kopf. »Nein, nicht direkt. Ich habe keine Vorstellung, was konkret passieren wird, aber ich habe eine starke Ahnung, daß alles ein böses Ende nehmen wird. Es ist wie ein Strudel, der einen mehr und mehr mitreißt, bis es irgendwann kein Entkommen mehr gibt. Nennt es meinetwegen Spinnerei – aber mir kommt es so vor, als hätten wir uns längst zu weit vorgewagt. Und dies ist womöglich die letzte Chance, zur Besinnung zu kommen und rechtzeitig umzukehren.«

Weder Tom noch Connor sagten etwas.

Gudrun ließ ihre Schultern hängen. Die Energie, mit der sie gerade noch gesprochen hatte, schien sie verlassen zu haben.

»Wir haben es in letzter Zeit schon öfter mit geheimnisvollen Kräften zu tun bekommen«, warf Tom ein. »Denk nur an den ZERSTÖRER! Aber bis jetzt haben wir alles noch immer heil überstanden. Und die Bundeslade ist ein zu wertvolles Artefakt, um sie einfach aufzugeben. Oder sie Kar in die Hände fallen zu lassen.«

Er wollte noch etwas hinzufügen, wurde aber abgehalten, als sich ihm eine schwere Hand auf die Schulter legte und ihn zwang, den Blick zu wenden.

Hinter ihm standen drei gedrungene, offensichtlich angetrunkene Einheimische, die ihn grinsend ansahen.

»He, Gringo!« verkündete derjenige, der ihn angestoßen hatte. »Mein Amigo hier hat dir etwas zu sagen.«

»Wenn's nicht zu lange dauert«, meinte Tom.

Der Freund des ersten baute sich vor Tom auf. »Paß auf, Gringo! Es gibt zwei Dinge, die nach Fisch stinken – und nur eines davon *ist* Fisch!«

Seine beiden Kumpanen brachen in Gelächter aus.

Tom blieb unberührt. »Schön! Jetzt, wo du's losgeworden bist, kannst du dich ja vom Acker machen.« Damit wandte er sich wieder Connor und Gudrun zu.

Das schien dem Mann nicht zu schmecken. Er zog an Toms Schulter.

Widerwillig drehte Tom sich ihm zu. »Was ist denn noch?«

»Hast du nicht gehört, was mein Amigo gerade gesagt hat?« ereiferte sich der erste. »Oder willst du kneifen? Wie ein ... ein ...« Er grinste. »Wie ein räudiger Gringo!«

Tom blieb nach wie vor unbeeindruckt. »Verstehe. Ihr wollt mich provozieren. So nach dem Motto: Du beleidigst mich, ich beleidige dich. Du knallst mir eine, ich knall' dir eine, und schon sind wir in der schönsten Schlägerei.«

Der Mann vor ihm nickte heftig, und in seinem Gesicht stand die Vorfreude geschrieben, endlich seine Muskeln spielen zu lassen.

»Tut mir leid«, beschied ihm Tom. »Heute nicht.« Damit wandte er sich wieder ab, als wäre die Sache für ihn erledigt.

Connor begriff, daß Tom längst nicht so gelassen war, wie er nach außen hin tat. Er spannte sich an, um ihm beizustehen, doch Tom gab ihm mit einer versteckten Geste zu verstehen, daß das nicht nötig war.

Die drei Einheimischen benötigten ein, zwei Sekunden, um ihre Überraschung zu verdauen. Zugleich wuchs ihr Ärger.

»He!« Der Mann hinter Tom stieß ihn grob an. »Du kannst mich doch nicht so stehen lassen. Komm, stell dich, oder ich breche dir sämtliche Knochen!«

Er schrie es geradezu hinaus. Sämtliche Gespräche in der näheren Umgebung erstarben, und Dutzende Köpfe wandten sich ihnen zu.

Tom griff nach seinem Bier, als müsse er erst einen weiteren Schluck nehmen, um darüber nachzudenken. Dann setzte er an, sich umzudrehen. Im selben Moment schoß seine Rechte auch schon ansatzlos vor und traf den Mann punktgenau am Kinn. Wie ein schlaffer Sandsack fiel er in die Arme seiner beiden Kumpane.

»Tut mir leid um eure Schlägerei«, meinte Tom, »aber dafür habe ich jetzt einfach nicht die Muße.«

Für die beide Freunde des Raufbolds schien die Angelegenheit damit noch nicht erledigt zu sein. Sie ließen ihren Kumpan zu Boden gleiten und wandten sich Tom mit unverhohlener Wut zu.

»Warte, Gringo!« knurrte einer von ihnen. »Das wirst du bereuen!« Beide hielten plötzlich Messer in den Händen und machten Anstalten, sich auf Tom zu stürzen.

Connor und Gudrun zuckten zusammen. Die Situation drohte zu eskalieren.

Tom wandte sich vollends zu den beiden Angreifern um, sah ihnen ernst entgegen und schlug seine Lederweste auf der rechten Seite gerade so weit zurück, daß sein dort im Holster steckender Colt zu sehen war.

Die beiden Männer verharrten in der Bewegung. Sie schienen nicht damit gerechnet zu haben, daß der Gringo derart schwere Geschütze auffuhr.

Sie sahen ein, daß sie hier nichts ausrichten konnten. So schnell, wie sie sie hervorgeholt hatten, verschwanden ihre Messer wieder. Sie packten ihren ohnmächtigen Kumpel, zogen ihn davon und verschwanden im Gewimmel der Bar.

Tom wandte sich erleichtert Connor und Gudrun zu. In seinem Gesicht stand etwas geschrieben wie: *Seht ihr, gar kein Problem!*

Doch die Stimmung rings um sie her war zunehmend frostiger geworden. Selbst die Wirtin maß Tom mit einem unfreundlichen Blick.

»Es ist wohl besser, wir gehen«, meinte Connor in richtiger Einschätzung der Lage. »Ehe noch mehr passiert.« Er winkte der Wirtin. »Zahlen!«

Suzy Duvall plagten Alpträume!

Es waren furchterregende Träume, in denen sie durch schier endlose Gänge hetzte – immer auf der Flucht vor dem namenlosen Grauen, das sie verfolgte und an ihr klebte wie ein Schatten.

Sie lief und lief. Die Gänge teilten sich in immer neue Abzweigungen auf. Doch gleichgültig, welchen Weg Suzy nahm und wie schnell sie rannte, immer wieder verengten sich die Wände rings um sie, bis sie so hoffnungslos in ihnen feststeckte, daß sie kein einziges Glied mehr zu rühren vermochte.

Hilflos mußte sie warten, bis das Grauen sie eingeholt hatte, über sie herfiel und wie mit röhrenden Kettensägen in ihrer Seele wütete.

Und immer wenn sie dachte, diesmal wäre sie wirklich und endgültig tot, fand sie sich übergangslos in einem anderen Gang wieder, der genauso kalt und gefühllos wie der vorhergehende war. Und ihr blieb nichts anderes übrig, als erneut vor demselben Grauen zu flüchten, vor dem es doch kein Entrinnen gab.

»Wach auf, Suzy!« mischte sich eine männliche Stimme in ihre Alpträume. Es war eine Stimme, die angenehme Assoziationen in ihr weckte – an Macht, Geld, Einfluß, aber auch Geborgenheit, Schutz und Obhut.

»Wach auf!«

Erleichtert begriff Suzy, daß alles nur ein Traum gewesen war. Ein Alptraum, aus dem sie endlich erwacht war.

In ihr breitete sich unendliche Erleichterung aus. Es war vorbei. Es gab keine sich verengenden Wände, kein namenloses Grauen, keine Echsen, keine uralten Maschinen, keine ...

Sie öffnete die Augen – und blickte geradewegs in ein grüngeschupptes Antlitz, dessen geschlitzte Reptilaugen sie zu durchbohren schienen.

»Ändlisch!« zischte Kar. »Du bischt wach!«

Fauliger Atem wehte Suzy ins Gesicht. Eine Welle der Übelkeit schüttelte ihren Körper, und sie hatte das Gefühl, als müsse sie sich jeden Augenblick übergeben.

Schweißgebadet fuhr sie hoch und begriff, daß der Alptraum keineswegs vorbei war. Im Gegenteil, sie war noch immer mittendrin. Und dieser Alptraum war die Realität! Sie befand sich im Bett ihres Quartiers in der schwarzen Pyramide.

»Gäht esch dirrr wiedärrr gut?« fragte Kar.

Suzy hätte beinahe hysterisch zu lachen begonnen.

Ja, hallte es in ihrem Kopf, *mir geht es so gut wie noch nie zuvor im Leben. So gut, wie es einem gehen kann, wenn man einem intelligenten Urzeitmonster gegenübersitzt, dessen bloße Gegenwart körperliche Übelkeit verursacht!*

Diese Aura umgab Kar, seitdem er sich in eine Echse verwandelt hatte. In seiner unmittelbaren Nähe war sie kaum erträglich. Suzy hatte sich in den vergangenen Wochen eingeredet, sich längst daran gewöhnt zu haben – doch nun erschien ihr dieses Gefühl so neu und überwältigend wie am ersten Tag.

Als Kar auch noch eine Krallenhand ausstreckte, wie um ihr über die Wange zu streicheln, wich Suzy auf ihrem Bett entsetzt zurück, bis sie die Wand in ihrem Rücken spürte. Sofort beruhigte sich ihr revoltierender

Magen etwas. Trotzdem war sie Lichtjahre weit davon entfernt, sich gut zu fühlen.

Kar ließ seine Hand wieder sinken. »Wasch isscht? Hascht du Angscht vorrr mirrr?«

Suzy schluckte und wich einer Antwort aus. »Was ... was ist geschehen?«

»Esch gab einen Schwischenfall! Mit därrr Anlage!«

Jetzt erinnerte sie sich wieder! Und sie erinnerte sich auch an die gräßlichen Schmerzen, die ihr fast den Verstand geraubt hatten. Sie hatte geglaubt, daß Kar sie auf grausame Art töten wollte.

Bei dem Gedanken daran zog sie die Beine an den Körper und umklammerte sie fest mit den Armen. Ein paar Sekunden saß sie einfach nur zitternd da.

»Wie bin ich aus dem Feld gekommen?« fragte sie tonlos.

»Esch gab einän Änärrrgierrrückschlag! Errr hat die Anlage fascht scherschtörrrt!« Kar gab ein fauchendes Geräusch von sich, das vielleicht ein Lachen sein sollte. »Unscher Schack musch da ein übärrrausch beschondärrres Arrrtäfakt erbeutet haben. Ein Arrrtäfakt, dem gewaltige Änärrrgien innewohnen.« Er erklärte, daß dieses Artefakt der Anlage zusätzliche Energien zugeführt haben mußte, bis diese unter der Überlastung zusammengebrochen war. »Värstähscht du, wasch dasch bedeutet?«

Suzy schüttelte den Kopf. Sie hatte Kars Ausführungen nicht recht folgen können. Es kostete sie Anstrengung, seine Worte überhaupt zu verstehen.

Kar breitete die Arme aus und verkündete: »Dasch Arrrtäfakt hat genau dieschelbe Änärrrgiesignaturrr wie diesche Pyramide.«

Suzy blickte ratlos drein.

»Värschtehschst du denn immärrr nosch nischt? All unschere Prrrobläme warrren immärrr Änärrrgieprobläme. Wirrr hattän nie genügänd Änärrrgie fürrr die Anlagäh. Dasch, wasch Schack gefundän hat, könntä die Lösung dafürrr sein!«

Suzy nickte. So langsam verstand sie.

Kar hob seine ausgebreiteten Hände zur Decke und richtete den Blick ebenfalls empor. Wie um unsichtbare Mächte zu beschwören, rief er: »Dann stehän wirrr ganz discht vorrr unscherem groschen Schiel!«

Suzy fragte sich unwillkürlich, was dieses Ziel überhaupt war. Sie hatte bisher noch nie darüber nachgedacht.

Und vor allen Dingen – war das auch *ihr* Ziel?

Kar ließ seine Arme sinken und wandte sich wieder Suzy zu. Seine Hand schoß abrupt vor und packte sie am Handgelenk.

»Komm mit!« zischte er. »Isch brausche deine Hilfäh!«

Suzy fühlte sich bei der Berührung erneut von Übelkeit gepeinigt, doch Kar zerrte sie vom Bett. Sie war froh, als er sie wieder losließ, und folgte ihm wie betäubt, als sie die Kammer verließen und tiefer in die Pyramide hinabstiegen.

»Wirrr müschen Schacks Arrrtäfakt scho schnell und schischer wie möglisch hierrrhärrr holen. Abärrr bei dem Änärrrgielevel wirrrd ärrr nie eine modärrrne Maschine damit beschteigen können.« Kar sah Suzy an. »Hörscht du mirrr überhaupt schu?«

Suzy schrak zusammen. »Ja. Ja. Natürlich.«

»Gut. Du hascht doch gutäh Kontakte schu verrrschiedenen Drogenboschen in Mittelamärrrika, nischt wahr?«

»Zu dem ein oder anderen.«

»Dann wirrrd schischerlisch einärrr dabei schein, derrr dirrr einen kleinen Gefallen schuldät. Pasch auf, wasch isch mirrr auschgädacht habäh ...«

Er klärte sie über seinen Plan auf.

Dann hatten sie die Halle mit der Anlage zur Zeitlosen

Ortsversetzung erreicht. Suzy zögerte hineinzugehen, und als sie es tat und sich drinnen umsah, kam es ihr so vor, als hätte hier ein Feuer gewütet. Die meisten Lichter der Anlage waren erloschen, überall lagen irgendwelche Teile auf dem Boden, und in der Luft hing ein Gemisch aus kaltem Rauch und verkohltem Maschinenöl.

»Was wollen wir hier?« fragte Suzy. Das Herz begann ihr bis zum Hals zu schlagen, und in ihrer Brust machte sich ein Gefühl der Beklemmung breit.

»Isch habe dirrr doch geschagt, dasch isch deine Hilfäh brausche.« Kar ging zur Anlage und betätigte irgend etwas. »Jemand musch Schack übärrr den Plan inforrrmierän. »

Die Klammer in Suzys Brust zog sich noch weiter zu. »Du ... du willst, daß ich ...?« Panik stieg in ihr hoch, als sie daran dachte, welchem Martyrium sie beim letzten Mal ausgesetzt gewesen war. »Nein! Nein, Kar! Das mache ich nicht! Das kannst du nicht von mir verlangen!«

Kar sah sie an. »Du brauscht keinäh Angscht schu haben. Isch kann disch garrr nischt körrrpärlisch schu Schack schickähn. Daschu ischt die Anlage schu beschädigt. Isch schickäh nur eine Projekschion von dir schu Schack.«

Suzy schüttelte den Kopf. Angstschauer schüttelten sie. »Nein! Das werde ich nicht tun.«

»Wasch ischt? Värrrtrauscht du mirrr nischt mährrr?«

Suzy vermochte nichts zu antworten. Ihre Kehle war wie zugedrückt. Was Kar verlangte, überstieg ihre Kräfte. Allein der Gedanke, noch einmal das Erfassungsfeld zu betreten, schüttelte sie. Nein, das würde sie nie wieder tun!

Sie wich vor Kar zurück, als er auf sie zukam.

»Komm schon, Schuschie!« zischte er und streckte die Arme nach ihr aus. »Nurr dieschesch einäh Mal!«

Suzy wich weiter zurück. Ihre Blicke fuhren hektisch

umher, doch es gab kein Entrinnen. Selbst wenn sie es geschafft hätte, aus dieser Halle zu fliehen, so hätte Kar doch nie zugelassen, daß sie die Pyramide verließ.

Er hatte sie fast erreicht, als sie mit der Ferse gegen einen Gegenstand stieß. Als sie kurz nach unten sah, erkannte sie den Elektroschocker, den sie vorhin bei sich getragen hatte. Schnell hob sie ihn auf, umklammerte ihn mit beiden Händen und hielt ihn Kar entgegen, als wolle sie einen Vampir mit einem Kruzifix abwehren.

»Halt! Bleib stehen! Oder ...!«

Kar verharrte in der Bewegung. »Odärrr wasch?«

»Oder ...« Suzy schluckte gequält. »Hör zu! Ich will das nicht tun. Aber ich werde es. Zwing mich nicht dazu!«

Kar legte seinen Echsenkopf leicht schräg und musterte Suzy aus seinen geschlitzten Reptilaugen. Suzy hatte den Eindruck, als sei er weniger besorgt denn vielmehr von ihr enttäuscht. Doch sie konnte seine Mimik schon seit langen nicht mehr deuten.

»Wasch scholl dasch, Schuschie? Du glaubscht doch nischt, dasch du misch mit dieschem Schpielscheug aufhalten kannscht?«

Er kam einen weiteren Schritt auf sie zu.

Suzy drückte auf die Taste des Schockers, um Kar zu zeigen, wie ernst sie es meinte. Zwischen den beiden Metallstiften auf der Vorderseite erschien ein knisternder Funkenbogen.

»Bleib mir vom Leib, Kar!« rief Suzy panisch. Sie wünschte sich, sie hätte eine wirksamere Waffe gehabt. In diesem Moment wäre sie in der Lage gewesen, Kar umzubringen.

»Alscho schön«, zischte Kar.

Er tat, als wolle er sich ihrem Willen beugen und sich wieder abwenden, doch dann sprang er urplötzlich vor. Die Attacke kam mit der Wucht und Geschwindigkeit eines aus dem Wasser schnellenden Krokodils.

So schnell, daß Suzy nicht die geringste Chance hatte, auch nur ihren kleinen Finger zu rühren, war Kar bei ihr und schlug ihr den Elektroschocker aus den Händen. Das Gerät flog meterweit durch die Luft und fiel irgendwo polternd zu Boden.

Kar packte Suzy an den Schultern und hob sie mit spielerischer Leichtigkeit hoch, bis ihre Füße in der Luft pendelten.

»Wasch mascht du?« brüllte er sie an. »Willscht du, dasch isch wütend werrrdäh?«

Suzy war nicht in der Lage, ihm etwas zu antworten. Sie krümmte sich in seinem eisernen Griff, und die Welle der Übelkeit, die sie überschwemmte, ließ sie husten und würgen.

»Tu dasch nie wiedärrr, Schuschie!« Er schüttelte sie. »Hörscht du? Schonscht wärrrdäh isch einen Weg findän, disch gefügig schu maschen!«

Sie verstand nur zu genau, was er meinte. Und der Gedanke, einen der gräßlichen Parasiten im Kopf zu tragen, mit denen Kar sich Menschen zu willenlosen Marionetten machte, war das Schlimmste, was sie sich vorstellen konnte.

»Hascht du dasch värrrstandän?«

Ein verkrampftes Nicken war alles, was sie zustande brachte. Kar schien zufrieden damit zu sein und ließ sie los. Suzy fiel zu Boden und stützte sich mit den Händen ab. Ihr Magen revoltierte endgültig. Würgend erbrach sie sich.

Kar wartete, bis sie fertig war. »Alscho! Bischt du jetscht bereitt?«

Suzy schluckte und wischte sich den Mund mit dem Ärmel ihres Kostüms ab. »Ja«, preßte sie hervor. »Ich mache alles, was du willst! Aber tu mir nichts an! Bitte!«

Sie merkte, daß sie am ganzen Körper zitterte. Diese Worte weckten unangenehme Erinnerungen an ihre

Jugendzeit, die sie am liebsten für immer verdrängt hätte. *»Ja, Mister! Ich mache alles, was Sie wollen. Aber bitte tun Sie mir nichts!«* Wie oft hatte sie so oder ähnlich gefleht, während sie sich in fernöstlichen Freudenhäusern hatte hocharbeiten müssen? Und wie wenige ihrer schnaufenden, schweißtriefenden Kunden hatten Rücksicht darauf genommen? Das Gefühl der Hilflosigkeit, das sie jetzt empfand, schien ihr genau das gleiche wie damals zu sein – ebenso wie ihr Zittern.

Es war etwas, das sie niemals wieder in ihrem Leben hatte empfinden wollen.

»Dann gäh!« zischte Kar. »Du weischt, wasch du Schack sagen sollscht!«

Suzy versuchte auf die Beine zu kommen, doch vergebens. Ihre Knie waren einfach zu weich und zittrig und gaben immer wieder nach.

Kar packte sie kurzerhand erneut, riß sie noch und stieß sie grob in das Erfassungsfeld.

Suzy wehrte sich nicht dagegen, sondern kauerte sich hin und barg den Kopf in den Händen.

Kar kehrte zur Anlage zurück.

»Schooo!« zischte er. »Jetscht!«

Jack Warden hatte nicht lange schlafen können. Schon nach ein paar Stunden war er wieder aufgewacht und brütete seitdem in seiner Kabine darüber, wie er Kar erreichen konnte.

Plötzlich, ohne daß er aufblickte, überfiel ihn das Gefühl, nicht mehr allein im Raum zu sein – so stark, daß sich alle seine Nackenhärchen aufrichteten.

Er vermeinte sogar, so etwas wie ein feines Knistern zu hören.

Er griff nach seinem Revolver und fuhr herum.

Auf der anderen Seite der Kabine hockte eine Gestalt

auf dem Boden, die den Kopf in den Händen barg und ihn gar nicht wahrzunehmen schien.

»Suzy!« rief Jack überrascht. »Bist du das wirklich?«

Sie hob den Kopf, blinzelte ein paarmal und schien ihn dann ebenfalls sehen zu können.

»Jack!« hauchte sie.

Er stürzte auf sie zu und ging vor ihr in die Hocke. »Suzy. Du kannst dir gar nicht vorstellen, wie froh ich bin, daß du endlich hier bist.«

Er beugte sich vor, um sie in seine Arme zu schließen, doch seine Hände glitten ohne jeden Widerstand durch sie hindurch. Nur ein Kribbeln war zu spüren.

Sie sah ihm direkt in die Augen und schüttelte traurig den Kopf. »Ich bin nicht wirklich hier. Was du siehst, ist eine Projektion.«

»Eine Projektion?«

»Ja. Ich selbst befinde mich in der schwarzen Pyramide.« Sie schluckte trocken. »Bei Kar.« Sie sprach, als bereite ihr jedes Wort große Anstrengung.

»Was ist mit dir passiert?« fragte Jack besorgt. »Du siehst fürchterlich aus.«

Es schien, als versuche sie zu lächeln, doch es wurde nur ein mattes Zucken ihrer Wangenmuskeln daraus. »Es ist nichts. Nur ein kleiner Zwischenfall beim letzten Transportversuch.«

»Ich habe dich gesehen!« rief Jack. »Die ganze Mannschaft hat es. Was ist geschehen?«

Suzy schüttelte den Kopf. »Ich weiß es nicht. Kar könnte es dir vielleicht sagen. Aber das ist jetzt auch nicht weiter wichtig. Diese Übertragung hält nur ein paar Minuten. Kar ist der Meinung, du hättest ein ungeheuer wichtiges Artefakt gefunden.«

Warden grinste selbstbewußt. »So ist es. Wie es aussieht, ist es die wahrhaftige Bundeslade! Stell dir nur vor, was das bedeutet!«

Seine Begeisterung vermochte sie nicht anzustecken. »Weißt du, im Moment kann ich mir nur recht wenig vorstellen. Und mit christlicher Mythologie war ich noch nie sehr vertraut.« Ein bitterer Zug mischte sich in ihr Gesicht. »Wie auch immer – Kar will das Artefakt so schnell wie möglich in seiner Pyramide haben.«

Warden atmete tief durch. »Also, welche Instruktionen hat er für mich?«

»Hör zu«, sagte Suzy, »ich soll dir folgendes ausrichten ...«

»Brrrav, Schuschie!« zischte Kar, als die Übertragung beendet war. »Schiescht du, esch hat doch garrr nischt wehgetan!«

Es hörte sich höhnisch an, aber Suzy war sich nicht sicher, ob es wirklich so gemeint war. Auf jeden Fall hatten ihre schwitzenden Freier es damals höhnisch gemeint, wenn sie endlich von ihr abgelassen und ihr dasselbe gesagt hatten – während sie noch vollkommen erniedrigt und gedemütigt dagelegen hatte.

Sie sagte nichts, sondern zog sich in die Höhe und verließ das Erfassungsfeld, froh darüber, sich wieder auf den eigenen Beinen halten zu können.

»Dann gäh jetscht!« befahl Kar. »Du weischt, wasch du schu tun hascht!« Kar wandte sich wieder der Anlage zu und betrachtete die Anzeigen. »Scheltscham«, zischte er mehr zu sich selbst. »Esch ischt noch immer genauscho viel Änärrrgie im Schpeicher wie zuvor. Würrrde für einen Schprung auschreischen.«

Suzy näherte sich zögernden Schrittes dem Ausgang. Sie hatte die Halle fast verlassen, als Kar sie doch noch einmal anrief.

»Du wirscht misch doch nischt enttäuschen, Schuschie, nischt wahrrr?«

Sie erstarrte und brauchte ein paar Augenblicke, bis sie ihre Züge soweit unter Kontrolle hatte, daß sie sich ihm zuwenden konnte.

»Nein«, versicherte sie. »Das werde ich nicht. Du kannst dich ganz auf mich verlassen.«

»Schön, dasch schu hörrrän. Du weischt ja, dasch esch keinen Platsch gibt, um schisch vorrr mirrr schu verschtecken.«

»Nein, Kar, das weiß ich.«

Genau das war das Problem. Es gab keine Möglichkeit, Kar zu entkommen. Selbst wenn Suzy fliehen würde – wo hätte sie sich verstecken sollen? Mit der Anlage zur Zeitlosen Ortsversetzung hätte Kar sie in jedem Winkel der Welt ausfindig machen können.

Damit war sie endgültig entlassen.

Suzy torkelte durch die Pyramide dem Ausgang entgegen. Immer wieder mußte sie sich an der Wand abstützen, um nicht zu Boden zu stürzen.

Als sie schließlich ins Freie trat, kam es ihr so vor, als stiege sie aus den dunkelsten Abgründen der Hölle wieder ans Tageslicht empor.

Sie mußte ein paarmal blinzeln, ehe sich ihre Augen an das rötliche Sonnenlicht gewöhnt hatten. Über dem Südseeatoll hing ein Bilderbuch-Sonnenuntergang, der jedem Reiseprospekt zur Ehre gereicht hätte. Warme Tropenluft umhüllte Suzy und machte den kalten Schweiß erträglicher, der auf ihrer Haut und in ihrer Kleidung klebte.

Erst jetzt bemerkte Suzy, wie sehr sie im Innern der Pyramide gefröstelt hatte. Aus irgendeinem Grund war es dort trotz der hohen Temperaturen draußen stets gleichbleibend kühl, genauso wie die Gänge und Räume stets von einem kalten, matten Licht erfüllt waren, das aus keiner erkennbaren Quelle stammte.

Suzy machte sich auf den Weg zum Anlegesteg, wo die

LAOTSE festgemacht war. Die schnittige, schneeweiße Luxusyacht war ihr mobiler Operationsstützpunkt.

Die wenigen Menschen, denen Suzy begegnete, waren allesamt Parasitenträger und bedingungslose Gefolgsleute Kars – Roboter mit menschlichen Körpern. Es handelte sich um Neuseeländer, Australier und andere unglückliche Seelen, die das Pech gehabt hatten, zu diesem verwunschenen Ort zu gelangen. Kar hatte sie zu willfährigen Geschöpfen gemacht, die ihre armselige Existenz auf diesem Atoll fristeten und auf die Anweisungen ihres Herrn warteten. Meist setzte Kar sie nur für niedere Tätigkeiten ein.

Suzy erschauderte, als sie daran dachte, daß ihr womöglich ein ähnliches Schicksal drohte. Dann wäre sie lieber tot gewesen.

Sie war froh, als sie endlich die LAOTSE erreichte. Einer ihrer Männer, der Wache hielt, half ihr an Bord.

»Willkommen zurück«, begrüßte er sie. »Sie sehen mitgenommen aus. Ist etwas passiert?«

»Nichts, was Sie interessiert«, erwiderte Suzy.

Der Mann nickte untertänig. »Verstehe!«

»Ist hier alles klar?«

»Keine besonderen Vorkommnisse. Keiner hat das Schiff verlassen oder betreten. Wie Sie befohlen haben.«

Suzy hatte ihren Männern die strikte Anweisung erteilt, unter keinen Umständen an Land zu gehen. Die Crew war ihr zwar absolut ergeben, aber Suzy befand es für besser, wenn die Leute nicht zuviel wußten.

»Wie lauten Ihre Befehle?« fragte der Mann. Nun, als Suzy wieder auf eigenem Terrain war, kehrte ein Teil ihrer Selbstsicherheit und Beherrschtheit zurück. Es tat gut, von treuen Männern umgeben zu sein. Und zwar von *echten* Menschen und nicht parasitengesteuerten Marionetten.

Obwohl – sie konnte sich nicht sicher sein, daß Kar

nicht längst einen oder mehrere ihrer Männer infiziert hatte. Die Parasiten boten nicht nur die Möglichkeit, einen Menschen vollkommen willenlos werden zu lassen. Sie konnten auch nur bei Bedarf aktiviert werden, während der Träger ansonsten vollkommen normal reagierte.

Suzy wünschte sich, Kar hätte die Parasiten mehr dazu eingesetzt, einflußreiche Politiker, Konzernbosse oder andere mächtige Leute unter seine Kontrolle zu bringen. Nicht abzuschätzen, welche Macht und welchen Reichtum sie damit hätten erlangen können! Aber statt dessen verfolgte Kar irgendwelche anderen Ziele, die Suzy immer weniger nachvollziehen konnte.

»Miss?« fragte der Mann nach.

Suzy schrak aus ihren Gedanken hoch. Was war die Frage gewesen? Ach ja, richtig!

»Wir laufen aus«, sagte sie. »Sofort. Kurs Fidschi, mit dreiviertel Kraft.«

»Jawohl!«

»Wenn es irgend etwas geben sollte, ich bin in meiner Kabine. Ist das Satellitentelefon einsatzbereit?«

»Es steht zu ihrer Verfügung.«

Suzy nickte und zog sich in ihre Kabine zurück, wo sie sich als erstes mit zitternden Fingern eine Zigarette ansteckte und ein paar Züge tief inhalierte. Ein Blick in den Spiegel zeigte ihr ein Gesicht mit tiefen Linien und leblos wirkenden Augen. Alles in ihr sehnte sich danach, einfach ins Bett zu fallen, zu schlafen und zu vergessen – aber sie riß sich zusammen.

Sie spritzte sich etwas Wasser ins Gesicht und setzte sich vor das Satellitentelefon. Während sie eine Verbindung nach Mittelamerika herstellte, dachte sie daran, wie gut es war, daß ihr Gesprächspartner sie jetzt nicht sehen konnte.

Es dauerte nicht lange, bis sich jemand meldete.

Suzy sagte, wer sie war, und verlangte den Chef zu sprechen. Es war ein einflußreicher Mann, dessen Namen man in seinem Land meist nur flüsternd aussprach.

Kurz darauf war er in der Leitung.

»Suzy Duvall?« kam es aus dem Lautsprecher. »Was für eine Überraschung! Es ist lange her ... Benötigen Sie wieder Ware?«

»Nein, darum geht es nicht. Ich möchte Sie um einen Gefallen bitten ...

»Gern! Wenn es in meiner Macht steht. An was dachten Sie?«

»Ich brauche ein Flugzeug. Und zwar ein besonderes. Mit zwei Piloten ...«

Pedro Cavalho saß in seinem Büro am Hafen von San José und klappte die Buchhaltungsmappe zu. Der gut fünfzigjährige Reeder war mit den Einnahmen des Monats durchaus zufrieden und beschloß, daß es nun an der Zeit für ein Mittagessen sei. Die Sonne stand fast im Zenit.

Cavalho besaß insgesamt sieben Schiffe. Für jemanden aus der ersten Welt handelte es sich dabei vielleicht um bessere Schrottkähne, doch hier in der dritten Welt war er damit ein recht vermögender Mann. Früher war der Fischfang seine Haupteinnahmequelle gewesen, doch seitdem die Erträge dort stark zurückgegangen waren, mußte er die Einbußen mehr und mehr durch Schmuggelfahrten oder andere Geschäfte ausgleichen. Zum Glück war er ein Mann mit zahlreichen Kontakten.

Ein Bootsjunge kam in sein Büro gelaufen und zog hinter sich die Tür zu.

»Señor Cavalho!« rief er. »Señor Cavalho!«

Der Reeder verzog unwillig das Gesicht. »Was fällt dir ein, hier einfach hereinzustürmen? Und was soll das Geschrei? Was ist los?«

Der Junge fuchtelte aufgeregt mit den Armen in der Luft umher. »Señor! Die Polizei! Sie sind mit mehreren Wagen gekommen. Es sind Gringos bei ihnen. Und sie wollen zu Ihnen ...«

Da pochte es auch schon der Tür – laut und kräftig. »Pedro Cavalho!« donnerte draußen eine Stimme. »Sind Sie da drinnen?«

Aus einem Reflex heraus ließ Pedro Cavalho die Buchhaltungsmappe in seinem Schreibtisch verschwinden. Schließlich handelte es sich dabei nicht um die offizielle Buchhaltung.

Der Reeder faßte sich und holte tief Luft, um zu antworten ...

... doch da wurde die Tür bereits mit einem kräftigen Tritt aufgestoßen und flog ächzend in die Angeln.

Ein halbes Dutzend Polizisten stürmte herein.

Pedro befürchtete, daß sie ihn sofort verhaften würden – aus welchem konkreten Grund auch immer. Er hatte in den letzten Jahren genügend Gesetzesverstöße begangen, die anklagenswert gewesen wären. Allerdings hatte er bisher immer geglaubt, seine Schmiergeldzahlungen an die hiesigen Behörden würden ihn vor einer Verhaftung schützen. Doch was war in einem Land wie diesem schon wirklich sicher?

Zu seiner Überraschung stürzten sich die Polizisten nicht auf ihn, sondern bildeten links und rechts der Tür ein Spalier, durch das forschen Schrittes ein uniformierter Mann in sein Büro trat und vor seinem Schreibtisch stehenblieb.

»Capitano Vasquez!« rief Pedro Cavalho, als er den Polizeichef von San José erkannte, und sprang auf. »Was ... was verschafft mir die Ehre Ihres Besuches!«

»Ich will es kurz machen«, antwortete Vasquez kühl und nahm sich Zeit, sich ausgiebig im Büro des Reeders umzusehen, ehe er weitersprach. »Ich habe vor zwei

Stunden einen Anruf vom Polizeichef in Lima erhalten. Er sagte mir, daß er gerade vom Polizeipräsidenten angerufen worden sei, der wiederum vom Innenminister unseres Landes beim Frühstück gestört wurde.«

Pedro Cavalho sah entgeistert drein. Daß er das ein oder andere Ding am Rande der Legalität gedreht hatte, war ihm ja bewußt, aber daß dies bereits so weite Kreise gezogen hatte, hätte er nie gedacht. »Ich ... aber ... äh ...«, stotterte er. »Was ...?«

Vasquez sah ihn ungnädig an, als könne er gar nicht glauben, sich so unverständlich ausgedrückt zu haben.

»Wie auch immer«, fuhr er fort. »Offenbar haben höchste Stellen großes Interesse daran, einen bestimmten Gegenstand wiederfinden, der diesen Herrschaften hier abhanden gekommen ist.« Damit deutete er hinter sich.

Pedro Cavalho sah, daß dort eine Frau und zwei Männer aufgetaucht waren. Vasquez stellte sie als Miss Heber, Mr. Connor und Mr. Ericson vor.

»Und?« fragte Cavalho ratlos. »Was habe ich mit der Sache zu schaffen?«

»Die Herrschaften behaupten, daß Ihr Bruder Pepe einen sehr wertvollen Gegenstand gestohlen hat«, führte Vasquez aus, »und gerade dabei ist, ihn an Bord der AGUILERA außer Landes zu schaffen.«

In Cavalhos Schädel rasten die Gedanken. Langsam erlangte er seine Fassung zurück.

»Ach ja, Pepe, mein Bruder«, stieß er erleichtert hervor. »Ja, stimmt, Pepe ist gestern mit der AGUILERA ausgelaufen. Aber was er transportiert ...« Cavalho griff sich mit beiden Händen theatralisch an die Brust. »Wer bin ich, daß ich meinen Bruder vorschreiben würde, was er zu tun oder zu lassen hat?«

»Welchen Kurs fährt die AGUILERA?« mischte sich Tom ein.

»Ich weiß es nicht.«

Tom ließ nicht locker. »Aber es muß eine Möglichkeit geben, den Standort der AGUILERA festzustellen. Oder Kontakt mit ihr aufzunehmen.«

Der Reeder zögerte einen kurzen Moment.

Vasquez übersah es keineswegs. »Was ist? Gibt es so eine Möglichkeit?«

»Nein«, beteuerte Cavalho. »Selbst über Funk nicht. Ich habe heute bereits versucht, ihn zu erreichen, aber er meldet sich nicht.«

Vasquez nickte, dann wandte er sich Tom zu. »Da hören Sie es.«

Ericson deutete auf die Funkanlage in der Ecke des Büros. »Er soll es noch einmal versuchen.«

»Na los. Sie haben es gehört!«

Der Reeder nickte ergeben und begab sich zerknirscht zu der Anlage.

Tom registrierte es mit Befriedigung.

Sutherlands Bemühungen trugen erste Früchte. Vor einer halben Stunde war Capitano Vasquez im Hotel der Abenteurer eingetroffen, um mit ihnen die Suche nach der AGUILERA zu koordinieren. Die erste Spur hatte sie ins Büro des Reeders geführt.

Tom deutete auf Cavalho. »Er soll kein Wort davon sagen, daß wir hier sind, sondern einfach nur um Rückmeldung bitten.«

Pedro Cavalho sah den Polizeichef fragend an.

Vasquez nickte. »Sie haben gehört, was er gesagt hat. Keine Angabe über den Grund der Rückmeldung.«

Der Reeder fügte sich und schaltete auf Sendung.

»AGUILERA, bitte melden!« sprach er ins Mikrophon. »Hier spricht Cavalho! Es ist dringend. Meldet euch!«

Außer Rauschen drang nichts aus dem Lautsprecher. Cavalho wandte sich um. »Wie ich gesagt habe, Capitano, ich weiß nicht, wo ...«

Vasquez ließ das nicht durchgehen. »Wir wollen doch

nicht so schnell aufheben. Los, versuchen Sie es wieder.«

Cavalho wirkte keineswegs begeistert, doch er beugte sich der Gesetzesgewalt. Er wandte sich um und wiederholte seinen Spruch. Und nicht nur einmal, sondern mehrfach.

»AGUILERA!« sprach er in das Mikrofon. »Wenn ihr mich hören könnt ...«

» ... dann meldet euch!«

Jack Warden befand sich gerade zufällig in der Nähe des Steuerhauses, so daß er den Funkspruch aufschnappte. Er stürmte hinein und sah, daß Ramon und Pepe dort untätig hockten.

»Was ist?« fuhr er die beiden an. »Warum nehmt ihr den Funkspruch nicht entgegen?« Gleichzeitig streckte er selbst die Hand nach dem Funkgerät aus.

Pepe hielt Wardens Hand fest. »Nicht. Tun Sie das besser nicht!«

»Was soll das?« Warden zuckte zurück und legte die Hand drohend auf seinen Revolver. »Willst du mir etwa vorschreiben, was ...?«

»Das ist es nicht«, schlichtete Ramon. »Er will Sie nur warnen.«

»Warnen?« Warden wurde unsicher. »Wovor?«

Pepe hob die Schultern. »Ich weiß es nicht genau. Es ist nur so, daß sich mein Bruder nie auf solche Weise melden würde, wenn bei ihm alles in Ordnung wäre.«

Warden runzelte die Stirn. »Wie meinst du das?«

»Nun, Sie kennen meinen Bruder nicht«, erklärte Pepe. »Aber wenn er nicht in jedem zweiten Satz kräftig flucht, ist etwas nicht in Ordnung.«

»AGUILERA, bitte melden!« drang es wieder aus dem Lautsprecher. »Meldet euch! Es ist dringend!«

Hinter Wardens Stirn arbeitete es angestrengt. »Du

meinst also, wir sollten den Funkspruch nicht annehmen?« fragte er Pepe.

Der legte den Kopf zur Seite. »Es ist Ihre Entscheidung, Sir. Ich habe gesagt, was ich denke – Sie müssen wissen, was Sie tun.«

Warden überlegte.

Cavalho wandte sich von der Funkanlage ab und breitete die Arme aus. »Sie sehen«, verkündete er, »die AGUILERA hört uns nicht. Ganz wie ich es gesagt habe.«

Vasquez nickte knapp. Er wandte sich den Abenteurern zu. »Sie haben es gehört. Lassen Sie uns gehen.«

»Moment!« rief Tom Ericson. »So schnell dürfen wir nicht aufgeben! Ich bin davon überzeugt, daß er lügt!«

Um Vasquez' Mundwinkel erschien ein ironischer Zug, jedoch nur einen winzigen Moment lang, dann hatte er seine Verachtung für die Gringos wieder unter Kontrolle. »Und wie gedenken Sie das zu beweisen?«

Tom überlegte kurz, dann sah er den Reeder entschlossen an, dem sichtlich unwohl zumute wurde. »Lassen Sie mich einfach ein paar Minuten mit ihm allein. Dann werden wir wissen, ob er wirklich so ahnungslos ist, wie er tut!«

Der Reeder zuckte erschrocken zusammen – genau wie Vasquez.

»Señor!« wies er Tom barsch zurecht. »Wir sind hier in einem Rechtsstaat! Selbst wenn wir in Ihren Augen vielleicht nur eine Bananenrepublik sein mögen.«

Tom biß die Zähne aufeinander und funkelte den Polizeichef wütend an. Connor trat dicht an ihn heran. »Lassen Sie es gut sein«, flüsterte er so leise, daß nur Tom es hören konnte. »Der Capitano hat recht. Selbst wenn der Reeder etwas weiß, werden wir es nie aus ihm herausbekommen.«

Tom gefiel das ganz und gar nicht, aber er fügte sich in sein Schicksal.

Vasquez gab seinen Männern ein Zeichen, und wenige Momente später befand Pedro Cavalho sich wieder allein in seinem Büro. Der Reeder kratzte sich am Kinn. »Hm, das muß eine wirklich wichtige Fracht sein, die mein Bruder da hat«, meinte er zu sich selbst, »wenn sich sogar die UN dafür interessiert.«

Er ging zum Fenster, spähte nach draußen und wartete, bis die Polizeiwagen wieder davongefahren waren. Dann setzte er sich erneut vor das Funkgerät.

»AGUILERA!« rief er in das Mikrofon. »Pepe, du verdammter Bastard, melde dich endlich! Hier ist Pedro. Du sollst verflucht sein, wenn ich nicht gleich etwas von dir höre ...!«

Vasquez kehrte mit den Abenteurern in die Polizeistation von San José zurück. In einem Nebenraum saßen sie zusammen, um die weiteren Aktionen zu koordinieren. Unter der Decke drehte sich träge ein großer Ventilator, und der Polizeichef hatte auf einem Tisch eine große Landkarte ausgebreitet.

»Fassen wir zusammen, was wir bis jetzt haben. Und das ist nicht viel.« Vasquez deutete auf die Gebiete vor der nördlichen Küste Guatemalas. »Nur die Funkkette, mit der wir alle Schiffe und Flugzeuge vor der Küste um Hilfe gebeten haben, hat etwas gebracht.«

Die Abenteurer beugten sich interessiert vor. »Was?« fragte Tom.

»Zwei Schiffe, ein einheimischer Frachter und ein deutsches Kreuzfahrtschiff, haben gemeldet, in der letzten Nacht seltsame Leuchterscheinungen gesichtet zu haben. Dabei sollen auch die Positionslichter eines anderen Schiffes zu sehen gewesen sein – aber es ist völlig offen, ob es sich dabei wirklich um die AGUILERA gehandelt hat.« Vasquez sah die Drei forschend an »Wobei ich noch immer nicht verstehe, warum irgendwelche ungewöhnlichen Erscheinungen auf die Position des gesuchten Schiffes hinweisen sollten.«

Die Abenteurer blieben ihm die Antwort darauf schuldig. Vasquez hatte ohnehin nicht damit gerechnet. Er zeigte auf die Karte. »Die erste Sichtung war hier, die zweite ein paar Stunden später dort. Wenn man davon ausgeht, daß die AGUILERA, wie Sie vermuten, nordwärts unterwegs ist, könnte das mit dem Kurs übereinstimmen. Und dann haben wir noch eine Meldung von heute früh von einem Flugzeug. Allerdings nur über eine eigenartige Wolkenformation. Und zwar in etwa hier ... Sie sehen, es liegt ungefähr auf einer Linie.«

»Des Tages zog der HERR als Wolke vor ihnen her«, flüsterte Gudrun im Tonfall einer unheilvollen Prophezeiung. »Und des nachts in einer Feuersäule.«

Vasquez starrte sie an. »Wovon reden Sie da?«

»Von der Wanderung der Israeliten durch die Wüste«, erklärte Gudrun, ohne ihn anzusehen. Vasquez wirkte verunsichert. Es schien sich zu fragen, ob er es hier womöglich mit einem Haufen Verrückter zu tun hatte.

»Was hat das bitte schön mit den Israeliten zu tun?« fragte er.

»Am besten, Sie denken erst gar nicht weiter darüber nach«, sagte Tom. Er lächelte gequält. »Unsere Kollegin drückt sich manchmal ein wenig ... äh ... kryptisch aus.«

Gudrun sah empört drein, hielt sich jedoch zurück.

Als Vasquez merkte, daß sie sich nicht weiter äußern würde, deutete er wieder auf den Plan. »Wie auch immer – ich habe veranlaßt, daß die Suche hier konzentriert wird. Wenn die AGUILERA weiter Kurs gehalten hat, müßte sie sich irgendwo dort befinden. Vorausgesetzt, sie hat überhaupt etwas mit den Sichtungen zu tun.«

»Das ist unsere einzige Hoffnung«, sagte Connor. »Sind die Flugzeuge schon unterwegs?«

»Ja.« Vasquez nickte. »Der Himmel weiß, wie sie es geschafft haben, das Militär dazu zu bewegen, dafür zehn Maschinen zur Verfügung zu stellen. Aber machen Sie sich keine übertriebenen Hoffnungen. Selbst wenn sich die AGUILERA irgendwo dort befindet, heißt das noch lange nicht, daß wir sie auch finden. Dazu ist das in Frage kommende Gebiet einfach zu groß.«

Tom seufzte und tauschte einen kurzen Blick mit Connor. »Ich fürchte, da sagen Sie uns nichts Neues.«

Jack Warden stand an der Reling der AGUILERA und blickte grüblerisch aufs Meer hinaus. Die Sonne hatte ihren höchsten Stand längst überschritten und schickte sich an, dem Horizont entgegenzusinken.

Warden dachte über das nach, was ihnen der Reeder im zweiten Anlauf über Funk mitgeteilt hatte. Demnach bestand kein Zweifel: Die drei Abenteurer lebten noch. Das allein hätte Warden recht kalt gelassen. Viel bedenklicher war, was der Reeder über die staatliche Unterstützung erzählt hatte, derer sich die drei erfreuten.

Pepe kam heran und störte ihn in seinen Überlegungen. »Wir fahren nun schon seit der Kursänderung heute morgen mit voller Kraft.«

»Ja, und?«

»Die Maschinen laufen langsam heiß. Für eine solche Dauerbelastung sind sie einfach zu alt. Das halten sie nicht mehr lange durch. Was sollen wir tun?«

Ein leises Brummen verirrte sich an Wardens Ohr. Er gab Pepe mit einer Geste zu verstehen, ruhig zu sein, und hielt lauschend inne.

Tatsächlich, da war ein entferntes Motorengeräusch!

Er hob den Kopf, schirmte seine Augen mit der Hand

gegen das Sonnenlicht ab und suchte den Himmel ab. Es dauerte nicht lange, bis er einen dunklen Fleck vor dem strahlend blauen Firmament ausgemacht hatte.

Pepe sah ihn ebenfalls. »Ein Flugzeug«, stieß er hervor. »Und es kommt direkt auf uns zu!«

Warden nickte und behielt den Flieger weiter im Auge. Es war eine besondere Maschine, wie er erkannte, als sie näherkam und in mäßiger Höhe über die AGUILERA hinweg zog: ein Wasserflugzeug, und zwar eine große Ausführung mit vier Propellern.

Pepe schien die Sache nicht zu behagen. »Ob man uns entdeckt hat?« fragte er nervös.

Das Flugzeug hatte sich bereits zur Seite geneigt und kam in einem langgestreckten Bogen erneut auf das Schiff zu – diesmal deutlich tiefer.

»Verdammt!« rief Pepe.

»Ganz ruhig«, meinte Warden. »Kein Grund zur Panik. Und was die Maschinen angeht: Wir machen einen kleinen Zwischenstopp und lassen ihnen ein wenig Zeit zur Erholung.«

Die Maschine überflog die AGUILERA erneut.

»Ja, aber ...«, stotterte Pepe und deutete gen Himmel. »Und was ist mit dem Flugzeug?«

Wardens Wangenmuskeln zuckten. »Laß das nur meine Sorge sein.«

Tom, Gudrun und Connor waren mehr oder minder zur Untätigkeit verdammt. Sie konnten nicht mehr tun, als die Meldungen der Suchflugzeuge entgegenzunehmen und die Gebiete zu kennzeichnen, die bis jetzt erfolglos nach der AGUILERA abgesucht worden waren.

Da kam Vasquez in das Büro gestürzt, in seiner Hand ein Fax. »Wir haben sie! Wir haben die AGUILERA gefunden!«

Tom und Connor sprangen wie von der Tarantel gestochen auf. »Wo?« riefen sie zugleich.

Gudrun nahm die Neuigkeit wesentlich gefaßter auf, aber auch in ihren Augen funkelte es. Neugierig sah sie den Polizeichef an.

Vasquez reichte das Papier weiter. »Hier, lesen Sie selbst. Eine zivile Maschine hat die AGUILERA gesichtet. Vor nicht mal zehn Minuten. Ein Wasserflugzeug aus Panama.«

»Und das ist wirklich sicher?« fragte Tom, als könne er es gar nicht fassen. »Kein Irrtum möglich?«

»Der Kapitän, ein Amerikaner namens Ned Raw, hat angegeben, extra eine zweite Runde über das Schiff geflogen zu sein. Dabei hat er den Namen identifiziert.«

Tom hieb mit der Faust in die Handfläche der anderen Hand. »Jetzt haben wir ihn!« rief er.

»Noch nicht ganz«, gab Connor zu bedenken. »Der Sichtungsort ist mehr als vierhundert Kilometer von hier entfernt.«

»Kein Problem«, sagte Vasquez. »Wir könnten in knapp drei Stunden dort sein. Rechtzeitig vor Einbruch der Nacht.«

Die drei Abenteurer sahen ihn überrascht an.

»Wie das?« fragte Tom.

Vasquez musterte sie nacheinander, und auf seinem sonst so professionell steinernen Gesicht zeigte sich ein Schmunzeln. »Keine fünf Autominuten von hier stehen drei startbereite Polizeihubschrauber. Ausgestattet auch für Wasserlandungen, und jeder mit vier Mann Besatzung.«

Tom sah den Polizeichef an, als wolle er ihn umarmen.

Vasquez schien die Gefahr zu ahnen und wurde sofort wieder ernst und distanziert.

»Worauf warten wir noch?« fragte er. »Je eher ich Sie los bin und hier wieder Ruhe einkehrt, desto besser!«

»Wollen Sie mitkommen, Capitano?« fragte Connor.

Vasquez grinste breit. »Natürlich. Oder glauben Sie, ich lasse mir so einen Spaß entgehen?«

Keine zehn Minuten später befanden sich die Helikopter in der Luft. Mit nach vorn geneigten Cockpits jagten sie drei riesigen Hornissen gleich über das grüne Blätterdach des Dschungels nach Norden.

Die Abenteurer saßen in derselben Maschine wie Vasquez, der vorne neben dem Piloten Platz genommen hatte. Im hinteren Raum befanden sich zwei weitere Polizisten – und in den beiden anderen Hubschraubern noch einmal zehn bewaffnete Leute.

Es war eine Übermacht, noch dazu mit dem Gesetz im Rücken, gegen die Warden normalerweise nichts würde ausrichten können. Doch Tom gab sich keinen Illusionen hin. Die Umstände waren nicht normal. Wer wußte, ob ihnen nicht wieder ein Sturm in die Quere kam? Oder irgend etwas anderes.

Er überlegte, ob er dem Polizeichef über dieser Gefahr unterrichten sollte, entschied sich aber dagegen. Warum sollte er ihn unnötig beunruhigen? Und wie sollte er etwas erklären, was unerklärbar war?

Die nächsten zwei Stunden erschienen Tom unendlich lang. Das untätige Warten zerrte an seinen Nerven. Der Lärm der Rotoren machte wenig Lust auf ein Gespräch. Und außerdem – worüber hätten sie reden sollen?

Die Hubschrauber folgten nun der Küstenlinie mit ihren teils weißen Stränden und teils schroffen Felsen. Der atemberaubende Blick aus dem Fenster ließ Tom kalt. Statt dessen ertappte er sich dabei, wie er sich abermals vergewisserte, daß sein Colt geladen und einsatzbereit war.

Er schnappte einen bezeichnenden Seitenblick von

Gudrun auf, doch als er sie direkt ansah, schaute sie schnell weg. Tom zuckte mit den Schultern. Sollte einer aus Frauen schlau werden!

Es kam ihm vor, als wären Ewigkeiten vergangen, als Vasquez sich irgendwann zu ihnen umwandte.

»Gerade hat ein Beobachtungsflugzeug durchgegeben, daß sich die AGUILERA noch immer an fast derselben Stelle befindet, an der sie zuerst gesichtet wurde«, rief der Polizeichef.

Tom runzelte die Stirn. »Wieso hat sie angehalten?« brüllte er zurück.

»Fragen Sie mich nicht!« antwortete Vasquez. »Vielleicht ein Maschinenschaden. Oder irgendein anderer Defekt!«

Tom nickte. Das war die logischste Erklärung. Aber sein Mißtrauen blieb. Er mochte nicht so recht daran glauben, daß ihnen das Glück diesmal hold sein sollte. Jack Warden zusammen mit der Bundeslade manövrierunfähig im Pazifik – das war eine Vorstellung, die viel zu schön war, um wahr zu sein!

»Gedulden Sie sich einfach noch eine Stunde«, rief Vasquez, der Toms Gedanken zu erahnen schien. »Dann sind wir da!«

Geduld! Geduld! Tom konnte diese Worte langsam nicht mehr hören. Er biß die Zähne zusammen und schwieg.

»Wir sind da!« brüllte Vasquez nach hinten. »Da unten liegt die AGUILERA!«

Tom stürzte nach vorne, um durch die Cockpitscheibe selbst einen Blick darauf zu werfen.

Und in der Tat – kaum einen Kilometer vor ihnen lag Wardens Schiff. Die Distanz nahm ständig ab.

»Seien Sie vorsichtig!« rief er Vasquez ins Ohr.

»Vielleicht wartet Warden mit einer unliebsamen Überraschung auf!«

Vasquez sah ihn irritiert an. »Glauben Sie etwa, er hat ein Flugabwehrgeschütz? Auf einem so alten Kahn?«

»Das nicht«, meinte Tom. »Aber ... schon gut. Seien Sie einfach nur vorsichtig!«

Vasquez verzog geringschätzig das Gesicht. »Ich werde sehen, was sich tun läßt.«

Die drei Polizeihubschrauber stießen herab und umkreisten die AGUILERA. An Deck des Schiffes setzte erkennbar hektisches Treiben ein. Das Auftauchen der knatternden Maschinen war nicht unbemerkt geblieben.

»AGUILERA!« donnerte Vasquez' Stimme aus den Außenlautsprechern. »Hier spricht die Polizei! Behalten Sie Ihre Position bei! Wir werden wassern und an Bord kommen. Jeder Widerstand wird als gesetzwidriger Akt angesehen und dementsprechend geahndet!«

Tom wußte nur zu gut, was sich hinter diesen Worten verbarg: die Androhung von Schußwaffengebrauch.

Auf der AGUILERA liefen die Leute aufgeregt umher, ansonsten erfolgte keine Reaktion. Tom versuchte unter den Gestalten an Bord Jack Warden auszumachen, aber vergeblich. Dafür waren sie noch zu weit entfernt.

Die beiden anderen Hubschrauber gingen in unmittelbarer Nähe der AGUILERA zu Wasser, während sie selbst das Schiff weiterhin drohend umkreisten.

Tom war von der Präzision der Aktion überrascht, und er nahm es hin, daß Vasquez ihm einen despektierlichen Blick zuwarf, der zu besagen schien: Seht her, ihr Gringos, ihr seid nicht die einzigen, die eine gezielte Aktion zustande bekommen!

Aus den gelandeten Hubschraubern wurden kleine Schlauchboote zu Wasser gebracht, die sich selbst aufbliesen und in denen die Polizisten zur AGUILERA übersetzten.

Ein paar Minuten später kam das Zeichen, daß alles unter Kontrolle sei.

Erst jetzt wasserte auch ihre Maschine, und kurz darauf setzten sie mit Vasquez auf die AGUILERA über.

Tom hatte die Hand am Colt, als er über die Reling an Bord kletterte, aber das war überflüssig. Es gab keinen Widerstand. Die Polizisten hatten alle Besatzungsmitglieder an Deck zusammengetrieben. Die Leute, in der Mehrzahl einfache Bootsmänner, machten allesamt einen verängstigten Eindruck.

Einer der Polizisten salutierte zackig und erstattete Vasquez Bericht. »Wir haben das gesamte Schiff durchsucht. Nirgendwo eine Spur von einem Amerikaner oder einer Fracht, wie sie uns beschrieben wurde!«

Tom fiel aus allen Wolken. »Das ist unmöglich! Haben Sie auch alle Räume abgesucht?«

Der Polizist wirkte beleidigt, sagte aber nichts. »Auf meine Männer kann ich mich voll und ganz verlassen«, nahm Vasquez ihn in Schutz.

Tom fühlte sich hilflos. Er sah sich an Bord des Schiffes um. Als sie der AGUILERA mit dem Schnellboot verfolgten, hatte er gesehen, daß Warden die Bundeslade auf dem Vorderdeck untergebracht hatte. Aber dort fand er nur ein paar Planen und Seile. Von der Lade selbst keine Spur.

Tom kehrte zu Vasquez zurück. »Und?« meinte der Polizeichef lakonisch.

Tom war nicht gewillt, so schnell aufzugeben. Er wandte sich der zusammengetriebenen Mannschaft zu und rief laut: »Ihr hattet den Gringo Jack Warden an Bord! Raus mit der Sprache: Wo ist er hin? Und wo ist seine Fracht?«

Die Leute wirkten eingeschüchtert. Und sie schienen plötzlich allesamt unter Gedächtnisverlust zu leiden.

Tom kochte vor Wut. Doch er wußte, daß ihn das nicht

weiterbrachte. Er wandte sich dem Polizeichef zu. »Versuchen Sie es noch einmal, Capitano! Vielleicht sprechen *Sie* die Sprache dieser Leute.«

»Wenn Sie meinen«, sagte Vasquez, als verspräche er sich nur wenig davon. Er holte tief Luft und setzte zum Sprechen an.

»Nein, warten Sie«, hielt Tom ihn zurück.

Vasquez entließ die Luft pustend wieder aus seinen Lungen. »Was denn nun?« fragte er ärgerlich.

Tom hob die Hand und näherte sich der Mannschaft. Er hatte unter den Leuten ein paar bekannte Gesichter ausgemacht, deren Besitzer sich wohlweislich ganz nach hinten gedrückt hatten.

Er deutete auf drei Männer. »Los, ihr da! Rauskommen!«

Pepe, Alonso und Ramon traten zögernd nach vorn und blieben mit gesenkten Köpfen stehen.

»Diese drei Männer waren es, die Warden geholfen haben, uns den Gegenstand abzunehmen«, sagte Tom.

»Stimmt das?« donnerte Vasquez die drei Männer an.

Es kam ein zögerndes Nicken.

Tom baute sich vor ihnen auf. »Also stimmt es: Warden war hier an Bord?«

Wieder ein verhaltenes Nicken.

»Los, redet endlich! Wohin ist er verschwunden?«

Pepe faßte sich ein Herz. »Ein Wasserflugzeug hat ihn abgeholt, eine große Transportmaschine. Vor gut drei Stunden.«

Tom erstarrte. »Wie bitte?«

»Ja«, sagte Alonso. »Wir haben die Fracht mit dem Kran hinübergehieft, und dann ist er damit verschwunden. Und zwar ohne uns den versprochenen Lohn zu zahlen!«

Tom interessierte die Lohnfrage nun wirklich am wenigsten. Er tauschte einen betroffenen Blick mit Connor, Gudrun und dem Polizeichef.

Jeder von ihnen dachte im Augenblick wohl dasselbe.

Connor lachte kurz humorlos auf. »Wie hieß doch gleich der Kapitän, der die Sichtung durchgegeben hat – Ned Raw? Das war niemand anders als Warden! Warum bin ich nicht gleich darauf gekommen? Er hat seinen Namen einfach herumgedreht!«

»Wenn er sich hier mit dem Wasserflugzeug verabredet hatte«, folgerte Vasquez, »werden die Piloten über die Funkbrücke erfahren haben, daß wir nach der AGUILERA suchen. Und damit wußte es auch Warden.«

Tom preßte die Lippen zusammen. »Ja, und dieser Mistkerl hat sogar die Dreistigkeit besessen, uns als Abschiedsgeschenk persönlich seine eigene Sichtung zu melden! Nur um uns durch die Gegend zu jagen und lächerlich zu machen.«

Tom fühlte sich gedemütigt. Warden schien es darauf angelegt zu haben, ihnen ihre Hilflosigkeit deutlich vor Augen zu führen.

»Wenn ich die Lage richtig beurteile«, meldete Vasquez sich zu Wort, »haben wir hier nichts mehr verloren.«

Den Abenteurern blieb nichts anderes übrig, als ihm Recht zu geben. Vasquez erteilte seinen Leuten den Befehl, die AGUILERA zu verlassen.

»Und was ist mit den drei Männern?« Gudrun deutete auf Pepe, Ramon und Alonso. »Wollen Sie die nicht festnehmen? Schließlich haben sie einiges auf dem Kerbholz: Raub, Entführung, Geiselnahme ...«

Vasquez zuckte die Schultern. »Sie wollen also, daß Anklage gegen sie erhoben wird!«

»Natürlich!« entgegnete Gudrun. »Ist das ein Problem?«

»Nur für Sie drei«, meinte Vasquez gedehnt, »denn das setzt natürlich voraus, daß Sie bis zur Anklageerhebung im Land bleiben, damit Sie bei der Verhandlung als Zeugen auftreten können. Und bis dahin können durchaus ein paar Wochen vergehen.«

Gudrun sah ihn fassungslos an. »Das ist nicht Ihr Ernst.«

»So ist nun mal die Rechtslage«, erwiderte Vasquez. »Also – wollen Sie, daß ich die drei verhafte?«

Gudrun stand da und kämpfte mit sich und ihrem Gerechtigkeitsgefühl.

»Komm«, sagte Tom leise, der neben sie getreten war. »Laß es gut sein.«

Pepe, Alonso und Ramon konnten ihre Erleichterung kaum verbergen. »Danke, Capitano!« rief Pepe. »Das werden wir ihnen nie vergessen!«

Vasquez wandte sich zu ihnen um und musterte sie mit einem Blick, der einen ausgewachsenen Ochsen tot hätte umfallen lassen. »Glaubt nicht, daß ich euch einen Gefallen getan hätte«, sagte er scharf. »Die Vorkommnisse hier sind nicht vergessen. Ich werde euch und euren Bruder, den Reeder, im Auge behalten. Sobald ihr euch etwas zuschulden kommen laßt, und sei es auch nur der kleinste Verstoß, dann werdet ihr euch wünschen, daß wir uns nie begegnet wären! Habe ich mich klar ausgedrückt?«

Die drei nickten eingeschüchtert.

Ein Teil der Polizisten war bereits von Bord gegangen, und auch Connor und Gudrun schickten sich an, ins Boot zu steigen.

»Pssst! Mister!« hörte Tom da jemanden hinter sich raunen. Er wandte sich um.

Einer aus der Mannschaft stand neben dem Steuerhaus und winkte ihm, zu ihm zu kommen. Tom legte vorsichtshalber die Hand an den Colt, als er zu dem Mann ging. »Was willst du?«

Der Mann bedeutete ihm, nicht so laut zu sprechen. »Ich habe etwas, das Sie interessieren könnte.«

»Was sollte das sein?«

Der Mann sah ihn verschwörerisch an. »Ich war drüben auf dem Wasserflugzeug, als diese Truhe verladen wurde. Und dabei habe ich mitangehört, wie Warden mit den Piloten gesprochen hat. Darüber, wohin sie fliegen!«

Tom sah ihn wie elektrisiert an. »Und – wohin?«

Der Mann schüttelte den Kopf. »Das kostet Sie etwas. Warden hat uns um den Lohn betrogen. Deshalb habe ich keine Scheu, ihn zu verraten. Aber ich will Dollars sehen!«

»Wieviel?«

»Der Gegenstand, den Warden hat, muß Ihnen viel bedeuten. Also, sagen wir – tausend Dollar!«

Tom schnaufte wütend und packte den Mann am Kragen. »Hör zu, wenn du ...«

»Schon gut, schon gut. Ich habe es mir überlegt. Es reichen auch fünfhundert.«

»Hundert. Und keinen Cent mehr. Vorausgesetzt, deine Information ist wirklich etwas wert.«

»Zweihundert. Das ist das mindeste, was ...«

»Hundert!« beharrte Tom. »Und wenn du nicht gleich den Mund aufmachst, können wir das Gespräch auch gern in der Polizeistation fortsetzen. Dort wirst du aber bestimmt kein Geld bekommen.«

Der Mann schüttelte heftig den Kopf. »Schon gut! Ich bin mit hundert einverstanden.«

»Also, laß hören, was du zu sagen hast!«

»Zuerst das Geld.«

»Nein, zuerst die Information!«

»Was ist?« rief Vasquez vom Hauptdeck. »Das letzte Boot setzt über!«

»Ich komme gleich!« rief Tom. »Einen Moment noch.« Er wandte sich dem Mann zu. »Ich höre.«

Der Matrose atmete tief durch. »Ich war im Frachtraum der Maschine, als Warden vorn mit dem Piloten gesprochen hat. Er hat ihm gesagt, daß sie nach Suva auf den Fidschi-Inseln fliegen wollen.«

»Nach Fidschi? Das ist Blödsinn. Die Fidschi-Inseln

liegt gut zehntausend Kilometer von hier entfernt! Eine Propellermaschine hat gar nicht die Reichweite, um dorthin zu kommen. Du willst mich nur ausnehmen!« Er tat, als wollte er sich abwenden.

»Nein, Mister, bitte glauben Sie mir! Warden hat das wirklich gesagt. Und der halbe Frachtraum war voller Fässer mit Treibstoff. Ich glaube, sie wollten unterwegs nachtanken.«

Tom wurde nachdenklich. Was der Mann erzählte, machte durchaus Sinn. Auf diese Weise könnte eine Propellermaschine den Pazifik überqueren. »Hast du sonst noch etwas gehört?« fragte er.

»Nicht viel. Nur noch, daß Warden sich auf Fidschi mit jemanden treffen wollte. Ich bin mir nicht sicher, ob ich es richtig verstanden habe, aber Warden sagte, daß er die Fracht an Laotse übergeben wolle. Ich weiß selbst, es klingt unwahrscheinlich, und Laotse ist längst tot. Aber das ist es, was ich gehört habe.«

Tom hatte das Gefühl, als fließe anstatt Blut plötzlich flüssiges Wachs durch seine Adern. Für den Bootsmann mochte Laotse gleichbedeutend mit dem chinesischen Weisen sein, doch Tom wußte es besser.

LAOTSE, das war der Name der Privatyacht, von der aus Suzy Duvall ihre Geschäfte zu tätigen pflegte. Und sie war eine Mitarbeiterin Kars, ebenso wie Jack Warden. Alles, was der Mann da erzählte, machte Sinn – auch wenn er es selbst nicht wußte.

»Mehr weiß ich nicht. Sie ... Sie glauben mir doch, oder?«

»Mr. Ericson!« rief Vasquez. »Wollen Sie hier übernachten?«

»Ich komme!« Tom langte in die Tasche und reichte dem Mann einen Hundertdollarschein. »Hier! Und fang damit was Besseres an, als auf einem Kahn wie diesem anzuheuern!«

Damit ging er zu Vasquez. Sie verließen die AGUILERA als letzte.

Der Bootsmann nahm den Hundertdollarschein, hielt ihn gegen das Sonnenlicht und drehte ihn ein paarmal hin und her, um sich zu vergewissern, daß er wirklich echt war. Dann holte er einen kleinen ledernen Beutel hervor und steckte den Schein zu dem Lohn, den Warden ihnen vorhin ausgezahlt hatte – wie versprochen das Doppelte von dem, was ausgemacht gewesen war. Der Bootsmann beobachtete, wie die Polizeihubschrauber wieder aufstiegen, und grinste.

Es war ein einträglicher Tag gewesen.

Sutherland hatte Schwierigkeiten, Tom Ericson zu verstehen. Als Mortimer ihm gemeldet hatte, wer am Telefon war, hatte er das Gespräch sofort entgegengenommen.

»Ich kann Sie nur ganz schlecht hören!« rief er. »Was ist das für ein Radau bei Ihnen?«

»Das liegt daran, daß ich aus einem Hubschrauber mit Ihnen spreche!« Toms Tonfall war anzuhören, daß er ebenfalls gegen den Lärm anschrie. »Wir waren gerade auf Wardens Schiff und sind nun auf dem Rückflug!«

»Was haben Sie erreicht?«

»Leider nichts! Warden hat sich per Flugzeug abgesetzt – mit der Lade!« Tom berichtete möglichst knapp, was geschehen war. Und er schilderte, was der Bootsmann ihm erzählt hatte. »Wenn man ihm glauben kann, will Warden die Lade in Fidschi an Suzy Duvall übergeben.«

»*Wenn* man ihm glauben kann«, gab Sutherland zu bedenken.

»Es ist unsere einzige Spur und die letzte Chance, Warden doch noch zu stellen!«

Sutherland dachte nach. »Wie haben Sie sich das vorgestellt?«

»Besorgen Sie uns einen Learjet!« forderte Tom. »Irgendein Geschäftsmann in Guatemala-City muß doch einen besitzen! Damit könnten wir Warden noch einholen oder sogar überholen! Er hat nicht mehr als drei Stunden Vorsprung – fünf, bis wir in der Hauptstadt sind! Aber er ist recht langsam unterwegs!«

»Also ein Learjet«, wiederholte Sutherland. »Abflugbereit in Guatemala-City. Sie verlangen nicht wenig. Aber ich werde sehen, was sich tun läßt.«

Tom schöpfte Hoffnung. Wenn Sutherland so etwas sagte, war das so gut wie ein Versprechen.

»Außerdem könnte ich einen Kontakt zum Hafenmeister von Suva herstellen. Vielleicht kann er uns vor Ort helfen.«

»Das wäre prima!« stieß Tom hervor. Er wollte die Verbindung unterbrechen, als Sutherland ihn zurückhielt.

»Nur noch eine kleine Frage.«

»Ja, Sir?«

»Ich habe gehört, daß es zwischen Ihnen und Miss Heber ein paar Differenzen gibt ...«

»Was denn für Differenzen?« tat Tom unschuldig.

»Das wollte ich von Ihnen wissen.«

Tom war fast versucht, »Das ist unsere Privatsache!« zu antworten. »Nur ein vorübergehendes Stimmungstief! Die letzte Zeit war anstrengend! Ich versichere Ihnen, es ist nichts, worüber Sie sich Sorgen machen müßten!«

Sutherland gab sich zufrieden und zeigte sich beruhigt. Er beendete die Verbindung.

Tom lehnte sich nachdenklich zurück und streifte Gudrun mit einem kurzen Seitenblick. Er wünschte sich, er wäre selbst genauso beruhigt gewesen ...

ENDE
DES SECHSTEN BUCHES

SIEBTES BUCH

KARS TRIUMPH

von Robert deVries

Acht Wochen zuvor

Elwood schlief.

Tiefer und tiefer sank der Mann in Schwarz in den Schlaf.

Erste Traumbilder tauchten auf – verschwommen erst, dann deutlicher. Sie wirbelten umher, verfestigten sich und zerstoben wieder. Und wie immer, wenn er sich dem Zentrum seines Traumes näherte, erwarteten ihn lockende, wispernde Stimmen.

»Wir rawten fua dici«, raunten sie ihm zu. *»Whr waetrn aui dfch. Wwr iartan euf dhci.«*

Elwood ließ sich von ihnen führen, bis um ihn herum ein Raum erwuchs, der ihn bald vollständig einschloß – ein Ort, der ihm mittlerweile nur allzu vertraut war. Kein Wunder, schließlich war es stets dieser eine Raum, in dem er sich wiederfand, seitdem er zu träumen gelernt hatte. Immer und immer wieder dieser rote Raum!

Es war Wochen her, daß der *Ruf* an ihn ergangen war – ein Befehl, dem jeder Mann in Schwarz absoluten Gehorsam schuldete. Dieser Befehl hatte ihn zu dem schottischen Schloß Oake Dùn geführt, dem Sitz einer privaten archäologischen Forschungsgruppe namens A.I.M.. Der *Ruf* hatte beinhaltet, sich dieser Gruppe anzuschließen, was Elwood auch getan hatte.

Der darauffolgende enge Umgang mit Menschen war eine ebenso irritierende wie anregende Erfahrung gewesen, die ihn immer wieder in Verwirrung gestoßen hatte – und das um so mehr, als daß jemand wie er eigentlich gar keine Empfindungen wie ›irritierend‹, ›anregend‹ oder ›verwirrend‹ hätte haben dürfen. Denn er war ein Mann in Schwarz. Trotzdem hatte er sie, und das verstärkte seine Verwirrung noch.

Das Problem war nur: Er war sich nicht einmal sicher, ob es sich wirklich um Empfindungen handelte. Vielleicht waren es ja auch nur Defizite in seinem internen

Begriffs-, Auffassungs- und Verständnisvermögen. Oftmals erschien ihm das die einzig Erklärung für jene seltsame Verfassung zu sein, in den er dann geriet und den er am ehesten als einen Zustand der absoluten Unfähigkeit zur logischen Schlußfolgerung bezeichnen würde.

Ob das jedoch Gefühle waren, wußte er nicht. Dazu fehlten ihm einfach die Vergleichsmöglichkeiten. Alles, was seine Existenz bis dahin ausgefüllt hatte, war die Rolle eines *Dieners* gewesen. Und als ein solcher hatte er jeder Anweisung zu folgen gehabt, die über den *Ruf* an ihn erging.

Wie oft das in der Vergangenheit schon der Fall gewesen war, auch das wußte er nicht. Er besaß keine spezifischen Erinnerungen mehr daran. Nach der Erledigung eines Auftrags wurden sämtliche Details aus der Erinnerung jedes Mannes in Schwarz gelöscht. Und vor einem Auftrag wurden ihm gerade so viele Informationen mitgegeben, wie er sie für die Erledigung seiner Mission benötigte.

In diesem Fall jedoch, so hatte Elwood feststellen müssen, war er nicht im mindesten auf das alles vorbereitet gewesen, was ihn unter den Menschen erwartete.

Zu den neuen Erfahrungen, die er gemacht hatte, gehörte auch die des Träumens. Connor, der Butler des Schloßherrn, hatte ihn ermuntert, es damit zu versuchen. Nach anfänglichen Schwierigkeiten war es ihm geglückt, und er war mit einem Male in gänzlich neue – sowohl faszinierende wie aber auch äußerst verwirrende – Welten vorgestoßen. Wie Connor ihm erklärt hatte, bewegte sich jeder Mensch Nacht für Nacht in diesen Welten, ob er sich dessen bewußt war oder nicht. Und diese Welten wurden ›Träume‹ genannt.

Doch warum Elwood sich in jedem seiner Träume letztendlich stets in ein- und demselben Raum wiederfand, darauf hatte Connor auch keine Antwort gegeben.

Der Raum war nicht übermäßig groß. Er maß in jede Richtung etwa zehn, fünfzehn Meter. So schien es jedenfalls. Doch das konnte nicht sein wirkliches Maß sein. Denn immer wenn Elwood bei früheren Besuchen versucht hatte, das andere Ende des Raumes zu erreichen, hatte er das Gefühl gehabt, mit jedem Schritt nur millimeterweit voranzukommen. Selbst nach mehreren hundert Schritten hatten sich die Perspektiven des Raumes nur unmerklich verschoben. Jemand anders als ein Mann in Schwarz hätte es womöglich nicht einmal wahrgenommen.

Die üblichen Gesetze der Raum-Zeit schienen hier keine Wirksamkeit zu haben.

Der Boden war mit seltsamen regelmäßig-unregelmäßigen Zickzackmustern bedeckt. Auf der Elwood gegenüberliegenden Seite gab es ein paar schlichte, gebraucht wirkende Sitzmöbel. Die Wände bestanden aus schweren dunkelroten Vorhängen, die von innen her zu leuchten schienen, und in dem Leuchten bewegten sich sanft geheimnisvolle Schatten.

Dies war zugleich der Bereich, aus dem die flüsternden Stimmen stammten.

»Wir rawten fua dici«, hießen sie Elwood willkommen. *»Whr waetrn aui dfch. Wwr iartan euf dhci.«*

Es waren dieselben Stimmen wie jedesmal.

Dieselben Worte.

»Hier bin ich«, sagte Elwood. Wie jedesmal.

Und wie jedesmal brachte der Klang seiner Stimme das Wispern hinter den Vorhängen einen Moment lang zum Verstummen. Dann setzte es wieder ein, und wie immer klangen die Stimmen auch diesmal enttäuscht.

»Du kmmost zr fuüh. Do kummsu zt früh!«

Die Worte waren Elwood gut bekannt. Er verstand sie nicht direkt. Sie klangen irgendwie verzerrt, undeutlich, als wären seine Ohren nicht dafür geschaffen, sie vollends zu verstehen. Aber er begriff trotzdem, was sie sagten.

»Wieso?« fragte er. Dies tat er zum ersten Mal. Und er tat es auf Anweisung von Dr. Jacob hin. »Wieso komme ich zu früh?«

Die Stimmen wurden vielstimmiger.

»Weiu dl nicdt drr btsi, der su dein losltest.«

»Odee her du iesn witsr.«

»Odee drr du lam warst.«

»Wie bitte?« fragte Elwood. »Wie? Ich verstehe euch nicht.«

»Veretsht uns niche«, echote es. *»Vtrstthe uns cinht. ...«*

Elwood empfand abermals Ratlosigkeit. In einer Umgebung wie dieser fehlten ihm einfach zu viele ... Konstanten.

»Ich verstehe das alles nicht«, bekannte er.

»Er vsretehs et nicht«, hallte es von den Wänden.

»Veretsht ei nscht.«

»Veretsht aells nithtc.«

»Armer Elwood!«

Die letzten Worte klangen beinahe normalverständlich. Aber es kam Elwood so vor, als wäre es nur eine zufällige Synchronizität.

»Wer seid ihr?« fragte er. »Und warum bin ich hier?« Es waren beides Fragen, die Dr. Jacob ihm zu stellen geraten hatte.

»Wer riw sind?« kam es von jenseits der Vorhänge.

»Und rawum ei hrer ist?«

»Warsm uind riw deni hner?«

»Und rew ist er?«

»Und aaw ist eihr?«

»So vleie Fregan ...«

»Franeg über Fragen ...«

Elwood verstand immer weniger. Er hatte das Gefühl, einen vielstimmigen, irgendwie verkehrten Wasserfall losgetreten zu haben.

Plötzlich änderte sich irgend etwas – von einem Augenblick auf den anderen.

»Pst ...«

»Pst!«

»Pssst!!!«

»Er kmmot ...«

»Er kmmot zucürk ...«

»Er iwt siedhr eier ...«

»Wiered zurkcü ...«

Elwood war verwirrt. Was war los?

Keine Frage! Etwas Ungewöhnliches war im Gange. Etwas, das noch nie während seiner vorherigen Anwesenheiten hier geschehen war.

Da begann das Licht ringsum zu flackern. Das rötliche, sanfte Flimmern hinter den Vorhängen verschwand, statt dessen war der Raum plötzlich von einem hektischen Blitzen erfüllt – grell, weiß, und ... unregelmäßig.

Eine Gestalt tauchte in den Blitzsequenzen auf. Eine kleine, verformte, rotgekleidete Gestalt.

Ein Zwerg!

Doch der Zwerg erschien nicht in jedem Aufblitzen. Anfangs war er in jedem dreiundzwanzigsten Blitzflackern zu sehen.

Kurz darauf in jedem neunzehnten.

Dann in jedem siebzehnten.

In jedem dreizehnten.

In jedem elften.

Elwood begann in der Art, wie der Zwerg sein Erscheinen in diesem Raum verdichtete, eine Gesetzmäßigkeit zu erkennen. Eine Gesetzmäßigkeit, die nur jemandem mit so hohen Auffassungsgaben wie ihm auffallen konnte.

Und diese Gesetzmäßigkeit setzte sich weiter fort. Der rotgekleidete Zwerg erschien nun in jedem siebten Aufblitzen.

Je häufiger er zu sehen war, desto mehr schien es, als würde er tanzen – verkehrtherum tanzen.

Nun war er bei jedem fünften Aufblitzen zu sehen.

In jedem dritten ...

Elwood war sich nicht sicher, woher sein Wissen rührte, aber er begriff, daß der Zwerg sich auf irgendeine Weise über einen Primzahlen-Rhythmus den Weg aus einer anderen, viel umspannenderen Dimension hier hinein bahnte.

Dieser Raum schien dem Zwerg keineswegs unvertraut zu sein. Zu selbstverständlich mutete sein Erscheinen hier an.

Elwood war verwirrt. Obwohl alle Geschehnisse ganz einfach anmuteten – jedenfalls nach den Maßstäben der Menschenwelt –, stürmten irgendwie viel zu viele Informationen und Eindrücke auf ihn ein. Vor allem waren alle Eindrücke so ... widersprüchlich. Alle Fakten so ... unfaktisch. Alle Kausalitäten so unkausal. Alle Wirklichkeiten so unwirklich.

Dann befand der Zwerg sich endgültig hier. Das flackernde Licht erlosch, und hinter den Vorhängen schimmerte es wieder sanft und rot. Der Zwerg tanzte noch einen Moment lang weiter, dann schien er sich Elwoods Anwesenheit bewußt zu werden, hielt inne und wandte sich ruckartig um. Erstaunt musterte er den Mann in Schwarz.

Eine Weile sahen sich die beiden einfach nur forschend an.

»Wer bist du?« fragte Elwood dann.

Die Frage schien den Zwerg zu amüsieren. Es kam Bewegung in ihn. Er rieb die Hände aneinander. Es hörte sich an, als ob Sandpapier über eine rauhe Oberfläche schmirgelte. Oder als ob Papier knisterte. Oder Laub raschelte. Oder Feuer prasselte.

Alles war so vielschichtig ... so widersprüchlich!

»weR icH biN? diE fragE solltE besseR lauteN, weR dU bisT!«

Elwood war verwirrt. Schon wieder eine so eine fremdartige Sprache, doch diesmal auf eine gänzlich andere Art und Weise fremdartig als die Stimmen hinter dem Vorhang. Sie schwiegen, seitdem der Zwerg hier war.

»Ich glaube, ich verstehe nicht ...«, begann Elwood.

»oH docH!« fiel ihm der Zwerg scharf ins Wort. *»daS tusT dU! icH biN sicheR, dasS dU daS tusT! unD zwaR weitauS mehR alS dU denksT!«*

Wieder klangen die Worte aus seinem Mund falsch und verkehrt. Aber Elwood verstand trotzdem, was sie sagten. Und das war ... richtig und wahr. Sogar wahrer als alles, was er bisher gehört hatte.

Doch wie sollte er darauf reagieren? Schon wieder fühlte er diesen Zustand der absoluten Unfähigkeit zur Schlußfolgerung.

»Wer bist du?« wiederholte er also abermals.

»falschE fragE. falschE fragE!« kreischte der Zwerg anklagend. Es klang schrill. Ein Mensch, wäre er anstelle des Mannes in Schwarz hier gewesen, wäre mit Sicherheit zusammengezuckt. Aber Elwood analysierte nur.

»Wie lautet die richtige Frage?«

diE richtigE fragE lauteT: weR bisT dU?«

»Ich bin Elwood.«

»falschE antworT«, kreischte der Zwerg. *»alsO – weR bisT dU?«*

Elwood überlegte. »Ich bin ein *Diener.*«

»falschE antworT«, kreischte der Zwerg. Er wedelte mit den Armen, sein Tonfall wurde ungeduldiger. *»falschE antworT.«*

Elwood überlegte. Was sollte er sagen?

»alsO – weR bisT dU?« drängte der Zwerg.

»Ich weiß es nicht«, bekannte Elwood wahrheitsgemäß.

»Er wßie es nhcit«, wisperte es plötzlich wieder aus dem Bereich jenseits der Vorhänge. Es klang höhnisch. *»Er iewß es cinht.«*

»Weii nßcht, rew er ist.«

»Odee wrr er raw ...«

»Odee srin wdri ...«

»pssssssT!« zischte der Zwerg ungehalten. Die Stimmen hinter dem Vorhang verstummten. Der Zwerg sah Elwood forschend an. *»wenN dU denN schoN nichT weißT, weR dU bisT, kannsT dU danN wenigstenS sageN, wiesO dU hieR bisT?«*

»Warum ich hier bin?« Elwood war ratlos. Er hatte gehofft, die Antwort darauf von dem Zwerg zu erfahren.

»jA. hierheR kommeN nuR wenigE! meisT sinD eS machtvollE persönlickeiteN.«

»Persönlichkeiten?« horchte Elwood auf.

»jA. OdeR abeR vielsichtigE personeN. iN deR menschenwelT, voN wO auS dU hierheR gekommeN bisT, gelteN siE meisT alS verwirrtE seeleN.«

»Bin ich denn eine Person? Ein Mensch?«

»daS isT diE fragE, miT deR alleS beginnT. aucH diE reisE, diE hierheR führT ...«

Elwood dachte nach. Die Worte berührten ihn. Sie waren so falsch und ... wahr. So verkehrt und richtig. So neu und doch bekannt.

Richtig! Es war ihm bekannt! Dies alles hier – der Raum, die Stimmen, der Zwerg – er hatte all das in seinem tiefsten Innern getragen. Er war kein Fremder hier.

Erstaunt registrierte Elwood, daß diese Erkenntnis, die ihn mit absoluter Sicherheit durchströmte, keineswegs auf logischen Schlußfolgerungen beruhte. Es war, wie er feststellte, reines Gefühl – jedenfalls soweit er es zu beurteilen in der Lage war.

Aber seltsamerweise barg dies eine viel größere Sicherheit in sich, als es jede Schlußfolgerung, und sei sie noch so logisch und unanfechtbar gewesen, gekonnt hätte.

Es gab da nur ein kleines, aber bedeutendes Problem: Er wußte mit all dem nichts anzufangen.

»Was oder wo ist *hieR*?« fragte er, sich bemühend, dem Tonfall des Zwerges gerecht zu werden. »Was ist dies für ein Ort?«

Der Zwerg wirkte enttäuscht. *»waS meinsT dU miT orT?«*

»Ort, Platz, Dimension ...« Elwood merkte, daß ihm die sprachlichen Möglichkeiten fehlten, es zu erklären.

»dieS isT daS wartezimmeR.«

»Und warum ist hier alles so unstet, so unwirklich?«

»unwirklicH?«

»Ja. Die Realität scheint hier nicht so fest zu sein wie in der Welt, aus der ich komme.«

»daS kommT ganZ auF deN standpunkT aN. füR dicH maG diE wirklichkeiT hieR vielleichT unwirklicheR anmuteN. füR unS hingegeN isT deiN begrifF deR wirklichkeiT weitauS unwirklicheR alS dieseR rauM hieR odeR gaR diE bereichE, auS deneN wiR stammeN.«

Elwoods Verwirrung stieg.

»Wer ist ›ihr‹? Und aus welchen Bereichen stammt ihr?«

»dorT, wO wiR herkommeN, liegT immeR musiK iN deR lufT, unD diE vögeL singeN unS schönE liedeR«, antwortete der Zwerg.

Elwoods Verwirrung war vollkommen.

Dann wurde der rötliche Schein hinter den Vorhängen plötzlich dunkler. Die Gesprächsbereitschaft des Zwerges erlosch.

»dU mußT geheN. deinE zeiT hieR isT abgelaufeN ...«

Elwood spürte, wie seine Anwesenheit in diesem Raum rapide an Substanz verlor und er quasi hinausgedrängt wurde. Die roten Vorhänge verblaßten, fielen in sich zusammen und blieben hinter ihm zurück. »Halt! Halt!« rief Elwood.

Der Prozeß der Auflösung stoppte.

»waS gibT eS nocH?« erreichte Elwood die Stimme des Zwerges wie aus weiter Ferne. Elwood bemerkte, daß es irgendwo im Hintergrund seiner Träume noch immer rötlich glomm.

»Ich will noch nicht gehen.«

»wiesO nichT?«

»Ich ... ich habe ... noch so viele Fragen.«

»frageN? waS füR frageN?«

»Ich ... ich weiß es nicht. Ich würde gerne vorher mit Dr. Jacob darüber sprechen. Er ist derjenige, der ...«

»woruM sorgsT dU dicH? tU einfacH, waS dU willsT!«

Elwood hob eine Augenbraue. Hatte er nicht etwas Ähnliches vor nicht allzu langer Zeit von Connor, dem Butler von Oake Dùn, gehört?

»jemanD wiE dU kanN docH jederzeiT hierheR zurückkehreN«, fuhr der Zwerg fort. *»waS alsO verliersT dU, wenN dU jetzT gehsT?«*

»Aber was ist mit dir? Du scheinst mir als Einziger Antworten auf meine Fragen geben zu können.«

»daS isT einE fragE deS standpunkteS. voN eineM andereN standpunkT heR trägsT dU bereitS allE antworteN iN diR.«

»Was meinst du damit?«

»waS icH damiT meinE? dasselbE, waS eS schoN immeR bedeuteT haT: ERKENNE DICH SELBST!«

Die Worten hallten in Elwood wider, und er zuckte angesichts ihrer Allmacht zusammen.

ERKENNE DICH SELBST!

Obgleich der Zwerg die Worte in seiner verzerrten, furchtbar falschen Art aussprach, so klangen sie doch vollkommen klar und verständlich – so als wäre ihre Bedeutung in allen Sprachen und Ausdrucksmöglichkeiten des Universums identisch.

ERKENNE DICH SELBST!

Die Worte erschienen Elwood wohlvertraut. Er hatte sie schon einmal gehört ... und gespürt. Und bei weitem nicht nur einmal. Sondern schon viele, viele Male.

Aber wann? Und wo? Bei welchem Anlaß? Und aus wessen Mund?

»unD nuN geH!« erklang die Stimme des Zwerges.

»Warte!« rief Elwood. »Du hast mir noch nicht gesagt, was mit dir ist! Wirst du wieder hier sein, wenn ich das nächste Mal zurückkehre?«

»irgendwanN sicherlicH. eS hängT voN diR aB. solangE dU auF deM richtigeN weG bisT, werdeN wiR unS wiederseheN.«

Damit wurde Elwood aus dem Reich seiner Träume – oder seines einziges Traumes – zurück in die Wirklichkeit gestoßen.

Nach einer Flugzeit von vierzehn Stunden erreichte der Lear-Jet die östlichen Ausläufer des Fiji-Archipels und ging langsam in den Sinkflug über. An der Kabinenwand leuchtete die ›*Fasten seat belts*‹-Anzeige auf.

Tom, Gudrun und Connor kamen der Aufforderung nach. Sie waren die einzigen Passagiere an Bord.

Wie sie erfahren hatten, gehörte der Jet einem texanischen Ölmagnaten namens Jeremy Wendell. Er hatte damit nach einem geschäftlichen Zwischenstopp in Guatemala-City gerade zu seinen Förderstellen in Venezuela weiterfliegen wollen. Die drei Abenteurer wußten nicht, wie Ian Sutherland den Mann überredet hatte, ihnen die Maschine samt der beiden Piloten so kurzfristig zur Verfügung zu stellen – aber welche Rolle spielte das schon? Hauptsache, die weitläufigen Kontakte ihres Chefs hatten es ihnen ermöglicht, Jack Warden und der von ihm geraubten Bundeslade weiterhin auf der Spur zu bleiben!

Zu den angenehmen Seiten des Fluges hatte gehört, daß Wendell offenbar ein ausgesprochener Feinschmecker war. Die Bordküche war mit den erlesensten Köstlichkeiten gefüllt gewesen. Weniger angenehm war die Tatsache, daß Wendell anscheinend ausschließlich ein Faible für noble Edelspeisen wie salzigen Beluga-Kaviar, glibbrige Austern, müffelnde Trüffel, stinkenden Rochefort-Käse und supersüßen Eiswein hatte.

Die Abenteurer hatten sich trotzdem ohne jedes schlechte Gewissen darüber hergemacht – wohl bewußt, daß sie mit jedem Bissen ein kleines Vermögen vertilgten. Doch erstens gab es nichts anderes, und man hätte wohl schlecht von ihnen erwarten können, die ganze Zeit über zu hungern. Und zweitens, wann bekam man sonst schon einmal die Gelegenheit, sich an solchen Köstlichkeiten zu laben?

Anschließend waren die Drei zwar einigermaßen satt gewesen, trotzdem war ein komisches Gefühl im Magen verblieben. Irgendwie wäre ihnen allen ein einfaches Steak oder etwas anderes Handfestes doch lieber gewesen.

Connor und Gudrun hatten den langen Flug außerdem zu einem ausgiebigen Schläfchen genutzt. Die großen gepolsterten Sitze boten genügend Raum, sich lang auszustrecken. Nur Tom hatte keine rechte Ruhe finden können. Zwar hatte auch er zu schlafen versucht und war mehrfach eingeschlummert, jedoch immer recht schnell wieder hochgeschreckt. So hatte er sich die meiste Zeit damit vertrieben, seinen düsteren Gedanken nachzuhängen oder Gudrun zu beobachten, die sich ein paar Plätze entfernt im Schlaf des öfteren unruhig hin und her wälzte, als leide sie unter schlechten Träumen.

Tom hatte den Drang verspürt, sie in die Arme zu schließen und ihr zu versichern, daß es keinen Grund gäbe, sich Sorgen zu machen. Er hatte es nicht getan.

Noch vor einer Woche hätte er keinen Moment gezögert, es zu tun – doch in den letzten Tagen hatte sich ihr Verhältnis grundlegend geändert. Es stand eine große, unsichtbare Barriere zwischen ihnen, und jeder Versuch, sie zu durchdringen, hatte sie nur noch dicker werden lassen. Wenn er Gudrun jetzt in den Arm genommen hätte, hätte sie das vermutlich nur gründlich mißverstanden.

Und außerdem, wie hätte er ihr schon ehrlichen Herzens versichern können, daß es keinen Grund zur Sorge gab? Was sie vor zwei Tagen über ihre düsteren Vorahnungen gesagt hatte, hatte auch ihn nicht unberührt gelassen. Er hatte es tunlichst unterlassen, sie noch einmal darauf anzusprechen – vielleicht auch deshalb, weil er genau spürte, daß sich ihre Einstellung nicht geändert hatte.

Jetzt, während der Jet bereits auf zehntausend Fuß gesunken war, wirkte Gudrun einigermaßen entspannt.

Sie sah gerade aus dem Fenster, spähte nach unten und begriff, wieso die insgesamt dreihundertzwanzig Inseln dieses Archipels als ›Perlen der Südsee‹ bezeichnet wurden. Jedes der vielen kleinen Eilande, über die sie hinwegzogen, glich von hier oben tatsächlich einer grünweißen Perle, die inmitten eines türkisfarbenen Meeres in der Nachmittagssonne glänzte.

Gudrun seufzte leise. Dies wäre ein wahrhaft paradiesischer Platz gewesen, um Urlaub zu machen. Doch an so etwas wagte sie derzeit gar nicht zu denken. Ihnen standen wahrscheinlich ganz andere Dinge bevor.

Connor saß ruhig auf seinem Sitz, schien ganz in sich selbst versunken zu sein und nutzte den Moment, um noch einmal alle Konzentration zu sammeln.

Tom bewunderte unwillkürlich die Ruhe des schottisches Butlers, der soviel mehr war als nur ein einfacher Diener von Ian Sutherland. Tom hatte es selten mit einem

Menschen zu tun gehabt, der einen so ausgeprägten analytischen Verstand wie Connor hatte. Ihn an seiner Seite zu wissen, gab ihm ein gewisses Gefühl der Sicherheit. Er hätte sich kaum einen verläßlicheren Mitstreiter vorstellen können, der auch noch in der heikelsten und aussichtslosesten Situation einen kühlen Kopf behielt.

Er wünschte sich, er wäre selbst ein wenig mehr wie Connor gewesen. Vielleicht hätte ihm das geholfen, etwas distanzierter und kühler mit den ganzen Dingen umzugehen, die in letzter Zeit geschehen waren. Aber er reagierte eben weitaus emotionaler.

Er überschlug in Gedanken abermals, wieviel Zeit sie Jack Warden abgenommen haben könnten. Er hatte gut acht Stunden Vorsprung herausgeholt, bevor sie am Flughafen von Guatemala-City eingetroffen waren. Doch seit dem Start des Lear-Jets hatte die Uhr wieder zu ihren Gunsten zu ticken begonnen. Mit seiner durchschnittlichen Reisegeschwindigkeit von über achthundert Stundenkilometern war der 55er Gates-Lear-Jet Wardens Wassertransportflugzeug um mehr das Doppelte überlegen.

Doch leider hatte er nicht die Reichweite, um Fiji direkt anzufliegen. So hatten sie zwischendurch eine zusätzliche Stunde bei einem Tankstopp auf dem internationalen Flughafen von Papeete verloren, der Hauptstadt von Tahiti und Französisch-Polynesien. Glücklicherweise lag dieses andere Südseeparadies fast genau auf dem Weg nach Fiji, und Sutherlands Kontakte hatten dafür gesorgt, daß sie bevorzugt behandelt wurden und bald wieder starten konnten.

Wenn alles optimal gelaufen war, so überlegte Tom, hatten sie Warden irgendwann überholt und gut zwei Stunden Vorsprung gewonnen. Aber es war eine Rechnung mit mehreren Unbekannten. Denn sie wußten weder, wie schnell Wardens Wasserflugzeug wirklich war, noch wie viele Zwischenstopps er einlegen mußte, um es mit dem im Frachtraum mitgeführten Treibstoff neu zu betanken.

Zwei Stunden Vorsprung, das war das, mit dem sie auf jeden Fall rechnen konnten.

Tom kniff die Lippen zusammen. Zwei Stunden, vielleicht auch etwas mehr – das war nicht viel, zumal Warden nicht wie sie auf dem Internationalen Flughafen von Fiji, sondern irgendwo in der Umgebung landen würde, um sich dort mit Suzy Duvall zu treffen. Das jedenfalls besagten die Informationen, die Tom bekommen hatte. Und ob die überhaupt stimmten, war ebenfalls eine der vielen Unbekannten.

Tom bemerkte, daß der Jet den Sinkflug plötzlich abbrach und wieder ein wenig in die Höhe zog.

Die Abenteurer wechselten einen beunruhigten Blick.

»Was ist da los?« fragte Connor. Tom hob die Schultern. Er war ebenso ahnungslos. Aber dafür um so entschlossener. »Das werden wir gleich wissen.«

Er löste den Gurt und ging zum Cockpit zu den beiden Piloten, die sich während des Fluges abgewechselt hatten. Bislang hatte es keinen Grund gegeben, den beiden zu mißtrauen.

»Was ist los?« wollte Tom wissen. »Warum sinken wir nicht weiter?«

Der Pilot wandte sich zu ihm um. »Wie mußten in die Warteschleife. In Nadi setzt vor uns gerade eine Maschine der Quantas Airways zur Landung an. Ein Touristenjet. Der hat natürlich Vorrang.«

Tom ballte die Hände zu Fäusten. »Und wie lange wird das dauern?«

Der Pilot hob die Schultern. »Schwer zu sagen. Zwischen zehn bis zwanzig Minuten. Es hängt davon ab, wie schnell der Quantas-Flieger unten ist.«

Tom nickte. Das war nicht übermäßig lange. Jedenfalls

unter normalen Umständen. Aber wenn man ohnehin nur zwei Stunden Zeit hatte, konnten diese fehlenden Minuten bereits die entscheidenden sein!

Doch er wußte, daß sie keine andere Wahl hatten. Der Befehl, eine Kamikaze-Landung gegen die Anweisung der Fluglotsen zu wagen, hätte nicht nur ihr eigenes Leben, sondern auch das vieler anderer gefährdet. Und es hätte ihnen mit Sicherheit so viele Scherereien eingebracht, daß sie Warden und die Bundeslade endgültig hätten vergessen können.

Tom kehrte in die Passagierkabine zurück und unterrichtete Connor und Gudrun von den unerfreulichen Nachrichten.

Zum Glück konnten sie den Landeanflug bald darauf fortsetzen. Tom atmete erleichtert auf, als die Reifen des Lear-Jets endlich quietschend auf der Betonpiste des Flughafens aufsetzten und die Maschine vor dem Terminal zum Stehen kam.

Die Verabschiedung von den beiden Piloten fiel kurz aus, und die Abenteurer verließen den Jet. Sie wurden bereits erwartet und waren überrascht, wie schnell und unbürokratisch die Einreiseformalitäten erledigt waren. Sutherlands langer Arm war dabei abermals deutlich zu spüren.

Ein Flughafenbediensteter brachte sie danach aus den Büros zu einem Seitenflügel des Gebäudes.

»Sie hier warten!« stieß er in mehr schlechtem als rechtem Englisch hervor – und war im nächsten Augenblick auch schon wieder verschwunden.

Die drei Abenteurer sahen sich verloren um.

In einiger Entfernung eilten Touristen zum Ausgang, die mit dem zuvor gelandeten Flieger gekommen waren. Sie waren alle mit schweren Gepäck beladen, und der Unmut stand ihnen ins Gesicht geschrieben. Unmut darüber, daß sie ihr Gepäck selbst bewegen mußten, daß der verdammte Reiseleiter auf sich warten ließ, daß es hier in den Tropen wirklich so heiß war wie in den Tropen und daß sich das Urlaubsgefühl erdreistete, nicht augenblicklich über einen herzufallen.

Gudrun schüttelte bei dem Anblick mitleidsvoll den Kopf. Wie konnten diese Menschen nur glauben, je etwas von dem wahren Südseezauber zu erleben, solange sie ihre Herzen nicht dafür öffneten, sondern nur erwarteten, alle ihre Illusionen erfüllt zu bekommen, für die sie bezahlt hatten!

Aber sie war weit davon entfernt, sich für jemand Besseren zu halten. Schließlich war auch sie nicht hier, um sich vom Südseezauber umgarnen zu lassen, sondern um ...

Ja, warum eigentlich?

Warum hatte sie Tom seinen Privatfeldzug gegen Jack Warden als Dieb der Lade nicht allein weiterführen lassen? Schließlich hatte er mit Connor einen viel besseren Helfer neben sich, als sie es ihm je hätte sein können.

»Da sind Sie ja«, stellte da eine tiefe, sonore Stimme fest, um diese Feststellung sofort darauf wieder in Frage zu ziehen: »Sie sind doch die drei Leute, die Ian Sutherland angekündigt hat?«

Ihre Blicke fuhren herum und blieben auf einem gedrungenen und massig wirkenden Einheimischen liegen, der unverhofft neben ihnen aufgetaucht war. Der ungefähr vierzigjährige Mann wies ausgesprochen indische Gesichtszüge auf, und man hätte vermuten können, jemandem wie ihm viel eher in Kalkutta oder Delhi zu begegnen. Doch auf Fiji war das nichts Ungewöhnliches, denn ein großer Teil der Bevölkerung war im letzten Jahrhundert aus Indien eingewandert und hier heimisch geworden. Sogar der aktuelle Premierminister war indischer Abstammung. Den Rest der Bevölkerung bildeten Polynesier und Melanesier.

»Ja«, bestätigte Connor, »die sind wir. Und wer sind Sie?«

»Mein Name ist Singh Kailab.« Der Mann musterte sie leicht unwillig, als wäre er wenig erfreut über ihr Auftauchen – vielleicht weil es zusätzliche Arbeit für ihn bedeutete. Vor allem an einem so strahlendblauen Tag wie diesem. »Ich bin der Hafenmeister von Suva.«

Die Abneigung war durchaus beiderseitig. Auch den Abenteurern erschien der Mann nicht sonderlich vertrauenswürdig. Doch was spielte das schon für eine Rolle? Sie waren schließlich nicht hergekommen, um Freundschaften zu schließen. Wenn Sutherland den Mann empfahl, konnte man sich darauf verlassen. Nur darauf kam es an.

»Erfreut, Sie kennenzulernen«, übernahm Connor die Konversation. »Sir Sutherland hat bereits erwähnt, daß wir unter Umständen mit Ihrer Hilfe rechnen können. Ich nehme an, er hat Sie über unser Problem aufgeklärt?«

»Ich habe nicht mit ihm direkt gesprochen, sondern ein Mitglied des britischen Unterhauses hat mich informiert. Er ist dort für Commonwealth-Angelegenheiten zuständig, und da wir schon öfter zusammengearbeitet haben, hat er mich um Hilfe gebeten. Und wenn ich ihn richtig verstanden habe, geht es dabei vor allem um äußerst diskrete Hilfe.« Er sah abermals wenig begeistert aus.

»Das ist richtig«, bestätigte Connor. »Wir wären Ihnen für größtmögliches Stillschweigen dankbar. Wir möchten die ganze Angelegenheit möglichst ohne jedes Aufsehen erledigen.«

»Ich versichere Ihnen, daß ich nur Leute hinzugezogen habe, auf die ich mich voll verlassen kann.«

»Was für Leute hinzugezogen?« fragte Connor.

Der Hafenmeister wirkte irritiert. »Nun, soweit ich gehört habe, geht es Ihnen doch um folgendes: Sie wollen verhindern, daß ein Ihnen gestohlener Gegenstand hier in der Nähe von einem Wasserflugzeug auf eine Yacht umgeladen wird. Und Sie wollen ihn sich zurückholen.«

Connor nickte.

»Wie ich erfahren habe, werden die Leute den Gegenstand kaum freiwillig herausrücken«, erklärte Kailab weiter. »Deshalb habe ich dafür gesorgt, daß uns ein gutes Dutzend kräftiger Männer zur Verfügung steht. Für jeden von ihnen lege ich meine Hand ins Feuer. Jeder ist verschwiegen und weiß mit seinen Fäusten umzugehen. Ich dachte, das wäre in Ihrem Sinne. Oder wollen Sie lieber die hiesige Polizei um Hilfe ersuchen?«

»Nein«, sagte Connor. »Ich denke, das haben Sie schon ganz richtig gemacht.«

Tom war zunehmend ungeduldiger geworden. Vielleicht lag es an seiner Abneigung gegenüber dem Hafenmeister. Er hätte sich beileibe eine bessere Hilfe vorstellen können als einen tonnenförmigen Inder, der so behäbig daherredete, als hätten sie alle Zeit der Welt.

»Was ist mit dem Wasserflugzeug, das wir erwarten?« mischte er sich ein. »Ist es bereits aufgetaucht?«

Kailab sah ihn unwillig an, als betrachte er Toms hektisches Drängen als überaus unhöflich oder gar als persönlichen Affront. »Nein. Ich war gerade oben im Tower. Bis jetzt ist dort nichts auf den Radarschirmen zu erkennen.«

Tom kniff die Lippen zusammen. Er hatte diese Antwort beinahe erwartet. Das konnte sowohl ein gutes wie auch schlechtes Zeichen sein. Gut, weil es bedeuten konnte, daß sie Warden tatsächlich weit überholt hatten und seine Maschine deshalb noch nicht zu sehen war. Oder schlecht, weil er überhaupt nicht die Absicht hatte, Fiji anzusteuern und sie einer falschen Fährte nachjagten. Schließlich war alles, was sie hergeführt hatte, die vage Aussage von einem seiner angeheuerten Bootsmänner gewesen. Und dessen Glaubwürdigkeit war höchst zweifelhaft.

»Was ist mit der LAOTSE?« fragte Tom, was ihm als

nächstes in den Sinn kam. Ihre Erwähnung durch den Bootsmann, der nicht einmal gewußt hatte, daß es sich dabei um den Namen einer Yacht handelte, hatte Tom davon überzeugt, daß er womöglich die Wahrheit sagte. »Gibt es eine Spur von ihr?«

Kailab wirkte wieder ungehalten. Tom wußte nicht, ob sein Nachfragen nach den Landessitten allein schon unhöflich war. Aber er hatte keine Lust, sich darauf einzulassen, daß die Uhren in der Südsee vielleicht etwas anders gingen – offenbar vor allem sehr viel langsamer.

»Dies ist wohl kaum der rechte Platz, um das zu besprechen«, meinte Kailab ausweichend. »Kommen Sie! Mein Wagen steht draußen. Ich werde Sie unterwegs über alles informieren.«

»Unterwegs wohin?« fragte Tom.

»Zu meinem Büro am Hafen. Von dort aus müssen wir ja auch in See stechen, wenn wir die Übergabe verhindern wollen. Außerdem habe ich unsere Männer dorthin bestellt.«

Tom verspürte ein vages Unbehagen, den Flughafen zu verlassen. »Sollten wir nicht besser hierbleiben? Was ist, wenn Wardens Wasserflugzeug in der Zwischenzeit geortet wird?«

»Dann wird man mich sofort in meinem Büro verständigen«, erwiderte der Hafenmeister. »Das habe ich vereinbart. Je eher wir also dort sind, um so besser!«

Dem gab es nichts entgegenzusetzen.

Kailab sah sich suchend um. »Haben Sie Gepäck dabei?«

»Nur das, was wir anhaben«, antwortete Gudrun.

Kailab schien keineswegs überrascht. Er bedeutete ihnen zu folgen und führte sie zu einem alten Mercedes-Benz, der vor dem Flughafen geparkt war. Der Teufel mochte wissen, wie und wann diese alte Rarität ihren Weg hierher ans Ende der Welt gefunden hatte.

Der Hafenmeister selbst lenkte den Wagen über unzählige Schlaglöcher hinweg in Richtung Süden. Der Flughafen von Nadi lag fünfzehn Kilometer nördlich von Suva im Landesinneren, während die Hauptstadt von Fiji selbst direkt am Meer gelegen war.

»Also, was ist nun mit der LAOTSE?« brachte Tom das Gespräch auf das alte Thema zurück. »Sie wissen doch etwas. Sonst hätten Sie nicht so reagiert. Ist das Schiff hier aufgetaucht?«

Kailab sah mit unbewegter Miene geradeaus auf die Straße. »In der Tat. Die LAOTSE hat sich vor anderthalb Stunden über Funk gemeldet und angefragt, ob sie vor Suva ankern kann.«

Tom konnte es kaum glauben. Er hatte instinktiv mit schlechten Neuigkeiten gerechnet. »Die LAOTSE ist also tatsächlich hier?«

»Wie ich es gesagt habe«, versicherte Kailab. »Sie dürfte bereits eingetroffen sein.«

Tom hatte das Gefühl, als erschiene ihm der Hafenmeister mit einem Male gleich ein gutes Stück sympathischer. Er fühlte, wie die bange Ungewißheit von ihm abfiel und neuer Zuversicht Platz machte. Sie hatten den Weg nicht umsonst gemacht. Die Spur war richtig gewesen!

Connor war von der Nachricht offenbar genauso elektrisiert wie er. Nur Gudrun gab sich zurückhaltend.

»Ihr wißt, was das bedeutet«, flüsterte Tom. »Warden wird kommen!«

»Bist du dir da wirklich so sicher?« fragte Gudrun skeptisch.

»Ja«, antwortete Tom energisch. »Er *wird* kommen. Denn wo die LAOTSE ist, ist auch Suzy. Und wo sie ist, kann Warden nicht weit sein!«

»Aber auch Kar!« gab Gudrun zu bedenken. Connor nickte nachdenklich. Er schätzte die Lage genauso ein. Er gab Tom und Gudrun mit einer knappen Geste zu verstehen, daß sie das lieber später besprachen, wenn sie unter sich waren.

»Wo befindet sich die Yacht jetzt?« wandte Connor sich an Kailab. »Im Hafen?«

»Nein, sie ist etwas weiter draußen vor Anker gegangen«, sagte der Hafenmeister. »Vielleicht zwei, drei Meilen vor der Küste.«

»Seltsam«, meinte Connor.

»Keineswegs. Das machen viele Yachten so, um die hohen Liegegebühren im Hafen zu umgehen.« Und nach einer kurzen Pause fügte Kailab hinzu: »Bisher hat Miss Duvall sie allerdings immer anstandslos bezahlt.«

Die Abenteurer sahen ihn an wie ein Gespenst.

»Wie bitte?« entfuhr es Tom. »Sie kennen Suzy Duvall?«

»Nicht persönlich. Aber ich weiß, daß sie die Eignerin der LAOTSE ist. Schließlich ist sie nicht zum ersten Mal hier, und so eine schicke, moderne Yacht fällt natürlich auf.«

»Wie meinen Sie das?« fragte Tom gedehnt. »Sie ist nicht zum ersten Mal hier?«

»Nun, in letzter Zeit ist sie ein durchaus regelmäßiger Gast in Suva«, erklärte der Hafenmeister. »Alle paar Wochen legt ihre Yacht hier an. Manchmal hat die LAOTSE auch schon zwei Wochen am Stück im Hafen gelegen, mit der kompletten Mannschaft an Bord, während Miss Duvall per Flugzeug weitergereist und irgendwann zurückgekehrt ist.«

»Und seit wann geht das schon so?« fragte Connor.

»Ich will mich da nicht genau festlegen. Vielleicht seit einem Jahr, vielleicht etwas länger. Am Anfang war die LAOTSE nur alle paar Monate hier, oft zweimal kurz hintereinander. Erst im letzten Vierteljahr haben sich die Besuche gehäuft.« Kailab verzog das Gesicht zu einem humorlosen Grinsen. »Ich dachte immer, es läge daran, daß ihr dieses Fleckchen Erde so gut gefällt. Aber seitdem Sie drei hier aufgetaucht sind, schätze ich, daß es Miss Duvall aus ganz anderen Gründen immer wieder hierher zieht.«

»Da haben Sie recht«, bestätigte Connor. »Aber wenn das eine Frage gewesen sein sollte, verstehen Sie bitte, daß wir Ihnen darüber nichts sagen können.«

»Damit habe ich schon gerechnet«, meinte Kailab. »Was soll's? Ich wollte nur, daß Sie wissen, daß Miss Duvall hier keine Unbekannte ist. Ich habe gehört, daß sie über einige Kontakte und einflußreiche Freunde vor Ort verfügt.«

»Wir werden daran denken«, sagte Tom.

»Wenn es Sie interessiert, kann ich Ihnen in meinem Büro die genauen Daten geben, wann und für jeweils wie lange die LAOTSE hier angelegt hat«, bot Kailab an. »Ist schließlich alles fein säuberlich aufgezeichnet.«

»Das wäre uns wirklich eine große Hilfe«, sagte Connor.

Tom leistete dem Hafenmeister im Stillen Abbitte. War er noch vor Minuten der Meinung gewesen, sich bessere Hilfe vorstellen zu können, so schien es ihm nun, als hätten sie an gar keinen Geeigneteren als ihn geraten können.

Acht Wochen zuvor

Elwood schlug die Augen auf und fand sich am selben Ort wieder, von dem aus er die Reise ins Innere seines Bewußtseins angetreten hatte – wie schon so viele Male zuvor in den letzten Tagen. Mehrere Personen waren über ihn gebeugt und blickten besorgt auf ihn herab. Am besorgtesten wirkte Dr. Jacob, bei dem er in Behandlung war.

»Mr. Blues!« stieß er erleichtert aus. »Mr. Blues! Endlich kommen Sie wieder zu sich!«

»Wieso endlich?« fragte Elwood. »Wie lange habe ich diesmal geschlafen?«

»Geschlagene elf Stunden«, antwortete Dr. Jacob. »Heute vormittag hat die Sitzung begonnen. Jetzt ist es schon nach sieben Uhr abends, und wir haben Sie nicht mehr wachbekommen. Wissen Sie, normalerweise sollte so eine Sitzung höchstens zwei Stunden dauern.« Er wandte sich seiner Sprechstundenhilfe zu. »Ach ja, ehe ich's vergesse: Rufen Sie bitte noch mal beim Notdienst an und bestellen Sie den Ambulanzwagen ab. Die Sache hat sich erledigt.«

Die Frau nickte und machte sich auf den Weg.

Elwood richtete den Oberkörper auf. Richtig, in diesem Raum hatte am Morgen die Gruppentherapie begonnen. Dr. Jacob hatte sie alle in Hypnose versetzt. Von den anderen Patienten war nun allerdings niemand mehr zu sehen.

»Sie haben gesagt, daß es nicht schlimm ist, wenn ich etwas länger schlafe«, sagte Elwood.

»Ja, das schon ... Aber damit meinte ich wirklich *etwas* und nicht gleich den ganzen Tag. So lange wie heute war es noch nie. Sagen Sie, Mr. Blues, schlafen Sie eigentlich des nachts nicht mehr?«

»Nein«, antwortete Elwood wahrheitsgemäß. »Wieso sollte ich das noch? Das kann ich hier in ihrer Praxis doch viel besser. Sogar unter Ihrer fachlichen Anleitung. Sie haben gesagt, wie wichtig das ist.«

Dr. Jacob seufzte. Er hatte schon viele absonderliche Leute in seiner Praxis gehabt – meist Showstars oder Politiker –, aber jemand wie Elwood Blues war ihm noch nie untergekommen. »Ich fürchte, Sie haben da einiges gründlich mißverstanden.«

Elwood hob eine Augenbraue. »Habe ich?«

»Ja.«

»Dafür habe ich diesmal einen Fortschritt erzielt«, sagte Elwood. »Es ist so gekommen, wie Sie es sagten. Heute bin ich ihm begegnet, dem Geist meiner Träume.«

»Sie waren also wieder in Ihrem Raum?« fragte Dr. Jacob. Sehr interessiert klang er nicht.

»Ja, war ich. Und dort ist er aufgetaucht.«

»Wer aufgetaucht?«

»Ein Zwerg!«

Dr. Jacob sah Elwood an, wie ein Psychiater seine Patienten bisweilen ansieht. »Ein *Zwerg*?«

»Ja, ein rotgekleideter.«

»Ja, natürlich ... Ein roter Raum und ein rotgekleideter Zwerg. Das klingt nur folgerichtig.«

»Finden Sie?« fragte Elwood hoffnungsfroh. »Also steckt ein Sinn dahinter? Sie haben gesagt, daß alle Träume ihre ganz eigene Bedeutung haben.«

»Aber ja, das haben sie.« Dr. Jacob räusperte sich. »Ein roter Zwerg in einem roten Raum. Das ist ... äh ... sozusagen vollkommen signifikant!«

»Und er tanzte«, ergänzte Elwood, um nichts Wichtiges zu vergessen. »Der Zwerg tanzte. Er tanzte rückwärts. Ich glaube, das ist ganz wichtig.«

»Ganz bestimmt«, versicherte Dr. Jacob. Er sah ungeduldig auf seine Armbanduhr – eine goldene Rolex. »Nur leider habe ich längst Feierabend und zudem eine wichtige Verabredung. Wir sollten uns ein andermal darüber unterhalten.«

»Bei unserer nächsten Sitzung morgen früh?«

Dr. Jacob verzog das Gesicht. »Tja, darüber wollte ich auch noch mit Ihnen reden. Ich denke, es wäre besser, wenn diese Sitzung ausfällt. Und auch alle weiteren. Zumindest bis auf weiteres.«

»Das verstehe ich nicht.«

»Nun, äh ... Vielleicht wäre es einfach besser, eine kleine Pause einzulegen.« In Gedanken ergänzte er: *Vor allem für mich!* »Man darf das nicht übers Knie brechen.«

»Aber gestern sagten Sie noch, Sie wären voller Hoffnung, daß ich ...«

»Ja ja«, unterbrach Dr. Jacob. »Das war gestern. Heute denke ich eben so. Wir sollten eine Pause einlegen. Am besten zwei Wochen. Dann ist mein Kollege Dr. Kreuzfeld wieder hier, und ich bin im Urlaub. Das wäre ein guter Termin, um wiederzukommen. Und wenn ich Sie nun bitten dürfte zu gehen ...? Ich bin etwas in Eile.«

Elwood erhob sich. Er wirkte verunsichert. »Aber wieso eine Pause? Ausgerechnet jetzt, wo der Zwerg erschienen ist?«

»Gerade deshalb«, versicherte der Psychiater und schob ihn zielbewußt auf den Ausgang zu. »Glauben Sie mir, das ist das Beste so.«

»Wie Sie meinen. Sie sind der Experte.«

Sie hatten die Tür erreicht.

»Also dann, Mr. Blues, machen Sie's gut. Einen schönen Abend noch.«

»Ihnen auch, Doktor. Und was den nächsten Termin angeht ...« Doch da war die Tür hinter ihm bereits ins Schloß gefallen.

Ein paar Sekunden stand Elwood reglos da, dann ging er auf die abendlichen Straßen Londons hinaus. Er tauchte in das geschäftige Treiben auf den Bürgersteigen ein und wandte sich in Richtung der Themsedocks.

Dort verließ er die hell erleuchteten Straßenzüge und ging zwischen heruntergekommenen Lagerhäusern über dunkle, dreckige Gassen weiter. Trotzdem erkannten seine Augen selbst dort, wo ein normaler Mensch fast blind vorangestolpert wäre, noch jedes Detail.

Wenig später hatte Elwood die Brücke erreicht, die sich über die Themse spannte und unter deren einer Seite sich am Ufer ein paar Obdachlose wohnlich eingerichtet hatten. Speckige Matratzen und ein paar Kartons mit Habseligkeiten waren ihr Zuhause.

»Hallo Elwood«, begrüßte ihn ein alter, fast zahnloser Mann mit ausgeprägter Säufernase. Früher einmal wollte er auf allen sieben Weltmeere unterwegs gewesen sein. »Wie war's beim Seelenklempner? Diesmal was bei rausgekommen?«

»Hallo Seebär!« gab Elwood zurück. So wurde der alte Mann hier genannt. »Vielleicht ja, vielleicht nein.«

Seebär winkte mit fahriger Geste ab. »Vergiß die Seelenklempner! Das erzählen sie alle! Laß dich lieber mal anständig vollaufen. Aber du trinkst ja nicht. Bist schon ein seltsamer Kerl! Trinkst nicht, und schlafen tust du nur tagsüber bei einem Seelenklempner. Aber ist schon recht. Wer von uns hier ist schon normal?« Er hob eine Flasche Schnaps an die Lippen und nahm ein paar Schlucke. »Glaub mir, was du brauchst, ist kein Seelenklempner, sondern was ganz anderes!«

»Und was?«

»Sieh dich doch an! Du bist immer so steif. So furchtbar verschlossen und kontrolliert. Kein Wunder, daß alles in deinem Leben schiefgeht. Du mußt mehr aus dir herausgehen. Was dir fehlt, ist mal so richtig einen draufzumachen! Meint ihr nicht auch, Leute?

Die anderen Obdachlosen unter der Brücke stimmten lauthals zu. Hier war man wie eine große Familie.

»Einen worauf machen?« fragte Elwood.

Seine Frage ging in dem Lärm unter, den die Leute veranstalteten, als sie sich gegenseitig zuprosteten.

»Ach ja«, meinte Seebär nebenher, »heute vormittag ist ein Postbote gekommen und hat einen Brief für dich dagelassen.«

»Ein Postbote?« Elwood überlegte. »Wieso sollte mir ein Postbote einen Brief bringen? Niemand weiß, daß ich hier bin.«

»Frag mich nicht!« Seebär kramte in seinen Siebensachen und fluchte. »Na, wo habe ich ihn denn? Er war vorhin doch noch ... Oder vielleicht hier? Ah, ja.« Er förderte einen Briefumschlag hervor. »Hier.«

Elwood nahm den Umschlag entgegen. Er kannte sich in der Menschenwelt vielleicht nicht allzu gut aus – auch wenn er viel Neues und Interessantes kennengelernt hatte, seit er Oake Dùn verlassen hatte –, aber er wußte, daß dies ein normaler Brief war. Er war vorschriftsmäßig frankiert, als Empfänger war ein Elwood Blues in London angegeben, und statt einer Straßenangabe stand dort eine genaue Beschreibung dieses Ortes und an welchem Datum der Brief zugestellt werden sollte. Am heutigen Tag.

Ein Absender war nicht direkt angegeben, aber das Familienwappen von Ian Sutherland, das auf dem Umschlag aufgedruckt war, sagte genug. Der Brief kam von Oake Dùn! Um so verwirrter war Elwood. Auch von den Abenteurern wußte niemand etwas über seinen Verbleib. Wie konnte man ihm hierhin einen Brief schicken?

»Also, man kann sagen, was man will«, rief Seebär, »aber auf die Post ist Verlaß!«

Elwood antwortete nicht. Er öffnete den Brief und holte ein handbeschriebenes Blatt Papier hervor. Dort stand:

Du hast etwas vergessen, individueller Diener.
Helfe Sutherland! Gehe ins Zentrum des Gegners!
Ein Bruder weiß wo, denn er war schon dort.
Finde ihn, den Ort und ERKENNE DICH SELBST!

Das Orakel von Delphi

Elwood blieb reglos stehen und analysierte. Diese Nachricht kam vom Orakel von Delphi. Das erklärte, warum sein Aufenthaltsort bekannt war. Das Orakel besaß fast unbegrenztes Wissen über Vergangenheit, Gegenwart und Zukunft. Eine Zeitlang hatte es auf Oake Dùn geweilt – bis es auf eigenen Wunsch nach Indien in ein geheimes Kloster gebracht worden war.

Zuvor hatte der Schloßdiener Mortimer unter dem Einfluß des Orakels noch mehrere Botschaften verfaßt, die nun nach und nach auftauchten. Leider hatte Mortimer keine Erinnerung daran, was er alles geschrieben und verschickt hatte. Dieser Brief gehörte offenbar dazu. Er war schon vor Monaten abgeschickt worden, um Elwood hier und heute zu erreichen!

Elwood wußte um diese Dinge, und auch das Orakel war ihm nicht unbekannt. Schließlich war nur auf dessen Veranlassung der *Ruf* an ihn ergangen, so lange und selbständig in der Menschenwelt zu weilen. Ansonsten führten Diener wie er nur kurzfristige, klar umrissene Aufträge aus.

Der Inhalt der Nachricht verunsicherte ihn, soweit man das von jemandem wie ihm sagen konnte. Auf jeden Fall befielen ihn Zweifel. Er sollte etwas vergessen haben? Das konnte nicht sein. Jemand wie er vergaß nichts. Oder sollte er ... nicht mehr richtig funktionieren? Er hatte eigentlich gehofft, das bei Dr. Jacob herauszufinden.

Auch das Ende der Nachricht erregte seine Aufmerksamkeit. ERKENNE DICH SELBST – dasselbe hatte der Zwerg im Traum zu ihm gesagt. Es war dasselbe Motto, das ihn schon immer verfolgte, nicht erst jetzt.

Es war der Schlüssel zu seiner Existenz.

»Deine Miene ist immer unbewegt«, sagte Seebär. »Aber ich kenne dich trotzdem ein wenig, alter Freund. Die Nachricht ist wichtig, nicht wahr?«

»Ja.«

»Bedeutet sie, daß du uns verlassen wirst?«

»Ja.« Elwood steckte das Papier zurück in den Umschlag und beides in die rechte Jackentasche seines schwarzen Anzuges. »Und zwar sofort.«

»Dann mach es gut. Hab' gleich gewußt, daß du nicht lange bleiben wirst. Wär' aber schön, wenn du mal wieder vorbeischaust.«

»Ich bin nicht in der Lage, Zusagen zu geben«, sagte Elwood.

Und ging.

Nach einer halben Stunde hatten die Abenteurer die Hauptstadt Suva erreicht und fuhren an der weitausladenden Walu Bay zum zentralen Hafen weiter. Dort hielten sie schließlich vor einem zweistöckigen Haus, das im englischen Kolonialstil erbaut und von Palmen umsäumt war.

Hier war das Hafenamt untergebracht.

Die anderen Mitarbeiter schienen bereits Feierabend zu haben. Jedenfalls begegneten sie keinem anderen Menschen, als Kailab sie in sein Büro führte.

Er hatte ihnen gerade ein paar eisgekühlte Getränke angeboten und aus einem Kühlschrank geholt, als auch schon das Telefon klingelte. Kailab führte ein kurzes Gespräch, dann wandte er sich den Abenteurern zu.

»Das war der Flughafen«, sagte er. »Die Maschine, die Sie erwarten, ist aufgetaucht. Ein Wassertransportflugzeug aus Panama.«

»Genau!« rief Tom. »Das ist Warden!«

»Der Pilot hat sogar per Funk um Erlaubnis ersucht, in der Nähe der Insel zu wassern. Natürlich hat man es gewährt. Der Pilot gab an, es handele sich nur um einen Zwischenstopp.« Kailab ging zu der großen Landkarte, die an einer Wand seines Büros hing, und deutete auf eine Stelle gut zehn Meilen von Suva entfernt. »Er sagte, irgendwo hier landen zu wollen. Das stimmt mit seinem jetzigen Kurs überein.«

»Wann wird er voraussichtlich runtergehen?« fragte Connor.

»Im Tower meinte man, in zirka einer Stunde.«

Tom grinste. Er hatte mit seiner Rechnung richtig gelegen. Sie waren Warden in der Tat zwei Stunden voraus gewesen. Er rieb sich voller Vorfreude die Hände. Dieser Bursche würde sein blaues Wunder erleben, wenn er die Lade übergehen wollte.

Doch noch war es nicht soweit.

»Wie kommen wir dorthin?« fragte Tom.

»Die Männer, die ich besorgt habe, haben drei schnelle Boote«, antwortete Kailab. »Und der Tower wird uns über Funk durchgeben, wo genau die Maschine runtergeht. Wir könnten auch der LAOTSE folgen, wenn sie dorthin fährt, aber dann wird man uns bestimmt sehen und gewarnt sein.«

Die Abenteurer waren beeindruckt, wie genau der Hafenmeister alles vorbereitet hatte. Sutherland hatte ihnen einen fähigen Helfer zur Seite gestellt.

»Vielleicht sollten Sie sich jetzt meine Männer ansehen«, schlug Kailab vor. »Die Zeit drängt. In spätestens einer halben Stunde müssen wir auslaufen, wenn wir rechtzeitig vor Ort sein wollen.«

»Ja«, sagte Connor, »Sie haben recht. Alles andere kann warten. Wo sind ihre Männer denn?«

»Natürlich nicht hier. Sie warten nicht weit entfernt in einer Lagerhalle. Kommen Sie, ich bringe sie hin.«

Die Abenteurer tranken ihre Getränke aus und folgten Kailab abermals. Er brachte sie über die Princes Street, die palmengesäumt direkt am Hafen entlang führte, zu ein paar weniger einladend wirkenden Lagerhallen.

Vor einem großen Tor blieb er stehen und sah sich kurz um, um sich zu vergewissern, daß sie niemand beobachtete. Dann zog er das Tor einen Spaltweit auf und bedeutete seinen Begleitern, ihm ins Innere zu folgen.

Dort erwartete sie düsteres Zwielicht. Als sie aus dem gleißenden Sonnenschein so plötzlich ins Dunkel traten, waren sie in den ersten Sekunden so gut wie blind.

Tom merkte, wie sich seine Nackenhärchen sträubten. Das Gefühl, in eine Falle zu tappen, überfiel ihn mit unerwarteter Heftigkeit.

Es dauerte ein paar Sekunden, ehe sich seine Augen an das Zwielicht gewöhnt hatten. Und als Tom wieder richtig sehen konnte, erkannte er, daß sie von einem Dutzend Männer umringt waren. Doch obwohl er sich von allen Seiten finster und argwöhnisch gemustert fühlte, machten die Leute keinen feindseligen Eindruck.

Kailab ging zu einem von ihnen und verständigte sich mit einem knappen Handzeichen. Der Mann nickte.

Tom sah sich die Leute genauer an. Sie waren klein und gedrungen und machten allesamt einen zähen Eindruck. Aber das war es nicht, was ihn störte. Nein, ihm erschien merkwürdig, daß es sich durchweg um Asiaten handelte. Er hatte mit Indern wie Kailab gerechnet oder mit anderen Einheimischen. Aber nicht mit Asiaten.

»Alles klar«, sagte Kailab. »Was halten Sie von unserer kleinen Truppe?«

»Was sind das für Männer?« fragte Tom mißtrauisch.

»Ach, Sie meinen, weil es keine Leute von hier sind?« fragte Kailab. »Machen Sie sich deshalb keine Sorgen. Sie stammen von einem Schiff, das hier öfter anlegt. Aber ich versichere Ihnen, sie sind absolut zuverlässig.«

Toms unsicheres Gefühl wollte trotzdem nicht weichen.

»Von was für einem Schiff?« fragte er.

Kailab sah ihn an, als überlege er, ob er darauf antworten sollte. Um seine Lippen zuckte es – doch da wurde ihm die Antwort bereits von anderer Stelle abgenommen.

»Von *meinem* Schiff!« hallte es aus dem hinteren Teil der Halle.

Die Abenteurer ruckten in die Richtung herum, aus der die Stimme gekommen war. Sie konnten nicht erkennen, wer gesprochen hatte; dazu war es dort zu düster. Doch sie hatten alle gehört, daß es eine Frauenstimme gewesen war. Sie hatte englisch gesprochen, mit einem leichten, aber unverkennbar asiatischen Einschlag.

»Wer sind Sie?« rief Tom. »Kommen Sie heraus und zeigen Sie sich!«

Eine schlanke Frau trat aus dem Schatten.

Tom hielt unwillkürlich den Atem an. Die Frau war eine wahre Schönheit. Sie hatte schulterlanges schwarzes Haar, hohe Wangenknochen und ebenmäßige eurasische Gesichtszüge. Gekleidet war sie in ein dunkles Kostüm, wie es in diesen Breitengraden wohl nur Frauen tragen konnten, die von Geburt an ein tropisches Klima gewohnt waren. Die Absätze ihrer hochhackigen Schuhe klapperten hell auf dem steinernden Boden, als sie näher kam.

Die Eleganz, mit der sie sich bewegte, nahm Tom für einen Augenblick vollkommen gefangen und ließ ihn alle Alarmglocken vergessen, die in seinem Kopf schrillten. Die Bewegungen der Frau hatten etwas Katzenartiges, Verheißungsvolles an sich. Genauso sanft, genauso beherrscht – aber auch genauso gefährlich für jedes Opfer.

Die Frau war sich der Wirkung ihres Auftritts zweifelsohne bewußt und blieb mit einem unergründlichen Lächeln vor den Abenteurern stehen. »Ich nehme an, ich habe es mit Tom Ericson, Gudrun Heber und dem nachnamenlosen Butler Connor zu tun«, sagte sie. »Freut mich, Sie persönlich kennenzulernen. Ich habe schon viel von Ihnen gehört.«

»Woher wissen Sie, wer wir sind?« fragte Connor. »Und wer sind *Sie*?«

Sie antwortete nicht, sondern schien den Augenblick, sich an ihrer Ratlosigkeit zu erfreuen, noch ein wenig länger genießen zu wollen.

In Toms Kopf wirbelten dieselben Fragen, doch seine Gedanken waren denen des Butlers bereits ein Stück voraus. Er mußte an die Berichte denken, mit denen Pierre und Valerie damals aus Bangkok zurückgekehrt waren.

Und dann – in einem Moment schlagartiger Ernüchterung – begriff er.

O Gott! schoß es ihm durch den Kopf. Die Frau vor ihnen war ... Suzy Duvall!

Diesen Gedanken beendet zu haben und nach seinem Colt zu greifen, war eins.

»Los, raus hier!« brüllte er Connor und Gudrun zu. »Das ist eine Falle!«

Acht Wochen zuvor

Elwood erreichte die U-Bahn-Station an der Tottenham Court Road, nur ein paar Häuserblocks vom weltbekannten Piccadilly Circus entfernt, und stieg in die Katakomben hinab. Er suchte nicht den Bahnsteig auf, sondern tauchte in einen der heruntergekommenen Seitengänge ein, die meist nur vom Bahnpersonal oder auch Pennern auf der Suche nach einem warmen Schlafplatz betreten wurden.

Elwood begegnete keiner Menschenseele, als er tiefer in den Gang eindrang. Ein paarmal machte dieser einen scharfen Knick, und als Elwood auf den letzten davon zuging, taumelte ihm plötzlich eine dunkle Gestalt entgegen und klammerte sich an seinen Anzug.

»He, Bruder!« Alkoholvernebelter Atem traf Elwood. »Hast ma' 'n Pfund für mich? Für'n armen alten Mann?«

Elwood schob die abgerissene Gestalt mit dem filzigen Mantel und dem wilden Bart von sich. »Verzeihen Sie, ich habe jetzt keine Zeit. Ich bin in einer wichtigen Mission unterwegs.«

»Sind wir das nicht alle?« Der Mann breitete die Arme aus und sah ihn aus wirren Augen an. »Soll ich dir was über meine Mission erzählen?«

»Wie gesagt, ich habe jetzt leider keine ...«

»Ja, da verschließen alle ihre Ohren! Das wollen sie nicht hören. Aber sie sind hier. Sie sind längst überall. Und sie wollen die Welt übernehmen.«

Elwood hob eine Augenbraue. »Wer will die Welt übernehmen?«

»Wer? Du fragst, wer?«

Elwood überlegte kurz. Hatte er das nicht gerade gesagt? Die Menschen waren immer so furchtbar unpräzise. »Ja.«

»Dann will ich es dir sagen. *Sie* sind es. Und sie sind schrecklich. Keiner ahnt, wie schrecklich sie sind! Und weißt du, das ist das Deprimierendste daran. Ich scheine der Einzige zu sein, der die Gefahr sieht.«

»Wer sind *sie*?«

Der Mann starrte ihn an, als frage er sich, wie man so dumm sein konnte, es nicht zu verstehen. »Natürlich die Außerirdischen. Sie stecken hinter allem. Sie veranstalten die große Verschwörung.«

»Tun sie das?«

»Aber klar doch! Schon seit langem. Sie sind überall. Fast auf jeder Straße. Hast du sie draußen nicht gesehen? Klein, grau, groß, grün, geschuppt, gestreift ...« Jedes Wort wurde von einer bekräftigenden Geste unterstrichen. »Alles was du dir vorstellen kannst.«

»Nein, tut mir leid. Das ist mir nicht aufgefallen.«

Der Mann sackte resigniert in sich zusammen. »Warum bin ich nur der Einzige, der sie sieht? Dabei muß man doch nur richtig hinsehen, dann erkennt man sie ganz leicht. Man muß nur ...«

»Ein andermal«, sagte Elwood. Seine Analyse hatte ergeben, daß sein derzeitiges Anliegen wichtiger war als die Aussicht, hier womöglich wichtige Informationen zu erhalten. »Ich muß weiter.«

Er ging hinter die Biegung weiter in den Gang.

»He!« rief der Mann verblüfft. »Wo willst du hin? Der Gang ist 'ne Sackgasse. Da geht's nicht weiter!«

Er bekam keine Antwort. Nach ein paar Momenten bewegte er sich torkelnd vorwärts und sah selbst hinter die Biegung, hinter der der Gang etwas weiter endete. Er war leer. Keine Spur mehr von der schwarzgekleideten Gestalt, mit dem er gerade noch gesprochen hatte.

Der Mann mit dem Bart blickte verwirrt drein. Moment mal ... Er stolperte weiter.

Der schwarzgekleidete Mann mußte doch irgendwo abgeblieben sein! Oder hatte er sich all das nur eingebildet? Wenn er seine letzte Flasche Wermut nur nicht schon ausgetrunken hätte! Ein Schluck daraus hätte ihm bestimmt beim Denken geholfen.

»He, Sie!« rief er verunsichert in die Leere. »Wo sind Sie? Sie müssen hier doch irgendwo sein! Ich warne Sie, spielen Sie keine Spielchen mit mir!«

Erneut kam keine Antwort.

Der Mann tastete sich weiter. Langsam. Torkelnd. Mit einer Hand stützte er sich dabei an der Wand ab. Wieder rang er um sein Gleichgewicht und wäre fast gestürzt. Doch diesmal lag es nicht an seiner Trunkenheit, sondern daran, daß seine Hand plötzlich in die gekachelte Wand hineinglitt wie in Sirup.

Er zog die Hand schnell hervor und blieb schwankend stehen. Dann faßte er abermals in die Wand – diesmal mit beiden Händen. Sie verschwanden bis zu den Unterarmen. Der Mann schluckte. Langsam bekam er eine Ahnung davon, wohin sein Gesprächspartner verschwunden war.

Schließlich machte er einen entschlossenen Schritt nach vorn – und verschwand ebenfalls in der Wand.

Einen Lidschlag später fand er sich in einer anderen, unglaublich anmutenden Umgebung wieder.

Schüchtern sah er sich um, und in diesem Moment wußte er mit absoluter Sicherheit: Die Außerirdischen waren wirklich hier!

Und er war mitten in ihr Hauptquartier vorgestoßen ...

Tom kam nicht mehr dazu, den Revolver vollends zu ziehen. Sofort hatten sich mehrere der umstehenden Männer auf ihn gestürzt und rangen ihn zu Boden. Tom schlug um sich und wehrte sich nach Leibeskräften, konnte aber nicht verhindern, daß ihm die Waffe entrissen wurde.

Connor hatte es im selben Moment ebenfalls mit mehreren Angreifern zu tun. Er reagierte weitaus schneller und schaffte es, einen von ihnen niederzuschlagen, doch sofort waren zwei andere an dessen Stelle. Schließlich mußte auch er sich der Übermacht beugen.

Gudrun gab sich erst gar nicht der Hoffnung hin, erfolgreich Widerstand leisten zu können. Als sich die Männer ihr näherten, hob sie die Hände, um zu zeigen, daß sie keine Schwierigkeiten machen würde.

In Tom sträubte sich alles dagegen, aufzugeben. Er versuchte verzweifelt, die Männer abzuschütteln, die ihn festhielten, ihm die Arme auf den Rücken drehten und wieder auf die Beine zogen. Doch all seine Anstrengungen waren vergeblich.

Die Asiatin sah ihn lächelnd an, als wäre nichts geschehen. »Scheint, als hätten Sie begriffen, wer ich bin!«

Wütend gab Tom seine Befreiungsversuche auf. Es war besser, seine Kräfte zu schonen.

»Sie sind Suzy Duvall«, keuchte er. »Und das hier sind Ihre Leute!«

Suzy nickte huldvoll. »Es freut mich, wie realistisch Sie Ihre Lage beurteilen.«

Tom blickte Kailab an. Wie gerne hätte er den Hafenmeister jetzt in seinen Fingern gehabt!

»Sie haben uns verraten!« brüllte er. »Sie gotterbärmlicher Lügner!«

Auf dem Gesicht des Hafenmeisters erschien ein spöttisches Lächeln. »Wieso Lügner? Ich habe Ihnen doch gesagt, daß Miss Duvall hier auf Fiji sehr einflußreiche Freunde besitzt.«

Suzy stimmte in das Lächeln ein. »Und Singh Kailab ist einer davon. Sogar einer der besten.« Sie schenkte ihm zur Belohnung einen verschworenen, dankbaren Blick, bevor sie sich wieder den Abenteurern zuwandte. »Wie es aussieht, haben Sie den Fehler gemacht, sich an den falschen Mann zu wenden.«

»Damit kommen Sie nicht durch, Kailab!« rief Tom. »Glauben Sie mir, man wird Sie zur Rechenschaft ziehen! Sie können uns nicht einfach verschwinden lassen! Das wird Fragen aufwerfen. Unangenehme Fragen!«

Kailab zeigte sich wenig beeindruckt. »Und wenn schon.«

»Sie haben die Rechnung ohne Sutherland gemacht!« rief Tom. »Sie kennen ihn nicht. Er wird keine Ruhe geben, bis er die Wahrheit herausbekommt! Und glauben Sie mir, er wird Mittel und Wege finden, das zu tun.«

Kailab hob die Schultern. »Was kann ich schon dafür, wenn Sie partout nicht auf meinen Rat gehört haben und unbedingt allein in See stechen mußten? Hier gehen immer wieder Leute und Schiffe verloren. Das Meer ist groß.«

Tom schnaubte zornig. Noch einmal spannte er alle Muskeln an und versuchte sich zu befreien. Doch die Männer waren zu aufmerksam. Sie hielten ihn eisern fest und ließen ihm nicht die geringste Chance.

»Was haben Sie mit uns vor?« fragte Gudrun mit zitternder Stimme. »Wollen Sie uns ... umbringen?«

Suzy sah die deutsche Anthropologin an, als nähme sie sie zum ersten Mal wahr. »Sieh an! Endlich jemand, der sich um die wichtigen Dinge Gedanken macht!«

Gudrun kniff die Lippen zu einem dünnen Strich zusammen und schwieg. »Tja«, fuhr Suzy fort. »Vielleicht wäre es wirklich das beste, wenn ich Sie alle einfach töte. Schließlich haben Sie uns in der Vergangenheit genügend Scherereien bereitet.«

»Wer ist *uns*?« wollte Tom wissen.

Suzy sah ihn mitleidig an. »Ich denke, das wissen Sie ganz genau.«

»Ja?« bohrte Tom weiter. »Meinen Sie damit nur sich und Warden? Oder auch Kar?«

Suzy ließ sich nicht locken. »Welchen Unterschied macht das schon?«

Tom überlegte kurz, dann schüttelte er vehement den Kopf. »Nein, Sie werden uns nicht töten! Wenn Sie das gewollt hätten, hätten Sie es viel einfacher haben können. Dazu hätten Sie sich nicht die Mühe machen müssen, uns gefangenzunehmen!«

Suzy hielt seinem lodernden Blick mit einer überlegenen Leichtigkeit stand, die ihm seine Sicherheit unter den Beinen wegzog.

Wieder lächelte Suzy auf ihre unergründliche Art. »Sind Sie sich da wirklich sicher?«

Tom schluckte. Auch wenn er das gerade noch felsenfest geglaubt hatte, nun verkrampfte sich sein Herz. In Suzys Blick, so liebreizend sie auch lächelte, erkannte er plötzlich einen unberechenbaren, fast schon sadistischen

Zug. Das ließ ihn all seine Sicherheit verlieren. Um so mehr, als Suzy mit lässiger Bewegung einen Revolver aus ihrem Kostüm hervorholte und in den Händen hin und her drehte, als müsse sie ihn eingehend inspizieren.

»Sie sagen ja gar nichts«, meinte sie gefährlich leise, ohne den Blick zu heben.

»Sie bluffen!« war alles, was Tom einfiel. »Der Schuß wäre draußen zu hören!«

Suzy antwortete nicht, sondern griff in eine andere Tasche, holte einen Schalldämpfer hervor und begann ihn in aller Seelenruhe auf den Lauf zu schrauben. Das Geräusch, mit dem die Gewinde ineinandergriffen, schien übermächtig laut.

Tom konnte nicht anders, als darauf zu starren, und schnappte von Gudrun einen vorwurfsvollen Seitenblick auf, der zu besagen schien: Das hast du nun davon! Hättest du doch dein Maul nicht so weit aufgemacht!

Tom sah sie wütend an. Das letzte, was er jetzt gebrauchen konnte, waren Vorwürfe. In seinem Kopf rasten die Gedanken auf der Suche nach einem Ausweg. Doch in welche Richtung sie sich auch wandten – alle Türen waren verschlossen!

Suzy hob den Blick und sah Tom abermals direkt an. »Glauben Sie immer noch, ich würde nicht schießen?«

Tom spürte einen Kloß in seiner Kehle.

»Hören Sie!« rief Connor. »Lebend können wir Ihnen bestimmt nützlicher sein als tot!«

Suzy wandte sich ihm zu. »Das ist ein interessanter Aspekt. Also, lassen Sie hören. Wie wollen Sie denn nützlich sein für mich?«

Connor war anzusehen, daß er verzweifelt auf der Suche nach einer Antwort war, aber es fiel ihm keine ein.

Suzy gab sich nachsichtig. »Das dachte ich mir fast. Aber das macht nichts.«

»Wenn Sie uns unbedingt erschießen wollen, dann tun

Sie es!« platzte es aus Tom heraus. »Aber spielen Sie keine Spielchen mit uns!«

»Spielchen?« fragte Suzy. »Du nennst das *Spielchen*? Nun gut, spielen wir ein Spiel! Vielleicht ist es richtig, daß ihr mir lebendig nützlicher sein könnt. Aber jetzt, wo ich meine Waffe schon mal in der Hand halte, will ich Sie auch benutzen. Das seht Ihr doch ein, nicht wahr?«

Keiner von ihnen antwortete.

»Also werde ich nur *einen* erschießen!« verkündete sie.

Die Abenteurer erstarrten. Sie merkten, daß es Suzy ernst war.

Erneut nahm Tom all seine Kräfte zusammen und versuchte sich loszureißen. Einen Arm bekam er kurz frei, aber sofort wurde er ihm wieder auf den Rücken gedreht. Schmerzvoll keuchte Tom auf.

Suzy hatte für seine Bemühungen nur ein mitleidiges Lächeln übrig.

»Also«, sagte sie ruhig. »Wollen wir doch einmal überlegen, wer von euch am gefährlichsten ist.« Sie sah Tom an. »Vielleicht sollte ich dich töten. Du bist auf jeden Fall der größte Unruheherd. Ständig versuchst du zu entkommen, ständig stellst du dumme Fragen, und ständig glaubst du alles besser zu wissen!«

Tom fand es gar nicht lustig, Gudrun im Augenwinkel auch noch zustimmend nicken zu sehen, als wolle sie sagen: *Da hörst du es!*

Suzy ging zu Gudrun und musterte sie geringschätzig. Gudrun war die einzige, die sich nicht im festen Griff der Männer befand. Lediglich zwei hielten ihre Arme fest, waren aber ständig auf der Hut, um einzugreifen, falls sie zu fliehen versuchte.

»Oder ich töte dich«, sagte Suzy. »Du solltest dich selber sehen, Süße: blaß, kränklich, ängstlich, unwichtig! Es wäre kein großer Verlust für die Menschheit!«

»Sie ist tausendmal mehr wert als du!« brüllte Tom.

Gudrun sah ihn erstaunt an. Daß ausgerechnet er das sagte!

Suzy ließ sich nicht beleidigen. Sie würdigte Tom keines Blickes, sondern meinte nur beiläufig: »Deine Chancen steigen.«

Sie ging zu Connor.

»Oder ich sollte dich töten? Der große, schweigsame Butler unseres Widersachers. Was habe ich da gehört? Du bist ein Meister mehrerer asiatischer Kampfsportarten? Du scheinst auf jeden Fall der Gefährlichste zu sein. Vielleicht wäre es besser, sich deiner gleich zu entledigen.«

Connor hielt Suzys Blick stand. Wenn er hier und jetzt sein Ende finden sollte, dann war es eben so. Es machte ihm keine Angst. Er hatte dem Tod schon dutzendmal ins Auge geschaut.

Suzy wurde ein wenig unsicher, als sie das in seinem Blick erkannte. Der Butler war frei von dem, was ihr Leben ganz und gar bestimmte: Angst!

Sie ließ sich nichts anmerken, trat zurück und sah sie noch einmal nacheinander an, als wolle sie ihre endgültige Wahl treffen.

»Was meinen Sie, Kailab?« rief sie. »Wenn soll ich nehmen?«

Der Hafenmeister, der die ganze Zeit unbeteiligt dagestanden hatte, zuckte zusammen.

»Ich ... äh ...«, stotterte er überrascht. »Wie sollte ich Ihnen das sagen?«

»Ach, kommen Sie, Kailab!« meinte Suzy. »Ich kann mich nicht entscheiden. Und Sie haben doch gehört – irgend jemanden muß ich doch erschießen. Also sagen Sie mir schon, wen? Wer ist die größte Gefahr?«

Kaum hatte sie das letzte Wort gesprochen, wandte sie sich dem Hafenmeister zu und sah ihn durchdringend an.

Kailab wurde bleich und taumelte einen Schritt zurück.

»Miss Duvall!« keuchte er. »Sie denken doch nicht ...?«

»Warum nicht?«

»Aber ... ich habe doch alles getan, was Sie wollten! Ich habe immer alles getan!«

»Ja, ich weiß«, sagte Suzy sanft wie ein Engel. »Das hast du immer. Aber darum geht es hier gar nicht. Es geht um das Risiko! Darum, wer uns am meisten gefährden könnte.«

»Aber, Miss Duvall!« Kailab riß entsetzt die Augen auf, als Suzy den Arm ausstreckte und auf ihn anlegte. Er hob abwehrend die Hände, als könne er die Kugel dadurch abwehren. »Sie wissen doch, daß Sie sich voll und ganz auf mich verlassen können. Ich würde Sie nie verraten oder etwas tun, was nicht in ihrem Sinn ist!«

»Ja«, sagte Suzy wiederum sanft. »Das weiß ich. Das weiß ich ganz genau. Sogar noch sehr viel besser, als du es selbst überhaupt ahnst!«

Kailab runzelte verwirrt die Stirn. »Ich ... ich verstehe nicht.«

Auch Tom war trotz ihrer verzweifelten Lage stutzig geworden. Worauf wollte Suzy hinaus?

»Und weißt du, warum du alles tun würdest?« fuhr sie fort. »Weil da nämlich ein Ding in deinem Kopf steckt, das dir gar keine andere Wahl läßt! Und gerade deshalb bist du eine solche Gefahr! Denn dieses Ding darf nie entdeckt werden. Und das könnte es, wenn man dir zu viele Fragen stellt. Verstehst du?«

Der Hafenmeister erweckte nicht den Anschein, als würde er das. Die Abenteurer hingegen wußten genau, wovon Suzy da sprach.

Kailab war ein Parasitenträger!

Seit ihrer Ankunft hatten sie es mit einer Marionette Kars zu tun gehabt!

In dem Gesicht des Hafenmeister veränderte sich plötzlich etwas. Angst und Ratlosigkeit verschwanden und machten einer ungehaltenen, ärgerlichen Miene Platz. Es war, als wäre Kailab plötzlich ein vollkommen anderer.

»Suzy, hör auf damit!« zischte er ungehalten. Auch sein Tonfall war anders geworden. Statt seiner langsamen, monoton wirkenden Redeweise sprach nun kaum verhohlene Wut aus ihm. »Was fällt dir ein? Wir brauchen den Hafenmeister noch!«

»Du hast selbst gehört, was Ericson vorhin gesagt hat«, erwiderte Suzy, ohne die angelegte Waffe auch nur um einen Zentimeter zu bewegen. »Es werden Leute kommen und Fragen stellen. Die Gefahr der Entdeckung ist zu groß.«

»Suzy!« zischte Kailab. »Nimm sofort die Waffe runter! Ich befehle es dir!«

Sie schüttelte den Kopf. »Nein. Diesmal nicht.«

»Suzy!« herrschte Kailab sie an. »Du wirst tun, was ...«

Plopp!

Suzy hatte geschossen.

Kailab zuckte zusammen.

» ... was ich ...«, kam es aus seinem Mund. Er beachtete den roten Fleck, der sich über seinem Herzen ausbreitete, überhaupt nicht. » ... ich dir ...«

Plopp! Kailab zuckte erneut zusammen und wankte.

» ... dir sage!« Er streckte die Arme aus, wie um nach Suzy zu greifen. Dann fiel er vornüber und blieb reglos auf dem Boden liegen.

Die Abenteurer tauschten einen überraschten Blick. Mit dieser Wendung der Ereignisse hatte niemand von ihnen gerechnet. Sie ahnten, was sich gerade vor ihren Augen abgespielt hatte. Es war ihr Gegenspieler selbst gewesen, der aus Kailab gesprochen hatte.

Aber warum hatte Suzy den Hafenmeister gegen Kars

ausdrücklichen Befehl erschossen? Wollte sie sich von ihm lossagen?

Suzy schraubte den Schalldämpfer von der Waffe, steckte beides ein und trat neben den Inder. Reglos blieb sie stehen. Es sah aus, als würde sie auf etwas warten.

Tom schaute sich um. Keiner von Suzys Männern hatte auch nur mit der Wimper gezuckt, als der Hafenmeister erschossen wurde. Und auch an seiner seltsamen Wandlung zum Schluß schien sich niemand zu stören. Die Männer waren ihrer Chefin wirklich ergeben.

Ein leises, schmatzendes Geräusch war aus der Richtung des toten Kailabs zu hören. Es kam aus seinem Kopf.

Tom ahnte, was das bedeutete. Der Parasit verließ seinen toten Wirt. Tom erwartete, daß Suzy ihn in irgendein Behältnis stecken und zu ihrem Chef zurückbringen würde. Doch sie wartete lediglich, bis das kakerlakenartige Wesen ganz hervorgekrochen war, und dann zerquetschte sie es mit einem gezielten Tritt ihres Stiefelabsatzes.

Einen kurzen Moment erhaschte Tom dabei einen Blick auf ihr Gesicht, und er war überrascht, als er die Wut und den Ekel darauf sah. Er fragte sich immer mehr, was hier los war.

Als Suzy sich umwandte, war ihre Miene wieder neutral. Doch Tom erahnte zum ersten Mal etwas von dem Ausmaß der Angst und Verzweiflung, die sich hinter ihrer schönen Fassade verbarg. Es machte Suzy nicht ungefährlicher, im Gegenteil.

»Was hat das zu bedeuten?« fragte er leise.

Suzy ignorierte ihn und befahl statt dessen ihren Männern, Kailabs Leiche verschwinden zu lassen. Zwei von ihnen zogen den Körper davon.

»Hören Sie«, sagte Tom beschwörend. »Vielleicht können wir Ihnen helfen!«

Suzys Kopf ruckte zu ihm herum.

»Wie wollen Sie mir denn helfen?« fragte sie abfällig, als wäre es das letzte, was sie sich vorstellen könnte.

»Wir könnten Sie vielleicht in Sicherheit bringen«, meinte Tom.

Es war ein Schuß ins Blaue, aber er wollte nichts unversucht lassen. Er spürte, daß zwischen Suzy und Kar nicht alles im Reinen war. »Wenn Sie vorhaben, vor Kar zu fliehen.«

Suzy schüttelte den Kopf und lachte humorlos. Von ihrer unergründlichen asiatischen Miene war nichts mehr zu sehen. Tom hatte zum ersten Mal das Gefühl, als verstecke sie sich nicht hinter einer Fassade, sondern stünde ihm völlig offen gegenüber.

»Was weißt du denn schon!« fauchte Suzy ihn an. Sie trat dicht an Tom heran und sah ihm direkt in die Augen. »Du hast ja gar keine Ahnung! Vor Kar *kann* man nicht fliehen! Vor ihm *gibt* es keine Sicherheit!«

Tom setzte zum Sprechen an, doch Suzy winkte unwillig an. »Nein. Du willst doch nur eure Haut retten. Ich habe jetzt keine Zeit mehr für dein Gerede! Wie du weißt, habe ich noch einen wichtigen Termin.«

Sie gab ihren Männern ein Zeichen, und Tom sah, wie man Tücher hervorholte und mit Chloroform tränkte.

Ein letztes Mal kämpfte er gegen den eisernen Griff der Männer an. Er hatte keine Chance.

»Was haben Sie mit uns vor?« rief er.

Als ihm das Tuch vor das Gesicht gepreßt wurde, hielt er die Luft an, doch ein rüder Hieb in den Magen ließ sie buchstäblich auf einen Schlag entweichen. Er konnte nicht anders, als nach Luft zu schnappen. Süßlich-schwere Schwaden stiegen in seine Lunge.

Er spürte, wie er benommen wurde. Noch einmal sah er Suzy vor sich. Die Dämpfe des Chloroforms stiegen ihm in die Augen und ließen sie tränen. Er sah sie nur verschwommen. Trotzdem erkannte er, daß ihr Gesicht wieder eine unergründliche Maske war.

»Du wirst jetzt erst einmal schlafen«, hörte er ihre sanfte Stimme wie aus weiter Ferne heranschweben. Genauso hatte sie mit Kailab geredet, bevor sie ihn erschossen hatte! »Ganz tief schlafen. Und dann ...«

Tom sollte nicht mehr erfahren, was dann war. Er hatte das Bewußtsein verloren.

Acht Wochen zuvor

Elwood aktivierte den Erweckungsmechanismus einer der vielen Kammern, die in endlosen labyrinthartigen Gängen nebeneinanderlagen. In einer solchen Kammer war auch er vor Monaten zum Leben erwacht.

Er hatte kurz darüber nachgedacht, ob er zu seiner eigenen Kammer gehen sollte, um nachzusehen, ob sie weiterhin leer war oder sich ein anderer Diener darin befand. Dann jedoch hatte er sich gefragt, warum er sich mit dieser Option beschäftigte. Er war schließlich aus anderen Gründen hier.

Oder war das wieder so ein Anzeichen, daß er nicht richtig funktionierte?

Nachdem er bei der zentralen Informationsabfrage erfahren hatte, wo sich der Mann in Schwarz befand, nach dem er suchte, hatte er sich direkt zu dessen Kammer begeben.

Obwohl diese Station sozusagen sein Erzeuger und sein Heim war, hatte er ungewohnte Eindrücke, während er durch die Gänge schritt. Sie waren ihm zwar unendlich vertraut, trotzdem kam es ihm so vor, als sähe er vieles zum ersten Mal. Vielleicht lag es daran, daß er auf gewisse Weise tatsächlich zum ersten Mal hier war – nämlich mit eigenem Willen und der Freiheit zu tun, was er wollte. Es war ein schon ein beträchtlicher Unterschied. Elwood machte die Erfahrung, daß man dieselben Dinge durchaus sehr verschieden betrachten konnte.

Während er darauf wartete, daß die Aktivierung des anderen abgeschlossen war, schaute er sich mehrfach um, als befürchte er, daß jeden Moment jemand auftauchen und ihn zur Rede stellen würde, was er hier tat. Doch niemand scherte sich um seine Anwesenheit.

Die Tür zur Kammer öffnete sich. Ein schwarzgekleideter Mann trat heraus. Er war etwas kleiner und korpulenter als Elwood.

»Hallo!« sprach Elwood ihn an.

Der andere Mann in Schwarz bemerkte ihn sehr wohl, ging aber achtlos vorbei und schritt tiefer in den Korridor entlang.

»Bleib stehen!« rief Elwood ihm hinterher. »Halt!« Doch der andere Mann hielt nicht inne, sondern ging schnurstracks weiter. Elwood beeilte sich, zu ihm aufzuholen. »Warum bleibst du nicht stehen?«

»Warum sollte ich?«

»Weil ich es dir sage.«

»Ist das Grund genug?«

»In diesem Fall ja.«

»Warum redest du überhaupt mit mir? Hier hat mich noch nie jemand angesprochen.«

»Dann ist dies eben das erste Mal«, erklärte Elwood. »Es gibt für vieles ein erstes Mal. Wie ich erfahren habe, muß das nichts Schlechtes sein.«

Der andere Mann in Schwarz ging weiter, ohne seine Geschwindigkeit zu vermindern.

»Warum sagst du nichts?« fragte Elwood.

»Du hast keine Frage gestellt.«

Elwood hob eine Augenbraue. Das war richtig. Er hatte keine Frage gestellt! Und trotzdem hatte er eine Antwort erwartet. Er erinnerte sich, daß die Abenteurer anfangs mit ihm dieselben Kommunikationsschwierigkeiten gehabt hatten. Und nun erging es ihm ähnlich. Vielleicht hatte er sich bereits zu sehr auf die Menschen eingestellt. Sie redeten auch, wenn sie nicht gefragt waren.

»Ich wollte einfach nur eine allgemeine Bestätigung, daß du mich gehört hast«, erklärte er.

»Habe ich.«

»Und mich auch verstanden hast.«

»Habe ich.«

»Und? Was habe ich gesagt?«

»Daß dies das erste Mal ist.«

»Gut. Und warum bleibst du nicht endlich stehen?«

»Warum sollte ich?«

»Weil ich mit dir reden will. Das habe ich dir gesagt!«

»Wir reden doch«, erwiderte der andere verständnislos. Er hob im Gehen die Hand und streckte den Zeigefinger empor. »Zum ersten Mal.«

Elwood versuchte es anders. »Es hat keinen Sinn, wenn du so durch die Gänge rennst.«

»Ich kann nicht erkennen, daß ich renne. Ich gehe.«

»Gut«, räumte Elwood ein. »Wenn du so schnell gehst.«

»Warum nicht? Ich bin jedesmal nach meiner Aktivierung diesen Weg so gegangen, und jedesmal hat es Sinn gemacht.«

»Diesmal ist es anders.«

»Was sollte anders sein? Ich bin erweckt worden, ich gehe diesen Weg.«

»Aber ich bin hier.«

»Richtig. Du bist hier. Und wir reden. Zum ersten Mal. Aber sonst ist alles gleich.«

»Ist es nicht. Bleib endlich stehen, damit ich es dir erklären kann!«

»Nein.«

»Ich wiederhole: Was du machst, ist sinnlos!«

»Sinnlos? Das verstehe ich nicht. Ich bin erweckt worden, um den *Ruf* zu empfangen. Wieso sollte das sinnlos sein? Das ist sogar der einzige Sinn.«

»Diesmal wird kein *Ruf* kommen.«

Der andere Mann wirkte eine Millisekunde lang verunsichert. Im Gehen hob er eine Augenbraue. »Warum sollte kein *Ruf* kommen? Es ist bisher immer ein *Ruf* gekommen, wenn ich aktiviert worden bin.«

»Diesmal nicht.«

»Welchen Grund sollte es geben, mich zu erwecken, wenn kein *Ruf* ergeht? Das liegt außerhalb aller Parameter.«

»Ich habe deine Erweckung vorgenommen.«

»Ein Diener kann keinen anderen erwecken.«

»Und doch habe ich es getan. Ich weiß, es muß für dich sehr neu klingen. Aber ich versichere, so war es.«

»Ein Diener kann keinen anderen erwecken«, wiederholte der andere ausdruckslos. Eine lange Pause. »Außer vielleicht ...«

»Ja?« fragte Elwood beinahe hoffnungsfroh.

»Außer an dich ist der *Ruf* ergangen, es zu tun. Ist es so?«

»Nein«, mußte Elwood zugeben.

»Warum hast du es dann getan?«

»Weil ...« Elwood zögerte unmerklich. Es war ein Zögern, das er früher nie gezeigt hätte. » ... ich es wollte.«

Der andere Mann in Schwarz musterte ihn eingehend, als müsse er ihn neu analysieren. »Auch das ist eine Aussage jenseits aller Parameter.«

»Ich weiß.«

»Und trotzdem hältst du daran fest?«

»Ja. Es ist die Wahrheit. Und die Wahrheit ist ein größerer Parameter als alle anderen. Es ist der einzig wahre.«

»Bist du sicher, daß du noch richtig funktionierst?«

Elwood wußte darauf keine Antwort zu geben. Er war

nur in der Lage, Wahrheiten zu formulieren. Und in der Analyse dieser Frage war er noch zu keinem Ergebnis gekommen – im Gegenteil, im Moment schien er weiter davon entfernt als je zuvor. Alles was er hatte, waren mehr und mehr Fragen.

Er erkannte, daß er anstelle des anderen Dieners noch vor Wochen kaum anders reagiert hätte. Und so wartete er, bis sie den Kristallraum erreicht hatten, in dem sonst der *Ruf* an jeden erweckten Mann in Schwarz ging.

Nur diesmal blieb er aus. Auch die glitzernden Kristalle in dem Raum begannen nicht zu leuchten.

Die beiden Männer in Schwarz warteten regungslos, bis einer von ihnen schließlich das Schweigen brach.

»Du hast mich also wirklich selbst erweckt?«

»Ja.«

»Wie konntest du das tun, ohne daß der *Ruf* dazu an dich erging?«

»Das ist schwer zu erklären. Ich *wollte* es. Denn ich brauche Informationen von dir.«

»Das ist irrelevant. Kein Diener *will* etwas. Außer den *Ruf* befolgen.«

»Ich bin nicht länger nur ein Diener. Ich bin ... Elwood!«

»Elwood?«

»Ja.«

»Das verstehe ich nicht. Was bedeutet das? Bist du nun kein Diener mehr?«

»Doch. Aber ich bin zugleich Elwood. Das ist nichts anderes, sondern nur mein Name.«

»Ein Diener hat keinen Namen. Kein Diener hatte je einen Namen.«

»Und doch habe ich einen. Ich bin Elwood.«

»Dann hast du mehr, als ein Diener je hatte. Und du machst Dinge, die ein Diener nie getan hätte. Und trotzdem behauptest du ein Diener zu sein?«

Elwood war sich aller Widersprüchlichkeiten voll bewußt. Er begriff, wie sehr er mittlerweile gelernt hatte, seinen Bewußtseinsinhalt anders zu strukturieren und zu organisieren als früher.

»Ja«, erwiderte er, sich voll darüber im klaren, daß er damit keine einzige Frage beantwortete.

Der andere Mann hob seine Augenbraue. »Ich glaube, dies ist wieder so ein erstes Mal.«

»Ja, ist es wohl.« Elwood ließ seinem »Bruder« Zeit zum Analysieren.

»Dann bleiben nur noch zwei Fragen«, sagte dieser.

»Die erste?«

»Wie bekomme ich ebenfalls einen Namen?«

Diesmal hatte Elwood Verarbeitungsschwierigkeiten. »Wieso willst du einen Namen?«

»Alle Diener sind immer gleich gewesen, aber du hast einen Namen. Ein Name ist mehr, als ein Diener je hatte. Und du tust Dinge, die ein Diener nie getan hätte. Wie komme ich an einen Namen?«

Wenn ein Mann in Schwarz je überrascht hätte sein können, in diesem Moment war Elwood es. Das hätte er nie vorausberechnet.

»Ich weiß es nicht. Aber ich werde darüber nachdenken. Und die zweite Frage?«

»Warum hast du mich erweckt?«

Die Frage war weitaus leichter zu beantworten. »Ich brauche Informationen. Dein letzter Auftrag brachte dich an einen Ort, den ich erreichen muß. Nur du kannst mich dorthin führen.«

Einen Moment lang schien es, als wolle der andere die Aussage automatisch negieren – doch dann stimmte er zu. »Ja, ich erinnere mich. Aber normalerweise erinnert sich ein Diener nicht an seinen letzten Auftrag.«

»Vielleicht liegt es daran, daß ich dich erweckt habe.«

»Das ist möglich.«

»Also kannst du mir sagen, wo dieser Ort ist?«

»Nein.«

»Warum nicht?«

»Ich weiß, wie es dort ausgesehen hat. Aber ich weiß nicht, *wo* dieser Ort war. Ich bin mit anderen Dienern dorthin gebracht worden, um eine bestimmte Anlage in einer großen Pyramide zu beschädigen. Nach Erledigung des Auftrags haben wir uns wieder zurückgezogen. Alles was ich über die Lage des Ortes weiß, ist, daß er nicht in der Nähe einer *Pforte* lag. Du siehst, ich kann dir nicht helfen.«

»Doch, das kannst du. Das waren eine Menge Informationen. Und du müßtest den Ort beschreiben können.«

»Ja. Es war eine Insel. Mit weißen Sandstränden. Und Palmen. Und einem Anlegesteg. Und Meer. Und wolkenloser Himmel.«

Elwood nahm alles in sich auf.

»Das reicht aus, um diesen Ort zu finden?« fragte der andere Mann in Schwarz.

»Ich habe gelernt, daß jeder Ort seine ganz spezifischen Merkmale besitzt. Anhand der Übereinstimmung möglichst vieler dieser Merkmale müßte es möglich sein, ihn zu finden.«

»Dazu reichen meine Angaben aus?«

»Vermutlich nicht. Aber ich werde Hilfe in Anspruch nehmen. In der Menschenwelt gibt es bestimmte Einrichtungen, die einem weiterhelfen können. Und ich denke, ich weiß, an welche dieser Einrichtungen wir uns wenden müssen.«

Der andere hob die Augenbraue. »*Wir*?«

»Ja.«

»Warum? Du wolltest Informationen, und du hast Informationen bekommen. Was soll ich in der Menschenwelt?«

»Nur du kannst den Ort wiedererkennen. Ohne dich kann ich ihn nicht finden.«

»Verstehe. Aber ich kenne mich in der Menschenwelt nicht aus. Bis auf die letzten sind alle Erfahrungen gelöscht.«

»Du tust einfach, was ich tue. Und sagst, was ich dir sage. Dann werden wir nicht auffallen. Das ist das Wichtigste. Der Rest ist nicht weiter schwierig.«

»Tun, was du tust. Sagen, was du sagst. Nicht auffallen. Nicht weiter schwierig. Verstehe.«

Elwood war sich sicher, daß der andere das nicht tat. Aber Erklärungen hätten kaum weitergeholfen. »Dann laß uns jetzt gehen.« Er setzte sich in Bewegung.

»Warte.«

Elwood blieb stehen. »Was ist?«

»Ich kann nicht beurteilen, ob ich mitkommen soll.«

»Kannst du einen Grund erkennen, es nicht zu tun?«

Eine kurze Pause. »Ich war noch nie ohne *Ruf* in der Menschenwelt.«

»Dann ist dies das erste Mal.«

»Das ist nun schon das sehr vielte Mal das erste Mal.«

»Und es wird nicht das letzte Mal bleiben. Also? Kommst du nun?«

»Was ist, wenn der *Ruf* an mich ergeht, und ich bin gar nicht in meiner Kammer? So etwas ist bestimmt noch nie vorgekommen.«

»Berechne die Wahrscheinlichkeit dafür!«

»Trotzdem ist es nicht ausgeschlossen.«

»Dann nenne die Prozedur für den Fall, daß es zu Problemen bei einer Auftragserweckung kommt.«

»Dann wird automatisch derjenige in der benachbarten Kammer aktiviert.«

»Siehst du. Es gibt keine Probleme, selbst wenn der *Ruf* ergehen sollte.«

»Keine Probleme? Aber dann empfängt ja ein anderer

den *Ruf*, der an mich ergangen wäre! Dann würde mir ein *Ruf* verlorengehen!«

Elwood musterte den anderen eingehend, als müsse diesmal er ihn neu analysieren.

»Und du bist sicher«, fragte er, »daß *du* noch richtig funktionierst?«

»Nein. Das bin ich nicht. Wie sollte ich auch? Ich bin von einem anderen Diener erweckt worden, und der *Ruf* ist nicht an mich ergangen. Anhand welcher Vergleichsmöglichkeiten oder Erfahrungswerte soll ich da beurteilen, daß ich noch richtig funktioniere?«

Elwood verstand dieses Dilemma nur zu tun. Es war dasselbe, vor dem auch er stand. Und es war mit Logik nicht aufzulösen.

»Weißt du«, sagte er, »du redest fast wie ein Mensch.«

Der andere Mann in Schwarz stand ein paar Momente reglos da, dann setzte er sich in Bewegung.

»Laß uns gehen!« sagte er nur.

Auf dem Weg zur *Pforte* hörten sie in den schier endlosen Gängen und unzähligen Räumen seltsame Geräusche. Sie blieben stehen.

»Was ist das?« fragte der andere. »Solche Geräusche habe ich hier noch nie gehört. Ob eines der Hauptsysteme ausgefallen ist?«

»Darauf kann ich dir keine Antwort geben«, sagte Elwood.

Sie gingen weiter und stießen ein paar Räume weiter auf den Betrunkenen, dem Elwood in der U-Bahn-Station begegnet war.

»Endlich!« stieß der Mann hervor, als er sie sah. »Endlich kümmert sich mal jemand um einen. Wißt ihr, eine geschlagene halbe Stunde schreie ich mir schon die Kehle aus dem Leib, und kein Schwein hört mich.«

»Wer ist das?« fragte der andere.

»Ein Mensch«, antwortete Elwood.

»Verstehe.«

»Es war nicht vorgesehen, daß ein Mensch hierher kommt. Ich habe eine große Nachlässigkeit begangen.«

»He, Jungs, ich will ja nicht stören ...« Der Betrunkene sah sich um. »Ihr habt hier nicht zufällig was zu trinken? Ich weiß nicht, wie's bei euch ist, aber ich könnt' 'nen guten Schluck vertragen. Na?«

»Was machen wir mit ihm?« fragte der andere Diener.

»Am besten, wir nehmen ihn wieder mit hinaus.«

»Das können wir nicht tun. Er hat die Station gesehen. Er darf nicht mehr gehen.«

»Richtig!« stimmte der Betrunkene vehement zu. »Ich habe die Station gesehen. Ihr könnt mich nicht mehr gehen lassen!« Erneut schaute er sich um. »Kann mir mal einer sagen, wo wir überhaupt sind? Gerade war ich noch in der U-Bahn, und jetzt ... jetzt bin ich ...«

»Woanders«, erklärte Elwood.

»Was machen wir mit ihm?« erinnerte der andere Diener und fügte mit ausdrucksloser Miene hinzu: »Eliminieren?«

»Nein, wir nehmen ihn lediglich mit hinaus.«

»Er wird verraten, was er gesehen hat.«

»Genau!« polterte der Betrunkene. »Das werde ich! Macht nur nicht den Fehler, mich zu unterschätzen!«

»Ich denke, das kann ich verantworten«, sagte Elwood. Auf sein Zeichen hin packten sie den Mann links und rechts an den Armen und zogen ihn in Richtung *Pforte*.

»He, loslassen!« zeterte der Betrunkene. »Ihr seid doch auch welche von *denen*! Ich durchschaue euch!«

Sie antworteten ihm nicht.

Wenig später hatten sie die *Pforte* durchschritten und befanden sich wieder am Ende des Seitengangs in der U-Bahn-Station. Elwood sicherte die *Pforte*, dann ließen sie den Mann los, der vor Überraschung fast zu Boden geplumpst wäre.

»He!« rief er. »Ihr könnt mich doch nicht einfach so stehenlassen!«

Doch genau das taten sie. Elwood tippte noch einmal grüßend an die Krempe seines Hutes, dann waren sie verschwunden.

Der Betrunkene blieb eine Zeitlang auf schwankenden Beinen stehen und stierte vor sich hin, als versuche er sich jede Einzelheit ins Gedächtnis zurückrufen. Die Falte zwischen seinen buschigen Augenbrauen wurde tiefer und tiefer. Dann straffte er sich und starrte entschlossen die Wand an.

Vorsichtig streckte er die Hand aus. Seine zitternden Finger näherten sich der Wand – Zentimeter um Zentimeter. Dann hatten sie sie erreicht. Doch sie drangen nicht in sie ein, sondern trafen auf Widerstand. Der Mann schüttelte verwirrt den Kopf und versuchte es abermals, diesmal kräftiger. Wieder ohne Ergebnis.

Er tastete die gesamte Seite ab, trommelte oder stemmte sich dagegen – doch was immer er auch tat, die schmutzige gekachelte Wand blieb das, wonach sie aussah: eine schmutzige gekachelte Wand.

Irgendwann stellte er seine sinnlosen Versuche ein und sank verzweifelt zu Boden.

Ein paar kräftige Ohrfeigen holten Tom Ericson ins Bewußtsein zurück.

»He, Tom, alter Sportsfreund!« hallte eine laute Stimme – besonders in seinem Schädel. »Tu nicht so, als ob du noch schläfst!«

Wieder ein paar Ohrfeigen.

Tom versuchte ihnen zu entkommen, wollte sich bewegen, doch seine Arme hingen fest. Ebenso seine Beine. Er schlug die Augen auf und sah, daß man ihn langausgestreckt auf eine Pritsche gefesselt hatte. Seine Arme waren mit Handschellen über seinem Kopf an Verstrebungen festgekettet, und seine Beine auf der anderen Seite auch. Und über ihm schwebte ein grinsendes Gesicht mit Dreitagebart, das auf ihn herabstarrte.

»Jack Warden!« knurrte er.

»Niemand anderes«, erwiderte Warden gutgelaunt. »Du wolltest mich finden! Jetzt hast du mich gefunden!«

Tom sah sich um. Er befand sich in einer Kabine, und neben ihm, auf anderen Pritschen, lagen Connor und Gudrun. Sie waren ebenso angekettet wie er, und zusätzlich war auch ihr Mund mit einem Stück Klebeband verschlossen.

Connor war wach und sah zu ihm herüber, während Gudrun noch reglos dalag. Als der Butler Toms besorgten Blick bemerkte, gab er ihm mit einem Augenzwinkern zu verstehen, daß mit Gudrun alles in Ordnung war. Tom nahm es dankbar zur Kenntnis. Offenbar war Connor schon etwas länger bei Bewußtsein. Vielleicht hatte der Butler ja eine Methode oder Atemtechnik gehabt, möglichst wenig Chloroform in die Lunge zu bekommen.

»Wo ... wo sind wir?« fragte Tom.

Jack Warden zog eine Grimasse. »Also, jetzt bin ich aber wirklich enttäuscht von dir!« Er deutete mit einer weit ausholenden Geste in die Runde. »Wonach sieht es hier denn aus?«

Tom hatte die Nase gründlich voll von Spielchen. »Es ist eine Kabine ... eine Schiffskabine ...«

Jack Warden nickte ihm aufmunternd zu und machte mit den Händen eine auffordernde Geste. »Und? Na ...?«

»Das ist die LAOTSE«, folgerte Tom.

»Bravo!« Warden klatschte in die Hände. »Und das, was hin und her schwankt, ist nicht dein Hirn, sondern der Boden unter unseren Füßen. Zumindest unter meinen, denn du liegst ja!« Er lachte, als hätte er einen guten Witz gemacht.

Tom war überhaupt nicht zum Lachen zumute. »Wohin bringt ihr uns? Was habt ihr mit uns vor?«

»Fragen, Fragen ...« Warden schüttelte den Kopf. »Was sollen so viele Fragen?« Er deutete auf seine Brust. »Mach es doch einfach wie ich – genieße den Tag! Du solltest sehen, was für ein schönes Wetter draußen ist! Ich sage dir, Tom, so ein Tag in der Südsee ...« Er verzog schwärmerisch das Gesicht. »Noch dazu auf so einer schicken Yacht. Fehlen eigentlich nur noch die hübschen Frauen!« Er stieß Tom an. »Na, wär' das nicht auch was für dich?«

Tom verzog humorlos das Gesicht.

Warden gab sein übertriebenes Spiel auf und wurde ernst. »Tja, alter Sportsfreund, das hast du dir selbst zuzuschreiben. Du hättest jederzeit aufgeben und dir Zeit für einen Urlaub hier nehmen können. Aber du mußtest mir ja unbedingt weiter folgen.«

Tom dachte daran, daß dies fast genau das war, was Gudrun am Abend in San José erzählt hatte, als sie versuchte, ihre Vorahnungen zu beschreiben.

»Wie hast du uns gekriegt?« fragte er.

Warden ließ sich auf der Pritschenkante nieder. »Das war ganz einfach. Und eigentlich hätte ich gedacht, daß du viel zu klug wärst, um darauf hereinzufallen. Gut, du konntest nicht wissen, daß mich ein Wasserflugzeug abholt. Aber mit einer Funkkette überall Ausschau nach meinem Schiff zu halten ...? Ich bitte dich, Tom! Du hättest genausogut mit einem Megaphon herausbrüllen können, was du vorhast! Ich mußte dich also nur zum Schiff locken und dafür sorgen, daß du den Tip mit Fiji bekommst. Und wie dein Hiersein beweist, hat der Junge seinen Job gut gemacht!«

»Du hast ihn dafür bezahlt?«

»Aber sicher doch. Meine einzige Sorge war, daß er nicht überzeugend genug sein würde. Deshalb habe ich ihm geraten, viel Geld dafür zu verlangen. Weißt du, das wirkt meistens. Ich gab ihm den Tip, bei tausend Dollar anzufangen. Ich schätze, du hast ihn bis auf fünfzig runtergehandelt.«

Warden sprach in keinster Weise hämisch. Es war, als redeten zwei alte Jugendfreunde miteinander – allerdings Jugendfreunde, die nun auf unterschiedlichen Seiten standen.

»Auf hundert.«

»Ein Zeichen mehr, daß du nicht mehr so gut in Form bist. Du brauchst Urlaub.« Warden räusperte sich. »Wie auch immer. Jetzt bist du hier. Im Grunde wart ihr schon verloren, als ihr euren Fuß auf Fiji gesetzt habt. Aber ihr konntet ja nicht wissen, daß dies hier unser Terrain ist.« Er blickte Tom bedauernd an. »Tja, nun weißt du es. Aber ich glaube nicht, daß dir dieses Wissen noch etwas nützen wird.«

Er sah sich um, als die Kabinentür aufging.

Helles Sonnenlicht drang herein, und Suzy Duvall erschien. Sie trug noch immer ihr dunkles Kostüm, nur ihre hochhackigen Schuhe hatten sie gegen bequemere und an Bord eines Schiffes praktischere Leinenschuhe getauscht.

Sie blieb im Eingang stehen und sah Warden fragend an.

Dieser breitete die Arme aus und fiel in den alten Tonfall zurück. »Ah, da sind sie ja – die schönen Frauen!« rief er freudig aus. Er stieß Tom an. »Sag selbst, ist Suzy nicht eine wahre Wucht?«

Tom verkniff sich eine Antwort. Aus Wardens Sicht mochte das vielleicht so sein. Er hatte da andere Vorstellungen.

Warden erhob sich. »Tut mir leid, unseren kleinen Plausch hier abbrechen zu müssen. Aber auf mich warten andere Dinge.« Er zwinkerte Suzy zu. Sie blieb kühl, machte aber auch kein abweisendes Gesicht.

»Warte!« rief Tom.

»Ja, was gibt es noch?«

»Was ist mit der Lade?« wollte Tom wissen.

»Die Lade! Ach ja, richtig, die Lade.« Warden sah Tom an. »Du willst wissen, wo sie ist? Ja? Soll ich dir sagen, wo sie ist? Gut, ich werde es tun.« Er beugte sich zu Tom herab, umfaßte dessen Kinn und zwang ihm, den Kopf zu drehen. Dabei brachte er den seinen ganz dicht heran. »Siehst du dort die Kabinenwand?« flüsterte er. »Stell dir dahinter noch eine Kabine vor. Und noch eine, und noch eine. Und dann ...« Er machte eine dramatische Pause. »Dann stellst du dir dahinter einen Frachtraum vor. Ja, und da ist sie nun!«

Tom erwiderte nichts. Er roch Wardens warmen Atem und fragte sich, wann er sich wohl das letzte Mal die Zähne geputzt hatte.

»Gut zu wissen, daß sie da ist, nicht wahr?« raunte Warden weiter. »Spürst du sie, Tom? Jetzt bist du ihr ganz nah. Das wolltest du doch, oder?«

Tom verstand plötzlich, wieso ein Mensch in gewissen Extremsituationen das Bedürfnis verspüren konnte, jemand anderen ins Ohr zu beißen.

Doch Warden ließ ihm keine Chance dazu. Er erhob sich wieder. »So, nun muß ich wirklich gehen. Ich wünsche dir noch eine angenehme Reise.«

»Warum tust du das, Jack?«

Warden hielt noch einmal inne. »Du meinst, warum ich mein Leben so verbringe, wie ich es verbringe? Und mein Geld so verdiene, wie ich es verdiene?« Tom antwortete nicht, deshalb sprach er weiter. »Nun, ich schätze, das ist einfach eine Sache der inneren Einstellung. Ich genieße das Leben. Schau mich an, mir geht's blendend. Ich bin zufrieden mit dem, was ich tue. Schade, daß du das nicht genauso kannst!«

»Du verkaufst dich!« widersprach Tom.

»Mag sein.« Warden sah ihn fest an. »Aber ich verkaufe mich nur an den, an den ich mich verkaufen *will*. Und das ist eine viel größere Freiheit, als die meisten Menschen sie haben.«

Tom sah ein, daß es sinnlos war.

»Ach ja. Fast hätte ich's vergessen.« Warden kam zurück und klebte Tom den Mund ebenfalls mit Klebeband zu. »Damit ihr euch nicht mit Unterhaltungen langweilt. Laßt es euch gutgehen, und wenn ihr keine Dummheiten macht, lasse ich euch in ein paar Stunden was zu essen und trinken bringen. Aber bis dahin habe ich erst einmal besseres vor.«

Er ging zu Suzy, schlang den Arm übermütig um ihre Hüfte und zog sie aus der Kabine.

Tom sah, wie Suzy ihm noch einen letzten Blick zuwarf, ohne daß sich in ihrem Gesicht etwas regte, dann fiel die Tür zu und wurde verriegelt.

Sie waren wieder allein.

Tom zerrte an den Fesseln. Es war zwecklos. Sie waren ebenso fest wie die Verstrebungen. Er hätte schon eine Metallsäge, freie Hände und ein paar Stunden Zeit genötigt, um sich zu befreien. Leider hatte er wohl nur letzteres, und das reichte zum Befreien nicht aus.

Er sah Connor an, der ihm mit den Augen signalisierte, daß er es schon genauso vergebens versucht hatte. Sie blickten sich an und wußten, daß sie nichts tun konnten.

Acht Wochen zuvor

Die beiden Männer in Schwarz blieben vor einem Ladengeschäft in der City of London stehen.

»Dies ist die menschliche Einrichtung, die uns helfen soll, den Ort zu finden?«

»Ja«, antwortete Elwood. »Und diese Einrichtung nennt sich ›Reisebüro‹.«

Sie traten ein.

Eine Angestellte begrüßte sie freundlich und bat sie, Platz zu nehmen. Dem Aussehen ihrer beiden Kunden schenkte sie wenig Beachtung. Londons Innenstadt war ein Sammelpunkt der skurrilsten Gestalten. Warum also nicht zwei Männer, die zuviel *Men in Black* gesehen hatten?

Sie erkundigte sich nach ihren Wünschen, und Elwood erzählte sie ihr.

»Lassen Sie mich zusammenfassen«, sagte sie eine Viertelstunde später. »Es soll eine Insel mit viel Strand sein. Und Palmen. Und der Möglichkeit, Ausflüge aufs Meer zu unternehmen. Vor allem wollen Sie so schnell wie möglich dorthin. Ist das soweit richtig?«

»Ja«, sagte Elwood. Endlich einmal ein präzise arbeitender Mensch.

»Werden Sie uns helfen können?« erkundigte sich der andere Mann in Schwarz.

»Oh, ich denke schon«, versicherte sie ihm. »Ich glaube, ich habe da genau das Richtige für Sie.«

»Genau das Richtige«, wiederholte Elwood. »Gut. Besser geht es wirklich nicht.«

»Wir finden bestimmt noch was im Last-Minute-Bereich«, fuhr sie fort. »Das ist viel preiswerter. Wenn Sie wollen, können Sie morgen schon losfliegen. Und nur ein paar Stunden später sind Sie dann am Ziel. Na, wie klingt das?«

»Ich hatte nicht vorausberechnet, daß es so einfach werden würde«, sagte Elwood.

»Wir sind schließlich dafür da, es Ihnen so einfach und angenehm wie möglich zu machen«, sagte die Frau. »Unsere vielen zufriedenen Kunden sprechen für sich.«

»Was benötigen wir für die Reise?«

»Natürlich die Flugtickets. Die können wir für Sie besorgen. Wie wollen Sie bezahlen?«

»Mit meiner *American-Express*-Karte«, sagte Elwood.

»Ich habe keine American-Express-Karte«, sagte der zweite Mann in Schwarz.

Die Angestellte sah ihn fragend an.

»Ich bezahle für beide«, sagte Elwood schnell.

Die Angestellte nickte zufrieden. »Dann brauchen Sie nur noch Ihre Ausweise.«

»Ich habe keinen Ausweis«, sagte Elwoods Begleiter.

»Nicht weiter schlimm«, beruhigte die Frau. »Dann nehmen Sie einfach Ihren Reisepaß. Das ist genauso gut.«

»Ich habe auch keinen Reisepaß.«

Die Frau zog ihre Stirn in Falten. »Sie haben weder Ausweis noch Reisepaß?«

»Ja. Ich habe noch nie ...«

»Er wollte damit sagen«, fiel Elwood ihm ins Wort, »daß er beides nicht *hier* hat.«

»Nein«, stellte der andere richtig. »Ich wollte damit sagen, daß ich ...« Er hielt inne, als Elwood den Kopf wandte und ihn direkt ansah. » ... immer nur sage, was er sagt.« Es machte die Frau nicht gerade klüger.

»Wir werden besorgen, was wir brauchen«, erklärte Elwood. Er stand auf. »Dann kommen wir wieder.« Damit zog er seinen Begleiter mit sich auf die Straße hinaus und bedeutete ihm zu folgen.

»Wie konntest du sagen, daß ich etwas anderes sagen wollte?« fragte dieser. »Du weißt, daß ein Diener nicht in der Lage ist zu lügen.«

»Das weiß ich.«

»Aber dann ...«

Er zögerte, als wäre es zu unvorstellbar, es auszusprechen. »...dann hast du gelogen!«

»Das habe ich nicht.«

»Das verstehe ich nicht.«

»Deine Aussage, daß du beides nicht im Reisebüro dabei hast, war doch richtig, nicht wahr?«

»Ja. Aber ich habe beides nicht nur dort nicht dabei, sondern überhaupt nicht.«

»Das kommt darauf an, aus welchem zeitlichen Blickwinkel man das sieht.«

»Das verstehe ich nicht.«

»Warte einfach ab.«

Etwas später hatten sie die Themsebrücke erreicht, unter der Elwood viel Zeit verbracht hatte.

»Hi, Elwood«, begrüßte Seebär ihn. »So schnell hab' ich dich nicht zurückerwartet. Hast ja sogar einen Kumpel dabei.«

»Ja«, sagte Elwood. »Und er braucht deine Hilfe. Du hast mir gesagt, daß du gute Kontakte hast und fast alles besorgen kannst.«

Seebär nickte. Er hörte sich an, was Elwood wollte. »Kein Problem«, meinte er dann. »Aber es wird nicht billig werden und ein paar Tage dauern.«

Kurz darauf waren Elwood und sein Begleiter etwas abseits der Brücke unter sich.

»Ich soll also einen Ausweis und einen Paß bekommen?«

»Das ist richtig«, sagte Elwood. »In ein paar Tagen wirst du beides haben. Wenn du unter diesem Blickwinkel noch einmal meine Aussage im Reisebüro analysierst, wirst du feststellen, daß sie keinen Fehler enthält.«

Eine Verarbeitspause folgte. »Das ist eine seltsame Auslegung, aber ich denke, ich verstehe.«

»Gut.«

»Wo wir gerade beim Thema sind – was sind eigentlich ein Paß und ein Ausweis?«

Elwood erklärte es ihm.

Wieder eine Verarbeitungspause. »Das bedeutet, ich werde einen Namen bekommen? Ebenso wie du.«

»Ja.«

»Aber was für einen Namen?«

»Das bleibt deiner Entscheidung überlassen.«

»Ich kann keine Entscheidungen treffen, das weißt du genau.«

»Du wirst es tun müssen.«

»Dann heiße ich eben auch Elwood. Was gut für dich ist, ist auch gut für mich.«

»Das ist nicht möglich.«

»Wieso nicht?«

»Das wäre zu auffällig.«

»Verstehe. Vielleicht hilft es mir, wenn du mir sagst, wie du zu deinem Namen gekommen bist.«

»Es war bei einem Auftrag in Hamburg. Damals stand ich vor einem Kinoplakat, als mich jemand ansprach ...«

Jack Warden trat mit Suzy im Arm auf das Deck der LAOTSE hinaus und streckte wohlig die Arme aus.

»Was für ein herrlicher Tag!« rief er. »Es hätte alles nicht besser laufen können! Jetzt haben wir, was wir wollen.«

Sie antwortete ihm nicht.

»Was hast du, Suzy?« fragte er, als er merkte, daß sie seine Begeisterung nicht zu teilen vermochte. »Was schaust du so trübe drein?«

»Wir müssen reden. Ich mache mir Sorgen.«

»Sorgen?« Er sah sie erstaunt an. »Worüber sollte man sich an einem Tag wie diesem Sorgen machen? Wir haben die Lade, und Kar wird uns fürstlich dafür entlohnen.«

»Gerade deshalb mache ich mir ja Sorgen. Es geht um Kar.«

»Ach was!« wischte er ihren Einwand beiseite. »Kar wird hochzufrieden sein. Wir bringen ihm die Lade. Und als kleine Dreingabe auch noch unsere drei Verfolger.«

»Das meine ich nicht. Es ist so, daß ...«

»Pssst!« Warden legte ihr den Finger vor den Mund.

»Hör auf, dir Gedanken zu machen. Mich interessiert viel mehr, ob du dich nach mir gesehnt hast.« Er zog sie an sich. »Ich habe mich die ganze Zeit gefragt, ob du das wohl tun wirst.«

»Jack, bitte!« Sie wehrte sich leicht gegen seinen Griff. »Das ist jetzt nicht der Augenblick, um ...«

»O doch!« unterbrach Jack sie. »Ich glaube, das ist genau der Augenblick. Weißt du, wie sehr ich mich auf dich gefreut habe?« Er beugte sich vor, um sie zu küssen, als neben ihnen ein Räuspern erklang. Dort war ein Mann aus Suzys Crew aufgetaucht.

»Was ist?« fauchte Warden ihn an.

»Verzeihen Sie, wenn ich störe, aber ...«

»Das tust du in der Tat!« knurrte Warden.

Suzy löste sich zu seinem Unwillen aus seinen Armen und sah den Mann an. Sie wußte, daß er nicht stören würde, wenn es nicht wichtig war.

»Ja, was gibt es?«

»Wir haben Probleme mit ein paar Instrumenten«, meldete der Mann. »Die Anzeigen spielen vollkommen verrückt. Und die Satellitenortungsanlage ist ausgefallen.«

»Bringt uns das in irgendwelche Gefahr?«

»Nein, wir können unsere Position auch mit einem Sextanten feststellen. Ich wollte nur, daß Sie es wissen.«

»Diese Störungen sind ganz normal«, sagte Jack laut. »Das hatten wir auch auf der AGUILA und im Flugzeug. Aber das sind keine großen Beeinträchtigungen.« Und so leise, daß nur Suzy es hören konnte, fügte er hinzu: »Jedenfalls nicht, solange die Lade geschlossen bleibt.«

Suzy nickte dem Mann zu. »Sie haben gehört, was er gesagt hat. Wir bleiben auf Kurs.«

Er bestätigte und verschwand.

»Was passiert denn, wenn man die Lade öffnet?« fragte Suzy.

»Ich habe es nur einmal probiert und auch nur ein winziges Stück. Es ist sofort ein gigantischer Sturm aufgezogen, der nur unser Schiff verschont hat. Aber das ist jetzt nicht weiter wichtig. Überlassen wir es Kar, sich damit abzugeben. Wir liefern ihm nur, was er will.«

»Wo wir schon bei Kar sind ...«

»Nein, das kann warten. Wir werden erst morgen bei ihm sein. Bis dahin haben wir Zeit für uns. Nur für uns beide.« Er wollte sie erneut an sich ziehen, doch sie entwand sich geschickt seinen Händen.

»Mir ist jetzt nicht danach.« Warum begriff er nicht, daß sie jetzt ganz andere Sorgen hatte? »Komm, laß uns in meine Kabine gehen«, seufzte sie, in der Hoffnung, ihn dort zur Vernunft zu bringen. »Dort können wir uns in Ruhe unterhalten.«

Sein wollüstiges Grinsen zerstörte diese Hoffnung auf der Stelle. »Eine gute Idee«, stimmte er zu. »Dort ist es auch viel gemütlicher als hier draußen. Vor allem in deinem Bett.«

Suzy brachte ihn in ihre Kabine.

Kaum hatte sie die Tür geschlossen, riß er sie an sich und versuchte mit seinen Lippen die ihren zu finden. Sie beugte den Kopf so weit zurück, wie es ging. Wann hatte er sich eigentlich das letzte Mal die Zähne geputzt? Und wann das letzte Mal geduscht?

»Hör zu, Jack, ich ...«

Er verschloß ihr den Mund mit einem Kuß.

Suzy rang nach Atem. Erneut versuchte sie ihn loszuwerden, doch Warden bedrängte sie so sehr, daß sie schließlich nachgab – und ehe sie es sich versah, hatte er ihr das Kostüm vom Leib gerissen und warf sie aufs Bett. Nur eine Sekunde später lag er auf ihr.

»Jack!« versuchte sie ein letztes Mal, doch er war längst zu erregt, um sich jetzt noch Einhalt gebieten zu lassen. Er griff ihre Arme, hielt sie über ihrem Kopf fest und drängte ihre Beine mit den Knien auseinander.

»Stell dich nicht so an!«, raunte er. »Du willst es doch ganz genauso.«

Das wollte sie nicht, aber sie ließ es über sich ergehen. Warden drang in sie ein und nahm sie mit harten Stößen. Er war so sehr auf sich und seine Lust konzentriert, daß er gar nicht zu bemerken schien, wie wenig sie dabei empfand. Oder er hielt es gar für Devotismus.

Als es ihm endlich gekommen war und er sich vor ihr herunterwälzte, spürte sie Erleichterung.

»Baby, das war klasse!« keuchte er.

Sie zog die Decke über sich, schloß die Augen und schwieg. Sie fühlte sich seltsam leer.

Nach wie vor bemerkte Jack Warden nichts davon. Oder es war ihm egal.

Suzy versuchte ihre Gedanken zu sammeln. Vielleicht war er ja jetzt bereit.

»Jack!« sagte sie. »Wir müssen reden. Und es ist sehr wichtig.«

Von seiner Seite kam ein Grunzen, das zumindest nicht ablehnend klang. Suzy atmete ein paarmal tief durch. Wie sollte sie es ihm erklären? »Kar macht mir Angst. Ich glaube, die Dinge geraten außer Kontrolle. Das ist in keinster Weise mehr der Richard Dean Karney, den wir kannten. Ich weiß nicht, wer oder was er jetzt ist. Aber ich glaube immer weniger, daß er überhaupt noch menschlich ist.«

Sie lauschte auf Antwort, aber es kam keine.

»Jack? Hast du mir zugehört?«

Wieder nichts – außer einem plötzlich einsetzenden tiefen Schnarchen. Suzy wandte sich zu ihm um.

Er war eingeschlafen! Sie rüttelte an Wardens Schulter, aber er wehrte sie nur im Halbschlaf ab und suchte sich eine bequemere Stellung.

Suzy sah ihn fassungslos an, dann schüttelte sie den Kopf und drehte sich von ihm ab. Sie zog die Beine an, umklammerte sie mit den Armen wie ein kleines Kind und starrte vor sich hin.

Der Wunsch, in die Badekabine zu laufen und sich Wardens Gestank abzuwaschen, war schier übermächtig. Aber sie brachte nicht die Kraft auf, auch nur ein Glied zu rühren.

Sie fragte sich, ob sie das vor ein paar Tagen noch mit sich hätte machen lassen.

Außer ihrer Angst beschlich sie plötzlich noch ein anderes Gefühl.

Einsamkeit.

Sieben Wochen zuvor

Elwood und Jake stiegen am Zielflughafen zusammen mit Dutzenden anderer Pauschaltouristen aus dem Jet. Sie wurden bereits von einem Reiseleiter erwartet. Ein Bus brachte sie weiter zum Hotel.

Elwoods Wahrscheinlichkeitsanalysen auf ihren Erfolg stiegen während der Fahrt beträchtlich. Wenn er aus dem Fenster sah, erblickte er alles, was vorhanden sein mußte: Strände, Palmen, Meer ... Er war erstaunt, wie einfach es war, das Ziel zu finden.

»Eines verstehe ich nicht«, sagte der Mann in Schwarz neben ihm. »Ich korrigiere: Ich verstehe vieles nicht, aber etwas ist vordringlich. Ich habe einen Ausweis. Ich habe einen Paß. Genau wie du. Aber ich habe keine *American-Express*-Karte.«

»Eine Fälschung wäre zu risikoreich gewesen.«

»Wieso war es das bei dir nicht?«

»Meine Karte ist echt. Sie stammt aus meiner Ausrüstung für diesen Auftrag.«

»Verstehe.« Der Bus hatte die Hotelanlage erreicht, und sie checkten an der Rezeption ein.

»Mr. Jake und Elwood Blues, hier, sind Ihre Zimmerschlüssel.« Der Portier reichte sie ihnen. »Einen guten Aufenthalt! Falls es etwas gibt, das ich für sie tun kann ...?«

»Ja«, erwiderte Elwood, »das können Sie. Wir würden gerne so schnell wie möglich zur Pyramide. Können Sie uns sagen, welchen Weg wir da nehmen müssen?«

Der Mann starrte sie mit großen Augen an. »Wie bitte?«

»Die Pyramide«, versuchte Elwood zu erklären. Helfend formte er mit den Händen deren Form nach. »Wie kommen wir dorthin?«

Der Portier rang um seine Fassung. »Hier gibt es keine Pyramide.«

Die Männer in Schwarz sahen sich an.

»Sind Sie sich dessen wirklich sicher?« fragte Elwood dann. »Wir sind schließlich allein deshalb hierher gekommen.«

»Ob ich mir dessen sicher bin? Hören Sie, ich bin hier geboren und aufgewachsen. Und wenn ich mir einer Sache sicher bin, dann, daß es hier keine Pyramide gibt! Und auch noch nie gegeben hat.«

»Vielen Dank«, sagte Elwood. »ich denke, wir werden jemand anderen fragen, um Ihre Aussage zu verifizieren.« Die beiden Männer in Schwarz wandten sich ab.

»Da können Sie fragen, wen Sie wollen!« rief der Portier ihnen hinterher. »Jeder wird Ihnen das gleiche sagen. Hier auf Mallorca gibt es keine Pyramiden!«

Die beiden antworteten nicht, sondern verschwanden.

Der Portier schüttelte den Kopf. Touristen! Demnächst erwartete man hier wohl auch noch die Niagara-Fälle!

Etwas später wußten Elwood und Jake, daß der Portier recht gehabt hatte.

»Ich denke, ich habe einen Fehler begangen«, sagte Elwood. »Wir haben im Reisebüro nur die Umgebung der Pyramide genannt, nicht aber die Pyramide selbst.«

Jake nahm es zur Kenntnis. »Und nun?«

Elwood zog die Buchungstickets hervor. »Unser Rückflug ist erst in zwei Wochen.«

»Und bis dahin?«

Elwood antwortete nicht sofort. »Machen wir das, was alle hier machen.«

»Was ist das?«

»Man nennt es, soweit ich weiß, Urlaub.«

Und so saßen sie denn in den nächsten Tagen in ihren dunklen Anzügen regungs- und wortlos in der weitläufigen Poollandschaft des Hotels und starrten durch ihre Sonnenbrillen ausdruckslos zum Horizont.

Tom Ericson schreckte hoch, als die Kabinentür aufgestoßen wurde und Jack Warden zusammen mit ein paar bewaffneten Männern zu ihnen hereinmarschiert kam.

»Los, aufstehen!« schallte Wardens Stimme laut durch die Kabine. »Es geht los.«

Die Crewmitglieder machten die drei Abenteurer los, die sich die schmerzenden Glieder rieben. Zwar hatten sie zwischendurch etwas zu essen und trinken bekommen, und sie hatten auch – bei vorgehaltener Waffe – die Toilette aufsuchen können, aber die meiste Zeit hatten sie fast bewegungslos ausgestreckt verharren müssen.

Das Schlimmste daran war das Schweigen gewesen, zu dem sie verurteilt waren. So hatte jeder von ihnen ausgiebig Zeit gehabt, sich Gedanken zu machen. Und Tom hatte erkannt, daß er Gudrun unrecht getan hatte. Sie hatte nicht verdient, wie er sie behandelt hatte. Er war wirklich ein Egoist gewesen.

Er verzog das Gesicht, als er den Oberkörper aufrichtete. Jede Bewegung brannte in seinen Sehnen und Gelenken. Und dabei war er noch nicht einmal aufgestanden.

Jack Warden ließ ihnen einen Moment, um ihr Blut wieder richtig zirkulieren zu lassen.

»Wir sind da!« verkündete er. »Wir haben unser Ziel erreicht.«

Tom zog sich den Klebestreifen vom Mund. Er hatte bemerkt, daß die LAOTSE vor einer guten halben Stunde irgendwo angelegt hatte. Die Aktivität an Bord hatte hörbar zugenommen. »Und was ist unser Ziel?«

»Natürlich Kar!« erwiderte Warden. »Ihn wolltet ihr doch immer mal kennenlernen. Jetzt habt ihr die Gelegenheit dazu. Ich denke, er erwartet euch bereits. Er und viele andere Dinge, wie ihr sie noch nie gesehen habt. So, und jetzt los! Wir wollen ihn nicht warten lassen.«

Die Männer führten sie an Deck. Tom ließ sich nur ungern anfassen, aber nun war er für die unterstützenden Hände sogar dankbar. Er kam sich mit seinen steifen, schmerzenden Gliedern so unbeholfen vor wie ein Sumo-Ringer im Ballettraum. Und er verstand, warum die Männer jetzt auf Fesseln verzichteten. Er hätte ihnen keine zwei Meter davonlaufen, geschweige denn einen von ihnen niederschlagen können.

Draußen erwartete sie heller Sonnenschein. Die LAOTSE war die gesamte Nacht hindurchgefahren, und nun war es wieder Mittag.

Tom sah sich um. Die Yacht hatte an einem hölzernen Anlegesteg auf einem Atoll festgemacht. Es war ein wunderbarer Platz mit türkisfarbenem Wasser, und der Sandstrand der Insel erstrahlte in hellem Weiß.

Aber viel mehr als das nahm Tom ein anderer Anblick gefangen.

Das Atoll selbst war nur wenige Meter höher als der Meeresspiegel gelegen. Doch inmitten der Insel ragte ein dunkles Bauwerk gut hundert Meter in die Höhe.

Tom klappte unwillkürlich der Unterkiefer herab. Er hatte so etwas noch nie gesehen.

Es war eine schwarze Pyramide, deren Oberfläche ebenmäßig matt in der Sonne schimmerte, als wäre sie gerade erst poliert worden!

»Da staunst du, was?« meinte Jack Warden kumpelhaft. »Und was du siehst, ist nur der oberirdische Teil. Sie ragt noch zweimal so weit in die Erde hinein.«

»Dann ... dann wäre sie noch größer als die Cheopspyramide!« rief Tom.

»Wenn du es sagst«, erwiderte Warden schulterzuckend. »Du bist der Experte von uns beiden, was das angeht.«

»Wenn das wirklich stimmt, muß sie uralt sein«, sagte Gudrun ebenso ergriffen. »Zweihundert Meter unter Wasser. In den letzten fünftausend Jahren ist der Meeresspiegel um gut sechzig Meter gestiegen. Wenn man ihr Alter daran mißt ...«

Sie ließ den Rest des Satzes offen, vielleicht weil sie es nicht wagte, es auszusprechen. Die meisten weitaus jüngeren Funde waren nur noch bessere Ruinen. Aber diese Pyramide hier wirkte, als sei sie gestern erst gebaut worden. Wie war das möglich?

Tom erkannte, daß das Bauwerk dort, wo es in den Sand überging, in Korallenstöcke eingeschlossen war. Auch das deutete auf ein hohes Alter hin.

Tom packte Warden unbeholfen am Kragen. Eines der Crewmitglieder riß sofort seine Waffe hoch, doch Warden drückte den Lauf wieder herunter. Er wußte, daß keine Gefahr für ihn bestand.

»Jack!« rief Tom. »Sag mir – was um alles in der Welt ist das?«

Warden neigte den Kopf zur Seite. Er schmunzelte. »Archäologie, nehme ich an. Wie gesagt, du bist der Experte. Und nun komm!«

Er führte sie zum hölzernen Landungsteg, wo Suzy Duvall mit ausdrucksloser Miene auf sie wartete. Sie hatte ebenso wenig wie Jack ihre Waffe gezogen. Es reichte, wenn ihre Männer die Lage unter Kontrolle hatten.

Tom suchte ihren Blick, doch sie beachtete ihn nicht. Dafür bemerkte er, wie langsam mehr Gefühl in seine Glieder kam. Aber für eine Flucht war es immer noch zu wenig – geschweige denn dafür, sich einen Weg freizukämpfen. Allein der Gedanke daran erschien ihm momentan abwegig.

»Wo sind wir hier, Jack?« fragte er.

Warden sah ihn an und breitete die Arme aus, als wolle er mit dieser Geste die gesamte Insel umfassen.

»In Kars ganz privatem Reich«, sagte er ironisch.

Während sie von Bord gingen, sah Tom, wie vor ihnen mehrere Männer die Lade zur Pyramide trugen. Dabei wirkten ihre Bewegungen seltsam roboterhaft und starr.

Genauso unbewegt waren die Mienen der bewaffneten Männer, die sie in Empfang nahmen. Sie machten allesamt einen ebenso ungepflegten wie geistesabwesenden Eindruck.

»Ich nenne sie insgeheim Dummies«, meinte Warden scherzhaft, als er Toms Blick bemerkte. »Das sind Kars persönliche Marionetten. Hohl, leer, aber seine erweiterten Arme. Ich würde mich scheuen, sie noch Menschen zu nennen.«

»Dieser Kar ist ein Teufel!« entfuhr es Gudrun beim Anblick der bemitleidenswerten Gestalten, die wahrscheinlich keinen Gedanken dabei verschwendet hätten, sie zu erschießen. Sie hätten es wohl nicht einmal bewußt wahrgenommen.

»Ein Teufel? Das würde ich nicht gerade sagen. Ich glaube, die Dummies stammen noch aus der Zeit, als Kar gerade mit den Parasiten zu experimentieren begann. Lassen Sie Rücksicht walten. Auch der genialste Geist macht Anfängerfehler. Das ist doch der Preis des Fortschritts, oder?«

Warden erfreute sich an Gudruns schockiertem Gesicht und trieb sie an, ebenfalls zur Pyramide zu gehen. Die ›Dummies‹ eskortierten sie.

Tom fiel auf, daß keiner aus der Besatzung von Bord gegangen war. Jack und Suzy waren als einzige mit an Land gekommen. Tom hatte den Eindruck, als ob die marionettenhaften Männer selbst Suzy ein wenig Unbehagen bereiteten. Nur Warden war blendender Laune.

Je näher sie der Pyramide kamen, desto höher und beeindruckender ragte sie vor ihnen auf. Jetzt erkannte Tom eine große geöffnete Pforte, die sich nur einen Meter über dem Boden befand. Eine aus Sand aufgeschüttete Rampe führte hinauf. Dort trugen die Männer gerade die Lade ins Innere.

Tom war versucht, ihre mißliche Lage fast völlig zu vergessen. Zu sehr nahm ihn der überwältigende Anblick gefangen. Ein Bauwerk wie dieses irgendwann einmal zu finden – davon hatte er schon als kleiner Junge geträumt. Vielleicht war er allein deshalb Archäologe geworden.

Und wenn er genauer darüber nachdachte, war es vielleicht sogar haargenau *diese* Pyramide gewesen, von der er damals geträumt hatte! Aber das war vollkommen abwegig. Wahrscheinlich beeindruckte ihn der Anblick einfach nur so sehr, daß er sich das einbildete.

Er hatte keine Gelegenheit, weiter darüber nachzudenken, denn auch sie wurden ins Innere der Pyramide geführt. Dort erwarteten sie weitere Wunder.

Kaum hatten sie das Tageslicht hinter sich gelassen, umfing sie kühle Luft wie in einem Hotel, in dem die Klimaanlage etwas zu stark aufgedreht war. Und plötzlich waren sie von mattem, kalt wirkenden Licht umgeben, das aus keiner erkennbaren Quelle stammte. Es war auf irgendeine Weise einfach *da*! Irritiert bemerkte Tom, daß sie infolgedessen auch keine Schatten warfen.

Keine Schatten! Etwas in seiner professionellen Erinnerung regte sich. Wo oft war dieses Phänomen in uralten überlieferten Schriften schon beschrieben worden! Bislang hatte es immer als phantasievoll verbrämtes Zierwerk gegolten – doch an diesem Ort war es Wirklichkeit.

Der Gang führte sie tiefer in die Pyramide. Tom konnte seine Augen gar nicht abwenden und sog alles in sich ein. Er begriff, daß dieses Bauwerk Hundertschaften von Experten ihren Lebtag lang täglich neue Wunder präsentiert hätte.

Aber es war zugleich ein Bauwerk – wie er mit einem Frösteln dachte –, das imstande war, das menschliche Weltbild mehr zu erschüttern, als es alle Fortschritte in den letzten hundert Jahren zusammen vermocht hatten.

Diese Erkenntnis ließ ihn beinahe taumeln.

Fünf Wochen zuvor

»Nanu, Sie schon wieder?« begrüßte die Reisebüroangestellte die Männer in Schwarz. »Waren Sie mit dem Urlaub nicht zufrieden?«

»Die Pyramide hat gefehlt«, sagte Jake.

Die Frau blickte verblüfft drein.

»Es war unser Fehler«, erklärte Elwood.

»Dein Fehler«, korrigierte Jake. »Du weißt, ich kenne mich hier nicht aus.«

»Mein Fehler. Ich hielt es nicht für relevant, die Pyramide zu erwähnen, weil ich dachte, die übrigen Parameter würden ausreichen. Verstehen Sie?«

Die Frau schüttelte den Kopf. »Nein. Und was wollen Sie nun? Sich beschweren? Sie haben den Urlaub doch gemacht.«

»Wir wollen nur zu der Pyramide«, sagte Elwood. »Wir wollen fragen, ob Sie uns dabei helfen.«

»Sie wollen also noch einmal einen Urlaub buchen?«

»Ja, möglichst schnell«, sagte Elwood. »Aber nur zur Pyramide«, ergänzte Jake. »Haben Sie die im Angebot?«

Die Frau gewann langsam ihre Fassung zurück. Die beiden seltsamen Vögel mußten wissen, was sie wollten. Solange sie bezahlten, sollte es ihr egal sein. »Aber ja, sicher. Nehmen Sie Platz. Damit wir uns nicht falsch verstehen, was für eine Pyramide sollte es denn sein?«

Elwood sah Jake an. »Das mußt du beantworten.«

»Groß, mächtig, alt, frei zugänglich«, sagte er. »Und blauer Himmel. Sonnenschein.«

Die Frau nickte. »Ich denke, da habe ich was für Sie. Diese Pyramiden erfüllen all Ihre Wünsche. Es sind die berühmtesten der Welt. Da können Sie gar nicht falsch sein.«

Elwood nickte hoffnungsfroh. »Das hört sich gut an.«

Die ›Dummies‹ blieben vor einer geöffneten Tür stehen.

»Sie gehen dort hinein!« sagte einer von ihnen, ohne daß sich seine blicklosen Augen auf einen Bestimmten von ihnen richteten. Aber ganz ohne Zweifel waren damit nicht Jack oder Suzy gemeint. Es war zugleich das erste Mal, daß eine der Gestalten redete.

Erst in diesem Augenblick wurde Tom sich der gespenstischen Stille bewußt, die auf der Insel herrschte. Es war eine Insel des Schweigens.

Tom sah ihn fragend an, doch Jack hob die Schultern. Er schien selbst erstaunt über die Anweisung zu sein, die direkt von Kar kommen mußte.

»Ihr tut besser, was er sagt«, riet Warden.

»Nein«, sagte Tom spontan. »Ich will zuerst Kar sehen. Er hat uns schließlich hierher verschleppen lassen!«

»Aber nur, weil ihr es geradezu erzwungen habt«, meinte Warden.

»Sie gehen dort hinein!« wiederholte der ›Dummie‹. Diesmal richtete sich sein Blick auf Tom, auch wenn dieser das Gefühl hatte, als ob er ihn gar nicht richtig ansehen würde. Fast wie der Blick einer Puppe ...

»Und was, wenn nicht?« fragte Tom herausfordernd. Er hatte nicht die Absicht, klein beizugeben.

Warden sah ihn beschwörend an und hob die Hände. »Tom. Paß auf, was du ...«

Doch es war zu spät.

»Dann das«, sagte der ›Dummie‹ mit ausdrucksloser Stimme.

Und drückte ab.

Ein Schuß peitschte auf. Tom wurde an die Wand des Ganges zurückgeworfen, wo er langsam zu Boden sank. Auf seinem Gesicht zeigte sich ungläubiges Erstaunen. Er schien es nicht fassen zu können, daß tatsächlich auf ihn geschossen worden war.

»Tom!« schrie Gudrun entsetzt. »Nein!« Sie stürzte auf ihn zu, ungeachtet dessen, daß die ›Dummies‹ sofort ihre Waffen auf sie richteten. »Tom!« rief sie. »Was ist mit dir?«

Er sah an sich herab und bemerkte, daß das Hemd an seiner rechten Schulter blutgetränkt war.

»Halb so schlimm«, keuchte er. »Ein glatter Durchschuß.«

Gudrun starrte ihn an. Die Waffen in ihrem Rücken waren ihr egal.

»Hör auf, den Helden zu spielen, verdammt noch mal!« schrie sie. »Du siehst, was dir das einbringt!«

Tom runzelte die Stirn. Er hatte doch gar nicht die Absicht gehabt, den Helden zu spielen. Er wollte Gudrun das gerade versichern, als der Mann, der auf ihn geschossen hatte, erneut sprach.

»Sie gehen in den Raum und warten«, sagte er ausdruckslos. »Sie haben dreißig Sekunden Zeit, sonst töte ich Sie alle.«

Tom schnappte nach Luft. Er bemerkte, daß Suzy ihn zum ersten Mal seit der Ankunft auf der Insel direkt ansah. Sie hob die Augenbrauen und warf ihm einen flammenden Blick zu.

»Sie haben es noch immer nicht begriffen, nicht wahr?« zischte sie ihn an. »Es gibt hier keine Verhandlungen. Keine Fragen. Und nur einen, der bestimmt.«

»Noch zwanzig Sekunden«, sagte der ›Dummie‹.

»Beeil dich, Tom!« drängte Warden. Er ging zu ihm und bückte sich, um ihm aufzuhelfen, doch Gudrun wehrte seinen ausgestreckten Arm ab.

»Hände weg!« rief sie und half Tom auf die Beine.

»Noch zehn Sekunden.«

Auch Connor griff helfend zu, und zusammen stolperten sie ins Innere des Raumes.

»Die Zeit ist um.«

Einen kurzen Moment lang sah es so aus, als würde der ›Dummie‹ seine Waffe trotzdem ins Innere des Raumes richten und auf sie feuern, dann aber wandte er sich ab. Die Seiten des Eingangs begannen sich zusammenzuschieben, ohne daß erkennbar wurde, wie dies geschah.

Bevor sich der Eingang vollständig geschlossen hatte, schnappte Tom noch einmal Suzys Blick auf. Sie verzog keine Miene. Und seltsam, obwohl sich in ihrem Gesicht nichts regte, schien es ihm, als wolle sie ihm gerade dadurch zu verstehen geben, daß es keinen Ausweg gab.

Dann waren sie allein.

Die Kammer, in der sie sich befanden, war ungefähr zehn mal zehn Meter groß. Die Wände bestanden aus demselben mattschwarzen Material wie alles in der Pyramide. Ein paar Ausbuchtungen, die sich als Sitz- oder Liegegelegenheit nutzen ließ, ragten aus einer Wand. Darauf ließen sie Tom sinken.

Er wollte sich sofort aufrichten, doch da wallten dunkle Wolken vor seinen Augen auf. Er verzog das Gesicht.

Noch immer spürte Tom kaum einen Schmerz, aber irgend etwas pochte dumpf in seiner Schulter und kündigte große Pein an.

»Verdammt!« fuhr Gudrun ihn an. »Bleib liegen und beweg dich möglichst wenig! Und laß mich die Wunde sehen!« Sie knöpfte sein Hemd auf und zog es zur Seite. »Tatsächlich, ein Durchschuß. Ziemlich großes Loch. Ich werde versuchen, die Blutung zu stoppen.«

Sie sah sich nach geeignetem Verbandsmaterial um, ohne fündig zu werden. Kurzentschlossen riß sie sich die Ärmel ihres Hemdes ab.

Tom spürte, wie ihm langsam schummrig wurde.

»Gudrun«, flüsterte er. »Ich muß dir etwas sagen.«

»Jetzt nicht. Bleib ruhig! So, fertig.« Sie zog sein Hemd zurück und legte seine andere Hand darauf. »Fest drücken.« Sie wollte sich erheben.

»Warte«, bat er. »Ich will dir etwas sagen.«

»Du solltest lieber deine Kräfte sparen.« Trotzdem beugte sie sich wieder halb zu ihm herab.

Er wollte ihr entgegenkommen, doch als er den Oberkörper aufzurichten begann, schoß ein scharfer Schmerz durch seine Schulter. Schwarze Schwaden wallten vor seine Augen, und plötzlich schien sich alles um ihn herum zu drehen.

»Ich glaube ... mir ist ...«, preßte er hervor. »... nicht gut!« Er ließ sich wieder zurücksinken, ohne daß das Rotieren in seinem Kopf aufhörte.

Gudrun zog die Stirn in Falten. Und das sollte persönlich gewesen sein? »Tom, was ist?«

Er murmelte irgend etwas.

»Tom!« rief sie besorgt.

Er antwortete ihr nicht mehr, er war bewußtlos geworden.

»Connor, kommen Sie her und pressen Sie den Verband auf die Wunde!« ordnete Gudrun an.

Während der Butler dem nachkam, stürzte sie zur Pforte, die dort, wo sie sich geschlossen hatte, keinen erkennbaren Spalt aufwies. Sie trommelte mit beiden Fäusten dagegen. Es hörte sich an, als klopfe sie gegen eine meterdicke Betonmauer. Es gab kaum Widerhall.

»He!« rief sie. »Ihr da draußen! Wir haben einen Verletzten! Wir brauchen Hilfe, hört ihr?« Abermals klopfte sie gegen die Pforte, doch niemand antwortete ihr oder reagierte darauf.

Schließlich gab Gudrun es auf und wandte sich resigniert Connor zu.

»Vielleicht ist es das beste, wenn Mr. Ericson schläft«, sagte Connor beruhigend. »So kann er neue Kräfte sammeln.«

Gudrun nickte. Das war momentan aber auch schon das einzig Positive an ihrer Lage.

Vier Wochen zuvor

Die beiden Männer in Schwarz standen im Wüstensand von Gizeh und blickten auf die drei monumentalen Bauwerke, die sich vor ihnen erhoben.

»Und?« fragte Elwood. »Ist es eine davon?«

»Nein«, erwiderte Jake. »Die Pyramide, bei der ich war, sah nicht so zerfallen aus.«

Einer der unzähligen Händler tauchte auf und bot ihnen einen Kamelritt rings um die Pyramide an.

»Darin erkenne ich keinen Nutzen«, sagte Jake. »Und wir suchen nur eine Pyramide. Aber nicht so beschädigt wie diese hier.«

»Wie sagen?« Der Einheimische schlug sich gegen die Brust. »Das sind berühmteste Pyramiden der Welt.«

»Die, die wir suchen, ist nicht dabei.«

»Gibt noch viele andere hier in Ägypten. Aber diese sind die schönsten.«

»Habe ich das richtig verstanden?« fragte Elwood. »Es gibt noch mehr Pyramiden hier?«

»Sicher«, antwortete der Mann. »Ägypten ist voll davon.«

Die beiden Männer in Schwarz sahen sich an.

»Gut«, entschied Elwood. »Wir nehmen Ihr Kamel. Wir möchten sie alle sehen.«

Ein Parasitenträger richtete Suzy Duvall und Jack Warden aus, daß Kar sie in der unterirdischen Halle erwartete.

Sie machten sich auf den Weg. Suzy zögerte, den Raum mit der Anlage zur Zeitlosen Ortsversetzung zu betreten. Zu düster waren ihre Erinnerungen daran. Vor allem aber hatte sie Scheu, Kar gegenüberzutreten. Er würde es bestimmt nicht ohne weiteres hinnehmen, daß sie den Hafenmeister gegen seinen Willen getötet hatte.

Sie wußte noch nicht einmal genau, warum sie es getan hatte. Sicherlich, der Parasit in Kailabs Kopf hätte bei einer genauen Untersuchungen entdeckt werden können, aber zuvor hätte Kar den Hafenmeister immer noch veranlassen können, sich selbst umzubringen. Nein, der wahre Grund war wohl, daß sie ihre Angst und ihren Haß auf Kar nicht mehr hatte beherrschen können. Sie hatte ein Ventil dafür gebraucht – und das war Kailab gewesen. Denn im Grunde hatte sie viel weniger auf ihn, denn vielmehr auf Kar geschossen!

Jack zog Suzy mit sich in die Halle. Seit ihrem letzten Besuch hier hatte sich einiges verändert. Die unmittelbaren Spuren der Beschädigung waren verschwunden, aber die Lichterfülle auf der Anlage selbst war nicht wiederhergestellt.

Außerdem hatten die ›Dummies‹ die Bundeslade hier hineingetragen und abgestellt. Suzy sah sie erstmals in vollem Glanz. Allein der Goldwert mußte ein Vermögen betragen. Doch das vermochte sie nicht zu reizen.

Kar stand neben der Anlage und wandte sich ihnen zu.

Suzy senkte unwillkürlich den Blick, als sie sich von den Reptilaugen gemustert fühlte. Und da war auch wieder diese Aura der Übelkeit, die ihn umgab und ihr wie ein Kloß in die Kehle stieg. Zum Glück stand Kar recht weit entfernt.

Noch!

»Wie ich sehe, hast du die Bundeslade herbringen lassen«, sagte Warden, als wären er und der Echsenmann seit langem Freunde. Dabei war es erst Wochen her, daß sie ihn in der Endphase seiner Verwandlung wie ein Tier gehalten haben. Aber Warden glaubte, daß Kar sich daran nicht mehr erinnerte. Damals war er dem Wahnsinn weitaus näher gewesen als der Realität. »Ist sie nicht ein Prachtstück?«

»Dasch Auschschehen ischt nischt relevant. Es ischt därrr Inhalt!«

»Und was beinhaltet sie?« fragte Warden.

»Mascht. Grrrosche Mascht!«

Das ließ Warden so klug wie zuvor. Aber es scherte ihn wenig. Er war schließlich nicht engagiert, um sich Gedanken zu machen. »Dann nehme ich an, du bist mit unserer Arbeit zufrieden?«

Kar sah ihn an und entblößte seine Krokodilszähne. Es mochte das echsische Äquivalent zu einem Grinsen sein.

»Schogarrr schährrr schuuufrieden! Wenn die Lade dasch ischt, wasch isch denke, schind wirrr bald am Schiel unscherer Träume!«

»Schön. Dann wird dir das sicher eine großzügige Belohnung wert sein.«

»Du willscht Geld?« Kar bewegte seinen Reptilkopf von links nach rechts. »Vergisch Geld! Geld ischt nischt mährrr wischtig!«

Warden hielt verdutzt inne. Wie bitte? Geld sollte nicht mehr wichtig sein? Er schnappte einen kurzen Seitenblick von Suzy auf, der zu besagen schien: Siehst du! Ich habe es dir ja gesagt!

»Äh«, meinte Jack vorsichtig und mußte daran denken, was Tom widerfahren war, als er Kar widersprochen hatte, »aber ganz unwichtig ist Geld nun auch wieder nicht. Das mußt du zugeben.«

»Esch gibt wischtigere Dingäh, Schack. Und unschere Möglischkeiten wärrrden naheschu unbegrenscht schein. Isch wärrrde dir Dinge geben können, die du dirrr nischt einmal vorschtellen kanscht!«

»Meinetwegen«, meinte Jack. »Aber ein paar Dollars wäre trotzdem nicht schlecht.«

»Wenn du unbedingt willscht! Dann bekommscht du eben dein Geld.«

»Gut«, sagte Jack erleichtert – froh, daß dieser Punkt geklärt war. »Und was passiert jetzt?«

»Isch brauche noch etwasch Scheit. Dasch ischt allesch, wasch isch euch schagen kann. Alscho geht jetscht! Isch werdäh eusch rufen, wenn isch eusch brausche.«

Suzy konnte kaum glauben, daß Kar sie so einfach davonkommen ließ. Er schien überhaupt nicht an den Vorfall mit Kailab zu denken. Ihre Erleichterung war so groß, daß ihr beinahe die Knie weich geworden wären.

Nein, sich jetzt nur nichts anmerken lassen! Alles in ihr drängte danach, die Halle so schnell wie möglich zu verlassen, aber Jack mußte unbedingt noch eine Frage stellen.

»War es unbedingt nötig, auf Ericson zu schießen? Er hatte doch ohnehin keine Chance.«

»Ärrr schollte schehän, wärrr hierrr derrr Herr ischt!«

»Er könnte verbluten. Willst du das?«

Kar antwortete nicht. Das Thema war ihm offenbar nicht wichtig genug.

»Wir sollten ihm wenigstens Verbandsmaterial geben«, schlug Warden vor.

»Hascht du hierrr in där Pyramide irgendwo Värrrbandschmatärial geschehän?«

»Nein, hier nicht. Aber Suzy hat bestimmt welches auf der LAOTSE.«

Suzy zuckte zusammen, als die geschlitzen Reptilaugen sich auf sie richteten und Kar kurz nachdachte.

Jetzt! schoß es ihr durch den Kopf, und ihr Herz klopfte ihr bis zum Hals. *Jetzt wird es ihm einfallen!*

Doch Kar wandte sich schon wieder Jack Warden zu. »Alscho gut. Isch werde jemanden schicken, um esch vom Schiff schu holen. Und nun geht!«

Das taten sie.

Sie hatten den Ausgang fast erreicht, als Kars Stimme sie noch einmal zurückhielt.

»Asch ja, Schuschie«, erreichte sie seine Stimme. »Isch habe noch einmal übärrr dasch mit dem Hafenmeischter nachgedacht.«

Suzy erstarrte zu einer Salzsäule. Sie wagte kaum, sich umzudrehen.

»Ja, und?« kam es trocken über ihre Lippen.

»Isch denke, du hascht rischtig gehandelt. Kailab warrr einäh Gefahrrr. Isch verscheihe dirrr.«

»*Was*?« entfuhr es Suzy. Sie starrte Kar fassungslos an. Das war das letzte, mit dem sie gerechnet hatte.

»Du hast doch gehört, was er gesagt hat«, sagte Warden und zog Suzy mit sich hinaus. Wie betäubt folgte sie Jack.

»Was ist denn mit dir los?« fragte Jack. »Du bist ja ganz bleich.«

»Ich ... ich ...« Sie schüttelte den Kopf. »Ich weiß nicht.«

»Also, wenn du dir wegen Kar Sorgen machst, dann verstehe ich es nicht. Gut, er hat sich vielleicht weiter verändert. Aber ich finde, er ist derzeit die freundlichste Echse, der ich je begegnet bin.«

»Vielleicht muß ich mich einfach nur ausruhen.«

»Ja, tu das. Und falls irgend etwas sein sollte: Meine Kammer liegt nicht weit von deiner.«

Suzy nahm kaum war, daß er sich mit einem kurzen Kuß von ihr verabschiedete. Sie zog sich in ihr Quartier zurück – einer dieser vielen ähnlichen Räume, für den sie mit der LAOTSE noch den ein oder anderen Einrichtungsgegenstand hatte herbeischaffen können.

Sie ließ sich aufs Bett fallen und genoß einen Moment lang das Alleinsein.

Eine Woche zuvor

Die Reisebüroangestellte sah erstaunt von ihrer Arbeit auf. »Sie schon wieder!« stieß sie hervor.

»Ja«, sagte Elwood.

»Ja«, sagte Jake.

Sie deutete einladend auf die Plätze vor ihr. »Was hat diesmal nicht gestimmt? Haben Ihnen die Pyramiden nicht gefallen?«

»Das ist nicht der ausschlaggebende Parameter«, erklärte Elwood. »Es waren nicht die richtigen. Keine von ihnen.«

»Was hat an ihnen denn nicht gestimmt?«

»Sie waren viel zu zerfallen«, erklärte Jake. »Viel zu alt und brüchig. Ruinen.«

»Was erwarten Sie statt dessen?«

»Sie muß...« Elwood hatte Mühe, auf Anhieb das richtige Wort in seinen Sprachspeichern zu finden. »... moderner sein. Nicht so tot, sondern in Betrieb. Sie verstehen?«

Die Angestellte verzog das Gesicht. Nein, sie verstand kein Wort! Doch dann erhellte sich ihre Miene.

»Moment!« rief sie. »Es könnte sein, daß ich da doch

etwas für sie habe. Wenn ich es mir so recht überlege, es könnte sogar genau das sein, was Sie suchen.«

»Gut«, sagte Elwood. »Wir buchen es.«

Die innere Aufgewühltheit ließ Suzy nicht zur Ruhe kommen. Immer wieder hallte Kars Stimme durch ihren Kopf.

»Isch verscheihe dirrr!«

Und je öfter diese drei Worte in ihrem Schädel kreisten, desto falscher und bösartiger kamen sie ihr vor. Nein, Kar hatte ihr keineswegs vergeben. Er wollte sie das nur glauben machen!

Einem Impuls folgend stand sie auf und ging zu dem Raum, in dem sich die Zentralstelle des Überwachungssystems befand. Sie hatte es mit Warden installiert, während Kar außer Gefecht gewesen war. Der Raum lag in einer Sektion, in der Kar sich so gut wie nie sehen ließ. Hier waren viele Transportkisten und Werkzeuge abgestellt, die Richard Dean Karney damals auf die Insel hatte schaffen lassen, um den Eingang zur Pyramide freizulegen. Seitdem staubten sie vor sich hin – vorausgesetzt, es hätte hier in der Pyramide Staub gegeben. Aber alle Räume waren stets fast klinisch sauber. Auch eines der vielen Geheimnisse dieses Bauwerks. Wenngleich mit Sicherheit nur eines der kleineren.

Suzy betrachtete argwöhnisch die Kisten, die den Eingang zu dem Raum versperrten. Standen sie wirklich noch genauso da wie bei ihrem letzten Besuch? Oder hatte Kar sich inzwischen daran zu schaffen gemacht?

Suzy schob die Kisten beiseite. Es fiel ihr nicht schwer, da sie leer waren. Sie dienten nur dazu, den Eingang vor einer Entdeckung zu schützen. Wenn Kar hineingewollt hätte, hätten ihn noch so schwere Hindernisse nicht davon abgehalten. Ohne Zweifel verfügte er über weitaus größere Körperkräfte als ein Mensch.

Suzy schlüpfte auf Zehenspitzen in den Raum und näherte sich der ausgeschalteten Anlage. Über drei Bildschirme konnte man verschiedene Räume beobachten, in denen sich Kar oft aufhielt.

Langsam ging Suzy näher. Alles wirkte normal. Kar schien die Anlage noch nicht entdeckt zu haben. Sie atmete auf. Und sie zögerte. Eigentlich hatte sie sich nur vergewissern wollen, daß Kar nicht hier gewesen war, doch die Anlage übte einen hypnotischen Reiz auf sie aus.

Was Kar wohl gerade machte? Ob er die Lade bereits geöffnet hatte?

Die Versuchung war zu groß, als daß Suzy ihr hätte widerstehen können. Also schaltete sie die Anlage ein und wartete darauf, daß sich auf den Monitoren das Bild aufgebaut hatte.

Einen Moment später war es soweit – und Suzys Herz setzte erschrocken aus.

Auf allen drei Bildschirmen erschien Kars Gesicht in Großaufnahme.

»Hallo Schuschie!« zischte er gefährlich leise. »Isch habe dir doch geschagt, dasch isch disch beschtrafen werdäh, wenn du mirrr nischt gehorscht!«

Suzy prallte entsetzt zurück, stolperte über die eigenen Beine und landete unsanft auf dem Steißbein. Von den Bildschirmen starrte Kar sie weiterhin an. Er hob eine Krallenhand, so daß sie im Aufnahmebereich zu sehen war – und ebenso der sich darin windende Parasit.

»Schiescht du, Schuschie, wasch isch mirrr für disch auschgedascht habäh ...?«

Suzy schrie vor Entsetzen auf, rappelte sich hoch und schlug panisch auf den Schalter, der die Anlage außer Betrieb setzte. Die Bildschirme flackerten noch einen Moment, dann erloschen sie.

Suzy rannte aus dem Raum.

Nur wenige Augenblicke später stürzte sie in Wardens

Kammer. Der hatte es sich mit einer Flasche Bourbon auf der Matratze bequem gemacht.

»Jack!« rief sie. »Es... ist etwas Schreckliches passiert!«

Warden sah sie fragend an. »Was ist denn los?«

»Kar!« stieß sie hervor. »Er hat die Videoanlage entdeckt!«

»Wie bitte?«

»Ja!« rief sie. »Und nicht nur das! Er hat mir gedroht!« Ein Schauer schüttelte sie.

Warden richtete sich auf und faßte sie an den Schultern. »Ganz ruhig, Suzy. Jetzt erzähl alles der Reihe nach! Wir waren doch nur ein paar Minuten getrennt. Was ist denn so schrecklich?«

Stockend erzählte sie ihm, was sie gesehen hatte.

Jack Warden schüttelte hektisch den Kopf. »Das kann ich mir nicht vorstellen. Wozu hätte Kar dir sonst gerade vorher noch versichern sollen, daß alles in Ordnung ist?«

Darauf wollte Suzy keine rechte Antwort einfallen. »Vielleicht, weil es ihm nur um mich geht«, sagte sie zögernd. Dann rief sie: »Ja, genau! So wird es sein! Deswegen macht er das!«

Warden schüttelte abermals den Kopf, diesmal deutlich ungehalten. »Das bildest du dir nur ein. Und du bist sicher, daß du nicht nur geträumt hast? Vielleicht hast du dich hingelegt und bist dabei eingeschlafen, ohne es bemerkt zu haben.«

Suzy ertappte sich dabei, wie sie selbst unsicher wurde. Ja, das stimme, sie hatte sich hingelegt. Und dann ...

Aber nein, es *war* passiert! Außerdem fühlte sie deutlich ihr schmerzendes Steißbein.

Aber, wurde sie wieder unsicher, wenn das nun daher rührte, daß sie schlecht geträumt und aus dem Bett gefallen war?

Warden bemerkte ihr Zögern und ergriff ihre Hand.

»Komm! Wir sehen uns die Sache zusammen an.«

Suzy war nicht wohl bei dem Gedanken, aber sie ließ sich darauf ein.

Als sie vor dem Raum standen, deutete Suzy auf die beiseite geschobenen Kisten. »Da, siehst du?« sagte sie. »Also hatte ich recht! Ich habe mir das nicht eingebildet.«

»Wir werden sehen.« Tom betrat den Raum und näherte sich der Anlage. »Nichts Auffälliges zu sehen.« Er streckte die Hand aus.

»Nein!« rief Suzy. Sie war am Eingang stehengeblieben, als wage sie sich nicht näher heran. »Nicht einschalten!«

Jack verzog nur den Mundwinkel und drückte den Knopf. Die Bildschirme wurden hell.

Suzy zuckte zusammen und sah unwillkürlich weg.

»Ich weiß nicht, was du hast«, hörte sie Warden sagen. »Ein paar kleinere Störungen, aber sonst ist alles normal.«

Suzy wagte wieder hinzusehen. In der Tat. Auf den Monitoren waren verschiedene Räume und Gänge zu sehen. Von Kar keine Spur.

Zögernd trat sie näher.

Warden schaltete auf verschiedene Kameras. »Siehst du? Es war nichts. Wie sollte Kar die Mini-Kameras auch entdeckt haben? Und wie sollte er sich auf alle drei Bildschirme schalten?«

Darauf wußte Suzy nichts zu erwidern. Ein Gedanke schoß ihr durch den Kopf.

»Schalte in die Halle, wo Kar gerade ist!« verlangte sie. »Ich will sehen, was er macht!«

Warden zuckte mit den Schultern und tat ihr den Gefallen – beziehungsweise er wollte es tun. Denn auf dem Monitor erschien nur das Schneegestöber einer Störung. Warden versuchte es noch ein paarmal, doch das Ergebnis blieb immer dasselbe. Nichts.

»Na bitte«, sagte Suzy. »Das ist doch seltsam.«

Warden seufzte tief, als ginge sie ihm allmählich auf die Nerven. »Daran ist gar nichts Seltsames. Du vergißt die Lade. Sie wird die Übertragung stören. Und auch die anderen Störungen verursachen. Das ist alles.«

»Meinst du?« fragte sie unsicher.

»Ja«, sagte er fest. »Du siehst im Moment einfach überall Gespenster. Schon seitdem wir uns gestern wiedergetroffen haben, bist du wie ausgewechselt. Und vor allen Dingen – verzeih mir bitte, Suzy, aber es ist die Wahrheit – siehst du furchtbar fertig aus. Ich glaube nicht, daß du dir Sorgen über Kar machen solltest, sondern vielmehr um dich selbst.«

Suzy stand da wie ein Häuflein Elend. Konnte es sein, daß sie sich Kars Bild auf den Monitoren nur eingebildet hatte? Aber sie war doch wirklich hier gewesen! Wie konnte sie sich das also eingebildet haben?

»Ich glaube, ich weiß, was dir guttun würde.« Warden schaltete die Anlage ab. »Als erstes vergessen wir alles das hier.«

»Was hast du vor?«

Warden schob sie aus dem Raum und rückte die Kisten wieder vor den Eingang. »Das werde ich dir zeigen. Komm einfach mit.«

Sie verließen die Pyramide. Warden führte Suzy zu einer seichten Bucht auf der Seite des Atolls, die dem Bootssteg gegenüberlag. Hier war von dem Treiben auf der Insel nichts zu sehen, und sie waren vollkommen allein.

»Was wollen wir hier?« fragte Suzy ratlos.

»Überleg doch mal!« Jack breitete die Arme aus. »Siehst du das Meer und diesen wunderbaren Strand? Andere würden ein Vermögen bezahlen, um an einem Platz wie diesem Urlaub zu machen. Ich jedenfalls finde, daß diese Bucht die schönste Stelle auf der Insel ist.«

Suzy sah ihn erstaunt an. Sie hätte nie gedacht, daß er

sich über so etwas Gedanken machen würde. Oder spielte er ihr das nur vor, um sie aufzumuntern?

Sie preßte die Lippen zusammen. Da war sie schon wieder – diese verfluchte Paranoia! Jack hatte recht. Momentan sah sie wirklich überall Gespenster.

»Ich jedenfalls werde mir die Gelegenheit nicht entgehen lassen und eine Runde schwimmen.« Er streifte sich das Hemd über den Kopf und knöpfte seine Hose auf. »Wir haben ja sonst nichts zu tun.«

Suzy war von der Idee nicht sehr begeistert. Aber vielleicht war es ja ein guter Vorschlag, und sie sollte sich einfach darauf einlassen. Also entledigte auch sie sich ihrer Kleidung und folgte ihm ins Wasser.

Anfangs hatte sie noch das Gefühl, daß sie am liebsten auf eine Kegelschnecke oder einen Steinfisch mit ihren für Menschen tödlichen Giften getreten wäre, um ihren Problemen so ein Ende zu bereiten. Doch dann konnte sie sich zunehmend auf die warmen Fluten einlassen, die ihren nackten Körper von allen Seiten umschmeichelten. Um wieviel angenehmer war das als die Kälte in der Pyramide!

Trotzdem ragte das Bauwerk nach wie vor wie ein Mahnmal in den Himmel.

Warden schwamm zu ihr. »Na, besser?« Suzy nickte dankbar.

»Dann hast du vielleicht ja auch Lust auf etwas anderes.« Er grinste und wollte sie umfassen.

Doch danach stand ihr wirklich nicht der Sinn. Sie entfloh seinen zugreifenden Armen und legte schnell ein paar Meter zwischen sich und Jack. An Land war er kräftiger und stärker, doch hier im Wasser war sie ihm deutlich überlegen. Sie war schon von kleinauf eine Wasserratte gewesen. Vielleicht hatte sie gerade deshalb auch eine Yacht zu ihrer Operationsbasis gemacht.

Warden ließ nicht locker. Doch jedesmal, wenn er sie

fast erreicht hatte, entfloh sie ihm wieder. Obwohl er einsehen mußte, daß er sie so nie kriegen würde, gab er nicht auf, sondern jagte sie weiter. Und ohne daß Suzy es merkte, entfernte sich der Schrecken der Insel mit jeder erfolgreichen Flucht vor Warden ein Stückchen weiter.

Es war schon ein bizarres Bild: Eine Insel voller hirnloser Marionetten, ein uraltes Bauwerk mit schrecklichen Geheimnissen, eine Echse, die über alles herrschte – und zwei Menschen in einer einsamen Bucht, die so ausgelassen wie kleine Kinder im Wasser tollten.

Drei Tage zuvor

»Nein«, sagte Jake. »Das ist sie nicht!«

»Du bist dir sicher?« fragte Elwood.

»Natürlich. Ich bin ein Mann in Schwarz. Ich irre mich nicht in solchen Dingen.« Sie standen in Las Vegas vor dem Hotelkomplex des *Luxor*, das in Form einer Pyramide in den Himmel ragte. Es war das derzeit angesagteste Luxushotel in der Spielermetropole.

»Warum ist sie es nicht?« fragte Elwood. »Sie entspricht deinen Vorgaben. Es ist die einzige sich in Funktion befindende Pyramide der Welt. Du hast die Angestellte in dem Reisebüro selbst gehört.«

»Sie ist es trotzdem nicht. Sie ist nicht schwarz.«

»Schwarz?«

»Ja.«

»Du hast nie etwas davon gesagt, daß sie schwarz sein muß.«

»Das ist richtig. Ich wußte nicht, daß die Farbbenennung des menschlich sichtbaren Spektrums für unsere Suche relevant ist.«

»Dann weißt du es jetzt.«

»Was machen wir nun? Wieder zwei Wochen das, was Menschen Urlaub nennen und das ich nicht verstehe?«

»Nein«, sagte Elwood. »Hier in relativer Nähe gibt es eine *Pforte*. Durch sie werden wir über die Station wieder nach London zurückkehren. Das geht schneller.«

Suzy und Jack saßen an Deck der LAOTSE und nippten an einem *Singapore Sling*. Die Bordbar war gut gefüllt und gab alles für einen solchen Cocktail her.

Mittlerweile war ein ganzer Tag vergangen. Sie hatten die meiste Zeit außerhalb der Pyramide verbracht und waren fast vollständig auf die Luxusyacht übergesiedelt. Wozu sollten sie die ganze Zeit in dem düsteren kargen Bauwerk hocken, wenn doch nichts geschah und es hier draußen soviel angenehmer war?

Hier hatten sie auch die Nacht verbracht. Nur miteinander geschlafen hatten sie nicht. Suzy war erleichtert gewesen, daß Jack sie erst gar nicht weiter bedrängt hatte. Aber sie spürte, daß sie heute abend durchaus wieder dafür bereit wäre.

Kar schien nichts dagegen zu haben, daß sie ihren Wohnsitz hierher verlegt hatten. Jedenfalls hatte er in keiner Weise darauf reagiert. Mehr noch, sie hatten ihn seit ihrer Ankunft überhaupt nicht mehr zu Gesicht bekommen. Er hatte sich mit der Lade verbarrikadiert und machte was auch immer mit ihr. Warden hatte mehrfach versucht, in die Halle mit der Anlage zur Zeitlosen Ortsversetzung zu gelangen, doch der Zugang war versperrt gewesen und ließ sich nicht von außen öffnen.

Warden hatte sich nicht sonderlich daran gestört – gab es ihm doch Gelegenheit, sich von den zurückliegenden Anstrengungen zu erholen.

Den Abenteurern die Lade abzunehmen, war auch für ihn kein Kinderspiel gewesen, auch wenn er sich gerne damit brüstete.

Er hatte inzwischen sogar nach Tom gesehen. Die

Dummies vor der Kammer hatten ihn ohne Probleme durchgelassen.

Tom Ericson ging es besser. Er hatte Verbandsmaterial erhalten, und Jack hatte ihm aus der Bordapotheke zusätzlich etwas gegen Infektionen und die Schmerzen gebracht.

»Du scheinst diesen Ericson wirklich zu mögen, wenn du dich so um ihn sorgst«, meinte Suzy. Ihr hatte der letzte Tag sichtlich gut getan. Jedenfalls hatte sie kein Wort mehr über ihre Verdächtigungen verloren.

Jack hielt es für ein gutes Zeichen. »Mögen ist das falsche Wort.«

»Was ist es dann?«

Warden überlegte. »Das würdest du nicht verstehen.«

Sie gab sich damit nicht zufrieden. »Dann erklär es mir!«

»Hm.« Er dachte nach. »Vielleicht solltest du dir das wie beim Sport vorstellen. Jeder will den anderen besiegen, aber man will es innerhalb der Regeln tun.«

»Das sagt jemand, der so skrupellos ist wie du?«

»Das sage *gerade* ich.«

»Hm.«

»Damit du mich richtig verstehst: Ich würde über Toms Tod nicht die kleinste Träne vergießen. Und wenn es sein muß, werde ich ihn eigenhändig töten. Aber ich sehe nicht ein, warum er unnötig leiden müßte.«

Diesmal dachte Suzy nach. »Du meinst, es ist so ähnlich wie beim Fußball? Man darf jemandem im Kampf um den Ball durchaus die Beine zertreten, wenn man den Ball anschließend brav ins Aus schlägt, um zu ermöglichen, daß er versorgt wird?«

Warden mußte schmunzeln. »So könnte man es ausdrücken.«

Suzy nickte. »Du hast recht«, gestand sie. »Das verstehe ich wirklich nicht.«

»Ich hatte es dir prophezeit.«

»Das scheint mir so eine typisch männliche Vorstellung von *Fairplay* zu sein.«

»Haltet ihr Frauen euch denn an keine Regeln?« Er lächelte charmant.

»Meist nur an die eigenen. Und die wechseln. Wir sind da nicht so unflexibel wie ihr Männer.«

Er hätte das Stichwort gerne aufgenommen, doch da begannen plötzlich die Cocktailgläser auf dem kleinen Tisch zu klirren.

Plötzlich lag eine spürbare Vibration in der Luft. Und sie wurde stärker und stärker. Die Cocktailgläser wanderten an den Rand des Tisches, fielen herunter und zerschellten.

Suzy und Jack sprangen auf und sahen sich beunruhigt um. Was war das?

Auch die Crew wurde unruhig.

Die Vibrationen nahmen zu und wurden zu kleinen Erschütterungen. Auf dem Meer rings um die Insel kräuselten sich die Wellen, als würde das Wasser regelrecht zu kochen beginnen.

»Verflucht!« Jack hielt sich an der Reeling fest. »Was ist das nur?«

Da die Yacht auf dem Wasser war, lag sie vergleichsweise ruhig da. Auf der Insel waren die Erschütterungen stärker.

»Ein Erdbeben!« rief Suzy.

»Nein.« Jack sah sich um. »Dazu sind die Erschütterungen zu gleichmäßig. Sie müssen eine andere Ursache haben.«

Als ein tiefes Grollen von der Insel her über sie hinwegzog, wußte er, was der Grund war. Er deutete auf die Pyramide. »Es kommt von dort!«

Nach dem Grollen nahmen die Erschütterungen wieder ab. Sie wurden feiner und feiner. Das Meer beruhigte sich wieder, und bald darauf lag die Insel so friedlich da wie zuvor.

»Los, laß uns nachsehen, was passiert ist!« rief Jack alarmiert.

Suzy nickte. Bevor sie von Bord gingen, ließ sie sich zwei Pistolen geben. Die eine steckte sie selbst ein, die andere reichte sie an Jack weiter. »Hier. Zur Sicherheit.«

Er sah sie dankbar an.

Sie machten sie sich auf den Weg. Die ›Dummies‹, denen sie begegneten, bewegten sich träge wie immer. Sie schienen das Grollen gar nicht wahrgenommen zu haben. Zumindest bei ihnen hatte sich nichts verändert.

Trotzdem war etwas geschehen. Dessen waren Suzy und Jack sich spätestens dann gewiß, als sie das Innere der Pyramide betraten.

Obwohl es hier noch genauso aussah wie zuvor, war zugleich doch alles vollkommen anders.

Auch die Abenteurer wurden durch die heftigen Erschütterungen aufgeschreckt. Das Licht, das aus keiner erkennbaren Quelle kam, begann zu flackern. Gleichzeitig lag ein Knistern in der Luft. Es war wie vor einem Gewitter, wenn die kommenden Entladungen fast körperlich zu spüren waren – nur daß dieses Gefühl hier weitaus stärker war!

»Was ist das?« rief Gudrun besorgt.

»Da bin ich überfragt«, antwortete Connor. »Irgend etwas geschieht mit der Pyramide.«

Tom sah sich um. Die Wunde in seiner Schulter schmerzte unter den Erschütterungen wieder stärker, aber das nahm er kaum wahr.

In jedem anderen Bauwerk dieses Alters wäre wohl die komplette Decke über ihnen zusammengebrochen und hätte sie erschlagen, doch hier rieselte nicht einmal Staub herunter. Erneut war Tom fasziniert von dem seltsamen schwarzen Material, aus dem hier alles bestand.

Gudrun pochte abermals an die Pforte, um jemanden auf sie aufmerksam zu machen. Vergeblich.

Die Erschütterungen ließen bald nach. Auch das Licht leuchtete wieder konstant. Aber nun war es bedeutend heller.

Auch als sich alles wieder beruhigt hatte – ein ganz feines Vibrieren war nach wie vor zu spüren.

Tom ging zu einer der Wände und legte die Hand seines unverletzten Armes darauf. Die Oberfläche fühlte sich wärmer an.

Er blickte zu Gudrun und Connor. In seinen Augen glänzte es fiebrig. »Na? Spürt ihr es?«

Connor betrachtete ihn stirnrunzelnd. Er schien es Toms Zustand zuzuschreiben.

Gudrun hingegen nahm ihn ernster. Sie näherte sich einer der Wände und legte ihre Handflächen ebenfalls darauf. Sie erschauderte.

»Ja«, hauchte sie. »Ich spüre es. Es ist, als ob ... » Sie sah Tom ernst an, und in diesem Moment war es so, als hätte es nie Differenzen zwischen ihnen gegeben.

»Sag es!« forderte er.

Sie holte tief Luft. »Als ob die Pyramide zu *leben* begonnen hätte«, sagte sie düster.

Elwood und Jake traten durch die *Pforte* im Seitengang der U-Bahn-Station der Tottenham Court Road. Dieses Mal hielt sich kein Betrunkener hier auf. Abermals versiegelte Elwood die *Pforte*.

Als sie die belebten Gänge erreichten, umgab sie ein großer Menschenauflauf. Er wurde von einem Mann mit einem wirren Bart verursacht, der auf ein paar Kisten stand und beschwörend rief: »Sie sind längst überall! Sie sind mitten unter uns, aber keiner von euch hat den Mut, die Augen wirklich zu öffnen und zu sehen!«

Es war derselbe Mann, den sie aus der Station geworfen hatten.

»Wenn ihr nur gesehen hättet, was ich gesehen habe«, rief der Mann. »Oh, würdet ihr nur ahnen, wie die Welt *wirklich* ist! Würdet ihr nur wissen, daß schon wenige Schritte von uns entfernt das Reich des Bösen beginnt. Ich war dort, aber ich bin zurückgekehrt, um euch alle zu warnen! Noch ist es nicht zu spät!«

»Wir hätten ihn besser eliminieren sollen«, meinte Jake unbewegt. »Du hörst, was er sagt.«

»Laß ihn sagen, was er sagen will!«

»Aber er verrät alles! Wir müssen ihn stoppen!«

»Siehst du jemandem, der ihm glaubt? Vergiß nicht, dies ist die Menschenwelt. Und nun komm!«

Sie gingen weiter.

»Schwarzgekleidete Männer waren dort!« verkündete der Mann. »Sie herrschen über das Reich des Bösen. Und sie sind mitten unter uns.«

Jake sah Elwood im Gehen an. »Einfach weitergehen«, sagte Elwood.

»Dort drüben sind sie!« rief der Mann. »Seht doch! Sie sind es, die die Station der Aliens befehligen! Ich würde sie überall wiedererkennen!«

Als Elwood sich im Gehen umwandte, erkannte er, daß der Arm des bärtigen Mannes anklagend auf sie beide wies. Und ebenso wandten sich die Blicke seiner Zuhörer in ihre Richtung.

»Nicht stehenbleiben«, raunte er Jake zu, während er seine Schritte beschleunigte.

»Das hatte ich auch nicht vor.«

»Haltet sie auf!« rief der Mann. »Sie wollen fliehen!«

Für einen Moment befürchtete Elwood schon, die Menschen könnten ihnen tatsächlich folgen, und der irritierende Gedanke, daß er sich vielleicht verrechnet hatte, blitzte in seinem analytisch denkenden Hirn auf. Doch dann begann einer der Zuhörer zu lachen, und schnell stimmten weitere ein.

Als Elwood und Jake den Ausgang passierten und auf die Straße einbogen, klang das Gelächter noch lange hinter ihnen her.

Ihr Ziel war klar.

Die Reisebüroangestellte fuhr erschrocken hoch, als die beiden Männer in Schwarz in ihr Büro traten. Sie hatte fast das Gefühl, als läge ein Fluch auf ihr – so einträglich es für das Reisebüro auch war. Sie seufzte. »Das *Luxor* war also auch nichts?«

»Es war nicht schwarz«, erklärte Elwood. »Wir suchen eine schwarze Pyramide.«

»Aber ... das haben Sie nie gesagt.«

»Es war unser Fehler. Also, können Sie uns eine Reise zu einer *schwarzen* Pyramide anbieten?«

Die Frau schüttelte den Kopf. »Von einer schwarzen Pyramide habe ich noch nie etwas gehört.«

Jake und Elwood sahen sich an.

»Aber ich kann ja mal meine Kollegin fragen«, bot die Frau an. Laut rief sie durch das Büro: »Gwennie! Hast du schon mal was von einer schwarzen Pyramide gehört?«

Die Angesprochene, eine pausbäckige Rothaarige, runzelte die Stirn. »Schwarz, schwarz ...«, dachte sie laut nach. »Nein, tut mir leid. Keine Ahnung.«

»Da hören Sie es.«

Elwood zuckte plötzlich heftig zusammen, als hätte ihn ein Stromschlag getroffen, und starrte ins Leere.

»Was ist los?« fragten die Angestellte und Jake wie in einem Atemzug.

Elwood antwortete nicht gleich. Es dauerte einige Sekunden, ehe sich sein Blick wieder klärte.

»Ich spüre es«, sagte er. »Ich weiß jetzt, wo sich das

Ziel befindet. Etwas ist passiert!« Er wandte sich an die Angestellte. »Haben Sie einen Globus?«

»Aber sicher.« Die Frau führte ihn zu einer Weltkugel, die zu Werbezwecken im Schaufenster stand. »Hier, bitte.«

Elwood drehte die Kugel und zeigte auf einen Punkt im Pazifik zwischen Neuseeland und Fiji.

»Was ist hier?« fragte er.

Die Angestellte hob ratlos die Schultern. »Nichts. Außer ein paar menschenleeren einsamen Südsee-Atollen.«

»Ich verstehe nicht«, sagte Jake, der die Handlungen seines ›Bruders‹ unschlüssig verfolgt hatte.

»Wie sieht so ein Atoll aus?« fragte Elwood.

»Palmen, Strand, Meer, nichts weiter ...«, meinte die Frau.

Elwood sah Jake an. »Palmen, Strand und Meer ... Verstehst du nun?«

»Ich denke, ja.«

Die Reisebüroangestellte verstand dafür um so weniger. »Das heißt, Sie wollen als nächstes dorthin reisen?«

»Ja«, antwortete Elwood. »Aber nicht über Sie. Das würde zu lange dauern.«

»Zu lange?« wunderte sie sich. »Aber wie sonst ...?«

Elwood gab ihr keine Antwort. Er zog Jake mit nach draußen und dort weiter auf die U-Bahn-Station zu, aus der sie gerade gekommen waren.

»Wieso kannst du plötzlich spüren, wo das Ziel ist?« fragte Jake.

»Das kann ich nicht erklären. Aber ich spüre es.«

»Du willst also in die Station zurückkehren und es über die *Pforten* erreichen?«

»Das ist der schnellste Weg. Selbst wenn die nächste *Pforte*, wie du sagtest, tatsächlich noch weit vom Ziel entfernt ist.«

Als sie in die U-Bahn-Station zurückkehrten, hatte sich die Menschenmenge aufgelöst. Von dem Bärtigen war nichts zu sehen. So traten die beiden Männer in Schwarz wenig später unbehelligt in ihre Station. Elwood stellte die *Pforte* neu ein – auf einen Ausgang, der in Neuseeland lag.

»Wie wollen wir von dort weiter zum Ziel gelangen?« fragte Jake.

Elwood hob eine Augenbraue. »Wir?«

»Ich kann nicht erkennen, warum nicht wir.«

»Aber ich. Ich habe dich erweckt, um die Zielkoordinaten zu bekommen. Die habe ich nun. Damit ist deine Mission beendet.«

»Du willst mich zurück in meine Kammer schicken?«

»Ja.«

»Aber ...« Jake vermochte seinen Einwand nicht recht zu formulieren. »Unsere Mission war bisher so ... voller neuer Informationen. Und die Menschen – sie sind allesamt so unvorausberechenbar.«

Elwood sah Jake analysierend an.

»Aber das ist noch nicht alles«, fuhr Jake fort. »Ich habe jetzt einen Namen. Genau wie du. Und das ist mehr, als ich je hatte.«

Elwood analysierte weiter und schwieg

»Du willst das alles doch nicht auslöschen, indem du mich in meine Kammer zurückschickst? Wenn mich dort der *Ruf* das nächste Mal ereilt, werde ich nichts mehr davon wissen.«

»Es muß nicht bedeuten, daß du deinen Namen verlierst«, erklärte Elwood. »Nachdem ich meinen hatte, war auch ich wieder in der Kammer, ohne daß ich ihn bei der nächsten Erweckung vergessen hätte.«

»Wird das bei mir ebenfalls so sein?«

»Das weiß ich nicht. Vielleicht gibt es ja auch für dich ein erstes Mal.«

»Verstehe.«

»Dann kehre nun in deine Kammer zurück!«

Jake nickte. Er wandte sich um und hielt inne.

»Was ist?« fragte Elwood.

»Du hast mich in die Menschenwelt eingeführt, und ich habe dort viel Neues kennengelernt. Deshalb sage ich dir folgendes: Viel Glück.«

Damit ging er endgültig.

Elwood sah ihm hinterher. Seine Wahrscheinlichkeitsanalyse ergab, daß er womöglich nicht vorausberechenbare Dinge initiiert hatte. Vielleicht war es falsch gewesen, einen zweiten Diener in Dinge hineinzuziehen, die nur ihn etwas angingen.

Aber es gab andere Prioritäten.

Elwood wandte sich der *Pforte* zu und trat durch sie hindurch.

Die Abenteurer wurden aus ihrer Kammer geholt. Ein halbes Dutzend bewaffneter Parasitenträger trieb sie auf den Korridor hinaus, wo Suzy und Jack warteten.

»Was hat man mit uns vor?« wollte Tom wissen, als er Warden sah.

»Keine Ahnung. Wir wissen nur, daß Kar euch zu sehen wünscht. Genauso wie uns.«

Die ›Dummies‹ eskortieren sie auf dem Weg dorthin.

»Was waren das für Erschütterungen?« fragte Tom. »Und warum ist hier seitdem alles so anders? Was hat sich verändert?«

Jack Warden verzog genervt das Gesicht. Vermutlich wollte er sich über diese Dinge nicht auslassen. Schon gar nicht gegenüber der gegnerischen Seite.

Suzy Duvall tat es an seiner Stelle.

»Was denkst du?« fauchte sie. »Daß wir allwissend sind?«

Tom horchte auf. Das war deutlich gewesen. Selbst wenn Suzy es ihm bestimmt nicht hatte verraten wollen, so begriff er doch, daß er bislang einen Denkfehler begangen hatte. Er hatte immer gedacht, sie drei wären Kars einzige Gefangene. Nun wußte er es besser: Jack und Suzy waren es auch – nur auf eine andere Weise. Langsam ergab Suzys widersprüchliches Verhalten einen Sinn.

»Nun also treffen wir endlich den geheimnisvollen Mann im Hintergrund«, sagte Tom, um von seiner Erkenntnis abzulenken. »Ich bin schon gespannt darauf, was er zu sagen hat. Muß ja ein interessanter Mensch sein!«

Warden warf ihm einen vielsagenden Blick zu, sagte aber nichts.

»Tom ließ nicht locker. »Er muß doch auch einen richtigen Namen haben. Wie kann jemand einfach nur Kar heißen?«

»Wie kann jemand einfach nur Connor heißen?« gab Suzy mit beißendem Spott zurück.

Connor hob indigniert eine Augenbrauen. Das war seine ganze Reaktion.

»Da du ihn gleich sehen wirst, kann ich es dir ja verraten«, sagte Warden. »Früher war er einmal Richard Dean Karney. Soweit ich weiß, irgendein Professor aus Texas.«

»Wieso *war*?«

»Oh, wart's einfach ab. Ich will dir die Überraschung nicht nehmen.«

Tom verzog mürrisch das Gesicht. »Klingt ja spannend.«

Warden schmunzelte. »Du wirst nicht enttäuscht sein. Glaub mir!«

Damit fand ihr Gespräch ein Ende. Sie hatten den Eingang zu Kars Halle erreicht.

»Wir sind da«, sagte eine der Marionetten und bedeutete den Abenteurern, voranzugehen. Zögernden Schrittes traten sie ein, und ihren Augen boten sich Dinge, wie sie sie noch nie erblickt hatten.

Auch Suzy und Jack waren verblüfft. Seit gestern hatte sich hier einiges getan. Die Linien und Symbole auf der Anlage zur Zeitlosen Ortsversetzung leuchteten alle wieder. Suzy, die von Kar in die Funktionsweisen der Anlage eingewiesen worden war, glaubte sogar ein paar gänzlich neue aktivierte Felder zu entdecken. Auch die Kristallplatte war wieder voller Energie.

Überhaupt strahlte das Licht in der Halle viel heller als früher, ohne schmerzhaft in die Augen zu stechen. Und die Temperaturen schienen leicht gestiegen zu sein.

Die größte Veränderung aber hatte auf der gegenüberliegenden Seite der Halle stattgefunden. Dort wo früher eine massive schwarze Wand gewesen war, befand sich jetzt ein breiter Durchgang, der direkt in einen benachbarten Raum führte. Soweit von hier aus zu erkennen war, hatte dieser Raum die Ausmaße einer kleinen Halle und war kreisrund. An den Wänden befanden sich leuchtende Felder und Formen, und in der Mitte ragte ein massives Podest aus dem Boden, auf dem es golden schimmerte.

Suzy und Jack tauschten einen kurzen Blick. Das alles war in der Tat eine Überraschung.

Sie richteten ihre Aufmerksamkeit auf Kar, der regungslos vor der Anlage zur Zeitlosen Ortsversetzung stand und ihnen den Rücken zuwandte.

Noch weitaus überraschter, aber auch faszinierter waren die Abenteurer, die im Gegensatz zu Suzy und Jack noch niemals hier gewesen waren. Tom kam aus dem Staunen kaum heraus, und sein Archäologen- und Entdeckerherz schlug so laut wie selten in seinem Leben. Abermals vergaß er alle Gefahr, obwohl der stets gegenwärtige pochende Schmerz in seiner Schulter ihn eigentlich hätte klüger machen müssen. Aber dazu war er einfach zu sehr Forscher.

Er hatte gewiß schon viele archäologische Stätten gesehen – Tempel, Grabanlagen, Monumente, auch Pyramiden. Doch keine ließ sich mit dem vergleichen, was sich ihren Augen hier bot. Alles was er zuvor erforscht hatte, waren mehr oder minder zerfallene Ruinen gewesen – gleichsam ausgebleichte und vom Zahn der Zeit zerfressene Dinosaurierknochen im Sand, die zwar von früherem Leben zeugten, selbst aber nur vertrocknete Überreste waren.

Die einzige Ausnahme hatte die atlantische Station gebildet, in die er vor einem Jahr durch das Tor in Tiahuanaco versetzt worden war. Sie war selbst zu diesem Zeitpunkt noch immer aktiv gewesen, aber nach fünftausend Jahren unter einem massiven Mantel aus erstarrter Lava hatte sie einem uralten Greis geglichen, der sich zwar mit letzter Kraft ans Leben geklammert hatte, es aber trotzdem nicht hatte festhalten können. Nach den von Tom ausgelösten Ereignissen hatte sie sich selbst zerstört.

Die schwarze Pyramide jedoch, das zeigte diese Halle ganz deutlich, war genauso lebendig wie zu den Zeiten, in denen sie errichtet worden war, wann und von wem auch immer!

Toms erster Eindruck hatte ihn also keineswegs betrogen. Die Pyramide lebte – auch wenn die Bestätigung dafür alles übertraf, was er sich vorgestellt hatte.

Während die Marionetten sie tiefer in den Raum führten, ließ er seine Blicke hemmungslos umherschweifen und nahm alles in sich auf: die seltsame Kristallplatte, die leuchtenden Linien und Anzeigen auf der Anlage, die lebensecht anmutende Statue einer aufrecht stehenden Echse davor, die so gar nicht hierher passen wollte, der Durchgang zu dem anderen Raum und so vieles mehr.

Zu seiner Überraschung führten die Marionetten sie genau auf die Echsenstatue zu.

Tom verspürte ein seltsam flaues Gefühl im Magen, eine Art Übelkeit, die mit jedem Schritt stärker wurde.

Etwas anderes verwirrte ihn.

Trug die Echsenstatue um ihr Handgelenk tatsächlich eine goldene Uhr?

Er wollte gerade anfangen, sich darüber zu wundern – als die Statue sich unvermittelt zu bewegen begann. Ruckartig fuhr ihr Kopf zu ihm herum und starrte ihn aus kalten, geschlitzten Reptilaugen an.

Tom erstarrte, als wäre er gegen eine Wand gelaufen. Connor ging es nicht anderes. Und Gudrun stieß erschrocken einen spitzen Schrei aus.

Doch daß das Standbild sich bewegte und sie anstarrte, war nicht der einzige Schock, der auf sie wartete.

Jetzt öffnete die Echse auch noch ihr Maul und entblößte zwei Reihen spitzer Zähne.

»Härrrschlisch willkommän!« zischte sie.

Wohl kaum ein Besucher konnte sich dem malerischen Charme von Auckland entziehen. Die mit Abstand größte neuseeländische Stadt, an einer weitgezogenen Bucht des Pazifik gelegen, war inmitten einer hügeligen Landschaft um mehr als sechzig vulkanische Kegel herum erbaut worden. Ein einzigartiger Anblick.

Dafür hatte Elwood jedoch keinen Blick übrig. Zielstrebig ging er zum Waitemata Harbour und über die Quay Street weiter in einen stillen Winkel des Hafens.

Dabei kam er nicht nur an Frachtschiffen oder anderen großen Kähnen vorbei, sondern auch an unzähligen kleineren Yachten, die weiß in der Sonne strahlten.

Plötzlich blieb Elwood stehen und sah sich suchend um. Eine Millisekunde lang hatte er den Eindruck gehabt, ein bekanntes Gesicht zu sehen. Aber sein suchender Blick vermochte das nicht zu bestätigen.

Er ging weiter und hatte wenig später an der Freemans Bay eine ruhige Ecke erreicht, die durch abgestellte Frachtcontainer vor Blicken geschützt war. Elwood blieb direkt an der Mole stehen und holte aus seiner rechten Jackentasche einen kleinen Gegenstand hervor, den er ins Wasser warf.

Dann wartete er regungslos.

Es verging eine gute Viertelstunde, bis sich das Wasser vor der Mole kräuselte und ein grauer, stromlinienförmiger Kopf die Oberfläche durchbrach. Zwei muntere Augen schienen Elwood direkt anzustarren.

»Hallo Delphin«, sagte Elwood.

Der Meeressäuger antwortete mit einer schnellen Folge von schnatternden Lauten. Ein zufälliger Beobachter hätte wohl den Eindruck gehabt, daß er dem Mann in Schwarz etwas mitzuteilen hatte.

»Ja«, sagte Elwood und sprang ins Wasser.

ENDE
DES SIEBTEN BUCHES

ACHTES BUCH

DIE SCHWARZE PYRAMIDE

von Robert deVries

Zwischenspiel – irgendwo im Himalaya

Das abgelegene Seitental, in dem sich das tibetische Kloster Gompa an die steilen Hänge eines hochaufragenden Berges schmiegte, war nur wenigen Eingeweihten bekannt. Zumeist handelte es sich um Bauern, die das Kloster von weither mit Nahrungsmitteln versorgen, sowie die Mönche selbst. Jeder von ihnen hätte sich lieber die Zunge herausreißen lassen, als auch nur ein Wort über die Lage des Klosters zu verraten. Ohne jede Übertreibung war dies einer der abgeschiedensten, verborgensten und geheimsten Orte der Welt.

Ein Ort zudem, an dem die Zeit seit vielen Jahrtausenden stillzustehen schien – wie es an so vielen Stätten Tibets der Fall war. Die gigantische, unvergleichliche Bergwelt des Himalaya tat ihr übriges, diesen Eindruck noch zu verstärken.

Hier jedoch, in diesem Tal, war es weit mehr als nur ein Eindruck. Und die Zeit schien nicht nur stillzustehen, sondern gleichsam transparent zu sein. Hier vermischten sich Vergangenheit, Gegenwart und Zukunft.

Das komplexe Gewirr der steinernen Klosteranbauten, die den Hang emporkrochen, wirkte architektonisch ebenso unübersichtlich wie abenteuerlich. Doch das war nichts gegen das Spektrum in seinem Inneren! Einige der Räumlichkeiten reichten sogar in Regionen und Sphären hinein, die sich dem menschlichen Verstand fast vollends entzogen. Einige davon wagte nicht einmal Paldan Manjushi trotz all seiner Geisteskraft zu betreten.

Der hochgewachsene, kahlgeschorene tibetische Buddhapriester war der Lama und oberste Vorsteher des Klosters. Nach außen hin wirkte er wie ein normaler Mensch, derselbe, der er schon immer gewesen war. Doch seit gut zwei Jahren beherbergte er in sich den Geist eines atlantischen Wesens namens Cahuna, das nach

Jahrtausenden wieder erweckt worden war, um die Welt vor einer uralten Gefahr zu schützen, die erneut ihre Klauen nach ihr ausstreckte. Paldan Manjushi hatte Cahuna nicht unter Zwang aufgenommen, sondern freiwillig. Er war auf diese Aufgabe schon von früher Kindheit an vorbereitet worden.

Jetzt lenkte Cahuna Manjushis Schritte in einen Raum, den zu betreten sämtlichen anderen Mönchen strikt verboten war. Es war ein kahler Raum mit nur einem einzigen Einrichtungsstück: ein schmuckloser, steinerner und dreibeiniger Hocker.

Das Orakel von Delphi!

Manjushi blieb davor stehen und verbeugte sich.

»Ich habe dich erwartet«, drang eine körperlose Stimme aus dem Dreibein. Es war eine Frauenstimme, jedoch eine, bei der es unmöglich war, sich die dazu passende Gestalt vorzustellen.

»Es ist geschehen!« sagte Cahuna über Manjushis Lippen. »Ich spüre es. Spürst du es ebenfalls?«

»Ich spüre nichts. Aber ich weiß es.«

»Alles, was wir bis jetzt gesehen haben, waren die Schatten der alten Gegner. Bedrohliche Schatten, die abermals auf die Erde zukriechen. Schon das hat ausgereicht, um mich zu erwecken. Nun jedoch sind es nicht länger nur Schatten. Der Gegner selbst ist wieder da!«

Das Orakel schwieg.

»Es gibt Risse in der Wirklichkeit«, sprach Cahuna weiter. »Friktionen in den Zeiten. Alte Energien sind zum Leben erwacht. Diese Energien, die Atlantis zerstört haben.«

Das Orakel schwieg wiederum.

»Warum sagst du nichts?« fragte Cahuna. »Ich brauche deinen Rat. Die Dinge spitzen sich zu.«

»Das mag aus deiner Sicht so aussehen. Ich jedoch versichere dir, die Dinge bewegen sich in einem gleichförmigen Fluß. Hier und da kräuselt sich eine Welle oder überschlägt sich gar, doch der Ozean der Dinge folgt unaufhaltsam seinem vorherbestimmten Lauf.«

Cahuna empfand es fast als Tadel. »Sollte ich nicht größere Gegenmaßnahmen einsetzen? Ich könnte wahre Legionen entsenden. Warum glaubst du, ein einzelner Diener würde ausreichen?«

»Und Menschen.«

»Ich vergaß. Ein nicht richtig funktionierender Diener und eine Handvoll Menschen, die blind dahinstolpern und kaum einen Zipfel des großen Geheimnisses gelüftet haben – geschweige denn, daß sie überhaupt ahnen, was dieses große Geheimnis ist.«

»Urteile nicht vorschnell über sie«, riet das Orakel.

»Dann sage mir, was ist falsch an meiner Einschätzung!«

»Deine Einschätzung ist richtig. Trotzdem sind sie dazu auserkoren, im Brennpunkt der Ereignisse zu stehen. Mehr noch, sie sind dieser Brennpunkt.«

»Wer hat sie dazu auserkoren?« fragte Cahuna.

»Das Schicksal.«

»Das Schicksal ist keine eigenbestimmende Kraft. Es ist nur das, was der freie Wille daraus macht.«

»Das ist richtig.«

»Wer also sind diese anderen?«

Eine ganze Zeitlang schien es, als wolle das Orakel nicht antworten. Doch Cahuna verstand es zu warten. Er hatte bereits Jahrtausende gewartet.

»Du bist einer davon«, antwortete es schließlich.

Irgendwo östlich des Kermadec–Tonga–Grabens

Die Wirkung einer explodierenden Bombe hätte kaum größer sein können als Kars Auftritt. Die Abenteurer standen wie erstarrt. Tom hatte gedacht, er wäre auf alles gefaßt gewesen. Allein die vielen Wunder in dieser Halle hatten ihn bereits eines besseren belehrt. Aber mit einer aufrecht gehenden, sprechenden Echse hatte er nicht gerechnet.

Er warf Warden einen ebenso hilfesuchenden wie fragenden Blick zu. Sein ehemaliger Schulfreund grinste und schien sich an Toms Fassungslosigkeit zu weiden. Er nickte knapp und bestätigend.

Ja, besagte sein Blick, das ist Kar!

Tom versuchte den Kloß in seiner Kehle herunterzuschlucken und wandte sich ihrem Gegenspieler zu.

»Wie isch sähä«, sagte dieser, »schind Schie ein wenig übärraschst. Abärr dasch geht allen scho! Mirr selbscht ischt esch anfangsch nischt andärrs ergangen. Abärr man gewöhnt schisch daran.«

Tom kämpfte weiterhin gegen den zähen Kloß in seinem Hals an.

»Sie also sind ... Kar?« preßte er hervor. Wenn ihm nur nicht so unwohl gewesen wäre!

Kar antwortete nicht, nur die geschlitzten Augen starrten Tom an, als frage die Echse sich, wie sie ihn verspeisen sollte – mit den Füßen oder aber dem Kopf voran?

Tom versuchte möglichst unbeeindruckt zu bleiben. Er fühlte sich wie ein Spieler, der vom Anblick der gegnerischen Kulisse überwältigt worden war und jetzt langsam wieder begriff, daß er sich aufs Spiel konzentrieren mußte, wenn er nicht untergehen wollte. Und schließlich ging es hier um ihrer aller Leben.

»Oder sollte ich besser sagen«, schoß er instinktiv nach, »Professor Richard Dean Karney?« Befriedigt nahm er zur Kenntnis, daß sich in den Reptilaugen so etwas wie Erstaunen zeigte.

»Schie wischen«, zischte Kar, »wärr isch war?«

Tom verbuchte es als kleinen Erfolg.

»Ich habe es ihm gesagt, kurz bevor wir reingekommen sind«, ließ Warden seinen Erfolg sofort wieder zerrinnen.

»Was ist mit Ihnen passiert?« fragte Gudrun. Fast klang Mitleid in ihrer Stimme mit.

Kars Kopf ruckte zu ihr herum, und seine kalten Reptilaugen nahmen sie ins Visier. Gudrun wurde unter diesem Blick noch bleicher, als sie es ohnehin schon war. Ihre dunklen Vorahnungen hatten sich bewahrheitet.

»Noch vor schwei Jahrän warr isch ein Mensch. Man könnte schagen, ein Forschärr wie Schie! Bisch isch einä Pyramidäh ähnlisch diescher fand. Dort kam isch mit einär grünlischen Flüschigkeit in Berührung. Und scheitdem ...« Er ließ den Rest offen und sah Suzy Duvall an, um ihm zu bedeuten, weiterzureden.

Suzy nahm den Faden auf. »Zuerst betraf die Veränderung nur seine Hand. Auf ihr bildeten sich grüne Schuppen, die sich immer mehr den ganzen Arm hochzogen. In den letzten Monaten ist der Prozeß plötzlich rapide vorangeschritten ...«

Tom erschauderte, als er sich die Verwandlung vorstellte. Was mußte Karney innerlich mitgemacht haben, während er sich äußerlich so veränderte?

»Darf ich Ihnen eine Frage stellen?« meldete Connor sich zu Wort.

Kars geschlitzte Augen nahmen den Butler ins Visier. Er nickte leicht.

»Warum gehen Sie seit zwei Jahren gegen uns vor?« fragte Connor. »Warum versuchen Sie immer wieder, uns unsere Entdeckungen oder Erkenntnisse zu nehmen?«

»Einäh gutäh Fragäh«, entgegnete Kar. »Abärr die Antwort ischt im Prinschiep gansch einfasch – auch wenn schie Ihnän nischt gefallen dürfte.«

»Und wie lautet sie?« Tom war besessen darauf, endlich zu erfahren, worüber sie sich oft und lange den Kopf zerbrochen hatten!

»Schufall!« zischte Kar. »Reinärr Schufall.«

»Das kann nicht Ihr Ernst sein! Das waren stets gezielte Aktionen gegen uns!«

»Abärr nurr, weil Schie debschelben Geheimnischen auf der Schpur warähn wie isch! Allein dasch warr ihr Verhängnisch! Schie lieschen mirr keine Wahl.«

Tom runzelte die Stirn. »Das kann ich nicht glauben. Wir waren Atlantis auf der Spur. Und dann dem Heiligen Gral, der sich als die Bundeslade herausgestellt hat. Was hat das mit Ihnen oder Ihrer Verwandlung zu tun? Oder mit dieser schwarzen Pyramide?«

»Dasch hat äuscherscht viel miteinandär schu tun, beschondersch mit Atlantisch.«

Tom schüttelte den Kopf. »Ich habe so etwas wie dieses Bauwerk noch nie gesehen. Auch die Einrichtung und die Anlagen hier sind mir vollkommen fremd. Nichts erinnert an atlantische Artefakte. Und ich habe schon mehr von Atlantis gesehen, als Sie sich vorstellen können.«

»Dasch geschtehe isch ihnän gärrrne schu. Abärr schie värstähän die groschen Schuschammenhänge nischt.«

Nein, mußte Tom sich eingestehen. Das tat er offensichtlich nicht.

»Schie und Ihre Freundäh vom A.I.M. schind wie Kindärr, die im Schand schpielen, dabei ein paar Puschleteile findän und versuchen, schie schuschammenschuschetschen. Ihrr Pesch war, dasch Schie dieschelben Teile fanden, die auch für misch wischtig waren.«

Tom kam sich mit einem Male sehr klein und unwissend vor. Aber, erinnerte er sich, genau aus diesem Grund war er auch Forscher geworden – um irgendwann einmal nicht mehr ganz so klein und unwissend zu sein, sondern einen etwas tiefergehenden Einblick in die Dinge erlangt zu haben. Und an einem Ort wie diesem fühlte er sich dieser Sehnsucht trotz aller Gefahr näher denn je zuvor. Gerade deshalb wollte er nicht klein beigeben.

»Was soll diese Pyramide mit Atlantis gemein haben?« fragte er herausfordernd. »Alles hier ist absolut gegensätzlich zu unseren atlantischen Funden!«

»Ja!« fauchte Kar. »Genauscho gegänschätschlisch wie schwei Scheiten ein und därselbän Medaille.«

»Aber was...?« hob Tom an.

»Nein! Genug!« zischte Kar. »Isch habäh Schie nischt rufähn laschen, um Ihräh Fragähn schu beantwortähn!« Er breitete seine Echsenarme aus. »Schondern ausch Dankbarkeit. Isch will, dasch Schie an einär groschen Schtunde teilhabän! Schlieschlisch habän Schie esch erscht ermöglischt, indäm Schie mir die Lade gebracht habän.«

»Die Lade!« rief Tom. »Wo ist sie?«

»Esch wundärrt misch, dasch Schie schie noch nischt entdäckt habän.« Er deutete zu der Öffnung in der Wand. Und tatsächlich; bei genauem Hinsehen entdeckte Tom die Bundeslade auf einem Podest in der Mitte des Nachbarraumes. Ihre untere Hälfte schien in den Sockel eingelassen zu sein, als gäbe es dort eine genau passende Aussparung. In Toms Kopf rasten die Gedanken. Was hatte die Bundeslade mit dieser Pyramide zu tun? War diese Aussparung schon vorher im Podest gewesen, oder hatte Kar sie erst passend gemacht?

»Was für eine große Stunde meinen Sie?« fragte Connor.

»Däm Anbruch einär neuän Scheitreschnung!« verkündete Kar. »Von heute an wird nischt auf där Ärrdä mähr scho schein wie bischär!«

Tom runzelte besorgt die Stirn. »Was um alles in der Welt haben Sie vor?«

»Wasch isch vorhabäh?« Kar hielt kurz inne. »Wie scholl isch dasch erklärän? Bisch vorr kurtschem glaubte isch noch, die Ärrdä bräuschte einän Führer. Und isch gedachte diesche Roll schu übernähmän.«

Tom blickte verdattert drein. »Sie wollten die Welt beherrschen? Aber ... warum?«

»Jemand musch esch schlieschlisch tun, findän Schie nischt?« kam es wie selbstverständlich zurück. »Warum nischt isch? Den Möglischkeiten daschu war isch auf der Schpur. Abärr isch darf Schie beruhigän. Dasch war einmal. Heute schehe isch die Dingäh klarär. Esch gäht um viel Gröscheres alsch dasch. Aber natürlisch ischt die Welthärrschaft immär noch ein wischtigär Schwischenschritt auf däm Weg schum Schiel!«

Tom starrte die Echse fassungslos an.

Kar deutete auf Suzy und Jack. »Und schie beidä wärdän meinäh Schtellverträtär schein!«

Suzy schien kurz zu taumeln, und auch Jack schaute nicht sehr erfreut drein. Das hatte er wohl selbst noch nicht gewußt.

»Sie sind ja wahnsinnig!« konnte Tom nicht an sich halten.

Kar reagierte gelassen. »Ja, bin isch dasch? Dasch mag von Ihräm Schtandpunkt scho auschehen, abär von meinär Warte ausch ergibt esch viel mähr Schinn, alsch Schie ahnen. Vielleischt müschten Schie in meinär Haut schtecken, um es schu begreifen. Wenn Schie esch wünschen, könnte isch dasch arrangierän. Ein bischen von därr grünän Flüschigkeit, und nach Monaten...«

Diese Vorstellung war so entsetzlich, daß Tom keinen Moment lang ernsthaft darüber nachdachte.

»Hören Sie!« sprach Gudrun Kar an. »Vielleicht ist es noch nicht zu spät für Sie. Vielleicht gibt es noch ein Zurück.«

Kars Kopf ruckte zu Gudrun herum. »Wie meinen Schie dasch?«

Gudrun machte eine unsichere Geste. »Ihre Verwandlung muß nicht endgültig sein. Vielleicht gibt es einen Weg, den Prozeß wieder rückgängig zu machen.«

Kar schien aufzuhorchen. Ganz genau ließ sich seine Mimik nicht einschätzen. Er trat einen Schritt auf Gudrun zu. Die Übelkeit in ihrem Magen wuchs.

»Redän Schie weitärr!«

»Nun, ich meine nur ... womöglich könnten Sie wieder zu einem Menschen werden.«

Tom sah Gudrun stirnrunzelnd an. War das wieder eine ihrer fürsorglichen Anwandlungen – oder ein Trick?

»Schagen Schie mirr, wie dasch gehän scholl!«

Gudrun hob die Schultern. »Die Gen-Technologie ist inzwischen sehr weit. Man hat Erkenntnisse, die noch vor Jahren als undenkbar galten. Es müßte Mittel und Wege geben, Ihnen zu helfen!«

Kar stand zwei, drei Sekunden reglos da, als würden ihm die Worte zu Herzen gehen. Dann öffnete er sein Maul, und eine schnelle Folge von Zischlauten kam daraus hervor. Sollte es ein Lachen sein?

»Schie irren!« rief Kar. »Isch war Bioschemiker und in därr Gähn-Teschnik tätig. Glauben Schie mir, die Menschheit ischt noch langäh nischt schoweit. Dasch wird noch Jahrschente, wenn nischt garr Jahrhundertäh brauchen.«

Gudrun schwieg. Sie wußte, daß Kar recht hatte.

»Auscherdam begehän Schie einen groschen Fehlär, wenn Schie glaubän, daß isch überhaupt wiedär ein Mensch werden will!« Er hob die Krallenhand zu seinem Schädel. »Wenn Schie wüschten, wasch isch nun allesch höran und rieschen kann! Odärr wasch diesche Augen schehän können! Darauf möschte isch nie mähr värschischten!«

»Aber lohnt es sich, deshalb das Menschsein aufzugeben?« warf Tom ein.

»Für das Wischen, dasch isch diescher Pyramidäh verdanke?« entgegnete Kar. »Ja!«

»Was haben Sie mit uns vor?« fragte Gudrun. »Wollen

Sie uns umbringen? Oder zu Ihren willfährigen Marionetten machen?«

»Darübär werdäh isch mir schu gegebenär Scheit Gedankän machän. Im Moment reischt esch mir, Schie ausch dem Verkähr geschogen zu haben. Scho können Schie keinen Schadän anrischten.«

»Wir drei nicht«, stimmte Tom ihm grimmig zu. »Aber Schie vergeschen ...« Er stutzte. »Ich meine ... Sie vergessen Ian Sutherland! Er wird unser Verschwinden nicht einfach hinnehmen. Er wird uns finden!«

»Ach ja. Ian Schuscherländ, Ihr Mäntor. Und Ihräh anderän Mithelfer. Pierre Leroy, der Franschosche. Und Valärie.« Der Gedanke an die Israelin, die er mit einem seiner Parasiten unterjocht hatte, ließ ihn kurz innehalten. Mit ihr war er auf besondere Art und Weise verbunden gewesen – als ihr absoluter Herr und Gebieter.

»Valerie gehört nicht mehr zu uns«, sagte Gudrun. »Sie hat unser Team vor ein paar Monaten verlassen. Seitdem haben wir nichts mehr von ihr gehört.«

»Wasch?« fauchte Kar überrascht.

»Wundert Sie das etwa?« rief Gudrun leidenschaftlich. »Nach allem, was Sie ihr angetan haben?«

Sie verschwieg ihm wohlweislich, daß Valerie sich eigentlich aus einem vollkommen anderen Grund abgesetzt hatte. Nach ihrer Befreiung vom Parasiten hatte sie kein Gedanke mehr beherrscht als der, sich an Kar zu rächen – notfalls auch auf eigene Faust und Weise.

Tom merkte sehr wohl, daß Gudrun diesen Teil der Geschichte verschwieg. Einen Moment lang hegte er die Hoffnung, daß die Israelin plötzlich auftauchen und mit Kar abrechnen würde. Doch dann gewann nüchterne Überlegung die Oberhand. Wie sollte sie jemals diesen Ort hier finden?

Kar neigte seinen Echsenschädel zur Seite. »Schadäh. Isch hätte schie gärn wiedärr schu meinär Gehilfin gemacht ...« Er wandte sich um und ging zu der Kristallplatte, auf der Lichter funkelten.

Tom spürte, wie die Übelkeit in seinen Eingeweiden in dem Maße nachließ, wie Kar sich von ihm entfernte. Auch Gudrun und Connor atmeten erleichtert durch. Sie begriffen, daß die Übelkeit etwas mit Kars unmittelbarer Nähe zu tun hatte. In Toms Erinnerung regte sich etwas. Ihm war, als hätte er dasselbe Gefühl der Übelkeit schon früher einmal verspürt – an einem anderen Ort, in einem anderen Zusammenhang. Aber es wollte ihm nicht einfallen, wann oder wo. Zu sehr war er von dem abgelenkt, was der Echsenmann machte.

Kar bewegte seine Krallenhände dicht über der Oberfläche der Kristallplatte kreisend hin und her und veränderte damit Farbe, Form und Helligkeit der Lichter und Linien. Tom fühlte sich an einen mittelalterlichen Magier erinnert, der über dem dampfenden Gebräu in einem Kessel beschwörende Bewegungen machte.

Tom wußte nicht, was Kar vorhatte. Aber er begriff, daß dieser Moment vielleicht ihre letzte Möglichkeit war, sich gegen ihr Schicksal zu stemmen. Kar drehte ihnen den Rücken zu und war mit anderen Dingen beschäftigt. Suzy und Jack waren mit Sicherheit bewaffnet, hatten ihre Waffen aber nicht gezogen.

Tom schaute sich aus den Augenwinkeln um und richtete seine Aufmerksamkeit auf die sechs Parasitenträger, die sie hergebracht hatten. Jeder hielt eine Pistole in der Hand, doch die Läufe wiesen zu Boden. Wenn es ihm gelang, einem der Dummies überraschend die Waffe zu entreißen ...

Doch bevor Tom den Gedanken zu Ende gebracht hatte, riß ihn Gudruns Aufschrei aus seiner Konzentration.

»Oake Dùn!« Sie deutete in Kars Richtung. »Das ist Oake Dùn!«

Als Tom dorthin schaute, traute er seinen Augen kaum. Über der Kristallplatte schwebte ein dreidimensionales Abbild des schottischen Schlosses! Es wirkte wie eine holografische Projektion. Alles war gestochen scharf und kein Standbild, sondern lebendig. Die Bäume auf dem Anwesen wogten im abendlichen Sturm, und hinter den Fensterscheiben schimmerte einladendes Licht.

Die Projektion veränderte sich, als würden sie wie bei einer Kamerafahrt geradewegs auf das Schloß zufahren, bis sogar die graue Oberfläche des Mauersteins und der Mörtel so detailgenau wie aus nur ein paar Zentimetern Entfernung zu erkennen waren.

Und nach einem kurzen Moment der Dunkelheit waren sie im Innern des Schlosses. Die Projektion über der Kristallplatte zeigte Zimmer, die den Abenteurern nur allzu vertraut waren. Dann waren sie im Kaminzimmer angelangt.

Tom atmete unwillkürlich schneller, als er Ian Sutherland erkannte, der dort saß und sich mit Pierre Leroy unterhielt. Ihre Mienen wirkten angespannt. Die virtuelle Kamerafahrt endete vor den beiden. Im nächsten Moment klangen Stimmen durch den Raum – die Stimmen von Sutherland und Leroy.

»... verschwunden«, sagte der Earl of Oake Dùn gerade. »Genauso wie der Hafenmeister. Das ist alles, was ich bis jetzt in Erfahrung gebracht habe.«

»Das stinkt zum Himmel, wenn Sie mir den Ausdruck verzeihen«, sagte Pierre. Er hob sein Cocktailglas und nippte nervös daran.

Als Sutherland antwortete, wurde die Lautstärke wieder geringer. Kar mußte etwas verändert haben.

»Wie isch höräh, schorgt man schich um Schie. Wie rühränd!« Er wandte sich zu den Abenteurern um. »Na, schehän Schie nun, dasch keinär Ihrär Pläne vor mir verborgän bleibän kann?«

Die Abenteurer blickten sich an und dachten alle dasselbe.

Nein, es gab keinen Spion in ihren Reihen, wie sie es noch vor ein paar Tagen vermutet hatten! Kar hatte sie mit dieser phantastischen Anlage ausspioniert! Kein Wunder, daß er ihnen stets einen Schritt voraus gewesen war.

»Abärr dasch ischt nur ein Teil deschen, wasch die Anlage kann. Dank der Enärrgie ausch der Lade ischt Schie nun voll funkschionschtüschtig. Ihräh beiden Freunde werden esch gleisch ärlebän.«

»Was haben Sie vor?« rief Gudrun besorgt.

Wortlos wandte sich Kar wieder der Anlage zu und bewegte seine Arme erneut über die Symbole auf der Kristallplatte.

Plötzlich waren die beiden Sessel in der Projektion des Kaminzimmers leer.

Dafür tauchten Sutherland und Leroy neben der Anlage in der Halle auf – und diesmal nicht nur als Abbild, sondern wirklich und körperlich! Da sich beide in Sitzhaltung befanden, stürzten sie unsanft zu Boden. Sofort richteten die Dummies ihre Waffen auf sie.

»Bleiben Sie ganz ruhig!« rief Tom den beiden besorgt zu. »Machen Sie nichts Unbedachtes!«

Fassungslos blickten Sutherland und Leroy sich um, und ihr Erstaunen fand ihren Höhepunkt, als sie die Echse entdeckten, die sie anstarrte, den Mund öffnete und sagte: »Schuscherland! Ändlisch schtehän wir unsch gegenübärr!«

Sutherland starrte Kar an wie ein Wesen von einem anderen Stern. Pierre Leroys Mund stand ebenfalls offen. Geistesabwesend hob er das Cocktailglas an die Lippen und trank den Rest wie in Trance aus, ehe sich das Glas aus seinen Händen löste und klirrend auf dem Boden zerschellte.

Als wäre dies das Signal, setzten sich zwei der Dummies in Bewegung und trieben Sutherland und Pierre zu den anderen Abenteurern. Tom wußte nicht, wie Kar es bewerkstelligt hatte, ihnen zu befehligen. Er hatte kein einziges Wort gesprochen oder ein anderes Zeichen gemacht. Offenbar übte er eine permanente geistige Kontrolle auf sie aus.

»Willkommen in Kars Domizil, Sir«, begrüßte Connor seinen Herrn. »Wir werden Ihnen alles erklären.«

»Die Gelägenheit daschu werdäh isch Ihnän nun gebän«, bestimmte Kar. »Meinäh Männer werden Schie schurück in Ihräh Kammär bringän.«

Diesmal bewegten sich alle sechs Marionetten, richteten drohend die Waffen auf sie und drängten sie zum Ausgang.

Tom wußte aus eigener schmerzhafter Erfahrung, daß es besser war, der Anweisung Folge zu leisten.

Die Abenteurer wurden an Jack und Suzy vorbei geführt. Suzy Duvall schenkte Tom einen mitleidigen Blick.

»Na, endlich überzeugt?« meinte sie spöttisch. »Ich habe dir doch gesagt, daß es vor Kar kein Entrinnen gibt. Und keinen Ort der Welt, an dem man sicher vor ihm wäre.«

Tom atmete scharf ein. Er hätte Suzy gern eine Antwort gegeben. Nur welche? Er verstand allmählich ihr Dilemma.

Jack sah den Abenteurern nach, wie sie aus der Halle geführt wurden. Dann waren Suzy und er mit Kar allein.

»Ihrr wärrdät eusch um schie kümmärrn«, wies er sie an. »Isch werdäh unterdeschen eine Reische machen.«

Jack zog die Stirn in Falten. »Eine Reise wohin?«

»Schu einäm Ort, an den esch misch magisch schurückschieht, scheitdäm isch schum erschten Mal dort war.«

»Ah«, machte Jack. »Du willst uns nicht verraten, wo

dieser Ort liegt? Falls wir dich dringend erreichen müssen.«

Kar stieß abermals jene schnelle Folge aus Zischlauten aus. »An dieschem Ort kann man misch von diescher Welt ausch nischt erreischen«, sagte er geheimnisvoll.

»Dann sag uns wenigstens, wie lange du weg sein wirst«, verlangte Jack.

»Vielleischt ein paar Schtundän, vielleischt ein paar Tage. Dasch hängt davon ab, wasch misch erwartet. Und nun gäht!«

Jack und Suzy verließen die Halle. Kaum waren sie auf dem Korridor, begann sich der Eingang hinter ihnen zu schließen. Es war, als wüchsen zwei Hälften organischen Gewebes aufeinander zu und verschmolzen miteinander.

Jack wollte Suzy mit sich ziehen. Sie wehrte sich gegen seine Hand und blieb stehen.

»Was ist?« fragte Jack.

Suzy sah ihm direkt in die Augen. »Gefällt dir, was du da drinnen gehört hast?«

Jacks Miene war verschlossen. Es schien, als würden viele Antworten dahinter lauern, um daraus hervorzubrechen. Doch noch nicht jetzt, noch nicht hier.

»Mach dir keine Sorgen«, sagte er nur. »Es wird schon alles gut enden.«

Suzy nickte bitter. Genau daran glaubte sie schon seit geraumer Zeit nicht mehr.

MONIQUE TIESMA war der Name einer der unzähligen schneeweißen Yachten, die in der weitläufigen Bucht des Waitemata Harbour von Auckland festgemacht hatten. Die schnittige, nicht mehr ganz neue Motoryacht dümpelte in der ruhigen See träge vor sich hin.

Die einzige Passagierin an Bord war eine schlanke Frau mit silberblonden Locken, gekleidet in Jeans Short und ein weißes T-Shirt. Sie saß an der Reling, ließ ihre bloßen Beine nach außen hinabbaumeln und spürte ab und ab einen Wasserspritzer auf der Haut, wenn eine etwas größere Welle an die Bordwand schlug. Die Frau hatte einen Laptop auf ihren Schenkeln und war ganz in die Anzeigen auf dem Bildschirm vertieft. Nur von Zeit zu Zeit richtete sie den Oberkörper auf, um über die Steuerkabine hinweg am Pier Ausschau nach einem Bekannten zu halten.

Gerade tat sie es erneut. Doch noch immer war nichts von ihm zu sehen.

Sie widmete sich wieder dem Display. Die normalerweise hochgeheimen und nur wenigen Normalsterblichen zugänglichen Daten entlockten ihr ein ebenso eiskaltes wie zufriedenes Lächeln. Was hatte sie nicht alles getan, um Zugang darauf zu erhalten! Und die Updates, erst wenige Stunden alt, zeigten genau das, worauf sie gehofft hatte: Der Vogel, dessen Flüge sie aus der Ferne verfolgte, war genau dorthin zurückgekehrt, wo sie sein Nest vermutete.

Die blonde Frau stutzte und runzelte die Stirn.

Moment! Hatte sie am Pier nicht gerade ...?

Sie hob schnell den Kopf. Nein, sie mußte sich getäuscht haben. Dort war keine Spur mehr von einem hageren Mann in einem schwarzen Anzug, wie sie ihn eben zu sehen vermeint hatte.

Dafür tauchte derjenige auf, den sie sehnsüchtig erwartete: Hank Jannings, ein fünfunddreißigjähriger, braungebrannter und drahtiger Neuseeländer in einem knallbunten Hawaii-Hemd. Wie sie war er früher im Geheimdienstgeschäft tätig gewesen, bis er sich hierher zurückgezogen hatte. Sie waren an einigen gemeinsamen Operationen im pazifischen Raum beteiligt gewesen, wobei sie sich nicht nur kennen –, sondern auch schnell schätzengelernt hatten. Vielleicht hatte dazu beigetragen, daß ihr Vater aus diesem Land stammte und sie daher wohl eine Vorliebe für den hiesigen Menschenschlag geerbt hatte.

Ihr Kontakt mit Hank war danach nahezu völlig eingeschlafen. Doch als sich abzeichnete, daß ihr Ziel in der Nähe Neuseelands lag, hatte sie sofort Kontakt mit ihm aufgenommen. Er war der beste Ansprechpartner, den sie sich vorstellen konnte.

Sie legte den Laptop beiseite, sprang vom Boot und lief ihm auf dem Pier entgegen. »Hank!« rief sie. »Ich dachte schon, du würdest nicht kommen!«

Er lächelte schief. »Du hast gut reden, Valerie! Glaub mir, es war nicht einfach, deine Wunschliste zu komplettieren!«

»Und? Hast du alles?«

Er nickte. »Ja.«

»Super! Ich wußte, daß ich mich auf dich verlassen kann!«

Er sah sie fast beleidigt an. »Wie bitte? Ein ›Super‹ ist alles, was ich bekomme? Ich finde, du könntest dich ruhig etwas erkenntlicher zeigen.«

Valerie stellte sich auf die Zehenspitzen und drückte ihm einen Kuß auf die Wange. »Tue ich das nicht?«

Er seufzte. »Ach ja, da wir gerade bei ›erkenntlich‹ sind – es wäre schön, wenn du bei den zwei Kisten auf meinem Pick-up mit anpacken könntest.«

Valerie half ihm, die Kisten auf die Yacht zu tragen. Dabei bewunderte er insgeheim die Kraft und Energie, die sich hinter ihrer schlanken Gestalt verbarg. Genau davon war er von ihrer ersten Begegnung an fasziniert gewesen.

An Bord der Yacht gingen sie zusammen den Inhalt der Kisten durch.

»Zwei Ersatztanks für den Unterwasser-Scooter«, sagte Hank, als sie sich dem Ende näherten.

Valerie hakte den Punkt auf ihrer Liste ab. »Ja.«

»Sechs Magazine Nadler-Munition à vierundzwanzig Schuß. Wirkungsweise: schnelle Betäubung.«

»Ja.«

»Ein Nacht- und Restlichtverstärker-Sichtgerät.«

»Ja.« Valerie sah von der Liste auf. »Und als letztes?«

»Als vorletztes«, korrigierte Hank, »achtzehn Fern- und Zeitzünder-Sprengköpfe.«

»Ja.« Valerie hakte den letzten Punkt auf ihrer Liste ab und runzelte die Stirn. »Und welchen Posten soll ich vergessen haben?«

Hank holte eine kleine Packung aus einer der Kisten und legte sie auf den Tisch. »Kondome.«

»Wie bitte?«

»Ich nehme doch an, du gehst lieber auf Nummer Sicher?«

Valerie sah ihn ebenso irritiert wie amüsiert an. »Soll das hier etwa ein Antrag werden?«

»Eher das Einlösen eines Versprechens. Ich habe dir bei zwei Einsätzen das Leben gerettet. Du meintest, ich hätte dafür noch was bei dir gut. Und ich denke, du wußtest von Anfang an, was ich mir wünschen würde. Du hast dich in den letzten Jahren zwar rar gemacht, aber denk nicht, daß ich das vergessen hätte.«

Valerie schmunzelte. »Ach, Hank, in manchen Dingen bist du wirklich wie ein Elefant. Vor allem in Sachen Gedächtnis und Benehmen.«

»Ich bin halt niemand, der um den heißen Brei herumredet. Aber ich dachte immer, das schätzt du an mir.«

»Tue ich auch. Also gut. Aber viel Zeit haben wir nicht. Wir werden nämlich gleich ablegen.«

»Das heißt, die neuen Daten waren positiv?«

»Sehr sogar. Und wenn dein Kahn hergibt, was du behauptest, können wir in vierundzwanzig Stunden dort sein.«

Hank grinste. »Vierundzwanzig Stunden – und das nennst du ›keine Zeit‹?«

»Denk dran, daß ich noch einige Vorbereitungen zu treffen habe. Und wir müssen uns am Ruder ablösen. Aber keine Sorge, du wirst schon nicht zu kurz kommen!«

Hank nickte zufrieden und wurde übergangslos ernst. »Du hast mir zwar gesagt, ich solle keine Fragen stellen ... aber weißt du eigentlich, gegen wie viele Waffengesetze unsere Ladung verstößt? Versteh mich nicht falsch, Valerie, ich weiß, daß du mit dem Zeug umgehen kannst. Sehr gut sogar. Ich frage mich nur: Hast du vor, irgendwo dort draußen auf dem Pazifik eine Art Privatkrieg zu führen? Und gegen wen?«

Valerie hielt ein paar Sekunden nachdenklich inne, dann schüttelte sie den Kopf. »Es ist besser, wenn du es nicht weißt. Abgesehen davon, daß du das meiste ohnehin nicht glauben würdest – das hier ist ganz alleine meine Angelegenheit. Bring mich einfach zu den angegebenen Koordinaten.«

Dampfende, schwülheiße Luft lag wie eine dunstige Glocke über dem urzeitlichen Dschungel. Der Himmel leuchtete in blutroten und violetten Farben, und durch riesige Farnblätter tasteten sich neblige Lichtfinger herab bis zum Boden, wo es im bräunlich-schwarzen Morast träge blubberte. Ein unentwirrbares Gemisch aus den verschiedensten Tierstimmen und anderen Geräuschen erfüllte die Sumpflandschaft. Mit schweren, schmatzenden Schritten jagte ein gigantischer Raubsaurier einer weitaus kleineren Laufechse hinterher, die kaum halb so groß wie eines seiner Hinterbeine war. Dafür war sie ihm an Gewandtheit überlegen. Immer wenn er sie so gut wie erreicht hatte, schlug sie einen Haken und entkam.

Dennoch ließ der Jäger nicht von ihr ab. Auf trockenem Untergrund wäre die kleine Echse ihm schnell entkommen, doch hier brauchte er nur etwas Geduld. Ihre Haken wurden schwerfälliger und kraftloser, und seine Zähne kamen ihr immer näher. Dann hatte er sie geschnappt. Knirschend und knackend zerbarsten die Knochen der Beute, dann riß der Saurier sie in Stücke und verschlang sie.

Danach schien sein Hunger aber noch nicht gestillt zu sein. Wie lauschend hob er seinen mächtigen Kopf. Tatsächlich, in der Nähe waren Laute wie von einer anderen unvorsichtigen Beute zu hören. Der Raubsaurier wandte sich mit erstaunlich vorsichtigen Schritten in die betreffende Richtung. Kurz darauf hatten seine geschlitzten Augen das Opfer entdeckt: eine kleine, aufrecht gehende Echse. Sie war nicht einmal halb so groß wie seine letzte Beute.

Einen Moment hielt der Gigant inne, als müsse er überlegen, ob solch ein kleines Beutetier überhaupt die Jagd lohne. Doch dann stapfte er entschlossen weiter.

Kar fühlte sich von einer nahezu absoluten Glückseligkeit erfüllt, während er durch den Morast lief. Es war ein Glücksgefühl, das er in dieser Intensität noch nie zuvor gefühlt hatte.

Doch gänzlich fremd war es ihm nicht. Denn er hatte es vor Monaten schon einmal verspürt, wenngleich auch in sehr viel schwächerem Maße. Es war bei seinem ersten Besuch in dieser Welt – oder sollte er besser sagen: Sphäre? – gewesen. Damals war er mittels eines Kraftfeldes im Innern Australiens hierher geworfen worden. Erst dieser Aufenthalt hatte seine Umwandlung zur Echse entscheidend beschleunigt und vermutlich zum Abschluß gebracht, selbst wenn es ihm fast den Verstand gekostet hatte. Seit damals hatte er gewußt, daß er hierher zurückkehren würde, nein, daß er es einfach tun mußte.

Leider war es ihm erst jetzt möglich gewesen, nachdem die Anlage zur Zeitlosen Ortsversetzung wieder voll einsatzbereit war. Mit ihr ließ sich dieser Ort, der weit jenseits der Dimensionen menschlicher Realität lag, problemlos erreichen. Mehr noch schien es, als seien diese Koordinaten sogar eine der Grundeinstellungen der Anlage. Kar hatte sie so justiert, daß sie ihn automatisch zurückholen würde.

Absolute Glückseligkeit war jedoch nur eines der Gefühle, die er empfand. Ein anderes, dominierendes war das einer ebenso absoluten Verbundenheit mit dieser Welt, das sich nicht in Worte kleiden ließ. Er und diese Welt – sie waren einfach eins. Sie war er, und er war sie. Anders konnte man es nicht ausdrücken.

Und zu alledem verspürte er eine nahezu unendliche Energie, die er kaum kontrollieren konnte. So ließ er seinen Instinkten freien Lauf. Mal rannte er vor Begeisterung so schnell durch den Sumpf, wie er konnte, mal tauchte er in dem brackigen Wasser, erforschte minutenlang den morastigen Untergrund und wurde sich gewahr, wie er dabei durch Kiemen dennoch atmete.

Alles, was er spürte, fühlte und empfand, war einfach ... unbeschreiblich und gigantisch.

Kar tauchte auf und erklomm festen Untergrund, als sich hinter ihm plötzlich mächtige, stampfende Schritte näherten, die den Boden erzittern ließen. Als er sich umwandte, war der riesige Raubsaurier bereits heran. Mindestens zehn Meter ragte er über ihm auf und verdüsterte den violetten Himmel. Allein sein Kopf hatte gut und gerne die Ausmaße eines Kleinwagens.

Kar verspürte seltsamerweise keinen Hauch von Angst, als er die mächtigen Zahnreihen über sich sah –

selbst dann nicht, als das Maul sich öffnete und blitzschnell auf ihn herabstieß.

Doch anstatt ihn zu umschließen, zuckten die Zahnreihen kurz vor ihm zurück und entfernten sich wieder. Der gigantische Saurier wirkte irritiert. Er hob den Kopf und sah aus seinen winzigen geschlitzten Augen skeptisch auf die vermeintliche Beute herab. Irgend etwas, das er nicht einzuordnen wußte, stimmte nicht an ihr.

Trotzdem gab er nicht auf. Erneut stieß sein Kopf herab, um danach zu schnappen, doch abermals hielt ihn etwas davon ab, die Kiefer zu schließen. Es schien, als sei diese Beute von irgend etwas umgeben, das dem Jäger signalisierte: Vorsicht, nicht zubeißen!

Kar blieb unberührt. Irgendwo im Grund seiner Seele wußte er, daß der Raubsaurier ihm trotz all seiner beeindruckenden Größe nichts anhaben konnte.

Der Gigant sah verunsichert auf die kleine Echse hinab. Sein Unbehagen wuchs – vor allem, als sie plötzlich laut brüllend auf ihn zustürmte! Erschrocken wich der Raubsaurier zurück – wie ein Pferd, das vor einer Klapperschlange scheute. Doch seine Beine waren nicht sehr gut zum Rückwärtslaufen geeignet, vor allem nicht auf einem sumpfigen Untergrund wie diesem. Nach nur drei Schritten verlor er das Gleichgewicht und stürzte der Länge nach ins brackige Wasser.

Kar wurde von einer Flutwelle aus stinkendem, schmutzigen Wasser erfaßt und fortgespült. Er ließ sich einfach mittreiben. Als er aus der Brühe auftauchte, sah er, wie der Raubsaurier mit weit ausholenden Schritten irgendwo im nebligen Dschungel verschwand.

Kars triumphierendes Brüllen schallte laut durch die Sumpfwelt. Hier vermochte ihm tatsächlich nichts und niemand etwas anzuhaben. Er war der Herr dieser Welt! Nein, mehr noch, er hatte das Gefühl, als existiere sie einzig und allein für ihn.

Er wandte sich um und ließ sich auf einer kleinen Sandbank nieder wie ein Krokodil, um in der Sonne zu dösen.

Kar wußte nicht, wieviel Zeit vergangen war, als plötzlich ein Schatten auf sein Echsengesicht fiel. Und als er die Augen öffnete, sah er, daß ein Geschöpf die Sandbank betreten hatte, das keine Angst vor ihm zu spüren schien.

Und dieses Geschöpf war ... eine Echse wie er!

Kars Glückseligkeit war wie fortgefegt. Langsam richtete er sich auf und starrte der anderen Echse entgegen. Sie glich ihm in erstaunlichem Maße, nur ihre Schuppen glänzten sehr viel silbriger. Sie schien keine feindlichen Absichten zu haben. Im Gegenteil wirkte sie genauso überrascht wie er. Dann öffnete sie ihr Maul und stieß eine komplizierte Folge von Zischlauten aus.

Kar hatte so etwas noch nie vernommen, trotzdem verstand er jedes Wort.

»Du bist nicht von hier?« hatte die andere Echse gefragt.

Kar wußte nicht, was er sagen sollte, zu sehr war er berührt von dieser Begegnung. Doch sein Schweigen schien Antwort genug zu sein.

»Dann bist du einer der ...« Es folgte ein Ausdruck, den Kar nicht verstand.

»Isch weisch nischt«, zischte er. »Isch weisch garr nischtsch. Wo ischt hier? Und wärr bischt du?«

In den Augen der anderen Echse glomm Verständnis. Sie wandte sich von Kar ab und vollführte eine Geste. Kurz darauf traten aus dem Dickicht ringsum ein Dutzend weiterer Echsen mit silbrigen Schuppen.

Kar blickte sich verunsichert um. Er hatte das Gefühl, als stünden diese Artgenossen mindestens ebenso weit über ihm wie er über seiner alten menschlichen Existenz.

»Keine Angst!« sprach die Echse, der er zuerst begegnet war. »Willkommen in deiner Heimat.«

»In meinärr Heimat?«

»Ja. Du weißt gar nicht, wie lange wir auf dich gewartet haben.«

»Auf misch? Abärr wie konntet ihr wischen, dasch isch esch bin, därr ...?«

»Auf einen wie dich«, korrigierte die Echse. »Was für eine Rolle spielt es, welches Individuum du darstellst? Du bist bei uns. Du bist gekommen, und nun wird sich alles ändern. Allein das ist wichtig...«

Das Licht in der Kammer, in der die Abenteurer gefangen waren, blieb beständig gleich. Es gab keinen Unterschied zwischen Tag und Nacht. Inzwischen hatten sie ihr Zeitgefühl fast völlig verloren. Einzig ihre Uhren zeigten, daß seit ihrer Begegnung mit Kar annähernd dreißig Stunden vergangen waren. Die andere Konstante, die es gab, waren die Besuche der ›Dummies‹, die sie alle acht Stunden mit Essen versorgten. Es war einfach, aber ausreichend. Sogar eine chemische Toilette hatte man ihnen in die Kammer gebracht.

Ian Sutherland und Pierre Leroy waren mittlerweile ausgiebig über die Ereignisse der letzten Tagen unterrichtet worden. Der Earl of Oake Dùn hatte alles mit erstaunlicher Gelassenheit aufgenommen. Nur hinter seiner hohen Stirn arbeitete es. Pierre hingegen hatte Mühe, länger als ein paar Minuten ruhig sitzenzubleiben. Immer wieder stand er auf und lief unruhig umher. Mit seinem quirligem Temperament schien er am meisten unter ihrer Gefangenschaft zu leiden.

»Wenn zutrifft, was Sie geschildert haben«, sagte Ian Sutherland und blickte in die Runde, »und ich will nicht daran zweifeln, schließlich habe ich es am eigenen Leibe erlebt – dann verleiht allein diese Anlage Kar eine nahezu unermeßliche Macht.«

Tom nickte düster. »Das sehen Sie richtig, Sir.«

»Er könnte beispielsweise«, führte Ian Sutherland den Faden fort, »die geheimsten Gespräche im Weißen Haus belauschen und deren Inhalt meistbietend verkaufen.«

»Und nicht nur das«, stimmte Pierre zu. »Man hört ja so einiges, was sich im Oval Office sonst noch tut..«

Die restlichen Abenteurer warfen ihm irritierte Blicke zu.

Pierre hob unschuldig die Schultern. Es war als Scherz gedacht gewesen, um die Anspannung etwas zu lockern, aber den anderen war offenbar nicht danach. Er seufzte innerlich. Valerie hätte es bestimmt verstanden.

Sutherland räusperte sich. »Kar könnte auch jeden beliebigen Staatsmann der Welt entführen.«

»Oder er schickt ihnen eine Handgranate auf den Schreibtisch, wenn sie nicht das tun, was er verlangt«, ergänzte Tom. »Vor allem – es gibt kein Mittel, sich dagegen zu schützen.«

Sutherland nickte düster. »Damit ist Kar in der Lage, so gut wie alles zu erpressen. Diese Anlage ist wirklich ein Werkzeug zur absoluten Macht.«

»Ich pflichte Ihnen völlig bei, Sir«, meldete sich der schweigsame Connor zu Wort, »aber ich habe nicht den Eindruck, daß es das war, was Kar meinte, als er von der Weltherrschaft sprach. Ich glaube, er hat da gänzlich andere Vorstellungen.«

»Richtig«, stimmte Gudrun zu. »Wir dürfen nicht den Fehler machen, ihn noch länger mit menschlichen Maßstäben zu messen. Er ist vom Menschsein mittlerweile genauso weit entfernt, wie sich diese Pyramide von all unseren Funden zuvor unterscheidet.«

»Du sagst es.« Tom nickte. »Diese Pyramide ist der Schlüssel. Vor allem die Frage, wer sie erbaut hat. Sie dürfte hier schon seit etlichen Jahrtausenden stehen. Wer hat in jenen uralten Zeiten das Wissen besessen, solche

Anlagen zu konstruieren – Maschinen, die heute noch funktionieren?«

Seine Frage blieb unbeantwortet im Raum stehen.

»Vielleicht waren es Wesen wie Kar«, gab Connor zu bedenken.

»Echsen?« Tom verzog skeptisch das Gesicht. »Ich bitte Sie! In der ganzen Menschheitsgeschichte sind noch nie solche Wesen in Erscheinung getreten!«

»Das ist nicht ganz richtig«, sagte Gudrun. »Es gibt einige uralte Überlieferungen, die von Begegnungen mit reptilartigen, aber menschenähnlichen Wesen berichten. Soweit ich weiß, waren das nicht einmal zwangsläufig feindselige Begegnungen. Manche der Wesen sollen sogar als Lehrmeister aufgetreten sein.«

»Besonders freundlich erscheint mir Kar aber nicht gerade«, meinte Tom mit einem Blick auf seine verletzte Schulter. »Außerdem beantworten diese Überlieferungen noch lange nicht die Frage nach den Erbauern der Pyramide. Oder vor allem die, was sie mit Atlantis zu tun haben!«

»Genau«, sagte Connor. »Kar sprach von zwei Seiten derselben Medaille.«

Eine Zeitlang herrschte Schweigen in der Kammer.

»Ich denke, nach allem, was Sie mir berichtet haben, kennen wir die Antwort auf die letztere Frage«, sagte Sutherland in die Stille hinein.

Die Abenteurer sahen ihren Finanzier überrascht und erstaunt an.

»Und zwar schon seit einem Jahr«, fügte Sutherland ungerührt hinzu.

»Wie bitte?« entfuhr es Tom.

Ian Sutherland lächelte dünn. »Ja, nur haben wir uns damals noch nicht die richtigen Fragen zu stellen gewußt. Im Gegensatz zu heute.« Er blickte Tom an. »Übrigens haben Sie das selbst in Erfahrung gebracht.«

Tom sah verwirrt drein. »Verzeihen Sie, Sir, Sie sprechen in Rätseln.«

Sutherlands Lächeln vertiefte sich um eine Spur. »Vielleicht liegt es daran, daß Sie zu sehr in die gegenwärtigen Ereignisse involviert sind. Denken Sie an Ihren Besuch in der atlantischen Station zurück! Der Atlanter, den Sie dort trafen, hat Ihnen berichtet, daß die Station nur dazu geschaffen war, ein Wesen gefangenzuhalten.«

»Der ZERSTÖRER«, bestätigte Tom. »Richtig.«

»Erinnern Sie sich noch, was Ihnen der Atlanter über dieses Wesen erzählt hat?«

Tom runzelte die Stirn. Und ob! Gwadain hatte ihm damals gesagt, daß...

»Daß der ZERSTÖRER einst in einem Großen Krieg als Waffe gegen Atlantis eingesetzt worden sei!« Sutherland senkte die Stimme. »Und zwar von den Feinden der Atlanter! Diese Feinde müssen sehr mächtig gewesen sein, um ein Wesen wie den ZERSTÖRER zu erschaffen. Wem das gelingt, dem sind andere Dinge gewiß nicht unmöglich.«

Tom schwieg gedankenversunken. Mit einem Male stand ihm sein Aufenthalt in der Station wieder so klar vor Augen, als wäre es erst gestern geschehen. Sein dortiger Besuch war ganz sicher eines der beeindruckendsten Erlebnisse seines Lebens gewesen – hatten sie dadurch doch die endgültige Gewißheit erhalten, daß Atlantis wirklich existiert hatte.

Leider hatte der wiedererweckte Wächter der Station nicht sehr viel darüber berichten können, da er auf der Flucht vor dem ZERSTÖRER ums Leben gekommen war. Sein Tod erschien Tom wie ein unendlicher Verlust, schließlich war der greise Mann ein Augenzeuge des untergegangenen Reiches gewesen. Was hätte er ihnen nicht alles berichten können!

»Sie meinen also, die Pyramide hier ...?« fragte Gudrun

mit leiser, stockender Stimme an Sutherland gewandt. »Sie ist ...?«

»Ja«, bestätigte Sutherland. »Ein Bauwerk dieses einstigen Feindes von Atlantis!«

Wieder herrschte Stille.

Tom hatte das Gefühl, als ob sich in seinem Schädel ein paar Puzzlesteine ineinanderfügten, von denen er nie gedacht hätte, daß sie zusammengehörten. Wenn von den Feinden von Atlantis die Rede gewesen war, hatte er stets an Überlieferungen gedacht, in denen die Atlanter gegen ein vorgeschichtliches Athen gekämpft hatten – oder gegen irgendwelche sonstigen menschlichen Reiche.

»Dann repräsentiert Kar einen dieser alten Feinde?« fragte Connor.

Sutherland hob die Schultern. »Ich weiß nicht, welche Rolle er spielt. Schließlich war er bis vor kurzem noch ein Mensch. Aber bis wir eine andere Erklärung haben, sollten wir besser davon ausgehen.«

»Nein!« Tom schüttelte unwillig den Kopf. »Das kann nicht stimmen! Ich bitte euch – eine Kultur intelligenter, aufrecht gehender Echsen!«

»Oder von Menschen, die durch diese grüne Flüssigkeit erst dazu wurden!« fügte Connor hinzu.

»Wie auch immer«, meinte Tom. »Wenn die Kultur sich so weit entwickelt hat, um Bauwerke wie diese Pyramide zu erschaffen, müßten längst andere Überreste und Spuren von ihr gefunden worden sein! Sie kann nicht einfach spurlos untergegangen sein.«

»Ach ja?« meinte Gudrun spöttisch. »Wieso sollte es bei ihr anders sein als mit Atlantis? Gut, wir wissen mittlerweile, daß es existiert hat. Aber erzähl das mal unseren Kollegen! Die würden dich für einen Spinner halten. Und einen konkreten Beweis können wir nicht vorlegen.«

»Ich weiß, was du meinst, Gudrun. Aber Atlantis – das waren Menschen. Einem menschlichen Skelett sieht man nicht an, ob es von Atlantis oder sonstwoher stammt. Das macht die Sache so schwierig. Wenn man dagegen das Skelett einer solchen Echse wie Kar finden würde ...«

»... wüßte man auch nicht, daß es eine intelligente Echse war«, fiel Gudrun ihm ins Wort.

Die beiden sahen sich mit funkelnden Augen an. Doch es lag keinerlei Mißmut oder Verstimmtheit darin wie noch vor wenigen Tagen. Sie waren in diesem Moment lediglich zwei Forscher, die leidenschaftlich gegensätzliche Hypothesen vertraten.

»Pardon, wenn ich mich einmische«, ergriff Pierre das Wort. »Im Gegensatz zu euch bin ich kein Archäologe oder sonstiger Experte, aber vielleicht geht der Gedanke an eine Echsenkultur auf der Erde in die falsche Richtung.«

»Was wollen Sie damit sagen?« fragte Sutherland.

»Nun, es ist im Grunde nur eine Kleinigkeit, und es ist auch schon anderthalb Jahre her. Aber aus heutiger Warte betrachtet, hat es vielleicht eine tiefere Bedeutung.« Pierre machte eine kurze Pause, und als keiner etwas einzuwenden hatte, erzählte er weiter: »Valerie und ich haben Warden damals bis zu einem Juwelier in Südafrika verfolgt, wo er ein Beutestück verkaufen wollte. Es war eine Falle. Der Juwelier war ein Parasitenträger und wollte uns töten. Wir sind mit knapper Not davongekommen. Der Juwelier nicht. Er starb und verbrannte zusammen mit seinem Laden.«*

»Das wissen wir«, sagte Tom. »Das hast du uns berichtet.«

»Warte ab, das Beste kommt noch. Kar muß damals kurz vorher in dem Laden gewesen sein, sonst hätte er den Juwelier nicht zu einem Parasitenträger machen kön-

* siehe Band 13 912, Buch 2 ›Todesfalle Bangkok‹

nen. Der Geheimdienst hat später in dem abgebrannten Laden eine seltsame Schuppe gefunden und näher untersucht. Sie war keiner bekannten Tierart zuzurechnen.«

Zwischen Sutherlands Augenbrauen erschien eine tiefe Falte. Er wußte jetzt, worauf Pierre Leroy hinauswollte. Dieses Detail war selbst ihm entfallen.

Tom hingegen war noch nicht soweit. »Ich verstehe nicht, was daran so außergewöhnlich ist. Wenn diese Schuppe von Kar stammt, ist doch verständlich, warum sie keiner bekannten Spezies zuzurechnen war.«

»Die Untersuchung ergab noch mehr«, fuhr Pierre fort. »Nämlich daß die Zellstruktur erheblich von allen natürlichen irdischen Formen abwich. Das ist, glaube ich, viel bedeutender.«

»Du willst sagen, die Schuppe sei außerirdischer Herkunft?« rief Tom.

Leroy verzog freudlos das Gesicht. »Ich will damit überhaupt nichts sagen. Ich gebe nur wieder, was uns der Geheimdienstmann mitgeteilt hat.«

Plötzlich war ihnen allen dieses Detail wieder bewußt. Sie hatten ihm damals keine besondere Aufmerksamkeit beigemessen, weil sie auf der Suche nach dem Tor nach Atlantis gewesen waren. Doch nun ...

Tom spürte, wie seine Gedanken durcheinanderwirbelten. Und er glaubte etwas von den größeren Dingen zu erahnen, von denen Kar gesprochen hatte. Den übrigen Abenteurern schien es nicht anders zu gehen. Pierre blickte ernst drein, und Sutherland war zu einer Salzsäule erstarrt.

»Das würde bedeuten, diese Pyramide hier wäre ...?« begann Connor, und selbst der so kontrollierte Butler wagte es nicht, den Satz zu vollenden, obwohl sie alle wußten, was er meinte.

Gudrun taumelte leicht und schüttelte sich, als liefe ihr eine Gänsehaut den Rücken hinunter.

»Ich ... ich ...«, stieß sie tonlos hervor. »Ich glaube, ich muß mich erst mal setzen.« Sie ließ sich auf eine der Ausbuchtungen in den Wänden sinken.

Toms Verstand weigerte sich nach wie vor hartnäckig, die sich daraus ergebenden Schlußfolgerungen zu akzeptieren. Das war einfach zu phantastisch, zu abwegig! Er hatte sich noch nie mit UFOs, Aliens und diesem ganzen Kram anfreunden können. Besonders nicht mit den Heerscharen von selbsternannten Ufologen, die sich für echte Wissenschaftler hielten, überall fliegende Untertassen sahen und die abwegigsten Thesen wie unerschütterliche Glaubensmanifeste vertraten. Damit wollte er nun wirklich nichts zu tun haben – selbst nicht an einem Ort wie diesem und nachdem er Kar und die Einrichtungen hier mit eigenen Augen gesehen und erlebt hatte. Nein, es mußte einfach eine andere Erklärung geben!

»Kann diese Abweichung der Zellstruktur nicht auch die Folge einer Genmanipulation sein?« fragte er Leroy.

»Der Geheimdienstler wollte nichts ausschließen, ehe man die Probe näher untersucht hat«, antwortete der Franzose.

»Da hört ihr es!« rief Tom. »Wenn nicht Kar das Ergebnis einer Genmanipulation ist, wer dann?« Er wußte, daß die eigentliche Frage – wer nämlich in der Lage war, diese Manipulation zu bewerkstelligen – davon unberührt blieb.

»Jetzt wäre es hilfreich zu wissen, ob diese Untersuchung stattgefunden hat und was dabei herausgekommen ist«, meinte Sutherland in versöhnlichem Tonfall. »Das haben wir leider völlig aus den Augen verloren. Valerie hätte uns da mit ihren Verbindungen bestimmt weiterhelfen können.«

Tom atmete ein paarmal tief durch. »Wir dürfen uns nicht in Spekulationen verlieren. Solange wir hier eingesperrt sind, werden wir ohnehin nichts erfahren. Das einzige, was wir mit Sicherheit wissen, ist, daß Kar weitaus gefährlicher ist, als wir bislang angenommen hatten.«

»Was schlagen Sie vor?« fragte Sutherland.

»Was wohl? Wir müssen raus aus dieser Kammer! Oder wollen wir wie Schlachtvieh darauf warten, was Kar mit uns anstellt?«

»Und wie willst du das machen?« fragte Gudrun. »Als ob wir nicht schon alles versucht hätten, um hier rauszukommen.«

»Ich sehe unsere einzige Chance, wenn man uns das Essen bringt.« Er sah auf seine Uhr. »Und das ist in knapp zehn Minuten wieder der Fall. Wir sollten uns also etwas beeilen, eine Entscheidung zu fällen.«

»Das ist Wahnsinn«, sagte Gudrun. »Wie willst du gegen vier Bewaffnete ankommen?«

»Es sind nur drei Bewaffnete«, korrigierte Tom. »Der vierte trägt das Essen. Und wir sind fünf. Es kommt einzig darauf an, schnell zu sein. Und falls es einen von uns erwischt, muß der nächste eben schnell genug zur Stelle sein.«

Er blickte in die Runde. Die anderen verstanden genau, was er meinte. Keiner sagte etwas.

»Aber wenn ihr mich fragt, es ist immer noch besser, als auf unser Ende zu warten«, fügte er hinzu. »Also, was ist?«

»Das muß jeder für sich selbst entscheiden«, sagte Sutherland. »Was mich angeht, ich denke, Mr. Ericson hat recht. Aber ich bin kein Kämpfer und auch nicht mehr der Jüngste. Ich könnte mich also nur um den Unbewaffneten kümmern.«

»Tun Sie das, Sir«, sagte Connor. »Ich übernehme einen der anderen.«

»Gut«, sagte Tom. Sein Blick wanderte fragend zu Leroy.

Der Franzose grinste verwegen. »Ich habe kein Verlangen danach, weiter hier zu hocken. Ich bin dabei.« Er griff in seine Hosentasche und zog einen kleinen, länglichen Gegenstand gerade so weit hervor, daß die anderen ihn sehen konnten. Es war ein Taschenmesser. »Ein Glück, daß man uns nicht durchsucht hat. Vermutlich hat Kar nicht damit gerechnet, daß ich so etwas bei mir habe, wenn er mich vor einem Kaminfeuer wegholt.«

»Hervorragend!« rief Tom. Er sah Gudrun an.

Sie lachte humorlos. »Ihr habt wirklich eine Art, ein Selbstmordkommando als die harmloseste Sache der Welt darzustellen! Aber gut, ich bin auch dabei.«

In Toms Augen blitzte es auf. »Sehr gut. Also, hört zu, wie ich mir das vorstellte ...«

Wenige Minuten später war es soweit. Die Tür zur Kammer öffnete sich. Wie jedesmal bildeten sich die schwarzen Wände einfach zurück und gaben einen Durchgang frei, ohne daß irgendein mechanisches Prinzip zu erkennen war.

Draußen standen vier Parasitenträger, von denen sich drei mit Waffen in der Hand am Durchgang postierten, während der vierte ein großes Tablett hereintrug. Es war wie immer – wie bei einem exakten Uhrwerk. Womöglich machten die ›Dummies‹ sogar jedesmal haargenau dieselben Schritte.

Tom, Connor und Pierre hatten sich wie zufällig in der Nähe des Durchgangs postiert, und der Franzose hielt die rechte Hand mit dem Messer hinter dem Rücken versteckt. Gudrun und Sutherland warteten etwas tiefer in der Kammer.

Die Abenteurer verständigten sich mit einem letzten kurzen Blick. Gleich ... nur noch ein paar Momente. Sobald der Dummie das neue Tablett abgestellt hatte und mit dem alten die Kammer verlassen wollte, war es soweit.

Tom stellte sich so, daß der Parasitenträger möglichst dicht an ihm vorbeikommen mußte. Er wollte ihn dann mit einem Stoß gegen zwei seiner Kameraden schleudern – in der Hoffnung, so für ein paar Sekunden der Verwirrung zu sorgen. Und das war dann das Zeichen für Pierre, den dritten auszuschalten. Den Rest mußten sie gemeinsam erledigen.

Der ›Dummie‹ stellte das Tablett ab, griff nach dem alten und schickte sich an, zum Ausgang zurückzukehren.

Tom spannte die Muskeln. Doch ehe der ›Dummie‹ ihn erreicht hatte, geschah etwas, womit keiner von ihnen gerechnet hatte.

Der Parasitenträger blieb mit einem Male ruckhaft stehen. Das Tablett rutschte ihm aus den Händen und polterte zu Boden, ohne daß er es zu bemerken schien. Im Gegenteil, er hielt die Hände noch immer so, als hätte er es in Händen. Roboterhaft hob er einen Fuß in die Höhe, wie um ihn vor den anderen zu setzen, doch irgend etwas schien ihn daran zu hindern. Er brach den Versuch ab, um ihn sofort zu wiederholen – ebenso vergeblich. Es war, als gäbe es einen Sprung in seiner ›Programmierung‹.

Aus dem entschlossenen Blick, den die Abenteurer gerade noch gewechselt hatten, wurde ein verwirrter. Sie sahen zu den drei bewaffneten Parasitenträgern am Eingang, die plötzlich ebenso unbeholfen wirkten. Sie standen zwar alle fest auf dem Boden, dennoch wiederholten sie alle kleine Bewegungen.

Tom atmete durch und ging vorsichtig auf denjenigen zu, der ihm am nächsten stand.

»Tom!« raunte Gudrun besorgt. »Vorsicht!«

»Vertrau mir! Ich weiß, was ich tue.«

Schritt für Schritt ging Tom weiter. Keiner der ›Dummies‹ reagierte auf seine Annäherung. Dann hatte er einen von ihnen erreicht. Gespannt sah er in dessen blicklose Augen, hob seine Hand und bewegte sie davor hin und her. Keine Reaktion. Die Pupillen folgten der Bewegung nicht, sondern starrten weiter stur geradeaus.

Tom griff nach der Waffe des Parasitenträgers und entwand sie dessen Hand – jederzeit auf eine Gegenreaktion gefaßt. Doch nichts dergleichen geschah. Der ›Dummie‹ ließ sich die Waffe problemlos abnehmen, ebenso wie die beiden anderen. Tom reichte je eine Pistole an Sutherland und Connor weiter. Pierre entdeckte bei dem ›Dummie‹, der das Tablett gehalten hatte, eine weitere und nahm sie an sich.

Die unmittelbare Anspannung ließ etwas nach, nachdem sie auf so verblüffende Weise die Oberhand gewonnen hatten.

»Was hat das zu bedeuten?« fragte Gudrun. »Was ist mit den Typen los?«

»Egal, was es ist«, knurrte Tom, »es ist unsere Chance! Wenn die ›Dummies‹ nicht richtig funktionieren, dann ist vielleicht auch mit Kar etwas nicht in Ordnung. Schließlich lenkt er sie. Eine bessere Gelegenheit, ihn zu überwältigen, werden wir kaum bekommen.«

Sie traten auf den Korridor vor der Kammer. Links und rechts war niemand zu sehen. Sie verzichteten darauf, die ›Dummies‹ in die Kammer zu bringen. Sie hätten ohnehin nicht gewußt, wie der Eingang sich schließen ließ.

»Und wo in dieser riesigen Pyramide wollen Sie Kar finden?« fragte Sutherland.

Tom spürte, wie sein Elan ein wenig schwand. »Vermutlich in der Halle mit der Anlage. Aber selbst wenn er dort nicht ist – das dürfte der strategisch wichtigste Punkt sein. Von dort aus läßt sich die Pyramide kontrollieren.«

Sutherland blieb skeptisch. »Sind Sie sich dessen sicher?«

Tom hielt inne. Nein, das war er nicht.

»Aber irgend etwas müssen wir tun!« sagte er. »Oder haben Sie eine bessere Idee?«

Sutherland nickte. »Ja. Vorausgesetzt, jemand weiß, wie wir den Ausgang erreichen.«

»Ich habe mir den Weg gemerkt«, sagte Connor.

»Aber was wollen wir dort?« fragte Tom. »Es ist sinnlos, von hier fliehen zu wollen. Mit der Anlage kann Kar uns jederzeit und von überall zurückholen. Das Wichtigste ist, ihn auszuschalten.«

»Ich stimme Ihnen zu«, antwortete Sutherland. »Aber mir geht es gar nicht um Flucht.«

Tom runzelte die Stirn. »Um was sonst?«

»Ich werde es Ihnen unterwegs erklären«, sagte Sutherland. »Kommen Sie, lassen Sie uns aufbrechen! Die Zeit ist knapp.«

Sie machten sich auf den Weg.

Warden schrak hoch, als Suzy in seine Kammer in der Pyramide gestürzt kam und empört die Arme in die Hüften stemmte.

»Jack!« rief sie. »Ich verstehe nicht, wie du hier einfach rumliegen und dich besaufen kannst!«

Jack nahm schnell noch einen Schluck und richtete schwankend den Oberkörper auf.

»Erstens«, erwiderte er mit schwerer Zunge, »liege ich hier nicht ›einfach rum‹, sondern ich denke nach. Und zweitens besaufe ich mich nicht, sondern genieße einen guten Schluck.«

»Warum bist du hier und nicht auf der LAOTSE?«

»Hat uns Kar etwa nicht aufgetragen, hier nach dem Rechten zu sehen, solange er weg ist?«

»Und dieser jemand bist du?« Sie sah ihn wütend an. »Jack, was ist los mit dir? Hat dich das, was Kar gesagt hat, völlig unberührt gelassen? Begreifst du nicht, daß wir es hier mit einem wahnsinnigen Monstrum ...?«

Sie stockte mitten im Satz, als plötzlich einer der ›Dummies‹ in die Kammer kam. Allein das war schon ungewöhnlich. Noch ungewöhnlicher war, wie er sich verhielt. Mit unsicheren Schritten lief er direkt auf eine Wand zu, stieß dagegen und schien das Hindernis trotzdem nicht wahrzunehmen. Immer wieder trat er einen Schritt zurück und versuchte es erneut.

»Was ist los?« rief Suzy ihn an. »Was willst du hier?«

»Die ... die ...«, krächzte der Mann. Weiter kam er nicht.

Warden sprang auf und näherte sich beunruhigt dem ›Dummie‹, um ihn aus der Nähe zu betrachten. Der Parasitenträger schien ihn gar nicht wahrzunehmen.

»Die ...«, krächzte er erneut. »Die Anlage ... alles ... voller Blut!«

Suzy und Jack tauschten einen alarmierten Blick.

»Es hat irgend etwas mit Kar zu tun!« rief Jack. »Ich denke, er ist zurück. Los! Wir müssen in die Halle!«

Suzy war gar nicht wohl bei dem Gedanken. Doch ihre Neugier war stärker. Also eilte sie mit Jack aus der Kammer. Auf den ersten Metern versuchte der Dummie ihnen mit tapsigen Schritten zu folgen. Doch bald blieb er hinter ihnen zurück, weil er blindlings gegen einen Pfeiler rannte, umhertaumelte, zu Boden stürzte und vergeblich versuchte, sich wieder aufzurichten.

Jack und Suzy hatten dafür keinen Blick übrig, ebenso wenig für zwei andere Parasitenträger, an denen sie vorbeikamen und die ebenfalls vollkommen sinnlose Bewegungen vollführten.

Wenige Minuten später hatten sie die Halle erreicht. Der Eingang stand offen. Kaum waren sie hindurchgetreten, blieben sie ebenso entsetzt wie überrascht stehen.

Drinnen befand sich tatsächlich Kar. Er war zurückgekehrt!

Aber in welchem Zustand?

Er war über und über mit zähem, stinkenden Schlamm bedeckt und wälzte sich zuckend am Boden. Seine Krallenhände öffneten und schlossen sich unkontrolliert, als wolle er jemanden erwürgen. Vier bewaffnete Parasitenträger umgaben ihn, die Waffen schußbereit in den Händen. Es sah aus, als wollten sie ihn abschirmen.

»Kar!« rief Jack. »Was ist passiert?«

Kar bemerkte ihn und hörte auf, sich herumzuwälzen. Er sah Jack aus flammenden Echsenaugen an, in denen der Wahnsinn glomm.

»Vergisch deine grünän Leguanäh!« zischte er. »Beschahl liebärr endlisch deinän Deckel bei Gärtrud ...!«

Die Abenteurer hatten den Ausgang erreicht. Auf dem Weg hierher hatten sie keine weiteren Probleme gehabt, selbst dann nicht, als sie an einem weiteren ›Dummie‹ vorbeigekommen waren. Er war ebenfalls ausgefallen und ging sinnlos zwischen den Wänden des Korridors vor und zurück. Dank ihm besaß jetzt auch Gudrun eine Waffe.

Sie sahen nach draußen, wo gleißendes Licht über dem Atoll lag. Von hier aus konnte man die halbe Insel überblicken.

Sutherland deutete in die Richtung, wo hinter der Baracke die LAOTSE am Anlagesteg festgemacht hatte. »Können Sie an Bord irgendwelche Wachen erkennen?«

Connor hatte die schärfsten Augen. »Ja. Zwei. Direkt am Anlegesteg. Sonst ist niemand an Deck zu entdecken.«

»Das ändert nichts daran, daß wir es mit einem guten Dutzend Besatzungsmitgliedern zu tun haben«, erinnerte

Tom. »Und das sind keine ausgefallenen ›Dummies‹, sondern Menschen aus Fleisch und Blut. Und wie ich gesehen habe, ziemlich harte Burschen.«

»Ich weiß«, sagte Sutherland. »Aber sie dürften nicht mit einem Überfall rechnen. Wenn das Überraschungsmoment auf unserer Seite ist, bekommen wir die LAOTSE in unsere Gewalt.«

»Sie halten also an Ihrem Vorhaben fest?« fragte Tom.

»Ja. Es ist der einzige Weg, Hilfe zu verständigen.«

Sie alle wußten, wovon er sprach: von dem Satellitentelefon an Bord der Luxusyacht.

»Und Kar?« fragte Tom.

»Ihn können wir uns anschließend vornehmen.«

»Aber nicht, wenn wir scheitern«, wandte Tom ein. »Wäre es nicht besser, zuerst ihn auszuschalten?«

Als Sutherland antwortete, sprach er nicht nur zu Tom, sondern meinte sie alle: »Verstehen Sie mich nicht falsch. Es geht mir nicht nur um Hilfe. Es wird dauern, bis sie hier eintrifft. Für uns vielleicht sogar zu spät. Aber gerade deshalb ist es so wichtig, andere zu verständigen. Ich gebe Ihnen recht. Kar ist eine weitaus größere Gefahr, als wir bislang dachten. Womöglich tatsächlich eine Gefahr für die ganze Menschheit. Wir haben die Pflicht, dafür zu sorgen, daß man erfährt, was hier vor sich geht. Und der einzige Weg dazu führt über die LAOTSE.«

Er sah Zustimmung in ihren Augen. Ihnen allen war der Ernst der Lage bewußt.

»Wie fangen wir es also an?« fragte Connor.

»Ja«, meinte Tom. »Wir können schlecht einfach hinübergehen. Man würde uns erkennen – vor allem Gudrun, Connor und mich.«

»Aber Pierre und mich nicht«, sagte Sutherland. »Also wird man uns für ›Dummies‹ halten, besonders wenn wir uns so bewegen.«

»Aber reicht das aus?« fragte Tom.

»Nein. Jemand muß von einer zweiten Seite kommen. Sehen Sie die kleine Bucht dort drüben? Von dort müßte man ungesehen zur LAOTSE schwimmen und an Deck klettern können.« Sutherland sah Connor und Tom an. »Würden Sie das übernehmen?«

Beide nickten. Sie verabredeten einen Zeitplan. Vier Minuten Vorsprung für sie beide.

»Und was ist mit mir?« fragte Gudrun zaghaft.

Sutherland wandte sich ihr zu. »Wir brauchen jemand, der uns den Rücken freihält. Sorgen Sie dafür, daß niemand aus der Pyramide kommt. Von hier aus läßt sich der Gang gut im Blick behalten.«

Gudrun machte kein allzu glückliches Gesicht. Dann nickte sie. »Okay.«

»Und falls wir an Bord der LAOTSE scheitern«, ergänzte Tom, »liegt es an dir, Kar zu erledigen.«

Gudrun schnaubte. »Für wen hältst du mich? Für ... für Valerie?«

Tom mußte lächeln. »Nein, ganz bestimmt nicht. Und dafür bin ich auch dankbar.«

Ihre Blicke trafen sich, und in diesem Moment verspürten sie wieder dieselbe Verbundenheit wie früher. Ob es daran lag, daß keiner von ihnen wußte, ob sie sich nun zum letzten Mal sahen?

»Also gut«, unterbrach Sutherland diesen Moment. »Dann geht es los.«

»Muttärr!« zischte Kar krächzend. »O Gott, Muttärr. Blut! Übärall Blut!«

Jack runzelte die Stirn. Das hörte sich nicht gut an. Solche Anfälle hatte Kar früher schon gehabt. Er versuchte sich ihm zu nähern, doch sofort traten die vier ›Dummies‹ mit erhobenen Waffen zwischen ihn und Kar.

»Paß auf, Kar, ich ...«, begann Jack.

»Isch wärdäh diesche Schallplatte nischt kaufen«, erklärte Kar mit Bestimmtheit. »Schie ischt zärkrascht!«

Jack tauschte einen vielsagenden Blick mit Suzy. Sie hob ratlos die Schultern.

»Wir dürfän unsch nun keinän Schand in den Kopf schteckän!«

Jack sah direkt in die Echsenaugen. »Kar! Kar! Kannst du mich verstehen? Verstehst du, was ich sage?«

Kar betrachtete Warden eingehend. Mal neigte er den Kopf ruckhaft in die eine, mal in die andere Richtung. Jack hatte schon die Hoffnung, er würde wieder zur Vernunft kommen, als Kar ihn eines Besseren belehrte.

»Houschton«, zischte die Echse, »wirr habän ein Prrobläm!«

Jack schüttelte den Kopf. Es hatte keinen Sinn. Wer wußte, in welchen Sphären Kars Geist schwebte? Ähnlich war es gewesen, als er vor Monaten aus Australien zurückgekehrt und seine Verwandlung rapide fortgeschritten war. Ob er nun eine weitere Stufe der Verwandlung durchmachte? Und wenn ja – in was würde er sich noch verwandeln? Jack wollte lieber gar nicht daran denken.

Jeder weitere Versuch einer Verständigung scheiterte, weil Kar sich unter dem Schutz der vier Marionetten aus der Halle zurückzog.

»Und was jetzt?« fragte Suzy, als sie beide allein waren.

»Was fragst du mich?« fauchte Jack gereizt. »Warum verlangst du immer Antworten von mir? Kar ist zurück, das ist doch schon mal was.«

»Ja«, stimmte sie ihm humorlos zu. »Und er ist wahnsinniger denn je.«

»Um so besser für uns. Es kommt nur darauf an, daß wir die Kontrolle behalten.«

»Wie meinst du das?«

»Denk an den ›Dummie‹, der in meine Kammer kam! Und an die auf dem Weg hierher! Kar hat die Kontrolle über sie verloren. Einzig die vier um ihn scheinen ihm noch zu unterstehen.«

»Ich weiß nicht, worauf du hinauswillst!«

Warden rieb sich über sein stoppeliges Kinn. »Darauf, daß es vielleicht an der Zeit wäre, sich der ›Dummies‹ zu entledigen und sie durch Leute deiner Crew zu ersetzen. Einen besseren Moment als jetzt gibt es nicht. Schließlich sind die ›Dummies‹ in ihrem jetzigen Zustand ein Risiko.« Er grinste. »Was könnte Kar also dagegen haben, wenn wir sie vorsorglich ausschalten? Damit wäre ihm schon einmal ein Teil seiner Macht entzogen.«

Suzy Duvall sah ihn fassungslos an. Sie verspürte ein Gefühl, das sie lange nicht mehr gehabt hatte. Das Gefühl, als zöge Jack am gleichen Strang wie sie. Das Gefühl, als wäre sie nicht mehr ganz allein.

Sie verließen die Halle.

Ihr Hochgefühl ließ nach, als sie an der Kammer vorbeikamen, in der die Abenteurer gefangen gewesen waren. Nun stand stand der Eingang offen, und vier ›Dummies‹ vollführten sinnlose Bewegungen.

Warden zog sofort seine Waffe und blickte sich um. Nirgends war eine Spur von Sutherland und seinen Leuten auszumachen.

»So eine verdammte Scheiße!« fluchte Jack hemmungslos. »Die können sich hier überall versteckt haben.«

»Und was nun?« fragte Suzy. Sie hatte ebenfalls ihre Pistole gezogen.

»Wir verständigen deine Crew. Die können sich dann um Tom und die anderen kümmern.«

Sie liefen weiter, dem Ausgang entgegen. So ereignislos die letzten Stunden vergangen waren, plötzlich erschien es ihnen, als käme es auf jede Sekunde an.

Sie sahen den Ausgang bereits vor sich, als ihnen von dort eine schmale, zierliche Gestalt entgegentrat und mit einer Pistole auf sie zielte.

»Halt!« rief sie. »Keinen Schritt weiter!«

Jack und Suzy erkannten sofort, wer sich als dunkle Silhouette vor dem grellen Tageslicht abzeichnete und sie bedrohte.

Gudrun Heber!

»Die Waffen fallenlassen!« rief Gudrun.

Doch Suzy und Jack waren sich einig, daß sie genau das nicht tun würden. Wie auf ein unhörbares Kommando rissen sie gleichzeitig ihre Waffen hoch und eröffneten das Feuer.

Ian Sutherland und Pierre Leroy trotteten mit steifen Schritten nebeneinander her auf den Anlegesteg zu, bemüht, sich ihre Nervosität nicht anmerken zu lassen und im Gleichschritt zu bleiben. Ihre Waffen hatten sie hinter dem Rücken im Gürtel stecken, damit man von der Yacht aus nur ihre leeren Hände sah und sich nicht bedroht fühlte. Diese Absicht schien aufzugehen. Die beiden Wachen an Bord waren frühzeitig auf sie aufmerksam geworden, sahen ihnen aber eher gelassen entgegen. Mehr noch, ihrem unverhohlenem Tuscheln und Grinsen war anzusehen, daß sie sich über die scheinbar so unbeholfenen Männer lustig machten.

Es schien eine Ewigkeit zu dauern, ehe die beiden Abenteurer endlich den Anfang des Anlegestegs erreicht hatten. Pierre beschlich ein seltsames Gefühl, als er die LAOTSE so dicht vor sich sah. Vor anderthalb Jahren in Bangkok waren er und Valerie schon einmal an Bord des Schiffes gewesen. In einer Art Handstreich hatten sie sich damals einen von Warden geraubten Goldkopf zurückgeholt und waren mit knapper Not entkommen.

Pierre spürte, wie ihm unter der Sonnenglut der Schweiß von der Stirn rann. Fast hätte er instinktiv die

Hand gehoben, um ihn sich abzuwischen, konnte den Impuls aber gerade noch rechtzeitig unterdrücken. Er fragte sich, wie die echten Dummies das eigentlich machten. Schwitzten die nicht oder war es ihnen egal?

Sutherland blickte möglichst starr geradeaus. Trotzdem hielt er aus den Augenwinkeln Ausschau nach Tom und Connor. Die beiden dürften mittlerweile genügend Zeit gehabt haben, die Yacht von der anderen Seite her schwimmend zu erreichen. Wenn der Plan aufging, müßten sie demnächst an Bord auftauchen.

Schließlich standen Pierre und er vor der LAOTSE.

»Was wollt ihr?« rief einer der Männer an Bord.

»Kar schickt uns«, antwortete Sutherland mit monotoner Stimme und gab sich Mühe, durch die beiden hindurchzublicken. »Wir brauchen mehr Vorräte.« Es war seine Idee gewesen, es damit zu versuchen. Unter dem Essen, das sie in der Kammer erhalten hatten, waren auch Konserven mit thailändischen Etiketten gewesen. Es war nur zu wahrscheinlich, daß sie aus den Vorräten der Yacht stammten.

»Schon wieder?« Einer der Männer schüttelte den Kopf. »Ihr habt doch erst gestern abend ein paar Kisten geholt. Wer ißt denn das alles? Feiert ihr da drinnen rauschende Feste?«

Die Männer lachten, als hätte er einen guten Witz gemacht. Sutherland verzichtete auf eine Antwort. Die beiden schienen ohnehin keine zu erwarten.

»Ich fürchte«, sagte einer von ihnen, »ohne eine Anweisung von Miss Duvall können wir nichts rausgeben.«

Sutherlands Herz machte einen kleinen Sprung. Sich jetzt nur nichts anmerken lassen!

»Kar schickt uns«, wiederholte er monoton, da ihm nichts Besseres einfiel. »Wir brauchen mehr Vorräte.«

Die beiden Wachen wirkten nicht begeistert.

»Mit den Burschen ist wirklich nicht zu reden«, meinte einer. »Also gut, wartet hier! Ich werde dafür sorgen, daß man euch ein paar Kisten rausgibt.« Damit wollte er sich abwenden, um andere Crewmitglieder zu verständigen.

Sutherland fluchte im stillen. Das war nun wirklich das letzte, was sie gewollt hatten. Nervös lugte er nach Tom und Connor. Noch immer keine Spur von ihnen. Wo blieben sie nur?

Es half nichts, er mußte etwas tun, ehe der Mann noch mehr Leute an Deck holte.

Die Entscheidung wurde ihm abgenommen, als vom Eingang der Pyramide her Schüsse erklangen. Sie kamen aus dem Inneren und waren nicht übermäßig laut, aber unüberhörbar.

Sutherland und Pierre zuckten erschrocken zusammen und sahen sich kurz an. Und sie beide dachten wohl dasselbe: Dort befand sich Gudrun! Die Wachen bemerkten es nicht, da ihre Aufmerksamkeit sofort dem Eingang galt.

»Verdammt! Was ist da los?«

Sie wollten zu ihren Waffen greifen, doch Sutherland und Pierre waren schneller. Blitzartig griffen sie hinter sich, und ehe sich die beiden Männer versahen, schauten sie in die Mündungen zweier Pistolen.

»Keine Bewegung!« raunte Pierre. »Sonst ... aber das ahnt ihr sicherlich!«

Die Männer waren viel zu erschrocken und erstaunt, daß so unvermittelt Leben in die vermeintlichen ›Dummies‹ gekommen war, um Gegenwehr zu leisten. Widerstandslos ließen sie zu, daß Leroy und Sutherland an Deck kletterten und sie entwaffneten. Die beiden Abenteurer atmeten auf. Pierre setzte schon dazu an, sich den Schweiß aus der Stirn zu wischen, als er mitten in der Bewegung erstarrte.

Den drei Besatzungsmitgliedern, die gerade an Deck

traten und sie entdeckten, ging es nicht anders. Sie waren offenbar durch die Schüsse aufgeschreckt worden und griffen nach einer kurzen Schrecksekunde sofort zu ihren Waffen.

Da tauchten Connor und Tom hinter ihnen auf und machten ihnen mit gezückten Pistolen eindrücklich klar, daß sie nur zweite Gewinner sein würden, wenn sie es wirklich auf einen Schußwechsel anlegten.

Die Männer gaben auf. Gegen Sutherland und Pierre allein wären sie vorgegangen, aber wie sollten sie sich zugleich an zwei Fronten verteidigen? Mit verkniffenen Gesichtern ließen sie sich die Waffen abnehmen.

»Das war in letzter Sekunde!« stöhnte Pierre. Er nutzte die Chance, um sich endlich über die Stirn zu wischen. »Ich dachte schon, ihr würdet nie auftauchen.«

»Mit einer verletzten Schulter schwimmt es sich nicht so gut«, meinte Tom. Er sah besorgt zum Pyramideneingang. Die Schüsse waren längst verklungen. Zu erkennen war von hier aus nichts. Die Auseinandersetzung mußte im Bauwerk stattgefunden haben. »Ich muß dorthin und sehen, was mit Gudrun ist.«

Er wollte sich schon auf den Weg machen, als Sutherland ihn zurückhielt. »Nein! Gudrun muß warten. Erst die Crew!«

Einen Moment lang schien es, als wolle Tom sich widersetzen, doch dann sah er die Richtigkeit von Sutherlands Argument ein. Es war keine Kaltherzigkeit, sondern Notwendigkeit.

»Also gut.« Mit entsprechender Eile nahm er sich die Männer vor, um zu erfahren, wie viele Besatzungsmitglieder es gab und wo sie sich aufhielten. Angesichts seiner grimmigen und entschlossenen Miene hatte niemand den Mumm, sich ihm zu widersetzen.

Es dauerte nur wenige Minuten, bis sie alle Crewmitglieder zusammengetrieben hatten. Die meisten überraschten sie in ihren Kabinen oder bei irgendwelchen Routinetätigkeiten. Drinnen waren die Schüsse offenbar nicht zu hören gewesen. Besonders achtsam war niemand, und so gab es keine Zwischenfälle. Nach einer kurzen Besichtigung der Räumlichkeiten an Bord sperrten sie die Männer in einen Lagerraum, der sich nur von außen öffnen ließ. Die Männer protestierten lautstark, konnten aber nichts machen, als sich die Tür hinter ihnen schloß.

In Suzys luxuriös eingerichteter Privatkabine stießen die Abenteurer schließlich auf das Satellitentelefon. Tom konnte seine Ungeduld kaum länger zügeln.

»Gut«, sagte Sutherland an ihn gewandt, während er vor dem Telefon Platz nahm. »Die Lage ist unter Kontrolle. Also sehen Sie nach Gudrun! Am besten, Pierre geht mit Ihnen. Connor und ich kommen hier schon klar.«

Tom ließ sich das nicht zweimal sagen. Zusammen mit Pierre verließ er die Kabine.

Der Earl of Oake Dùn schaltete das Satellitentelefon ein.

»Und Sie sind sicher, daß Sie Mahon erreichen?« fragte Connor. »Sie erwähnten, daß es das letzte Mal gewisse ... Schwierigkeiten gegeben hätte.«

»Ja. Aber diesmal habe ich eine Nummer, unter der er Tag und Nacht zu erreichen ist. Glauben Sie mir, nach der Großaktion in Guatemala ist er höchst erpicht darauf, alles Neue sofort zu erfahren. Schließlich hat er die Dinge zu verantworten.«

Derweil eilten Pierre und Tom auf die Pyramide zu. Von außen war nichts Ungewöhnliches zu entdecken. Dann hatten sie den Eingang erreicht. Zu ihrer Erleichterung wartete Gudrun dort unverletzt auf sie. Tom spürte grenzenlose Erleichterung.

»Was ist geschehen?« rief er. »Wir haben Schüsse gehört.«

»Da habt ihr richtig gehört.« Gudrun deutete in den Korridor hinein. »Jack und Suzy sind kurz aufgetaucht.«

»Und?« fragte Tom. »Hast du einen von ihnen erwischt?«

Gudrun schüttelte den Kopf. »Ich glaube nicht. Sie haben sich wieder in die Pyramide zurückgezogen. Und – was war bei euch?«

»Alles in Ordnung«, sagte Tom. »Wenn alles gut läuft, redet Sutherland jetzt bereits mit Mahon.«

»Konzentrier dich, Suzy!« rief Jack beschwörend. »Konzentrier dich!«

Suzy Duvalls Blicke ruckten irritiert umher. Sie schüttelte den Kopf. »Ich ... ich kann ich.«

»Du mußt! Es ist unsere einzige Chance! Also nimm dich zusammen! Kar hat dir doch beigebracht, wie du mit der Anlage umzugehen hast!«

Sie waren in die Halle mit der Anlage zur Zeitlosen Ortsversetzung zurückgekehrt. Suzy stand vor der Kristallplatte und blickte ratlos zwischen den vielen leuchtenden Linien und Symbolen hin und her.

»Er hat mir nur ein paar Grundfunktionen beigebracht. Und jetzt ist alles so anders, so neu!«

»Du mußt es trotzdem versuchen!«

Suzy atmete tief durch. Jack hatte recht. »Also gut.« Sie streckte ihre Hände aus und bewegte sie dicht über der Plattenoberfläche. Sofort verschoben sich einige der Linien, ohne daß sie sie dafür hätte berühren müssen.

Über der Platte baute sich ein holografisches Bild auf.

»Na siehst du!« rief Jack. »Du schaffst es!«

Suzy war weitaus weniger zuversichtlich. Das Bild erschien mehr oder minder ohne ihr Zutun. Sie hatte noch gar keine Zielvorgaben eingestellt. Nur konnte Jack das nicht wissen.

Verwirrt blickte er auf das holografische Bild, das eine urzeitliche, neblige Sumpflandschaft zeigte. »Was um alles in der Welt ist das?«

Suzy hob die Schultern. »Keine Ahnung. Darauf war die Anlage eingestellt.«

Jack runzelte die Stirn und sah nachdenklich zu der Stelle, an der sie Kar vorhin gefunden hatten. Noch immer war der Boden von zähem, braunen Schlamm verschmutzt. War Kar in dieser Sumpflandschaft gewesen?

Er drängte den Gedanken beiseite. »Los!« forderte er Suzy auf. »Du mußt das Atoll hier in den Fokus bekommen.«

Wieder bewegte sie ihre Arme über das Platte. »Ich versuche es ja.«

Die Sumpflandschaft brach in sich zusammen. Ein neues Bild baute sich auf – ein dunkler verfallener Hinterhof. Irgendwo. Das nächste Bild. Eine zerfallene Ruine, halb vom Wüstensand bedeckt. Wieder ein Bildwechsel. Wieder, wieder und wieder.

Suzy ließ den Kopf hängen und seufzte. »So geht es einfach nicht. Ich habe keine Bezugspunkte.« Plötzlich hellte sich ihr Gesicht auf. »Moment. Ich könnte die Lade nehmen. Wenn sie die gleiche Energieart wie die Anlage hat, dann ...« Erneut machte sie einige Bewegungen.

Jack sah ihr mit zusammengepreßten Lippen zu. Der Gedanke daran, was die Abenteurer inzwischen alles anstellen konnten, machte ihn nervös. Immer wieder sah er zum Eingang der Halle – bereit, sofort das Feuer zu eröffnen, wenn sich dort einer von ihnen blicken ließ.

»Ich hab's!« rief Suzy.

Tatsächlich! Über der Platte schwebte nun ein holografisches Abbild des Atolls, als würde man es aus vielleicht zweihundert Metern Höhe betrachten.

»Ausgezeichnet!« rief Jack. »Ich wußte, daß du es schaffst! Kannst du den Bildwinkel verändern?«

»Ja.«

»Dann geh zum Eingang der Pyramide! Wir müssen wissen, wo Tom und die anderen sind.«

»Nein.« Suzy deutete auf die LAOTSE, die von oben zu sehen war. »Ich fürchte, ich weiß, wo sie sind. Die beiden Wachen fehlen.«

Sie machte sich an der Kristallplatte zu schaffen. Das Bild fuhr näher an die LAOTSE heran. Auf dem gesamten Deck befand sich keine Menschenseele. Erst als die Holografie in die Yacht hineintauchte, entdeckten sie die Mannschaft – eingesperrt in einen Frachtraum.

»Verdammt!« rief Jack. »Die wollen fliehen. Aber wie können sie glauben, daß sie entkommen könnten?«

»Sie wollen nicht fliehen. Sonst hätten wir jemanden an Deck gesehen, um die Yacht loszumachen. Warte ...«

Wieder änderte sich das Bild, fuhr durch die Wände der Yacht hindurch und kam schließlich in Suzys Kabine zur Ruhe. Deutlich war zu erkennen, wie Sutherland über das Satellitentelefon mit jemandem sprach.

»Dreck!« fluchte Warden. »Das Telefon! Darum ging es ihnen also.« Er deutete auf die Projektion und sah Suzy ernst an. »Los, bring mich dorthin. Wenn ich überraschend auftauche, kann ich vielleicht noch verhindern, daß sie ...«

»Jack!« brachte Suzy ihn auf den Boden der Realität zurück. »Ich habe gerade mal die Bildfunktion unter Kontrolle. Wir bekommen nicht mal einen Ton. Von einem Transport ganz zu schweigen!«

Jack stieß einen weiteren Fluch aus.

Im nächsten Moment wirbelte er zum Eingang herum und riß die Waffe hoch.

Vier bewaffnete ›Dummies‹ kamen herein, die sich zwar so steif wie üblich bewegten, jedoch keine Ausfallerscheinungen zeigten. Es waren diejenigen, die bei Kar in der Halle gewesen waren.

Und hinter ihnen kam Kar selbst herein!

»Na?« zischte er. »Braucht ihr meinäh Hilfäh?«

Suzy schluckte und kam sich wie ein ertapptes Kind vor.

»Kar!« rief Jack überrascht. Er ließ die Waffe sinken und musterte ihn prüfend. Es waren keine Schlammspuren mehr zu sehen. Er mußte sich gesäubert haben. »Du bist wieder ... normal?«

»Normalär alsch je schuvorr!«

»Das trifft sich gut.« Jack deutete zur Holografie. »Ich glaube, wir haben da nämlich ein Problem.«

»Dasch schähä isch!« zischte Kar. »Abär nischt mähr lange!«

Suzy Duvall machte nur zu bereitwillig Platz, als er auf die Anlage zuging.

Valerie Gideon saß mit dem Rücken an eine Palme gelehnt im Sand und spähte durch ein leistungsstarkes Fernglas zum Nachbaratoll hinüber. Es lag gute drei Meilen entfernt. Die große, schwarze Pyramide, die sich dort befand, war auch mit bloßen Augen zu sehen, doch der Feldstecher enthüllte mehr. Nun war auch die LAOTSE zu erkennen. Valerie sah sie nicht so deutlich, als daß sie den Schriftzug am Bug hätte lesen können, aber sie kannte die Yacht aus persönlicher Erfahrung. Sie war der Vogel gewesen, dessen Flug Valerie quer durch die halbe Welt bis zu seinem Nest verfolgt hatte.

Sie ließ sich Zeit, sich möglichst viel von den örtlichen Gegebenheiten auf dem Nachbaratoll einzuprägen, dann reichte sie das Fernglas an Hank Jennings weiter.

Sie hatten vor einer Stunde vor diesem Atoll festgemacht. Es war eine ideale Ausgangsbasis für ihr Vorhaben. Die MONIQUE TIESMA dümpelte in einer kleinen, fast geschlossenen Bucht, wo sie nach allen Seiten hin von Palmen vor zufälligen Blicken geschützt war, und Kars Insel lag zum Greifen nahe. Dabei wußte Valerie bis jetzt noch nicht, ob sich Kar wirklich dort aufhielt. Aber die Pyramide bestärkte sie darin. Jack Warden oder Suzy Duvall selbst waren nicht an Archäologie interessiert – nur an Geld und Macht. Sie hätten keinen Grund gehabt, diesen Ort in letzter Zeit so oft anzusteuern. Doch das sah ganz anders aus, wenn Kar sich hier aufhielt. Er mußte der Grund dafür sein.

Valerie war dem Mittfünfziger mit dem hörbaren texanischen Akzent bislang nur ein einziges Mal persönlich begegnet. Es war in Bolivien gewesen, wo er ihr einen seiner Parasiten eingepflanzt und sie unter seine geistige Kontrolle gebracht hatte. Und genau das war der Grund, warum sie nun hier war. Es war an der Zeit, ihm die Rechnung zu präsentieren.

»Was um alles in der Welt ist das für ein riesiges Ding?« sagte Hank. »Sieht richtig unheimlich aus.«

»Findest du? Für mich sieht's eher schwarz aus.«

»Valerie!«

»Frag mich nicht! Ich weiß es nicht. Und wenn ich's wissen würde ...«

»... würdest du es mir auch nicht sagen. Ich weiß.« Hank seufzte.

»Also! Warum fragst du dann?« Sie erhob sich. »Los, es wird Zeit für mich, aufzubrechen.«

Er ließ sich von ihrer barschen Antwort wenig beeindrucken. Schon seit ihrer Ankunft hier war sie ernst und verschlossen. Er kannte das von ihren früheren gemeinsamen Einsätzen. Sobald es losging, war sie nur noch auf das Ziel konzentriert.

Mit einem kleinen Schlauchboot fuhren sie zu der Motoryacht zurück, wo Valerie ihre letzten Vorbereitungen traf. Und sie tauschte T-Shirt und Shorts gegen einen schwarzen Neoprenanzug mit etlichen eingenähten, teils wasserdichten Taschen, in denen sich so manches nützliche Spielzeug befand.

Dann trat sie mit Hank auf den Ausleger der Yacht, wo der kleine Unterwasser-Scooter festgemacht war, den sie vorhin zu Wasser gelassen hatten. Der torpedoförmige Körper, an dem man sich festhalten konnte, hatte zwei lenkbare Antriebsdüsen und eine komplette Beatmungseinheit. Auf diese Weise konnte Valerie auf Ballast wie Taucherflaschen verzichten; sie kam ohne Muskelkraft zum anderen Atoll und konnte mehr mitführen. Hank zufolge stammte der Scooter aus den Beständen der neuseeländischen Marine. Ein bedauerlicher Fehler hätte dazu geführt, daß er versehentlich als defekt ausgemustert worden war. Wie Hank das jedoch bewerkstelligt hatte, darüber hatte er sich ausgeschwiegen.

Valerie ließ sich ins Wasser gleiten, hielt sich mit einer Hand am Ausleger fest und sah zu Hank empor. »Denk dran: Du wartest hier und greifst nur dann ein, wenn ich es dir über Funk durchgebe oder du das entsprechende Leuchtsignal siehst. Und wenn ich nach drei Tagen nicht zurück bin, ohne daß du etwas von mir gehört hast, haust du ab und vergißt, daß du mich je hergebracht hast!«

»Du kannst dich auf mich verlassen«, versicherte er.

»Ich weiß. Sonst wärst du nicht hier.«

Er reichte ihr die Taucherbrille, und dabei berührten sich kurz ihre Hände. »Paß gut auf dich auf!«

Einen kurzen Moment brach ihre verschlossene Miene auf, und sie sahen sich direkt in die Augen.

»Und?« fragte Valerie leise. »War die Nacht so gut, wie du dir erhofft hast?«

Er grinste. »Besser. Ein Grund mehr, heil zurückzukehren. Dann bleibt uns noch eine Nacht auf der Rückfahrt.«

»Ah«, meinte Valerie ironisch. »Daher weht der Wind.«

Dann war der kurze Moment auch schon vorüber. Sie setzte die Taucherbrille auf, nickte Hank noch einmal zu, und wenig später war sie mit dem Scooter im Ozean verschwunden.

Sutherland war die ganze Zeit über darauf vorbereitet gewesen, dennoch überraschte es ihn. Gerade noch hatte er mit Mahon gesprochen, als ihn mitten im Satz ein Kribbeln überfiel – genau wie beim ersten Mal, als ihn das Feld der Anlage erfaßt hatte und er zusammen mit Pierre von Oake Dùn entführt worden war. Suzys Kabine auf der LAOTSE verschwand vor seinen Augen. Wieder hatte er das Gefühl, als würde sein Innerstes nach außen gekehrt, aber nicht auf eine unangenehme Weise.

Eine nicht zu benennende Zeitspanne lang schwebte er in einer Art körperlosem Nichts, dann fand er sich übergangslos in der Halle in Kars Pyramide wieder. Zu einer Abwehrreaktion war er ebenso wenig fähig wie Connor. Sie beide hingen bewegungslos im Transportfeld fest – unfähig, auch nur den kleinen Finger zu rühren –, bis die Dummies ihnen die Waffen abgenommen hatten. Erst dann waren sie wieder in der Lage, sich zu bewegen. Tom, Pierre und Gudrun erging es keinen Deut besser, als sie von Kar kurz darauf in die Halle zurückgeholt wurden. So endete ihr Ausbruchsversuch wenig spektakulär.

»Willkommen schurück!« zischte Kar. »Habän Schie wirrklisch geglaubt, Schie könnten mir entkommen?« Er bekam keine Antwort.

»Sie wollten nicht fliehen«, sagte Suzy. »Sie haben jemanden verständigt.«

»Dasch Schatellitentäläfon. Unscher nobler Schotte hat schischerlisch einän scheinär einfluschreichän Freundäh angärufen. Schadäh nur, dasch er ihmnischt helfen kann.«

»Ich verstehe nicht, warum du sie am Leben gelassen hast«, sagte Suzy. »Du solltest sie besser töten.«

»Vielleischt scholltäh isch dasch«, zischte Kar drohend.

»Selbst wenn Sie das tun«, sagte Sutherland, »es ändert nichts daran, daß Sie verloren haben. In diesem Moment werden zwei amerikanische Kriegsschiffe genau hierher beordert, und ich denke, daß es keine vierundzwanzig Stunden dauern wird, bis sie hier eintreffen. Sie sehen, Kar ... Sie haben ausgespielt, egal was Sie mit uns anstellen!«

Jack und Suzy sahen sich erschrocken an. Kar hingegen blieb ruhig – soweit man das bei seinem Echsenäußeren beurteilen konnte.

»Amärikanische Kriegschschiffe? Warum schollte isch davor Angscht habän? Mit meinär Anlage kann isch ihnen jederscheit einäh Bombe an Bord schicken, die isch ausch irgändeinäm Militärrarschenal där Welt holän kann! Dasch einschige, wasch Schie erreischen, ischt der unnötige Tod vielärr Leutäh.«

Sutherland schluckte. Kar übertrieb keineswegs. Dazu hatte er in der Tat die Möglichkeit. »Das mag sein. Aber selbst wenn Sie diese Schiffe zerstören, es werden weitere kommen.«

»Lasch schie kommen. Wasch kümmert esch misch?«

»Sie können nicht ewig bestehen! Und man wird so lange weitermachen, bis man Ihnen das Handwerk gelegt hat. Sie können sich nicht mit einer Supermacht anlegen.«

»Meinen Schie? Wasch wischen Schie schon, wasch isch kann? Odär wasch für Möglischkeiten diesche Pyramidäh noch bietet?«

»Glauben Sie wirklich, diese Pyramide reicht aus, die Welt zu beherrschen?« meinte Tom despektierlich.

Kars Echsenaugen nahmen ihn ins Visier. Er ließ sich mit der Antwort ein paar Sekunden Zeit. »Wiescho glauben Schie eigentlisch, dasch diesch die einschige schwarze Pyramide wäre? Denken Schie daran, esch ischt schon die schweite, die isch gefunden habe. Wärr weisch, wie viele schisch noch auf der Erdä befindän?«

Die Abenteurer wurden bleich. An diese Möglichkeit hatte in der Tat noch niemand von ihnen gedacht.

»Aber was ...?« begann Tom.

»Nein, schweigen Schie!« zischte Kar erregt. »Schie haben dosch nischt den Hauch einär Ahnung, wasch diesche Pyramidäh wirklisch darschtellt und an welschen Dingän Schie rühręn!«

»Dann klären Sie uns auf!« forderte Tom aufgebracht. »Wir sind doch in Ihrer Gewalt! Warum haben Sie Angst, es uns zu sagen?«

Mit einem gefährlichen Zischen kam Kar einen Schritt auf ihn zu, und seine vier Dummies legten die Waffen sofort auf Tom an. Dann, nach einem kurzen Moment, besann Kar sich wieder.

»Warum nischt?« verkündete er großzügig. »Schie habän gansch rescht. Schlieschlisch werdän Schie esch schelbscht erlebän.«

Die Abenteurer sahen sich gespannt an.

»Esch ischt ein Dimenschionstor! Ein Tor schu Weltän jenscheitsch unscherär Realität. Vielleischt schollte man esch ehär Realitätschtor nennen. Esch wäre eine intereschantäh Forschungsaufgabäh, abärr leidär bin isch an Forschungän nischt mährr intereschiert!«

Jack dachte an die urzeitliche Dschungellandschaft, die als holografische Projektion erschienen war. War es das, was Kar mit anderen Welten meinte?

»Abärr die Pyramidäh ischt zugleisch noch viel mährr«, fuhr Kar mit funkelnden Echsenaugen hinzu. »Schie ischt ... ein Raumschiff!«

Es war eine Eröffnung, die den Abenteurern schlichtweg den Boden unter den Füßen fortzuziehen drohte. Man hätte in der Halle buchstäblich eine Stecknadel fallen hören.

Tom fühlte sich wie in Eiswasser getaucht. Sollten ihre düsteren Spekulationen in der Kammer doch richtig gewesen sein? Er wechselte einen bezeichnenden Blick mit Pierre Leroy. Der Franzose wußte, daß dies seine Anmerkungen erhärtete – doch er schien nicht im Geringsten erfreut darüber. Ganz im Gegenteil.

»Das ... das ...« Tom braucht mehrere Ansätze, seine Sprache wiederzufinden. »Das ist unmöglich!«

Kar entblößte seine Zahnreihen – das Äquivalent eines Grinsens? »Schie werdän esch schelbst erlebän!«

»Was haben Sie vor?« rief Gudrun.

»Isch wärdä die Pyramidäh schtartän!«

Wieder so eine Nachricht, die wie eine Bombe einschlug und ihnen die Worte raubte.

»Natürlisch könnte isch ihräh läscherlischen Kriegsschiffe einfach hinwegfegen«, ergänzte Kar. »Abärr Schie haben recht. Esch würde schuviel Aufmerkschamkeit erregen. Und man hat mir geschagt, dasch die Scheit dafürr noch nischt gekommen ischt. Alscho werdä isch diesche Pyramidäh an einen andärän Schtandort verschetschen. Und wenn ihräh Kriegschiffe hier schind, werdän Schie keine Schpur mähr von unsch findän.«

Tom schüttelte den Kopf. »Das ... das funktioniert nie«, stieß er keuchend hervor. »Sie können diese Pyramide nicht starten. Sie liegt mehr als zwei Drittel unter der Erde und ist von festem Korallengestein eingeschlossen! Wie wollen Sie sie daraus freibekommen?«

Kar erschien davon vollkommen unbeeindruckt. »Schie werden esch erlebän. Schie ...« Er zuckte zusammen. »Schie ... schie werdän ...« Sein Zucken nahm zu, und auch die ›Dummies‹ begannen plötzlich, sich unkontrolliert zu bewegen.

Sofort hoben Jack und Suzy besorgt ihre Pistolen.

Kars geschlitzte Reptilaugen verdrehten sich plötzlich. »Schatsch, Schpiel und Schieg!« brüllte er zischend.

»Kar!« rief Jack besorgt. »Alles in Ordnung?«

»Isch ... isch ...« Kar schüttelte sich.

Vermutlich hätten die Abenteurer in diesem Augenblick die Gelegenheit zur Flucht gehabt, doch Kars Eröffnungen hatten sie viel zu sehr paralysiert – und einen Moment später war die Gelegenheit schon wieder vorbei.

»Ja«, zischte Kar. »Esch gäht mirr gut. Esch dauert immär ein wänig, bisch isch misch nach jedem Beschisch wiedärr anpasche. Aber esch wird jedeschmal kürscher!«

Keiner in der Halle verstand wirklich, was er meinte.

»Isch musch in die Schulungschkammär zurück. Nur dort wird die Anpaschung komplett. Abär esch wird nischt langäh dauärrn! Wir werdän schtarten, ehe die Schergän hier schind! Losch, ihr habt gehört! Bringt schie in die Kammär schurück!«

Die letzten Worte waren an Suzy und Jack gerichtet gewesen. Sie sahen sich beunruhigt an. Offenbar fürchtete Kar, seine ›Dummies‹ nicht soweit unter Kontrolle halten zu können, um sie diesen Auftrag erledigen zu lassen.

»Losch, losch!« drängte Kar. »Tut esch, und gäht nischt über Losch. Schieht keinä viertauschend Mark ein! Schofort!«

Jack blieb unentschlossen stehen.

Ein kurzes Zucken lief durch Kars Glieder, und ein paarmal atmete er röchelnd ein und aus. Dann schien er wieder bei sich zu sein. »Worauf wartät ihr noch? Bringt Schie in die Kammär schurück!«

Jack wandte sich den Abenteurern zu und machte mit der Waffe eine auffordernde Bewegung. »Ihr habt es gehört. Also los!«

»Eine letzte Frage noch!« rief Sutherland.

»Wasch?« zischte Kar. »Schnell!«

»Sie erzählten, Ihnen sei gesagt worden, besser noch keine Aufmerksamkeit zu erregen«, sagte Sutherland. »Wer hat Ihnen das gesagt?«

Kar starrte den Earl auf Oake Dùn reglos an. Zum

ersten Mal schien er in seiner unerschütterlichen Selbstsicherheit getroffen zu sein. Und als er antwortete, hatten sie alle das Gefühl, als wiche er aus. Er hob die Arme und machte eine umfassende Geste. »Diesche Pyramide hier! Habe isch nischt geschagt, dasch schie wie einäh Muttär für misch ischt? Und nun rausch!«

Suzy und Jack dirigierten die Abenteurer mit vorgehaltenen Waffen aus der Halle. Kar und die ›Dummies‹ blieben hinter ihnen zurück.

»Ich hoffe, du hast gut zugehört, Jack«, meinte Tom, während dieser sie durch die Gänge trieb. »Wir sitzen also in einem jahrtausendealten Raumschiff, und Kar hat vor, es zu starten! Kannst du dir vorstellen, was passiert, wenn er das wirklich versucht – so tief, wie es in der Erde festsitzt?«

Jack schwieg.

»Mag auch sein, daß es nur ein wahnsinniger Gedanke von ihm ist und nichts passiert«, fuhr Tom fort. »Aber dann habt ihr es in einem halben Tag mit der amerikanischen Marine zu tun. Auch kein angenehmer Gedanke.«

»Halt's Maul!« Jack versetzte ihm einen heftigen Stoß in den Rücken. »Los, weiter! Du versuchst doch nur, eure Haut zu retten!

»Ich versuche dir klarzumachen, mit wem ihr es zu tun habt! Oder sollte ich besser sagen – mit was?«

»Ach, und du weißt, was er ist?«

»Ein Mensch jedenfalls nicht mehr«, gab Tom zu bedenken.

»Es gibt noch eine dritte Möglichkeit«, sagte Jack. »Nämlich die, daß Kar Erfolg hat und wir hier tatsächlich wegkommen.«

Tom nickte. »Ja, aber es wird euch trotzdem nichts nutzen. Er wird euch auf jeden Fall in Echsen verwandeln.«

»Warum sollte er das tun?«

»Hast du nicht zugehört? Er will die Welt mit den

Pyramiden beherrschen, und um sie zu bedienen, braucht er andere Echsen. Da er euch zu seinen Stellvertretern auserkoren hat, darfst du raten, wer wohl die Ersten sein werden.«

Jack erwiderte nichts. Nur die Zornesadern auf seiner Stirn schwollen an.

Tom bemerkte es sehr wohl. Er wußte, daß sie nicht mehr weit von der Gefangenenkammer entfernt waren, und versuchte, noch mal in dieselbe Kerbe zu schlagen. Er blieb stehen, wandte sich um und breitete die Arme aus. »Hör zu, Jack, noch ist es nicht zu spät. Noch können wir diesem Wahnsinn ein Ende bereiten ...«

Doch Warden war mit seiner Geduld am Ende. Ohne Vorwarnung holte er aus und schlug Tom mit dem Knauf seiner Waffe nieder.

»Nein!« schrie er wütend. »Jetzt ist Schluß mit dem Gerede, sonst verpasse ich dir eine Kugel!«

Gudrun wollte zu Tom eilen, doch Jack hielt ihr die Pistolenmündung an den Hals. »Und das gleiche gilt für Sie! Zurück!« Der Ausdruck in seinen Augen bewies, daß er es ernst meinte. Er verpaßte Tom einen kräftigen Fußtritt. »Los, hoch mit dir! Und kein Wort mehr!«

Connor und Pierre spannten die Muskeln, doch ein Eingreifen hatte keinen Sinn. Dazu war Suzy zu aufmerksam. Tom rappelte sich hoch.

Bald hatten sie die Kammer erreicht. Die Dummies liefen in der Nähe noch immer unkontrolliert herum. Jack dirigierte die Abenteurer in die Kammer, und dann begannen sich die Flügel des Einganges zu schließen.

»Was ist mit Ihnen?« fragte Gudrun an Suzy gewandt. »Haben Sie keine eigene Meinung?«

Suzy bedachte sie mit einem verächtlichen Blick. »Wenn man für Kar arbeitet, ist man besser freiwillig ohne eigene Meinung.«

Sekunden später war der Eingang ganz verschlossen.

»Da wären wir wieder«, meinte Pierre lakonisch.

Tom rieb sich die schmerzenden Rippen.

»Das hättest du dir sparen können«, sagte Gudrun. »Wieder so eine sinnlose Aktion.«

»Nein. Nicht sinnlos. Ich weiß, daß ich Jack fast soweit gehabt hätte.« Er ballte die Hände zu Fäusten. »Ich hätte ihn nur noch ein kleines Stück weiter treiben müssen, und er ...«

»... hätte dich abgeknallt«, ergänzte sie.

Tom schüttelte den Kopf. »Nein, das glaube ich nicht. Er ist nur verzweifelt.«

»Die meisten Leute schießen aus Verzweiflung«, sagte Gudrun.

Suzy und Jack blieben draußen vor dem Eingang stehen, nachdem er sich geschlossen hatte.

»Du weißt, daß sie recht haben«, sagte Suzy leise. »Kar hat genau das mit uns vor!«

»Jetzt fang du nicht auch damit an!« fauchte er sie aufgebracht an.

»Verstehst du denn nicht? Wir müssen irgend etwas tun!«

»Ach, laß mich in Ruhe! Ich muß nachdenken!«

»Nachdenken?« fauchte sie zurück. »Du mußt nachdenken? Dann fang besser schnell damit an; viel Zeit haben wir nämlich nicht mehr. Wundert mich, daß du es nicht längst getan hast!«

Jack sah sie wütend an und schnaubte. Das letzte, was er gebrauchen konnte, waren Vorhaltungen. Er trat auf Suzy zu und hob die Hand, wie um ihr eine Ohrfeige zu verpassen, doch dann ließ er seine Hand mit einer abfälligen Bewegung wieder sinken und wandte sich ab.

»He!« Suzy Duvall stemmte die Arme in die Hüften. »Du willst mich hier doch nicht so stehenlassen?«

Genau das tat er. Er mußte jetzt alleine sein, um zu sich zu kommen. In ihrer Gegenwart konnte er einfach keine vernünftige Entscheidung treffen. Irgendwie hatte er das Gefühl, als würde sie ihn stets dazu bringen, ohnehin nur das zu tun, was sie von ihm verlangte.

Zuerst wußte Jack nicht, wohin er mit all seiner angestauten Wut sollte, und lief ziellos durch die Pyramide. Dann, als seine Emotionen ein wenig nachließen, steuerte er seine Kammer an und ließ sich auf die Matratze sinken. In der Whiskyflasche befanden sich zu seinem Leidwesen nur noch zwei kleine Schlucke, aber er bildete sich ein, daß sie ihm trotzdem halfen, seine Gedanken zu ordnen.

Eine Zeitlang saß er grübelnd da und starrte mißmutig vor sich hin. Dann schleuderte er jäh die Flasche gegen die Wand, wo sie klirrend zerbarst. Jack stand auf. Er hatte sich entschieden.

Er suchte Suzy in ihrer Kammer, aber dort war sie nicht. Vermutlich war sie zu ihrer Yacht geeilt, um die Besatzung zu befreien. Um so überraschter war er, sie statt dessen in dem Raum zu finden, wo sie die Videoüberwachungsanlage installiert hatten. Sie saß vor den Monitoren.

»Was machst du hier?« fragte er.

»Sehen, was Kar gerade tut.«

»Und? Was macht er?«

»Er ist in seine Schulungskammer zurückgekehrt und bis jetzt noch nicht wieder herausgekommen.« Sie griff nach ihrer Pistole und überprüfte das Magazin. »Seine vier ›Dummies‹ sind am Eingang zur Halle zurückgeblieben. Das bedeutet, seine kleine Leibgarde kann ihm jetzt nicht helfen.«

»Was hast du vor?«

Suzy sah ihn an, als könne sie nicht verstehen, wie ein einzelner Mann so begriffsstutzig sein konnte. »Das, was du nicht fertig kriegst! Ich werde ihn umbringen. Das ist unsere einzige Chance, hier heil herauszukommen. Solange er lebt, wird er uns nicht weglassen. Erst mit seinem Tod ist der Spuk vorbei.«

»Und die Schiffe, von denen Sutherland gesprochen hat?«

»Bis die hier sind, sind wir mit der LAOTSE längst über alle Berge. Das heißt ... wenn du mitkommen willst. Vielleicht willst du ja lieber hierbleiben und auf die Marine warten.«

Er öffnete den Mund, doch sie ließ ihn nicht zu Wort kommen.

»Doch was immer du willst oder tust«, Suzy sah ihn mit einem Blick an, den er noch nie zuvor an ihr gesehen hatte, »stell dich nicht gegen mich!«

Damit stand sie auf und wollte den Raum verlassen. Trotz der Warnung trat Jack ihr in den Weg und legte ihr die Hand auf den Arm mit der Waffe. »Nein, Suzy. Geh nicht!«

»Warum nicht?«

Jack atmete tief durch und sah ihr direkt in die Augen. »Ich werde es tun. Ich werde ihn töten.«

»Du? Woher der plötzliche Sinneswandel?«

Er hob die Schultern. »Nenn es Einsicht. Nenn es ein Gefühl. Ich weiß es nicht.« Er zog seine Waffe hervor. »Ich weiß nur, daß ich das größere Kaliber habe. Wer weiß, ob du mit deiner Pistole überhaupt durch seine Schuppen kommst. Also werde ich das erledigen.«

Suzy sah ihn zweifelnd an, aber seine Miene sagte ihr, daß er es ernst meinte.

»Und nun laß mich gehen«, sagte er. »Je eher wie die Sache hinter uns haben, desto besser.«

»Warte!« hielt sie ihn zurück. »Du kannst nicht einfach so in die Kammer hinein.«

»Warum nicht?«

»Weil es dort dunkel ist. Du brauchst eine Lampe.«

Sie fanden eine in den vielen Kisten mit den gelagerten Ausrüstungsgegenständen.

»Denk dran, daß es keine normale Kammer ist!« mahnte Suzy. »Ich war nur einmal in ihr, und vermutlich zu lange. Ich hätte beinahe den Verstand verloren, wenn Kar mich nicht rechtzeitig herausgeholt hätte. Dort gibt es irgend etwas, das dir Dinge einflüstert. Achte nicht darauf! Geh einfach nur rein, erschieß Kar und kümmere dich um nichts anderes! Versprichst du mir das?«

»Sei nicht so theatralisch, Suzy! Was denkst du, wie oft ich so einen Job schon erledigt habe?« Als sie aufbegehren wollte, fügte er hinzu: »Aber mach dir keine Sorgen. Ich werde an deine Warnungen denken.«

Damit ließ er sie allein.

Valerie kletterte an Bord der LAOTSE, schlich leise wie eine Katze umher und war erstaunt, daß sich an Deck niemand aufhielt. Noch erstaunter war sie, als sie die Crewmitglieder eingesperrt in einem Lagerraum vorfand.

Die Männer starrten ihr ebenso überrascht entgegen, als sie die Tür öffnete.

»Endlich!« zischte einer von ihnen ungehalten. »Wir dachten schon, wir würden hier nie wieder ...« Er brach ab, als er sah, daß ihm die Frau in dem schwarzen Anzug und mit dem nassen blonden Haar vollkommen unbekannt war. »He, wer sind Sie?«

»Moment!« rief da ein anderer. »Ich kenne die Frau! Sie war schon einmal an Bord. In Bangkok.«

»Genau«, stimmte ein dritter zu. »Vor über einem Jahr. Und damals ...«

»Bravo, gutes Gedächtnis«, lobte Valerie ihn und entsicherte mit den Zähnen die Granate, die sie in der Hand gehalten hatte. Wie beiläufig warf sie sie in den Raum. »Angenehme Träume noch!«

Damit zog sie die Kabinentür wieder zu und verriegelte sie. Von drinnen waren dumpfe Schläge gegen das Holz zu hören und wütendes Geschrei, das jedoch bald in ein Husten und Röcheln überging. Und als die Betäubungsschwaden ihre Wirkung vollends entfaltet hatten, herrschte drinnen vollkommene Stille.

Valerie nahm es mit unbewegter Miene zur Kenntnis und kehrte an Deck zurück. Bis hierhin war es einfacher gewesen, als sie gedacht hatte. Aber sie gab sich keineswegs der Illusion hin, daß es so bleiben würde.

Jack stand vor dem Eingang zur sogenannten ›Schulungskammer‹. Plötzlich überkamen ihn Skrupel. Sollte er das wirklich tun – Kar umbringen? Damit wäre dieses vorteilhafte Kapitel seines Lebens abgeschlossen und die Einnahmequelle ein für allemal versiegt.

Doch diese Skrupel währten nur kurz. Kar war längst keine gute Einnahmequelle mehr, sondern nur noch eine Bedrohung und Gefahr. Außerdem stand die letzte Bezahlung für die Lade noch aus, und wenn Jack etwas haßte, dann war es, um seinen Profit geprellt zu werden.

Er blickte dorthin, wo er die winzige Kamera angebracht hatte, um den Eingang zu überwachen. Sie war zu klein, als daß er sie von hier aus hätte sehen können, aber er wußte, daß Suzy ihn darüber beobachtete. Er winkte ihr kurz zu, dann zog er seinen Revolver und öffnete die Tür zu der Kammer.

Suzy hatte recht gehabt; drinnen war es dunkel. Er leuchtete mit der Lampe hinein und ließ den Lichtstrahl wandern, den Revolver schußbereit in der anderen Hand. Er hatte angenommen, er würde Kar gleich entdecken und bräuchte nur noch abdrücken, doch er sah sich getäuscht. Die Kammer war leer. Keine Spur von Kar. Dafür befand sich auf der gegenüberliegenden Seite ein ovaler Durchgang, der tiefer in die Pyramide hineinführte. Ein deutlicher Hinweis, wo Kar abgeblieben war.

Jack trat in die Kammer hinein und fuhr erschrocken herum, als sich die Tür hinter ihm wieder schloß, ohne daß er etwas dazu getan hatte. Mit einem Male war er von Dunkelheit umgeben, und allein der fahle Lichtfinger aus der Lampe sorgte für etwas Helligkeit. Jack richtete ihn direkt in den Durchgang, ohne sehr weit sehen zu können. Es schien, als läge etwas wie ein unsichtbarer Nebel in dem Gang, der den Lichtstrahl nach kaum zehn Metern vollständig verschluckte.

Doch das vermochte Jack nicht zu schrecken. Er wußte, warum er hier war, und drang entschlossen in die Öffnung vor. Obwohl der ovale Gang weit mehr als zwei Meter hoch war, hatte er doch das Gefühl, den Kopf einziehen zu müssen, um nicht gegen irgend etwas Ekelhaftes zu stoßen.

Mit jedem Schritt, den er tat, wurde die Luft stickiger und die Atmosphäre schwüler. Von dem so gleichbleibend kühlen Klima innerhalb der übrigen Pyramide war hier nichts mehr zu spüren. Jack drang der Schweiß aus allen Poren.

Als er den Lichtstrahl gegen die Tunnelwand richtete, sah er, daß sie von einem feuchten, schleimigen Film bedeckt war. Er wagte es nicht, ihn zu berühren, aus Angst, sich zu verätzen. Beinahe erschien es ihm, als befände er sich im Verdauungstrakt eines lebenden Wesens.

Schließlich endete der Gang in einem großen, unüberschaubar erscheinenden Raum.

Jack ließ den Strahl der Lampe hin und her pendeln, als deren Licht plötzlich zu flackern begann. Wieder und wieder setzte es aus, bis es schließlich endgültig erlosch.

Jack klopfte hektisch gegen die Lampe. Vergebens –

das Licht blieb aus. Er fluchte, als er sich unvermittelt von absoluter Finsternis umgeben sah.

Im selben Maße, wie die Dunkelheit über ihn hereinbrach, war er plötzlich von Tausenden wispernden Stimmen umgeben, die von allen Seiten über ihn herfielen. Es war ein vielstimmiges Konzert verschiedenartigster Stimmen – wie in einem Dschungel.

Jack schluckte. »Kar!« rief er angespannt in die Dunkelheit hinein. »Bist du hier irgendwo?«

Es kam keine Antwort. Jedenfalls keine verbale. Dafür spürte er Übelkeit in sich aufsteigen – dieselbe Übelkeit, wie sie in Kars Anwesenheit zu fühlen war.

»Kar!« rief Jack und drehte sich mit erhobener Waffe halb im Kreis. »Bist du das? Zeig dich! Ich muß mit dir reden. Es ist dringend.«

Er lauschte. Erneut kam keine Antwort. Nur die Übelkeit in ihm änderte sich, als erreiche sie ihn mal von der einen, mal von der anderen Seite. Jack zuckte in die entsprechende Richtung, ohne etwas ausmachen zu können.

Verdammt! rasten die Gedanken durch seinen Kopf. Was machte er hier noch? Er wurde wahnsinnig! Genau wie Suzy es ihm gesagt hatte! Er mußte raus!

Er fühlte Panik in sich aufsteigen und wollte sich schon zur Flucht wenden, als Kar erschien – direkt vor ihm!

Jack mußte ein paarmal blinzeln, um es zu begreifen, und er wußte selbst nicht, warum er Kar in dieser absoluten Dunkelheit sehen konnte.

»Schack«, erreichte ihn ein Zischen. »Wasch macht du hier?«

»Ich ... ich ... suche dich.«

»Abärr weschwegän?«

Jack Warden wußte es einen Augenblick lang selbst nicht, ehe er sich wieder des Revolvers in seiner Hand bewußt wurde. Er riß ihn hoch und zielte auf Kars schuppenglänzende Brust.

»Deshalb!« schleuderte er ihm entgegen und drückte ab.

Ein Schuß peitschte durch die Halle.

Kar wurde getroffen und prallte zurück.

Doch Jack hatte damit nicht genug. Wieder und wieder drückte er ab, bis der Hammer nur noch auf leere Kammern klickte und Kar sich in ein blutiges Stück Echsenfleisch verwandelt hatte.

Als er begriff, was er getan hatte, wandte sich Jack bestürzt ab und rannte durch den Gang zurück. Es war vollbracht! Nun mußte er nur noch hinaus.

Doch irgend etwas verfolgte ihn. Er beschleunigte seine Schritte, ohne es abhängen zu können, egal wie schnell er auch lief. Es blieb beständig hinter ihm.

Als er sich schließlich bange umwandte, um sich diesem Etwas zu stellen, bemerkte er, daß es lediglich sein eigener Schatten war. Erst war er verblüfft, dann lachte er laut vor Erleichterung. Doch das Lachen gefror ihm auf den Lippen, als sein Verstand zu bedenken gab, wie er in einem stockfinsteren Raum nicht nur einen Schatten haben, sondern ihn sogar noch sehen konnte!

Da hatte dieser ihn erreicht, grinste ihn mit blitzenden Zähnen an und eilte weiter – dem Ausgang entgegen.

Jack erschrak und versuchte ihm zu folgen, aber zu spät. Der Vorsprung war zu groß. Sein Schatten war bereits beim Ausgang, öffnete ihn und sprang behende auf den Korridor hinaus. Durch das Licht, das von dort hereindrang, war Jack sekundenlang geblendet, und als er endlich beim Ausgang ankam, hatte sich dieser wieder geschlossen.

Vergeblich versuchte Jack, die Tür zu öffnen. Es wollte ihm nicht gelingen. Wie wild hämmerte er gegen die Wand, ohne etwas zu erreichen. Und hinter ihm wurden unzählige wispernde Stimmen immer lauter, als sie näher und näher kamen.

Erschrocken fuhr Jack herum und sah direkt vor sich einen rotgekleideten Zwerg, der ein paar tanzende Bewegungen machte und spöttisch zu ihm emporsah.

»Wer ... bist du?« fragte Jack verwirrt.

»Falsche Frage!« erreichte ihn die fast kreischende Antwort. »Die Frage sollte besser lauten, was du bist!«

Jack spürte, wie sein Herzschlag aussetzte. »Und – was bin ich?«

»Du bist raus!«

Der Zwerg verschwand, indem er sich mit einigen Tanzschritten in andere Dimensionen schraubte. Zurück blieben die wispernden Stimmen, die von allen Seiten auf Jack einstürmten und seinen Geist und Willen auffraßen.

Das letzte, was er wahrnahm, war Suzys Gesicht, das ihn mit geweiteten Augen anstarrte. Sie schien ihn zu schütteln und zu rufen: »Hast du ihn erledigt?«

Doch er war zu keiner eigenen Antwort mehr fähig.

Hank Jennings hatte ein paar Dinge von der MONIQUE TIESMA auf das Atoll geschafft. Dort hatte er es sich dann im Schatten einer Palme auf einem Liegestuhl bequem gemacht, neben sich das empfangsbereite Funkgerät und eine gut gefüllte Kühltasche mit Getränken. Von Zeit zu Zeit hob er das Fernglas und sah zu dem Nachbaratoll mit der schwarzen Pyramide, jedoch ohne Erwartung, daß sich dort etwas tun würde. Und so war es auch. Es verwunderte ihn nicht weiter. Schließlich dürfte Valerie erst vor kurzem drüben angekommen sein.

Also öffnete er eine weitere Dose, lehnte den Kopf zurück und genoß den Tag. Wenn ihn seine Geheimdiensttätigkeit etwas gelehrt hatte, dann war es zu warten. Oft hatte der größte Teil eines Einsatzes nur daraus bestanden – wenngleich in einem angespannten Zustand, der einen jederzeit reagieren ließ.

Und so richteten sich seine Nackenhaare augenblicklich auf, als sich hinter ihm an dem leisen Rauschen der Brandung etwas änderte. Er griff sofort nach der schallgedämpften MPi, die er dabei hatte, und sprang auf.

Kaum herumgewirbelt, erstarrte er.

Nein, es waren keine Gegner, die dort aufgetaucht waren – trotzdem war Hank weit davon entfernt, sich erleichtert zu fühlen. Ungläubig starrte er auf die Kreatur, die keine fünfzig Meter von ihm entfernt aus dem Meer stieg und ans Ufer stapfte.

Ein Wesen wie dieses hatte Hank noch nie gesehen – und auch noch nie gehört, daß es etwas Derartiges gab. Es war über zweieinhalb Meter groß und wirkte wie eine aufrechtgehende Mischung aus Insekt, Reptil und Haifisch. Aus dem unteren Ende des ameisenhaften Leibes ragten drei heuschreckenartige Beine hervor, aus dem oberen zwei pendelnde Tentakel, und darüber befand sich ein schlanker, nach vorne geschwungener Kopf, der an den eines Hammerhais erinnerte.

Und es kam direkt auf ihn und seine Ausrüstung zu.

Hank spürte, wie sein Unbehagen wuchs. Es war nicht nur der Schock der unerwarteten Begegnung, sondern eine Art Aura, die das Wesen umgab.

Es war böse.

Unendlich böse.

Hank widerstand dem Gefühl, in Panik zu fliehen. Er hielt das Geschöpf für ein Tier, und das war sein Fehler. In Anbetracht der Umstände war es sicherlich ein verzeihlicher Fehler – doch es sollte der letzte in seinem Leben sein.

Hank fühlte, wie er von einer heftigen Übelkeit erfaßt wurde, die in seine Eingeweide stach. Es war eine Übelkeit – das spürte er genau –, die von dieser Kreatur ausging. Sie schob sie gleichsam einer gewaltigen, unsichtbaren Bugwelle vor sich her.

Hank stolperte ein paar Schritte zurück und zielte direkt auf den Leib des Wesens. Er feuerte erst eine Kugel ab und dann, als sie keinerlei Wirkung zeigte, eine ganze Salve – ohne zu wissen, daß er damit sein Todesurteil unterschrieb.

Die Salve blieb ebenfalls ohne Wirkung. Die Kugeln prallten einfach an dem Körper ab und zischten als Querschläger umher. Dafür nahmen die Augen der Kreatur Hank Jennings zum ersten Mal genau ins Visier.

Es wäre gut möglich gewesen, daß der ZERSTÖRER ihn, falls er ruhig geblieben wäre, gar nicht weiter beachtet hätte – genauso wie die vielen Fische, Krebse oder Würmer ringsumher. Doch so dicht vor seinem Ziel, auf das er monatelang über den Meeresboden zumarschiert war, reagierte er gereizt auf jede Störung. Und erst recht auf einen Angriff, egal wie lächerlich dieser sein mochte.

Der Kopf des Tieres ruckte genau in Hanks Richtung. Aus dem Haifischmaul löste sich ein dumpfer Laut, wie er ihn noch nie gehört hatte. Es war ein Ton, der aus den tiefsten Abgründen der Hölle zu kommen schien. Und im selben Augenblick, da er Hank erreichte, zerfetzte er ihn in Tausende kleine blutige Stücke, von denen einige bis an die Bordwand der MONIQUE TIESMA klatschten, ehe auch die Yacht krachend zerbarst.

Der ZERSTÖRER hielt deshalb keinen Moment lang inne. Seine Haifischaugen richteten sich sofort wieder auf das Nachbaratoll mit der schwarzen Pyramide, das sich am Horizont abzeichnete. Unaufhaltsam stapfte er weiter darauf zu, bis er erneut in den Ozean eintauchte und davon verschluckt wurde. Nur die Trümmerstücke der Yacht, die ringsumher langsam im Meer versanken, deuteten noch auf sein Wirken hin.

Suzy Duvall hatte keine zehn Meter von dem Eingang zu Kars Schulungskammer Posten bezogen. Dort stand sie an die Korridorwand gelehnt, ihre Pistole in beiden Händen und den Blick auf die Pforte gerichtet.

Sie hatte es nicht länger untätig vor den Monitoren der Überwachungsanlage ausgehalten. Ihr war bewußt, daß sie sich nicht verstecken konnte. Wenn Jack mit seinem Vorhaben scheiterte, würde Kar wissen, daß sie es gutgeheißen hatte. Somit blieben nur zwei Möglichkeiten: Entweder Jack trat aus der Kammer und hatte ihn erledigt – oder aber Kar kam heraus. Und in diesem Fall wußte sie genau, was sie zu tun hatte. Alles in ihr richtete sich darauf ein. Denn mit jeder Minute, die verging, wurde Jacks Rückkehr unwahrscheinlicher.

Suzy erschrak, als sich die Pforte öffnete. Sofort legte sie an, bereit abzudrücken, falls dort Kars schuppige Echsenhaut erschien. Doch sie mußte es nicht tun.

Es war Jack Warden, der aus der Kammer hervorgetaumelt kam. Orientierungslos stolperte er umher, den Revolver in der träge herunterhängenden Hand, während sich die Öffnung wieder schloß. Wie blind stieß er gegen die Korridorwand und hielt verwirrt inne. Dann schien er Suzy entdeckt zu haben und torkelte wie mit letzter Kraft auf sie zu, um ihr erschöpft in die Arme zu fallen. Wenn sie ihn nicht festgehalten hätte, wäre er zu Boden gestürzt.

»Jack!« stieß Suzy hervor. »Endlich!«

Er schien Mühe zu haben, sie zu erkennen. »Suzy«, keuchte er vollkommen erschöpft. Seine Kleidung war schweißgetränkt. »Ich ... ich ...«

»Was ist los? Red schon!« Suzy schüttelte ihn. »Hast du ihn erledigt?«

Jack schüttelte den Kopf, aber nur wie um sich von wirren Träumen zu befreien. Dann nickte er. »Ja ... ja! Er ist tot!«

Suzy blieb skeptisch. Das wäre zu schön, um wahr zu sein. »Bist du dir völlig sicher? Du warst sehr lange in der Kammer. Vielleicht war es nur eine Illusion.«

»Nein, ich ...« Wieder schüttelte er den Kopf, als hätte er Mühe, sich daran zu erinnern. Suzy nahm es ihm nicht übel. Sie wußte, wie es in der Kammer war. »Ich habe ihn erschossen.«

»Warum warst du so lange drinnen?«

»Es gab einen Durchgang. Tiefer in die Pyramide hinein. Dort habe ich Kar gefunden. Er war direkt vor mir. Und ich ...« Jack hob seinen Revolver, wie um es zu demonstrieren Er bemerkte, daß die Trommel leergeschossen war. »Siehst du? Jeder Schuß traf. Kein Zweifel, Kar ist tot!«

»Einen Beweis hast du nicht?«

Er stieß ein ärgerliches Schnauben aus. »Was verlangst du? Daß ich seinen Kadaver hierher schleppe?« Sein Ärger schien seine Lebensgeister wiederzuerwecken.

»Nein, es ist nur so, daß ich einfach Angst habe!«

Das schien ihn zu besänftigen. »Schon gut. Der Alptraum ist vorbei. Kar kann uns nichts mehr anhaben.« Er schloß die Arme um sie und drückte sie an sich.

Suzy war etwas unwohl dabei, wie fest er sie an sich preßte. Mühsam schob sie ihn von sich. »Noch ist nicht alles vorbei.«

»Ach ja, die Kriegsschiffe! Wir müssen fliehen.«

»Und die Lade mitnehmen. Sie ist das einzige von Wert hier. Ich werde meiner Besatzung sagen, daß sie uns dabei helfen soll. Dann können wir in weniger als einer halben Stunde weg sein.«

»Was ist mit den Gefangenen?«

Suzy schürzte die Lippen. »Uns bleibt nichts anderes übrig: Wir müssen sie umbringen. Sie sind die einzigen Zeugen. Und die Anlagen in der Halle sollten wir auch zerstören.«

Jack lud seinen Revolver nach. »Also gut! Machen wir es so!«

Sie machten sich auf den Weg. Auf den ersten Metern war Jack noch etwas wacklig auf den Beinen, aber seine Kräfte kehrten erstaunlich schnell zurück. Irgendwann begann er zu lachen.

Suzy sah ihn stirnrunzelnd an. »Was hast du?«

»Nichts. Ich habe mir nur überlegt, daß du mir so sehr viel besser gefällst.«

»Was meinst du mit so?«

»Seitdem du weißt, daß Kar tot ist, wirkst du viel freier und entschlossener.«

»Ist das ein Wunder?«

Suzy blieb abrupt stehen, als vor ihr aus einem Seitengang zwei ›Dummies‹ hervortraten und den Weg versperrten. Obwohl sie unbewaffnet waren und nichts weiter taten, fühlte sie sich wie in Eiswasser getaucht.

»Aber das ...« Das war unmöglich! Außer ... »Kar ist nicht tot!« keuchte sie. »Du hast ihn verfehlt!«

Sie wandte sich zu Jack um und zog dabei ihre Pistole, die sie wieder eingesteckt hatte. Doch er war mit einem Schritt bei ihr und schlug sie ihr aus der Hand. »Jack, was tust du?« rief Suzy erschrocken.

Er drängte sie gegen die Korridorwand, brachte sein Gesicht nahe an ihres und starrte sie an. »Richtig!« zischte er. »Kar ist nicht tot! Jack ist es!«

Es war seltsam, ihn von sich in der dritten Person sprechen zu hören, aber Suzy begriff sofort, was das bedeutete. Und sie fand sich unvermittelt in ihrem schlimmsten Alptraum wieder. Kar hatte Jack zu einem seiner Parasitenträger gemacht!

»Ich sehe, du verstehst!« zischte Jack. In seinen Augen leuchtete es irr. »Hast du wirklich geglaubt, du könntest mich hintergehen? Ich wußte schon lange, daß ich euch nicht mehr trauen kann. Bei Jack hat mich das nicht verwundert; ihm geht es nur um den eigenen Vorteil. Aber ich dachte, wenigstens dir könnte ich vertrauen!«

Suzy versuchte vergeblich, sich zu befreien. Er hielt sie mit Leichtigkeit fest.

»Ich habe dir alles geboten!« zischte Jack. »Die ganze Welt und meine Liebe. Sag mir nur eines: Warum hast du all das verschmäht?«

Suzy schluckte. Sie wußte die Antwort: Weil er kein Mensch mehr war! Aber sie wagte nicht, es auszusprechen. Alles in ihr fühlte sich mit einem Male entsetzlich taub an.

Als er begriff, daß er keine Antwort bekommen würde, zog er sie den Korridor entlang, wieder in die entgegengesetzte Richtung.

»Was hast du vor?«

»Vielleicht hast du meine Liebe verschmäht, weil ich kein Mann mehr bin. Aber Jack ist es. Und auf diese Weise werden wir ein letztes Mal zusammensein.«

Suzy schrie entsetzt auf. Sie sträubte und wand sich, aber er schleifte sie unerbittlich weiter. Dann hatten sie Jacks Kammer erreicht. Er fetzte ihr die Kleidung vom Leib, als verfügte er über scharfe Krallenhände, und warf Suzy auf Bett, um sofort über sie herzufallen.

Suzy wehrte sich nach Leibeskräften, aber es hatte keinen Sinn. Jack schien über schier übermenschliche Kräfte zu verfügen – die Kräfte einer Echse.

Genau das war das Schreckliche daran. Sie hatte gewiß oft mit Jack geschlafen, und sie beide liebten es durchaus rauh, aber in diesem Moment war es, als würde sie schuppige Haut auf und in sich spüren. Jack war wie ein wildes Tier, das sich in einen Rausch hineinsteigerte. Suzy schrie und schrie, aber er nahm keine Rücksicht darauf.

Irgendwann, nach Ewigkeiten, war es vorbei. Jack ließ von ihr ab, erhob sich und richtete seine Kleidung. Mitleidslos und unbewegt blickte er auf Suzy herab.

»Ich denke, du hast einen Vorgeschmack darauf bekommen, was es heißt, mich zu betrügen«, sagte er. »Ich werde mich später mit dir weiterbeschäftigen. Jetzt brauchen die Vorbereitungen für den Start hier in der Halle meine volle Aufmerksamkeit. Jack wird dich zu Sutherland und den anderen Gefangenen schaffen. Ich denke, dort ist dein angemessener Platz.«

Suzy sagte nichts, sondern lag nur da und starrte ins Leere. Sie war nicht einmal in der Lage zu schluchzen oder zu weinen. Kar hatte ihr die größte Demütigung ihres Lebens beigebracht – und sie wußte, daß er genau das gewollt hatte.

»Zieh dich an und folge ihm«, sagte Kar. »Und glaube nicht, du könntest die Sache abkürzen, indem du dich widersetzt. Jack hat Anweisung, dich nicht zu töten, sondern nur zu verletzen!«

In Jacks Augen ging eine Veränderung vor, und die nächsten Worte waren nicht mehr von Kars Geist erfüllt, sondern leblos und monoton: »Anziehen und folgen!«

Als Suzy nicht reagierte, richtete er seinen Revolver auf ihren Oberschenkel. »Anziehen und folgen! Oder ich schieße.«

Suzy blieb nichts anderes übrig. Wie in Trance raffte sie den brauchbaren Rest ihrer zerfetzten Kleidung zusammen.

Hinter ihnen betrat eine schwarzgekleidete Person die Kammer.

»Na, ihr Turteltäubchen?« sagte sie.

Jack wandte sich um und blickte auf die blonde Frau in dem schwarzen Neoprenanzug, die dort aufgetaucht war. Die Pistole in ihrer Hand war mit einem Schalldämpfer bestückt und auf ihn gerichtet.

»Hallo, Jack!« Valerie blinzelte ihm zu. »So sieht man sich wieder.«

Auf seinem Gesicht zeigte sich keine Überraschung;

dazu war er als Parasitenträger nicht mehr fähig. Ihm war nicht einmal anzumerken, ob er Valerie überhaupt wiedererkannte. Dennoch war er durch ihr Auftauchen sichtlich verunsichert. Er schien keine Instruktionen für einen Fall wie diesen zu haben. Hinter seiner Stirn arbeitete es. Dann hatte er seine Entscheidung getroffen.

Er tat das Falscheste, was er versuchen konnte: Er hob seine Waffe und wollte auf Valerie schießen.

Er hatte keine Chance. Es machte zweimal kurz hintereinander ›Plopp!‹, und mit zwei Treffern in der Stirnesmitte kippte er hintenüber. Ein letztes Zucken lief durch seine Glieder, dann war es vorbei.

Valerie empfand keine Skrupel. Als sie auf Jack geschossen hatte, war er längst tot gewesen – schon seit dem Zeitpunkt, da ihm der Parasit eingepflanzt worden war. Sie wußte das nur zu gut aus eigener Erfahrung. Allein die persönliche Intervention des Orakels von Delphi hatte ermöglicht, sie in einer Zeremonie von dem Parasiten zu befreien. Doch dieser Weg stand Warden und anderen nicht offen. Manchmal wußte Valerie nicht einmal, ob es nicht besser gewesen wäre zu sterben, als mit der Erinnerung an diese Zeit totaler Unterjochung zu leben.

Valeries Eingreifen hatte Suzy aus ihrer Trance geholt. Sie blickte auf Wardens Leichnam und war viel zu überrascht, um so etwas wie Genugtuung zu empfinden.

»Denk nicht, ich hätte es dir zuliebe getan!« meinte Valerie. Sie trat neben Jacks Leichnam und drehte ihn mit dem Fuß so, daß der Kopf von allen Seiten zu sehen war.

»Der Parasit«, sagte Suzy. »Wenn er nicht getroffen wurde, wird er bald austreten.«

Valerie verzog verächtlich die Mundwinkel. »Stell dir vor, das weiß ich! Oder hast du vergessen, daß ich, was Parasiten angeht, eine echte Expertin bin? Los, zieh dich wieder an.«

Suzy streifte sich ihren Rock und die zerfetzte Bluse über. Derweil trat der Parasit aus Wardens Schädel aus und versuchte über den Boden zu fliehen. Valerie wagte es nicht, ihn mit der dünnen Sohle ihrer Tauchschuhe zu zertreten, aus Furcht, daß er irgendwelche Stacheln haben könne. Also zerfetzte sie ihn mit einem gezielten Schuß. Dann zog sie die Asiatin am Handgelenk vom Bett.

»Hören Sie!« rief Suzy beschwörend. »Wir müssen hier raus und verschwinden! Die Pyramide wird uns um die Ohren fliegen!«

»Erstens«, stellte Valerie klar. »Wir müssen gar nichts. Die einzige, die etwas muß, bist du. Und zwar das tun, was ich dir sage. Als erstes bringst du mich du dem Raum, wo Sutherland und die anderen gefangen sind!«

»Und wenn ich mich weigere? Ohne mich werden Sie den Raum nie finden!«

»Wieder falsch! Ich werde ihn finden! Es würde nur länger dauern. Außerdem müßte ich dich dann gleich erschießen, um keine Zeit zu verlieren.« Ihr Tonfall ließ keinen Zweifel offen, daß sie es tatsächlich so meinte.

Suzy gab sich geschlagen. »Also gut.«

Valerie stieß sie auf den Korridor hinaus. »Und du wirst mir ein paar Auskünfte geben. Ich bin nämlich gerade erst angekommen. Ohne dein Schreien hätte ich euch nie gefunden.«

Suzy starrte Valerie an. »Wie lange ... haben Sie am Eingang gestanden, während Jack ... während Kar ...?«

Die Art und Weise, auf die Valerie den Blick erwiderte, war knallhart. »Ich mußte warten, bis Kar seine unmittelbare Kontrolle aufgibt. Sonst hätte er mich über Jacks Augen gesehen. Und ich möchte ihm die Überraschung, mich wiederzusehen, nicht verderben.«

Suzy schluckte. Sie verstand. »Er wird trotzdem merken, daß Jack und sein Parasit tot sind.«

»Mag sein. Aber er wird denken, daß du Jack erledigt

hast. Und dich dürfte er derzeit für ein eher nebenrangiges Problem halten.«

Während sie gingen, sah Valerie sich immer wieder nach allen Seiten um. Doch sie blieben allein.

Bald hatten sie die Kammer erreicht, ohne weiteren ›Dummies‹ über den Weg gelaufen zu sein. Suzy legte ihre Hand kurz an die schwarze Wand, woraufhin sich der Eingang öffnete.

Die fünf eingesperrten Abenteurer starrten der Israelin so fassungslos entgegen, als sei sie ein Gespenst.

Valerie ließ ihre Waffe sinken und entspannte sich etwas. Es war also keine Falle gewesen. Ernst sah sie die anderen an.

»Es gibt Neuigkeiten«, sagte sie auf ihre unnachahmliche Art. »Sie werden vorzeitig aus der Haft entlassen.«

Erst diese Worte schienen die anderen zu überzeugen, daß sie es wirklich war.

»Valerie!« stieß Pierre mit weit aufgerissenen Augen hervor. »Wie kommen Sie hierher?«

»Das gleiche könnte ich Sie fragen, finden Sie nicht?«

Pierre hätte sie schlichtweg umarmen können. Das war sie – die alte Valerie! Er ertappte sich, beinahe gedacht zu haben: seine alte Valerie!

»Das ist ganz einfach«, erklärte Tom schlagfertig. »Pierre, Gudrun und ich sind von Warden hergelockt worden. Und Sir Ian und Pierre wurden mit einer Transportanlage von Kar direkt aus Schottland hierher entführt. Und Sie?«

Valerie deutete auf Suzy. »Über die Navigationsdaten ihrer Yacht. Ich habe festgestellt, daß sie übermäßig oft Halt an diesem Atoll macht. Was lag näher, als hier nach dem Rechten zu sehen?«

Suzy runzelte die Stirn. »Wie kommen Sie an diese Daten?«

Valerie schenkte ihr ein mitleidiges Lächeln.

»Schätzchen, das ist ganz einfach. Du hast eine Satelliten-Navigationsanlage an Bord. Jedesmal, wenn du eure Position abrufst, wird sie auch gespeichert. Dann braucht man nur noch jemanden, der Zugriff auf diese Daten hat.«

Ein dumpfes Rumpeln lief durch die Pyramide, und der Boden unter ihren Füßen begann zu schwanken. Es war wie ein Erdbeben, so stark, daß sie fast das Gleichgewicht verloren hätten. Dann war es wieder vorbei. Aber das sonst fast unspürbare Vibrieren war nun deutlich stärker geworden.

»Das ist Kar!« rief Tom. »Er will es wirklich wahr machen! Wir müssen ihn aufhalten!«

Sie stürmten hinaus auf den Korridor – wo sie wieder stehenblieben.

»Dazu müssen wir ihn erst einmal finden!« schränkte Pierre ein.

»Er ist in der Halle«, sagte Suzy. »Von dort aus lenkt er das Ganze!« Die Abenteurer sahen sie zweifelnd an. »Er hat es vor ein paar Minuten selbst gesagt«, bekräftigte Suzy. »Sie können mir vertrauen!«

»Warum sollten wir das tun?« fragte Pierre. »Nach allem, bei dem Sie die Hände im Spiel hatten?«

»Hören Sie!« Suzy hob beschwörend die Hände. »Sie mögen es nicht glauben, aber wir stehen auf derselben Seite. Jack und ich haben gerade versucht, Kar zu töten. Wir haben begriffen, daß er eine Gefahr ist!«

»Was ist mit Jack?« fragte Connor.

»Er ist tot«, sagte Valerie. »Er hatte einen Parasiten im Kopf. Und was sie betrifft ...« Sie deutete auf Suzy. »Als ich sie traf, hat Kar Jack gelenkt. Und er schien ziemlich sauer auf sie zu sein.«

»Da hören Sie es!« rief Suzy. »Ich kann Ihnen helfen. Ich kenne mich hier aus.«

»Gut«, entschied Sutherland nach kurzer Überlegung. »Aber wir dürfen jetzt keine Zeit verlieren. Kar kann unser Entkommen jederzeit entdecken und die Anlage gegen uns einsetzen. Bleibt zu hoffen, daß er momentan zu beschäftigt dazu ist.«

Valerie fluchte.

»Was haben Sie?« fragte Tom.

»Leider viel zu wenig Ahnung, was es mit der Pyramide und all dem hier auf sich hat.«

»Das ist nicht wichtig«, sagte Tom. »Wichtig ist, daß Sie da sind. Was haben Sie an Waffen dabei?«

»Direkt bei mir nicht sehr viel. Noch einen Betäubungsnadler und ein paar Granaten mit Betäubungs-, Blend- oder Rauchfunktion. Ich wollte mich erst einmal nur umschauen. Aber draußen ...«

Sie kam nicht mehr zum Ausreden.

»Da!« rief Pierre und deutete zum Korridorende.

Dort war urplötzlich ein ›Dummie‹ aufgetaucht. Er hielt wie überrascht inne, als er sie erblickte, dann hob er seinen Arm, um mit der Waffe auf sie anzulegen.

Plopp!

Er kam nicht mehr zum Abdrücken, sondern fiel auf die Knie. Erst sah es so aus, als stürze er vornüber, doch dann sammelte er noch mal seine Kräfte und hob den Waffenarm erneut.

Plopp!

Der zweite Treffer warf ihn endgültig zu Boden.

»Damit dürften wir entdeckt sein«, sagte Valerie und ließ ihre Waffe sinken.

»Am besten, wir trennen uns«, sagte Sutherland. »Dann hat Kar weniger Möglichkeiten, uns alle auf einmal einzufangen.«

»Ich gehe auf jeden Fall zur Halle«, sagte Tom. »Los, Valerie, geben Sie mir den Nadler!«

Sie tat es. »Ich weiß aber nicht, ob er gegen die Parasitenträger wirkt. Und er hat nur eine Reichweite von knapp dreißig Metern«, warnte sie ihn.

»Es muß reichen. Ich werd' schon damit klarkommen.« Tom hob die Waffe, besah sie sich genauer und runzelte die Stirn. »Äh, wie entsichert man das Ding?«

Valerie zeigte es ihm, als Suzy warnend aufschrie.

Wieder waren am Korridorende zum Pyramideninneren hin ›Dummies‹ aufgetaucht. Diesmal waren es drei, und sie hielten die Waffen bereits schußbereit in den Händen.

Valerie wirbelte sofort herum und riß ihre Waffe hoch – doch sie kam ebenso wenig dazu abzudrücken wie die ›Dummies‹.

Wieder lief ein gewaltiges Rumpeln durch die Pyramide, diesmal noch kräftiger als zuvor. Es warf sie alle von den Beinen. Der Boden unter ihren Füßen bewegte sich sekundenlang ruckhaft auf und ab, ehe er sich wieder beruhigte. Erneut war das Vibrieren stärker geworden.

Die Abenteurer kamen zügig wieder auf die Beine, während die ›Dummies‹ ihre Schwierigkeiten damit hatten.

»Weg hier!« rief Tom.

Sie rannten los. Keinen Moment zu früh. Bevor die ›Dummies‹ das Feuer eröffnen konnten, waren die Abenteurer hinter der nächsten Gangbiegung verschwunden. Dahinter blieben sie stehen.

»Was jetzt?« keuchte Tom. »Der Weg zur Halle ist erst mal versperrt.«

»Dann müssen wir ihn freikämpfen!« sagte Valerie.

Tom nickte. Er spähte einen kurzen Moment um die Ecke und zog den Kopf sofort wieder ein, als Schüsse aufpeitschten. »Sie kommen direkt hierher. Und hinter ihnen sind zwei weitere ›Dummies‹ aufgetaucht.«

»Dann dürfte Kar wirklich zu abgelenkt sein, um seine Anlage einzusetzen«, überlegte Sutherland. »Sonst würde er nicht die ›Dummies‹ schicken!«

»Was für ein Trost«, meinte Tom sarkastisch. »Und wie sollen wir jetzt in die Halle kommen – mit nur einer richtigen Waffe?«

»Ich habe noch eine ganze Menge mehr Spielzeug dabei«, sagte Valerie. »Aber es ist draußen am Strand, wo ich angekommen bin. Das würde ausreichen, um uns einigermaßen auszurüsten. Aber wir müssen es holen.«

Sie zogen sich weiter zurück, ehe die ›Dummies‹ um die Biegung kamen.

»Wir brauchen auch Sprengstoff«, fügte Suzy an. »Falls der Eingang zur Halle geschlossen ist. Den bekomme selbst ich nicht auf.«

»Ist alles vorhanden«, meinte Valerie. »Mehr als genug.«

Über zwei langgezogene Treppen kamen die Abenteurer wieder auf das Niveau des Inselbodens hinauf. An ihrem Ende blieben sie stehen.

Valerie sah nach unten. »Von hier aus könnte man sie eine Zeitlang in Schach halten.« Sie sah Tom an. »Am besten übernehmen wir das.«

»Gut.« Sutherland hatte nichts einzuwenden. »Wir werden so schnell wie möglich wieder bei Ihnen sein.«

Valerie erklärte ihnen, wo sie die Ausrüstung finden würden. Die anderen eilten davon, auf den Ausgang zu. Jetzt konnten sie nur hoffen, daß sich ihnen kein bewaffneter ›Dummie‹ in den Weg stellte. Ihre einzige Waffe war Pierres Taschenmesser.

Aber das Glück schien ihnen hold zu sein. Niemand griff sie an. Unbehelligt erreichten sie den Ausgang. Die Insel lag noch immer idyllisch und ruhig da.

Das änderte sich, als die Pyramide erneut zu beben begann. Sie sprangen hinaus und landeten im Sand. Doch auch hier waren die Erschütterungen deutlich zu spüren. Instinktiv krochen die drei weiter, um sich in Sicherheit zu bringen. Als Sutherland zurück zur Pyramide sah, schien es, als schüttelte sie sich, wie um an ihren Fesseln zu reißen. Rings um die schwarze Außenhaut sackte der Boden der Insel gut einen Meter ein, und Risse durchzogen den Boden.

Dann kehrte wieder Ruhe ein.

»Wir müssen uns beeilen!« rief Sutherland. Er sprang auf und lief weiter. Womöglich war Kars Vorhaben, die Pyramide zu starten, gar nicht so wahnwitzig, wie sie alle gedacht hatten.

Connor, Gudrun und Suzy folgten ihm dichtauf.

Im Innern der Pyramide wäre Tom während der Erschütterungen beinahe die Treppe hinabgestürzt, hatte sich aber gerade noch festhalten können.

»Das war knapp«, meinte er, als sich alles wieder beruhigt hatte. Er sah nach unten. »Noch ist niemand zu sehen.«

»Sie werden nicht lange auf sich warten lassen«, sagte Valerie. »Viel wichtiger ist, wie viele es sein werden. Ich habe nicht endlos Munition. Und wenn ich für jeden zwei gute Treffer brauche...«

Tom war wieder einmal erstaunt, wie kühl und berechnend sie sich anhörte. »Was ist mit den Betäubungsgranaten?«

»Ich weiß nicht, ob sie bei Parasitenträgern wirken. Außerdem müssen wir da wieder durch, wenn wir zu Kar wollen, und ich habe nur eine Gasmaske. Geben Sie mir lieber noch ein paar Informationen, solange noch Zeit ist! Kar ist also hier?«

»Ja. Aber ich denke, Sie sollten sich auf eine Überraschung gefaßt machen, wenn Sie ihn wiedersehen. Er ist nicht mehr der Mensch, der er früher war. Genauer gesagt, ist er überhaupt kein Mensch mehr.«

Valerie sah ihn durchdringend an. »Erzählen Sie!«

Tom folgte der Aufforderung, doch für mehr als ein paar grobe Erklärungen reichte es nicht. Dann tauchten die ersten ›Dummies‹ auf und gingen auf den unteren Treppenabsatz zu.

Tom und Valerie zogen sich in ihre Deckung zu beiden Seiten der Treppe zurück, bevor sie entdeckt werden konnten.

»Wie viele sind es?« raunte Tom.

»Mindestens acht. Vielleicht noch mehr.«

Tom nickte. Er packte den Nadler mit beiden Händen und atmete tief durch.

»Warten Sie«, flüsterte Valerie. »Denken Sie an die geringe Reichweite. Erst wenn sie in der Mitte der Treppe sind.«

Es dauerte nur wenige Sekunden, aber die dehnten sich zu Ewigkeiten. Das schleifende Geräusch der Schritte kam näher und näher. Tom und Valerie sahen sich an. Die Israelin hob ihre linke Hand und zeigte drei Finger. Dann zwei. Dann einen. Und dann...

Sie sprangen zugleich aus der Deckung und eröffneten das Feuer. Toms Nadler stand auf Dauerfeuer. Binnen ein, zwei Sekunden jagte er gut zehn Nadeln die Treppe herab, während er die Waffe hin und her schwenkte. Valerie kam gerade auf vier Schuß, dann prasselte ein Kugelhagel zu ihnen hoch, und sie mußten wieder in Deckung springen.

»Verdammt!« stieß Tom aus. »Das sind über ein Dutzend!«

»Minus zwei.«

»Bleiben genug übrig. Wir müssen weg hier! Sie sind jeden Moment oben!«

»Nur einen Moment noch!«

Valerie sprang nochmals aus ihrer Deckung und jagte die restlichen Schüsse ihres Magazins nach unten, doch diesmal kam sie gar nicht richtig zum Zielen. Zu schnell klang das Gegenfeuer auf. Sie tauchte auf den Boden ab und wälzte sich aus dem Schußbereich.

Zur Verständigung mit Tom reichte ein Blick. Zusammen zogen sie sich bis zur nächsten Korridorbiegung zurück. Von dort aus war bereits der Ausgang zu sehen.

»Sie werden uns hinaustreiben«, sagte Tom.

»Das mit Sicherheit. Die Frage ist nur, wie schnell.«

»Wann stellt sich heraus, ob die Nadeln was gebracht haben?«

»In der nächsten halben Minute.« Valerie wechselte das Magazin und zielte mit beiden Händen auf den oberen Treppenabsatz. Noch war dort kein ›Dummie‹ erschienen. Aber es konnte sich nur noch um Augenblicke handeln.

»Was machen Sie da?« fragte Tom. »Kommen Sie in Deckung!«

»Gleich.« Valerie blieb seelenruhig stehen. Sie hatte bemerkt, daß die Parasitenträger ihre Waffen stets nur mit angewinkeltem Arm trugen. Und das bedeutete, daß sie, wenn sie oben ankamen, einen kurzen Moment ungeschützt waren.

Da erschienen schon die ersten ausdruckslosen Gesichter. Valeries Zeigefinger krümmte sich. Die ersten beiden ›Dummies‹ stürzten getroffen nach hinten und rissen ein paar der nachfolgenden mit sich. Doch sofort waren andere da, die ihren Platz einnahmen.

Valerie schaffte es, einen dritten zu erledigen, dann waren die ersten so weit oben, daß sie das Feuer erwiderten. Sofort sprang Valerie in Deckung zurück. Geschoßhagel deckte sie und Tom ein, so heftig, daß sie aus Furcht vor Querschlägern unwillkürlich die Köpfe einzogen. Valerie setzte zweimal dazu an, Schüsse in den Gang zurückzujagen, doch sie hatte keine Chance.

»Uns bleibt nichts anderes übrig«, rief Tom durch den

Schußlärm. »Wir müssen raus. Und dort gibt's in der Nähe so gut wie keine Deckung.«

»Egal. Wenn wir Glück haben, kommen die anderen uns zu Hilfe.«

Sie zogen sich bis zum Eingang zurück, wo sie abermals versuchten, Kars Befehlsempfänger aufzuhalten. Doch viel Erfolg war ihnen nicht beschieden. Valerie brachte zwar ein paar Körpertreffer an, schaffte es aber nicht, auch nur einen endgültig zu erledigen. Die ›Dummies‹ schienen gelernt zu haben und gaben sich gegenseitig Deckung. Und Toms Nadlerbeschuß stellte sich endgültig als unwirksam heraus. Keiner der Parasitenträger zeigte sich von den Treffern beeindruckt.

Trotzdem hielten sie beide die Stellung bis zum letzten. Als sie schließlich ins Freie sprangen und losliefen, war ihnen klar, daß sie niemals weit genug wegkommen würden, um Deckung zu finden.

Genau so war es. Sie waren keine fünfzig Meter weit gekommen, als hinter ihnen die ›Dummies‹ den Ausgang erreicht hatten und das Feuer eröffneten. Sowohl Tom als auch Valerie hatten schon mit dem Leben abgeschlossen und rechneten jeden Moment mit dem ersten Einschlag in ihre Rücken. Doch statt dessen spritzte nur vor ihnen der Sand auf.

»Stehenbleiben!« erreichte sie eine monotone Stimme.

Tom und Valerie blieben stehen und erstarrten. Jeder weitere Schritt war sinnlos und hätte den Tod bedeutet. Es war erstaunlich genug, daß die ›Dummies‹ sie nicht gleich erledigt hatten. Die beiden Abenteurer wechselten einen kurzen Blick. Jetzt kam es darauf an, Zeit zu schinden, bis Sutherland eingreifen konnte.

Langsam drehten sie sich zu den ›Dummies‹ um, die aus der Pyramide kamen. Es waren noch immer neun. Drei hatten Treffer abbekommen und bluteten, ließen sich dadurch aber nicht aufhalten.

Tom ließ den ohnehin nutzlosen Nadler fallen und breitete die Arme aus. Valerie hingegen behielt ihre Pistole vorerst in der Hand.

»Waffe runter!« befahl ihr der erste ›Dummie‹.

»Tun Sie's lieber!« raunte Tom, der ihr Zögern bemerkte. »Sofort!«

Valerie hörte glücklicherweise auf ihn und ließ ihre Pistole in den Sand fallen. »Und wie geht's jetzt weiter?« fragte sie an die Parasitenträger gewandt.

Von ihnen antwortete niemand. Halbkreisförmig und bedrohlich kamen sie auf die Abenteurer zu.

Die drei Gefährten und Suzy hatten mittlerweile den Ort gefunden, wo Valeries Ausrüstung versteckt war. Der Earl of Oake Dùn bedachte den kleinen Unterwasser-Scooter, den unter ein paar zusammengesuchten Palmblättern verborgen war, mit einem anerkennenden Blick. Schlechte Vorbereitung konnte man der Israelin wahrlich nicht vorwerfen. Connor, Gudrun und er versorgten sich mit Pistolen und genügend Ersatzmagazinen und nahmen auch das Gewehr mit. Von der Pyramide her waren Schüsse zu hören – das Zeichen, daß Tom und Valerie dringend ihre Hilfe benötigten.

»Was ist mit mir?« fragte Suzy. »Bekomme ich keine Waffe?«

»Sie haben es erfaßt«, antwortete Sutherland. Er reichte ihr einen Rucksack, in dem sich laut Valerie Sprengstoff und Zünder befanden. »Hier, tragen Sie das!«

Sie machten sich auf den Rückweg. Als sie aus dem kleinen Palmenhain heraustreten wollten, zuckten sie zurück und gingen in Deckung. Keine zweihundert Meter von ihnen entfernt waren Tom und Valerie zu sehen. Sie hatten ihre Waffen fallenlassen und wurden langsam von Parasitenträgern eingekreist.

»Verdammt!« Selbst dem so kühlen Connor kam ein Fluch über die Lippen. »Man hat sie geschnappt!«

»Aber sie leben noch!« gab Sutherland zurück. »Wir müssen ihnen helfen.«

»Wie?« fragte Gudrun. »Wenn wir rausgehen, werden die ›Dummies‹ sofort auf uns schießen.«

Sutherland zog das Gewehr hervor. »Dann muß es von hier aus gehen. Connor, was trauen sie sich mit der Pistole zu?«

Sein Butler sah skeptisch drein. »Vielleicht zwei, wenn ich mir welche vornehme, die sich weiter weg von Tom und Valerie befinden. Sonst könnte ich sie treffen.«

Sutherland sah Gudrun an.

»Fragen Sie mich besser erst gar nicht«, sagte sie. »Ich bin keine gute Schützin. Auf diese Distanz traue ich mir keinen sicheren Treffer zu.«

»Aber ich!«

Die drei sahen Suzy an.

»Na los!« forderte die Asiatin. »Geben Sie mir schon eine Waffe! Für einen Abschuß bin ich mindestens gut.«

Sutherland zögerte, dann reichte er ihr eine langläufige Pistole. »Also schön. Aber Sie schießen erst auf mein Kommando.«

»Ich habe nichts anderes vor!« versicherte Suzy Duvall.

Sutherland teilte die Ziele auf. Er selbst würde sich die Dummies vornehmen, die den beiden Gefährten am nächsten standen.

»Für alle wird das trotzdem nicht reichen«, sagte Gudrun.

»Ich weiß«, meinte Sutherland, während er über Kimme und Korn zielte. »Wir müssen darauf hoffen, daß Tom und Valerie schnell schalten und ein bißchen improvisieren.«

Er kam nicht mehr dazu, den Feuerbefehl zu geben.

Erneut begann die Pyramide zu beben und mit ihr das

gesamte Atoll. Wieder waren die Erschütterungen erheblich stärker als beim Mal zuvor. Sutherland hatte das Gefühl, als würde sich der Sand unter ihm ein paar Meter weit heben, um dann wieder zurückzusacken. Überall war der Boden in Bewegung. Ein paar der sturmerprobten Palmen verloren ihren Halt und fielen entwurzelt um. Und das Meer ringsherum schien zu kochen. Die Erschütterungen dauerten diesmal deutlich länger, ehe wieder Ruhe einkehrte.

Sutherland schüttelte den Sand ab und spähte dorthin, wo Tom und Gudrun sich befanden. Sie hatten das Beben offenbar gut überstanden; die Dummies leider ebenso. Die Hälfte von ihnen war zwar gerade dabei, wieder auf die Beine zu kommen, aber die anderen hatten die Lage unter Kontrolle behalten.

»Schnell!« rief Sutherland. »Das ist unsere Chance !«

Connor und Suzy gingen in Position – doch wieder kamen sie nicht zum Feuern.

»O mein Gott!« stieß Gudrun hervor und starrte zum Ufer hinter ihnen, von wo sie die Ausrüstung geholt hatten.

Sutherlands Kopf ruckte dorthin, und er erschrak ebenfalls, als er das Wesen sah, das aus dem Meer gestiegen war und direkt auf sie zustapfte. Er wußte sofort, um was es sich handelte. Zwar war er damals in Bolivien nicht dabei gewesen, als seine Mitarbeiter damit konfrontiert worden waren, aber er kannte ihre Berichte genau genug, um sich sofort sicher zu sein.

Connors erschrockener Ausruf brachte endgültige Gewißheit.

»Der ZERSTÖRER!«

Ein, zwei Sekunden waren sie alle wie gelähmt, dann hob Suzy die Waffe, um auf das Wesen zu schießen.

Connor stürzte zu ihr und drückte ihren Arm herunter. »Nicht! Sonst sind wir alle tot!«

»Aber was ...?« begann Suzy ratlos.

Die Abenteurer sahen gehetzt zum ZERSTÖRER, der keine fünfzig Meter mehr entfernt war und näherkam. Übelkeit begann sich in ihre Eingeweide zu bohren.

»Nein! Keine Zeit. Wir müssen weg! Sofort!« Sutherland sprang auf, genau wie Connor und Gudrun. »Kommen Sie, und vergessen Sie den Rucksack nicht!«

Suzy verstand noch immer nicht, folgte den Abenteurern aber. Sie spürte, daß deren Panik nicht gespielt war.

Sie flüchteten seitlich durch den Palmenhain in Richtung der LAOTSE. Es war der einzige Weg, der ihnen blieb, ohne ins Schußfeld der ›Dummies‹ zu geraten. Nur entfernten sie sich dadurch weiter von Tom und Valerie.

Dafür entkamen sie dem ZERSTÖRER. Die Übelkeit ebbte wieder ab, als sie genügend Distanz gewonnen hatten. Keuchend blieben sie stehen. Daß sie ihn nicht angegriffen hatten, hatte ihnen vermutlich das Leben gerettet.

Schon in Bolivien hatte der ZERSTÖRER nach seiner Freisetzung nur Kars Truppen angegriffen, die in Panik auf ihn geschossen hatten. Aus dieser Erfahrung hatten sie gelernt. Vor einem Wesen wie ihm half nur bedingungslose Flucht.

Und so beachtete er sie gar nicht, sondern stapfte unbeirrt auf die Pyramide zu.

Sutherland schluckte. Keiner von ihnen war jetzt noch in der Lage, einzugreifen und ihren beiden Gefährten zu helfen.

Tom und Valerie sahen den ZERSTÖRER im gleichen Moment, da er aus dem Palmenhain trat. Der stille Ärger der Israelin, daß sie es während des Bebens nicht geschafft hatte, nach ihrer Waffe zu greifen und etwas zu unternehmen, war wie weggewischt. Panik machte sich in ihr breit, genau wie in Tom.

Entsetzt starrten sie auf die Kreatur, die geradewegs auf sie zustampfte. Sie konnten nicht einmal fliehen. Die ›Dummies‹ hätten sie bei jedem Versuch erschossen.

Doch auch den Parasitenträgern blieb das Auftauchen des ZERSTÖRERs nicht verborgen. Ihre blicklosen Augen hatten sich auf ihn gerichtet. Erst schien es, als wollten sie gar nichts tun, dann reagierten sie in einer Art und Weise, wie Tom und Valerie es nie vermutet hätten. Sie ließen sie einfach stehen, als hätten sie jegliches Interesse an ihnen verloren.

Statt dessen gingen sie mit erhobenen Waffen auf den ZERSTÖRER zu, wobei sie seitlich ausschwärmten.

Die beiden Abenteurer hatten keine Zeit, verblüfft oder gar erleichtert zu sein. Im Gegenteil. Schon eröffneten die ersten ›Dummies‹ das Feuer auf den ZERSTÖRER. Kar schien aus den Erfahrungen seiner Männer in Südamerika nichts gelernt zu haben. Aber wie sollte er auch? Schließlich waren sie damals samt und sonders ums Leben gekommen. Die Abenteurer wußten mehr: Wenn der ZERSTÖRER damals durch den konzentrierten Raketenbeschuß der bolivianischen Luftwaffe nicht aufzuhalten gewesen war – wie sollten ihm da ein paar lächerliche Kugeln etwas anhaben können?

»Verfluchte Scheiße!« schätzte Tom die Lage richtig ein. »Wir müssen hier weg!«

Valerie hatte ihre Pistole blitzschnell aufgehoben und sah sich um. »Aber wohin?«

Das war eine gute Frage. Rings um sie war nur freie Fläche und dahinter die Pyramide.

Der ZERSTÖRER hielt wie verärgert inne, als die ersten Kugeln seinen Hautpanzer trafen, ohne ihm Schaden zuzufügen. Sein Kopf ruckte zur Seite, sein Maul öffnete sich, und der Laut, den seine organische Schallkanone ausspie, zerfetzte die Parasitenträger in tausend Stücke.

Tom schluckte. Hätten Valerie und er in der betreffenden Richtung gestanden, wäre es ihnen ebenso ergangen. Die Schüsse der verbleibenden ›Dummies‹ peitschten auf.

»Dorthin!« rief Tom und deutete mit dem ausgestreckten Arm auf den Eingang der Pyramide.

Valerie nickte, und sie spurteten los, während hinter ihnen zwei weitere ›Dummies‹ zerrissen wurden. Die restlichen feuerten dennoch weiter.

Plötzlich begann sich der Eingang vor ihnen zu schließen. Wieder schien es, als würden die beiden Seitenflügel aufeinander zuwachsen. Kar hatte offenbar begriffen, daß er den ZERSTÖRER nicht aufhalten konnte. Und nun versuchte er sich so zu schützen.

»Schneller!« rief Valerie, um Tom anzuspornen, doch das war gar nicht nötig. Er hatte es selbst gesehen und seine Schritte beschleunigt.

Der Boden direkt vor der Pyramidenwand war mittlerweile beträchtlich abgesackt. Gut zweieinhalb Meter lag der Eingang nun höher. Und er schloß sich beständig weiter. Nur noch ein paar Sekunden, und er war endgültig dicht.

Tom und Valerie agierten zusammen, als hätten sie ihr Leben lang nichts anderes getan. Tom lehnte mit dem Rücken an die schwarze Außenfassade und bildete mit den Händen eine Räuberleiter. Valerie sprang behende darauf, und er schleuderte sie regelrecht nach oben. Dann nahm er selbst einen kurzen Anlauf und sprang.

Seine ausgestreckten Hände erwischten die Kante, doch der Boden war zu sandig, um sich festzuhalten. Tom rutschte ab und fiel wieder herunter. Währenddessen röhrte es hinter ihm abermals aus dem Maul des ZERSTÖRERs. Die letzten der spärlicher gewordenen Schüsse verklangen. Offenbar hatte er alle ›Dummies‹ erwischt.

Tom registrierte es mehr unterbewußt. Er nahm erneut Anlauf und sprang. Abermals erwischte er die Kante. Sein Versuch, sich hochzuziehen, scheiterte jedoch. An der glatten Außenwand der Pyramide fand er keinen Halt für seine Füße, und in seinem verletzten Arm hatte er kaum Kraft. Er versuchte es trotzdem und brachte mühsam einen Unterarm über die Kante.

Im Nacken spürte er den Blick des ZERSTÖRERs, der ihn als sein nächstes Ziel anvisierte. Sehr weit weg konnte er nicht mehr sein; Tom spürte schon die typische Welle der Übelkeit.

Da erschien Valerie über ihm, griff mit beiden Armen zu und zog Tom zu sich herauf. Keinen Moment zu früh. Er schaffte es gerade noch, die Beine anzuziehen, ehe sich die Türflügel endgültig schlossen.

Im nächsten Moment brandete von draußen auch schon so etwas wie Donnerhall auf die Pyramide ein und schlug gegen die Außenwand. Tom und Valerie sahen sich bange an. Sie spürten, wie die schwarze Wand erschüttert wurde. Aber sie hielt – auch dann, als der Donnerhall ein zweites und drittes Mal erklang.

»Erstaunlich«, sagte Tom keuchend. »Das einzige Material, das dem ZERSTÖRER bislang standgehalten hat.«

Als sich der Eingang geschlossen hatte, war das Gefühl der Übelkeit sofort wie abgeschnitten gewesen. Nun jedoch war es wieder zu spüren. Zwar nur gedämpft, aber unverkennbar. Dann erklang der Donnerhall wieder, und das schwarze Material vibrierte deutlich.

»Er ist direkt vor der Wandung«, flüsterte Valerie, als hätte sie Angst, er könne sie hören. »Und es sieht nicht aus, als würde er lockerlassen. Wer weiß, wie lange der Eingang standhält.«

Tom hatte dieselbe Sorge. »Wir müssen uns Kar vornehmen. Solange wir noch Gelegenheit dazu haben.«

»Also zur Halle?«

Er nickte. »So schnell wie möglich.«

Sie kannten den Weg mittlerweile. Bis zur Treppe und deren unterem Absatz trafen sie auf die Leichname der ›Dummies‹, die sie erwischt hatten. Valerie war gar nicht wohl bei dem Gedanken, daß deren Parasiten inzwischen längst ausgetreten waren und nun hier irgendwo herumkrochen. Unwillkürlich paßte sie auf, wohin sie die Füße setzte. Tom schien derartige Gedanken nicht zu haben. Andererseits hatte er auch Stiefel an.

Sie hatten die Hälfte des Weges zurückgelegt, als direkt vor ihnen im Korridor die Wände zufuhren und sie es nicht mehr rechtzeitig schafften, durch die Lücke zu schlüpfen.

»Mist!« knurrte Tom. »Sackgasse!«

»Wir müssen uns einen anderen Weg suchen. Hier gibt es doch überall Gänge.«

»Ja«, gab er zu. »Nur welcher ist der richtige?«

Valerie dachte daran, wie Suzy Duvall den Eingang zu der Gefangenenkammer geöffnet hatte: indem sie ihre Handfläche an die Wand gelegt hatte. Valerie versuchte es ebenfalls, ohne Erfolg. Sie hätte Suzy fragen müssen, wie genau das funktionierte.

Sie hatte nicht viel Zeit, es zu bedauern, denn in diesem Moment begann sich die Pyramide erneut zu schütteln. Die beiden wurden hin und her geworfen, flogen gegen die Korridorwände und mußten höllisch achtgeben, um sich nicht zu verletzen. Die Pyramide hüpfte auf und ab wie ein bockendes Pferd. So heftig war es noch nie gewesen.

Valerie und Tom warteten darauf, daß die Erschütterungen wieder abebbten – doch das geschah nicht. Im Gegenteil, sie schienen noch heftiger zu werden.

Tom schlug mit der Stirn gegen die Wand, weil er sich nicht rechtzeitig mit den Händen hatte abfangen können.

Vor seinen Augen tanzte schwarzer Nebel, aber er kämpfte ihn nieder.

»Dieser Wahnsinnige«, schrie er durch das ohrenbetäubende Rumpeln und Schütteln. Überall in den schwarzen Eingeweiden der Pyramide knackte und knirschte es. »Diesmal will er wirklich starten!«

Als Suzy sah, was der ZERSTÖRER mit den ›Dummies‹ anrichtete und mit welcher Leichtigkeit er sie hinwegfegte, verstand sie, warum die Abenteurer so panisch geflohen waren. Abermals erschauerte sie bei dem Gedanken, mit was für Kräften sie sich eingelassen hatte. Wieso hatte sie das nicht schon viel, viel früher begriffen?

Nachdem Tom und Valerie im Innern der Pyramide verschwunden waren, klebte der ZERSTÖRER geradezu auf dem verschlossenen Eingang und bearbeitete ihn mit seinem Schallorgan. Das Röhren und Brüllen war bis hierher zu hören.

Und dann brach übergangslos die Hölle los.

Die Pyramide begann sich zu schütteln, und mit ihr erbebte das gesamte Atoll. Der Boden hob sich schlagartig um gute zehn Meter, und sie wurden in hohem Bogen durch die Luft geworfen. Wenn es kein feiner Sand gewesen wäre, in dem sie landeten, sie hätten sich bestimmt jede Menge Knochen gebrochen. So aber kamen sie glimpflich weg.

Bis jetzt jedenfalls. Denn die Erschütterungen ließen nicht nach. Die Palmen knickten reihenweise um, und die See ringsum begann zu brodeln. Suzy schrie auf, als der hölzerne Anlegesteg krachend in sich zusammenbrach. Die LAOTSE tanzte zwischen den peitschenden Wellen auf und ab, blieb aber an einem der stehengebliebenen Pfähle festgemacht. Noch hielt das Tau.

Immer wieder sackte die Pyramide ein Stück zurück,

um gleich darauf wieder in die Höhe zu rucken. Sutherland erkannte, daß der Eingang mit dem davor hängenden ZERSTÖRER sich schon fast zehn Meter über dem Bodenniveau befand.

»Dieser Wahnsinnige«, schrie Pierre durch das ohrenbetäubende Inferno. Im Zentrum eines Erdbebens hätte es kaum schlimmer sein können. »Diesmal will er wirklich starten!«

Jeder von ihnen begriff, daß dann von dem gesamten Atoll nichts mehr übrigbleiben würde.

»Die LAOTSE!« schrie Suzy. »Nur mit ihr kommen wir hier weg!«

Sie hatte recht. Taumelnd, torkelnd und immer wieder durch die Luft geschleudert, arbeiteten sie sich vorwärts. An die Ausrüstung dachte niemand mehr. Nun ging es nur noch ums nackte Überleben.

Am heimtückischsten waren die meterhohen Wellen, die über die Ufergebiete spülten, wenn die Insel wieder absackte. Gudrun wäre um ein Haar hinweggeschwemmt worden, nur ein paar Meter vor der LAOTSE, doch Connor packte sie rechtzeitig am Kragen und verhinderte es.

Die Yacht wurde heftig hin und her geworfen. Allein der Versuch, an Bord zu klettern, war lebensgefährlich, weil immer wieder hölzerne Reste des Steges gegen die Bordwand schlugen. Aber irgendwie schafften sie es alle, ohne daß sie im nachhinein hätten sagen können, wie. In diesen Augenblicken waren sie viel zu sehr aufs Überleben bedacht, um darauf zu achten. Sie halfen sich alle gegenseitig, so gut es ging.

An Bord zu bleiben und nicht wieder hinuntergeworfen zu werden, war kaum weniger einfach. Die Yacht tanzte auf und nieder. Immer wieder schlugen Brecher über die Reling. Es war ein kleines Wunder, daß die LAOTSE noch keine Schlagseite bekommen hatte.

»Das Tau!« schrie Suzy durch das Toben der Elemente. »Jemand muß es kappen!«

Pierres Taschenmesser war viel zu klein für diese Aufgabe, und außerdem schlug das Tau zu bedrohlich hin und her, um sich ihm zu nähern. Also zogen sie die Pistolen und feuerten darauf. Die meisten Schüsse verfehlten das Ziel. Aber nach ein paar Treffern reichte der nächste kräftige Ruck, und das Seil riß.

Suzy stürzte derweil in die Steuerkabine und startete die Maschinen, die sofort zum Leben erwachten. Dann schob sie den Steuerhebel bis zum Anschlag nach vorn. Das Aufheulen der Motoren ging in dem Inferno ringsum unter. Aber die Yacht begann Fahrt aufzunehmen, und das unkontrollierte Schlingern ließ etwas nach. Suzy steuerte geradewegs aufs offene Meer hinaus – weg von der Pyramide und weg von dem Atoll. Schnittig durchfurchte die Yacht die aufgewühlte See, und je weiter sie sich entfernten, desto mehr beruhigte sich die Fahrt und nahm das Getöse ab.

Die Abenteurer kamen zum ersten Mal dazu, sich umzuwenden, und was sie sahen, ließ ihnen den Atem stocken. Die schwarze Pyramide ragte mittlerweile mehr als doppelt so hoch über der Insel empor wie zuvor. Doch noch immer steckte ihr Sockel im Boden fest, der sich fast wie ein Vulkankegel nach oben wölbte. Gesteinstrümmer und Korallenreste stürzten die Flanken hinab.

Mit jedem Ruckeln und Schütteln kam das dunkle Bauwerk ein Stück mehr frei. Es war ein faszinierendes Kräftemessen – und gefährlich zugleich, genau wie bei einem Vulkanausbruch. Höher und höher stieg die Pyramide in ihrer imponierenden Größe, bis die jahrtausendealten Korallenstöcke unter dem Atoll sie endgültig freigaben. Sandkaskaden stoben auf und wirbelten umher, als die aufgewölbten Ränder des Atolls jäh in sich zusammenstürzten.

Die LAOTSE war vielleicht eine halbe Meile entfernt, als es geschah. Es dauerte zwei ganze Sekunden, ehe der krachende Schall des Ereignisses sie erreichte. Doch das ohrenbetäubende, gewaltige Grollen war lediglich ein Vorzeichen dessen, was sie noch erwartete.

Meerwasser schoß in die entstandene Lücke, um spritzend und gurgelnd in die Höhe zu steigen, bis es fast gegen die glatte Unterseite der darüber schwebenden Pyramide schlug. Und dann ... fiel die gigantische Wassersäule wieder in sich zusammen. Wo gerade noch das Atoll gewesen war, bildete sich eine riesige Rückschlagwelle, die sich nach allen Seiten ausbreitete. Den Abenteurern war klar: So kräftig motorisiert die Yacht auch war, dieser Welle konnte sie nicht entkommen.

»Runter vom Deck!« brüllte Sutherland warnend.

Es hätte der Warnung nicht bedurft. Gudrun, Pierre und Connor hatten ebenfalls gesehen, was da auf sie zukam. Hastig stürzten sie in die Steuerkabine.

»Achtung!« rief Sutherland Suzy zu. »Es wird wild!«

»Ich hab's gesehen«, erwiderte sie aschfahl und klammerte sich am Steuerrad fest.

Die Abenteurer schafften es gerade, die Schotten hinter sich zu schließen und sich irgendwo festzuhalten, als die gut zwanzig Meter hohe Wasserwand in Form einer Springflut sie erreichte.

Die LAOTSE wurde mit unbändiger Gewalt sowohl nach vorn als auch in die Höhe geworfen, ehe die Wassermassen über ihr zusammenschlugen.

Sie hatten Glück. Die Welle hatte sich kurz vor dem Auftreffen gebrochen, und so waren sie zwar von einem spritzenden und schäumendem Chaos umgeben, wurden aber nicht mit voller Wucht getroffen. Anderenfalls wäre die Yacht wohl trotz all ihrer Stabilität zerbrochen.

Dann hatten sie es geschafft. Die LAOTSE sank wieder nach unten, und die Welle jagte vor ihnen weiter, bis sie irgendwann ihre Kraft verloren haben würde. Von hinten folgten weitere Wellenberge, doch die waren bei weitem nicht so stark und hoch wie der erste.

Die Abenteurer verließen die Steuerkabine. Dort wo das Atoll gewesen war, befand sich nur noch die endlose Fläche des Meeres. Ihre Blicke richteten sich auf die schwarze Pyramide, die noch immer zu sehen war. Sie hatte an Höhe gewonnen und schwebte ein paar hundert Meter über ihren Köpfen majestätisch und vollkommen lautlos über die LAOTSE hinweg. Für ein paar Sekunden setzte sie sich vor die Sonne und warf ihren Schatten auf die Yacht, ehe sie erneut höher stieg und vor dem strahlendblauen Himmel immer kleiner und kleiner wurde.

»Ein Raumschiff!« flüsterte Sutherland fast unhörbar. »Es ist wirklich ein Raumschiff!«

»Und Tom und Valerie sind an Bord«, ergänzte Gudrun ebenso leise.

Connor verlor das Praktische nicht aus den Augen und blickte sich fragend um. »Wo ist eigentlich Suzy?«

Als sie im nächsten Moment von allen Seiten von bewaffneten Männern umringt wurden, wußten sie es: Suzy hatte ihre Besatzung befreit. Einige der Männer sahen schlimm ramponiert aus. Es war bestimmt nicht angenehm gewesen, während des Infernos hilflos in einem Lagerraum eingesperrt zu sein.

Auch Suzy erschien. Sie sah Sutherland an und brachte so etwas wie ein dünnes Lächeln zustande. »Wenn ich bitten darf – Ihre Waffen! Und tun Sie nichts Unbedachtes! Es wäre schade, wenn meine Leute schießen müßten. Ich meine, nach allem, was wir gerade durchgestanden haben.«

Sie hatten keine andere Wahl, als ihrer Aufforderung Folge zu leisten.

Tom und Valerie hatten schon geglaubt, die Erschütterungen würden nie aufhören – oder höchstens dann, wenn die Pyramide explodierte und krachend auseinanderflog. Es war das zweite Mal in Folge, daß sie mit dem Leben abgeschlossen hatten. Sie kamen sich vor wie in einer Waschmaschinentrommel beim Schleudergang und konnten es kaum fassen, als sich der Boden unter ihren Füßen urplötzlich wieder stabilisierte, wenn man von einem deutlichen Vibrieren absah.

Tom lehnte mit dem Rücken gegen die Korridorwand und atmete tief durch. »Endlich! Kar hat eingesehen, daß es nicht geht.«

Valerie lauschte in sich hinein. »Nein. Wir fliegen. Und wir steigen!«

Tom horchte ebenfalls in sich hinein und schüttelte den Kopf. »Ich spüre gar nichts außer meinen vielen blauen Flecken. Mein Gleichgewichtssinn ist noch nicht wieder da.«

»Gewißheit werden wir nur bekommen, wenn wir bei Kar sind. Wir sollten weiter.«

Tom stieß sich von der Wand ab. »Gern. Aber unser Problem ist noch dasselbe. Welcher Weg führt zur zentralen Halle?«

»Vielleicht könnte ich Ihnen dabei helfen«, sagte eine emotionslose, kühl klingende Stimme. Im gleichen Moment trat ein paar Meter weiter eine hagere, schwarzgekleidete Gestalt aus einem Seitengang.

Valerie riß sofort ihre Waffe hoch. Sie hatte nicht damit gerechnet, daß Kar noch weitere ›Dummies‹ zur Verfügung hatte. Doch es war kein Parasitenträger, der dort hervorgetreten war. Es war ein Mann in Schwarz.

Und nicht irgendeiner, sondern ...

»Elwood?« stieß Tom mit weit aufgerissenen Augen hervor.

»Richtig.«

»Wie kommen Sie denn hierher?«

»Durch diesen Seitengang hier.«

»Nein, ich meine – wie kommen Sie in diese Pyramide?«

»Durch den Eingang.«

»Nein!« Tom verdrehte die Augen. Warum fiel es ihm nur immer so schwer, aus Elwood eine vernünftige Antwort herauszubekommen? »Wo kommen Sie her?«

»Verstehe. Von draußen.« Elwood machte zur Erklärung eine entsprechende Handbewegung.

»Nein, verdammt noch mal, Elwood!« rief Tom und ballte die Hände zu Fäusten. »Die Frage ist, warum Sie überhaupt hier sind!«

»Ach so.« Elwood hob die Augenbraue. Warum fiel es ihm nur immer so schwer, menschliche Fragen zu begreifen? »Jetzt verstehe ich. Aber diese Frage ist nicht leicht zu beantworten. Ich bin mir über meinen Ursprung selbst nicht im klaren. Vordergründig ist davon auszugehen, daß ...«

»Stop!« rief Valerie. »Das war hier nicht die Frage!«

»Nicht?«

»Ganz ruhig«, meinte Valerie beschwichtigend an Tom gewandt. »Das haben wir gleich.« Und zu Elwood: »Wie lange sind Sie schon in der Pyramide?«

»Seit einer Zeitspanne, die Sie als eine Stunde und dreizehn Minuten bezeichnen würden.«

»Und wer hat Sie hergeschickt?«

»Das Orakel von Delphi hat mir eine Nachricht zukommen lassen.«

Valerie sah Tom an. »Das würde erklären, warum er ausgerechnet jetzt auftaucht. Das Orakel hatte schon immer eine äußerst präzise Zeitplanung.« Sie wandte sich wieder an Elwood: »Mit welchem Auftrag sind Sie hier?«

»Ich soll Sir Sutherland helfen. Es hieß, ich würde ihn hier finden.«

»Sie haben ihn knapp verpaßt«, knurrte Tom.

»Das ist bedauerlich. Dann habe ich meinen Auftrag verfehlt. Sie können mir nicht sagen, wo ich ihn finde?«

»Im Moment können wir nicht mal sagen, ob er überhaupt noch lebt!« meinte Tom.

»Auch das ist bedauerlich«, sagte Elwood emotionslos. »Dann wäre mein Auftrag beendet.«

»Nein, warten Sie, Elwood, nicht so schnell«, sagte Valerie. »Sie können Sir Ian helfen, wenn Sie uns helfen. Wir sind beide in seinem Auftrag hier.«

»Das klingt logisch.«

»Wie sollen Sie uns überhaupt helfen?« fragte Tom.

»Ich weiß nicht. Dafür habe ich keine Anweisungen erhalten. Ich bin einfach hergekommen.«

»Na bitte!« rief Tom. »Da haben wir's! Soviel zu seiner ›Hilfe‹!«

»Moment!« Valerie hob die Hand. »Elwood. Haben Sie anfangs nicht gesagt, Sie könnten helfen, den Weg zu Kar zu finden?«

»Das ist richtig.«

»Sie kennen sich hier aus? Wie kann das sein? Waren Sie schon einmal in einer solchen Pyramide?«

»Vieles von dem, was ich sehe, kommt mir bekannt vor. Aber erst, wenn ich es sehe. Ich denke, die Antwort lautet ja, aber sicher bin ich mir nicht.«

»Das ist jetzt auch nicht so wichtig«, meinte Valerie. »Welches ist der kürzeste Weg zur zentralen Halle?«

Elwood deutete auf das verschlossene Schott im Korridor. »Dort entlang.«

Wieder verdrehte Tom die Augen. »Das wissen wir selbst! Aber dieser Weg ist dicht.«

»Soll ich ihn öffnen?«

Tom stutzte. Sollte er den Mann in Schwarz vielleicht unterschätzt haben? »Das können Sie? Na los, dann tun Sie es! Worauf warten Sie noch?«

Elwood ging zu dem Schott und legte seine Handfläche in Kopfhöhe darauf. Sofort zogen sie sich zu beiden Seiten in die Wände zurück. Der Weg war frei.

Tom war verblüfft. »Wie funktioniert das?«

Elwood sah auf seine Handfläche. »Ich weiß nicht. Ich weiß nur, daß es funktioniert.«

Zu dritt gingen sie weiter.

»Sagen Sie, Elwood!« meinte Tom. »Haben Sie irgendwelche Waffen dabei?«

»Waffen?«

Tom winkte ab. »Schon gut. Vergessen Sie's!«

»Vergessen. Gut. Verstanden.«

Bis zur zentralen Halle stießen sie auf kein weiteres Hindernis. Zu ihrer Überraschung stand der Eingang offen. Valerie hielt die Pistole im Anschlag, als sie mit Tom hineinsprang, und sofort visierte sie das einzige Ziel an, das es gab: Kar!

Er stand an der Kristallplatte; seine Krallenhände ruhten auf den leuchtenden Anzeigen. Darüber schwebte eine Projektion, die ein weit entferntes tiefblaues Meer zeigte.

Tom sah sich erstaunt um. Er hatte mit Gegenwehr gerechnet, mit letzten ›Dummies‹, die Kar um sich geschart hatte, oder mit sonstigen Überraschungen. Aber nichts dergleichen erwartete sie. In der Halle hatte sich nichts verändert, nur um die Bundeslade im Nachbarraum waberte eine leuchtende Aureole, die wie ein Heiligenschein anmutete.

»Kommen Schie ruhig härein!« Kar schien über ihr Auftauchen in keinster Weise erschrocken zu sein »Isch habe Schie schon erwartet. Ah, meine Valärie hat auch hierhergefunden.«

Die Israelin sah ihn an, und hinter ihrer entschlossenen Miene arbeitete es. War diese Kreatur noch derselbe Kar, der sie mit dem Parasiten infiziert hatte? Tom hatte sie darauf vorbereitet, was sie erwartete, dennoch war es etwas anderes, es mit eigenen Augen zu sehen. Es hielt sie aber keineswegs davon ab, mit der Waffe weiterhin unverwandt auf die Stirn der Echse zu zielen.

Erst als Elwood eintrat, schien Kar beunruhigt: »Wie kommt diescher ... Mann hierhär?«

Tom grinste plötzlich und deutete über seine Schulter. »Von draußen. Aber das soll nicht ihr Problem sein, Kar. Sie sehen die Waffe, die auf Sie gerichtet ist. Also, bringen Sie uns wieder zurück, sonst ...«

Kar stieß sein zischenden Lachen aus. »Schonscht wasch? Erschieschen Schie misch? Isch bittäh Schie! Dasch ischt läscherlisch! Wollen Schie die Pyramide weiterfliegen? Komm schon, Valärie, nimm die Waffe runter!«

Kar hatte recht. Ihnen waren die Hände gebunden. Er nickte Valerie zu, und die Israelin ließ ihre Pistole sinken.

»Rescht scho!« lobte Kar. »Genieschen Schie lieber den Flug. Wischen Schie, wo wir gerade schind? Schwanschig Kilometer über dem Paschifik. Und wir schteigen weiter.«

Er veränderte etwas auf der Kristallplatte, woraufhin sich die holografische Projektion darüber aufblähte. Hatte sie vorher einen Durchmesser von vielleicht zwei Metern gehabt, maß sie nun sechs, sieben Meter und reichte bis an die Hallendecke. Sie zeigte weiterhin den Pazifik. Und das Meer entfernte sich immer weiter. Neuseeland, ein Teil Australiens und verschiedene südostasiatische Insel rückten von der Seite her ins Sichtfeld.

»Glaubän Schie mir nun, odär halten Schie misch immer noch für wahnschinnig?«

Beides, dachte Tom. Doch der Anblick nahm ihn viel zu sehr gefangen, um es auszusprechen.

»Wo wollen Sie hin?« fragte Valerie.

»Wir werdän nur einen kleinen Auschflug machen. Und schwar dorthin.« Er deutete mit der Hand zur Hallendecke.

Die Projektion veränderte sich weiter, je höher die Pyramide stieg. Und dann, von einem Schlag auf den anderen, hatte sie die Erdatmosphäre verlassen. Das Schwarz des Weltalls war zu sehen und darin Tausende von funkelnden Sternen.

Tom stockte der Atem, und Valerie ging es nicht anders. Nur Elwood stand so teilnahmslos da wie eh und je.

»Der Weltraum«, zischte Kar, als hätte es dieser Erklärung überhaupt noch bedurft. Aber er genoß die Überraschung auf ihren Gesichtern fast wie ein kleines Kind, das ein neues Spielzeug vorführte. Er bewegte die Hände über der Platte. »Wir befindän unsch jetscht in einem geoschtationärem Orbit genau über der früheren Poschition desch Atollsch.«

Tom bemerkte, daß sich seine Füße noch immer am Boden befanden. Künstliche Schwerkraft, dachte er. Auch das war etwas, zu dem die Menschheit trotz all ihres Fortschrittes bis heute nicht fähig war. Ein erneuter Beweis der Fähigkeiten dieser uralten Technik. Die Frage war nur – war sie überhaupt irdisch ...?

»Na, Doktor Ericschon? Hätten Schie das je für möglisch gehalten? Da buddeln Schie jahrelang nach alten scherfallenen Ruinen, und dann bringt Schie eine diescher Ruinen geradewegsch hierhärr!«

Nein, mußte Tom zugeben. Er hatte in den letzten zwei Jahren weiß Gott genug gesehen und erfahren – aber daß es so weit gehen würde, hätte er nie gedacht.

Kar schien Toms Ergriffenheit zu spüren. Er deutete auf die Projektion der Erdkugel. »Dasch wird allesch bald mir gehören. Esch ischt an der Scheit, dasch grosche Erbe anschutreten. Die Menschheit erwartet eine glohrreische Schukunft!«

»Unter Ihrer Herrschaft«, meinte Tom sarkastisch.

»Schie schehen dasch schu eng. Die Menschheit wird schich schehr schu ihrem Vorteil entwickeln.«

Ehe Tom nachfragen konnte, erklang von der Anlage her ein fiependes Geräusch. Es hörte sich nicht sehr erfreulich an. Auch Kar war besorgt. Er bewegte seine Hände hektisch über der Platte und starrte auf die leuchtenden Linien und Felder.

»Was ist los?« wollte Tom wissen.

»Esch gibt eine leischte Beschädigung«, erteilte Kar Auskunft. Er schien die Situation selbst nicht recht einordnen zu können. »An der Auschenhaut. Und schie nimmt schu!«

»Was wollen Sie tun?«

»Nachschehän!«

Wieder bewegte er die Hände. Die holografische Projektion änderte sich. Nun zeigte sie die schwarze Pyramide selbst, wie sie vor der großen Erdkugel schwebte. Tom fragte sich, von wo diese Aufnahme gemacht wurde, aber bei der holografischen Technik der Anlage schien das nicht von Belang zu sein.

Die Projektion zoomte ans obere Drittel der Pyramide und fuhr dichter an die Außenhaut heran, bis die Stelle zu sehen war, an der sich der Eingang befand ...

»Der ZERSTÖRER!« entfuhr es Valerie. »Er ist noch da!«

»Und ihm scheint nicht einmal das Vakuum etwas auszumachen«, fügte Tom erschrocken hinzu. Er fragte sich, wie das Wesen die Tür weiter malträtieren konnte, wenn das Organ in seinem Maul eine Art Schallkanone war. Hier im All gab es keinen Schall. Also mußte noch ein anderes Prinzip dahinterstecken.

»Noch ein paar Augänblicke, und esch brischt durch.« Besorgnis klang aus Kars Stimme.

»Hat dieses Schiff keine Waffen?« fragte Valerie.

»Waffen?« Kar zischte. »Du scheinscht eine etwasch kindlische Vorschtellung von einem Raumschiff wie dieschem schu habän!«

Oder aber eine martialische, fügte Tom in Gedanken hinzu. Aber im Moment war er ganz froh, Valerie an seiner Seite zu wissen.

»Warten Sie!« rief seine Begleiterin da. »Ich habe eine Idee! Sie können die Wände in den Korridoren doch beliebig öffnen und schließen, nicht wahr?«

»Ja.«

»Dann schließen Sie alle Korridore rings um den Ausgang. Aber wenn möglich, erst im Abstand von zwanzig, dreißig Metern. Und dann öffnen Sie den Ausgang, vor dem der ZERSTÖRER hockt!«

»Abärr«, zischte Kar, »dann wird er hereinkommen und ...« Er hielt inne und begriff. »Nein, du hascht rescht!«

Hektisch arbeitete er an der Platte. Das Fiepen steigerte sich. Falls es anzeigte, nie dicht der ZERSTÖRER davor stand, sich Einlaß zu verschaffen, dann mußte es jeden Augenblick soweit sein.

»Färrtisch!« Kar hob den Blick zu der Projektion. »Und jetscht...« Er machte eine letzte Handbewegung.

Die Holografie zeigte, wie der ZERSTÖRER gerade mit seinen Tentakelarmen zu einem Schlag gegen die Außenwand ausholte, als der Eingang auffuhr. Explosionsartig entwich die Luft aus dem Innern, schoß ins Weltall hinaus und traf den Körper des ZERSTÖRERS dabei frontal.

Eines seiner Heuschreckenbeine wurde von der Außenhaut gerissen, dann ein zweites, als sich der Ausgang mehr und mehr öffnete und er es zwangsläufig lösen mußte. Doch noch immer hing er mit dem dritten an der Pyramide fest. Und nach ein paar Augenblicken des ziellosen Umhertaumelns stabilisierte er seine Lage.

Tom wurde bleich. Auch Valerie schluckte. War dieses Vieh denn überhaupt nicht aufzuhalten?

»Krraschassa iggitten grüzzenfürrk!« fluchte Kar.

Da schossen plötzlich zwei Leichname von ›Dummies‹, die sich in der Nähe des Ausgangs befunden hatten, daraus hervor. Sie prallten mit voller Wucht gegen den Körper des ZERSTÖRERs und vereitelten seinen Versuch, wieder Halt zu finden. Mehr noch, ihr Aufprall trennte auch das dritte Heuschreckenbein von der Außenhaut.

Sich überschlagend und zappelnd entfernte sich der ZERSTÖRER zusammen mit den ›Dummies‹ von der Pyramide und verschwand vor dem endlosen Schwarz des Weltalls aus dem Aufnahmebereich der holografischen Projektion.

Die Erleichterung in der Halle war beinahe mit Händen greifbar. Und sie betraf Kar ebenso wie die beiden Abenteurer. Er bewegte die Hände über der Platte. Der Außeneingang schloß sich wieder.

Mit einem Male schien er jegliche Lust verloren zu haben, noch weitere Errungenschaften zu demonstrieren. Der Schock saß auch ihm in den Echsengliedern. »Wir werden schurückkehren. Esch ischt Scheit, einän neuen Platsch für die Pyramide schu finden.«

Tom und Valerie wechselten einen Blick. Sie dachten beide dasselbe. Sobald die Pyramide wieder auf dem Boden war, hatte Kar ausgespielt.

Doch Kar wußte es ebenso. »Bleiben Schie ruhig! Scholange wir in der Luft schind, können Schie ohnehin nischtsch machen.«

Tom preßte die Lippen zusammen. Und bis sie am Boden waren, würde Kar schon irgend etwas aus der Hinterhand gezogen haben. Er würde sich nicht so einfach ausschalten lassen.

»Ich weiß«, meinte Tom resigniert. »Sie sind der einzige, der die Anlage bedienen kann.«

»Gansch rescht!« Kar hantierte erneut auf der Platte. Die Projektion zeigte, wie die Pyramide langsam zur Erde zurücksank.

»Das ist nicht richtig«, ließ Elwood sich da vernehmen. »Ich kann es auch!«

Tom und Valerie starrten ihn an wie ein Gespenst. Auch Kars Echsenschädel ruckte in seine Richtung.

»Wie war das?« rief Tom.

Elwood hielt irritiert inne. Er überlegte, wie diese Frage gemeint war. Vorsichtig antwortete er: »Ich sagte, daß ich die Anlage ebenfalls bedienen kann.«

»Und – können Sie diese Pyramide auch fliegen?« rief Tom.

»Ich glaube schon.«

Valerie riß sofort ihre Waffe hoch und legte auf Kar an. »Damit hat sich Lage wohl ein wenig geändert. Also, weg von der Anlage!«

Kar zögerte.

»Los, machen Sie schon! Sonst drücke ich ab!« Valerie sah ihm in die Echsenaugen. »Sie wissen, daß ich es tun werde! Sie kennen mich doch, oder?«

Kar hob daraufhin tatsächlich die Hände und trat von der Anlage zurück.

»Moment mal!« rief Tom und wandte sich an Elwood. »Sagten Sie gerade, Sie glauben die Pyramide steuern zu können?«

Elwood schien sein inneres Protokoll zurückzuspulen. »Richtig, das sagte ich.«

»Ja, aber ...« Tom holte tief Luft. »Sie sind ein Mann in Schwarz. Sie sind nicht in der Lage zu glauben! Haben Sie das nicht immer wieder gesagt?«

Elwood hob die Augenbraue. »Richtig. Das habe ich. Und ich ... ich ...« Er hielt inne. »Sie haben recht! Meine Angaben sind unverläßlich. Ein deutliches Zeichen, daß ich nicht richtig funktioniere. Ich empfehle daher, auf meine Hilfe zu verzichten. Ich könnte Sie sonst gefährden.«

Tom sah bezeichnend zu Valerie hinüber.

»Elwood«, sagte die Israelin, ohne ihre Waffe einen Millimeter sinken zu lassen. »Sagen Sie – wie kommen Sie dazu zu glauben, Sie könnten die Pyramide steuern?«

»Ich habe unpräzise Erinnerungen, es schon einmal getan zu haben. Aber das ist irrelevant. Ich dürfte keine Erinnerungen daran haben, selbst wenn es zutrifft.«

»Genau wissen Sie es erst, wenn Sie es tun, nicht wahr?« fragte Valerie.

»Das ist richtig.«

»Isch unterbreche Schie nur ungern.« In Kars Zischen lag leiser Hohn. »Abär der näschte Schteuereingriff ischt fällig. Schonst verglühen wir!«

Die Holografie zeigte, daß die Pyramide dabei war, in die Erdatmosphäre einzutreten. Noch immer befand sie sich über dem Südostpazifik.

»Ich glaube, mehr gefährden, als wir ohnehin sind, kann Elwood uns kaum.«

Valerie blickte Tom an.

»Sie wollen ihn doch nicht wirklich an die Anlage lassen?«

»Ein Elwood, der glaubt, er könne die Pyramide fliegen«, sagte sie. »ist mir weitaus lieber als ein Kar, der es kann und sich damit unentbehrlich macht.«

Tom seufzte. »Also gut, Elwood, gehen Sie zur Anlage.«

Elwood tat es. Er stellte sich dorthin, wo Kar gestanden hatte, und sah auf die leuchtenden Symbole herab. Bis hierhin sah alles professionell aus. Doch es blieb dabei. Elwood stand einfach nur da.

»Was ist?« rief Tom. »Warum tun Sie nichts?«

»Sie haben mir kein Ziel angegeben«, antwortete er.

»Bringen Sie uns einfach nur runter.« Und in der Befürchtung, womöglich wieder falsch verstanden zu werden, fügte er hinzu: »Und zwar unbeschädigt und sanft!«

»Verstanden«, sagte Elwood und streckte seine Hände nach der Kristallplatte aus.

Das Transportfeld der Anlage zur Zeitlosen Ortsversetzung begann zu knistern.

»Elwood, was tun Sie da?« rief Valerie.

Er hob die Augenbraue. »Ich habe noch gar nichts getan!«

Valerie sah zu Kar. Hatte er irgendeine Teufelei ausgeheckt? Doch er schien ebenso ratlos zu sein.

Zwei Körper materialisierten in dem Feld. Zwei aufrecht gehende Echsen!

Sie ähnelten Kar fast aufs Haar, nur mit dem Unterschied, daß ihre Schuppen nicht grün, sondern silbern glänzten. Valerie schwenkte verunsichert die Pistole auf die beiden Ankömmlinge, doch sie beachteten sie gar nicht. Eine von ihnen wandte sich Kar zu und stieß eine komplizierte Folge zischender Laute aus.

Kar prallte zurück und hob abwehrend die Krallenhände. »Isch hätte esch getan! Gansch schischer! Glaubt mir! Isch muschte nur vorher die Pyramide verschetschen!«

Die Echsen antworteten ihm nicht, sondern marschierten in den runden Raum nebenan. Zu beiden Seiten des Podestes in der Mitte blieben sie stehen. Die leuchtende Aureole um die Bundeslade brach in sich zusammen. Sie nahmen das Artefakt und kehrten damit zum Transportfeld zurück.

Sowohl die Abenteurer als auch Kar waren von dem Auftauchen der Echsen und der Selbstverständlichkeit ihrer Handlungen viel zu überrascht gewesen, um zu agieren – bis jetzt.

»Halt!« zischte Kar. »Dasch könnt ihr nischt tun!«

»Genau!« schloß Valerie sich ihm an. »Stehenbleiben! Keine Bewegung mehr!«

Die einzige Reaktion war, daß eine der silbernen

Echsen ihr kurz den Kopf zuwandte. In dem Blick glaubte Valerie Verachtung und Mitleid zu erkennen. Sie schien es den Wesen nicht wert zu sein, beachtet zu werden.

Wenn Valerie etwas nicht mochte, dann genau das! Doch sie kam nicht dazu, abzudrücken. Das Transportfeld knisterte erneut, und im nächsten Moment waren die Echsen mit der Lade verschwunden – genauso schnell, wie sie erschienen waren.

Sie alle hatten wenig Zeit, sich darüber Gedanken zu machen. Kaum war das Knistern des Feldes verstummt, brach die Hölle über sie herein.

Die holografische Projektion fiel in sich zusammen, die Lichter im Nebenraum erloschen, genau wie die meisten Anzeigen auf der Kristallplatte. Das Licht, das die Innenräume bislang erleuchtet hatte, begann zu flackern.

Dann erschütterte ein gewaltiger Schlag die Pyramide. Sie begann zu taumeln, und jede Bewegung war zu spüren. Es gab keine künstliche Schwerkraft mehr. Sie mußten sich festhalten.

»Mein Gott!« keuchte Tom. »Wir stürzen ab!«

»Elwood!« rief Valerie. »Tun Sie was dagegen!«

»Dagegen läßt sich nichts tun«, sagte er unbewegt. »Es gibt keine Kontrolle mehr.«

»Kar!« Valerie starrte ihn an. »Dann tun Sie etwas!«

»Dasch geht nischt! Wir haben keine Energie!« Er schüttelte sein Echsenhaupt. »Esch gibt jetscht gar nischt mehr, wasch wir noch tun könnten!«

Tom und Valerie sahen sich entsetzt an.

Das war das Ende!

Die LAOTSE hatte vor einem Atoll ein paar Seemeilen von Kars ehemaligem Unterschlupf entfernt festgemacht. Dort hatte Suzy die Abenteurer aufgefordert, die Yacht zu verlassen.

»Schauen Sie nicht so vorwurfsvoll«, sagte sie von der Reling aus. »Sie haben alles, was Sie brauchen: Wasser, Essen, Leuchtraketen und ein Funkgerät mit geringer Reichweite. Damit werden Sie die Schiffe schon auf sich aufmerksam machen, wenn sie eintreffen. Aber Sie verstehen doch, daß ich dann nicht mehr hier sein möchte?«

Sie wußte selbst nicht, warum sie die Abenteurer am Leben ließ. Noch vor wenigen Stunden hätte sie sie bedenkenlos getötet. Vielleicht war es einfach das Gefühl, daß sie es allein nicht geschafft hätte. Und das war ihre Art, sich dafür zu revanchieren.

»Ach ja, ehe ich's vergesse.« Sie zog etwas hervor und warf es Sutherland zu. »Hier, für ihren Freund Ericson!«

Er fing es auf. Es war Toms Colt.

»Natürlich nicht geladen«, fügte Suzy hinzu. Sie gab ihrer Crew den Wink, abzulegen. »Machen Sie's gut. Ich hoffe, wir sehen uns niemals wieder.«

»Da kann man nie sicher sein«, antwortete Sutherland.

»Das nicht«, gab sie zu. »Aber ich verspüre keine Sehnsucht danach. Lassen Sie mich in Ruhe, lasse ich Sie auch in Ruhe!«

Die Yacht legte ab und verschwand mit dreiviertel Kraft auf dem offenen Ozean.

»Nehmen wir's von der guten Seite«, sagte Sutherland, als sie alleine waren. »Sie hätte uns auch töten können. Die paar Stunden werden wir schon überstehen.«

Doch das war wirklich ihre geringste Sorge. Ihre Gedanken waren allesamt bei Tom und Valerie.

»Wo mögen Sie jetzt sein?« fragte Gudrun leise.

Sutherland seufzte. Diese Frage bewegte auch ihn.

»Ich glaube, ich weiß es«, sagte Connor. Er schirmte seine Hände gegen die Sonne ab und deutete himmelwärts. »Dort!«

Sutherland und Gudrun sahen ebenfalls empor. Ihnen stockte der Atem.

»O mein Gott!« rief Gudrun. »Das ist die Pyramide! Sie stürzt ab!«

Deutlich war hoch oben am Firmament ein brennender Körper zu erkennen, der wie ein glühender Meteor schnell in östliche Richtung stürzte und einen feurigen Schweif hinter sich herzog. Nach einem kontrollierten Flug sah es nicht aus. Immer wieder brachen größere Teile ab und verglühten in einem sprühenden Funkenregen.

Bald war die Pyramide hinter dem Horizont verschwunden. Der Einschlag, falls vorher nicht alles verglüht war, mußte Hunderte von Meilen östlich erfolgen.

Sutherland atmete schwer. »Das kann bedeuten, daß es Valerie und Tom geschafft haben, Kar aufzuhalten. Oder es ist zu einer Katastrophe gekommen. Auf jeden Fall aber ...«

Er brauchte es nicht auszusprechen. Connor und Gudrun verstanden ihn auch so. Sie würden ihre Gefährten nicht lebend wiedersehen.

Kar hatte es geschafft, die Holografie in der kleinen Form wiederherzustellen. Doch das Bild, das sich flackernd über der Kristallplatte manifestierte, machte ihre aussichtslose Lage nur noch klarer. Noch immer war die Pyramide aus einer Außenperspektive zu sehen. Wie ein brennender Feuerball stürzte sie der Erde entgegen.

»Wir haben doch Energie!« rief Valerie verzweifelt und hielt sich mühsam fest, als neue Erschütterungen die Pyramide trafen. Die Holografie zeigte, wie sich große Teile von der Außenhaut lösten. »Sonst hätten wir kein Bild!«

»Dasch ischt nur der Rescht der alten Schpeischerenergie. Dasch reischt nischt, um die Pyramide schu schteuern.«

»Dann bringen Sie uns mit der Anlage raus!« rief Tom. »Sie können doch Leute damit transportieren.«

»Esch reischt nischt mal dafür! Ohne die Lade schind wir verloren!«

»Es gibt eine Fluchtmöglichkeit«, sagte Elwood da.

»Was?« rief Tom.

Elwood hatte sich inzwischen etwas an Toms unpräzise Art der Fragestellung gewöhnt. »Ein Nottransport. Nicht weit von dieser Halle entfernt. Jedoch räumlich und personenmäßig begrenzt.«

Kar fixierte den Mann in Schwarz mit seinen Echsenaugen. Das schien selbst er nicht gewußt zu haben.

»Wie begrenzt?« rief Tom.

»Der Transport von mehr als fünf Personen menschlicher Größe übersteigt die Kapazität. Und wir haben nicht viel Zeit, ihn zu erreichen.«

»Dann los!« rief Tom. »Zeigen Sie uns den Weg!«

Sie setzten sich in Bewegung. Kar wollte ihnen folgen, doch Valerie wandte sich blitzschnell um und legte auf ihn an. Er erstarrte, keine fünf Meter von ihr entfernt.

»O nein, Kar«, sagte sie eiskalt. »Das gilt nicht für dich! Hier trennen sich unsere Wege. Wir gehen. Tritt du dein Erbe an!«

Kar fauchte wütend und setzte mit einem Sprung auf sie zu. Valerie schoß im gleichen Moment. Sie traf zweimal, ohne Kar dadurch stoppen zu können. Er hätte sie mit seinen ausgestreckten Krallenhänden erwischt, wenn sie nicht blitzschnell darunter hinweggetaucht und zur Seite abgerollt wäre.

Als er vom eigenen Schwung getragen stürzte, war sie schon wieder auf den Beinen und schoß erneut – drei–, viermal! Und jeder Schuß traf.

»Valerie!« stieß Tom erschrocken hervor.

Sie ließ die Waffe sinken. »Er wußte, daß er bezahlen würde! Außerdem habe ich ihn nicht getötet, sondern nur dafür gesorgt, daß er uns nicht folgen kann. Oder wollten Sie ihn etwa mitnehmen?«

Tom wußte darauf nichts zu erwidern. Er warf einen Blick auf Kar, der hilflos am Boden lag, unfähig, sich aufzurichten. Die Schüsse hatten ihn nur in den schuppigen Armen und Beinen getroffen. Grünliches Blut drang aus den Wunden.

Wieder erschütterten heftige Schläge die Pyramide. Das holografische Bild brach endgültig zusammen. Und die Temperaturen stiegen rapide an.

»Wir müssen uns beeilen«, sagte Elwood. »Sonst fällt der Nottransport aus.«

Das gab den Ausschlag. Sie rannten zum Ausgang.

»Nein, nein«, zischte Kar hinter ihnen her. »Dasch können Schie nischt machen! Warten Schie!«

Doch da hatten die anderen die Halle bereits verlassen.

Die krachenden Erschütterungen warfen Kar hin und her. Mit letzter Kraft kroch er zur Anlage zur Zeitlosen Ortsversetzung, eine Spur aus grünem Blut hinter sich herziehend. Unendlich mühsam zog er sich zur Kristallplatte hinauf und streckte seine Hand aus.

Ein heftiger Stoß schleuderte ihn um Meter zurück, ehe er die Platte berührt hatte. Er wollte wieder dorthin, doch seine Bewegungen wurden schwacher. Er spürte, wie seine Leibeskräfte schwanden...

Elwood, Tom und Valerie erreichten zur gleichen Zeit die kleine Notkammer. Die Temperaturen in der Pyramide hatten sich mittlerweile ins Unerträgliche gesteigert. Jeder Atemzug fiel schwer und stach feurig in ihren Lungen. Nur Elwood schien unbeeinträchtigt.

In der Kammerwandung gab es eine kleine Platte mit leuchtenden Symbolen. Elwood verschob sie.

Wieder krachte es dröhnend durch die Pyramide. Hätten sie sich nicht im Kern befunden, wäre es längst um sie geschehen gewesen.

»Machen Sie schon, Elwood!« schrie Tom in höchster Not.

»Es ist nicht so einfach, den Zielort genau einzustellen. Das erfordert ...«

Der Rest ging in einem ohrenbetäubenden Krachen unter. Tom wußte nicht, ob Elwood ihn überhaupt hören konnte, als er brüllte: »Egal! Dann eben ungenau!«

Und Elwood tat es.

Nur wenige Augenblicke später brach die Pyramide endgültig auseinander, und ihre wenigen ausgeglühten Reste stürzten ins Meer.

Die Abenteurer hatten in der Tat keine Mühe, die amerikanischen Kriegsschiffe auf sich aufmerksam zu machen. Es waren drei leichte Zerstörer. Der Kapitän war einigermaßen überrascht, als Sutherland ihm eröffnete, daß es hier nichts mehr zu tun gab. Der Earl of Oake Dùn ließ sich eine Verbindung zu Mahon herstellen und erklärte ihm grob die Lage, soweit er über Funk deutlich werden konnte.

»Wie gesagt, ich werde Ihnen bald persönlich Rede und Antwort stehen«, endete Sutherland. »Bis dahin wäre es schön, wenn man uns zum nächsten größeren Flughafen bringen könnte.«

»Der Heimathafen der Schiffe ist der amerikanische Marinestützpunkt auf Ost-Samoa. Wäre Ihnen das recht? Andere Ziele erreichen Sie auch nicht viel früher.«

Sutherland stimmte zu und beendete das Gespräch.

»Ich habe Kabinen für Sie herrichten lassen«, sagte der Kapitän. »Gibt es noch etwas, das ich für Sie tun kann?«

Sutherland überlegte kurz. »Ja, lassen Sie eine Suchmeldung rausgeben. Ob irgendwo Schiffbrüchige aufgefischt worden sind.« Er ging zu der großen Karte an der Wand. »In dieser Gegend hier.«

»Zwischen Rarotanga und Tahiti«, murmelte der Kapitän. »Das hat nicht zufällig etwas mit dem Meteor zu tun, der dort niedergegangen sein soll?«

Sutherland sah ihn an. »Erwarten Sie darauf eine Antwort?«

Der Kapitän lächelte dünn und schüttelte den Kopf. »Nicht wirklich.«

Es dauerte anderthalb Tage, bis sie den Marinehafen in Pago-Pago erreichten. So hatten sie genügend Zeit, um die geschehenen Dinge aufzuarbeiten.

Ihre gedrückte Stimmung wollte trotzdem nicht von ihnen weichen – bis der Kapitän sie kurz vor dem Einlaufen aufsuchte.

»Ich habe eine Neuigkeit, die Sie interessieren dürfte. Schiffbrüchige, auf die ihre Beschreibung zutrifft, sind in der Nähe von Rarotango aufgefischt worden. Allerdings nicht nur zwei, sondern drei.«

»Drei?«

Die Abenteurer sahen sich unheilvoll an. Sollte Kar ebenfalls gerettet worden sein?

»Wer ist der Dritte?« fragte Sutherland atemlos.

»Der einheimische Fischer, der sie gefunden hat, nannte ihn afio mai sikaleti fa'afetai tofa«, erwiderte der Kapitän. »Das ist tonganesisch und bedeutet ›weißer Mann, dessen Kleidung trocken war, als er aus dem Meer stieg‹.«

Es machte sie nicht gerade klüger.

Der Kapitän schmunzelte. »Ich soll Ihnen mitteilen, daß er Ihnen ansonsten unter dem Namen Elwood bekannt ist.«

»Elwood?« wunderte Pierre sich. »Wo kommt der denn her?«

»Wo sind die drei jetzt?« fragte Sutherland den Kapitän.

»Bereits auf dem Flug zum Stützpunkt. In zwei Stunden werden sie hier eintreffen.«

Eine freudigere Nachricht hätte er ihnen kaum überbringen können. Sutherland und die anderen warteten am Rollfeld, als die kleine Propellermaschine landete und ihre Gefährten ausstiegen – zwar etwas mitgenommen, aber unverletzt. Dann standen sie sich gegenüber.

Gudrun eilte auf Tom zu, fiel ihm um den Hals und drückte ihn so fest an sich, wie sie konnte. Sie hatte geglaubt, ihn nie wiederzusehen. Mit einem Male kamen ihr ihre Differenzen so klein und lächerlich vor.

Pierre machte einen stockenden Schritt auf Valerie zu. Sie warnte ihn mit einem Blick, nicht dasselbe zu tun. Doch er ließ sich nicht abschrecken und umarmte sie herzlich.

»Es ist rein freundschaftlich«, erklärte er. »Es ist allein die Freude, daß ihr noch lebt.«

»Klar«, meinte Valerie trocken, wehrte sich aber nicht.

Nachdem Elwood das mit Interesse verfolgt hatte, ging auch er mit ausgestreckten Armen voran.

»Elwood, nein!« rief Connor erschrocken.

Doch es war zu spät. Elwood hatte ihn bereits umarmt.

»Wieso nicht?« fragte er. »Habe ich das Begrüßungszeremoniell falsch ausgeführt?«

Connor seufzte tief und ließ es über sich ergehen.

Am Abend saßen sie in einem der Gästehäuser am Rande des Stützpunktes auf der Veranda und sahen, wie die Sonne in der Ferne glutrot dem Horizont entgegensank.

»Das also ist das Ende der Geschichte«, meinte Tom fast melancholisch.

Sutherland schüttelte den Kopf. »Nein. Das ist es nicht. Denken Sie daran: Geschichte endet nie!«

»Wir haben Kar zwar aufgehalten, aber wir haben wiederum nichts in den Händen«, sagte Gudrun.

»In unseren Händen nicht, aber in den Köpfen«, sagte Sutherland. »Wir wissen nun mehr darüber, was in den Tiefen unserer Vergangenheit darauf lauert, wieder hervorzubrechen. Und wir sind vorbereitet, wenn wir wieder darauf stoßen sollten.«

Keiner der anderen sagte etwas.

Sutherland zog Toms Colt hervor. »Hier, mit besten Grüßen von Suzy Duvall.«

Tom Ericson nahm die Waffe entgegen. Er hatte schon geglaubt, sie endgültig verloren zu haben. Nachdenklich blickte er auf die rätselhaften Gravuren auf den Griffseiten.

Ja, dachte er bei sich. Sutherland hatte recht. Es warteten noch viele Geheimnisse darauf, gelüftet zu werden ...

EPILOG

NASA–Kontrollzentrum, Houston, Texas

David Flair fuhr wie elektrisiert auf, als einer der Computer vor ihm ein Alarmsignal von sich gab. Sofort nahm er die Beine vom Tisch, legte sein Mickey-Mouse-Taschenbuch beiseite und starrte auf die Anzeigen. Ein Fluch kam über seine Lippen. Der Amerikaner war für die Standardüberwachung mehrerer Satelliten zuständig. Normalerweise einer der langweiligsten Jobs der Welt – bis auf Momente wie diesen.

»Was ist?« Ein Kollege rückte heran.

»CHRYSTAL IV spielt verrückt!«

»Wie bitte? Der ist doch gerade mal drei Monate oben! Hast du eine Ahnung, wie teuer der war?«

»Du sagst es!« David Flair deutete auf die Datenreihen auf dem Monitor. »Hier! Plötzliche Bahnabweichung. Und jetzt ... jetzt ist der Kontakt ganz abgebrochen!« Er hämmerte auf der Tastatur herum. Ohne jedes Ergebnis. »Keine Frage, den haben wir gerade verloren!«

»Vielleicht hat es etwas mit dem Meteor zu tun, der gemeldet wurde. Vielleicht wurde CHRYSTAL IV von einem Trümmerstück getroffen.«

»Hm«, machte David Flair. Die Daten ließen viel Freiraum für Spekulationen. »Nach einem Meteoritentreffer sieht es nicht aus. Sonst wäre die Bahnabweichung größer.«

»Da hast du auch wieder recht.«

»Wenn du mich fragst – technischer Defekt! Wäre nicht das erste Mal. In letzter Zeit scheinen wir überhaupt nur noch Schrott hochzuschicken.« David tippte etwas ein. »Mal sehen, was unser Sorgenkind als letztes gefunkt hat.«

Ein Drucker begann zu arbeiten und spuckte kurz darauf ein farbiges Blatt aus.

David Flair betrachtete es kopfschüttelnd und reichte es an seinen Kollegen weiter. »Hier, sieh dir das an! Da soll das Ding gestochen scharfe Bilder liefern, und was zeigt es: irgendwas Unscharfes, das entfernt an einen Tentakel erinnert! Keine Frage, da ist die gesamte Optik im Arsch.«

»Meinst du?«

»Glaub mir, ich hab' dafür eine Nase. Wenn wir CHRYSTAL IV retten wollen, sollte die NASA ihn auf der Liste der nächsten Shuttle-Besuche ganz nach oben setzen. Sonst schmiert er nämlich ab ...«

HIER ENDEN DIE ABENTEUER UM
DIE SCHWARZE PYRAMIDE

November 1943: Johann Halder, ein Spezialagent der deutschen Abwehr, wird mit der wohl spektakulärsten Mission des Zweiten Weltkrieges betraut: US-Präsident Franklin D. Roosevelt und der britische Premierminister Winston Churchill sollen während ihrer Geheimkonferenz in Kairo ermordet werden. Auf diese Weise könnte die geplante Invasion der Alliierten in der Normandie - eines der wichtigsten Konferenzthemen - verhindert, die Niederlage Deutschlands abgewendet werden. Halder steht an der Spitze eines Spezialkommandos, dem auch die junge und attraktive Ägyptologin Rachel Stern angehört.

Als der amerikanische Geheimdienst von dieser Mission erfährt, wird Harry Weaver mit der Eleminierung des Teams beauftragt. Doch für Weaver, Johann Halder und Rachel Stern steht mehr als der Erfolg ihrer jeweiligen Mission auf dem Spiel: Sie verbindet eine gemeinsame Vergangenheit und ein Freundschaftspakt, der nicht zu halten ist...

ISBN 3-404-14320-5

BASTEI
LÜBBE